遠流活用成語辭典

遠流出版公司

國家圖書館出版品預行編目資料

遠流活用成語辭典／陳鐵君主編 . -- 初版 . --
臺北市：遠流 .　1996 [民 85]
面；　公分
含索引
ISBN 957-32-3682-6（平裝）

1. 中國語言—成語 . 熟語 - 字典 . 辭典

802.35　　　　84012387

遠流活用成語辭典【平裝版】

主　　編——陳鐵君
編輯委員——黎安懷．鄭君華．陳蓉芝．陳　宜．鍾彩鏈
歐陽增樑．張啓超．杜至偉．呂中莉
封面設計——石某設計工作室
發 行 人——王榮文
出版發行——遠流出版事業股份有限公司
台北市中山北路一段 11 號 13 樓
郵撥帳號／ 01894561
電話／ 25710297　傳真／ 25710197
著作權顧問——蕭雄淋律師
1999 年 3 月 1 日　初版一刷
2023 年 3 月 1 日　初版七十六刷
售價 350 元（缺頁或破損的書，請寄回更換）
ISBN　957-32-3682-6
YLib 遠流博識網
http://www.ylib.com　　E-mail:ylib@ylib.com

《遠流活用成語辭典》出版前言

王榮文

成語，是定型而意義完整的詞組或短句，以四字居多。其語源，或爲一則故事所引申之名言佳句；或爲口語相傳之警世箴言，散見於歷代典籍中。它具有文化的傳承性，爲約定俗成之習慣用語，其組織結構不可任意更易，亦不得隨興杜撰，每句成語均蘊含著古人智慧的光芒，更可視爲先民生活的寫照。

在日常言談或作文時，偶而引用幾句成語，不但可以美化文句，而且可以節省冗長的敍述，更可以增加表情達意的深度和廣度。因此，當別人使用成語時，你必須要能心領神會；而自己在使用成語時，更要用得恰切妥適，才不致貽笑大方。如何加強成語的理解能力、進而活用成語，是目前各級學校學生最爲迫切需要的。吾友陳鐵君先生，多年前即表示有意編著一部具實用、活用性之成語辭典，商請本公司出版，個人素仰其豐厚學養與敬業精神，欣然同意支持此一出版計劃。

本辭典在體例上，設計了編寫的六項要目，分別是釋義、出處、用法、例句、義近、義反等。前三項屬於成語的理解；後三項則爲成語的活用。全書以「條目齊全」、「切合實用」、「查檢方便」作爲編撰的指標。爲求條目齊全，除四字成語外，兼收常用之俗語、俚諺等，總計篩選了近五千二百條成語，日常使用之成語堪稱齊備。在「切合實用」方面，所有條目均標注國語注音，釋義及例句則採用明暢通俗之語體文敍述，深入淺出，淺顯易懂。至於查檢方面，爲求方便迅捷，除傳統「部首索引」外，增列「條目索引」及「字首注音索引」；尤以「注音索引」爲本書之特色，可免除部首檢字數算筆畫的繁瑣。

陳鐵君先生，本名國政，師大國文系畢業後，歷任南一中、建中等名校國文教師近三十年，課餘並編撰中學生補充讀物二十餘册，無論教學與編撰之實務經驗均相當豐富。在他歷時五年、並結合海峽兩岸教授學者及中學教師的辛勤耕耘下，本書終告出版。希望這部辭典能滿足中、小學教師、各級學校學生及一般社會人士的需要，更希望能藉由這部辭典的出版，在文化推廣及社會教育方面略盡一份棉力。

本辭典條目齊全，釋義簡明，舉例句用法以示活用；列義近、義反之詞，可一檢數得；標「部首」、「條目」、「注音」三種索引，易檢易得，具備諸多優點，一冊在手，疑難自解。

——**梁榮茂**（臺灣大學中文系教授）

在查考和使用方面有左右逢源的感覺，不但實用，更可活用。增列義近、義反二項，是所有的成語辭典所無而獨樹一幟。

——**賴明德**（師大國文研究所所長）

讀者以此為基礎，將可以在寫作中開拓出成語更寬闊的使用空間，發展出更豐盛的語言創造力。

——**郭鶴鳴**（師大國文系教授）

這部書的出版，學子們有福了。

——**鍾毓田**（北一女國文教師）

鐵君先生以他多年從事教育的經驗，編著的這部活用成語辭典，條目豐富、釋義精富，具有其他字典、辭書少有的特點，無論在學學子或社會人士，允宜人手一冊，備為參考。

——**王更生**（師大國文系所教授）

陳先生舉止豪放、思想縝密、為人誠懇，這正也是這部辭典格局龐大、體例嚴謹、內容詳實的特色。

——**莊萬壽**（師大國文系教授）

本書面面俱到，不失為一部活用的成語辭典。

——**陳訓章**（臺中一中國文教師）

適合各級學生使用，更有助於寫作的參考，堪稱一部優良辭書。

——**鍾鐵民**（高中國文教師．作家）

編輯凡例

陳鐵君

一、宗旨：本辭典之編纂，以條目齊全、切合實用及查檢方便為宗旨。以供中、小學教師、各級學校學生及一般社會人士之需。

二、內容：本辭典收錄成語五千一百七十四條目，全書約一百二十萬字。除一般習用之四字成語外，兼收中、小學教科書及報章雜誌常出現之俗語、俚諺。凡約定俗成、定型通用之詞組或短句均酌加收錄。

三、體例：本辭典每一成語條目均予國語注音。各成語則分列㈠釋義、㈡出處、㈢用法、㈣例句、㈤義近、㈥義反等六項體例。分別說明如下：

㈠**釋義**——先解釋生難字詞，再詮釋整句成語的義蘊。字詞若為破音字，則針對詞性之變換，解釋其字義。

㈡**出處**——追溯語源，徵引原文以註明該成語之典故出處。唯部分成語或爲俗諺，不見經傳；或非該成語之原始出處，甚或一時無法查出語源者，類此均有待方家賜教，期再版時補正。

㈢**用法**——依成語性質，說明其適用範圍。先舉本義，再及於引申、比喻義。若原典的義蘊與今人用法不同，或同一成語有多層涵義及用法，均分別加以敍明。

㈣**例句**——爲說明成語之義蘊及用法，每則成語均造一例句，以示範其實際應用情形。若該成語之本義與今人用法有顯著不同時，則多造一例句，以資比較。

㈤**義近**——指意義相似或用法相近的成語而言。先列本義，後及引申、比喻義之相近者。彙列此項義近成語，旨在觸類旁通，於作文造句時，有更多選擇成語詞彙的機會，在行文中運用更爲靈活。

㈥**義反**——指意義相反或用法彼此懸殊者。亦先列本義，後列引申及比喩義之相反者。成語的同反義本無絕對性，在言談、作文中應用時，當須考慮對象、範圍、場合。無論義近或義反成語，在文句中代換後，原句的語法、結構是否順當，更須多加揣摩。本辭典所彙舉同反義成語，聊備參考而已。

四、查法：本辭典爲方便查檢，採用「部首索引」、「條目索引」及「字首注音索引」等三項查檢方法。分別說明如下：

㈠**部首索引**——按一般字典部首索引查檢，部首下有兩欄頁碼，上欄爲「條目索引」頁碼；下欄則爲內文之總頁碼。可先查「條目索引」，依其頁碼立可查出成語。

㈡**條目索引**——將本書所有成語條目，按部首順序排列，同一字首則按第二字筆畫數多寡爲序，筆畫少者排前，多者列後。

㈢**字首注音索引**——將成語條目第一個字的讀音，按注音符號ㄅ、ㄆ、ㄇ、ㄈ……順序排列，查到首字後，再按第二字筆畫多寡查檢。

五、本辭典疏漏未當之處，敬祈海內外先進惠予指正爲幸。

條目索引

【一部】

○一畫

【亠部】

一畫

四畫

七畫

【人部】

○畫

二畫

三畫

四　畫

五　畫

六　畫

【儿部】

【士部】

【夊部】

【夕部】

【大部】

【女部】

【寸部】

十畫

十二畫

【心部】

〇畫

一畫

三畫

四畫

五畫

六畫

七畫

八畫

九畫

【戶部】

四畫

【手部】

〇畫

二畫

三畫

四畫

五畫

【木部】

【火部】

【皮部】

【皿部】

【目部】

【竹部】

【米部】

【糸部】

十四畫

【老部】

〇畫

【而部】

三畫

【耳部】

〇畫

四畫

五畫

八畫

十一畫

十六畫

【聿部】

七畫

【肉部】

三畫

四畫

五畫

【臼部】

【舌部】

【舛部】

【艮部】

【色部】

【艸部】

【衣部】

【襾部】

【見部】

【角部】

【言部】

【赤部】

○畫

七畫

【走部】

○畫

二畫

三畫

五畫

七畫

十畫

【足部】

○畫

四畫

五畫

六畫

七畫

八畫

九畫

十畫

十四畫

【身部】

○畫

【車部】

【辵部】

【長部】

【門部】

一部

一人之下，萬人之上（ㄧˋ ㄖㄣˊ ㄓ ㄒㄧㄚˋ，ㄨㄢˋ ㄖㄣˊ ㄓ ㄕㄤˋ）

【釋義】通指對宰相的稱呼。一人：指皇帝。萬人：泛指百姓。

【出處】意林・太公六韜：「屈一人下，伸萬人上，惟聖人能行之。」

【用法】用以表示官位極高，僅次於皇帝而在百姓之上，即指宰相而言。

【例句】古代的「宰相」，當今的「行政院長」，都是位居**一人之下，萬人之上**的國之輔臣。

【義近】萬乘公相。

一人有慶，兆民賴之（ㄧˋ ㄖㄣˊ ㄧㄡˇ ㄑㄧㄥˋ，ㄓㄠˋ ㄇㄧㄣˊ ㄌㄞˋ ㄓ）

【釋義】天子以善政治天下，則民受恩而得利益。一人：指天子。慶：善行。

【出處】尚書・呂刑：「一人有慶，兆民賴之，其寧唯永。」

【用法】比喻在上位的人能行善政，勤民事，導人民於善途而生活安定。

【例句】總統仁民愛物，社會安和樂利，即是「**一人有慶，兆民賴之**」的具體實例。

一人得道，雞犬升天（ㄧˋ ㄖㄣˊ ㄉㄜˊ ㄉㄠˋ，ㄐㄧ ㄑㄩㄢˇ ㄕㄥ ㄊㄧㄢ）

【釋義】一個人學道成功升天了，連他家的雞犬也會跟著升天。

【出處】王充・論衡・道虛：「淮南王……遂得道，舉家升天，畜產皆仙，犬吠於天上，雞鳴於雲中。」

【用法】比喻一人得官，親友亦隨之得勢。

【例句】自從他當上部長以後，子女皆在公家機關擔任要職，眞所謂**一人得道，雞犬升天**。

【義近】一人發迹，百人得福。

【義反】大樹一倒猢猻盡散／一人獲罪，誅連九族。

一人傳虛，萬人傳實（ㄧˋ ㄖㄣˊ ㄔㄨㄢˊ ㄒㄩ，ㄨㄢˋ ㄖㄣˊ ㄔㄨㄢˊ ㄕˊ）

【釋義】本無其事，傳言的人多了，就信以爲眞。

【出處】王符・潛夫論・賢難：「一犬吠形，百犬吠聲；一人傳虛，萬人傳實。」

【用法】用來勸喻人對傳聞要認眞考慮，不要輕易相信。

【例句】曾參殺人的故事說明了**一人傳虛，萬人傳實**的道理，值得眾人警惕。

【義近】一里撓椎／曾參殺人／眾議成林／眾口鑠金／三人成虎。

【義反】十目所視，十指所指。

一刀兩斷（ㄧˋ ㄉㄠ ㄌㄧㄤˇ ㄉㄨㄢˋ）

【釋義】一刀斬爲兩斷。

【出處】朱子語類四四：「觀此可見克己者，是從根源上一刀兩斷，便斬絕了。」

【用法】比喻決心斷絕關係。也用來形容果斷。

【例句】我們的觀點既然如此不同，那麼從今以後你別再來見我，就此**一刀兩斷**好了。

【義近】快刀斬亂麻／劃清界限／斬釘截鐵。

【義反】藕斷絲連／優柔寡斷／舉棋不定／拖泥帶水。

一力承當（ㄧˊ ㄌㄧˋ ㄔㄥˊ ㄉㄤ）

【釋義】獨自一人承擔責任。一力：全力。一：全，整個。

【出處】俞萬春・蕩寇志一七回：「你再去說，如果他肯歸降，但有山高水低，我一力承當。」

【用法】比喻肯負責任。

【例句】這件事你們只管大膽去做，無論做好做壞，我都**一力承當**。

【義近】一力擔當／一人獨當／責無旁貸／義不容辭。

【義反】畏首畏尾／瞻前顧後／敷衍塞責。

一了百了

【釋義】主要的事情了結了，其他各種有關的事情也跟著了結。了：了結，解決。

【出處】傳習錄：「良知無前後，只知得現在的幾，便是一了百了。」

【用法】主要用來說明做某些事情要抓住關鍵，或採用一種最主要的方法。

【例句】許多人以爲自殺可以**一了百了**，解決所有問題，其實這是錯誤的想法。

【義近】一了百當／一通百通。

【義反】沒完沒了／層出不窮／層見疊出／紛至沓來。

一寸丹心

【釋義】也作「一片丹心」，意爲一片赤誠。丹心：忠心。

【出處】杜甫・鄭駙馬池臺喜遇鄭廣文同飲：「白髮千莖雪，丹心一寸灰。」

【用法】形容一個人爲國爲民，忠心耿耿，克盡職守。

【例句】文天祥面對敵人的威逼利誘，始終不屈服，並以自己的**一寸丹心**，寫下了流傳千古的〈正氣歌〉。

【義近】忠貞不貳／瀝膽披肝／赤膽忠心／忠肝義膽／碧血丹心。

【義反】見風轉舵／卑躬屈節／苟合取容。

一寸光陰一寸金

【釋義】一寸光陰可抵過一寸黃金的代價。

【出處】全唐詩補逸十四・王貞白・白鹿洞詩之二：「讀書不覺春已深，一寸光陰一寸金。」

【用法】比喻珍惜時光應勝於珍惜黃金。

【例句】人生有限，青春尤爲可貴，我們應當牢記「**一寸光陰一寸金**」這句名言，及時努力。

【義近】寸金難買寸光陰／尺璧寸陰。

【義反】蹉跎歲月／韶光虛度。

一之謂甚，其可再乎

【釋義】一次就已經過分，怎麼能再有第二次？謂：同「爲」。其：同「豈」，反詰副詞。

【出處】左傳・僖公五年：「晉不可啓，寇不可翫，一之謂甚，其可再乎？」

【用法】用來說明不可以一錯再錯。

【例句】錯誤是難免的，但古人說得好：「**一之謂甚，其可再乎**？」我們應知過即改，不能一錯再錯。

【義近】前事不忘，後事之師。

【義反】明知故犯／重蹈覆轍／一錯再錯。

一心一意

【釋義】只有一個意念，沒有其他念頭。

【出處】駱賓王・代女道士王靈妃贈道士李榮詩：「一心一意無窮已，投漆投膠非足擬。」

【用法】形容一個人專心致志於某一事物。

【例句】梁教授只是**一心一意**地教書、做學問，從不分心去管別的事。

【義近】全心全意／專心致志／心無旁騖／心無二用。

【義反】三心二意／心猿意馬／心不在焉／二三其德。

一心一德

【釋義】大家一條心，爲一個共同的目標而努力。

【出處】尚書・泰誓中：「乃一德一心，立定厥功，惟克永世。」

【用法】常用來鼓勵人們爲完成一項事業，或達成一個既定目標而努力進取。

【例句】只要全國上下**一心一德**

，步調一致，就一定能把我們的國家建設得更加繁榮昌盛。

【義近】同心同德／萬眾一心。

【義反】離心離德／一盤散沙。

一五一十（一ˊ ㄨˇ 一ˊ ㄕˊ）

【釋義】五個、十個地將數目點清。

【出處】吳敬梓・儒林外史一回：「翟買辦飛奔下鄉，到秦老家，邀王冕過來，一五一十，向他說了。」

【用法】形容從頭到尾，原原本本地把事情說出來。

【例句】嫌犯在警察局內將作案的經過**一五一十**地全盤供了出來，眞相終於大白。

【義近】不折不扣／原原本本／全盤托出／鉅細靡遺。

【義反】掐頭去尾／呑呑吐吐／支吾其詞／左支右吾。

一木難支（一ˋ ㄇㄨˋ ㄋㄢˊ ㄓ）

【釋義】也作「一柱難支」，意爲一根柱子難以支撐大屋。

【出處】世說新語・任誕：「元裒如北夏門，拉攞自欲壞，非一木所能支。」

【用法】比喻艱巨的工作，非一人所能勝任。

【例句】國家的安定和諧，須仰賴全體國民的共同努力，單憑政府的力量，就如同**一木難支**，畢竟成效有限。

【義近】孤掌難鳴／獨木難支／勢孤力單。

【義反】眾擎易舉／一柱擎天。

一不做，二不休（一 ㄅㄨˋ ㄗㄨㄛˋ，ㄦˋ ㄅㄨˋ ㄒ一ㄡ）

【釋義】要麼不做，要做就要做到底，不要中途停下來。休：停止。

【出處】趙元一・奉天錄四：「第一莫做，第二莫休。」元曲・王曄・桃花女：「……一不做，二不休，少不得弄出幾個人命來。」

【用法】常用來說明做了壞事不知悔改，頑固地繼續做下去。也用來表示下定決心，不顧一切地完成。

【例句】既然事情已發展到了無可挽回的地步，只好**一不做，二不休**，拚到底算了。

一夫當關，萬夫莫敵（一ˋ ㄈㄨ ㄉㄤ ㄍㄨㄢ，ㄨㄢˋ ㄈㄨ ㄇㄛˋ ㄉ一ˊ）

【釋義】一人把守關口，千軍萬馬也攻不破。「敵」本作「開」。當：阻擋。

【出處】李白・蜀道難：「劍閣崢嶸而崔嵬，一夫當關，萬夫莫開。」

【用法】比喻地勢險要，易守難攻。

【例句】函谷關位居地勢險要之處，具有**一夫當關，萬夫莫敵**的雄偉氣勢，無怪自古以來皆爲兵家必爭之地。

一夫拚命，萬夫難敵（一ˋ ㄈㄨ ㄆㄢˋ ㄇ一ㄥˋ，ㄨㄢˋ ㄈㄨ ㄋㄢˊ ㄉ一ˊ）

【釋義】一人決心死戰，萬夫也難爲敵。敵：抵拒，對抗。

【出處】元・雜劇・昊天塔：「兵書有云：『一夫拚命，萬夫難敵。』」

【用法】比喻只要敢於拚搏，便能取勝。

【例句】你看關雲長那種過五關斬六將的豪邁氣勢，即可知世上確有**一夫拚命，萬夫難敵**的壯舉。

【義近】一夫荷戟，千人莫當／一夫出死，千乘不輕／一夫捨死，萬夫莫當。

一日九遷（一ˊ ㄖˋ ㄐ一ㄡˇ ㄑ一ㄢ）

【釋義】一日之內九次升官。遷：移升官職。

【出處】焦延壽・易林・履之節：「漢車千秋一日九遷其官。」

【用法】形容職位提升之快。

【例句】王先生最近官運亨通，在短短的一年內，竟由一個小小的科員**一日九遷**而成爲局處首長。
【義近】一歲三遷／平步青雲／青雲直上／一日三遷。
【義反】仕途多艱／懷才不遇。

一日三秋

【釋義】過一天就像過三年一樣。秋：秋季，在此代指爲一年。
【出處】詩經・王風・采葛：「一日不見，如三秋兮。」
【用法】形容思念殷切。特別著重指情人、朋友間的深刻思念。
【例句】我和他分別才幾天，就好像已經很久了，時刻都在盼望他回來，眞有**一日三秋**之感啊！
【義近】牽攣乖隔。

一日千里

【釋義】馬跑得極快，一日能致千里之遙。
【出處】荀子・修身：「夫驥一日而千里，駑馬十駕，則亦及之矣。」
【用法】形容進步神速，或說明事業發展得很快。
【例句】二十世紀科技發展**一日千里**，使人類生活亦隨之改變不少。
【義近】突飛猛進／日新月異／蒸蒸日上／日新月盛。
【義反】江河日下／每下愈況／一落千丈／日陵月替／日趨式微。

一日之長

【釋義】指才能比別人稍強一點。一日：少許的意思。長：長處。
【出處】世說新語・品藻載：顧邵問龐士元：「吾與足下孰愈？」龐曰：「……吾似有一日之長。」
【用法】用以表示比別人高明一些的謙虛之詞。
【例句】在文學領域裏，我可能比各位科學家們稍有**一日之長**，但於科技新知方面，我則遠不如各位了。
【義近】略高一籌／技高一籌／略擅勝場／略勝一籌。
【義反】略遜一籌。

一日之計在於晨

【釋義】一天的事情最好在早晨計劃好安排好。
【出處】梁元帝纂要：「一年之計在於春，一日之計在於晨。」
【用法】比喻凡事最好早作計劃，也用以說明早晨時光的可貴。
【例句】時光是寶貴的，早晨的時光尤爲如此。所以古人有「**一日之計在於晨**」的訓戒，曾文正公更勉勵人「作人從早起起」。
【義近】一年之計在於春／早起鳥兒有蟲吃。

一日爲師，終身爲父

【釋義】對於曾教導過自己的老師，就應該一輩子像對待父兄一樣的尊敬他。一日：指短時間。
【出處】司馬遷・史記・仲尼弟子列傳：「孔子卒，子夏曰：『一日爲師，終身爲父。』乃心喪廬于墓側三年而後返。」
【用法】用以說明師道尊嚴，應該誠心敬重老師。
【例句】青出於藍是常有的事，但古有明訓：「**一日爲師，終身爲父**。」對老師的教誨，是終身不可或忘的。

一日縱敵，數世之患

【釋義】一旦放縱敵人，將爲以後留下無窮的禍患。

【出處】左傳・僖公三三年：「先軫曰：『……吾聞之：一日縱敵，數世之患也。』」
【用法】比喻決不可放縱敵人，否則便會後患無窮。
【例句】我們對敵人決不能心存憐憫，要知道「**一日縱敵，數世之患**」是千古不易的名言。
【義近】縱虎歸山。

一犬吠形，百犬吠聲

【釋義】一隻狗看到怪東西就叫個不停，其他的狗不知其然，也跟著叫個不停。
【出處】王符・潛夫論・賢難：「諺曰：『一犬吠形，百犬吠聲。』世之疾此固久矣哉。」
【用法】比喻人遇事不明察眞相，妄加附和，藉以諷刺人們愛盲從跟進。
【例句】對於事情的眞相要查明究竟，不要**一犬吠形，百犬吠聲**，人云亦云，毫無主見。
【義近】繪聲繪形／以訛傳訛／人云亦云。
【義反】信則傳言／無徵不信／實事求是／言之有據。

一毛不拔

【釋義】一根毫毛也不肯拔下。一毛：比喻極細微之物。
【出處】孟子・盡心上：「楊子取爲我，拔一毛而利天下，不爲也。」北堂書抄三三引燕丹子：「情有乖異，一毛不拔。」
【用法】譏諷人吝嗇到了極點。
【例句】老李視錢如命，是個**一毛不拔**的吝嗇鬼。
【義近】嗜財如命／一文不與／鐵公雞／視錢如命。
【義反】慷慨好施／一擲千金／廣施博濟／輕財重施。

一介不取

【釋義】一根小草也不隨便拿取。介：同「芥」，小草，代指細微之物。
【出處】孟子・萬章上：「非其義也，非其道也，一介不以與人，一介不以取諸人。」
【用法】形容爲人廉潔清白，於錢於物，毫不苟且。
【例句】爲人處世最重要的是廉潔公正，於錢財應該做到像古人所說的那樣：「非我所有，**一介不取**。」
【義近】一文不苟／一毫莫取／臨財不苟／塵土不沾。
【義反】中飽私囊／貪求無饜。

一介書生

【釋義】一個微不足道的讀書人。介：微，纖。
【出處】王勃・滕王閣序：「勃三尺微命，一介書生。」
【用法】知識階層的人用以謙稱自己。
【例句】當今社會上人才濟濟，我有何德何能，不過**一介書生**而已，卻享受著如此優厚的待遇，實在令人慚愧。
【義近】小小一儒。
【義反】博學鴻儒／碩學通儒。

一片冰心

【釋義】一片純潔的心。冰：用以形容心地純正、潔淨。
【出處】王昌齡・芙蓉樓送辛漸詩：「洛陽親友如相問，一片冰心在玉壺。」
【用法】常用來形容心地純潔，不慕名利，品德高潔。
【例句】眞正的清官，無論是對上還是對下，都是**一片冰心**，從不計較個人得失，不慕榮華富貴。
【義近】嶔崎磊落／冰清玉潔／冰心玉壺／嶽峙淵渟／珪璋特達。
【義反】居心叵測／鬼計多端／老奸巨猾。

一手一足

【釋義】一個人的手足。本意在於說明一個人難以爲力。
【出處】禮記・表記：「后稷天

下之為烈也，豈一手一足哉！」

【用法】今多作「一手一腳」，用以說明一個人的力量或一人所為。

【例句】這棟雅緻的小木屋是由他**一手一足**建造而成，沒有任何人幫忙。

【義近】單槍匹馬／自力更生。

【義反】羣策羣力／同心協力。

一手遮天（ㄕㄡˇ ㄓㄜ ㄊㄧㄢ）

【釋義】一隻手把天遮住。

【出處】曹鄴・讀李斯傳詩：「難將一人手，掩得天下目。」

【用法】比喻倚仗權勢，混淆是非，遮人耳目。貶義。

【例句】在民主社會中，當政者想要倚仗權勢，**一手遮天**，已經不可能了。

【義近】瞞天過海／欺上瞞下／掩人耳目／掩飾耳目。

【義反】不欺暗室／不愧不怍／行不由徑／衾影無慚／正大光明／光明磊落。

一孔之見（ㄎㄨㄥˇ ㄓ ㄐㄧㄢˋ）

【釋義】從一個小孔裏所能看到的事物。孔：小洞。

【出處】桓寬・鹽鐵論・相刺：「通一孔，曉一理，而不知權衡，以所不覩不信。」

【用法】比喻見解狹窄，主觀片面。多用來批評、勸戒，也用作自謙之詞。

【例句】如何使我們的國家長治久安，這是個大問題，需要大家發表高見，以便集思廣益，我剛剛所提的不過是個人的**一孔之見**。

【義近】井蛙之見／管中窺豹／甕天之見／窺豹一斑／管窺蠡測。

【義反】廣見博識／高瞻遠矚／高見遠視。

一以貫之（ㄧˇ ㄍㄨㄢˋ ㄓ）

【釋義】即「以一貫之」，用一個原理貫穿萬事萬理。

【出處】論語・里仁：「子曰：『吾道一以貫之。』」朱子語類・性理三：「至微之理，至著之理，一以貫之。」

【用法】常用來說明眾多的事理或紛繁複雜的現象，終可歸結出一個根本的道理。

【例句】政府的施政理念，**一以貫之**，就是以造福人民為目標。

【義近】總而言之／歸根結蒂。

一仍舊貫（ㄖㄥˊ ㄐㄧㄡˋ ㄍㄨㄢˋ）

【釋義】一切照舊行事。仍：因襲，依照。舊貫：猶舊制、舊例。

【出處】論語・先進：「魯人為長府，閔子騫曰：『仍舊貫，如之何？何必改作。』」

【用法】用以說明不作變動，一切照舊，或少作變動，基本照舊。

【例句】革新如果反而引發社會的不安，倒不如**一仍舊貫**來得好，起碼可以維持原有的和諧。

【義近】一成不變／一如既往／蕭規曹隨／率由舊章／蹈常襲故／墨守成規／陳陳相因／因循守舊。

【義反】除舊更新／革故鼎新／推陳出新／日新月異。

一本正經（ㄅㄣˇ ㄓㄥˋ ㄐㄧㄥ）

【釋義】一副本來就很正派的樣子。正經：正當，正派。

【用法】形容人為人規矩、鄭重，態度嚴肅、莊重。有時帶有諷刺意味。

【例句】那說書的說得眉飛色舞，在眾多聽眾中，有位老人**一本正經**地聽著，一會兒心領神會地微笑，一會兒點頭贊許。

【義近】道貌岸然／不苟言笑／正襟危坐。

【義反】嬉皮笑臉／油腔滑調。

一本萬利

【釋義】用極少資本賺取巨大利潤。本：本錢。利：利潤。

【出處】徐復祚・一文錢劇：「一本萬利財源長，倉庫豐盈箱不空。」

【用法】用以說明做生意利潤的優厚。

【例句】做生意的人都希望能**一本萬利**，用最小的資本，追求最大的利潤，這樣才能發財。

【義近】本小利大。

【義反】蝕本生意／蠅頭微利／本多利微／本厚利薄。

一別如雨

【釋義】一離別便難再相逢，如同雨落地面，不會再回到雲中。

【出處】王粲・贈蔡子篤：「風流雲散，一別如雨。」

【用法】用以形容一離別就難以相聚，音信全無。

【例句】自從他返鄉離去後，便**一別如雨**，沒有人知道他的下落。

【義近】一去無踪／杳如黃鶴／杳無音信／魚沉雁杳／雁逝魚沉／音信全無。

【義反】來鴻去雁／雁足傳書／雁字魚書／傳書寄簡／書疏往返。

一世之雄

【釋義】一個時代的英雄人物。世：時，時代。

【出處】宋書・武帝紀上：「劉裕足爲一世之雄。」蘇軾・前赤壁賦：「固一世之雄也，而今安在哉！」

【用法】用以稱讚社會各界的傑出人才。

【例句】社會發展到今天，人才輩出，各個領域都有足爲**一世之雄**的人物。

【義近】一代豪傑／一代風流／一代棟梁。

【義反】凡夫俗子／販夫走卒／市井小民。

一目了然

【釋義】一眼就看得清清楚楚，或一看就能完全了解。

【出處】朱子語類一三七：「見得道理透後，從高視下，一目了然。」

【用法】常用以說明觀察人和事，能作清楚的了解。

【例句】欲借閱圖書館的藏書，只要查看目錄，便可**一目了然**。

【義近】瞭若指掌／一覽無遺／盡收眼底。

【義反】霧裏看花／若有若無／若隱若現／若晦若明。

一目十行

【釋義】一次可同時閱讀十行文字。

【出處】劉克莊・雜記六言詩：「五更三點待漏，一目十行讀書。」

【用法】形容讀書敏捷，速度極快，記憶力強。

【例句】那位張姓學童，讀起書來**一目十行**，到口成誦，眞可謂「神童」。

【義近】過目成誦／過目不忘／十行俱下／到口成誦。

【義反】尋行數墨／過目即忘。

一失足成千古恨

【釋義】謂人生不可走錯路，一走錯路就會造成一輩子痛苦。失足：指犯錯誤。千古：謂永久。

【出處】楊儀・明良記載：唐解元寅既廢棄，詩云：「一失腳成千古恨，再回頭是百年人。」

【用法】常用來勉勵、勸戒人們行事要謹慎，不要犯錯，一旦犯錯，悔恨莫及。

【例句】年輕人血氣方剛，涉世未深，宜謹慎行事，以免**一失足成千古恨**。

【義近】一著不愼，滿盤皆輸。
【義反】浪子回頭金不換／放下屠刀，立地成佛。

一丘之貉

【釋義】同一山裏的貉。丘：小土山。貉：似狐狸的獸。
【出處】漢書・楊惲傳：「古與今如一丘之貉。」
【用法】原比喻都是同類事物，並無差別。現用爲貶義，比喻結黨的小人。
【例句】管它秦國也好，楚國也好，在我看來都是**一丘之貉**，都得提防著些。
【義近】狐羣狗黨／同類相聚／狼狽爲奸。

一代文豪

【釋義】一個時代中傑出的文人。一代：一個時代，也指當代。
【出處】歐陽修・歸田錄：「楊大年作文，頃刻數千言，眞一代之文豪。」
【用法】用以贊譽卓有成就而又爲人們欽佩敬仰的文人。
【例句】梁實秋先生筆耕六十多年，寫了許多格調高雅、內蘊豐盈、文筆幽默、語言生動的優美散文，深受人們推崇，不愧爲**一代文豪**。
【義近】一代文宗／一代巨匠／當代巨擘。
【義反】鄙陋小儒／淺薄書生。

一代風流

【釋義】創立風尚，爲當代景仰的人物。風流：英俊傑出或有瀟灑的氣派。
【出處】杜甫・哭李常侍嶧：「一代風流盡，修文地下深；斯人不重見，將老失知音。」
【用法】用以稱譽備受推崇、品格才藝特出的風雅之士。
【例句】李白性格豪放，舉止瀟灑，詩情洋溢，堪稱**一代風流**。
【義近】一代名流／當代風雲／當代豪傑。
【義反】平庸士子／駑鈍之才。

一字師

【釋義】爲人改正一個字的老師，稱之爲一字師。
【出處】五代史補・三載：齊己早梅詩有「前村深雪裏，昨夜數枝開」句，鄭谷改「數枝」爲「一枝」，時人稱鄭谷爲一字師。
【用法】用以稱許別人學識修養的豐富。
【例句】我曾經把論語的「論」讀錯了，有位同事糾正我的讀音，他眞是我的**一字師**！

一字千金

【釋義】一個字價值千金。
【出處】司馬遷・史記・呂不韋列傳：「呂不韋乃使其客人人著所聞……號曰呂氏春秋。布咸陽市門，懸千金其上，延諸侯游士賓客有能增損一字者予千金。」
【用法】用以稱詩文價值很高或文辭精妙。
【例句】這本書是他嘔心瀝血，耗盡一生歲月之作，文辭之高妙，任誰也找不出瑕疵，眞可謂是**一字千金**。
【義近】一字一珠／一字不易／字字璣珠／金章玉句／無下筆處。
【義反】驢鳴犬吠。

一字不易

【釋義】沒有一個字可以更改。
【出處】新唐書・文藝傳：「張九齡視其草，欲易一字，卒不能也。」
【用法】用以稱讚別人的文字精鍊到無可更改的地步。
【例句】歐陽修爲文極其嚴肅認眞，寫好後總要反覆潤色加工，所以他流傳下來的文章，大多是**一字不易**的佳作。
【義近】文字嚴謹／文不加點／無下筆處。

【義反】浮文贅字／冗詞贅句／疵蒙謬累／連篇累牘。

一字褒貶（ㄧˊ ㄗˋ ㄅㄠ ㄅㄧㄢˇ）

【釋義】於一字之中寓含褒貶之意。

【出處】杜預・春秋經傳集解序：「春秋雖以一字為褒貶，然皆須數句以成言。」

【用法】今指記事論人用字措辭嚴格而有分寸，語意含蓄而深刻。

【例句】寫評論文章要抱著嚴肅認真的態度，字斟句酌，以求收到**一字褒貶**的功效。

【義近】微言大義／春秋筆削。

一衣帶水（ㄧˋ ㄧ ㄉㄞˋ ㄕㄨㄟˇ）

【釋義】像一條衣帶那麼寬的水流。

【出處】南史・陳後主紀：「隋文帝謂僕射高熲曰：『我為百姓父母，豈可限一衣帶水不拯之乎？』」

【用法】泛指一水之隔，不足為阻。或比喻兩地相隔之近。

【例句】我國與日本僅**一衣帶水**之隔，理應和睦相處，世代友好。

【義近】一水之隔／近在咫尺／一箭之地／步武之間。

【義反】山南海北／關山迢遞／天南地北／天涯海角。

一帆風順（ㄧˋ ㄈㄢ ㄈㄥ ㄕㄨㄣˋ）

【釋義】船隻揚起風帆，一路順風行駛。

【出處】施耐庵・水滸傳四一回：「三隻大船載了許多人馬頭領，卻投穆太公莊上來。一帆風順……。」

【用法】形容做事順利，毫無阻礙。

【例句】無論升學或就業，他總是那麼**一帆風順**，令人羨慕不已。

【義近】一路順風／無往不利／萬事如意／順風順水。

【義反】一波三折／困難重重／好事多磨／驚濤駭浪。

一成不變（ㄧˋ ㄔㄥˊ ㄅㄨˋ ㄅㄧㄢˋ）

【釋義】一經形成就不再改變。

【出處】禮記・王制：「刑者侀也，侀者成也，一成而不可變，故君子盡心焉。」

【用法】形容墨守成規，不知變通。

【例句】社會在進步，法規亦應隨大眾的需要而做調整，不能**一成不變**。

【義近】參見「一仍舊貫」條。

【義反】參見「一仍舊貫」條。

一如既往（ㄧˋ ㄖㄨˊ ㄐㄧˋ ㄨㄤˇ）

【釋義】一切就像從前一樣。既往：以往，從前。

【用法】用以說明社會、人和事物等都沒有什麼變化。

【例句】隨著經濟的發展，農村生活也有了長足的改善，但純樸好客的民風，仍**一如既往**，沒有改變。

【義近】參見「一仍舊貫」條。

【義反】參見「一仍舊貫」條。

一言九鼎（ㄧˋ ㄧㄢˊ ㄐㄧㄡˇ ㄉㄧㄥˇ）

【釋義】一句話有九個鼎那麼重的分量。九鼎：古代傳國的寶器。

【出處】司馬遷・史記・平原君傳載：毛遂說服楚王出兵救趙，平原君贊揚他說：「毛先生一至楚而使趙重於九鼎大呂。毛先生以三寸之舌，強於百萬之師。」

【用法】用以比喻有決定作用的言論，或很有分量的話。

【例句】這個問題原本各界爭論不休，直到權威人士發表談話才解決了紛爭，真是**一言九鼎**啊！

【義近】一諾千金／一槌定音。

【義反】人微言輕。

一言以蔽之（ㄧˋ ㄧㄢˊ ㄧˇ ㄅㄧˋ ㄓ）

【釋義】用一句話來概括它。蔽

：遮，引申爲概括。

【出處】論語・爲政：「詩三百，一言以蔽之，曰：『思無邪。』」

【用法】用來表示概括性的結論，或總結上文。

【例句】他這種諂媚逢迎的態度，**一言以蔽之**，其目的無非是想往上爬。

【義近】總而言之／概而言之。

【義反】一言難盡。

一言半語（ㄧˋ ㄧㄢˊ ㄅㄢˋ ㄩˇ）

【釋義】一句半句。言、語：在此均爲「句」的意思。

【出處】司馬遷・史記・魏公子列傳：「今吾且死，而侯生曾無一言半辭送我……。」

【用法】用來表示說話很少。

【例句】有些人行事特別謹慎，唯恐說錯話招惹禍端，即使非發表意見不可，也不過**一言半語**而已。

【義近】三言兩語／口不多言／時然後語。

【義反】喋喋不休／呶呶不止／絮絮叨叨。

一言爲定（ㄧˋ ㄧㄢˊ ㄨㄟˊ ㄉㄧㄥˋ）

【釋義】話一說定，就不再翻悔變更。

【出處】紀君祥・趙氏孤兒：「程嬰，我一言已定，你再不必多疑了。」

【用法】多用於強調自己或對方遵守信約。

【例句】我做生意最討厭拖泥帶水的，既然你我雙方都有誠意合作，咱們就**一言爲定**。

【義近】說一不二／言信行果／一言駟馬／一諾千金。

【義反】出爾反爾／言而無信／食言而肥／墨瀋未乾。

一言既出，駟馬難追（ㄧˋ ㄧㄢˊ ㄐㄧˋ ㄔㄨ ㄙˋ ㄇㄚˇ ㄋㄢˊ ㄓㄨㄟ）

【釋義】一句話既已出口，就是最快的馬車也無法追回。既：已經。駟馬：四匹馬拉的車，古代最快的交通工具。

【出處】論語・顏淵：「駟不及舌。」歐陽修・筆說：「俗云：『一言出口，駟馬難追。』」

【用法】形容話已出口，無法收回；表示說話要算數，決不反悔。

【例句】古人云：「**一言既出，駟馬難追**。」我們做人要說話算話，不可輕易反悔。

【義近】參見「一言爲定」條。

【義反】參見「一言爲定」條。

一言興邦（ㄧˋ ㄧㄢˊ ㄒㄧㄥ ㄅㄤ）

【釋義】一句話便可以使國家興隆。

【出處】論語・子路：「一言而可以興邦，有諸？」

【用法】用以說明說話要多爲國家、事業著想，抱認眞負責的態度，提出寶貴意見。

【例句】所謂**一言興邦**，知識分子應該勇於提出國是建言，以供爲政者參考。

【義近】一言定乾坤／一言興國／一言利國。

【義反】一言喪邦／一言失國。

一言難盡（ㄧˋ ㄧㄢˊ ㄋㄢˊ ㄐㄧㄣˋ）

【釋義】一句話難以將事情交代完全。

【出處】馬致遠・青衫淚：「苦死人也，教我一言難盡。」

【用法】形容事情曲折複雜，或有難言之苦。常帶有感歎語氣。

【例句】我花了五年的時間才完成這件作品，創作過程的艱辛眞是**一言難盡**。

【義近】言不盡意／說來話長。

【義反】一言以蔽之／一語破的／一針見血／暢所欲言。

一沐三握髮（ㄧˊ ㄇㄨˋ ㄙㄢ ㄨㄛˋ ㄈㄚˇ）

【釋義】在一次洗髮的時間內，須三度握其已洗散之髮，出來接見賓客。

【出處】司馬遷・史記・魯周公世家：「然我一沐三握髮，

一飯三吐哺，起以待士，猶恐失天下之賢人。」

【用法】比喻招攬求納人才的殷切。

【例句】要把國家治理好，爲政者應要有「**一沐三握髮**」的精神，以禮賢下士，招納人才。

【義近】一飯三吐哺／三顧茅廬／禮賢下士／求賢若渴／三薰三沐。

【義反】踐踏人才／傲賢慢士／唯我獨尊。

一決雌雄（ㄐㄩㄝˊ ㄘ ㄒㄩㄥˊ）

【釋義】比一比高低，決一勝敗。雌雄：喻勝負高下。

【出處】司馬遷・史記・項羽本紀：「願與漢王挑戰，決雌雄。」羅貫中・三國演義三一回：「汝等各回本州，誓與曹賊一決雌雄。」

【用法】比喻堅決定個輸贏，決個勝負。

【例句】抗日戰爭時期，那些愛國將領無不熱血沸騰，誓與日本軍閥**一決雌雄**。

【義近】決一死戰／一決生死。

【義反】偃旗息鼓／握手言和／言歸舊好。

一技之長（ㄐㄧˋ ㄓ ㄔㄤˊ）

【釋義】具備某種技術特長。

【出處】李汝珍・鏡花緣六四回：「如有一技之長者，前來進謁，莫不優禮以待。」

【用法】形容一個人在某一領域或某一方面具特出的技能。

【例句】在現代社會中，只要有**一技之長**，就可以過著衣食無虞的生活。

【義近】一技之善／一日之長。

【義反】一無所長／一無所能。

一見如故（ㄐㄧㄢˋ ㄖㄨˊ ㄍㄨˋ）

【釋義】初次相見就情投意合，像老朋友一樣。故：意指老朋友。

【出處】張洎・賈氏譚錄：「李鄴侯爲相日，吳人顧況西遊長安，鄴侯一見如故。」

【用法】形容初見時的熱情、融洽或談得十分投機。

【例句】他們倆雖是初次見面，卻**一見如故**，稍作寒暄，就熱烈地談論起來了。

【義近】傾蓋如故／相見恨晚／一面如舊。

【義反】白頭如新／知己難求。

一見鍾情（ㄐㄧㄢˋ ㄓㄨㄥ ㄑㄧㄥˊ）

【釋義】一見面就產生愛情。鍾情：愛情專注。

【出處】劉義慶・世說新語・傷逝：「情之所鍾，正在我輩。」西湖佳話：「乃蒙郎君一見鍾情，故賤妾有感於心。」

【用法】主要用來形容男女之間初見一面，就萌發出很深的愛情。偶爾也用來指一見事物就產生感情。

【例句】那女子亭亭玉立，風姿綽約，怎能不叫青年男子**一見鍾情**哩！

【義近】一見傾心／一見傾倒。

【義反】日久生厭。

一步登天（ㄅㄨˋ ㄉㄥ ㄊㄧㄢ）

【釋義】走一步就到達天堂的美好境地。

【出處】清稗類鈔：「巡檢作巡撫，一步登天；監生當監臨，斯文掃地。」

【用法】比喻一下子達到很高的境界、程度或地位。

【例句】做人做事要腳踏實地，妄想著**一步登天**是不切實際的。

【義近】一夕致富／鳶飛戾天。

【義反】一落千丈／跌入深谷／步步爲營。

一身是膽（ㄕㄣ ㄕˋ ㄉㄢˇ）

【釋義】全身都是膽，極言其膽大不怕死。

【出處】陳壽・三國志・蜀志・趙雲傳・裴松之注：「先主

明旦自來，至雲營圍視昨戰處，曰：『子龍一身都是膽也！』」

【用法】用以形容人極為英勇，無畏挑戰。

【例句】老王年輕時是位抗日英雄，**一身是膽**，殲滅敵人無數。

【義近】渾身是膽／天不怕地不怕。

【義反】膽小如鼠／膽戰心驚／戰戰兢兢。

一佛出世，二佛涅槃（一ˋ ㄈㄛˊ ㄔㄨ ㄕˋ，ㄦˋ ㄈㄛˊ ㄋㄧㄝˋ ㄆㄢˊ）

【釋義】死去活來，暈過去又醒過來。出世：生。涅槃：死，佛家語。佛：「佛陀」的省稱，為佛教徒對得道者的稱呼。

【出處】水滸傳五二回：「眾人只得拿翻李逵，打得一佛出世，二佛涅槃。」

【用法】形容非常痛苦。

【例句】她有滿肚子的冤屈無處訴說，所以一見到我，就一面哭，一面說，直哭得**一佛出世，二佛涅槃**。

【義近】一佛出世，二佛生天／七死八活／死去活來。

一波三折（一ˋ ㄅㄛ ㄙㄢ ㄓㄜˊ）

【釋義】指寫字筆劃曲折多姿。一波：一劃。三折：三折筆鋒。

【出處】王羲之・題衛夫人筆陣圖後：「每作一波，常三過折筆。」

【用法】現比喻事情的進行阻礙多、曲折多，很不順利。

【例句】做學問的確不容易，研究任何一個有價值的問題，都要經過**一波三折**。

【義近】困難重重／曲曲折折／躓踣者屢。

【義反】一帆風順／水到渠成／瓜熟蒂落／馬到成功。

一波未平，一波又起（一ˋ ㄅㄛ ㄨㄟˋ ㄆㄧㄥˊ，一ˋ ㄅㄛ ㄧㄡˋ ㄑㄧˇ）

【釋義】一層波還未平息，另一層波浪又興起。

【出處】劉禹錫・浪淘沙：「流水淘沙不暫停，前波未滅後波生。」

【用法】比喻事情挫折甚多，一事未了，另一事又發生。也用來形容文勢起伏不定的樣子。

【例句】小倆口的爭執還沒平息，好事者又來搬弄是非，真是**一波未平，一波又起**。

【義近】一波三折／事故疊起。

【義反】清風徐來，水波不興／波平如鏡／風平浪靜／萬事如意。

一刻千金（一ˊ ㄎㄜˋ ㄑㄧㄢ ㄐㄧㄣ）

【釋義】一刻時光價值千金。一刻：指短暫的時間，古以一晝夜為一百刻。

【出處】蘇軾・春夜詩：「春宵一刻值千金，花有清香月有陰。」

【用法】比喻時間寶貴。

【例句】古人說「**一刻千金**」，我們現在說「時間就是金錢」，意思都是要人們珍惜時光，努力完成自己的事業。

【義近】一寸光陰一寸金／尺璧寸陰。

【義反】虛擲光陰／虛度年華。

一表非凡（一ˋ ㄅㄧㄠˇ ㄈㄟ ㄈㄢˊ）

【釋義】人的容貌儀表非尋常人可比。表：外貌，儀表。

【出處】吳承恩・西遊記五四回：「女王閃鳳目，簇蛾眉，仔細觀看，果然一表非凡。」

【用法】多用於形容男子的容貌儀表出眾。

【例句】影片中的男主角不僅演技高超，而且長得**一表非凡**，無怪吸引那麼多愛慕的眼光。

【義近】一表人才／相貌堂堂／丰神俊朗／器宇軒昂。

【義反】其貌不揚／獐頭鼠目／尖嘴猴腮。

一枕黃粱

【釋義】黃米飯尚未蒸熟，而美夢已醒。
【出處】沈既濟・枕中記：盧生一覺醒來，見所炊煮的黃粱尚未熟，歎息說：「豈其夢寐耶？」袁枚・夢：「一枕黃粱醒即休。」
【用法】比喻癡心妄想或說明虛幻夢想的破滅。
【例句】袁世凱無時無刻不想當皇帝，而且處心積慮計劃了很久，其結果也還是一枕黃粱。
【義近】鏡中之花／水中之月／南柯一夢／黃粱夢醒／人生若夢。
【義反】夢想成眞／如願以償／心想事成。

一事無成

【釋義】一件事也沒有做成。
【出處】白居易・除夜寄微之詩：「鬢毛不覺白毿毿，一事無成百不堪。」
【用法】歎息虛度光陰，毫無成就。
【例句】人生在世，一要有志向，二要有刻苦精神，三要有毅力，否則便會一事無成。
【義近】徒勞無功／一無所成／老大徒傷悲。
【義反】功成名就／碩果累累。

一呼百諾

【釋義】有錢有勢的人一聲呼喚，手下的人立刻答應。
【出處】元曲選・舉案齊眉：「堂上一呼，階下百諾。」
【用法】形容權勢顯赫，侍從和奉承者甚多。
【例句】賈母遊園賞花，丫鬟奴婢前呼後擁，一呼百諾，好不威風！
【義近】一呼百應／威風凜凜／權傾九卿／前呼後擁。
【義反】充耳不聞／不理不睬／形單影隻／孑然一身。

一念之差

【釋義】一個念頭的錯誤。
【出處】楚辭後語・鴻鵠歌：「一念之差，甚怨造禍，以至於此，固無兩全之理矣。」
【用法】用以說明只因一個小小的錯誤，卻招來嚴重的惡果，或導致前功盡棄的結局。
【例句】周教授一向深得同事們的尊敬和學生的愛戴，後來只因一念之差，做了錯事，結果落得身敗名裂。
【義近】一時疏忽／一著失棋。
【義反】深思熟慮／反覆推敲／思慮周詳。

一往無前

【釋義】無所畏懼地向前進。一往：一直向前。無前：不怕前面的困難險阻。
【出處】孫傳庭・官兵共戰斬獲疏：「曹變蛟遵臣指畫，與北兵轉戰衝突，臣之步兵莫不一往無前。」
【用法】形容一個人毫無所懼，奮勇前進。
【例句】做任何事只要本著一往無前的精神，終有成功的一天。
【義近】勇往直前／義無反顧／再接再厲。
【義反】畏縮不前／逡巡遁逃／瞻前顧後。

一往情深

【釋義】對人對事始終寄以眞摯深厚的感情。一往：全心嚮往或一直不變。
【出處】劉義慶・世說新語・任誕：「桓子野每聞清歌，輒喚奈何！謝公聞之曰：『子野可謂一往有深情。』」
【用法】形容人寄情深遠，十分嚮往依戀；或形容陷入感情的深淵而無法自拔。
【例句】俗話說：「癡心女子負心漢。」明知自己的男友已另有心上人，可是她卻無法忘懷與男友共度的美好時光，仍然對他**一往情深**。

【義近】情意綿綿／情深意切／情深似海。

【義反】寡情薄義／無情無義。

一知半解 ㄧˋ ㄓ ㄅㄢˋ ㄐㄧㄝˇ

【釋義】知道的很少，理解得不夠深透。

【出處】嚴羽・滄浪詩話・詩辨：「詩道亦在妙悟……有透徹之悟，有但得一知半解之悟。」

【用法】形容所知不多，理解膚淺。

【例句】做學問不能滿足於**一知半解**，要有「打破砂鍋問到底」的精神，深入探索，才能得到眞知。

【義近】淺嘗輒止／似是而非／不求甚解／囫圇吞棗。

【義反】融會貫通／廣見博識／深研博覽。

一面之交 ㄧˊ ㄇㄧㄢˋ ㄓ ㄐㄧㄠ

【釋義】見一次面的交情。

【出處】崔寔・本論：「且觀世人之相論也，徒以一面之交，定臧否之決。」

【用法】形容交情不深，了解不多。

【例句】我與他雖然只是**一面之交**，但我相信他的爲人正派，這一點不用懷疑。

【義近】一面之雅／點頭之交／萍水相逢。

【義反】莫逆之交／刎頸之交／生死知己／情同手足。

一面之詞 ㄧˊ ㄇㄧㄢˋ ㄓ ㄘˊ

【釋義】單方面說的話。

【出處】羅貫中・三國演義八七回：「孔明曰：『吾亦難憑一面之詞。』」

【用法】用以說明對於兩方的爭執，不能單聽取一方的話就作出判斷。

【例句】王先生雖然有些小缺點，但並不像他說的那麼壞，你要多作了解，不能單聽他的**一面之詞**。

【義近】片面之詞／一方之言。

【義反】眾口一詞／輿論一致／人言無異／異口同聲。

一客不煩二主 ㄧˊ ㄎㄜˋ ㄅㄨˋ ㄈㄢˊ ㄦˋ ㄓㄨˇ

【釋義】一件事不麻煩兩個人。一客：一人，一個人的事。

【出處】續傳燈錄・堂遠禪師：「一鶴不棲雙木，一客不煩兩家。」

【用法】用以說明自始至終都由一人成全其事，不再麻煩他人。

【例句】這件事就請你全力幫助，**一客不煩二主**，我不再找其他的人了。

【義近】一客不煩兩家／一客不犯二主。

【義反】事煩千家。

一柱擎天 ㄧˋ ㄓㄨˋ ㄑㄧㄥˊ ㄊㄧㄢ

【釋義】一根柱子支撐著天。擎：支撐。

【出處】唐大詔令集六四・賜陳敬瑄鐵券文：「卿五山鎭地，一柱擎天，氣壓乾坤，量含宇宙。」

【用法】比喻人能擔當天下的重任。

【例句】諸葛亮「受命於敗軍之際，奉命於危難之間」，但經過他苦心經營，劉備終於建立了蜀漢朝廷。像諸葛亮這樣的人，眞可算是**一柱擎天**的偉大人物。

【義近】頂天立地／頂梁大柱／擎天大柱／旋乾轉坤。

【義反】一木難支／難勝大任／無力回天。

一食萬錢 ㄧˋ ㄕˊ ㄨㄢˋ ㄑㄧㄢˊ

【釋義】一頓飯或一日的飲食用掉上萬的錢財。

【出處】晉書·何曾傳：「曾字穎考，性奢豪，食日萬錢，猶曰無下箸處。」
【用法】形容飲食、生活極為奢侈。
【例句】現在有許多人講究排場，奢侈成風，竟至**一食萬錢**，以示闊氣。
【義近】揮金如土／炊金饌玉／食前方丈／雕蚶鏤蛤。
【義反】飢不擇食／食不果腹／殘杯冷炙／饘粥餬口／簞食瓢飲／朝虀暮鹽。

一笑千金

【釋義】開口一笑，價值千金。
【出處】崔駰·七依：「迴顧百萬，一笑千金。」
【用法】用以形容美人一笑之難得。
【例句】賈寶玉為了搏得晴雯一笑，竟至撕掉了一把又一把的精美扇子，眞是**一笑千金**啊！
【義近】一笑傾城。

一笑置之

【釋義】笑一笑，把它放在一邊。置：擱置不管。
【出處】楊萬里·觀水嘆詩：「出處未可必，一笑姑置之。」
【用法】表示不值得理睬。
【例句】他自認行事端正，對於別人的惡意中傷，完全**一笑置之**。
【義近】付之一笑／一笑了之／置之度外／恝然置之。
【義反】刮目相待／視如珍寶。

一脈相承

【釋義】由同一個血統承授下來。一脈：一個血脈系統。
【出處】李綠園·歧路燈九二回：「如今這兩個侄兒，雖分鴻臚、宜賓兩派，畢竟一脈相承，所以一個模樣。」
【用法】比喻某種思想、學說、行為、作風等的繼承關係。
【例句】對《紅樓夢》的研究，胡適先生同俞平伯先生的觀點雖然有所不同，但大體上是**一脈相承**，聲氣相通的。
【義近】一脈相傳／一脈相通／同一衣缽／同宗共祖。
【義反】獨樹一幟／自創一格／一家之言。

一馬當先

【釋義】騎馬走在前面。
【出處】羅貫中·三國演義七一回：「黃忠一馬當先，馳下山來。」
【用法】形容遇事走在前面，有帶頭作用。
【例句】槍聲一響，三號跑道上的選手即**一馬當先**，超越其他選手。
【義近】開路先鋒／身先士卒／首開風氣／奮勇當先。
【義反】甘為人後／甘居下風／瞠呼其後／望風莫及。

一時名流

【釋義】一個時代的卓越人物。
【出處】劉義慶·世說新語·品藻：「孫興公、許玄度皆一時名流。」
【用法】常用以稱一個時代的著名人物。
【例句】胡適、張大千等人，都在他們各自的領域中創造了卓越的成就，不愧為**一時名流**。
【義近】一代奇才／一時之傑／一時俊彥。
【義反】無名之輩／斗方之士／庸碌之流。

一息尚存

【釋義】還有一口氣。
【出處】論語·泰伯：「死而後已，不亦遠乎！」朱熹集注：「一息尚存，此志不容少懈，可謂遠矣。」
【用法】表示只要還有一口氣，

就要爲實現自己的理想、志願而奮鬥。

【例句】我還有許多創作未完成，只要我**一息尚存**，就要永不停止地筆耕下去。

【義近】雙目未瞑。

【義反】屍居餘氣／奄奄一息。

一針見血

【釋義】指醫務人員技術熟練，一針就能見到血。

【出處】後漢書・郭玉傳：「一針即瘥。」

【用法】比喻說話或寫文章能抓住主旨，切中要害，見解透徹有力。

【例句】某報的社論不僅言簡意賅，而且往往能**一針見血**地指出社會弊端之所在。

【義近】一語破的／單刀直入。

【義反】無的放矢／百不中一／漫無邊際／隔靴搔癢。

一氣呵成

【釋義】一口氣做成。呵：張口呼氣。

【出處】李漁・閑情偶記：「北曲之介白者，每折不過數言。即抹去賓白而止讀塡詞，亦皆一氣呵成，無有斷續。」

【用法】比喻文章氣勢流暢，首尾連貫；也比喻做事竭盡全力，迅速完成。

【例句】許多作家寫作文章，常常是把自己關在房子裏**一氣呵成**的。

【義近】一揮而就／一舉成功。

【義反】拖拖沓沓／斷斷續續／雜湊成章。

一望無垠

【釋義】一眼望去，看不到邊際。垠：邊際。

【出處】吳承恩・西遊記六四回：「行者道：『一望無際，似有千里之遙。』」

【用法】形容空間或地方遼闊。

【例句】火車奔馳在嘉南平原上，從窗口望出去，只見那**一望無垠**的田野，稻浪翻滾，一片金黃。

【義近】無邊無際／蒼蒼渺渺／冥冥漠漠／橫無際涯。

一乾二淨

【釋義】乾乾淨淨。

【出處】李汝珍・鏡花緣十回：「他是『一毛不拔』，我們是『無毛不拔』，把他拔的一乾二淨，看他如何！」

【用法】形容十分徹底、乾淨，一點也沒有剩下。

【例句】雖然歹徒將自己的罪行推得**一乾二淨**，經由目擊證人的指證後，他也就無話可說了。

【義近】一掃而光／寸草不留。

【義反】拖泥帶水／不乾不淨。

一唱一和

【釋義】一個人先唱，一個人隨聲應和。

【出處】陳叔方・潁川語小卷下：「呼應者一唱一和，律呂相應以成文也。」

【用法】比喻兩人互相配合，彼此呼應。多用於貶義，並含有諷刺意味。

【例句】他們兩人狼狽爲奸，最喜歡在公司中挑撥是非，一旦開會討論問題，兩人就**一唱一和**弄得大家不歡而散。

【義近】遙相呼應／一搭一唱。

【義反】自拉自唱／唱獨角戲。

一唱三歎

【釋義】一人唱歌，三人贊歎而應和之。唱：亦作「倡」。

【出處】荀子・禮論：「清廟之歌，一倡而三歎也。」蘇軾・和蔡景繁海州石室：「長篇小字遠相寄，一唱三歎神淒楚。」

【用法】也用於稱讚別人詩文婉轉而富於情味。

【例句】他的這篇文章寫得特別好，讀起來音韻鏗鏘，使人有**一唱三歎**之感。

【義近】餘音繞梁／韻味無窮／迴腸盪氣／擊節歎賞。

【義反】噪音盈耳／了無韻味／蛙鳴蟬噪／驢鳴犬吠。

一唱百和（ㄧˋ ㄔㄤˋ ㄅㄞˇ ㄏㄜˋ）

【釋義】又作「一倡百和」。一人首倡，百人附和。

【出處】桓寬・鹽鐵論：「人罷（疲）極而主不恤，國內潰而上不知，是以一夫倡而天下和。」

【用法】形容附和的人很多。

【例句】只要你的辦法確實能解決問題，並給大家帶來福祉，我保證會**一唱百和**。

【義近】一呼百應／應者如流。

【義反】無人應和／自唱自和。

一敗塗地（ㄧˊ ㄅㄞˋ ㄊㄨˊ ㄉㄧˋ）

【釋義】一旦失敗就肝腦塗地，極言其失敗之慘。塗地：敷染遍地。塗：抹、敷。

【出處】司馬遷・史記・高祖本紀：「天下方擾，諸侯並起，今置將不善，壹敗塗地。」索隱：「言一朝破敗，便肝腦塗地。」

【用法】形容徹底失敗，不可收拾。

【例句】他這次自信滿滿的出來參加競選，沒想到輸得**一敗塗地**，只拿到幾百票。

【義近】萬劫不復／土崩瓦解／全盤皆輸。

【義反】勢如破竹／所向無敵／所向披靡。

一國三公（ㄧˋ ㄍㄨㄛˊ ㄙㄢ ㄍㄨㄥ）

【釋義】一個國家有三個有權勢的公侯。公：公侯，國君。

【出處】左傳・僖公五年：「狐裘尨茸，一國三公，吾誰適從？」

【用法】比喻發號施令的人太多，使人難以適從。

【例句】一個團體的決策者太多，不僅於事無補，而且會令人有**一國三公**，無所適從的感歎。

【義近】政出多門／無所適從／官多難從／令出多人。

【義反】天無二日／政出一人／唯我獨尊。

一得之愚（ㄧˋ ㄉㄜˊ ㄓ ㄩˊ）

【釋義】一點淺薄的見解。愚：愚見，淺見，謙詞。

【出處】司馬遷・史記・淮陰侯列傳：「智者千慮，必有一失；愚者千慮，必有一得。」歸有光・論禦寇書：「一得之愚，敢不白竭。」

【用法】謙稱自己的見解粗淺。

【例句】我在本文中所論及的問題，不過是**一得之愚**，用以拋磚引玉，還請多指教！

【義近】一孔之見／芻蕘之言。

【義反】眞知灼見／遠見卓識。

一動不如一靜（ㄧˊ ㄉㄨㄥˋ ㄅㄨˋ ㄖㄨˊ ㄧˊ ㄐㄧㄥˋ）

【釋義】意即動不如靜。

【出處】張端義・貴耳集上載：宋孝宗遊靈隱寺，見飛來峯，問僧人道：「既是飛來，如何不飛去？」對曰：「一動不如一靜。」

【用法】用以表示多一事，不如少一事。

【例句】陳老師幾十年來，始終堅守教育崗位，有人高薪聘其改行，他卻抱著「**一動不如一靜**」的念頭予以拒絕。

【義近】以不變應萬變。

一貧如洗（ㄧˋ ㄆㄧㄣˊ ㄖㄨˊ ㄒㄧˇ）

【釋義】貧窮得像遭水沖洗過。

【出處】關漢卿・竇娥冤：「小生一貧如洗，流落在這楚州居住。」

【用法】形容窮得什麼也沒有。

【例句】抗戰時期，全國一片蕭條景象，特別是農村中，許多人生活無著，**一貧如洗**。

【義近】家徒四壁／簞瓢屢空／甕牖繩樞／短褐穿結。

【義反】富可敵國／腰纏萬貫／富等三侯／富比封君。

一張一弛（ㄓㄤ ㄕˇ）

【釋義】有時緊迫，有時鬆弛。張：拉緊弓弦。弛：放鬆弓弦。

【出處】禮記・雜記下：「張而不弛，文武弗能也；弛而不張，文武弗爲也。一張一弛，文武之道也。」

【用法】比喻治國寬嚴相濟，理政有方；也可比喻將工作、休閒作合理的安排，以調適身心。

【例句】①爲政之道，當知**一張一弛**，寬嚴並濟，以收教化之功。②工作與休閒同等重要，**一張一弛**才能調適身心，增進工作效率。

【義近】寬嚴相濟／恩威並施／一嚴一寬／一鬆一緊。

【義反】張而不弛／弛而不張。

一寒如此（ㄏㄢˊ ㄖㄨˊ ㄘˇ）

【釋義】貧寒潦倒得像這樣了。如此：表示到了令人驚訝的程度。

【出處】司馬遷・史記・范雎列傳：「魏使須賈於秦……曰：『范叔一寒如此哉！』乃取一綈袍以賜之。」

【用法】今多用以表示貧困到了極點，也用以表示潦倒。

【例句】我與小張分別近三十年，一直沒有他的消息，今日得知他淪落街頭乞食爲生，眞沒想到他會**一寒如此**啊！

一視同仁（ㄕˋ ㄊㄨㄥˊ ㄖㄣˊ）

【釋義】一樣看待，同施仁愛。

【出處】韓愈・原人：「是故聖人一視而同仁，篤近而舉遠。」

【用法】今多用來表示對人不分親疏、厚薄，同等對待。

【例句】我國是由多種民族組成的國家，因此對各個民族都應**一視同仁**，決不能施行歧視政策。

【義近】不分彼此／貴賤無二／等量齊觀／遐邇一體。

【義反】厚此薄彼／擇佛燒香／親近疏遠。

一勞永逸（ㄌㄠˊ ㄩㄥˇ ㄧˋ）

【釋義】勞苦一次，永得安逸。逸：安逸，安樂。

【出處】班固・封燕然山銘：「茲可謂一勞而久逸，暫費而永寧也。」賈思勰・齊民要術・種苜蓿：「苜蓿長生，種者一勞永逸。」

【用法】形容辛勞的工作值得去做，勞苦一時可永享其利。

【例句】興修水利，開通河道，使農田旱澇保收，這才是**一勞永逸**的做法。

【義近】長計久安。

【義反】苟安一時／勞而無功。

一廂情願（ㄒㄧㄤ ㄑㄧㄥˊ ㄩㄢˋ）

【釋義】只是單方面的意願。一廂：也作「一相」，一邊，單方面。

【出處】王若虛・滹南遺老集：「晏殊以爲柳勝韓，李淑又謂劉勝柳，所謂一相情願。」

【用法】用以說明不管對方的態度或客觀情況如何，只是考慮自己的意願。

【例句】她根本不愛你，你卻想娶她爲妻，這種**一廂情願**的事，怎麼實現得了呢？

【義近】孤行己見／直情徑行。

【義反】兩相情願／情投意合。

一傅衆咻（ㄈㄨˋ ㄓㄨㄥˋ ㄒㄧㄡ）

【釋義】一個人教，衆人喧嘩搗亂。傅：教。咻：喧嘩。

【出處】孟子・滕文公下：「有楚大夫於此，欲其子之齊語也……一齊人傅之，衆楚人咻之，雖日撻而求其齊也，不可得矣。」

【用法】比喻環境對學習的影響深鉅。

【例句】學外語需要好環境，如果你在讀英語，眾人卻在旁邊朗誦中文，像這樣**一傅眾咻**，是學不好的。

【義近】一齊眾楚／一齊眾咻。

【義反】蓬生麻中／近朱者赤。

一朝一夕

【釋義】一個早晨或一個晚上。

【出處】周易・坤・文言：「臣弒其君，子弒其父，非一朝一夕之故，其所由來者漸矣。」

【用法】多用於否定，表示短的時間。

【例句】一個人的學識是一點一滴積累起來的，需要長期努力，非**一朝一夕**可以取得。

【義近】一時半刻／俯仰之間／轉眼之間／旦夕之間。

【義反】長年累月／窮年累世。

一朝權在手，便把令來行

【釋義】一旦大權在握，便要別人都聽他的。

【出處】顧大典・青衫記：「一朝權在手，便把令來行，大小三軍，聽吾命令！」

【用法】常用來比喻小人一旦得志，便發號施令作威作福。

【例句】小王一向胡作非為，最近攀龍附鳳，當上了公司經理。才一上任，就左一個指示，右一個命令，真是「**一朝權在手，便把令來行**」。

一朝天子一朝臣

【釋義】意謂新天子不用舊天子的臣子，而用自己的臣子。朝：代。

【出處】湯顯祖・牡丹亭：「萬里江山萬里塵，一朝天子一朝臣。」

【用法】比喻首領更換，部下也隨之更換。

【例句】用人應該依據才德，**一朝天子一朝臣**的情況最好儘量避免。

一揮而就

【釋義】一動筆就完成了。揮：揮動。就：成功。一作「一揮而成」。

【出處】宋史・文天祥傳：「天祥以法天不息為對，其言萬餘，不為藁，一揮而成。」

【用法】形容文思敏捷，多用於寫字、作文章、繪畫能很敏捷地完成。

【例句】林黛玉的才華在大觀園可算首屈一指，幾次詩會都是待別人寫好了，才提起筆來，**一揮而就**。

【義近】一氣呵成／運筆如飛／援筆立就。

【義反】江郎才盡／索盡枯腸／撚斷鬚髮。

一場春夢

【釋義】一場春宵好夢。

【出處】張泌・寄人詩：「倚杜尋思倍惆悵，一場春夢不分明。」趙令時・侯鯖錄・七：「有老婦年七十，謂坡云：『內翰昔日富貴，一場春夢。』」

【用法】比喻轉眼成空，好景有如夢幻樣的消失，使人感慨非常。

【例句】這才曉得從前各事都是枉費心機，不過做了**一場春夢**。（李汝珍・鏡花緣）

【義近】南柯一夢／黃粱一夢／夢幻泡影／過眼雲煙。

【義反】美夢成真／如願以償／心想事成。

一無可取

【釋義】沒有一點可以取法之處。一：一概，完全。

【出處】馮夢龍・醒世恆言・盧

太學詩酒傲王侯：「原來這俗物，一無可取。」

【用法】用以說明毫無長處、優點、價值，或沒有一點正確的地方。

【例句】我的那篇稿件寄出很久了，直到今天還不見刊出，到底是我的文章**一無可取**呢，還是編輯先生沒有欣賞的眼力？

【義近】一無是處／一無長處／平淡無奇。

【義反】完美無缺／碧玉無瑕／盡善盡美／可圈可點。

一無所有 ㄧ ㄨˊ ㄙㄨㄛˇ ㄧㄡˇ

【釋義】什麼都沒有。

【出處】敦煌變文集・廬山遠公話：「如水中之月，空裏之風，萬法皆無，一無所有，此即名爲無形。」

【用法】著重形容人很窮，一點財物也沒有。

【例句】巧婦難爲無米之炊，現在家中**一無所有**，你叫我拿什麼東西做給你吃哩！

【義近】空空如也／室如懸罄／一貧如洗。

【義反】應有盡有／無所不有／一應俱全。

一無所知 ㄧ ㄨˊ ㄙㄨㄛˇ ㄓ

【釋義】什麼也不知道。

【出處】北史・隋宗室諸王傳：「逆臣賊子，專弄威柄，陛下唯守虛器，一無所知。」

【用法】多用於形容一個人對具體事情或情況一點也不知道；也用以形容失去了知覺。

【例句】①你說的這些情況，我眞的是**一無所知**，並非推卸責任。②林黛玉已經是只有出的氣，沒有進的氣了，對室內所發生的一切，自然是**一無所知**。

【義近】一問三不知／茫然無知／人事不醒。

【義反】無所不知／無所不曉／萬事通／瞭如指掌。

一無所長 ㄧ ㄨˊ ㄙㄨㄛˇ ㄔㄤˊ

【釋義】沒有什麼專長。

【出處】馮夢龍・東周列國志九九回：「今先生處勝門下三年，勝未有所聞，是先生於文武一無所長也。」

【用法】比喻一個人沒有一點做事謀生的專長，乃謙詞或有貶義。

【例句】儘管他在社會上混得不錯，卻是全靠吹牛、拍馬屁得來的，論才學，他實在是**一無所長**。

【義近】一無所能／酒囊飯袋／技能全無。

【義反】一技之長／多才多藝／身懷絕技／無所不能。

一無所得 ㄧ ㄨˊ ㄙㄨㄛˇ ㄉㄜˊ

【釋義】什麼東西都沒有得到。

【出處】王定保・唐摭言卷八：「因命搜壽兒懷袖，一無所得。」

【用法】形容毫無收穫，常用在預期得到而結果卻沒有得到之時。

【例句】我需要好幾本參考書，便去圖書館找，誰知辛苦了兩天，竟**一無所得**，不免令人大失所望。

【義近】一無所獲／寶山空回。

【義反】滿載而歸／收穫空前。

一無是處 ㄧ ㄨˊ ㄕˋ ㄔㄨˋ

【釋義】沒有一點對的地方。是：對，正確。

【出處】歐陽修・與王懿敏公：「事與心違，無一是處，未知何日始得釋然。」

【用法】用以表示毫無正確之處或好的方面，含貶義。

【例句】與人相處，要多看別人的優點和長處，不要老認爲別人**一無是處**。

【義近】一無可取／全盤否定。

【義反】盡善盡美／十全十美。

一筆勾銷

【釋義】一筆抹去。銷：又作「消」，除掉。

【出處】朱熹・宋名臣言行錄・參政范文正公：「公取班簿，視不才監司，每見一人姓名，一筆勾之。」

【用法】常用以表示對往事不再提及，全部了結消除。

【例句】人與人之間應該和睦相處，對過去所發生的不愉快事件，最好**一筆勾銷**，不要再計較了。

【義近】一筆抹煞／一笑了之／盡釋前嫌／陳事不說／往事不提。

【義反】刻骨銘心／沒齒難忘／懷恨在心／耿耿於懷。

一筆抹煞

【釋義】一筆塗抹掉。抹煞：又作「抹殺」，塗抹掉。

【出處】沈德符・萬曆野獲編・嘉靖大獄張本：「世宗獨斷……遂將前後爰書，一筆抹殺。」

【用法】一般用以說明輕率地將作用、優點、成績、貢獻等全部否定。

【例句】四十年來，政府對建設臺灣所做的貢獻，是任何人也無法**一筆抹煞**的。

【義近】一筆勾銷／全盤否定。

【義反】永垂青史／永世不忘。

一絲一毫

【釋義】極微小的計量單位。十絲爲一毫米，十毫米爲一釐米。

【出處】宋史・司馬康傳：「凡爲國者，一絲一毫皆愛惜，唯於濟民則不宜吝。」

【用法】用來形容微小的事物。

【例句】特技演員在演出時需要全神貫注，不能有**一絲一毫**的鬆懈。

【義近】一星半點／秋毫之末／一丁點兒。

【義反】千鈞之重／車載斗量／多如牛毛。

一絲不苟

【釋義】一點也不馬虎。苟：隨便，馬虎。

【出處】吳敬梓・儒林外史四回：「上司訪知，見世叔一絲不苟，陞遷就在指日。」

【用法】形容辦事認眞、仔細。

【例句】王教授上課十分認眞，**一絲不苟**，教學內容豐富，深受學生歡迎。

【義近】一板一眼／毫不含糊／正經八百。

【義反】粗枝大葉／馬馬虎虎／敷衍了事／得過且過。

一絲不掛

【釋義】渾身上下無一根紗。

【出處】黃庭堅・僧景宗相訪寄法王航禪師詩：「一絲不掛魚脫淵，萬古同歸蟻旋磨。」

【用法】佛教常用來比喻不被塵俗牽累，世俗比喻人之不爲情累。現多泛指裸體。

【例句】①香港有位名演員出家當和尚去了，有記者問他：「這是爲什麼？」他說：「我要做到**一絲不掛**。」②那羣**一絲不掛**的孩子們正在海邊嬉戲，好不悠游自在。

【義近】無牽無掛／赤身裸體／寸絲不掛／渾身赤裸／袒裼裸裎／不著一絲。

【義反】牽腸掛肚／心繫情牽／渾身錦緞／衣冠楚楚。

一統天下

【釋義】統一全國。天下：指全國。

【出處】公羊傳・隱公元年：「何言乎王正月，大一統也。」

【用法】比喻把所有的地方收歸爲一個政府管轄而不分裂。

【例句】秦始皇一即位，就有幷吞八荒、**一統天下**的野心。

【義近】席卷天下／四海爲一／包舉宇內／幷吞八荒。

【義反】四分五裂／殘山剩水／半壁江山／苟安一隅。

一隅之見

【釋義】片面的見解或主張。隅：角落，喻部分、片面。

【出處】王守仁・語錄一：「人但各以其一隅之見，認定以爲道止如此。」

【用法】常用以謙稱自己的見解有限，或斥責別人的見解不夠全面。

【例句】我的學識淺薄，以上所言，只不過是我個人的**一隅之見**。

【義近】一孔之見／門戶之見／一得之愚。

【義反】眞知灼見／遠見卓識／讜言正論。

一隅三反

【釋義】由一個角而推知三個角。隅：角，角落。反：類推。一作「舉一反三」。

【出處】論語・述而：「舉一隅不以三隅反，則不復也。」

【用法】比喻求學或做事善於類推，觸類旁通。

【例句】王先生的兒子十五歲就考取了大學，這與他在學習中善於**一隅三反**，迅速吸收知識，有著密切的關係。

【義近】聞一知十／舉一反三／觸類旁通／融會貫通。

【義反】告一知一／百遍不解／不叩不響。

一發不可收拾

【釋義】一經發生便不能收拾。發：產生，發生。

【出處】王夫之・讀通鑑論・隋文帝：「上下相率以僞，君子之所甚賤，亂敗之極，一發而不可收也。」

【用法】形容無法控制所發生的情況。

【例句】由於那是一棟木造建築物，因此火勢**一發不可收拾**，造成多人傷亡。

【義反】引而不發／戛然而止。

一溜煙

【釋義】像煙霧似的，一會兒就消失了。

【出處】孤本元明雜劇・閥閱舞射柳蕤丸記：「聽的廝殺，拽起衣服，往帳房裏則一溜煙。」

【用法】形容事情發生的迅速或跑得很快的樣子。

【例句】這孩子太貪玩了，剛剛喊回家來，吃完飯，**一溜煙**又跑了。

【義近】一轉眼／一溜風。

一意孤行

【釋義】謝絕請託，完全按個人意思行事。

【出處】司馬遷・史記・酷吏列傳：「(趙)禹爲人廉倨。……務在絕知友賓客之請，孤立行一意而已。」

【用法】形容人固執己見，獨斷獨行。

【例句】你這樣不聽任何人的勸告，**一意孤行**，等事情發展到無法挽回之時，必然後悔莫及。

【義近】固執己見／獨斷專行／師心自用／自以爲是。

【義反】集思廣益／擇善而從／廣徵博洽／從善如流。

一鼓作氣

【釋義】第一次擊鼓，士氣最旺盛。

【出處】左傳・莊公十年：「夫戰，勇氣也。一鼓作氣，再而衰，三而竭。」

【用法】比喻趁銳氣旺盛的時候，一舉成事。

【例句】做事就是要有**一鼓作氣**的精神，決不可半途而廢，導致前功盡棄。

【義近】打鐵趁熱／乘勝追擊／一舉成功／奮力一擊。

【義反】師老兵疲／再衰三竭／一暴十寒。

一概而論（ㄧˊ ㄍㄞˋ ㄦˊ ㄌㄨㄣˋ）

【釋義】用一個標準看待問題。一概：一律，指同一標準。概：一種平斗斛的量器。

【出處】劉知幾・史通卷六：「而作者安可以今方古，一概而論得失？」

【用法】說明對問題不做主觀判斷，而籠統地一例看待。

【例句】外國影片的水準也有好有壞，不可**一概而論**。

【義近】一例看待／相提並論／混爲一談／以偏概全。

【義反】客觀中肯／大處著眼。

一落千丈（ㄧˊ ㄌㄨㄛˋ ㄑㄧㄢ ㄓㄤˋ）

【釋義】原指琴聲陡然由高到低，有如一下子往下跌落了千丈。

【出處】韓愈・聽穎師彈琴：「躋攀分寸不可上，失勢一落千丈強。」

【用法】比喻聲譽、地位、勢力、成績等急劇下降，或形容境況突然變壞。

【例句】第一次世界大戰後，英國一向保持的海軍優勢便**一落千丈**了。

【義近】江河日下／跌入深淵／直落谷底。

【義反】直衝雲霄／扶搖直上。

一葉知秋（ㄧˊ ㄧㄝˋ ㄓ ㄑㄧㄡ）

【釋義】看見一片落葉，便知秋季來臨。

【出處】淮南子・說山訓：「以小明大，見一落葉，而知歲之將暮；睹瓶中之冰，而知天下之寒。」

【用法】比喻由小見大，從部分現象推知事物的本質、全體和發展趨勢。

【例句】智者有明睿的觀察力，故能**一葉知秋**，洞燭機先。

【義近】見微知著／見一知百／因小見大／即近知遠。

【義反】不知所以。

一葉蔽目，不見泰山（ㄧˊ ㄧㄝˋ ㄅㄧˋ ㄇㄨˋ，ㄅㄨˊ ㄐㄧㄢˋ ㄊㄞˋ ㄕㄢ）

【釋義】一片樹葉遮蔽了眼睛。

【出處】鶡冠子・天則：「夫耳之主聽，目之主明，一葉蔽目，不見太山；兩豆塞耳，不聞雷霆。」

【用法】比喻被細小的事物所迷惑，看不到全局和整體。

【例句】抗戰後期，日軍在某些地區仍然顯得很有勢力，有的人就拿一時一地的強弱現象，當爲整體的強弱現象，認爲日本人垮不了，這眞是典型的「**一葉蔽目，不見泰山**」。

【義近】兩豆塞耳，不聞雷霆／只見秋毫，未見輿薪／見樹不見林。

【義反】智者千慮／洞燭幽微。

一塌糊塗（ㄧˋ ㄊㄚ ㄏㄨˊ ㄊㄨˊ）

【釋義】塌：又作「榻」，崩垮。糊塗：亂成一團的樣子。

【用法】形容混亂、糟糕到不可收拾、整理或挽回的程度。

【例句】園遊會結束後，會場亂得**一塌糊塗**，幸賴清潔隊員們不辭辛勞地整理，才得以恢復舊觀。

【義近】亂七八糟／紊亂不堪。

【義反】有條不紊／井然有序／井井有條。

一飲一啄，莫非前定（ㄧˋ ㄧㄣˇ ㄧˋ ㄓㄨㄛˊ，ㄇㄛˋ ㄈㄟ ㄑㄧㄢˊ ㄉㄧㄥˋ）

【釋義】即使微小得如一飲水一啄米，無不是命中注定。

【出處】太平廣記・貧婦：「諺云：一飲一啄，繫之於分。」吳承恩・西遊記三九四：「一飲一啄，莫非前定。今得汝等來此，成了功績。」

【用法】比喻事有定數，不可強求；也比喻安分守己，不作非分之想。

【例句】生死由命，富貴在天。所謂「**一飲一啄，莫非前定**」，苟非吾之所有，雖一毫而莫取。

一飯千金 ㄧˊ ㄈㄢˋ ㄑㄧㄢ ㄐㄧㄣ

【釋義】一飯之恩，酬謝千金。

【出處】司馬遷・史記・淮陰侯列傳載：韓信少年家貧，曾得一漂絮老婦給飯充飢；後來韓信當了楚王，賜千金以爲報答。

【用法】比喻報恩酬謝之厚；也用來形容飲食奢華。

【例句】韓信「**一飯千金**」以報恩，傳爲千古美談，今人恆過河拆橋，眞可謂世風日下，人心不古！

【義近】知恩必報／小恩重報／投李報桃／日食萬錢／食前方丈。

【義反】忘恩負義／過河拆橋／恩將仇報／殘羹冷炙。

一窩蜂 ㄧ ㄨㄛ ㄈㄥ

【釋義】一窩蜜蜂一起擁出。本爲宋代大盜張遇的綽號。

【出處】吳承恩・西遊記二八回：「那些小妖，就是一窩蜂，齊齊擁上。」

【用法】形容人多聲雜如羣蜂一擁而來；比喻世俗追逐新奇，形成一種風氣。

【例句】①馬路上一出車禍，行人就**一窩蜂**的擁上前去看熱鬧。②股市看漲，投機者便**一窩蜂**的加入炒作行列。

【義近】傾巢而出／蜂擁而至／趨之若鶩。

一誤再誤 ㄧˊ ㄨˋ ㄗㄞˋ ㄨˋ

【釋義】前事已誤，不以爲戒，後事又誤。

【出處】宋史・魏王廷美傳：「太宗嘗以傳國之意訪之趙普。普曰：『太祖已誤，陛下豈容再誤耶？』」

【用法】形容屢被耽誤，或屢犯錯誤。

【例句】你這人做事就是欠考慮，這次可要吸取教訓，謹愼小心，千萬不要**一誤再誤**。

【義近】重蹈覆轍／一錯再錯。

【義反】前車之鑑／吃一塹長一智／上一次當，學一次乖。

一語中的 ㄧˋ ㄩˇ ㄓㄨㄥˋ ㄉㄧˋ

【釋義】一句話就說中了事物的關鍵所在。中的：擊中靶心。的：箭靶的中心，比喻要害、關鍵。

【出處】洪咨夔・平齋文集・吏部鞏公墓誌銘：「釣邃摘幽，神接心領，出語輒破的。」

【用法】比喻說話能擊中要害。

【例句】他針對這個事件所發表的評論，眞是**一語中的**，精闢透徹。

【義近】一語道破／一針見血／鞭辟入裏。

【義反】隔靴搔癢／膝癢搔背。

一語道破 ㄧˋ ㄩˇ ㄉㄠˋ ㄆㄛˋ

【釋義】一句話就把用意說穿了。道：說。破：穿。

【出處】文康・兒女英雄傳：「這位姑娘，可不是一句話了事的人，此刻要一語道破，必無弄到滿盤皆空。」

【用法】形容說話精當，能掌握重心，解開疑點，或說破某人的心事。

【例句】《西遊記》寫了那麼多神魔故事，作者的用意究竟何在，誰也無法**一語道破**。

【義近】一語破的／一針見血。

【義反】不著邊際／不知所云／游談無根。

一塵不染 ㄧˋ ㄔㄣˊ ㄅㄨˋ ㄖㄢˇ

【釋義】佛教稱色、聲、香、味、觸、法爲六塵，教徒不爲六塵玷汚叫「一塵不染」。

【出處】佛・禪宗六祖慧能偈云：「本來無一物，何處惹塵埃？」宋・張耒・柯三集・臘初小雪後圃梅開：「一塵不染香到骨，姑射仙人風露身。」

【用法】形容非常純淨或絲毫不受壞習氣影響；也用以指環境非常潔淨。

【例句】①此人為官清廉，從政多年，依然兩袖清風，可眞是**一塵不染**。②女主人賢淑能幹，居屋不僅佈置得玲瓏雅致，更整理得**一塵不染**。

【義近】六根清靜／玉潔冰清／菩提非樹／明鏡非台／纖塵不染。

【義反】滿身銅臭／骯髒污濁。

一鳴驚人

【釋義】一叫就使人震驚。鳴：鳥叫。

【出處】司馬遷・史記・滑稽列傳：「此鳥不飛則已，一飛沖天；不鳴則已，一鳴驚人。」

【用法】比喻平時沒沒無聞，突然做出驚人之舉；多指在學問事業上獲得驚人的成就。

【例句】你父親當年才華蓋世，名噪四海，如今你又在文學創作上**一鳴驚人**，備受矚目，眞是虎父無犬子。

【義近】一飛沖天／一舉成名／飛軒絕跡。

【義反】沒沒無聞／不飛不鳴／庸庸碌碌。

一團和氣

【釋義】態度和藹可親。

【出處】謝良佐・上蔡語錄：「明道終日坐，如泥塑人，然接人渾是一團和氣。」

【用法】現多指不講原則的團結，也指為人態度和藹。

【例句】為了保持**一團和氣**，即使有錯誤也不敢指出，這樣的團體怎麼會進步？

【義近】和顏悅色／笑臉相待／和和氣氣。

【義反】盛氣凌人／橫眉豎眼。

一鼻孔出氣

【釋義】同一個鼻孔呼出來的氣息。

【出處】李寶嘉・官場現形記四十回：「你們一個鼻子管裏出氣，做的好事情，當我不知道。」

【用法】指利害相同的人，彼此之間互相迴護，其言行等都一致。

【例句】他們早就串通好，**一鼻孔出氣**，要想從他們那裏問明眞相，根本是不可能的。

【義近】狼狽為奸／朋比為奸／狽因狼突。

一網打盡

【釋義】撒一網，就將池子的魚撈光。

【出處】魏泰・東軒筆錄卷四：「劉見宰相曰：『聊為相公一網打盡。』」

【用法】比喻全部捉住或徹底肅清。

【例句】警方得知這一帶有販毒集團活動，正佈線埋伏，準備將歹徒**一網打盡**。

【義近】一舉殲滅／掃地以盡／誅殛滅絕。

【義反】網開一面／吞舟是漏。

一模一樣

【釋義】都是一個模樣。

【出處】明・凌濛初・初刻拍案驚奇：「蓋因各父母所生，千支萬派，哪能夠一模一樣的。」

【用法】形容完全相同。

【例句】乍看之下，雙胞胎好像長得**一模一樣**，其實只要多看幾遍，就可發現並不完全相同。

【義近】一般無二／毫無兩樣／如出一轍。

【義反】千差萬別／截然不同／天差地遠／大相逕庭。

一暴十寒

【釋義】曬一天，凍十天。暴：同「曝」，曬。

【出處】孟子・告子上：「雖有天下易生之物也，一日暴之，十日寒之，未有能生者也。」

【用法】比喻做事一日勤，十日怠，沒有恆心。
【例句】無論做什麼，要想成功，關鍵在於堅持不懈，切忌**一暴十寒**。
【義近】三天打魚兩天曬網／淺嘗輒止／鍥而舍之／功虧一簣／掘井九仞／半途而廢。
【義反】鐵杵磨成針／鍥而不舍／滴水穿石。

一髮千鈞 ㄈㄚˇ ㄑㄧㄢ ㄐㄩㄣ

【釋義】一根頭髮吊著千斤重的東西。鈞：古代重量單位，三十斤爲一鈞。
【出處】漢書・枚乘傳：「夫以一縷之任繫千鈞之重，上懸無極之高，下垂不測之淵，雖甚愚之人，猶知哀其將絕也。」
【用法】比喻情況萬分危急。
【例句】眼見那個溺水的幼童即將滅頂，在**一髮千鈞**之際，幸好有位年輕人奮不顧身地跳下水去，將他救了起來。
【義近】危如累卵／危在旦夕／火燒眉毛／間不容髮。
【義反】安如泰山／萬無一失／固若磐石。

一箭之地 ㄐㄧㄢˋ ㄓ ㄉㄧˋ

【釋義】一箭射程的距離。
【出處】法華經・嘉祥疏：「一箭道者，二里也。」曹雪芹・紅樓夢三回：「走了一箭之遠。」
【用法】形容距離很近。
【例句】王家與我家的距離不過**一箭之地**，來往很方便。
【義近】一箭之隔／近在咫尺／近在眼前／百步行程／步武之間。
【義反】遠隔重洋／天南地北／遠在天邊／遙不可及／千山萬里。

一箭雙鵰 ㄐㄧㄢˋ ㄕㄨㄤ ㄉㄧㄠ

【釋義】一箭射得兩隻鵰，指射技高超。鵰：一種凶猛的大鳥。
【出處】北史・長孫晟傳：「嘗有二鵰飛而爭肉，固以箭兩支與晟射取之。晟馳往，遇鵰相攫，遂一發雙貫焉。」
【用法】比喻做一件事達到兩個目的，或得到兩種好處。
【例句】只要依照這個計劃進行，保證可以**一箭雙鵰**，名利雙收。
【義近】一舉兩得／一石二鳥／一舉雙擒。
【義反】賠了夫人又折兵／一舉兩失／魚死網破／兩頭落空／顧此失彼／雞飛蛋打。

一盤散沙 ㄆㄢˊ ㄙㄢˇ ㄕㄚ

【釋義】一盤不能凝聚成塊的細沙。
【出處】范成大詩：「大似蒸沙不作團。」
【用法】形容人心渙散，不能團結。
【例句】外國人罵我們中國人是**一盤散沙**，我們應該深自警惕。
【義近】烏合之眾／自私自利／各自爲政／自掃門前雪。
【義反】同心同德／精誠團結／同心協力。

一彈指 ㄊㄢˊ ㄓˇ

【釋義】手指一彈、一揮，爲佛家語。
【出處】翻譯名義集二：「壯士一彈指頃六十五剎那。」
【用法】形容極短的時間。
【例句】時光過得眞快，一年有如**一彈指**，轉眼就過去了。
【義近】一剎那／一瞬間／倏忽之間／揮手之間。
【義反】經年累月。

一諾千金 ㄋㄨㄛˋ ㄑㄧㄢ ㄐㄧㄣ

【釋義】一經允諾，價値千金。諾：許諾。
【出處】司馬遷・史記・季布列傳：「楚人諺曰：『得黃金百斤，不如得季布一諾』。」

【用法】形容諾言之信實可貴。

【例句】張經理爲人最講誠信，他說話算話，**一諾千金**，既然他答應了，你儘管放手去做吧！

【義近】一言九鼎／季布一諾。

【義反】言而無信／輕諾寡信／出爾反爾／食言而肥。

一鬨而散（ㄧˊ ㄏㄨㄥˋ ㄦˊ ㄙㄢˋ）

【釋義】哄然一聲，各自散去。鬨：同「哄」，鬧。也作「一轟而散」。

【出處】凌濛初・拍案驚奇一回：「看的人見沒得買了，一哄而散。」

【用法】形容無組織無原則的人羣聚在一起，隨時都有可能散開。

【例句】這只是一羣烏合之衆，臨時聚在一起鬧事，一旦達不到目的，就會**一鬨而散**。

【義近】作鳥獸散／呼嘯而去／風流雲散。

【義反】望影相從／蜂擁而至／一擁而上／接踵而來。

一樹百穫（ㄧˊ ㄕㄨˋ ㄅㄞˇ ㄏㄨㄛˋ）

【釋義】一次栽培就有百倍的收穫。樹：栽培。

【出處】管子・權修：「一樹一穫者，穀也；一樹十穫者，木也；一樹百穫者，人也。」

【用法】比喻培養人才，獲益長遠。

【例句】有些人目光短淺，根本不懂**一樹百穫**的道理，忽視教育，這對於社會的未來發展極爲不利。

【義近】百年樹人／千秋大業／萬年大計。

【義反】十年樹木／短視近利。

一舉千里（ㄧˋ ㄐㄩˇ ㄑㄧㄢ ㄌㄧˇ）

【釋義】一飛就是千里。舉：飛舉。

【出處】司馬遷・史記・留侯世家：「鴻鵠高飛，一舉千里。」

【用法】比喻人有大志，前程遠大。

【例句】王君志向遠大，日夜孜孜，從不懈怠，將來定能**一舉千里**，實現宏願。

【義近】一舉沖天／鴻鵠之志／鵬程萬里。

【義反】胸無大志／燕雀繞梁／蜩鳩之志。

一舉成名（ㄧˋ ㄐㄩˇ ㄔㄥˊ ㄇㄧㄥˊ）

【釋義】一旦科舉及第，便天下聞名。舉：此指科舉考中。

【出處】韓愈・唐故國子司業竇公墓誌銘：「公一舉成名而東，遇其黨必曰：『非我之長。』」

【用法】形容一舉成事就名聲大振。

【例句】農學院的馬教授原本沒沒無聞，後來培育出水稻新品種，經報上刊載便**一舉成名**了。

【義近】一鳴驚人／脫穎而出。

【義反】沒沒無聞／無聲無息／十年寒窗／名不見經傳。

一舉兩得（ㄧˋ ㄐㄩˇ ㄌㄧㄤˇ ㄉㄜˊ）

【釋義】做一件事，同時收到兩方面的利益。一舉：一次舉動，做一件事。

【出處】東觀漢記・耿弇傳：「吾得臨淄，即西安孤，必復亡矣，所謂一舉而兩得者也。」

【用法】常用以說明在有關聯的事物上，做一樣可得到兩種效果。

【例句】參加這次研習會不僅得到新的資訊，又認識許多新朋友，眞是**一舉兩得**。

【義近】參見「一箭雙鵰」條。

【義反】參見「一箭雙鵰」條。

一擁而入（ㄧˋ ㄩㄥˇ ㄦˊ ㄖㄨˋ）

【釋義】大家推擠著擁進某個地方。

【出處】馮夢龍・醒世恆言・赫大卿遺恨鴛鴦縧：「衆人一

擁而入，迎頭就把了緣拿住，押進裏面搜捉，不曾走了一個。」

【用法】形容眾多的人一下子擠了進來。

【例句】得知自己崇拜的巨星已進入會場，等候多時的影迷立刻**一擁而入**，將會場擠得水洩不通。

【義近】一擁而上／蜂擁而至。

【義反】一哄而散／風流雲散。

一錢不值

【釋義】一個銅錢都不值。值：價值。又作「直」，義同。

【出處】司馬遷・史記・魏其武安侯列傳：「生平毀程不識不直一錢。」

【用法】極言毫無價值，一點用處也沒有。

【例句】他特別偏愛菊花，因此把其他的花卉說得**一錢不值**，實在有欠公允。

【義近】一文不值／分文不值。

【義反】價值連城／無價之寶／價值千金。

一錢如命

【釋義】把一文錢看得像生命般的貴重。

【出處】李汝珍・鏡花緣二三回：「誰知這些窮酸，一錢如命，總要貪圖便宜，不肯十分出錢。」

【用法】用以譏諷吝嗇鬼。

【例句】他就是那個樣子，**一錢如命**，要他拿出錢來救濟窮人，簡直比登天還難！

【義近】視錢如命／一毛不拔／唯錢是視。

【義反】慷慨大方／一擲千金／慷慨好施／廣施博濟。

一應俱全

【釋義】應該有的全都有了。一應：所有應該有的。俱：都，會。

【出處】文康・兒女英雄傳九回：「那案子上調和作料，一應俱全。」

【用法】比喻應有盡有。

【例句】《紅樓夢》中寫的賈府，簡直是個小王國、小社會，生活所需，**一應俱全**。

【義近】無所不有／無一不備／應有盡有／樣樣齊全。

【義反】一無所有／空空如也／十項九缺。

一臂之力

【釋義】一隻胳膊的力量。臂：胳膊。

【出處】李壽卿・伍員吹簫：「若得此人助我一臂之力，愁甚怨仇不報？」

【用法】比喻用一點點力量，或形容微小的力量。

【例句】這項任務十分艱鉅，希望你助他**一臂之力**，以期早日達成。

【義近】綿薄之力。

【義反】九牛二虎之力／扛鼎之力／撼山之力。

一瀉千里

【釋義】江河水勢奔騰直下。瀉：奔流。千里：狀其奔流的氣勢。

【出處】李白・贈從弟宣州長史昭：「長川豁中流，千里瀉吳會。」

【用法】形容江河奔流，直達千里；又比喻文筆流暢，氣勢奔放。

【例句】①長江是我國著名的河流，江水**一瀉千里**，雄偉壯觀。②他的文筆向來流暢奔放，所寫文章無不給人以**一瀉千里**之感。

【義近】一瀉百里／飛奔而下／滾滾奔流／萬馬奔騰／汪洋宏肆／氣勢澎湃。

【義反】緩緩而流／紆迴不前／涓涓細流／文思蔽塞。

一竅不通

【釋義】所有的「竅」都不通氣

。一：全。竅：孔：眼、耳、口、鼻七孔叫「七竅」。

【出處】呂氏春秋・過理：「紂殺比干而視其心，不適也。孔子聞之曰：『其竅通，則比干不死矣。』」高誘注：「聖人心達性通，紂性不仁，心不通，安於為惡，殺比干。故孔子言其一竅通，則比干不見殺也。」

【用法】比喻閉塞、愚鈍無知，或不懂某方面的知識；也形容不通情理，固執己見。

【例句】①我是學文學的，有關自然科學方面的知識可說是**一竅不通**。②明明是他的錯，但他就是不聽別人的勸，固執到**一竅不通**的程度。

【義近】一無所知／大惑不解／愚不可及。

【義反】無所不知／樣樣精通／融會貫通／觸類旁通。

一擲千金

【釋義】投下很大的賭注。擲：投下。千金：狀其多。

【出處】吳象之・少年行：「一擲千金渾是膽，家無四壁不知貧。」

【用法】形容花錢無度，任意揮霍；有時也形容人用錢豪爽，毫不在乎的灑瀟樣。

【例句】他出手大方，總是**一擲千金**，所以不消幾年，便把家產花得精光。

【義近】一擲百萬／揮金如土／揮霍無度。

【義反】省吃儉用／精打細算／愛財如命／一文不苟／一毛不拔。

一薰一蕕

【釋義】一香一臭，兩者混在一起，只聞其臭，不聞其香。薰：香草。蕕：臭草。

【出處】左傳・僖公四年：「一薰一蕕，十年尚猶有臭。」

【用法】比喻善常為惡所掩蓋。

【例句】有些不法分子私釀假酒在市面上出售，結果正如古人所說的**一薰一蕕**，真的也被人看作假的了。

【義近】好壞相雜／牛驥同皁／蘭艾同生／薰蕕同器／玉石同匱。

【義反】善惡分明／涇渭分明。

一瓣心香

【釋義】一瓣：猶言一束，一柱，「瓣」在此用為量詞。心香：佛教用語，意謂只要心裏虔誠，就跟燒香一樣。

【出處】韓偓・仙山詩：「一柱心香洞府開，偃松皺澀半莓臺。」

【用法】比喻心意十分真誠，多用於祝願或表示希望。

【例句】現在好的兒童讀物實在太少了，我謹掬**一瓣心香**，懇請作家們多為兒童著想，替他們寫些有意義的讀物。

【義近】一片虔誠／衷心祝願。

【義反】肆意詛咒／假心假意／虛假心腸。

一蹶不振

【釋義】一跌倒就爬不起來。蹶：跌倒。

【出處】劉向・說苑・叢談：「一噎之故，絕穀不食；一蹶之故，卻足不行。」王夫之・讀通鑑論：「一蹶不振，數十年兵連禍結而不可解。」

【用法】比喻一旦失敗或受到挫折，就振作不起來。

【例句】無論做什麼，都有可能遭受挫折甚或失敗，我們務必要有堅韌不拔的精神，決不能**一蹶不振**，半途而廢。

【義近】打退堂鼓／灰心喪志／蛇咬畏繩。

【義反】重振旗鼓／屢仆屢起／東山再起／再接再厲。

一蹴而就

【釋義】一抬腳、一踏步，便可成功。蹴：舉足，踏步。就：成功。

【出處】蘇洵・上田樞密書：「天下之學者，孰不欲一蹴而造聖人之域。」
【用法】形容輕而易舉，一下子就能完成。常用於否定。
【例句】任何一項成功的改革，都曾經過艱辛的歷程，決不是**一蹴而就**的。
【義近】一揮而就／一舉成功／一蹴可幾／手到擒來／摧枯拉朽／反掌折枝。
【義反】屯蹶否塞／艱難險阻／萬重險阻／滯塞迍邅。

一籌莫展（ㄧˋ ㄔㄡˊ ㄇㄛˋ ㄓㄢˇ）

【釋義】一點計策也施展不出來。籌：計算的籌碼，引申為計策。莫：不。展：施展。
【出處】孔尚仁・桃花扇・誓師：「下官史可法，日日經略中原，究竟一籌莫展。」
【用法】形容束手無策，什麼辦法也沒有。
【例句】他平日總愛吹噓自己很有辦法，可是到了關鍵時刻，卻又**一籌莫展**。
【義近】束手無策／無計可施／主意全無／半籌莫展。
【義反】勝券在握／胸有成竹。

一觸即發（ㄧˋ ㄔㄨˋ ㄐㄧˊ ㄈㄚ）

【釋義】扣在弦上的箭，一碰就射出去。觸：碰。即：就。
【出處】李開先・原性堂記：「予方有意，觸而即發，不知客何所見，適投其機乎？」
【用法】形容事態已發展到極為緊張的階段，隨時都有可能發生衝突或戰爭。
【例句】印度和巴基斯坦在邊界問題上各不相讓，致使戰爭有**一觸即發**之勢。
【義近】劍拔弩張／箭在弦上。
【義反】引而不發／相安無事／安然不動。

一覽無遺（ㄧˋ ㄌㄢˇ ㄨˊ ㄧˊ）

【釋義】一看就全看在眼裏。覽：看。遺：剩餘。也作「一覽無餘」。
【出處】朱子語類：「遂閉門靜坐，不讀書百餘日，以收放心。卻去讀書，遂一覽無遺。」
【用法】形容一眼就能全部看到，多用於俯瞰、遠眺等場合；也常用以形容事物簡單或平淡無奇。
【例句】站在鐵塔上放眼望去，遠近十里方圓的種種景物，便可**一覽無遺**。
【義近】盡收眼底／一覽而盡。
【義反】井中視星／坐井觀天／以管窺天／盲人摸象。

一饋十起（ㄧˋ ㄎㄨㄟˋ ㄕˊ ㄑㄧˇ）

【釋義】吃一頓飯也要多次起立。饋：食、吃。
【出處】淮南子・氾論訓：「禹之時以五音聽治，……當此之時，一饋而十起，一沐而三捉髮，以勞天下之民。」
【用法】形容事務繁忙已極。
【例句】他身居要職，又事必躬親，以至忙到「**一饋十起**」的地步。
【義近】一沐三握髮／一飯三吐哺／夜以繼日／夙夜憂勤／宵衣旰食／夙興夜寐。
【義反】悠哉游哉／悠閒自在／怠忽荒政／無所事事。

一鱗半爪（ㄧˋ ㄌㄧㄣˊ ㄅㄢˋ ㄓㄠˇ）

【釋義】飛龍在雲霧中，東露一片鱗，西顯一隻爪。也作「一鱗一爪」。
【出處】趙執信・談龍錄：「神龍者屈伸變化，固無定體，恍惚望見者，第指其一鱗一爪，而龍之首尾完好，故宛然在也。」
【用法】比喻零碎片段的事物。
【例句】現在的年輕人，未必全都知道我國的歷史，即使知道**一鱗半爪**，印象也不怎麼深刻。
【義近】東鱗西爪／豹之一斑／蛛絲馬迹。
【義反】徹頭徹尾／全體全貌。

丁是丁卯是卯

【釋義】丁爲天干之一，卯爲地支之一，有錯就會影響農曆推算。又丁爲物之凸出者，即榫頭；卯爲物之凹入者，即卯眼，二者若錯就會安裝不上。

【出處】曹雪芹・紅樓夢四三回：「鳳姐笑道：『我看你利害，明兒有了事，我也是丁是丁，卯是卯的，你也別抱怨。』」

【用法】表示做事認眞、不馬虎，含有不肯通融之意。

【例句】他辦事既然這麼認眞，毫不含糊，我也會**丁是丁卯是卯**，全力與他配合，決不馬虎。

【義近】一是一二是二／說一不二／毫不含糊。

【義反】拖泥帶水／馬馬虎虎／得過且過／草率行事。

七上八下

【釋義】心跳得很快，一會兒上，一會兒下。

【出處】朱子語類一二一：「聖賢眞可到，言語不誤人。今被引得七上八下，殊可笑。」

【用法】形容緊張、驚慌或擔憂而心神不定。

【例句】胡先生的小女兒走失了，他心裏像十五個吊桶打水，**七上八下**，不知該如何是好。

【義近】忐忑不安／惴惴不安／六神無主／如坐針氈／坐立不安。

【義反】泰然處之／若無其事／行若無事／泰然自若。

七手八腳

【釋義】有七隻手八隻腳一起工作，動作不一。

【出處】釋普濟・五燈會元・德光禪師：「上堂七手八腳，三頭兩面，耳聽不聞，眼覷不見，苦樂逆順，打成一片。」

【用法】比喻做事人多，手忙腳亂，動作緊張。

【例句】李家突然發生大火，只見鄰居們**七手八腳**地幫忙救火，却不見有人打電話向消防隊求援。

【義近】手忙腳亂／慌作一團。

【義反】不慌不忙／有條不紊。

七死八活

【釋義】死七次活八次。

【出處】五實甫・西廂記・張君瑞害相思：「你把這個餓鬼弄的他七死八活。」

【用法】形容人病重，也比喻受害甚苦或思念深切。

【例句】在傳統社會中，做媳婦的，常常被婆婆折磨得**七死八活**。

【義近】死去活來／求生不得欲死不能。

【義反】精神抖擻／生氣勃勃。

七步之才

【釋義】走七步就能做一首詩的才能。又作「七步成詩」。

【出處】劉義慶・世說新語・文學載：曹丕令曹植七步作詩，不成者行大法。植應聲爲詩曰：「……本是同根生，相煎何太急！」

【用法】形容才思敏捷。

【例句】眞個**七步之才**也不過如此，待我再試他一試。（凌濛初・初刻拍案驚奇）

【義近】出口成章／斗酒百篇／一揮而就／落筆成文／下筆成章／下筆千言／援筆立就／倚馬成文。

【義反】胸無點墨／碌碌庸才。

七零八落

【釋義】零、落：零散，散亂。

【出處】釋普濟・五燈會元四二：「無味之談，七零八落。」

【用法】形容零散殘缺、不完整

，或無秩序。

【例句】這次飛機失事眞太慘了，一百多名乘客的屍體，**七零八落**的散佈在山谷中。

【義近】亂七八糟／殘缺不全／紊亂不堪。

【義反】完完整整／完好無缺／井然有序／有條有理／櫛比鱗次。

七嘴八舌（ㄑㄧ ㄗㄨㄟˇ ㄅㄚ ㄕㄜˊ）

【釋義】七張嘴巴，八個舌頭。

【出處】明・無名氏・好逑傳五回：「眾人正跑得有興頭，忽被鐵公子攔住，便七嘴八舌的亂嚷。」

【用法】形容人多嘴雜，議論紛紛。

【例句】老師才剛剛宣佈這次班際球賽的消息，同學們便開始**七嘴八舌**地討論起來。

【義近】七言八語／人言籍籍／人多嘴雜／言人人殊／聚訟紛紜／莫衷一是。

【義反】眾口一詞／異口同聲／意見一致。

七竅生煙（ㄑㄧ ㄑㄧㄠˋ ㄕㄥ ㄧㄢ）

【釋義】氣憤得好像耳目口鼻都冒出火來。七竅：口和兩眼、兩耳、兩鼻孔。煙：指腹中怒火。

【出處】黃小配・二十載繁華夢：「把鄧氏氣得七竅生煙，覺得腦中一湧……旋吐出鮮血來。」

【用法】形容氣憤已到極點。

【例句】黃先生今天一番話說得太惡毒了，把他太太氣得**七竅生煙**，火冒三丈，憤而離家出走。

【義近】怒髮衝冠／火冒三丈／怒眼橫睜／怒不可遏。

【義反】欣喜若狂／喜氣洋洋／笑容滿面。

七顛八倒（ㄑㄧ ㄉㄧㄢ ㄅㄚ ㄉㄠˇ）

【釋義】說話、做事沒有條理，紊亂的樣子。

【出處】釋道源・景德傳燈錄卷二一：「問：『如何是佛法大意？』師曰：『七顛八倒。』」

【用法】形容混亂而無條理、紛亂而無秩序，也形容心神迷亂、顚倒。

【例句】家下人等見鳳姐不在，也有偷閑歇力的，亂亂吵吵，已鬧得**七顛八倒**，不成事體了。（曹雪芹・紅樓夢百十回）

【義近】顛三倒四／紊亂不堪。

【義反】條理井然／有條有理／有條不紊／井然有序。

三人成虎（ㄙㄢ ㄖㄣˊ ㄔㄥˊ ㄏㄨˇ）

【釋義】幾個人傳說市上有老虎，大家就信以爲眞了。三：虛數，並非確指。

【出處】戰國策・魏策：「龐葱曰：『夫市之無虎明矣，然三人言而成虎。』」

【用法】比喻謠言經多人傳播，足以惑亂視聽，以假爲眞。

【例句】對任何事情都不能過於道聽塗說，要作實際的了解，否則便會產生**三人成虎**的錯誤，把假的當成眞的。

【義近】一人傳虛，萬人傳實／以訛傳訛／無中生有／以假爲眞。

【義反】眼見爲實。

三人行必有我師（ㄙㄢ ㄖㄣˊ ㄒㄧㄥˊ ㄅㄧˋ ㄧㄡˇ ㄨㄛˇ ㄕ）

【釋義】幾個人在一起走路，其中一定有值得我師法的人。

【出處】論語・述而：「三人行，必有我師焉，擇其善者而從之，其不善者而改之。」

【用法】比喻隨時隨地都有可師法的人，應虛心向一切有長處的人學習、求教。

【例句】我們應時刻牢記孔子「**三人行必有我師**」的諄諄教導，虛心向周圍的人學習。

【義近】能者爲師／人人皆有師法處。

三十六計，走爲上計

【釋義】既無力抵抗，則以逃走爲上策，其他任何計策均不可取。
【出處】南齊書・王敬則傳：「有告敬則者，敬則曰：『檀公三十六策，走爲上計，汝父子唯應急走耳。』」
【用法】指事情已發展到不可挽回的地步，別無辦法，只好一走了事。
【例句】小劉遭受冤枉，一時難以洗雪，在這裏呆不下去了，便採取「**三十六計，走爲上計**」的策略，收拾行李，一溜煙走了。
【義近】逃之夭夭／遠走他方。
【義反】頑強固守。

三三兩兩

【釋義】三個兩個地在一起。
【出處】樂府詩集・佚名・嬌女：「行不獨自去，三三兩兩俱。」陸游・夜興：「夜闌扶策繞中庭，雲罅三三兩兩星。」
【用法】形容零零落落，爲數不多。
【例句】小明年紀輕輕的就得了不治之症，班上同學都難以置信，**三三兩兩**的聚在一起議論歎息。
【義近】三五成羣／零零散散／三三五五。
【義反】成羣結隊／成千上萬／成千上百。

三寸不爛之舌

【釋義】一作「三寸之舌」。三寸：言其不長，並非確指。
【出處】司馬遷・史記・平原君虞卿列傳：「毛先生以三寸之舌，強於百萬之師。」
【用法】形容人口才很好，能言善辯。
【例句】這件事包在我身上，憑我這**三寸不爛之舌**，他一定肯來你公司爲你效勞。
【義近】能言善辯／善于雄辯／滔滔陳辭／侃侃而談／舌燦蓮花。
【義反】笨口拙舌／笨口鈍辭。

三戶亡秦

【釋義】幾戶人家也能滅亡秦國。三戶：幾戶，形容其少。
【出處】司馬遷・史記・項羽本紀：「故楚南公曰：『楚雖三戶，亡秦必楚也。』」
【用法】形容正義而暫時弱小的力量，具有消滅暴力的必勝信心。多用作鼓勵語。
【例句】弱者只要有**三戶亡秦**的氣概與信心，奮發圖強，就會像歷史上句踐滅吳那樣，戰勝強者。
【義近】弱能敗強／小能勝大／眾志成城。
【義反】強必勝弱／大必滅小。

三心二意

【釋義】想這樣又想那樣。一作「三心兩意」。
【出處】王充・論衡・調時：「非有三心兩意，前後相反也。」
【用法】形容拿不定主意、思想不專一或意志不堅定。
【例句】無論做什麼事都應該意志堅定，**三心二意**是絕對不能成功的。
【義近】二三其德／心猿意馬／三翻四覆／反覆無常／翻來覆去。
【義反】一心一意／全心全意／專心致志／堅定不移。

三五成羣

【釋義】三個一伙，五個一羣。
【出處】余繼登・典故紀聞卷十二：「三五成羣，高談嬉笑。」
【用法】形容少量人羣。
【例句】春天到了，河邊常看見野鴨，**三五成羣**地戲水，好不悠閒。
【義近】三三兩兩／三三五五。

【義反】人山人海／萬頭鑽動／成千上萬／成羣結隊。

三天打魚，兩天曬網

【釋義】打魚曬網本應是漁家每日的例行工作，三天打魚，兩天曬網，表示一個人做事沒有恆心。

【出處】曹雪芹・紅樓夢九回：「因此也假說來上學，不過是三日打魚，兩日曬網，白送些束脩與賈代儒，卻不曾有一點兒進益。」

【用法】比喻無恆心，時作時止，不能堅持到底。

【例句】學習貴在持之以恆，日積月累，自然會取得像樣的成績，若**三天打魚，兩天曬網**，能學到什麼？

【義近】一暴十寒／有始無終／虎頭蛇尾。

【義反】持之以恆／堅持不懈／鍥而不舍。

三令五申

【釋義】反覆說明。三、五：表多數，非確指。申：陳述、說明。

【出處】司馬遷・史記・孫子吳起列傳：「約束既布，乃設鈇鉞，即三令五申之。」

【用法】用以說明再三叮囑，屢次告誡。

【例句】有些不法分子，無論警政當局怎樣**三令五申**，照樣為非作歹，唯一的辦法只有加強治安管理，嚴加防範，並給以堅決的打擊。

【義近】反覆申述／耳提面命／諄諄告誡／再三教導／告誡再三／三復斯言。

【義反】不言之教。

三生有幸

【釋義】三世都走運。三生：佛教指前生、今生和來生；轉世投胎為一生。幸：幸運。

【出處】元曲選・碧桃花：「此一會小官三生有幸也。」

【用法】形容人的運氣很好。

【例句】我能得到學術界巨擘錢老先生的教誨指正，真是**三生有幸**。

【義近】福星高照／吉星高照。

【義反】命乖運蹇／生不逢辰／命途多舛。

三年有成

【釋義】三年便會很有成績。

【出處】論語・子路：「子曰：『苟有用我者，朞月而已可也，三年有成。』」

【用法】鼓勵或祝賀人在一定時期內，當可取得可觀的報酬或成就。

【例句】古人說**三年有成**，各位在大學四年，只要勤奮努力，必可在知識的寶庫中獲益良多。

【義近】卓有成效。

【義反】一事無成／毫無長進。

三更半夜

【釋義】三更：夜半。古時將一夜分作五個更次，一更約兩小時。

【出處】元曲選・生金閣：「三更半夜，只是婁青一個人自去，怕人設設的。」

【用法】用以指深夜。

【例句】周教授病得很厲害，但為了完成自己的著述，給後人留下一點業迹，還是每天筆耕到**三更半夜**。

【義近】夜闌更深／漏盡更深／深更半夜。

【義反】旭日東升／日上三竿／烈日當空。

三折肱而成良醫

【釋義】有多次折斷手臂的經驗，可以成為良醫。肱：手臂從肘到腕的部分，指手臂。

【出處】左傳・定公十三年：「三折肱，知為良醫。」

【用法】常用以比喻對某事閱歷多，富有經驗，自能造詣精深。

【例句】遭受的挫折多，並不一定都是壞事，正如古人所說的**三折肱而成良醫**，挫折的磨練往往可以使人變得聰明起來。

【義近】久病成良醫。

三言兩語（ㄙㄢ ㄧㄢˊ ㄌㄧㄤˇ ㄩˇ）

【釋義】兩三句話。

【出處】施耐庵・水滸傳六一回：「小乙可惜夜來不在家裏，若在家時，三言兩語，盤倒那先生。」

【用法】形容言語簡潔，說話乾脆，不囉嗦。

【例句】他眞是辯才無礙，**三言兩語**就說得對方啞口無言，無話可說。

【義近】言簡意賅／要言不煩／言簡意明／言少意深。

【義反】洋洋萬言／長篇大論／連篇累牘／廢話連篇。

三足鼎立（ㄙㄢ ㄗㄨˊ ㄉㄧㄥˇ ㄌㄧˋ）

【釋義】像鼎的三腳分立一樣。鼎：古時三腳兩耳的鍋。

【出處】司馬遷・史記・淮陰侯列傳：「三分天下，鼎足而居。」劉禹錫・蜀先主廟：「勢分三足鼎，業復五銖錢。」

【用法】比喻三方面分立相持的局面。

【例句】東漢末年，地方勢力崛起，經過十來年的你爭我戰，終於形成了魏、蜀、吳**三足鼎立**的局面。

【義近】三分天下／三分鼎峙／鼎足而立／鼎足之勢／勢成鼎足。

【義反】一統天下。

三長兩短（ㄙㄢ ㄔㄤˊ ㄌㄧㄤˇ ㄉㄨㄢˇ）

【釋義】有長有短，參差不齊的樣子。

【出處】范文若・鴛鴦棒：「我還怕薄情郎折倒我的女兒，須一路尋上去，萬一有三長兩短，定要討個明白。」

【用法】指意外的事故、災禍或死亡。

【例句】趙老師的身體一天比一天瘦弱，病情也在一天天地加重，要是他眞有個**三長兩短**，他一家七口人眞不知如何是好。

【義近】一差二錯／山高水低。

【義反】安然無恙。

三軍可奪帥，匹夫不可奪志（ㄙㄢ ㄐㄩㄣ ㄎㄜˇ ㄉㄨㄛˊ ㄕㄨㄞˋ ㄆㄧ ㄈㄨ ㄅㄨˋ ㄎㄜˇ ㄉㄨㄛˊ ㄓˋ）

【釋義】全國軍隊可以使它喪失主帥，普通百姓不可使他放棄主張。三軍：泛指軍隊。匹夫：百姓。奪：改變。

【出處】論語・子罕：「子曰：『三軍可奪帥也，匹夫不可奪志也。』」

【用法】用以說明立志的重要。

【例句】人各有志，要想用暴力去改變別人的志向，使他服從自己，這是很難甚至是根本做不到的，所以古人說：「**三軍可奪帥，匹夫不可奪志**。」

【義近】人窮志堅／富貴不能淫／貧賤不能移／威武不能屈／堅定不移。

【義反】隨風轉舵。

三思而行（ㄙㄢ ㄙ ㄦˊ ㄒㄧㄥˊ）

【釋義】反覆思考好了，然後再去做。三：表多數，再三。思：考慮。

【出處】論語・公冶長：「季文子三思而後行。」

【用法】形容人謹慎穩重，遇事考慮多次之後才付諸行動。

【例句】結婚是終身大事，可不是鬧著玩的，務必要**三思而行**，以免後悔。

【義近】思之再三／千思百慮／再三斟酌／反覆推敲。

【義反】輕舉妄動／魯莽從事。

三教九流 ㄙㄢ ㄐㄧㄠˋ ㄐㄧㄡˇ ㄌㄧㄡˊ

【釋義】三教：儒教、道教、佛教。九流：指先秦至漢初的九個學術流派。流：思想學說相同的派別。

【出處】宋・趙彥衛・雲麓漫鈔六：「帝問三教九流及漢朝舊事，了如目前。」

【用法】泛指宗教或各種學術流派，也指各行各業的人。有時還用來形容人的學問博而雜。

【例句】①那個人交友廣闊，朋友是**三教九流**混雜。②何先生的學問相當淵博，可說是**三教九流**，無所不知，無所不通。

【義近】各行各業／龍蛇雜處。

三從四德 ㄙㄢ ㄘㄨㄥˊ ㄙˋ ㄉㄜˊ

【釋義】三從：在家從父，出嫁從夫，夫死從子。四德：婦德、婦言、婦容、婦功。

【出處】儀禮・喪服：「婦人有三從之義，……未嫁從父、既嫁從夫、夫死從子。」周禮・天官：「婦德、婦言、婦容、婦功。」

【用法】用以說明舊禮教中婦女的道德規範。

【例句】在男女不平等的時代裏，婦女深受**三從四德**的道德規範所束縛，很難有自由發展的空間。

【義近】三貞九烈。

三朝元老 ㄙㄢ ㄔㄠˊ ㄩㄢˊ ㄌㄠˇ

【釋義】受三世皇帝重用的大臣。元老：年老而有聲望的大臣。

【出處】後漢書・章帝紀：「行太尉事節鄉侯熹三世在位，爲國元老。」

【用法】用以指在一個部門任職久、資格老的人。

【例句】萬先生在我們公司已有二十年了，經歷過好幾個負責人，可算是這裏的**三朝元老**，大家有什麼事可以多多請教他。

【義近】開國元勳／當代元老。

【義反】初出茅廬／初露頭角。

三番兩次 ㄙㄢ ㄈㄢ ㄌㄧㄤˇ ㄘˋ

【釋義】多遍多次。番：遍數。三、兩：言其多，非實數。

【出處】鄭德輝・王粲登樓：「你將書呈三番兩次調發小生到此，蕭條旅館，個月期程，不蒙放參。」

【用法】用以強調不止一次。

【例句】我曾經**三番兩次**勸他及早去看醫生，他不聽，才會拖成現在這個樣子，眞是太令人遺憾了。

【義近】三番五次／幾次三番。

【義反】僅此一次／下不爲例。

三過家門而不入 ㄙㄢ ㄍㄨㄛˋ ㄐㄧㄚ ㄇㄣˊ ㄦˊ ㄅㄨˋ ㄖㄨˋ

【釋義】夏禹治洪水時，三次經過自家門口而不進去。

【出處】孟子・離婁下：「禹、稷當平世，三過其門而不入。」

【用法】形容兢兢業業，勤於職事。

【例句】身爲公僕，就要有夏禹那種**三過家門而不入**的精神，克盡職守，這樣才能獲得民眾的信任與支持。

【義近】過門不入／克盡厥職／盡職盡責。

【義反】擅離職守／怠忽職守。

三腳貓 ㄙㄢ ㄐㄧㄠˇ ㄇㄠ

【釋義】只有三隻腳的貓，行走極爲不便。

【出處】宋・無名氏・百寶總珍集十：「物不中謂之三腳貓。」郎瑛・七修類稿：「嘉靖間……有三腳貓一頭，極善捕鼠，而走不成步。」

【用法】形容徒有其表，不中用，只知皮毛的人；或形容不按規矩行事、不腳踏實地而到處亂竄的人。

【例句】①那人是**三腳貓**，根本

不可能擔負起重任。②那人是**三腳貓**，成天連影子也不見，叫我到哪裏去找他？

【義近】銀樣鑞槍頭／虛有其表／名不符實。

【義反】腳踏實地／名實相符。

三戰三北 ㄙㄢ ㄓㄢˋ ㄙㄢ ㄅㄟˇ

【釋義】作戰幾次就失敗幾次。三：非確數。北：敗逃；北即「背」字，敗逃時背敵而走，故叫北。

【出處】國語・吳語：「吳師大北……三戰三北，乃至於吳。」韓非子・五蠹：「魯人從君戰，三戰三北。」

【用法】形容屢戰屢敗。

【例句】我最近一連玩了幾天牌，沒有一天不輸，眞可謂**三戰三北**，成了常敗將軍。

【義近】常敗將軍／屢戰屢敗／百戰百敗／無戰不敗。

【義反】百戰百勝／無戰不勝／無攻不克／無堅不摧／屢戰屢勝。

三頭六臂 ㄙㄢ ㄊㄡˊ ㄌㄧㄡˋ ㄅㄧˋ

【釋義】原指佛的法相有三個頭，六條臂。

【出處】釋道源・景德傳燈錄一三：「三頭六臂擎天地，忿怒那吒撲帝鐘。」

【用法】比喻神通廣大，本領高強。

【例句】我又沒有**三頭六臂**，怎能在這樣短暫的時間裏，完成如此繁重的任務哩！

【義近】神通廣大／手眼通天／呼風喚雨／遮天蓋地。

【義反】黔驢之技／鼯鼠技窮／束手無策／無計可施／一籌莫展。

三顧茅廬 ㄙㄢ ㄍㄨˋ ㄇㄠˊ ㄌㄨˊ

【釋義】指劉備三次往隆中訪聘諸葛亮。顧：拜訪。茅廬：茅屋。一作「三顧草廬」。

【出處】諸葛亮・出師表：「先帝不以臣卑鄙，猥自枉屈，三顧臣於草廬之中。」

【用法】比喻一再誠心誠意地邀請別人，或比喻敬重人才。

【例句】我們學校之所以能在教學、研究兩方面都取得良好成效，其中一個重要原因就是三任校長都能以**三顧茅廬**的誠心與決心，到各地訪聘人才。

【義近】禮賢下士／求賢若渴／一飯三吐哺／一沐三握髮。

【義反】輕賢賤士。

上下一心 ㄕㄤˋ ㄒㄧㄚˋ ㄧ ㄒㄧㄣ

【釋義】上下一條心。

【出處】淮南子・詮言訓：「上下一心，君臣同志。」

【用法】說明只要上下同心合力，團結一致，就會無往而不勝。

【例句】只要全國**上下一心**，就沒有克服不了的困難，沒有達不到的目的。

【義近】上下同心／上下齊心／上下和合／上下一致／上下相親。

【義反】上下不和／上下交征。

上下其手 ㄕㄤˋ ㄒㄧㄚˋ ㄑㄧˊ ㄕㄡˇ

【釋義】一手指著上面，以示尊貴；一手指著下面，以示低賤。

【出處】左傳・襄公二六年：「伯州犁上其手曰：『夫子爲王子圍，寡君之貴介弟也。』下其手曰：『此子爲穿封戌，方城外之縣尹也，誰獲子？』」

【用法】比喻玩弄手法，貪贓舞弊。含有貶損之意。

【例句】公共工程最擔心主事者串通承包商而**上下其手**，導致施工品質低劣，造成大眾的損失。

【義近】高下其手／串通謀私／徇私舞弊。

【義反】遵紀守法／廉潔奉公／奉公守法／兩袖清風。

上行下效（ㄕㄤˋ ㄒㄧㄥˊ ㄒㄧㄚˋ ㄒㄧㄠˋ）

【釋義】行：做。效：仿效，跟著學。
【出處】班固・白虎通・三教：「教者效也，上為之，下效之。」杜牧・上淮南李相公狀：「上行下效，家至戶到。」
【用法】上面的人怎麼做，下面的人就跟著效法、模仿。
【例句】自從政府提倡重視專業、重視人才的作法以來，**上行下效**，社會上已形成一股尊重專業和人才的風氣。
【義近】上有所為，下必好之／風行草偃／草偃風從／上好下甚。
【義反】作亂犯上。

上梁不正下梁歪（ㄕㄤˋ ㄌㄧㄤˊ ㄅㄨˋ ㄓㄥˋ ㄒㄧㄚˋ ㄌㄧㄤˊ ㄨㄞ）

【釋義】梁：屋梁，棟梁。
【出處】笑笑生・金瓶梅七八回：「看官聽說：自古上梁不正下梁歪。」
【用法】比喻居上位者行為不端正，下邊的人也會跟著學壞，以此強調在上者的表率作用。
【例句】俗語說：**上梁不正下梁歪**，為人父母者應該深自警惕。
【義近】源濁流濁／上慢下暴。
【義反】以身作則／源清流清／主賢臣良／上廉下潔。

下不為例（ㄒㄧㄚˋ ㄅㄨˋ ㄨㄟˊ ㄌㄧˋ）

【釋義】這一次決不能作為下一次的依據。下：下次。
【出處】張春帆・宦海一八回：「既然如此，只此一次，下不為例如何？」
【用法】表示只有這一次，下次決不通融。
【例句】既然你態度如此誠懇，我就勉為其難的答應你的要求，不過僅此一次，**下不為例**。
【義近】一之為甚，豈可再乎。
【義反】一而再，再而三。

下回分解（ㄒㄧㄚˋ ㄏㄨㄟˊ ㄈㄣ ㄐㄧㄝˇ）

【釋義】要知情況如何，且看下一回。下回：後面一回。我國古代長篇小說為章回形式，故有「下回」。
【出處】施耐庵・水滸傳一回：「畢竟龍虎山真人說出甚麼言語來，且聽下回分解。」
【用法】說明等待事情發展的消息、結果。
【例句】這件事，我今天只能向大家介紹到這裏，至於未來怎樣發展，結局如何，只有等待**下回分解**了。
【義近】下文分解／且看下文。
【義反】立見分曉。

下車伊始（ㄒㄧㄚˋ ㄔㄜ ㄧ ㄕˇ）

【釋義】剛下車。伊：文言助詞。始：開始，剛剛。
【出處】隋書・劉行本傳：「然臣下車之始，與其如約。此吏故違，請加徒一年。」淮陰百一居士・壺天錄：「寧波宗太守湘文，當下車伊始，即自撰一聯，懸於門首。」
【用法】比喻新官初到任，也比喻新到一個地方或單位。
【例句】新主管**下車伊始**，就這也批評，那也指責，弄得大家很不愉快。
【義近】新來乍到／新官上任。

下里巴人（ㄒㄧㄚˋ ㄌㄧˇ ㄅㄚ ㄖㄣˊ）

【釋義】下里、巴人：古楚國流行的兩支通俗歌曲名。
【出處】文選・宋玉・對楚王問：「客有歌於郢中者，其始曰下里巴人，國中屬而和者數千人。」
【用法】比喻通俗的文藝作品。
【例句】這首歌雖被專業人士譏為**下里巴人**之作，却在社會上廣受歡迎，人人都能琅琅上口。
【義近】婦孺能明／老嫗能解／擊轅之歌。

【義反】曲高和寡／知者寥寥／典雅高深。

下坂走丸 ㄒㄧㄚˋ ㄅㄢˇ ㄗㄡˇ ㄨㄢˊ

【釋義】在斜坡上往下滾彈丸。坂：斜坡。走：跑，迅速滾動。

【出處】荀悅・前漢記：「此由（猶）以下坂而走丸也。」

【用法】比喻說話行文敏捷而無停滯。

【例句】王先生行文有如**下坂走丸**，筆墨酣暢，一天竟可寫上好幾千字。

【義近】行雲流水／洋洋灑灑／文筆流暢。

【義反】言滯語澀／行文遲鈍。

下馬威 ㄒㄧㄚˋ ㄇㄚˇ ㄨㄟ

【釋義】古時新官到任，故意用嚴法處分屬吏，以示威嚴，稱下馬威。

【出處】班固・漢書・敘傳：「畏其下車作威，吏民竦息。」凌濛初・二刻拍案驚奇二一回：「先把李旺打一個下馬威。」

【用法】今泛指一開始就給對方打擊或威嚇，以顯示自己的厲害。

【例句】聽說這個學生很不聽話，我要先給他一個**下馬威**，狠狠訓斥他一頓，然後再慢慢疏導他。

【義近】先聲奪人。

【義反】先禮後兵。

下筆千言 ㄒㄧㄚˋ ㄅㄧˇ ㄑㄧㄢ ㄧㄢˊ

【釋義】一下筆就寫出上千萬字的文章。言：字。

【出處】張岱・雁字詩小序：「余少而學詩……三十以前，下筆千言，疾如風雨。」

【用法】形容文思敏捷，揮筆成篇。

【例句】熊先生十多歲時，就能**下筆千言**，故在當時有神童之稱。

【義近】一揮而就／文不加點／意到筆隨／援筆立就／七步成詩／運筆如飛／落紙如飛／倚馬成文。

【義反】才竭智疲／文思遲鈍／執筆搔頭／江郎才盡／絞盡腦汁。

下筆如有神 ㄒㄧㄚˋ ㄅㄧˇ ㄖㄨˊ ㄧㄡˇ ㄕㄣˊ

【釋義】一落筆就像有神奇的力量。下筆：落筆。

【出處】杜甫・奉贈韋左丞文二十二韻：「讀書破萬卷，下筆如有神。」

【用法】形容才思敏捷，爲詩爲文能一揮而就。

【例句】他文思敏捷，**下筆如有神**，因此年紀輕輕便已著作等身，令人佩服。

【義近】參見「下筆千言」條。

【義反】參見「下筆千言」條。

下筆成章 ㄒㄧㄚˋ ㄅㄧˇ ㄔㄥˊ ㄓㄤ

【釋義】一動筆就能迅速地寫成文章。

【出處】陳壽・三國志・魏志・文帝紀：「文帝天資文藻，下筆成章。」

【用法】形容文思敏捷。

【例句】他不僅講起話來滔滔不絕，文字表達能力也很強，往往能**下筆成章**。

【義近】參見「下筆千言」條。

【義反】參見「下筆千言」條。

不一而足 ㄅㄨˋ ㄧ ㄦˊ ㄗㄨˊ

【釋義】原指不是一事一物可以滿足，今指不止一種。

【出處】公羊傳・文公九年：「許夷狄者不一而足也。」

【用法】表示同類事物多次出現，不可盡舉。

【例句】這個家庭服務公司的服務項目很多，諸如訂報送奶、補衣修鞋、打掃清潔、裝修房間等等，眞可說是**不一而足**。

【義近】不勝枚舉／恆河沙數／盈千纍萬／整千整百／琳瑯滿目／指不勝屈／不知凡幾

／不計其數。

【義反】絕無僅有／獨一無二／天下無雙／寡二少雙。

不二法門 ㄅㄨˋ ㄦˋ ㄈㄚˇ ㄇㄣˊ

【釋義】佛家用語，意謂直接入道、不可言傳的法門。法門：修行入道的門徑。

【出處】維摩詰經・入不二法門品：「如我意者，於一切法無言無說，無示無識，離諸問答，是爲入不二法門。」

【用法】喻唯一的門徑或方法。

【例句】成功的**不二法門**就是不斷地努力，堅持到底。

【義近】唯一途徑／唯一門路／唯一方法／唯一竅門。

【義反】門路甚廣／條條大路通羅馬。

不了了之 ㄅㄨˋ ㄌㄧㄠˇ ㄌㄧㄠˇ ㄓ

【釋義】沒有了結的事，不去管它，就算了結。了：了結，結束。

【出處】葉夢得・避暑錄語卷上：「唐人言冬烘是不了了之語，故有『主司頭腦太冬烘，錯誤顏標是魯公』之言。」

【用法】用以說明不曾把該辦的事辦完，就放置一邊，而算是了事。

【例句】這件事還沒有查清楚，你就不管了，難道就這樣**不了了之**嗎？

【義近】半途而廢／得了且了／馬馬虎虎。

【義反】水落石出／有始有終。

不入虎穴，焉得虎子 ㄅㄨˋ ㄖㄨˋ ㄏㄨˇ ㄒㄩㄝˊ，ㄧㄢ ㄉㄜˊ ㄏㄨˇ ㄗˇ

【釋義】不進老虎窩，怎麼能捉到小老虎。焉：何，怎麼。

【出處】後漢書・班超傳：「不入虎穴，不得虎子。」

【用法】比喻不冒風險就不能獲得成功；有時也比喻不經過實踐就無法獲得眞知。

【例句】要想在事業上有所成就，就得要有冒險拚搏的精神，所以中國有句老話，叫做「**不入虎穴，焉得虎子**」。

【義近】舍得一身剮，敢把閻王抓。

不三不四 ㄅㄨˋ ㄙㄢ ㄅㄨˋ ㄙˋ

【釋義】不正派，來歷不明。

【出處】水滸傳七回：「智深見了，心裏早疑忌道：『這夥人不三不四，又不肯近前來，莫不要攧洒家？』」

【用法】指不像樣子、不正經或不成道理。

【例句】這都是一些**不三不四**的人，你千萬不要和他們混在一起。

【義近】不倫不類／非驢非馬。

【義反】堂堂正正／人模人樣。

不乏其人 ㄅㄨˋ ㄈㄚˊ ㄑㄧˊ ㄖㄣˊ

【釋義】不缺乏這樣的人。

【出處】秋瑾・致秋王林書：「而男子之死於謀光復者，則自唐摚以後，若沈藎……諸君子，不乏其人。」

【用法】指某一類人不少。

【例句】對這一問題持反對意見的，並不僅僅是在座的諸位，各界都**不乏其人**。

【義近】大有人在。

【義反】爲數甚少／寥寥數人。

不乏其例 ㄅㄨˋ ㄈㄚˊ ㄑㄧˊ ㄌㄧˋ

【釋義】不缺乏這樣的例證。

【用法】說明某人某事或某些人某類事，是曾經有過的，並不乏先例。

【例句】話說天下大勢，合久必分，分久必合，這在中國歷史上是**不乏其例**的道理。

【義近】不乏先例。

【義反】史無前例／絕無僅有／亙古未有／史無記載。

不文不武 ㄅㄨˋ ㄨㄣˊ ㄅㄨˋ ㄨˇ

【釋義】既不能文，又不能武。

【出處】韓愈・瀧吏詩：「不知官在朝，有益國家不？得無虱其間，不武亦不文。」

【用法】用以譏人無能。
【例句】你看他那**不文不武**的樣子，能夠做什麼？還不是在這裏白吃飯！
【義近】一無長才／一無所取／酒囊飯袋／一無是處。
【義反】文武雙全。

不分皂白（ㄅㄨˋ ㄈㄣ ㄗㄠˋ ㄅㄞˊ）

【釋義】不分黑白。皂：黑色。
【出處】詩經・大雅・柔桑：「匪言不能，胡斯畏忌。」鄭玄・箋：「賢者見此事之是是非非，不能分辨皂白言之於王也。」
【用法】指不辨是非曲直。
【例句】他這種**不分皂白**，隨便就罵人的脾氣，實在令人受不了。
【義近】涇渭不分／清濁不辨／顛倒是非／混淆是非。
【義反】黑白分明／涇渭分明／明辨是非／一清二楚。

不毛之地（ㄅㄨˋ ㄇㄠˊ ㄓ ㄉㄧˋ）

【釋義】不長草和五穀的土地。
【出處】公羊傳・宣公一二年：「君如矜此喪人，錫（賜）之不毛之地。」
【用法】形容土地荒涼、貧瘠。
【例句】那裏原是一片**不毛之地**，經過村人的辛勤墾植，現在已成良田沃土。
【義近】寸草不生／無用之地／蠻荒之地／磽瘠之地。
【義反】沃野千里／良田美土／魚米之鄉／富饒之地／膏腴之地。

不世之功（ㄅㄨˋ ㄕˋ ㄓ ㄍㄨㄥ）

【釋義】不是每代都有的功勞。世：代。
【出處】後漢書・隗囂傳：「足下將建伊、呂之業，弘不世之功。」
【用法】形容功勞極大，世所罕有。
【例句】大丈夫生於亂世，當帶三尺劍立**不世之功**。（羅貫中・三國演義）
【義近】安邦之功／挽狂瀾於既倒／撥亂反正／匡扶社稷。
【義反】禍國殃民／荼毒百姓／殘害忠良／賣國求榮／罪魁禍首。

不以爲恥（ㄅㄨˋ ㄧˇ ㄨㄟˊ ㄔˇ）

【釋義】不認爲是可恥的。
【出處】鄧析子・轉辭：「今墨劓不以爲恥，斯民所以亂多治少也。」
【用法】用以說明不知羞恥，常與「反以爲榮」連用。
【例句】小人壞事做盡，却能**不以爲恥**，反以爲榮，眞是無可救藥了。
【義近】厚顏無恥／恬不知恥／若無其事／寡廉鮮恥。
【義反】自尊自愛／羞與爲伍／恥與同列。

不以爲然（ㄅㄨˋ ㄧˇ ㄨㄟˊ ㄖㄢˊ）

【釋義】不認爲是對的。然：是、對，正確。
【出處】王明清・揮麈後錄卷四：「宣和初，徽宗有意征遼，蔡元長、鄭達夫不以爲然。」
【用法】表示不同意、不贊成，或不把它當回事。
【例句】他總認爲自己的意見是對的，所以無論別人怎麼說，他都**不以爲然**。
【義近】嗤之以鼻／不值一哂／付之一笑。
【義反】口口稱是／聲聲曰諾／首肯口允。

不刊之論（ㄅㄨˋ ㄎㄢ ㄓ ㄌㄨㄣˋ）

【釋義】刊：削掉刻錯了的字。論：言論，議論。
【出處】揚雄・答劉歆書：「是縣（懸）諸日月，不刊之書也。」

【用法】形容不能改動或不可磨滅的言論、道理。
【例句】你剛剛所列舉的這些名言警句，都是公認的**不刊之論**。
【義近】精辟之言／永恆之理／不易之論／不刊之典／名句警言。
【義反】陳詞濫調／泛泛之言／不經之談／迂腐之論／誇誕之言／故事陳言。

不可一世 ㄅㄨˋ ㄎㄜˇ ㄧˊ ㄕˋ

【釋義】以為這個世上誰也比不上自己。一世：並世，與之同時。
【出處】羅大經・鶴林玉露：「王荊公（安石）少年，不可一世士。」
【用法】形容人狂妄自大，目空一切。
【例句】他只要有一點成績，就自以為了不得，盛氣凌人，**不可一世**。
【義近】妄自尊大／目中無人／目空一切／夜郎自大／居功自傲／趾高氣昂／目無餘子／旁若無人。
【義反】功大不驕／不自言功／謙遜待人／謙沖自牧／虛懷若谷。

不可企及 ㄅㄨˋ ㄎㄜˇ ㄑㄧˋ ㄐㄧˊ

【釋義】不可能趕上。企及：希望趕上。
【出處】柳冕・答衢州鄭使君：「不可企而及之者，性也。」
【用法】形容永遠也無法趕上。
【例句】他的智商很高，十六歲就大學畢業並考取了碩士研究班，這是一般青少年**不可企及**的。
【義近】望塵莫及／高不可攀／無與倫比。
【義反】迎頭趕上／望其項背。

不可名狀 ㄅㄨˋ ㄎㄜˇ ㄇㄧㄥˊ ㄓㄨㄤˋ

【釋義】無法用言詞來形容。名：用言語說出。狀：描繪，形容。
【出處】葛洪・神仙傳・王遠：「衣有文采，又非錦綺，光彩耀目，不可名狀。」
【用法】形容事情的美妙無法用言語來表達。
【例句】夫妻分散近四十年，今日相見，那份悲喜交集之情，實**不可名狀**。
【義近】不可言狀／不可言傳／不可言喻／筆墨難以形容。
【義反】一說就懂／一語破的／不言而喻。

不可多得 ㄅㄨˋ ㄎㄜˇ ㄉㄨㄛ ㄉㄜˊ

【釋義】意即很少或很難找到、見到。
【出處】孔融・薦禰衡表：「帝室皇居，心畜非常之寶。若衡等輩，不可多得。」
【用法】形容稀少、難得。
【例句】他確實是個**不可多得**的人才。
【義近】屈指可數／寥若晨星／世所罕有。
【義反】多如牛毛／多如繁星／俯拾即是。

不可同日而語 ㄅㄨˋ ㄎㄜˇ ㄊㄨㄥˊ ㄖˋ ㄦˊ ㄩˇ

【釋義】不能放在同一時間談論。一作「不可同日而言」。
【出處】戰國策・趙策二：「夫破人之與破於人也，臣人之與臣於人也，豈可同日而言之哉？」
【用法】形容兩方差異極大，不可相提並論。
【例句】拿人們在抗戰時期的悲慘遭遇和現在的幸福生活相比，真是**不可同日而語**。
【義近】不可同年而語／不可同時而論／此一時彼一時。
【義反】相提並論／一概而論／等量齊觀／一言以蔽之。

不可收拾 ㄅㄨˋ ㄎㄜˇ ㄕㄡ ㄕˊ

【釋義】不能收集、整理。收拾：收束，整頓。
【出處】韓愈・送高閑上人序：

「洎與淡相遭？頽墮委靡，潰敗不可收拾。」

【用法】形容事物敗壞到無法整頓、不可救藥的地步。

【例句】我看你不把事情弄到**不可收拾**的地步，是決不會承認錯誤的。

【義近】不可救藥／回天乏術。

不可言喻 ㄅㄨˋ ㄎㄜˇ ㄧㄢˊ ㄩˋ

【釋義】不能用言語說明白。喻：明白。

【出處】沈括・夢溪筆談：「其術可以心得，不可以言喻。」

【用法】用以說明有些事理只可意會不可言傳；或形容人固執得不能用言語勸說明白。

【例句】①他那幅畫精彩在什麼地方，實在**不可言喻**，只有你親自看了才會明白。②他就這麼死腦筋，是個**不可言喻**的人。

【義近】不可名狀／只可意會，不可言傳。

【義反】不言而喻／一說即明。

不可思議 ㄅㄨˋ ㄎㄜˇ ㄙ ㄧˋ

【釋義】原爲佛家語，指思維不能到達的境界。

【出處】楊衒之・洛陽伽藍記・永寧寺：「佛事精妙，不可思議。」

【用法】指事理極其奧妙神祕，想也想不到，說也說不清。

【例句】她這樣年輕漂亮，又很有錢，却同一個窮老漢結婚，眞是**不可思議**。

【義近】難以置信／匪夷所思。

【義反】可想而知／合情合理／不難明白／理所當然。

不可理喻 ㄅㄨˋ ㄎㄜˇ ㄌㄧˇ ㄩˋ

【釋義】不能用道理使其明白。喻：明白，開導。

【出處】吳沃堯・痛史一一回：「知道這等人，猶如豬狗一般的，不可以理喻。」

【用法】形容態度固執，不通情理；也形容人蠻橫不講理。

【例句】他這人牛脾氣一來，就什麼都不顧，什麼人的話都不聽，簡直**不可理喻**。

【義近】蠻橫無理／蠻不講理。

【義反】通情達理／知書達理。

不可救藥 ㄅㄨˋ ㄎㄜˇ ㄐㄧㄡˋ ㄧㄠˋ

【釋義】病重到無法用藥救治。藥：醫治。

【出處】詩經・大雅・板：「多將熇熇，不可救藥。」

【用法】比喻人或事壞到無法挽救的地步。

【例句】他雖多次犯錯，但還沒有到**不可救藥**的地步，我們仍應儘量幫助他。

【義近】無可救藥／病入膏肓／朽木不可雕。

【義反】不藥而癒／藥到病除／醫到病癒／孺子可教／改過從善／浪子回頭。

不可終日 ㄅㄨˋ ㄎㄜˇ ㄓㄨㄥ ㄖˋ

【釋義】一天都過不下去。終日：一整天。

【出處】禮記・表記：「君子不以一日使其躬儳焉，如不終日。」

【用法】形容心中極度不安，終日惶惶。

【例句】她先生只要半天不回來，她就以爲出了什麼事，在家裏惶惶**不可終日**。

【義近】度日如年／如坐針氈。

【義反】安然度日／無憂無慮。

不可開交 ㄅㄨˋ ㄎㄜˇ ㄎㄞ ㄐㄧㄠ

【釋義】不可能解開。開交：解開。

【出處】李寶嘉・官場現形記二回：「吳贊善聽到這裏，便氣得不可開交了。」

【用法】形容糾結在一起，無法解脫。

【例句】這兩口子不知爲了什麼事，從早晨到現在，一直吵得**不可開交**。

【義近】難解難分。

【義反】快刀斬亂麻／一刀兩斷

／一了百了。

不可勝數 ㄅㄨˋ ㄎㄜˇ ㄕㄥ ㄕㄨˇ

【釋義】怎麼數也數不清楚、完盡。勝：盡。
【出處】墨子・非攻中：「百姓之道疾病而死者，不可勝數。」
【用法】形容數量很多，無法計算。
【例句】我國歷史上的愛國志士，實在多得**不可勝數**。
【義近】不可勝計／數不勝數／不計其數／不勝枚舉。
【義反】屈指可數／寥寥無幾／寥若晨星。

不可磨滅 ㄅㄨˋ ㄎㄜˇ ㄇㄛˊ ㄇㄧㄝˋ

【釋義】永遠存在，不會消失。磨滅：消失。
【出處】唐順之・答茅鹿門知縣：「索其所謂眞精神與千古不可磨滅之見，絕無有也。」
【用法】多用以指印象、痕跡、事實、理論、功績等，不因時間久遠而消失。
【例句】國父崇高的品格，誠摯的態度，卓越的才華，給每一個和他交談過的人，都留下了**不可磨滅**的印象。
【義近】永不磨滅／與時同存／與世同在／流芳百世／流傳千古／永垂不朽。
【義反】曇花一現／稍縱即逝／稍過即忘／消失殆盡。

不可逾越 ㄅㄨˋ ㄎㄜˇ ㄩˊ ㄩㄝˋ

【釋義】逾越：越過，超過。逾，越。
【出處】左傳・襄公三一年：「門不容車，而不可逾越。」
【用法】用以說明不可超過。
【例句】他倆各自的愛好不同，興趣不同，彼此之間逐漸形成了一條**不可逾越**的鴻溝。

不平則鳴 ㄅㄨˋ ㄆㄧㄥˊ ㄗㄜˊ ㄇㄧㄥˊ

【釋義】遇到不公平的事，就要發出不滿的呼聲。
【出處】韓愈・送孟東野序：「大凡物不得其平則鳴。」
【用法】常用以說明申訴枉屈，或發洩不滿的正確與合理。
【例句】他工作那樣認眞負責，你却只給他這樣一點報酬，所謂「**不平則鳴**」，人家怎麼不會有意見呢？
【義近】水激則鳴。
【義反】敢怒而不敢言／忍氣吞聲。

不打自招 ㄅㄨˋ ㄉㄚˇ ㄗˋ ㄓㄠ

【釋義】沒有用刑，自己就招認了。打：施加肉刑。
【出處】馮夢龍・警世通言・三現身包龍圖斷冤：「押司和押司娘不打自招，雙雙地問成死罪，償了大孫押司之命。」
【用法】用以比喻自行暴露其不好的想法或罪過。有貶意。
【例句】沒有人逼他，他却**不打自招**地供出自己的罪行，想必是遭受到良心的譴責。
【義近】此地無銀三百兩／司馬昭之心路人皆知。
【義反】屈打成招／不打不招。

不由分說 ㄅㄨˋ ㄧㄡˊ ㄈㄣ ㄕㄨㄛ

【釋義】不讓人分辨解釋。
【出處】武漢臣・生金閣三折：「怎麼不由分說，便將我飛拳走踢只是打。」
【用法】比喻人以強凌弱，蠻不講理；或說明其人罪有應得，不許他再狡辯。
【例句】他們一進門，就**不由分說**，將我家砸得一塌糊塗，然後揚長而去。
【義近】不容置喙／不容分說。
【義反】任人申辯／暢所欲言／言無不盡／由人申說。

不由自主 ㄅㄨˋ ㄧㄡˊ ㄗˋ ㄓㄨˇ

【釋義】由不得自己作主。
【出處】曹雪芹・紅樓夢八一回：「但覺自己身子不由自主

，倒像有什麼人拉拉扯扯，要我殺人才好。」

【用法】多用以形容自己不能控制住自己。

【例句】看到這種動人的場面，我**不由自主**地掉下了眼淚。

【義近】身不由己／情不自禁。

不白之冤 ㄅㄨˋ ㄅㄞˊ ㄓ ㄩㄢ

【釋義】不能或得不到辯白的冤情。

【出處】馮夢龍・東周列國志四二回：「喧之逃，非貪生怕死，實欲太叔伸不白之冤耳。」

【用法】多指不容辯訴，得不到昭雪的冤屈。

【例句】在那些極端專制黑暗的國家裏，有多少人蒙受**不白之冤**啊！

【義近】冤沈海底／六月飛霜。

【義反】明鏡高懸／一一昭雪。

不共戴天 ㄅㄨˋ ㄍㄨㄥˋ ㄉㄞˋ ㄊㄧㄢ

【釋義】不與仇敵共存於人世間。戴：頂著。

【出處】禮記・曲禮上：「父之讎，弗與共戴天。」

【用法】形容彼此有著深仇大恨，勢不兩立。

【例句】他們之間有著**不共戴天**的深仇大恨，你何必要把他們調到一個學校任教呢？

【義近】勢不兩立／水火不容／勢如冰炭／有我無你。

【義反】相敬如賓／禮尚往來／和睦與共。

不合時宜 ㄅㄨˋ ㄏㄜˊ ㄕˊ ㄧˊ

【釋義】合：符合。時宜：當時的需要和潮流。

【出處】漢書・哀帝紀：「皆違經背古，不合時宜。」

【用法】指不合當時的形勢和潮流。

【例句】這位老先生也太**不合時宜**了，到現在還穿著長袍馬褂，活像個老古董。

【義近】冬烘先生／冬扇夏爐。

【義反】應時適俗。

不名一錢 ㄅㄨˋ ㄇㄧㄥˊ ㄧ ㄑㄧㄢˊ

【釋義】一文錢也沒有。名：佔有。

【出處】司馬遷・史記・佞幸列傳載：鄧通「竟不得名一錢，寄死人家。」

【用法】形容人貧窮得一無所有。強調清貧。

【例句】你不要看他西裝革履，其實他自己**不名一錢**，全靠朋友接濟。

【義近】身無分文／囊空如洗／一貧如洗／阮囊羞澀／囊篋蕭然。

【義反】腰纏萬貫／庖有肥肉，廄有肥馬／富等王侯／金玉滿堂／富比封君。

不同凡響 ㄅㄨˋ ㄊㄨㄥˊ ㄈㄢˊ ㄒㄧㄤˇ

【釋義】不同於一般的聲響。凡響：平凡的音樂。

【用法】比喻人或事物不平凡，超過了常人常事。

【例句】王先生善於深入思考問題，每次開會所發表的見解都**不同凡響**。

【義近】非同一般／與眾不同／不同流俗／鶴立雞羣／卓越突出。

【義反】平淡無奇／大同小異。

不亦樂乎 ㄅㄨˋ ㄧˋ ㄌㄜˋ ㄏㄨ

【釋義】不是很快樂嗎？「不亦……乎」爲古漢語中的固定句式。

【出處】論語・學而：「有朋自遠方來，不亦樂乎？」

【用法】表示事情已達到極度或淋漓盡致的意思，並含有詼諧的意味。

【例句】在此花好月圓之日，若

能與親友共聚一堂，可眞是**不亦樂乎**。

【義近】樂不可支／其樂無窮。

【義反】嗚呼哀哉／哀痛逾恆。

不因人熱 ㄅㄨˋ ㄧㄣ ㄖㄣˊ ㄖㄜˋ

【釋義】不依靠別人的餘火燒飯。因：趁，靠。

【出處】東觀漢記・梁鴻傳：「比舍先炊已，呼鴻及熱釜炊，鴻曰：『童子鴻不因人熱者也。』滅竈更燃火。」

【用法】比喻人有獨立性，不仰仗別人做事。

【例句】他無論做什麼事，都是自行奮鬥，獨往獨來，**不因人熱**。

【義近】自學成材／自力更生。

【義反】因人成事／仰賴他人／依仗別人／借力使力。

不在話下 ㄅㄨˋ ㄗㄞˋ ㄏㄨㄚˋ ㄒㄧㄚˋ

【釋義】原意爲不必多說，或不需再往下說。

【出處】秦簡夫・趙禮讓肥四折：「以下各隨次第加官賜賞，這且不在話下。」

【用法】今多用以指事情容易對付，不成問題；或者事屬當然，不值一提。

【例句】她是一位秀外慧中的好女人，不僅琴棋書畫樣樣精通，其烹飪技術更是**不在話下**。

【義近】不成問題。

不成體統 ㄅㄨˋ ㄔㄥˊ ㄊㄧˇ ㄊㄨㄥˇ

【釋義】達不成規矩。體統：規矩。

【出處】羅貫中・三國演義一三回：「刻印不及，以錐畫之，全不成體統。」

【用法】說明言行沒有規矩，不成樣子。

【例句】他太**不成體統**了，說起話來沒大沒小，對老人家一點禮貌也沒有。

【義近】有失體統／不成規矩。

【義反】循規蹈矩／言行檢點／有禮有節。

不自量力 ㄅㄨˋ ㄗˋ ㄌㄧㄤˋ ㄌㄧˋ

【釋義】不能正確估量自己的力量。

【出處】左傳・隱公一一年：「不度德，不量力。」馮夢龍・醒世恆言・杜子春三入長安：「子春不自量力。」

【用法】形容過分高估自己的能力。

【例句】他總是**不自量力**，老說自己這也能做，那也能做，但等到眞的做起來，却一樣也不會。

【義近】無自知之明／蚍蜉撼樹／螳臂當車／蛇欲吞象。

【義反】力所能及／量力而爲。

不即不離 ㄅㄨˋ ㄐㄧˊ ㄅㄨˋ ㄌㄧˊ

【釋義】原爲佛家用語，指既不親近，也不疏遠。即：接近，靠攏。離：離開，疏遠。

【出處】圓覺經上：「不即不離，無縛無脫。」

【用法】今多用以指對人的關係似親非親，似疏非疏。

【例句】她對待男友老是如此**不即不離**的模樣，眞不知她是有心還是無意。

【義近】若即若離／不親不疏／不好不壞／不冷不熱。

【義反】形影不離／寸步不離／親密無間／打得火熱。

不攻自破 ㄅㄨˋ ㄍㄨㄥ ㄗˋ ㄆㄛˋ

【釋義】不用攻擊，自己就會破滅、垮臺。破：破滅。

【出處】孔穎達・周易正義：「其言夏禹及文王重卦者……以此論之，不攻自破。」舊唐書・禮儀志：「師出無名，不攻而自破矣。」

【用法】今多指言論站不住腳，不堪一駁；也形容無力防禦，不堪一擊。

【例句】在鐵的事實面前，謊言當然**不攻自破**。

【義近】理屈詞窮／漏洞百出。

【義反】　無懈可擊／頭頭是道。

不求甚解 ㄅㄨˋ ㄑㄧㄡˊ ㄕㄣˋ ㄐㄧㄝˇ

【釋義】　原指讀書只求理解精神，不刻意於一字一句的解釋。甚：很。

【出處】　陶淵明・五柳先生傳：「好讀書，不求甚解，每有會意，便欣然忘食。」

【用法】　今多指讀書不認眞，略知大意，而不求深入理解。

【例句】　古代陶淵明是好讀書**不求甚解**，現在有的人却是不讀書而好求甚解。

【義近】　一知半解／囫圇呑棗。

【義反】　精益求精／尋根究底／拔樹尋根／窮源竟委。

不求聞達 ㄅㄨˋ ㄑㄧㄡˊ ㄨㄣˊ ㄉㄚˊ

【釋義】　聞：有聲名。達：在高位。

【出處】　諸葛亮・前出師表：「臣本布衣，躬耕於南陽，苟全性命於亂世，不求聞達於諸侯。」

【用法】　形容無意於功名富貴，只求淡泊自處以終身。

【例句】　他向來**不求聞達**，無意仕進，只願在這山青水秀的地方教教書，過著淡泊適意的生活。

【義近】　無意功名／淡泊名利。

【義反】　追名逐利／苟合求榮／熱中功名。

不見圭角 ㄅㄨˋ ㄐㄧㄢˋ ㄍㄨㄟ ㄐㄧㄠˇ

【釋義】　圭角：圭玉的稜角。

【出處】　禮記・儒行・鄭玄注：「去己之大圭角，下與眾人小合也。」歐陽修・張子野墓誌銘：「遇人渾渾，不見圭角。」

【用法】　比喻不露鋒芒或才幹不外露。

【例句】　他雖然才華出眾，但爲人處事却謙虛謹慎，**不見圭角**。

【義近】　不露鋒芒／含而不露／深藏若虛／滿罐不晃／大盈若沖。

【義反】　鋒芒畢露／露才揚己／半罐亂晃。

不見經傳 ㄅㄨˋ ㄐㄧㄢˋ ㄐㄧㄥ ㄓㄨㄢˋ

【釋義】　不見經傳上有記載。經：經典。傳：解釋經典者曰「傳」。

【出處】　羅大經・鶴林玉露卷六：「(方寸地)三字雖不見經傳，却亦甚雅。」

【用法】　比喻沒有來歷，沒有根據；也指人或事沒有名氣。

【例句】　自古以來，許多名**不見經傳**的人士在默默地奉獻自己，成就偉大的事業。

【義近】　湮沒無聞／無人知曉／沒沒無聞。

【義反】　史不絕書／名垂青史／引經據典／有根有據／揚名四海。

不言而喻 ㄅㄨˋ ㄧㄢˊ ㄦˊ ㄩˋ

【釋義】　不用說就可明白。喻：明白，了解。

【出處】　孟子・盡心上：「君子所性，仁義禮智根於心，……施於四體，四體不言而喻。」

【用法】　指事情、道理明顯，不待解釋，自然明白。

【例句】　他終於娶到了日夜所思的女子，其快樂的心情，自是**不言而喻**了。

【義近】　顯而易見／不言自明。

【義反】　言而後明／不可言喻。

不肖子孫 ㄅㄨˋ ㄒㄧㄠˋ ㄗˇ ㄙㄨㄣ

【釋義】　不似父、祖的子孫後代。不肖：子不似父，後代不似其先。

【出處】　孟子・萬章上：「丹朱之不肖，舜之子亦不肖。」莊子・天地：「則世俗謂之不肖子。」

【用法】　多指沒有出息不能繼承先輩事業、遺志的後輩，也指不孝子孫。

【例句】　他的祖父和父親都是戰

功顯赫的將軍，而他卻只知吃喝嫖賭，未曾做過一樁正經事，眞是個道道地地的**不肖子孫**。

【義近】逆子孽孫／不孝子孫／敗家之子。

【義反】孝子賢孫／繩其祖武。

不折不扣 ㄅㄨˋ ㄓㄜˊ ㄅㄨˋ ㄎㄡˋ

【釋義】按定價出售，不予減價。折、扣：按定價減去的成數。

【用法】今多用以表示把事情實實在在做好，決不弄虛作假或草率馬虎了事。

【例句】聽說他是個**不折不扣**的鐵公雞，今天總算讓我見識到了。

【義近】原原本本／不打折扣／說一是一／道道地地。

【義反】七折八扣／討價還價／偷工減料／弄虛作假。

不足爲外人道 ㄅㄨˋ ㄗㄨˊ ㄨㄟˊ ㄨㄞˋ ㄖㄣˊ ㄉㄠˋ

【釋義】不值得向外面的人說。足：值得。道：說。

【出處】陶淵明・桃花源記：「此中人語，不足爲外人道也。」

【用法】今多用於要求別人爲之保密；有時也用以表示某一事理非別人所能理解，無須多說。

【例句】①此事**不足爲外人道**，我倆知道就行了。②此事只有在座的各位能理解，**不足爲外人道**。

【義近】不值一提。

【義反】大書特書／大講特講。

不足爲奇 ㄅㄨˋ ㄗㄨˊ ㄨㄟˊ ㄑㄧˊ

【釋義】不值得奇怪。

【出處】張岱・唐琦石：「若止斫我，不足爲奇。」

【用法】用以說明事情很平常，沒有什麼值得奇怪的。

【例句】這種陳腔濫調已**不足爲奇**，看他說得口沫橫飛，眞是可笑。

【義近】不足爲怪／司空見慣／屢見不鮮／習以爲常。

【義反】少見多怪／無一不奇。

不足爲訓 ㄅㄨˋ ㄗㄨˊ ㄨㄟˊ ㄒㄩㄣˋ

【釋義】訓：法則，準則。

【出處】曾樸・孽海花四回：「孝琪的行爲，雖然不足爲訓，然聽他的議論思想，也有獨到之處。」

【用法】用以說明不值得作爲效法的準則或榜樣。

【例句】許多人辭掉工作去炒股票，期待大撈一筆，實在是**不足爲訓**的作法。

【義近】不足爲法／事不可取。

【義反】奉爲楷模／奉爲圭臬／事可師法。

不足爲憑 ㄅㄨˋ ㄗㄨˊ ㄨㄟˊ ㄆㄧㄥˊ

【釋義】足：能夠。憑：憑據，根據。

【出處】凌濛初・二刻拍案驚奇：「雖然傳言送語不足爲憑，只得當面相見親口許了，方無翻悔。」

【用法】說明不能當作憑證或根據。

【例句】要證明東西是他偷的，單是口說**不足爲憑**，還得要有事實根據。

【義近】不足爲據／不足爲證／不足爲信。

【義反】足以爲據／足以爲證／可以爲信。

不足掛齒 ㄅㄨˋ ㄗㄨˊ ㄍㄨㄚˋ ㄔˇ

【釋義】不值一提，不值一說。不足：不值得。掛齒：掛在嘴上；說到，提起。

【出處】司馬遷・史記・叔孫通列傳：「此皆羣盜，鼠盜狗竊耳，何足置之齒牙間。」施耐庵・水滸傳八七回：「宋江答道：『無能小將，不足掛齒。』」

【用法】用以表示對人與事的輕蔑，也用以謙稱自己所做之事不值得一提。
【例句】您就用不著謝我了，區區小事，實在**不足掛齒**。
【義近】何足掛齒／微不足道／未足稱道。
【義反】大書特書／沒齒難忘。

不孝有三，無後爲大（ㄅㄨˋ ㄒㄧㄠˋ ㄧㄡˇ ㄙㄢ，ㄨˊ ㄏㄡˋ ㄨㄟˊ ㄉㄚˋ）

【釋義】不孝順的事有三種，其中以不娶妻生子爲最不孝。
【出處】孟子・離婁：「不孝有三，無後爲大。」趙岐注三不孝爲：阿意曲從，陷親於不義；家貧親老，不爲祿仕；不娶無子，絕先祖祀。
【用法】今多用以指未生男孩，斷了祭祀祖宗的香火。
【例句】有些重男輕女的人，說什麼**不孝有三，無後爲大**，這完全是錯誤的。
【義近】香火斷絕／後繼無人／絕代無嗣／斷子絕孫。
【義反】傳宗接代／代代相傳／香火不斷。

不舍晝夜（ㄅㄨˋ ㄕㄜˇ ㄓㄡˋ ㄧㄝˋ）

【釋義】原指河水晝夜不停地奔流。舍：放棄，放過。
【出處】論語・子罕：「子在川上曰：『逝者如斯夫，不舍晝夜。』」
【用法】今多用以形容辛勤勞苦，夜以繼日地工作或學習。
【例句】吳教授雖已年過古稀，卻仍**不舍晝夜**地辛勤研究，實在令人敬佩。
【義近】夜以繼日／日夜孜孜／焚膏繼晷。

不卑不亢（ㄅㄨˋ ㄅㄟ ㄅㄨˋ ㄎㄤˋ）

【釋義】既不自卑，也不高傲。卑：低下。亢：一作「抗」，高傲。
【出處】曹雪芹・紅樓夢五六回：「他這樣遠愁近慮，不抗不卑……」
【用法】形容待人接物的態度恰到好處。
【例句】你看他待人的態度**不卑不亢**，就可知其絕非等閒之輩。
【義近】有禮有節／不逞強不示弱／長揖不跪。
【義反】卑躬屈膝／低聲下氣／妄自尊大／夜郎自大。

不念舊惡（ㄅㄨˋ ㄋㄧㄢˋ ㄐㄧㄡˋ ㄜˋ）

【釋義】不計較過去的嫌隙恩怨。念：想到，考慮。
【出處】論語・公冶長：「伯夷、叔齊不念舊惡，怨是用希。」
【用法】說明不計較往日是非曲直，而著眼現在和將來；也指人對改過爲善者的正確態度。
【例句】①這兩個冤家對頭，能夠**不念舊惡**重歸於好，確實令人高興。②浪子回頭金不換，你現在改過遷善，我們保證**不念舊惡**，不計前嫌。
【義近】前嫌盡釋／一筆勾銷。
【義反】睚眥必報／耿耿於懷／此仇不報非君子。

不到黃河不死心（ㄅㄨˋ ㄉㄠˋ ㄏㄨㄤˊ ㄏㄜˊ ㄅㄨˋ ㄙˇ ㄒㄧㄣ）

【釋義】一作「不到黃河心不死」。
【出處】李寶嘉・官場現形記一七回：「這種人不到黃河心不死。」
【用法】比喻不到絕望的境地決不善罷甘休；也比喻不達目的決不停止。
【例句】①抗戰期間，日本軍閥**不到黃河不死心**，硬是要徹底失敗，才肯投降。②他這人無論做什麼事，都有一股**不到黃河不死心**的勁頭，非做到底不可。
【義近】不到船翻不跳河／不到烏江不肯休／不見棺材不掉淚。
【義反】善罷甘休／適可而止／善識時務。

不拘一格 ㄅㄨˋ ㄐㄩ ㄧˋ ㄍㄜˊ

【釋義】拘：拘泥，拘限。一格：一種模式或格局。

【出處】龔自珍・己亥雜詩之一二五首：「我勸天公重抖擻，不拘一格降人材。」

【用法】用以說明不拘限於一種模樣或一個格局。

【例句】文藝創作、藝術表演，都應勇於創新，**不拘一格**，這樣才會顯得生氣勃勃。

【義近】參見「不落窠臼」條。

【義反】參見「不落窠臼」條。

不拘小節 ㄅㄨˋ ㄐㄩ ㄒㄧㄠˇ ㄐㄧㄝˊ

【釋義】小節：無關原則的生活瑣事。

【出處】後漢書・馮衍傳：「性敦樸，不拘小節。」隋書・楊素傳：「素少落拓，有大志，不拘小節。」

【用法】多指不拘泥於生活小事，豪放而率眞。

【例句】他這個人就是喜歡隨興而行，**不拘小節**。

【義近】不拘形跡／不修邊幅／大而化之。

【義反】一本正經／繁文縟節／席不正不坐／循規蹈矩。

不明不白 ㄅㄨˋ ㄇㄧㄥˊ ㄅㄨˋ ㄅㄞˊ

【釋義】意謂糊里糊塗、含含糊糊。

【出處】元・無名氏・連環計四折：「怎麼不明不白，著他父子每胡廝鬧了一夜。」

【用法】形容模模糊糊、糊里糊塗，或見不得人、不正派。

【例句】老太太常常**不明不白**地給金光黨騙去大筆財富。

【義近】含含糊糊／糊里糊塗。

【義反】眞相大白／正大光明／堂堂正正。

不屈不撓 ㄅㄨˋ ㄑㄩ ㄅㄨˋ ㄋㄠˊ

【釋義】不屈服、不低頭。屈、撓：彎曲。

【出處】漢書・敍傳下：「樂昌篤實，不橈不詘。」橈，通「撓」；詘，通「屈」。

【用法】比喻在困難或惡勢力面前決不屈服，表現得十分頑強。

【例句】凡做事能夠**不屈不撓**，堅持到底的人，較容易達成目標。

【義近】百折不撓／寧死不屈／堅貞不屈／堅韌不拔。

【義反】貪生怕死／卑躬屈膝／奴顏媚骨／屈節辱命／叛主背親。

不知甘苦 ㄅㄨˋ ㄓ ㄍㄢ ㄎㄨˇ

【釋義】原意爲不知道甜和苦。甘：甜。

【出處】墨子・非攻上：「少嘗苦曰苦，多嘗苦曰甘，則必以此人爲不知甘苦之辯（辨）矣。」

【用法】今多指不知道事情的經過困難險阻、艱辛曲折。

【例句】他還年輕，涉世未深，所以有好多事情他都**不知甘苦**，一意孤行。

【義近】不辨香臭／不明黑白／不知深淺／不明底細。

【義反】艱辛備嘗／含辛茹苦／飽經風霜／歷盡滄桑。

不知好歹 ㄅㄨˋ ㄓ ㄏㄠˇ ㄉㄞˇ

【釋義】不知道好壞。歹：壞，不好的事物。

【出處】曹雪芹・紅樓夢三七回：「我憑怎麼胡塗，連個好歹也不知，還是個人嗎？」

【用法】用以說明不明事理或不能領會他人的好意。

【例句】①人家對你這樣關心，你卻**不知好歹**，還說人家的不是。②他存心要整你，你卻**不知好歹**，常常幫他說話，爲他做事。

【義近】不明事理／恩將仇報／善惡莫辨。

【義反】是非分明／恩怨分明／毫不含糊。

不知所云（ㄅㄨˋ ㄓ ㄙㄨㄛˇ ㄩㄣˊ）

【釋義】不知道說的是些什麼。云：說。
【出處】諸葛亮・前出師表：「臨表涕泣，不知所云。」
【用法】多指語言、文章等思路不清，說理不明，使人抓不住要旨。有時也用以自謙。
【例句】這篇文章文筆太劣，又缺乏邏輯，看了兩三次，仍是**不知所云**。
【義近】語無倫次／頭緒紊亂／漫無條理。
【義反】條清理晰／通暢明達／層次清楚／有條不紊。

不知所措（ㄅㄨˋ ㄓ ㄙㄨㄛˇ ㄘㄨㄛˋ）

【釋義】不知道該怎麼辦。措：安排，處理。
【出處】論語・子路：「則民無所措手足。」陳壽・三國志・吳志・諸葛恪傳：「哀喜交并，不知所措。」
【用法】多指對突然而來的事情驚慌失措，無法應付。
【例句】面對這前所未有的情況，他顯得有些**不知所措**，窘態百出。
【義近】手忙腳亂／手足無措。
【義反】不慌不忙／從容不迫／悠哉游哉／悠游自如。

不知所終（ㄅㄨˋ ㄓ ㄙㄨㄛˇ ㄓㄨㄥ）

【釋義】不知道最後的情況。終：最後，結局。
【出處】左丘明・國語・越語下：「（范蠡）遂乘扁舟，以浮於五湖，莫知其所終極。」後漢書・逸民傳：「俱遊五嶽名山，竟不知所終。」
【用法】用以說明不知結局和下落。
【例句】他一人去登山，後來便**不知所終**，恐怕是凶多吉少了。
【義近】杳無音訊／下落不明／無影無蹤。
【義反】有始有終。

不近人情（ㄅㄨˋ ㄐㄧㄣˋ ㄖㄣˊ ㄑㄧㄥˊ）

【釋義】近：接近，親近。人情：人之常情。
【出處】莊子・逍遙遊：「大有逕庭，不近人情焉。」
【用法】多指一個人的所作所爲違背人之常情、事之常理。
【例句】恕我直言，你有時說話做事都太**不近人情**了。
【義近】不通人情／有乖情理／言行乖張／不明事理／不曉世故／不近情理。
【義反】合情合理／通情達理。

不怕官只怕管（ㄅㄨˋ ㄆㄚˋ ㄍㄨㄢ ㄓˇ ㄆㄚˋ ㄍㄨㄢˇ）

【釋義】官再大管不到自己，故不怕；官雖小卻是管自己的頂頭上司，故怕。
【出處】施耐庵・水滸傳二回：「自古道：『不怕官，只怕管』，俺如何與他爭得？」
【用法】用以說明在人管轄之下，只得聽命於人。
【例句】這件事顯然處理得很不公平，但他是我的上司，俗話說：「**不怕官只怕管**」，我只好忍下這口氣，以後再說。
【義近】人在屋簷下，怎敢不低頭／仰人鼻息／俯首聽命／食君之祿，忠君之事。

不爲已甚（ㄅㄨˋ ㄨㄟˊ ㄧˇ ㄕㄣˋ）

【釋義】不做太過分的事。已甚：太過分。已：太。
【出處】孟子・離婁下：「仲尼不爲已甚者。」
【用法】表示一個人待人處事要有分寸，絕對不要過分。
【例句】一個人說話行事都要以慈愛寬厚爲本，若能本著**不爲已甚**的精神，便可獲得人們的信賴和擁護。
【義近】恰如其分／恰到好處／適可而止。
【義反】參見「不留餘地」之「義近」條。

不爲五斗米折腰（ㄅㄨˋ ㄨㄟˋ ㄨˇ ㄉㄡˇ ㄇㄧˇ ㄓㄜˊ ㄧㄠ）

【釋義】 五斗米：指微薄俸祿。折腰：彎腰。

【出處】 晉書・陶潛傳：「潛歎曰：『吾不能爲五斗米折腰，拳拳事鄉里小人。』解印去職，乃賦歸去來辭。」

【用法】 今用以形容不願居處下位，受他人頤指氣使，而憤然去職。

【例句】 陶淵明**不爲五斗米折腰**，作歸去來辭以明志。

【義近】 不吃嗟來之食。

【義反】 人在屋簷下，怎敢不低頭／仰人鼻息／俯首聽命／逆來順受。

不省人事（ㄅㄨˋ ㄒㄧㄥˇ ㄖㄣˊ ㄕˋ）

【釋義】 省：知覺。人事：人世上的各種事情。

【出處】 羅貫中・三國演義八三回：「言訖，不省人事，是夜殞於禦營。」

【用法】 形容昏迷過去，失去知覺；也比喻昏瞶糊塗，不明事理。

【例句】 ①他突然昏迷過去，**不省人事**。②他這番莫名其妙的話，我只能看作是**不省人事**的奇談怪論。

【義近】 昏迷不醒／人事不知／不明事理。

【義反】 神志清楚／通情達理／通曉世故。

不相上下（ㄅㄨˋ ㄒㄧㄤ ㄕㄤˋ ㄒㄧㄚˋ）

【釋義】 分不出高低、好壞。

【出處】 陸龜蒙・蠹化：「橘之蠹……翳葉仰嚙，如飢蠶之速，不相上下。」

【用法】 形容水準、程度相當，多用於人、事、物各方面。

【例句】 他倆的學識和資歷都很豐富，**不相上下**，令人難以抉擇。

【義近】 旗鼓相當／一時瑜亮／棋逢對手／勢均力敵／伯仲之間／無分軒輊。

【義反】 天壤之別／天淵之別／天差地遠／判若雲泥。

不急之務（ㄅㄨˋ ㄐㄧˊ ㄓ ㄨˋ）

【釋義】 不急於要辦的事情。急：急迫，要緊。務：事情。

【出處】 陳壽・三國志・吳志・孫和傳：「誠能絕無益之欲，……棄不急之務，以修功業之基，其於名行，豈不善哉！」

【用法】 用以說明無關緊要的事，不必急於去做。

【例句】 在人力物力都有限的情況下，那些**不急之務**，就暫時不要去理會吧！

【義近】 可緩之事／芝麻小事／雞毛蒜皮。

【義反】 當務之急／燃眉之急／興國大事。

不郎不秀（ㄅㄨˋ ㄌㄤˊ ㄅㄨˋ ㄒㄧㄡˋ）

【釋義】 原意爲不高不低，不倫不類。

【出處】 田藝蘅・留青日札摘抄四：「元時稱人以郎、官、秀爲等第，至今人之鄙人曰不郎不秀，是言不高不下也。」

【用法】 今用以比喻不成材或沒有出息。

【例句】 像他那樣**不郎不秀**的，還妄想找個才貌雙全的小姐爲妻，也未免太沒有自知之明了。

【義近】 不稂不莠／不倫不類／庸庸碌碌。

【義反】 才華出眾／少年有成／無與倫比／出類拔萃。

不約而同（ㄅㄨˋ ㄩㄝ ㄦˊ ㄊㄨㄥˊ）

【釋義】 沒有約定而彼此一致。

【出處】 司馬遷・史記・平津侯主父列傳：「應時而皆動，不謀而俱起，不約而同會。」

【用法】 形容事先並未約定，而彼此的看法或行動相同。

【例句】 每逢陽明山花季，遊客們都**不約而同**地上山賞花，造成交通阻塞。

【義近】不謀而合。

不計其數

【釋義】無法計算數目。

【出處】周密・武林舊事・西湖游賞：「其餘則不計其數。」

【用法】說明數目極大，數量極多。

【例句】每有戰爭，死傷便**不計其數**，但聰明的人類卻一再重蹈覆轍。

【義近】不可勝計／不可勝數／數以萬計／恆河沙數／數不勝數。

【義反】屈指可數／寥寥可數／寥若晨星。

不是東風壓了西風，就是西風壓了東風

【釋義】壓了：壓倒，勝過。

【出處】曹雪芹・紅樓夢八二回：「但凡家庭之事，不是東風壓了西風，就是西風壓了東風。」

【用法】比喻矛盾雙方，不是這方壓倒那方，就是那方壓倒這方。

【例句】**不是東風壓了西風，就是西風壓了東風**，美國的總統競選，終有一黨獲勝，一黨失敗。

【義近】非此即彼，非彼即此／勢不兩立。

不是冤家不聚頭

【釋義】冤家：一作「怨家」，仇敵；一為情人的愛稱。聚頭：相聚在一起。

【出處】曹雪芹・紅樓夢二九回：「這個眞是俗語兒說的不是冤家不聚頭了！」

【用法】說明兩位不投合之人或有仇怨者偏偏聚在一起，或經常碰見。

【例句】①這對年輕夫妻有時吵得不可開交，有時又好得如膠似漆，這大概就是俗話說的**不是冤家不聚頭**吧！②他倆結怨很深，卻又偏偏常碰見，眞是**不是冤家不聚頭**。

【義近】冤家路窄／狹路相逢。

【義反】鵲橋難成／梁祝遺恨。

不看僧面看佛面

【釋義】不看僧人的面也得看佛神的面。僧：修道的人。佛：敬奉的神。

【出處】吳承恩・西遊記三一回：「哥啊！古人云：『不看僧面看佛面。』兄長既是到此，萬望救他一救！」

【用法】說明看在尊者、長者等的情面上，可應允所請求的事。

【例句】俗話說：「**不看僧面看佛面**」，這件事你就看在他父親的面子上，答應他吧！

【義近】打狗看主人／罵小孩看大人。

【義反】不講情面。

不修邊幅

【釋義】修：修剪。邊幅：布帛的邊緣，比喻人的衣著、儀容。

【出處】顏之推・顏氏家訓：「肆欲輕言，不修邊幅。」

【用法】用來形容不注意衣著、儀表的整潔，也指不拘生活小節。

【例句】你別看他衣著很隨便，**不修邊幅**，但工作起來卻一絲不苟。

【義近】蓬首垢面／邋里邋遢／首如飛蓬。

【義反】衣冠楚楚／西裝革履。

不屑一顧

【釋義】不值得一看。不屑：不值得。

【出處】曾樸・孽海花二八回：「我的眼光是一直線，只看前面的，兩旁和後方，都悍然不屑一顧了。」

【用法】表示很輕視的樣子。
【例句】他對我總是一副**不屑一顧**的態度，實在令我無法容忍。
【義近】嗤之以鼻／投以白眼／付之一笑。
【義反】投以青眼／另眼相看／視爲上賓。

不恥下問 ㄅㄨˋ ㄔˇ ㄒㄧㄚˋ ㄨㄣˋ

【釋義】不以向學識、地位不如自己的人請教爲恥。不恥：不以爲恥。
【出處】論語・公冶長：「敏而好學，不恥下問，是以謂之文也。」
【用法】形容虛心向別人學習、請教。
【例句】一個人如果能眞正做到**不恥下問**，就一定能在事業上有所成就，並獲得人們的尊敬。
【義近】詢於芻蕘／聖人無常師／能者爲師／三人行必有我師。
【義反】恥於從師。

不時之需 ㄅㄨˋ ㄕˊ ㄓ ㄒㄩ

【釋義】不時：臨時，隨時。需：需要。
【出處】蘇軾・後赤壁賦：「我有斗酒，藏之久矣，以待子不時之須。」須，同「需」。
【用法】用以表示隨時都會出現的需要。
【例句】我們平日應該養成儲蓄的好習慣，以備**不時之需**。
【義近】即時之需／一時之需。
【義反】束之高閣。

不倫不類 ㄅㄨˋ ㄌㄨㄣˊ ㄅㄨˋ ㄌㄟˋ

【釋義】既不像這一類，也不像那一類。不倫：不同類。倫：類。
【出處】吳炳・療妒羹傳奇上：「眼中人不倫不類，弈中人不伶不俐。」
【用法】形容不成樣子、不正派或不合時宜；有時也指把不能相比的事物相提並論。
【例句】穿西裝打領帶卻拖著一雙拖鞋，還口出穢言，實在是**不倫不類**。
【義近】不三不四／非驢非馬。
【義反】丁是丁卯是卯／一是一二是二。

不能自拔 ㄅㄨˋ ㄋㄥˊ ㄗˋ ㄅㄚˊ

【釋義】不能自行擺脫。拔：拔除，擺脫。
【出處】沈約・宋書・武三王傳：「世祖前鋒至新亭，劭挾義恭出戰，恒錄在左右，故不能自拔。」
【用法】比喻不能主動地從痛苦、錯誤或罪惡中解脫出來。
【例句】他嗜賭如命，**不能自拔**，遲早會傾家蕩產的。
【義近】不可救藥／不能自省。
【義反】幡然悔改／自我振作。

不容置喙 ㄅㄨˋ ㄖㄨㄥˊ ㄓˋ ㄏㄨㄟˋ

【釋義】不容許插嘴。置喙：插嘴。喙：鳥獸的嘴，借指人的嘴。一作「無容置喙」。
【出處】尹會一・答陳榕門書之二：「及通盤籌劃，以棄爲取，固已洞鑑無疑，無容置喙。」
【用法】不容許別人講話或提意見，也指不容人在一旁插嘴，即別人沒有開口的餘地。
【例句】夫妻吵架是常事，外人是**不容置喙**的。
【義近】不由分說／不容置辯。
【義反】暢所欲言／各抒己見。

不容置疑 ㄅㄨˋ ㄖㄨㄥˊ ㄓˋ ㄧˊ

【釋義】不容許有什麼懷疑。置疑：懷疑。
【用法】表示眞實正確，絕對可靠，用不著有任何懷疑。
【例句】他辦事的能力和經驗是**不容置疑**的，你們就相信他吧！
【義近】毋庸置疑／確鑿不移／有案可稽。
【義反】荒誕不經／捕風捉影。

不留餘地（ㄅㄨˋ ㄌㄧㄡˊ ㄩˊ ㄉㄧˋ）

【釋義】不保留一些以資緩衝的空地。

【出處】莊子・養生主：「恢恢乎其於遊刃必有餘地矣。」補注：「今謂逼人太甚，不使其有自處之方，曰不留餘地。」

【用法】用以表示逼人太甚或做事太絕，後果不堪設想。

【例句】他罵起人來常**不留餘地**，現在看來似乎痛快乾脆，將來定會後患無窮的。

【義近】逼上梁山／置人死地／斬草除根／趕盡殺絕。

不逞之徒（ㄅㄨˋ ㄔㄥˇ ㄓ ㄊㄨˊ）

【釋義】心懷不滿的人。不逞：不滿意，不得志。徒：人。

【出處】左傳・襄公十年：「故五族聚群不逞之人，因公子之徒以作亂。」後漢書・史弼傳：「外聚剽輕不逞之徒。」

【用法】指因失意而爲非作歹的人。

【例句】那些**不逞之徒**，正在大街上搗亂鬧事。

【義近】亡命之徒／不法之徒。

【義反】正人君子／守法良民／安分公民。

不敗之地（ㄅㄨˋ ㄅㄞˋ ㄓ ㄉㄧˋ）

【釋義】處於必勝不敗的有利地勢。

【出處】孫子・軍形：「善戰者，立於不敗之地，而不失敵之敗也。」

【用法】今用以表示打好穩固的根基，則不怕敵人侵犯。

【例句】無論做什麼事，都要有周密的思考和周全的安排，以立於**不敗之地**。

【義近】可攻可守／崤函之固／居高臨下／險要關隘。

【義反】一敗塗地。

不速之客（ㄅㄨˋ ㄙㄨˋ ㄓ ㄎㄜˋ）

【釋義】速：邀請。

【出處】周易・需：「有不速之客三人來。」

【用法】指不請自來的客人。

【例句】今天家裏來了一位久未謀面的**不速之客**，令大家又驚又喜。

【義近】不請自來／不召自來／不召而至。

【義反】座上客。

不清不白（ㄅㄨˋ ㄑㄧㄥ ㄅㄨˋ ㄅㄞˊ）

【釋義】不清楚，不明白。

【用法】形容眞相不明，難以認清；也形容不正派，見不得人。

【例句】這句話交代得**不清不白**，沒人能猜得透它眞正的意義。

【義近】不明不白／不清不楚／糊里糊塗。

【義反】眞相大白／光明磊落／堂堂正正。

不偏不倚（ㄅㄨˋ ㄆㄧㄢ ㄅㄨˋ ㄧˇ）

【釋義】指儒家的中庸之道，不偏向任何一方。倚：偏頗。

【出處】朱熹・中庸集注：「中者，不偏不倚，無過不及之名。」

【用法】常用以指不偏袒某一方，表示中立或公正；也形容正中目標。

【例句】①他處理事情很公正，向來都是**不偏不倚**的。②他這一箭**不偏不倚**正中紅心。

【義近】直道而行／無偏無黨／中立不倚／中庸之道／無偏無頗。

【義反】偏袒一方／厚此薄彼／重此輕彼／居心不正。

不脛而走（ㄅㄨˋ ㄐㄧㄥˋ ㄦˊ ㄗㄡˇ）

【釋義】沒有腿卻能跑。脛：小腿。走：跑。

【出處】孔融・論盛孝章書：「

珠玉無脛而自至者，以人好之也。」趙吉士・寄園寄所寄・引耳談：「無翼而飛，不脛而走。」

【用法】比喻沒有聲張、推行，卻流行傳播得很快。

【例句】他倆在國外祕密結婚的消息**不脛而走**，一時之間，大家還不太敢相信。

【義近】不脛而行／無脛而行。

【義反】祕而不宣。

不得而知 ㄅㄨˋ ㄉㄜˊ ㄦˊ ㄓ

【釋義】即無從知道的意思。

【出處】韓愈・爭臣論：「故雖諫且議，使人不得而知焉。」

【用法】說明對某人或某事無法知道眞相。

【例句】他去世得太突然，到底還有什麼尙未了結的心願，我們就**不得而知**了。

【義近】無從得知／一無所知／無法推知。

【義反】不言而喻／瞭若指掌。

不得要領 ㄅㄨˋ ㄉㄜˊ ㄧㄠ ㄌㄧㄥˇ

【釋義】要領：衣服的腰和領，比喻要點、關鍵。要：「腰」的本字。

【出處】司馬遷・史記・大宛列傳：「騫從月氏至大夏，竟不能得月氏要領。」

【用法】比喻沒有掌握到事物的重點或關鍵。

【例句】讀書若是**不得要領**，就會事倍功半，成效難收。

【義近】不明究竟／不知就裏／隔靴搔癢。

【義反】一針見血／一語破的／搔著癢處。

不敢後人 ㄅㄨˋ ㄍㄢˇ ㄏㄡˋ ㄖㄣˊ

【釋義】意謂不敢長久居於人後。一作「不爲後人」。

【出處】司馬遷・史記・李將軍列傳：「而（李）廣不爲後人，然無尺寸之功得以封邑者，何也？」

【用法】用以讚揚不甘落後，奮發上進的人。

【例句】雖然他資質不甚佳，但一直秉持著**不敢後人**的心態持續努力，其成就也是很可觀的。

【義近】不甘示弱／力爭上游／奮起直追／再接再厲。

【義反】甘居下游／自甘落後／打退堂鼓。

不敢越雷池一步 ㄅㄨˋ ㄍㄢˇ ㄩㄝˋ ㄌㄟˊ ㄔˊ ㄧˊ ㄅㄨˋ

【釋義】越：超過。雷池：湖名，在今安徽望江縣南。原意是教溫嶠不要領兵越過雷池到京城去。

【出處】庾亮・報溫嶠書：「吾憂西陲，過於歷陽，足下無過雷池一步也。」

【用法】比喻做事不敢超越某一界線或範圍。

【例句】這座城堡不僅堅固，而且防守嚴密，使得敵人**不敢越雷池一步**。

【義反】如入無人之境。

不假思索 ㄅㄨˋ ㄐㄧㄚˇ ㄙ ㄙㄨㄛˇ

【釋義】不用思考就做出反應。假：憑借，依靠。

【出處】黃榦・復黃會卿：「戒懼謹獨，不待勉強，不假思索，只是一念之間，此意便在。」

【用法】形容說話做事敏捷，應答迅速；也指不認眞，草率從事。

【例句】他是個天生的詩人，常能**不假思索**便寫出令人讚歎的優美詩句。

【義近】一揮而就／率爾而答。

【義反】深思熟慮／三思而行／殫精竭慮。

不動聲色 ㄅㄨˋ ㄉㄨㄥˋ ㄕㄥ ㄙㄜˋ

【釋義】言語、神態跟平時一樣，沒有變化。動：變動，變化。聲色：說話的聲音和臉色。

【出處】歐陽修・相州晝錦堂記

：「至於臨大事，決大議，垂紳正笏，不動聲色，而措天下於泰山之安。」

【用法】形容非常鎮靜、沉著。

【例句】一個眞正能做事的人，行事**不動聲色**，其迅速俐落更出人意料。

【義近】不露聲色／不見辭色／不露形色／面不改色／喜怒不露。

【義反】喜形於色／怒形於色／形於辭色／喜怒畢露。

不堪一擊（ㄅㄨˋ ㄎㄢ ㄧ ㄐㄧˊ）

【釋義】經不起打擊。不堪：承受不住。

【用法】形容力量極爲微弱，根本受不住一擊。

【例句】她從小便在呵護中長大，感情上**不堪一擊**，事業上更是全無能力可言。

【義近】摧枯拉朽／一觸即潰／弱不禁風。

【義反】堅不可摧／牢不可破／穩如泰山。

不堪造就（ㄅㄨˋ ㄎㄢ ㄗㄠˋ ㄐㄧㄡˋ）

【釋義】不堪：不可。堪：可，能。造就：培養使有成就。

【用法】形容沒指望培養前途，或沒有多大希望。

【例句】即使是放牛班的孩子，也不是**不堪造就**的，我們不應輕言放棄任何一個孩子。

【義近】朽木不可雕／孺子不可教。

【義反】孺子可教／可望成龍／璞玉可雕／前途無量。

不堪設想（ㄅㄨˋ ㄎㄢ ㄕㄜˋ ㄒㄧㄤˇ）

【釋義】不能想像。不堪：不能。設想：對未來情況的推測與想像。

【出處】曾樸・孽海花：「中國的大局，正不堪設想哩！」

【用法】指預料事情會發展到很壞的地步。

【例句】這棟危樓聳立在人潮洶湧的鬧區中，一旦崩塌，其後果眞**不堪設想**。

【義近】不敢想像／無法預料／不敢推測。

【義反】可想而知／始料所及／不出所料／意料之中。

不堪回首（ㄅㄨˋ ㄎㄢ ㄏㄨㄟˊ ㄕㄡˇ）

【釋義】不忍回想以前的事。不堪：不忍。回首：回頭，引申爲回顧、回憶。

【出處】李煜・虞美人：「小樓昨夜又東風，故國不堪回首月明中。」

【用法】指對過去的事情回想起來就會感到痛苦，因而不忍回憶。多用爲感慨語。

【例句】往事**不堪回首**，想起過去那些貧病交加的日子，眞不知是怎麼熬過來的！

【義近】不忍回顧。

不痛不癢（ㄅㄨˋ ㄊㄨㄥˋ ㄅㄨˋ ㄧㄤˇ）

【釋義】既不是痛也不是癢，原用以形容一種說不出的難受。一作「不癢不痛」。

【出處】施耐庵・水滸傳七回：「不癢不痛，渾身上下或寒或熱，沒撩沒亂，滿腹中又飽又飢。」

【用法】比喻不觸及實質，不切中要害，或不能徹底解決問題。

【例句】這孩子實在越來越不像話，你這樣**不痛不癢**的說幾句，能解決問題嗎？

【義近】無關痛癢／隔靴搔癢。

【義反】切中要害／一針見血／一語破的／一語道破。

不登大雅之堂（ㄅㄨˋ ㄉㄥ ㄉㄚˋ ㄧㄚˇ ㄓ ㄊㄤˊ）

【釋義】不能進入高雅的廳堂。登：走上，拿上去。大雅之堂：文雅高貴的地方。

【出處】文康・兒女英雄傳一回：「這部評話，原是不登大雅之堂的。」

【用法】形容人或事物庸俗，也指文藝作品粗劣。

【例句】恕我坦率地說，他這篇

小說實在是**不登大雅之堂**的作品。
【義近】不登大雅／粗俗低劣。
【義反】高貴典雅／文質彬彬／雅俗共賞／風格高雅。

不絕如縷 ㄅㄨˋ ㄐㄩㄝˊ ㄖㄨˊ ㄌㄩˇ
【釋義】像線一樣，將斷卻又還連接著。縷：細線。
【出處】公羊傳・僖公四年：「南夷與北狄交，中國不絕若線。」蘇軾・前赤壁賦：「餘音嫋嫋，不絕如縷。」
【用法】形容聲音將絕未絕，細微悠長；也比喻形勢危急，或事物的連續不斷。
【例句】遠方傳來陣陣**不絕如縷**的琴聲，使人沉入往事回憶中。
【義近】悠悠不絕／綿綿不斷。
【義反】戛然而止。

不寒而慄 ㄅㄨˋ ㄏㄢˊ ㄦˊ ㄌㄧˋ
【釋義】天氣不冷而身體發抖。慄：一作「栗」，發抖。
【出處】司馬遷・史記・酷吏列傳：「是日皆報殺四百餘人，其後郡中不寒而栗。」
【用法】形容恐懼到了極點。
【例句】想起那些腥風血雨的日子，真令人**不寒而慄**。
【義近】膽戰心驚／心驚肉跳／毛骨悚然／魂飛天外。
【義反】無動於衷／心定神安／臨危不懼。

不勞而獲 ㄅㄨˋ ㄌㄠˊ ㄦˊ ㄏㄨㄛˋ
【釋義】不勞動卻有收穫。一作「不勞而得」。
【出處】孔子家語・入官：「所求於邇，故不勞而得也。」
【用法】指無須勞苦就可得到，或自己不努力而得到別人的努力成果。
【例句】天底下沒有**不勞而獲**的成果，這是不爭的事實。
【義近】坐享其成／坐收漁利。
【義反】自食其力／自力更生／不勞不得。

不期而遇 ㄅㄨˋ ㄑㄧˊ ㄦˊ ㄩˋ
【釋義】期：約定時日。遇：相會。
【出處】穀梁傳・隱公八年：「不期而會曰遇，遇者，志相得也。」凌濛初・初刻拍案驚奇：「今日不期而遇，天使然也。」
【用法】指沒有約定而意外地遇見。
【例句】我與他闊別四十多年，沒想到竟會在香港**不期而遇**，實令人欣喜不已。
【義近】不期而會／意外相逢。
【義反】燕約鶯期／鵲橋會期。

不期然而然 ㄅㄨˋ ㄑㄧˊ ㄖㄢˊ ㄦˊ ㄖㄢˊ
【釋義】期：希望。然：這樣。
【出處】朱子全書・學五：「則閨門之內，倫理益正，思義益篤，將有不期然而然者矣。」
【用法】用以說明並沒有料想到會這樣，結果卻是這樣。
【例句】由於一個偶然的機緣，我**不期然而然**地見到了我最崇拜的偶像明星。
【義近】不期而然／出乎意料／始料不及。
【義反】意料之中／始料所及／料想如此。

不稂不莠 ㄅㄨˋ ㄌㄤˊ ㄅㄨˋ ㄧㄡˇ
【釋義】指禾苗中沒有野草。稂：狼尾草。莠：狗尾草。
【出處】詩經・小雅・大田：「既方既皁，既堅既好，不稂不莠，去其螟螣。」
【用法】比喻不倫不類，不成材，沒出息。
【例句】第一要他自己學好才好，不然，**不稂不莠**的，反倒耽誤了人家的女孩兒，豈不可惜。
【義近】不郎不秀／不倫不類。
【義反】孺子可教／少年有成／前途無量。

不勝其煩（ㄅㄨˋ ㄕㄥ ㄑㄧˊ ㄈㄢˊ）

【釋義】不能忍受其煩瑣。勝：禁得起。煩：煩瑣。

【出處】陸游・老學庵筆記：「每發一書，則書百幅，擇十之一用之。於是不勝其煩，人情厭惡。」

【用法】表示煩瑣得教人難以忍受。

【例句】他總是喋喋不休地說個沒完，令人**不勝其煩**。

【義近】不堪其擾。

【義反】不厭其煩。

不勝枚舉（ㄅㄨˋ ㄕㄥ ㄇㄟˊ ㄐㄩˇ）

【釋義】不能一一列舉出來。勝：盡。枚：個。一作「不可枚舉」。

【出處】袁宏道・去吳七牘乞歸稿：「職之罪狀殆不可枚舉。」清朝野史大觀卷二：「諸如此類，不勝枚舉。」

【用法】形容數量很多。

【例句】我國的成語典故多得**不勝枚舉**，任何一部工具書都無法收盡。

【義近】不可勝數／舉不勝舉／數不勝數／不可殫舉。

【義反】屈指可數／寥寥無幾／寥若晨星。

不著邊際（ㄅㄨˋ ㄓㄨㄛˊ ㄅㄧㄢ ㄐㄧˋ）

【釋義】挨不著邊兒。著：附，挨。邊際：邊界，邊緣。

【出處】施耐庵・水滸傳一九回：「在此不著邊際，怎生奈何？我須用自去走一遭。」

【用法】形容說話、爲文、做事不切實際或離題太遠。

【例句】他今天的演講很實在，沒有一句**不著邊際**的話。

【義近】漫無邊際／不切實際。

【義反】切合題旨／切中要害／腳踏實地。

不經一事，不長一智（ㄅㄨˋ ㄐㄧㄥ ㄧˊ ㄕˋ，ㄅㄨˋ ㄓㄤˇ ㄧˊ ㄓˋ）

【釋義】不經歷一件事情，就不能增長一點見識。智：智慧，見識。

【出處】釋悟明・聯燈會要一八：「老趙州十八以上便解破家散宅，徒爲戲論，雖然如是，不因一事，不長一智。」曹雪芹・紅樓夢六十回：「俗話說：『不經一事，不長一智。』我如今知道了，你又該來支問著我了。」

【用法】說明智慧隨著閱歷而增加。

【例句】俗話說：「**不經一事，不長一智**」，你只要讓他受受挫折，多磨練磨練，就會成熟起來的。

【義近】不因一事，不長一智／吃一塹長一智／吃得苦中苦，方爲人上人／百煉成鋼／吃一次虧，學一次乖。

【義反】重蹈覆轍／執迷不悟。

不經之談（ㄅㄨˋ ㄐㄧㄥ ㄓ ㄊㄢˊ）

【釋義】不合道理的談論。不經：不正常，荒唐。

【出處】羊祜・戒子書：「毋傳不經之談，毋聽毀譽之語。」

【用法】指荒誕不經而沒有根據的話。

【例句】這種說法，眞是**不經之談**，令人難以信服。

【義近】無稽之談／無根之言／無據之事／不根之論。

【義反】不刊之論／不易之論。

不慌不忙（ㄅㄨˋ ㄏㄨㄤ ㄅㄨˋ ㄇㄤˊ）

【釋義】不慌張，不忙亂。

【出處】高文秀・襄陽會三折：「掄起刀來望我脖子砍，不慌不忙縮了頭。」

【用法】形容鎮定自如，從容不迫。

【例句】他爲人行事總是一副**不慌不忙**的樣子，著實令人欽敬他的修養到家。

【義近】從容不迫／鎮定自如／指揮若定／胸有成竹。

【義反】驚慌失措／手足無措／手忙腳亂／惶恐不安。

不塞不流，不止不行（ㄅㄨˋ ㄙㄜˋ ㄅㄨˋ ㄌㄧㄡˊ，ㄅㄨˋ ㄓˇ ㄅㄨˋ ㄒㄧㄥˊ）

【釋義】原指對佛教、道教如不加阻塞，儒教就不能得到推行。塞、止：堵塞禁止。流、行：流傳通行。

【出處】韓愈・原道：「然則如之何而可也？曰：不塞不流，不止不行。」

【用法】借以說明不破除舊的錯誤的東西，新的正確的東西就建立不起來。

【例句】滿清末年，革命黨人本著**不塞不流，不止不行**的原則，一方面打破舊思想舊制度，另一方面宣導新的主義和新的觀念。

【義近】除舊更新／破舊立新。

不置可否（ㄅㄨˋ ㄓˋ ㄎㄜˇ ㄈㄡˇ）

【釋義】不說可以，也不說不可以。置：放，立。否：不可、不好。

【出處】司馬遷・史記・周勃世家：「又不置箸，亞夫心不平。」揚雄・法言・淵騫：「不夷不惠，可否之間。」

【用法】指不明確表示態度，不下決斷。

【例句】對於他爲人處世的態度，我**不置可否**，反正合則來不合則去，說多了也無濟於事。

【義近】含糊其詞／不置褒貶／不加可否／模稜兩可。

【義反】旗幟鮮明／毫不含糊。

不落窠臼（ㄅㄨˋ ㄌㄨㄛˋ ㄎㄜ ㄐㄧㄡˋ）

【釋義】不落於舊套。窠臼：舊格式，老套子。

【出處】曹雪芹・紅樓夢七六回：「這凸凹二字，歷來用的人最少，如今直用作軒館之名，更覺新鮮，不落窠臼。」

【用法】比喻有獨創風格，不落俗套。

【例句】這篇小說不僅有內容，且其寫法**不落窠臼**，勇於創新，是難得的好作品。

【義近】不落俗套／自出機杼／另闢蹊徑／別具風格／別出心裁／別有新意。

【義反】老調重彈／如法炮製／依樣畫葫蘆／拾人牙慧。

不管三七二十一（ㄅㄨˋ ㄍㄨㄢˇ ㄙㄢ ㄑㄧ ㄦˋ ㄕˊ ㄧ）

【釋義】意謂不管黑白、是非，什麼都不顧。

【出處】平山堂話本・藍橋記：「不管三七二十一，我一頓拳頭打得你滿地爬。」

【用法】用以形容不顧一切。

【例句】我當時實在餓昏了，所以一見到飯菜，就**不管三七二十一**，狼吞虎嚥的吃了起來。

【義近】不分是非／不論短長／不管黑白／不分青紅皂白／不論高低／不顧成敗。

【義反】思前想後／瞻前顧後／顧此慮彼／辨別曲直／衡量輕重。

不聞不問（ㄅㄨˋ ㄨㄣˊ ㄅㄨˋ ㄨㄣˋ）

【釋義】不聽人家說的，也不主動去問。聞：聽。

【出處】曹雪芹・紅樓夢四回：「這李紈雖青春喪偶……竟如槁木死灰一般，一概不聞不問。」

【用法】形容對事情漠不關心。

【例句】他是個自私冷漠的人，對周遭的人事物永遠是一副**不聞不問**的態度，很難讓人喜歡他。

【義近】置若罔聞／充耳不聞／漠不關心／作壁上觀／冷眼旁觀。

【義反】噓寒問暖／關懷備至／體貼入微／細心呵護。

不遠千里（ㄅㄨˋ ㄩㄢˇ ㄑㄧㄢ ㄌㄧˇ）

【釋義】不以千里爲遠。遠：在此用作意動詞。

【出處】孟子・梁惠王上：「叟，不遠千里而來，亦將有以利吾國乎？」

【用法】形容不怕路途遙遠。

【例句】爲了這場音樂會，我們**不遠千里**趕來，演出者也該爲我們的誠心所感動吧！

不違農時 ㄅㄨˋ ㄨㄟˊ ㄋㄨㄥˊ ㄕˊ

【釋義】不耽誤農業耕作的季節。違：違背。

【出處】孟子・梁惠王上：「不違農時，穀不可勝食也。」

【用法】表示重視農業生產，關心農民疾苦。

【例句】爲政之道，首重**不違農時**，因爲這是經濟的大本。

【義近】依時耕耘／春耕夏耘／秋收冬藏。

【義反】當播不播／旱澇不顧。

不厭其煩 ㄅㄨˋ ㄧㄢˋ ㄑㄧˊ ㄈㄢˊ

【釋義】不嫌麻煩。厭：嫌。

【用法】表示待人處事認眞、有耐心。

【例句】陳老師是位負責盡職的老師，對於學生的各種問題，她都能**不厭其煩**地一一回答，所以很受學生喜愛。

【義近】不厭其詳。

【義反】性急氣躁／敷衍了事。

不蔓不枝 ㄅㄨˋ ㄇㄢˋ ㄅㄨˋ ㄓ

【釋義】指蓮梗光直而無分枝。蔓、枝：植物向外延伸的枝莖。

【出處】周敦頤・愛蓮說：「中通外直，不蔓不枝。」

【用法】主要用以比喻說話或寫文章簡潔而不拖沓。

【例句】初學寫作的人，特別要注意緊扣中心主旨，**不蔓不枝**，盡可能把文章寫得簡潔一些。

【義近】簡明扼要／言簡意賅／簡潔精要。

【義反】長篇大論／繁蕪之累／節外生枝。

不謀而合 ㄅㄨˋ ㄇㄡˊ ㄦˊ ㄏㄜˊ

【釋義】謀：商量。合：相同，相符。

【出處】蘇軾・居士集敘：「士無賢不肖，不謀而同曰：『歐陽子，今之韓愈也。』」

【用法】形容事前沒有商量，彼此意見或行動竟相同。

【例句】對於當代文學藝術的看法，大家可說是**不謀而合**，所以會議進行得很順利。

【義近】不謀而同／不約而同／英雄所見略同。

【義反】齟齬不合。

不辨菽麥 ㄅㄨˋ ㄅㄧㄢˋ ㄕㄨˊ ㄇㄞˋ

【釋義】分不清哪是豆子，哪是麥子。菽：豆類。

【出處】左傳・成公一八年：「周子有兄而無慧，不能辨菽麥，故不可立。」

【用法】形容愚昧無知，連起碼的事物也分辨不清。

【例句】虧他受過高等教育，卻如此**不辨菽麥**，是非不分，眞不知書讀到哪兒去了。

【義近】五穀不分／不辨黑白／不辨甘苦／昏聵愚魯。

【義反】絕頂聰明／知識淵博。

不遺餘力 ㄅㄨˋ ㄧˊ ㄩˊ ㄌㄧˋ

【釋義】把所有的力量都用出來。遺：留。餘力：剩下的力量。

【出處】戰國策・趙策三：「秦之攻我也，不遺餘力矣。」

【用法】形容竭盡全力，無一點保留。

【例句】你交代的事，我會**不遺餘力**地完成它，請放心吧！

【義近】盡心竭力／竭盡全力／全力以赴／鞠躬盡瘁。

【義反】好逸惡勞／敷衍塞責／敷衍了事。

不學無術 ㄅㄨˋ ㄒㄩㄝˊ ㄨˊ ㄕㄨˋ

【釋義】沒有學問，沒有本領。

術：本指道術，今指技術、技藝。

【出處】漢書・霍光傳贊：「然光不學亡術，闇於大理。」亡，通「無」。

【用法】用以泛稱人沒有學問、才能、修養。

【例句】有些**不學無術**的人，工作不好好做，却愛在街頭遊行鬧事，眞令人擔憂。

【義近】不學無知／胸無點墨／不識之無／不識薡蕫。

【義反】學富五車／眞才實學／滿腹經綸／博今通古／博學多才。

不聲不響 ㄅㄨˋ ㄕㄥ ㄅㄨˋ ㄒㄧㄤˇ

【釋義】意謂不發出一點聲音，不吭氣。

【用法】用以說明不說話，不驚動人，不表示態度。

【例句】下班回家後，他就這樣**不聲不響**地吃飯、看電視，想必是在公司受了委屈。

【義近】一聲不響／毫無聲響／不動聲色。

【義反】大聲疾呼／滔滔不絕／喋喋不休／叨叨絮絮。

不翼而飛 ㄅㄨˋ ㄧˋ ㄦˊ ㄈㄟ

【釋義】沒有翅膀却能飛行。翼：翅膀。不翼：一作「無翼」、「毋翼」。

【出處】管子・戒：「無翼而飛者，聲也。」戰國策・秦策三：「眾口所移，毋翼而飛。」

【用法】比喻自然傳播或形容東西無故丟失。

【例句】眞是奇怪，我那十幾萬債券放在家裏，竟**不翼而飛**了。

【義近】無脛而行／不脛而走／下落不明。

不識大體 ㄅㄨˋ ㄕˋ ㄉㄚˋ ㄊㄧˇ

【釋義】不識：不懂得。大體：大局或重要的道理。

【出處】沈約・宋書・武三王傳：「嘗獻世祖酒，先自酌飲，封送所餘，其不識大體如此。」

【用法】說明不懂得從大處考慮，顧及全局。

【例句】請放心，我一定能克制自己，決不會**不識大體**，做出令您失望的事。

【義近】不明大體／不知輕重。

【義反】顧全大局／大處著眼／通盤考慮。

不識之無 ㄅㄨˋ ㄕˋ ㄓ ㄨˊ

【釋義】不認識「之」、「無」二字。此二字爲古代最簡單的字，「無」俗作「无」。

【出處】唐書・白居易傳：「其始生七月能展書，拇指之無兩字，雖試百數次不差。」

【用法】形容不認識字，也用以譏諷學識低下的人。

【例句】他根本就**不識之無**，却在這裏班門弄斧，大談如何做學問，眞是關公面前耍大刀，猴戲一場。

【義近】目不識丁／不識一丁。

【義反】學問淵博／學問深廣／滿腹經綸／腹笥便便。

不識抬舉 ㄅㄨˋ ㄕˋ ㄊㄞˊ ㄐㄩˇ

【釋義】識：懂得，理解。抬舉：稱讚，重用。

【出處】吳承恩・西遊記六四回：「這和尚好不識抬舉，我這姐姐，哪些兒不好？」

【用法】不接受或不珍惜別人對自己的好意。多用於對拒絕者的指責。

【例句】你不要**不識抬舉**，這個職位不知有多少人想得到，而你却一口回絕。

【義近】不識好歹／不知好惡。

【義反】通曉人情／知情識趣／知高識低。

不識時務 ㄅㄨˋ ㄕˋ ㄕˊ ㄨˋ

【釋義】不認識時勢。時務：當前重大的事情或形勢。

【出處】後漢書・張霸傳：「當

朝貴盛，聞霸名行，欲與爲交，霸逡巡不答，眾人笑其不識時務。」

【用法】指沒認清當前的形勢和時代的潮流，有時也指不知趣。

【例句】在那種悲傷的場合，你竟然提出分財產的要求，也未免太**不識時務**了。

【義近】不識時變／了不知趣／不知進退／不知好歹。

【義反】識時達務／識時務者爲俊傑／知情識趣。

不歡而散（ㄅㄨˋ ㄏㄨㄢ ㄦˊ ㄙㄢˋ）

【釋義】歡：愉快。散：分開。

【出處】馮夢龍・醒世恆言載：黃秀才徼靈玉馬墜：「眾客咸不歡而散。」

【用法】很不愉快地分手。

【例句】討論了半天，大家都各執己見，互不相讓，最後只好**不歡而散**。

【義近】忿然離去／絕裾而去。

【義反】依依不捨／戀戀不捨／一步三回顧／盡歡而散。

不羈之材（ㄅㄨˋ ㄐㄧ ㄓ ㄘㄞˊ）

【釋義】不羈：豪放，不甘受約束。材：人才。

【出處】司馬遷・報任少卿書：「僕少負不羈之材，長無鄉曲之譽。」

【用法】形容有非凡的才氣，而不受羈繫的人才。

【例句】李白是位曠世的**不羈之材**，其詩常飄灑奔放，其人更是輕財重施，擊劍任俠。

【義近】不羈之士／逸材之人。

【義反】碌碌士子／平庸之輩／凡夫俗子。

世上無難事，只怕有心人（ㄕˋ ㄕㄤˋ ㄨˊ ㄋㄢˊ ㄕˋ，ㄓˇ ㄆㄚˋ ㄧㄡˇ ㄒㄧㄣ ㄖㄣˊ）

【釋義】一作「世間無難事，只怕有心人」。有心人：有某種志願，能下決心，肯動腦筋的人。

【出處】馬佶人・荷花蕩傳奇：「正是世間無難事，只怕有心人。」吳承恩・西遊記二回：「世上無難事，只怕有心人。」

【用法】說明只要肯下定決心去做，世界上沒有不可克服的困難。

【例句】俗話說：「**世上無難事，只怕有心人**。」任何事情只要下定決心，沒有不成功的道理。

【義近】天下無難事，只怕有心人／愚公移山／精衛填海／有志者事竟成。

世外桃源（ㄕˋ ㄨㄞˋ ㄊㄠˊ ㄩㄢˊ）

【釋義】與世隔絕的理想境界或幻想中的美好世界。

【出處】陶淵明・桃花源記：「自云：『先世避秦時亂，率妻子邑人來此絕境，不復出焉，遂與外人間隔。問今是何世？乃不知有漢，無論魏晉。』」後把虛構的逃避現實的境界稱爲世外桃源。

【用法】比喻生活安定、沒有戰禍的地方；也比喻環境幽靜、生活舒適之地。

【例句】這地方風景優美、環境幽靜、民風古樸，眞可算是**世外桃源**了。

【義近】烏托邦／安樂之鄉／君子之國／人間仙境／洞天福地。

【義反】人間地獄。

世態炎涼（ㄕˋ ㄊㄞˋ ㄧㄢˊ ㄌㄧㄤˊ）

【釋義】世態：社會上人們的態度。炎涼：熱和冷，喻態度的親熱和冷淡。

【出處】元・無名氏・凍蘇秦四折：「也索把世態炎涼心中暗忖。」

【用法】形容得勢時人們就巴結，失勢時人們就冷淡。

【例句】昔日他官高勢大，門庭若市，但一退休，便門可羅雀，**世態炎涼**由此可見。

【義近】世情冷暖／世態人情／

世風澆薄／人情冷暖。
【義反】患難與共／風俗敦厚。

丟三忘四 ㄉㄧㄡ ㄙㄢ ㄨㄤˋ ㄙˋ

【釋義】丟了這，忘了那。三、四：在此泛指物件。也作「丟三落四」。
【出處】曹雪芹・紅樓夢七二回：「我如今竟糊塗了，丟三忘四，惹人抱怨，竟大不像先了。」
【用法】比喻健忘。
【例句】歲月不饒人，無論你有多強的記憶力，一上了年紀，就不免**丟三忘四**，錯二落三的。
【義反】過目不忘／見面不忘。

丟盔卸甲 ㄉㄧㄡ ㄎㄨㄟ ㄒㄧㄝˋ ㄐㄧㄚˇ

【釋義】盔、甲：古代打仗時將士穿戴的護頭帽和護身衣。卸：解除。
【出處】孔文卿・東窗事犯一折：「諕得禁軍八百萬丟盔卸甲。」
【用法】形容吃了敗仗狼狽逃跑的情形。
【例句】在我義勇軍的猛烈攻擊之下，日軍**丟盔卸甲**，狼狽潰逃。
【義近】落花流水／一敗塗地／抱頭鼠竄／棄甲曳兵。
【義反】旗開得勝／凱旋而歸／大獲全勝／得勝回朝。

並行不悖 ㄅㄧㄥˋ ㄒㄧㄥˊ ㄅㄨˋ ㄅㄟˋ

【釋義】悖：違背，相牴觸。
【出處】禮記・中庸：「萬物並育而不相害，道並行而不相悖。」
【用法】形容兩件事同時進行，互不相礙。
【例句】發展火力發電和發展水力發電，這是**並行不悖**的事，何必厚此薄彼呢！
【義近】並容不悖／並育不害／並行不背。
【義反】背道而馳／勢不兩立。

並頭蓮 ㄅㄧㄥˋ ㄊㄡˊ ㄌㄧㄢˊ

【釋義】一根荷莖上長兩朵荷花。亦稱並蒂蓮。
【出處】杜甫・進艇：「俱飛蛺蝶元相逐，並蒂芙蓉本自雙。」王實甫・西廂記四本三折：「你與俺崔相國做女婿，妻榮夫貴，但得一個並頭蓮，強似狀元及第。」
【用法】常用爲男女好合、相親相愛的象徵。
【例句】這對夫妻有如**並頭蓮**，同進同出，形影不離，眞令人羨慕。
【義近】並蒂芙蓉／鴛鴦雙棲／連理枝／花開並蒂。
【義反】形單影隻／鰥夫寡婦／曠夫怨女。

並駕齊驅 ㄅㄧㄥˋ ㄐㄧㄚˋ ㄑㄧˊ ㄑㄩ

【釋義】兩馬或幾匹馬共駕一車，齊頭並進。驅：快跑。
【出處】劉勰・文心雕龍・附會：「是以駟牡異力，而六轡如琴；並駕齊驅，而一轂統輻。」
【用法】比喻齊頭並進，不分先後，不相上下。
【例句】他倆才華相當，年齡相仿，可說是**並駕齊驅**，難分高低。
【義近】勢均力敵／不相上下／旗鼓相當。
【義反】南轅北轍／大相逕庭／天淵之別／天差地遠／雲泥殊途。

丨部

中立不倚（ㄓㄨㄥ ㄌㄧˋ ㄅㄨˋ ㄧˇ）

【釋義】中正獨立而不偏向一方。倚：偏頗，偏。

【出處】禮記・中庸：「中立而不倚，強哉矯。」疏：「中正獨立，而不偏倚。」

【用法】形容在對立的雙方之間，不偏袒任何一方。

【例句】人常常會被私欲所蒙蔽，故要做到**中立不倚**實非易事。

【義近】不偏不倚／秉心公正／不偏不黨／無偏無頗。

【義反】秉心不正／黨同伐異。

中流砥柱（ㄓㄨㄥ ㄌㄧㄡˊ ㄉㄧˇ ㄓㄨˋ）

【釋義】中流：流水之中。砥柱：山名，在今河南三門峽黃河中，因屹立於急流中，形似柱，故名。一作「中流底柱」。

【出處】晏子春秋・內篇諫下：「吾黨從君濟河，黿銜左驂，以入砥柱之中流。」朱熹・與陳侍郎書：「而二公在朝，天下望之，屹立若中流底柱，有所恃而不恐。」

【用法】比喻能頂住危局的堅強力量，以及能擔當大任的重要人物。

【例句】青年是國家的**中流砥柱**，每一位青年都有責任背負復興民族的大業。

【義近】一柱擎天／頂梁大柱／棟梁之材。

【義反】隨波逐流／水上浮萍。

中流擊楫（ㄓㄨㄥ ㄌㄧㄡˊ ㄐㄧˊ ㄐㄧˊ）

【釋義】中流：流水之中。擊楫：敲打船槳。楫：船槳。

【出處】晉書・祖逖傳：「帝以逖為奮威將軍、豫州刺史，……渡江，中流擊楫而誓曰：『祖逖不能清中原而復濟者，有如大江。』」

【用法】比喻決心收復失地的壯烈氣概。

【例句】抗戰時期，政府遷至陪都重慶時，軍政人員無不**中流擊楫**，矢志收復失地，重回南京。

【義近】擊案而誓／擊楫渡江。

【義反】擊甕以和／苟安一隅。

中道而廢（ㄓㄨㄥ ㄉㄠˋ ㄦˊ ㄈㄟˋ）

【釋義】意謂做事做到中途即停止下來。

【出處】論語・雍也：「力不足者，中道而廢，今女畫。」

【用法】用以形容做事不能貫徹始終者。

【例句】做事必須貫徹始終，絕對不可**中道而廢**，而使所有的努力付諸流水。

【義近】半途而廢／有始無終／一暴十寒／虎頭蛇尾。

【義反】貫徹始終／鍥而不舍／徹頭徹尾／有始有終。

中庸之道（ㄓㄨㄥ ㄩㄥ ㄓ ㄉㄠˋ）

【釋義】儒家的最高道德標準。不偏叫中，不變曰庸。

【出處】論語・雍也：「中庸之為德也，其至矣乎。」歸有光・亡友方思曾墓表：「是以不克安居徐行，以遽入於中庸之道。」

【用法】指無過之也無不及、不偏不倚的折衷態度與處世原則。

【例句】為人處事還是**中庸之道**好，既不要操之過急，也不要拖拖沓沓。

【義近】不偏不倚／執兩用中／允執厥中。

中饋猶虛（ㄓㄨㄥ ㄎㄨㄟˋ ㄧㄡˊ ㄒㄩ）

【釋義】家中還沒有負責廚事的婦人。

【出處】易經・家人・疏：「婦人之道，……其所職主在於家中饋食供祭而已。」

【用法】用以自稱尚未娶妻。
【例句】他年屆四十，雖事業有成，而**中饋猶虛**，實是美中不足。
【義近】中饋乏人／中饋失助。
【義反】待字閨中／家有妻小／使君有婦。

丿部

久而久之（ㄐㄧㄡˇ ㄦˊ ㄐㄧㄡˇ ㄓ）

【釋義】久：長久。之：為語助詞。
【出處】吳沃堯・二十年目睹之怪現狀一回：「久而久之，凡在上海來來往往的人，開口便講應酬，閉口也講應酬。」
【用法】用以指過了相當長的時間之後。
【例句】看電視不保持適當的距離，**久而久之**將嚴重損害視力。
【義近】曠日持久／長此以往。
【義反】一朝一夕／一時半刻／剎那之間／倏忽之間。

久別重逢（ㄐㄧㄡˇ ㄅㄧㄝˊ ㄔㄨㄥˊ ㄈㄥˊ）

【釋義】分別很久，忽然重逢會面。
【出處】曾樸・孽海花三回：「好多年不見了，說了幾句久別重逢的話，招呼大家坐下，書僮送上茶來。」
【用法】指親朋好友長久離別之後又見面，含有幸運、喜悅等心情。
【例句】我與他**久別重逢**，眞有說不盡的喜悅。
【義反】彼此參商／天各一方。

久旱逢甘雨（ㄐㄧㄡˇ ㄏㄢˋ ㄈㄥˊ ㄍㄢ ㄩˇ）

【釋義】乾旱了很久的土地，突然遇到一場好雨。甘：甜。
【出處】洪邁・容齋四筆：「久旱逢甘雨，他鄉遇故知，洞房花燭夜，金榜題名時。」
【用法】形容盼望已久，終於如願的得意心情。
【例句】他是我少年時的同窗好友，多年不見，不期在此相遇，興奮之情正如俗話說的：「**久旱逢甘雨**，他鄉遇故知。」
【義近】久旱見雲霓／如願以償／天降甘霖。
【義反】事與願違／好夢難圓／屋漏偏逢連夜雨／雪上加霜／天不從人願。

久長之策（ㄐㄧㄡˇ ㄔㄤˊ ㄓ ㄘㄜˋ）

【釋義】長遠的策略，久遠的計謀。
【出處】漢書・元帝紀：「是以東垂被虛耗之害，關中有無聊之民，非久長之策也。」
【用法】表示對未來做周密細緻的考慮，而定出一個長遠的計劃。
【例句】你這樣頭痛醫頭，腳痛醫腳，並不能從根本上解決問題，還是要想個**久長之策**才好。
【義近】長久之計／百年大計／治本之方。
【義反】一時之計／治標之策。

久病成良醫 ㄐㄧㄡˇ ㄅㄧㄥˋ ㄔㄥˊ ㄌㄧㄤˊ ㄧ

【釋義】病生久了，就能懂得病理藥性和治療方法，而成爲好醫生。

【出處】左傳・定公一三年：「三折肱，知爲良醫。」屈原・九章・惜誦：「九折臂而成醫兮，吾至今而知其信然。」

【用法】常用以比喻多次受挫折而認識到事物的某些規律，學會解決問題的某些方法。

【例句】俗話說：「**久病成良醫**」，一個人在經過多次的挫折與失敗後，就會有比較豐富的經驗和解決實際問題的能力。

【義近】吃一塹長一智／失敗爲成功之母／實踐出眞知／三折肱而成良醫。

之乎者也 ㄓ ㄏㄨ ㄓㄜˇ ㄧㄝˇ

【釋義】四個字都是古漢語的語助詞，某些人常用以賣弄斯文。

【出處】敦煌零拾・歎五更：「之乎者也都不識，如今嗟歎始悲吟。」文瑩・湘山野錄：「太祖笑曰：『之乎者也，助得甚事？』」

【用法】常用以諷刺人喜歡咬文嚼字，說話或寫文章半文不白。

【例句】他這人書沒讀多少，但講起話來總是**之乎者也**，眞是教人啼笑皆非啊！

【義近】詩云子曰／咬文嚼字。

之死靡它 ㄓ ㄙˇ ㄇㄧˇ ㄊㄨㄛ

【釋義】至死沒有他心。之：至。靡：沒有。它：別的。

【出處】詩經・鄘風・柏舟：「髧彼兩髦，實維我儀。之死矢（誓）靡它。母也天只，不諒人只。」

【用法】形容愛情專一或志趣專一，至死不變。

【例句】對於自己的理想，只要有一股執著的精神，**之死靡它**，終有達成的一日。

【義近】忠貞不渝／沒齒不二／一心一意／矢志堅貞／心如止水／從一而終。

【義反】始亂終棄／三心二意／朝秦暮楚／心懷異志／水性楊花／見異思遷。

乘人之危 ㄔㄥˊ ㄖㄣˊ ㄓ ㄨㄟˊ

【釋義】乘：趁著。危：危險，困難。又作「趁人之危」。

【出處】後漢書・蓋勛傳：「謀事殺良，非忠也；乘人之危，非仁也。」

【用法】指趁人家有危難時去威脅、打擊、損害別人。

【例句】朋友有難，不僅不拔刀相助，反而**乘人之危**，落井下石，這種人眞不配爲人。

【義近】趁火打劫／落井下石／因風縱火。

【義反】拔刀相助／捨命相救／捨己爲人。

乘風破浪 ㄔㄥˊ ㄈㄥ ㄆㄛˋ ㄌㄤˋ

【釋義】乘著長風破浪前進。

【出處】宋書・宗慤傳：「慤年少時，炳問其所志，慤曰：『願乘長風，破萬里浪。』」慤，音ㄑㄩㄝˋ。

【用法】比喻志向遠大，不怕困難，奮勇前進。

【例句】①你現在還很年輕，應抓緊時機，**乘風破浪**地做一番事業，然後再考慮婚姻大事。②大海裏有一艘小艇，正**乘風破浪**向東駛去。

【義近】乘風鼓浪／長風破浪。

【義反】胸無大志／裹足不前。

乘堅策肥 ㄔㄥˊ ㄐㄧㄢ ㄘㄜˋ ㄈㄟˊ

【釋義】乘好車，騎好馬。堅、肥：均爲形容詞用作名詞，指堅固的車、肥壯的馬。

【出處】鼂錯・論貴粟疏：「乘堅策肥，履絲曳縞。」

【用法】形容生活奢侈豪華。

【例句】那些闊少爺每天**乘堅策肥**，追歡買笑，在酒色場所中消磨時光，又豈能健康長壽？

【義近】乘堅驅良／乘輕驅肥／朱輪華轂／結駟連騎／駟馬高車／鮮車怒馬。

【義反】徒步當車／勤儉度日／敝車羸馬／駑馬柴車／柴車幅巾。

乘軒食祿（ㄔㄥˊ ㄒㄩㄢ ㄕˊ ㄌㄨˋ）

【釋義】使鶴乘車來決定祿制。乘軒：喻官吏。

【出處】左傳・閔公二年：「衛懿公好鶴，鶴有乘軒者。將戰，國人受甲者皆曰：『使鶴，鶴實有祿位，余焉能戰？』及狄人戰於熒澤，衛師敗績，遂滅衛。」

【用法】諷刺居官位而無貢獻的人。

【例句】在朝廷中，若大部分的官員皆**乘軒食祿**，那麼這個國家的前途堪慮。

【義近】尸位素餐／伴食中書／伴食宰相／三旨宰相／徒取充位／竊位素餐。

【義反】不尸其位／力疾從公／枵腹從公／日昃旰食／日旰忘餐／宵衣旰食／案牘勞形／國爾忘家。

乘軺建節（ㄔㄥˊ ㄧㄠˊ ㄐㄧㄢˋ ㄐㄧㄝˊ）

【釋義】乘著輕便的馬車，擁著旄節，專制一州的軍事。

【出處】丘遲・與陳伯之書：「乘軺建節，奉疆埸之任。並刑馬作誓，傳之子孫。」

【用法】用以形容官場的得意。

【例句】大江東去浪淘盡千古風流人物，任憑再顯赫的**乘軺建節**，官場得意者也都敵不過歲月的逼逝。

【義近】封疆大吏／高牙大纛／在位通人／衣冠中人／位極人臣。

【義反】高臥東山／山棲谷飲／枕流漱石／委身草莽／巖居水飲。

乘虛而入（ㄔㄥˊ ㄒㄩ ㄦˊ ㄖㄨˋ）

【釋義】趁人家空虛無備時進入。虛：空虛沒有防備。

【出處】陳壽・三國志・魏志・袁紹傳：「將軍簡其精銳，分為奇兵，乘虛迭出，以擾河南。」

【用法】表示趁對方空虛無備時侵入。具體上可指一個人的行動，抽象方面可表示思想或觀念的侵入。

【例句】①這一帶的治安情形不太好，時常有小偷**乘虛而入**，鄰居應發揮守望相助的精神來共同防範。②正當中國傳統思想遭受破壞，人人無所適從之際，共產主義便**乘虛而入**，迷惑了不少人。

【義近】有機可乘／乘隙而入。

乘興而來（ㄔㄥˊ ㄒㄧㄥˋ ㄦˊ ㄌㄞˊ）

【釋義】趁著一時高興就來了。

【出處】晉書・王羲之傳：「徽之曰：『本乘興而來，興盡而返，何必見安道耶？』」

【用法】形容一次訪友或旅遊，一時高興地前往。

【例句】一羣老同學相約到我家來，大家相談甚歡，個個都是**乘興而來**，興盡而返。

【義近】盍興乎來。

【義反】敗興而去。

乘龍快婿（ㄔㄥˊ ㄌㄨㄥˊ ㄎㄨㄞˋ ㄒㄩˋ）

【釋義】乘龍：騎乘著龍。快婿：稱心的女婿。

【出處】徐堅・初學記：「時人謂桓叔元兩女俱乘龍，言得婿如龍也。」

【用法】用以美稱別人的女婿。

【例句】他是總經理的**乘龍快婿**，你可千萬不要得罪他喲！

【義近】乘心美婿／如意佳婿／東牀快婿。

乙部

九牛一毛
ㄐㄧㄡˇ ㄋㄧㄡˊ ㄧˋ ㄇㄠˊ

【釋義】許多牛身上的一根毛。九：虛數，極言甚多。
【出處】司馬遷・報任少卿書：「假令僕伏法受誅，若九牛亡一毛，與螻蟻何以異？」
【用法】比喻極大數量中微不足道的數目。
【例句】我所讀的書實在太少了，在人類的知識寶庫中，不過是**九牛一毛**。
【義近】滄海一粟／微乎其微／微不足道／少之又少。
【義反】盈千累萬／多如牛毛／不可勝數／恆河沙數／指不勝屈。

九牛二虎之力
ㄐㄧㄡˇ ㄋㄧㄡˊ ㄦˋ ㄏㄨˇ ㄓ ㄌㄧˋ

【釋義】謂九牛二虎的全力。
【出處】詩經・邶風・簡兮：「有力如虎，執轡如組。」列子・仲尼：「吾之力者，能裂犀兕之革，曳九牛之尾。」
【用法】形容氣力非常大，或形容使盡了全力。
【例句】這位貴客眞不好請，我費了**九牛二虎之力**，才把他請來。
【義近】千鈞之力／扛鼎之力。
【義反】縛雞之力／舉手之勞／反掌之易。

九死一生
ㄐㄧㄡˇ ㄙˇ ㄧˋ ㄕㄥ

【釋義】九份是死，一份是活。
【出處】屈原・離騷：「亦余心之所善兮，雖九死其猶未悔。」劉良注：「雖九死無一生，未足悔恨。」
【用法】形容處於生死關頭，情況十分危急。
【例句】那孩子被捲入洶湧的浪濤中，幸好有位青年冒著**九死一生**的危險，奮不顧身跳入水中，把孩子救上岸來。
【義近】十生九死／萬死一生／出生入死。
【義反】安然無恙／安如泰山。

九泉之下
ㄐㄧㄡˇ ㄑㄩㄢˊ ㄓ ㄒㄧㄚˋ

【釋義】死後埋葬於地下。九泉：也稱「黃泉」，地下。
【出處】關漢卿・竇娥冤：「我便九泉之下，可也瞑目。」
【用法】表示人死之後，或指人死後所在的地方。
【例句】我生平並沒有多高的要求，只希望把孩子撫養成人，個個都能自謀生活，也就心滿意足了；否則，即使到了**九泉之下**，也不會甘心。
【義近】陰曹地府。
【義反】陽世人間／安樂之天／人間俗世／天上人間。

九霄雲外
ㄐㄧㄡˇ ㄒㄧㄠ ㄩㄣˊ ㄨㄞˋ

【釋義】九重天的外面。九霄：九天雲霄，指天的極高處。舊說天有九重。
【出處】吳敬梓・儒林外史二十回：「那魂靈都飄到九霄雲外去了。」
【用法】形容極高極遠或無影無蹤。
【例句】這件事我早已把它拋往**九霄雲外**，哪裏還會放在心上！
【義近】萬里高空／九重雲霄。
【義反】咫尺之間／眉睫之間。

乳臭未乾
ㄖㄨˇ ㄒㄧㄡˋ ㄨㄟˋ ㄍㄢ

【釋義】身上的奶臭氣還沒有退盡。臭：氣味。乾：盡。
【出處】漢書・高帝紀上：「漢王問：『魏大將誰也？』對曰：『柏直。』王曰：『是口尚乳臭，不能當韓信。』」
【用法】常用以諷刺年輕人幼稚無知。
【例句】想不到這幾個**乳臭未乾**的青年人，竟然鑼鼓喧天的合夥做起大買賣來了。
【義近】口尚乳臭／乳臭小兒／少不更事／羽毛未豐／嘴上

無毛。

【義反】少年老成／年輕有爲／老成持重／後生可畏。

亂七八糟 ㄌㄨㄢˋ ㄑㄧ ㄅㄚ ㄗㄠ

【釋義】雜亂而不整齊的意思。

【出處】文康・兒女英雄傳三八回：「把山東的土產，揀用得著的，亂七八糟都給帶了來了。」

【用法】用以形容毫無秩序、條理，非常雜亂。

【例句】你看你把這房子弄得**亂七八糟**的，趕快收拾整理好，等會兒有客人要來。

【義近】烏七八糟／漫無條理／雜亂無章／七顛八倒。

【義反】有條有理／井井有條／井然有序。

亂世英雄 ㄌㄨㄢˋ ㄕˋ ㄧㄥ ㄒㄩㄥˊ

【釋義】亂世：指動盪不安的時代。

【出處】後漢書・許邵傳：「君清平之奸賊，亂世之英雄。」

【用法】指趁社會動亂之機，靠武力起家的傑出人物。

【例句】漢代末年，社會進入大混亂時期，於是便出現了一批**亂世英雄**。

【義近】草莽英雄。

亂臣賊子 ㄌㄨㄢˋ ㄔㄣˊ ㄗㄟˊ ㄗˇ

【釋義】古代常用來指不忠不孝的人。亂臣：叛亂之臣。賊子：忤逆不孝之子。

【出處】孟子・滕文公下：「孔子成春秋，而亂臣賊子懼。」

【用法】今用以指心懷異志的壞人。

【例句】這幫**亂臣賊子**，總想伺機奪取國家政權，務必要警惕提防啊！

【義近】逆臣賊子／逆子賊臣／逆子貳臣。

【義反】忠臣孝子／忠臣義士／忠義之士。

亂點鴛鴦 ㄌㄨㄢˋ ㄉㄧㄢˇ ㄩㄢ ㄧㄤ

【釋義】鴛鴦：鳥名，體小於鴨，雌雄偶居不離，故以之比喻夫婦。又作「亂點鴛鴦譜」。

【出處】馮夢龍・醒世恆言卷八：「今日聽在下說一樁意外姻緣的故事，喚做『喬太守亂點鴛鴦譜』。」

【用法】指爲人說合婚姻，置雙方條件、是否相愛於不顧，而胡亂錯配姻緣。

【例句】你這人太缺德了，爲了多得一點錢財，竟**亂點鴛鴦**，把一個如花似玉、聰明伶俐的女子，配給一個又矮又醜的癡漢！

【義近】拄郎配／一朵鮮花插在牛糞上。

【義反】郎才女貌／才子佳人／天生一對／天作之合。

亅部

了無生趣 ㄌㄧㄠˇ ㄨˊ ㄕㄥ ㄑㄩˋ

【釋義】了：完全。生趣：生活的樂趣。

【出處】許思湄・秋水軒尺牘・與袁精之王敬之：「春去堂堂，今年花事盡矣，客中了無佳趣。」

【用法】用以形容生活非常枯燥乏味，沒有情趣可言。

【例句】自從我的愛貓被人偷走以後，沒有牠的日子眞是**了無生趣**。

【義近】索然無味／百無聊賴。

【義反】趣味橫生。

予智自雄 ㄩˊ ㄓˋ ㄗˋ ㄒㄩㄥˊ

【釋義】自認爲智慧傑出過人。予：我。雄：傑出。

【出處】禮記・中庸：「人皆曰

予知。」注：「予，我也，言凡人自謂有知。」知，同智。

【用法】指人妄自誇大，自以爲聰明。通常含有貶斥之意。

【例句】他平日的態度狂妄自大，**予智自雄**，大家都對他不存好感。

【義近】自命不凡／不可一世。

【義反】謙沖自牧／虛懷若谷。

事不宜遲 ㄕˋ ㄅㄨˋ ㄧˊ ㄔˊ

【釋義】事情不應該再拖延。宜：應該。遲：遲緩，拖延。

【出處】施耐庵・水滸傳三十回：「說的是，事不宜遲，及早決定。」

【用法】說明當辦的事情應該把握時間，立即行動，不要拖延。

【例句】**事不宜遲**，他既然答應了這樁婚事，就趕快辦理，以免夜長夢多。

【義近】刻不容緩／急於星火／不容緩圖。

【義反】一拖再拖／三思而行／從長計議。

事半功倍 ㄕˋ ㄅㄢˋ ㄍㄨㄥ ㄅㄟˋ

【釋義】用一半的氣力，取得成倍的功效。事：從事，做。

【出處】孟子・公孫丑上：「故事半古之人，功必倍之。」六韜・龍韜：「夫必勝者，先見弱於敵而後戰者也，故事半而功倍。」

【用法】形容做事得法，費力小，收效大。

【例句】自從引進日本的先進設備後，這個工廠的產量迅速上升，收到了**事半功倍**的效果。

【義近】一舉數得。

【義反】事倍功半。

事出有因 ㄕˋ ㄔㄨ ㄧㄡˇ ㄧㄣ

【釋義】事情的發生自有其原因。出：產生，發生。

【出處】李寶嘉・官場現形記四回：「郭道臺就替他洗刷清楚，說了些事出有因，查無實據的話頭……」

【用法】說明處理事情要認眞仔細的查找原因，以免判斷錯誤。

【例句】他爲人一向謹愼，這次如此魯莽，必然**事出有因**，待了解清楚後，再作決斷。

【義近】其來有自／無風不起浪／實事求是。

【義反】無自而有。

事必躬親 ㄕˋ ㄅㄧˋ ㄍㄨㄥ ㄑㄧㄣ

【釋義】不管什麼事，一定要親自去做。躬親：親自。

【出處】禮記・月令：「以教導之，必躬親之。」

【用法】形容辦事認眞，一絲不苟；有時也指不放心讓別人做，一定要自己動手。

【例句】徐先生辦事非常認眞負責，**事必躬親**，該自己做的事總不讓別人代勞。

【義近】事事躬親／井臼親操。

事在人爲 ㄕˋ ㄗㄞˋ ㄖㄣˊ ㄨㄟˊ

【釋義】事情在於人去做。爲：做。

【出處】馮夢龍・東周列國志六九回：「事在人爲耳，彼朽骨者何知。」

【用法】說明在一定客觀條件下，事情的成功與否，在於人的主觀努力。多用以勉勵人知難而進。

【例句】你想成爲一名歌星確實有不少困難，但你嗓音圓潤，又懂些樂理，我想**事在人爲**，你應該努力爭取。

【義近】人定勝天／有志者事竟成。

【義反】聽天由命。

事事如意 ㄕˋ ㄕˋ ㄖㄨˊ ㄧˋ

【釋義】事事：各種事情。如意：滿意。

【出處】尚書・說命中：「惟事事乃其有備，有備無患。」

曹雪芹・紅樓夢二九回：「或有事事如意，或有歲歲平安。」

【用法】 說明樣樣事情都很順利，令人滿意。

【例句】 你不要一遇到挫折就灰心喪志，人生道路上出現逆境是難免的，哪能老是**事事如意**呢？

【義近】 萬事如意／稱心如意／一帆風順。

【義反】 事與願違／無一稱心／事事不順。

事倍功半 ㄕˋ ㄅㄟˋ ㄍㄨㄥ ㄅㄢˋ

【釋義】 花了成倍的氣力，只能收到一半的功效。事：從事，做。

【出處】 李寶嘉・官場現形記三四回：「要做善事，靠著善書教化人，終究事倍功半。」

【用法】 用以說明費力大，收效小。

【例句】 讀書如同做其他的事情一樣，若不得法，抓不住要領，也會**事倍功半**，浪費時光。

【義反】 事半功倍。

事過境遷 ㄕˋ ㄍㄨㄛˋ ㄐㄧㄥˋ ㄑㄧㄢ

【釋義】 境：環境，情況。遷：變動，改變。

【出處】 王羲之・蘭亭序：「情隨事遷，感慨係之矣。」頤瑣・黃繡球三回：「黃繡與黃通理事過境遷，已不在心上。」

【用法】 說明事情已經過去，情況也有了改變，人們在逐漸淡忘。

【例句】 清末淡水是商賈雲集的港口，**事過境遷**，現在誰還記得當年的繁華盛況。

【義近】 時移勢遷／情隨事遷／時過境遷／物換星移。

【義反】 依然如故／一成不變。

事與願違 ㄕˋ ㄩˇ ㄩㄢˋ ㄨㄟˊ

【釋義】 事實與願望相反。違：違背，相反。

【出處】 嵇康・幽憤詩：「事與願違，遘茲淹留。」

【用法】 用以說明事實與想像中的相反，原來打算做的事沒能做到。

【例句】 他以爲有一天能飛黃騰達，誰知**事與願違**，幾十年過去了，他仍是一名沒沒無聞的小職員。

【義近】 事與心違／天違人願／欲益反損／大失所望。

【義反】 如願以償／稱心如意／天從人願／心滿意足／事事如意。

事實勝於雄辯 ㄕˋ ㄕˊ ㄕㄥˋ ㄩˊ ㄒㄩㄥˊ ㄅㄧㄢˋ

【釋義】 勝：勝過，強過。雄辯：強有力的辯論。

【用法】 用以說明事實的眞相比強有力的辯論更具說服力。

【例句】 你滔滔陳辭，說人不是你殺的，但**事實勝於雄辯**，當時在場的三人都指認是你，有位先生還拍下了你拿刀刺殺的照片，你能抵賴得了嗎？

【義近】 無法狡辯／事實俱在／鐵證如山。

【義反】 無憑無據／無根無據／憑空捏造／巧言詭辯。

二部

二人同心，其利斷金

【釋義】兩人一條心，就能像利刃樣的可切斷金屬。

【出處】易經・繫辭上：「二人同心，其利斷金；同心之言，其臭如蘭。」

【用法】形容人多心齊，辦事定可成功；比喻緊密團結，可克服一切困難。

【例句】古人說：「**二人同心，其利斷金**。」可見團結的力量有多大。

【義近】同心協力／眾志成城／三個臭皮匠勝過諸葛亮。

【義反】人各一心／各懷鬼胎。

二八佳人

【釋義】年輕美麗的女子。二八：十六歲，此泛指年輕。佳人：美女。

【出處】蘇軾・李鈐轄座上分題戴花：「二八佳人細馬馱，十千美酒渭城歌。」

【用法】形容青春美麗的少女。

【例句】那位少女長得亭亭玉立，美如西施，又正當妙齡，怪不得男士們喊她做「**二八佳人**」了。

【義近】二八年華／豆蔻年華／妙齡少女。

【義反】人老珠黃。

二三其德

【釋義】二三：時而二，時而三，沒有一個準則。德：操行，心志。

【出處】詩經・衛風・氓：「女也不爽，士貳其行。士也罔極，二三其德。」

【用法】形容三心二意，意志不堅定。

【例句】他無論是讀書還是工作，向來都是**二三其德**，所以一直到現在仍一無所成。

【義近】三心二意／心猿意馬／見風轉舵／一心兩屬／朝三暮四／朝秦暮楚。

【義反】一心一意／全心全意／之死靡它／專心致志／忠貞不貳。

二者必居其一

【釋義】必定處於兩種情況中的一種。居：處。

【出處】孟子・公孫丑下：「前日之不受是，則今日之受非也；今日之受是，則前日之不受非也。夫子必居一於此矣。」

【用法】用以說明非此即彼，兩種情況必有一種。

【例句】或者是克服困難去爭取成功，或者是被困難擊倒而自甘失敗，**二者必居其一**。

【義近】非此即彼。

【義反】兼而有之／一身二任／一物兩用／一箭雙鵰／一舉兩得。

于歸之喜

【釋義】女子出嫁，歸往夫家。于：往。歸：嫁。

【出處】詩經・周南・桃夭：「之子于歸，宜其室家。」

【用法】專指女子出嫁的喜事。

【例句】今天是王小姐**于歸之喜**的良辰吉日，各方親朋好友都來祝賀。

【義近】女子出閣。

【義反】小姑獨處／女蘿無託／遇人仳離。

互切互磋

【釋義】切：剖開。磋：磨光。切磋：治骨角的方法。

【出處】詩經・衛風・淇奧：「如切如磋，如琢如磨。」

【用法】互相研究、磨練。用來比喻進德修業的方法。

【例句】學生們在校求學，應該**互切互磋**，學業才會日益精進。

【義近】切磋琢磨／如切如磋／精益求精。

【義反】故步自封／得過且過。

互異其趣

【釋義】志向興趣不同。異：不同。趣：志向或趣味。

【用法】形容兩人的意志和趣味完全不相同；或形容兩件事物所包含的趣味不相同。

【例句】①張家兩兄弟志向不同，可說是**互異其趣**。②作學問所得的快樂和吃喝玩樂所得的歡樂是**互異其趣**的。

【義近】大相逕庭／天淵之別／判若雲泥。

【義反】不謀而合／如出一轍。

互通聲氣

【釋義】聲氣：比喻作消息。

【出處】易經・乾卦：「同聲相應，同氣相求。」

【用法】形容朋友之間仍有互通消息；或形容兩人對某事物的看法一致，心靈相契合。

【例句】①他們雖然分別多年，但彼此之間仍然有書信往來，**互通聲氣**。②他們兩人都主張革新，而且看法一致，可說是**互通聲氣**。

【義近】書疏往返／雁字魚書／志同道合。

【義反】魚沉雁杳／杳如黃鶴／格格不入／扞格不入。

五十步笑百步

【釋義】作戰時敗退五十步的人譏笑敗退一百步的人。

【出處】孟子・梁惠王上：「兵刃既接，棄甲曳兵而走，或百步而後止，或五十步而後止。以五十步笑百步則何如？」

【用法】比喻自己有同樣的毛病、錯誤，只是程度輕一些，卻毫無自知之明地去嘲笑別人。

【例句】只因爲你比他遲到早退的次數少一些，你就笑他，這眞是**五十步笑百步**。

【義近】不相上下／相去無幾／相差分毫。

【義反】差若天壤／相去甚遠／天壤之別。

五世其昌

【釋義】五世：五代。世：代。其昌：將會繁衍昌盛。其：時間副詞，將要。

【出處】左傳・莊公二二年：「鳳凰于飛，和鳴鏘鏘；有嬀之後，將育於姜。五世其昌，並於正卿。」

【用法】常用作新婚賀辭，祝其子孫後代繁衍昌盛。

【例句】王先生和李小姐結婚，同事們送他倆一塊**五世其昌**的紅緞布。

【義近】枝繁葉茂／繁衍昌盛／瓜瓞綿綿／子孫滿堂。

【義反】單枝獨葉／一脈單傳／斷子絕孫／形影相弔。

五光十色

【釋義】各式各樣的鮮艷色彩。五、十：形容其多，並非實數。

【出處】江淹・麗色賦：「其少進也，如綵雲出崖，五光徘徊，十色陸離。」

【用法】形容色彩鮮艷複雜，光彩奪目。

【例句】身處**五光十色**的大都會裏，很容易讓人迷失自己。

【義近】色彩繽紛／五顏六色／五色繽紛。

【義反】色彩單一／清一色。

五花八門

【釋義】五花：五行陣。八門：八門陣。二者均爲古代兵法中變化莫測的陣名。

【出處】吳敬梓・儒林外史四二回：「那小戲子……跑上場來，串了一個五花八門。」

【用法】比喻事物花樣繁多，變

化莫測。

【例句】這次的商品展覽種類繁多，**五花八門**，不勝枚舉。

【義近】變幻莫測／形形色色／花樣百出／變化多端。

【義反】單調刻板／枯燥乏味。

五彩繽紛（ㄨˇ ㄘㄞˇ ㄅㄧㄣ ㄈㄣ）

【釋義】五彩：各種色彩。繽紛：形容色彩繁多交錯。一作「五色繽紛」。

【出處】吳沃堯・二十年目睹之怪現狀四三回：「鋪設得五色繽紛，當中掛了姊姊畫的那一堂壽屏。」

【用法】形容各種色彩交錯，顯得十分艷麗好看。

【例句】元宵佳節，**五彩繽紛**的煙火令人讚歎不絕。

【義近】十彩繽紛／色彩繽紛。

五黃六月（ㄨˇ ㄏㄨㄤˊ ㄌㄧㄡˋ ㄩㄝˋ）

【釋義】五黃：指五月，此時麥子黃熟，故稱。

【出處】吳承恩・西遊記二七回：「只爲五黃六月，無人使喚，父母又年老，所以親身來送。」

【用法】用以泛指夏季大熱天。

【例句】在**五黃六月**的大熱天裏，農夫照樣要頂著烈日耕田，眞是辛苦。

【義近】二四八月。

五湖四海（ㄨˇ ㄏㄨˊ ㄙˋ ㄏㄞˇ）

【釋義】五湖：一般指洞庭湖、鄱陽湖、太湖、巢湖、洪澤湖。四海：古時認爲中國的東南西北都是海。

【出處】呂巖・絕句：「斗笠爲帆扇作舟，五湖四海任遨遊。」

【用法】用以泛指全國或世界各地。

【例句】杜甫在當時那樣的交通條件下，就提倡「行萬里路」，我們今天更應遍遊**五湖四海**，才算不枉此生。

【義近】五洲四海。

【義反】一村一鄉／一縣一地／一街一巷。

五穀豐登（ㄨˇ ㄍㄨˇ ㄈㄥ ㄉㄥ）

【釋義】五穀：黍、稷、菽、麥、稻五種穀物。豐登：豐收上場。登：登場，指成熟。

【出處】六韜・龍韜・立將：「是故風雨時節，五穀豐登，社稷安寧。」

【用法】用以表示豐收，年歲好。書面詞。

【例句】近幾年來，社會穩定，**五穀豐登**，萬民樂業，處處一片繁榮昌盛的景象。

【義近】年豐時稔／年豐人瑞／麥穗兩歧／糧食滿倉。

【義反】五穀不登／五穀不升／五穀不豐／年穀不登／歲不豐稔。

五顏六色（ㄨˇ ㄧㄢˊ ㄌㄧㄡˋ ㄙㄜˋ）

【釋義】各式各樣的顏色。五、六：均爲虛數。

【出處】李汝珍・鏡花緣一回四：「惟各人所登之雲，五顏六色，其形不一。」

【用法】形容顏色多，什麼顏色都有。

【例句】將**五顏六色**融入自己的心情，表現在畫布上，乃是藝術家一生追求的夢想。

【義近】五光十色／萬紫千紅。

【義反】顏色單一／灰不溜秋／清一色。

五體投地（ㄨˇ ㄊㄧˇ ㄊㄡˊ ㄉㄧˋ）

【釋義】五體：頭與四肢。投地：兩手、兩膝和頭著地叩頭，爲佛教最隆重的禮節。

【出處】楞嚴經卷一：「阿難聞已，重復悲淚，五體投地，長跪合掌，而白佛言。」

【用法】用以比喻對人崇拜、敬佩到了極點。

【例句】我一向仰慕他的爲人，今日相見長談後，更令我佩服得**五體投地**。

【義近】膜頂禮拜／心悅誠服／

首肯心折。

【義反】 不甘示弱／不甘俯首／不以爲然／嗤之以鼻。

井井有條 ㄐㄧㄥˇ ㄐㄧㄥˇ ㄧㄡˇ ㄊㄧㄠˊ

【釋義】 井井：整齊有秩序。有條：很有條理。一作「井井有理」。

【出處】 荀子・儒效：「井井兮其有理也。」吳敬梓・儒林外史一三回：「魯小姐上事孀姑，下理家政，亦皆井井有條。」

【用法】 形容條理分明。

【例句】 我太太把家事料理得**井井有條**，使我得以安心地從事教學和科研的工作。

【義近】 井然有序／有條不紊／有條有理。

【義反】 雜亂無章／亂七八糟／條理混亂／顛三倒四。

井水不犯河水 ㄐㄧㄥˇ ㄕㄨㄟˇ ㄅㄨˋ ㄈㄢˋ ㄏㄜˊ ㄕㄨㄟˇ

【釋義】 犯：侵犯，觸犯。

【出處】 曹雪芹・紅樓夢六九回：「我和他井水不犯河水，怎麼就沖了他？」

【用法】 比喻兩不相涉，互不侵犯。

【例句】 雖然從前我們曾經合作過，但自從拆夥後，便**井水不犯河水**，不曾再有任何瓜葛了。

【義近】 大路朝天，各走半邊／你走你的陽關道，我過我的獨木橋。

【義反】 同飲一江水／同走一條路／同穿一條褲。

井底之蛙 ㄐㄧㄥˇ ㄉㄧˇ ㄓ ㄨㄚ

【釋義】 生活在井底的青蛙。

【出處】 莊子・秋水：「井鼃不可以語於海者，拘於虛也。」後漢書・馬援傳：「子陽，井底蛙耳。」鼃，與蛙字音義同。

【用法】 比喻閱歷狹窄、見識短淺的人。

【例句】 一個人若不懂得抬頭看看自己頂上以外的天空，那就眞如**井底之蛙**，不會有大作爲。

【義近】 坎井之蛙／井中之魚／坐井觀天／拘墟之見／鄉曲之識／以管窺天／以蠡測海／一孔之見／牖中窺日。

【義反】 見多識廣／博聞強誌／博古通今／高瞻遠矚。

井然有序 ㄐㄧㄥˇ ㄖㄢˊ ㄧㄡˇ ㄒㄩˋ

【釋義】 整齊而有秩序的樣子。

【出處】 金史・志禮一：「凡事物名數，支分派引，珠貫棋布，井然有序，燦然如丹。」

【用法】 形容條理分明而有秩序的樣子。

【例句】 她是一個**井然有序**，條理分明的女孩，故深得長輩的疼愛。

【義近】 有條有理／有條不紊／井井有條。

【義反】 顛來倒去／漫無條理／紛紜雜亂／混亂不堪／亂七八糟。

亠部

亡羊之歎 ㄨㄤˊ ㄧㄤˊ ㄓ ㄊㄢˋ

【釋義】 丟失羊後所產生的感歎。亡：丟失。一作「歧路亡羊」。

【出處】 列子・說符載：楊子之鄰人亡羊，因歧路太多，追而不獲，於是曰：「大道以多歧亡羊，學者以多方喪生。」

【用法】 比喻世事多歧，若方向不明或不小心謹慎，容易誤入歧途。

【例句】 他爲人忠厚老實，常常受騙上當，以致損失不小，所以一遇上老朋友就要作**亡羊之歎**。

亡羊補牢 ㄨㄤˊ ㄧㄤˊ ㄅㄨˇ ㄌㄠˊ

【釋義】 丟失了羊才去修補羊圈

。亡：丟失。牢：養牲口的圈。

【出處】戰國策・楚策四：「臣聞鄙語曰：『見兔而顧犬，未爲晚也；亡羊而補牢，未爲遲也。』」

【用法】比喻出了差錯趕緊想辦法補救，以免再受損失。

【例句】我們球隊這次雖然輸了，但只要能**亡羊補牢**力求改進，下次比賽還是有希望獲勝的。

【義近】見兔顧犬／過而能改，善莫大焉／江心補漏／賊去關門。

【義反】一錯再錯／知錯不改。

亡命之徒 ㄨㄤˊ ㄇㄧㄥˋ ㄓ ㄊㄨˊ

【釋義】逃亡在外的人。亡命：沒有名籍，改名換姓。命：名。徒：人。

【出處】司馬遷・史記・張耳列傳：「張耳嘗亡命游外黃。」令德狐・北周書郭彥傳：「亡命之徒，咸從賦役。」

【用法】用以形容不顧性命，而又著重稱冒險作惡、不顧生死的壞人。

【例句】有幾個**亡命之徒**爲躲避警方的追緝而逃到山裏去，使附近村落的居民都提心弔膽。

【義近】不法之徒／市井無賴。

【義反】善良百姓／守法公民／狷介之士。

亡國之音 ㄨㄤˊ ㄍㄨㄛˊ ㄓ ㄧㄣ

【釋義】使國家敗亡的音樂。

【出處】禮記・樂記：「亡國之音哀以思，其民困。」又，「桑間濮上之音，亡國之音也。其政散，其民流。」

【用法】常用來比喻哀思的曲調或頹靡的歌曲。

【例句】流行音樂雖然琅琅上口，通俗平易，但有些衛道人士認爲此乃靡靡之樂，**亡國之音**，而大加撻伐。

【義近】靡靡之音／鄭衛之音／桑濮之音。

【義反】正音雅樂／陽春白雪，引商刻羽／高山流水／鈞天廣樂。

交口稱譽 ㄐㄧㄠ ㄎㄡˇ ㄔㄥ ㄩˋ

【釋義】交口：眾口一辭，眾口同聲。

【出處】韓愈・柳子厚墓誌銘：「諸公要人，爭欲令出我門下，交口薦譽之。」

【用法】同以表示異口同聲地稱讚。

【例句】他爲人厚道，又熱心助人，是我們這裏**交口稱譽**的大好人。

【義近】有口皆碑／交口讚譽／讚不絕口／人人稱頌。

【義反】千夫所指／眾矢之的／羣起而攻之。

交淡如水 ㄐㄧㄠ ㄉㄢˋ ㄖㄨˊ ㄕㄨㄟˇ

【釋義】交情淡薄如清水。又作「交淡若水」。原指道義之交。

【出處】莊子・山木：「且君子之交淡若水，小人之交甘若醴。君子淡以親，小人甘以絕。」

【用法】今除用以形容道義之交外，亦用以說明交情淡薄。

【例句】他是位胸無崖岸，**交淡如水**的人，但在你最危急的時候，他却會伸出援手，使你銘感五內，終身難忘。

【義近】秀才人情／交情淺薄。

【義反】交甘若醴／莫逆之交／管鮑之交。

交淺言深 ㄐㄧㄠ ㄑㄧㄢˇ ㄧㄢˊ ㄕㄣ

【釋義】交淺：交情不深。言深：話說得很深切。

【出處】戰國策・趙策四：「服子曰：『……交淺而言深，是亂也。』客曰：『不然。……交淺而言深，是忠也。』」後漢書・崔駰傳：「駰聞交淺而言深者，愚也。」

【用法】用以說明交情雖淺，言談却很深切。

【例句】我與他雖是初次相識，卻一見如故，無話不談，可算是**交淺言深**。
【義近】交疏吐誠／相知恨晚／傾蓋如故。
【義反】話不投機／白頭如新。

交頭接耳 ㄐㄧㄠ ㄊㄡˊ ㄐㄧㄝ ㄦˇ

【釋義】交頭：頭挨著頭。接耳：嘴接近耳朵。
【出處】施耐庵・水滸傳十回：「他那三四個交頭接耳說話，正不聽得說甚麼。」
【用法】形容兩個人湊近低聲密語。
【例句】公司營運困難的消息一傳開，職員們紛紛**交頭接耳**地談論此事，使得辦公室內人心浮動，上下亂成一團。
【義近】竊竊私語／竊竊私議／咬耳交談／低聲細語。
【義反】高談闊論／公開議論。

亦步亦趨 ㄧˋ ㄅㄨˋ ㄧˋ ㄑㄩ

【釋義】別人慢走我也慢走，別人快走我也快走。步：徐行。趨：快走。原指學生向老師學習。
【出處】莊子・田子方：「顏淵問於仲尼曰：『夫子步亦步，夫子趨亦趨，夫子馳亦馳。』」
【用法】比喻由於缺乏主見，或為了討好而一意模仿、追隨別人。
【例句】有些人自己不動腦筋，只知跟在別人後面**亦步亦趨**，人云亦云。
【義近】依樣畫葫蘆／人云亦云／鸚鵡學舌。
【義反】標新立異／別出心裁／另闢蹊徑／別開生面。

亭亭玉立 ㄊㄧㄥˊ ㄊㄧㄥˊ ㄩˋ ㄌㄧˋ

【釋義】亭亭：高聳直立的樣子。玉：美麗。
【出處】沈復・浮生六記：「有女名蘐園……亭亭玉立，真『一弘秋水照人寒』者也。」
【用法】形容女子身材修長、姿態秀美；也用以形容花木姿態挺拔秀麗。
【例句】①幾年不見，張小姐便出落得**亭亭玉立**，成了個標緻的美人兒。②睡蓮的花型小，比起**亭亭玉立**的荷花來，遜色多了。
【義近】亭亭倩影／苗條挺拔／亭亭物表／皎皎霞外。
【義反】癡肥臃腫。

人部

人一己百 ㄖㄣˊ ㄧ ㄐㄧˇ ㄅㄞˇ

【釋義】別人用一倍力，自己則用百倍力。
【出處】禮記・中庸：「人一能之己百之；人十能之己千之。果能行此道矣，雖愚必明，雖柔必強。」
【用法】形容自強不落人後，決心加倍努力趕上別人。
【例句】只要秉持**人一己百**的精神，雖然資質平庸，也有成功的一天。
【義近】人十己千／百倍其功／駑馬十駕／跬步千里／勤能補拙。
【義反】畫地自限／自暴自棄／妄自菲薄／甘居人後／自甘墮落。

人人自危（ㄖㄣˊ ㄖㄣˊ ㄗˋ ㄨㄟˊ）

【釋義】人人都恐怖不安，覺得自己有危險。

【出處】司馬遷・史記・李斯列傳：「法令誅罰，日益深刻，羣臣人人自危，欲畔（叛）者眾。」

【用法】形容氣氛恐怖，人人都懷戒懼之心。

【例句】抗戰時期日本軍閥在佔領區，實行殺光、燒光、搶光的「三光」政策，使可憐的老百姓**人人自危**。

【義近】人心惶惶／惶惶不安／提心吊膽。

【義反】高枕無憂／高枕而臥／安如泰山。

人才輩出（ㄖㄣˊ ㄘㄞˊ ㄅㄟˋ ㄔㄨ）

【釋義】有才能的人成批湧現。輩出：一批一批地出現。

【出處】後漢書・蔡邕傳：「名臣輩出。」元史・崔彧傳：「貴族子弟用即顯宦，幼不講學，何以從政！得如左丞許衡教國子學，則人才輩出矣！」

【用法】形容有才能的人不斷地大量湧現。

【例句】由於民生安定，教育普及，使各行業**人才輩出**，社會欣欣向榮。

【義近】人才濟濟／羣星燦爛／龍騰虎躍／鳳凰翔集。

【義反】後繼無人／青黃不接。

人才濟濟（ㄖㄣˊ ㄘㄞˊ ㄐㄧˇ ㄐㄧˇ）

【釋義】有才能的人很多。濟濟：眾多的樣子。

【出處】尙書・大禹謨：「濟濟有眾。」李汝珍・鏡花緣六二回：「閨臣見人才濟濟，十分歡悅。」

【用法】形容有才能的人很多，或有才能的人聚集在一起。

【例句】無論是自然科學領域，還是社會科學領域，無不**人才濟濟**，顯示出我們國家的繁榮進步。

【義近】人才輩出／人才薈集。

【義反】芳草寥寥／眾芳萎絕。

人心不古（ㄖㄣˊ ㄒㄧㄣ ㄅㄨˋ ㄍㄨˇ）

【釋義】古：指古人古樸淳厚之風。

【出處】李汝珍・鏡花緣五五回：「奈近來人心不古，都尙奢華。」

【用法】感歎今人尙虛僞，崇狡詐，不及古人淳樸眞誠。

【例句】現在社會中有些人一心想發財，販毒、走私無所不爲，令人感歎**人心不古**啊！

【義近】世衰道微／世風日下。

【義反】古貌古心／古樸純厚／忠厚爲人／老少無欺／民風淳樸／風俗淳厚。

人心不足蛇吞象（ㄖㄣˊ ㄒㄧㄣ ㄅㄨˋ ㄗㄨˊ ㄕㄜˊ ㄊㄨㄣ ㄒㄧㄤˋ）

【釋義】人心貪多不知足，就好像蛇想吞掉大象。

【出處】羅洪先詩：「人心不足蛇吞象。」

【用法】形容人貪心不足。

【例句】他總想把一切佔爲己有，眞是**人心不足蛇吞象**。

【義近】巴蛇吞象／得蜀望隴／規求無度／封豕長蛇／雁過拔毛／貪得無厭。

【義反】適可而止／量力而爲／知止知足。

人心向背（ㄖㄣˊ ㄒㄧㄣ ㄒㄧㄤˋ ㄅㄟˋ）

【釋義】人心的歸向和背離。

【出處】宋史・魏了翁傳：「入奏，極言事變倚伏，人心向背，疆場安危，鄰寇動靜。」

【用法】用以說明人們心裏所擁護的或反對的，或形容人們的動向。

【例句】國家的團結和諧，關鍵在於人民是否有共同的認知，所以爲政者要特別注意**人心向背**。

【義近】人心所向／眾望所歸／公才公望。

人心如面（ㄖㄣˊ ㄒㄧㄣ ㄖㄨˊ ㄇㄧㄢˋ）

【釋義】人心各不相同就好像人的面孔各不相同。

【出處】左傳・襄公三一年：「子產曰：『人心之不同，如其面焉，吾豈敢謂子面如吾面乎？』」

【用法】說明人心各不相同，不可強求一律，或不可以己之心去推測別人之心。

【例句】**人心如面**，這話的確不假，哪怕是夫妻、親兄弟，思想也不可能完全一樣。

【義近】人心各異／一娘生九種／方圓殊趣。

【義反】心心相印／一模一樣。

人心所向（ㄖㄣˊ ㄒㄧㄣ ㄙㄨㄛˇ ㄒㄧㄤˋ）

【釋義】一作「人心所歸」。向：歸向。

【出處】晉書・熊遠傳：「人心所歸，惟道與義。」康有為・大同書：「自爾以後，大勢所趨，人心所向。」

【用法】形容大眾擁護或嚮往。

【例句】東歐集權主義的崩潰瓦解已是**人心所向**，大勢所趨，誰也阻擋不了。

【義近】眾望所歸／全民嚮往／時勢所趨。

【義反】眾口所指／眾矢之的。

人心惟危（ㄖㄣˊ ㄒㄧㄣ ㄨㄟˊ ㄨㄟˊ）

【釋義】人心險惡。惟：是。危：危險，險惡。

【出處】尚書・大禹謨：「人心惟危，道心惟微。」

【用法】形容壞人心地險惡，不可揣測。

【例句】一些不法之徒，罔顧道德良心，硬將無知少女推入火坑，造成許多不可彌補的缺憾，眞是**人心惟危**，天理不彰。

【義近】居心叵測／人心叵測／心懷鬼胎／存心不良。

【義反】心地坦白／光明正大／毫無惡意／心地善良。

人心惶惶（ㄖㄣˊ ㄒㄧㄣ ㄏㄨㄤˊ ㄏㄨㄤˊ）

【釋義】人心驚恐不安。惶惶：一作「皇皇」，驚恐不安的樣子。

【出處】馮夢龍・東周列國志四回：「今人心皇皇，見太叔勢大力強，盡懷觀望。」

【用法】形容心神驚惶不安。

【例句】清初的文字獄特別厲害，捕風捉影之事時常發生，使得文士**人心惶惶**，不知哪天禍事臨頭。

【義近】惶惶不可終日／惶恐不已／人人自危。

【義反】高枕無憂／安樂度日／無憂無慮／太平無事。

人不犯我，我不犯人（ㄖㄣˊ ㄅㄨˋ ㄈㄢˋ ㄨㄛˇ，ㄨㄛˇ ㄅㄨˋ ㄈㄢˋ ㄖㄣˊ）

【釋義】別人不侵犯我，我也不去侵犯別人。

【用法】形容人與人、國與國、團體與團體之間相處所應持有的態度。

【例句】我對待人的原則是：**人不犯我，我不犯人**，人若犯我，我必犯人。

【義近】河水不犯井水／和平相處／彼此相安。

【義反】人若犯我我必犯人／針鋒相對／寸步不讓。

人不可貌相，海水不可斗量（ㄖㄣˊ ㄅㄨˋ ㄎㄜˇ ㄇㄠˋ ㄒㄧㄤˋ，ㄏㄞˇ ㄕㄨㄟˇ ㄅㄨˋ ㄎㄜˇ ㄉㄡˇ ㄌㄧㄤˋ）

【釋義】人不可單憑外貌定其才德，就像海水不可用升斗去量一樣。

【出處】元人雜劇・小尉遲：「凡人不可貌相，海水不可斗量，休輕覷了也。」

【用法】說明不可以貌取人，否則便會失掉人才。

【例句】他長得又醜又矮，但很有才華，品德也高尚，所以古人說的「**人不可貌相，海水不可斗量**」，確實一點也不假。

【義近】以貌取人，失之子羽。

【義反】以表爲裏。

人不知鬼不覺

【釋義】無人知曉發覺。

【出處】墨子・耕柱：「巫馬子謂，墨子之爲義也，人不見而貴，鬼不見而富。」元・無名氏・爭報恩：「您做事可甚人不知鬼不覺。」

【用法】形容事情做得很秘密或行動神祕，不曾被人發覺。

【例句】歹徒手法高明，在**人不知鬼不覺**中，竊走銀行數百萬現款。

【義近】不知不覺／偷偷摸摸／不聲不響／瞞天過海／無人知曉。

【義反】人人皆知／無人不知／眾目睽睽。

人之常情

【釋義】人們通常的情理。

【出處】江淹・雜體詩三十八首序：「貴遠賤近，人之常情。重耳輕目，俗之恒弊。」

【用法】說明事理如此，應順其自然，不可違反。

【例句】想發財，這是**人之常情**。但我們應該透過辛勤的工作和正當的手段去獲取財富，決不可胡作非爲。

【義近】理所當然／合情合理。

【義反】刁鑽古怪／詭譎怪誕／有違情理。

人之將死，其言也善

【釋義】善：精當，眞實。

【出處】論語・泰伯：「曾子言曰：『鳥之將死，其鳴也哀；人之將死，其言也善。』」

【用法】說明人在危亡時，所言往往眞實而有價值。

【例句】他一生無惡不做，臨終時却深表懺悔，大概是「**人之將死，其言也善**」吧！

【義近】臨死吐眞言／鳥之將死其鳴也哀。

【義反】至死不悟。

人云亦云

【釋義】人家說什麼，自己也跟著說什麼。云：說。

【出處】蔡松年・槽聲同彥高賦詩：「槽床過竹春泉句，他日人云吾亦云。」

【用法】比喻人沒有定見，隨聲附和。

【例句】現在一些文章毫無新見解，只是**人云亦云**的東西，徒然浪費紙墨而已。

【義近】鸚鵡學舌／隨聲附和／應如回聲／從如形影／一犬吠形百犬吠聲／拾人牙慧／拾人涕唾。

【義反】自有肺腑／獨樹一幟／獨抒己見／自有定見／推陳出新。

人以羣分

【釋義】不同類型的人各分成一羣。

【出處】周易・繫辭上：「方以類聚，物以羣分，吉凶生矣。」

【用法】形容好人與好人爲伍，壞人與壞人結伙；也用以說明觀點相同、情趣一致的人常在一起。

【例句】社會上有許多人因共同的興趣而結合成一個團體，這就是所謂的「物以類聚，**人以羣分**」吧！

【義近】物以類聚／草木依類而生／禽獸分羣而居／類聚羣合。

人生如白駒過隙

【釋義】人生短暫得就像日光透過縫隙一樣。白駒：白色的少壯駿馬，比喻日光。

【出處】莊子・知北遊：「人生天地之間，若白駒過隙。」

【用法】比喻人生短暫。

【例句】人生確實太短暫了，幾十年的光陰一晃而過，眞是「**人生如白駒過隙**」啊！

【義近】人生如寄／人生如夢／

人生如朝露／人之短生，猶如石火。

【義反】 漫長人生路／度日如年／漫漫長夜。

人生如寄 ㄖㄣˊ ㄕㄥ ㄖㄨˊ ㄐㄧˋ

【釋義】 人的生命短暫，猶如暫時寄居世間。

【出處】 魏文帝・善哉行：「人生如寄，多憂何爲？」古詩十九首：「人生忽如寄，壽無金石固。」

【用法】 嗟歎人生短暫。

【例句】 人生雖然有限，但幾十年的光陰也可以大有作爲，所以我們應珍惜光陰，留下生命軌跡，不該空作**人生如寄**的歎息。

【義近】 人生幾何／人生如寓／浮生若夢／人生如朝露。

人生識字憂患始 ㄖㄣˊ ㄕㄥ ㄕˋ ㄗˋ ㄧㄡ ㄏㄨㄢˋ ㄕˇ

【釋義】 人生的愁苦從識字開始。憂患：憂愁患難。

【出處】 蘇軾・石蒼舒醉夢堂詩：「人生識字憂患始，姓名粗記可以休。」

【用法】 說明讀書明理後，往往會深究事理，於國於民有憂患感。

【例句】 知識分子以天下爲己任，憂國憂民之心終其一生不得釋然，無怪乎古人云：「**人生識字憂患始**」。

【義近】 人生識字患難多。

【義反】 讀書長才幹／讀書增見解／讀萬卷書，行萬里路。

人而無信，不知其可 ㄖㄣˊ ㄦˊ ㄨˊ ㄒㄧㄣˋ ㄅㄨˋ ㄓ ㄑㄧˊ ㄎㄜˇ

【釋義】 爲人不守信用，不知他還能做什麼。

【出處】 論語・爲政：「人而無信，不知其可也。」

【用法】 用以說明做人不能不講信用。

【例句】 石猴端坐上面道：「列位呵，**人而無信，不知其可**，你們方說有本事進得來，出得去，不傷身體者，就拜他爲王。」（吳承恩・西遊記一回）

人同此心，心同此理 ㄖㄣˊ ㄊㄨㄥˊ ㄘˇ ㄒㄧㄣ ㄒㄧㄣ ㄊㄨㄥˊ ㄘˇ ㄌㄧˇ

【釋義】 別人同樣有這個心思，心裏同樣有這個道理。

【出處】 易經：「人同此心，心同此理。」

【用法】 用以說明合乎情理的事情，人們的想法大致相同。

【例句】 你想健康長壽，別人也想延年益壽，**人同此心，心同此理**，你怎麼能做出損害別人健康的事呢？

人死留名 ㄖㄣˊ ㄙˇ ㄌㄧㄡˊ ㄇㄧㄥˊ

【釋義】 人死之後要留下美名於後世。

【出處】 新五代史・王彥章傳：「彥章武人不知書，常爲俚語謂人曰：『豹死留皮，人死留名。』」

【用法】 說明人不可湮沒無聞而死，應有所建樹，留下聲名、聲譽。

【例句】 人生在世，應有造福人羣的責任感，即有「豹死留皮，**人死留名**」的惕勵。

【義近】 流芳百世／垂名千古／豹死留皮／萬古流芳。

【義反】 遺臭萬年／泯滅無聞／人死化泥／同泥腐朽。

人自爲戰 ㄖㄣˊ ㄗˋ ㄨㄟˊ ㄓㄢˋ

【釋義】 每個人都爲自己而戰。

【出處】 司馬遷・史記・淮陰侯列傳：「此所謂驅市人而戰之，其勢非置之死地，使人人自爲戰。」

【用法】 用以說明人人主動爲自己而奮戰。

【例句】 優勝劣敗，適者生存，爲了在社會上生存下去，**人自爲戰**的情況在所難免。

【義近】 個個自覺／各職其事／各負其責。

【義反】 共同奮鬥／齊心協力。

人言可畏 ㄖㄣˊ ㄧㄢˊ ㄎㄜˇ ㄨㄟˋ

【釋義】人們背後的議論或誣蔑的話很可怕。人言：別人的評論，流言。畏：怕。

【出處】詩經・鄭風・將仲子：「人之多言，亦可畏也。」

【用法】用以說明流言蜚語足以使人惶恐不安，甚或置人於死地。

【例句】電影明星阮玲玉因流言所擾，深感**人言可畏**，一口氣吞下三瓶安眠藥，與世長辭了。

【義近】曾參殺人／一人傳虛萬人傳實／積毀銷骨／三人成虎／一里撓椎／積非成是／眾口鑠金。

【義反】言之鑿鑿。

人困馬乏 ㄖㄣˊ ㄎㄨㄣˋ ㄇㄚˇ ㄈㄚˊ

【釋義】人困頓，馬疲乏。

【出處】黃元吉・流星馬：「俺兩口兒三日不曾吃飲食，人困馬乏。」

【用法】形容因作戰、行路等而疲勞不堪。

【例句】十字軍東征，因為長途跋涉而使得**人困馬乏**，難以致勝。

【義近】疲勞不堪／筋疲力盡／體力不支。

【義反】精神抖擻／精力正旺／體力正盛。

人定勝天 ㄖㄣˊ ㄉㄧㄥˋ ㄕㄥˋ ㄊㄧㄢ

【釋義】人力可以戰勝自然。天：大自然，有時也指命運。

【出處】劉過・襄陽歌：「人定兮勝天，半壁久無胡日月。」

【用法】說明人的智慧和力量能夠戰勝大自然，或鼓勵人不要屈服命運，勇於抗爭。

【例句】雖然這條公路要穿越崇山峻嶺，只要大家團結合作，鍥而不舍，相信**人定勝天**，終有完成的一日。

【義近】人眾勝天／事在人為／有志者事竟成／不甘示弱／誓不低頭。

【義反】聽天由命／安分守己／不求爭勝／知雄守雌。

人非土木 ㄖㄣˊ ㄈㄟ ㄊㄨˇ ㄇㄨˋ

【釋義】人不是泥土木頭，意謂人是有知覺感情的。

【出處】宋・無名氏・張協狀元：「謝何公公！張協人非土木，必有報謝之期。」

【用法】用以強調人有感情。

【例句】乍聞好友痛失愛子之噩耗，**人非土木**，孰能不為之一掬同情淚？

【義近】人非木石／人非草木／人非禽獸。

【義反】鐵石心腸／鐵石肺肝／冷酷無情。

人命關天 ㄖㄣˊ ㄇㄧㄥˋ ㄍㄨㄢ ㄊㄧㄢ

【釋義】關天：比喻關係重大。

【出處】關漢卿・竇娥冤：「方知人命關天關地，如何看作壁上灰塵。」

【用法】用以說明事關重大，人命之事更是如此。

【例句】**人命關天**，他殺了人，難道就讓他逍遙法外！

【義近】茲事體大／事關人命／非同小可／非同兒戲／不可小視。

【義反】無關緊要／無傷大雅。

人面獸心 ㄖㄣˊ ㄇㄧㄢˋ ㄕㄡˋ ㄒㄧㄣ

【釋義】外貌像人，內心狠毒有如惡獸，為古代鄙視匈奴之詞。

【出處】漢書・匈奴傳贊：「被髮左衽，人面獸心。」

【用法】指人的行為萬分惡劣，心腸極其狠毒。

【例句】靠販賣人口發財的人，都是一些**人面獸心**的惡棍。

【義近】衣冠禽獸／衣冠梟獍／梟獍其心／狼心狗肺。

【義反】面惡心善。

人爲刀俎，我爲魚肉（ㄖㄣˊ ㄨㄟˊ ㄉㄠ ㄗㄨˇ，ㄨㄛˇ ㄨㄟˊ ㄩˊ ㄖㄡˋ）

【釋義】別人是切割魚肉的刀俎，我是被切割的魚肉。俎：切肉用的砧板。
【出處】司馬遷・史記・項羽本紀：「如今人方爲刀俎，我爲魚肉。」
【用法】用以說明處於任人宰割的不利地位。
【例句】當今世局變化無常，我們務必要做好各方面的工作，力爭主動；否則，到了**人爲刀俎，我爲魚肉**的地步，那就不堪設想了。
【義近】任人宰割／聽人擺佈／生死由人／俯仰由人。
【義反】隨意屈伸／主宰沉浮／命運在己。

人浮於食（ㄖㄣˊ ㄈㄨˊ ㄩˊ ㄕˊ）

【釋義】人的才能高於所得俸祿。浮：超過。今發展爲「人浮於事」，指人員過多或人多事少。
【出處】禮記・坊記：「故君子與其使食浮於人也，寧使人浮於食。」
【用法】形容人多超過所需，多指機關的冗員太多。
【例句】公司要精簡人事，消除**人浮於食**的現象，才可以減輕財務負擔。
【義近】人多事少／僧多粥少／一缺十求。
【義反】人少事多／兵精糧足。

人情世故（ㄖㄣˊ ㄑㄧㄥˊ ㄕˋ ㄍㄨˋ）

【釋義】人情：人際關係。世故：處事經驗。
【出處】湯顯祖・邯鄲記・合仙：「把人情世故都高談盡。」楊基・聞蟬詩：「人情世故看爛熟，皎不如汚恭勝傲。」
【用法】用以說明爲人處事的道理和經驗。
【例句】年輕人不懂**人情世故**，往往憑自己的主觀意願行事，結果到處碰壁。
【義近】爲人處事。

人情冷暖（ㄖㄣˊ ㄑㄧㄥˊ ㄌㄥˇ ㄋㄨㄢˇ）

【釋義】某些人對人態度的變化，有如天氣一般，時寒時暖。常與「世態炎涼」連用。
【出處】白居易・迂叟詩：「冷暖俗情諳世路，是非閒論任交親。」
【用法】形容某些人在別人得勢時就親熱，失勢時就冷淡。
【例句】王局長一退下來，門前就可羅雀，眞是**人情冷暖**，世態炎涼啊！
【義近】世態炎涼／世情如紙／世情看冷暖，人面逐高低／窮居鬧市無人問，富居深山有遠親。
【義反】始終如一／窮達不移。

人傑地靈（ㄖㄣˊ ㄐㄧㄝˊ ㄉㄧˋ ㄌㄧㄥˊ）

【釋義】人物傑出，地域靈秀。靈：美好。
【出處】王勃・滕王閣詩序：「物華天寶，龍光射牛斗之墟；人傑地靈，徐孺下陳蕃之榻。」
【用法】今多用以指傑出人物生於靈秀之地，或謂山水靈秀之地會產生俊傑。
【例句】四川的樂山一帶，不止山水形勝值得人讚美，而且古往今來出了不少優秀人才，所以人們稱讚那裏是個**人傑地靈**之所。
【義近】鍾靈毓秀。

人琴俱亡（ㄖㄣˊ ㄑㄧㄣˊ ㄐㄩˋ ㄨㄤˊ）

【釋義】人死了，琴聲也聽不到了。俱：都。亡：死亡，消失。
【出處】劉義慶・世說新語・傷逝：「王子猷、子敬俱病篤，而子敬先亡。子猷……取子敬琴彈，弦既不調，擲地云：『子敬，子敬，人琴俱亡！』」
【用法】形容看到遺物，懷念死

者的傷悼心情。通常用來輓中年男喪之辭。

【例句】李教授於月前與世長辭，而其苦心探索數十年的研究成果又在昨夜被大火焚毀，眞是**人琴俱亡**，令人傷悼啊！

【義近】物在人亡／睹物思人／見鞍思馬／典型猶在。

人無千日好，花無百日紅（ㄖㄣˊ ㄨˊ ㄑㄧㄢ ㄖˋ ㄏㄠˇ，ㄏㄨㄚ ㄨˊ ㄅㄞˇ ㄖˋ ㄏㄨㄥˊ）

【釋義】人與人之間不可能長期相好，花不可能永遠盛開。

【出處】施耐庵・水滸傳四三回：「石秀是個精細的人，看在肚裏，……思忖道：『常言人無千日好，花無百日紅。』」

【用法】主要用來說明感情、友誼或結交不可能長久不變，有時也用來比喻世事無法永遠美好。

【例句】常言道：「**人無千日好，花無百日紅**」，青春可別留白，有花堪折直須折，莫待無花空歎息。

【義近】天下無不散的筵席／人有悲歡離合／月有陰晴圓缺／好景不常／彩雲易散，皓月難圓。

人無遠慮，必有近憂（ㄖㄣˊ ㄨˊ ㄩㄢˇ ㄌㄩˋ，ㄅㄧˋ ㄧㄡˇ ㄐㄧㄣˋ ㄧㄡ）

【釋義】遠慮：長遠的考慮。近憂：眼前的憂患。

【出處】論語・衛靈公：「子曰：『人無遠慮，必有近憂。』」

【用法】勉勵人凡事要有長遠打算，若只貪圖眼前舒適，則憂患隨時可至。

【例句】有的人根本不懂「**人無遠慮，必有近憂**」的道理，成天吃喝玩樂，從不考慮未來，這是很危險的。

人給家足（ㄖㄣˊ ㄐㄧˇ ㄐㄧㄚ ㄗㄨˊ）

【釋義】人人飽暖，家家富足。給：豐足。

【出處】司馬遷・史記・太史公自序：「彊本節用，則人給家足之道也。」

【用法】形容家家戶戶生活富裕豐足。

【例句】經過幾十年努力的建設，不論城市或鄉村都已達到**人給家足**的境地了。

【義近】豐衣足食／人安家富。

【義反】飢寒交迫／啼飢號寒／哀鴻遍野／民不聊生。

人強馬壯（ㄖㄣˊ ㄑㄧㄤˊ ㄇㄚˇ ㄓㄨㄤˋ）

【釋義】意即人馬強壯。

【出處】敦煌變文集：「睹我聖天可汗大回鶻國，莫不地寬萬里，境廣千山，國大兵多，人強馬壯。」

【用法】形容軍隊的戰鬥力很強或軍容很盛。

【例句】元軍**人強馬壯**，因此宋軍雖極力抵抗，終究不敵。

【義近】兵馬強壯／銳不可擋。

【義反】勢窮力竭／人困馬乏／棄甲曳兵／羅掘俱窮／羅雀掘鼠／創殘餓羸。

人微言輕（ㄖㄣˊ ㄨㄟˊ ㄧㄢˊ ㄑㄧㄥ）

【釋義】地位低微，說的話也不被人重視。微：低下。輕：輕視，不被重視。

【出處】蘇軾・上執政乞度牒賑濟及因修廨宇書：「某已三奏其事，至今未報。蓋人微言輕，理自當爾。」

【用法】比喻職位低微，其言論、主張不被人重視。

【例句】他的提議雖然很好，但因職位不高，未受到主管的採用，眞是所謂**人微言輕**。

【義近】身輕言微／人微權輕。

【義反】一言九鼎／一語定乾坤／位高權重。

人微權輕（ㄖㄣˊ ㄨㄟˊ ㄑㄩㄢˊ ㄑㄧㄥ）

【釋義】微：此指地位低、資歷淺。權：權勢地位。

【出處】司馬遷・史記・司馬穰

苴列傳：「臣素卑賤……士卒未附，百姓不信，人微權輕。」

【用法】說明人資歷淺、地位低，威望不足以服眾，難起作用。

【例句】我在公司裏只是一個普通職員，雖說有心幫助你，但**人微權輕**，實在愛莫能助啊！

【義近】人微言輕／官微權輕。

【義反】官大權大／官高權重。

人窮志短 ㄖㄣˊ ㄑㄩㄥˊ ㄓˋ ㄉㄨㄢˇ

【釋義】一作「人貧志短」。窮：困厄。短：短淺。

【出處】明・無名氏・石點頭：「嘗言人貧志短，盧南村……到今貧窘，漸漸做出窮相形狀。」

【用法】形容人處在困難的境地，迫不得已，志向也隨之而短淺。

【例句】為了負擔家計，他放棄了自己的理想，終日為賺錢而奔波，因此他常自我解嘲地說：「沒辦法，**人窮志短**嘛！」

【義近】人在屋簷下，怎敢不低頭／英雄落難沒本色／虎豹入檻少威風。

【義反】人窮志不窮／人窮志不移／窮當益堅。

人窮智短 ㄖㄣˊ ㄑㄩㄥˊ ㄓˋ ㄉㄨㄢˇ

【釋義】窮：窮困，處境不利。智短：缺少智謀。一作「人貧智短」。

【出處】普濟・五燈會元：「人貧智短，馬瘦毛長。」

【用法】形容人處困境，缺少辦法，或不認真想辦法，甘居困境。

【例句】小李失業賦閒在家，坐吃山空，可是他卻不願設法另謀生路，只知整日怨天尤人，一副**人窮智短**的樣子。

【義近】人窮計短／人窮計拙／自甘窮窘。

【義反】急中智生／窮則思變。

人盡其才 ㄖㄣˊ ㄐㄧㄣˋ ㄑㄧˊ ㄘㄞˊ

【釋義】盡：竭盡。其才：他們的才能，或自己的才能。

【出處】淮南子・兵略訓：「若乃人盡其才，悉用其力。」

【用法】形容每個人都能充分發揮自己的聰明才智。

【例句】一個進步的社會，應該真正做到**人盡其才**，讓每個人都能發揮一己長才。

【義近】野無遺賢／野無遺才／適才適所／陳力就列。

【義反】投閒置散／扼殺人才。

人聲鼎沸 ㄖㄣˊ ㄕㄥ ㄉㄧㄥˇ ㄈㄟˋ

【釋義】鼎沸：鍋裏的水在沸騰。鼎：古代煮食器。

【出處】馮夢龍・醒世恒言卷十：「一日午後，劉方在店中收拾，只聽得人聲鼎沸。」

【用法】形容人聲喧鬧、嘈雜。

【例句】市場上，人羣熙來攘往，**人聲鼎沸**，好一派熱鬧景象。

【義近】沸沸揚揚／沸反盈天／人聲嘈雜／蜩螗鼎沸。

【義反】鴉雀無聲／靜寂無聲／萬籟無聲／庭階寂寂。

人贓俱獲 ㄖㄣˊ ㄗㄤ ㄐㄩˋ ㄏㄨㄛˋ

【釋義】作案的人及其贓物同時被逮到。贓：贓物，偷盜或貪賄所得之物。俱：一起。獲：逮獲。

【出處】凌濛初・拍案驚奇卷三六：「按名捕捉，人贓俱獲。」

【用法】常用以表示證據確鑿，無可抵賴。

【例句】歹徒正在運送毒品時，被臨檢的警察逮個正著，**人贓俱獲**。

【義近】證據確鑿。

【義反】證據不足／查無實據。

仁人君子 ㄖㄣˊ ㄖㄣˊ ㄐㄩㄣ ㄗˇ

【釋義】有仁愛之心和有道德的

人。

【出處】晉書・刑法志：「戮過其罪，死不可生，縱虐於此，歲以巨計，此乃仁人君子所不忍聞……。」

【用法】用以稱好心的正派人。

【例句】昨天她的孩子走失了，幸好有位**仁人君子**將孩子送回，否則後果就嚴重了。

【義近】正人君子／高尚之士／正經男女／德義之民／仁愛長者。

【義反】流氓地痞／土匪強盜／賭徒惡棍／枉法之民。

仁至義盡（ㄖㄣˊ ㄓˋ ㄧˋ ㄐㄧㄣˋ）

【釋義】原指年終祭神極其虔誠，竭盡仁義之道。至：極。盡：全部用出。

【出處】禮記・郊特牲：「蜡之祭也……仁之至，義之盡也。」陸游・秋思詩：「仁至義盡餘何憂。」

【用法】形容爲人做事或關心幫助人，已盡了最大努力。

【例句】他對你可說是**仁至義盡**了，你還如此損他，實在是不應該。

【義近】情至意盡／知心著意／盡心盡意。

【義反】以怨報德／無動於衷／不聞不問。

仁者無敵（ㄖㄣˊ ㄓㄜˇ ㄨˊ ㄉㄧˊ）

【釋義】原意謂施行仁政的人，天下無人可以抗拒。敵：抵拒，對抗。

【出處】孟子・梁惠王上：「王往而征之，夫誰與王敵？故曰：仁者無敵，王請勿疑。」

【用法】用以表示爲人寬厚，廣施愛心，便可獲得大眾擁戴，而無人可與之相比。

【例句】**仁者無敵**，一位有心向善的人是永遠受人推崇的。

【義近】得道多助／以德服人。

【義反】失道寡助／以力服人。

仁義道德（ㄖㄣˊ ㄧˋ ㄉㄠˋ ㄉㄜˊ）

【釋義】仁義：仁愛，正義，爲儒家所推崇的道德標準。

【出處】韓愈・原道：「噫！後之人，其欲聞仁義道德之說，孰從而聽之。」

【用法】今用以泛指舊的道德規範，且多含諷刺貶義。

【例句】這些尸位素餐的人滿口**仁義道德**，私底下卻做盡貪污賣國的下流勾當，令人不齒。

【義近】禮義廉恥／綱紀人倫／三綱五常／三從四德／三貞九烈。

【義反】不知廉恥／男盜女娼／吃喝嫖賭。

仇人相見，分外眼明（ㄔㄡˊ ㄖㄣˊ ㄒㄧㄤ ㄐㄧㄢˋ，ㄈㄣˋ ㄨㄞˋ ㄧㄢˇ ㄇㄧㄥˊ）

【釋義】分外：特別。眼明：眼睛明亮，指看得清楚認眞，並含有憤怒意。

【出處】吳沃堯・二十年目睹之怪現狀十回：「眞是仇人相見，分外眼明。正要想法尋他的事，恰好他在那裏大聲叫車。」

【用法】說明仇人相遇格外警惕，怒目而視。

【例句】他倆是死對頭，今天又碰在一起，眞是**仇人相見分外眼明**，兩人臉色都不對。

【義近】仇人相見分外眼紅／仇人相見怒眼圓睜。

今非昔比（ㄐㄧㄣ ㄈㄟ ㄒㄧˊ ㄅㄧˇ）

【釋義】現在不是過去所能比得上的。昔：過去。

【出處】關漢卿・謝天香四折：「小官今非昔比，官守所拘，功名在念，豈敢飲酒。」

【用法】多指形勢、自然面貌等發生了巨大的變化。

【例句】回到故鄉常令人有**今非昔比**之慨，人物和景觀均有了太大的變化。

【義近】今昔懸隔／今天昔地。

【義反】今昔如一。

今是昨非

【釋義】現在是對的，過去錯了。是：對，正確。昨：指過去。

【出處】晉・陶淵明・歸去來辭：「實迷途其未遠，覺今是而昨非。」

【用法】多指覺悟過來，認識或悔恨過去的錯誤。

【例句】經歷了家破人亡的慘痛教訓後，他有了**今是昨非**的覺悟，下定決心重新做人。

【義近】昨死今生／昔不如今。

【義反】昨是今非／昔非今比。

今宵有酒今宵醉

【釋義】意謂今晚有酒今晚就喝個夠。宵：夜晚。

【出處】權審・絕句詩：「得即高歌失即休，多愁多恨謾悠悠。今宵有酒今日醉，明日愁來明日愁。」

【用法】形容為人灑脫，得樂且樂，不顧明日之事。

【例句】他的人生觀是**今宵有酒今宵醉**，說穿了便是一位不負責任的人，讓妻兒承擔生活的重大壓力。

【義近】今朝有酒今朝醉／今夕不為明旦計／圖得眼前樂，死後亦快活。

【義反】今朝有酒明日喝／今夕要為明日計／今生且為來生謀。

今愁古恨

【釋義】現在的愁，以往的恨。

【出處】白居易・題靈巖寺詩：「今愁古恨入絲竹，一曲涼州無限情。」

【用法】極言感慨之多。

【例句】讀古人之詩詞，頗有**今愁古恨**襲上心頭的感懷。

【義近】新愁舊恨。

【義反】無憂無慮／樂字當頭／樂不可支。

付之一炬

【釋義】將它一把火燒光。付：交給。之：它。一炬：一把火。又作「付與一炬」。

【出處】杜牧・阿房宮賦：「楚人一炬，可憐焦土。」蘇軾・僕囊於長安……作詩謝之：「付與一炬隨飛煙。」

【用法】多用以說明物品、成果被火全部燒毀。

【例句】抗戰期間，他費半生心血搜集來的古畫古字，不幸均**付之一炬**。

【義近】付之丙丁／付諸東流／化為烏有／付之祝融。

【義反】完好無損／完整無缺／原封未動。

付之一笑

【釋義】給與一笑以回答，或給與一笑以了之。付：給與。

【出處】陶宗儀・輟耕錄卷一九：「參政付之一笑而罷。」

【用法】形容不值得重視、理會。毫不在乎的樣子。

【例句】對那些流言蜚語、惡意中傷，我們可以採取**付之一笑**的態度。

【義近】一笑了之／一笑置之／不以為意／無需過問。

【義反】斤斤計較／爭一高低／決一雌雄／追問到底／追根究柢。

付諸東流

【釋義】把它交付給東流水。諸：之於的合音。東流：東流的水。我國江河大多自西向東流。

【出處】高適・封丘作：「生事應須南畝田，世情付與東流水。」

【用法】比喻希望落空，成果喪失，就好像隨著流水沖走了一樣。

【例句】因為你這樣和人家無理取鬧，昔日所建立的情誼也就**付諸東流**了！

【義近】前功盡棄／毀於一旦／功虧一簣／春夢一場。
【義反】功德圓滿／大功告成／無損大局。

仗義執言 ㄓㄤˋ ㄧˋ ㄓˊ ㄧㄢˊ

【釋義】爲了正義說公道話。仗：依仗，引申爲主持。執：執著，引申爲堅持。
【出處】京本通俗小說・馮玉梅團圓：「此人姓范名汝爲，仗義執言，救民水火。」
【用法】指能伸張正義，作事公正無畏。
【義近】他爲人公正無私，敢於**仗義執言**，因而深受人們的尊敬。
【義近】秉公直言／大公無私／公平正直／公正無畏。
【義反】趨炎附勢／依草附木／夤緣權勢。

仗義疏財 ㄓㄤˋ ㄧˋ ㄕㄨ ㄘㄞˊ

【釋義】仗義：主持正義。疏財：分散錢財。
【出處】元・無名氏・九世同居二折：「此人平昔仗義疏財，父親在時，與他有一面之交。」
【用法】指講義氣，拿錢幫助別人。
【例句】先生平日**仗義疏財**，慷慨解囊，今年被選爲好人好事的代表，眞是實至名歸。
【義近】輕財仗義／疏財尚氣／輕財好施／解衣推食。
【義反】唯利是圖／見利忘義／謀財害命／見財起意。

仗勢欺人 ㄓㄤˋ ㄕˋ ㄑㄧ ㄖㄣˊ

【釋義】仗：依仗，憑借。勢：權勢。
【出處】王實甫・西廂記五本三折：「他憑師友君子務本，你倚父兄仗勢欺人。」
【用法】指依仗權勢欺壓別人。
【例句】這幾個傢伙自以爲父親當大官，便可**仗勢欺人**，到處作威作福，其實根本沒有人看得起他們。
【義近】狗仗人勢／倚勢欺人／狐假虎威。
【義反】鋤強扶弱／抑強扶弱／除暴安良／鋤奸除害。

他山之石，可以攻玉 ㄊㄚ ㄕㄢ ㄓ ㄕˊ，ㄎㄜˇ ㄧˇ ㄍㄨㄥ ㄩˋ

【釋義】別的山上的石頭，可用來磨治玉器。攻：琢，磨。
【出處】詩經・小雅・鶴鳴：「他山之石，可以爲錯。」「他山之石，可以攻玉。」
【用法】比喻別國的人才可以爲我所用，也比喻借外力改正錯誤或彌補不足。
【例句】我們應從國外引進先進科學技術，來加強我們的國防工業和科學事業，決不能故步自封。
【義近】殷鑑不遠／鏡水見面容，鏡人知吉凶。
【義反】故步自封／閉關自守／自以爲是。

仙風道骨 ㄒㄧㄢ ㄈㄥ ㄉㄠˋ ㄍㄨˇ

【釋義】指神仙飄逸不凡的風度和修道者清高超俗的氣骨。
【出處】李白・大鵬賦序：「余昔於江陵見天台司馬子微，謂余有仙風道骨，可神遊八極之表。」
【用法】比喻人的風度、氣質都超越凡人。
【例句】王先生的學者風範看起來頗有**仙風道骨**的氣質。
【義近】光風霽月／冰壺秋月／皓如日星／淵渟嶽峙。
【義反】闒然媚世／偷雞摸狗。

令人神往 ㄌㄧㄥˋ ㄖㄣˊ ㄕㄣˊ ㄨㄤˇ

【釋義】神往：心中嚮往。
【出處】清・錢泳・履園叢話：「景山諸樂部嘗演習十番笛，每於月下聽之，……令人神往。」
【用法】形容一心嚮往，也形容文辭、音樂等美妙動人。

【例句】他從黃山歸來，講起雲海勝景，聽了眞**令人神往**。
【義近】引人入勝／令人陶醉／心嚮往之。
【義反】大爲掃興／令人作嘔／令人生厭／興致全消。

令人髮指（ㄌㄧㄥˋ ㄖㄣˊ ㄈㄚˇ ㄓˇ）

【釋義】髮指：頭髮豎了起來。
【出處】司馬遷・史記・項羽本紀：「樊噲遂入，披帷西向立，嗔目視項王，頭髮上指，目眦盡裂。」
【用法】形容使人極度憤怒。
【例句】抗戰時期日軍在我國的種種暴行，只要一提起，就**令人髮指**。
【義近】怒髮衝冠／怒不可遏／怒目圓睜／勃然大怒。
【義反】淡然置之／一笑置之／隨意了之／心平氣和。

令行禁止（ㄌㄧㄥˋ ㄒㄧㄥˊ ㄐㄧㄣˋ ㄓˇ）

【釋義】有令即行，有禁即止。令：命令。禁：禁令。
【出處】逸周書・文傳：「令行禁止，王之始也。」韓非子・八經：「君執柄以處勢，故令行禁止。」
【用法】形容法令嚴正，雷厲風行。
【例句】我們這個地區向來都是**令行禁止**，人人守法，所以治安特別良好。
【義近】令出惟行／令出如山／雷厲風行／立即貫徹。
【義反】有法不依／有令不行／有禁不止／疲疲沓沓／陽奉陰違。

以力服人（ㄧˇ ㄌㄧˋ ㄈㄨˊ ㄖㄣˊ）

【釋義】以強制的手段使人屈服。力：權勢，武力。服：制服，使服從。
【出處】孟子・公孫丑下：「以力服人者，非心服也，力不贍也。」
【用法】說明用威力強迫別人服從之不足取。
【例句】歷史告訴我們，**以力服人**者終將遭到滅亡的命運。
【義近】以勢壓人／威勢逼迫。
【義反】以理服人／口服心服／心悅誠服／以德服人。

以人廢言（ㄧˇ ㄖㄣˊ ㄈㄟˋ ㄧㄢˊ）

【釋義】意即因人而廢言。以：因爲。廢：廢棄不用。言：此指善言，好話。
【出處】論語・衛靈公：「子曰：『君子不以言舉人，不以人廢言。』」
【用法】用以說明不要因爲輕視一個人，連他的好話也予以鄙棄。
【例句】人歸人，言歸言，我們不能**以人廢言**，凡是良善的話，我們都要聽從。
【義近】因噎廢食／以言取人／以貌取人。
【義反】以言舉人／以人擇官／量才錄用。

以己度人（ㄧˇ ㄐㄧˇ ㄉㄨㄛˋ ㄖㄣˊ）

【釋義】度：猜測。
【出處】韓嬰・韓詩外傳・卷三：「然則聖人何以不可欺也？曰：『聖人以己度人者也。』」
【用法】表示以自己的想法去猜度別人。多用於貶義。
【例句】他絕對不是你所說的那種人，你不應該這樣**以己度人**。
【義近】以心度心／以情度情／以類度人／以小人之心度君子之腹。
【義反】易地而處／設身處地／推己及人／將心比心。

以小人之心，度君子之腹（ㄧˇ ㄒㄧㄠˇ ㄖㄣˊ ㄓ ㄒㄧㄣ ㄉㄨㄛˋ ㄐㄩㄣ ㄗˇ ㄓ ㄈㄨˋ）

【釋義】小人：泛指行爲道德不好的人。度：揣測。君子：泛指品德高尚的人。

【出處】左傳・昭公二八年：「願以小人之腹，爲君子之心。」馮夢龍・醒世恒言・錢秀才錯佔鳳凰儔：「誰知顏俊以小人之心，度君子之腹。」
【用法】比喻用卑劣的想法去推測正派人的心思。
【例句】我對你一片眞誠，你却說我有貳心，眞是**以小人之心，度君子之腹**，枉費我的心意。
【義近】以己度人／以升量石／以小測大。
【義反】以德報怨／推己及人／以直報怨。

以子之矛，攻子之盾（ㄧˇ ㄗˇ ㄓ ㄇㄠˊ，ㄍㄨㄥ ㄗˇ ㄓ ㄉㄨㄣˋ）

【釋義】用你的矛刺你的盾。子：你。矛：長矛，進攻武器。盾：盾牌，護身武器。
【出處】韓非子・難一載：有人先譽其盾無比堅固，接著又譽其矛無比鋒利，旁邊人說：「以子之矛，陷子之盾，何如？」
【用法】比喻用對方的觀點、言論來駁斥對方，也比喻自己說話做事前後牴觸、矛盾。
【例句】他經常運用**以子之矛，攻子之盾**的辦法，把別人駁得啞口無言。
【義近】以其人之道還諸其人之身／自相矛盾。
【義反】相輔相成／相得益彰／前後一致。

以白爲黑（ㄧˇ ㄅㄞˊ ㄨㄟˊ ㄏㄟ）

【釋義】把白的看成或說成是黑的。
【出處】陳壽・三國志・魏志・武帝紀：「昔直不疑無兄，世人謂之盜嫂……此皆以白爲黑、欺天罔君者也。」
【用法】比喻顚倒眞僞，混淆是非。
【例句】國際上**以白爲黑**，顚倒是非的事情屢見不鮮，所謂的眞理正義早就不存在了。
【義近】指鹿爲馬／以善爲惡／倒是爲非。
【義反】黑白分明／是非分明。

以古非今（ㄧˇ ㄍㄨˇ ㄈㄟ ㄐㄧㄣ）

【釋義】古：古代的人和事。非：非議，攻擊。今：指現在的人和事。
【出處】司馬遷・史記・秦始皇本紀：「有敢偶語詩書者棄市，以古非今者族。」
【用法】指用古人古事來非難攻擊今人今事或時政。
【例句】他讀古書已讀得有些走火入魔了，常愛**以古非今**，動不動就說人心不古，這種論調實在是太偏激了。
【義近】厚古非今／借古諷今。
【義反】厚今薄古／以今量古。

以夷制夷（ㄧˇ ㄧˊ ㄓˋ ㄧˊ）

【釋義】利用對方的矛盾衝突，使之削弱。夷：舊指外族或外國。制：牽制，制服。
【出處】後漢書・鄧訓傳：「議者咸以羌胡相攻，縣官之利，以夷伐夷，不宜禁護。」
【用法】指利用這一外族、這一國家去抵制、削弱那一外族、那一國家，也指以外力來牽制外力。
【例句】抗戰時期，國民政府採取**以夷制夷**的辦法，利用日、德、義三國的矛盾，設法讓德、義兩國削弱日本帝國主義的力量。
【義近】以洋制洋／以敵制敵。
【義反】和衷共濟／友好相處。

以攻爲守（ㄧˇ ㄍㄨㄥ ㄨㄟˊ ㄕㄡˇ）

【釋義】以進攻來達到防守的目的。
【出處】陳亮・酌古論・先主：「以攻爲守，以守爲攻，此兵之變也。」
【用法】說明採用主動進攻作爲積極防禦的手段，以免處於被動地位。
【例句】諸葛亮採取**以攻爲守**的策略，六出祁山，使魏國窮於防禦而無暇進攻蜀國。

【義近】制敵機先／採取主動。

【義反】以逸待勞／以守為攻／以退為進／以屈為伸。

以身作則（ㄧˇ ㄕㄣ ㄗㄨㄛˋ ㄗㄜˊ）

【釋義】身：親身，自己。則：準則，榜樣。

【出處】論語・子路：「其身正，不令而行；其身不正，雖令不從。」

【用法】說明用自己的實際行動做出榜樣，給人正面示範。

【例句】領導者應該凡事**以身作則**，才能獲得屬下的敬佩和愛戴。

【義近】言傳身教／身先士卒／井臼親操。

【義反】己不正焉能正人／上樑不正下樑歪。

以身殉國（ㄧˇ ㄕㄣ ㄒㄩㄣˋ ㄍㄨㄛˊ）

【釋義】為國犧牲。殉：為某種目的而犧牲生命。

【出處】諸葛亮・將苑・將志：「見利不貪，見美不淫，以身殉國，壹意而已。」

【用法】用以贊揚為國犧牲生命的人。

【例句】黃花崗烈士不計個人生死，**以身殉國**，其愛國精神將永遠流傳在中國人心中。

【義近】為國捐軀／以身報國／以身許國／視死如歸。

【義反】賣國求榮／投敵為奸／為敵賣命／苟全性命。

以身試法（ㄧˇ ㄕㄣ ㄕˋ ㄈㄚˇ）

【釋義】親身去做觸犯法令的事。身：親身，親自。試：嘗試。

【出處】班固・漢書・王尊傳：「太守以今日至府，願諸君卿勉力正身以率下。……明慎所職，毋以身試法。」

【用法】常用以勸戒或警告人不要犯法，也用以說明知法犯法、明知故犯。

【例句】**以身試法**的人絕無好下場，最後終必要受到法律的制裁。

【義近】知法犯法／明知故犯／目無王法。

【義反】奉公守法／遵紀守法／依法行事／嚴守法紀。

以卵投石（ㄧˇ ㄌㄨㄢˇ ㄊㄡˊ ㄕˊ）

【釋義】用雞蛋去擲石頭，一觸就破。一作「以卵擊石」。

【出處】荀子・議兵：「以桀詐堯，譬之若以卵投石，以指撓沸。」

【用法】比喻自不量力，去做毫無意義的冒險，結果必然失敗。

【例句】他官大勢強，我們還是不要**以卵投石**，與他正面衝突較好。

【義近】以卵擊石／螳臂擋車／自不量力／蚍蜉撼樹。

【義反】以碬擊石／以水滅火／自知之明。

以其昏昏，使人昭昭（ㄧˇ ㄑㄧˊ ㄏㄨㄣ ㄏㄨㄣ　ㄕˇ ㄖㄣˊ ㄓㄠ ㄓㄠ）

【釋義】以自己的糊塗講解去使別人明白。昏昏：模糊，糊塗。昭昭：明白，明智。

【出處】孟子・盡心下：「賢者以其昭昭，使人昭昭；今以其昏昏，使人昭昭。」

【用法】指自己還沒有弄懂，糊裏糊塗的，卻要去教別人，要別人明白。

【例句】做老師的有責任鑽研學問後再教導學生，千萬不可**以其昏昏，使人昭昭**，而誤人子弟。

【義近】枉己正人。

【義反】以其昭昭使人昭昭。

以其人之道，還治其人之身（ㄧˇ ㄑㄧˊ ㄖㄣˊ ㄓ ㄉㄠˋ　ㄏㄨㄢˊ ㄓˋ ㄑㄧˊ ㄖㄣˊ ㄓ ㄕㄣ）

【釋義】道：法術，方法。治：治理，後演變成「對付」之意。身：自身。

【出處】朱熹・中庸集注：「故君子之治人也，即以其人之道，還治其人之身。」
【用法】用以說明採用那個人對付別人的辦法，來對付他自己。
【例句】對付這種自私的人，要以**其人之道，還治其人之身**，讓他嘗嘗受冷落的感受。
【義近】以眼還眼，以牙還牙／以血還血。
【義反】以德報怨／以直報怨。

以屈求伸（ㄧˇ ㄑㄩ ㄑㄧㄡˊ ㄕㄣ）

【釋義】以彎曲來求得向前伸展。屈：彎曲。伸：伸展，伸直。
【出處】周易・繫辭下：「尺蠖之屈，以求信（伸）也。」
【用法】比喻以退爲進的策略。
【例句】解決事情的方法並不一定要一味地硬拼下去，有時**以屈求伸**，靜待時機或許又能開出另一條路來。
【義近】以退爲進／以隱求顯／以小求大／以守爲攻。
【義反】以進爲退／以攻爲守。

以毒攻毒（ㄧˇ ㄉㄨˊ ㄍㄨㄥ ㄉㄨˊ）

【釋義】用毒藥來解毒治病。攻：治。
【出處】羅泌・路史：「而劫痼攻積，巴菽殂葛，猶不得而後之，以毒攻毒，有至仁焉。」
【用法】比喻用對方毒辣的一手來對付對方，也比喻利用壞人來制服壞人。
【例句】對付這種心眼小、嘴巴惡毒的人，唯一的辦法就是**以毒攻毒**，罵回去。
【義近】以眼還眼／以牙還牙／以其人之道還諸其人之身。
【義反】以德報怨／以直報怨。

以怨報德（ㄧˇ ㄩㄢˋ ㄅㄠˋ ㄉㄜˊ）

【釋義】用怨恨來報答別人的恩德。報：報答，回報。
【出處】左丘明・國語・周語：「以怨報德，不仁。」禮記・表記：「以德報怨，則寬身之仁也；以怨報德，則刑戮之民也。」
【用法】用以說明忘恩負義。
【例句】他窮困潦倒時，我待他如上賓，現在他當上了大官，竟然把我視爲眼中釘，這樣**以怨報德**，天理何在！
【義近】恩將仇報／以血洗血／忘恩負義。
【義反】以德報怨／以直報怨。

以淚洗面（ㄧˇ ㄌㄟˋ ㄒㄧˇ ㄇㄧㄢˋ）

【釋義】用淚水來洗臉，意即淚流滿面。
【出處】南唐書：「此中日月，惟終日以淚洗面耳。」
【用法】形容一個人極爲悲傷，常常哭泣。
【例句】自從她先生過世後，她天天**以淚洗面**，令周圍親友爲之鼻酸。
【義近】終日哭泣／淚流滿面／淚眼度日。
【義反】日夜歡娛／人逢喜事精神爽／笑逐顏開。

以訛傳訛（ㄧˇ ㄜˊ ㄔㄨㄢˊ ㄜˊ）

【釋義】把本來荒謬、錯誤的東西妄加傳播。訛：謬誤，錯誤。
【出處】曹雪芹・紅樓夢五一回：「這兩件事雖無考，古往今來，以訛傳訛，好事者竟故意的弄出這些古蹟來以愚人。」
【用法】說明把不正確的話錯誤地傳開來，越傳越錯。
【例句】上次她親口告訴我她要出國讀書，結果**以訛傳訛**，居然有人說她要出國嫁人。
【義近】訛誤相傳／道聽塗說。
【義反】言之有據／言之鑿鑿。

以眼還眼，以牙還牙（ㄧˇ ㄧㄢˇ ㄏㄨㄢˊ ㄧㄢˇ，ㄧˇ ㄧㄚˊ ㄏㄨㄢˊ ㄧㄚˊ）

【釋義】用瞪眼回擊瞪眼，用牙齒咬人對付牙齒咬人。
【出處】舊約全書・出埃及記廿

二章：「要以命償命，以眼還眼，以牙還牙，以手還手，以腳還腳。」」

【用法】比喻用對方使用的手段來回擊對方。

【例句】他上回耍了我一次，這回我非**以眼還眼，以牙還牙**，報一次仇不可。

【義近】以其人之道還諸其人之身／以血洗血／以毒攻毒／以暴易暴。

【義反】以德報怨／寬宏大量。

以湯沃雪 ㄧˇ ㄊㄤ ㄨㄛˋ ㄒㄩㄝˇ

【釋義】用開水澆灌雪，雪迅速融化。湯：熱水，開水。沃：灌，澆。

【出處】淮南子・兵略：「若以水滅火，若以湯沃雪，何往而不遂，何之而不用。」

【用法】比喻輕而易舉。

【例句】這件事太簡單了，辦起來有如**以湯沃雪**，就包給我去辦吧！

【義近】以水滅火／以石擊蛋／以眾敵寡／反掌折枝／以碫擊卵。

【義反】以卵投石／以火救火／以水救水／抱薪救火。

以逸待勞 ㄧˇ ㄧˋ ㄉㄞˋ ㄌㄠˊ

【釋義】以安閑之我待疲勞之敵。逸：安閑。待：對待，等待。勞：勞累，疲勞。

【出處】孫子・軍爭：「以近待遠，以佚（逸）待勞，以飽待饑，此治力者也。」

【用法】多指作戰時養精蓄銳，待敵人疲乏後，相機出擊。也用以表示以己方之安閑對待對方之勞苦。

【例句】敵軍長途跋涉，力量已削減一半，我軍**以逸待勞**，佔盡最大的優勢。

【義近】靜以待敵／養精蓄銳／以整待亂。

【義反】疲於奔命／處處挨打。

以貌取人 ㄧˇ ㄇㄠˋ ㄑㄩˇ ㄖㄣˊ

【釋義】單憑外貌來判斷人。

【釋義】司馬遷・史記・仲尼弟子列傳：「孔子聞之曰：『吾……以貌取人，失之子羽。』」子羽外貌醜陋，但才學不錯，故云。

【用法】說明以外貌作爲品評人才的標準，則必然有所失。

【例句】不要**以貌取人**，別看他其貌不揚，可是某大企業的董事長。

【義近】人不可貌相，海水不可斗量／駿馬不在肥瘦。

【義反】以文舉人。

以德報怨 ㄧˇ ㄉㄜˊ ㄅㄠˋ ㄩㄢˋ

【釋義】拿恩惠來報答仇恨，即人有仇怨於我，我反以恩德待他。

【出處】老子・第六三章：「大小多少，報怨以德。」論語・憲問：「或曰：『以德報怨，何如？』」

【用法】形容心胸寬闊，不記前仇。

【例句】對待敵人若能**以德報怨**，不計前嫌，那眞可消弭一些不必要的紛爭。

【義近】報怨以德／以直報怨／不計前仇／既往不究。

【義反】以怨報德／恩將仇報／忘恩負義／以血洗血。

以暴易暴 ㄧˇ ㄅㄠˋ ㄧˋ ㄅㄠˋ

【釋義】暴：凶暴，暴政。易：代替。

【出處】司馬遷・史記・伯夷列傳載：伯夷叔齊認爲周武王討伐殷紂王是以暴易暴，遂逃至首陽山，作歌曰：「以暴易暴兮，不知其非矣！」

【用法】泛指用暴力消除暴力。

【例句】軍政府拿槍桿子對付暴民，結果兩敗俱傷，這不是**以暴易暴**嗎？

【義近】請參見「以眼還眼，以牙還牙」條。

【義反】請參見「以眼還眼，以牙還牙」條。

以儆效尤（ㄧˇ ㄐㄧㄥˇ ㄒㄧㄠˋ ㄧㄡˊ）

【釋義】儆：告誡，警誡。效：仿效，效法。尤：過失，罪過。

【出處】李綠園・歧路燈九三回：「況這些槍手們……也成了斯文的蟊賊，自宜按律究辦，以儆效尤。」

【用法】指嚴懲不法分子或壞人壞事，以警告那些想做、學做壞事的人。

【例句】此風不可長，一定要嚴懲那幾個帶頭鬧事的人，**以儆效尤**。

【義近】懲一儆百／殺一儆百／殺雞警猴。

【義反】尤而效之／上行下效／氾濫成災。

以鄰爲壑（ㄧˇ ㄌㄧㄣˊ ㄨㄟˊ ㄏㄨㄛˋ）

【釋義】把鄰境當作排泄洪水的溝壑。壑：深溝，大水坑。

【出處】孟子・告子下：「禹之治水，水之道也，是故禹以四海爲壑，今吾子以鄰國爲壑。」

【用法】比喻只圖己利，把困難災禍轉嫁給別人。

【例句】有的人自私自利，**以鄰爲壑**，全不爲別人著想，這樣的人最終是要吃大虧的。

【義近】嫁禍於人／諉過於人／與鄰爲敵／移禍江東。

【義反】助人爲樂／千金買鄰／遠親不如近鄰／鄰里相助。

以禮相待（ㄧˇ ㄌㄧˇ ㄒㄧㄤ ㄉㄞˋ）

【釋義】相待：對待別人，「相」在此非互相之意，而是指代作用，可視爲人稱副詞。

【出處】施耐庵・水滸傳九七回：「宋江以禮相待，用好言撫慰。」

【用法】指用禮貌對待別人。

【例句】對任何朋友都應該要**以禮相待**，以維繫良好的人際關係。

【義近】一來一往／和顏悅色／彬彬有禮／溫良謙讓／衣冠相見。

【義反】來而不往／怒目而視／穢言相加／元龍高臥／袒裼裸裎。

以辭害意（ㄧˇ ㄘˊ ㄏㄞˋ ㄧˋ）

【釋義】辭：通「詞」，詞句，詞藻。意：文章的思想和內容。

【出處】孟子・萬章上：「故說詩者，不以文害辭，不以辭害志。」朱子語類・中庸：「讀中庸者，不以辭害意耳。」

【用法】指爲追求華美的詞句而妨害正確思想的表達。

【例句】寫文章當然要講究修辭，但決不能矯揉造作，更不能**以辭害意**。

【義近】詞不達意／因文解義，三世佛寃。

【義反】文辭並茂／意溢於辭。

以觀後效（ㄧˇ ㄍㄨㄢ ㄏㄡˋ ㄒㄧㄠˋ）

【釋義】觀察他以後的效果。效：效果，表現。

【出處】後漢書・安帝紀：「秋季既立，鷙鳥將用。且復重審，以觀後效。」

【用法】指對有罪或犯錯誤的人予以寬大處理，觀察他以後悔改的表現。

【例句】初次犯錯的人，法官通常會從輕量刑，**以觀後效**，給他們一個自新的機會。

休戚相關（ㄒㄧㄡ ㄑㄧ ㄒㄧㄤ ㄍㄨㄢ）

【釋義】憂喜、禍福彼此相關連。休：喜悅，吉利。戚：憂愁，悲哀。

【出處】宋・陳亮・送陳給事去國啓：「眷此設心，無非體國，然用舍之際，休戚相關。」

【用法】形容關係密切，利害相關。

【例句】《紅樓夢》中的賈、史、王、薛四家，**休戚相關**，一損俱損，一榮俱榮。

【義近】命運相連／禍福與共／痛癢相關／一髮不可牽，牽之動全身。

【義反】風馬牛不相及／了不相涉／河水不犯井水／漠不相關。

休戚與共（ㄒㄧㄡ ㄑㄧ ㄩˇ ㄍㄨㄥˋ）

【釋義】憂喜、禍福彼此共同承擔。與共：彼此共同承受。

【出處】晉書・王導傳：「吾與元規休戚是同，悠悠之談，宜絕智者之口。」

【用法】比喻同甘苦、共患難，利害一致。

【例句】八年抗戰時期，全國人民**休戚與共**，上下團結一致，共同為抗日而努力。

【義近】同甘共苦／唇齒相依／休戚相關／同生共死／患難與共。

【義反】水火不容／渺不相涉／各船各划／生死莫顧。

休養生息（ㄒㄧㄡ ㄧㄤˇ ㄕㄥ ㄒㄧ）

【釋義】休養：休息調養。生息：繁殖人口。

【出處】韓愈・平淮西碑：「高宗、中（中宗）、睿（睿宗），休養生息。」

【用法】指在戰爭或社會大動盪之後，減輕人民負擔，安定生活，恢復元氣。

【例句】我國歷史上每個朝代在建立之初，總要讓人民**休養生息**，以利社會的發展。

【義近】養精蓄銳／與民休息／休生養息。

【義反】勞民傷財／窮兵黷武／竭澤而漁／焚林而獵。

伉儷情深（ㄎㄤˋ ㄌㄧˋ ㄑㄧㄥˊ ㄕㄣ）

【釋義】伉儷，一般為夫婦的通稱。

【出處】左傳・成公十一年：「已不能庇其伉儷而亡之。」

【用法】形容夫婦間情感深厚。

【例句】祖父母結褵四十餘年，至今仍互敬互愛，眞可說是**伉儷情深**，令人欽羨。

【義近】琴瑟和鳴／魚水和諧／鶼鰈情深／比翼連理／舉案齊眉。

【義反】琴瑟不調／同牀異夢／分釵破鏡／水盡鵝飛。

伐毛洗髓（ㄈㄚˊ ㄇㄠˊ ㄒㄧˇ ㄙㄨㄟˇ）

【釋義】本指神仙蛻皮換骨，永保健旺的生理現象。

【出處】太平廣記・洞冥記：「三千歲一反骨洗髓，二千歲一剝皮伐毛；自吾生已三洗髓五伐毛矣。」

【用法】今用以比喻一個人放棄舊惡習，脫胎換骨，重新做人。

【例句】經過這次教訓後，他彷如**伐毛洗髓**，換個人似的。

【義近】改頭換面／脫胎換骨／滌瑕盪穢／洗心革面／洗心滌慮。

【義反】惡習不改／本性難移。

仰人鼻息（ㄧㄤˇ ㄖㄣˊ ㄅㄧˊ ㄒㄧˊ）

【釋義】依賴別人的呼吸來生活。仰：仰仗，依賴。鼻息：呼吸。

【出處】後漢書・袁紹傳：「袁紹孤客窮軍，仰我鼻息。」杜弼・檄梁文：「解其倒懸，仰人鼻息。」

【用法】比喻依賴他人，看人臉色行事。

【例句】這種委曲求全，**仰人鼻息**的生活，我一天也不能再過下去了。

【義近】寄人籬下／俯仰由人／聽人穿鼻／仰給於人／依人作嫁。

【義反】自力更生／獨立自主／仰我鼻息。

仰不愧於天，俯不怍於人

【釋義】仰、俯：上、下。怍：羞愧。
【出處】孟子・盡心下：「君子有三樂……。仰不愧於天，俯不怍於人，二樂也。」
【用法】用以說明人胸襟坦然，問心無愧。
【例句】為人務必要公正廉潔，才能**仰不愧於天，俯不怍於人**。
【義近】無愧天地良心／問心無愧／俯仰無愧／衾影無慚／不愧屋漏／不欺暗室。
【義反】羞愧難當／無地自容／欺上瞞下／汗顏無地。

仰事俯畜

【釋義】上事父母，下養妻兒。事：侍奉。畜：養。
【出處】孟子・梁惠王上：「是故明君制民之產，必使仰足以事父母，俯足以畜妻子。」
【用法】用以指維持一家生計。
【例句】過去為了**仰事俯畜**，疲於奔命，哪還有時間和精力鑽研學問！
【義近】養家餬口。

仰首伸眉

【釋義】仰首：擡起頭。伸眉：揚眉。
【出處】司馬遷・報任少卿書：「乃欲仰首伸眉，論列是非，不亦輕朝廷，羞當世之士邪！」
【用法】形容意氣昂揚，高亢不屈。
【例句】在國際舞臺上，中國人要**仰首伸眉**，令他國刮目相看，就必須先自立自強，徹底自我檢討改進。
【義近】揚眉吐氣／昂首闊步／春風得意／滿面春風。
【義反】低聲下氣／縮手縮腳／任人左右／降志辱身／含羞忍詬。

任人唯賢

【釋義】任：任用。唯：單，只。賢：有德有才的人。
【出處】尚書・咸有一德：「任官惟（唯）賢才，左右惟其人。」
【用法】用以說明任用人只選擇德才兼備的人。
【例句】知人善任，說到底是一個**任人唯賢**的問題。
【義近】知人善任／任賢使能／唯才是舉。
【義反】任人唯親／順我者昌／逆我者亡／雞犬升天。

任人唯親

【釋義】任：任用。唯：只，僅。親：關係密切、感情好的人。
【用法】指用人不問德才，只選用跟自己關係密切的人。
【例句】在用人的問題上，我國自古以來就有任人唯賢與**任人唯親**的不同。
【義近】拉幫結派／結黨營私／唯我是從。
【義反】任人唯賢／賢不避親／推賢任人／舉賢授能。

任性妄為

【釋義】任性：聽憑個性行事，放縱。妄：荒誕，非分，越軌。
【出處】後漢書・馬融傳：「融善鼓琴，好吹笛，達生任性，不拘儒者之節。」
【用法】說明憑著自己的性情愛好，做不近人情甚至違法亂紀的事。
【例句】這孩子從小就驕縱慣了，所以現在**任性妄為**，非常難管教。
【義近】任性使氣／胡作非為／惹事生非／無事生端。
【義反】循規蹈矩／忠厚穩重／行事謹慎／老實忠厚。

任其自然（ㄖㄣˋ ㄑㄧˊ ㄗˋ ㄖㄢˊ）

【釋義】任：任憑，放任。一作「聽其自然」。

【出處】舊五代史・晉姚顗傳：「顗少敦厚，靡事容貌，任其自然，流輩未之重。」

【用法】指聽憑自由發展下去，不加引導，不予限制。

【例句】愛子女是父母的天性，但也要管教，不能**任其自然**，毫無章法。

【義近】任其自流／放任自流。

【義反】多方開導／嚴加管教／依禮而行。

任重道遠（ㄖㄣˋ ㄓㄨㄥˋ ㄉㄠˋ ㄩㄢˇ）

【釋義】擔子很重，路程很遠。任：責任，擔子。

【出處】論語・泰伯：「士不可以不弘毅，任重而道遠。」

【用法】比喻責任重大，要經歷長期的奮鬥。

【例句】教育是一項**任重道遠**的工作，所有的人都應對教育工作付出一份心力。

【義近】任重致遠／引重致遠／負重致遠。

【義反】避難就易／推諉卸責。

任勞任怨（ㄖㄣˋ ㄌㄠˊ ㄖㄣˋ ㄩㄢˋ）

【釋義】任：承受。怨：埋怨，責備。

【出處】顏光敏・顏氏家藏尺牘一：「惟存一矢公矢慎之心，無愧屋漏，而闈中任勞任怨，種種非筆所能盡。」

【用法】形容做事不辭勞苦，不避怨言。

【例句】國父為了革命，一生勤勤懇懇，**任勞任怨**，真不愧是一代偉人。

【義近】勞怨不避。

【義反】怨天尤人。

伈伈睍睍（ㄒㄧㄣˇ ㄒㄧㄣˇ ㄒㄧㄢˋ ㄒㄧㄢˋ）

【釋義】心懷恐懼，不敢正視。伈伈：恐懼貌。睍睍：小視貌。

【出處】韓愈・祭鱷魚文：「亦安肯為鱷魚低首下心，伈伈睍睍，為民吏羞，以偷活於此邪？」

【用法】形容小心恐懼的樣子。

【例句】若無做虧心事，你又何必**伈伈睍睍**，躲躲藏藏呢？

【義近】誠惶誠恐／如履薄冰／如臨深淵／兢兢業業。

【義反】得過且過／虛應故事。

伯牙絕琴（ㄅㄛˊ ㄧㄚˊ ㄐㄩㄝˊ ㄑㄧㄣˊ）

【釋義】伯牙將琴絃拉斷。

【出處】呂氏春秋・本味：「鍾子期死，伯牙破琴絕絃，終身不復鼓琴，以為世無足復為鼓琴者。」

【用法】指傷心知己亡故，世無知音。

【例句】春秋子期伯牙原為知音，子期亡故，**伯牙絕琴**的故事便傳為千古美事。

【義近】人琴俱杳／痛失知音／響絕牙琴。

伯仲之間（ㄅㄛˊ ㄓㄨㄥˋ ㄓ ㄐㄧㄢ）

【釋義】伯仲：本指兄弟的排行次序。

【出處】左傳・文公十八年：「高辛氏有才子八人，以伯仲叔季為序。」

【用法】形容兩個人的實力相當，難分高低上下。

【例句】說到下棋，老張和老李真是**伯仲之間**，難分優劣。

【義近】一時瑜亮／不分軒輊／平分秋色／地醜德齊／勢均力敵。

【義反】天淵之別／大相逕庭／南轅北轍。

伯道無兒（ㄅㄛˊ ㄉㄠˋ ㄨˊ ㄦˊ）

【釋義】晉・鄧攸字伯道，曾為河東太守。

【出處】晉書・鄧攸傳：「天道無知，使鄧伯道無兒。」

【用法】比喻老天爺不給善人兒子。

【例句】老曾做過多少善事，如今依然**伯道無兒**，眞讓人嘆息！

【義近】伯道之憂／膝下空虛。

【義反】子孫滿堂／綠葉成蔭／瓜瓞綿綿／百子千孫。

你死我活（ㄋㄧˇ ㄙˇ ㄨㄛˇ ㄏㄨㄛˊ）

【釋義】意即不是你死，就是我活，沒有讓步的餘地。

【出處】元・無名氏・度柳翠・一折：「世俗人沒來由，爭長競短，你死我活。」

【用法】形容矛盾很深，格鬥非常激烈，都想打倒對方，獲取勝利。

【例句】他倆已發誓要拚個**你死我活**，根本沒有和談的餘地，還有什麼可勸的？

【義近】不共戴天／生死搏鬥／勢不兩立。

【義反】生死與共／相依爲命／休戚相關／同生共死。

何去何從（ㄏㄜˊ ㄑㄩˋ ㄏㄜˊ ㄘㄨㄥˊ）

【釋義】離開哪兒，走向哪兒。去：離開。從：跟從。

【出處】楚辭・卜居：「此孰吉孰凶，何去何從？世混濁而不清。」

【用法】多指在重大事件上的抉擇，也形容心中惶惑而無所適從。

【例句】現在已到了關鍵時刻，**何去何從**，請你及早作出決定，我不能再等了。

【義近】無所適從／孰吉孰凶／奚去奚從。

何足爲奇（ㄏㄜˊ ㄗㄨˊ ㄨㄟˊ ㄑㄧˊ）

【釋義】有什麼值得奇怪的。奇：驚奇，奇怪。

【出處】元・無名氏・馬陵道一折：「孫先生，恰才你擺的陣勢，都是可破的，何足爲奇。」

【用法】用以說明其人其事並沒有什麼奇特，不值得驚訝。

【例句】你怨她三次結婚三次離婚，其實這在今天**何足爲奇**，類似的事例還多著哩！

【義近】平淡無奇／不足爲奇／屢見不鮮／司空見慣。

【義反】聞所未聞／少見多怪。

何足掛齒（ㄏㄜˊ ㄗㄨˊ ㄍㄨㄚˋ ㄔˇ）

【釋義】哪裏值得掛在嘴上。掛齒：指說話時提起。

【出處】元・關漢卿・裴度還帶二折：「眞所謂井底之蛙耳，何足掛齒。」

【用法】比喻其人其事不值得一提。若作爲客套語，則常與區區小事連用。

【例句】你我相交多年，這點小事**何足掛齒**，請以後千萬不要再提起了。

【義近】何足齒數／何足道哉／何足介意。

【義反】非同小可／舉足輕重。

何其相似乃爾（ㄏㄜˊ ㄑㄧˊ ㄒㄧㄤ ㄙˋ ㄋㄞˇ ㄦˇ）

【釋義】二者多麼相像，竟然到了這樣的地步。何其：多麼。相似：相像。乃：竟。爾：如此。

【用法】形容二者十分相像，多用於壞人壞事之間的比較。

【例句】那兩名江湖大盜所犯的罪行**何其相似乃爾**，鐵定是出自同一師門。

【義近】如出一轍／如出一口／毫無二致。

【義反】大相逕庭／截然不同／天壤之別。

何樂而不爲（ㄏㄜˊ ㄌㄜˋ ㄦˊ ㄅㄨˋ ㄨㄟˊ）

【釋義】有什麼不樂於去做的呢？爲：做。一作「何樂不爲」。

【用法】用以表示樂意去做，是以反問語氣表肯定。常與「一舉數得」連用。

【例句】接受這份工作，不僅可

以賺錢，而且可以遍遊世界，**何樂而不爲**。

【義近】樂意爲之／樂意效勞。

【義反】視爲畏途／勉強應付／勉爲其難。

佛口蛇心（ㄈㄛˊ ㄎㄡˇ ㄕㄜˊ ㄒㄧㄣ）

【釋義】菩薩的嘴，蛇蠍的心。

【出處】宋・普濟・五燈會元卷五七：「古今善知識，佛口蛇心。」

【用法】形容滿口慈悲，但心腸狠毒。

【例句】他最不是東西，**佛口蛇心**，兩面三刀，你們千萬不要吃他的虧，上他的當。

【義近】假仁假義／口蜜腹劍／笑裏藏刀／嘴甜心苦。

【義反】面善心慈／佛口佛心／心口如一。

佛法無邊（ㄈㄛˊ ㄈㄚˇ ㄨˊ ㄅㄧㄢ）

【釋義】佛的法力無所不及，有如浩瀚的海洋無邊無際。

【出處】大乘起信論・因緣分：「爲欲總攝如來廣大，深法無邊義故，應說此論。」

【用法】比喻人神通廣大，活動能力極強。

【例句】任憑孫悟空有七十二變的通天本領，也敵不過如來佛的**佛法無邊**。

【義近】神通廣大／呼風喚雨／使神差鬼。

【義反】黔驢技窮／黔驢之技／一籌莫展／無計可施。

佛眼相看（ㄈㄛˊ ㄧㄢˇ ㄒㄧㄤ ㄎㄢ）

【釋義】佛眼：佛經所說的五眼之一。此比喻仁善的眼光。

【出處】元・無名氏・博望燒屯一折：「這村夫若下山去呵，我和他佛眼相看，若不下山去呵，我不道的饒了他哩。」

【用法】比喻以好心好意待人。或用以形容特別對待。

【例句】挾著強大的經濟後盾，現今的台灣人在世界各地都受到外國人的**佛眼相看**。

【義近】另眼相看／另眼看待／刮目相看／青眼相加。

【義反】白眼相待／冷眼相待／漠然視之。

作好作歹（ㄗㄨㄛˋ ㄏㄠˇ ㄗㄨㄛˋ ㄉㄞˇ）

【釋義】作好：指以善言勸慰。作歹：一作「作惡」，指以厲言警告。

【出處】尚書・洪範：「無有作好，遵王之道；無有作惡，遵王之路。」施耐庵・水滸傳六一回：「兩個一路上做好做惡。」

【用法】指勸解糾紛的人，既以好言相勸，又曉之以利害。

【例句】這小倆口的脾氣太倔強了，若不是鄰居**作好作歹**把他們勸開，看來非出人命不可。

【義近】好說歹說／左勸右勸。

【義反】火上加油。

作如是觀（ㄗㄨㄛˋ ㄖㄨˊ ㄕˋ ㄍㄨㄢ）

【釋義】作：持，抱。是：此。觀：看法，觀點。

【出處】金剛經：「一切有爲法，如夢幻泡影，如露亦如電，應作如是觀。」

【用法】指應有這樣的看法，應持這樣的觀點。

【例句】說他品格低下，並非我們對他有什麼成見，而是他的言行使我們不得不**作如是觀**。

【義近】想當然爾。

【義反】意想不到。

作法自斃（ㄗㄨㄛˋ ㄈㄚˇ ㄗˋ ㄅㄧˋ）

【釋義】自己立法，反而使自己受害。作：立。斃：因病、傷而倒下，引申爲死。

【出處】司馬遷・史記・商君列傳：「客人不知其商君也，曰：『商君之法，舍人無驗者坐之。』商君喟然歎曰：

「嗟乎，爲法之敝，一至此哉！』」

【用法】比喻自己想出的辦法反而害了自己。

【例句】伊拉克想用武力吞併科威特，結果**作法自斃**，被美國與其盟國打得落花流水。

【義近】自作自受／自食其果／咎由自取／作繭自縛。

作威作福 ㄗㄨㄛˋ ㄨㄟ ㄗㄨㄛˋ ㄈㄨˊ

【釋義】專行賞罰，獨攬威權。威、福：指刑罰和獎賞。

【出處】尚書・洪範：「惟辟作福，惟辟作威，惟辟玉食，臣無有作福作威玉食。」

【用法】今多用以形容小人得志，妄自尊大，憑借權勢而橫行霸道。

【例句】他才當了幾天的科長，就如此**作威作福**，不把同事放在眼裏了！

【義近】胡作非爲／橫行霸道／擅作威福／飛揚跋扈。

【義反】爲民請命／愛民如子／和藹可親／和顏悅色。

作姦犯科 ㄗㄨㄛˋ ㄐㄧㄢ ㄈㄢˋ ㄎㄜ

【釋義】作姦：做壞事。犯科：觸犯法律。科：科條，指法律條文。

【出處】諸葛亮・前出師表：「若有作姦犯科及爲忠善者，宜付有司，論其刑賞。」

【用法】指稱爲非作歹，違法亂紀。

【例句】只有把那些**作姦犯科**的人繩之以法，社會才能安定祥和。

【義近】違法亂紀／以身試法／胡作非爲／爲非作歹。

【義反】安分守紀／奉公守法／遵紀守法／安分守己。

作鳥獸散 ㄗㄨㄛˋ ㄋㄧㄠˇ ㄕㄡˋ ㄙㄢˋ

【釋義】好像飛禽走獸樣的一哄而散。

【出處】李陵・答蘇武書：「今無復戰，天明坐受縛矣，各鳥獸散，猶有脫罪歸報天子者。」

【用法】用以形容一羣人凌亂四散，毫無秩序。

【例句】那是一羣烏合之眾，所以我軍一到，便立即**作鳥獸散**。

【義近】四下逃散／抱頭鼠竄。

【義反】巋然不動／雷打不散。

作惡多端 ㄗㄨㄛˋ ㄜˋ ㄉㄨㄛ ㄉㄨㄢ

【釋義】幹的壞事很多。端：項，事物的一個方面。

【出處】吳承恩・西遊記四二回：「想當初作惡多端，這三四日齋戒，那裏就積的過來？」

【用法】指所作壞事極多，罪惡累累。

【例句】對那些屢教不改、**作惡多端**的壞人，應採取果斷行動，狠狠打擊。

【義近】罄竹難書／擢髮難數。

【義反】積善成德／累積陰德／積善餘慶。

作賊心虛 ㄗㄨㄛˋ ㄗㄟˊ ㄒㄧㄣ ㄒㄩ

【釋義】心虛：內心不安，不踏實。

【出處】宋・悟明・重顯禪師：「却顧侍者云：『適來有人看方丈麼？』侍者云：『有。』師云：『作賊人心虛。』」

【用法】用以指稱人做了壞事，又怕別人知道，惟恐被人揭穿。

【例句】瞧他一副**作賊心虛**的模樣，便知他脫不了嫌疑，與此案有重大關係。

【義近】問心有愧／心中有鬼。

【義反】問心無愧／內省不疚／心安理得。

作壁上觀 ㄗㄨㄛˋ ㄅㄧˋ ㄕㄤˋ ㄍㄨㄢ

【釋義】站在壁壘上旁觀雙方作戰。壁：壁壘，軍營周圍的高牆。

【出處】司馬遷・史記・項羽本

紀：「諸侯軍救鉅鹿，下者十餘壁，莫敢縱兵。及楚擊秦，諸將皆作壁上觀。」

【用法】比喻置身於事外，在一旁觀望。

【例句】看球賽大可不必認真，等於兩軍對壘，**作壁上觀**，誰輸誰贏都無所謂。

【義近】袖手旁觀／坐觀成敗／隔岸觀火／冷眼旁觀／隔山觀虎鬥。

【義反】挺身而出／打抱不平／拔刀相助／置身事端。

作繭自縛 ㄗㄨㄛˋ ㄐㄧㄢˇ ㄗˋ ㄈㄨˊ

【釋義】蠶吐絲作繭，把自己包在裏面。縛：束縛。

【出處】陸游・書歎：「人生如春蠶，作繭自縛裏。」

【用法】比喻自己給自己製造麻煩，或使自己陷入困境而不能自拔。

【例句】這件事本來與你毫無關係，你却硬要攬上身，結果**作繭自縛**，又怨得了誰呢？

【義近】自作自受／作法自斃／吐絲自纏／自討苦吃。

低三下四 ㄉㄧ ㄙㄢ ㄒㄧㄚˋ ㄙˋ

【釋義】意謂低人一等。

【出處】吳敬梓・儒林外史四十回：「我常州姓沈的，不是甚麼低三下四的人家。」

【用法】形容地位卑賤低人一等，也形容卑躬屈膝毫無骨氣的樣子。

【例句】①認爲爲別人服務是**低三下四**的事，那就大錯特錯了。②爲人要有骨氣，大可不必因爲微薄薪俸，就**低三下四**去求別人。

【義近】低聲下氣／卑躬屈膝／俯首帖耳／低首下心。

【義反】自高自大／妄自尊大／高傲自大／傲睨萬物／昂首望天／不卑不亢。

低首下心 ㄉㄧ ㄕㄡˇ ㄒㄧㄚˋ ㄒㄧㄣ

【釋義】低著頭，安心處於低下地位。下心：屈從於人。

【出處】韓愈・祭鱷魚文：「刺史雖駑弱，亦安肯爲鱷魚低首下心，……以偷活於此邪！」

【用法】用以表示低聲下氣、逆來順受的樣子。

【例句】一些在外國公司工作的小職員，爲了免於被解雇，不得不**低首下心**地看上司的臉色行事。

【義近】俯首聽命／低眉折腰／唯唯諾諾／忍氣吞聲／低聲下氣。

【義反】不卑不亢／昂首伸眉／趾高氣揚。

低聲下氣 ㄉㄧ ㄕㄥ ㄒㄧㄚˋ ㄑㄧˋ

【釋義】意謂不敢大聲說話，粗聲粗氣。

【出處】朱熹・童蒙須知・語言步趨：「凡爲人子弟，須是常低聲下氣，語言詳緩，不可高言喧鬧。」

【用法】形容說話和態度卑下恭順的樣子。

【例句】他寧願屈就於低下的職位，也不願**低聲下氣**的討好上司。

【義近】下氣怡聲／低心下氣／低三下四。

【義反】趾高氣揚／昂首挺胸。

伶仃孤苦 ㄌㄧㄥˊ ㄉㄧㄥ ㄍㄨ ㄎㄨˇ

【釋義】伶仃：即「伶丁」、「零丁」，形容孤獨。一作「孤苦伶仃」。

【出處】李密・陳情表：「零丁孤苦，至於成立。既無伯叔，終鮮兄弟。」

【用法】形容孤獨困苦，無依無靠。

【例句】在一場意外中，他的家人全部罹難，留下他一人**伶仃孤苦**，處境堪憐。

【義近】形單影隻／形影相弔／孑然一身／孤身隻影／舉目無親。

【義反】姊妹成行／父母健在。

伶牙俐齒

【釋義】伶俐：聰明，靈活。

【出處】吳昌齡・張天師三折：「你休在那裏伶牙俐齒，調三幹四，說人好歹。」

【用法】形容人口齒靈巧，能說善道。

【例句】那位推銷員**伶牙俐齒**的，很少有顧客不被他說動。

【義近】能言善道／口齒伶俐／舌燦蓮花／口若懸河。

【義反】笨口拙舌／結結巴巴／詞不達意。

伸手不見五指

【釋義】意謂把手伸出來也看不到。一作「伸手不見掌」。

【出處】頤瑣・黃綉球四回：「依著他所指，走入一間小房，黑漆漆的伸手不見五指。」

【用法】形容一片漆黑，一點光亮也沒有。

【例句】防空洞裏，**伸手不見五指**的，令人毛骨悚然。

【義近】昏天黑地／一團漆黑。

【義反】燈火通明／燈火輝煌／如同白晝。

位卑言高

【釋義】身處下位却議論高官主管的政事。

【出處】孟子・萬章下：「位卑而言高，罪也；立乎人之本朝，而道不行，恥也。」

【用法】用以指責人缺乏自知之明而越職言事。

【例句】做人還是守本分的好，否則**位卑言高**，只有自取其辱。

【義近】越俎代庖／尸祝代庖／越官侵職。

【義反】在官言官。

伴食宰相

【釋義】陪伴人家吃飯的宰相。

【出處】舊唐書・盧懷愼傳：「懷愼自以爲吏道不及（姚）崇，每事皆推讓之。時人謂之伴食宰相。」

【用法】用以譏諷不稱職、無所作爲的人。

【例句】他毫無才學却身居高位，是個標準的**伴食宰相**。

【義近】伴食中書／尸位素餐／忝列高位／禽息鳥視／三旨宰相。

【義反】才德稱位／無愧其位／名實相符。

似曾相識

【釋義】好像曾經見過面。似：像。

【出處】晏殊・浣溪沙：「無可奈何花落去，似曾相識燕歸來。」

【用法】形容見過的人或物再度出現。

【例句】我與他素昧平生，却有**似曾相識**之感，莫非前世之交。

【義近】彷彿面熟／一面之交。

【義反】素不相識／素昧平生。

似是而非

【釋義】似：似乎，好像。是：對。非：不對。

【出處】莊子・山木：「周將處失材與不材之間，似是而非也。」

【用法】用以說明表面相像，實際不一樣；乍看對，其實不對。

【例句】這種**似是而非**的理論，實在令人難以苟同。

【義近】類是而非／似眞非眞／模稜兩可。

【義反】千眞萬確／無可懷疑。

來之不易

【釋義】得來不容易。來之：使之來。

【出處】朱伯廬・治家格言：「一粥一飯，當思來之不易。半絲半縷，恒念物力維艱。」

【用法】用以說明來得很艱難，務必要加倍愛惜。

【例句】台灣的安定繁榮**來之不易**，國人應深自警惕，好好惜福。
【義近】來處不易。
【義反】輕而易舉／舉手之勞／唾手可得。

來日方長（ㄌㄞˊ ㄖˋ ㄈㄤ ㄔㄤˊ）

【釋義】未來的日子還很長。來：未來，將來。方：正。
【出處】文天祥・與洪端明雲巖書：「早收中熟，覺風雨如期，晚稻亦可望，惟是力綿求牧，來日方長。」
【用法】表示事情還大有可為或還有機會，多用於對將來的期待。
【例句】**來日方長**，你應該勇敢地從失敗中站起來，重振旗鼓，奮發上進。
【義近】機遇尚多。
【義反】日暮途窮／夕陽黃昏／時不再來。

來者不拒（ㄌㄞˊ ㄓㄜˇ ㄅㄨˋ ㄐㄩˋ）

【釋義】來者：來的人或物。拒：拒絕。
【出處】孟子・盡心下：「往者不追，來者不拒。」
【用法】表示對於有所求而來的人或送上門來的東西，概不拒絕。
【例句】他是一位好好先生，只要有人向他求援，他必是**來者不拒**。
【義近】有求必應。
【義反】拒之門外／閉門不納／拒人千里。

來者猶可追（ㄌㄞˊ ㄓㄜˇ ㄧㄡˊ ㄎㄜˇ ㄓㄨㄟ）

【釋義】來者：未來的事。猶：尚，還。追：及，補救。
【出處】論語・微子：「往者不可諫，來者猶可追。」陶淵明・歸去來兮辭：「悟以往之不諫，知來者之可追。」
【用法】說明未來的事還可以補救或改善。
【例句】古人說得好：「往者不可諫，**來者猶可追**。」過去的事就讓它過去，多著眼於未來才是。
【義近】亡羊補牢／江心補漏。
【義反】未雨綢繆／防患機先／曲突徙薪。

來龍去脈（ㄌㄞˊ ㄌㄨㄥˊ ㄑㄩˋ ㄇㄛˋ）

【釋義】風水術把山勢比作龍，把山脈的起伏綿延叫龍脈。
【出處】明・吾丘瑞・運甓記：「此間前岡有塊好地，來龍去脈，靠嶺朝山，種種合格。」
【用法】用以說明人、物的來歷，事情的前因後果。
【例句】你如果想進一步了解這件事，就必須弄清楚它的**來龍去脈**。
【義近】前因後果／來蹤去迹／始末緣由／原始要終。

侃侃而談（ㄎㄢˇ ㄎㄢˇ ㄦˊ ㄊㄢˊ）

【釋義】侃侃：從容不迫，理直氣壯的樣子。
【出處】論語・鄉黨：「朝與下大夫言，侃侃如也。」
【用法】形容說話不慌不忙，理直氣壯。
【例句】他不等我回答，緊接著又就另一個問題**侃侃而談**，發表自己的高見。
【義近】娓娓道來／口若懸河／滔滔不絕。
【義反】結結巴巴／寡言少語／一言不發／噤若寒蟬。

依依不捨（ㄧ ㄧ ㄅㄨˋ ㄕㄜˇ）

【釋義】依依：留戀而不忍分離的樣子。不捨：捨不得。
【出處】馮夢龍・醒世恒言・盧太學詩酒傲王侯：「那盧南植送五百餘里，兩下依依不捨。」
【用法】形容極其留戀，捨不得

分離。

【例句】同窗多年的好友，如今即將各奔前程，每個人都有些**依依不捨**。

【義近】難捨難分／一步三回顧／依依惜別／戀戀不捨。

【義反】揚長而去／一去不回頭／策馬而去／心無留意。

依然如故

【釋義】依然：仍舊。故：過去，從前。

【出處】唐・薛調・劉無雙傳：「舅甥之分，依然如故。」

【用法】指沒有變化，仍舊和過去一樣。

【例句】十年過去了，她的風采**依然如故**，美麗不減當年，真令人佩服她的保養工夫。

【義近】依然如舊／一如往昔／毫無變化。

【義反】面目全非／煥然一新／人事全非。

依然故我

【釋義】依然：仍舊。故我：舊時（從前）的我。

【出處】清・吳錫麒・家暮橋詩集序：「二分明月，照向誰家；一個詩人，依然故我。」

【用法】形容人沒有什麼長進，還是從前的老樣子。

【例句】他真是頑劣到了極點，屢勸不聽，**依然故我**，看來是無藥可救了。

【義近】依然如故／毫無長進／一如既往。

【義反】判若兩人／日增月長／日新月異。

依樣畫葫蘆

【釋義】照別人畫的葫蘆樣子畫葫蘆。依：依照。

【出處】魏泰・東軒筆錄：「（陶）穀聞之，乃作詩書於玉堂之壁曰：『……堪笑翰林陶學士，年年依樣畫葫蘆。』」

【用法】比喻單純模仿，沒有創新。

【例句】學習國外先進產品的設計，務必要發揮自己的創造性，不可**依樣畫葫蘆**。

【義近】比葫蘆畫瓢／如法炮製／蹈人舊轍／陳陳相因／墨守成規。

【義反】標新立異／獨樹一幟／自出機杼／別出心裁。

供不應求

【釋義】供：供應，供給。求：需求，需要。

【用法】用以表示供應不能滿足需要。特指商品，也泛指其他某些事物。

【例句】公司推出的新產品銷售反應良好，所以總有**供不應求**的現象。

【義近】供不敷求／供少需多／以一奉百。

【義反】供過於求。

佶屈聱牙

【釋義】佶屈：又寫作「詰屈」，曲折。聱牙：拗口。

【出處】韓愈・進學解：「周誥殷盤，佶屈聱牙。」

【用法】形容文章艱澀，讀起來很不順口。

【例句】那篇八股文讀來**佶屈聱牙**，舌頭都快打結了。

【義近】文辭艱澀／艱深晦澀／拗口難讀。

【義反】文從字順／淺易暢達／琅琅上口。

信口開河

【釋義】又作「信口開合」。信口：說話不加思索。信：任憑，隨便。

【出處】元・關漢卿・魯齋郎四折：「你休只管信口開合，絮絮聒聒。」

【用法】形容隨口亂說，毫無根據。

【例句】你知道嗎，在這裏說話是要負法律責任的，可不能**信口開河**啊！
【義近】胡說八道／胡言亂語／信口雌黃。
【義反】言必有據／證據確鑿／言之鑿鑿。

信口雌黃（ㄒㄧㄣˋ ㄎㄡˇ ㄘ ㄏㄨㄤˊ）

【釋義】信口：隨口說話。雌黃：雞冠石，黃赤色。古時寫字用黃紙，寫錯了就用雌黃塗了重寫。
【出處】晉・孫盛・晉陽秋：「王衍家夷甫，能言，於意有不安者，輒更易之，時號『口中雌黃』。」
【用法】比喻不顧事實，隨口亂說或惡意誣陷。
【例句】你簡直是**信口雌黃**，我什麼時候行賄受賄過啊！
【義近】安下雌黃／數黃道白／胡言亂語。
【義反】言之有物／信而有徵／言之有據。

信及豚魚（ㄒㄧㄣˋ ㄐㄧˊ ㄊㄨㄣˊ ㄩˊ）

【釋義】信：誠信，信用。豚：小豬。
【出處】易經・中孚：「豚魚吉，信及豚魚也。」注：「魚者蟲之隱者也，豚者獸之微賤者也……信皆及之。」
【用法】比喻信用卓著，及於微隱之物。
【例句】夏先生爲人極其可靠，可說是**信及豚魚**，他答應幫你的忙，就一定會做到。
【義近】言而有信／一言既出駟馬難追。
【義反】言而無信／失信於民／言同兒戲／食言而肥／輕諾寡信／自食其言。

信手拈來（ㄒㄧㄣˋ ㄕㄡˇ ㄋㄧㄢˊ ㄌㄞˊ）

【釋義】隨手拿來。信手：隨手。拈：用兩三個指頭捏取東西。
【出處】陸游・秋風亭拜寇萊公遺像之二：「巴東詩句澶州策，信手拈來盡可驚。」
【用法】多用以形容寫詩文能熟練地運用詞語、典故。
【例句】他熟記許多成語、典故，無論是說話還是寫文章，都能**信手拈來**，毫不費力。
【義近】隨手拈來／出口成章。
【義反】絞盡腦汁／搜索枯腸。

信而有徵（ㄒㄧㄣˋ ㄦˊ ㄧㄡˇ ㄓㄥ）

【釋義】信：確實。徵：通「證」，指憑據，證據。
【出處】左傳・昭公八年：「君子之言，信而有徵。」
【用法】形容所言證據確鑿，信實可靠。
【例句】我剛才所說的那番話是**信而有徵**，絕非編造，請諸位務必要相信。
【義近】信實可靠／毋庸置疑／有案可稽。
【義反】無稽之談／無憑無據／荒誕無稽／道聽塗說。

信誓旦旦（ㄒㄧㄣˋ ㄕˋ ㄉㄢˋ ㄉㄢˋ）

【釋義】信誓：誠信的誓言。旦旦：誠懇的樣子。
【出處】詩經・衛風・氓：「總角之宴，言笑晏晏。信誓旦旦，不思其及。」
【用法】表示誓言誠懇可信。
【例句】你不要看他現在**信誓旦旦**的樣子，到時玩膩了，照樣會把你甩掉！
【義近】山盟海誓／指天誓日／斷指爲誓。
【義反】自食其言／口血未乾／言不由衷。

信賞必罰（ㄒㄧㄣˋ ㄕㄤˇ ㄅㄧˋ ㄈㄚˊ）

【釋義】賞要講信用，罰必定要執行。又作「賞信罰必」。
【出處】韓非子・外儲說右上：「信賞必罰，其足以戰。」
【用法】形容賞罰嚴明，有功者必賞，有罪者必罰。
【例句】我們公司向來是**信賞必**

罰，因此所有在職人員都能任勞任怨，克盡職守。

【義近】賞功罰罪／賞罰分明／彰善懲惡。

【義反】無賞無罰／賞罰不明／懲善彰惡。

俗不可耐 ㄙㄨˊ ㄅㄨˋ ㄎㄜˇ ㄋㄞˋ

【釋義】俗：庸俗。耐：忍受。

【出處】李汝珍・鏡花緣二二回：「立在這裏，只覺俗不可耐。」

【用法】形容人的言行舉止庸俗得令人受不了。

【例句】有些女孩子總是喜歡穿金戴銀的，眞是**俗不可耐**。

【義近】俗不可醫／粗俗不堪／鄙陋庸俗。

【義反】雍容文雅／文雅大方／文靜有禮／超凡脫俗。

俗不可醫 ㄙㄨˊ ㄅㄨˋ ㄎㄜˇ ㄧ

【釋義】庸俗得無法醫治。

【出處】蘇軾・於潛僧綠筠軒：「人瘦尚可肥，士俗不可醫。」

【用法】形容人俗氣太深，不可救藥。

【例句】這位袁先生只要一見到上司，便像哈叭狗似的跑上前去搖尾乞憐，逢迎巴結，任你怎樣說他也無用，看來是**俗不可醫**了。

侯門深似海 ㄏㄡˊ ㄇㄣˊ ㄕㄣ ㄙˋ ㄏㄞˇ

【釋義】侯門：公侯的門第，泛指有權勢的顯貴人家。海：極言其深。

【出處】崔郊・贈去婢詩：「公子王孫逐後塵，綠珠垂淚滴羅巾。侯門一入深如海，從此蕭郎是路人。」

【用法】形容權貴人家門庭深廣，進出不易。今也泛指難以到有地位的人家中去。

【例句】**侯門深似海**，她雖嫁進豪門，却也失去自我，其代價實在太大。

【義近】侯門如海／深宅大院。

【義反】小戶人家／柴門茅舍。

侯服玉食 ㄏㄡˊ ㄈㄨˊ ㄩˋ ㄕˊ

【釋義】穿王侯的衣服，吃珍貴的食物。玉：形容其珍貴已極。

【出處】班固・漢書・敍傳述貨殖傳：「侯服玉食，敗俗傷化。」

【用法】形容生活窮奢極侈。

【例句】富貴之家**侯服玉食**，貧賤之家三餐不繼，這種現象在古往今來的社會中屢見不鮮。

【義近】錦衣玉食／炊金饌玉／酒池肉林／列鼎而食／炮鳳烹龍。

【義反】布衣蔬食／節衣縮食／粗茶淡飯。

促膝談心 ㄘㄨˋ ㄒㄧ ㄊㄢˊ ㄒㄧㄣ

【釋義】促膝：古人席地而坐或據榻相對近坐時，膝與膝挨近曰「促膝」。促：近。

【出處】古今小說・蔣興哥重會珍珠衫：「大郎置酒相待，促膝談心，甚是款洽。」

【用法】形容靠近坐著，傾心交談。

【例句】與昔日好友**促膝談心**，回憶往事，眞是人生一大享受。

【義近】傾心交談／把手談心／班荊道故。

【義反】遙相祝願／遙寄情思。

倒打一耙 ㄉㄠˋ ㄉㄚˇ ㄧˊ ㄆㄚˊ

【釋義】意謂過錯本在自己，却反而責怪別人。耙：釘耙。

【出處】西遊記寫豬八戒以釘耙作武器，與妖怪搏鬥時，常回身「倒打一耙」以取勝。

【用法】常用以說明自己有了錯誤不但不承認，反而咬別人一口。

【例句】別人好心幫你頂下大錯，你不但不感激，反而**倒打一耙**，這種行徑簡直連禽獸都不如。

【義近】反咬一口／推卸責任／諉過他人。

【義反】反躬自省／不怨天不尤人／引咎自責。

倒行逆施（ㄉㄠˋ ㄒㄧㄥˊ ㄋㄧˋ ㄕ）

【釋義】倒、逆：違反常理。行、施：做事。

【出處】司馬遷・史記・伍子胥列傳：「吾日暮途遠，吾故倒行而逆施之。」

【用法】用以指責人所作所為違反常理，甚至故意搗亂。

【例句】自古以來，**倒行逆施**的君主總是沒有好下場。

【義近】違天逆理／胡作非為／犯上作亂／悖禮犯義。

【義反】因勢利導／遵章守法／順應天理／順天應人。

倒吃甘蔗（ㄉㄠˋ ㄔ ㄍㄢ ㄓㄜˋ）

【釋義】吃甘蔗從尾端吃起。

【出處】劉義慶・世說新語・排調：「顧長康噉甘蔗，先食尾，人問所以，云：『漸至佳境。』」

【用法】用以形容情況越來越好，有漸至佳境之感。

【例句】做學問就如同**倒吃甘蔗**，不經一番鑽研，那得甜果可嚐。

【義近】先苦後甘／日就月將／先否後泰／漸至佳境／先難後易。

【義反】先甘後苦／每下愈況／漸不如前。

倒持太阿（ㄉㄠˋ ㄔˊ ㄊㄞˋ ㄜ）

【釋義】自己手持太阿劍刃而以柄向人。太阿：古代寶劍名，傳說為歐冶子所鑄。

【出處】班固・漢書・梅福傳：「倒持太阿，授楚其柄。」

【用法】比喻把大權授與別人，自己反受其禍。

【例句】一國之君若**倒持太阿**，大權旁落，是很容易釀成內亂的。

【義近】授人以柄／大權旁落／太阿倒持／尾大不掉／脛大於股。

【義反】大權在握／大權獨攬。

倒懸之急（ㄉㄠˋ ㄒㄩㄢˊ ㄓ ㄐㄧˊ）

【釋義】倒懸：身子倒掛著。

【出處】後漢書・臧洪傳：「北鄙將苦倒懸之急。」

【用法】比喻處境極端困苦和危急。

【例句】西方救濟物資對於非洲饑民的**倒懸之急**，多少有些幫助，但仍嫌不足。

【義近】倒懸之患／岌岌可危／危在旦夕／累卵之危。

俯仰之間（ㄈㄨˇ ㄧㄤˇ ㄓ ㄐㄧㄢ）

【釋義】低頭抬頭之間。俯：低頭。仰：抬頭。

【出處】班固・漢書・鼂錯傳：「以大為小，以強為弱，在俯仰之間耳。」

【用法】形容時間極為短促。

【例句】時間過得真快，**俯仰之間**，一年又過去了。

【義近】彈指之間／揮手之間／轉眼之間。

【義反】長年累月／天長地久／一生一世。

俯仰由人（ㄈㄨˇ ㄧㄤˇ ㄧㄡˊ ㄖㄣˊ）

【釋義】俯仰：低頭和抬頭。由人：聽憑他人。

【出處】莊子・天運：「引之則俯，舍之則仰，彼人之所引，非引人也，故俯仰而不得罪於人。」

【用法】形容一舉一動都要受別人的支配。

【例句】看他一副傲骨凜然的樣子，居然過得了這種**俯仰由人**的生活，真是人不可貌相，海水不可用斗量。

【義近】仰人鼻息／聽人穿鼻／左右由人。

【義反】獨立自主／自力更生／自有主見／我行我若。

俯仰無愧 ㄈㄨˇ ㄧㄤˇ ㄨˊ ㄎㄨㄟˋ

【釋義】俯：低頭。仰：仰頭。
【出處】孟子・盡心上：「君子有三樂……仰不愧於天，俯不怍於人，二樂也。」
【用法】比喻俯以對地或仰以對天，皆無愧於天地。
【例句】一個人只要舉止光明端正，**俯仰無愧**，就不用懼事怕人。
【義近】不愧屋漏／不欺暗室／衾影無慚／嶔崎磊落／堂堂正正／行比伯夷／行不由徑。
【義反】汗顏無地／無地自容／羞慚滿面／欺上瞞下。

俯首聽命 ㄈㄨˇ ㄕㄡˇ ㄊㄧㄥ ㄇㄧㄥˋ

【釋義】一切聽從別人的命令。聽：順從。
【出處】舊五代史・杜重威傳：「諸將愕然，以上將既變，乃俛（俯）首聽命，遂連署降表。」
【用法】形容人非常馴服順從。
【例句】這次人事更動，儘管不甚合理，但大家仍**俯首聽命**，不敢有半句怨言。
【義近】千依百順／唯命是從／俯首帖耳／搖頭擺尾／奴顏卑膝。
【義反】犯顏抗爭／自作主張／自行其是／不甘雌伏／桀驁不馴。

俯拾即是 ㄈㄨˇ ㄕˊ ㄐㄧˊ ㄕˋ

【釋義】俯：低頭，彎腰。即：就。一作「俯拾皆是」。
【出處】司空圖・詩品：「俯拾即是，不取諸鄰。」
【用法】形容到處都是，很輕易的就能得到。
【例句】像他這樣的人才可說**俯拾即是**，他要走，我們絕不挽留。
【義近】比比皆是／觸目皆是／俯拾地芥／俛身拾芥。
【義反】鳳毛麟角／世所罕有／稀世珍寶／吉光片羽。

借刀殺人 ㄐㄧㄝˋ ㄉㄠ ㄕㄚ ㄖㄣˊ

【釋義】借別人的刀來達到殺人的目的。
【出處】汪廷訥・三祝記造陷：「恩相明日奏（范）仲淹爲環慶路經略招討使以平（趙）元昊，這所謂借刀殺人。」
【用法】形容自己不出面，利用或挑撥別人去害人。
【例句】這是一樁**借刀殺人**的智慧型犯罪案例，歹徒的行徑令人髮指，更讓警方頭大苦無罪證。
【義近】借客報仇／嫁禍於人／引風吹火／借風使船。
【義反】殺人留名／敢做敢當。

借古諷今 ㄐㄧㄝˋ ㄍㄨˇ ㄈㄥˋ ㄐㄧㄣ

【釋義】借：假借，假托。諷：譏諷，諷刺。
【用法】假借古代的事物來影射、諷刺、抨擊今天的現實。
【例句】蘇洵的六國論用**借古諷今**的筆法寫成，乃論六國賂秦，以諷北宋之退怯政策。
【義近】借古喻今／以古非今。
【義反】開門見山／直言不諱。

借花獻佛 ㄐㄧㄝˋ ㄏㄨㄚ ㄒㄧㄢˋ ㄈㄛˊ

【釋義】借別人的鮮花敬獻於佛前。
【出處】過去現在因果經一：「今我女弱不能得前，請寄二花以獻於佛。」
【用法】比喻用別人的東西來做人情。
【例句】昨天朋友送我一籃水果，今天拿來**借花獻佛**，慰勞大家的辛苦。
【義近】慷人之慨／順水人情。

借屍還魂 ㄐㄧㄝˋ ㄕ ㄏㄨㄢˊ ㄏㄨㄣˊ

【釋義】迷信的人認爲，人死了以後靈魂不滅，可以附在別的剛死的人屍體上而復活。
【出處】岳伯川・鐵拐李：「我

如今著你借屍還魂，屍骸是小李屠，魂靈是岳壽。」

【用法】今用以比喻舊的沒落的事物又以另一種形式出現。

【例句】在國家內憂外患頻仍時期，許多不詭陰謀之事又**借屍還魂**地衍生了。

【義近】死灰復燃／捲土重來。

【義反】斬草除根／趕盡殺絕。

借題發揮 ㄐㄧㄝˋ ㄊㄧˊ ㄈㄚ ㄏㄨㄟ

【釋義】發揮：把意思或道理充分表達出來。

【出處】石玉琨・三俠五義四八回：「聖上即借題發揮道：『你爲何叫盤桅鼠？』」

【用法】指借著某件事爲題目，來表達自己眞正的目的或主張。

【例句】蒲松齡在《聊齋志異》中寫的許多狐鬼故事，其實是**借題發揮**，一吐心中的不快與不平。

【義近】指桑罵槐／借雞罵狗／旁敲側擊／指東罵西。

【義反】明言直說／直來直去／直言不諱。

倩人捉刀 ㄑㄧㄢˋ ㄖㄣˊ ㄓㄨㄛ ㄉㄠ

【釋義】倩：借助，請人做事。捉刀：指代人做事。

【出處】陳壽・三國志・陳思王植傳：「太祖嘗視其文，謂植曰：『汝倩人邪？』」劉義慶・世說新語・容止：「牀頭捉刀人。」

【用法】用以指稱請人代寫文章或代人做事。

【例句】他在考場舞弊，**倩人捉刀**，當場就被逐出考場，取消考試資格。

倚老賣老 ㄧˇ ㄌㄠˇ ㄇㄞˋ ㄌㄠˇ

【釋義】仗著歲數大，賣弄老資格。倚：仗著。

【出處】元・無名氏・謝金吾一折：「我盡讓你幾句便罷，則管裏倚老賣老，口裏嘮嘮叨叨的說個不了。」

【用法】形容擺弄老資格而輕視他人。

【例句】老實說，大家天天在一起，各自的底細都很清楚，誰也不用在這裏**倚老賣老**。

【義近】目空一切／資深自負／夜郎自大／崖岸自高／老氣橫秋／趾高氣揚。

【義反】資淺齒少。

倚官仗勢 ㄧˇ ㄍㄨㄢ ㄓㄤˋ ㄕˋ

【釋義】倚、仗：依靠，憑借。

【出處】後漢書・蓋勳傳：「時武威太守倚恃權勢，恣行貪橫。」

【用法】用以指倚仗官府的權勢而有恃無恐。

【例句】只因他有個小舅子在本地官府爲官，他便**倚官仗勢**，爲非作歹。

【義近】倚財仗勢／倚權恃勢。

【義反】安分守己／遵守法令。

倚馬可待 ㄧˇ ㄇㄚˇ ㄎㄜˇ ㄉㄞˋ

【釋義】靠在馬邊可立即寫成文章。倚：靠著。

【出處】李白・與韓荊州書：「請日試萬言，倚馬可待。」劉義慶・世說新語・文學載：恒溫喚袁虎「倚馬前令作，手不輟筆，俄得七紙，殊可觀。」

【用法】用以形容文思敏捷，行文迅速。

【例句】這小孩確實是個神童，才十五歲，便下筆千言，**倚馬可待**。

【義近】七步成詩／揮筆疾書／援筆立就／意到筆隨／筆翰如流／一揮而就／下筆千言／倚馬成文。

【義反】才竭智疲／江郎才盡／搜索枯腸／文思遲鈍／嘔心瀝血。

倚門倚閭

【釋義】倚：依靠。閭：里門。

【出處】戰國策・齊策：「王孫賈年十五，……其母曰：『女朝出而晚來，則吾倚門而望；女暮出而不還，則吾倚閭而望。』」

【用法】形容母親思念子女，急待子女歸來。比喻期待殷切的樣子。

【例句】自從她的小兒子走失後，這位可憐的母親天天**倚門倚閭**，期待奇蹟出現，兒子能夠平安歸來。

【義近】引領而望／延頸企踵／跂予望之／望眼欲穿／望穿秋水／倚門佇望。

倦鳥知還

【釋義】在外飛疲倦了的鳥知道回窩歇息。

【出處】陶淵明・歸去來辭：「雲無心以出岫，鳥倦飛而知還。」

【用法】用以比喻人久役於外，疲倦知歸。

【例句】他留學海外長達十年，如今**倦鳥知還**，準備回鄉安定下來。

【義近】不如歸去／早作歸計。

【義反】倦鳥不歸／徘徊異鄉。

倜儻不羈

【釋義】倜儻：灑脫，不受拘束。羈：馬籠頭，比喻束縛。

【出處】晉書・袁耽傳：「耽字彥道，少有才氣，倜儻不羈，爲士類所稱。」

【用法】形容爲人灑脫豪邁，而不受世俗禮法的拘束。

【例句】李白爲人率眞自然，**倜儻不羈**，是中國詩史上不可多得的天才型詩人。

【義近】豪放不羈／灑脫豪邁／玩世不恭。

【義反】遵法守紀／謹愼從事／循規蹈矩。

倉皇失措

【釋義】倉皇：同「倉黃」、「倉惶」，匆忙、慌張之意。失措：舉止失常。

【出處】新編五代史平話・周史卷上：「慕容彥超倉皇失措。」

【用法】形容慌張得舉止失常，不知如何是好。

【例句】她很容易緊張，稍微遇到一點小事，便**倉皇失措**，故血壓一直居高不下。

【義近】張皇失措／慌張失措／驚惶失措。

【義反】措置裕如／從容不迫／從容自如。

假公濟私

【釋義】假：借。濟：助。

【出處】元・無名氏・陳州糶米：「他假公濟私，我怎肯和他干罷了也呵！」

【用法】用以指假借公事之名，以謀取個人私利。

【例句】有些人**假公濟私**，利用出差的機會遊山玩水，揮霍公司的錢財，眞是太不應該了。

【義近】以公濟私／因公行私／假公營私。

【義反】廉潔奉公／大公無私／涓滴歸公。

假手於人

【釋義】借用別人的力量。假：借。

【出處】後漢書・呂布傳：「諸將謂布曰：『將軍常欲殺劉備，今可假手於人。』」

【用法】用以指不肯親手去做某事，而借用別人的力量去完成。

【例句】寫文章一定要親自動手，怎麼能**假手於人**呢？

【義近】假力於人／因人成事。

【義反】身體力行／親身從事。

假仁假義 ㄐㄧㄚˇ ㄖㄣˊ ㄐㄧㄚˇ ㄧˋ

【釋義】假：虛假。義：道義，信義。
【出處】朱子全書・歷代一：「漢高祖私意分數少，唐太宗一切假仁假義以行其私。」
【用法】指僞裝仁慈善良。
【例句】他平常顯得很仁慈，但一到關鍵時刻就露出他那**假仁假義**的眞面目。
【義近】虛情假義／虛假心腸。
【義反】眞心實意／推心置腹。

假途滅虢 ㄐㄧㄚˇ ㄊㄨˊ ㄇㄧㄝˋ ㄍㄨㄛˊ

【釋義】一作「假道滅虢」。假途：借路。虢：春秋時諸侯國名。
【出處】左傳・僖公二年：「晉荀息請以屈產之乘，與垂棘之璧，假道於虞以滅虢。」
【用法】用以比喻使用欺詐的方法，以某事爲名，借別人給予的方便來達到自己的眞實目的。
【例句】他一向詭計多端，這次玩的是**假途滅虢**的手段，利用你去整垮他的對手，然後再來收拾你。
【義近】過河拆橋／得魚忘筌／兔死狗烹／卸磨殺驢。
【義反】飯恩不忘／沒齒不忘／光明磊落。

假惺惺 ㄐㄧㄚˇ ㄒㄧㄥ ㄒㄧㄥ

【釋義】惺惺：淸醒，機靈。
【出處】元・喬孟符・金錢記一折：「想當日，楚屈原，假惺惺醉倒步兵廚。」
【用法】用以形容假情假意。
【例句】你用不著在我面前**假惺惺**，所有的人都知道你是花心大蘿蔔。
【義近】裝聾作啞／裝瘋賣傻／假仁假義／虛情假意。
【義反】眞情實意／實話實說。

偶一爲之 ㄡˇ ㄧ ㄨㄟˊ ㄓ

【釋義】偶：偶然，偶爾。爲：做。
【出處】歐陽修・縱囚論：「若夫縱而來歸而赦之，可偶一爲之爾。」
【用法】用以表示偶然做一做，並非經常這樣。
【例句】他這次**偶一爲之**的捐錢行爲，令在場人士驚訝，因爲大家都知道平時他是出了名的鐵公雞。
【義近】偶爾爲之／僅此一次／破天荒。
【義反】經常如此／接二連三／屢見不鮮。

做一天和尚撞一天鐘 ㄗㄨㄛˋ ㄧ ㄊㄧㄢ ㄏㄜˊ ㄕㄤˋ ㄓㄨㄤˋ ㄧ ㄊㄧㄢ ㄓㄨㄥ

【釋義】一作「做一日和尚撞一日鐘」。意謂過一天算一天。
【出處】吳承恩・西遊記一六回：「你那裏曉得，我這是『做一日和尚撞一日鐘的。』」
【用法】比喻混時度日，做事極不認眞負責。
【例句】辦事不認眞，無一定計劃，**做一天和尚撞一天鐘**，這怎麼能做好工作呢？
【義近】敷衍了事／虛應故事／得過且過。
【義反】盡心竭力／一絲不苟。

偷天換日 ㄊㄡ ㄊㄧㄢ ㄏㄨㄢˋ ㄖˋ

【釋義】日：太陽。
【出處】清・朱佐朝・漁家樂傳奇：「願將身代入金屋，做個偷天換日，因風動燭。」
【用法】比喻爲了達到矇混欺騙的目的，以偷換的手法，暗中改變或掩蓋事物的眞相。
【例句】任憑歹徒有**偷天換日**的本領，也逃不過良心的譴責，法律的制裁。
【義近】偷梁換柱／移花接木／魚目混珠。
【義反】貨眞價實／眞實無妄。

偷梁換柱 ㄊㄡ ㄌㄧㄤˊ ㄏㄨㄢˋ ㄓㄨˋ

【釋義】偷換房梁房柱。
【出處】曹雪芹・紅樓夢九七回：「偏偏鳳姐想出一條偷梁換柱之計，自己也不好過瀟湘館來，竟未能盡姊妹之情。」
【用法】比喻暗中玩弄手法，以假代眞，以劣充優。
【例句】這位外國商人眞狡猾，竟然採取**偷梁換柱**的手法，把一部陳舊的機器漆好後，冒充新機器賣給落後國家。

偷雞不著蝕把米 ㄊㄡ ㄐㄧ ㄅㄨˋ ㄓㄠˊ ㄕˊ ㄅㄚˇ ㄇㄧˇ

【釋義】意謂偷雞時用一把米誘雞，結果雞沒有偷到，而米却損失了。
【用法】用以比喻想投機得便宜，結果便宜沒有得到，反而自遭損失。
【例句】她開店做生意常愛佔小便宜，故意不開發票給顧客，結果**偷雞不著蝕把米**，被稅務員逮個正著，罰了不少錢。
【義近】賠了夫人又折兵。

偷雞摸狗 ㄊㄡ ㄐㄧ ㄇㄛ ㄍㄡˇ

【釋義】既偷走雞又摸走狗。
【出處】曹雪芹・紅樓夢四四回：「成日家偷雞摸狗，腥的臭的，都拉了你屋裏去。」
【用法】用以指小偷鬼鬼祟祟的不正當行爲，也比喻暗中搞不正當的男女關係。
【例句】**偷雞摸狗**的事做多了，遲早有一天會碰到鬼的。
【義近】偷偷摸摸／鬼鬼祟祟／鼠竊狗偷。
【義反】冠冕堂皇／堂堂正正／堂而皇之。

側目而視 ㄘㄜˋ ㄇㄨˋ ㄦˊ ㄕˋ

【釋義】斜著眼睛看。側：斜。
【出處】戰國策・秦策一：「妻側目而視，傾耳而聽。嫂蛇行匍伏，四拜自跪而謝。」
【用法】形容有所畏懼或憎恨怨怒的神情。
【例句】大陸在文化大革命期間，許多有識之士見了「紅衛兵」都**側目而視**，敢怒而不敢言。
【義近】怒目而視／橫眉冷視。
【義反】正眼而視。

健步如飛 ㄐㄧㄢˋ ㄅㄨˋ ㄖㄨˊ ㄈㄟ

【釋義】健步：步履輕快。
【出處】蒲松齡・聊齋志異・鳳陽人士：「麗人牽坐路側……復從起行，健步如飛。」
【用法】形容步伐矯健有力，輕快敏捷。
【例句】王老師雖已年過花甲，却精神抖擻，**健步如飛**，年輕人還走不贏他呢！
【義近】大步流星／舉步如飛／步履敏捷。
【義反】蹣行鴨步／蝸行牛步／步履維艱。

偃武修文 ㄧㄢˇ ㄨˇ ㄒㄧㄡ ㄨㄣˊ

【釋義】偃武：停息兵事。偃：止息。修文：興修文教。
【出處】尚書・武成：「王來自商，至于豐，乃偃武修文，歸馬於華山之陽，放牛於桃林之野。」
【用法】用以表示在天下太平之後，停息武備，發展文化教育事業。
【例句】抗戰勝利後，政府採取的首要政策是**偃武修文**，把工作重點轉移到繁榮經濟和發展文化教育事業上。
【義近】偃武興文／棄武經文。
【義反】廢文任武／棄文習武。

偃旗息鼓 ㄧㄢˇ ㄑㄧˊ ㄒㄧ ㄍㄨˇ

【釋義】放倒旗子，停止敲鼓。偃：放倒。原指行軍時隱蔽行踪，不讓敵人覺察。
【出處】陳壽・三國志・蜀志・趙雲傳・裴松之注引趙雲別

傳：「雲入營，更大開門，偃旗息鼓。」

【用法】今用以比喻事情中止或聲勢減弱。

【例句】經過多方面的考量，他決定**偃旗息鼓**，放棄這一次的競選活動。

【義近】鳴金收兵／偃兵息甲／銷聲匿迹。

【義反】大張旗鼓／重振旗鼓／張旗擊鼓／鳴鼓進軍。

偏信則暗（ㄆㄧㄢ ㄒㄧㄣˋ ㄗㄜˊ ㄢˋ）

【釋義】偏信：只相信一方面。暗：不明。一作「偏聽則暗」。

【出處】資治通鑑・唐紀：「（魏徵）對曰：『兼聽則明，偏聽則暗。』」

【用法】說明於人於事若只聽信一方面，則會是非不明。

【例句】古人說：兼聽則明，**偏信則暗**，這話可謂是至理名言，應牢記於心。

【義近】偏聽偏信。

【義反】兼聽則明。

停滯不前（ㄊㄧㄥˊ ㄓˋ ㄅㄨˋ ㄑㄧㄢˊ）

【釋義】停：停止，止息。滯：不流通，留止。

【用法】用以表示停留下來，不願再繼續前進。

【例句】學問和事業都如逆水行舟，不進則退，若**停滯不前**，就會前功盡棄。

【義近】踏步不前／止步不前／裹足不前。

【義反】一往直前／勇往直前／奮勇向前。

條分縷析（ㄊㄧㄠˊ ㄈㄣ ㄌㄩˇ ㄒㄧ）

【釋義】意謂分條詳加剖析。縷：細線。

【出處】侯方域・代司徒公屯田奏議：「條分縷析，期于明便可行，算計見效。」

【用法】用以說明有條有理地深入分析歸類。

【例句】韓非子和荀子的文章，寫得**條分縷析**，論述極爲周詳。

【義近】條析縷分／剖析入微／擘肌分理。

【義反】雜亂無章／語無倫次／籠統不明。

傅粉施朱（ㄈㄨˋ ㄈㄣˇ ㄕ ㄓㄨ）

【釋義】意即搽粉抹紅。傅、施：搽、抹。朱：紅，胭脂。

【出處】顏之推・顏氏家訓・勉學：「梁朝全盛之時，貴遊子弟，……無不燻衣剃面，傅粉施朱。」

【用法】形容美容化妝。

【例句】張小姐經**傅粉施朱**之後，越發出落得美豔動人了。

【義近】塗脂抹粉／描眉畫眼。

【義反】廬山眞面／本來面目／脂粉未施。

傲然屹立（ㄠˋ ㄖㄢˊ ㄧˋ ㄌㄧˋ）

【釋義】傲然：堅強不屈的樣子。屹立：矗立不動。又作「傲然矗立」。

【出處】宋史・施師點傳：「師點屹立……不肯少動。」

【用法】形容堅定挺拔，不可動搖。

【例句】黃山上有不少松樹**傲然屹立**，顯得生氣蓬勃。

【義近】巍然屹立／巋然不動。

【義反】風雨飄搖／搖搖欲墜。

傲骨嶙峋（ㄠˋ ㄍㄨˇ ㄌㄧㄣˊ ㄒㄩㄣˊ）

【釋義】傲骨：高傲不屈的風骨。嶙峋：山勢高聳重疊，喻剛正的態度。

【出處】戴植・鼠璞・傲骨：「唐人言李白不能屈身逢世，以腰間有傲骨。」

【用法】形容一個人氣態高傲，不受世俗的左右。

【例句】陶淵明**傲骨嶙峋**，寧可辭官也不願意爲五斗米而折腰。

傷天害理 ㄕㄤ ㄊㄧㄢ ㄏㄞˋ ㄌㄧˇ

【釋義】傷害天道、倫理。
【出處】文康・兒女英雄傳五回：「二人商量的傷天害理的這段陰謀。」
【用法】用以形容做事凶惡殘忍，喪盡天良。
【例句】爲了追求一己的享樂，他什麼**傷天害理**的事都做得出來，眞是喪心病狂。
【義近】喪盡天良／滅絕人性／殘無人道。
【義反】天理尙存／良心未泯／心慈仁愛。

傷風敗俗 ㄕㄤ ㄈㄥ ㄅㄞˋ ㄙㄨˊ

【釋義】傷、敗：均爲敗壞意。又作「敗俗傷風」。
【出處】梁書・何敬容傳：「嗚呼！傷風敗俗，曾莫之悟。」
【用法】用以指敗壞良好的風俗習慣。
【例句】從前男女在大庭廣眾下親吻是**傷風敗俗**之事，如今倒也不足爲怪了。
【義近】傷化敗俗／傷風破俗／有傷風化。
【義反】移風易俗／民淳俗厚／順從風俗。

債臺高築 ㄓㄞˋ ㄊㄞˊ ㄍㄠ ㄓㄨˊ

【釋義】債臺：逃躲索債者之臺。築：建起。
【出處】漢書・諸侯王表序：「有逃責（債）之臺。」
【用法】形容人欠債很多，無力償還。
【例句】他是個讀書人，哪懂得做生意，卻硬要去試一試，結果弄得**債臺高築**。
【義近】負債累累／債務纏身。
【義反】家有餘裕／腰纏萬貫。

傾心竭力 ㄑㄧㄥ ㄒㄧㄣ ㄐㄧㄝˊ ㄌㄧˋ

【釋義】意謂竭盡心力。傾：竭盡。
【出處】羅貫中・三國演義八三回：「亮感備知遇之恩，必傾心竭力，扶持嗣主。」
【用法】指用盡全部心力而去做某事。
【例句】你我是至交，你的事就是我的事，難道我還能不**傾心竭力**幫你嗎？
【義近】全心全意／竭盡全力／不遺餘力。
【義反】半心半意／敷衍塞責／草草了事。

傾盆大雨 ㄑㄧㄥ ㄆㄣˊ ㄉㄚˋ ㄩˇ

【釋義】傾盆：把盆裏的水往下倒。
【出處】蘇軾・雨意詩：「烟擁層巒雲擁腰，傾盆大雨定明朝。」
【用法】形容雨下得極大。
【例句】久旱未雨，結果一場**傾盆大雨**雖紓解了旱象，却也造成積水不退。
【義近】滂沱大雨／飄潑大雨／銀河倒瀉。
【義反】牛毛細雨／絲絲細雨／雨絲風片。

傾家蕩產 ㄑㄧㄥ ㄐㄧㄚ ㄉㄤˋ ㄔㄢˇ

【釋義】傾：倒出。蕩：弄光。又作「傾家竭產」。
【出處】陳壽・三國志・蜀志・董和傳：「貨殖之家，侯服玉食，婚姻葬送，傾家竭產。」
【用法】形容因遭變化，全部家產都給弄光了。
【例句】他原也是個正經生意人，不料却染上賭博的惡習，弄得**傾家蕩產**，家破人亡，眞是淒慘。
【義近】破家蕩產／掃地出門。
【義反】發家致富／家財萬貫。

傾國傾城 ㄑㄧㄥ ㄍㄨㄛˊ ㄑㄧㄥ ㄔㄥˊ

【釋義】全國全城的人都爲之著迷。傾：盡，全。一解作使國家、城市覆滅。傾：傾覆。
【出處】班固・漢書・孝武李夫人傳：「北方有佳人，絕世而獨立，一顧傾人城，再顧傾人國。」

【用法】用以形容絕色的女子。

【例句】縱使生來**傾國傾城**貌，也敵不過歲月匆匆催人老。

【義近】絕代佳人／國色天香／西施再生／閉月羞花／沈魚落雁。

【義反】無鹽之貌／其貌甚寢／奇醜無比。

傾巢而出（ㄑㄧㄥ ㄔㄠˊ ㄦˊ ㄔㄨ）

【釋義】傾巢：整窩的鳥兒全出。巢：鳥窩。

【出處】施耐庵・水滸傳一〇八回：「賊兵傾巢而來，必是抵死廝併，我將何策勝之？」

【用法】用以形容敵人出動全部兵力進行侵擾。

【例句】敵兵**傾巢而出**，攻勢猛烈，即使是萬馬千軍也難以抵抗，不如以退爲進，走爲上策。

【義近】全體出動。

【義反】按兵不動。

傾箱倒篋（ㄑㄧㄥ ㄒㄧㄤ ㄉㄠˇ ㄑㄧㄝˋ）

【釋義】把箱子裏所有的東西全都傾倒出來。篋：小箱子。

【出處】古今小說・蔣興哥重會珍珠衫：「傾箱倒篋的尋個遍，只是不見。」

【用法】比喻盡其所有，全部拿出來。

【例句】他家遭竊，被小偷**傾箱倒篋**，搞得亂七八糟，損失慘重。

【義近】翻箱倒櫃／和盤托出。

【義反】略出一二／留有餘地。

僧多粥少（ㄙㄥ ㄉㄨㄛ ㄓㄡ ㄕㄠˇ）

【釋義】和尚多而粥飯少。

【出處】五代史・李愚傳：「廢帝謂愚等無所事，嘗目宰相曰：『此粥飯僧耳。』」

【用法】比喻人多而東西或職位分配不夠。

【例句】現在的歸國學人日益增多，好的職位有限，造成**僧多粥少**的窘況，令人有今不如昔之慨。

【義近】一缺十求／人浮於事。

儀態萬方（ㄧˊ ㄊㄞˋ ㄨㄢˋ ㄈㄤ）

【釋義】儀態：儀表姿態。萬方：多種多樣。又作「儀態萬千」。

【出處】張衡・同聲歌：「素女爲我師，儀態盈萬方。」

【用法】今多用以形容女子姿態容貌無美不備，非言語所能盡述。

【例句】那位小姐**儀態萬方**，令人生羨愛慕。

【義近】綽約多姿／婀娜多姿／仙姿玉貌。

【義反】中人之姿。

價值連城（ㄐㄧㄚˋ ㄓˊ ㄌㄧㄢˊ ㄔㄥˊ）

【釋義】價：價格。值：抵得上。連城：連成一片的許多城市。

【出處】司馬遷・史記・廉頗藺相如列傳載：戰國時，秦王欲以十五城來換取趙國的和氏璧。

【用法】用以形容物品極貴重。

【例句】這是宋代的一幅山水畫，**價值連城**，是國寶級的文物。

【義近】無價之寶／價值千金。

【義反】一錢不值／等同糞土。

價廉物美（ㄐㄧㄚˋ ㄌㄧㄢˊ ㄨˋ ㄇㄟˇ）

【釋義】廉：低。美：著重指質量好。

【出處】吳沃堯・二十年目睹之怪現狀十回：「要印一部書，久仰貴局的價廉物美，所以特來求教。」

【用法】指物品價錢便宜，質量又好。

【例句】這家超級市場的東西**價廉物美**，很受顧客喜愛，故常有川流不息的人潮。

【義近】價低質優。

【義反】價高質劣。

儉以養廉（ㄐㄧㄢˇ ㄧˇ ㄧㄤˇ ㄌㄧㄢˊ）

【釋義】節儉可以養成廉潔的操守。
【出處】宋史・范純仁傳：「惟儉可以助廉，惟恕可以成德。」
【用法】訓示人們培養節儉的美德。
【例句】我們應謹記**儉以養廉**的明訓，不可奢華度日。
【義近】儉則寡欲／克勤克儉。
【義反】日食萬錢／炊金饌玉。

優哉游哉（ㄧㄡ ㄗㄞ ㄧㄡˊ ㄗㄞ）

【釋義】優、游：悠閒無事。哉：古漢語感嘆詞。優：又作「悠」字。
【出處】詩經・小雅・采菽：「優哉游哉，亦是戾矣。」
【用法】形容生活悠閒自在。
【例句】退休後他倒是過得很舒服，一天到晚**優哉游哉**的，快活似神仙。
【義近】優游自在／逍遙自在／悠閒自在。
【義反】慌慌張張／張皇失措。

優柔寡斷（ㄧㄡ ㄖㄡˊ ㄍㄨㄚˇ ㄉㄨㄢˋ）

【釋義】優柔：猶豫不決。寡：少。斷：決斷。
【出處】李寶嘉・官場現形記一二回：「這位胡統領最是小膽，凡百事情，優柔寡斷。」
【用法】形容人做事猶豫徬徨，不果斷。
【例句】像你這樣瞻前顧後，**優柔寡斷**，我看什麼事情也做不成。
【義近】猶豫不決／舉棋不定／遲疑不決／委決不下。
【義反】當機立斷／毅然決然。

優勝劣敗（ㄧㄡ ㄕㄥˋ ㄌㄧㄝˋ ㄅㄞˋ）

【釋義】指生物在生存競爭中適應力強的保留下來，適應力差的就被淘汰。
【出處】梁啓超・論著類：「觀於此，則殖民與非殖民之辨，可以立見，而優勝劣敗之勢……。」
【用法】用以表示自然萬物均是優者生存，劣者敗滅。
【例句】**優勝劣敗**，弱肉強食，可謂是自然之道，若一味地保護劣者弱者，那社會又怎能向前發展呢？
【義近】弱肉強食／強者生弱者亡。
【義反】強弱並存／抑強扶弱／濟弱扶傾。

儿部

允文允武（ㄩㄣˇ ㄨㄣˊ ㄩㄣˇ ㄨˇ）

【釋義】允：誠，眞實。
【出處】詩經・魯頌・泮水：「允文允武，昭假烈祖。」
【用法】用以稱人能文善武、文武兼備。
【例句】他自幼聰慧好學，加上父母的悉心栽培，使他具備**允文允武**的本事。
【義近】文武雙全／智勇雙全。
【義反】木雕泥塑／朽木糞土／百無一是／飯囊衣架。

兄弟鬩牆（ㄒㄩㄥ ㄉㄧˋ ㄒㄧˋ ㄑㄧㄤˊ）

【釋義】鬩：音ㄒㄧˋ，訟爭。
【出處】詩經・小雅・常棣：「兄弟鬩於牆，外禦其務。」鄭玄箋：「兄弟雖內鬩，而外禦侮也。」

【用法】形容兄弟感情不睦。

【例句】俗語說：「家和萬事興。」一旦**兄弟鬩牆**，家道豈能興旺？

【義近】相煎太急／手足相殘／尺布斗粟／鬩牆之爭。

【義反】兄友弟恭／壎篪相和。

充耳不聞 ㄔㄨㄥ ㄦˇ ㄅㄨˋ ㄨㄣˊ

【釋義】塞住耳朵不聽。充：塞住。

【出處】詩經・邶風・旄丘：「叔兮伯兮，褎如充耳。」鄭玄箋：「充耳……塞耳無聞知也。」

【用法】表示拒絕接受別人的意見或忠告。

【例句】俗話說：「忠言逆耳利於行。」你對別人的忠告怎能採取**充耳不聞**的態度呢？

【義近】左耳進右耳出／馬耳東風／聽若罔聞。

【義反】詳聽細聞／入耳箸心／洗耳恭聽。

光天化日 ㄍㄨㄤ ㄊㄧㄢ ㄏㄨㄚˋ ㄖˋ

【釋義】光天：光明的白天。化日：化生萬物的太陽，指陽光。舊指太平盛世。

【出處】吳承恩・西遊記三回：「來來往往，人都在光天化日之下。」

【用法】用以比喻大庭廣眾，人所共見的地方。

【例句】那歹徒竟敢在**光天化日**之下搶奪路人財物，眞是膽大包天。

【義近】大庭廣眾／眾目睽睽。

【義反】人跡罕見／杳無人煙／三更半夜。

光怪陸離 ㄍㄨㄤ ㄍㄨㄞˋ ㄌㄨˋ ㄌㄧˊ

【釋義】光怪：光彩和形狀奇異。陸離：色彩繁雜。

【出處】吳敬梓・儒林外史五五回：「那柴燒的一塊一塊的，結成就和太湖石一般，光怪陸離。」

【用法】形容景象怪異，形態離奇。

【例句】這位地質學家的研究室裏，到處都陳列著**光怪陸離**的石塊。

【義近】五彩繽紛／斑駁陸離／五光十色／五花八門。

【義反】平凡無奇。

光明磊落 ㄍㄨㄤ ㄇㄧㄥˊ ㄌㄟˇ ㄌㄨㄛˋ

【釋義】光明：坦白。磊落：正大光明。

【出處】王夫之・讀通鑑論：「（張良）光明磊落，坦然直剖心臆於雄猜天子之前。」

【用法】形容心懷坦白，正大光明。

【例句】王市長爲人**光明磊落**，平易近人，因而深得民眾的信賴與愛戴。

【義近】正大光明／胸襟坦白／光風霽月／心懷坦然。

【義反】詭計多端／自反不縮／心懷不軌。

光宗耀祖 ㄍㄨㄤ ㄗㄨㄥ ㄧㄠˋ ㄗㄨˇ

【釋義】光：增光。宗：家族。耀：顯耀。祖：祖先。

【出處】曹雪芹・紅樓夢三三回：賈政「忙跪下含淚說道：『兒子管他，也爲的是光宗耀祖。』」

【用法】指人做官或創業立德，使祖先和家族都榮耀。

【例句】期望兒女成龍成鳳，以**光宗耀祖**，這是每一位父母的心願。

【義近】耀祖榮宗／顯祖揚宗／榮宗顯祖。

【義反】愧對先人。

光風霽月 ㄍㄨㄤ ㄈㄥ ㄐㄧˋ ㄩㄝˋ

【釋義】光風：指雨後日出時的風，吹動草木映出水光。霽月：雨過天晴時的月亮。

【出處】黃庭堅・濂溪詩序：「春陵周茂叔（敦頤），人品甚高，胸中灑落如光風霽月。」

【用法】形容雨過天晴時萬物明淨的景象，也比喻開闊的胸襟和坦白的心地。

【例句】①在這**光風霽月**的夜晚，與三五好友漫步湖邊，眞令人陶醉。②他爲人品德高尚，胸襟開朗如**光風霽月**，令人敬仰。

【義近】風清月朗／風和景明／襟懷坦白／光明磊落／正大光明／淵渟嶽峙。

【義反】陰雨晦明／陰風怒號／霾雨霏霏／闇然媚世／偷雞摸狗。

光前裕後 ㄍㄨㄤ ㄑㄧㄢˊ ㄩˋ ㄏㄡˋ

【釋義】增光前代，造福後人。指功業遠勝前人。

【出處】宮大用・范張雞黍三折：「似這般光前裕後，一靈兒可也知不？」

【用法】多用作稱頌別人功業隆盛。

【例句】國父領導國人推翻滿清，締造中華，成就了**光前裕後**的大業。

【義近】光前耀後／震古鑠今。

【義反】禍國殃民／禍延子孫。

光彩奪目 ㄍㄨㄤ ㄘㄞˇ ㄉㄨㄛˊ ㄇㄨˋ

【釋義】光彩：光澤和顏色。奪目：耀眼。

【出處】凌濛初・二刻拍案驚奇：「眞是珠寶盈庭，光彩奪目，所值不啻巨萬。」

【用法】形容鮮艷耀眼，也用來形容某些藝術作品的成就極高。

【例句】①一走進珠寶店，那形形色色的珠寶，無不**光彩奪目**。②王熙鳳、薛寶釵、林黛玉等，是紅樓夢中塑造得**光彩奪目**的形象。

【義近】光彩射目／光輝燦爛／熠熠生輝／光彩耀人。

【義反】黯然失色／黯淡無光。

光陰似箭 ㄍㄨㄤ ㄧㄣ ㄙˋ ㄐㄧㄢˋ

【釋義】一作「光陰如箭」。光陰：時光。

【出處】蘇軾・行香子・秋興詞：「秋來庭下，光陰如箭，似無言有意傷儂。」

【用法】比喻時間像飛箭一般迅速流逝。

【例句】**光陰似箭**，轉眼之間這一年又過去了。

【義近】日月如梭／時光如流／白駒過隙／歲月不居／電光石火。

【義反】漫漫歲月／時光荏苒／長繩繫日／度日如年。

光焰萬丈 ㄍㄨㄤ ㄧㄢˋ ㄨㄢˋ ㄓㄤˋ

【釋義】光焰：光輝。一作「光芒萬丈」，光芒：四射的光輝。

【出處】韓愈・調張籍詩：「李杜文章在，光焰萬丈長。」

【用法】形容光彩之盛，可以照耀到遠方。

【例句】莎士比亞的戲劇，**光焰萬丈**，至今仍流傳不衰。

【義近】光輝燦爛／光被四表／光同日月／光芒萬丈。

【義反】燭光寸輝／寸光尺焰。

光復舊物 ㄍㄨㄤ ㄈㄨˋ ㄐㄧㄡˋ ㄨˋ

【釋義】光復：恢復。舊物：原指舊的文物典章，此指被敵人佔領的國土。

【出處】辛棄疾・美芹十論：「臣願陛下姑以光復舊物而自期。」

【用法】指收復被敵人侵佔的祖國山河。

【例句】祖逖以**光復舊物**之志深自期許，聞雞起舞，奮進不懈，方有擊楫中流的壯舉。

【義近】光復國土／收復山河／還我河山／洗雪國恥。

【義反】苟安一隅。

先人後己 ㄒㄧㄢ ㄖㄣˊ ㄏㄡˋ ㄐㄧˇ

【釋義】遇事先想到別人，再考慮自己。
【出處】禮記・坊記：「君子貴人而賤己，先人而後己。」
【用法】用以說明人的品德高尚，處理事情不是私字當頭，而是為他人著想。
【例句】每次公司裏分東西時，王先生從不先拿，若有人拿了又不滿意，他便主動地拿自己的去換，充分表現出**先人後己**的高尚風格。
【義近】先公後私／舍己為人／責先利後。
【義反】損公肥私／損人利己／有己無人／自私自利。

先入為主 ㄒㄧㄢ ㄖㄨˋ ㄨㄟˊ ㄓㄨˇ

【釋義】以先聽到的意見為依據，對後來的意見聽不進去。
【出處】漢書・息夫躬傳：「唯陛下觀覽古戒，反覆參考，無以先入之語為主。」
【用法】比喻已形成成見，不能實事求是地聽取不同意見。
【例句】他最大的毛病就是在聽取意見時，總有**先入為主**的想法，以至處理問題時常常出差錯。
【義近】先入之見／偏聽偏信。
【義反】兼聽則明／集思廣益。

先下手為強 ㄒㄧㄢ ㄒㄧㄚˋ ㄕㄡˇ ㄨㄟˊ ㄑㄧㄤˊ

【釋義】先下手：意即搶先一步。為強：猶言佔優勢。
【出處】關漢卿・單刀會：「我想來先下手為強，後下手遭殃！」
【用法】用以說明作事搶佔先機，取得主動地位。
【例句】只有這一個足球場，我們還是**先下手為強**，要不就沒有地方踢球了。
【義近】先發制人／先到為君／搶先一步百事樂。
【義反】後到為臣／後人一著樣樣愁。

先小人後君子 ㄒㄧㄢ ㄒㄧㄠˇ ㄖㄣˊ ㄏㄡˋ ㄐㄩㄣ ㄗˇ

【釋義】小人：指計較利害得失，注意防範他人的人。君子：講究仁義，注重信用的人。
【出處】吳承恩・西遊記八四回：「如今先小人，後君子，先把房錢講定，後好算賬。」
【用法】用以說明雙方合作共事，先把條件講明，然後放手去做。
【例句】我們雖說是熟人，但合作辦事還是第一次，還是**先小人，後君子**，把話說清楚了，以免今後發生不必要的爭吵。
【義近】有言在先／醜話講在前頭。
【義反】先禮後兵。

先天不足 ㄒㄧㄢ ㄊㄧㄢ ㄅㄨˋ ㄗㄨˊ

【釋義】先天：中醫指人或動物在母腹中的孕育時期，與後天（生下來以後）相對。
【出處】李汝珍・鏡花緣二六回：「又老人之子，先天不足。」
【用法】原指人或動物生下來體質就不好，後也指事物的根基差。
【例句】這孩子本來就**先天不足**，加之後天又營養不良，所以現在弱不禁風老生病。
【義近】根底淺薄。
【義反】得天獨厚。

先自隗始 ㄒㄧㄢ ㄗˋ ㄨㄟˇ ㄕˇ

【釋義】先從任用我郭隗開始。隗：郭隗，戰國時燕國人。
【出處】戰國策・燕策一：「今王誠欲致士，先從隗始，隗且見事，況賢於隗者乎？」
【用法】比喻自我推薦。
【例句】恕我冒昧，你如果要聘請有本事的人，我**先自隗始**，保證不會令你失望。
【義近】毛遂自薦／自告奮勇／挺身而出。
【義反】婉言謝絕／另請高明。

先見之明 ㄒㄧㄢ ㄐㄧㄢˋ ㄓ ㄇㄧㄥˊ

【釋義】在事情未發生前，能預料到它的發生及結果。明：清明的智慧。
【出處】後漢書・楊震傳：「愧無日磾先見之明，猶懷老牛舐犢之愛。」
【用法】形容人具有預先洞察事物的眼力，稱讚別人料事準確。
【例句】我雖然談不上有**先見之明**，但對眼前一些簡單事情發展的結果，還是能預知一二的。
【義近】先知先覺／先人之見／未卜先知／料事如神。
【義反】毫無預見／諳昧不明。

先知先覺 ㄒㄧㄢ ㄓ ㄒㄧㄢ ㄐㄩㄝˊ

【釋義】比所有的人先認識及覺悟。知：認識。覺：覺悟。
【出處】孟子・萬章上：「天之生此民也，使先知覺後知，使先覺覺後覺也。」
【用法】常指對哲理或社會政治問題最先有系統認識、深刻理解的人。
【例句】滿清末年，以 國父爲代表的革命黨人，是一批**先知先覺**者，國家的精英。
【義近】先見之明／諸葛再生。
【義反】後知後覺。

先斬後奏 ㄒㄧㄢ ㄓㄢˇ ㄏㄡˋ ㄗㄡˋ

【釋義】指臣子先把人處決了，然後再報告帝王。斬：殺頭。奏：臣子對皇帝說話或上書。
【出處】漢書・申屠嘉傳：「吾悔不先斬錯乃請之。」顏師古注：「言先斬而後奏。」
【用法】比喻先果斷處理某事，造成既成事實，然後再向上級報告。
【例句】管他三七二十一，來個**先斬後奏**，辦了再說！
【義近】先行後聞／先辦後報。
【義反】先奏後斬／承風希旨。

先發制人 ㄒㄧㄢ ㄈㄚ ㄓˋ ㄖㄣˊ

【釋義】先動手制服對方。發：發動，開始行動。
【出處】漢書・項籍傳：「先發制人，後發制於人。」
【用法】用以說明先下手取得主動權，可以制服對手。
【例句】他們既然要與我們鬥，我們就來個**先發制人**，給他個措手不及。
【義近】先聲奪人。

先睹爲快 ㄒㄧㄢ ㄉㄨˇ ㄨㄟˊ ㄎㄨㄞˋ

【釋義】以能盡先看到爲快樂。睹：看見。
【出處】韓愈・與少室李拾遺書：「朝廷之士，引頸東望，若景星鳳凰之始見也，爭先睹之爲快。」
【用法】形容早已盼望看到的心情。
【例句】這本書早已名聞遐邇，大家都爭先搶購，以便**先睹爲快**。
【義近】一睹爲快。
【義反】藏諸名山／束之高閣。

先憂後樂 ㄒㄧㄢ ㄧㄡ ㄏㄡˋ ㄌㄜˋ

【釋義】先於天下人而憂，後於天下人而樂。
【出處】范仲淹・岳陽樓記：「然則何時而樂耶？其必曰：先天下之憂而憂，後天下之樂而樂乎！」
【用法】說明以天下爲己任，關心國計民生。
【例句】要做一個於國於民有益的人，就得要有**先憂後樂**的崇高思想境界。
【義近】先公後私／以天下爲己任。
【義反】損公肥私／假公濟私／以公利私／人不爲己，天誅地滅／視天下爲己有。

先聲奪人 ㄒㄧㄢ ㄕㄥ ㄉㄨㄛˊ ㄖㄣˊ

【釋義】聲：聲勢。奪人：壓倒

別人，動搖人心。

【出處】左傳・昭公二一年：「軍志有之：『先人有奪人之心，後人有待其衰。』」

【用法】指用兵先大張聲威，挫傷敵人的士氣；也比喻做事搶先一步，爭取主動。

【例句】球賽開始後，我隊**先聲奪人**，一上來就猛衝猛打，打得對方落花流水。

【義近】先聲後實／先發制人／先來個下馬威。

【義反】後來居上。

先禮後兵 ㄒㄧㄢ ㄌㄧˇ ㄏㄡˋ ㄅㄧㄥ

【釋義】禮：禮貌。兵：兵器，引申為動用武力。

【出處】羅貫中・三國演義一一回：「劉備遠來救援，先禮後兵，主公當用好言答之。」

【用法】先按通常的禮節同對方交涉，如果行不通，再用武力或其他強硬手段解決。

【例句】他們來了這麼多人，看來有動武之意，我們也得作好因應措施，防其**先禮後兵**，免得到頭來被打得潰不成軍。

【義近】先文後武／先君子後小人。

先難後獲 ㄒㄧㄢ ㄋㄢˊ ㄏㄡˋ ㄏㄨㄛˋ

【釋義】先勞苦，後收穫。難：不容易，引申為勞苦。

【出處】論語・雍也：「仁者先難而後獲，可謂仁矣。」

【用法】用以說明要有收穫就得勞苦，不能坐享其成。

【例句】他為了開荒種果，不知付出了多少血汗，總算**先難後獲**，現在已是碩果累累了。

【義近】先勞後獲／先事後得／先苦後甘／先種後收。

【義反】不勞而獲／坐享其成。

克己奉公 ㄎㄜˋ ㄐㄧˇ ㄈㄥˋ ㄍㄨㄥ

【釋義】克己：約束克制自身的言行和私欲。奉公：一心為公。

【出處】後漢書・祭遵傳：「遵為人廉約小心，克己奉公。」

【用法】用以說明嚴格要求自己，一心為公。

【例句】滿清末年，革命黨人那種**克己奉公**的精神，永遠值得我們學習。

【義近】大公無私／潔己奉公／廉潔奉公／奉公守法。

【義反】以權謀私／損公肥私／假公濟私／一心為私。

克勤克儉 ㄎㄜˋ ㄑㄧㄣˊ ㄎㄜˋ ㄐㄧㄢˇ

【釋義】克：能，能夠。

【出處】尚書・大禹謨：「克勤于邦，克儉于家。」樂府詩集一二・撤豆：「克勤克儉，無怠無荒。」

【用法】指人既能勤勞，又能節儉。

【例句】劉先生的生活一貫儉樸，**克勤克儉**，對待朋友卻十分慷慨大方。

【義近】勤儉持家。

【義反】揮霍無度。

克敵制勝 ㄎㄜˋ ㄉㄧˊ ㄓˋ ㄕㄥˋ

【釋義】克：戰勝，獲勝。制：制服。

【出處】施耐庵・水滸傳二一回：「林冲道：只今番克敵制勝，便見得先生妙法。」

【用法】用以說明制服敵人，取得勝利。

【例句】兵書上說，要知己知彼，才能**克敵制勝**。

【義近】攻城略地／衝鋒陷陣／橫掃千軍／凱旋而歸。

【義反】望風而逃／丟盔卸甲／全軍覆滅／一敗塗地／棄甲曳兵。

克紹箕裘 ㄎㄜˋ ㄕㄠˋ ㄐㄧ ㄑㄧㄡˊ

【釋義】克：能也。紹：繼承。箕裘：比喻上一代的事業。

【出處】禮記・學記：「良冶之子，必學為裘；良弓之子，必學為箕。」

【用法】比喻人能繼承先人的志

業。

【例句】張先生的幾個兒子都很爭氣，個個都是**克紹箕裘**的有為青年。

【義近】繼志述事／克家令子／肯堂肯構／虎父虎子。

【義反】封樹不保／敗家喪身。

兒女情長 ㄦˊ ㄋㄩˇ ㄑㄧㄥˊ ㄔㄤˊ

【釋義】兒女情：指男女之間的私情。常與「英雄氣短」連用。

【出處】鍾嶸・詩品卷中：「猶恨其兒女情多，風雲氣少。」文康・兒女英雄傳一回：「兒女情長。」

【用法】形容人把愛情看得太重而不顧事業。

【例句】唐明皇見了楊貴妃，便**兒女情長**起來，不理朝政，結果幾乎葬送了唐朝的大好江山。

【義近】兒女私情／愛情至上。

【義反】寡情少義。

兔死狗烹 ㄊㄨˋ ㄙˇ ㄍㄡˇ ㄆㄥ

【釋義】打獵用狗，兔死則狗失作用，烹以為食。烹：煮。

【出處】司馬遷・史記・越王句踐世家：「蜚鳥盡，良弓藏；狡兔死，走狗烹。」

【用法】比喻事成見棄，多指古代的君主殺戮功臣。

【例句】你也用不著為經理如此盡心賣命了，他並不是什麼好東西，你可要擔心**兔死狗烹**啊！

【義近】過河拆橋／鳥盡弓藏／卸磨殺驢／得魚忘筌／功成身戮／忘恩負義。

【義反】論功行賞。

兔死狐悲 ㄊㄨˋ ㄙˇ ㄏㄨˊ ㄅㄟ

【釋義】兔子死了，狐狸感到悲傷。

【出處】汪元亨・折桂令・歸隱曲：「鄙高位羊質虎皮，見非辜兔死狐悲。」

【用法】比喻物傷其類，看到同類的不幸遭遇，自己也哀傷起來。

【例句】近年來，連續死了幾個中年教師，我們同行也不免**兔死狐悲**起來。

【義近】物傷其類／狐兔之悲／芝焚蕙歎。

【義反】幸災樂禍／落井下石。

兔走烏飛 ㄊㄨˋ ㄗㄡˇ ㄨ ㄈㄟ

【釋義】指日月運行。古代神話說：月亮裏有玉兔，太陽裏有金烏。

【出處】韋莊・秋日早行詩：「行人自是心如火，兔走烏飛不覺長。」

【用法】用以稱日月飛快流逝。

【例句】**兔走烏飛**，年輕人應抓緊時間努力進取，成就一番事業，以免老大徒傷悲。

【義近】日月如梭／白駒過隙／時光飛逝。

【義反】長纓繫日／度日如年。

兔起鶻落 ㄊㄨˋ ㄑㄧˇ ㄏㄨˊ ㄌㄨㄛˋ

【釋義】如兔的躍起，如鶻的衝下。鶻：鷹的一種，俯衝極為迅速。

【出處】蘇軾・篔簹谷偃竹記：「急起從之，振筆直遂，以追其所見，如兔起鶻落，少縱則逝矣。」

【用法】極言行動敏捷。也比喻書畫家用筆的矯健敏捷。

【例句】①這小子特別靈活，其行動有如**兔起鶻落**，誰也趕不上。②席老先生的書法別具一格，運筆有如**兔起鶻落**，非別人所能及。

【義近】動如脫兔／振筆直書。

【義反】拖泥帶水。

兔絲附女蘿 ㄊㄨˋ ㄙ ㄈㄨˋ ㄋㄩˇ ㄌㄨㄛˊ

【釋義】兔絲：一作菟絲，藥草名，常纏繞於其他植物上，吸取其他植物養分而生。女蘿：即松蘿，地衣類植物。

【出處】文選・古詩十九首：「冉冉孤生竹，結根泰山阿。與君爲新婚，兔絲附女蘿。」
【用法】以兔絲、女蘿的纏繞比喻夫婦的相互依附，以及夫婦情意的纏綿固結。
【例句】他倆結婚已有三十多年，一直恩愛親密得如**兔絲附女蘿**，令人羨慕不已。
【義近】你恩我愛／情意相篤／夫唱婦隨／如膠似漆。
【義反】反目成仇／分道揚鑣。

兢兢業業（ㄐㄧㄥ ㄐㄧㄥ ㄧㄝˋ ㄧㄝˋ）

【釋義】兢兢：形容小心謹慎。業業：擔心害怕的樣子。
【出處】尚書・皋陶謨：「兢兢業業，一日二日萬幾。」
【用法】形容做事謹慎、誠懇。
【例句】他對工作勤勤懇懇，**兢兢業業**，十多年如一日，眞值得大家學習。
【義近】勤勤懇懇／兢兢翼翼。
【義反】敷衍了事／敷衍塞責／馬馬虎虎。

入部

入木三分（ㄖㄨˋ ㄇㄨˋ ㄙㄢ ㄈㄣ）

【釋義】字迹透入木板三分深。
【出處】張懷瓘・書斷：「……書祝板，工人削之，筆入木三分。」
【用法】常用以形容見解、議論深刻透徹，也用以形容書法筆力強勁。
【例句】①王先生分析問題透徹有理，可謂**入木三分**，所以大家聽了深感信服。②向教授的書法剛健遒勁，眞有**入木三分**的筆力。
【義近】力透紙背／鞭辟入裏／深刻透徹／眞知灼見。
【義反】膚淺浮泛／泛泛而談／味如嚼臘。

入不敷出（ㄖㄨˋ ㄅㄨˋ ㄈㄨ ㄔㄨ）

【釋義】收入不夠支出。敷：足夠。
【出處】曹雪芹・紅樓夢一〇七回：「但是家計蕭條，入不敷出。」
【用法】用以形容經濟、生活上有困難，收支不能平衡。
【例句】儘管我每月的收入甚豐，但家裏人多，加之人來客往不斷，所以還是**入不敷出**。
【義近】捉襟見肘／寅支卯糧。
【義反】綽有餘裕／綽綽有餘／收支平衡／量入爲出。

入室操戈（ㄖㄨˋ ㄕˋ ㄘㄠ ㄍㄜ）

【釋義】到他的屋裏去，拿起武器攻擊他。操：拿。戈：類似矛的武器。
【出處】後漢書・鄭玄傳：「休見而歎曰：『康成入吾室，操吾矛，以伐我乎？』」
【用法】比喻用對方的論點反駁對方。
【例句】他的本領全是從我這裏學去的，可是現在却處處與我作對，這和古人說的**入室操戈**有什麼兩樣！
【義近】以其人之道，還治其人之身／以子之矛攻子之盾。
【義反】同道相輔／同舟共濟。

入情入理（ㄖㄨˋ ㄑㄧㄥˊ ㄖㄨˋ ㄌㄧˇ）

【釋義】合乎情理。入：合乎。
【出處】掃迷帚三回：「心齋側著耳朵，覺得此段議論入情入理，不禁連連點首。」
【用法】用以說明所言所行、所作所爲合乎常情常理。
【例句】你不要看他年紀小，可是說話行事無不**入情入理**，令人信服。
【義近】合情合理／盡情盡理／合乎情理。
【義反】強詞奪理／全無情理／不盡情理／有乖情理。

入幕之賓 ㄖㄨˋ ㄇㄨˋ ㄓ ㄅㄧㄣ

【釋義】幕：帳幕。賓：客人，指參與機密的人。

【出處】晉書・郗超傳：「謝安與王坦之嘗詣（桓）溫論事，溫令超帳中臥聽之，風動帳開，安笑曰：『郗生可謂入幕之賓矣。』」

【用法】泛指親密的同事或關係親近的人。

【例句】王先生深得劉總經理的信任，常參與公司的重大決策，有的人戲稱他是劉總經理的**入幕之賓**。

【義近】左右親信。

【義反】門中疏客。

內外交困 ㄋㄟˋ ㄨㄞˋ ㄐㄧㄠ ㄎㄨㄣˋ

【釋義】交：同時，一齊。困：困難。

【用法】內部外部都處於困難的境地。

【例句】沒有嘗過**內外交困**窘境的人，是很難體會其中辛酸的。

【義近】內憂外患／焦頭爛額／上天無路，入地無門／內亂外寇。

【義反】內外無患／國泰民安／家和鄰睦。

內外夾攻 ㄋㄟˋ ㄨㄞˋ ㄐㄧㄚˊ ㄍㄨㄥ

【釋義】夾攻：同時進攻，互相呼應攻打。

【出處】歐陽修・新五代史・吳越世家：「乃取其軍號，內外夾攻，號令相應，淮人以爲神，遂入敗之。」

【用法】形容從裏、外兩方面配合起來，同時進攻。

【例句】要說服他，單靠你一人哪行，非得我們**內外夾攻**，才有可能辦得到。

【義近】裏應外合／前後夾擊。

【義反】網開三面／網開一面。

內剛外柔 ㄋㄟˋ ㄍㄤ ㄨㄞˋ ㄖㄡˊ

【釋義】內心剛強，外表柔和。

【出處】柳宗元・答周君巢書：「外柔而內益剛。」

【用法】形容人內心剛強，有不可移易的原則，而外表則柔和可親，不計較小事。

【例句】他是個**內剛外柔**的人，你不要看他平日笑嘻嘻的，顯得很和順，但一到關鍵時刻，卻很能堅守原則，保持節操。

【義近】內強外弱／綿裏藏針。

【義反】內柔外剛／色厲內荏。

內憂外患 ㄋㄟˋ ㄧㄡ ㄨㄞˋ ㄏㄨㄢˋ

【釋義】內部有憂亂，外部有禍患。

【出處】管子・戒：「君外舍而不鼎饋，非有內憂，必有外患。」

【用法】多用以指國家內部的動亂和來自國外的驚擾。

【例句】滿清末年，中國正處於**內憂外患**的環境中，生在那個時代的中國人也眞是什麼苦都吃盡了。

【義近】內外交困／內亂外寇。

【義反】外和內安／國泰民安。

內顧之憂 ㄋㄟˋ ㄍㄨˋ ㄓ ㄧㄡ

【釋義】原指身在外地而顧念家事。內：家內。顧：顧念。也指對國事的擔心。

【出處】羅貫中・三國演義九一回：「今南方已平，無內顧之憂。」

【用法】比喻內部的憂患。

【例句】①現在國泰民安，已無**內顧之憂**，需要注意的是外面的侵犯。②今去依傍外祖母及舅氏姊妹，正好減我**內顧之憂**，如何不去？（曹雪芹・紅樓夢三回）

【義近】顧內之憂／後顧之憂／心腹之患／家賊難防。

【義反】外來之患／外患疊至。

全力以赴 ㄑㄩㄢˊ ㄌㄧˋ ㄧˇ ㄈㄨˋ

【釋義】把全部力量都投進去。赴：往，投入。

【用法】形容做事極其認真負責，不遺餘力地去完成。

【例句】他這個人做事的特點是：要麼不接受，一經接受就會無畏橫逆，**全力以赴**，再有困難也會想方設法的予以完成。

【義近】不遺餘力／窮心竭力。

【義反】留有餘力／量力而行。

全心全意 ㄑㄩㄢˊ ㄒㄧㄣ ㄑㄩㄢˊ ㄧˋ

【釋義】全部的心思、精力都集中於某事某人身上。全：整個。

【用法】形容毫無保留地投入全部的心思和精力，並不夾雜其他任何念頭。

【例句】他最近正在**全心全意**地尋找本公司不景氣的原因，並決心予以大力整頓。

【義近】一心一意／誠心誠意／真心實意／悃悃款款。

【義反】三心二意／敷敷衍衍。

全軍覆沒 ㄑㄩㄢˊ ㄐㄩㄣ ㄈㄨˋ ㄇㄛˋ

【釋義】覆沒：軍隊全數潰滅。一作「全軍覆滅」。

【出處】魏秀仁・花月痕四八回：「憑你英雄好漢，總要全軍覆沒。」

【用法】指整個軍隊全部被消滅，也比喻事業全盤失敗。

【例句】①他驕傲輕敵，結果中了敵人的埋伏，幾乎**全軍覆沒**。②他本來在事業上已有所成就，後來貪圖玩樂，輕信他人，又把事業搞得**全軍覆沒**。

【義近】土崩瓦解／土崩魚爛／黃河決堤。

全神貫注 ㄑㄩㄢˊ ㄕㄣˊ ㄍㄨㄢˋ ㄓㄨˋ

【釋義】全部精神集中在一點上。神：精神，精力。貫注：集中在一點。

【出處】再生緣五三回：「唷！總算他肯自己說穿，這下都全神貫注，看老太太會不會醒過來？」

【用法】形容注意力高度集中。

【例句】我們的前哨衛兵，天天**全神貫注**地監視著海上船艦的活動。

【義近】聚精會神／目不轉睛。

【義反】漫不經心／心不在焉／心猿意馬。

全無心肝 ㄑㄩㄢˊ ㄨˊ ㄒㄧㄣ ㄍㄢ

【釋義】本稱人毫無羞恥之心，後指沒有善良的心腸。

【出處】南史・陳後主紀：「陳後主既見宥，隋文帝給賜甚厚，後監守者奏言，叔寶願得一官職，文帝曰：『叔寶全無心肝。』」

【用法】今多用以指責人沒有良心，不知好歹。

【例句】我對他可說是體貼入微，關懷備至，可他卻**全無心肝**，動不動就拿我當出氣筒。

【義近】全無良心／狼心狗肺／喪盡天良。

兩手空空 ㄌㄧㄤˇ ㄕㄡˇ ㄎㄨㄥ ㄎㄨㄥ

【釋義】空空：此指一無所有。

【出處】李汝珍・鏡花緣九九回：「這樣精室，若無錦衣美食，兩手空空，也是空自好看。」

【用法】形容手中什麼也沒有，顯得很窘迫。

【例句】我們初次到他家，**兩手空空**，一點禮物也不帶，恐怕不好吧。

【義近】一無所有／空空如也。

【義反】無所不有／應有盡有／無所不備。

兩可之間 ㄌㄧㄤˇ ㄎㄜˇ ㄓ ㄐㄧㄢ

【釋義】無所可否。可：適當，適宜。

【出處】晉書・魯勝傳：「是有不是，可有不可，是名兩可。」

【用法】用以表示無法確定其是非、可否。

【例句】這種**兩可之間**的事，你高興怎麼辦就怎麼辦，何必要猶豫不決呢？

【義近】是非難定／模稜兩可。

【義反】是非分明／涇渭分明。

兩全其美（ㄌㄧㄤˇ ㄑㄩㄢˊ ㄑㄧˊ ㄇㄟˇ）

【釋義】全：顧全，成全。美：美好。

【出處】馮夢龍・警世通言・趙太祖千里送京娘：「妹子經了許多風波，又有誰人聘他。不如招贅那漢子在門，兩全其美。」

【用法】指做一件事顧全到雙方，使他們都感到滿意、得到好處。

【例句】做做家務事，既活動了筋骨，又給太太減輕了負擔，實在是**兩全其美**的事。

【義近】一舉兩得／一舉兩便／皆大歡喜／一箭雙鵰／一石二鳥。

【義反】兩敗俱傷／犬兔俱斃／犬兔之爭／鷸蚌之爭。

兩虎相鬭（ㄌㄧㄤˇ ㄏㄨˇ ㄒㄧㄤ ㄉㄡˋ）

【釋義】一作「兩虎相爭」、「兩虎共鬭」，常與「必有一傷」、「兩敗俱傷」連用。

【出處】司馬遷・史記・春申君列傳：「天下莫強于秦楚，今聞大王欲伐楚，此猶兩虎相與鬭。兩虎相與鬭，而駑犬受其弊，不如善楚。」

【用法】比喻敵對雙方你死我活的搏鬭。

【例句】他倆一個是強龍，一個是地頭蛇，這樣**兩虎相鬭**，必然是兩敗俱傷，誰也得不到好處。

【義近】你死我活／鷸蚌相爭／一決雌雄／犬兔之爭。

【義反】坐收漁利／坐觀成敗／坐山觀虎鬭。

兩面三刀（ㄌㄧㄤˇ ㄇㄧㄢˋ ㄙㄢ ㄉㄠ）

【釋義】在兩方面挑撥是非。

【出處】李行道・灰闌記二折：「我是這鄭州城裏第一個賢慧的，倒說我兩面三刀，我搬調你甚的來？」

【用法】比喻陰一套，陽一套，挑撥是非。

【例句】在日常生活中，特別要注意那種**兩面三刀**的人，千萬不要上他們的當。

【義近】陽奉陰違／口是心非／張長李短／挑撥離間／搬弄是非。

【義反】表裏如一／心口如一／推心置腹。

兩相情願（ㄌㄧㄤˇ ㄒㄧㄤ ㄑㄧㄥˊ ㄩㄢˋ）

【釋義】又作「兩廂情願」。情願：心中願意。

【出處】施耐庵・水滸傳五回：「既然不兩相情願，如何招贅這個女婿！」

【用法】說明彼此雙方都甘心願意。

【例句】他倆是自由戀愛，**兩相情願**結婚的，不知怎麼還沒度完蜜月，就鬧起離婚來了。

【義反】一廂情願。

兩害相權取其輕（ㄌㄧㄤˇ ㄏㄞˋ ㄒㄧㄤ ㄑㄩㄢˊ ㄑㄩˇ ㄑㄧˊ ㄑㄧㄥ）

【釋義】兩害：指兩種有害的事情，或指一件事這樣做有害，那樣做也有害。權：權衡，比較。

【用法】說明遇到有害的事情，務必要權衡輕重得失，然後選擇爲害較輕的去做。

【例句】**兩害相權取其輕**，既然這兩樁事對你都有害，你就應該認眞權衡比較，避開重的，選擇輕的。

【義近】避重就輕。

【義反】兩利相權取其重／舍魚而取熊掌。

兩敗俱傷
ㄌㄧㄤˇ ㄅㄞˋ ㄐㄩˋ ㄕㄤ

【釋義】敗：失利。俱：都，全部。

【出處】戰國策・秦策二：「今兩虎諍（爭）人而鬭，小者必死，大者必傷。」

【用法】比喻相爭雙方都會受到損傷，誰也得不到好處。

【例句】我建議你們兩個握手言和，不要再鬥下去了，否則，只會弄得**兩敗俱傷**，誰都得不到好處。

【義近】鷸蚌相爭／韓盧逐逡／脣齒相鬥。

【義反】兩全其美。

兩國相爭，不斬來使
ㄌㄧㄤˇ ㄍㄨㄛˊ ㄒㄧㄤ ㄓㄥ ㄅㄨˋ ㄓㄢˇ ㄌㄞˊ ㄕˇ

【釋義】斬：殺。來使：對方派來的使者。

【出處】羅貫中・三國演義四五回：「（周）瑜大怒，……喝斬來使。（魯）肅曰：『兩國相爭，不斬來使。』」

【用法】原指兩國之間互相抗爭，不殺使節；今也用於雙方相爭，不要爲難中間人或通報消息的人。

【例句】他是對方派來辦交涉的人，**兩國相爭，不斬來使**，你怎麼能不尊重他呢？

兩袖清風
ㄌㄧㄤˇ ㄒㄧㄡˋ ㄑㄧㄥ ㄈㄥ

【釋義】清風：喻清白廉潔。

【出處】魏初・送楊季海詩：「交親零落鬢如絲，兩袖清風一束詩。」

【用法】用以形容居官廉潔，囊空如洗。

【例句】明代的海瑞不僅敢於直言諫諍，而且居官多年，依然**兩袖清風**。

【義近】廉正自守／廉潔奉公／一清如水／洗手奉職／廉己奉公。

【義反】中飽私囊／貪贓枉法／上下其手／徇私舞弊。

兩腳書櫥
ㄌㄧㄤˇ ㄐㄧㄠˇ ㄕㄨ ㄔㄨˊ

【釋義】兩腳：人有兩腳，故用以指人。書櫥：書櫃。

【出處】趙翼・陔餘叢考四三：「齊陸隆，學極博，而讀易不解文義。王儉曰：『陸公書櫥也。』」

【用法】譏諷人讀書雖多但卻不能活用，有如兩隻腳的書櫃僅僅裝滿一些書而已。即書呆子。

【例句】他讀的書的確不少，但根本沒有消化，更不會運用，只是一個**兩腳書櫥**罷了。

【義近】食古不化／鑽故紙堆／滿腹死書。

【義反】滿腹經綸／經世致用／融會貫通。

八部

八面玲瓏
ㄅㄚ ㄇㄧㄢˋ ㄌㄧㄥˊ ㄌㄨㄥˊ

【釋義】四面八方通明透亮。八面：指多方面。玲瓏：明亮清澈的樣子。原指窗戶寬敞明亮。

【出處】宋・夏元鼎・滿庭芳詞：「雖是無爲清淨，依然要，八面玲瓏。」

【用法】形容爲人處世手腕圓滑，敷衍周到，能討好各種人物。

【例句】王先生所以官運亨通，青雲直上，這與他能**八面玲瓏**地處理各種人際關係密不可分。

【義近】面面俱到／笑臉相迎／見風使舵／投其所好／隨機應變。

【義反】爭強好勝／睚眦必報／剛愎自用／動輒得咎。

八面威風 ㄅㄚ ㄇㄧㄢˋ ㄨㄟ ㄈㄥ

【釋義】各個方面都很威風。
【出處】尚仲賢・單鞭奪槊：「胡敬德顯耀英雄，單雄信有志無功。聖天子百靈相助，大將軍八面威風。」
【用法】形容神氣十足的樣子。
【例句】年紀不到五十許，體態雖十分端麗，神情却**八面威風**。（曾樸・孽海花）
【義近】威風凜凜／神氣十足／氣概非凡。
【義反】畏畏縮縮／萎靡不振／猥猥瑣瑣。

八荒九垓 ㄅㄚ ㄏㄨㄤ ㄐㄧㄡˇ ㄍㄞ

【釋義】荒：荒遠之地。九垓：九州之地。
【出處】賈誼・過秦論：「有席卷天下，包舉宇內，囊括四海之志，并吞八荒之心。」左丘明・國語・周語：「天子之田九垓。」
【用法】指天下各地。
【例句】他熱中於旅行，到目前為止，他可說已遊遍了**八荒九垓**，幾乎沒有一個地方不是他所熟悉的。
【義近】五湖四海／四山五嶽／名山大川。

六尺之孤 ㄌㄧㄡˋ ㄔˇ ㄓ ㄍㄨ

【釋義】未成年的孤兒。周代一尺相當於現在六寸，故六尺可指尚未長大成年。
【出處】論語・泰伯：「曾子曰：『可以託六尺之孤，可以寄百里之命。』」
【用法】古代多指帝王或諸侯臨終前，他們的尚未成年而將繼位的兒子。今用以泛指年幼孤兒。
【例句】劉備在臨終前，仿效古代君王託**六尺之孤**的做法，將劉禪託付給諸葛亮輔助。

六月飛霜 ㄌㄧㄡˋ ㄩㄝˋ ㄈㄟ ㄕㄨㄤ

【釋義】飛霜：降霜。
【出處】據淮南子・論衡記載：戰國時鄒衍被人誣陷，在獄中仰天而歎，時正炎夏，忽然降霜。唐・張說・獄箴：「匹夫結憤，六月飛霜。」
【用法】用作冤獄的典故。
【例句】執法者對於任何案件，都要有周密的調查，決不能讓古代那種**六月飛霜**的冤案再現。
【義近】含冤莫白／萇弘化碧。
【義反】鐵案如山。

六神無主 ㄌㄧㄡˋ ㄕㄣˊ ㄨˊ ㄓㄨˇ

【釋義】六神：道家稱心、肝、脾、肺、腎、膽為六神，它們各有神靈主宰。無主：沒了主意。
【出處】馮夢龍・醒世恆言・盧太學詩酒傲王侯：「嚇得知縣六神無主，還有甚心腸去吃酒。」
【用法】形容心慌意亂，張皇失措，不知如何是好。
【例句】他正在開會，忽然接到母親病故的急電，頓時**六神無主**，不知如何是好。
【義近】手足無措／張皇失措／心慌意亂／不知所措。
【義反】泰然處之／從容不迫。

六親不認 ㄌㄧㄡˋ ㄑㄧㄣ ㄅㄨˋ ㄖㄣˋ

【釋義】六親：父、母、妻、子、兄、弟，也泛指所有的親屬。
【出處】管子・牧民篇：「上服度則六親固。」
【用法】形容不通人情世故，忘親背祖；也形容依章辦事，不徇私情。
【例句】①他這人平常就是**六親不認**，縱使現在發了財，你也別指望他會資助你。②他是位好法官，一向秉公辦案，**六親不認**。
【義近】數典忘祖／鐵面無私。

【義反】通曉人情／顧惜情面。

公子王孫 ㄍㄨㄥ ㄗˇ ㄨㄤˊ ㄙㄨㄣ

【釋義】公子：諸侯的嫡子之外的其他諸子。王孫：帝王的後世子孫。
【出處】戰國策・楚策四：「黃雀……自以爲無患，與人無爭也，不知夫公子王孫左挾彈，右攝丸……。」
【用法】指貴族官僚的子弟。
【例句】仗勢著家裏有錢有權，這些**公子王孫**在外胡作非爲，簡直是太過分了。
【義近】王孫公子／膏粱子弟／紈袴子弟／公子哥兒／五陵少年。
【義反】繩樞之子／貧寒之士／寒門子弟。

公正無私 ㄍㄨㄥ ㄓㄥˋ ㄨˊ ㄙ

【釋義】公道正直，沒有私心。
【出處】荀子・賦：「公正無私，見謂從橫。」
【用法】形容秉公辦事，毫無私心雜念。
【例句】包拯是我國歷史上最**公正無私**的清官，故其事迹後人仍津津樂道。
【義近】守正不阿／守正不撓／公平無私／大公無私。
【義反】假公濟私／損公肥私／忘公爲私／私字當頭／公私不分。

公而忘私 ㄍㄨㄥ ㄦˊ ㄨㄤˋ ㄙ

【釋義】爲了公事而忘記私事。
【出處】漢書・賈誼傳：「爲人臣者，主耳忘身，國耳忘家，公耳忘私。」三「耳」字均同「而」。
【用法】形容努力爲大眾服務，全然不顧惜個人的利益。
【例句】大禹**公而忘私**，三過其門而不入，其精神值得後人效法。
【義近】國而忘家／大公無私／廉潔奉公／公正無私／專心利民。
【義反】自私自利／專心利己／貪贓枉法／人不爲己，天誅地滅。

公私兩便 ㄍㄨㄥ ㄙ ㄌㄧㄤˇ ㄅㄧㄢˋ

【釋義】於公於私都有好處。
【出處】顏師古注・漢書・溝洫志・乃兩便：「言無產業之人，……今縣官給其衣食，而使修治河水，是爲公私兩便也。」
【用法】形容公與私兩方面的利益都可得到照顧。
【例句】安排工作和處理事情，最好能做到**公私兩便**，可節省不少人力和時間。
【義近】公私兼顧／公私兩濟／公私兩全。

公事公辦 ㄍㄨㄥ ㄕˋ ㄍㄨㄥ ㄅㄢˋ

【釋義】照規例辦公事，不講情面。
【出處】吳沃堯・九命奇冤二二回：「我也知道師爺一向是公事公辦的。」
【用法】形容照章辦事，不徇私情；也指某些人故意以此爲藉口，毫不通融甚或刁難。
【例句】他向來都是**公事公辦**，你這件事在他那裏恐怕沒有通融的餘地。
【義近】照章行事／官事官辦／依法行事。
【義反】違法行事／徇私舞弊／假公濟私／中飽私囊。

公報私仇 ㄍㄨㄥ ㄅㄠˋ ㄙ ㄔㄡˊ

【釋義】假借公事來報私仇。
【出處】馮夢龍・警世通言・王安石三難蘇學士：蘇東坡「心下明知荊公爲改詩觸放，公報私仇。」
【用法】指打著爲公的招牌，幹著泄私憤、報私仇的勾當。
【例句】他這樣整人，明明是**公報私仇**，但大權握在他手裏，又有什麼辦法呢？
【義近】假公濟私／掛羊頭賣狗肉。

【義反】 大義滅親／公私分明。

公諸同好 ㄍㄨㄥ ㄓㄨ ㄊㄨㄥˊ ㄏㄠˋ

【釋義】 公：公開。諸：「之於」的合音。同好：跟自己愛好相同的人。

【出處】 曹植・與楊德祖書：「雖未能藏之於名山，將以傳之於同好。」文康・兒女英雄傳四回：「如今公諸同好。」

【用法】 指把自己珍愛的東西拿出來，讓有共同愛好的人一同欣賞。

【例句】 他把歷年所收集來的名字名畫**公諸同好**，讓大家一飽眼福。

【義近】 奇文共欣賞／疑義相與析／優劣共詳說。

【義反】 秘而不宣／守口如瓶。

共襄盛舉 ㄍㄨㄥˋ ㄒㄧㄤ ㄕㄥˋ ㄐㄩˇ

【釋義】 襄：幫助。盛舉：大事。

【用法】 指大家共同贊助，以完成大事。

【例句】 現在有許多民間團體鼓勵民眾捐出舊衣物的活動，值得我們**共襄盛舉**，大力支持。

【義近】 同心戮力／響應支持。

【義反】 置若罔聞／不聞不問。

兵不血刃 ㄅㄧㄥ ㄅㄨˋ ㄒㄩㄝˋ ㄖㄣˋ

【釋義】 兵器的鋒刃上沒有沾血。兵：武器。刃：刀劍等的鋒利部分。

【出處】 荀子・議兵：「故近者親其善，遠方慕其德，兵不血刃，遠邇來服。」

【用法】 指人心歸附或戰事順利，不用激戰就獲得了勝利。

【例句】 兩軍相鬥，**兵不血刃**，在歷史上固然有過，但畢竟很少，要獲勝還是要廝殺。

【義近】 攻心爲上。

【義反】 短兵相接／血流成河／流血漂櫓／損兵折將／喋血山河／伏屍遍野。

兵不厭詐 ㄅㄧㄥ ㄅㄨˋ ㄧㄢˋ ㄓㄚˋ

【釋義】 兵：用兵，作戰。厭：嫌。詐：使手段欺騙。

【出處】 韓非子・難一：「戰陣之間，不厭詐僞。」北齊書・司馬子如傳：「事貴應機，兵不厭詐。」

【用法】 指用兵打仗可以故作假象欺騙敵人而獲勝，也指在日常事務中以詭詐手段騙人上鉤。

【例句】 ①兩軍相殘，目的就是要擊敗對方，獲取勝利，**兵不厭詐**自是理所當然。②做生意以誠信爲第一，使用**兵不厭詐**的手段很難長久立足商場。

【義近】 增兵減灶／兵以詐立／兵行詭道。

【義反】 不擒二毛。

兵來將敵，水來土堰 ㄅㄧㄥ ㄌㄞˊ ㄐㄧㄤˋ ㄉㄧˊ，ㄕㄨㄟˇ ㄌㄞˊ ㄊㄨˇ ㄧㄢˋ

【釋義】 敵：抵擋。堰：擋水的低壩，此爲「擋水」之意。一作「兵來將迎，水來土堰。」今俗作「兵來將擋，水來土掩」。

【出處】 高文秀・澠池會楔子：「自古道兵來將迎，水來土堰，他若領兵前來，俺這裏領兵與他交鋒。」

【用法】 說明不管對方使用什麼計策，我自有辦法對付。

【例句】 俗話說：**兵來將敵，水來土堰**，你們根本用不著瞎操心、乾著急，我自有對付他們的辦法。

【義近】 胸有成竹。

【義反】 一籌莫展／所謀輒左／臨事而懼。

兵荒馬亂 ㄅㄧㄥ ㄏㄨㄤ ㄇㄚˇ ㄌㄨㄢˋ

【釋義】 荒、亂：指社會秩序極端不安定。一作「兵慌馬亂」。

【出處】 明・陸華甫・雙鳳齊鳴記上二一：「亂紛紛東逃西竄，鬧烘烘兵慌馬亂，一路奔回氣尙喘。」
【用法】形容戰爭期間社會混亂的景象。
【例句】「九一八」事變後，我和弟弟在**兵荒馬亂**中失散，直到抗戰勝利才得以團聚。
【義近】動亂不安／兵連禍結／兵馬倥傯。
【義反】天下太平／太平盛世／國泰民安。

兵連禍結 ㄅㄧㄥ ㄌㄧㄢˊ ㄏㄨㄛˋ ㄐㄧㄝˊ

【釋義】兵：指戰爭。結：相連。一作「禍結兵連」。
【出處】漢書・匈奴傳下：「兵連禍結三十餘年。」
【用法】形容戰爭連續，災禍不斷。
【例句】辛亥革命取得勝利後，軍閥混戰，**兵連禍結**，又使民眾處於水深火熱之中。
【義近】戰亂不息／兵禍不斷／兵荒馬亂／兵馬倥傯。
【義反】太平無事／安居樂業／路不拾遺。

兵強馬壯 ㄅㄧㄥ ㄑㄧㄤˊ ㄇㄚˇ ㄓㄨㄤˋ

【釋義】兵既強大，馬又肥壯。
【出處】新五代史・安重榮傳：「嘗謂人曰：『天子寧有種耶？兵強馬壯者爲之爾。』」
【用法】用以說明擁有強大的軍隊，或形容軍容很壯盛。
【例句】我們的軍隊現已是**兵強馬壯**，可以抵抗一切來犯之敵。
【義近】人強馬壯／銳不可擋／兵多將廣／兵強將勇。
【義反】殘兵敗將／蝦兵蟹將／人困馬乏／兵微將寡。

兵貴神速 ㄅㄧㄥ ㄍㄨㄟˋ ㄕㄣˊ ㄙㄨˋ

【釋義】貴：可貴。神速：特別的迅速。
【出處】陳壽・三國志・魏志・郭嘉傳：「太祖將征袁尙及三郡烏丸。……嘉言曰：『兵貴神速。』」
【用法】說明用兵貴在神速，才能出其不意，攻其無備，取得勝利。
【例句】**兵貴神速**，我們立即出發，人不知鬼不覺的打他個落花流水。
【義近】速戰速決／迅雷不及掩耳。
【義反】疲勞戰術／緩兵之計。

兵臨城下 ㄅㄧㄥ ㄌㄧㄣˊ ㄔㄥˊ ㄒㄧㄚˋ

【釋義】敵軍已到自己的城牆下面。臨：到。
【出處】高文秀・誶范叔一折：「俺這裏雄兵百萬，戰將千員，有一日兵臨城下……。」
【用法】比喻形勢十分緊迫。
【例句】①日寇非常頑固，不到**兵臨城下**的情勢，他們是決不會投降的。②現在公司的形勢已是**兵臨城下**，我們趕快設法挽救吧！
【義近】大兵壓境／千鈞一髮／危如累卵／四面楚歌。
【義反】安如泰山／固若金湯／堅如磐石／堅不可摧。

具體而微 ㄐㄩˋ ㄊㄧˇ ㄦˊ ㄨㄟˊ

【釋義】具：具有，具備。體：指形體、規模。微：小。
【出處】孟子・公孫丑上：「昔者竊聞之，子夏、子游、子張，皆有聖人之一體；冉牛、閔子、顏淵，則具體而微。」
【用法】指內容大體具備而規模較小。
【例句】你文章的風格、氣魄，與胡適之先生的論著相比，可謂**具體而微**。
【義近】麻雀雖小五臟俱全／大同小異／大醇小疵。
【義反】大相逕庭／天壤之別／判若雲泥。

其勢洶洶 ㄑㄧˊ ㄕˋ ㄒㄩㄥ ㄒㄩㄥ

【釋義】其：指示代詞，那。勢：氣勢。洶洶：聲勢很盛的樣子。
【出處】荀子・天論：「君子不

爲小人之洶洶也輟行。」

【用法】用以形容來勢凶猛。

【例句】你看他**其勢洶洶**的樣子，好像有多麼了不起似的，其實是外強中乾。

【義近】氣勢洶洶／張牙舞爪／不可一世。

【義反】外強中乾／虛有其表／狐假虎威。

其貌不揚 ㄑㄧˊ ㄇㄠˋ ㄅㄨˋ ㄧㄤˊ

【釋義】其：他的。不揚：不好看。

【出處】宋・王讜・唐語林：皮日休「少隱鹿門山，……榜末及第，禮部侍郎鄭愚以其貌不揚，戲之。」

【用法】用以形容人的容貌非常難看。

【例句】此人雖有學問，但**其貌不揚**，恐怕李小姐不會喜歡吧！

【義近】尖嘴猴腮／其醜無比。

【義反】眉清目秀／一表人才／一表非俗。

其樂融融 ㄑㄧˊ ㄌㄜˋ ㄖㄨㄥˊ ㄖㄨㄥˊ

【釋義】融融：和樂的樣子。

【出處】左傳・隱公元年：「（鄭莊）公入而賦：大隧之中，其樂也融融。」

【用法】用以形容快樂自得的樣子。

【例句】張老先生退休後，早晨打打太極拳，下午到公園與老朋友聊天下棋，晚上與兒孫們歡聚一堂，眞是**其樂融融**。

【義近】其樂洩洩／其樂無窮。

【義反】不堪其憂／悶悶不樂。

其應若響 ㄑㄧˊ ㄧㄥˋ ㄖㄨㄛˋ ㄒㄧㄤˇ

【釋義】像回聲一樣同萬物相應。應：應聲，回聲。響：發出的聲音、聲響。

【出處】莊子・天下：「其動若水，其靜若鏡，其應若響。」

【用法】今用以形容應對迅速，反應敏捷。

【例句】這位年輕人很了不起，學識淵博，腦子靈活，問他問題，**其應若響**。

【義近】應答如流／應對敏捷。

【義反】有問無答／一問三不知／泥塑木雕。

兼收並蓄 ㄐㄧㄢ ㄕㄡ ㄅㄧㄥˋ ㄒㄩˋ

【釋義】兼收：多方面收取。蓄：儲藏，容納。一作「俱收並蓄」。

【出處】韓愈・進學解：「牛溲、馬勃，敗鼓之皮，俱收並蓄，待用無遺者，醫師之良也。」

【用法】用以說明把不同內容、不同性質的東西收集起來，保存起來。

【例句】圖書館裏，古今中外書籍**兼收並蓄**，是文人最愛駐足之地。

【義近】兼容並包／包羅萬象／巨細靡遺。

【義反】取優汰劣／擇善而取。

兼容並包 ㄐㄧㄢ ㄖㄨㄥˊ ㄅㄧㄥˋ ㄅㄠ

【釋義】兼、並：指同時涉及或具有幾個方面。

【出處】司馬遷・史記・司馬相如列傳・難蜀父老：「故馳騖乎兼容並包，而勤思乎參天貳地。」

【用法】說明廣泛收集或把各個方面全都容納包括進來。

【例句】成語辭典作爲一部工具書，能**兼容並包**自然很好，但事實上誰也無法眞正做得到。

【義近】無所不包／巨細靡遺。

【義反】二者不可得兼／挂一漏萬／顧此失彼／吞舟是漏。

兼善天下 ㄐㄧㄢ ㄕㄢˋ ㄊㄧㄢ ㄒㄧㄚˋ

【釋義】讓天下的人都達到善。天下：指全國（的人）。

【出處】孟子・盡心上：「窮則獨善其身，達則兼善天下。」

【用法】說明不僅求得自身的善

，並且使別人也達到善的境界。

【例句】凡是從政的人，最好是能以**兼善天下**爲己任。

【義近】推己及人／己欲立而立人，己欲達而達人。

【義反】獨善其身。

兼聽則明，偏信則暗

【釋義】兼聽：聽取多方面的意見。明：明辨。偏信：聽了一方面的話就相信。暗：昏暗，不能明辨。

【出處】王符・潛夫論・明暗：「君之所以明者，兼聽也；君所以暗者，偏信也。」

【用法】用以勉勵人要全面聽取意見以明辨是非，否則便會作出錯誤的判斷。

【例句】**兼聽則明，偏信則暗**，對這件事你最好從多方面聽取意見後，再下結論。

【義近】廣聽博訪／廣開言路／諮諏善道／察納雅言。

【義反】偏聽偏信／閉目塞聽。

冂部

再造之恩

【釋義】再造：重新獲得生命；重建。

【出處】宋書・王僧達傳：「再造之恩，不可妄屬。」

【用法】多用於表示對重大恩惠的感激。

【例句】多虧有您盡力爲我雪冤，使我全家免於厄難，您的**再造之恩**我永誌不忘。

【義近】恩重如山／救命之恩／恩與天齊／再生之德。

【義反】血海深仇／不世之仇。

再接再厲

【釋義】原指公雞相鬥，把嘴磨鋒利再去交戰。接：接戰，交鋒。厲：通「礪」，磨快，引申爲猛勇。

【出處】韓愈・鬬雞聯句集孟郊詩句云：「一噴一醒然，再接再厲乃。」（乃，然也）

【用法】比喻勇往直前，努力奮鬥，毫不鬆懈。

【例句】孫中山先生倡導革命雖歷經十次失敗，但同志們**再接再厲**，最後終於推翻滿清政府。

【義近】百折不撓／抗志不屈／發揚蹈厲。

【義反】灰心喪氣／打退堂鼓／畫地自限／裹足不前。

再衰三竭

【釋義】一作「再而衰，三而竭」。原指作戰到敲第二通、第三通戰鼓時，士氣漸漸衰弱。竭：盡。

【出處】左傳・莊公十年：「夫戰，勇氣也；一鼓作氣，再而衰，三而竭。」

【用法】形容士氣越來越低落，不能再振作。

【例句】做任何事宜全盤詳細規劃，以求一舉成功，否則**再衰三竭**，將難以有成。

【義近】江河日下／一蹶不振／每下愈況。

【義反】一鼓作氣／愈戰愈勇／餘勇可賈／百折不撓／屢敗屢戰。

冒天下之大不韙

【釋義】冒：冒犯。大不韙：最大的不是。韙：是、對。

【出處】顧炎武・日知錄卷一三：「如山濤者，既爲邪說之魁，遂使嵇紹之賢，且犯天下之不韙而不顧。」

【用法】指不顧輿論的譴責，而去幹普天下的人都認爲不對的事情。

【例句】如果有人膽敢**冒天下之大不韙**而侵犯我領土，我軍將給以迎頭痛擊。

【義近】不顧一切。

【義反】眾怒難犯。

冒名頂替 ㄇㄠˋ ㄇㄧㄥˊ ㄉㄧㄥˇ ㄊㄧˋ

【釋義】冒名：冒用他人的名。冒：冒充，假託。頂替：代替他人。

【出處】吳承恩・西遊記二五回：「你走了便也罷，卻怎麼綁些柳樹在此冒名頂替。」

【用法】假借別人的名姓或名義代人去做事，或竊取他人的職位、權力。

【例句】用**冒名頂替**而得來的榮譽，一點也不值得驕傲，反該感到羞恥。

【義近】以假亂眞／李代桃僵／弄虛作假／張冠李戴。

【義反】眞才實料。

冖部

冠冕堂皇 ㄍㄨㄢ ㄇㄧㄢˇ ㄊㄤˊ ㄏㄨㄤˊ

【釋義】冠：帽子。冕：禮帽。堂皇：莊敬正大貌。

【出處】左傳・昭公九年：「我在伯父，猶衣服之有冠冕。」

【用法】比喻言論大而無當或形容裝飾華麗大方。

【例句】他盡是說一些**冠冕堂皇**的話，但是能不能做到又是另外一回事了。

【義近】大而無當／不著邊際／打高空。

冠蓋相望 ㄍㄨㄢ ㄍㄞˋ ㄒㄧㄤ ㄨㄤˋ

【釋義】達官貴人不絕於途。冠蓋：官吏的冠服車蓋，代稱達官顯貴。

【出處】鼂錯・論貴粟疏：「千里游敖，冠蓋相望。」

【用法】指使者往來不絕。也形容顯貴的人絡繹而行。

【例句】①楚國派使者向齊國求救的車隊，一路上眞是**冠蓋相望**，甚爲壯觀。②此地爲交通要道，**冠蓋相望**，熱鬧非凡。

【義近】冠蓋如雲／冠蓋雲集／門庭若市。

【義反】花徑不掃／門庭冷落／門可羅雀。

冥思苦想 ㄇㄧㄥˊ ㄙ ㄎㄨˇ ㄒㄧㄤˇ

【釋義】冥思：深沉地思考。又作「冥思苦索」。索：尋求。

【出處】支遁・詠懷詩：「道會貴冥想，罔象掇玄珠。」

【用法】指深沉地苦苦思索。

【例句】你把自己關在房子裏**冥思苦想**，是想不出好辦法來的，還是多去請教別人吧！

【義近】沉思默想／絞盡腦汁／搜索枯腸／挖空心思。

【義反】不假思索／不加思索／不動腦筋。

冥頑不靈 ㄇㄧㄥˊ ㄨㄢˊ ㄅㄨˋ ㄌㄧㄥˊ

【釋義】冥頑：愚蠢頑鈍。不靈：不通靈性。靈：聰明。

【出處】韓愈・祭鱷魚文：「不然，則是鱷魚冥頑不靈，刺史雖有言，不聞不知也。」

【用法】形容人愚昧無知。

【例句】他是一個**冥頑不靈**的人，你再怎樣苦口婆心勸說，也是起不了什麼作用的。

【義近】不可理喻／愚昧無知。

【義反】聰明伶俐／通情達理／心靈神慧。

冤仇宜解不宜結 ㄩㄢ ㄔㄡˊ ㄧˊ ㄐㄧㄝˇ ㄅㄨˋ ㄧˊ ㄐㄧㄝˊ

【釋義】宜解：應該化解。結：固結不解。

【出處】施耐庵・水滸傳三二回：「冤仇可解不可結。他和你是同僚官，雖有些過失，你可隱惡而揚善。」

【用法】勉勵人有了仇恨應化解和好，不宜愈結愈深。

【例句】**冤仇宜解不宜結**，你倆何必爲了一些小事耿耿於懷呢，握手言歡吧！
【義近】化干戈爲玉帛／盡釋前嫌／握手言和／一笑泯恩仇。
【義反】誓不兩立／不共戴天／冤冤相報。

冤有頭債有主

【釋義】意謂冤有冤頭，債有債主。
【出處】續傳燈錄一八：「卓拄一下，曰：冤有頭，債有主。」
【用法】比喻處理事情應該去找負主要責任的人。
【例句】**冤有頭債有主**，這次鬧事我兒子只是旁觀者，你們千萬別找錯了人啊。
【義近】各債各結／分清主從。
【義反】不分主從／一竹桿掃一船人。

冤家路窄

【釋義】仇敵相逢在窄路上。冤家：仇人。
【出處】吳承恩・西遊記四五回：「……正欲下手擒拿，他卻走了。今日還在此間，正所謂冤家路窄。」
【用法】指仇人或不願相見的人偏偏相遇，無可迴避。
【例句】眞是**冤家路窄**，今天又遇到那該死的流氓！
【義近】狹路相逢／路逢狹道。
【義反】交臂失之。

冫部

冬溫夏凊

【釋義】凊：涼。原指子女冬天爲父母溫被，夏天爲父母涼席。
【出處】禮記・曲禮上：「凡爲人子之禮，冬溫而夏凊，昏定而晨省。」
【用法】現泛稱冬天暖和，夏天涼快，氣候適宜爽人。
【例句】昆明是一座**冬溫夏凊**，四季如春的美麗城市。
【義近】冬暖夏涼。
【義反】冬冷夏熱。

冰天雪地

【釋義】滿天滿地都是冰雪。一作「冰天雪窖」。
【出處】陳康祺・郎潛紀聞卷四：「公（林則徐）慨然曰：『二萬里冰天雪窖，隻身荷戈，未嘗言苦。』」
【用法】形容冰雪遮天蓋地，非常寒冷。
【例句】過慣了熱帶地區生活的人，很難適應南北極**冰天雪地**的生活。
【義近】雪海冰山／天寒地凍／冰封千里／白雪皚皚。
【義反】春暖花開／天熱地燙。

冰肌玉骨

【釋義】肌骨像冰一樣光滑，像玉一樣晶瑩。
【出處】蘇軾・洞仙歌：「冰肌玉骨，自清涼無汗。」宋・毛滂・蔡天逸以詩寄梅詩至梅不至詩：「冰肌玉骨終安在，賴有清詩爲寫眞。」
【用法】形容女性肌膚瑩潔光潤，也用以形容梅花的傲寒鬥艷。
【例句】①她不僅有智慧，氣質高雅，且其**冰肌玉骨**的美麗，更如天仙下凡。②那幾株盛開的梅花，在雪地中更顯出它**冰肌玉骨**的艷麗。

【義近】肌膚若冰雪／冰姿玉骨。

冰凍三尺非一日之寒（ㄅㄧㄥ ㄉㄨㄥˋ ㄙㄢ ㄔˇ ㄈㄟ ㄧˊ ㄖˋ ㄓ ㄏㄢˊ）

【釋義】凝結成三尺厚的冰，不是一天的寒冷所致。

【出處】金瓶梅詞話九二回：「冰厚三尺，非一日之寒。」

【用法】比喻事情由來已久，不是偶然形成的。

【例句】**冰凍三尺非一日之寒**，這些問題的發生絕非一朝一夕之故。

【義近】日積月累。

【義反】一蹴而就／一夕之功／一朝一夕。

冰消瓦解（ㄅㄧㄥ ㄒㄧㄠ ㄨㄚˇ ㄐㄧㄝˇ）

【釋義】如冰的消融，像瓦片一樣破碎。

【出處】徐堅・初學記・雲賦：「於是玄氣仰散，歸雲四聚；冰消瓦解，奕奕翩翩。」

【用法】比喻事物完全消釋或渙散、崩潰。

【例句】經過多方勸解，他倆的誤會終於**冰消瓦解**了。

【義近】冰解凍釋／煙消雲散／雨過天晴。

【義反】雪上加霜／黑雲壓城。

冰清玉潔（ㄅㄧㄥ ㄑㄧㄥ ㄩˋ ㄐㄧㄝˊ）

【釋義】像冰一樣的清澈晶瑩，像玉一樣的潔白無瑕。

【出處】徐堅・初學記・晉中興書：「中宗踐阼，下令曰：『（賀）循冰清玉潔，行為俗表。』」

【用法】常用以比喻人品高潔，也用以比喻官吏辦事清明公正。

【例句】你不要見她和男人在一起嘻嘻哈哈的，好像很隨便的樣子，其實她是一個**冰清玉潔**的女子。

【義近】玉潔冰清／水潔冰清／冰壺秋月。

【義反】惡濁不堪／隨波逐浪。

冰雪聰明（ㄅㄧㄥ ㄒㄩㄝˇ ㄘㄨㄥ ㄇㄧㄥˊ）

【釋義】聰明得有如冰之透明、雪之明亮。

【出處】杜甫・送樊二十三侍御赴漢中判官詩：「冰雪淨聰明，雷霆走精銳。」

【用法】用以稱讚人聰明絕頂。

【例句】小女孩雖出身寒微，卻生得**冰雪聰明**，善良純真，沒有一個人不喜歡她。

【義近】聰明透頂／出類拔萃。

【義反】其笨如牛／愚鈍不堪。

冰壺秋月（ㄅㄧㄥ ㄏㄨˊ ㄑㄧㄡ ㄩㄝˋ）

【釋義】像晶瑩透明的冰壺，如皎潔明亮的秋月。

【出處】宋史・李侗傳：「鄧迪嘗謂（朱）松曰：『愿中（侗字）如冰壺秋月，瑩徹無瑕，非吾曹所及。』」

【用法】比喻潔白明淨，多就人的品格而言。

【例句】他為人光明磊落，品格有如**冰壺秋月**，故深受人們的敬重。

【義近】冰壺玉尺／冰清玉潤／冰心玉壺／冰壺玉鑑／光風霽月。

【義反】闇然媚世／偷雞摸狗。

冰解凍釋（ㄅㄧㄥ ㄐㄧㄝˇ ㄉㄨㄥˋ ㄕˋ）

【釋義】如冰凍樣的溶解消散。釋：溶解。

【出處】莊子・庚桑楚：「是乃所謂冰解凍釋者能乎？」

【用法】比喻過去的誤會化解，也比喻障礙、疑難等消除無凝滯。

【例句】世間沒有解決不了的難題，再大的問題最後也會**冰解凍釋**，又何必太和自己過不去呢？

【義近】煙消雲散／烏雲散盡／雨過天晴／冰消霧散／冰消瓦解。

【義反】煙霧瀰漫／烏雲翻滾／霪雨霏霏／冰凍三尺。

冷冷清清（ㄌㄥˇ ㄌㄥˇ ㄑㄧㄥ ㄑㄧㄥ）

【釋義】意即「冷清」，重疊以加強其語意與氣氛。

【出處】李清照・聲聲慢詞：「尋尋覓覓，冷冷清清，悽悽慘慘戚戚。」

【用法】形容寂靜無人的環境或孤獨淒涼的心情。

【例句】這環境**冷冷清清**，給人以陰森不快之感。

【義近】悽涼冷清。

【義反】欣欣向榮。

冷言冷語（ㄌㄥˇ ㄧㄢˊ ㄌㄥˇ ㄩˇ）

【釋義】指含諷刺意味的風涼話，或嘲諷尖刻的話。冷：不熱情，意含譏誚。

【出處】李汝珍・鏡花緣一八回：「多九公被兩個女子冷言冷語，只管催逼，急得滿面青紅，恨無地可鑽。」

【用法】指用冷峻譏誚的話去刺傷別人。

【例句】今天老太太盡是**冷言冷語**，句句話都像是在刺兒媳、激兒子。

【義近】冷語冰人／冷嘲熱諷／冷言諷語。

【義反】語暖人心／甜言蜜語。

冷若冰霜（ㄌㄥˇ ㄖㄨㄛˋ ㄅㄧㄥ ㄕㄨㄤ）

【釋義】冷淡得像冰霜一樣。若：像。

【出處】劉鶚・老殘遊記續集二回：「笑起來一雙眼又秀又媚，却是不笑起來又冷若冰霜。」

【用法】形容待人接物毫無感情。也比喻態度嚴厲，不好接近。

【例句】你看他那副尊容，一天到晚**冷若冰霜**，誰還敢接近他！

【義近】冷如霜雪／正顏厲色／冷眉冷眼。

【義反】和藹可親／笑口常開／和顏悅色。

冷眼旁觀（ㄌㄥˇ ㄧㄢˇ ㄆㄤˊ ㄍㄨㄢ）

【釋義】用冷靜或冷漠的眼光在旁觀看。

【出處】朱熹・答黃直卿：「冷眼旁觀，手足俱露甚可笑也。」

【用法】指不參與其事，站在一旁看事情的發展。

【例句】這是他們兩人的事，我們只要**冷眼旁觀**就可以了。

【義近】袖手旁觀／作壁上觀／坐山觀虎鬥／坐觀成敗／隔岸觀火／置身事外。

【義反】躡足其間／側足其間／見義勇爲／置身其間。

冷嘲熱諷（ㄌㄥˇ ㄔㄠˊ ㄖㄜˋ ㄈㄥˋ）

【釋義】冷：冷漠，引申爲尖刻。嘲：譏笑。熱：熾熱，引申爲辛辣。

【出處】蔡東藩・後漢通俗演義二十回：「因此對著帝前，往往冷嘲熱諷，語帶蹊蹺。」

【用法】指用尖刻辛辣的言語進行譏笑和諷刺。

【例句】他對那些不懷好意的人總是**冷嘲熱諷**，讓他們知難而退。

【義近】冷譏熱嘲／冷嘲熱罵／冷言冷語。

【義反】詞嚴義正／暮鼓晨鐘／讜言正論。

几部

凡夫俗子（ㄈㄢˊ ㄈㄨ ㄙㄨˊ ㄗˇ）

【釋義】凡：普通平凡；俗：庸俗。

【出處】曹植・任城誄：「凡夫愛命，達士徇名。」陸游・春殘詩：「庸醫司性命，俗子議文章。」

【用法】指平凡而庸俗的人。

【例句】古代君主專制，大權獨攬，一般**凡夫俗子**難以參與政治。

【義近】匹夫匹婦／平頭百姓／村夫愚婦／升斗小民／市井小民／白屋之士。

【義反】仕宦之士／搢紳之士／冠蓋之士。

凡事豫則立，不豫則廢（ㄈㄢˊ ㄕˋ ㄩˋ ㄗㄜˊ ㄌㄧˋ，ㄅㄨˋ ㄩˋ ㄗㄜˊ ㄈㄟˋ）

【釋義】什麼事預先準備，就容易成功；不預先準備，就容易失敗。豫：同「預」，事先準備。

【出處】禮記・中庸：「凡事豫則立，不豫則廢。」

【用法】用來勸戒人在做一件事前，一定要有周詳的計畫。有「未雨綢繆」之意。

【例句】**凡事豫則立，不豫則廢**，我看你還是先仔細籌畫一下再去做，成功的機會比較大。

【義近】未雨綢繆／防微杜漸／曲突徙薪／防患未然。

【義反】臨渴掘井／見兔顧犬／見兔放鷹／平時不燒香，臨時抱佛腳。

凵部

凶多吉少（ㄒㄩㄥ ㄉㄨㄛ ㄐㄧˊ ㄕㄠˇ）

【釋義】凶險兆頭多，吉祥兆頭少。凶：凶險，不幸。吉：吉祥，吉利。一作「多凶少吉」。

【出處】元・無名氏・賺蒯道二折：「你去後多凶少吉，幹這般盡忠竭力。」

【用法】多用於估計事態發展的趨勢不樂觀，凶害多，吉利少。

【例句】他行踪不明已近三年，恐怕是**凶多吉少**了。

【義近】前途未卜／九死一生。

【義反】萬無一失／吉祥如意。

凶神惡煞（ㄒㄩㄥ ㄕㄣˊ ㄜˋ ㄕㄚˋ）

【釋義】惡煞：凶惡的神。

【出處】元・無名氏・桃花女三折：「遭這般凶神惡煞，必然板僵身死了也。」

【用法】用以比喻凶惡的人或人的凶惡樣子。

【例句】站在門口的大漢，看來**凶神惡煞**，讓人敬而遠之。

【義近】如狼似虎／青面獠牙／面惡心狠。

【義反】慈眉善目／古道熱腸／菩薩低眉／面善心慈。

出人意表（ㄔㄨ ㄖㄣˊ ㄧˋ ㄅㄧㄠˇ）

【釋義】超出人們的意想。意：意料，意想。表：外。一作「出人意外」。

【出處】南史・袁憲傳：「憲常招引諸生與之談論新義，出人意表，同輩咸嗟服焉。」

【用法】說明事情發生極爲突然或不合常理，出乎人的料想之外。

【例句】她平常做事謹慎小心，這次却如此馬虎大意，眞太**出人意表**了。

【義近】出人不意／出乎意料之

外／始料未及。
【義反】意料之中／不出所料／始料所及。

出人頭地 ㄔㄨ ㄖㄣˊ ㄊㄡˊ ㄉㄧˋ

【釋義】超過或高過他人。
【出處】陸采・懷鄉記・飛報捷音：「書生俊傑眞天縱，出人頭地建奇功。」
【用法】形容超出他人之上或高人一等。
【例句】他這樣拚命地學習和工作，就是希望有一天能**出人頭地**。
【義近】出類拔萃／超羣絕倫／推羣獨步／鶴立雞羣／高人一等。
【義反】庸庸碌碌／碌碌無能。

出口成章 ㄔㄨ ㄎㄡˇ ㄔㄥˊ ㄓㄤ

【釋義】說出話來就成文章。
【出處】馬致遠・青衫淚四折：「愛他那走筆題詩，出口成章。」
【用法】形容文思敏捷，談吐風雅。
【例句】他講話深入淺出，**出口成章**，若記下來就是一篇精采的文章。
【義近】脫口成章／錦心繡口。
【義反】言不成句／不知所云／言不達意。

出水芙蓉 ㄔㄨ ㄕㄨㄟˇ ㄈㄨˊ ㄖㄨㄥˊ

【釋義】露出水面剛剛開放的荷花。芙蓉：荷花。
【出處】鍾嶸・詩品：「謝詩如芙蓉出水。」王洋・明妃曲：「大明宮內宴呼韓，出水芙蓉鑑裏看。」
【用法】形容詩文的清新或女性的天然艷麗。
【例句】①那位演楊貴妃的演員長得嬌媚艷麗，有如**出水芙蓉**。②你這篇文章的確寫得清新優美，有如**出水芙蓉**一般。
【義近】傾城傾國／仙姿玉貌／露中艷花／清新優美。
【義反】效顰東施／醜經八怪。

出生入死 ㄔㄨ ㄕㄥ ㄖㄨˋ ㄙˇ

【釋義】從出生到死去。
【出處】老子五十章：「出生入死，生之徒（途）十有三，死之徒十有三。」
【用法】形容爲某事敢冒生命危險。多用以讚揚人英勇無畏的精神。
【例句】革命黨人爲國家民族**出生入死**的光輝事迹，永遠銘記在我們心中。
【義近】赴湯蹈火／視死如歸／衝鋒陷陣／上刀山下火海／置生死於度外。
【義反】畏縮不前／貪生怕死／臨陣脫逃。

出言不遜 ㄔㄨ ㄧㄢˊ ㄅㄨˋ ㄒㄩㄣˋ

【釋義】出言：話說出口來。遜：謙遜，客氣。
【出處】羅貫中・三國演義二三回：「此人出言不遜，何不殺之。」
【用法】指說話傲慢莽撞，沒有禮貌。
【例句】原來她是董事長千金，怪不得如此目中無人，**出言不遜**。
【義近】出言無狀／惡語傷人／口出不遜／口出惡言。
【義反】言謙語遜／彬彬有禮／言語溫和／謙恭有禮。

出其不意 ㄔㄨ ㄑㄧˊ ㄅㄨˋ ㄧˋ

【釋義】其：代詞，指代對方。不意：不料，沒想到。
【出處】孫子・計篇：「攻其無備，出其不意。」
【用法】指在對方沒有料到的情況下，突然採取行動。
【例句】武昌起義時，革命軍**出其不意**，攻其不備，一舉殲滅了守城的清兵。
【義近】出人意表／攻其不備／擊其不意。
【義反】不出所料／始料所及。

出奇制勝 ㄔㄨ ㄑㄧˊ ㄓˋ ㄕㄥˋ

【釋義】用奇兵或奇計戰勝敵人。制勝：制服對方以取得勝利。
【出處】孫子・勢篇：「凡戰者，以正合，以奇勝。故善出奇者……。」葉燮原詩：「驅市人而戰，出奇制勝。」
【用法】比喻用對方意想不到的方法來制服對方，以獲取勝利。
【例句】這一次的用兵戰略可說是**出奇制勝**，敵人一點應變的餘地都沒有。
【義近】六出奇計／兵不厭詐／聲東擊西。
【義反】無一奇謀／君子不重傷／不擊未濟之師。

出乖露醜 ㄔㄨ ㄍㄨㄞ ㄌㄨˋ ㄔㄡˇ

【釋義】意謂出醜、丟臉。乖：差錯。
【出處】關漢卿・金線池二折：「幾時得脫離了舞榭歌樓，不是我出乖露醜，從良棄賤。」
【用法】形容當眾暴露醜態，丟盡面子。
【例句】你怎能在這樣的場合喝得醉醺醺的，口吐穢言，**出乖露醜**呢！
【義近】丟人現眼／出盡洋相。
【義反】言行謹慎／不失體統／彬彬有禮。

出風頭 ㄔㄨ ㄈㄥ ㄊㄡˊ

【釋義】一作「出鋒頭」，指在人多的場合炫耀或賣弄自己。
【出處】沈遼・走筆奉酬正夫即次元韻詩：「壯心欲馳步輒跚，試出鋒頭官已瘝。」
【用法】形容在眾人面前顯示自己，誇耀個人。
【例句】他是個好**出風頭**的人，在今晚的宴會上，免不了又要露一手了。
【義近】露才揚己／矜己自飾／鋒芒外露。
【義反】韜光養晦／深藏不露／隱身自處／披褐懷玉。

出神入化 ㄔㄨ ㄕㄣˊ ㄖㄨˋ ㄏㄨㄚˋ

【釋義】超出神妙，進入奇異的境界。神：神妙，神奇。化：化境，神奇的境界。一作「超神入化」。
【出處】高棅・唐詩品匯總序：「觀者苟非窮精闡微，超神入化，……則莫能得其門而臻其壺奧矣。」
【用法】形容技藝或文學藝術達到了極高的成就。
【例句】紅樓夢的人物描寫，簡直到了**出神入化**的地步。
【義近】登峰造極／爐火純青／精妙絕倫／臻於化境。
【義反】平淡無奇／黔驢之技／未臻上乘。

出將入相 ㄔㄨ ㄐㄧㄤˋ ㄖㄨˋ ㄒㄧㄤˋ

【釋義】出則爲將，入則爲相。出：指在朝廷外。入：指在朝廷內。
【出處】吳兢・貞觀政要二：「珪對曰：『才兼文武，出將入相，臣不如李靖。』」
【用法】指人兼備文武之才，或官居高位。
【例句】**出將入相**，這是人生得意事，誰不盼望哩！
【義近】文武雙全／允文允武／官位顯赫。
【義反】官微位卑／執鞍隨鐙。

出淤泥而不染 ㄔㄨ ㄩ ㄋㄧˊ ㄦˊ ㄅㄨˋ ㄖㄢˇ

【釋義】淤泥：污泥。意謂從污泥中生長出來卻不受污染。
【出處】周敦頤・愛蓮說：「予獨愛蓮之出淤泥而不染，濯清漣而不妖。」
【用法】比喻人潔身自好，不爲世俗的惡濁環境所污染。
【例句】在現今紙醉金迷的花花世界中，能夠**出淤泥而不染**，潔身自愛的人實在是少之又少了。
【義近】濯清漣而不妖／超凡脫

俗／眾人皆醉我獨醒。

【義反】同流合污／淈其泥而揚其波。

出爾反爾（ㄔㄨ ㄦˇ ㄈㄢˇ ㄦˇ）

【釋義】原指你怎樣對待別人，別人也會怎樣對待你。爾：你。反：同「返」，回。

【出處】孟子・梁惠王下：「曾子曰：『戒之，戒之，出乎爾者，反乎爾者也。』」

【用法】今指人反覆無信、前後矛盾。

【例句】你這樣**出爾反爾**，誰還敢跟你合作？

【義近】反覆無常／翻雲覆雨／言而無信／自食其言。

【義反】言行一致／說一不二／一言既出駟馬難追／言而有信／一諾千金。

出謀劃策（ㄔㄨ ㄇㄡˊ ㄏㄨㄚˋ ㄘㄜˋ）

【釋義】謀：主意，計策。劃：一作「畫」，籌劃，謀劃。

【用法】指出主意，謀劃策略。

【例句】你不要看他只是一個小小的科長，實際上是我們這裏**出謀劃策**的中心人物，鬼點子多得很。

【義近】搖鵝毛扇／運籌帷幄／袖裏乾坤。

【義反】勇猛莽夫／一籌莫展／計無所出。

出類拔萃（ㄔㄨ ㄌㄟˋ ㄅㄚˊ ㄘㄨㄟˋ）

【釋義】超出同類之上。出：高出。類：同類。拔：超出。萃：草叢生，比喻聚在一起的人或物。

【出處】孟子・公孫丑上：「聖人之於民，亦類也。出於其類，拔乎其萃。」

【用法】形容才德高出一般人。

【例句】我們這一輩中，就屬他最**出類拔萃**，不僅允文允武，而且儀表非凡。

【義近】超羣絕倫／鶴立雞羣。

【義反】碌碌無能／濫竽充數／平庸之輩。

刀部

刀山火海（ㄉㄠ ㄕㄢ ㄏㄨㄛˇ ㄏㄞˇ）

【釋義】刀山、火海：佛教所說的地獄中的兩種刑罰，比喻最艱苦、最危險的地方。

【用法】表示下定決心，無所畏懼。

【例句】古時貞亮死節之士，爲了效忠君主，即使**刀山火海**亦無所畏懼。

【義近】刀山劍樹／槍林彈雨／龍潭虎穴。

刀山劍樹（ㄉㄠ ㄕㄢ ㄐㄧㄢˋ ㄕㄨˋ）

【釋義】刀山、劍樹：原也指佛教所說的地獄中的酷刑，後用以比喻艱難困苦的境地。

【出處】太平廣記卷三八三：「至第三重門，入見鑊湯及刀山劍樹。」

【用法】比喻環境險惡、艱難。

【例句】一個人只要下定決心，就能克服一切困難，哪怕是**刀山劍樹**，也能無所畏懼，設法突破。

【義近】萬丈深淵／刀山火海。

【義反】康莊大道。

刀頭舔蜜（ㄉㄠ ㄊㄡˊ ㄊㄧㄢˇ ㄇㄧˋ）

【釋義】用舌頭在刀口上舔蜜糖吃。

【出處】佛說四二章經：「佛言財色之於人，譬如小兒貪刀刃之蜜，甜不足一食之美，然有截舌之患也。」

【用法】比喻利少害多，也指貪財好色不顧性命。

【例句】有些不法之徒，公然在大白天持刀搶劫，殊不知這種**刀頭舔蜜**之事是違法亂紀的。

【義近】人爲財死／龍潭探寶／與虎謀皮／火中取栗／鳥爲食亡。

刁鑽古怪（ㄉㄧㄠ ㄗㄨㄢ ㄍㄨˇ ㄍㄨㄞˋ）

【釋義】刁鑽：狡詐。古怪：怪僻。

【出處】西遊記八九回：「又各掛著一個粉漆牌兒，一個上寫著『刁鑽古怪』，一個上寫著『古怪刁鑽』。」

【用法】形容狡詐、怪癖，與眾不同，或形容作品的題目、構思稀奇古怪，令人難以捉摸。

【例句】①那人天生一副**刁鑽古怪**的模樣，叫人如何喜歡上他？②那些**刁鑽古怪**的作品，有可能哄動一時，但生命力決不會長久。

【義近】古靈精怪。

【義反】平易溫和／平易近人。

分化瓦解（ㄈㄣ ㄏㄨㄚˋ ㄨㄚˇ ㄐㄧㄝˇ）

【釋義】分化：使分裂。瓦解：如磚瓦之破裂。

【用法】多指對敵方要採取措施，令其內部發生矛盾，分裂離散。

【例句】在國家艱困的時期，最忌上下二心，若遭敵人的**分化瓦解**，其滅亡之日亦不遠了。

【義近】土崩瓦解／分崩離析／四分五裂。

【義反】團結一致／堅如磐石。

分我一杯羹（ㄈㄣ ㄨㄛˇ ㄧ ㄅㄟ ㄍㄥ）

【釋義】意即分給我一份。一杯羹：一杯羹湯。一作「分我杯羹」。

【出處】司馬遷・史記・項羽本紀：項羽威脅劉邦：「今不急下，我烹太公。」邦曰：「吾翁即若翁，必欲烹而翁，則幸分我一杯羹。」

【用法】今用以稱從別人那裏分享一分利益。

【例句】我幫了你這麼多的忙，倘若眞有任何好處，可別忘了**分我一杯羹**。

【義近】利益均霑／有福同享。

【義反】利益獨佔／有禍自當／獨吞獨食。

分秒必爭（ㄈㄣ ㄇㄧㄠˇ ㄅㄧˋ ㄓㄥ）

【釋義】一分一秒也要爭取。

【用法】形容充分利用和抓緊時間。

【例句】在工商業發達的社會裏，人們是**分秒必爭**，一刻也不得閒。

【義近】爭分搶秒。

【義反】蹉跎歲月／虛度年華／浪費時日。

分門別類（ㄈㄣ ㄇㄣˊ ㄅㄧㄝˊ ㄌㄟˋ）

【釋義】意謂分別部門，歸納種類，使人一目瞭然。

【出處】曾樸・孽海花五回：「以兄弟的愚見，分門別類比較起來，揮瀚臨池，自然讓龔和甫獨步。」

【用法】指對事物按其性質、內容進行分類，使人易於明瞭知曉。

【例句】圖書館裏的各類書籍**分門別類**的放置方式，給找書的人許多方便。

【義近】分部別居／各歸其類／以類相從／依類而從／各從其類。

【義反】一股腦兒／亂七八糟／籠統不分／雜亂無緒。

分庭抗禮（ㄈㄣ ㄊㄧㄥˊ ㄎㄤˋ ㄌㄧˇ）

【釋義】原指賓主分列堂前兩旁，彼此相對，平等行禮。庭：庭院。抗：一作「伉」，對等，相當。

【出處】莊子・漁父：「萬乘之主，千乘之君，見夫子未嘗不分庭伉禮。」

【用法】今用以比喻地位平等，彼此以對等關係相處；也比喻分裂對立的局面。

【例句】他實在是嚥不下那口氣，於是成立了另一支強勁的隊伍與他們**分庭抗禮**，決一高下。

【義近】平分秋色／平起平坐／

半斤八兩／互別苗頭。

【義反】地位懸殊／高下懸殊。

分崩離析（ㄈㄣ ㄅㄥ ㄌㄧˊ ㄒㄧ）

【釋義】崩：倒塌。析：分開，解體。

【出處】論語・季氏：「遠人不服而不能來也，邦分崩離析而不能守也。」

【用法】形容國家或集團四分五裂，不可收拾。

【例句】一個國家、一個集團，如果演變成**分崩離析**的時候，那就很難挽救了。

【義近】土崩瓦解／四分五裂／離散瓦解／各行離散／豆剖瓜分。

【義反】堅如磐石／牢不可破／金甌無缺／精誠團結／上下一心。

分毫不爽（ㄈㄣ ㄏㄠˊ ㄅㄨˋ ㄕㄨㄤˇ）

【釋義】分毫：極爲微小的計量單位。爽：差錯，失誤。

【出處】蒲松齡・醒世姻緣二八回：「但這班異類，後來都報應得分毫不爽。」

【用法】用以說明正確無誤，絲毫不差。

【例句】他的心算能力驚人，再大再繁雜的數字他都能在短短數秒中**分毫不爽**地解出，眞不可思議。

【義近】毫無差錯／絲毫不差／無毫髮爽／一絲不差。

【義反】相差十萬八千里／差如天壤／差之千里。

分道揚鑣（ㄈㄣ ㄉㄠˋ ㄧㄤˊ ㄅㄧㄠ）

【釋義】分道而行。揚鑣：揚鞭驅馬前進，或解爲提起馬勒口。鑣：馬勒口。一作「分路揚鑣」。

【出處】魏書・河間公齊傳：「高祖曰：『洛陽我之豐沛，自應分路揚鑣。』」

【用法】比喻志趣不同，各走各的路；也比喻才力匹敵，各有千秋。

【例句】既然我們的意見有如此大的分歧點，不如早早**分道揚鑣**，另謀出路吧！

【義近】各奔前程／各奔東西／背道而馳／各走各路／兩不相涉。

【義反】志同道合／齊頭並進／並駕齊驅／並行不悖。

切磋琢磨（ㄑㄧㄝ ㄘㄨㄛ ㄓㄨㄛˊ ㄇㄛˊ）

【釋義】指把獸骨象牙玉石等製成器物。切磋：加工骨頭象牙。琢磨：加工玉石石塊。

【出處】詩經・衛風・淇奧：「如切如磋，如琢如磨。」王充・論衡・量知：「切磋琢磨，乃成寶器。」

【用法】比喻學習和研究問題，相互討論，取長補短。

【例句】在學習和工作中，只有大家在一起**切磋琢磨**，才會進步快，收效大。

【義近】三個臭皮匠，賽過諸葛亮／如切如磋／如琢如磨／精益求精。

【義反】獨學寡聞／獨學無友。

切膚之痛（ㄑㄧㄝ ㄈㄨ ㄓ ㄊㄨㄥˋ）

【釋義】親身經受的痛苦。切膚：切身，指與自身關係密切。切：密切，貼近。

【出處】蒲松齡・聊齋志異・冤獄：「受萬罪於公門，竟屬切膚之痛。」

【用法】比喻感受深切。

【例句】老一輩的人，對抗戰時期日軍的燒殺擄掠，都有**切膚之痛**，永遠也難以忘記。

【義近】親歷之苦／親受鞭撻。

【義反】無關痛癢／道聽途說／非親非故。

切齒腐心（ㄑㄧㄝ ㄔˇ ㄈㄨˇ ㄒㄧㄣ）

【釋義】切齒：牙齒切磨。腐心：憤恨得心碎。一作「切齒拊心」。拊心：拍擊心胸。

【出處】戰國策・燕策三：「此臣日夜切齒拊心也。」司馬遷・史記・刺客列傳：「此臣之日夜切齒腐心也。」

【用法】形容憤恨到了極點。

【例句】日軍慘無人道的在南京殺了幾萬人，怎能不令人**切齒腐心**！

【義近】恨之入骨／切齒痛心／咬牙切齒／恨入骨髓／切齒憤盈。

【義反】愛之甚深。

刎頸之交

【釋義】刎頸：割脖子，表示可替對方去死。交：交情，友誼。

【出處】司馬遷・史記・廉頗藺相如列傳：「卒相與驩，爲刎頸之交。」

【用法】指友誼深摯，可以同生死共患難的朋友。

【例句】你與我是**刎頸之交**，些許小事，難道還要分什麼彼此嗎？

【義近】生死之交／莫逆之交／患難之交。

【義反】冤家對頭／狐朋狗友／酒肉朋友。

利令智昏

【釋義】利：利益。令：使。智：理智。

【出處】司馬遷・史記・平原君列傳：「平原君翩翩濁世之佳公子也，然未睹大體。鄙語曰：『利令智昏。』」

【用法】形容人因一心貪圖私利，使頭腦發昏而失去理智。

【例句】他爲了炒股票，竟將公司保險箱裏的現鈔偷去炒作，眞是**利令智昏**。

【義近】見利忘義／財迷心竅／利欲熏心。

【義反】見利思義／富貴於我如浮雲／輕財重義。

利害攸關

【釋義】利害所關。利害：利益與損害。攸：所。

【出處】易經・繫辭下：「情僞相感而利害生。」

【用法】指有密切的利害關係。

【例句】解決環境污染問題，是與民眾健康**利害攸關**的一件大事。

【義近】性命攸關／生死攸關。

【義反】毫不相關／風馬牛不相及／兩不相涉。

利欲熏心

【釋義】欲：欲望。熏：熏染。

【出處】宋・黃庭堅・贈別李次翁詩：「利欲熏心，隨人翕張。」

【用法】指貪財圖利的欲望迷住了心竅。

【例句】像他這樣**利欲熏心**的人，總有一天要倒楣的。

【義近】利令智昏／齊人攫金／唯利是圖。

【義反】利不虧義／不慕榮華。

刪繁就簡

【釋義】刪：除去。就：接近，趨向。

【出處】王守仁・傳習錄上：「如孔子退修六籍，刪繁就簡，開示來學。」

【用法】指去掉冗雜的部分，使它趨於簡明。

【例句】文章寫好後，務必要多加修改，**刪繁就簡**，這樣才有可能成爲好文章。

【義近】刪蕪就簡／撮要刪繁。

【義反】贅言冗詞／繁言蔓詞。

初生之犢不怕虎

【釋義】初生：剛生下來。犢：小牛。不怕虎：指不懂事而不怕。

【出處】莊子・知北遊：「汝瞳焉如新生之犢，而無求其故。」羅貫中・三國演義七四回：「俗云：『初生之犢不懼虎。』」

【用法】比喻閱歷不深的年輕人遇事勇往直前，無所畏懼。

【例句】這樣艱巨的任務你也敢承擔下來，眞是**初生之犢不怕虎**。

初出茅廬（ㄔㄨ ㄔㄨ ㄇㄠˊ ㄌㄨˊ）

【釋義】茅廬：草屋，此指諸葛亮隱居南陽時所住之屋。

【出處】羅貫中・三國演義三九回載：敍諸葛亮出山後，在博望坡大破曹操，「直須驚破曹公膽，初出茅廬第一功。」

【用法】原比喻新露頭角。今比喻初次出來辦事，缺乏經驗。

【例句】他剛離開學校，步入社會，可謂是**初出茅廬**，長處是有雄心壯志，短處是缺乏經驗。

【義近】初露鋒芒／初露頭角／新硎初試／涉世未深／乳臭未乾。

【義反】涉歷甚深／老謀深算／沙場老將／身經百戰／老馬識途。

初露鋒芒（ㄔㄨ ㄌㄨˋ ㄈㄥ ㄇㄤˊ）

【釋義】初露：剛開始顯露。鋒：指刀劍的刃和尖。芒：穀物的芒。鋒芒：比喻人的才幹。

【用法】用以說明剛開始顯示出力量或才能。

【例句】學校運動會上，劉同學**初露鋒芒**，長跑和短跑都進入了前三名。

【義近】嶄露頭角／小試鋒芒。

【義反】大展才華／大顯神通／鋒芒畢露。

判若兩人（ㄆㄢˋ ㄖㄨㄛˋ ㄌㄧㄤˇ ㄖㄣˊ）

【釋義】截然不同像兩個人一樣。判：分別。

【出處】清・李寶嘉・文明小史五回：「何以如今判若兩人？」

【用法】形容一個人前後變化很大。

【例句】去國不過短短三年，她的言行舉止卻有了很大的改變，和以前相比，簡直**判若兩人**。

判若雲泥（ㄆㄢˋ ㄖㄨㄛˋ ㄩㄣˊ ㄋㄧˊ）

【釋義】其差別就像天上的雲彩和地上的泥土那樣。判：區別顯然。

【出處】杜甫・送韋書記赴安西：「夫子欻通貴，雲泥相望懸。白頭無藉在，朱紱有哀憐。」

【用法】形容高低懸殊非常的明顯。

【例句】《紅樓夢》問世後，隨即出現了不少續作，但續作同原作相比，其思想性和藝術性都**判若雲泥**。

【義近】判若天壤／天淵之別／天差地遠／雲泥之別。

【義反】不相上下／半斤八兩／旗鼓相當／相差無幾。

判若鴻溝（ㄆㄢˋ ㄖㄨㄛˋ ㄏㄨㄥˊ ㄍㄡ）

【釋義】鴻溝：古運河，在今河南省，爲秦末楚漢的分界河。

【出處】司馬遷・史記・高祖本紀：「項羽恐，乃與漢王約，中分天下，割鴻溝而西者爲漢，鴻溝而東者爲楚。」

【用法】形容彼此界限分明，差別很大。

【例句】已開發國家的繁榮昌盛，和未開發地區的貧窮落後相比，實是**判若鴻溝**。

【義近】判若雲泥／天壤之別／天差地別。

【義反】毫無二致／相差無幾。

別出心裁（ㄅㄧㄝˊ ㄔㄨ ㄒㄧㄣ ㄘㄞˊ）

【釋義】別出：不同於眾。心裁：心中的構思或設計。

【出處】顧觀光・武陵山人雜著：「敖繼公釋儀禮，屛棄古注，別出心裁……。」

【用法】意謂獨創一格，與眾不同。

【例句】這幅畫**別出心裁**，構圖奇特，使許多參觀者駐足欣賞。

【義近】獨樹一幟／別具匠心／不同凡響／獨出機杼。

【義反】千篇一律／亦步亦趨／故步自封。

別出機杼 ㄅㄧㄝˊ ㄔㄨ ㄐㄧ ㄓㄨˋ

【釋義】別出：不同於眾。機杼：織布機，機以轉軸，杼以持緯。用以比喻詩文創作中的構思和布局。

【出處】樓鑰・跋李伯和所藏書畫薄薄酒二篇：「詞人務以相勝，似不若別出機杼。」

【用法】指另闢途徑，有所創新之意。

【例句】在文學創作上，只有**別出機杼**，才有可能出現優秀作品。

【義近】匠心獨運／獨闢蹊徑／獨創新意。

【義反】蹈人舊轍／因循抄襲。

別有天地 ㄅㄧㄝˊ ㄧㄡˇ ㄊㄧㄢ ㄉㄧˋ

【釋義】別有：另有。天地：境界。

【出處】李白・山中問答詩：「問余何意栖碧山，笑而不答心自閒。桃花流水窅然去，別有天地非人間。」

【用法】指另有一個意外的境界。常用以形容風景或藝術創作引人入勝。

【例句】①看了其他的小說，再看紅樓夢，總覺得**別有天地**，令人讚歎不已。②出了山洞口，只見小橋流水，竹籬茅舍，眞是**別有天地**。

【義近】別有洞天／別有乾坤。

【義反】平淡無奇／俗不可耐。

別有洞天 ㄅㄧㄝˊ ㄧㄡˇ ㄉㄨㄥˋ ㄊㄧㄢ

【釋義】洞天：道教指神仙居住的洞府。

【出處】李白・夢遊天姥吟留別：「洞天石扉，訇然中開。」章碣・對月詩：「別有洞天三十六，水晶殿臺冷層層。」

【用法】比喻另有一番美妙的境界。多用以形容風景能引人入勝。

【例句】遊覽了桂林的山水，我已驚歎不已，再遊覽陽朔的美景，才體會到什麼叫**別有洞天**。

【義近】別有天地。

【義反】處處可見／平凡無奇。

別有用心 ㄅㄧㄝˊ ㄧㄡˇ ㄩㄥˋ ㄒㄧㄣ

【釋義】用心：居心，打算，企圖。

【出處】吳沃堯・二十年目睹之怪現狀九九回：「王太尊也是說他辦事可靠，那裏知道他是別有用心的呢？」

【用法】指人不懷好意，另有不可告人的企圖。

【例句】你不要看他嘴裏說得好聽，其實是**別有用心**，根本不可信。

【義近】心懷鬼胎／居心叵測／居心不良。

【義反】光明正大／襟懷坦白／光明磊落。

別有會心 ㄅㄧㄝˊ ㄧㄡˇ ㄏㄨㄟˋ ㄒㄧㄣ

【釋義】會心：領悟，領會。

【出處】劉義慶・世說新語・言語：「簡文入華林園，顧謂左右曰：『會心處不必在遠，翳然林水，便自有濠濮間想也。』」

【用法】形容人於事於理有獨到的領會與理解，與一般人不同。

【例句】在讀書與做學問的問題上，他**別有會心**，與一般人的見解大異。

【義近】見解獨特／大異其趣／自有主見。

【義反】所見略同／世俗之見／毫無新意。

別具一格 ㄅㄧㄝˊ ㄐㄩˋ ㄧˋ ㄍㄜˊ

【釋義】別：另外的，獨特的。格：格式，風格。

【出處】龔自珍・己亥雜詩第一二五首：「我勸天公重抖擻

，不拘一格降人才。」
【用法】意指另有一種獨特的風格。
【例句】這個畫家的人物畫拙中有巧，**別具一格**。
【義近】自成一家／別具匠心／獨樹一幟。
【義反】千篇一律／依樣畫瓢／照貓畫虎。

別具匠心 ㄅㄧㄝˊ ㄐㄩˋ ㄐㄧㄤˋ ㄒㄧㄣ

【釋義】另有一種精巧的心思。匠心：靈巧之心。
【出處】張祜・題王右丞山水障詩：「精華在筆端，咫尺匠心難。」
【用法】指在技巧和藝術方面具有與眾不同的巧妙構思。
【例句】張大千的畫無一幅不**別具匠心**，所以他在中國的現代畫壇上享有極高的聲譽。
【義近】匠心獨具／別具隻眼／獨樹一幟／自成一家。
【義反】依樣畫葫蘆／鸚鵡學舌／師人故智。

別具隻眼 ㄅㄧㄝˊ ㄐㄩˋ ㄓ ㄧㄢˇ

【釋義】另有一種眼光。
【出處】葉寘・愛日齋叢鈔三：「（楊萬里）又有送彭元忠詩……近來別具一隻眼，要踏唐人最上關。」
【用法】比喻有獨到的見解。
【例句】那幅出水芙蓉大家都看不出有什麼特別之處，唯有張先生**別具隻眼**，說出了它的妙處。
【義近】慧眼獨具／見解非凡。
【義反】世俗之見／俗眼凡胎／平平之見。

別具肺腸 ㄅㄧㄝˊ ㄐㄩˋ ㄈㄟˋ ㄔㄤˊ

【釋義】一作「別有肺腸」。肺腸：比喻心思。
【出處】詩經・大雅・桑柔：「自有肺腸，俾民卒狂。」箋：「自有肺腸，行其心中之所欲，乃使民盡迷惑如狂。」
【用法】比喻人動機不良，故意違眾立異。
【例句】却將自己切己之事全置度外，豈非**別具肺腸**麼？（李汝珍・鏡花緣二五回）
【義近】別有腸肚／別有用心／心懷不軌／另有圖謀。
【義反】心口如一／胸懷坦然／光明磊落。

別無長物 ㄅㄧㄝˊ ㄨˊ ㄓㄤˋ ㄨˋ

【釋義】除一身之外再沒有多餘的東西。長：多餘，剩餘。
【出處】劉義慶・世說新語・德行：「丈人不悉（王）恭，恭作人無長物。」
【用法】原指生活儉僕，現多用以形容貧窮。
【例句】原來他家不過一張牀，一個書桌，一架書而已，**別無長物**。
【義近】家徒四壁／室如懸磬／阮囊羞澀／身無長物。
【義反】萬貫家財／應有盡有／一應俱全。

別開生面 ㄅㄧㄝˊ ㄎㄞ ㄕㄥ ㄇㄧㄢˋ

【釋義】生面：新的面貌，新鮮動人的場面、格局。
【出處】杜甫・丹青引贈曹將軍霸：「凌烟功臣少顏色，將軍下筆開生面。」曹雪芹・紅樓夢六四回：「可謂命意新奇，別開生面。」
【用法】用以指另創新的格局或新的形式。
【例句】這幢建築融合中外古今建築特色於一體，新穎奇特，**別開生面**。
【義近】面目一新／別具一格／一新耳目。
【義反】千篇一律／蹈人故轍／襲人故智。

別樹一幟 ㄅㄧㄝˊ ㄕㄨˋ ㄧˋ ㄓˋ

【釋義】另外樹立一面旗幟。別：另外。
【用法】比喻另成一家或另創局面。多指在文學藝術上的創新，有時也指在事業上獨自另走新路。

【例句】①他的這種唱腔與眾不同，在京劇界可算是**別樹一幟**了。②他先進的經營方式不為老闆所採納，於是乾脆獨自經營，**別樹一幟**了。

【義近】獨樹一幟／別具一格／自立門戶／自創一格。

【義反】亦步亦趨／一成不變／率由舊章／蕭規曹隨。

刻不容緩 ㄎㄜˋ ㄅㄨˋ ㄖㄨㄥˊ ㄏㄨㄢˇ

【釋義】刻：片刻，極短的時間。緩：延緩，拖延。

【出處】李汝珍・鏡花緣四十回：「不獨刻不容緩，並且兩命攸關。」

【用法】形容形勢緊迫，一刻也不容許拖延。

【例句】汛期將到，防洪物質的準備工作已是**刻不容緩**。

【義近】迫不及待／急如星火／迫在眉睫／燃眉之急。

【義反】綽有餘裕／尚可容緩。

刻舟求劍 ㄎㄜˋ ㄓㄡ ㄑㄧㄡˊ ㄐㄧㄢˋ

【釋義】舟：船。求：尋找。

【出處】呂氏春秋・察今載：有一楚人坐船過江，劍掉入水中，他即在船邊刻上記號。船停，按記號去找劍。

【用法】比喻拘泥成法而不講實際，不知變通。

【例句】我們隨時都要根據新情況，採取新辦法，決不能**刻舟求劍**，食古不化。

【義近】膠柱鼓瑟／泥古不化／食古不化。

【義反】因時制宜／相機行事／通權達變。

刻苦耐勞 ㄎㄜˋ ㄎㄨˇ ㄋㄞˋ ㄌㄠˊ

【釋義】刻苦：本指下苦功鑽研，後也指生活自奉儉樸。耐：忍受，禁得住。

【出處】韓愈・柳子厚墓誌銘：「居閒益自刻苦，務記覽，為詞章。」

【用法】形容一個人在困難情況下能自奉儉樸，忍受勞苦，力求改善自己的生活。

【例句】多年來他一直**刻苦耐勞**，自強不息，終於使貧困的家庭漸趨富裕。

【義近】吃苦耐勞／克勤克儉。

【義反】好吃懶做／崇尚奢華。

刻骨銘心 ㄎㄜˋ ㄍㄨˇ ㄇㄧㄥˊ ㄒㄧㄣ

【釋義】刻印在骨頭上，牢記在心中。銘：刻，原指在石頭或金屬器物上刻字。

【出處】李白・上安州李長史書：「深荷王公之德，銘刻心骨。」施耐庵・水滸傳八十回：「刻骨銘心，誓圖死報。」

【用法】形容牢記在心，永遠不忘。

【例句】我們自小相愛，後來因故未能締結良緣，但那段戀情卻**刻骨銘心**，畢生難忘。

【義近】銘諸肺腑／永誌不忘／沒齒難忘／銘心鏤骨。

【義反】浮光掠影／置之腦後／拋往九霄雲外／輕如浮雲。

刻畫入微 ㄎㄜˋ ㄏㄨㄚˋ ㄖㄨˋ ㄨㄟˊ

【釋義】細緻描摹，連極微小之處也不馬虎。刻畫：表示描寫細膩。

【用法】形容人為文或從事其他創作，描繪得非常深刻細膩。

【例句】曹雪芹在《紅樓夢》中，對人物**刻畫入微**，個個栩栩如生。

【義近】刻意求工／深刻細膩／絲絲入扣。

【義反】馬馬虎虎／一筆帶過。

刮目相待 ㄍㄨㄚ ㄇㄨˋ ㄒㄧㄤ ㄉㄞˋ

【釋義】擦亮眼睛看待。刮：擦拭。

【出處】陳壽・三國志・吳志・呂蒙傳注・引江表傳：「士別三日，即更刮目相待。」

【用法】比喻改變老眼光，用新的眼光看待人。

【例句】這一年多來，他變得剛強果斷、好學不倦，人們也隨之而**刮目相待**了。
【義近】另眼相看／刮目而視／刮目相看／青眼相加。
【義反】不屑一顧／投以白眼。

刮垢磨光 ㄍㄨㄚ ㄍㄡˋ ㄇㄛˊ ㄍㄨㄤ

【釋義】刮垢：刮去汙垢。磨光：磨去毛瑕，使之光潔。
【出處】韓愈・進學解：「占小善者率以錄，名一藝者無不庸。爬羅剔抉，刮垢磨光。」
【用法】比喻精心培植和造就人才。
【例句】凡是有遠見的執政者，無不重視教育，**刮垢磨光**，造就人才。

刮腸洗胃 ㄍㄨㄚ ㄔㄤˊ ㄒㄧˇ ㄨㄟˋ

【釋義】把腸胃作一次徹底的洗滌。
【出處】南史・荀伯玉傳載：南齊竺景秀語人曰：「若許某自新，必吞刀刮腸，飲灰洗胃。」
【用法】用以比喻痛改前非。
【例句】他這次已向警方保證，從此以後一定**刮腸洗胃**，決不再行凶作惡了。
【義近】洗面革心／重新做人／浪子回頭／痛改前非。
【義反】知錯不改／頑固不化／死不悔改／執迷不悟。

刺刺不休 ㄘˋ ㄘˋ ㄅㄨˋ ㄒㄧㄡ

【釋義】刺刺：話多的樣子。休：止。
【出處】韓愈・送殷員外序：「丁寧顧婢子，語刺刺不能休。」蒲松齡・聊齋誌異・口技：「三人絮語間雜，刺刺不休。」
【用法】形容嘮嘮叨叨，話多說個不完。
【例句】她也不怕人厭，說起話來總是**刺刺不休**，別人連插嘴的機會也沒有。
【義近】喋喋不休／呶呶不休／絮絮叨叨／滔滔不絕。
【義反】默默無言／寡言少語／沉默寡言／言簡意賅。

前仆後繼 ㄑㄧㄢˊ ㄆㄨ ㄏㄡˋ ㄐㄧˋ

【釋義】前面的人倒下了，後面的人跟上來。仆：倒下，指犧牲。
【出處】王楙・野客叢書：「情欲之不可制如此，故士大夫……前仆後繼，曾不知悞。」
【用法】用以讚頌不怕犧牲、英勇奉獻的大無畏精神。
【例句】滿清末年，革命黨人經過**前仆後繼**的英勇戰鬥，終於推翻了專制政府。
【義近】勇往直前／一往無前。
【義反】後繼無人／後無來者／臨陣脫逃。

前功盡棄 ㄑㄧㄢˊ ㄍㄨㄥ ㄐㄧㄣˋ ㄑㄧˋ

【釋義】前功：前面的功績、成績。盡：全部。棄：失掉。
【出處】司馬遷・史記・周本紀：「今又將兵出塞，過兩周，倍（背）韓，攻梁，一舉不得，前功盡棄。」
【用法】說明事將成而失敗，以前的努力完全白費。
【例句】學習外語一定要堅持到底，如果半途而廢，就會**前功盡棄**。
【義近】功敗垂成／功虧一簣／盡付東流／廢於一旦。
【義反】功成名就／大功告成。

前因後果 ㄑㄧㄢˊ ㄧㄣ ㄏㄡˋ ㄍㄨㄛˇ

【釋義】起因和結果。
【出處】文康・兒女英雄傳一回：「須得先叫他明白了前因後果，才免得怨天尤人。」
【用法】泛指事情的整個過程。
【例句】經過警察周密的調查，這件事情的**前因後果**已經很清楚了，你還能抵賴嗎？
【義近】始末緣由／起根發由／來龍去脈。

前仰後合 ㄑㄧㄢˊ ㄧㄤˇ ㄏㄡˋ ㄏㄜˊ

【釋義】意即前翻後仰。仰：仰倒。合：閉，引申為倒。
【出處】曹雪芹・紅樓夢四二回：「眾人聽了，越發鬨然大笑的前仰後合。」
【用法】形容人大笑時身體前翻後仰的姿態。
【例句】他不開口則已，一開口就能讓人笑得**前仰後合**，直呼受不了。
【義近】前合後偃／前俯後仰。
【義反】愍嘴笑笑。

前車之鑑 ㄑㄧㄢˊ ㄔㄜ ㄓ ㄐㄧㄢˋ

【釋義】前車：前面的車子。鑑：鏡子，引申為教訓。
【出處】劉向・說苑・善說謂出周書，作「前車覆，後車戒」。李汝珍・鏡花緣一二回：「處此境者，視此前車之鑑……。」
【用法】比喻以前的失敗，可以作為以後的教訓。
【例句】他因賭博而弄得家破人亡，其人其事很可以作為賭徒們的**前車之鑑**。
【義近】覆車之鑑／前事之鑑／殷鑑不遠／懲前毖後。
【義反】重蹈覆轍／不以為戒／一錯再錯。

前怕狼後怕虎 ㄑㄧㄢˊ ㄆㄚˋ ㄌㄤˊ ㄏㄡˋ ㄆㄚˋ ㄏㄨˇ

【釋義】又作「前怕龍後怕虎」。
【出處】馮惟敏・朝天子・感述：「磊落英雄，清修人物，前怕狼後怕虎。設謀使毒，只待把忠良妒。」
【用法】比喻膽小怕事，顧慮太多。
【例句】從事科學研究，就是要勇於實踐，敢於創新，不能**前怕狼後怕虎**。
【義近】膽小怕事／畏首畏尾／瞻前顧後／顧慮重重。
【義反】膽大包天／毫無所懼／一往直前。

前所未有 ㄑㄧㄢˊ ㄙㄨㄛˇ ㄨㄟˋ ㄧㄡˇ

【釋義】以前所沒有過的。一作「前古未有」。
【出處】宋・徐度・却掃編卷下：「而鄭樞密洵武以少保領院事而不兼節鉞，前所未有也。」
【用法】說明其人其事奇特，從不曾有過。
【例句】中國現今的繁榮昌盛，以及民主自由，在歷代王朝中不曾有過，是**前所未有**的現象。
【義近】亘古未有／史無前例／前所未見／聞所未聞。
【義反】不乏其例／史有記載／屢見不鮮。

前事不忘，後事之師 ㄑㄧㄢˊ ㄕˋ ㄅㄨˋ ㄨㄤˋ，ㄏㄡˋ ㄕˋ ㄓ ㄕ

【釋義】師：師表，榜樣，引申為鑑戒。
【出處】戰國策・趙策一：「前事之不忘，後事之師。」
【用法】說明記取以往的經驗教訓，作為往後作事的借鑑。
【例句】**前事不忘，後事之師**，如果我們能從過去的工作中吸取經驗教訓，就可以把今後的工作做得更好一些。
【義近】前鑑之驗，後事之師／前人失腳，後人把滑／前車之覆，後車之鑑。
【義反】重蹈覆轍／一錯再錯，一敗再敗／屢錯不改，屢敗不戒。

前呼後擁 ㄑㄧㄢˊ ㄏㄨ ㄏㄡˋ ㄩㄥˇ

【釋義】前呼：有人在前呼喝開道。後擁：後面有人圍著保護。擁：簇擁。
【出處】元・無名氏・賺蒯通二折：「想為官的前呼後擁，衣輕乘肥，有多少榮耀！」
【用法】形容要人外出，隨從很多，威風凜凜。有時也指人多擁擠。
【例句】他雖然只是一個七品芝蔴官，但一出門便**前呼後擁**

，好不威風！

【義近】前遮後擁／前呼後應／排場闊綽。

【義反】輕車簡從。

前度劉郎 ㄑㄧㄢˊ ㄉㄨˋ ㄌㄧㄡˊ ㄌㄤˊ

【釋義】以前來過的劉郎。前度：前次，上次。

【出處】劉義慶・幽明錄記載：東漢永平年間，劉晨、阮肇在天台遇到兩女子並與之結婚。返家後才知在山中過了七年，兩女子原來是仙女。兩人再返天台山，那兩位仙女已不在了。

【用法】用以稱去而復來的人或舊地重遊，多用於書面語。

【例句】胡先生常去歌舞廳尋歡作樂，小姐們見了都戲稱他爲**前度劉郎**。

【義近】舊地重遊／舊燕歸巢。

【義反】一去不返。

前後相悖 ㄑㄧㄢˊ ㄏㄡˋ ㄒㄧㄤ ㄅㄟˋ

【釋義】悖：違背，相牴觸。

【出處】韓非子・定法：「晉之故法未息，而韓之新法又生，先君之令未收，而後君之令又下。……前後相悖。」

【用法】用以說明法令、事物等前後相互牴觸。

【例句】你對這件事的態度，竟然**前後相悖**到如此的程度，實在令人難以理解。

【義近】前後矛盾／先後不一／前後背離。

【義反】前後一致／前呼後應。

前倨後恭 ㄑㄧㄢˊ ㄐㄩˋ ㄏㄡˋ ㄍㄨㄥ

【釋義】倨：傲慢。恭：敬。

【出處】司馬遷・史記・蘇秦列傳：「蘇秦笑謂其嫂曰：『何前倨而後恭也？』」

【用法】形容人先前傲慢而後來有禮的兩種截然不同的態度。多用以譏笑勢利者。

【例句】社會上如胡屠戶一樣**前倨後恭**，趨炎附勢的人不少，這是一種人性的弱點。

【義近】前倨後卑／前慢後恭／相風使帆。

【義反】前後一致／始終如一。

前程萬里 ㄑㄧㄢˊ ㄔㄥˊ ㄨㄢˋ ㄌㄧˇ

【釋義】前程：前面的路程，前途。

【出處】唐詩紀事五一載：崔鉉兒時詠架上鷹：「萬里碧霄終一去。」韓滉說：「此兒可謂前程萬里。」

【用法】比喻人前途遠大。

【例句】臨別之際，衷心祝福你**前程萬里**！

【義近】鵬程萬里／前程似錦／錦繡前程。

【義反】前途渺茫／天臺路迷／走投無路。

前無古人，後無來者 ㄑㄧㄢˊ ㄨˊ ㄍㄨˇ ㄖㄣˊ ㄏㄡˋ ㄨˊ ㄌㄞˊ ㄓㄜˇ

【釋義】從前沒有過，後來也不會有。

【出處】陳子昂・登幽州臺歌：「前不見古人，後不見來者。」曾慥・類說五六：「前無古人，後無來者。」

【用法】用以說明空前絕後。

【例句】李白放蕩不羈的性格以及他的浪漫主義詩作，可說是**前無古人，後無來者**。

【義近】空前絕後／獨一無二。

【義反】史不絕書／不乏其例／屢見不鮮。

削足適履 ㄒㄩㄝ ㄗㄨˊ ㄕˋ ㄌㄩˇ

【釋義】把腳削小來適合鞋子的尺寸。履：鞋。

【出處】淮南子・說林訓：「夫所以養而害所養，譬猶削足而適履，殺頭而便冠。」

【用法】比喻不合理的遷就湊合，或比喻拘泥成例，生搬硬套，不知變通。

【例句】一般人只知盲目追求流行，卻不知找出自己的風格，結果就是**削足適履**，跟上了流行，卻迷失了自己。

【義近】 刖趾適屨／削頭便冠／截趾適履。

【義反】 量體裁衣／因地制宜／因時制宜。

剛柔相濟 ㄍㄤ ㄖㄡˊ ㄒㄧㄤ ㄐㄧˋ

【釋義】 剛柔：剛強、柔和。相濟：相互補充、救助。

【出處】 易經・坎卦注：「剛柔相比而相親焉。」

【用法】 多用以指人待人處事有硬有軟，寬猛結合，恩威並用。

【例句】 總經理待人接物，很懂得**剛柔相濟**的道理，因而處理問題非常得體。

【義近】 陰陽相濟／寬猛相濟／恩威並用。

【義反】 嚴峻少恩／寬嚴失常。

剛愎自用 ㄍㄤ ㄅㄧˋ ㄗˋ ㄩㄥˋ

【釋義】 剛愎：傲慢固執。自用：自信，自以為是。

【出處】 蘇軾・謝宣召入學士院狀：「知臣剛愎自用，雖有寬饒之狂；察臣招麾不移，庶幾長孺之守。」

【用法】 形容人固執任性，主觀自是，根本不考慮別人的意見。

【例句】 他為人**剛愎自用**，很難容得下他人意見，所以常被孤立。

【義近】 予智自雄／獨斷專行／師心自用／一意孤行／自矜自是。

【義反】 從諫如流／從善如流／虛心聽取／廣徵博求。

剪草除根 ㄐㄧㄢˇ ㄘㄠˇ ㄔㄨˊ ㄍㄣ

【釋義】 亦作「斬草除根」。意謂除草要連根一起除掉，才不至於再生再發。

【出處】 魏收・為侯景叛移梁朝文：「抽薪止沸，剪草除根。」

【用法】 用以比喻除惡務盡，免生後患。

【例句】 **剪草除根**，這次一定要把這幫土匪的巢穴鏟除，以免死灰復燃。

【義近】 除惡務盡／斬盡殺絕／不留隱患。

【義反】 放虎歸山／養癰遺患／後患無窮。

割席絕交 ㄍㄜ ㄒㄧˊ ㄐㄩㄝˊ ㄐㄧㄠ

【釋義】 割席分坐，斷絕交情。席：坐臥時所墊之物。

【出處】 劉義慶・世說新語・德行載：管寧與華歆同席讀書，「有乘軒冕過門者」，歆出看，寧割席分坐，曰：「子非吾友也。」

【用法】 用以稱朋友之間因意氣不投、志趣不合而絕交。

【例句】 他倆原是很要好的朋友，但因官場上的事鬧得很不愉快，兩人於是**割席絕交**，永不往來。

【義近】 一刀兩斷／分道揚鑣／情斷義絕。

【義反】 莫逆之交／情投意合／情深義重。

割雞焉用牛刀 ㄍㄜ ㄐㄧ ㄧㄢ ㄩㄥˋ ㄋㄧㄡˊ ㄉㄠ

【釋義】 焉用：哪裏用得著。焉：何，疑問代詞。

【出處】 論語・陽貨：「(孔)子之武城，聞弦歌之聲。夫子莞爾而笑，曰：『割雞焉用牛刀？』」

【用法】 比喻辦小事無須費大力氣，也比喻大材小用。

【例句】 ①**割雞焉用牛刀**，教人灑掃何必要勞駕大學教授！②**割雞焉用牛刀**，區區小事，犯得著興師動眾嗎？

【義近】 牛鼎烹雞／大材小用。

【義反】 小材大用／小題大做。

劈頭蓋臉 ㄆㄧ ㄊㄡˊ ㄍㄞˋ ㄌㄧㄢˇ

【釋義】 正衝著頭和臉。劈：正衝著、對著。蓋：加之於。又作「劈頭劈臉」或「劈頭蓋腦」。

【出處】 施耐庵・水滸傳一四回

：「（晁蓋）奪過士兵手裏棍棒，劈頭劈臉便打。」

【用法】形容來勢猛烈。也形容突如其來。

【例句】她不等人家解釋，就**劈頭蓋臉**的罵起人來，任誰也難以服氣。

【義近】來勢洶洶。

劍拔弩張 ㄐㄧㄢˋ ㄅㄚˊ ㄋㄨˇ ㄓㄤ

【釋義】劍拔出來了，弓張開了。弩：古時一種用扳機射箭的弓。

【出處】袁昂・古今書評：「韋誕書如龍威虎振，劍拔弩張。」

【用法】原形容書法崛奇雄健。今用以形容形勢緊張，一觸即發。

【例句】既然對方有意和解，你就心平氣和地坐下來談，不要再如此**劍拔弩張**，一副要殺人的樣子。

【義近】一觸即發／箭在弦上。

【義反】心平氣和／太平無事。

力部

力不從心 ㄌㄧˋ ㄅㄨˋ ㄘㄨㄥˊ ㄒㄧㄣ

【釋義】心裏想做而力量達不到。從：依從，順從。

【出處】後漢書・西域傳・莎車：「今使者大兵未能得出，如諸國力不從心，東西南北自在也。」

【用法】形容心有餘而力不足，常作委婉請求的用語，或作自謙之詞。

【例句】以我淺薄的才識，擔當學報的主編，實在是**力不從心**。

【義近】心有餘力不足／無能為力／力不勝任／力不能支。

【義反】得心應手／勝任愉快／遊刃有餘。

力不能支 ㄌㄧˋ ㄅㄨˋ ㄋㄥˊ ㄓ

【釋義】力量不能支撐。支：支撐。

【出處】馮夢龍・醒世恆言・白玉娘忍苦成夫：「食盡兵疲，力不能支。」

【用法】用以說明力量單薄不能支持。

【例句】我們公司已經瀕臨破產，即使我努力地挽回劣勢，只怕**力不能支**，無濟於事。

【義近】力不從心／獨木難支／回天乏力。

【義反】力挽狂瀾／力可回天／勝任有餘。

力可拔山 ㄌㄧˋ ㄎㄜˇ ㄅㄚˊ ㄕㄢ

【釋義】力氣大得可以拔起山。

【出處】司馬遷・史記・項羽本紀：「力拔山兮氣蓋世，時不利兮騅不逝。」

【用法】形容人有超人非凡的力氣。

【例句】有的人竟能拽動載重幾噸的大卡車，這真可說是**力可拔山**了。

【義近】力能移山／力可扛鼎／力大如牛／力大無比。

【義反】手無縛雞之力／肩不能挑，手不能提。

力爭上游 ㄌㄧˋ ㄓㄥ ㄕㄤˋ ㄧㄡˊ

【釋義】努力爭取，以求表現優異。上游：江河的上流，比喻表現優異。

【出處】趙翼・閑居讀書作詩：「所以才智人，不肯自棄暴，力欲爭上游，性靈乃其要。」

【用法】比喻奮力爭先，創造優異成績。

【例句】我們無論做什麼事，都要有**力爭上游**的精神，才能創造出優異的成績。

【義近】一馬當先／奮勇爭先。

【義反】甘居下游／甘居人後／得過且過。

力挽狂瀾 ㄌㄧˋ ㄨㄢˇ ㄎㄨㄤˊ ㄌㄢˊ

【釋義】挽：挽回。狂瀾：洶湧的波濤，喻險惡的局勢。

【出處】韓愈・進學解：「障百川而東之，迴狂瀾於既倒。」

【用法】形容能盡其全力挽回險惡的局勢。

【例句】滿清末年，幾次武裝起義均告失敗，革命處於劣勢，國父不畏艱險，**力挽狂瀾**，終於使革命得以成功。

【義近】扶危定傾／扭轉乾坤／轉危爲安／撥亂反正。

【義反】大勢已去／聽之任之。

力排衆議 ㄌㄧˋ ㄆㄞˊ ㄓㄨㄥˋ ㄧˋ

【釋義】竭力排除各種議論和主張。

【出處】羅貫中・三國演義四三回：「諸葛亮舌戰群儒，魯子敬力排衆議。」

【用法】形容爲確立自己的主張，而竭力排除歧見。

【例句】革命黨人在如何立國建國的問題上，曾衆說紛紜，各執己見，國父**力排衆議**，確立了三民主義此一基本建國綱領。

【義近】攻乎異端／舌戰羣儒。

【義反】衆說並存／百家爭鳴。

力透紙背 ㄌㄧˋ ㄊㄡˋ ㄓˇ ㄅㄟˋ

【釋義】筆力透到了紙的背面。

【出處】顏眞卿・張長史十二意筆法記：「當其用鋒，常欲使其透過紙背，此功成之極矣。」

【用法】形容書法遒勁有力，也稱作詩爲文的功力之深。

【例句】①王老先生的字筆力強勁，眞可謂**力透紙背**。②趙翼在《甌北詩話》中，稱讚陸游的古體詩說：「意在筆先，**力透紙背**。」此一評論相當中肯公允。

【義近】遒勁有力／入木三分／氣勢縱橫。

【義反】佶屈聱牙／樸實無華／稀鬆平常。

力窮勢孤 ㄌㄧˋ ㄑㄩㄥˊ ㄕˋ ㄍㄨ

【釋義】力量用盡，勢力孤單。窮：盡。

【出處】羅貫中・三國演義九五回：「却說王平……正遇張郃。戰有數十餘合，平力窮勢孤，只得退去。」

【用法】形容無力少援，處於極度的困境中。

【例句】伊拉克自不量力，入侵科威特，與美、英等國交戰，結果弄得**力窮勢孤**，只好投降了事。

【義近】勢窮力竭／勢孤力單。

【義反】人多勢衆／衆志成城／人多氣壯。

加官進爵 ㄐㄧㄚ ㄍㄨㄢ ㄐㄧㄣˋ ㄐㄩㄝˊ

【釋義】加官：在原官職外加領其他官銜。進：晉升爵位，又作「晉」。一作「加官進祿」。

【出處】金史・章宗元妃李氏傳：「（鳳凰）嚮裏飛則加官進祿。」

【用法】指官職升遷。

【例句】這個人的官運眞好，近幾年不斷的**加官進爵**，現在當上了院長。

【義近】官運亨通／封官賜爵／賞爵封官／步步高升／青雲直上。

【義反】官運不佳／久不升遷／貶職降級／辭官歸里／革職查辦／懸車告老。

加膝墜淵 ㄐㄧㄚ ㄒㄧ ㄓㄨㄟˋ ㄩㄢ

【釋義】加膝：把人放在自己膝上。墜淵：把人推下深淵。

【出處】禮記・檀弓下：「今之君子，進人若將加諸膝，退人若將墜諸淵。」

【用法】比喻用人愛憎無常，也用以說明對人的態度完全出於自己的喜怒。

【例句】此人不可深交，無論是待人或是用人，他都採取**加**

膝墜淵的惡劣態度。

【義近】愛之欲其生，惡之欲其死／喜怒無常／好則鑽皮出其毛羽，惡則洗垢求其瘢痕。

【義反】愛憎分明／取捨有度。

功成不居（ㄍㄨㄥ ㄔㄥˊ ㄅㄨˋ ㄐㄩ）

【釋義】功：事功，功績。居：自居，佔有。原指天地雖成就萬物，却不居功。

【出處】老子第二章：「生而不有，爲而不恃，功成而弗居。」

【用法】形容人謙讓，取得了成就却不居功自傲。

【例句】眞正有智慧的人，能夠知進退，**功成不居**，才能永遠取得別人的尊敬和佩服。

【義近】天不言兼覆之功／地不言周載之勞／天何言哉／不稱其能／勞不矜功。

【義反】居功自傲／自居其功／自謂功臣／非我不成。

功成名遂（ㄍㄨㄥ ㄔㄥˊ ㄇㄧㄥˊ ㄙㄨㄟˋ）

【釋義】功成：事業成功。名：名聲。遂：稱心，成就。

【出處】墨子・修身：「功成名遂，名譽不可以虛假。」

【用法】說明建成功績，有了名聲。

【例句】他近幾年出版了大約十部著作，又獲得了指導博士研究生的資格，可算**功成名遂**了。

【義近】功成名就／功成名立／名利雙收／壯志已酬。

【義反】功不成名不就／壯志未酬／迄未成功／身敗名裂。

功成身退（ㄍㄨㄥ ㄔㄥˊ ㄕㄣ ㄊㄨㄟˋ）

【釋義】功業建成後自己即引退。身：自己。退：退職，引退。

【出處】歐陽修・漁家傲詞：「定冊功成身退勇，辭榮寵，歸來白首笙歌擁。」

【用法】表示不貪名利，多用於官場。

【例句】當年在戰場上出生入死的老長官，如今**功成身退**，在家養老。

【義近】功遂身退／名成身退／急流勇退。

【義反】追名逐利／步步高升／苟營競進。

功到自然成（ㄍㄨㄥ ㄉㄠˋ ㄗˋ ㄖㄢˊ ㄔㄥˊ）

【釋義】功夫到了自然會成功。

【出處】文康・兒女英雄傳二三回：「鐵打房樑磨繡針，功到自然成。」

【用法】說明只要有恆心，堅持做下去，自可成功。

【例句】這件事做起來確實難度很大，但只要堅持不懈，**功到自然成**，沒有不成功的道理。

【義近】只要工夫深，鐵杵磨成針／鍥而不捨，金石可鏤／功夫不負有心人／有志者事竟成。

【義反】三天打魚，兩天曬網／鍥而捨之，朽木不折／半途而廢。

功敗垂成（ㄍㄨㄥ ㄅㄞˋ ㄔㄨㄟˊ ㄔㄥˊ）

【釋義】功：功績，成績。垂：將要，近於。

【出處】晉書・謝安傳論：「廟算有遺，良圖不果，降齡何促，功敗垂成，拊其遺文，經綸遠矣。」

【用法】形容事情將要成功時遭到了失敗。

【例句】很可惜，這件事若不是發生這樣的意外就成功了，如今**功敗垂成**，空留餘恨。

【義近】功虧一簣／廢於一旦／前功盡棄。

【義反】大功告成／功成名遂／功業圓滿。

功德無量（ㄍㄨㄥ ㄉㄜˊ ㄨˊ ㄌㄧㄤˋ）

【釋義】功德：一是指功業與德行；二是指佛教誦經、念佛、行善等事。無量：沒有限量。

【出處】禮記・王制：「有功德於民者，加地進律。」大乘義章九二：「言功德者，功謂功能，……此功是其善行家德，名爲功德。」

【用法】指功勞恩德非常大。現多用來稱讚做了好事。（含有詼諧的意味）

【例句】平日注意小善小德，便可**功德無量**，不一定要捐出一筆大錢才算是做善事。

【義近】功德齊天。

【義反】罪大惡極／十惡不赦／惡貫滿盈。

功虧一簣（ㄍㄨㄥ ㄎㄨㄟ ㄧˊ ㄎㄨㄟˋ）

【釋義】原意爲堆九仞高的土山，由於只差一筐土而不能完成。功：功業，事業。虧：短缺。簣：裝土的筐。

【出處】尚書・旅獒：「爲山九仞，功虧一簣。」

【用法】比喻做事情只差最後一點而未能完成。多用以勸說人們在最後階段不要鬆懈。

【例句】這件事情眼看就要完成了，決不能鬆懈，否則**功虧一簣**就太可惜了。

【義近】前功盡棄／功敗垂成／未成一簣／廢於一旦。

【義反】得竟成功／大功告成／功成名就。

劫富濟貧（ㄐㄧㄝˊ ㄈㄨˋ ㄐㄧˋ ㄆㄧㄣˊ）

【釋義】劫：強取，搶奪。濟：救濟。

【出處】蔡東藩・民國通俗演義二五回：「乃想學王天縱的行爲，劫富濟貧，自張一幟。」

【用法】指古代一些人打抱不平，強取不仁不義的富戶財產，以救濟窮人。

【例句】《水滸傳》所寫的宋江等人**劫富濟貧**的故事，深深吸引著廣大的讀者。

【義近】替天施仁／爲天行道。

【義反】率獸食人／助桀爲虐。

劫後餘生（ㄐㄧㄝˊ ㄏㄡˋ ㄩˊ ㄕㄥ）

【釋義】劫：劫災，佛教語，今泛指災難。生：生命。

【用法】指經歷災難以後幸存下來的生命或指在災難中僥倖保存了生命。

【例句】在那次大地震中，我已被倒塌的房屋壓住，卻又幸運地被人救起了，眞是**劫後餘生**啊！

【義近】浩劫餘生／死裏逃生／九死一生。

【義反】在劫難逃／劫數難逃／滅頂之災。

助人爲樂（ㄓㄨˋ ㄖㄣˊ ㄨㄟˊ ㄌㄜˋ）

【釋義】把幫助別人當作快樂的事。爲：當作。

【用法】用以鼓勵人多行善，以發揚相互友愛的傳統美德。

【例句】她爲人熱心，不管哪家有事都樂意幫忙，是個以**助人爲樂**的好鄰居。

【義近】成人之美。

【義反】乘人之危／嫁禍於人／落井下石。

助天爲虐（ㄓㄨˋ ㄊㄧㄢ ㄨㄟˊ ㄋㄩㄝˋ）

【釋義】幫助老天爺施行暴虐。爲：做，施行。

【出處】左丘明・國語・越語下：「無助天爲虐，助天爲虐者不詳。」

【用法】用以指趁著天災做壞事，使災情更嚴重。

【例句】地震之後，大家都忙著搶救，卻有人趁混亂之機，**助天爲虐**，偷盜別人的貴重之物。

【義近】乘火打劫／乘人之危／乘虛而入。

【義反】救人急難／扶危濟困／見義勇爲。

助桀爲虐（ㄓㄨˋ ㄐㄧㄝˊ ㄨㄟˊ ㄋㄩㄝˋ）

【釋義】幫助桀做殘暴的事。桀：夏朝末代的暴君。虐：殘暴的行為。

【出處】司馬遷・史記・留侯世家：「今始入秦，即安其樂，此所謂助桀為虐。」

【用法】比喻幫助惡人幹壞事。

【例句】他對下屬已經夠嚴苛了，你又何必**助桀為虐**，把同事們的一些小錯告訴他呢。

【義近】助紂為虐／為虎作倀／為虎傅翼。

【義反】除暴安良／扶弱抑強／為民除害。

勃然變色（ㄅㄛˊ ㄖㄢˊ ㄅㄧㄢˋ ㄙㄜˋ）

【釋義】勃然：突然，忽然，此用以形容發怒或驚恐。

【出處】孟子・萬章下：「王勃然變乎色。」

【用法】形容因惱怒或驚恐而忽然臉色大變。

【例句】說著說著，他**勃然變色**，怒不可遏，跑去找王先生問個水落石出。

【義近】勃然作色／咈然不悅／勃然大怒。

【義反】不動聲色／不露聲色／神色欣然。

勉為其難（ㄇㄧㄢˇ ㄨㄟˊ ㄑㄧˊ ㄋㄢˊ）

【釋義】勉為：勉強去做。為：幹，做。

【用法】形容勉強自己去做力所不及或不願意做的事情。

【例句】這件事確非我所願，但為了顧全大局，我也只好**勉為其難**去做了。

【義近】勉力而行／強自為之／強人所難。

【義反】力所能為／甘心而為。

勇往直前（ㄩㄥˇ ㄨㄤˇ ㄓˊ ㄑㄧㄢˊ）

【釋義】往：去，奔向。

【出處】朱子全書・道統一：「不顧旁人是非，不計自己得失，勇往直前，說出人不敢說底道理。」

【用法】形容人做事不畏艱難險阻，勇敢地一直向前進。

【例句】他那**勇往直前**、奮發向上的精神，確實令人欽佩。

【義近】一往無前／勇猛直前／有進無退／百折不回。

【義反】畏縮不前／逡巡不前／止步不前／畏首畏尾。

勇冠三軍（ㄩㄥˇ ㄍㄨㄢˋ ㄙㄢ ㄐㄩㄣ）

【釋義】冠：居第一位。三軍：古指中、上、下或中、左、右三軍，此用以指全軍。

【出處】李陵・答蘇武書：「陵先將軍功略蓋天地，義勇冠三軍。」

【用法】形容勇猛過人，為全軍之首。

【例句】漢代的李廣**勇冠三軍**，是我國歷史上最有名的驍將之一。

【義近】冠絕全軍／勇猛善戰／首屈一指／氣冠三軍。

【義反】常敗將軍／殘兵敗將。

勇猛精進（ㄩㄥˇ ㄇㄥˇ ㄐㄧㄥ ㄐㄧㄣˋ）

【釋義】原為佛教語，指奮勉修行。精進：猛進。

【出處】無量壽經上：「勇猛精進，志願無惓。」

【用法】今用以指勇敢奮發地向前進。也指力求進步。

【例句】這位老將軍幾十年如一日，堅持奮鬥，**勇猛精進**，為國家民族立下許多功勳。

【義近】勇猛向前／百折不回／惕勵奮發。

【義反】半途而返／裹足不前。

動人心魄（ㄉㄨㄥˋ ㄖㄣˊ ㄒㄧㄣ ㄆㄛˋ）

【釋義】動人：引人注意，打動人心。

【出處】吳敬梓・儒林外史二四回：「那秦淮到了有月色的時候……有那細吹細唱的船來，淒清委婉動人心弦。」

【用法】用以說明令人感動或使人震驚。

【例句】《紅樓夢》寫林黛玉之死，悽慘至極，**動人心魄**。

【義近】動人心脾／動人心弦／感人肺腑／扣人心弦。

【義反】 無動於衷。

動如脫兔 ㄉㄨㄥˋ ㄖㄨˊ ㄊㄨㄛ ㄊㄨˋ

【釋義】 脫兔：逃跑的兔子。脫：逃跑，免禍。

【出處】 孫子・九地：「是故始如處女，敵人開戶；後如脫兔，敵不及拒。」

【用法】 形容人的動作非常敏捷快速。

【例句】 號令一出，這些短跑運動員便**動如脫兔**，飛也似的往前衝。

【義近】 矯捷如猴／疾步如飛／行動敏捷。

【義反】 靜若處子／步履蹣跚／行動遲緩。

動輒得咎 ㄉㄨㄥˋ ㄓㄜˊ ㄉㄜˊ ㄐㄧㄡˋ

【釋義】 輒：就，總是。咎：斥責，罪過。

【出處】 韓愈・進學解：「跋前躓後，動輒得咎。」

【用法】 形容動不動就受到指責或責難。含有處境困難，受到不公平對待的意思。

【例句】 在專制政府統治下，人民無言行自由，**動輒得咎**，所以有生不如死的痛感。

【義近】 搖手觸禁／進退維谷／左右不是。

【義反】 無往不利／直情徑行。

勝友如雲 ㄕㄥˋ ㄧㄡˇ ㄖㄨˊ ㄩㄣˊ

【釋義】 勝：美好。雲：雲集。

【出處】 王勃・滕王閣序：「十旬休暇，勝友如雲。千里逢迎，高朋滿座。」

【用法】 形容眾多好朋友歡聚一堂。

【例句】 校友會上，**勝友如雲**，昔日同窗好友歡聚一堂，彷又回到了過去。

【義近】 高朋滿座／勝友畢集。

【義反】 三兩知己／乏人問津。

勝任愉快 ㄕㄥˋ ㄖㄣˋ ㄩˊ ㄎㄨㄞˋ

【釋義】 勝任：有能力擔當。

【出處】 司馬遷・史記・酷吏列傳：「當是之時，吏治若救火揚沸，非武健嚴酷，惡能勝其任而愉快乎！」

【用法】 形容一個人的能力足任某事，而且可以圓滿成功，故顯得輕鬆愉快。

【例句】 以他的才能來做這項職務，絕對可以**勝任愉快**。

【義近】 應付裕如／悠哉游哉。

【義反】 力不勝任／力不從心。

勝敗兵家常事 ㄕㄥˋ ㄅㄞˋ ㄅㄧㄥ ㄐㄧㄚ ㄔㄤˊ ㄕˋ

【釋義】 兵家：指率領指揮部隊作戰的軍事家。常事：常有的事。

【出處】 羅貫中・三國演義一二回：「兵家勝敗眞常事，捲甲重來未可知。」

【用法】 說明無論做什麼事都會有失敗，無需因失敗而氣餒。常用作勸勉語。

【例句】 **勝敗兵家常事**，失敗了沒有關係，只要努力東山再起，不怕沒有成功的一天。

勞民傷財 ㄌㄠˊ ㄇㄧㄣˊ ㄕㄤ ㄘㄞˊ

【釋義】 既使人民勞苦，又耗費錢財。傷：損失，耗費。

【出處】 余繼登・典故紀聞卷二：「天下聞風則爭進奇巧，則勞民傷財自此始矣。」

【用法】 指濫用人力物力，也指浪費財力很不合算。

【例句】 要把民力財力用在刀口上，千萬不要**勞民傷財**，徒增百姓的負擔。

【義近】 費財勞民／糜餉勞師／師疲財竭。

勞而無功 ㄌㄠˊ ㄦˊ ㄨˊ ㄍㄨㄥ

【釋義】 功：功效，成績。

【出處】 莊子・天運：「是猶推舟於陸也，勞而無功。」

【用法】 指費了力氣而沒有得到成果。

【例句】 讀書若不得要領，只知囫圇吞棗，必是**勞而無功**，難以進步。

【義近】徒勞無功／徒勞無益／枉費工夫。
【義反】勞而有績／一分勞動一分果／勞苦功高。

勞苦功高 ㄌㄠˊ ㄎㄨˇ ㄍㄨㄥ ㄍㄠ

【釋義】勞苦：出了很多力，吃了很多苦。功高：功勞很大。
【出處】司馬遷・史記・項羽本紀：「勞苦而功高如此，未有封侯之賞，而聽細說，欲誅有功之人。」
【用法】用以說明辛辛苦苦立了很大功勞。
【例句】許多抗日將領英勇退敵，**勞苦功高**，受到人們尊敬是實至名歸的。
【義近】汗馬功勞／戰功赫赫。
【義反】坐享其成／徒勞無功／橫草之功。

勞師動眾 ㄌㄠˊ ㄕ ㄉㄨㄥˋ ㄓㄨㄥˋ

【釋義】指出動大批軍隊。勞師：使軍隊勞累。動：發動。
【出處】吳承恩・西遊記四三回：「兄長既來赴席，爲何又勞師動眾。」
【用法】形容動用大量人力或濫用人力。
【例句】修建一座小小別墅，值得如此**勞師動眾**嗎？
【義近】興師動眾／萬民辛勞。
【義反】一夔已足／數人即可。

勞燕分飛 ㄌㄠˊ ㄧㄢˋ ㄈㄣ ㄈㄟ

【釋義】伯勞鳥和燕子各自向相反的方向飛去。勞：伯勞，鳥名。
【出處】樂府詩集六八・東飛伯勞歌古辭：「東飛伯勞西飛燕，黃姑織女時相見。」
【用法】用以稱親友離別。
【例句】戰爭造成無數對恩愛夫妻**勞燕分飛**，骨肉分離，類似的故事在人類歷史中一直重覆上演。
【義近】夫妻離散／各分東西／分道揚鑣。
【義反】破鏡重圓／形影不離／筆硯相親。

勢不可當 ㄕˋ ㄅㄨˋ ㄎㄜˇ ㄉㄤ

【釋義】當：抵擋。
【出處】晉書・郗鑒傳：「群逆縱逸，其勢不可當，可以算屈，難以力競。」
【用法】形容來勢凶猛，不可抵擋。
【例句】近幾年來東歐的民主運動洶湧澎湃，**勢不可當**。
【義近】銳不可當／勢如破竹／高屋建瓴。
【義反】望風披靡／節節敗退。

勢不兩立 ㄕˋ ㄅㄨˋ ㄌㄧㄤˇ ㄌㄧˋ

【釋義】勢：狀況，情勢。兩立：並存。
【出處】戰國策・楚策一：「楚弱則秦強，此其勢不兩立。」
【用法】說明雙方對立，其勢不能並存，絕無調和的餘地。
【例句】敵我雙方**勢不兩立**，非拼個你死我活，否則難以解決問題。
【義近】不共戴天／誓不兩立／水火不容。
【義反】脣齒相依／親密無間／相依爲命／互利共存／兩相爲利。

勢如破竹 ㄕˋ ㄖㄨˊ ㄆㄛˋ ㄓㄨˊ

【釋義】形勢就像劈竹子，頭幾節一劈開，以下各節就順著刀勢而分開。
【出處】晉書・杜預傳：「今兵威已振，譬如破竹，數節之後，皆迎刃而解。」
【用法】形容節節勝利，毫無阻擋。
【例句】抗戰後期，我軍大舉反攻，**勢如破竹**，迅速扭轉了敵強我弱的局面。
【義近】勢不可當／所向披靡。
【義反】節節敗退／望風披靡。

勢均力敵 ㄕˋ ㄐㄩㄣ ㄌㄧˋ ㄉㄧˊ

【釋義】均、敵：相等，相當。

【出處】宋史・蘇轍傳：「呂惠卿始諂事王安石，……及勢鈞力敵，則傾陷安石。」
【用法】形容雙方實力相等。
【例句】這場足球賽雙方**勢均力敵**，最後是以三比三結束戰局。
【義近】旗鼓相當／棋逢對手。
【義反】眾寡懸殊／寡不敵眾。

勵精圖治 ㄌㄧˋ ㄐㄧㄥ ㄊㄨˊ ㄓˋ

【釋義】勵：振作，奮發。精：精神。圖：謀求。
【出處】宋史・神宗紀贊：「厲(勵)精圖治，將有大爲。」
【用法】指振奮精神，想方設法把國家治理好或把事業經營好。
【例句】一個國家如果有一批**勵精圖治**的人當政，那實在是民眾的福祉。
【義近】奮發圖強／勵精更始。
【義反】萎靡不振／無事業心。

勹 部

勿謂言之不預 ㄨˋ ㄨㄟˋ ㄧㄢˊ ㄓ ㄅㄨˋ ㄩˋ

【釋義】不要說沒有把話說在前頭。勿：不。預：預先，事先。
【出處】李寶嘉・官場現形記一九回：「一經察覺，白簡無情，勿謂言之不預也。」
【用法】用以說明有言在先，即事先已說明。
【例句】**勿謂言之不預**，我可事先警告過你了，後果你自行負責。
【義近】有言在先／安民告示／事先言明／好話說在前頭。
【義反】事後諸葛／言之不預／先斬後奏／馬後炮。

包辦代替 ㄅㄠ ㄅㄢˋ ㄉㄞˋ ㄊㄧˋ

【釋義】代替別人一手辦理。
【出處】施耐庵・水滸傳一五回：「阮小七道：『若是每常要三五十尾也有，莫說十數個，再要多些，我弟兄們也包辦得。』」
【用法】指一手負責辦理，也用以形容人把持某事。
【例句】凡事都要與大家商量，互相幫助，**包辦代替**往往不能收得成效。
【義近】包打天下／越俎代庖／獨斷獨行／一手操縱／一手包辦。
【義反】人多力量大／三個臭皮匠賽過諸葛亮／同心協力。

包藏禍心 ㄅㄠ ㄘㄤˊ ㄏㄨㄛˋ ㄒㄧㄣ

【釋義】暗藏害人之心。包藏：隱藏。禍心：害人之心。
【出處】左傳・昭公元年：「小國無罪，恃實其罪；將恃大國之安靖已，而無乃包藏禍心以圖之。」
【用法】形容人外表和善，內懷惡意。
【例句】害人之心不可有，防人之心不可無，我們要時刻提防那些**包藏禍心**的人。
【義近】心懷鬼胎／心術不正／面善心惡／笑裏藏刀／口蜜腹劍。
【義反】仁愛心腸／面善心慈／推恩於人／恕己及人。

包羅萬象 ㄅㄠ ㄌㄨㄛˊ ㄨㄢˋ ㄒㄧㄤˋ

【釋義】包羅：包括網羅。萬象：宇宙間的一切景象，指形形色色事物。
【出處】黃帝宅經卷上：「所以包羅萬象，舉一千從。」
【用法】形容內容豐富，應有盡有，無所不包。
【例句】這次國際博覽會，所陳列的商品眞是**包羅萬象**，無所不有。
【義近】無所不包／無所不有／應有盡有／森羅萬象／包籠一切。
【義反】掛一漏萬／寥寥數種／一無所有／空空如也。

匕部

化干戈為玉帛（ㄏㄨㄚˋ ㄍㄢ ㄍㄜ ㄨㄟˊ ㄩˋ ㄅㄛˊ）

【釋義】變戰爭為和平。干戈：兩種兵器，代戰爭。玉帛：瑞玉和縑帛，祭祀、會盟用的珍貴禮品，代和平。

【出處】論語・季氏：「謀動干戈於邦內。」又陽貨：「禮云禮云，玉帛云乎哉？」

【用法】今多用以勸人有了利害衝突，應停止爭端，和睦與共。

【例句】為了子孫萬代的幸福，我們應該**化干戈為玉帛**，重修舊好，以免造成不可彌補的遺憾。

【義近】變仇為友／冤家宜解不宜結／冰消瓦解／一笑泯恩仇／化敵為友。

【義反】水火不容／冤家對頭／不共戴天／誓不兩立。

化為烏有（ㄏㄨㄚˋ ㄨㄟˊ ㄨ ㄧㄡˇ）

【釋義】變得什麼都沒有。烏有：何有，虛幻不存在。一作「烏有先生」。

【出處】司馬遷・史記・司馬相如列傳：「烏有先生者，烏有此事也。」蘇軾・章質夫……詩：「豈意青州六從事，化為烏有一先生。」

【用法】形容喪失一切或全部落空。

【例句】一場無情火將他二十年來辛苦的積蓄**化為烏有**，怎能不令他悲傷。

【義近】化為泡影／化為灰燼／付諸東流。

化腐朽為神奇（ㄏㄨㄚˋ ㄈㄨˇ ㄒㄧㄡˇ ㄨㄟˊ ㄕㄣˊ ㄑㄧˊ）

【釋義】腐朽：腐敗不堪用。神奇：神妙奇特。

【出處】莊子・知北遊：「萬物一也，是其所美者為神奇，其所惡者為臭腐；臭腐復化為神奇，神奇復化為臭腐。」

【用法】用以說明將醜陋的變為美麗的，無用的變為有用的，壞的變為好的。

【例句】將垃圾山改造成花園，真是一件**化腐朽為神奇**的點子，值得推廣。

【義近】變醜為美／出神入化／荒山變良田／廢墟建高樓。

【義反】化珍寶為瓦礫／宮殿成廢墟。

化險為夷（ㄏㄨㄚˋ ㄒㄧㄢˇ ㄨㄟˊ ㄧˊ）

【釋義】化危險為平安。夷：平，平坦。

【出處】曾樸・孽海花二七回：「以後還望中堂忍辱負重，化險為夷。」

【用法】形容由危險轉為安定，由險阻轉為平坦。

【例句】他真是福大命大，幾次的危急情況他都能**化險為夷**，平安度過。

【義近】轉危為安。

【義反】風雲突變。

匸部

匹夫之勇（ㄆㄧˇ ㄈㄨ ㄓ ㄩㄥˇ）

【釋義】個人的一點勇氣。匹夫：古指平民中的男子，今泛指一個人。

【出處】孟子・梁惠王下：「夫撫劍疾視曰：『彼惡敢當我哉？』此匹夫之勇，敵一人者也。」

【用法】形容人缺少智謀，只憑個人的一點勇氣。

【例句】他愛逞**匹夫之勇**，真的有大難臨頭時，卻畏首畏尾，跑得比誰都快。

【義近】血氣之勇／有勇無謀。

【義反】羣策羣力／小不忍則亂大謀／有勇有謀。

匹夫匹婦（ㄆㄧˇ ㄈㄨ ㄆㄧˇ ㄈㄨˋ）

【釋義】平民男女。匹：配，配

偶。平民一夫一婦相配，故稱「匹夫匹婦」。

【出處】尚書・咸有一德：「匹夫匹婦，不獲自盡，民主罔與成厥功。」

【用法】用以指平民百姓。

【例句】國家有難時，**匹夫匹婦**都有責任站出來貢獻一己的力量。

【義近】平民百姓／人民大眾／廣大民眾／全體公民／黔首眾庶。

【義反】當政要人／傑出人才／作家學者／搢紳之士／仕宦之人。

匚部

匠心獨運（ㄐㄧㄤˋ ㄒㄧㄣ ㄉㄨˊ ㄩㄣˋ）

【釋義】工匠獨特的運用心意。一作「匠心獨妙」。

【出處】王士源・孟浩然集序：「文不按古，匠心獨妙。」平步青・霞外捃屑七：「至匠心獨運之作。」

【用法】形容構思精巧，富有創造性。

【例句】這房子的設計既古樸典雅，又具有西方的色韻情調，眞是**匠心獨運**。

【義近】匠心獨出／獨具匠心／別出心裁。

【義反】亦步亦趨／襲人故智／陳陳相因。

匪夷所思（ㄈㄟˇ ㄧˊ ㄙㄨㄛˇ ㄙ）

【釋義】匪：非，不是。夷：平常。所思：所能想像的。

【出處】易經・渙卦：「元吉，渙有丘，匪夷所思。」

【用法】指言談行動離奇古怪，不是一般人根據常情常理所能想像的。

【例句】這樣一個斯斯文文的人，竟會做出殺人越貨之事，眞是令人**匪夷所思**。

【義近】出乎意料／異乎尋常。

【義反】意料之中／平淡無奇。

十部

十行俱下（ㄕˊ ㄏㄤˊ ㄐㄩˋ ㄒㄧㄚˋ）

【釋義】十行字一起看下來。俱：一起，同時。

【出處】梁書・簡文帝紀：「讀書十行俱下，九流百氏，經目必記；篇章辭賦，操筆立成。」

【用法】形容讀書敏捷，記憶力很強。

【例句】這位年輕人不僅勤奮，而且讀書神速，具有**十行俱下**的天賦。

【義近】一目十行／過目成誦／五行並下／七行俱下。

【義反】尋行數墨／過目即忘／愚鈍無比。

十全十美（ㄕˊ ㄑㄩㄢˊ ㄕˊ ㄇㄟˇ）

【釋義】十分完美。

【出處】周禮・天官・醫師：「歲終，則稽其醫事，以制其食，十全爲上。」馮夢龍・警世通言卷五：「生下來的，都已上學讀書，十全之美。」
【用法】形容完美無缺。
【例句】想一下子把工作做得**十全十美**，這只是一種不切實際而無法實現的願望。
【義近】盡善盡美／完美無缺／白璧無瑕／無可挑剔。
【義反】美中不足／蠅糞點玉／甘瓜苦蒂。

十羊九牧

【釋義】十隻羊用九個人放牧。羊、牧：古時往往以羊比民，以牧人喻官。
【出處】隋書・楊尚希傳：「所謂民少官多，十羊九牧。」
【用法】比喻官員太多，也比喻政令不一，無所適從。
【例句】有些公營機構冗員太多，這種**十羊九牧**的現象實在是浪費公帑。
【義近】冗員充斥／官多兵少／人浮於事。

十年寒窗

【釋義】苦讀十年。寒窗：貧寒的窗下，喻淒苦環境。
【出處】劉祁・歸潛志：「古人謂十年窗下無人問，一舉成名天下知。」
【用法】形容長期勤奮學習，刻苦攻讀。
【例句】古代科舉考試並不容易，沒有**十年寒窗**的精神，根本不可能考取。
【義近】勤學苦讀／囊螢映雪／懸梁刺股／日夜孜孜。
【義反】玩日愒歲。

十年樹木，百年樹人

【釋義】十年培植樹，百年培養人。樹：培植，後「樹」字引申爲培養。
【出處】管子・權修：「一年之計，莫如樹穀；十年之計，莫如樹木；終身之計，莫如樹人。」
【用法】喻培養人才爲長遠之計，也喻培養人才很不容易。
【例句】培養人才的工作並非一朝一夕可以見效，必須要有**十年樹木，百年樹人**的長遠眼光。
【義近】終身之計莫如樹人／千秋大業。
【義反】權宜之計／朝夕之策。

十步之內必有芳草

【釋義】十步：喻狹小範圍。芳草：香草，喻賢材。
【出處】隋書・煬帝紀上：「十步之內，必有芳草，四海之中，豈無奇秀。」
【用法】比喻處處都有人才。
【例句】隨著教育水準的日漸提高，優秀之士處處可見，眞可說是**十步之內必有芳草**。
【義近】天涯何處無芳草／參天大樹處處是／人才濟濟／人才輩出。
【義反】人才寥寥／鳳毛麟角。

十室九空

【釋義】十戶人家九家空。室：屋，人家。
【出處】葛洪・抱朴子・用刑：「徐福出而重號咷之讎，趙高入而屯豺狼之黨，天下欲反，十室九空。」
【用法】形容災荒、戰亂或暴政，使得人民破產或流亡的景象。
【例句】東漢末年中原戰亂不息，許多村鎭都**十室九空**，一片淒涼景象。
【義近】流離失所／家破人亡／餓莩遍野／社稷爲墟。
【義反】人煙稠密／人戶密集／國泰民安／民豐物阜。

十拿九穩

【釋義】拿：把握住。穩：穩當安妥。

【出處】阮大鋮・燕子箋：「此是十拿九穩，必中的計較。」

【用法】形容很有把握。

【例句】她扣球很準，往往能使出**十拿九穩**的絕招，將排球狠狠地扣殺過去。

【義近】萬無一失／穩操勝券／勝券在握。

【義反】全無把握。

十惡不赦（ㄕˊ ㄜˋ ㄅㄨˋ ㄕㄜˋ）

【釋義】十惡：舊時刑律所列的十大惡行，即謀反、謀大逆、謀叛、惡逆、不道、大不敬、不孝、不睦、不義、內亂等。赦：赦免，饒恕。

【出處】關漢卿・竇娥冤四折：「這藥死公公的罪名，犯在十惡不赦。」

【用法】形容罪大惡極，不可饒恕。

【例句】他雖有罪，卻還沒有到**十惡不赦**的地步，你何苦硬要置他於死地？

【義近】罪大惡極／罪在不赦／罪該萬死／惡貫滿盈。

【義反】功德無量。

千人所指（ㄑㄧㄢ ㄖㄣˊ ㄙㄨㄛˇ ㄓˇ）

【釋義】一作「千夫所指」。千人：眾人。千：泛言其多。指：指責。

【出處】漢書・王嘉傳：「里諺曰：『千人所指，無病而死。』臣常為之寒心。」

【用法】形容被千萬人指責，說明眾怒難犯。貶義。

【例句】抗日戰爭時期，有的人為了賣身求榮，不顧**千人所指**而投敵叛國，結果成為千古罪人。

【義近】千目所視／萬人唾罵／眾矢之的／羣起而攻。

【義反】眾望所歸／人心所向／家傳戶誦／口碑載道／有口皆碑。

千山萬水（ㄑㄧㄢ ㄕㄢ ㄨㄢˋ ㄕㄨㄟˇ）

【釋義】一作「萬水千山」。指山水很多，千、萬泛言其多，均非實數。

【出處】宋之問・至端州……慨然成咏詩：「豈意南中歧路多，千山萬水分鄉縣。」

【用法】形容山川之多，比喻道路的艱險遙遠。

【例句】走遍**千山萬水**，還是覺得故鄉土最親，故鄉人最可愛。

【義近】山長水遠／水遠山遙／山長水闊／關山迢遞／千里迢迢／萬里關山。

【義反】平坦大道／康莊大道／一水之隔／近在咫尺。

千山萬壑（ㄑㄧㄢ ㄕㄢ ㄨㄢˋ ㄏㄨㄛˋ）

【釋義】壑：山溝。

【出處】袁宗道・游記上方：「千山萬壑，與平原曠野相發揮，所以入目尤易。」

【用法】形容重山疊嶺或山勢連綿起伏。

【例句】三峽山水之險勝自古有名。在**千山萬壑**中，有長江穿流而過，造成絕佳美景。

【義近】羣山萬壑／千巖萬壑／重巒疊嶂。

【義反】平原曠野。

千方百計（ㄑㄧㄢ ㄈㄤ ㄅㄞˇ ㄐㄧˋ）

【釋義】想盡一切辦法。方：方法。計：計謀。

【出處】朱子語類・卷三五・論語十七：「譬如捉賊相似，須是著起氣力精神，千方百計去趕捉他。」

【用法】形容用盡各種心思，想出方法計謀。

【例句】在許多難民心目中，美國是人間天堂，因此想盡了**千方百計**，希望能在那裏居留。

【義近】挖空心思／絞盡腦汁／費盡心機／想方設法。

【義反】無計可施／一籌莫展／束手無策／計無所出。

千叮萬囑
ㄑㄧㄢ ㄉㄧㄥ ㄨㄢˋ ㄓㄨˇ

【釋義】再三囑咐。千、萬極言次數之多。

【出處】楊顯之・瀟湘雨：「我將你千叮萬囑，你偏放人長號短哭。」

【用法】表示對事情極其重視。

【例句】在赴美留學之前，母親對他**千叮萬囑**，要他好好照顧自己。

【義近】一再囑咐／反覆叮嚀／諄諄告誡／耳提面命。

【義反】漠不關心。

千古絕唱
ㄑㄧㄢ ㄍㄨˇ ㄐㄩㄝˊ ㄔㄤˋ

【釋義】千古：謂年代久遠，此含有不朽之意。絕唱：指出類拔萃、無與倫比的詩文創作。

【出處】蘇頲・夷齊四皓優劣論：「激清一時，流譽千古。」蘇軾・江月五首引：「此殆古今絕唱也。」

【用法】稱讚別人的詩文出類拔萃，無人能及。

【例句】杜甫的「朱門酒肉臭，路有凍死骨」，寫出了古今中外貧富懸殊的普遍現象，眞可算得上是**千古絕唱**。

【義近】歎爲觀止／無與倫比。

【義反】老生常談／陳腔濫調。

千回百轉
ㄑㄧㄢ ㄏㄨㄟˊ ㄅㄞˇ ㄓㄨㄢˇ

【釋義】回旋反覆，縈繞不斷。回、轉：環繞，旋轉。

【出處】范居中・雍熙樂府・金殿喜重重・秋思：「我這裏千回百轉自徬徨，撇不下多情數椿。」

【用法】形容歌聲婉轉、繞樑，也形容人的思想、情緒迂曲轉折。

【例句】①聽了她的歌唱，眞有**千回百轉**，不絕於耳之感。②他見闊別多年的好友潦倒成這樣，眞是**千回百轉**，思緒萬端。

【義近】餘音繞樑／繞樑三日／千回百折／千回萬轉／迴腸九轉。

千言萬語
ㄑㄧㄢ ㄧㄢˊ ㄨㄢˋ ㄩˇ

【釋義】千句話萬句話。千、萬：極言其多，非實數。

【出處】鄭谷・燕詩：「千言萬語無人會，又逐流鶯過短牆。」

【用法】形容說的或想要說的話很多很多。

【例句】他倆對望著，心裏正有著**千言萬語**要說，但一時又不知從何說起。

【義近】一言難盡。

【義反】一言半語／三言兩語／無話可說。

千辛萬苦
ㄑㄧㄢ ㄒㄧㄣ ㄨㄢˋ ㄎㄨˇ

【釋義】經歷很多辛苦。

【出處】張之翰・元日詩：「千辛萬苦都嘗遍，祇有吳淞水最甘。」

【用法】形容經受各種各樣的艱難困苦。

【例句】我經過**千辛萬苦**，終於找到了失散多年的母親。

【義近】飽經風霜／艱苦備嘗。

【義反】養尊處優／逍遙度日／坐享清福／悠哉游哉。

千里之行，始於足下
ㄑㄧㄢ ㄌㄧˇ ㄓ ㄒㄧㄥˊ，ㄕˇ ㄩˊ ㄗㄨˊ ㄒㄧㄚˋ

【釋義】千里遠的路程，要從腳下起步。行：走路，此指路程。

【出處】老子六四章：「合抱之木，生於毫末；九層之臺，起於累土；千里之行，始於足下。」

【用法】比喻做事須從頭開始，一步步取得成功。

【例句】**千里之行，始於足下**，無論做什麼事，只要勇敢踏出第一步，就有機會成功。

【義近】合抱之木，生於毫末／萬丈高樓平地起／登高必自卑／行遠必自邇／萬事起頭難。

【義反】一步登天／一蹴而就。

千里迢迢

【釋義】迢迢：遙遠的樣子。

【出處】古今小說・范巨卿雞黍生死交：「辭親別弟到山陽，千里迢迢客夢長。」

【用法】形容路途遙遠。

【例句】我與他雖然無親無故，但他**千里迢迢**跑來找我幫忙，我怎能置之不理呢？

【義近】山長水遠／山遙路遠／關山迢遞／迢遞千里。

【義反】一箭之地／一水之隔／一山之隔／一衣帶水／近在咫尺。

千里鵝毛

【釋義】即千里送鵝毛。千里：指相距甚遠。鵝毛：喻禮物甚輕。

【出處】黃庭堅・長句謝陳適用惠送吳南雄所贈紙：「千里鵝毛意不輕，瘴衣腥膩北歸客。」

【用法】比喻禮輕而情意重。

【例句】他捐給災區的錢雖然不多，卻是**千里鵝毛**，愛心感人。

【義近】物薄情厚／禮輕情義重。

千呼萬喚

【釋義】呼喚多次，催促再三。

【出處】白居易・琵琶行：「千呼萬喚始出來，猶抱琵琶半遮面。」

【用法】形容再三邀請和催促。

【例句】你這人眞怪，怎麼硬要我們**千呼萬喚**才肯出來呢？

【義近】再三邀請／三催四請／一再催促。

千金之子

【釋義】指富貴人家的子弟。千金：言其家庭富豪。

【出處】司馬遷・史記・袁盎、鼂錯傳：「臣聞千金之子，坐不垂堂。」又貨殖傳：「諺曰：千金之子，不死於市。」

【用法】用以說明富家子弟貴重，特別愛惜生命，一言一行都非常謹愼。

【例句】他是**千金之子**，這種冒險的事豈肯參加？你不要去枉費唇舌了。

【義近】富家子弟／五陵少年／膏粱子弟。

【義反】繩樞之子／清寒子弟。

千金買骨

【釋義】花費千金，買得千里馬的枯骨。一作「千金市骨」。

【出處】戰國策・燕策一：燕昭王遣郭隗購千里馬，「三年得千里馬，馬已死，買其首五百金。」

【用法】比喻招攬人才之迫切。

【例句】我們要以古人**千金買骨**的精神，多方面地搜羅人才，使人盡其才，社會更加進步。

【義近】求才若渴／求賢若渴／千金市骨／招賢納士／延攬人才。

千奇百怪

【釋義】千百種奇奇怪怪的現象和事物。

【出處】普濟・五燈會元：「如有人在州縣住，或聞或見，千奇百怪，他總將作尋常。」

【用法】形容離奇古怪的事物和現象。

【例句】在神話傳說中，充滿了各式各樣**千奇百怪**的事，而這也正是神話傳說的迷人之處。

【義近】稀奇古怪／離奇古怪／無奇不有。

【義反】不足爲奇／司空見慣／平淡無奇。

千軍萬馬

【釋義】兵馬眾多。

【出處】南史・陳慶之傳：「洛中謠曰：『名軍大將莫自牢

，千軍萬馬避白袍。』」
【用法】形容軍隊之多或聲勢浩大；尚可用以形容烏雲、風雨中的森林、波濤等。
【例句】她用琵琶演奏古曲十面埋伏時，聽起來眞像有**千軍萬馬**在那裏廝殺。
【義近】投鞭斷流／旌旗蔽空。
【義反】兵微將寡／單槍匹馬／一兵一卒。

千秋萬歲（ㄑㄧㄢ ㄑㄧㄡ ㄨㄢˋ ㄙㄨㄟˋ）

【釋義】形容時間的久長。秋：年。
【出處】韓非子・顯學：「今巫祝之祝人曰：『使若千秋萬歲。』」司馬遷・史記・梁孝王世家：「上與梁王燕飲，嘗從容言曰：『千秋萬歲後，傳於王。』」
【用法】常用作祝壽的頌辭，也用作帝王壽終或重要人物死亡的諱稱。
【例句】他是參加辛亥革命還健在人世的唯一老人，所以當他九十六歲壽誕的那天，許多人都紛紛去電，祝他**千秋萬歲**。
【義近】千秋萬載／千秋萬世／千秋萬古／壽比南山／萬壽無疆／百年之後。
【義反】俯仰之間。

千差萬別（ㄑㄧㄢ ㄔㄚ ㄨㄢˋ ㄅㄧㄝˊ）

【釋義】意謂種類多，差別大。
【出處】道源・景德傳燈錄卷二五：「僧問：『如何是無異底事？』師曰：『千差萬別。』」
【用法】形容人、事種類繁多，差別甚大。
【例句】社會上的事物雖然**千差萬別**，但它們之間又存在著一定的關聯。
【義近】事殊人異／形貌各異。
【義反】大同小異／一模一樣／實無二致。

千恩萬謝（ㄑㄧㄢ ㄣ ㄨㄢˋ ㄒㄧㄝˋ）

【釋義】恩：恩德、恩情，此爲感恩、報恩之意。
【出處】施耐庵・水滸傳一〇四回：「李助是個星卜家，得了銀子，千恩萬謝的辭了范全、王慶……。」
【用法】形容對別人的恩惠非常感激。
【例句】劉姥姥在賈府樂了幾天，又得了許多銀子、衣物，便**千恩萬謝**的告辭回去了。
【義近】感恩戴德／感激涕零／感激不盡／來生圖報。
【義反】恩將仇報／忘恩負義／以怨報德。

千門萬戶（ㄑㄧㄢ ㄇㄣˊ ㄨㄢˋ ㄏㄨˋ）

【釋義】許許多多門戶。門：雙扇門。戶：單扇門。
【出處】司馬遷・史記・孝武紀：「於是作建章宮，度爲千門萬戶。」
【用法】形容屋宇廣大或人戶眾多。
【例句】這個城市有居民數百萬人，**千門萬戶**的，若無地址，想要找到你要尋找的人，簡直如大海撈針。
【義近】千家萬戶／門戶眾多／人煙稠密。
【義反】荒無人煙／人戶稀少。

千眞萬確（ㄑㄧㄢ ㄓㄣ ㄨㄢˋ ㄑㄩㄝˋ）

【釋義】確：眞實。
【出處】吳敬梓・儒林外史一九回：「景蘭江道：『千眞萬確的事，不然我也不知道。』」
【用法】形容非常確實，毫無疑義。
【例句】他被免職了，這是**千眞萬確**的事，難道我會騙你？
【義近】確鑿無疑。
【義反】子虛烏有／道聽塗說／捕風捉影。

千絲萬縷 ㄑㄧㄢ ㄙ ㄨㄢˋ ㄌㄩˇ

【釋義】千根絲，萬根線。縷：線。形容一根又一根，數也數不清。

【出處】戴復古・憐薄命詞：「道旁楊柳依依，千絲萬縷，擰不住一分愁緒。」

【用法】比喻彼此間的關係極爲密切複雜。

【例句】他們之間情感糾葛有如**千絲萬縷**，你想把他們分開根本是不可能的。

【義近】千頭萬緒。

【義反】一刀兩斷。

千萬買鄰 ㄑㄧㄢ ㄨㄢˋ ㄇㄞˇ ㄌㄧㄣˊ

【釋義】花費千萬高價買個好鄰居。

【出處】南史・呂僧珍傳：「一百萬買宅，千萬買鄰。」

【用法】比喻好鄰居的難得與可貴。

【例句】環境對人的影響很大，所以我國古代就有孟母三遷和**千萬買鄰**的說法。

【義近】孟母擇鄰／萬貫結鄰／居必擇鄰。

千載一時 ㄑㄧㄢ ㄗㄞˇ ㄧˋ ㄕˊ

【釋義】一千年難以得到的一次時機。載：年。時：時機。

【出處】王羲之・與會稽王箋：「況遇千載一時之運，顧智力屈於當年，何得不權輕重而處之也。」

【用法】比喻機會的難得可貴。

【例句】能夠這樣清清楚楚地看到日全蝕，眞可說是**千載一時**的眼福。

【義近】千載一遇／千載難逢／萬世一時。

【義反】家常便飯／司空見慣／尋常可見。

千載難逢 ㄑㄧㄢ ㄗㄞˇ ㄋㄢˊ ㄈㄥˊ

【釋義】一千年也難得遇到一次。載：年。逢：遇到。

【出處】南齊書・庾杲之・臨終上表：「臣以凡庸，謬徼昌運，獎擢之厚，千載難逢。」

【用法】形容機會非常難得。

【例句】這是一個**千載難逢**的大好機會，你若不積極爭取，將坐失良機。

【義近】千載一遇／千載一會／千載一時／百年不遇。

【義反】家常便飯／時時可遇／司空見慣。

千端萬緒 ㄑㄧㄢ ㄉㄨㄢ ㄨㄢˋ ㄒㄩˋ

【釋義】意即頭緒繁多。緒：頭緒。今多作千頭萬緒。

【出處】曹植・自試令：「機等吹毛求疵，千端萬緒，然終無可言者。」

【用法】形容事情複雜紛亂，頭緒很多。

【例句】此事雖**千端萬緒**，但只要善於掌握關鍵，還是可以處理得有條不紊的。

【義近】千絲萬縷／錯綜複雜。

【義反】有條不紊／井井有條／有條有理／頭緒清晰。

千嬌百媚 ㄑㄧㄢ ㄐㄧㄠ ㄅㄞˇ ㄇㄟˋ

【釋義】嬌：美麗又可愛。媚：美。

【出處】張文成・游仙窟：「千嬌百媚，造次無可比方；弱體輕身，談之不能備盡。」

【用法】形容女子姿態、容貌十分美麗動人，也形容花的美麗嬌艷。

【例句】①公園裏舉行迎春花展，無數花卉迎風招展，**千嬌百媚**。②那位女演員，把楊貴妃的**千嬌百媚**充分表現出來了。

【義近】綽約多姿／風情萬種／體態嬌媚。

【義反】奇醜無比／無鹽之貌／貌似嫫母。

千慮一失 ㄑㄧㄢ ㄌㄩˋ ㄧˋ ㄕ

【釋義】聰明的人多次考慮，還是會有失誤。失：過失，錯誤。
【出處】晏子春秋・內篇・雜下：「聖人千慮，必有一失。」司馬遷・史記・淮陰侯列傳：「臣聞智者千慮，必有一失。」
【用法】說明聰明的人也會有失誤，理應虛心聽取意見。
【例句】人總會犯錯，無論你怎樣聰明，還是會有**千慮一失**的時候。
【義近】百密一疏／尺有所短。
【義反】千慮一得／寸有所長／萬無一失／面面俱到。

千慮一得 ㄑㄧㄢ ㄌㄩˋ ㄧˋ ㄉㄜˊ

【釋義】愚笨的人多次思考，也會有可取的地方。得：得當，可取。
【出處】晏子春秋・內篇・雜下：「愚者千慮，必有一得。」又見司馬遷・史記・淮陰侯列傳。
【用法】說明愚人的謀慮也不是沒有可取之處，多在向人進言時用以自謙。
【例句】我剛才所發表的看法很不成熟，但**千慮一得**，或許有點參考價值吧。
【義近】寸有所長。
【義反】千慮一失／尺有所短。

千篇一律 ㄑㄧㄢ ㄆㄧㄢ ㄧˊ ㄌㄩˋ

【釋義】千篇文章都是一個樣。
【出處】王世貞・全唐詩說：「少年與元稹角靡逞博，意在警策痛快，晚更作知足語，千篇一律。」
【用法】形容詩文或說話的內容重複，毫無變化；也比喻辦事按一個模式去做，非常呆板。
【例句】①作品的內容可深可淺，形式可長可短，但不能**千篇一律**。②處理事情要視實際狀況而定，決不能採用**千篇一律**的方式。
【義近】千人一律／千人一面／千部一腔／一成不變。
【義反】千變萬化／千差萬別／各有千秋／五花八門／迥然不同。

千錘百鍊 ㄑㄧㄢ ㄔㄨㄟˊ ㄅㄞˇ ㄌㄧㄢˋ

【釋義】指對詩文作多次精心的修改。錘、鍊：打鐵鍊鋼，除去雜質。
【出處】趙翼・甌北詩話卷一：「詩家好作奇句警語，必千錘百鍊而後能成。」
【用法】形容寫作精益求精，所下工夫甚深；也比喻經受長期的磨鍊和考驗。
【例句】①一部優秀作品，必須要經過**千錘百鍊**才能成功，決不可能一蹴而就。②每個有成就的人，都是經過**千錘百鍊**的，不可能一帆風順。
【義近】字斟句酌／雕章琢句／反覆推敲／切磋琢磨／百鍛千鍊。
【義反】信手拈來／一揮而就／妙手偶得。

千難萬險 ㄑㄧㄢ ㄋㄢˊ ㄨㄢˋ ㄒㄧㄢˇ

【釋義】種種艱難險阻。
【出處】楊景賢・西遊記：「火焰山千難萬險，早求法力到西天。」
【用法】形容途中困難、障礙很多。
【例句】要成就一番大事業，就得要有不怕千辛萬苦，不畏**千難萬險**的奮戰精神。
【義近】艱難險阻。
【義反】風平浪靜／平坦大道／康莊大道。

千變萬化 ㄑㄧㄢ ㄅㄧㄢˋ ㄨㄢˋ ㄏㄨㄚˋ

【釋義】變化很多。
【出處】列子・周穆王：「乘虛不墜，觸實不硋，千變萬化，不可窮極。」
【用法】極言變化無窮。
【例句】國際形勢**千變萬化**，誰也無法預料。
【義近】瞬息萬變／變化多端／

風雲多變／變化無窮。

【義反】一成不變。

千巖競秀（ㄑㄧㄢ ㄧㄢˊ ㄐㄧㄥˋ ㄒㄧㄡˋ）

【釋義】重山疊嶺的風景好像在互相媲美。巖：山巖。競：競賽。

【出處】劉義慶・世說新語・言語：「顧長康從會稽還，人問山川之美。顧云：『千巖競秀……。』」

【用法】形容山景秀麗。

【例句】萬壑爭流，**千巖競秀**，鳥啼人不見，花落樹猶香。（吳承恩・西遊記）

【義近】奇峰爭艷。

【義反】荒山野嶺。

升斗之祿（ㄕㄥ ㄉㄡˇ ㄓ ㄌㄨˋ）

【釋義】升、斗：均爲計量單位，比喻微薄，少量。

【出處】漢書・梅福傳：「言可采取者，秩以升斗之祿，賜以一束之帛。」

【用法】常用以形容薪俸菲薄。

【例句】社會上有太多人爲了**升斗之祿**做一些不是自己有興趣的工作，你又有什麼好抱怨的呢？

【義近】爲五斗米折腰／薪俸微薄／所獲無幾。

【義反】高官厚祿。

升堂入室（ㄕㄥ ㄊㄤˊ ㄖㄨˋ ㄕˋ）

【釋義】登上廳堂又進入內室。升：登上。堂：古時宮室的前屋。室：後屋，內室。

【出處】論語・先進：「由也升堂矣，未入於室也。」陳壽・三國志・魏志・管寧傳：「游志六藝，升堂入室。」

【用法】比喻學問造詣精深，也比喻技藝精湛。

【例句】才讀了幾天書，就奢望達到**升堂入室**的境界，簡直是異想天開。

【義近】登峰造極／精益求精。

【義反】不學無術／一知半解／尚未入門。

半斤八兩（ㄅㄢˋ ㄐㄧㄣ ㄅㄚ ㄌㄧㄤˇ）

【釋義】十六兩爲一斤，半斤即八兩，二者輕重相等。

【出處】惟白・建中靖國續燈錄二四：「踏著秤鎚硬似鐵，八兩元（原）來是半斤。」

【用法】比喻彼此程度、水準等相當，難分上下。

【例句】這兩人**半斤八兩**，脾氣一樣壞，吵起架來很嚇人。

【義近】不相上下／銖兩悉稱／未分軒輊／旗鼓相當／勢均力敵。

【義反】天壤之別／相差十萬八千里／天差地遠／以鎰稱銖／判若雲泥。

半夜三更（ㄅㄢˋ ㄧㄝˋ ㄙㄢ ㄍㄥ）

【釋義】舊時把一夜分爲五個更次，三更爲午夜。更：夜間計時單位，一更約兩小時。

【出處】元・王實甫・西廂記：「君瑞偷眼覷，半夜三更不知是甚人特來到。」

【用法】用以指深夜。

【例句】**半夜三更**來了一通電話，全家人都被驚醒了。

【義近】更深人靜／深更半夜／夜闌更深／三更半夜。

【義反】日上三竿／烈日當空／日正當中。

半信半疑（ㄅㄢˋ ㄒㄧㄣˋ ㄅㄢˋ ㄧˊ）

【釋義】有點相信，有點懷疑。

【出處】成鷲・羅浮采藥歌：「相逢一一爲予說，予心半信還半疑。」

【用法】用以說明對眞假是非不能肯定，即疑信參半。

【例句】儘管大家都這麼說，但我還是**半信半疑**的，非得作進一步的了解才能表態。

【義近】將信將疑／疑信參半／又信又疑。

【義反】深信不疑／自信不疑／確信無疑。

半瓶醋 ㄅㄢˋ ㄆㄧㄥˊ ㄘㄨˋ

【釋義】不滿一瓶的醋，晃晃蕩蕩。

【出處】元・無名氏・司馬相如題橋記：「如今那街市上常人，粗讀幾句書，咬文嚼字，人叫他做半瓶醋。」

【用法】形容僅有一知半解的知識，却自鳴得意好在人前賣弄的人。

【例句】他是個典型的**半瓶醋**，斗大的字認不了幾個，却到處炫耀賣弄，被人譏笑而不自知。

【義近】半罐子水／半吊子。

【義反】滿腹經綸／滿罐子水／一專多能。

半途而廢 ㄅㄢˋ ㄊㄨˊ ㄦˊ ㄈㄟˋ

【釋義】半路上停下來不走了。廢：停止。一作「半塗而廢」。塗：通「途」。

【出處】禮記・中庸：「君子遵道而行，半塗而廢，吾弗能已矣。」

【用法】比喻做事沒有恆心，不能堅持到底。

【例句】這項任務你既然答應了人家，就要堅持完成，決不能**半途而廢**。

【義近】中道而廢／中道而止／前功盡棄／功虧一簣。

【義反】堅持不懈／持之以恆／鍥而不舍。

半推半就 ㄅㄢˋ ㄊㄨㄟ ㄅㄢˋ ㄐㄧㄡˋ

【釋義】推：推開。就：靠上去。

【出處】王實甫・西廂記第四本一折：「半推半就，又驚又愛。」

【用法】形容假意推辭或半肯半不肯的樣子。

【例句】他眞是死要面子，明明希望得到那個職位，但等經理升他時，他却**半推半就**的答應，眞是虛僞。

【義近】半羞半喜／邊推邊就／嘴硬心應／欲就還拒／欲拒還迎。

【義反】一說就允／一點就著／一拍就響／心應口應／沒口子答應。

半路出家 ㄅㄢˋ ㄌㄨˋ ㄔㄨ ㄐㄧㄚ

【釋義】不是小時而是在成年以後才去當和尚或做尼姑。出家：離家去當和尚或尼姑。

【出處】京本通俗小說・錯斬崔寧：「先前讀書，後來看看不濟，却去改業做生意，便是半路上出家的一般。」

【用法】多用以比喻中途改行。

【例句】她原來是學文學的，却**半路出家**做生意去了，而且做得有聲有色。

【義近】半途改行／棄文從商／修文棄武。

【義反】科班出身／操持本行。

半截入土 ㄅㄢˋ ㄐㄧㄝˊ ㄖㄨˋ ㄊㄨˇ

【釋義】半截身子已埋入土中。極言病老將死。

【出處】蘇軾・東坡志林：「汝已半截入土，猶爭高下乎？」

【用法】形容人年老多病，將不久於人世。

【例句】我已是**半截入土**的人了，難道還會與你們爭名奪利，傷身更傷人嗎？

【義近】死了半截沒埋的／行將就木／同閻王菩薩只隔一層紙／風前殘燭／日薄西山／風燭殘年／一腳踏進棺材。

【義反】來日方長／旭日東升／正當盛年／朝氣勃勃／青春煥發。

半壁江山 ㄅㄢˋ ㄅㄧˋ ㄐㄧㄤ ㄕㄢ

【釋義】意謂半個天下，半個中國。半壁：半邊。江山：指國土，國家。

【出處】蔣士銓・冬青樹：「半壁江山，比五季朝廷尤小。」

【用法】用以指國家領土淪陷大半的殘局。

【例句】清朝末年，**半壁江山**斷送在皇親國戚手中，而他們却仍大肆鋪張浪費，完全沒有悔改振作之心。

【義近】山河破碎／殘山剩水／豆剖瓜分／江山殘缺。

【義反】江山無損／金甌無缺／天下一統／江山一統。

卓爾不羣（ㄓㄨㄛˊ ㄦˇ ㄅㄨˋ ㄑㄩㄣˊ）

【釋義】卓爾：卓然，特出的樣子。不羣：跟眾人不一樣。一作「卓然不羣」。

【出處】漢書・河間獻王傳贊：「夫惟大雅，卓爾不羣。」

【用法】形容人的能力才幹超出尋常，與眾不同。

【例句】王先生無論是人品學識，還是能力才幹，都**卓爾不羣**，故深爲世人敬重。

【義近】出類拔萃／鶴立雞羣／超羣出眾／器宇軒昂。

【義反】闒茸小人／平庸之輩／庸碌之輩／一無長才。

卑以自牧（ㄅㄟ ㄧˇ ㄗˋ ㄇㄨˋ）

【釋義】卑：謙卑，謙遜。牧：養。

【出處】易經・謙卦：「謙謙君子，卑以自牧也。」

【用法】形容人謙遜自處，以養其德。

【例句】一個**卑以自牧**的人，必然能受到人們的敬重愛戴。

【義近】謙沖自牧／謙遜自處／虛心自善／虛懷若谷。

【義反】驕傲自滿／唯我獨尊／崖岸自高／妄自尊大。

卑躬屈膝（ㄅㄟ ㄍㄨㄥ ㄑㄩ ㄒㄧ）

【釋義】卑躬：彎著腰，低著頭。卑：低下。躬：身體。屈膝：下跪。

【出處】魏書・李彪傳：「臣與任城卑躬曲己，若順弟之奉暴兄。」

【用法】形容沒有骨氣，低聲下氣地討好奉承別人。

【例句】這個大男人眞是一點骨氣也沒有，竟在女人面前**卑躬屈膝**，低聲下氣，眞是丟盡男人的面子。

【義近】卑躬屈節／奴顏婢膝／奴顏媚骨／低聲下氣／俯首帖耳／搖尾乞憐。

【義反】堅貞不屈／不卑不亢／寧死不屈／矢志不移／一身傲骨。

卑鄙無恥（ㄅㄟ ㄅㄧˇ ㄨˊ ㄔˇ）

【釋義】卑鄙：指行爲惡劣。

【出處】李寶嘉・官場現形記三五回：「一定拿你交愼刑司，辦你個膽大鑽營，卑鄙無恥。」

【用法】指人的品格卑賤，沒有廉恥。

【例句】這個**卑鄙無恥**的小人，不僅賣國求榮，事後還聲稱一切以大局爲重。

【義近】卑鄙齷齪／卑污苟賤／不知廉恥。

【義反】正直剛強／高風亮節／潔身自好／品德高尚。

卑禮厚幣（ㄅㄟ ㄌㄧˇ ㄏㄡˋ ㄅㄧˋ）

【釋義】謙恭的禮節，豐厚的幣帛。

【出處】司馬遷・史記・魏世家：「惠王數敗於軍旅，卑禮厚幣以招賢者。」

【用法】用以表示聘請人員極其鄭重殷切。

【例句】現在各行各業都需要人才，當權者應**卑禮厚幣**，廣求博訪。

【義近】三顧茅廬／禮賢下士／千金買骨。

【義反】吆喝前來／頤指氣使。

南山可移判不可搖（ㄋㄢˊ ㄕㄢ ㄎㄜˇ ㄧˊ ㄆㄢˋ ㄅㄨˋ ㄎㄜˇ ㄧㄠˊ）

【釋義】南山：即終南山，在陝西西安市南。移：移動。判：判決。搖：改變，變動。

【出處】舊唐書・李元紘傳：「元紘大署判後曰：『南山或可改移，此判終無搖動。』」

【用法】用以表示案件已定，不可改變。

【例句】古人說：「**南山可移判不可搖**。」你兒子的殺人案決不可能再有任何更改。

【義近】鐵案如山／鐵證如山。

南來北往 ㄋㄢˊ ㄌㄞˊ ㄅㄟˇ ㄨㄤˇ

【釋義】意謂來來去去。南北泛指方位，也包括東西。

【出處】鄭德輝・王粲登樓楔子：「有那南來北往，經商旅客，做買做賣的人，都在我這店中安下。」

【用法】形容交通暢達，人員來往甚密。

【例句】這一條街雖不算大，但處在十字路口，**南來北往**的人很多。

【義近】熙來攘往／南來北去。

【義反】車斷人稀／路斷人稀。

南征北戰 ㄋㄢˊ ㄓㄥ ㄅㄟˇ ㄓㄢˋ

【釋義】意即到處征戰，南北實包括東西。

【出處】清・無名氏・說唐一五回：「我家世代忠良，我們赤心爲國，南征北戰，平定中原。」

【用法】形容轉戰南北，經歷了許多戰鬥。

【例句】這位年近百歲的老將軍，幾十年來**南征北戰**，爲國家立下了許多豐功偉績。

【義近】東征西討／西除東蕩／轉戰萬里。

【義反】紙上談兵／不習行武／未發一槍。

南柯一夢 ㄋㄢˊ ㄎㄜ ㄧˋ ㄇㄥˋ

【釋義】指一場夢。南柯：朝南的大樹枝。

【出處】李公佐・南柯太守傳載：淳于棼做夢到大槐安國當了南柯郡太守，享盡榮華富貴，醒來却是一場夢。

【用法】形容一場大夢，或比喻空歡喜一場。有時也用以說明榮枯得失無常。

【例句】想到透徹時，其實人生也沒什麼好計較的，再好再壞也不過是**南柯一夢**，夢醒時依舊是空空如也。

【義近】一場春夢／黃粱一夢／盧生之夢／春夢無痕。

南面百城 ㄋㄢˊ ㄇㄧㄢˋ ㄅㄞˇ ㄔㄥˊ

【釋義】南面：面南而坐，指地位的崇高。百城：許多城市，指土地的廣大。

【出處】魏書・李謐傳：「每曰：『丈夫擁書萬卷，何假南面百城？』」

【用法】用以比喻權勢者的尊榮富有。

【例句】仁兄身爲縣太爺，**南面百城**，一呼百應，可算是光宗耀祖了。

【義近】南面之樂／南面之貴／百城之富。

【義反】平民百姓／貧賤之民。

南風不競 ㄋㄢˊ ㄈㄥ ㄅㄨˋ ㄐㄧㄥˋ

【釋義】南風：南方的音樂。不競：指聲音微弱，和律聲不相應。

【出處】左傳・襄公一八年：「晉人聞有楚師，師曠曰：『不害……南風不競，多死聲，楚必無功。』」

【用法】比喻士氣衰弱不振，也比喻競賽失利。

【例句】今天的足球比賽，地主隊所以會導致**南風不競**，其關鍵在於指揮的失誤。

【義近】再衰三竭／一蹶不振／死氣沉沉。

【義反】鬥志昂揚／勇冠三軍／餘勇可賈。

南腔北調 ㄋㄢˊ ㄑㄧㄤ ㄅㄟˇ ㄉㄧㄠˋ

【釋義】南、北：指我國南方、北方。腔、調：聲腔語調。

【出處】趙翼・簷曝雜記一：「每數十步間一戲臺，南腔北調，備四方之樂。」

【用法】多用以指人的語音不純，夾雜南北方言。

【例句】他說話**南腔北調**夾雜，卻執教國文，恐是誤人子弟吧！

【義近】方音方言／怪腔怪調。

【義反】國音國語／中原雅音。

南轅北轍 ㄋㄢˊ ㄩㄢˊ ㄅㄟˇ ㄓㄜˊ

【釋義】轅：車轅，車前駕牲口的部分，此指車。轍：車輪壓出的痕跡，此指道路。

【出處】戰國策・魏策四載：有個人要去南方楚國，卻駕著車往北走，別人說他走錯了，他說：「我馬良。」

【用法】比喻行動與目的、方向正好相反。

【例句】他倆的思想見解簡直是**南轅北轍**，分手只是遲早的事了。

【義近】背道而馳／反其道而行／適楚北轅。

【義反】殊途同歸／有志一同／同心同德。

南蠻鴃舌 ㄋㄢˊ ㄇㄢˊ ㄐㄩㄝˊ ㄕㄜˊ

【釋義】南蠻：古指南方的少數民族。蠻：賤稱，有輕侮意。鴃：伯勞鳥。

【出處】孟子・滕文公上：「今也南蠻鴃舌之人，非先王之道。」

【用法】譏諷南方方言難懂，也用以形容語言難聽或指文化落後地區。

【例句】你還是認眞學語言，老是這樣**南蠻鴃舌**，如何與人有良好的溝通。

【義近】怪腔怪調／怪聲怪氣／鳥語蠻言。

【義反】國音國語／韻調鏗鏘／語言優美。

博古通今 ㄅㄛˊ ㄍㄨˇ ㄊㄨㄥ ㄐㄧㄣ

【釋義】對古代的事情知道得很多，並且通曉當今的事情。博，知識廣博。通：通曉。

【出處】晉書・石崇傳：「君侯博古通今，察遠照邇。」

【用法】形容知識淵博。

【例句】胡適先生是位**博古通今**的學者。

【義近】知今博古／通曉古今／透古通今。

【義反】口耳之學／不學無術／胸無點墨／才疏學淺／菲才寡學。

博而不精 ㄅㄛˊ ㄦˊ ㄅㄨˋ ㄐㄧㄥ

【釋義】博：學識廣博。精：精通，精專。

【出處】後漢書・馬融傳：「賈君（賈逵）精而不博，鄭君（鄭眾）博而不精。」

【用法】指學識廣博而不專精。

【例句】你雖然涉獵很廣，但**博而不精**，淺嘗輒止，是難以有所成就的。

【義近】博而寡要／博而雜／梧鼠技窮。

【義反】博大精深／少而精。

博施濟眾 ㄅㄛˊ ㄕ ㄐㄧˋ ㄓㄨㄥˋ

【釋義】博施：廣施。濟：救。

【出處】論語・雍也：「如有博施於民，而能濟眾，何如？可謂仁乎？」

【用法】指廣施恩惠，使眾人免於患難。多就從政者而言。

【例句】王縣長一到任，便**博施濟眾**，使所有的災民免受飢寒之苦。

【義近】廣施博愛／普濟眾生／博施於民。

【義反】施親不施民。

博聞強志 ㄅㄛˊ ㄨㄣˊ ㄑㄧㄤˊ ㄓˋ

【釋義】博聞：見聞廣博。強志：記憶力強。志：記。又作「博聞強識」、「博聞強記」。

【出處】荀子・解蔽：「博聞強志，不合王制，君子賤之。」禮記・曲禮上：「博聞強識而讓。」

【用法】形容知識豐富，記憶力強。

【例句】此人相當聰明，過目能誦，如此**博聞強志**，實屬罕見。

【義近】博觀強記／強記洽聞。

【義反】孤陋寡聞／寡見鮮聞／見少識淺。

博學多才（ㄅㄛˊ ㄒㄩㄝˊ ㄉㄨㄛ ㄘㄞˊ）

【釋義】博：廣博。

【出處】晉書・郤詵傳：「詵博學多才，瓌偉倜儻，不拘細行。」

【用法】指學識廣博，有多方面的才能。

【例句】我國東漢時的張衡是個**博學多才**的人，既精通天文曆算，又擅長文學。

【義近】博學多識／博古通今／博覽宏識。

【義反】才疏學淺／不學無術／菲才寡學。

卜部

卜晝卜夜（ㄅㄨˇ ㄓㄡˋ ㄅㄨˇ ㄧㄝˋ）

【釋義】古代凡大事都會占卜預估，以知吉凶可否來判斷。

【出處】左傳・莊公：「齊侯使敬仲為工正，飲桓公酒，樂。公曰：『以火繼之。』辭曰：『臣卜其晝，未卜其夜，不敢。』」

【用法】表示宴樂無度，晝夜相繼。也形容人工作晝夜不休息。

【例句】①每年巴西嘉年華會都是**卜晝卜夜**的狂歡慶祝。②為了早日完成捷運系統，有關當局**卜晝卜夜**地在趕工。

【義近】夜以繼日／夙夜匪懈。

【義反】玩日愒歲／韶光虛擲。

卩部

危在旦夕（ㄨㄟˊ ㄗㄞˋ ㄉㄢˋ ㄒㄧ）

【釋義】旦、夕：早晨和晚上，指很短時間之內。

【出處】陳壽・三國志・吳志・太史慈傳：「今管亥暴亂，北海被圍，孤窮無援，危在旦夕。」

【用法】形容危險就在眼前，既可用於生命，也可用於防守、局勢、形勢等。

【例句】①洪承疇在松山被圍半年，已經糧絕，**危在旦夕**。②他腦部受傷嚴重，生命**危在旦夕**。

【義近】危若朝露／危如累卵／岌岌可危／朝不保夕。

【義反】安如泰山／穩如磐石／萬無一失。

危如累卵（ㄨㄟˊ ㄖㄨˊ ㄌㄟˇ ㄌㄨㄢˇ）

【釋義】危險得如同堆積起來的蛋，隨時都有塌下打碎的可能。累卵：以卵相疊。

【出處】韓非子・十過：「故曹小國也，而迫於晉、楚之間，其君之危，猶累卵也。」

【用法】比喻形勢非常危險。

【例句】現在兵臨城下，形勢**危如累卵**，是戰是和，早作決定，不能再猶豫了！

【義近】千鈞一髮／搖搖欲墜／積薪厝火／燕巢飛幕。

【義反】穩若泰山／雷打不動／巋然不動。

危言危行（ㄨㄟˊ ㄧㄢˊ ㄨㄟˊ ㄒㄧㄥˋ）

【釋義】危言：直言。危行：正直的行為。危：端正，正直。

【出處】論語・憲問：「邦有道，危言危行，邦無道，危行言孫（遜）。」

【用法】說明言論、行為公正無

私。

【例句】無論在什麼場合，他都敢於**危言危行**，從不阿附權貴，因而深受人們尊敬。

【義近】直道而行／剛正不阿／敢說敢為。

【義反】見風使舵／見人說話／諂言媚語。

危言聳聽 ㄨㄟˊ ㄧㄢˊ ㄙㄨㄥˇ ㄊㄧㄥ

【釋義】危言：使人吃驚的話。聳聽：使人聽了吃驚。

【出處】漢書・息夫躬傳：「危言高論。」

【用法】指故意說些聳人聽聞的話，使人驚疑震動。

【例句】你不要在這裏**危言聳聽**了，若造成局勢混亂，你也要倒楣的。

【義近】聳人聽聞／嘩眾取寵／駭人聽聞。

【義反】出言謹慎／言誠語實。

危若朝露 ㄨㄟˊ ㄖㄨㄛˋ ㄓㄠ ㄌㄨˋ

【釋義】危險得就像早晨的露水，一經陽光照射就要消失。

【出處】司馬遷・史記・商君列傳：「君之危若朝露，尚將欲延年益壽乎？」

【用法】多用以比喻生命非常危險。

【例句】陳經理患了絕症，現已臥床不起，**危若朝露**，看來將不久於人世了。

【義近】危在旦夕／朝不保夕／生命垂危／奄奄一息。

【義反】安然無恙／結實健康／健壯如牛／朝氣勃勃。

危急存亡之秋 ㄨㄟˊ ㄐㄧˊ ㄘㄨㄣˊ ㄨㄤˊ ㄓ ㄑㄧㄡ

【釋義】秋：時機，日子。

【出處】諸葛亮・前出師表：「今天下三分，益州疲弊，此誠危急存亡之秋。」

【用法】用以說明處在危險急迫，或存或亡的重要時刻，不可等閒視之。

【例句】抗日戰爭開始時，中華民族處於**危急存亡之秋**，許多愛國志士都奔赴前線，浴血奮戰。

【義近】生死關頭／關鍵時刻／舉足輕重／生死攸關。

【義反】和平之年／安樂之年。

即事窮理 ㄐㄧˊ ㄕˋ ㄑㄩㄥˊ ㄌㄧˇ

【釋義】即：就。窮：窮盡，探究。

【出處】王夫之・續春秋左氏傳・博議下：「有即事以窮理，無立理以限事。」

【用法】指就事實探究道理。

【例句】**即事窮理**是從事學術研究的一個基本原則，若想憑空探索，是決不可能有所成就的。

【義近】即物窮理／依事立論。

【義反】望文生義／立理限事。

卻之不恭 ㄑㄩㄝˋ ㄓ ㄅㄨˋ ㄍㄨㄥ

【釋義】指與人交際，別人送東西，如不受，就是對人不恭敬。卻：拒而不受。

【出處】孟子・萬章下：「卻之卻之為不恭，何哉？」

【用法】用以作為接受別人禮品的客套話。常與「受之有愧」連用。

【例句】既然你大老遠送來這份厚禮，我也就**卻之不恭**，受之有愧了。

【義近】盛情難卻／情不可卻／情面難卻。

【義反】受之有愧／無功受祿／於心有愧。

厂部

厚古薄今 ㄏㄡˋ ㄍㄨˇ ㄅㄛˊ ㄐㄧㄣ

【釋義】厚：重，看重。薄：輕視、輕賤。

【出處】司馬遷・史記・秦始皇本紀：「以古非今者族。」楊萬里・文帝曷不用頗牧論：「薄今而厚古。」

【用法】指在學術研究領域或其他方面，所採取的一種重視古代輕視當代的錯誤作法。

【例句】一般人在**厚古薄今**的心理作祟下，常難以肯定今人的創作成就。

【義近】頌古非今／是古非今／泥古非今／以古非今。

【義反】厚今薄古／重今輕古／貴今賤古／競今疏古。

厚此薄彼 ㄏㄡˋ ㄘˇ ㄅㄛˊ ㄅㄧˇ

【釋義】厚：重視，優待。薄：輕視，怠慢。

【出處】梁書・賀琛傳：「並欲薄於此而厚於彼，此服雖降，彼服則隆。」

【用法】重視或優待一方，輕視或怠慢另一方。

【例句】我們都是公司的職員，請經理務必一視同仁，不要**厚此薄彼**。

【義近】重此輕彼／揚此抑彼／親近疏遠／揀佛燒香。

【義反】等量齊觀／不分彼此／一視同仁／貴賤無二。

厚德載福 ㄏㄡˋ ㄉㄜˊ ㄗㄞˋ ㄈㄨˊ

【釋義】厚德：道德深厚。載：承受。

【出處】易經・坤卦：「地勢坤，君子以厚德載物。」左丘明・國語・晉語六：「吾聞之，唯厚德者能受多福。」

【用法】說明只有道德深厚的人才能承受福澤，以此鼓勵人重視道德的修養。

【例句】古人常說**厚德載福**，你還是多積點陰德，少做些缺德事才好。

【義近】厚德多福／積善成德／善有善報／有德者昌。

【義反】薄德少福／爲惡損福／惡有惡報／無德者亡。

厚貌深情 ㄏㄡˋ ㄇㄠˋ ㄕㄣ ㄑㄧㄥˊ

【釋義】意謂其眞實感情隱藏得很深，從外貌上看不出來。

【出處】莊子・列禦寇：「凡人心險於山川，難於知天。天猶有春夏秋冬旦暮之期，人者厚貌深情。」

【用法】說明有的人善於隱藏眞實感情，從不表露於外表、語言，難以推測其內心。

【例句】他平日寡言少語，又很少與人交往，**厚貌深情**，誰知道他心裏想些什麼。

【義近】人心難知／人心隔肚皮／人心難測。

【義反】喜形於色／哀懼見於容。

厚顏無恥 ㄏㄡˋ ㄧㄢˊ ㄨˊ ㄔˇ

【釋義】厚顏：厚著臉皮。顏：臉面。

【出處】孔稚珪・北山移文：「豈可使芳杜厚顏，薜荔無恥。」

【用法】形容人臉皮很厚，不知羞恥。

【例句】這種**厚顏無恥**的人，不值得與他打交道。

【義近】恬不知恥／寡廉鮮恥／不顧廉恥。

【義反】羞愧難當／汗顏不已／無地自容。

原形畢露 ㄩㄢˊ ㄒㄧㄥˊ ㄅㄧˋ ㄌㄨˋ

【釋義】原形：原來的眞實樣子。畢：盡，完全。

【用法】指將僞裝徹底揭開，其本來面目完全暴露出來。

【例句】他平日用錢大方，大家

都以為他是個闊少爺，一旦**原形畢露**，原來他只是個慣竊。

【義近】暴露無遺／剝去偽裝。

【義反】藏頭露尾／隱介藏形。

原封不動 ㄩㄢˊ ㄈㄥ ㄅㄨˋ ㄉㄨㄥˋ

【釋義】原來貼的封口沒有動過。封：封口。

【出處】王仲文・救孝子四折：「是你的老婆，這等呵，我可也原封不動，送還你吧。」

【用法】指完全是原來的樣子，一點也沒有變動。

【例句】學習別人良好的制度，要先考量自己的背景及需要，不可**原封不動**地照抄。

【義近】原封未動／原封原樣／紋絲未動。

【義反】偷梁換柱／偷天換日／面目全非。

原原本本 ㄩㄢˊ ㄩㄢˊ ㄅㄣˇ ㄅㄣˇ

【釋義】原原：探討原始。本本：追求根本。上「原」字「本」字用作動詞。一作「元元本本。」

【出處】班固・兩都賦：「元元本本，殫見洽聞。」

【用法】原指探求事物的緣由、根本，今指詳細敘述事情的全部起因和整個過程。

【例句】你最好把事情的始末**原原本本**地告訴我們，我們才能幫你啊！

【義近】不折不扣／從頭到尾。

【義反】掐頭去尾／一鱗半爪／東鱗西爪。

厲兵秣馬 ㄌㄧˋ ㄅㄧㄥ ㄇㄛˋ ㄇㄚˇ

【釋義】磨好兵器，餵好馬。厲：同「礪」，磨刀石，此用作動詞，磨。秣：餵草。

【出處】左傳・僖公三三年：「鄭穆公使視客館，則束載厲兵秣馬矣。」

【用法】形容作好戰鬥準備，也泛指事前作好準備工作。

【例句】奧運將近，世界各國的運動健兒都正**厲兵秣馬**，準備在奧運會上大展雄姿。

【義近】嚴陣以待／盛食厲兵／選兵秣馬。

【義反】臨陣磨槍／解甲釋兵。

厶部

去偽存真 ㄑㄩˋ ㄨㄟˇ ㄘㄨㄣˊ ㄓㄣ

【釋義】偽：假的。存：留下。

【出處】續傳燈錄一二：「權衡在手，明鏡當臺，可以摧邪輔政，可以去偽存真。」

【用法】排除虛假的，保留真實的。

【例句】歷史材料往往互相矛盾，需要認真地進行**去偽存真**的鑑別工作。

【義近】去蕪存菁／去粗取精／淘沙取金。

【義反】真偽不分／魚目混珠。

參差不齊 ㄘㄣ ㄘ ㄅㄨˋ ㄑㄧˊ

【釋義】參差：不整齊的樣子。

【出處】揚雄・法言序目：「國君將相，卿士名臣，參差不齊，一概諸聖。」

【用法】形容長短、高低、大小不齊，或水平不一。
【例句】一個班幾十個學生，成績**參差不齊**，這是必然的現象。
【義近】良莠不齊／參差錯落／犬牙交錯。
【義反】整齊劃一／整整齊齊／井然有序／不相上下。

又部

及瓜而代 ㄐㄧˊ ㄍㄨㄚ ㄦˊ ㄉㄞˋ

【釋義】等到明年瓜熟時派人來替代。及：等到。
【出處】左傳・莊公八年：「齊侯使連稱，管至父戍葵丘。瓜時而往，曰：『及瓜而代。』」
【用法】用以指任職期滿，由他人來接替。
【例句】他已到了退休年齡，就等上級派人**及瓜而代**，他就要卸任了。
【義近】燕雁代飛／屆時換代。
【義反】久不代替／數屆連任。

及鋒而試 ㄐㄧˊ ㄈㄥ ㄦˊ ㄕˋ

【釋義】趁著鋒利的時候試用它。及：趁，乘，當。鋒：鋭利。
【出處】司馬遷・史記・高祖本紀：「軍吏士卒皆山東之人也，日夜跂而望歸，及其鋒而用之，可以有大功。」
【用法】比喻抓住有利時機，一鼓作氣採取行動。
【例句】平日多休養生息，一等機緣到時，**及鋒而試**，定能一舉功成。
【義近】趁熱打鐵／見機行事。
【義反】坐失良機／遷延誤時。

反手可得 ㄈㄢˇ ㄕㄡˇ ㄎㄜˇ ㄉㄜˊ

【釋義】翻轉手掌就可得到。反：翻轉。
【出處】荀子・非相：「葉公子高入據楚，誅白公，定楚國，如反手爾。」
【用法】比喻事情輕而易舉，得之極易。
【例句】這件事對你而言簡直是**反手可得**，爲何不伸出援手幫幫他呢？
【義近】唾手可得／易於反掌／易如折枝。
【義反】海底撈針／移山塡海。

反目成仇 ㄈㄢˇ ㄇㄨˋ ㄔㄥˊ ㄔㄡˊ

【釋義】以對抗的眼光相視，而彼此仇恨。
【出處】易經・小畜：「夫妻反目。」孔穎達疏：「夫妻乖戾，故反目相視。」蒲松齡・聊齋志異・邵女：「因復反目，永絕琴瑟之好。」
【用法】用以稱不和睦，彼此仇視。多就夫妻、好友而言。
【例句】他倆原是最要好的朋友，卻爲了小事情**反目成仇**，眞令人感到遺憾。
【義近】琴瑟不和／誓不兩立／永不往來／一刀兩斷。
【義反】和睦相處／琴瑟調和／你來我往／相親相愛。

反求諸己 ㄈㄢˇ ㄑㄧㄡˊ ㄓㄨ ㄐㄧˇ

【釋義】反過來追究自己。求：追究，尋找。諸：「之於」的合音。

【出處】孟子・公孫丑上：「不怨勝己者，反求諸己而已矣。」

【用法】指有問題或與人發生衝突時，應反省自己，自我要求，不要怨天尤人。

【例句】人們老愛怪別人，却忘了**反求諸己**，因而永遠也有吵不完的架。

【義近】反躬自省／反躬內省／一日三省／嚴于責己／嚴以律己。

【義反】委過他人／怨天尤人。

反其道而行（ㄈㄢˇ ㄑㄧˊ ㄉㄠˋ ㄦˊ ㄒㄧㄥˊ）

【釋義】反其道：與他人的辦法相反。道：辦法，方法。行：做。

【出處】司馬遷・史記・淮陰侯列傳：「今大王誠能反其道：任天下武勇，何所不誅！」

【用法】說明採取跟對方相反的辦法去行事。

【例句】他從小就叛逆性強，行事常常**反其道而行**，令人頭痛不已。

反客爲主（ㄈㄢˇ ㄎㄜˋ ㄨㄟˊ ㄓㄨˇ）

【釋義】客人反過來成了主人。反：轉，反而。

【出處】羅貫中・三國演義七一回：「可激勸士卒，拔寨前進，步步爲營，誘（夏侯）淵來戰而擒之，此乃反客爲主之法。」

【用法】比喻由被動變成主動；也用以說明客人反過來變成了主人。

【例句】我拿你家當我家似的，**反客爲主**，你不見怪吧！

【義近】喧賓奪主。

反躬自省（ㄈㄢˇ ㄍㄨㄥ ㄗˋ ㄒㄧㄥˇ）

【釋義】回過頭來檢查自己。反：掉轉。躬：自身。省：檢查。

【出處】朱熹・樂記動靜說：「此一節正天理人欲之機間不容息處，惟其反躬自省……而外誘不能奪也。」

【用法】用以說明遇到矛盾要多作自我檢查，尋找自己思想言行的不妥之處。

【例句】在爲人處世上，宜多**反躬自省**，要求別人還不如要求自己。

【義近】閉門思過／捫心自問／撫躬自問／反躬自責／反聽內視。

【義反】怨天尤人／委過他人。

反脣相稽（ㄈㄢˇ ㄔㄨㄣˊ ㄒㄧㄤ ㄐㄧ）

【釋義】反脣：翻脣，表示不服氣或鄙視。稽：計較。一作「反唇相譏」。譏：指譏刺對方。

【出處】漢書・賈誼傳：「婦姑不相說（悅），則反脣而相稽。」

【用法】比喻受指責而不服氣，反過來責問或譏刺對方。

【例句】他那種**反脣相稽**的輕視態度，很讓人受不了。

【義近】反咬一口。

【義反】反躬自責／俯首自問。

反敗爲勝（ㄈㄢˇ ㄅㄞˋ ㄨㄟˊ ㄕㄥˋ）

【釋義】由敗轉勝。反：反轉。

【出處】羅貫中・三國演義一六回：「將軍在匆忙之中，能整兵堅壘，任謗任勞，使反敗爲勝。」

【用法】說明失敗後決不氣餒，設法將失敗轉變爲勝利。

【例句】一個眞正成功的人，是能夠在最惡劣的情勢下**反敗爲勝**，創下奇蹟的。

【義近】轉敗爲功／轉危爲安／化險爲夷。

【義反】一蹶不振／一敗到底／由勝轉敗。

反眼不識（ㄈㄢˇ ㄧㄢˇ ㄅㄨˋ ㄕˋ）

【釋義】一翻眼就不認識。反：翻。

【出處】韓愈・柳子厚墓誌銘：「一旦臨小利害，僅如毛髮比，反眼若不相識。」

【用法】形容翻臉不認人，不顧交情。
【例句】此人不可深交，只要是利益相衝突時，他便**反眼不識**，六親不認。
【義近】反臉無情／翻臉不認人／反面無義／反顏相待。
【義反】有情有義／重義輕生／重義輕財／不忘舊情。

反掌折枝（ㄈㄢˇ ㄓㄤˇ ㄓㄜˊ ㄓ）

【釋義】像翻覆手掌和摘折樹枝那樣容易。
【出處】漢・枚乘・諫吳王書：「變所欲爲，易於反掌。」孟子・梁惠王：「爲長者折枝。」
【用法】用以喻事之至易者。
【例句】如果事先能做好萬全的準備，那麼應付突發的變故，將如**反掌折枝**。
【義近】以湯沃雪／摧枯拉朽／反掌之易。
【義反】移山塡海／挾山超海／磨杵成針。

反璞歸眞（ㄈㄢˇ ㄆㄨˊ ㄍㄨㄟ ㄓㄣ）

【釋義】回返原始淳樸天眞的境界。
【出處】戰國策・齊策：「斶知足矣，歸眞反璞，則終身不辱。」
【用法】用以形容歸返原來之面目。
【例句】經過了絢爛的歲月，如今**反璞歸眞**，從平淡中亦能體會另一種意義。
【義近】歸眞反璞。

反覆無常（ㄈㄢˇ ㄈㄨˋ ㄨˊ ㄔㄤˊ）

【釋義】一會兒這樣，一會兒那樣，沒有定準。反覆：顛來倒去。無常：沒有常態。
【出處】陳亮・與范東叔龍圖：「時事反復無常。」
【用法】形容變化不定。
【例句】他說話不守信用，行事更是**反覆無常**，這種人是難以成大事的。
【義近】出爾反爾／朝令夕改／朝秦暮楚。
【義反】始終如一／全始全終／一諾千金／言而有信／一言爲定。

取之不盡用之不竭（ㄑㄩˇ ㄓ ㄅㄨˋ ㄐㄧㄣˋ ㄩㄥˋ ㄓ ㄅㄨˋ ㄐㄧㄝˊ）

【釋義】意謂取用不完。盡、竭：完。
【出處】蘇軾・前赤壁賦：「取之無禁，用之不竭。」李綠園・歧路燈七五回：「在貧道乃是取之不盡而用之不竭的。」
【用法】用以形容極其豐富、充足。
【例句】大自然是人類**取之不盡用之不竭**的天然寶庫。
【義近】永不枯竭／取用不盡。
【義反】一用而竭／空空如也。

取而代之（ㄑㄩˇ ㄦˊ ㄉㄞˋ ㄓ）

【釋義】取：奪取。代：代替。
【出處】司馬遷・史記・項羽本紀：「秦始皇游會稽，渡浙江，梁與籍俱觀，籍曰：『彼可取而代也。』」
【用法】指奪取別人的地位而由自己代替他，也指以某一事物代替另一事物。
【例句】舊的中華商場消失了，**取而代之**的將是全新風貌的地下街商場。
【義近】拔幟易幟。
【義反】不可替代／不可更改。

取長補短（ㄑㄩˇ ㄔㄤˊ ㄅㄨˇ ㄉㄨㄢˇ）

【釋義】爲「取人之長，補己之短」的縮語。
【出處】孟子・滕文公上：「今滕，絕長補短，將五十里也。」呂氏春秋・用眾：「故善學者假人之長以補其短。」
【用法】指吸取別人的長處來彌補自己的不足，也指在同類事物中吸取彼之長以彌補此之短。
【例句】我們要吸收國外先進的科技，配合自身優點，**取長**

補短，才能有全新的發展。

【義近】截長補短／絕長補短。

【義反】自高自大／自以爲是。

取信於人

【釋義】取信：使人信從，取得信任。

【出處】陸機・豪士賦序：「大德至忠，如此之盛；尚不能取信於人主之懷，止謗於衆多之口。」

【用法】指博取別人對自己的信任。

【例句】要**取信於人**，就必須誠懇待人，言必行，行必果。

【義近】取信於民／言而有信。

【義反】言而無信。

受惠無窮

【釋義】惠：恩惠，益處。窮：盡。

【出處】文康・兒女英雄傳二四回：「今日此舉，不但我父母感激不盡，便是我何玉鳳，也受惠無窮。」

【用法】用以說明受益極深遠。

【例句】老師的諄諄教誨，使我一生**受惠無窮**，永銘於心。

【義近】受益不盡／受惠匪淺／得益匪淺。

【義反】受害不淺／誤人終身。

受寵若驚

【釋義】寵：寵愛，賞識。驚：驚喜。

【出處】宋史・張洎傳：「受寵若驚，居亢無悔。」

【用法】形容受人寵愛而感到意外驚喜和不安。含有貶意。

【例句】平常他對我總是愛理不理的，今天突然對我噓寒問暖的，讓我**受寵若驚**，懷疑他是不是別有用心。

【義近】被寵若驚。

【義反】寵辱不驚。

口部

口口聲聲

【釋義】話不離口，反覆申說。

【出處】石君寶・秋胡戲妻：「你也曾聽杜宇，他那裏口口聲聲，攛掇先生不如歸去。」

【用法】常用以形容反覆表白自己的意見、說法。

【例句】你**口口聲聲**說要好好學習，卻又安不下心來，總想去外面玩，這怎麼行？

【義近】反覆陳述。

口不應心

【釋義】口裏說的與心裏想的不一樣。

【出處】馮夢龍・醒世恆言卷八：「官人，你昨夜恁般說了，卻又口不應心，做下那事！」

【用法】形容心口不一致或口是心非。

【例句】他是個**口不應心**的人，你千萬不要相信他。

【義近】口是心非／心口不一／表裏不一／心口相違。

【義反】心口如一／表裏如一／言爲心聲／心口一致。

口耳之學

【釋義】把道聽塗說得到的一點知識當做學問。

【出處】荀子・勸學：「小人之學也，入乎耳，出乎口，口耳之間則四寸耳，曷足以美七尺之軀哉。」

【用法】形容人視淺薄片面的一點知識爲學問，而自以爲了不得。

【例句】這個人最不謙虛，懂得一點**口耳之學**，便自以爲了不得，到處炫耀。

【義近】浮淺之學／道聽塗說。

【義反】眞才實學／眞知灼見。

口血未乾（ㄎㄡˇ ㄒㄧㄝˇ ㄨㄟˋ ㄍㄢ）

【釋義】表示訂立盟約不久。口血：古代訂立盟約時，飲牲口血或以牲口血抹嘴，表示誠信。

【出處】左傳・襄公九年：「與大國盟，口血未乾而背之，可乎？」

【用法】用以說明訂立盟約或盟誓不久就毀約、失信，也指話說出不久就反悔。

【例句】一個人若**口血未乾**即做出背信忘義之事，將不會有人再相信他所說的話。

【義近】墨瀋未乾／言而無信／言猶在耳／自食其言／輕諾寡信／朝濟夕設。

【義反】始終不渝／信誓旦旦／言而有信／一諾千金／尾生之信／季布一諾。

口尚乳臭（ㄎㄡˇ ㄕㄤˋ ㄖㄨˇ ㄒㄧㄡˋ）

【釋義】口中還有乳腥氣。尚：還。乳臭：奶腥氣。

【出處】漢書・高帝紀上：「食其還，漢王問：『魏大將誰也？』對曰：『柏直。』王曰：『是口尚乳臭。』」

【用法】比喻年輕缺乏經驗、知識，或不成熟。

【例句】他今年才十三歲，**口尚乳臭**，就想學成年人抽煙喝酒，令師長痛心不已。

【義近】乳臭未乾／少不更事／年幼無知／嘴上無毛。

口若懸河（ㄎㄡˇ ㄖㄨㄛˋ ㄒㄩㄢˊ ㄏㄜˊ）

【釋義】言辭如河水傾瀉，滔滔不絕。懸河：傾瀉直下的河流。

【出處】劉義慶・世說新語・賞譽：「郭子玄語議如懸河瀉水，注而不竭。」吳敬梓・儒林外史四回：「知縣見他說得口若懸河。」

【用法】比喻人很健談，能言善道。

【例句】我們在一起閒談時，他總是**口若懸河**，別人根本插不上嘴。

【義近】滔滔不絕／舌燦蓮花／侃侃而談／懸河飛瀑／語如貫珠／能言善道。

【義反】期期艾艾／拙口鈍辭／結結巴巴／笨口拙舌。

口是心非（ㄎㄡˇ ㄕˋ ㄒㄧㄣ ㄈㄟ）

【釋義】嘴裏說的是一套，心裏想的是另一套。

【出處】葛洪・抱朴子・微旨：「若乃憎善好殺，口是心非，背向異辭，反戾直正。」

【用法】形容人心口不一。

【例句】這人向來**口是心非**，陽奉陰違，當面稱讚別人，背後却愛扯人後腿。

【義近】口不應心／言不由衷／陽奉陰違／口是心違。

【義反】心口如一／表裏如一／言行一致。

口誅筆伐（ㄎㄡˇ ㄓㄨ ㄅㄧˇ ㄈㄚˊ）

【釋義】誅：譴責。伐：聲討。

【出處】汪廷訥・三祝記：「他捐廉棄恥，向權門富貴貪求，全不知口誅筆伐是詩人句，隴上播間識者羞。」

【用法】表示用口頭的和書面的形式進行譴責和聲討。

【例句】對那些販賣不良書刊、戕害青少年心靈的人，必須予以**口誅筆伐**，並循法律途徑制裁他們。

【義近】羣起而攻之／鳴鼓攻之／交相伐撻。

【義反】口碑載道／有口皆碑／拍掌擊節。

口說無憑（ㄎㄡˇ ㄕㄨㄛ ㄨˊ ㄆㄧㄥˊ）

【釋義】單憑口說，不足爲據。

【出處】喬夢符・揚州夢：「俗兩個口說無憑。」

【用法】表示無實物憑據，不足爲信。

【例句】你說他偷了你的錢，但**口說無憑**，請拿出證據來。
【義近】空口說白話。
【義反】證據確鑿／人贓俱在。

口蜜腹劍（ㄎㄡˇ ㄇㄧˋ ㄈㄨˋ ㄐㄧㄢˋ）

【釋義】嘴上甜言蜜語，心中卻刻毒似劍。
【出處】資治通鑑二一五：「世謂李林甫口有蜜，腹有劍。」
【用法】比喻嘴甜心毒，爲人狡詐陰險。
【例句】我們需要的是誠心誠意的眞朋友，決不是那種**口蜜腹劍**的假朋友。
【義近】笑裏藏刀／嘴甜心狠／鶚心鸝舌／表裏不一／虎掛佛珠。
【義反】表裏如一／光明磊落。

口碑載道（ㄎㄡˇ ㄅㄟ ㄗㄞˋ ㄉㄠˋ）

【釋義】稱頌的聲音滿路都是。口碑：比喻羣眾口頭稱頌，像文字刻在碑上一樣。載：滿。
【出處】普濟・五燈會元卷一七：「勸君不用鐫頑石，路上行人口似碑。」
【用法】形容人人稱頌，美名遠揚。
【例句】那位作家的作品誠摯感人，因此**口碑載道**，在各地廣爲流傳。
【義近】有口皆碑／人人稱頌／家喻戶曉／頌聲載道。
【義反】怨聲載道／臭名遠揚／遺臭萬年／惡名昭彰。

口頭禪（ㄎㄡˇ ㄊㄡˊ ㄔㄢˊ）

【釋義】佛教語，指不能領會禪理，只是襲用禪宗和尙的常用語作爲談話的點綴。
【出處】王楙・野客叢書・附錄王先生壙銘臨終詩：「平生不學口頭禪，腳踏實地性虛天。」
【用法】今用以指說話時經常掛在嘴上，但並無多大實際意義的詞句。
【例句】「這個」已成了曾教授的**口頭禪**，有位學生統計，他一節課講了一百多個「這個」。
【義近】習慣語／口頭語。

古色古香（ㄍㄨˇ ㄙㄜˋ ㄍㄨˇ ㄒㄧㄤ）

【釋義】器物書畫等富有古雅的色彩和情調。古：古舊。
【出處】黃丕烈・士禮居藏書題跋記：「是書雖非毛氏所云……然古色古香溢於楮墨。」
【用法】常用於稱讚藝術品或居室布置很有古雅風格。
【例句】探訪古厝，常常被那**古色古香**的陳設深深吸引，勾起人們無限的思古幽情。
【義近】古樸淡雅／古意盎然。
【義反】前衛新潮。

古往今來（ㄍㄨˇ ㄨㄤˇ ㄐㄧㄣ ㄌㄞˊ）

【釋義】從古到今。
【出處】潘岳・西征賦：「古往今來，邈兮悠哉！」白居易・放言詩之一：「朝眞暮僞何人辨，古往今來底事無。」
【用法】用以說明時間久遠。
【例句】雖然住了兩三天，日子卻不多，把**古往今來**沒見過的，沒吃過的，沒聽見的，都經驗過了。（曹雪芹・紅樓夢四二回）
【義近】由古至今／古今中外。
【義反】當代現在／昨日今朝。

古稀之年（ㄍㄨˇ ㄒㄧ ㄓ ㄋㄧㄢˊ）

【釋義】指七十歲。古稀：自古以來就稀少。
【出處】杜甫・曲江二首：「酒債尋常行處有，人生七十古來稀。」
【用法】用以代稱七十歲。
【例句】張教授雖然已過**古稀之年**，但仍堅持撰寫他的科學著作，精神實在可佳。
【義近】從心之年／古稀高壽。
【義反】小小年歲／羽毛未乾／二八佳齡。

古道熱腸　ㄍㄨˇ ㄉㄠˋ ㄖㄜˋ ㄔㄤˊ

【釋義】古道：此指古代的純樸品德與風尚。熱腸：熱心腸，指肯幫助人。

【出處】李寶嘉・官場現形記四四回：「幾個人當中，畢竟是老頭子秦梅士古道熱腸。」

【用法】形容人為人心腸好，能熱心幫助人。

【例句】他年紀雖輕，卻是**古道熱腸**，非常樂意為人排難解憂。

【義近】熱心助人／急人之所急／助人為樂／排難解憂。

【義反】人心不古／拔一毛而利天下不為。

古貌古心　ㄍㄨˇ ㄇㄠˋ ㄍㄨˇ ㄒㄧㄣ

【釋義】古雅的容貌，古樸的人心。

【出處】韓愈・孟生詩：「孟生（孟郊）江海士，古貌又古心。嘗讀古人書，謂言古猶今。」

【用法】形容人的容貌思想有古人的風度。多用於褒義。

【例句】他並不是什麼名流學者，也不崇古仿古，卻自有其**古貌古心**，頗令人讚賞。

【義近】古人風範／古道可風。

【義反】滑頭滑腦／獐頭鼠目／流里流氣。

可心如意　ㄎㄜˇ ㄒㄧㄣ ㄖㄨˊ ㄧˋ

【釋義】可心：合心。可：合適。如意：滿意。

【出處】曹雪芹・紅樓夢六五回：「這如今要辦正事，不是我女孩兒沒羞恥，必得我揀個素日可心如意的人，才跟他。」

【用法】說明符合心意，主要用於男女之間你恩我愛上。

【例句】要找一個**可心如意**的伴侶陪自己走完一生，實在是件不容易的事。

【義近】可人心意／稱心如意／如人心願／盡如人意。

【義反】未能如願／不如人意。

可有可無　ㄎㄜˇ ㄧㄡˇ ㄎㄜˇ ㄨˊ

【釋義】可以有，也可以沒有。

【出處】文康・兒女英雄傳二六回：「我只問姐姐，一般兒大的人，怎麼姐姐給我說人家兒，這庚帖就可有可無。」

【用法】常用以說明無關緊要。

【例句】對於他這種**可有可無**的建議，我們實在難以看出他的誠意。

【義近】有不多無不少／無足輕重／無可無不可／無關成敗／有也可無也可。

【義反】非同小可／舉足輕重／不可欠缺／事關重大。

可乘之機　ㄎㄜˇ ㄔㄥˊ ㄓ ㄐㄧ

【釋義】乘：因，趁。機：機會。

【出處】晉書・呂纂傳：「宜繕甲養銳，勸課農殖，待可乘之機，然後一舉蕩滅。」

【用法】指可以利用的機會。

【例句】內鬥比外力的侵入更易亡國，千萬不要給敵人**可乘之機**。

【義近】可乘之隙／有機可乘／有空可鑽。

【義反】無隙可乘／無機可乘／無縫可鑽。

可望而不可即　ㄎㄜˇ ㄨㄤˋ ㄦˊ ㄅㄨˋ ㄎㄜˇ ㄐㄧˊ

【釋義】而：卻，但。即：接近。

【出處】劉基・登臥龍山懷二十八韻：「白雲在青天，可望不可即。」

【用法】說明能望見，但不能接近，或者不能達到。

【例句】科學頂峰是不易攀登的，但也決不是**可望而不可即**，關鍵在於你是否有恆心。

【義近】可望不可及／可望不可親／望塵莫及／不可企及。

【義反】急起直追／迎頭趕上／不達目的誓不休。

可歌可泣 ㄎㄜˇ ㄍㄜ ㄎㄜˇ ㄑㄧˋ

【釋義】可：值得。歌：歌頌讚揚。泣：無聲有淚的哭。
【出處】汪琬．計甫草中州集序：「無不動心駭魄，可歌可泣。」
【用法】說明值得讚美歌頌，使人感動得流淚。
【例句】抗戰時期，有許多**可歌可泣**的悲壯故事發生在不知名的小人物身上。
【義近】驚天地泣鬼神／日月同輝。
【義反】遺臭萬年／千夫所指／無足道哉／萬人唾棄。

另起爐灶 ㄌㄧㄥˋ ㄑㄧˇ ㄌㄨˊ ㄗㄠˋ

【釋義】另外再支起鍋灶。爐灶：鍋灶。
【出處】李汝珍．鏡花緣一四回：「必至鬧到『出而哇之』，飯糞莫辨，這才『另起爐灶』。」
【用法】比喻放棄原來的基礎，重新做起，或另搞一套。
【例句】原先他在一家很大的麵包公司當師傅，如今**另起爐灶**，開了一間頗具規模的麵包店。
【義近】改弦更張／改弦易轍／重整旗鼓／另闢蹊徑。
【義反】墨守成規／抱殘守缺／原班人馬。

另眼相看 ㄌㄧㄥˋ ㄧㄢˇ ㄒㄧㄤ ㄎㄢˋ

【釋義】用另一種眼光看待。
【出處】凌濛初．初刻拍案驚奇：「不想一見大王，查問來歷，我等一一實對，便把我們另眼相看。」
【用法】指特別看重或優待，也指用不同於過去的眼光來看待。
【例句】①有了實力，別人自然會**另眼相看**。②他曾幫我父親很大的忙，我父親在世時對他都**另眼相看**，我們自然也要尊敬他。
【義近】刮目相看／青眼相加／佛眼相看。
【義反】白眼相視／凡眼相待／一視同仁／等量齊觀。

另闢蹊徑 ㄌㄧㄥˋ ㄆㄧˋ ㄒㄧ ㄐㄧㄥˋ

【釋義】闢：開闢。蹊徑：小路，山路；也指門徑、路子。
【出處】荀子．勸學：「將原先王，本仁義，則禮正其經緯蹊徑也。」
【用法】說明一法不行另設一法，此路不通另找出路。
【例句】①既然教書不行，那就**另闢蹊徑**，去找別的工作吧。②路是人走出來的，既然此路不通，我們就**另闢蹊徑**，自己走出一條路來吧。
【義近】另尋門徑／自出機杼。
【義反】守株待兔／墨守成規／刻舟求劍。

叫苦不迭 ㄐㄧㄠˋ ㄎㄨˇ ㄅㄨˋ ㄉㄧㄝˊ

【釋義】不迭：不停止。
【出處】大宋宣和遺事亨集：「徽宗叫苦不迭，向外榻上忽然驚覺來，嚇得渾身冷汗。」
【用法】形容連聲叫苦，多用於突然陷入困境之時；但不能用以形容大聲叫苦。
【例句】客人正等著吃飯，但瓦斯爐突然壞了，我太太**叫苦不迭**。
【義近】叫苦連天／唉聲歎氣。
【義反】樂在其中／其樂融融。

叫苦連天 ㄐㄧㄠˋ ㄎㄨˇ ㄌㄧㄢˊ ㄊㄧㄢ

【釋義】連天：接連不斷之意。
【出處】古今小說．宋四公大鬧禁魂張：「王愷大驚，叫苦連天。」
【用法】形容不停地叫苦，多用於陷入困境或痛苦難忍時，且可以形容大聲叫苦。
【例句】現在物價一年比一年高漲，許多小康家庭的收入根本不敷支出，**叫苦連天**，政府應該想辦法抑制物價。
【義近】叫苦不迭／呼天號地／

捶胸頓足。

【義反】自得其樂／樂不可支／手舞足蹈。

叱咤風雲（ㄔˋ ㄓㄚˋ ㄈㄥ ㄩㄣˊ）

【釋義】一聲怒喝，就使風雲變色。叱咤：怒喝，大聲呼喝。風雲：比喻變化不定的局勢。

【出處】晉書・乞伏熾盤傳贊：「熾盤叱咤風雲，見機而動，牢籠雋傑，決勝多奇。」

【用法】形容聲勢威力很大，可以控制整個局勢。

【例句】昔日**叱咤風雲**的他，如今卻英雄末路，晚景淒涼，怎不令人感慨世事無常呢？

【義近】氣吞山河／氣勢磅礡／拔山蓋世。

【義反】大勢已去／微不足道／無足輕重。

叱咤喑噁（ㄔˋ ㄓㄚˋ ㄧㄣ ㄨˋ）

【釋義】發怒喝叫聲。喑噁：發怒聲。一作「喑噁叱咤」。

【出處】司馬遷・史記・淮陰侯列傳：「項王喑噁叱咤，千人皆廢。」

【用法】形容氣勢壯盛。

【例句】當你走近尼加拉瓜大瀑布，就可聽到那**叱咤喑噁**之聲，就好像有千軍萬馬正在激戰。

【義近】氣壯山河／氣吞萬里／翻江倒海／地動山搖。

只知其一，不知其二（ㄓˇ ㄓ ㄑㄧˊ ㄧ，ㄅㄨˋ ㄓ ㄑㄧˊ ㄦˋ）

【釋義】只知道它的一面，不知道它的另一面。其：他的，它的。

【出處】詩經・小雅・小旻：「人知其一，莫知其它。」司馬遷・史記・高祖本紀：「公知其一，未知其二。」

【用法】說明對事物的觀察、了解只是片面的，不及全局。

【例句】你對他倆的爭吵，還是**只知其一，不知其二**，怎能妄下斷論呢？

【義近】識其一不識其二／攻其一點不計其餘／瞎子摸象。

【義反】無一不知／無所不曉／無所不通／知其全面／面面俱知。

只許州官放火，不許百姓點燈（ㄓˇ ㄒㄩˇ ㄓㄡ ㄍㄨㄢ ㄈㄤˋ ㄏㄨㄛˇ，ㄅㄨˋ ㄒㄩˇ ㄅㄞˇ ㄒㄧㄥˋ ㄉㄧㄢˇ ㄉㄥ）

【釋義】州官：即太守或郡守，泛指地方官。

【出處】馮夢龍・古今譚概・迂腐部：「俗語云：只許州官放火，不許百姓點燈。」

【用法】形容專制時代官吏的蠻橫無理，自己可以胡作非爲，卻禁止別人的正當行爲。

【例句】你一不高興就罵人訓人，人家頂撞你一兩句，就有如犯了滔天大罪，這和古代官吏那種**只許州官放火，不許百姓點燈**的霸道作風，有什麼兩樣？

【義近】順我者昌，逆我者亡／君要臣死，不得不死／父要子亡，不得不亡／有理三扁擔，無理扁擔三。

【義反】己所不欲，勿施於人／己欲立而立人，己欲達而達人／老吾老以及人之老／幼吾幼以及人之幼。

史不絕書（ㄕˇ ㄅㄨˋ ㄐㄩㄝˊ ㄕㄨ）

【釋義】史書上不斷地有所記載。絕：斷。書：寫，記載。

【出處】左傳・襄公二九年：「魯之於晉也，職貢不乏，玩好時至，公卿大夫，相繼於朝，史不絕書。」

【用法】指歷史上同類的事情經常發生。

【例句】自古以來，爲爭權奪利而父子相殘、兄弟鬩牆的事實是**史不絕書**。

【義近】不乏其例／不一而足／古已有之／時有發生／接連出現。

【義反】亙古未有／史無前例／間或有之／絕無僅有／千載難逢。

史無前例

【釋義】歷史上從未有過先例。前例：先例，以往的事例。

【出處】南齊書・陸慧曉傳：「（王）融曰：『兩賢同時，便是未有前例。』」

【用法】表示從來沒有發生過的事。

【例句】辛亥革命一舉推翻專制政權，建立中華民國，是**史無前例**的壯舉。

【義近】史無先例／未有前例／亘古未有／絕無僅有。

【義反】古已有之／史不絕書／時可見到／前例甚多。

司空見慣

【釋義】經常見到的。司空：古代官職名。慣：習以爲常。

【出處】劉禹錫・贈李司空妓：「高髻雲鬟宮樣妝，春風一曲杜韋娘。司空見慣渾閒事，斷盡蘇州刺史腸。」

【用法】比喻常常見到的事物或現象，不足爲奇。

【例句】她的反覆無常，驕橫跋扈，我們早已**司空見慣**了，用不著理她。

【義近】見慣不驚／屢見不鮮／習以爲常／見慣不怪。

【義反】少見多怪／天下少見／鳳毛麟角。

司馬昭之心，路人皆知

【釋義】司馬昭的心裏想什麼，人人都知道。司馬昭：三國時魏國權臣，一心想篡位。路人：行路的人。

【出處】陳壽・三國志・魏志・高貴鄉公紀注引漢晉春秋：「司馬昭之心，路人所知也。」

【用法】比喻人所共知的野心，要想掩飾也掩飾不了。

【例句】他的所作所爲已是**司馬昭之心，路人皆知**，還能隱瞞得住嗎？

【義近】大白於天下／無人不曉／世人皆知／一目了然。

【義反】知人知面不知心／人心隔肚皮。

合浦珠還

【釋義】合浦的珠蚌又回來了。合浦：漢代郡名，在今廣西合浦縣東北。還：返回。

【出處】後漢書・孟嘗傳載：合浦出珠寶，郡守搜括，珠蚌移往他處。孟嘗爲合浦太守時，制止搜括，珠蚌復還。

【用法】比喻珍貴之物失而復得，或人去而復還。

【例句】①**合浦珠還**，他遺失了幾十年的名畫，終於在古董店裏找到了。②他走失了的女兒，現在竟然自己回來了，眞是**合浦珠還**。

【義近】失而復得／完璧歸趙／再度劉郎。

【義反】一去不返／有去無回。

名山大川

【釋義】名山：大山。川：水，江河。

【出處】尙書・武成：「厎商之罪，告於皇天后土，所過名山大川。」

【用法】泛指風景優美的著名山河。

【例句】我國不僅地大物博、歷史悠久，同時有著許多**名山大川**，風景優美而壯麗。

【義近】名山勝水／高山大海／五湖四海。

名山事業

【釋義】名山：謂古帝王藏書之府。事業：泛指著作之事。

【出處】司馬遷撰史記，自序謂自成一家之言，「藏之名山，副在京師，俟後世聖人君子。」

【用法】用以指稱著書立說。

【例句】曹雪芹爲了**名山事業**，

嘔盡心血，披閱十載，給後世留下了不朽巨著《紅樓夢》。

【義近】著書立說。

名不副實（ㄇㄧㄥˊ ㄅㄨˋ ㄈㄨˋ ㄕˊ）

【釋義】意謂徒有虛名，並無實際。副：相稱，一致。一作「名實不副」。

【出處】禰衡・鸚鵡賦：「懼名實之不副，恥才能之無奇。」

【用法】用以說明名稱與內容，或名聲與實際不相符合。

【例句】現在有的大學生成績太差，知識太貧乏，實在是**名不副實**。

【義近】有名無實／名存實亡／名不當實／虛有其名／徒具虛名／聲聞過情。

【義反】名實相副／名副其實／名不虛傳／有名有實。

名不虛傳（ㄇㄧㄥˊ ㄅㄨˋ ㄒㄩ ㄔㄨㄢˊ）

【釋義】流傳開來的名聲不是虛假的。虛：空，虛假。

【出處】華岳・白面渡詩：「繫船白面問谿翁，名不虛傳說未通。」

【用法】形容名望和實際相符。

【例句】這茅台酒香氣撲鼻，味道醇正，的確是**名不虛傳**。

【義近】名副其實／名不虛立／名下無虛士／名實不違。

【義反】名不副實／徒具虛名／名過其實／名與實違／虛有其表。

名正言順（ㄇㄧㄥˊ ㄓㄥˋ ㄧㄢˊ ㄕㄨㄣˋ）

【釋義】名正：名義正當。言順：說話合理，道理講得通。

【出處】論語・子路：「名不正則言不順，言不順則事不成。」羅貫中・三國演義七三回：「名正言順，以討國賊。」

【用法】用以指稱言行具有充分理由。

【例句】憑自己的勞動所得，讓生活過得好一些，這是**名正言順**的事，怕人非議什麼！

【義近】理直氣壯／義正詞嚴。

【義反】名不正言不順／理屈詞窮／盜名竊位。

名存實亡（ㄇㄧㄥˊ ㄘㄨㄣˊ ㄕˊ ㄨㄤˊ）

【釋義】名：名稱，名義。實：實際，實質。

【出處】韓愈・處州孔子廟碑：「雖設博士弟子，或役於有司，名存實亡。」

【用法】用以說明名義上雖存在，實際上已經滅亡。

【例句】他倆已分居幾年，夫妻之間早已**名存實亡**。

【義近】有名無實／空有其名／虛有其表／徒具虛名／名實難副。

【義反】有名有實／名實相副／表裏一致／名不虛傳／名副其實。

名列前茅（ㄇㄧㄥˊ ㄌㄧㄝˋ ㄑㄧㄢˊ ㄇㄠˊ）

【釋義】前茅：春秋時楚國用茅草做報警用的旌旗，行軍時拿著走在隊伍前頭，故稱。

【出處】左傳・宣公一二年：「前茅慮無。」

【用法】比喻名次排列在前頭。

【例句】勘探查明，我國不少礦藏的儲量，在世界上**名列前茅**。

【義近】首屈一指／獨佔鰲頭／名列第一。

【義反】名落孫山／榜上無名／倒數第一。

名利雙收（ㄇㄧㄥˊ ㄌㄧˋ ㄕㄨㄤ ㄕㄡ）

【釋義】名和利都得到了。名利：名聲和利益。

【出處】李寶嘉・官場現形記七回：「因爲他此番奉委，一定名利雙收。」

【用法】用以說明既享受到了名譽，又獲得了厚利。

【例句】你這部巨著一出版，就可以**名利雙收**了。

【義近】名利兼得。

【義反】雞飛蛋打／一無所得。

名花有主 ㄇㄧㄥˊ ㄏㄨㄚ ㄧㄡˇ ㄓㄨˇ

【釋義】名花：爲人所珍貴的花，比喻美女。有主：有所歸屬。

【出處】歐陽修詞：「牆外有樓花有主，尋花去，隔牆遙見鞦韆侶。」

【用法】指美女已有對象或夫家了。

【例句】你不要老厚著臉皮纏她了，人家早已是**名花有主**。

【義近】羅敷有夫／心有所屬。

【義反】名花無主／待字閨中。

名門閨秀 ㄇㄧㄥˊ ㄇㄣˊ ㄍㄨㄟ ㄒㄧㄡˋ

【釋義】名門：著名的豪門，有名望的家庭。閨秀：富貴人家的女子，也指有才能的女子。

【出處】文康・兒女英雄傳二五回：「你是名門閨秀，也曾讀過詩書，你只就史鑑上幾個有名的女子看去。」

【用法】用以稱有名望家庭的女子。

【例句】她的言行舉止文雅而有風度，肯定是位**名門閨秀**。

【義近】大家閨秀／嫻淑才女。

【義反】小家碧玉／粗野村婦。

名垂青史 ㄇㄧㄥˊ ㄔㄨㄟˊ ㄑㄧㄥ ㄕˇ

【釋義】垂：流傳下去。青史：史書，古人用竹簡記事，需殺青，故稱青史。一作「名標青史」。

【出處】鄭德輝・伊尹耕莘四折：「如今……名標青史，顯耀鄉閭也。」

【用法】說明功業卓著、人民愛戴的人物，其姓名事跡載入史冊，名垂千古。

【例句】文天祥的愛國事蹟足以**名垂青史**，永被後世人所景仰。

【義近】流芳百世／名垂竹帛／永垂不朽／青史標名。

【義反】遺臭萬年／泯滅無聞／過眼雲煙／曇花一現。

名副其實 ㄇㄧㄥˊ ㄈㄨˋ ㄑㄧˊ ㄕˊ

【釋義】名：名聲，名義。副：相稱，符合。實：實際，內在。

【出處】曹操・與王修書：「君澡身浴德，流聲本州；忠能成績，爲世美談。名實相副，過人甚遠。」

【用法】用以說明名稱、名聲等，與實際一致。

【例句】他是個**名副其實**的守財奴，這樣富有，却還要苛刻傭人的工錢。

【義近】名實相符／名不虛傳／名下無虛／表裏一致／名實相當。

【義反】名不副實／有名無實／徒有其名／虛有其表／名過其實。

名落孫山 ㄇㄧㄥˊ ㄌㄨㄛˋ ㄙㄨㄣ ㄕㄢ

【釋義】名字排在孫山的後面，意即榜上無名。孫山：人名，考取最後一名舉人，落在他後面的人，即未考中。

【出處】范公偁・過庭錄：「吳人孫山，滑稽才子也。……鄉人問其子得失，山曰：『解名盡處是孫山，賢郎更在孫山外。』」

【用法】表示考試未中，或選拔時未被錄取。

【例句】他這次報考大學，**名落孫山**，但他並沒有氣餒，決心明年再來。

【義近】榜上無名／未過龍門／應試不第。

【義反】金榜題名／一試中的／名列前茅／一舉高中／鯉躍龍門。

名滿天下 ㄇㄧㄥˊ ㄇㄢˇ ㄊㄧㄢ ㄒㄧㄚˋ

【釋義】意謂其名聲爲天下人所共知。一作「名高天下」。

【出處】管子・白心：「名滿於天下，不若其已也。」司馬遷・史記・魯仲連列傳：「名高天下而光燭鄰國。」

【用法】極言聲名之盛。
【例句】國父推翻滿清，締造民國，功績卓著，**名滿天下**。
【義近】天下聞名／名震天下／大名鼎鼎／世人皆知／赫赫有名／飲譽國際。
【義反】沒沒無聞／無知之者／湮沒無聞。

名聲狼藉（ㄇㄧㄥˊ ㄕㄥ ㄌㄤˊ ㄐㄧˊ）

【釋義】名聲：名譽，聲望。狼藉：亂七八糟的樣子。一作「聲名狼藉」。
【出處】司馬遷・史記・蒙恬列傳・司馬貞索隱：「惡聲狼藉，布於諸國。」黃小配・二十載繁華夢：「平日聲名狼藉。」
【用法】形容人名聲敗壞到了極點。
【例句】他惡貫滿盈，**名聲狼藉**，你還待他如知己一般，值得嗎？
【義近】臭名昭彰／臭名遠揚／身敗名裂。
【義反】名滿天下／名揚四海／名垂宇宙／名馳上國。

名韁利鎖（ㄇㄧㄥˊ ㄐㄧㄤ ㄌㄧˋ ㄙㄨㄛˇ）

【釋義】名韁：名譽像韁繩。利鎖：利益像鎖鏈。
【出處】柳永・夏雲峯詞：「滿酌高吟，向此免名韁利鎖，虛費光陰。」
【用法】形容名利就像韁繩和鎖鏈那樣的束縛人。
【例句】只有淡泊名利，看破紅塵的人，才能擺脫**名韁利鎖**，獲得人生眞正的快樂。
【義近】追名逐利／人爲財死／利欲薰心／爭權奪利／急功近利／唯利是圖。
【義反】澹泊自處／清心寡欲／與世無爭／看破紅塵。

各人自掃門前雪，休管他人瓦上霜（ㄍㄜˋ ㄖㄣˊ ㄗˋ ㄙㄠˇ ㄇㄣˊ ㄑㄧㄢˊ ㄒㄩㄝˇ，ㄒㄧㄡ ㄍㄨㄢˇ ㄊㄚ ㄖㄣˊ ㄨㄚˇ ㄕㄤˋ ㄕㄨㄤ）

【釋義】意謂各人只管自己的事，不要去管他人的事。瓦上霜：一作「屋上霜」。
【出處】事林廣記：「各人自掃門前雪，休管他人瓦上霜。」湯顯祖・牡丹亭・淮泊：「各人自掃門前雪，莫管他人屋上霜。」
【用法】或用於勸誡人不要去管閒事，或用於指責人不肯幫助他人。
【例句】**各人自掃門前雪，休管他人瓦上霜**。家家都有一本難念的經，你管好自己的家就行了，何必要去管別人家的事呢？
【義近】關好自家門／管好自家人／做好自家事／爲己不爲人。
【義反】助人爲樂／鄰里相助。

各行其是（ㄍㄜˋ ㄒㄧㄥˊ ㄑㄧˊ ㄕˋ）

【釋義】各人按照自己以爲正確的一套去做。行：做。是：對，自以爲對的。
【出處】吳沃堯・痛史二一回：「我之求死，你之求生，是各行其是。」
【用法】指思想不統一，行動不一致。
【例句】我們應當按規章制度辦事，不能**各行其是**，造成多重標準。
【義近】各自爲政／各行其志／各從其志／各執其是。
【義反】同心同德／一心一德／同心協力／步調一致／行動協調／團結一致。

各有千秋（ㄍㄜˋ ㄧㄡˇ ㄑㄧㄢ ㄑㄧㄡ）

【釋義】千秋：千年，一年有一秋。此指流傳久遠。
【出處】左傳・昭公二九年：「各有雌雄。」李陵・與蘇武詩：「嘉會難再遇，三載爲千秋。」
【用法】指各有各的存在價值，能長遠流傳。引申爲各有各的長處，各有各的特色。
【例句】這兩篇小說都寫得很好，描寫手法**各有千秋**，難以評定高下。

【義近】各有所長／各有特色／環肥燕瘦。

【義反】毫無特色／不分軒輊／半斤八兩／伯仲之間／相差無幾。

各自爲政 ㄍㄜˋ ㄗˋ ㄨㄟˊ ㄓㄥˋ

【釋義】各自按自己的主張行事，不互相配合。爲政：處理政事，泛指行事。

【出處】左傳・宣公二年：「疇昔之羊子爲政，今日之事我爲政。」陳壽・三國志・吳志・胡綜傳：「各自爲政，莫或同心。」

【用法】比喻不考慮全局，各搞一套。

【例句】各個地區部門，都應在中央統一指揮下，互相協助、支援，決不能**各自爲政**。

【義近】各行其是／各立山頭／各自爲王／各行其志。

【義反】同心協力／羣策羣力／顧全大局／團結一致。

各抒己見 ㄍㄜˋ ㄕㄨ ㄐㄧˇ ㄐㄧㄢˋ

【釋義】抒：抒發，發表。見：見解，意見。

【出處】李汝珍・鏡花緣七四回：「據我主意，何不各抒己見，出個式子，豈不新鮮些？」

【用法】指每個人都發表自己的看法。

【例句】無論討論什麼問題，都應讓人**各抒己見**，才能以客觀的角度解決問題。

【義近】暢所欲言／知無不言。

【義反】不容置喙／不由分說／不容議論。

各奔前程 ㄍㄜˋ ㄅㄣ ㄑㄧㄢˊ ㄔㄥˊ

【釋義】各走各的路。奔：奔向。前程：前途。

【出處】凌濛初・二刻拍案驚奇：「欽降爲四川瀘州州判，萬戶升了邊上參將，各奔前程去了。」

【用法】比喻各人按不同的志向，尋找自己的前途。或比喻目標不同，方向不同。

【例句】我們的志向既然如此不同，那就分道揚鑣，**各奔前程**吧！

【義近】分道揚鑣／各奔東西。

【義反】殊途同歸／志同道合。

各持己見 ㄍㄜˋ ㄔˊ ㄐㄧˇ ㄐㄧㄢˋ

【釋義】見：見解，意見。一作「各執己見」。

【出處】黃鈞宰・金壺七墨：「言人人殊，甚至徒毀其師，子譏其父，各持己見，彼此相非。」

【用法】表示各人都堅持自己的意見。

【例句】討論會上，他們**各持己見**，爭執不下，只好暫時休會。

【義近】言人人殊／公說公有理，婆說婆有理。

【義反】人云亦云／隨聲附和／眾口一詞／牆上草，風吹兩邊倒／捨己從人。

各爲其主 ㄍㄜˋ ㄨㄟˋ ㄑㄧˊ ㄓㄨˇ

【釋義】其：此指自己的。主：主人，主子。

【出處】新五代史・梁臣傳劉鄩：「人臣各爲其主，汝可察之。」

【用法】舊指各自爲自己的君主或主人效勞，今多用以指維護本部門、本單位及其負責人的利益。

【例句】**各爲其主**，人之常情，你不要想說服我，我也不打算說服你，我們就不用再爭辯下去了。

【義近】各事其主／桀犬吠堯／狗吠非主／爲主盡忠／爲主獻身。

各得其所 ㄍㄜˋ ㄉㄜˊ ㄑㄧˊ ㄙㄨㄛˇ

【釋義】各自得到了自己所需要的東西。所：所需要的。

【出處】易經・繫辭下：「交易

而退，各得其所。」漢書・東方朔傳：「四海之內，元元之民，各得其所，天下幸甚。」

【用法】指每個人或事物得到了恰當的位置或安排。

【例句】這家公司的老闆很會用人，員工們都**各得其所**，故人人皆可一展長才，業績蒸蒸日上。

【義近】各得其宜／各如其意／如魚得水。

【義反】適得其反／大材小用／牛鼎烹雞。

各盡所能（ㄍㄜˋ ㄐㄧㄣˋ ㄙㄨㄛˇ ㄋㄥˊ）

【釋義】各人盡自己的才能。

【出處】後漢書・曹褒傳：「漢遭秦餘，禮壞樂崩，且因循故事，未可觀省，有知其說者，各盡所能。」

【用法】說明每個人都把自己的本領全部貢獻出來。

【例句】一個社會的進步繁榮，有賴大眾**各盡所能**，同心協力才能達成。

【義近】盡力而為／不遺餘力／鞠躬盡瘁／盡心竭力／人盡其才。

【義反】敷衍了事／敷衍塞責。

吉人天相（ㄐㄧˊ ㄖㄣˊ ㄊㄧㄢ ㄒㄧㄤˋ）

【釋義】善人自有上天保佑。吉人：善人，有福氣的人。相：輔助，保佑。

【出處】楊珽・龍膏記開閤：「令愛偶爾違和，自是吉人天相，何勞鄭重，良切主臣。」

【用法】多用作寬慰他人能逢凶化吉。

【例句】令尊這次確實病得不輕，但**吉人天相**，他老人家是會逢凶化吉的。

【義近】逢凶化吉／吉星高照／福星高照。

【義反】禍從天降／雪上加霜。

吉凶未卜（ㄐㄧˊ ㄒㄩㄥ ㄨㄟˋ ㄅㄨˇ）

【釋義】吉凶：吉祥凶惡，幸福災禍。卜：料定，預測。

【出處】魏秀仁・花月痕一八回：「我此去吉凶未卜，纍纍家口，全仗照拂。」

【用法】表示是福是禍，尚難預料。

【例句】這次出國雖是我多年的宿願，但異國他鄉，**吉凶未卜**，望各位不要寄以厚望。

【義近】未可逆料／禍福難料／禍福未卜。

【義反】吉星高照。

吉日良辰（ㄐㄧˊ ㄖˋ ㄌㄧㄤˊ ㄔㄣˊ）

【釋義】吉祥的日子，良好的時辰。辰：時辰，時日。

【出處】屈原・九歌・東皇太一：「吉日兮良辰，穆將愉兮上皇。」

【用法】表示吉祥美好的日子。

【例句】李家的新居已經落成，正準備選個**吉日良辰**以便正式遷入。

【義近】良辰吉日／黃道吉日。

【義反】日蝕之日／惡神當道／太歲當頭／太陰凶日。

吉光片羽（ㄐㄧˊ ㄍㄨㄤ ㄆㄧㄢˋ ㄩˇ）

【釋義】神獸之一毛。吉光：古傳說中的神獸，其毛皮所作衣服，能放在水裏幾天不沉，放在火裏不焦。羽：毛。

【出處】王世貞・題三吳楷法：「此本乃故人子售余，為直十千，因留置此，比於吉光之片羽耳。」

【用法】比喻殘存的珍貴文物。

【例句】古代著名的書法家很多，然而他們留傳下來的作品卻如同**吉光片羽**，因此異常珍貴。

【義近】鳳毛麟角／稀世珍品。

【義反】俯拾即是／遍地可見／一文不值。

同心同德（ㄊㄨㄥˊ ㄒㄧㄣ ㄊㄨㄥˊ ㄉㄜˊ）

【釋義】心：思想。德：信念。

【出處】尚書・泰誓中：「受有億兆夷人，離心離德。予有亂臣十人，同心同德。」

【用法】指心願相同，信念一致。

【例句】在國家面臨困境時，唯有上下一心，**同心同德**，才能使國家轉危爲安，固若磐石。

【義近】一心一德／同心一意／同心合意／精誠團結。

【義反】離心離德／一盤散沙／各自爲政。

同心協力 ㄊㄨㄥˊ ㄒㄧㄣ ㄒㄧㄝˊ ㄌㄧˋ

【釋義】齊心合力。協：合。

【出處】唐太宗李世民．存問并州父老璽書：「同心協力，不顧軀命，以救蒼生。」

【用法】形容團結一致，共同努力。

【例句】龍舟比賽需要靠全體隊員**同心協力**，動作一致，才能取勝。

【義近】同心戮力／同心合力／和衷共濟／共同奮鬥。

【義反】離心離德／鑼齊鼓不齊／各行其是。

同仇敵愾 ㄊㄨㄥˊ ㄔㄡˊ ㄉㄧˊ ㄎㄞˋ

【釋義】同仇：共同仇恨。敵愾：對敵人的憤恨。一作「敵愾同仇」。

【出處】詩經．秦風．無衣：「修我戈矛，與子同仇。」魏源．寰海十首：「同仇敵愾士心齊。」

【用法】指全體一致痛恨、抵抗敵人。

【例句】抗戰時期，那種**同仇敵愾**的情感，將全國同胞緊緊的團結在一起，一致抵禦外侮。

【義近】共同禦侮／一致對敵／眾志同仇。

【義反】同室操戈／自相殘殺／內戕助敵。

同甘共苦 ㄊㄨㄥˊ ㄍㄢ ㄍㄨㄥˋ ㄎㄨˇ

【釋義】甘：甜，比喻歡樂。苦：比喻艱辛。

【出處】戰國策．燕策一：「燕王弔死問生，與百姓同其甘苦。」新編五代史平話卷下：「每與士卒同甘共苦。」

【用法】用以說明同歡樂，共患難。

【例句】當年我們在一起**同甘共苦**的生活，我是永遠也不會忘記的。

【義近】患難與共／休戚與共／同生共死／風雨同舟。

【義反】明爭暗鬥／見利忘義／鉤心鬥角／自相殘殺。

同舟共濟 ㄊㄨㄥˊ ㄓㄡ ㄍㄨㄥˋ ㄐㄧˋ

【釋義】同坐一條船過河。濟：渡。

【出處】陳壽．三國志．魏志．毋丘儉傳注引文欽與郭淮書：「然同舟共濟，安危勢同。」

【用法】比喻在困難的環境中，共圖解救。

【例句】我和她之所以有如此深厚的感情，是因爲我們曾**同舟共濟**、患難與共了一段相當長的歲月。

【義近】風雨同舟／和衷共濟／同心協力／同心戮力。

【義反】過河拆橋／各行其是／同牀異夢。

同牀異夢 ㄊㄨㄥˊ ㄔㄨㄤˊ ㄧˋ ㄇㄥˋ

【釋義】睡在一張牀上，做著不同的夢。異：不同。

【出處】陳亮．與朱元晦秘書書：「同牀各做夢，周公且不能學得，何必一一說到孔明哉！」

【用法】比喻同做一樁事，各有各的打算。有時也用以說明感情不好的夫妻。

【例句】①你不要看他倆現在合夥做生意，關係密切，實際是**同牀異夢**，將來必定是要拆夥的。②像這樣**同牀異夢**的夫妻關係，究竟還有什麼意義？

【義近】各懷鬼胎／同氣異息／貌合神離。

【義反】同心同德／同舟共濟／

志同道合／心心相印／夫唱婦隨。

同室操戈 ㄊㄨㄥˊ ㄕˋ ㄘㄠ ㄍㄜ

【釋義】同室：同住在一個房子裏，引申爲自家人。操：拿。戈：古代的一種兵器。
【出處】江藩・宋學淵源記序：「爲宋學者，不第攻漢儒而已也，抑且同室操戈矣。」
【用法】用以說明自家人動刀槍。指兄弟爭吵，也泛指內部相爭，而又以指國人自相攻伐居多。
【例句】無論哪一個國家，只要有**同室操戈**的情形，就有可能招來外敵的侵略。
【義近】變生肘腋／尺布斗粟／兄弟鬩牆／煮豆燃萁／禍起蕭牆。
【義反】讓棗推梨／對牀夜雨／兄友弟恭／同氣連枝／兄弟孔懷。

同病相憐 ㄊㄨㄥˊ ㄅㄧㄥˋ ㄒㄧㄤ ㄌㄧㄢˊ

【釋義】憐：憐惜，同情。
【出處】吳越春秋・闔閭內傳：「子不聞河上之歌乎？同病相憐，同憂相救。」
【用法】比喻彼此遭遇相同而互相同情憐憫。
【例句】他們眞是一對**同病相憐**的難兄難弟。
【義近】物傷其類／兔死狐悲／同憂相救／同是天涯淪落人。
【義反】一貴一賤。

同流合汚 ㄊㄨㄥˊ ㄌㄧㄡˊ ㄏㄜˊ ㄨ

【釋義】流：流俗，指壞風俗。汚：指汚濁的風氣。
【出處】孟子・盡心下：「同乎流俗，合乎汙世。」朱熹・答胡季隨書：「不如同流合汚，著衣喫飯，無所用心之省事也。」
【用法】原指隨時浮沉，今多用以指與壞人爲伍。
【例句】我寧願過著清寒的生活，也決不與這幫貪官汚吏們**同流合汚**。
【義近】隨波逐流／滑泥揚波／沆瀣一氣／狼狽爲奸／與世浮沉。
【義反】潔身自好／明哲保身／新沐彈冠／新浴振衣。

同惡相濟 ㄊㄨㄥˊ ㄜˋ ㄒㄧㄤ ㄐㄧˋ

【釋義】同惡：共同作惡的人。濟：幫助。
【出處】陳壽・三國志・魏武帝紀・建安一八年：「馬超成宜，同惡相濟。」
【用法】指壞人互相勾結，狼狽爲奸。
【例句】犯罪集團內的成員，都懂得**同惡相濟**的道理。所以要打擊他們，務必要作好充分的準備，千萬不要打草驚蛇。
【義近】同惡相求／同惡相助／狐羣狗黨／朋比爲奸。
【義反】相與爲善。

同聲相應 ㄊㄨㄥˊ ㄕㄥ ㄒㄧㄤ ㄧㄥˋ

【釋義】指樂聲相和。
【出處】易經・乾卦：「同聲相應，同氣相求。」疏：「同聲相應者，若彈宮而宮應，彈角而角動是也。」
【用法】用以形容志趣相同的人互相呼應。
【例句】這些媽媽們都喜歡跳土風舞，**同聲相應**，每天清晨都不約而同地來這裏練習。
【義近】同氣相求／同欲相趨／同類相從／同明相照。
【義反】異類相斥／道不同，不相爲謀／針鋒相對／格格不入／南轅北轍。

同歸於盡 ㄊㄨㄥˊ ㄍㄨㄟ ㄩˊ ㄐㄧㄣˋ

【釋義】歸：走向，趨向。盡：完結，滅亡。
【出處】列子・王瑞：「天地終乎？與我偕終。」盧重玄解

：「大小雖殊，同歸於盡耳。」

【用法】比喻一同毀滅。

【例句】那位勇敢的戰士在懷中裝滿了彈藥，然後衝入敵陣，與敵軍**同歸於盡**。

【義近】玉石俱焚／蘭艾同焚／金石俱碎。

【義反】你死我活／敵亡我存。

向聲背實 ㄒㄧㄤˋ ㄕㄥ ㄅㄟˋ ㄕˊ

【釋義】崇尚虛名，背棄實學。

【出處】曹丕・典論論文：「常人貴遠賤近，向聲背實，又患闇於自見，謂己爲賢。」

【用法】用以形容人不求實際，只求虛名。

【例句】吾人要腳踏實地，實事求是，不可**向聲背實**，好高騖遠。

【義近】徒慕虛名／捨實求虛／捨實就虛／華而不實。

【義反】名實相符／循名責實／飛聲騰實／蜚英騰茂。

向壁虛造 ㄒㄧㄤˋ ㄅㄧˋ ㄒㄩ ㄗㄠˋ

【釋義】面對牆壁虛構。向：一作「鄉」，二字通用。

【出處】許愼・說文解字序：「故詭更正文，鄉壁虛造不可知之書。」段玉裁注：「謂好奇者改易正字，向孔氏之壁，憑空造此不可知之書。」

【用法】用以形容憑空杜撰。今多作「向壁虛構」。

【例句】要進行文學創作，必須對社會作深入的了解，觀察各種人和事，一味地**向壁虛造**，是斷然寫不出好作品來的。

【義近】閉門造車／憑空想像／憑空杜撰／面壁虛構／隨意杜撰。

【義反】有根有據／有案可稽。

吃一塹，長一智 ㄔ ㄧˊ ㄑㄧㄢˋ ㄓㄤˇ ㄧˊ ㄓˋ

【釋義】塹：壕溝，比喻障礙，困難。智：智慧，見識。一作「經一蹶，長一智」。

【出處】王守仁・與薛尙謙書：「經一蹶者長一智，今日之失，未必不爲後日之得。」

【用法】說明經過一次挫折，可以增長一份知識。多用於經過失敗取得教訓的場合。

【例句】困境並不可怕，俗話說**吃一塹，長一智**，挫折往往能使人變得聰明起來。

【義近】不經一事，不長一智／經一失，長一智／吃一次虧，學一次乖／上當學乖。

【義反】執迷不悟／至死不悟。

吃力不討好 ㄔ ㄌㄧˋ ㄅㄨˋ ㄊㄠˇ ㄏㄠˇ

【釋義】吃力：出力，費力。不討好：得不到好報好評。

【出處】吳沃堯・二十年目睹之怪現狀一八回：「有了錢，與其這樣化得吃力不討好，我倒不如拿來孝敬點給叔公了。」

【用法】多用以說明徒勞無功，好心得不到好報。

【例句】我竭盡所能地幫助她，她却說我是別有用心，眞是**吃力不討好**！

【義近】好心沒好報／花錢買氣受／勞而無功。

【義反】好心有好報／種瓜得瓜，種豆得豆／善有善報。

吃苦在前，享受在後 ㄔ ㄎㄨˇ ㄗㄞˋ ㄑㄧㄢˊ ㄒㄧㄤˇ ㄕㄡˋ ㄗㄞˋ ㄏㄡˋ

【釋義】吃苦的事是走在前頭，享受的事是走在後頭。

【用法】用以說明先人後己、先公後私的高尚品德。

【例句】歷代有許多仁人志士都以**吃苦在前，享受在後**的精神爲天下人謀福祉。

【義近】先天下之憂而憂，後天下之樂而樂／先人後己／先憂後樂／先勞後逸。

【義反】先己後人／一心爲己／自私自利。

吃裏扒外 ㄔ ㄌㄧˇ ㄆㄚ ㄨㄞˋ

【釋義】吃裏：吃家裏的或自家

人的。扒外：以家中財物給與外人。

【用法】用以說明不忠於自家人，反而盡力幫助外人。

【例句】他是我們公司的職員，領公司的薪水，暗地裏却爲別的公司效勞，洩漏公司的機密，眞是**吃裡扒外**。

【義近】家賊內奸。

【義反】盡忠職守／忠心耿耿。

吐故納新 ㄊㄨˇ ㄍㄨˋ ㄋㄚˋ ㄒㄧㄣ

【釋義】原指人呼吸時，吐出濁氣，吸進清氣，爲道家養生之術。故：舊。納：吸收。

【出處】莊子・刻意：「吹呴呼吸，吐故納新，熊經鳥申，爲壽而已矣。」

【用法】比喩棄舊圖新、新陳代謝之意。

【例句】無論是個人，還是團體，只有不斷地**吐故納新**，才會顯得有朝氣。

【義近】棄舊圖新／揚舊取新／革故鼎新／除舊佈新／推陳出新／破舊立新。

【義反】抱殘守缺／墨守成規／因循守舊／陳陳相因。

吐哺握髮 ㄊㄨˇ ㄅㄨˇ ㄨㄛˋ ㄈㄚˇ

【釋義】吐哺：吐出口中正在咀嚼的食物。握髮：握著正在洗濯的頭髮。

【出處】司馬遷・史記・魯周公世家：「我一沐三握髮，一飯三吐哺，起以待士，猶恐失天下之賢人。」

【用法】用以比喩殷勤待士，求賢若渴。

【例句】古代賢君多有**吐哺握髮**、禮賢下士之誠，所以才能得到忠臣志士爲其效命。

【義近】禮賢下士／求賢若渴／三薰三沐。

【義反】頤指氣使／嫉賢妒能／危賢害能／傲賢慢士。

吐膽傾心 ㄊㄨˇ ㄉㄢˇ ㄑㄧㄥ ㄒㄧㄣ

【釋義】傾吐肝膽眞心。

【出處】京本通俗小說・馮玉梅團圓：「(賀) 承信方敢吐膽傾心。」

【用法】形容痛快說出心裏話，眞誠相待。

【例句】我們既然是好朋友，就應**吐膽傾心**，眞誠相待。

【義近】開誠佈公／忠誠相見／袒裎相待／肝膽相照／推心置腹。

【義反】相互敷衍／虛語搪塞。

吞舟之魚 ㄊㄨㄣ ㄓㄡ ㄓ ㄩˊ

【釋義】能夠吞下船的魚。吞：嚥下。舟：船。

【出處】莊子・庚桑楚：「吞舟之魚，碭而失水，則蟻能苦之。」司馬遷・史記・酷吏列傳：「漢興，……網漏於吞舟之魚。」

【用法】極言其人或事之大。

【例句】經過警察的嚴密部署，終於抓獲了那個有如**吞舟之魚**的毒梟，眞是大快人心。

【義反】蚍蜉蟻子／牛虻飛蟻。

吞吞吐吐 ㄊㄨㄣ ㄊㄨㄣ ㄊㄨˇ ㄊㄨˇ

【釋義】想說，但又不敢痛快地說，吞吐其辭。

【出處】文康・兒女英雄傳五回：「怎麼問了半日，你一味的吞吞吐吐？」

【用法】形容人說話有所顧慮，不爽快。

【例句】你看他說話**吞吞吐吐**的樣子，一定是有什麼難言之隱。

【義近】欲言又止／欲語還休／支支吾吾。

【義反】脫口而出／心直口快／直言不諱。

吞雲吐霧 ㄊㄨㄣ ㄩㄣˊ ㄊㄨˇ ㄨˋ

【釋義】意即吞吐雲霧，形容修道者的絕穀養氣。

【出處】沈約・郊居賦：「始湌霞而吐霧，終凌虛而倒景。」後人變其詞爲「吞雲吐霧」。

【用法】現用以譏諷人抽煙時吞吐煙霧的神情。
【例句】他們那幾個煙槍，在這裏**吞雲吐霧**，把房間裏的空氣弄得污濁不堪。

吞聲飲泣 ㄊㄨㄣ ㄕㄥ ㄧㄣˇ ㄑㄧˋ

【釋義】只能讓眼淚往肚子裏咽，不敢哭出聲來。吞聲：不敢出聲。泣：無聲的哭。
【出處】施耐庵・水滸傳九八回：「瓊英知了這個消息，如萬箭攢心，日夜**吞聲飲泣**。」
【用法】指在壓迫下忍受內心痛苦，不敢公開表露。
【例句】舊社會中，養女常在養母虐待之下生活，無力反抗，只有**吞聲飲泣**。
【義近】飲泣吞聲／飲恨吞聲。
【義反】開懷大笑／笑逐顏開。

否極泰來 ㄆㄧˇ ㄐㄧˊ ㄊㄞˋ ㄌㄞˊ

【釋義】否、泰：易經六十四卦中的兩卦名，否表示凶，泰表示吉。極：盡。
【出處】吳越春秋・句踐入臣外傳：「時過於期，否終則泰。」韋莊・湘中作：「否極泰來終可待。」
【用法】指滯塞到了極點，則轉向通泰；壞運到了極點，則好運就會來。
【例句】俗語說：**否極泰來**，運氣壞到了極點就會轉向好運的，你千萬不要灰心喪志。
【義近】雲開見日／時來運轉／苦盡甘來／否極反泰／否終則泰／物極必反。
【義反】樂極生悲／福過災生／泰極而否。

含辛茹苦 ㄏㄢˊ ㄒㄧㄣ ㄖㄨˊ ㄎㄨˇ

【釋義】辛：辣。茹：吃。一作「茹苦含辛」。
【出處】蘇軾・中和勝相院記：「茹苦含辛，更百千萬億生而後成。」
【用法】比喻忍受辛苦，受盡艱難。
【例句】她在丈夫死後，**含辛茹苦**地把幾個孩子撫養成人，眞是不容易。
【義近】茹荼含辛／千辛萬苦／歷盡艱難。
【義反】養尊處優／逍遙自在／無憂無慮。

含沙射影 ㄏㄢˊ ㄕㄚ ㄕㄜˋ ㄧㄥˇ

【釋義】古傳說有一種叫蜮的動物，能在水中含沙射人或人的影子。見干寶・搜神記。
【出處】白居易・讀史詩：「含沙射人影，雖病人不知。巧言構人罪，至死人不疑。」
【用法】比喻暗中攻擊或誹謗他人。
【例句】他在這篇文章中，**含沙射影**罵人，借以發洩自己的怨恨與不滿。
【義近】暗箭傷人／指桑罵槐。

含垢忍辱 ㄏㄢˊ ㄍㄡˋ ㄖㄣˇ ㄖㄨˇ

【釋義】意即忍受恥辱。垢：恥辱。一作「忍辱含垢」。
【出處】後漢書・曹世叔妻傳：「有善莫名，有惡莫辯，忍辱含垢，常若畏懼。」
【用法】用以形容人氣度很大，能忍受恥辱。
【例句】一代史學家司馬遷，雖經腐刑之苦，終能**含垢忍辱**，完成鉅作。
【義近】含垢包羞／含羞忍辱／忍尤攘詬。
【義反】忍無可忍／是可忍孰不可忍／血氣方剛。

含苞欲放 ㄏㄢˊ ㄅㄠ ㄩˋ ㄈㄤˋ

【釋義】含苞：未開的蓓蕾。欲：將要。
【用法】形容花朵將開未開的神態，也用以比喻將要成年的少女。
【例句】①現在正是早春二月的季節，那些桃花李花都已**含苞欲放**了。②張小姐正處於二八妙齡，宛如一個**含苞欲放**的花蕾。

【義近】含苞吐萼／含苞待放。

含英咀華（ㄏㄢˊ ㄧㄥ ㄐㄩˇ ㄏㄨㄚˊ）

【釋義】英：花。咀：嚼。華：花。
【出處】韓愈・進學解：「沉浸醲郁，含英咀華，作爲文章，其書滿家。」
【用法】指欣賞、玩味詩文的精華。
【例句】讀書最好能**含英咀華**，細加品味，以吸取其中的精華。
【義近】吟詠欣賞／好學深思／深思細酌。
【義反】不求甚解／生吞活剝／囫圇吞棗。

含笑入地（ㄏㄢˊ ㄒㄧㄠˋ ㄖㄨˋ ㄉㄧˋ）

【釋義】入地：埋葬於地，指死亡。
【出處】舊唐書・溫大雅傳：「筮者曰：『葬於此地，害兄而福弟。』大雅曰：『若得家弟永康，我將含笑入地。』」
【用法】用以指稱死而無憾。
【例句】我已年近九十，兒孫們又個個都有出息，無愧於先人，我可以**含笑入地**了。
【義近】含笑九泉／死而無憾。
【義反】含恨而死／死不瞑目。

含情脈脈（ㄏㄢˊ ㄑㄧㄥˊ ㄇㄛˋ ㄇㄛˋ）

【釋義】含情：心有情而未說出來。脈脈：同「眽眽」，凝視的樣子。
【出處】李德裕・二芳叢賦：「一則含情脈脈，如有思事不得，類西施之容冶。」
【用法】多用以形容想傾吐心中的情思，但因各種原因而不能說出，只好全集中在默默的凝視中。
【例句】王小姐一對**含情脈脈**的眼睛，老盯著她對面的那位男士。
【義近】溫情脈脈／滿目含情。
【義反】冷若冰霜／怒目而視。

含羞帶怯（ㄏㄢˊ ㄒㄧㄡ ㄉㄞˋ ㄑㄧㄝˋ）

【釋義】含羞：表情嬌羞。怯：膽怯，害怕。
【出處】梁簡文帝・戲贈麗人詩：「含羞來上砌。」
【用法】形容女性在羞澀中略帶怯懼的表情。
【例句】小女孩**含羞帶怯**的模樣眞是惹人愛憐。
【義近】含羞答答／羞人答答。
【義反】落落大方／大大方方。

含飴弄孫（ㄏㄢˊ ㄧˊ ㄋㄨㄥˋ ㄙㄨㄣ）

【釋義】口含飴糖，逗弄孫子。飴：糖膏，此泛指糖。
【出處】東觀漢紀・明德馬皇后：「穰歲之後，惟子之志，吾但當含飴弄孫，不能復知政事。」
【用法】用以形容老年人恬適的樂趣。
【例句】他們夫婦倆退休後，植花種草，**含飴弄孫**，過著無憂無慮的家居生活。
【義近】安度晚年／頤養天年。
【義反】老年落拓／孤寡老人／孤苦伶仃。

含糊其辭（ㄏㄢˊ ㄏㄨˊ ㄑㄧˊ ㄘˊ）

【釋義】含糊：不清楚，不明確。辭：一作「詞」，言語。
【出處】馮夢龍・東周列國志五七回：「二人先受岸賈之囑，含糊其詞，不肯替趙氏分辨。」
【用法】用以指稱言語不清楚，含含糊糊。
【例句】他對此事老是**含糊其辭**，鐵定是心中有鬼。
【義近】閃爍其詞／隱約其辭。
【義反】單刀直入／直言不諱。

吹毛求疵（ㄔㄨㄟ ㄇㄠˊ ㄑㄧㄡˊ ㄘ）

【釋義】把皮上的毛吹開，去找小毛病。疵：小毛病，小缺點。
【出處】韓非子・大體：「不吹

毛而求小疵，不洗垢而察難知。」漢書・中山靖王劉勝傳：「有司吹毛求疵。」

【用法】比喻故意挑毛病，找缺點。

【例句】與人相處，凡事不可過於**吹毛求疵**，只要差強人意就可以了。

【義近】洗垢求瘢／尋瑕索瘢／雞蛋裏挑骨頭。

【義反】呑舟是漏／得過且過／大而化之。

吹灰之力（ㄔㄨㄟ ㄏㄨㄟ ㄓ ㄌㄧˋ）

【釋義】只吹掉灰塵所花費的力氣。

【出處】淮南子・齊俗訓：「夫吹灰而欲無眯，涉水而欲無濡，不可得也。」

【用法】形容所辦之事極其容易，只需略費力氣就能辦好。

【例句】你現在大權在握，這件事辦起來當然是不費**吹灰之力**，而我却仍然舉步艱難。

【義近】舉手之勞／頓足之力／蚍蜉之力／反掌折枝／易如反掌。

【義反】九牛二虎之力／移山之力／難如登天。

吹彈得破（ㄔㄨㄟ ㄊㄢˊ ·ㄉㄜ ㄆㄛˋ）

【釋義】用口吹一吹，用手指彈一彈，都可使皮膚破裂。

【出處】王實甫・西廂記・崔鶯鶯夜聽琴：「覷俺姐姐這個臉兒，吹彈得破，張生有福也呵。」

【用法】用以形容面容皮膚白淨、細嫩。

【例句】王小姐長得如花似玉，特別是那又白又嫩的臉龐，簡直是**吹彈得破**。

【義近】細皮嫩肉／細皮白肉。

吟風弄月（ㄧㄣˊ ㄈㄥ ㄋㄨㄥˋ ㄩㄝˋ）

【釋義】吟：吟詠。弄：玩弄，玩賞。一作「吟風詠月」。

【出處】「文苑英華」唐・范傳正・李翰林白墓誌銘：「吟風詠月，席地幕天。」朱熹・妙二南寄平父詩：「析句分章功自少，吟風弄月興何長。」

【用法】本指詩人寫作以風月等自然景物為題材，現多形容作品空虛、浮艷不實。

【例句】像這樣**吟風弄月**的詩作，實在缺乏生命感，很難獲得共鳴。

【義近】風花雪月／吟風詠月。

【義反】崇論宏議。

吮癰舐痔（ㄕㄨㄣˇ ㄩㄥ ㄕˋ ㄓˋ）

【釋義】為人舔吸瘡痔上的膿血。吮：用口嘬吸。癰：毒瘡。

【出處】莊子・列禦寇：「秦王有病召醫，破癰潰痤者，得車一乘；舐痔者，得車五乘。」

【用法】比喻卑劣地奉承人，諂媚無恥已極。

【例句】卑鄙小人，為了往上鑽營，即使是**吮癰舐痔**，也在所不辭。

【義近】卑污苟賤／卑躬屈膝／低聲下氣。

吳牛喘月（ㄨˊ ㄋㄧㄡˊ ㄔㄨㄢˇ ㄩㄝˋ）

【釋義】吳牛：水牛多生在江淮間，故稱。喘月：見月疑是日，畏熱而喘。

【出處】太平御覽四引風俗通：「吳牛望見月則喘，彼之苦於日，見月怖喘矣。」

【用法】比喻畏懼過甚，遇見類似事物而膽怯。

【例句】她在電視裏看了一樁謀殺案，當晚只要一聽到窗子響，就心驚肉跳，有如**吳牛喘月**。

【義近】杯弓蛇影／見繩畏蛇／談虎色變／驚弓之鳥。

【義反】天不怕地不怕。

吳市吹簫（ㄨˊ ㄕˋ ㄔㄨㄟ ㄒㄧㄠ）

【釋義】吳市：泛指吳地的街市上。簫：一作「篪」，二者皆管樂器。

【出處】司馬遷・史記・范雎蔡澤傳：「伍子胥……鼓腹吹箎，乞食於吳市。」
【用法】用以指稱英雄落難，乞食街頭。
【例句】他畢竟是個英雄好漢，無論怎樣困窘都不在乎，即使是到了**吳市吹簫**的地步，也不改變其英雄本色。
【義近】秦瓊賣馬／英雄落難。
【義反】一朝發迹／春風得意。

吳越同舟（ㄨˊ ㄩㄝˋ ㄊㄨㄥˊ ㄓㄡ）

【釋義】吳、越：春秋時代國名，兩國世為仇敵。同舟：同坐一條船。
【出處】孫子・九地：「夫吳人與越人相惡也，當其同舟而濟，遇風，其相救也，如左右手。」
【用法】比喻在患難時捐棄前嫌，化敵為友，團結一致，共度難關。
【例句】抗日戰爭時期，各個黨派都捐棄前嫌，**吳越同舟**，一致對敵。
【義近】同舟共濟／風雨同舟／患難與共／同仇敵愾。
【義反】兄弟鬩牆／同室操戈。

吳儂軟語（ㄨˊ ㄋㄨㄥˊ ㄖㄨㄢˇ ㄩˇ）

【釋義】吳儂：猶言吳人。吳地（今江、浙一帶）稱己或稱人皆曰儂。軟語：指吳地語言柔和悅耳。
【出處】劉禹錫・福先寺雪中酬別樂天詩：「才子從今一分散，便將詩詠向吳儂。」
【用法】形容聲音細膩柔美，也專指蘇州話柔和悅耳。
【例句】**吳儂軟語**，蘇州人講起話來確實好聽，怪不得有人說：寧願同蘇州人吵架，也不願同湖南人講話。
【義近】輕言細語。
【義反】粗聲粗氣／惡言惡語／噪音聒耳。

呆若木雞（ㄉㄞ ㄖㄨㄛˋ ㄇㄨˋ ㄐㄧ）

【釋義】呆得像木頭做的雞。呆：傻，發愣的樣子。
【出處】莊子・達生：「十日又問。曰：『幾矣，雞雖有鳴者，已無變矣，望之似木雞矣。』」
【用法】形容呆笨或因恐懼、驚訝而發愣的樣子。
【例句】①那場大火嚇得她**呆若木雞**。②你看他**呆若木雞**的樣子，肯定頭腦很不好。
【義近】目瞪口呆／木立若偶／蠢如木雞／瞠目結舌。
【義反】生龍活虎／騰蛟起鳳／機靈無比。

呆頭呆腦（ㄉㄞ ㄊㄡˊ ㄉㄞ ㄋㄠˇ）

【釋義】頭腦很笨。呆：笨拙。
【出處】吳敬梓・儒林外史一二回：「姓楊的楊老頭子來討帳，住在廟裏，呆頭呆腦。」
【用法】形容思想遲鈍，行動笨拙。
【例句】看他這**呆頭呆腦**的樣子，一定成不了什麼大事。
【義近】傻頭傻腦／笨頭笨腦／傻里傻氣。
【義反】聰明伶俐／頭角嶄然。

呼么喝六（ㄏㄨ ㄧㄠ ㄏㄜˋ ㄌㄧㄡˋ）

【釋義】么、六：骰子的點數，么為一點，六為六點。
【出處】施耐庵・水滸傳一〇四回：「那些擲骰的，在那裏呼么喝六，攧錢的在那裏喚字叫背。」
【用法】本形容賭博擲骰時，希望得彩而高聲大叫；後也形容盛氣凌人，高聲呼喝。
【例句】①只要一走進賭博場，就可聽到**呼么喝六**的叫喊聲。②老王自從升上主任後，就自以為了不得，動不動就**呼么喝六**的訓人。
【義近】呼盧喝雉／大聲呵斥／怒吼訓斥。
【義反】細言細語／輕聲細語。

呼天搶地（ㄏㄨ ㄊㄧㄢ ㄑㄧㄤˇ ㄉㄧˋ）

【釋義】對天呼叫，用頭撞地。搶：觸。一作「呼天撞地」、「搶地呼天」。

【出處】司馬遷・史記・屈原列傳：「勞苦倦極，未嘗不呼天也。」戰國策・魏策四：「布衣之怒，亦免冠徒跣，以頭搶地耳。」

【用法】形容人大放悲聲，痛不欲生。

【例句】她一接到母親去世的電報，便**呼天搶地**的號啕大哭起來。

【義近】捶胸頓足／號啕大哭／牽衣頓足。

呼之欲出（ㄏㄨ ㄓ ㄩˋ ㄔㄨ）

【釋義】好像一呼喊就會出來的樣子。

【出處】蘇軾・郭忠恕畫贊序：「恕先在焉，呼之或出。」張岱・木猶龍銘：「謂有龍焉，呼之欲出。」

【用法】形容人像畫得逼真，好像叫一聲就會從畫裏走出來。也形容文學作品中人物的描寫生動。

【例句】《紅樓夢》中的人物刻畫生動，眞的到了**呼之欲出**的美妙程度。

【義近】躍然紙上／栩栩如生／活靈活現。

【義反】平淡無奇／索然無味／味同嚼蠟。

呼之即來，揮之即去（ㄏㄨ ㄓ ㄐㄧˊ ㄌㄞˊ，ㄏㄨㄟ ㄓ ㄐㄧˊ ㄑㄩˋ）

【釋義】叫他來就來，叫他去就去。呼：呼喚。之：代詞，他。揮：揮手，命令人走開的手勢。

【出處】蘇軾・王仲義眞贊傳：「至於緩急之際，……呼之則來，揮之則散者，唯世臣巨室爲能。」

【用法】形容任意使喚別人。

【例句】他喜歡的是那種**呼之即來，揮之即去**的人，即使你再有才能也不會被重用，像這樣怎能把公司經營好呢？

【義近】招之即來，揮之即去。

【義反】屈旨而事／北面受學。

呼風喚雨（ㄏㄨ ㄈㄥ ㄏㄨㄢˋ ㄩˇ）

【釋義】意即呼喚風雨，在古代小說中用來形容神仙道士的法力。

【出處】孫覿・罨溪行詩：「罨畫溪頭烏鳥樂，呼風喚雨不能休。」

【用法】比喻人神通廣大，有巨大力量。

【例句】神話故事中的神仙們個個都有**呼風喚雨**的通天本領，令人心生嚮往。

【義近】扭轉乾坤／神通廣大／興雲致雨／補天浴日。

【義反】一無長才／諾諾無能。

味同嚼蠟（ㄨㄟˋ ㄊㄨㄥˊ ㄐㄩㄝˊ ㄌㄚˋ）

【釋義】滋味像嚼吃蠟一樣。一作「味如嚼蠟」。

【出處】楞嚴經八：「我無欲心，應汝行事；當橫陳時，味如嚼蠟。」

【用法】比喻非常乏味，用以形容說話、寫文章枯燥無味。

【例句】有人說讀宋詩**味同嚼蠟**，其實也不盡然，宋詩中也有許多優秀作品。

【義近】索然無趣／枯燥乏味／興味索然。

【義反】津津有味／饒有風味／妙趣橫生。

咄咄怪事（ㄉㄨㄛ ㄉㄨㄛ ㄍㄨㄞˋ ㄕˋ）

【釋義】咄咄：表示感歎聲或驚怪聲。

【出處】晉書・殷浩傳：「浩被黜，談詠不輟……但終日書空，作『咄咄怪事』四字而已。」

【用法】用以形容出乎意外、令人驚異或不合常理、難以理解之事。

【例句】他明明上午乘飛機去了美國，怎麼現在又突然出現在舞會上了呢？眞是**咄咄怪事**。

【義近】難以理解。

【義反】見怪不怪／習以爲常。

咄咄逼人（ㄉㄨㄛˋ ㄉㄨㄛˋ ㄅㄧ ㄖㄣˊ）

【釋義】咄咄：使人吃驚的嗟歎聲。

【出處】劉義慶・世說新語・排調：「殷（仲堪）有一參軍在坐，云：『盲人騎瞎馬，夜半臨深池。』殷曰：『咄咄逼人。』」

【用法】形容氣勢洶洶，盛氣凌人，使人難堪；也指形勢發展迅速，給人以壓力。

【例句】他爲人傲慢自大，說起話來總給人一股**咄咄逼人**之感，令人難以接受。

【義近】盛氣凌人／氣勢洶洶。

【義反】和顏悅色。

咄嗟可辦（ㄉㄨㄛˋ ㄐㄧㄝ ㄎㄜˇ ㄅㄢˋ）

【釋義】咄嗟：意謂呼吸之間，指極短暫的時間。一作「咄嗟便辦」、「咄嗟而辦」。

【出處】晉書・石崇傳載：崇恆冬月得韮虀，「爲客作豆粥，咄嗟便辦」。

【用法】形容非常容易辦成的事情。

【例句】此事**咄嗟可辦**，他既然推三阻四，那就包在我身上好了。

【義近】舉手之勞／瞬息可成。

【義反】難於上青天／九牛二虎之力。

呶呶不休（ㄋㄠˊ ㄋㄠˊ ㄅㄨˋ ㄒㄧㄡ）

【釋義】呶呶：即嘮叨，多言之意。

【出處】韓愈・言箴：「汝不懲邪？而呶呶以害其生邪？」

【用法】形容人說話嘮叨，沒完沒了，令人厭煩。

【例句】這人年紀輕輕，但說起話來卻**呶呶不休**，怪不得大家討厭他。

【義近】嘮嘮叨叨／喋喋不休／強聒不舍／絮絮叨叨。

【義反】寡言少語／沉默寡言。

和光同塵（ㄏㄜˊ ㄍㄨㄤ ㄊㄨㄥˊ ㄔㄣˊ）

【釋義】和光：才華內蘊，不露鋒芒。同塵：同乎流俗。

【出處】老子五六章：「塞其兌，閉其門；挫其銳，解其紛；和其光，同其塵；是謂玄同。」

【用法】今多用以指與世浮沉，隨波逐流而不立異。

【例句】在當今的社會裏，最好學會**和光同塵**的處世之道，何苦要鋒芒畢露自招災禍？

【義近】人立我立，人行我行／韜光養晦／隨波逐流。

【義反】鋒芒畢露／抗俗自處／大異流俗／標新立異。

和而不同（ㄏㄜˊ ㄦˊ ㄅㄨˋ ㄊㄨㄥˊ）

【釋義】和：溫和柔順，平易近人。同：偏私，有阿附的意思。全句是說君子待人和順，與人相處和睦，但不肯阿附他人或結黨營私。

【出處】論語・子路・二三章：「君子和而不同；小人同而不和。」

【用法】形容正人君子平日態度溫和，能與大眾和睦相處，但處理事情却堅守原則，絕不同流合汚。

【例句】小陳之爲人重原則，宅心仁厚而處事公正，所謂外圓內方、**和而不同**，眞正具有古君子的風範。

【義近】周而不比／外圓內方。

【義反】同而不和／比而不周。

和風細雨（ㄏㄜˊ ㄈㄥ ㄒㄧˋ ㄩˇ）

【釋義】春風小雨。和風：溫和的風，多指春天的微風。細：小。

【出處】杜甫・宴集詩：「薄衣臨積水，吹面受和風。」又春夜喜雨：「好雨知時節，……潤物細無聲。」

【用法】比喻人態度溫和，處理

事情方式和緩而不粗暴。

【例句】他爲人和善，說話更如**和風細雨**，予人如沐春風之感。

【義近】和顏悅色／平易近人／和藹可親。

【義反】態度粗暴／粗聲粗氣。

和氣生財（ㄏㄜˊ ㄑㄧˋ ㄕㄥ ㄘㄞˊ）

【釋義】生財：產生財富、利益；發財。

【出處】禮記・祭義：「有和氣者，必有愉色。」又大學：「生財有大道。」

【用法】指做生意或辦事，對人態度溫和，就可獲得很大利益。

【例句】俗話說**和氣生財**，你們這樣與顧客爭論不休，日後客人那敢上門？

【義近】和氣致祥／人和財旺。

和衷共濟（ㄏㄜˊ ㄓㄨㄥ ㄍㄨㄥˋ ㄐㄧˋ）

【釋義】和衷：誠心協和，同心。濟：渡水。

【出處】尚書・皋陶謨：「同寅協恭，和衷哉。」左丘明・國語・魯語下：「夫若匏不材於人，共濟而已。」

【用法】用以表示大家齊心協力，共同渡過難關。

【例句】我們公司雖然發生了危機，但只要大家**和衷共濟**，必能扭轉劣勢。

【義近】同心協力／風雨同舟／同舟共濟／安危與共。

【義反】同牀異夢／鉤心鬥角。

和盤托出（ㄏㄜˊ ㄆㄢˊ ㄊㄨㄛ ㄔㄨ）

【釋義】端飯菜時連托菜的盤子都端出來。和：連帶。托：端起。

【出處】馮夢龍・警世通言二：「飯罷，田氏將莊子所著南華眞經及老子道德五千言，和盤托出，獻與王孫。」

【用法】比喻把情況全部說出來，一點也不保留。

【例句】幾經勸導之後，那人才願把事情的原委**和盤托出**。

【義近】傾箱倒篋／全盤托出／知無不言，言無不盡。

【義反】留有餘地／略有隱瞞。

和顏悅色（ㄏㄜˊ ㄧㄢˊ ㄩㄝˋ ㄙㄜˋ）

【釋義】和顏：溫和的面容。顏：臉容。悅色：喜悅的臉色。色：臉上的表情。

【出處】詩經・邶風・凱風・孔穎達正義，引鄭玄・論語爲政注：「和顏悅色，是爲難也。」

【用法】形容臉色和藹，態度親切。

【例句】他對人總是**和顏悅色**，我從來沒有見他發過脾氣。

【義近】怡顏悅色／和藹可親／平易近人／笑容滿面。

【義反】疾言厲色／氣勢洶洶／聲色俱厲／髮指眦裂。

和藹可親（ㄏㄜˊ ㄞˇ ㄎㄜˇ ㄑㄧㄣ）

【釋義】和藹：和善。

【出處】李寶嘉・官場現形記：「原來這唐六軒唐觀察爲人極其和藹可親，見了人總是笑嘻嘻的。」

【用法】形容人態度和善，平易近人。

【例句】我們的校長是一位**和藹可親**的人，大家都喜歡他，敬重他。

【義近】平易近人／藹然可親／和顏悅色／和藹近人。

【義反】凜然難近／殺氣騰騰／盛氣凌人／冷若冰霜／金剛怒目。

周而復始（ㄓㄡ ㄦˊ ㄈㄨˋ ㄕˇ）

【釋義】輪轉一次之後又開始。周：循環，反覆。復：又，重新。

【出處】司馬遷・史記・司馬貞補三皇本紀：「蓋宓犧之後，已經數世，金木輪環，周而復始。」

【用法】用以說明事態景象循環再循環，往復不斷。

【例句】一年中春夏秋冬連成四季，**周而復始**，年年如此。

【義近】終而復始／周而復生／循環往復。

【義反】一周而絕／周而不復。

咎由自取 ㄐㄧㄡˋ ㄧㄡˊ ㄗˋ ㄑㄩˇ

【釋義】災禍或罪過是自己招來的。咎：災禍，罪過。

【出處】李寶嘉・官場現形記五一回：「但這件事，據兄弟看起來，他們兩家實在是咎由自取。」

【用法】用以形容自作自受。

【例句】這件事只能怪你們自己，養癰遺患，**咎由自取**，怨得了誰呢？

【義近】罪有應得／自取其禍／自作自受／作繭自縛。

【義反】禍從天降／罪不在己／非戰之罪。

咫尺天涯 ㄓˇ ㄔˇ ㄊㄧㄢ ㄧㄚˊ

【釋義】咫尺：比喻距離很近。咫：周制八寸長。天涯：天邊。

【出處】左傳・僖公九年：「天威不違顏咫尺。」關漢卿・散曲・題情：「馬頭咫尺天涯遠，易去難相見。」

【用法】比喻距離雖近，卻又像是遠在天邊一樣。

【例句】男女之間的愛情只靠「緣分」二字，若是無緣，即便比鄰而居，也是**咫尺天涯**難相合。

【義近】咫尺千里／咫尺萬里。

【義反】天涯若比鄰／萬里階前／千里共嬋娟。

咬文嚼字 ㄧㄠˇ ㄨㄣˊ ㄐㄧㄠˊ ㄗˋ

【釋義】指死摳字眼。

【出處】秦簡夫・剪髮待賓二折：「又則道俺咬文嚼字。」

【用法】形容過分地斟酌字句而不注意精神實質。有時也用以譏笑人固執迂腐，不知通達事務。

【例句】他的文章讀來**咬文嚼字**的，令人大感吃不消。

【義近】字斟句酌／尋行數墨／冬烘迂腐。

【義反】率爾操觚／不假思索／通達時務。

咬牙切齒 ㄧㄠˇ ㄧㄚˊ ㄑㄧㄝˋ ㄔˇ

【釋義】咬緊牙齒，表示痛恨。切：咬緊。

【出處】孫仲章・勘頭巾二折：「為甚事咬牙切齒，唬得犯罪人面色如金紙。」

【用法】形容憤怒痛恨到極點的神情。

【例句】這批匪徒打家劫舍，無惡不作，百姓們恨得**咬牙切齒**，卻也無可奈何。

【義近】切齒痛恨／恨之入骨／切齒腐心／切齒憤盈。

【義反】一笑抿恩仇／捐棄前嫌／化敵為友。

咬定牙根 ㄧㄠˇ ㄉㄧㄥˋ ㄧㄚˊ ㄍㄣ

【釋義】意即死死地咬住牙。

【出處】文康・兒女英雄傳四十回：「他那裏只咬定牙根，一個字兒沒有，不住聲兒的哭。」

【用法】比喻意志堅強，能忍住痛苦堅持到底。

【例句】目前所遇到的困難確實非同一般，但只要我們**咬定牙根**，應該可以克服。

【義近】咬定牙關／咬緊牙關／打脫牙和血吞。

【義反】打退堂鼓。

哄堂大笑 ㄏㄨㄥ ㄊㄤˊ ㄉㄚˋ ㄒㄧㄠˋ

【釋義】指眾人一起大笑。

【出處】歐陽修・歸田錄卷一：「馮相、和相同在中書。一日，和問馮曰：『公靴新買，其直幾何？』馮舉左足示和曰：『九百。』和性褊急，遽回顧小吏云：『吾靴何得用一千八百？』因詬責。久之，馮徐舉其右足曰：『此亦九百。』於是哄堂大笑。」

【用法】指滿屋在座的人同時大笑。
【例句】他正手舞足蹈地跳得起勁，不料假髮掉了下來，露出禿頭，眾人見了，**哄堂大笑**。
【義近】眾人同笑／哄然齊笑。
【義反】鴉雀無聲／相顧失色。

哄動一時 ㄏㄨㄥ ㄉㄨㄥˋ ㄧˋ ㄕˊ

【釋義】一作「轟動一時」。指在一個時期內驚動許多人。
【用法】形容發生了一樁新奇的事或發現了一件新奇之物，爲世人矚目，影響很大。
【例句】黃梅調曾是**哄動一時**的電影音樂，如今已成陳跡。
【義近】萬人空巷／世人矚目／家傳戶說。
【義反】不以爲奇／無人注目／消聲匿跡。

品頭論足 ㄆㄧㄣˇ ㄊㄡˊ ㄌㄨㄣˋ ㄗㄨˊ

【釋義】品：品評，區別優劣好壞。頭、足：從頭到腳，指全身。
【出處】蒲松齡・聊齋志異・阿寶：「女起遽去，眾情顛倒，品頭論足，紛紛如狂。」
【用法】本指對女子的容貌姿態進行評論，今指對人或事有意挑剔，說長道短。
【例句】人們總是喜歡對電視機裏的人物**品頭論足**，說三道四，其實也不是心有惡意。
【義近】評頭品足／說長道短。
【義反】無可非議／十全十美／有口皆碑。

品學兼優 ㄆㄧㄣˇ ㄒㄩㄝˊ ㄐㄧㄢ ㄧㄡ

【釋義】品學：品行，學問。兼：都。
【用法】用以說明品德高尚，學問優良。常用作對人（特別是學生）的評語。
【例句】她自小便**品學兼優**，而且冰雪聰明，很得大人的疼愛。
【義近】才德兼備／德美才優。
【義反】有才無德／不學無術。

哭笑不得 ㄎㄨ ㄒㄧㄠˋ ㄅㄨˋ ㄉㄜˊ

【釋義】又作「哭不得，笑不得」。意謂哭也不是，笑也不是。
【出處】谷斯范・新桃花扇十一回：「龍友被纏得哭笑不得。」
【用法】形容人處境尷尬，被弄得啼笑皆非、無可奈何的情狀。
【例句】面對這樣的結局，大家皆**哭笑不得**，只得大嘆倒楣了。
【義近】啼笑皆非／進退兩難／進退維谷。
【義反】不苟言笑／開懷大笑／痛哭流涕。

唉聲歎氣 ㄞ ㄕㄥ ㄊㄢˋ ㄑㄧˋ

【釋義】指發出歎息聲。一作「哀聲歎氣」。
【出處】曹雪芹・紅樓夢三三回：「我看你臉上一團私慾愁悶氣色，這會子又唉聲歎氣，你那些還不足？」
【用法】形容因憂愁傷感或悲觀失望而歎息。
【例句】整日**唉聲歎氣**，毫無建樹的人，是不可能成功的。
【義近】長吁短歎／一遞一聲長吁氣／哭喪著臉。
【義反】興高采烈／喜氣洋洋／喜形於色。

啞口無言 ㄧㄚˇ ㄎㄡˇ ㄨˊ ㄧㄢˊ

【釋義】像啞巴一樣的說不出話來。
【出處】馮夢龍・醒世恆言・赫大卿遺恨鴛鴦絛：「那老兒婆子，因兒子做了這不法勾當，啞口無言。」
【用法】形容理屈詞窮的樣子。
【例句】小李平日伶牙俐齒，但今天在會議上却被人駁得**啞口無言**。
【義近】張口結舌／目瞪口呆。
【義反】口若懸河／滔滔不絕。

啞巴吃黃連 ㄧㄚˇ ·ㄅㄚ ㄔ ㄏㄨㄤˊ ㄌㄧㄢˊ

【釋義】此為歇後語，意謂有苦說不出。啞巴：又作「啞子」。黃連：中藥名，其味極苦。

【出處】朱國楨・湧幢小品二十：「柔事景皇，如擾龍馴虎，中間備極苦心，啞子吃黃連……。」

【用法】用以說明心中有痛苦，卻又不能說或者無法說。

【例句】請諸位不要問了，這次做生意眞的是賠了夫人又折兵，我現在是**啞巴吃黃連**，有苦說不出。

【義近】有苦難言／啞子吃苦瓜／苦在心頭。

【義反】喜在心頭／喜形於色／樂不可言。

啞然失笑 ㄜˋ ㄖㄢˊ ㄕ ㄒㄧㄠˋ

【釋義】啞然：形容笑聲。失笑：不由自主地發笑。

【出處】吳越春秋・越王無余外傳：「禹乃啞然而笑。」

【用法】形容禁不住笑出聲來。

【例句】看了他的滑稽表演，觀眾都忍不住**啞然失笑**。

【義近】啞然而笑／啞然大笑。

【義反】忍俊不笑／淡然一笑／微有笑容／勉強一笑。

唯唯否否 ㄨㄟˊ ㄨㄟˊ ㄈㄡˇ ㄈㄡˇ

【釋義】唯唯：恭敬應對聲，指別人肯定自己也肯定。否否：否認聲，指別人否定自己也否定。

【出處】司馬遷・史記・太史公自序：「唯唯否否，不然。」

【用法】形容附和別人，自己不敢有任何異議。

【例句】青年人應不卑不亢，自有主張，不能**唯唯否否**討好別人。

【義近】百依百順／隨聲附和／唯唯諾諾。

【義反】強頭倔腦／不卑不亢／自有定見。

唯唯諾諾 ㄨㄟˊ ㄨㄟˊ ㄋㄨㄛˋ ㄋㄨㄛˋ

【釋義】唯唯：謙恭的答應聲。諾諾：順從的答應聲。

【出處】韓非子・八奸：「此人主未命而唯唯，未使而諾諾。先意承旨，觀貌察色，以先主心者也。」

【用法】形容一味地附和、順從別人的意見。

【例句】他向來敢於堅持自己的意見，決不**唯唯諾諾**。

【義近】唯唯連聲／俯首帖耳／唯唯否否。

【義反】桀驁不馴／強頭倔腦。

問心無愧 ㄨㄣˋ ㄒㄧㄣ ㄨˊ ㄎㄨㄟˋ

【釋義】摸著心口自問，並沒有什麼可以慚愧的。

【出處】淸・李寶嘉・官場現形記二二回：「就是將來外面有點風聲，好在這錢不是老爺自己得的，自可以問心無愧。」

【用法】形容人未做虧心事，深感心安理得。

【例句】做人要是**問心無愧**，半夜也不怕鬼敲門。

【義近】俯仰無愧／內省不疚／無愧於心。

【義反】愧天怍人／無地自容／問心有愧。

問道於盲 ㄨㄣˋ ㄉㄠˋ ㄩˊ ㄇㄤˊ

【釋義】向瞎子問路。又作「求道於盲」。盲：瞎子。

【出處】韓愈・答陳生書：「足下求速化之術，不於其人，乃以訪愈，是所謂借聽於聾，求道於盲。」

【用法】比喻求問於無知者。常用以表自謙。

【例句】我是敎國文的，你拿這樣難的數學題目來問我，可謂是**問道於盲**，還是去問數學老師吧！

【義近】借聽於聾。

唾手可得（ㄊㄨㄛˋ ㄕㄡˇ ㄎㄜˇ ㄉㄜˊ）

【釋義】唾手：往手上吐唾沫。一作「唾手可取」。
【出處】施耐庵・水滸傳九七回：「城中必縛將出降，兵不血刃，此城唾手可得。」
【用法】比喻非常容易得到。
【例句】天底下沒有**唾手可得**的成功，唯有辛勤付出，才有甜果可嚐。
【義近】信手拈來／易如反掌／輕而易舉。
【義反】荆天棘地／移山塡海／難如登天。

唾面自乾（ㄊㄨㄛˋ ㄇㄧㄢˋ ㄗˋ ㄍㄢ）

【釋義】別人往自己的臉上吐唾沫，不擦掉，讓它自然乾。
【出處】陶宗儀・南村輟耕錄卷二：「文貞王阿憐帖木耳嘗言：婁師德唾面自乾，以爲美事。」
【用法】形容逆來順受，極力忍辱而不與人計較。
【例句】雖說一個人心胸要寬闊，有雅量，但**唾面自乾**的行爲一般說來並不可取。
【義近】逆來順受／犯而不校／打脫牙和血吞。
【義反】以眼還眼，以牙還牙／睚眦必報。

善男信女（ㄕㄢˋ ㄋㄢˊ ㄒㄧㄣˋ ㄋㄩˇ）

【釋義】佛家語，指皈依或篤信佛教的男女。
【出處】金剛經・善現啓請分：「希有世尊……善男子，善女人，發阿耨多羅三藐三菩提心。」
【用法】用以稱信仰佛教的男女，也用來泛指善良的人。
【例句】每逢初一十五，便有許多**善男信女**前往廟裏燒香拜拜，祈求家和宅安。
【義近】信男信女。

善始善終（ㄕㄢˋ ㄕˇ ㄕㄢˋ ㄓㄨㄥ）

【釋義】做事情有好的開頭，也有好的結束。
【出處】莊子・大宗師：「故聖人將遊於物之所不得遯而皆存，善妖善老，善始善終。」
【用法】形容辦事認眞，能堅持到底，並有結局圓滿之意。
【例句】做任何工作都應**善始善終**，不能虎頭蛇尾，否則便會一事無成。
【義近】全始全終／有始有終／有頭有尾。
【義反】有始無終／虎頭蛇尾／有頭無尾。

善敗由己（ㄕㄢˋ ㄅㄞˋ ㄧㄡˊ ㄐㄧˇ）

【釋義】善敗：成功與失敗。善：好，成功。
【出處】左傳・僖公二十年：「善敗由己，而由人乎？」
【用法】用以強調事情的成敗在於自己的主觀努力如何。
【例句】**善敗由己**，你根本不努力學習，怎麼能考上大學？
【義近】成敗在己／善自爲謀。
【義反】成敗在人／善敗在天／仰賴他人／謀事在人，成事在天。

善善惡惡（ㄕㄢˋ ㄕㄢˋ ㄨˋ ㄜˋ）

【釋義】善善：上「善」字爲動詞，贊許，獎勵。惡惡：上「惡」字爲動詞，憎惡。
【出處】司馬遷・史記・太史公自序：「善善惡惡，賢賢賤不肖。」
【用法】形容人獎善嫉惡，好惡分明。
【例句】爲人應該有正義感，**善善惡惡**，決不能是非不分。
【義近】愛憎分明／賢賢賤惡。
【義反】好惡不分／嫉賢養奸／仇善親惡。

善游者溺（ㄕㄢˋ ㄧㄡˊ ㄓㄜˇ ㄋㄧˋ）

【釋義】會游泳的人往往被水淹

死。溺：沉沒在水中。

【出處】淮南子・原道訓：「夫善游者溺，善騎者墮，各以其所好，反自爲禍。」

【用法】比喻人因擅長某種技能而掉以輕心，結果却失敗在自己所擅長的技能上。

【例句】古人說：**善游者溺**，這段彎路不好走，你千萬不要自以爲駕駛技術高明就掉以輕心了。

【義近】善騎者墮。

善罷甘休 ㄕㄢˋ ㄅㄚˋ ㄍㄢ ㄒㄧㄡ

【釋義】善：好好地，引申爲輕易。甘：情願。罷、休：均爲停止之意。又作「善罷乾休」。

【出處】曹雪芹・紅樓夢六五回：「他見奶奶比他標致，又比他得人心兒，他就善罷乾休了？」

【用法】用以表示不輕易罷手。

【例句】他不肯和解，還要聘請律師打官司，並說此事決不**善罷甘休**。

【義近】甘心作罷。

【義反】與人爲善。

喜上眉梢 ㄒㄧˇ ㄕㄤˋ ㄇㄟˊ ㄕㄠ

【釋義】眉梢：眉尖。梢：物件的末尾。

【出處】文康・兒女英雄傳二三回：「思索良久，得了主意，不覺喜上眉梢。」

【用法】形容喜悅之情流露在眉宇之間。

【例句】看她那**喜上眉梢**的樣子，一定是好事近了。

【義近】眉開眼笑／喜形於色。

【義反】愁眉不展／怒容滿面。

喜不自勝 ㄒㄧˇ ㄅㄨˋ ㄗˋ ㄕㄥ

【釋義】高興得控制不住自己。勝：能承受，禁得起。

【出處】魏・鍾繇・賀捷表：「天道禍淫，不終厥命，奉聞嘉憙，喜不自勝。」

【用法】形容喜悅到了極點。

【例句】他今天終於如願以償，娶了心儀的女子爲妻，自然是**喜不自勝**。

【義近】樂不可支。

【義反】悲不自勝／怒不可遏。

喜出望外 ㄒㄧˇ ㄔㄨ ㄨㄤˋ ㄨㄞˋ

【釋義】望外：希望之外，意料之外。

【出處】蘇軾・與李之儀書：「契闊八年，豈謂復有見日，漸近中原，辱書尤數，喜出望外。」

【用法】形容沒有想到的好事降臨於身，顯得特別的高興。

【例句】好久沒有老朋友的消息，今天突然接到他的電話，令我**喜出望外**。

【義近】喜從天降／喜不自勝／大喜過望。

【義反】大失所望。

喜形於色 ㄒㄧˇ ㄒㄧㄥˊ ㄩˊ ㄙㄜˋ

【釋義】內心的喜悅表現在臉上。形：表露。色：臉色。

【出處】裴庭裕・東觀奏記卷上：「上悅安平不妬，喜形於色。」

【用法】形容抑制不住內心的喜悅。

【例句】看你今天這樣**喜形於色**的樣子，一定是有什麼好事吧？

【義近】喜上眉梢／喜見於色／喜躍抃舞／手舞足蹈／歡騰雀躍。

【義反】愁眉不展／愁眉鎖眼／怒形於色／悶悶不樂／疾首蹙頞／憂心如焚。

喜怒無常 ㄒㄧˇ ㄋㄨˋ ㄨˊ ㄔㄤˊ

【釋義】無常：沒有一定。

【出處】呂氏春秋・誣徒：「喜怒無處，言談日易。」

【用法】形容人忽而高興，忽而惱怒，變化不定。

【例句】他是個**喜怒無常**的人，再好的朋友，只要稍不順心，馬上就可以翻臉。

【義近】時喜時怒／時雨時晴。
【義反】喜怒有常。

喜氣洋洋（ㄒㄧˇ ㄑㄧˋ ㄧㄤˊ ㄧㄤˊ）

【釋義】洋洋：又作「揚揚」，得意、高興的樣子。
【出處】元・無名氏・九世同居四折：「張公藝九世同居，天顏悅喜氣洋洋。」
【用法】形容人非常高興或歡樂的情景。
【例句】每到春節，孩子們穿新衣放鞭炮，個個**喜氣洋洋**。
【義近】喜逐顏開。
【義反】愁眉不展／愁眉苦臉／憂心忡忡。

喜笑顏開（ㄒㄧˇ ㄒㄧㄠˋ ㄧㄢˊ ㄎㄞ）

【釋義】顏：臉色。開：舒展。又作「喜逐顏開」。逐：隨著。
【出處】馮夢龍・醒世恆言・李汧公窮邸遇俠客：「故人相見，喜笑顏開，遂留於衙署中安歇。」
【用法】形容心裏高興，滿面笑容。
【例句】農民們看著金黃色的稻田，不覺**喜笑顏開**，高興今年又是個豐收年。
【義近】笑逐顏開／歡天喜地／眉開眼笑。
【義反】愁眉鎖眼／雙眉緊鎖／心事重重。

喜從天降（ㄒㄧˇ ㄘㄨㄥˊ ㄊㄧㄢ ㄐㄧㄤˋ）

【釋義】喜事好像是從天上降臨的一樣。
【出處】京本通俗小說・西山一窟鬼：「教授聽得說罷，喜從天降，笑逐顏開。」
【用法】指意想不到的喜事突然而至。
【例句】他昨天中了兩百萬元的統一發票，眞是**喜從天降**。
【義近】喜出望外／大喜過望。
【義反】禍從天降／禍事突至／飛來橫禍。

喜新厭舊（ㄒㄧˇ ㄒㄧㄣ ㄧㄢˋ ㄐㄧㄡˋ）

【釋義】喜歡新的，厭惡舊的。
【出處】文康・兒女英雄傳二七回：「不怕你有喜新厭舊的心腸，我自有移星換斗的手段。」
【用法】形容對愛情不忠貞，也形容對事物的喜愛不專一。
【例句】他是個風流種子，而且**喜新厭舊**，不值得爲他付出眞感情。
【義近】朝三暮四／見異思遷／三心二意。
【義反】忠貞不二／矢志不渝／之死靡它。

喜躍抃舞（ㄒㄧˇ ㄩㄝˋ ㄅㄧㄢˋ ㄨˇ）

【釋義】高興得手舞足蹈。抃：鼓掌。
【出處】列子・湯問：「（韓）娥還，復爲曼聲長歌，一里老幼，喜躍抃舞，弗能自禁。」
【用法】形容歡樂已極，手舞足蹈。
【例句】聽到他歷劫歸來的消息，全家人無不**喜躍抃舞**。
【義近】手舞足蹈／歡騰雀躍。
【義反】悶悶不樂／疾首蹙額／憂心如焚。

喪心病狂（ㄙㄤˋ ㄒㄧㄣ ㄅㄧㄥˋ ㄎㄨㄤˊ）

【釋義】喪心：喪失理智。病狂：生了瘋狂病。
【出處】宋史・范如圭傳：「公（指秦檜）不喪心病狂，奈何爲此？必遺臭萬世矣！」
【用法】形容言行錯亂或殘忍到了極點。
【例句】這幾個漢奸，爲了博得日本人的歡心，竟然**喪心病狂**向抗日軍民開槍！
【義近】喪盡天良／傷天害理。
【義反】天良未泯／良知未泯。

喪明之痛（ㄙㄤˋ ㄇㄧㄥˊ ㄓ ㄊㄨㄥˋ）

【釋義】痛哭得眼睛都失明了。

喪：失。
【出處】禮記・檀弓上：「子夏喪其子而喪其明。」
【用法】用以指稱失去兒子。
【例句】李先生最近有**喪明之痛**，我們應該去安慰安慰他才好。
【義近】西河之痛／喪明之悲／抱痛西河。
【義反】子孫滿堂／弄璋之喜／喜獲麟兒／螽斯衍慶／熊夢徵祥／瓜瓞綿綿。

喪家之狗 ㄙㄤ ㄐㄧㄚ ㄓ ㄍㄡˇ

【釋義】有喪事人家的狗，因主人忙於喪事而得不到餵養，也指無家可歸的狗。一作「喪家之犬」。
【出處】司馬遷・史記・孔子世家：「孔子適鄭，與弟子相失。孔子獨立郭東門，……纍纍若喪家之狗。」
【用法】喻失去靠山無依歸的人，或比喻落拓不得志的人。
【例句】這羣土匪平日作威作福，爲所欲爲，今日一經官兵掃蕩，個個彷如**喪家之狗**，四處逃竄。

喪魂失魄 ㄙㄤˋ ㄏㄨㄣˊ ㄕ ㄆㄛˋ

【釋義】一作「失魂喪魄」。喪：失。
【出處】石玉琨・三俠五義三五回：「鬧的他自己亡魂失魄，彷彿熱地螞蟻一般，行跡無定，居止不安。」
【用法】形容驚慌、害怕到了極點。
【例句】這些烏合之眾，見我大軍一到，便**喪魂失魄**，潰不成軍，落荒而逃了。
【義近】失魂落魄／亡魂喪膽／失魂喪膽。
【義反】泰然處之／若無其事／神態自如。

喪盡天良 ㄙㄤˋ ㄐㄧㄣˋ ㄊㄧㄢ ㄌㄧㄤˊ

【釋義】一點良心也沒有了。喪：喪失。天良：良心。
【出處】清・文康・兒女英雄傳二回：「要不拿出血心來提捕老爺，那小的就喪盡天良了。」
【用法】形容極其凶殘、歹毒。
【例句】那個殺人放火的歹徒，要不是**喪盡天良**，怎麼會做出這種事來。
【義近】喪心病狂／狼心狗肺。
【義反】明天理重良心／富於仁義／富於人情。

單刀直入 ㄉㄢ ㄉㄠ ㄓˊ ㄖㄨˋ

【釋義】單刀：短柄長刀。直入：直接刺入。
【出處】道源・景德傳燈錄卷十：「若是作家戰將，便請單刀直入，更莫如何若何。」
【用法】原指認定目標即勇猛直前。今多用以比喻說話、做文章、做事直截了當，不繞彎子。
【例句】她爲人最爽快，說話做事都喜歡**單刀直入**，最討厭轉彎抹角。
【義近】直截了當／一針見血／開門見山。
【義反】閃爍其詞／吞吞吐吐／拐彎抹角。

單絲不成線 ㄉㄢ ㄙ ㄅㄨˋ ㄔㄥˊ ㄒㄧㄢˋ

【釋義】只是一根絲成不了線，喻承受之力極弱，起不了作用。單絲：一根絲。
【出處】吳承恩・西遊記七七回：「到城邊，不敢叫戰，正是『單絲不線，孤掌難鳴』。」
【用法】用以比喻一人的力量很有限，成就不了大事，人多而扭成一股繩，才能成就大事。
【例句】**單絲不成線**，這場拔河比賽需要大家齊心協力才會贏。
【義近】獨木不成林／獨筷易折／孤掌難鳴。
【義反】眾人拾柴火焰高。

單槍匹馬 ㄉㄢ ㄑㄧㄤ ㄆㄧˇ ㄇㄚˇ

【釋義】意即一人一馬。原指打仗時一人上陣。
【出處】江淹・烏江詩：「兵散弓殘挫虎威，單槍匹馬突重圍。」
【用法】比喻單獨行動，無人幫助。
【例句】他以神速的戰術，英勇的行動，**單槍匹馬**衝入敵人的師部，活捉了敵軍師長。
【義近】單兵獨馬／單人獨騎／孤身奮戰。
【義反】人多勢眾／結隊而行。

嗟來之食 ㄐㄧㄝ ㄌㄞˊ ㄓ ㄕˊ

【釋義】嗟：不客氣的招呼聲，猶今之「喂」。
【出處】禮記・檀弓下：「『予唯不食嗟來之食，以至於斯也！』從而謝焉，終不食而死。」
【用法】用以比喻帶有輕蔑性的施捨。
【例句】他人雖窮，却很有骨氣，決不會貪圖**嗟來之食**。

啼笑皆非 ㄊㄧˊ ㄒㄧㄠˋ ㄐㄧㄝ ㄈㄟ

【釋義】哭也不是，笑也不是。啼：哭。皆非：都不是。
【出處】孟棨・本事詩・情感・載南朝陳徐德言昌公主詩：「笑啼俱不敢，方驗作人難。」
【用法】形容哭笑不得，十分尷尬。
【例句】章先生取回原稿，看過編輯的斧刪後，不免**啼笑皆非**，望文興嘆。
【義近】哭笑不得。

啼飢號寒 ㄊㄧˊ ㄐㄧ ㄏㄠˊ ㄏㄢˊ

【釋義】因飢餓寒冷而啼哭呼叫。啼：哭。號：叫。
【出處】韓愈・進學解：「冬暖而兒號寒，年豐而妻啼飢。」
【用法】形容貧困已極。
【例句】當今世界上，仍然還有人在**啼飢號寒**，為生存下去而苦苦掙扎。
【義近】飢寒交迫／缺衣少食。
【義反】豐衣足食／暖衣飽食。

喘息之間 ㄔㄨㄢˇ ㄒㄧ ㄓ ㄐㄧㄢ

【釋義】呼吸之間。喘息：呼吸。
【出處】後漢書・張綱傳：「若魚游釜中，喘息須臾間耳。」
【用法】形容時間非常短暫。
【例句】烏雲鋪天蓋地而來，**喘息之間**，電閃雷鳴，大雨如注。
【義近】彈指之間／揮手之間／轉眼之間／一刹那間。
【義反】天長地久／年年歲歲／一生一世。

喊冤叫屈 ㄏㄢˇ ㄩㄢ ㄐㄧㄠˋ ㄑㄩ

【釋義】意謂呼喊冤屈。
【出處】曹雪芹・紅樓夢八三回：「那寶蟾只管喊冤叫屈，那裏理會他？」
【用法】指為受冤枉、屈辱而呼喊。
【例句】在政治腐敗的時期，無辜受害者無論怎樣**喊冤叫屈**，也毫無用處。
【義近】呼天叫屈／不平則鳴。
【義反】含冤負屈／含冤莫訴。

喋喋不休 ㄉㄧㄝˊ ㄉㄧㄝˊ ㄅㄨˋ ㄒㄧㄡ

【釋義】喋喋：又作「諜諜」，說話多。休：止。
【出處】司馬遷・史記・張釋之傳：「豈斅此嗇夫諜諜利口捷給哉。」
【用法】形容嘮嘮叨叨，說個沒完。
【例句】這附近的三姑六婆個個皆是話匣子，說起話來**喋喋不休**，眞令人吃不消。
【義近】滔滔不絕／呶呶不休／嘵嘵不休／絮絮叨叨。
【義反】沉默寡言／噤若寒蟬／三緘其口／杏舌蔽口。

喏喏連聲 (ㄋㄨㄛˋ ㄋㄨㄛˋ ㄌㄧㄢˊ ㄕㄥ)

【釋義】連聲答應。喏：同「諾」，答應的聲音。

【出處】關漢卿・金線池三折：「俺也曾輕輕喚著，躬躬，前來喏喏連聲。」

【用法】形容十分恭順聽話。

【例句】他有權有勢，在他的面前誰敢不**喏喏連聲**，唯命是從。

【義近】唯唯連聲／唯命是從／百依百順。

【義反】拒不聽命／相應不理。

喧賓奪主 (ㄒㄩㄢ ㄅㄧㄣ ㄉㄨㄛˊ ㄓㄨˇ)

【釋義】客人的聲音壓倒了主人。喧：聲音大。

【出處】楊宜治・俄程日記卷下：「近有喧賓奪主之勢。」

【用法】比喻客人佔了主人的地位，或外來的、次要的壓倒了原有的、主要的。

【例句】①晝日出應該突出那一輪朝日，如果雲彩畫得多而濃，那就未免有些**喧賓奪主**。②還是你先來，你是主人，我們是客人，怎麼能**喧賓奪主**呢。

【義近】反客為主／輕重倒置／本末倒置。

【義反】主客有常／輕重有宜。

喑噁叱咤 (ㄧㄣ ㄨˋ ㄔˋ ㄓㄚˋ)

【釋義】喑噁：發怒聲。叱咤：大聲呵斥。

【出處】司馬遷・史記・淮陰侯列傳：「項王喑噁叱咤，千人皆廢。」

【用法】形容發怒喝叫，大聲呵斥。

【例句】一到黃果樹瀑布附近，便似有千軍萬馬在廝殺，**喑噁叱咤**之聲不絕於耳。

【義近】大聲吼叫／吼聲震天。

【義反】溫聲細語／柔音悅耳。

喬裝打扮 (ㄑㄧㄠˊ ㄓㄨㄤ ㄉㄚˇ ㄅㄢˋ)

【釋義】喬裝：改變服裝、面貌。喬：假裝。打扮：此指化裝。

【出處】阮大鋮・燕子箋・駭象：「喬裝詐扮多風韻。」

【用法】用以指進行偽裝以隱瞞身分。

【例句】我對他太熟了，無論他如何**喬裝打扮**，我也能認得出他來。

【義近】偽裝面目／改頭換面。

【義反】本來面目／廬山真面。

喬遷之喜 (ㄑㄧㄠˊ ㄑㄧㄢ ㄓ ㄒㄧˇ)

【釋義】喬遷：自低處升高處。喬：喬木，喻高顯之處。

【出處】詩經・小雅・伐木：「伐木丁丁，鳥鳴嚶嚶。出自幽谷，遷於喬木。」

【用法】比喻人搬到好地方居住或升官。多用作賀辭。

【例句】王先生最近有**喬遷之喜**，大家一同合買賀禮去拜訪他吧！

【義近】喜遷新居。

嗤之以鼻 (ㄔ ㄓ ㄧˇ ㄅㄧˊ)

【釋義】即「以鼻嗤之」，用鼻子吭聲冷笑。嗤：譏笑。

【出處】頤瑣・黃繡球七回：「說於鄉，鄉人笑之；說於市，市人非之；請於巨紳貴族，更嗤之以鼻。」

【用法】表示輕蔑看不起。

【例句】她對那些胡言亂語，一概**嗤之以鼻**，根本不放在心上。

【義近】不屑一顧／不值一哂／付之一笑。

【義反】青眼視之／另眼相看／畢恭畢敬。

嗚呼哀哉 (ㄨ ㄏㄨ ㄞ ㄗㄞ)

【釋義】為古時祭文中常用的感歎語。嗚呼：文言歎詞。哀：悲痛。哉：語氣詞。

【出處】司馬遷・史記・屈原賈生列傳：「遭世罔極兮，乃隕厥身。嗚呼哀哉，逢時不祥。」
【用法】今用以指死亡或完結。常含諷刺意味。
【例句】這傢伙今天被他的同夥捅了幾刀，看來要**嗚呼哀哉**，見閻王老爺去了。
【義近】一命嗚呼／一瞑不視。
【義反】萬壽無疆／長生不老。

嗜痂之癖（ㄕˋ ㄐㄧㄚ ㄓ ㄆㄧˇ）

【釋義】痂：瘡疤的皮殼。癖：成爲習慣的嗜好。
【出處】南史・劉穆之傳：「邕（穆之孫）性嗜食瘡痂，以爲味似鰒魚。」
【用法】形容人的怪僻嗜好。
【例句】老林眞是個標準的**嗜痂之癖**，睡覺時居然喜歡穿襪子。
【義近】惡習怪癖／逐臭之夫／嗜痂成癖。

嗷嗷待哺（ㄠˊ ㄠˊ ㄉㄞˋ ㄅㄨˇ）

【釋義】嗷嗷：眾聲嘈雜，此指哀號聲。又作「嗷嗷待食」。
【出處】賈誼・過秦論下：「夫寒者利短褐，而飢者甘糟糠，天下嗷嗷，新主之資也。」
【用法】形容飢餓而急於求食，或比喻急待救援。也可形容嬰兒啼哭等待哺乳。
【例句】葉先生英年早逝，幾個小孩**嗷嗷待哺**，妻子又軟弱無能，景況甚爲淒涼。
【義近】眾口嗷嗷／嗷嗷無告。
【義反】飽食暖衣／鼓腹含哺。

鳴金收兵（ㄇㄧㄥˊ ㄐㄧㄣ ㄕㄡ ㄅㄧㄥ）

【釋義】鳴金：敲響鑼、鐃之類的金屬樂器，爲古時收兵信號。
【出處】荀子・議兵：「聞鼓聲而進，聞金聲而退。」羅貫中・三國演義六五回：「恐張飛有失，急鳴金收兵。」
【用法】用以指發布軍令，停止戰鬥，讓軍隊撤回兵營。今也用以泛指停止某事。
【例句】這項工程所需費用甚大，遠遠超過原來的設想，只好暫時**鳴金收兵**，另行研究再說。
【義近】鳴金而退／偃旗息鼓。
【義反】擊鼓進軍／一鼓作氣。

鳴鼓而攻之（ㄇㄧㄥˊ ㄍㄨˇ ㄦˊ ㄍㄨㄥ ㄓ）

【釋義】鳴鼓：擊鼓使鳴。鳴：用作使動詞。又作「鳴鼓而攻」或「鳴鼓攻之」。
【出處】論語・先進：「子曰：『非吾徒也，小子鳴鼓而攻之，可也。』」
【用法】指公開聲討和譴責。
【例句】他這種謬論太傷人，大家儘管**鳴鼓而攻之**，不用對他客氣。
【義近】羣起而攻／眾口交攻／大張撻伐。
【義反】同聲附和／同聲而頌／大加旌表。

鳴鑼開道（ㄇㄧㄥˊ ㄌㄨㄛˊ ㄎㄞ ㄉㄠˋ）

【釋義】舊時大官出門時，人役在前面敲鑼，要別人讓路、回避。
【出處】吳沃堯・二十年目睹之怪現狀九九回：「大凡官府出街，一定是鳴鑼開道的。」
【用法】今常用以指爲某種事物的出現而製造輿論，開闢道路。
【例句】新生事物的出現，總需要人爲它**鳴鑼開道**，否則便有可能無疾而終。
【義近】鳴鑼喝道／打先鋒。
【義反】不聲不響／人不知鬼不覺。

嘔心瀝血（ㄡˇ ㄒㄧㄣ ㄌㄧˋ ㄒㄧㄝˇ）

【釋義】嘔：吐。瀝：滴。又作「嘔心吐膽」。
【出處】劉勰・文心雕龍・隱秀：「嘔心吐膽，不足語窮。」韓愈・歸彭城詩：「瀝血以書辭。」

【用法】形容用盡心思，絞盡腦汁。多用於寫作方面。

【例句】他**嘔心瀝血**整整十年，才完成了這部長篇小說。

【義近】嘔盡心血／窮思苦想／字斟句酌／挖空心思／苦心孤詣。

【義反】無所用心／不費心血／悠哉游哉。

嘻皮笑臉（ㄒㄧ ㄆㄧˊ ㄒㄧㄠˋ ㄌㄧㄢˇ）

【釋義】嘻嘻哈哈，滿臉堆笑。嘻：同「嬉」。

【出處】曹雪芹・紅樓夢三十回：「你見我和誰玩過！有和你素日嘻皮笑臉的姑娘們，你該問他們去！」

【用法】形容不莊重的輕佻嘻笑面孔。

【例句】你已經是二十多歲的人了，還是一天到晚**嘻皮笑臉**的，沒個正經的時候，像話嗎？

【義近】涎皮笑臉。

【義反】一本正經。

嘲風詠月（ㄔㄠˊ ㄈㄥ ㄩㄥˇ ㄩㄝˋ）

【釋義】風、月：泛指自然的景物。

【出處】王嘉・拾遺記：「免學他嘲風詠月，污人行止。」

【用法】多指以自然景色爲題材的消閒作品。

【例句】那些**嘲風詠月**的作品，嚴重地脫離現實，其可看性值得商榷。

【義近】吟風弄月／風花雪月。

【義反】吟詠現實。

嘵嘵不休（ㄒㄧㄠ ㄒㄧㄠ ㄅㄨˋ ㄒㄧㄡ）

【釋義】嘵嘵：爭辯聲。休：停止。

【出處】韓愈・重答張籍書：「擇其可語者誨之，猶時與吾悖，其聲嘵嘵。」

【用法】形容爭辯不止或說話沒完沒了。

【例句】你不要看他是個男人，年紀也不小了，可是說起話來卻像老太婆似的**嘵嘵不休**，眞令人討厭。

【義近】喋喋不休／刺刺不休／絮絮叨叨／呶呶不休／滔滔不絕。

【義反】寡言少語／三言兩語／三緘其口／噤若寒蟬／呑舌蔽口／沉默寡言。

噴薄欲出（ㄆㄣ ㄅㄛˊ ㄩˋ ㄔㄨ）

【釋義】噴薄：激蕩，湧出。欲出：將要出現。

【出處】李白・瑩禪師房觀山海圖詩：「煙濤爭噴薄，島嶼相凌亂。」

【用法】原形容水勢洶湧，今也用以形容太陽將升時光芒四射的壯觀景象。

【例句】在泰山的日觀峯，能看到光芒四射、**噴薄欲出**的一輪旭日，的確是三生有幸。

嘴上無毛，辦事不牢（ㄗㄨㄟˇ ㄕㄤˋ ㄨˊ ㄇㄠˊ ㄅㄢˋ ㄕˋ ㄅㄨˋ ㄌㄠˊ）

【釋義】嘴巴上沒有長鬍鬚的人，辦事不牢靠。無毛：指少年、年輕的人。

【出處】李寶嘉・官場現形記一五回：「俗語說道：『嘴上無毛，辦事不牢。』」

【用法】用以表示青少年辦事浮而不實，不可靠。

【例句】這件事我昨天一再地交代小李，叫他無論如何要辦好，可是卻說忘記了，眞是**嘴上無毛，辦事不牢**。

【義近】嘴上無毛說話不牢。

【義反】少年老成。

嘴甜心苦（ㄗㄨㄟˇ ㄊㄧㄢˊ ㄒㄧㄣ ㄎㄨˇ）

【釋義】嘴上說的好聽，心裏卻狠毒。

【出處】曹雪芹・紅樓夢六五回：「嘴甜心苦，兩面三刀；上頭笑著，腳底下使絆子；……他都占全了。」

【用法】形容人心口不一，陽奉陰違。

【例句】這傢伙**嘴甜心苦**，不了解的人很容易受他矇騙，你可要小心一點。

【義近】表裏不一／心口不一／兩面三刀／口蜜腹劍。

【義反】表裏如一／心口如一／心直口快。

噤若寒蟬 ㄐㄧㄣˋ ㄖㄨㄛˋ ㄏㄢˊ ㄔㄢˊ

【釋義】噤：閉口，不作聲。寒蟬：晚秋的蟬，因寒冷而一般不再鳴叫。

【出處】後漢書・杜密傳：「劉勝……知善不薦，聞惡無言，隱情惜己，自同寒蟬，此罪人也。」

【用法】比喻因害怕有所顧忌而不敢說話。

【例句】這人膽子太小，一到關鍵時刻就**噤若寒蟬**，一個字也吐不出來。

【義近】緘口結舌／杜口吞聲／閉口不言／如同寒蟬。

【義反】口若懸河／侃侃而談／滔滔不絕／夸夸其談。

噬臍何及 ㄕˋ ㄑㄧˊ ㄏㄜˊ ㄐㄧˊ

【釋義】像咬自己肚臍似的，如何搆得著。噬：咬。何：怎麼。及：到。又作「噬臍莫及」。

【出處】隋書・李密傳：「但今英雄競起，實恐他人我先，一朝失之，噬臍何及！」

【用法】比喻後悔已來不及。

【例句】當初三番兩次勸你不要去賭，你不聽，現在債臺高築，**噬臍何及**。

【義近】悔之晚矣／後悔莫及／嗟悔何及。

【義反】亡羊補牢。

器宇軒昂 ㄑㄧˋ ㄩˇ ㄒㄩㄢ ㄤˊ

【釋義】器宇：人的儀表、氣概。軒昂：精神飽滿，氣度不凡。又作「氣宇軒昂」。

【出處】羅貫中・三國演義三回：「時李儒見丁原背後一人，生得器宇軒昂，威風凜凜。」

【用法】形容人姿態雄偉，氣概高超不凡。

【例句】他身著軍裝，腰裏插著槍，**器宇軒昂**，以輕快的步伐向軍營走去。

【義近】器宇不凡／意氣軒昂／神采飛揚／玉樹臨風／英姿煥發。

【義反】萎靡不振／猥瑣不堪／畏畏縮縮／萎靡頹唐。

嚴以律己 ㄧㄢˊ ㄧˇ ㄌㄩˋ ㄐㄧˇ

【釋義】律：約束。又作「嚴于律己」。

【出處】明史・羅倫傳：「倫爲人剛正，嚴于律己。」

【用法】用以指一個人嚴格要求和約束自己。

【例句】一個人要使自己變得有修養，爲人所尊重，就必須**嚴以律己**，寬以待人。

【義近】嚴于責己／責躬罪己／責己以嚴。

【義反】寬以待人／任性而行／待人以寬。

嚴刑峻法 ㄧㄢˊ ㄒㄧㄥˊ ㄐㄩㄣˋ ㄈㄚˇ

【釋義】意即刑法很嚴。峻：本指山高，引申有峭刻之意。

【出處】後漢書・崔駰傳・附崔寔政論：「故嚴刑峻法，破姦軌之膽。」

【用法】用以指嚴酷的刑法。

【例句】專制政府爲了防範人民反抗，便以**嚴刑峻法**來對待百姓。

【義近】羅罪網民。

【義反】廣施仁政／寬以待民。

嚴陣以待 ㄧㄢˊ ㄓㄣˋ ㄧˇ ㄉㄞˋ

【釋義】嚴陣：整齊而嚴肅的陣勢。

【出處】資治通鑑・漢紀・光武帝建武三年：「甲辰，帝親勒六軍，嚴陣以待之。」

【用法】指作好充分的戰鬥準備

，以等待敵人。

【例句】我軍正**嚴陣以待**，準備殲滅敢於來犯之敵。

【義近】堅壘森嚴／厲兵秣馬／盛食厲兵。

【義反】掉以輕心／刀槍入庫／放馬南山。

嚴懲不貸 ㄧㄢˊ ㄔㄥˊ ㄅㄨˋ ㄉㄞˋ

【釋義】嚴厲懲罰，決不寬恕。懲：懲治，處罰。貸：寬恕。

【用法】警告犯罪作惡者，多見於官方辦案判刑的佈告。

【例句】對於那些屢教不改的犯罪分子，本國將**嚴懲不貸**，特此公告。

【義近】不予寬宥／赦不妄下／依法嚴懲。

【義反】姑息養奸／從寬發落／從輕發落／法外施仁。

囊中取物 ㄋㄤˊ ㄓㄨㄥ ㄑㄩˇ ㄨˋ

【釋義】囊：口袋。

【出處】新五代史・南唐世家：「李谷曰：『中國用吾爲相，取江南如探囊中物爾。』」

【用法】喻很容易取得的東西。

【例句】敵軍已陷入四面楚歌的局面，要打敗他們簡直如**囊中取物**。

【義近】甕中捉鼈／探囊取物／易如反掌／唾手可得／反掌折枝／手到擒來。

【義反】大海撈針／移山塡海／海底撈月。

囊空如洗 ㄋㄤˊ ㄎㄨㄥ ㄖㄨˊ ㄒㄧˇ

【釋義】口袋裏空空的如同洗過一般。囊：口袋。

【出處】馮夢龍・警世通言・杜十娘怒沉百寶箱：「但教坊落籍……非千金不可。我囊空如洗，如之奈何？」

【用法】形容窮得身無分文。

【例句】一場浩劫下來，原先的富有人家頓時**囊空如洗**，怎不令他們傷心欲絕。

【義近】阮囊羞澀／身無分文／一貧如洗／一文不名。

【義反】金玉滿堂／腰纏萬貫／堆金積玉／家財萬貫。

囊括四海 ㄋㄤˊ ㄎㄨㄛˋ ㄙˋ ㄏㄞˇ

【釋義】囊括：包羅。四海：全國，天下。

【出處】賈誼・過秦論：「有席卷天下，包舉宇內，囊括四海之意，并吞八荒之心。」

【用法】用以指統一全國，控制天下。

【例句】秦始皇兼并六國，**囊括四海**，完成了統一中國的大業。

【義近】包舉宇內／并吞八荒／席卷天下。

【義反】分崩離析／四分五裂／半壁河山／瓜剖豆分。

囊螢映雪 ㄋㄤˊ ㄧㄥˊ ㄧㄥˋ ㄒㄩㄝˇ

【釋義】囊螢：夏夜把螢火蟲裝在絹袋裏照讀。映雪：冬夜映著雪光讀書。

【出處】晉書・車胤傳：「夏月則練囊盛數十螢火以照書。」孫氏世祿載：孫康「常映雪讀書」。

【用法】形容人勤學苦讀。

【例句】古代一些讀書人那種**囊螢映雪**的刻苦向學精神，値得我們學習。

【義近】懸梁刺股／鑿壁偷光／孜孜不倦。

【義反】玩歲愒時／無所事事／無所用心／好逸惡勞。

口　部

四分五裂（ㄙˋ ㄈㄣ ㄨˇ ㄌㄧㄝˋ）

【釋義】分裂成很多塊。四、五：均非實數。

【出處】戰國策・魏策一：「魏之地勢，故戰場也。此所謂四分五裂之道也。」

【用法】形容破碎不全，也用以形容分裂不統一、不集中、不團結。

【例句】民國建立以後軍閥混戰，弄得國家**四分五裂**，一片亂象。

【義近】支離破碎／瓜剖豆分／土崩瓦解／七零八落／破碎不堪。

【義反】完整無缺／天下一家／團結一致／金甌無缺。

四平八穩（ㄙˋ ㄆㄧㄥˊ ㄅㄚ ㄨㄣˇ）

【釋義】意爲穩當。四、八：指各個部位或方面。

【出處】施耐庵・水滸傳四四回：「戴宗、楊林看裴宣時，果然好一表人物，生得面白肥胖，四平八穩，心中暗喜。」

【用法】形容物體擺得平穩，或說話、做事穩當，也用以形容缺乏創造性和進取心，只求不出事。

【例句】他做事向來都是**四平八穩**的，雖缺乏進取精神，卻也不會出什麼差錯。

【義近】平平穩穩／穩穩當當／面面俱到／穩紮穩打。

【義反】搖搖晃晃／東倒西歪／冒冒失失。

四面八方（ㄙˋ ㄇㄧㄢˋ ㄅㄚ ㄈㄤ）

【釋義】四面：四方。八方：四方和四隅。

【出處】朱子語類卷九：「如孔子教人，只是逐件逐事說個道理……然四面八方合聚湊來，也自見得個大頭腦。」

【用法】用以指各個方面或各個地方。

【例句】剛剛新上任的官員，難免要承受一些來自**四面八方**的挑戰和壓力。

四面楚歌（ㄙˋ ㄇㄧㄢˋ ㄔㄨˇ ㄍㄜ）

【釋義】四面傳來楚國人的歌聲。楚歌：楚國人的歌聲。

【出處】司馬遷・史記・項羽本紀：「夜聞漢軍四面皆楚歌，項王乃大驚曰：『漢皆已得楚乎，是何楚人之多也！』」

【用法】比喻四面受敵、孤立無援的處境。

【例句】項羽處在**四面楚歌**的絕境裏，唱出了「力拔山兮氣蓋世」的英雄輓歌。

【義近】腹背受敵／危機四伏／八方受阻／垓下之困。

【義反】衝鋒陷陣／捷報頻傳／所向披靡。

四海之內皆兄弟（ㄙˋ ㄏㄞˇ ㄓ ㄋㄟˋ ㄐㄧㄝ ㄒㄩㄥ ㄉㄧˋ）

【釋義】天下的人都是我兄弟。四海：意同天下。古人以爲中國四周皆有海，故把中國叫海內，外國叫海外。

【出處】論語・顏淵：「君子敬而無失，與人恭而有禮。四海之內，皆兄弟也，君子何患乎無兄弟也？」

【用法】形容心胸廣闊，能以仁愛之心待人接物。

【例句】古人說：「**四海之內皆兄弟**。」我們應該寬厚待人，不要斤斤計較於個人的得失。

【義近】民吾同胞，物吾類也／胡越一家／四海一家。

四海爲家（ㄙˋ ㄏㄞˇ ㄨㄟˊ ㄐㄧㄚ）

【釋義】四海之廣，猶如一家。指帝王事業規模宏大，天下一統。

【出處】荀子・議兵：「四海之內若一家，通達之屬莫不從服。」漢書・高祖紀：「且夫天子以四海為家。」

【用法】比喻志在四方，不留戀故土或個人小天地；也指飄泊無定所。

【例句】年輕人應該拋棄鄉土觀念，**四海為家**，成就一番事業。

【義近】天下為家／志在四方／鴻鵠之志／放眼世界。

【義反】安土重遷／燕雀之志。

四通八達（ㄙˋ ㄊㄨㄥ ㄅㄚ ㄉㄚˊ）

【釋義】四面八方都有道路可以通行。達：通達。

【出處】晉書・慕容德載記：「滑臺四通八達，非帝王之居。」

【用法】形容交通暢達無阻，十分便利。

【例句】臺北是臺灣的第一大都會區，鐵道、公路、航線**四通八達**，交通極為便利。

【義近】四通五達／四衢八街／四會五達／暢通無阻。

【義反】斷潢絕港／山重水複／路絕人稀／道阻路絕。

四體不勤，五穀不分（ㄙˋ ㄊㄧˇ ㄅㄨˋ ㄑㄧㄣˊ，ㄨˇ ㄍㄨˇ ㄅㄨˋ ㄈㄣ）

【釋義】四體：四肢。勤：勞動。五穀：稻、菽、麥、黍、稷。不分：不能分辨。

【出處】論語・微子：「丈人曰：『四體不勤，五穀不分，孰為夫子？』植其杖而芸。」

【用法】用以形容脫離勞動，沒有實踐知識。

【例句】讀書人常有**四體不勤，五穀不分**的毛病，對於書本以外的知識吸收得太少。

【義近】不辨菽麥／視韭菜為大麥。

【義反】身體力行／手腦並用。

因人成事（ㄧㄣ ㄖㄣˊ ㄔㄥˊ ㄕˋ）

【釋義】因：依賴，依靠。成事：把事情辦成。

【出處】司馬遷・史記・平原君虞卿列傳：「公等錄錄，所謂因人成事者也。」

【用法】用以說明要依賴他人的力量，才能把事情辦成。

【例句】他是個**因人成事**的人，沒有別人替他出主意，他就什麼事也做不成。

【義近】仰賴他人／假手於人／依附於人／傍人籬壁。

【義反】自食其力／自力更生／獨立自主。

因小失大（ㄧㄣ ㄒㄧㄠˇ ㄕ ㄉㄚˋ）

【釋義】因：因為，為了。

【出處】劉晝・新論：「滅國亡身為天下笑，以貪小利失其大利也。」文康・兒女英雄傳二三回：「儻然因小失大，轉為不妙。」

【用法】說明為了小的利益，造成大的損失。

【例句】他是個聰明人，真沒想到這次竟會**因小失大**，得不償失。

【義近】貪小失大／惜指失掌／掘室求鼠／爭雞失羊。

【義反】亡羊得牛。

因公假私（ㄧㄣ ㄍㄨㄥ ㄐㄧㄚˇ ㄙ）

【釋義】假借公務謀取私利。

【出處】後漢書・李固傳：「太尉李固，因公假私，依正行邪。」

【用法】主要用來說明居官不正，利用職權謀取個人利益。

【例句】那位官員操守不佳，時常**因公假私**，最近遭到民眾檢舉，被撤職查辦。

【義近】因公行私／假公濟私／以公濟私／因公謀私。

【義反】廉潔奉公／奉公守法／一介不取／克己奉公。

因地制宜（ㄧㄣ ㄉㄧˋ ㄓˋ ㄧˊ）

【釋義】因：根據，依據。制：制定。宜：適宜，適當。

【出處】吳越春秋・闔閭內傳：

「夫築城郭，立倉庫，因地制宜，豈有天氣之數以威鄰國者乎？」

【用法】表示根據各地實際情況而制定適宜的措施，切忌照搬外國外地的經驗。

【例句】任何一項法令都應該多方考量實際狀況，**因地制宜**，才不致弊病叢生。

【義近】因時制宜／隨機應變／相機行事／因地而異。

【義反】刻舟求劍／墨守成規／生搬硬套／膠柱鼓瑟。

因材施教 (ㄧㄣ ㄘㄞˊ ㄕ ㄐㄧㄠˋ)

【釋義】因：根據。材：通「才」，指人的天資、性格等。施教：施行教育。

【出處】四書集注・論語・雍也：「聖人之道，精粗雖無二致，但其施教則必因其材而篤焉。」

【用法】指針對學習的人的志趣、智力等具體情況而進行不同的教育。

【例句】老師應該注意學生各方面的差異，以便**因材施教**。

【義近】因人而異／因人制宜。

【義反】一張方子醫萬人。

因果報應 (ㄧㄣ ㄍㄨㄛˇ ㄅㄠˋ ㄧㄥˋ)

【釋義】佛家語。根據佛教輪迴的說法，善因得善果，惡因得惡果。

【出處】法華經・方便品：「如是因，如是緣，如是果，如是報。」慈恩傳七：「唯談玄論道，問因果報應。」

【用法】多用以勸人戒惡為善。

【例句】**因果報應**之說，固然不可全信，但為人還是多講良心、行善戒惡的好，以免遭報應。

【義近】善有善報，惡有惡報／種瓜得瓜，種豆得豆／多行不義必自斃。

因陋就簡 (ㄧㄣ ㄌㄡˋ ㄐㄧㄡˋ ㄐㄧㄢˇ)

【釋義】原指馬虎湊合，不求改進。因：依著，沿襲。陋：簡陋。就：將就，湊合。一作「因陋就寡」。

【出處】劉歆・移書讓太常博士：「苟因陋就寡，分文析字，煩言碎辭，學者罷老且不能究其一藝。」

【用法】今用以說明就原來的簡陋條件節約辦事。

【例句】台灣光復初年，很多中小學教室**因陋就簡**，拿低矮平房湊和著用，如今都已改建為新式建築，現時的學生幸福多了。

【義反】鋪張浪費。

因時制宜 (ㄧㄣ ㄕˊ ㄓˋ ㄧˊ)

【釋義】因：根據，依據。制宜：制定適宜的措施。

【出處】漢書・韋賢傳：「祖宗之制，因時施宜。」晉書・劉頌傳：「所遇不同，故當因時制宜。」

【用法】說明要根據不同時期的實際情況，採取適當措施。

【例句】古聖先王的治國之道不一定適合現代，當今執政者宜取其精髓，**因時制宜**，找出一套適合現代的政策。

【義近】參見「因地制宜」條。

【義反】參見「因地制宜」條。

因循守舊 (ㄧㄣ ㄒㄩㄣˊ ㄕㄡˇ ㄐㄧㄡˋ)

【釋義】照老樣子不改。因循：沿襲。守舊：墨守舊法。

【出處】漢書・循吏傳序：「（霍）光因循守職，無所改作。」康有為・上清帝策五書：「苟且度日，因循守舊。」

【用法】形容抱殘守缺，沒有創新精神。

【例句】在日新月異的今天，我們不能總是**因循守舊**，要時時吸收新知，才能跟得上時代的發展。

【義近】故步自封／抱殘守缺／蹈常襲故／墨守成規。

【義反】日新月異／革故鼎新／破舊立新／去舊謀新。

因循坐誤（ㄧㄣ ㄒㄩㄣˊ ㄗㄨㄛˋ ㄨˋ）

【釋義】因循：沿襲守舊。坐誤：耽誤。

【出處】秋瑾・某宮人傳：「事不宜遲，勿稍因循坐誤。」

【用法】指情況有了變化，還依照舊法，結果失掉了良機。

【例句】今日世界瞬息萬變，我們一定要留心世界潮流所趨，隨時調整政策，否則**因循坐誤**，嗟悔莫及。

【義近】坐失良機／因循自誤／遷延過時。

【義反】乘時而起／風雲際會／把握良機。

因循苟且（ㄧㄣ ㄒㄩㄣˊ ㄍㄡˇ ㄑㄧㄝˇ）

【釋義】因循：守舊而不知變更。苟且：得過且過，馬虎草率。

【出處】司馬遷・史記・太史公自序：「其術以虛無爲本，以因循爲用。」漢書・王嘉傳：「然後上下相望，莫有苟且之意。」

【用法】形容遇事敷衍，得過且過，不求進取。

【例句】要想有一番作爲，就一定要拋棄**因循苟且**的心理，勇於進取。

【義近】苟且度日／得過且過。

【義反】奮發淬勵／發憤圖強／勤勤懇懇／日進月長。

因勢利導（ㄧㄣ ㄕˋ ㄌㄧˋ ㄉㄠˇ）

【釋義】因：循，順著。勢：趨勢。利導：向順利的方面引導。

【出處】司馬遷・史記・孫子吳起列傳：「善戰者，因其勢而利導之。」

【用法】順應著事物發展的趨勢而加以引導。

【例句】老師應多觀察學生各自的特點，**因勢利導**，使他們充分發揮所長，有所成就。

【義近】順水推舟／順風而呼／因風吹火／登高而招。

【義反】逆水行舟／逆風而行／倒行逆施／壅川塞源。

因禍得福（ㄧㄣ ㄏㄨㄛˋ ㄉㄜˊ ㄈㄨˊ）

【釋義】因禍事而獲得福氣。

【出處】老子五八章：「禍兮福之所倚，福兮禍之所伏。」莊子・則陽：「安危相易，禍福相生。」

【用法】形容人運氣好，本來是禍事臨頭，卻又意外地有了別的收穫。

【例句】他被解聘後，立即被另一家公司聘去當業務經理，眞可謂是**因禍得福**。

【義近】塞翁失馬，焉知非福。

【義反】樂極生悲。

因禍爲福（ㄧㄣ ㄏㄨㄛˋ ㄨㄟˊ ㄈㄨˊ）

【釋義】把禍變成福，把壞變成好。

【出處】司馬遷・史記・管晏列傳：「管仲既任政相齊，其爲政也，善因禍而爲福，轉敗而爲功。」

【用法】說明經過人爲的努力，可化災禍爲福運。

【例句】窮則思變，他經過十年的艱苦奮鬥，終於**因禍爲福**，改變了自己的貧窮處境。

【義近】轉禍爲福。

因噎廢食（ㄧㄣ ㄧㄝ ㄈㄟˋ ㄕˊ）

【釋義】因吃飯被噎而不再吃飯。噎：食物塞住喉嚨。廢：停止。食：吃。

【出處】陸贄・奉天……論事狀：「昔人有因噎而廢食者，又有懼溺而自沉者，其爲矯枉防患之慮，豈不過哉！」

【用法】比喻因偶然挫折就停止應做的事。

【例句】因害怕發生意外而不敢坐飛機，簡直是**因噎廢食**。

【義近】蛇咬怕草繩／矯枉過正。

回天之力（ㄏㄨㄟˊ ㄊㄧㄢ ㄓ ㄌㄧˋ）

【釋義】旋轉天宇的能力或扭轉天意的能力。回：扭轉。
【出處】魏書・武帝紀：「佞閹處當軸之權，婢媼擅回天之力。」
【用法】形容能用強力挽回已成定局的局勢。
【例句】這個公司的倒閉已成定局，不料他竟有**回天之力**，讓它起死回生了。
【義近】回天再造／力挽狂瀾。
【義反】回天無力／回天乏術／無能爲力。

回天再造（ㄏㄨㄟˊ ㄊㄧㄢ ㄗㄞˋ ㄗㄠˋ）

【釋義】回：扭轉。再造：重新締造、創造。
【出處】舊唐書・昭宗紀：「二月壬申朔。甲戌，制賜全忠『回天再造竭忠守正功臣』名。」
【用法】形容其力量能扭轉已趨瓦解的局勢。
【例句】滿清末年，中國面臨西方列強瓜分的危險，這時國父以**回天再造**之力，推翻滿清政府，建立起中華民國。
【義近】轉敗爲勝／力挽狂瀾／扭轉乾坤。
【義反】回天無力／回天乏術／無能爲力。

回天無力（ㄏㄨㄟˊ ㄊㄧㄢ ㄨˊ ㄌㄧˋ）

【釋義】沒有扭轉乾坤的力量。回天：扭轉乾坤。
【用法】形容力量單薄，無能力挽回頹敗的局勢。
【例句】他已病入膏肓，即使是華陀再世，恐怕也**回天無力**了。
【義近】回天乏術／徒呼奈何／無能爲力。
【義反】回天再造／定把乾坤力挽回／挽狂瀾於既倒。

回心轉意（ㄏㄨㄟˊ ㄒㄧㄣ ㄓㄨㄢˇ ㄧˋ）

【釋義】回、轉：掉轉，改變。
【出處】關漢卿・竇娥冤一折：「待我慢慢的勸化俺媳婦兒，待他有個回心轉意，再作區處。」
【用法】表示重新考慮，改變原來的想法和態度。多指放棄前嫌，恢復感情。
【例句】離婚前夕，他試圖挽救婚姻，竭盡一切的盼他太太**回心轉意**，結果還是免不了離婚一途。
【義近】意轉心回／心回意轉。
【義反】固執己見／執迷不悟／冥頑不靈／死心塌地。

回光返照（ㄏㄨㄟˊ ㄍㄨㄤ ㄈㄢˇ ㄓㄠˋ）

【釋義】指日落時，由於光線反射，天空中又短時間發亮的現象。回：一作「迴」。
【出處】道源・景德傳燈錄二六：「方便呼爲佛，回光返照，看身心是何物。」
【用法】比喻人臨死前精神的短時間興奮，也比喻舊事物衰亡前暫時的好轉現象。
【例句】①他已昏迷多日，現在突然清醒過來，而且說話很有精神，恐怕是**回光返照**。②日寇這次瘋狂反撲，不過是滅亡前的**回光返照**。
【義近】垂死掙扎／強弩之末。
【義反】死裏逃生／起死回生。

回祿之災（ㄏㄨㄟˊ ㄌㄨˋ ㄓ ㄗㄞ）

【釋義】發生火災。回祿：火神。
【出處】左傳・昭公一八年：「禳火於玄冥、回祿。」朱熹・答包定之書：「近聞永嘉有回祿之災。」
【用法】用以形容財物遭火災。
【例句】昨天這家工廠遭了**回祿之災**，損失達億元以上，近期恐難開工。
【義近】焚如之災／舞馬之災／祝融肆虐。

【義反】 泛濫成災／波臣爲虐／洪水爲患。

回腸九轉 （ㄏㄨㄟˊ ㄔㄤˊ ㄐㄧㄡˇ ㄓㄨㄢˇ）

【釋義】 回腸：中心輾轉，比喻離愁不解。九：虛數，言其多。
【出處】 司馬遷・報任少卿書：「是以腸一日而九回，居則忽忽若有所亡。」
【用法】 形容極其焦慮悲痛。
【例句】 他倆分手的時候，兩人皆**回腸九轉**，泣不成聲。
【義近】 回腸百轉／柔腸百轉／憂思抑鬱／柔腸寸斷。
【義反】 心花怒放／歡天喜地。

回腸蕩氣 （ㄏㄨㄟˊ ㄔㄤˊ ㄉㄤˋ ㄑㄧˋ）

【釋義】 使肝腸回旋，使心氣激蕩。蕩：動搖。一作「迴腸盪氣」。
【出處】 龔自珍・夜坐詩：「功高拜將成仙外，才氣迴腸盪氣中。」
【用法】 常用以形容音樂或文章感人極深，腸爲之轉，氣爲之舒。
【例句】 那位女歌手把著名的茶花女歌劇唱得**回腸蕩氣**，即使是門外漢也爲之動容。
【義近】 動人心弦／感人肺腑／令人神往。
【義反】 索然無味／枯燥無味／無動於衷／味同嚼臘。

回嗔作喜 （ㄏㄨㄟˊ ㄔㄣ ㄗㄨㄛˋ ㄒㄧˇ）

【釋義】 意即轉怒爲喜。回：轉，變。嗔：怒。
【出處】 敦煌變文集・捉季布傳文：「皇帝登時聞此語，回嗔作喜却交存。」
【用法】 形容人消除怒氣，轉爲歡喜。
【例句】 這件事錯在於你，所以只要你肯賠罪一番，他一定會**回嗔作喜**的。
【義近】 回嗔作笑／破啼爲笑／轉怒爲喜。
【義反】 怒氣沖沖／餘怒未消／怒不可遏。

回頭是岸 （ㄏㄨㄟˊ ㄊㄡˊ ㄕˋ ㄢˋ）

【釋義】 佛教用語，意謂有罪的人好像掉進了無邊無際的苦海中，只要回過頭爬上岸來，便可獲得再生。
【出處】 文康・兒女英雄傳二一回：「從來說孽海茫茫，回頭是岸。」
【用法】 比喻做壞事的人，只要決心悔改，就可得救。常與「苦海無邊」連用。
【例句】 俗話說：苦海無邊，**回頭是岸**，只要你不再爲非作歹，前途還是一片光明的。
【義近】 革面洗心／浪子回頭／痛改前非／迷途知返／改邪歸正／去惡從善／放下屠刀，立地成佛。
【義反】 死不悔改／怙惡不悛／至死不悟／執迷不悟。

困心衡慮 （ㄎㄨㄣˋ ㄒㄧㄣ ㄏㄥˊ ㄌㄩˋ）

【釋義】 心意困苦，思慮阻塞。衡：通「橫」，阻塞。
【出處】 孟子・告子下：「困於心，衡於慮，而後作。」
【用法】 用以形容盡心竭慮，作痛苦的思考。
【例句】 一個人要眞正有所作爲，就要**困心衡慮**，接受種種艱難曲折的磨練與考驗。
【義近】 苦其心志／絞盡腦汁／勞心苦思／嘔心瀝血。
【義反】 無慮於心。

困獸猶鬬 （ㄎㄨㄣˋ ㄕㄡˋ ㄧㄡˊ ㄉㄡˋ）

【釋義】 被圍困的野獸，仍然掙扎不肯馴服。
【出處】 左傳・宣公一二年：「困獸猶鬬，況國相乎？」又定公四年：「困獸猶鬬，況人乎？」
【用法】 比喻身在絕境中，還要抵抗。

【例句】**困獸猶鬭**，你若把他逼上絕路，對自己並無好處，還是給他留點餘地吧！

【義近】獸困覆車／獸困則噬／窮鼠嚙狸／垂死掙扎／負嵎頑抗。

【義反】束手就擒／坐以待斃／啣璧歸順。

囫圇吞棗 ㄏㄨˊ ㄌㄨㄣˊ ㄊㄨㄣ ㄗㄠˇ

【釋義】把棗兒整個吞下去，不加咀嚼，不辨滋味。囫圇：一作「渾淪」，整個的，完整的。

【出處】朱子語類：「今學者有幾個理會章句？也只是渾淪(囫圇)吞棗。」

【用法】比喻不求甚解，食而不化。

【例句】讀書要善於思考，不要**囫圇吞棗**，不求甚解。

【義近】不求甚解／生吞活剝。

【義反】融會貫通／心領神會／理解透徹。

囤積居奇 ㄊㄨㄣˊ ㄐㄧ ㄐㄩ ㄑㄧˊ

【釋義】囤：積存。居奇：儲藏起來視爲奇貨。居：儲藏。奇：珍奇。

【出處】司馬遷・史記・呂不韋傳：「子楚居處困，不得意。呂不韋賈邯鄲，見而憐之，曰：『此奇貨可居。』」

【用法】指商人囤積大量商品，等待高價出售，以獲取暴利。用於貶義。

【例句】商人**囤積居奇**，牟取暴利，實在是不道德的行爲。

【義近】奇貨可居／操奇計贏。

【義反】公平交易／合法買賣。

固若金湯 ㄍㄨˋ ㄖㄨㄛˋ ㄐㄧㄣ ㄊㄤ

【釋義】金：金城的簡稱，指堅固的城牆。湯：湯池的簡稱，指防守嚴密的護城河。

【出處】漢書・蒯通傳：「邊地之城，必將嬰城固守，皆爲金城湯池，不可攻也。」注：「金以喻堅，湯喻沸熱不可近。」

【用法】形容防禦工事之堅固。

【例句】我們有強大的軍隊，邊防**固若金湯**，故不怕敵之來犯。

【義近】高城深池／銅牆鐵壁／堅如磐石／牢不可破。

【義反】危如累卵／摧枯拉朽／一觸即潰／一攻即破／不堪一擊。

固執己見 ㄍㄨˋ ㄓˊ ㄐㄧˇ ㄐㄧㄢˋ

【釋義】固執：頑固堅持。己見：自己的見解。

【出處】宋史・陳宓傳：「固執己見，動失人心。」

【用法】形容人堅持己見，不肯變通。

【例句】人一上了年紀，就容易**固執己見**，做兒女的應該體諒、理解。

【義近】一意孤行／冥頑不靈／自以爲是／剛愎自用。

【義反】舍己從人／從善如流／從諫如流／聞非則改。

國士無雙 ㄍㄨㄛˊ ㄕˋ ㄨˊ ㄕㄨㄤ

【釋義】國士：國中才能出眾的人。無雙：再沒有第二個。

【出處】司馬遷・史記・淮陰侯列傳：「諸將易得耳，至如(韓)信者，國士無雙。」

【用法】用以說明國中獨一無二的卓越人才。

【例句】當今眞正稱得上**國士無雙**的人才，實在很難找到。

【義近】蓋世無雙／天下無雙／世不二出／天下第一／獨步天下／才爲世出。

【義反】泛泛之輩／無名小卒／匹夫匹婦。

國色天香 ㄍㄨㄛˊ ㄙㄜˋ ㄊㄧㄢ ㄒㄧㄤ

【釋義】原用來形容色彩和香氣俱佳的牡丹花。國色：色極艷麗。天香：自然的香味。

【出處】白居易・山石榴花十二韻：「此時逢國色，何處覓天香。」楊萬里・紫牡丹詩：「恨無國色天香句，借與風條日萼看。」

【用法】今多用以比喻非常美麗嬌豔的女子。

【例句】她長得婀娜多姿，風華絕代，可稱得上**國色天香**。

【義近】國色天姿／傾城傾國／絕代佳人／天姿國色。

【義反】容貌平平／其貌不揚。

國色天姿 ㄍㄨㄛˊ ㄙㄜˋ ㄊㄧㄢ ㄗ

【釋義】國色：一國中美色最突出者。天姿：容貌。

【出處】許仲琳・封神演義一回：「現出女媧聖像，容貌端麗，瑞彩翩躚，國色天姿，婉然如生。」

【用法】形容女子容貌超羣，無可比擬。

【例句】張小姐**國色天姿**，實在很難找到與她匹配的男士。

【義近】天姿掩藹／容顏絕世／玉貌仙姿。

【義反】其貌不揚／容貌平平。

國計民生 ㄍㄨㄛˊ ㄐㄧˋ ㄇㄧㄣˊ ㄕㄥ

【釋義】國計：國家的方針大計，此指國家的經濟。

【出處】張棟・國計民生交紬敬申末議以仰裨萬一疏：「有益於民生國計者，請下戶部虛心詳議。」

【用法】用以指國家的財政經濟和人民的生活等大事。

【例句】這件事關係到**國計民生**，所以不可馬虎行事。

國泰民安 ㄍㄨㄛˊ ㄊㄞˋ ㄇㄧㄣˊ ㄢ

【釋義】泰：安寧，平安。

【出處】吳自牧・夢粱錄一四：「春秋醮祭，詔命學士院，撰青詞以祈國泰民安。」

【用法】用以稱頌國家太平，人民安樂。

【例句】經過幾十年的經營建設，我國現在眞正可以稱得上是**國泰民安**了。

【義近】國富民強／政通人和／物阜民豐／河清海晏。

【義反】民不聊生／國無寧日／民怨沸騰／兵荒馬亂／兵連禍結／生靈塗炭／民生凋敝／國困民窮。

國破家亡 ㄍㄨㄛˊ ㄆㄛˋ ㄐㄧㄚ ㄨㄤˊ

【釋義】也作「家亡國破」、「破國亡家」等，意謂國土破碎、家人失散。

【出處】劉琨・答盧諶書：「自頃輈張，困於逆亂，國破家亡，親友凋零。」

【用法】用以形容國家滅亡，家人離散。

【例句】以色列民族深具愛國心，只因曾嚐過**國破家亡**的痛苦，所以民族意識強烈。

【義近】亡國敗家／國亡家破。

【義反】國泰民安／興滅繼絕／四海承平／河清海晏。

國無寧日 ㄍㄨㄛˊ ㄨˊ ㄋㄧㄥˊ ㄖˋ

【釋義】寧：安寧。又作「國無寧歲」。

【出處】馮夢龍・東周列國志一一回：「宋，大國也，起傾國之兵盛氣而來，……吾國無寧日矣。」

【用法】用以說明國家沒有太平安寧的時候。

【例句】現在世界上有些國家，被一些野心家鬧得**國無寧日**，人民四處逃散。

【義近】天無寧日／魯難未已。

【義反】天下太平／國泰民安／河清海晏。

圖窮匕見 ㄊㄨˊ ㄑㄩㄥˊ ㄅㄧˇ ㄒㄧㄢˋ

【釋義】圖：地圖。窮：盡。匕：匕首，短劍。見：同「現」，顯露。

【出處】戰國策・燕策三載：戰國時，燕太子丹派荊軻刺秦王，軻獻燕督亢地圖求見秦王，匕首藏於地圖中。秦王展圖，圖盡而匕現。軻左手捉秦王袖，右手奪匕首刺之，不中，遂被殺。

【用法】比喻事迹敗露，顯露出眞相或本意。
【例句】王經理原本要神不知鬼不覺地挪用公款，後來**圖窮匕見**，遂被革職處分。
【義近】露出馬腳／東窗事發／行藏敗露。

圖謀不軌 ㄊㄨˊ ㄇㄡˊ ㄅㄨˋ ㄍㄨㄟˇ

【釋義】圖謀：暗中謀畫。軌：軌道，喻法度、法規。
【出處】晉書・王彬傳：「抗旌犯順，殺戮忠良，圖謀不軌，禍及門戶。」
【用法】用以指暗中謀畫超出常規、法度的事。
【例句】一些不法之徒準備了硫酸及利刃要**圖謀不軌**，幸而被警方察覺制止，否則後果眞不堪設想。
【義近】作奸犯科／犯上作亂／違法亂紀。
【義反】循規蹈矩／安分守己／奉公守法。

土部

土木形骸 ㄊㄨˇ ㄇㄨˋ ㄒㄧㄥˊ ㄏㄞˊ

【釋義】形體像土木一樣自然。形骸：人的形體。
【出處】劉義慶・世說新語・容止：「劉伶身長六尺，貌甚醜頓，而悠悠忽忽，土木形骸。」
【用法】比喻人未加修飾的本來面目，也形容思想遲鈍、不知好歹或了無情趣的人。
【例句】他簡直是生就的**土木形骸**，呆頭呆腦，一點情趣也沒有，你叫我怎能與他結爲夫妻過一輩子呢？
【義近】泥塑木雕／呆頭呆腦／土頭土腦／不修邊幅。
【義反】活潑伶俐／冰雪聰明。

土崩瓦解 ㄊㄨˇ ㄅㄥ ㄨㄚˇ ㄐㄧㄝˇ

【釋義】像土倒塌，瓦破裂。崩：倒塌。解：破裂。
【出處】司馬遷・史記・秦始皇本紀：「秦之積衰，天下土崩瓦解。」
【用法】比喻國勢、軍力、人心徹底崩潰，不可收拾。
【例句】滿清末年，革命烈火在全國各地熊熊燃燒，專制統治陷入**土崩瓦解**之中。
【義近】分崩離析／四分五裂／冰消瓦解。
【義反】固若金甌／上下一心／堅不可摧／牢不可破。

土雞瓦犬 ㄊㄨˇ ㄐㄧ ㄨㄚˇ ㄑㄩㄢˇ

【釋義】土雞：用泥捏的雞。瓦犬：用陶土塑燒的狗。
【出處】羅貫中・三國演義二五回：「曹操……謂關公曰：『河北人馬，如此雄壯！』關公曰：『以吾視之，如土雞瓦犬耳！』」
【用法】比喻徒有虛名而無實用，不堪一擊。
【例句】滿清末年，中國的軍隊有如**土雞瓦犬**，外國人用洋槍洋炮一擊就垮了。
【義近】烏合之眾／土牛木馬／酒囊飯袋。
【義反】神兵猛將／利兵信卒。

地大物博 ㄉㄧˋ ㄉㄚˋ ㄨˋ ㄅㄛˊ

【釋義】土地廣大，物產豐盛。博：多，豐富。
【出處】韓愈・平淮西碑：「地大物博，蘖牙其間。」李寶嘉・官場現形記二九回：「又因江南地大物博，差使很多。」
【用法】用以指國家疆土遼闊，資源豐富。
【例句】我國是一個**地大物博**，歷史悠久的文明古國。
【義近】地大物豐／沃野千里。
【義反】地瘠民貧。

地主之誼
ㄉㄧˋ ㄓㄨˇ ㄓ ㄧˊ

【釋義】地主：當地的主人，對往來過客而言。誼：友誼。

【出處】左傳・哀公一二年：「侯伯致禮，地主歸餼。」吳敬梓・儒林外史二二回：「晚生得蒙青目，一日地主之誼也不曾盡得。」

【用法】表示當地主人盡情誼招待外地的客人。

【例句】兩位千里迢迢地前來探望我，希望能多停留兩天，以讓我盡點**地主之誼**。

地利不如人和
ㄉㄧˋ ㄌㄧˋ ㄅㄨˋ ㄖㄨˊ ㄖㄣˊ ㄏㄜˊ

【釋義】地利：地理條件優越。人和：得人心，人心齊。

【出處】孟子・公孫丑下：「天時不如地利，地利不如人和。」

【用法】用以說明地理上的優越條件，不如人的團結一致、同心協力。

【例句】許多人講究風水方位，迷信得不得了，卻不知**地利不如人和**的道理，凡事還是要靠人的努力才能成功。

【義近】人和為貴／人和至上／得人者昌。

【義反】天時至上。

地動山搖
ㄉㄧˋ ㄉㄨㄥˋ ㄕㄢ ㄧㄠˊ

【釋義】指很強烈的震動。

【出處】吳曾・能改齋漫錄卷二：「鼓角大鳴，地動山搖。」

【用法】形容十分巨大、劇烈的變化，也比喻戰鬥激烈或聲勢浩大。

【例句】這次地震的震央離這裏雖有好幾里之遠，但我們仍有**地動山搖**之感。

【義近】地動天搖／山崩地裂／天崩地坼／天翻地覆。

【義反】無聲無息／巋然不動。

地廣人稀
ㄉㄧˋ ㄍㄨㄤˇ ㄖㄣˊ ㄒㄧ

【釋義】土地寬廣，人口稀少。稀：少。

【出處】漢書・地理志下：「習俗頗殊，地廣人稀。」

【用法】多形容地方荒涼。

【例句】大陸塞北一帶**地廣人稀**，只有一些遊牧民族散居其間。

【義近】地曠人稀。

【義反】地狹人稠／人烟稠密。

在人矮簷下，不敢不低頭
ㄗㄞˋ ㄖㄣˊ ㄞˇ ㄧㄢˊ ㄒㄧㄚˋ，ㄅㄨˋ ㄍㄢˇ ㄅㄨˋ ㄉㄧ ㄊㄡˊ

【釋義】矮簷：矮的屋簷。屋簷矮若不低頭，則頭將碰傷。又作「人在矮簷下，不得不低頭」。

【出處】施耐庵・水滸傳二七回：「好漢，休說這話。古人道：『不怕官，只怕管。』『在人矮簷下，不敢不低頭。』」

【用法】比喻在他人勢力控制下，不得不順服。

【例句】俗話說：「**在人矮簷下，不敢不低頭**。」他既是你的頂頭上司，你就讓他一步，何必要吃眼前虧呢？

【義近】好漢不吃眼前虧／敢怒不敢言／識時務者為俊傑。

【義反】威武不能屈／富貴不能淫。

在官言官
ㄗㄞˋ ㄍㄨㄢ ㄧㄢˊ ㄍㄨㄢ

【釋義】原意謂在版圖文書處就說著這方面的話。官：版圖文書處。

【出處】禮記・曲禮下：「君命，大夫與士肄，在官言官，在府言府，在庫言庫，在朝言朝。」

【用法】多用以表示在什麼地位就說什麼話。

【例句】所謂**在官言官**，這不是你所管轄的事，你就不要再提意見了。

【義近】在其位謀其政／克盡職守／各盡本分。

【義反】越俎代庖／尸祝代官／越官侵職。

在所不辭（ㄗㄞˋ ㄙㄨㄛˇ ㄅㄨˋ ㄘˊ）

【釋義】不論處在什麼樣的情況下都不推辭。在：處在，屬於。辭：推辭，拒絕。
【用法】形容無所畏懼，勇於承擔任務或樂於助人。
【例句】你我是好朋友，你有什麼困難找到我，我一定**在所不辭**，全力以赴。
【義近】義不容辭／在所不惜／萬死不辭／水火不辭。
【義反】推三阻四／千推萬阻／敬謝不敏。

坎坷不平（ㄎㄢˇ ㄎㄜˇ ㄅㄨˋ ㄆㄧㄥˊ）

【釋義】坎坷：地面高低不平，坑坑窪窪。
【出處】揚雄・河東賦：「瀱南巢之坎坷兮，易豳岐之夷平。」
【用法】指道路不平坦，也用以比喻遭遇不順利、不得志。
【例句】①汽車在**坎坷不平**的道路上，艱難地向前行進。②在漫長的人生道路上，**坎坷不平**的境遇在所難免，我們務必要經得起挫折。
【義近】崎嶇不平／艱難曲折。
【義反】一帆風順／一馬平川／暢通無阻。

坐山觀虎鬭（ㄗㄨㄛˋ ㄕㄢ ㄍㄨㄢ ㄏㄨˇ ㄉㄡˋ）

【釋義】坐在山上觀看兩虎相爭鬭。
【出處】曹雪芹・紅樓夢一六回：「咱們家所有的這些管家奶奶，那一個是好纏的？……坐山觀虎鬭、借刀殺人、引風吹火……。」
【用法】比喻坐在一旁觀看雙方爭鬭，以便乘機取利。
【例句】抗戰期間，有些國家心懷不軌，**坐山觀虎鬭**，準備趁機大撈漁利。
【義近】坐收漁利。

坐井觀天（ㄗㄨㄛˋ ㄐㄧㄥˇ ㄍㄨㄢ ㄊㄧㄢ）

【釋義】坐在井裏望天。
【出處】韓愈・原道：「老子之小仁義，非毀之也，其見者小也。坐井而觀天，曰天小者，非天小也。」
【用法】比喻眼界狹隘，所見有限。
【例句】要想在事業上有所成就，就要放眼世界，多見多聞，老是待在一個地方**坐井觀天**是不行的。
【義近】以管窺天／以蠡測海／井蛙之見／牖中窺日／管窺蠡測／管中窺豹。
【義反】登高望遠／放眼天下／見多識廣／高瞻遠矚／廣聞博見。

坐立不安（ㄗㄨㄛˋ ㄌㄧˋ ㄅㄨˋ ㄢ）

【釋義】坐著也不是，站著也不是。
【出處】施耐庵・水滸傳四十回：「（張順）便釋道：『哥哥吃了官司，兄弟坐立不安，又無路可救。』」
【用法】用以形容心情緊張或焦躁。
【例句】他緊張得**坐立不安**，吃也吃不下，睡也睡不著，不知如何應付明天的考試。
【義近】坐臥不安／坐臥不寧／忐忑不安／七上八下。
【義反】安之若素／處之泰然／鎮定自若／高枕無憂。

坐以待旦（ㄗㄨㄛˋ ㄧˇ ㄉㄞˋ ㄉㄢˋ）

【釋義】旦：早晨，天亮。也作「坐而待旦」。
【出處】尚書・太甲上：「先王昧爽丕顯，坐以待旦。」三國志・吳志・孫權傳：「思齊先代，坐而待旦。」
【用法】指坐著等待天亮，多用以形容勤謹辛苦。
【例句】到了後半夜，大家都到日觀峯上**坐以待旦**，等著觀看日出的壯麗景象。

【義近】衣不解帶／坐而待曙。

【義反】一覺天明／高枕而臥／眠不覺曉／三竿而起。

坐以待斃 ㄗㄨㄛˋ ㄧˇ ㄉㄞˋ ㄅㄧˋ

【釋義】坐著等死。待：等待。斃：死。

【出處】管子・參患：「短兵待遠矢，與坐而待死者同實。」施耐庵・水滸傳一〇八回：「楊志、孫安、卞祥與一千軍士，馬罷人困，都在樹林下坐以待斃。」

【用法】比喻遇到困難、危險不積極設法克服，坐待災難臨頭。

【例句】不管怎麼說，我們要想盡一切辦法渡過目前的難關，決不能**坐以待斃**。

【義近】束手待斃／束手就擒／引頸受戮。

【義反】困獸猶鬥／死裏逃生／負嵎頑抗／負險固守。

坐地分贓 ㄗㄨㄛˋ ㄉㄧˋ ㄈㄣ ㄗㄤ

【釋義】坐地：就地。贓：贓物，指偷盜得來的財物。

【出處】明・無名氏・八義雙桂記一六：「昨日新發下一個坐地分贓的強盜下來，……。」

【用法】指不親自出面搶劫而安然分享贓物；也指集體貪污，朋分賄賂。

【例句】你別假撇清了，我們老早就知道你是個**坐地分贓**的傢伙。

【義近】坐享其成／坐收其利／不勞而獲。

坐而論道 ㄗㄨㄛˋ ㄦˊ ㄌㄨㄣˋ ㄉㄠˋ

【釋義】本指坐著陪侍帝王議論政事。

【出處】周禮・冬官・考工記：「坐而論道，謂之三公；作而行之，謂之士大夫。」

【用法】今用以泛指脫離實際，空談大道理的行為。

【例句】他整天只會**坐而論道**，卻難得見他實踐幾次，眞是痴人說空話。

【義近】紙上談兵／夸夸其談／徒托空言／高談闊論。

【義反】身體力行／坐言起行／知行合一。

坐吃山空 ㄗㄨㄛˋ ㄔ ㄕㄢ ㄎㄨㄥ

【釋義】只坐著吃，山也要空。

【出處】秦簡夫・東堂老一折：「那錢物則有出去的，無有進來的，便好道坐吃山空，立吃地陷。」

【用法】指光是消費而不從事生產，即使有堆積如山的財富，也要耗盡。

【例句】你還是要設法找點生財之道，否則家當再多，也會**坐吃山空**的。

【義近】坐食山空／坐吃山崩／立吃地陷／坐耗山空。

【義反】開源節流／強本節用。

坐言起行 ㄗㄨㄛˋ ㄧㄢˊ ㄑㄧˇ ㄒㄧㄥˊ

【釋義】坐能言，起能行。一作「坐而言，不如起而行」。

【出處】荀子・性惡：「凡論者，貴其有辨合，有符驗。故坐而言之，起而可設，張而可施行。」

【用法】用以稱人言行相符。

【例句】男子漢，大丈夫，務必要能**坐言起行**，光說不做，算什麼好漢？

【義近】言必信，行必果／言行一致。

【義反】徒托空言／紙上談兵／夸夸其談。

坐臥不寧 ㄗㄨㄛˋ ㄨㄛˋ ㄅㄨˋ ㄋㄧㄥˊ

【釋義】坐不穩，睡不安。寧：安寧。一作「坐臥不安」。

【出處】吳承恩・西遊記一五回：「那孽龍在於深澗中，坐臥不寧。」

【用法】形容十分擔心憂慮的樣

子。

【例句】她自從得到父親病重的消息後，便茶飯不思，**坐臥不寧**。

【義近】坐立不安／忐忑不安／惴惴不安／寢食難安。

【義反】高枕無憂／無憂無慮／處之泰然／安之若素。

坐享其成 ㄗㄨㄛˋ ㄒㄧㄤˇ ㄑㄧˊ ㄔㄥˊ

【釋義】享：享受。成：成果。

【出處】王守仁・與顧惟賢書：「閩廣之役，偶幸了事，皆諸君之功，區區蓋坐享其成者。」

【用法】指自己不出力而享受別人的勞動成果。

【例句】俗話說：「天底下沒有白吃的午餐。」而你却總想**坐享其成**，天下哪有這樣便宜的事！

【義近】不勞而獲／不勞而食／坐收漁利。

【義反】自食其力／自力更生。

坐視不救 ㄗㄨㄛˋ ㄕˋ ㄅㄨˋ ㄐㄧㄡˋ

【釋義】坐視：坐著看。

【出處】劉義慶・世說新語：「何以坐視元裒而不救？」

【用法】說明別人有危難，自己坐著旁觀，不肯幫助。

【例句】別人有危難，理當發揚仁愛精神，鼎力相助，怎能**坐視不救**呢？

【義近】作壁上觀／坐視不理／見死不救／袖手旁觀／隔岸觀火。

【義反】挺身而出／拔刀相助／濟困扶危／見義勇爲／救死扶傷。

坐無車公 ㄗㄨㄛˋ ㄨˊ ㄔㄜ ㄍㄨㄥ

【釋義】在坐的沒有車公。車公：晉代車胤，幼時勤學，家貧，曾囊螢照書。以博學知名於世。

【出處】晉書・車胤傳：「（胤）又善於賞會，當時每有盛坐而胤不在，皆云：『無車公不樂。』」

【用法】比喻宴會時沒有能言善道的嘉賓。

【例句】今天的宴會來客甚多，菜肴也頗豐盛，遺憾的是**坐無車公**，不免減了幾分樂趣。

坐擁百城 ㄗㄨㄛˋ ㄩㄥ ㄅㄞˇ ㄔㄥˊ

【釋義】擁：擁有，佔有。百城：許多城鎮。百：言其多。

【出處】北史・李謐傳：「丈夫坐擁萬卷書，何假南面百城。」

【用法】用以稱讚人藏書之多，不亞於做大官，統轄百城。也用以說明讀書自有其樂。

【例句】陳先生家中藏書甚豐，工作之餘，博覽羣籍，這種**坐擁百城**的樂趣，唯有個中人才可體會得到。

坐懷不亂 ㄗㄨㄛˋ ㄏㄨㄞˊ ㄅㄨˋ ㄌㄨㄢˋ

【釋義】美女坐於懷中而不會淫亂。

【出處】荀子・大略載：春秋魯國柳下惠夜宿郭門，遇到一個沒有住處的女子，因怕她受凍而用衣裹著抱住她，坐了一夜，並沒有發生非禮的行爲。

【用法】形容男女相處而不發生不正當的關係，又著重指男子品德高尚而不好女色。

【例句】唐敖道：「據這光景，舅兄竟是柳下惠**坐懷不亂**了。」（李汝珍・鏡花緣三八回）

【義近】不欺暗室／守身如玉／非禮勿動。

【義反】偷香竊玉／尋花問柳／拈花惹草。

垂拱而治 ㄔㄨㄟˊ ㄍㄨㄥˇ ㄦˊ ㄓˋ

【釋義】垂拱：垂衣拱手，形容無所事事，不費力氣。治：治理，太平。

【出處】尚書・武成：「惇信明義，崇德報功，垂拱而天下治。」

【用法】多用以稱頌帝王無爲而治，也用以頌揚某人用人得當，不須多加干預即可政治清平。

【例句】周縣長把這個縣治理得井井有條，民風淳樸，道不拾遺，大有古代**垂拱而治**的風範。

【義近】垂拱之化／垂拱之治／無爲而治／垂裳而治／政通人和／政簡刑清。

【義反】民不堪命／政出多門／政令日出。

垂涎三尺（ㄔㄨㄟˊ ㄒㄧㄢˊ ㄙㄢ ㄔˇ）

【釋義】口水掛下三尺長。垂：掛下。涎：口水。

【出處】柳宗元・三戒・臨江之麋：「入門，羣犬垂涎，揚尾皆來。」

【用法】形容極其貪饞的樣子。也形容非常眼紅，見了別人的好東西就想得到。

【例句】①他早已飢腸轆轆，所以見了好吃的就**垂涎三尺**。②胖大嫂見了張太太的金銀首飾，頓時**垂涎三尺**，恨不能佔爲己有。

【義近】垂涎欲滴／饞涎欲滴／食指大動／口角流涎。

【義反】無動於衷。

垂頭喪氣（ㄔㄨㄟˊ ㄊㄡˊ ㄙㄤˋ ㄑㄧˋ）

【釋義】垂頭：低著頭。喪氣：情緒低落。

【出處】韓愈・送窮文：「主人於是垂頭喪氣，上手稱謝。」

【用法】形容因失敗不順利而情緒低落、萎靡不振的樣子。

【例句】那些被生擒活捉的暴徒，一個個**垂頭喪氣**的給押上了警車。

【義近】愁眉苦臉／萎靡不振／無精打采／灰心喪氣。

【義反】眉飛色舞／興高采烈／洋洋得意／揚眉吐氣／神采奕奕。

垂簾聽政（ㄔㄨㄟˊ ㄌㄧㄢˊ ㄊㄧㄥ ㄓㄥˋ）

【釋義】垂簾：放下簾子。古代女后聽政，因男女有別，中隔簾子，由簾內聽取大臣奏報。聽：治。

【出處】舊唐書・高宗紀下：「上每視朝，天后垂簾於御座後，政事大小皆預聞之，內外稱爲二聖。」

【用法】用以說明古代皇太后或皇后執掌朝政。

【例句】養心殿東間，就是當年慈禧太后**垂簾聽政**的地方。

城下之盟（ㄔㄥˊ ㄒㄧㄚˋ ㄓ ㄇㄥˊ）

【釋義】盟：盟約，條約。

【出處】左傳・桓公一二年：「楚伐絞……大敗之，爲城下之盟而還。」

【用法】指敵人兵臨城下，被迫訂立的屈辱性條約。

【例句】在我國歷史上，有許多民族英雄和愛國將士都寧願戰死沙場，也決不簽訂**城下之盟**。

【義近】肉袒牽羊／北面稱臣／喪權之約／辱國之盟。

城門失火，殃及池魚（ㄔㄥˊ ㄇㄣˊ ㄕ ㄏㄨㄛˇ，ㄧㄤ ㄐㄧˊ ㄔˊ ㄩˊ）

【釋義】城門失火，爲了取池水灌救，池水汲乾，魚皆枯死。殃：禍害。池：護城河。

【出處】文苑英華六四五：「但恐楚國亡猨，禍延林木；城門失火，殃及池魚。」

【用法】比喻無故受牽連而遭受禍害或損失。

【例句】美國幫助科威特懲罰伊拉克侵略者，不料**城門失火，殃及池魚**，炸死炸傷了一些平民百姓。

【義近】池魚之殃／無妄之災。

【義反】罪有應得／死有餘辜。

城狐社鼠（ㄔㄥˊ ㄏㄨˊ ㄕㄜˋ ㄕㄨˇ）

【釋義】城牆上的狐狸，宗廟裏的老鼠。二者爲害難除，掘狐恐壞城牆，薰鼠恐毀社廟。

【出處】晉書・謝鯤傳：「（劉）隗誠始禍，然城狐社鼠也。」

【用法】比喻依仗權勢作惡，一時難以驅除的惡人。

【例句】徐局長身邊的那些**城狐社鼠**，雖得勢於一時，但終有一天會被大家所唾棄！

【義近】稷狐社鼠／稷蜂社鼠。

埋頭苦幹

【釋義】埋頭：低著頭，比喻專心。苦幹：努力做事。

【出處】邵雍・思山吟：「果然得手情性上，更肯埋頭利害間。」

【用法】形容專心致志，刻苦工作。

【例句】要想在事業上取得成就，沒有**埋頭苦幹**的精神，是絕對不可能的。

【義近】任勞任怨／腳踏實地。

【義反】游手好閒／飽食終日／翫歲愒時。

堂而皇之

【釋義】堂皇：本指官吏辦事的大廳或廣大的殿堂，後引申為雄偉、正大。

【出處】張耒・大禮慶成賦：「堂皇二儀，拓落八極，以定萬世之業。」

【用法】多用以形容氣派非凡或自以為理直氣壯而無畏怯的樣子。

【例句】他自己做錯了事，還**堂而皇之**的過來找我們理論，眞是恬不知恥。

【義近】冠冕堂皇／理直氣壯。

【義反】鬼鬼祟祟。

堂堂正正

【釋義】原指軍隊嚴整壯盛。堂堂：威武盛大的樣子。正正：十分整齊。

【出處】孫子・軍爭：「無邀正正之旗，勿擊堂堂之陳（陣），此治變者也。」劉鶚・老殘遊記一二回：「也有一番堂堂正正的道理。」

【用法】多用以形容光明正大。也用以形容人的身材威武、儀表出眾。

【例句】李教授學問淵博，為人也**堂堂正正**，所以學生都很敬重他。

【義近】光明正大／光明磊落。

【義反】鬼鬼祟祟／猥瑣不堪。

堅甲利兵

【釋義】堅固的鎧甲，鋒利的兵器。

【出處】墨子・非攻下：「於此為堅甲利兵，以往攻伐無罪之國。」

【用法】用以表示軍隊的裝備精良。

【例句】義和團要拿人身去對付八國聯軍的**堅甲利兵**，簡直是以卵擊石，太愚昧了。

【義近】精甲銳兵／強兵勁旅／金戈鐵馬。

堅定不移

【釋義】移：改變，變動。

【出處】資治通鑑・唐紀文宗開成五年：「推心委任，堅定不移，則天下何憂不理哉！」

【用法】形容意志堅強，毫不動搖。

【例句】他只要下定決心去做一件事，就會**堅定不移**地拚到底。

【義近】堅如磐石／堅忍不拔／矢志不移／百折不撓。

【義反】見異思遷／見風轉舵／心猿意馬／反覆無常。

堅持不懈

【釋義】堅持：堅決支持。懈：鬆懈。

【用法】用以說明做事有毅力，一直堅持下去，毫不鬆懈。

【例句】成功的不二法門便是對立定的目標**堅持不懈**地努力下去。

【義近】持之以恒／鍥而不舍／堅定不移。
【義反】一暴十寒／半途而廢／虎頭蛇尾／三天打魚，兩天曬網。

堅苦卓絕（ㄐㄧㄢ ㄎㄨˇ ㄓㄨㄛˊ ㄐㄩㄝˊ）

【釋義】堅苦：很能耐苦。卓絕：程度達到極點，無可比擬。又作「艱苦卓絕」。
【出處】宋史・邵雍傳：「始為學，即堅苦刻厲，寒不爐，暑不扇，夜不就席者數年。」陳壽・三國志・魏志・管寧傳：「德行卓絕。」
【用法】形容堅韌刻苦的精神超越尋常。
【例句】滿清末年，革命黨人經過十多年**堅苦卓絕**的奮鬥，終於獲得了勝利。
【義近】艱苦奮鬥／堅苦刻厲／堅韌不拔。

堅貞不屈（ㄐㄧㄢ ㄓㄣ ㄅㄨˋ ㄑㄩ）

【釋義】堅貞：貞潔，保持節操不動搖。
【出處】後漢書・王龔傳：「但以堅貞之操，違俗失眾，橫為讒佞所構毀。」孟子・滕文公下：「威武不能屈。」
【用法】形容堅定而有氣節，決不向惡勢力屈服。
【例句】女革命家秋瑾被捕後，**堅貞不屈**，表現了革命黨人的堅強意志和崇高氣節。
【義近】堅貞不渝／堅貞不移／寧死不屈／威武不屈／寧折不彎。
【義反】奴顏婢膝／卑躬屈膝／屈節辱命。

堅強不屈（ㄐㄧㄢ ㄑㄧㄤˊ ㄅㄨˋ ㄑㄩ）

【釋義】不屈：不屈服，不動搖。
【出處】朱子語類・論語：「蓋剛是堅強不屈之意，便是卓然而立，不為物欲所累底人。」
【用法】形容意志堅定，毫不動搖屈服。
【例句】中華民族有著**堅強不屈**的光榮傳統，任何侵略者都無法征服她。
【義近】堅貞不屈／堅韌不屈／百折不撓。

堅韌不拔（ㄐㄧㄢ ㄖㄣˋ ㄅㄨˋ ㄅㄚˊ）

【釋義】韌：柔韌，頑強不屈。拔：拔除，引申為動搖。一作「堅忍不拔」。
【出處】蘇軾・賈誼論：「古人立大事者，不惟有超世之才，亦必有堅忍不拔之志。」
【用法】形容在艱苦困難的情況下，意志堅強，不可動搖。
【例句】要想攀登科學高峯，就要有**堅韌不拔**的毅力。
【義近】堅定不移／堅如磐石／矢志不移。
【義反】心猿意馬／見異思遷／優柔寡斷。

堆金積玉（ㄉㄨㄟ ㄐㄧㄣ ㄐㄧ ㄩˋ）

【釋義】家裏堆積著黃金美玉。
【出處】王充・論衡・命祿篇：「懷銀紆紫，未必稷契之才；積金累玉，未必陶朱之智。」呂巖・敲爻歌：「堆金積玉滿山川，神仙冷笑應不采。」
【用法】形容極其富有。
【例句】從前他家**堆金積玉**，其財富之多可說誰也比不上，可惜子女不成材，將家產敗得精光。
【義近】堆金疊玉／家財萬貫／金玉滿堂／堆金疊銀。
【義反】家徒四壁／室如懸磬／一貧如洗。

堆積如山（ㄉㄨㄟ ㄐㄧ ㄖㄨˊ ㄕㄢ）

【釋義】東西堆積得像山一樣。
【出處】孟元老・東京夢華錄：「牛車闐塞道路，車尾相銜，數千萬輛不絕，場內堆積如山。」
【用法】形容東西極多。
【例句】面對一片**堆積如山**的舊稿，眞不知如何下手整理。
【義近】不計其數／滿坑滿谷。
【義反】寥寥無幾／一星半點／空空如也。

執牛耳 ㄓˊ ㄋㄧㄡˊ ㄦˇ
【釋義】指主持盟會的人。古時結盟，割牛耳取血於盤，主盟者給參加盟會的人分嘗，以示誠意信守。
【出處】左傳・哀公一七年：「諸侯盟，誰執牛耳？」注：「執牛耳，尸(主)盟者。」
【用法】今用以泛指主持其事而居於領導地位的人。
【例句】這次全國性的學術討論會，究竟由誰**執牛耳**，尚未確定。

執而不化 ㄓˊ ㄦˊ ㄅㄨˋ ㄏㄨㄚˋ
【釋義】執：固執。化：變化，變通。
【出處】莊子・人間世：「將執而不化，外合而內不訾，其庸詎可乎？」注：「故守其本意也。」
【用法】用以指固執己見，不知變通。
【例句】這人年紀不大，卻如此**執而不化**，眞是少見！
【義近】固執己見／頑固不化／墨守成規／頑冥不靈。
【義反】通權達度／依時而變／與世推移。

執法如山 ㄓˊ ㄈㄚˇ ㄖㄨˊ ㄕㄢ
【釋義】執法：執行法令。如山：像山樣的不可動搖。
【出處】周禮・春官・大史：「大喪，執法以涖勸防。」宋史・岳飛傳：「岳節使號令如山。」
【用法】用以表示執法嚴正無私，決不講情面。
【例句】王法官一向**執法如山**，即使是自己的親屬也決不徇私枉法。
【義近】鐵面無私／秉公執法。
【義反】徇私枉法／貪贓枉法。

執迷不悟 ㄓˊ ㄇㄧˊ ㄅㄨˋ ㄨˋ
【釋義】執：固執。迷：迷惑。悟：醒悟。
【出處】梁書・武帝紀：「若執迷不悟，距逆王師，大軍一臨，刑茲罔赦，所謂火烈高原，芝蘭同泯。」
【用法】指堅持謬誤而不覺悟。
【例句】一個人犯了錯誤，如果還**執迷不悟**，那就無藥可救了。
【義近】頑固不化／至死不悟／死不悔改。
【義反】聞過而改／迷途知返。

執經問難 ㄓˊ ㄐㄧㄥ ㄨㄣˋ ㄋㄢˋ
【釋義】手拿經書，詢問疑難。執：持，拿。
【出處】後漢書・儒林傳序：「帝正坐自講，諸儒執經問難於前。」
【用法】用以指人勤奮好學，虛心請教。
【例句】這位學生很好學，課後經常向老師**執經問難**，直到徹底弄懂爲止。
【義近】執經問字／執經扣問／援疑質理。
【義反】見難不問／一知半解／不求甚解。

報仇雪恨 ㄅㄠˋ ㄔㄡˊ ㄒㄩㄝˇ ㄏㄣˋ
【釋義】雪：洗刷掉。恨：仇恨。又作「報仇雪恥」。
【出處】元・無名氏・馬陵道四折：「領將驅兵莫避難，報仇雪恨在今番。」
【用法】指報冤仇，除仇恨。
【例句】他爲了**報仇雪恨**，十幾年來什麼恥辱都忍下來，如今終於一償宿願。
【義近】洗雪冤仇／報仇雪冤。
【義反】沉冤莫白／冤沉海底／負屈含冤。

塞翁失馬（ㄙㄞˋ ㄨㄥ ㄕ ㄇㄚˇ）

【釋義】塞：邊塞。翁：老頭兒。常與「焉知非福」連用。焉：何。
【出處】原典出自淮南子・人間訓。又陸游・長安道詩：「士師分鹿眞是夢，塞翁失馬猶爲福。」
【用法】比喻暫時受損失，卻因此而得到好處，壞事變成了好事。
【例句】他那間破房子被火燒了，保險公司賠了一筆錢，使他得以重建新房居住，這眞可謂**塞翁失馬**，焉知非福。
【義近】亡羊得牛／因禍得福。
【義反】樂極生悲／福過災生。

墓木已拱（ㄇㄨˋ ㄇㄨˋ ㄧˇ ㄍㄨㄥˇ）

【釋義】墓旁的樹已經大到可以用雙手合抱了。拱：兩手合抱。
【出處】左傳・僖公三二年：「爾何知？中壽，爾墓之木拱矣！」
【用法】比喻人去世已久。
【例句】時間過得眞快，轉眼間，祖父**墓木已拱**，十年都已過去了。
【義反】屍骨未寒。

壁上觀（ㄅㄧˋ ㄕㄤˋ ㄍㄨㄢ）

【釋義】在軍壘上觀看。壁：軍壘。
【出處】司馬遷・史記・項羽本紀：「諸侯軍救鉅鹿下者十餘壁，莫敢縱兵。及楚擊秦，諸將皆從壁上觀。」
【用法】意指置身事外，坐觀成敗。
【例句】這兩個青年鬥毆已成重傷，你們竟然都作**壁上觀**，見死不救，未免太不像話了吧！
【義近】坐山觀虎鬥／袖手旁觀／隔岸觀火。
【義反】置身其間／排難解紛。

壁壘分明（ㄅㄧˋ ㄌㄟˇ ㄈㄣ ㄇㄧㄥˊ）

【釋義】壁壘：古代軍營的圍牆，也指軍營。
【出處】六韜・王翼：「修溝壍，治壁壘。」韓非子・守道：「法分明。」
【用法】用以形容兩相對立，界限十分清楚。
【例句】無論哪一個國家，總有正義勢力與邪惡勢力**壁壘分明**地對立著。
【義近】涇渭分明／陣營分明／黑白分明。
【義反】清濁不分／敵我不分。

壁壘森嚴（ㄅㄧˋ ㄌㄟˇ ㄙㄣ ㄧㄢˊ）

【釋義】壁壘：古代軍營的圍牆，泛指防禦工事。森嚴：整齊，嚴備。
【出處】司馬遷・史記・黥布傳：「深溝壁壘，分卒守徼乘塞。」新唐書・文藝傳序：「法度森嚴。」
【用法】指防守戒備嚴密。也比喻彼此界限分明。
【例句】在這場排球決賽中，高雄隊的防守**壁壘森嚴**，使臺北隊無隙可乘。
【義近】銅牆鐵壁／金城湯池／嚴陣以待／固若金湯。
【義反】臨陣磨槍／不堪一擊。

士部

士可殺不可辱 ㄕˋ ㄎㄜˇ ㄕㄚ ㄅㄨˋ ㄎㄜˇ ㄖㄨˇ

【釋義】士：指通達事理的讀書人。
【出處】禮記・儒行篇：「可殺而不可辱也。」
【用法】用以表明重氣節，寧可犧牲亦不受屈辱。
【例句】所謂**士可殺不可辱**，讀書人應知在任何情況下也不可被辱沒其氣節。
【義反】苟且偷生／忍辱偷生／苟合取容／卑躬屈節／脅肩諂笑。

士爲知己者死 ㄕˋ ㄨㄟˋ ㄓ ㄐㄧˇ ㄓㄜˇ ㄙˇ

【釋義】志士不惜犧牲生命，來幫助知己好友。
【出處】司馬遷・史記・刺客列傳：「士爲知己者死，女爲說己者容。」
【用法】用以表示心甘情願全力幫助朋友。
【例句】古言道：「**士爲知己者死**。」我既然是你最要好的朋友，自然會傾盡所有幫到底的。

壯士斷腕 ㄓㄨㄤˋ ㄕˋ ㄉㄨㄢˋ ㄨㄢˋ

【釋義】壯士砍斷自己的手腕。
【出處】陳壽・三國志・魏志・陳羣傳：「古人有言：『蝮蛇螫手，壯士解其腕。』」
【用法】用以比喻下定決心，當機立斷。
【例句】事到如今，沒有**壯士斷腕**的決心，是難以突破目前的困境。
【義近】壯士解腕。
【義反】惜指失掌。

壯志凌雲 ㄓㄨㄤˋ ㄓˋ ㄌㄧㄥˊ ㄩㄣˊ

【釋義】志向遠大，高出雲層之上。
【出處】司馬遷・史記・司馬相如傳：「飄飄有凌雲之氣。」後漢書・張儉傳：「莫不憐其壯志。」
【用法】用以比喻志氣高遠，抱負宏偉遠大。
【例句】他徒有**壯志凌雲**的偉大志向，可惜眼高手低，多年來依舊是一事無成。
【義近】豪情萬丈／志在千里／鴻鵠之志／雄心壯志／青雲之志。
【義反】胸無大志／燕雀之志。

壯志未酬 ㄓㄨㄤˋ ㄓˋ ㄨㄟˋ ㄔㄡˊ

【釋義】壯志：宏偉的志願。酬：實現。
【出處】李頻・春日思歸：「壯志未酬三尺劍，故鄉空隔萬重山。」
【用法】指偉大的理想抱負尚未實現。
【例句】在那些洋溢著激情的詩篇裏，往往也充滿了**壯志未酬**的憤懣。
【義近】壯志難酬／抱負未展／宏願未酬。
【義反】如願以償／志得意滿／夙願得償。

壽比南山 ㄕㄡˋ ㄅㄧˇ ㄋㄢˊ ㄕㄢ

【釋義】壽命可同終南山相比。南山：指終南山，在今陝西省西安市西南。
【出處】詩經・小雅・天保：「如月之恆，如日之升，如南山之壽，不騫不崩。」
【用法】用以祝賀人壽命像終南山那樣長久。
【例句】我們衷心祝賀老爺爺**壽比南山**，福如東海。
【義近】長生不老／海屋添籌／長命百歲／萬壽無疆。
【義反】天不假年／行將就木／日薄西山。

壽終正寢 ㄕㄡˋ ㄓㄨㄥ ㄓㄥˋ ㄑㄧㄣˇ

【釋義】壽終：盡天年而死。正寢：住房的正屋。

【出處】許仲琳・封神演義一一回：「你道朕不能善終，你自誇壽終正寢，非侮君而何！」

【用法】形容老人安然死於家中，也用以泛指正常死亡。有時也比喻事物的滅亡，且含有諷刺意味。

【例句】這位老人活了一百多歲，於昨天**壽終正寢**。

【義近】終其天年／善終正寢／與世長辭。

【義反】天年不遂／暴病而亡／死於非命。

夊部

夏葛冬裘（ㄒㄧㄚˋ ㄍㄜˊ ㄉㄨㄥ ㄑㄧㄡˊ）

【釋義】葛：莖纖維可織布。裘：皮衣。

【出處】莊子・讓王：「冬日衣皮毛，夏日衣葛絺。」

【用法】形容凡事應因時制宜，通權達變。

【例句】做人做事應講究**夏葛冬裘**的道理，否則便是泥古不化之人了。

【義近】因時制宜／通權達變／深厲淺揭。

【義反】率由舊章／蕭規曹隨／墨守成規／蹈常襲故。

夏蟲不可語冰（ㄒㄧㄚˋ ㄔㄨㄥˊ ㄅㄨˋ ㄎㄜˇ ㄩˇ ㄅㄧㄥ）

【釋義】夏天的蟲到了秋天便死去，必定不信隆冬水結冰之事。

【出處】莊子・秋水：「夏蟲不可以語於冰者，篤於時也；曲士不可以語於道者，束於教也。」

【用法】比喻拘泥固執，見識短淺，不通時務之人。

【例句】**夏蟲不可語冰**，和那些程度不高的人談高深的道理，簡直是對牛彈琴。

夏爐冬扇（ㄒㄧㄚˋ ㄌㄨˊ ㄉㄨㄥ ㄕㄢˋ）

【釋義】夏天用火爐，冬天用扇子。

【出處】王充・論衡・逢遇：「作無益之能，納無補之說，以夏進爐，以冬奏扇。」

【用法】比喻做顛倒的事，所做的事收不到效果。

【例句】他的所作所爲不切合時宜，就像是**夏爐冬扇**，大家都認爲他是個怪人。

【義近】不合時宜／無濟於事／於事無補。

【義反】夏葛冬裘／因時制宜／深厲淺揭／通權達變。

夕部

夕陽西下（ㄒㄧˋ ㄧㄤˊ ㄒㄧ ㄒㄧㄚˋ）

【釋義】夕陽：傍晚的太陽。西下：西落。

【出處】馬致遠・天淨沙・秋思：「夕陽西下，斷腸人在天涯。」

【用法】指傍晚日落的景象，有時也用以比喻晚年。

【例句】①**夕陽西下**，一抹晚霞，映著那燦爛的花，青綠的草。（冰心・兩個家庭）②我年近七十，已是**夕陽西下**之時，但我對未來仍充滿信心。

【義近】日薄西山／日落西山／桑榆暮景。

【義反】旭日東升／如日中天／風華正茂。

外強中乾

【釋義】中：內部。乾：枯竭，空虛。一作「外彊中乾」。
【出處】左傳・僖公一五年：「亂氣狡憤，陰血周作，張脈僨興，外彊中乾。」
【用法】形容外似強壯，內實虛弱。
【例句】你不要看他氣勢洶洶，張牙舞爪，實際上他是**外強中乾**，並沒有什麼了不起的膽量。
【義近】色厲內荏／羊質虎皮／外壯內弱／魚質龍文／紙糊老虎／麋蒙虎皮。
【義反】外弱內強／內剛外柔／外怯內勇。

外圓內方

【釋義】外表圓滑周到，內心卻剛強正直。
【出處】後漢書・郅鄆傳：「延資性貪邪，外圓內方。」
【用法】形容為人處世的態度老成世故，設想周到。
【例句】張良**外圓內方**，忍一時之氣，而成天下之大謀。
【義反】外方內圓／智圓行方。

多才多藝

【釋義】有多方面的才能和技藝。才：一作「材」，意同。
【出處】尚書・金縢：「能多材多藝，能事鬼神也。」
【用法】稱讚人能幹有才華。
【例句】她眞可稱得上是**多才多藝**的女子，不僅琴棋書畫樣樣精通，而且能燒得一手好菜。
【義近】無所不能／樣樣精通。
【義反】一無所長／庸碌無能／一無所能。

多此一舉

【釋義】多餘的、沒有必要的舉動。舉：行動。
【出處】李綠園・歧路燈四回：「寅兄盛情，多此一舉。」
【用法】形容人做不必要的事，多用於貶義。
【例句】他們夫妻之間已經和好如初了，你又何必**多此一舉**，跟他們闡述什麼相處之道呢？
【義近】畫蛇添足／附贅懸疣。
【義反】恰到好處／恰如其分。

多行不義必自斃

【釋義】行：做。不義：指不義的事情。斃：倒下去。
【出處】左傳・隱公元年載：鄭莊公曰：「（共叔段）多行不義必自斃，子姑待之。」
【用法】用以說明多做壞事必無好結果。
【例句】不要心存僥倖，**多行不義必自斃**，任何人也逃不過良心的譴責。
【義近】惡有惡報／咎由自取／惡積禍盈。
【義反】善有善報／行善獲福／吉人天相。

多如牛毛

【釋義】多得像牛毛一樣，數也數不清。
【出處】北史・文苑列傳序：「學者如牛毛，成者如麟角。」袁宏道・沈博士：「作吳令，無復人理，錢谷多如牛毛。」
【用法】極言其數量之多，常含有厭惡、鄙夷的感情。
【例句】像他這樣的人才可以說是**多如牛毛**，何必要如此驕傲自命不凡呢？
【義近】不計其數／車載斗量／恒河沙數／俯拾即是。
【義反】鳳毛麟角／寥寥無幾／寥若晨星／屈指可數／一星半點／吉光片羽。

多多益善

【釋義】本指將兵越多越好。益：更加。善：好。
【出處】司馬遷・史記・淮陰侯

列傳載：漢高祖問韓信能帶多少兵，他回答說：「臣多多而益善耳。」」

【用法】泛稱不厭其多，常與「韓信將兵」連用。

【例句】愛心的活動永不嫌多，只有**多多益善**，故不要害怕付出。

【義近】多多益辦／愈多愈好。

【義反】寧缺毋濫／越少越好。

多言多敗 ㄉㄨㄛ ㄧㄢˊ ㄉㄨㄛ ㄅㄞˋ

【釋義】意謂言語多了，容易出事，招來失敗。

【出處】孔子家語・觀周：「無多言，多言多敗；無多事，多事多患。」

【用法】用以告誡人說話要謹慎，以免招來禍患。

【例句】他口拙又愛搶話講，結果只是**多言多敗**，讓人更了解他的缺點。

【義近】言多必失／多言多患／禍從口出。

【義反】慎言安身／沉默是金。

多事之秋 ㄉㄨㄛ ㄕˋ ㄓ ㄑㄧㄡ

【釋義】事變很多的時期。事：事變。秋：年，時期。

【出處】司馬遷・史記・秦始皇紀贊：「天下多事，吏弗能紀。」

【用法】形容國家多難，政治局勢不安定。

【例句】十九世紀末二十世紀初，中國正當**多事之秋**，許多仁人志士都紛紛起來拯救國難。

【義近】風雨飄搖／國無寧日／干戈不息。

【義反】國泰民安／天下太平／河清海晏。

多愁善感 ㄉㄨㄛ ㄔㄡˊ ㄕㄢˋ ㄍㄢˇ

【釋義】容易發愁和感傷。善：容易。

【出處】戴叔倫・江上別張勸詩：「長醉非關酒，多愁不爲貧。」

【用法】形容人的感情豐富而敏感。

【例句】在紅樓夢中，林黛玉是個**多愁善感**的柔弱女子。

【義近】多情易感／閒愁萬種／多愁多病。

【義反】無憂無慮／性情爽朗／心胸開闊。

多謀善斷 ㄉㄨㄛ ㄇㄡˊ ㄕㄢˋ ㄉㄨㄢˋ

【釋義】多謀：計謀多。善斷：善於判斷。善：擅長。

【出處】陸機・辯亡論上：「疇諮俊茂，好謀善斷。」

【用法】形容人計謀多端，且擅長判斷。

【例句】他**多謀善斷**，點子多得很，我敢肯定：你不是他的對手。

【義近】慎謀能斷／算無遺策／計出萬全。

【義反】疏謀少略／計無所出／一籌莫展／半籌不納。

多錢善賈 ㄉㄨㄛ ㄑㄧㄢˊ ㄕㄢˋ ㄍㄨˇ

【釋義】錢多好作生意。賈：做買賣。

【出處】韓非子・五蠹：「鄙諺曰：『長袖善舞，多錢善賈。』此言多資之易爲工也。」

【用法】比喻具備充分的條件，事情就容易辦成。

【例句】你怎麼不懂**多錢善賈**的道理，這麼一點本錢就想做大生意賺大錢，豈不是異想天開嗎？

【義近】多財善賈／長袖善舞／多智易工。

【義反】巧婦難爲無米之炊。

多難興邦 ㄉㄨㄛ ㄋㄢˋ ㄒㄧㄥ ㄅㄤ

【釋義】難：災難。興邦：振興國家。

【出處】左傳・昭公四年：「或多難以固其國，啓其疆土。」陸贄・論敘遷幸之由狀：「多難興邦者，涉庶事之艱而知勅慎也。」

【用法】用以表示國家多難，反能激發人民團結奮鬥，立志圖強。

【例句】一個國家多災多難固然不好，但**多難興邦**，災難也可激勵民眾奮發圖強，使國家興旺起來。

【義近】置之死地而後生／窮則思變。

夙夜匪懈 ㄙㄨˋ ㄧㄝˋ ㄈㄟˇ ㄒㄧㄝˋ

【釋義】夙夜：早晚。夙：早。匪：同「非」，不。懈：懈怠。

【出處】詩經・大雅・烝民：「既明且哲，以保其身；夙夜匪懈，以事一人。」

【用法】形容人工作勤懇，兢兢業業，從不怠惰。

【例句】他爲了自己的事業，**夙夜匪懈**，沒晝沒夜地拚命工作。

【義近】夜以繼日／孜孜不倦／焚膏繼晷。

【義反】遊手好閒／飽食終日／吊兒郎當／半途而廢／一暴十寒。

夙興夜寐 ㄙㄨˋ ㄒㄧㄥ ㄧㄝˋ ㄇㄟˋ

【釋義】早起晚睡。夙：早。興：起。寐：睡。

【出處】詩經・小雅・小宛：「夙興夜寐，毋忝爾所生。」又衛風・氓：「夙興夜寐，靡有朝矣。」

【用法】形容工作勤勞，奮勉不懈。

【例句】爲了得第一，他**夙興夜寐**地讀書，毅力令人感佩。

【義近】夙夜匪懈／宵寢晨興／宵衣旰食。

【義反】好逸惡勞／聊混時日／得過且過。

夜不閉戶 ㄧㄝˋ ㄅㄨˋ ㄅㄧˋ ㄏㄨˋ

【釋義】夜晚不用關門。戶：單扇門曰戶，雙扇門曰門。此泛指門。

【出處】禮記・禮運：「外戶而不閉，是謂大同。」羅貫中・三國演義八七回：「夜不閉戶，路不拾遺。」

【用法】用以形容天下太平，社會治安良好，無人偷盜。

【例句】這個地區家給人足，眞正達到了道不拾遺，**夜不閉戶**。

【義近】謀閉不興／盜賊不作／路不拾遺。

【義反】宵小橫行。

夜以繼日 ㄧㄝˋ ㄧˇ ㄐㄧˋ ㄖˋ

【釋義】用晚上的時間接續白天。夜以：以夜，夜爲介詞以的賓語，提前。以：用。繼：繼續。

【出處】莊子・至樂：「夫貴者，夜以繼日，思慮善否。」孟子・離婁下：「仰而思之，夜以繼日。」

【用法】用以形容日夜不停，勤勉不怠。

【例句】爲了按時完成任務，他們**夜以繼日**地趕工。

【義近】日以繼夜／通宵達旦／焚膏繼晷／窮日落月／夙夜匪懈。

【義反】飽食終日／遊手好閒／得過且過。

夜長夢多 ㄧㄝˋ ㄔㄤˊ ㄇㄥˋ ㄉㄨㄛ

【釋義】夜晚時間長，夢會做得多。

【出處】呂留良・諭大火帖：「昨橙齋得燕中信云：『薦舉事近復紛紜，夜長夢多，恐將來有意外，奈何？』」

【用法】比喻時間過長，事情可能發生不利的變化。

【例句】這件事最好趕快解決，免得**夜長夢多**，又產生新的問題。

【義近】日久生變／時久多變。

【義反】速戰速決／快刀斬亂麻。

夜郎自大 ㄧㄝˋ ㄌㄤˊ ㄗˋ ㄉㄚˋ

【釋義】夜郎：漢時西南的一個

小國，在今貴州省西北部。

【出處】司馬遷・史記・西南夷列傳：「滇王與漢使者言曰：『漢孰與我大？』及夜郎侯亦然。以道不通，故各自以爲一州主，不知漢廣大。」

【用法】比喻人既無知而又狂妄自大。

【例句】我們要研究和吸收國內外一切有用的知識，決不能**夜郎自大**，故步自封，才能跟得上時代的腳步。

【義近】妄自尊大／坐井觀天／崖岸自高。

【義反】妄自菲薄／虛懷若谷／大盈若沖。

夜闌人靜（ㄧㄝˋ ㄌㄢˊ ㄖㄣˊ ㄐㄧㄥˋ）

【釋義】闌：將盡。靜：沒有聲響。

【出處】李文蔚・燕青博魚三折：「這早晚玉繩高，銀河淺，恰正是夜闌人靜。」

【用法】形容深夜沒有人聲，非常寂靜。

【例句】這孩子將來會很有出息，他幾乎天天都用功讀書到**夜闌人靜**之時。

【義近】夜深人靜／更深人靜／萬籟俱寂／夜靜更深。

【義反】旭日東升／日上三竿。

夢幻泡影（ㄇㄥˋ ㄏㄨㄢˋ ㄆㄠˋ ㄧㄥˇ）

【釋義】原爲佛教用語，指夢境、幻覺、水泡和影子。

【出處】金剛經・應化非眞分：「一切有爲法，如夢幻泡影，如露亦如電，應作如是觀。」

【用法】比喻空虛而容易破滅的幻想或虛無飄渺的東西。

【例句】一個人要是看破了紅塵，那富貴榮華便不過是**夢幻泡影**罷了。

【義近】鏡中之花／水中之月／相中之色／海市蜃樓／空中樓閣／鏡花水月。

夢寐以求（ㄇㄥˋ ㄇㄟˋ ㄧˇ ㄑㄧㄡˊ）

【釋義】做夢時都在追求。寐：入睡。

【出處】詩經・周南・關雎：「窈窕淑女，寤寐求之。」

【用法】形容迫切地期望著。

【例句】推翻滿清帝制，建立民國，是二十世紀初中國人民**夢寐以求**的希望。

【義近】朝思暮想／日夜盼望。

【義反】一無所求／不思不想。

夢筆生花（ㄇㄥˋ ㄅㄧˇ ㄕㄥ ㄏㄨㄚ）

【釋義】夢見筆頭上開花。又作「妙筆生花」。

【出處】王仁裕・開元天寶遺事下：「李太白少時，夢所用之筆頭上生花，後天才贍逸，名聞天下。」

【用法】形容才思敏捷。

【例句】他下筆千言，寫得又快又好，眞可說是**夢筆生花**，很少有人能與之相比。

【義近】生花妙筆／振筆疾書／一揮而就／援筆立就／走筆成章／倚馬可待／七步成詩。

【義反】才竭智盡／搜索枯腸／江郎才盡。

夤緣求進（ㄧㄣˊ ㄩㄢˊ ㄑㄧㄡˊ ㄐㄧㄣˋ）

【釋義】夤緣：攀附他物以上升。

【出處】韓愈・古意詩：「青壁無路難夤緣。」舊唐書・令狐楚、牛僧孺傳贊：「喬松孤立，蘿蔦夤緣。」

【用法】用以形容人爲求進身取祿而攀附權貴。

【例句】他是一個只會**夤緣求進**的小人，爲求升官發財，極盡諂媚之能事。

【義近】趨炎附勢／攀龍附鳳／夤緣權勢。

【義反】光風霽月／淵渟嶽峙／澹泊寡欲。

大部

大刀闊斧

【釋義】形容軍隊聲勢浩大，殺氣騰騰。刀、斧：古代兩種兵器。

【出處】施耐庵・水滸傳一一八回：「當下催軍劫寨，大刀闊斧，殺將進去。」

【用法】比喻辦事果斷有魄力。

【例句】公司的新主管一上任，就**大刀闊斧**地進行人事改組，把有才能的人調到重要職位上，不到半年，公司的業績就蒸蒸日上了。

【義近】雷厲風行／痛下猛藥。

【義反】優柔寡斷／畏首畏尾／束手縛腳。

大千世界

【釋義】佛教用語，世界的千倍曰小千世界，小千世界的千倍叫中千世界，中千世界的千倍叫大千世界。

【出處】陳子昂・夏日暉上人房別李參軍序：「開不二之法門，觀大千之世界。」

【用法】指廣大無邊、形形色色的社會。

【例句】在這個**大千世界**中，每天都有新鮮的事情發生。

【義近】三千世界／花花世界／朗朗乾坤。

大公無私

【釋義】一心為公，沒有私心。

【出處】龔自珍・論私：「且今之大公無私者，有揚、墨之資耶？」

【用法】指辦事公正、無私心。

【例句】為政者要具有**大公無私**的胸懷，才能使百姓信服。

【義近】公正無私／一心為公／至公無私／秉公行事。

【義反】假公濟私／損公肥私／自私自利／循私舞弊。

大手大腳

【釋義】意為用錢很隨便。

【出處】曹雪芹・紅樓夢五一回：「成年家大手大腳，替太太不知背地裏賠墊了多少東西。」

【用法】主要用來形容亂花錢，開支無節制。

【例句】李太太是大戶人家的小姐，**大手大腳**過慣了的，所以與李先生結婚後，不能節省開支，量入為出。

【義近】鋪張浪費／揮霍無度／一擲千金／揮金如土。

【義反】克勤克儉／省吃儉用／精打細算。

大功告成

【釋義】功：功業、事業、任務。告：宣告。

【出處】後漢書・光武帝紀：「今若破敵，珍寶萬倍，大功可成。」文康・兒女英雄傳三三回：「這件事可算大功告成了。」

【用法】指巨大工程或重要任務已經完成。

【例句】這棟五十層的大樓，經過近兩年的日夜趕工，今天終於**大功告成**了。

【義近】圓滿完成。

【義反】功敗垂成／功虧一簣。

大巧若拙

【釋義】聰明的人不顯露自己，表面上好像笨拙的樣子。

【出處】老子四五章：「大直若屈，大巧若拙。」

【用法】指聰明靈巧的人不自驕自誇，炫耀於人。

【例句】所謂**大巧若拙**，乃因有智慧的人不會輕易地誇耀自己，顯露鋒芒。

【義近】大智若愚／深藏若虛／深藏不露。

【義反】露才揚己／自吹自擂／鋒芒畢露／半罐兒響。

大失所望（ㄉㄚˋ ㄕ ㄙㄨㄛˇ ㄨㄤˋ）

【釋義】非常失望。失：失掉。
【出處】司馬遷・史記・高祖本紀：「秦人大失望。」舊五代史・漢書・李守貞傳：「及軍士詬噪，大失所望。」
【用法】用以說明原來的希望全部落空。
【例句】今晚市立球場原訂舉行的職棒冠軍爭霸戰，因大雨而順延，令等候多時的球迷**大失所望**。
【義近】事與願違／希望落空。
【義反】大喜過望／如願以償／心滿意足／天從人願／心想事成。

大而無當（ㄉㄚˋ ㄦˊ ㄨˊ ㄉㄤˋ）

【釋義】原指說話誇大得漫無邊際。當：底，邊際。
【出處】莊子・逍遙遊：「吾聞言於接輿，大而無當，往而不返，吾驚怖其言，猶河漢而無極也。」
【用法】用以表示誇大而不切合實際。
【例句】新落成的醫院雖佔地廣大，但內部設計有許多錯誤，以致不能充分發揮功能，令人有**大而無當**之感。

大有人在（ㄉㄚˋ ㄧㄡˇ ㄖㄣˊ ㄗㄞˋ）

【釋義】意即人數不少。
【出處】資治通鑑・隋紀・煬帝大業十一年：「帝至東都，顧眄街衢，謂侍臣曰：『猶大有人在。』」
【用法】形容某種人爲數不少。
【例句】儘管科學已發展到今天這樣高的水準，但相信鬼神和命運的却還**大有人在**，這不能不使人感到奇怪。
【義近】不乏其人／比比皆是。
【義反】寥寥無幾／屈指可數。

大有作爲（ㄉㄚˋ ㄧㄡˇ ㄗㄨㄛˋ ㄨㄟˊ）

【釋義】作爲：做出成績。
【出處】朱熹・四書集注・孟子公孫丑下：「大有爲之君，大有作爲，非常之君也。」
【用法】指能充分發揮作用，做出顯著成績。
【例句】現在正是一個**大有作爲**的時代，我們應當充分發揮自己的才智，多作貢獻。
【義近】大有可爲／大顯身手／一展才華。
【義反】碌碌無爲／胸無大志／無所作爲。

大同小異（ㄉㄚˋ ㄊㄨㄥˊ ㄒㄧㄠˇ ㄧˋ）

【釋義】大體相同，細部稍有差別。異：差別。
【出處】莊子・天下：「大同而與小同異，此之謂小同異；萬物畢同畢異，此之謂大同異。」朱熹・中庸章句注：「此與論語文意，大同小異，記有詳略耳。」
【用法】形容兩者差別不大。
【例句】你所說的意思與我所說的**大同小異**，還有什麼可爭論的？
【義近】相去無幾／本同末異／相差甚微。
【義反】大相逕庭／天壤之別／截然不同／差之千里／天差地遠／雲泥殊途。

大名鼎鼎（ㄉㄚˋ ㄇㄧㄥˊ ㄉㄧㄥˇ ㄉㄧㄥˇ）

【釋義】鼎鼎：顯赫，盛大。
【出處】李寶嘉・官場現形記二四回：「你一到京打聽人家，像他這樣大名鼎鼎，還怕有不曉得的。」
【用法】形容極富聲望，名氣很大。
【例句】胡適先生在當代的文壇上，是一位**大名鼎鼎**的重要作家。
【義近】名聲鼎盛／赫赫有名／舉世聞名／名揚四海／名滿天下／名聞遐邇。
【義反】無名小卒／沒沒無聞／名不見經傳。

大快人心（ㄉㄚˋ ㄎㄨㄞˋ ㄖㄣˊ ㄒㄧㄣ）

【釋義】人心大為歡快。
【出處】蒲松齡・聊齋志異・崔猛（鑄雪齋抄本眉批）：「英雄作事，大快人心。」
【用法】形容壞人受到懲治或壞事被取締後，人們的歡快心情。
【例句】十大槍擊要犯陸續落網，實在**大快人心**。
【義近】拍手稱快／人人稱慶／額手稱慶。
【義反】怨聲載道／民怨沸騰。

大言不慚（ㄉㄚˋ ㄧㄢˊ ㄅㄨˋ ㄘㄢˊ）

【釋義】大言：說大話。慚：羞愧。
【出處】朱熹・論語憲問注：「大言不慚則無必為之志，而不自度其能否矣。欲踐其言，豈不難哉！」
【用法】形容人說大話毫不感到羞愧。
【例句】他常常**大言不慚**的說：「要是讓我寫電影劇本，我可以一年寫十個，而且保證個個都賣座的。」
【義近】口出狂言／自吹自擂／大吹大擂。
【義反】不矜不伐。

大材小用（ㄉㄚˋ ㄘㄞˊ ㄒㄧㄠˇ ㄩㄥˋ）

【釋義】把大的材料用在小處。
【出處】陸游・送辛幼安殿撰造朝詩：「大材小用古所歎，管仲蕭何實流亞。」
【用法】比喻用人不當，浪費人才。
【例句】他是一位學有專長的電機碩士，卻安排他去管伙食，這未免太**大材小用**了。
【義近】牛刀割雞／殺雞用牛刀／牛鼎烹雞／長材短用。
【義反】適才適所。

大吹大擂（ㄉㄚˋ ㄔㄨㄟ ㄉㄚˋ ㄌㄟˊ）

【釋義】本指吹號打鼓，各種樂器齊奏。
【出處】王實甫・麗春堂：「賜你黃金千兩，香酒百瓶，就在麗春堂大吹大擂，做一個慶喜的筵席。」
【用法】後引申為毫無顧忌地吹噓。
【例句】那人**大吹大擂**慣了的，總是把自己說得多了不起，而把別人說成一文不值。
【義近】自吹自擂／大言不慚／伐善施勞／矜功炫才／自矜其才。
【義反】不矜不伐／不喜誇耀／言語謙遜／謙卑自牧。

大旱望雲霓（ㄉㄚˋ ㄏㄢˋ ㄨㄤˋ ㄩㄣˊ ㄋㄧˊ）

【釋義】久旱渴望見到雲霓。雲霓：下雨的徵兆。霓：虹的一種。
【出處】孟子・梁惠王下：「民望之，若大旱之望雲霓也。」
【用法】比喻企望解除困境的迫切心情。
【例句】垃圾問題困擾市民已久，大家都期盼政府早日做妥善的規畫，有如農夫**大旱望雲霓**的心情一樣。
【義近】殷殷企盼／久盼不至。
【義反】久旱逢甘霖／如願以償／天從人願。

大放厥辭（ㄉㄚˋ ㄈㄤˋ ㄐㄩㄝˊ ㄘˊ）

【釋義】鋪張辭藻，大展文才。厥：其，他的，或作語詞。辭：文辭，言辭。
【出處】韓愈・祭柳子厚文：「玉佩瓊琚，大放厥辭，富貴無能，磨滅誰紀？」
【用法】今指夸夸其談，大發議論。
【例句】小陳很喜歡發表意見，每次開會總見他**大放厥辭**，議論風生。
【義近】大發議論。
【義反】言簡意賅／寡言少語／言斟語酌。

大事不糊塗（ㄉㄚˋ ㄕˋ ㄅㄨˋ ㄏㄨˊ ㄊㄨˊ）

【釋義】遇到大事，頭腦清醒，毫不糊塗。

【出處】宋史・呂端傳載：太宗欲以呂端為相，有人言端糊塗。太宗曰：「端小事糊塗，大事不糊塗。」

【用法】形容於大事能堅持原則，態度明朗，毫不含糊。

【例句】為人處事的態度最好是**大事不糊塗**，小事則不必斤斤計較。

【義近】大節不奪。

【義反】小黠大癡。

大相逕庭（ㄉㄚˋ ㄒㄧㄤ ㄐㄧㄥˋ ㄊㄧㄥˊ）

【釋義】比喻相去甚遠。逕：門外的路。庭：家裏的院子。

【出處】莊子・逍遙遊：「吾驚怖其言，猶河漢而無極也，大有逕庭，不近人情焉。」

【用法】用以表示彼此行事、看法大不相同。

【例句】我與徐先生的觀點歷來不大相同，對於這件事的看法更是**大相逕庭**。

【義近】天壤之別／截然不同／天差地遠／判若雲泥。

【義反】不相上下／難分高低／大同小異／相差無幾／未分軒輊／不謀而合。

大風大浪（ㄉㄚˋ ㄈㄥ ㄉㄚˋ ㄌㄤˋ）

【釋義】狂風巨浪，比喻大世面、大排場。

【出處】李綠園・歧路燈六九回：「舍弟那個東西，將來是夜間點燈，……叫他看看我每日大風大浪，却還要好過。」

【用法】比喻社會的大變化、大動盪或艱苦、險惡的環境。

【例句】林老先生自幼就遠走天涯謀生，歷盡人間滄桑，什麼**大風大浪**沒有見過！

【義近】驚濤駭浪／狂風惡浪／滾滾波濤。

【義反】波瀾不驚／風平浪靜／無風無浪／水波不興。

大海撈針（ㄉㄚˋ ㄏㄞˇ ㄌㄠ ㄓㄣ）

【釋義】到大海裏去打撈一根針。

【出處】明・無名氏・石點頭・王本立天涯求父：「這王珣踪迹無方，分明大海一針，何以撈摸。」

【用法】比喻很難找到。

【例句】圖書館藏書很多，你不按編號索引去找你所需要的書，那豈不是**大海撈針**嗎？

【義近】海底撈針／海底撈月。

【義反】輕而易舉／甕中捉鱉／探囊取物／手到擒來／唾手可得／反掌折枝。

大家閨秀（ㄉㄚˋ ㄐㄧㄚ ㄍㄨㄟ ㄒㄧㄡˋ）

【釋義】大戶人家的女子。大家：有錢有勢的人家。閨秀：女子的美稱。閨：女子的臥室。

【出處】劉義慶・世說新語・賢媛：「顧家婦清心玉映，自是閨房之秀。」

【用法】用以形容端莊秀麗、嫻雅大方的女子。

【例句】此屆選美比賽脫穎而出的徐小姐舉止大方，儀容端莊，深具**大家閨秀**的風範。

【義近】名門閨秀。

【義反】小家碧玉／山野村姑／風塵中人／野草閑花／路柳牆花。

大逆不道（ㄉㄚˋ ㄋㄧˋ ㄅㄨˋ ㄉㄠˋ）

【釋義】逆：叛逆。不道：不合乎常理常道。道：道德，正道。

【出處】史記・高祖本紀：「漢王數項羽曰：『……為人臣而弒其主，殺已降，為政不平，主約不信，天下所不容，大逆無道，罪十也。』」

【用法】形容一個人有重大罪名或被人看做犯了離經叛道的罪過。

【例句】阿拉伯世界的婦女，要是不戴面紗，就被視為**大逆**

不道。
【義近】離經叛道／犯上作亂。
【義反】赤膽忠心／安分守己／循規蹈矩／腳踏繩墨。

大庭廣眾 ㄉㄚˋ ㄊㄧㄥˊ ㄍㄨㄤˇ ㄓㄨㄥˋ

【釋義】指人數眾多的場合。大庭：寬大的場地。廣眾：成羣的人眾。
【出處】新唐書・張行成傳：「左右文武誠無將相材，奚用大庭廣眾與之量校，損萬乘之尊，與臣下爭功哉！」
【用法】指人多而公開的場所。
【例句】他年紀雖小，卻敢在**大庭廣眾**之前滔滔陳辭，毫無所懼。
【義近】眾目睽睽／眾目昭彰。
【義反】斗室天地。

大書特書 ㄉㄚˋ ㄕㄨ ㄊㄜˋ ㄕㄨ

【釋義】大寫特寫。書：寫，記載。
【出處】韓愈・答元侍御書：「而足下年尙彊，嗣德有繼，將大書特書，屢書不一書而已也。」
【用法】指對重要的人或事要鄭重記述，或著重敍寫。
【例句】在我國近代史上，林則徐燒鴉片烟的事，值得**大書特書**。
【義反】不足掛齒／不值一提／不足齒數／無需提及。

大處著墨 ㄉㄚˋ ㄔㄨˇ ㄓㄨㄛˊ ㄇㄛˋ

【釋義】指繪畫或寫文章要從重要處落筆。著墨：下筆。
【出處】繆荃孫・藝風堂文集・友朋書札：「作志者要意在題表，大處著墨，方爲有用之文。」
【用法】比喻做事要在大處著眼，抓住關鍵。
【例句】我們處理事情，要像畫家繪畫從**大處著墨**那樣，把握住關鍵，問題才能迎刃而解。
【義近】大處著眼／大處落筆。
【義反】小處著手／尋枝摘葉／斤斤計較／錙銖必較。

大處著眼 ㄉㄚˋ ㄔㄨˇ ㄓㄨㄛˊ ㄧㄢˇ

【釋義】從大的地方去看，不計較小枝小節。著眼：觀察。
【用法】指從整體或長遠的觀點去觀察問題。
【例句】清末，革命黨人在緊要關頭能從**大處著眼**，以國家民族利益爲重，不考慮個人得失，這是很不容易的。
【義近】高瞻遠矚／大處著墨。
【義反】見木不見林／小處著手／著眼局部。

大魚吞小魚 ㄉㄚˋ ㄩˊ ㄊㄨㄣ ㄒㄧㄠˇ ㄩˊ

【釋義】大的魚吞吃小的魚。
【出處】劉向・說苑・指武：「大之伐小，彊之伐弱，猶大魚之吞小魚也，若虎之食豚也。」
【用法】比喻大欺小，強凌弱。
【例句】國與國之間，羣體與羣體之間，個人與個人之間，都有**大魚吞小魚**的事情，這種弱肉強食的現象具有相當的普遍性。
【義近】猛虎撲綿羊／弱肉強食／以大欺小／恃強凌弱。
【義反】以寡擊眾。

大張旗鼓 ㄉㄚˋ ㄓㄤ ㄑㄧˊ ㄍㄨˇ

【釋義】大量擺出戰旗戰鼓。張：陳設，展開。旗鼓：古代作戰，壯軍威、發號令的工具。
【出處】張岱・石匱書後集・王漢傳：「……遂入汴，大張旗鼓，爲疑兵，追賊至朱仙鎭，連戰皆克。」
【用法】形容規模、聲勢浩大。
【例句】那家違規營業的電玩店才剛遭取締，日前又**大張旗鼓**地重新開業，眞令人費解！
【義近】大張聲勢／鑼鼓喧天。
【義反】偃旗息鼓／鳴金收兵。

大張撻伐（ㄉㄚˋ ㄓㄤ ㄊㄚˋ ㄈㄚˊ）

【釋義】張：施展。撻伐：征討，攻伐。

【出處】曾樸・孽海花一四回：「我國若不大張撻伐，一奮神威，……他哪裏肯甘心就範呢！」

【用法】說明用武力大舉討伐，也指大規模攻擊和聲討。

【例句】針對這一件工程舞弊案，社會各界莫不**大張撻伐**，希望政府能拿出魄力來整頓政風。

【義近】興師問罪／舉國聲討／口誅筆伐。

【義反】閉口噤聲／姑息養奸／任人宰割。

大喜過望（ㄉㄚˋ ㄒㄧˇ ㄍㄨㄛˋ ㄨㄤˋ）

【釋義】所得超過原來所預料的，心裏特別高興。

【出處】司馬遷・史記・黥布傳：「出就舍，帳御食飲從官如漢王居，布又大喜過望。」

【用法】形容所得超過預料，深感高興。

【例句】王先生央求太太回家已有好多次了，都未能如願，今天下班回來，突然見太太不請自歸，頓時**大喜過望**，不覺手舞足蹈起來。

【義近】喜從天降。

【義反】大失所望／事與願違。

大廈將傾（ㄉㄚˋ ㄒㄧㄚˋ ㄐㄧㄤ ㄑㄧㄥ）

【釋義】高大的房屋將要倒塌。

【出處】王通・文中子・事君：「大廈將傾，非一木所支也。」

【用法】常比喻專制政權或腐敗勢力行將崩潰。

【例句】袁世凱一當上皇帝就被國人唾罵，羣情激憤，他那幫臣子也深有**大廈將傾**的危機感，都準備另謀後路。

【義近】風雨飄搖／搖搖欲墜／國步艱難。

【義反】國泰民安／河清海晏。

大惑不解（ㄉㄚˋ ㄏㄨㄛˋ ㄅㄨˋ ㄐㄧㄝˇ）

【釋義】原指愚者終身不能明白事物。惑：迷惑，疑惑。

【出處】莊子・天地：「大惑者終身不解，大愚者終身不靈。」

【用法】用以說明感到非常迷惑，不能理解，含有不滿或反對的意思。

【例句】如此聰明的人，竟做出這樣糊塗的事，實在令我感到**大惑不解**。

【義近】百思不解／難明所以。

【義反】茅塞頓開／恍然大悟／豁然貫通。

大智若愚（ㄉㄚˋ ㄓˋ ㄖㄨㄛˋ ㄩˊ）

【釋義】才智很高，表面上却顯出愚笨的樣子。一作「大智如愚」。

【出處】蘇軾・賀歐陽少師致仕啓：「大勇若怯，大智如愚。」

【用法】贊揚有才華的人不露鋒芒，不炫耀自己。

【例句】劉姥姥**大智若愚**的涵養，給賈府帶來了活潑、風趣、熱鬧的場面。

【義近】大巧若拙／外愚內智／深藏不露／大智不形／深藏若虛。

【義反】鋒芒畢露／露才揚己／英華外發。

大發雷霆（ㄉㄚˋ ㄈㄚ ㄌㄟˊ ㄊㄧㄥˊ）

【釋義】雷聲大作。霆：響雷。

【出處】凌濛初・初刻拍案驚奇卷一五：「陳秀才大發雷霆，嚷道：『人命關天，怎便將我家人殺害了。』」

【用法】比喻大發脾氣，高聲斥責。

【例句】我原以爲他會**大發雷霆**的，想不到他却突然出奇地笑了。

【義近】怒不可遏／暴跳如雷。

【義反】平心靜氣／心平氣和／洋洋如常。

大義凜然（ㄉㄚˋ ㄧˋ ㄌㄧㄣˇ ㄖㄢˊ）

【釋義】正義之氣令人敬畏。大義：正義，正氣。凜然：嚴肅而不可侵犯的樣子。

【出處】顧炎武・日知錄：「唐人作書，無所回避。……條高后擅政之年，下繫中宗，大義凜然。」

【用法】形容爲維護正義而堅強不屈的氣概。

【例句】文天祥**大義凜然**的氣概，直到今天仍激勵著我們。

【義近】正氣凜然／義不可犯／威武不能屈。

【義反】望風而降／貪生怕死／屈節事敵。

大義滅親（ㄉㄚˋ ㄧˋ ㄇㄧㄝˋ ㄑㄧㄣ）

【釋義】大義：正義，正道。親：親屬。

【出處】左傳・隱公四年：「石碏純臣也，惡州吁而厚與焉。大義滅親，其是之謂乎！」

【用法】形容爲維護正義，對犯法親屬不徇私情，使之受到制裁。

【例句】身爲法官一定要能**大義滅親**，決不可因私廢法。

【義近】大義割恩／鐵面無私。

【義反】專徇私情／唯親至上。

大慈大悲（ㄉㄚˋ ㄘˊ ㄉㄚˋ ㄅㄟ）

【釋義】原爲佛教用語，愛一切眾生爲大慈，拯救一切受苦難的人爲大悲。悲：以憐憫之心解除眾生的痛苦。

【出處】法華經・譬喻品：「大慈大悲，常無懈倦，恒求善事，利益一切。」

【用法】指慈悲、慈善，多用於贊揚，有時也用以諷刺假慈悲者。

【例句】希望各位**大慈大悲**，貢獻力量，贊助慈善事業。

【義近】大發慈悲／悲天憫人／慈悲爲懷。

【義反】心狠手辣／滅絕人性／窮凶極惡。

大勢已去（ㄉㄚˋ ㄕˋ ㄧˇ ㄑㄩˋ）

【釋義】整個局勢一天天的壞下去。

【出處】朱子語類卷五十：「程子說天命之改，莫是大勢已去。」

【用法】形容局勢已無法挽回。

【例句】日軍受到原子彈攻擊以後，知道**大勢已去**，只好宣佈無條件投降。

【義近】分崩離析／回天無力／棟折榱崩。

【義反】扶危定傾／力挽狂瀾／撥亂反正／扭轉乾坤。

大勢所趨（ㄉㄚˋ ㄕˋ ㄙㄨㄛˇ ㄑㄩ）

【釋義】大勢：整個局勢。趨：向，往。

【出處】陳亮・上孝宗皇帝第三書：「天下大勢之所趨，非人力之所能移也。」

【用法】用以說明整個局勢發展的趨向。

【例句】建立自由貿易的經濟體系乃**大勢所趨**，各國都紛紛朝此方向努力發展。

【義近】人心所向／眾望所歸／勢所必然／百川歸海／江河就下。

大搖大擺（ㄉㄚˋ ㄧㄠˊ ㄉㄚˋ ㄅㄞˇ）

【釋義】走路的神氣姿態。

【出處】吳敬梓・儒林外史五回：「次日早晨，大搖大擺的出堂，將回子發落了。」

【用法】形容走路神氣十足的樣子。多含貶義。

【例句】小李最近中了頭獎，頓時出手闊綽，走起路來也是**大搖大擺**的。

【義近】大模大樣／神氣活現／神氣十足。

【義反】畏畏縮縮／躡手躡腳。

大腹便便（ㄉㄚˋ ㄈㄨˋ ㄆㄧㄢˊ ㄆㄧㄢˊ）

【釋義】肚子肥大。便便：肥滿的樣子。

【出處】後漢書‧邊韶傳：「邊孝先，腹便便，懶讀書，但欲眠。」
【用法】用以形容腹部肥大，也形容孕婦行動不便的樣子。
【例句】因爲他愛吃甜食，平日又疏於運動，所以才年過三十就**大腹便便**了。
【義近】腦滿腸肥／身肥肚圓。
【義反】骨瘦如柴／形銷骨立／面黃肌瘦／弱不禁風。

大夢初醒 ㄉㄚˋ ㄇㄥˋ ㄔㄨ ㄒㄧㄥˇ

【釋義】剛從夢中醒過來。
【出處】莊子‧齊物論：「覺而後知其夢也，且有大覺，而後知其大夢也。」
【用法】形容突然省悟。
【例句】原以爲將錢投入地下投資公司可賺取暴利，直到地下投資公司倒閉的消息傳來，他才**大夢初醒**，知道自己受騙了。
【義近】大夢方醒／如夢初醒／如醉方醒／恍然大悟／大徹大悟／徹底省悟。
【義反】糊里糊塗／執迷不悟／至死不悟。

大敵當前 ㄉㄚˋ ㄉㄧˊ ㄉㄤ ㄑㄧㄢˊ

【釋義】強大的敵人就在前面。當：正在。又作「大敵在前」。
【出處】後漢書‧吳漢傳：「大敵在前而公傷臥，眾心懼矣。」
【用法】多用以說明面對強大的敵人，應以大局爲重。
【例句】**大敵當前**，我們應拋棄個人恩怨，共同對敵。
【義近】兵臨城下／強敵將至。
【義反】太平無事／承平時代／歌舞昇平。

大模大樣 ㄉㄚˋ ㄇㄛˊ ㄉㄚˋ ㄧㄤˋ

【釋義】擺出一副架勢，好像什麼也不在乎的樣子。
【出處】明‧無名氏‧鳴鳳記：「又見他……大模大樣，前遮後擁，把那街上閒人盡打開。」
【用法】形容目中無人，傲慢自大。
【例句】那胡屠戶**大模大樣**的走到范進面前，狠狠地打了一巴掌，罵道：「你中什麼了！」（吳敬梓‧儒林外史）
【義近】大搖大擺／神氣活現／高視闊步／趾高氣昂。
【義反】扭扭捏捏／忸怩作態／躡手躡腳。

大徹大悟 ㄉㄚˋ ㄔㄜˋ ㄉㄚˋ ㄨˋ

【釋義】原爲佛教用語，意爲徹底省悟。徹：透徹。一作「大澈大悟」。
【出處】鄭德輝‧伊尹耕莘：「蓋凡升天之時，先參貧道，授與仙訣，大徹大悟後，方得升九天朝眞而觀元始。」
【用法】比喻徹底想通，完全醒悟。
【例句】希望這次你是眞的**大徹大悟**，戒掉毒癮，重新做個正常人。
【義近】徹底醒悟／豁然醒悟。
【義反】執迷不悟／至死不悟／不見棺材不掉淚。

大興土木 ㄉㄚˋ ㄒㄧㄥ ㄊㄨˇ ㄇㄨˋ

【釋義】興：興建。土木：指建築工程，多指修建房舍。
【出處】洪邁‧容齋隨筆卷一一：「奸佞之臣，罔眞宗以符瑞，大興土木之役。」
【用法】用以說明大規模地修建土木工程。
【例句】朱元璋一登上皇帝寶座，就在京都**大興土木**，建築宮殿。
【義近】大事修建。
【義反】百廢待興／休養生息。

大器晚成 ㄉㄚˋ ㄑㄧˋ ㄨㄢˇ ㄔㄥˊ

【釋義】最貴重的器物需要長時間的加工才能完成。大器：貴重的器物，比喻大才。
【出處】老子四一章：「大方無

隅，大器晚成，大音希聲，大象無形。」

【用法】多用以指人的成就較晚，有時也用以安慰長期不得意的人。

【例句】成才的早晚各不相同，有的人年輕時即嶄露頭角，有的人則**大器晚成**。

【義近】大才晚成。

【義反】少年有成／少年得志。

大聲疾呼（ㄉㄚˋ ㄕㄥ ㄐㄧˊ ㄏㄨ）

【釋義】高聲而急促地呼喊，以引起注意。疾：快，急。

【出處】韓愈・後十九日復上宰相書：「將有介於其側者，雖其所憎怨，苟不至乎欲其死者，則將大其聲疾呼，而望其仁之也。」

【用法】多用來表示大力提倡與號召。

【例句】抗日戰爭爆發後，愛國青年**大聲疾呼**，籲請全國上下奮起抗敵。

【義近】奔走呼號／振臂高呼／登高一呼。

【義反】三緘其口／默不作聲／不聲不響。

大獲全勝（ㄉㄚˋ ㄏㄨㄛˋ ㄑㄩㄢˊ ㄕㄥˋ）

【釋義】獲得了極大的全面性勝利。

【出處】羅貫中・三國演義三六回：「且說玄德大獲全勝，引軍入樊城，縣令劉泌出迎。」

【用法】形容獲得了全面徹底的勝利或成功。

【例句】經過長期的訓練，我國代表隊終於在這次青棒比賽中一雪前恥，**大獲全勝**。

【義近】戰績輝煌／戰果累累／節節勝利。

【義反】潰不成軍／全軍覆沒。

大謬不然（ㄉㄚˋ ㄇㄧㄡˋ ㄅㄨˋ ㄖㄢˊ）

【釋義】謬：錯誤，荒謬。然：這樣。

【出處】司馬遷・報任少卿書：「而事乃有大謬不然者。」

【用法】說明大錯特錯，與實際完全不合。

【例句】有的人以爲大學畢業就不必再讀書了，其實**大謬不然**，人生學無止境啊！

【義近】大錯特錯／荒謬絕倫。

【義反】無庸置疑／千眞萬確。

大權旁落（ㄉㄚˋ ㄑㄩㄢˊ ㄆㄤˊ ㄌㄨㄛˋ）

【釋義】旁落：落到別人手裏。

【出處】明史・彭時傳：「不可悉委臣下，使大權旁落。」

【用法】用以說明處理重大事情的權力落入別人手中。

【例句】徐經理這幾年遇事都委託身邊的親信去辦，結果弄得**大權旁落**，說話無人聽。

【義近】有職無權／官大權小／位高權輕。

【義反】大權在握／大權獨攬。

大驚小怪（ㄉㄚˋ ㄐㄧㄥ ㄒㄧㄠˇ ㄍㄨㄞˋ）

【釋義】過分的驚訝或慌張。

【出處】朱熹・答林擇之書：「要須把此事做一平常事看，朴實頭做將去，久之自然見效，不必如此大驚小怪。」

【用法】形容對不足爲奇的事故大作聲勢或過分驚訝。

【例句】對西方人而言，禮貌性的擁抱是很自然的，有什麼值得**大驚小怪**？

【義近】少見多怪／蜀犬吠日／粵犬吠雪。

【義反】不足爲奇／見怪不怪。

大驚失色（ㄉㄚˋ ㄐㄧㄥ ㄕ ㄙㄜˋ）

【釋義】失色：變了臉色。

【出處】羅貫中・三國演義二四回：「忽見曹操帶劍入宮，面有怒容，帝大驚失色。」

【用法】形容非常害怕，嚇得變了臉色。

【例句】李太太見丈夫被人打得遍體鱗傷，頓時**大驚失色**。

【義近】心驚膽戰／大吃一驚。

【義反】泰然自若／神色自如／面不改色／無動於衷。

大顯身手（ㄉㄚˋ ㄒㄧㄢˇ ㄕㄣ ㄕㄡˇ）

【釋義】顯：顯露，施展。身手：指武藝、本領等。

【出處】顏之推・顏氏家訓・誡兵：「頃世亂離，衣冠之士，雖無身手，或聚徒眾，違棄素業，徼幸成功。」

【用法】形容充分發揮自己的才能，表現出自己的本領。

【例句】現在各方面都需要人才，這正是我們**大顯身手**的好時機。

【義近】一顯身手／大顯神通／獻技進藝／施展才華。

【義反】英雄無用武之地／大材小用／牛刀小試。

大顯神通（ㄉㄚˋ ㄒㄧㄢˇ ㄕㄣˊ ㄊㄨㄥ）

【釋義】神通：佛家語，指神妙的能力，即無所不能的力量。今指特別高超的本領。

【出處】敦煌變文集・維摩詰講經文：「龍子龍孫，騰身自在，跳躑踴躍，大顯神通。」

【用法】形容充分顯示出高超的本領。

【例句】在這次奧運比賽中，各國代表隊無不**大顯神通**，令人一飽眼福。

【義近】大顯身手／大顯神威。

【義反】英雄無用武之地／蛟龍失水。

天下太平（ㄊㄧㄢ ㄒㄧㄚˋ ㄊㄞˋ ㄆㄧㄥˊ）

【釋義】處處平安無事。天下：指國家。

【出處】呂氏春秋・大樂：「天下太平，萬物安寧。」

【用法】指國家太平無事，人民生活安定。

【例句】倘若人心不再有貪念，彼此之間互相愛護，則眞可謂**天下太平**了。

【義近】四海升平／國泰民安／河清海宴。

【義反】天下大亂／兵連禍結／兵荒馬亂／國無寧日。

天下無難事，只怕有心人（ㄊㄧㄢ ㄒㄧㄚˋ ㄨˊ ㄋㄢˊ ㄕˋ ㄓˇ ㄆㄚˋ ㄧㄡˇ ㄒㄧㄣ ㄖㄣˊ）

【釋義】意謂只要意志堅定，天下就沒有做不到的事。

【出處】王驥德・韓夫人題紅記二七：「天下無難事，只怕有心人。」

【用法】用以鼓勵人有志者事竟成。

【例句】俗話說：「**天下無難事，只怕有心人**。」凡事只要下定決心，努力去做，終可成功。

【義近】有志者事竟成／精誠所至，金石爲開。

【義反】鍥而舍之，朽木不折／難字當頭，一事無成／天下容易事，無心終難成。

天下無雙（ㄊㄧㄢ ㄒㄧㄚˋ ㄨˊ ㄕㄨㄤ）

【釋義】意謂在天下獨一無二。天下：指國家。

【出處】司馬遷・史記・李將軍列傳：「李廣才氣天下無雙，自負其能，數與虜敵戰。」

【用法】形容出類拔萃，在全國無人可與之相比。

【例句】那位女高音的演唱，令人讚賞不已，其歌藝可算是**天下無雙**了。

【義近】天下第一／天下無敵／天下莫敵／蓋世無雙／舉世無雙／一枝獨秀／獨步天下／絕世超倫／冠絕羣倫／冠絕一時／無出其右。

【義反】碌碌庸才／凡夫俗子／平庸之輩／泛泛之輩／一如常人／不足稱道。

天下興亡，匹夫有責（ㄊㄧㄢ ㄒㄧㄚˋ ㄒㄧㄥ ㄨㄤˊ ㄆㄧˇ ㄈㄨ ㄧㄡˇ ㄗㄜˊ）

【釋義】天下：指國家。匹夫：庶人，平民。

【出處】梁啓超・無聊消遣：「顧亭林說：『天下興亡，匹夫有責。』」

【用法】說明國家的興亡每個人都有責任。

【例句】**天下興亡，匹夫有責**，我們每個人都應爲國家的繁榮昌盛而貢獻一份力量。
【義近】大江大海靠小流。
【義反】各人自掃門前雪，莫管他人瓦上霜。

天之驕子（ㄊㄧㄢ ㄓ ㄐㄧㄠ ㄗˇ）

【釋義】漢代稱北方匈奴語，簡稱天驕。意謂爲天所驕縱。
【出處】漢書・匈奴傳：「南有大漢，北有強胡。胡者，天之驕子也。」
【用法】漢以後泛稱強盛的邊地民族，今多用以指稱境遇優越或深受寵信的「得天獨厚」者。
【例句】他才華出眾，聰明能幹，又深獲總經理的寵信，是我們公司的**天之驕子**。
【義近】時代寵兒。
【義反】斗筲之人／碌碌庸才／泛泛之輩。

天公地道（ㄊㄧㄢ ㄍㄨㄥ ㄉㄧˋ ㄉㄠˋ）

【釋義】意謂像天地那樣公道。
【出處】嶺南羽衣女士・東歐女豪傑：「如今人人的腦袋裏都有了一個社會平等，政治自由，是個天公地道的思想。」
【用法】形容極爲公平合理，或指稱當然之理。
【例句】①他處理事情一向**天公地道**，從不袒護任何一方。②做生意講賺錢，這是**天公地道**的事，有什麼可非議的呢？
【義近】公平合理／天經地義／理所當然／合情合理。
【義反】不公不平／不近情理／不合情理。

天衣無縫（ㄊㄧㄢ ㄧ ㄨˊ ㄈㄥˊ）

【釋義】天仙的衣服沒有針縫。縫：縫隙，衣縫。
【出處】牛嶠・靈怪錄：「郭翰暑日臥庭中，仰視空中，有人冉冉而下，曰：『吾織女也。』徐視其衣並無縫。翰問之，謂曰：『天衣本非針線爲也。』」
【用法】比喻詩文或事物渾然天成，沒有一點雕琢的痕迹。
【例句】這幅畫原已破損，現在修補得**天衣無縫**，一點痕迹也看不出來。
【義近】完美無缺／十全十美／無懈可擊／巧奪天工／渾然天成。
【義反】破綻百出／漏洞百出／千瘡百孔／粗製濫造。

天各一方（ㄊㄧㄢ ㄍㄜˋ ㄧ ㄈㄤ）

【釋義】各在天的一邊。
【出處】李陵・與蘇武詩：「風波一失所，各在天一隅。」李朝威・柳毅傳：「天各一方，不能相向。」
【用法】形容彼此分離，相距遙遠。
【例句】自從知心好友遠嫁美國後，**天各一方**，欲訴衷曲實在難了。
【義近】天南地北／天涯海角／海天遙隔／相隔萬里。
【義反】近在咫尺／近在眼前。

天有不測風雲，人有旦夕禍福（ㄊㄧㄢ ㄧㄡˇ ㄅㄨˋ ㄘㄜˋ ㄈㄥ ㄩㄣˊ，ㄖㄣˊ ㄧㄡˇ ㄉㄢˋ ㄒㄧ ㄏㄨㄛˋ ㄈㄨˊ）

【釋義】測：預測。旦夕：早晚，指短暫時間。禍福：偏義複詞。禍：災難。
【出處】宋・無名氏・張協狀元三二段：「天有不測風雲，人有旦夕禍福。」
【用法】比喻料想不到的災禍或很難預料的事情。
【例句】我們都該好好珍惜美好時光，因爲**天有不測風雲，人有旦夕禍福**，人的生命有時脆弱得如一株小草。
【義近】禍福無常／世事難料。
【義反】禍福有常／惡有惡報／善有善報／吉人天相。

天兵天將（ㄊㄧㄢ ㄅㄧㄥ ㄊㄧㄢ ㄐㄧㄤˋ）

【釋義】原指天上的兵將。

【出處】賈凫西・木皮散人鼓詞：「那縣生的兒子，却神通廣大，伏虎降龍，手下天兵天將，那等利（厲）害。」

【用法】今用以比喻本領高強的人羣或軍隊。

【例句】這種暴力場面，就連**天兵天將**恐也束手無策。

【義近】神兵天將／勇兵猛將。

【義反】老弱殘兵／殘兵敗將。

天作之合（ㄊㄧㄢ ㄗㄨㄛˋ ㄓ ㄏㄜˊ）

【釋義】指天意作成的姻緣。合：撮合，指匹配。

【出處】詩經・大雅・大明：「天監在下，有命既集；文王初載，天作之合。」

【用法】今多用以稱頌美滿的婚姻。

【例句】張先生和李小姐，一個郎才，一個女貌，今結爲伉儷，實是**天作之合**。

【義近】佳偶天成／天意姻緣／鳳凰于飛／鸞鳳和鳴／天造地設。

【義反】彩鳳隨鴉／一朵鮮花插在牛糞上／亂點鴛鴦／露水夫妻。

天災人禍（ㄊㄧㄢ ㄗㄞ ㄖㄣˊ ㄏㄨㄛˋ）

【釋義】天災：自然災害。天：自然。

【出處】元・無名氏・馮玉蘭四折：「屠世雄並無此事，敢是另有個天災人禍，假稱屠世雄的嗎？」

【用法】泛指自然災害和人爲禍患，有時也用作罵人語。

【例句】①歷史上有許多朝代都是在**天災人禍**交逼的情況下覆滅的。②總是你這**天災人禍**的，把我一個嬌滴滴的女兒生生的送死了。（吳敬梓・儒林外史）

【義近】飛災橫禍／禍不單行。

【義反】國泰民安／四海升平／福星高照／吉人天相。

天府之國（ㄊㄧㄢ ㄈㄨˇ ㄓ ㄍㄨㄛˊ）

【釋義】天府：天然的府庫、倉庫。國：地區。

【出處】司馬遷・史記・留侯世家：「夫關中左殽函，右隴蜀，沃野千里，……此所謂金城千里，天府之國也。」

【用法】形容土地肥沃，物產豐富的地區。

【例句】四川省土地肥沃，物產富饒，家給人足，自古稱爲**天府之國**。

【義近】富饒之地／膏腴千里／魚米之鄉。

【義反】窮山惡水／窮鄉僻壤／貧瘠之區／不毛之地。

天花亂墜（ㄊㄧㄢ ㄏㄨㄚ ㄌㄨㄢˋ ㄓㄨㄟˋ）

【釋義】佛教傳說：佛祖說法，感動天神，降下各色香花，於虛空中繽紛亂墜。

【出處】心地觀經・序品偈：「六欲諸天來供養，天華（花）亂墜徧虛空。」

【用法】現比喻說話浮誇動聽，或比喻用甜言蜜語騙人。

【例句】這人嘴巴眞會說，什麼事都能說得**天花亂墜**。

【義近】大放厥詞／有聲有色／花言巧語／舌燦蓮花。

【義反】語言無味／語不驚人／言簡意賅／要言不煩。

天長地久（ㄊㄧㄢ ㄔㄤˊ ㄉㄧˋ ㄐㄧㄡˇ）

【釋義】指天地存在的久遠。

【出處】老子七章：「天長地久，天地之所以長且久者，以其不自生，故能長生。」

【用法】今用以形容時間悠久。

【例句】他倆正在熱戀著，但願他們的愛情之花開得**天長地久**。

【義近】地久天長／天長日久／天荒地老／海枯石爛。

【義反】一朝一夕／一年半載／俯仰之間／彈指之間／一時半刻。

天昏地黑（ㄊㄧㄢ ㄏㄨㄣ ㄉㄧˋ ㄏㄟ）

【釋義】天地昏暗無光。

【出處】韓愈・龍移詩：「天昏地黑蛟龍移，雷驚電激雄雌隨。」

【用法】多用以形容刮大風時飛沙蔽日的景象，有時也用以比喻政治腐敗或社會混亂。

【例句】①異鄉風景，舉目淒涼，況兼連日陰雨，**天昏地黑**，倍加慘戚。②滿清末年，那些賣國賊把整個中國鬧得**天昏地黑**，人民處於水深火熱之中。

【義近】天愁地慘／昏天黑地／天昏地暗／暗無天日。

【義反】天朗氣清／晴空萬里／天下太平／河清海晏。

天怒人怨（ㄊㄧㄢ ㄋㄨˋ ㄖㄣˊ ㄩㄢˋ）

【釋義】天發怒，人怨恨。意即人神共憤。

【出處】王充・論衡・雷虛：「天怒不旋日，人怨不旋踵。」

【用法】言當政者暴虐無道或領導不得法，弄得人人怨恨。

【例句】他一當上經理就胡作非為，弄得**天怒人怨**。

【義近】人神共憤／民怨沸騰／怨聲載道／怨氣衝天。

【義反】頌聲盈耳／有口皆碑／人人稱頌／眾口交譽／萬民景仰。

天南地北（ㄊㄧㄢ ㄋㄢˊ ㄉㄧˋ ㄅㄟˇ）

【釋義】一個在天之南，一個在地之北。

【出處】唐・鴻慶寺碑：「天南地北，鳥散荆分。」

【用法】形容彼此分離，相隔遙遠；有時也用以形容說話漫無邊際。

【例句】①我們用不著為分別而悲傷，即使**天南地北**，終有重會之日。②他這人說話就是喜歡**天南地北**的亂扯。

【義近】山南海北／海北天南／天涯海角／天各一方／天懸地隔。

【義反】一山之隔／一箭之遙／近在眼前／近在咫尺。

天高地厚（ㄊㄧㄢ ㄍㄠ ㄉㄧˋ ㄏㄡˋ）

【釋義】形容天地廣大遼闊。

【出處】詩經・小雅・正月：「謂天蓋高，不敢不局；謂地蓋厚，不敢不蹐。」荀子・勸學：「故不登高山，不知天之高也；不臨深谿，不知地之厚也。」

【用法】形容恩德、友誼、愛情的深厚，也用以說明事物的艱鉅、複雜。

【例句】①他待我有如父母，那**天高地厚**之恩，是一定要報答的。②他剛從學校畢業出來，有些不知**天高地厚**，所以遇事都看得很簡單。

【義近】天覆地載／義深如海／恩重如山／恩同再造。

天馬行空（ㄊㄧㄢ ㄇㄚˇ ㄒㄧㄥˊ ㄎㄨㄥ）

【釋義】神馬在太空中奔馳。天馬：神馬。

【出處】劉子鍾・薩天錫詩集序：「其所以神化而超出於眾者，殆猶天馬行空而步驟不凡。」

【用法】比喻才氣縱橫奔放，毫無拘束；也用以稱讚文筆超逸。也形容人說話浮誇，不著邊際。

【例句】他為文洋洋灑灑，筆調有如游龍活現，**天馬行空**。

【義近】倘佯恣肆／意到筆隨／才氣縱橫／行雲流水／口若懸河／大放厥詞／不著邊際／夸夸其談。

【義反】滿紙空言／文思蔽塞／要言不煩／言簡意賅。

天真無邪（ㄊㄧㄢ ㄓㄣ ㄨˊ ㄒㄧㄝˊ）

【釋義】天真：稱孩童的稚氣，也指未受禮俗影響的本性。

無邪：沒有不正當的念頭。
【用法】形容人心地善良純潔。多用於少年，也用於青年。
【例句】這些無憂無慮的孩子，顯得多麼可愛，多麼**天眞無邪**啊！
【義近】天眞爛漫／心地純潔／赤子之心。
【義反】老氣橫秋／少年老成／老於世故。

天眞爛漫 ㄊㄧㄢ ㄓㄣ ㄌㄢˋ ㄇㄢˋ

【釋義】天眞：純眞。爛漫：坦率自然，毫不做作。漫：也作「熳」。
【出處】龔開・高馬小兒圖詩：「此兒此馬俱可憐，馬方三齒兒未冠。天眞爛漫好容儀，楚楚衣裝無不宜。」
【用法】用以形容心地純眞，出於自然，不矯揉造作。
【例句】她那愛搶話說的脾氣、頑皮的舉動，在在顯出她的**天眞爛漫**與少不經事。
【義近】赤子之心／童心未泯／天眞無邪／純眞自然／善良純潔。
【義反】老氣橫秋／矯揉造作／裝腔作勢／少年老成。

天倫之樂 ㄊㄧㄢ ㄌㄨㄣˊ ㄓ ㄌㄜˋ

【釋義】天倫：原稱兄弟。兄先弟後，天然倫次，故稱。後泛指父子、兄弟爲天倫。
【出處】李白・春夜宴從弟桃李園序：「會桃花之芳園，序天倫之樂事。」
【用法】今指家人親密團聚的歡樂。
【例句】王老先生無論怎樣忙，每逢年節假日總要和兒孫們相聚，以享**天倫之樂**。
【義近】含飴弄孫。
【義反】手足相殘／家反宅亂／天屬之乖。

天旋地轉 ㄊㄧㄢ ㄒㄩㄢˊ ㄉㄧˋ ㄓㄨㄢˇ

【釋義】天地轉動。旋：轉動。
【出處】元稹・望雲騅馬歌：「天旋地轉日再中，天子却坐明光宮。」
【用法】形容頭暈眼花，也比喻形勢變化，時勢變遷。
【例句】她聽到那樁不幸的消息後，頓時覺得**天旋地轉**，差點暈死過去。
【義近】天崩地坼／天翻地覆／天旋日轉／天昏地暗。
【義反】安然不動／穩如泰山／泰然自若。

天崩地坼 ㄊㄧㄢ ㄅㄥ ㄉㄧˋ ㄔㄜˋ

【釋義】天塌下，地裂開。坼：裂開。
【出處】戰國策・趙策三：「周烈王崩，諸侯皆弔，齊後往。周怒，赴於齊曰：『天崩地坼，天子下席。』」
【用法】形容巨大的聲響，比喻重大的事變。
【例句】那場爆炸發出**天崩地坼**的巨響，把山頂炸平了，周圍的房屋也被震垮了。
【義近】天崩地裂／天塌地陷／天崩地塌／天翻地覆／驚天動地。

天從人願 ㄊㄧㄢ ㄘㄨㄥˊ ㄖㄣˊ ㄩㄢˋ

【釋義】天老爺順從人的心願。
【出處】張國賓・合汗衫三折：「誰知天從人願，到的我家不上三日，就添了一個滿抱兒小廝。」
【用法】形容事如人意。
【例句】他時時刻刻都想要個兒子，今年他太太就給他生了一個，這眞是**天從人願**。
【義近】如願以償／稱心如意／盡如人意／天遂人願／天隨人願。
【義反】天不從人願／天違人願／天公不作美／事與願違。

天理人情 ㄊㄧㄢ ㄌㄧˇ ㄖㄣˊ ㄑㄧㄥˊ

【釋義】天理：上天主持的公理，自然之理。天：自然。人情：人之常情。
【出處】韓詩外傳：「倚天理，

觀人情。」郭勛・英烈傳五四回：「吾豈不愛將軍雄傑，但天理人情上，難以相款。」

【用法】指為人處事要講公理人情，不要昧良心。

【例句】他為人厚道，想問題，出主意，辦事情，都很注重**天理人情**。

【義近】天地良心／合情合理／應天順人／人之常情。

【義反】徇私枉法／情理難容／不盡情理。

天理昭彰（ㄊㄧㄢ ㄌㄧˇ ㄓㄠ ㄓㄤ）

【釋義】上天主持的公理清楚明白。昭彰：明顯，清楚。

【出處】古今小說・蔣興哥重會珍珠衫：「如此說來，天理昭彰，好怕人也！」

【用法】說明是非善惡分明，自有公理在。

【例句】那些傢伙一向橫行霸道，無惡不作，現被處決，這叫做**天理昭彰**，罪有應得。

【義近】天理昭然／天理昭昭／天網恢恢／善有善報／惡有惡報。

【義反】沉冤莫白／善惡顛倒／錯勘賢愚。

天涯比鄰（ㄊㄧㄢ ㄧㄚˊ ㄅㄧˇ ㄌㄧㄣˊ）

【釋義】雖遠在天邊，猶近若比鄰。天涯：天邊。比鄰：近鄰。

【出處】王勃・杜少府之任蜀州詩：「海內存知己，天涯若比鄰。」

【用法】說明只要感情深厚，心靈息息相通，雖相隔極遠，也如近鄰而居。

【例句】現在的交通電訊發達，即使遠在天涯海角，亦予人**天涯比鄰**之感。

天涯海角（ㄊㄧㄢ ㄧㄚˊ ㄏㄞˇ ㄐㄧㄠˇ）

【釋義】天涯：天的邊際。海角：海的盡頭。

【出處】張世南・游宦記聞：「今之遠宦及遠服賈者，皆曰天涯海角，蓋言遠也。」

【用法】指極偏遠的地方，或形容彼此相隔極遠。

【例句】就是你走到**天涯海角**，我也要把你找到。

【義近】天涯地角／海角天涯／海北天南。

【義反】近在咫尺。

天造地設（ㄊㄧㄢ ㄗㄠˋ ㄉㄧˋ ㄕㄜˋ）

【釋義】如天地安排好的，無須再用人力加工。設：設置。

【出處】董弅・陳公亮重建貢院記：「望其中則儼如，視其旁則翼如，井井繩繩端若天造而地設焉。」

【用法】形容事物配合得當，如天地自然生成，合乎理想。今也用以稱賀結婚的男女雙方。

【例句】①陽明山的園林，無不修築得自然得體，如**天造地設**的一般。②王先生與白小姐郎才女貌，真是**天造地設**的一對。

【義近】天授地設／渾然天成／神謀化力／鬼斧神工。

【義反】矯揉造作。

天寒地凍（ㄊㄧㄢ ㄏㄢˊ ㄉㄧˋ ㄉㄨㄥˋ）

【釋義】天上寒冷，地上凍結。

【出處】姚燧・新水令・冬怨曲：「見如今天寒地凍，知他共何人陪奉。」

【用法】形容天氣極為寒冷。

【例句】哈爾濱一到秋天，就進入**天寒地凍**的季節，我實在無法習慣，只好匆匆告別親友，返回臺北。

【義近】冰天雪地／大雪紛飛／白雪皚皚。

【義反】春暖花開／風和日麗／暑氣蒸人／火傘高張。

天無絕人之路（ㄊㄧㄢ ㄨˊ ㄐㄩㄝˊ ㄖㄣˊ ㄓ ㄌㄨˋ）

【釋義】天老爺不會斷絕人的生路。

【出處】元・無名氏・貨郎擔四

折：「果然天無絕人之路，只見那東北上搖下一隻船來。」

【用法】比喻身處絕境，終能找到出路，以此勉勵人不要悲觀絕望。

【例句】四十多年前，我流落他鄉，身無分文，但我堅信**天無絕人之路**，經過艱苦奮鬥，終於有了今天的成就。

【義近】船到橋頭自然直／車到山前必有路／絕處逢生／枯木逢春。

【義反】走投無路／死路一條／上天無路，入地無門。

天無二日（ㄊㄧㄢ ㄨˊ ㄦˋ ㄖˋ）

【釋義】天上不能有兩個太陽。

【出處】孟子・萬章上：「天無二日，民無二主。」

【用法】原用以比喻一國不能有兩個國君，今多用以說明不能有多重領導，政出多門。

【例句】**天無二日**，但在我們公司發號施令的卻有好幾個，你這樣說，他那樣說，真是教人無所適從。

【義近】一山不容二虎。

【義反】山頭林立／政出多門。

天經地義（ㄊㄧㄢ ㄐㄧㄥ ㄉㄧˋ ㄧˋ）

【釋義】天地間經久不變的常理。經：常規，常理。義：正理。

【出處】左傳・昭公二五年：「夫禮，天之經也，地之義也。」潘岳・世祖武皇帝誄：「永言孝思，天經地義。」

【用法】用以說明理所當然，無可非議。

【例句】一般人想在事業上有所成就，學術上有所造詣，乃至想升官發財，這些都是**天經地義**的事。

【義近】理所當然／毋庸置疑／不刊之理。

【義反】不近情理／站不住腳／經不起駁。

天誅地滅（ㄊㄧㄢ ㄓㄨ ㄉㄧˋ ㄇㄧㄝˋ）

【釋義】罪惡深重，不為天地所容。誅：殺。

【出處】施耐庵・水滸傳一五回：「我等六人中，但有私意者，天誅地滅，神明鑒察。」

【用法】舊時常用作發誓語。今多用以指斥罪大惡極的壞人，也用以發誓。

【例句】你們這樣膽大妄為，難道就不怕**天誅地滅**嗎？

【義近】天打雷劈。

天網恢恢（ㄊㄧㄢ ㄨㄤˇ ㄏㄨㄟ ㄏㄨㄟ）

【釋義】天道像一個廣闊的大網。比喻天道廣大，無所不包。恢恢：廣大的樣子。

【出處】老子七三章：「天網恢恢，疏而不失。」

【用法】比喻國家法網雖寬，但壞人決逃不了法律的制裁。

【例句】這幾個殺人犯逃到泰國，還是給抓回來了，真是**天網恢恢**，疏而不漏。

【義近】法網難逃。

【義反】逍遙法外。

天覆地載（ㄊㄧㄢ ㄈㄨˋ ㄉㄧˋ ㄗㄞˋ）

【釋義】天覆蓋著萬物，地承載著一切。

【出處】禮記・中庸：「天之所覆，地之所載。」

【用法】比喻恩澤廣布有如天地對人的恩惠。多用以頌揚德政。

【例句】國君若能施恩推仁於民，則可算是有了**天覆地載**之功。

【義近】功德無量／恩重如山。

天翻地覆（ㄊㄧㄢ ㄈㄢ ㄉㄧˋ ㄈㄨˋ）

【釋義】天地翻過來。覆：倒翻。

【出處】劉商・胡笳十八拍：「天翻地覆誰得知，如今正南看北斗。」

【用法】形容形勢的巨變，也形容鬧得很凶，秩序大亂。

【例句】①國父推翻滿清，建立民國，對中華民族來說，是個**天翻地覆**般的巨大變化。②最近他太太神經受了很大的刺激，常常尋死覓活的，家裏鬧得**天翻地覆**。

【義近】改朝換代／掀天揭地／天塌地陷／翻江倒海／翻天覆地。

【義反】四平八穩／紋絲不動／風平浪靜。

天羅地網（ㄊㄧㄢ ㄌㄨㄛˊ ㄉㄧˋ ㄨㄤˇ）

【釋義】天空和地面遍張羅網。羅：捕鳥的網。網：捕魚的網。

【出處】元・無名氏・鎖魔鏡三折：「天兵下了天羅地網者，休要走了兩洞妖魔。」

【用法】比喻法禁森嚴，無法脫逃。或比喻遭逢大難，走投無路。

【例句】那些走私者自以為得意，殊不知我國緝私隊早已撒下**天羅地網**，等他們落網。

【義近】天網恢恢／重重包圍。

【義反】網開一面。

天壤之別（ㄊㄧㄢ ㄖㄤˇ ㄓ ㄅㄧㄝˊ）

【釋義】天上和地下的差別。壤：土地。

【出處】葛洪・抱朴子・論仙：「其為不同，已有天壤之覺，冰炭之乖矣。」文康・兒女英雄傳三六回：「不走翰林這途，同一甲科，就有天壤之別了。」

【用法】形容差別很大。

【例句】非洲的貧窮落後和我們這裏的富裕先進，兩相比較，眞有**天壤之別**。

【義近】霄壤之別／天淵之別／天差地遠／大相逕庭／判若雲泥。

【義反】不相上下／大同小異／半斤八兩／無分軒輊。

太公釣魚，願者上鉤（ㄊㄞˋ ㄍㄨㄥ ㄉㄧㄠˋ ㄩˊ，ㄩㄢˋ ㄓㄜˇ ㄕㄤˋ ㄍㄡ）

【釋義】太公：姜太公，即呂尚，又稱姜子牙。傳說他釣於渭濱，釣竿直鉤不設餌。

【出處】葉良表・分金記・強徒奪節：「自古道：『姜太公釣魚，願者上鉤。』不願，怎強得他？」

【用法】指行事完全出於自覺自願，或比喻心甘情願上當。

【例句】愛美的女性，常花大筆錢財在美容上面，效果如何也不確定，這叫做**太公釣魚，願者上鉤**。

【義近】周瑜打黃蓋，願打願捱。

【義反】趕鴨子上架／牛不喝水強按頭。

太平無事（ㄊㄞˋ ㄆㄧㄥˊ ㄨˊ ㄕˋ）

【釋義】社會安定，沒有擾亂破壞之類的事情發生。

【出處】焦竑・玉堂叢語・方正：「惟高堂厚祿身享太平無事之日者，見月則樂也。」

【用法】形容社會安定和平，國人生活安寧。

【例句】別以爲現在國家**太平無事**便可高枕無憂，要知道還有許多我們難以突破的困境要去面對。

【義近】天下太平／四海升平／國泰民安。

【義反】國無寧日／社會動盪／國步艱難。

太倉一粟（ㄊㄞˋ ㄘㄤ ㄧˊ ㄙㄨˋ）

【釋義】大穀倉中的一粒小米。太倉：古時京城官家的大穀倉。粟：小米。

【出處】莊子・秋水：「計中國之在海內，不似稊米之在太倉乎？」文康・兒女英雄傳三回：「但恐太倉一粟，無濟於事。」

【用法】比喻極小。

【例句】人的生命與整個宇宙相較起來，也不過是**太倉一粟**，渺小得可憐。

【義近】滄海一粟／大海浮萍／太倉稊米／九牛一毛。

太歲頭上動土

【釋義】舊時認爲太歲經行的方向爲凶方，掘土興建要避開太歲方位，否則會受災。太歲：木星。

【出處】元・無名氏・趙匡胤打董達二折：「我兒也，你尋死也，正是太歲頭上動土哩！」

【用法】用以比喻觸犯強人，自取禍殃。

【例句】他如此有權有勢，你却要和他爭輸贏，這豈不是**太歲頭上動土**嗎？

【義近】老虎頭上搔癢／強龍嘴裡拔牙／捋虎鬚。

【義反】欺軟怕硬／欺善怕惡。

夫唱婦隨

【釋義】原指妻子唯夫命是從。唱，原作「倡」，領唱。隨：附和。

【出處】關尹子・三極：「夫者倡，婦者隨；牡者馳，牝者逐。」高則誠・琵琶記：「況已做人妻，夫唱婦隨，不須疑慮。」

【用法】多用以比喻夫婦相處和好，彼此唱隨之樂。

【例句】這個女人能力很強，但自從嫁人後，便**夫唱婦隨**，辭去原有工作，與丈夫共創事業。

【義近】琴瑟調和／比翼雙飛／嫁雞隨雞，嫁狗隨狗。

【義反】同牀異夢／貌合神離／琴瑟不調／夫妻反目。

失之東隅，收之桑榆

【釋義】早晨失去的，晚上再收回。東隅：日所出處，指早晨。桑榆：兩種樹名，落日所照處，指黃昏。

【出處】後漢書・馮異傳：「始雖垂翅回谿，終能奮翼黽池，可謂失之東隅，收之桑榆。」

【用法】比喻初雖有失，而終得成功。

【例句】不要把挫折看得太嚴重，有時**失之東隅，收之桑榆**，從失敗中得到教訓奮起直追，更有成功的希望。

【義近】塞翁失馬，焉知非福／因禍得福。

失之交臂

【釋義】兩人擦肩而過，錯失機會。交臂：胳膊碰胳膊。

【出處】莊子・田子方：「吾終身與女（汝）交一臂而失之，可不哀與！」羅貫中・三國演義一四回：「遇可事之主，而交臂失之。」

【用法】形容當面錯過機會。

【例句】本來是可以做成這筆生意的，誰知竟**失之交臂**，被競爭的對手搶了去。

【義近】坐失良機。

失之毫釐，差之千里

【釋義】毫、釐：爲計量的小單位。一作「失之毫釐，謬以千里。」謬：錯誤。

【出處】大戴禮・保傅：「易曰：正其本，萬物理；失之毫釐，差之千里；故君子慎始也。」

【用法】表示相差雖微，而錯誤極大。

【例句】做事情是馬虎不得的，有時一點小疏忽會導致大錯誤，所以古人說：「**失之毫釐，差之千里**。」

【義近】一失足成千古恨。

失敗爲成功之母

【釋義】失敗往往是成功的先導。

【用法】指從失敗中汲取教訓，最後取得勝利。

【例句】切記，**失敗爲成功之母**，只要好好汲取教訓，累積經驗，以後就一定能成功。

【義近】吃一塹長一智。

【義反】一蹶不振／一朝被蛇咬，十年怕草繩／因噎廢食。

失道寡助 ㄕ ㄉㄠˋ ㄍㄨㄚˇ ㄓㄨˋ

【釋義】道：道義，正義。寡：少。

【出處】孟子・公孫丑下：「得道者多助，失道者寡助。」

【用法】指違背道義的人，不得人心，必然會孤立無援而最後失敗。

【例句】**失道寡助**，歷史上沒有一個暴君，不是弄得眾叛親離而覆滅的。

【義近】失民者亡／眾叛親離／獨夫民賊。

【義反】得民者昌／得道多助／近悅遠來。

失魂落魄 ㄕ ㄏㄨㄣˊ ㄌㄨㄛˋ ㄆㄛˋ

【釋義】魂、魄：舊指離開人體的精神爲「魂」，依附形體的精神爲「魄」。

【出處】凌濛初・初刻拍案驚奇二五卷：「做子弟的，失魂落魄，不惜餘生。」

【用法】形容心神不寧、精神不集中、驚慌失措等。

【例句】他自從與女友分手後，便整天**失魂落魄**，一點朝氣也沒有了。

【義近】魂不守舍／六神無主。

【義反】泰然處之／鎮定自若／神色自如／泰然自若。

夸父逐日 ㄎㄨㄚ ㄈㄨˋ ㄓㄨˊ ㄖˋ

【釋義】夸父追逐太陽。夸父：神人名。

【出處】山海經・海外北經：「夸父與日逐走，入日。渴，欲得飲，飲于河、渭；河、渭不足，北飲大澤。未至，道渴而死。」

【用法】比喻人自不量力，也用以說明人具有偉大的氣魄與毅力。

【例句】無論做什麼事，都要衡量自己的實力，才不至於像**夸父逐日**一樣，道渴而死。

【義近】精衛填海／愚公移山。

【義反】量力而行。

夸夸其談 ㄎㄨㄚ ㄎㄨㄚ ㄑㄧˊ ㄊㄢˊ

【釋義】夸夸：亦寫作「誇誇」，浮誇善談的樣子。夸：夸大，說大話。

【用法】多用以形容說話浮誇、不切實際，也形容滔滔不絕的大發議論。

【例句】做人應該要腳踏實地，不要老是**夸夸其談**，華而不實。

【義近】滔滔不絕／大放厥詞／大發議論／口若懸河／懸河瀉水。

【義反】要言不煩／言簡意賅／言之有物。

奉公守法 ㄈㄥˋ ㄍㄨㄥ ㄕㄡˇ ㄈㄚˇ

【釋義】奉行公事，遵守法令。

【出處】司馬遷・史記・廉頗藺相如列傳：「以君之貴，奉公如法，則上下平。」元・無名氏・陳州糶米：「則要你奉公守法。」

【用法】形容辦事守規矩，不違法徇私。

【例句】作爲國家的公務員，理應**奉公守法**，替民眾辦事。

【義近】克己奉公／公事公辦。

【義反】違法亂紀／貪贓枉法／循私枉法。

奉行故事 ㄈㄥˋ ㄒㄧㄥˊ ㄍㄨˋ ㄕˋ

【釋義】奉行：遵照實行。故事：此指先例，舊日的典章制度。

【出處】漢書・魏相傳：「相明易經有師法，……以爲古今異制，方今務在奉行故事而已。」

【用法】指按照成例行事，不敢有所創新。

【例句】時代在發展，社會在進步，如果我們不隨時調整政策，一味地**奉行故事**，那就必然要處於落後的地位。

【義近】抱殘守缺／墨守成規／蕭規曹隨／陳陳相因。

【義反】破除陳規／日新又新／

不主故常／因事制宜。

奉若神明 ㄈㄥˋ ㄖㄨㄛˋ ㄕㄣˊ ㄇㄧㄥˊ

【釋義】奉：信仰，敬奉。神明：神。一作「敬若神明」。

【出處】左傳・襄公一四年：「敬之如神明。」錢泳・履園叢話：「邑中無賴子弟，以儀仗擁護，奉若神明。」

【用法】用以說明敬奉某人或某事物，如信神的人崇拜神靈一樣。

【例句】他提出的改革方針拯救了公司，現在公司上上下下將他**奉若神明**。

【義近】奉為神明／頂禮膜拜。

【義反】敬而遠之／視如草芥。

奉為圭臬 ㄈㄥˋ ㄨㄟˊ ㄍㄨㄟ ㄋㄧㄝˋ

【釋義】圭臬：圭即土圭，測日影的儀器；臬即表臬，測廣狹的儀器。

【出處】杜甫・八哀詩・故著作郎貶台州司戶滎陽鄭公虔：「圭臬星經奧，蟲篆丹青廣。」

【用法】用以比喻遵奉為準則、典範。

【例句】孔子的言行確實值得人們學習、仿效，幾千年來人們**奉為圭臬**是不無道理的。

【義近】奉為楷模／奉為準則／奉為典範／引為繩墨。

【義反】不足為訓／無可取法。

奉辭伐罪 ㄈㄥˋ ㄘˊ ㄈㄚˊ ㄗㄨㄟˋ

【釋義】遵奉正辭，討伐有罪。

【出處】左丘明・國語・鄭語：「君若以成周之眾，奉辭伐罪，無不克矣。」

【用法】說明以正當的理由興師問罪，人心順服，必能獲取勝利。

【例句】紂王無道，武王**奉辭伐罪**，一舉滅殷。

【義近】弔民伐罪／興師問罪／師出有名。

【義反】師出無名。

奇文共賞 ㄑㄧˊ ㄨㄣˊ ㄍㄨㄥˋ ㄕㄤˇ

【釋義】奇文：新奇的文章。

【出處】陶淵明・移居詩之一：「奇文共欣賞，疑義相與析。」

【用法】說明奇妙的文章，值得大眾一同欣賞。

【例句】這是一篇不可多得的好文章，應推薦給大眾**奇文共賞**。

【義近】奇技共賞。

奇貨可居 ㄑㄧˊ ㄏㄨㄛˋ ㄎㄜˇ ㄐㄩ

【釋義】珍奇的貨物可囤積起來以待高價。居：存，囤積。

【出處】司馬遷・史記・呂不韋列傳：「子楚……居處困，不得意。呂不韋賈邯鄲，見而憐之，曰：『此奇貨可居。』」

【用法】指商人將稀有貨物囤積起來等待高價出售，也指憑借某種優越條件作為換取名利的資本。

【例句】在一片生態保育的聲浪中，一些珍貴的象牙、犀牛角等商品更是**奇貨可居**，成為不法之徒致富的寶物。

【義近】囤積居奇／操奇計贏／待價而沽。

奇裝異服 ㄑㄧˊ ㄓㄨㄤ ㄧˋ ㄈㄨˊ

【釋義】一作「奇服異衣」。奇服：新異的服裝。

【出處】屈原・涉江：「余幼好此奇服兮，年既老而不衰。」梁書・武帝紀上：「奇服異衣，更極夸麗。」

【用法】用以指與眾不同的服裝式樣。

【例句】她不僅性情古怪，行為與眾不同，就是平日穿戴，也是**奇裝異服**，引人注目。

【義近】新異服裝／衣冠赫奕。

奄奄一息 ㄧㄢˇ ㄧㄢˇ ㄧ ㄒㄧ

【釋義】只剩下微弱的一口氣。

奄奄：氣息微弱的樣子。息：一呼一吸。

【出處】李密・陳情表：「但以劉日薄西山，氣息奄奄，人命危淺，朝不慮夕。」

【用法】形容臨近死亡，也指事物即將消逝或毀滅。

【例句】①在公海上的越南難民，有的已**奄奄一息**，急待援助。②這個公司現在已是**奄奄一息**，眼看就要倒閉了。

【義近】氣息奄奄／朝不保夕／命若懸絲／日薄西山／尸居餘氣／岌岌可危。

【義反】生氣勃勃／生龍活虎／朝氣蓬勃。

奔走相告 ㄅㄣ ㄗㄡˇ ㄒㄧㄤ ㄍㄠˋ

【釋義】奔跑著互相傳告。

【出處】尚書・酒誥：「奔走事厥考厥長。」

【用法】用以說明人們特別關心某事，且急於讓別人知道。

【例句】日軍一宣布投降，中國軍民無不歡騰雀躍，**奔走相告**。

【義反】絕口不談／守口如瓶／隻字不提。

契若金蘭 ㄑㄧˋ ㄖㄨㄛˋ ㄐㄧㄣ ㄌㄢˊ

【釋義】契：投合。金、蘭：謂交友相投合，情誼如金之堅固，蘭之芳香。

【出處】劉義慶・世說新語・賢媛：「山公與嵇、阮一面，契若金蘭。」

【用法】比喻朋友交情深厚。

【例句】你與他本是**契若金蘭**，在這個節骨眼上，你怎能落井下石，陷害他呢！

【義近】莫逆之交／生死之交／義結金蘭／刎頸之交。

【義反】點頭之交／泛泛之交／狐朋狗友／酒肉朋友。

奮不顧身 ㄈㄣˋ ㄅㄨˋ ㄍㄨˋ ㄕㄣ

【釋義】奮：奮勇。顧：顧惜，愛惜。

【出處】司馬遷・報任少卿書：「常思奮不顧身，以殉國家之急。」

【用法】形容奮勇向前，不考慮個人安危。

【例句】他**奮不顧身**地躍入水中，搶救兩個落水兒童。

【義近】舍生忘死／挺身而出。

【義反】貪生怕死／畏縮不前／臨陣逃脫。

奮發有爲 ㄈㄣˋ ㄈㄚ ㄧㄡˇ ㄨㄟˊ

【釋義】奮發：蓬勃向上，振作。又作「憤發有爲」。

【出處】元史・陳祖仁傳：「孰不欲奮發有爲，成不世之功。」

【用法】形容人精神振作，有所作爲。

【例句】他不僅長得英挺、爲人謙恭，而且**奮發有爲**，是不可多得的棟梁之才。

【義近】振作有爲／奮發圖強。

【義反】意氣消沉／無所用心／無所事事／無所作爲。

女部

奴顏婢膝 ㄋㄨˊ ㄧㄢˊ ㄅㄧˋ ㄒㄧ

【釋義】奴顏：奴才的臉，常露諂媚樣。婢膝：侍女的膝，常下跪。

【出處】陸龜蒙・散人歌：「奴顏婢膝眞乞丐，反以正直爲狂痴。」

【用法】用以形容低聲下氣，諂媚奉承的形狀。

【例句】他爲了達到升官發財的目的，竟**奴顏婢膝**地巴結上司，簡直不知人間還有羞恥事。

【義近】卑躬屈膝／奴顏媚骨／曲意逢迎／吮癰舐痔／卑躬屈節／脅肩諂笑／搖尾乞憐／如蟻附羶。

【義反】正氣昂揚／守正不阿／剛正不阿／志行高潔／抱誠守眞。

奴顏媚骨（ㄋㄨˊ ㄧㄢˊ ㄇㄟˋ ㄍㄨˇ）

【釋義】奴才相，賤骨頭。顏：面容。媚：諂媚，逢迎。媚骨：討好奉承的軟骨頭。

【用法】形容卑鄙無恥地諂媚討好別人的醜惡嘴臉和性格。

【例句】瞧他一副小人嘴臉，其**奴顏媚骨**的態度令人厭惡。

【義近】奴顏婢膝／卑躬屈膝。

【義反】剛正不阿／堂堂正正／一身傲骨。

如人飲水，冷暖自知（ㄖㄨˊ ㄖㄣˊ ㄧㄣˇ ㄕㄨㄟˇ ㄌㄥˇ ㄋㄨㄢˇ ㄗˋ ㄓ）

【釋義】水的冷暖程度，只有自己親自喝過後才可體會。

【出處】裴休・黃蘗山斷際禪師傳心法要：「明（上座）於言下忽然默契，便禮拜云：『如人飲水，冷暖自知。』」

【用法】用以指直接經驗的事，自己理解得最明白深刻。

【例句】做學問有苦也有樂，但又不是言語所能說明的，正如俗話所說：「**如人飲水，冷暖自知**。」還是自己親身去體會吧！

如入無人之境（ㄖㄨˊ ㄖㄨˋ ㄨˊ ㄖㄣˊ ㄓ ㄐㄧㄥˋ）

【釋義】好像進入到無人居住的地區。境：地方，地區。

【出處】杜重威傳：「敵騎數十驅漢人千萬過城下，如入無人之境。」

【用法】用以形容威力強大，所向無敵。

【例句】他眞不愧是明星球員，無論是突破重重封鎖或帶球上籃，都**如入無人之境**，球技令人讚歎。

【義近】所向披靡／所向無敵／萬夫莫敵／長驅直入／勢如破竹／銳不可當。

【義反】一觸即潰／望風披靡。

如火如荼（ㄖㄨˊ ㄏㄨㄛˇ ㄖㄨˊ ㄊㄨˊ）

【釋義】像火一樣紅，像茅草一樣白。荼：一種開白花的茅草。

【出處】左丘明・國語・吳語載：吳王把軍隊排列成幾個萬人方陣，其中一個的旗幟穿戴全是白的，「望之如荼」，一個全是紅的，「望之如火」。

【用法】本指軍容盛大，今多用以形容氣勢的蓬勃旺盛。

【例句】援助非洲飢民的活動，在許多國家正**如火如荼**地展開。

【義近】風起雲湧／方興未艾／勢如燎原／日增月盛。

【義反】日陵月替／一蹶不振／日趨式微／每下愈況／江河日下。

如牛負重（ㄖㄨˊ ㄋㄧㄡˊ ㄈㄨˋ ㄓㄨㄥˋ）

【釋義】像牛馱著沉重的東西。負：擔負，肩負。

【出處】佛說四十二章經：「夫爲道者，如牛負重，行深泥中。」

【用法】用以比喻重擔在肩，無法擺脫。

【例句】他爲了償還賭債，借了一筆高利貸，自此以後即**如牛負重**，難以還淸。

【義近】千鈞重負／重擔壓肩／負重難行。

【義反】如釋重負／了無牽掛。

如失左右手（ㄖㄨˊ ㄕ ㄗㄨㄛˇ ㄧㄡˋ ㄕㄡˇ）

【釋義】像失掉了自己的左手、右手一樣。

【出處】司馬遷・史記・淮陰侯列傳：「人有言上曰：『丞相（蕭）何亡。』上大怒，如失左右手。」

【用法】用以比喻失去得力的助手。

【例句】自從王先生辭職返鄉後，總經理**如失左右手**，業務推展大不如前。

【義反】如魚得水／如虎添翼。

如出一口（ㄖㄨˊ ㄔㄨ ㄧˋ ㄎㄡˇ）

【釋義】像是從一個嘴裏說出來

的。

【出處】韓非子・內儲下：「燕人其妻有私通於士……夫曰：『何客也？』其妻曰：『無客。』問左右，左右言無有，如出一口矣。」

【用法】用以形容眾口一詞。

【例句】看來他們事先串通好了，無論你怎樣審問，供詞都**如出一口**。

【義近】一模一樣／毫無二致／如出一轍／眾口一詞。

【義反】截然不同／一人一詞／各說各話。

如出一轍 ㄖㄨˊ ㄔㄨ ㄧˋ ㄔㄜˋ

【釋義】像出自同一個車輪。轍：車轍，車輪壓出的痕跡。

【出處】洪邁・容齋續筆卷一一：「此四人（指關羽、王思政、慕容紹宗、吳明徹）之過，如出一轍。」

【用法】比喻兩件事情（多指言行）非常相似。多含貶義。

【例句】這兩份稿件的故事情節和結構等，**如出一轍**，究竟誰是抄襲者，需要查明。

【義近】毫無二致／千篇一律／千人一面。

【義反】截然不同／大相逕庭／天差地遠。

如此而已 ㄖㄨˊ ㄘˇ ㄦˊ ㄧˇ

【釋義】如此：這樣。而已：罷了。

【出處】孟子・盡心上：「無爲其所不爲，無欲其所不欲，如此而已矣。」

【用法】用以說明其人其事只不過這樣。

【例句】我只不過平日喜歡看電影和閱讀有關書籍，**如此而已**，並不是專業的影評人。

【義近】不過爾爾／豈有他哉。

【義反】不一而足／不止於此／不勝枚舉／不乏其例。

如坐春風 ㄖㄨˊ ㄗㄨㄛˋ ㄔㄨㄣ ㄈㄥ

【釋義】像坐在和暖的春風裏。

【出處】二程全書・外書一二：「朱公掞來見明道（程顥）於汝，歸謂人曰：『光庭在春風中坐了一個月。』」

【用法】用以稱頌良師的培養教育。

【例句】王教授講課不僅內容豐富，而且態度親切和藹，令人聽後有**如坐春風**的感覺。

【義近】如沐春風／春風風人／春風化雨／諄諄教誨／化雨均霑／時雨春風。

【義反】誤人子弟／施教無方。

如坐針氈 ㄖㄨˊ ㄗㄨㄛˋ ㄓㄣ ㄓㄢ

【釋義】像坐在插著針的氈子上。

【出處】晉書・愍懷太子遹傳：「太子怒，使人以針著錫常所坐氈中而刺之。」施耐庵・水滸傳一四回：「且說林沖在柴大官人東莊上，聽得這話，如坐針氈。」

【用法】形容心神不定，坐立不安。

【例句】聽說丈夫搭乘的班機出事，但又不知詳情，使得她在家裏**如坐針氈**。

【義近】惴惴不安／坐立不安／坐臥不寧。

【義反】若無其事／泰然自若／行若無事／氣定神閒。

如坐雲霧 ㄖㄨˊ ㄗㄨㄛˋ ㄩㄣˊ ㄨˋ

【釋義】像坐在茫茫的雲霧中。

【出處】顏之推・顏氏家訓・勉學：「及有吉凶大事，議論得失，蒙然張口，如坐雲霧。」

【用法】比喻茫然無所知。也用以比喻陷入迷離恍惚、莫名其妙的境地。

【例句】他昨天明明搭飛機去了美國，今天又有人說他在這裏酗酒鬧事，一時間令人**如坐雲霧**之中。

【義近】如墮五里霧中／摸門不著。

【義反】撥雲見日／洞若觀火／瞭若指掌／明察秋毫。

如虎添翼 ㄖㄨˊ ㄏㄨˇ ㄊㄧㄢ ㄧˋ

【釋義】好像老虎長上了翅膀。添：加上。翼：翅膀。
【出處】諸葛亮・心書・兵機：「將能執兵之權，操兵之勢，而臨城下，譬如猛虎加之羽翼，而翱翔四海。」
【用法】比喻強有力的人得到幫助，變得力量更強大。
【例句】這個球隊幾次比賽都得冠軍，現在又增加兩名健將，眞是**如虎添翼**。
【義反】如失左右手／孤立無援／濫竽充數。

如花似玉 ㄖㄨˊ ㄏㄨㄚ ㄙˋ ㄩˋ

【釋義】像花一樣的嬌艷，像玉一樣的瑩潤。
【出處】笑笑生・金瓶梅五五回：「只有潘金蓮打扮得如花似玉，喬模喬樣在丫鬟夥裏……狂得通沒些成色。」
【用法】形容婦女美麗嬌艷。
【例句】參加選美比賽的小姐們，個個都長得**如花似玉**。
【義近】如花似月／閉月羞花／沉魚落雁／艷若桃李／花容月貌。
【義反】無鹽之貌／鳩形鵠面。

如法炮製 ㄖㄨˊ ㄈㄚˇ ㄆㄠˊ ㄓˋ

【釋義】依照成法加工成藥品。如：依照。炮製：把中藥原料製成藥物。
【出處】曉瑩・羅湖野錄卷四：「若克依此書，明藥之體性，又須解如法炮製。」
【用法】比喻依照現成的樣子做，或按老規矩辦事。
【例句】像他那樣的文章，我隨時都可**如法炮製**出來，能算得上創作嗎？
【義近】依樣畫葫蘆／蕭規曹隨／墨守成規／蹈常襲故。
【義反】不落窠臼／不落俗套／別出心裁／別具匠心／別具一格／獨樹一幟。

如泣如訴 ㄖㄨˊ ㄑㄧˋ ㄖㄨˊ ㄙㄨˋ

【釋義】泣：哭泣。訴：訴說。
【出處】蘇軾・前赤壁賦：「其聲嗚嗚然，如怨如慕，如泣如訴。」
【用法】本指音樂或歌聲淒楚動人，今泛指聲音悲切。
【例句】洞簫聲淒楚悲涼，**如泣如訴**，常令聽者動容。
【義近】淒淒切切／悲悲切切／如怨如慕。
【義反】急管繁弦／響遏行雲／聲振林木／穿雲裂石。

如風過耳 ㄖㄨˊ ㄈㄥ ㄍㄨㄛˋ ㄦˇ

【釋義】就像風吹過耳朵一樣。
【出處】吳越春秋・吳王壽夢傳：「富貴之於我，如秋風之過耳。」
【用法】比喻事不關己，不放在心上。
【例句】師長苦口婆心地勸他戒除不良嗜好，他卻**如風過耳**，一點也不放在心上。
【義近】馬耳東風／置若罔聞／無動於衷。
【義反】拳拳服膺／奉命維謹／言聽計從。

如狼似虎 ㄖㄨˊ ㄌㄤˊ ㄙˋ ㄏㄨˇ

【釋義】像狼、虎一樣。
【出處】司馬遷・史記・項羽本紀：「猛如虎，狠如羊，貪如狼，彊不可使者，皆斬之。」吳敬梓・儒林外史三回：「幾個如狼似虎的公人。」
【用法】比喻人心性非常凶暴。
【例句】他是個**如狼似虎**的人，我勸你最好不要和他來往。
【義近】豺狼心性／喪心病狂／人面獸心／梟獍其心／狼心狗肺／蛇口蜂針。
【義反】慈悲爲懷／仁愛寬厚／宅心仁厚。

如飢似渴 ㄖㄨˊ ㄐㄧ ㄙˋ ㄎㄜˇ

【釋義】好像餓了急著要吃飯，

渴了急著要喝水一樣。
【出處】陳壽・三國志・魏志・陳思王傳：「遲奉聖顏，如飢似渴。」
【用法】形容要求非常迫切。
【例句】這是一部情節曲折離奇的推理小說，我從圖書館借來後，便**如飢似渴**地把它讀完了。
【義近】迫不及待／急不可待／心心念念／心急如火。
【義反】從容不迫／可有可無／不以為意。

如鳥獸散 ㄖㄨˊ ㄋㄧㄠˇ ㄕㄡˋ ㄙㄢˋ

【釋義】像一羣飛鳥走獸一樣逃散。散：離散，逃散。又作「鳥獸散」。
【出處】漢書・李廣傳：「今無兵復戰，天明坐受縛矣，各鳥獸散，猶有得脫歸報天子者。」
【用法】用以形容潰散逃散。
【例句】那幫賭客一聽到警察臨檢的消息，立刻**如鳥獸散**，紛紛走避。
【義近】魚逃鳥散／逃之夭夭／抱頭鼠竄／一哄而散。
【義反】獸聚蟻合／紛至沓來／雲合霧集／雲屯霧集／蜂屯蟻聚。

如魚得水 ㄖㄨˊ ㄩˊ ㄉㄜˊ ㄕㄨㄟˇ

【釋義】好像魚得到水一樣。
【出處】陳壽・三國志・蜀志・諸葛亮傳：「先主曰：『孤之有孔明，猶魚之有水也。』」
【用法】比喻得到跟自己十分投合的人或對自己很適合的環境。
【例句】①經理自從找來新助手，**如魚得水**，兩人合作得非常好。②徐先生調回行銷部門後，**如魚得水**，正能發揮所長。
【義近】志同道合／意氣相投／得心應手。
【義反】如魚失水／如鳥傷翅／龍困淺灘／格格不入。

如湯沃雪 ㄖㄨˊ ㄊㄤ ㄨㄛˋ ㄒㄩㄝˇ

【釋義】好像把沸水潑在雪上一樣。湯：熱水。沃：澆。沃雪：一作「澆雪」、「灌雪」。
【出處】枚乘・七發：「小飯大歠，如湯沃雪。」
【用法】比喻事情極易解決。
【例句】這件事解決起來**如湯沃雪**，一點也不難，關鍵在於你是不是有決心。
【義近】探囊拾芥／反掌折枝／俛拾地芥。
【義反】移山填海／挾山超海／難如登天。

如喪考妣 ㄖㄨˊ ㄙㄤ ㄎㄠˇ ㄅㄧˇ

【釋義】喪：喪生，死。考妣：舊時對父母死後的稱呼，父死叫考，母死叫妣。
【出處】尚書・舜典：「二十有八載，帝乃殂落，百姓如喪考妣。」
【用法】好像死了父母一樣地傷心。今多含貶義。
【例句】他投資的公司倒閉了，還負了一大筆債，只見他終日愁眉苦臉，**如喪考妣**。
【義近】牽衣頓足／呼天搶地／捶胸頓足／愁腸百轉／黯然神傷。
【義反】心花怒放／樂不可支／泰然自若。

如椽之筆 ㄖㄨˊ ㄔㄨㄢˊ ㄓ ㄅㄧˇ

【釋義】像屋椽那樣粗大的筆。椽：放在檁子上架屋瓦的圓木。
【出處】晉書・王珣傳：「珣夢人以大筆如椽與之，既覺，語人云：『此當有大手筆事。』」
【用法】用以稱讚他人的寫作才能。
【例句】他以那**如椽之筆**，寫出許多感動世人的優秀詩文。
【義近】如椽大筆／生花妙筆。
【義反】童蒙筆墨／雕蟲篆刻。

如意算盤 ㄖㄨˊ ㄧˋ ㄙㄨㄢˋ ㄆㄢˊ

【釋義】如意：合意，稱心。算盤：計算的器具。
【出處】李寶嘉・官場現形記四四回：「你倒會打如意算盤，十三個半月工錢，只付三個月！」
【用法】比喻考慮問題時只憑自己的主觀願望，從好的方面去著想打算。
【例句】做事情如果只是從好的方面去設想，盡打**如意算盤**，那一定會大失所望。
【義近】一廂情願。
【義反】事與願違／枉費心計。

如雷貫耳 ㄖㄨˊ ㄌㄟˊ ㄍㄨㄢˋ ㄦˇ

【釋義】響亮得像雷聲傳進耳朵裏。貫：穿透，貫通。又作「如雷灌耳」。
【出處】元・無名氏・凍蘇秦一折：「久聞先生大名，如雷貫耳。」吳敬梓・儒林外史：「久仰大名，如雷灌耳。」
【用法】形容人的名聲很大。多用以表示對人仰慕已久。
【例句】久仰大名，**如雷貫耳**，今日得見，眞是三生有幸。
【義近】遐邇聞名／大名鼎鼎／赫赫有名。
【義反】名不見經傳／沒沒無聞。

如數家珍 ㄖㄨˊ ㄕㄨˇ ㄐㄧㄚ ㄓㄣ

【釋義】好像數自己家藏的珍寶那樣清楚。家珍：家藏珍貴之物。
【出處】野史大觀卷五：「吳縣王鶴琴先生耆年碩德，與談吳中掌故，則掀髯抵掌，如數家珍。」
【用法】比喻對所講的事情十分熟悉。
【例句】展覽會裏解說員介紹展覽品的特色，講解詳細，**如數家珍**。
【義近】熟爛於胸／倒背如流。
【義反】一無所知／一知半解。

如箭在弦 ㄖㄨˊ ㄐㄧㄢˋ ㄗㄞˋ ㄒㄧㄢˊ

【釋義】像箭搭在弦上一樣，不得不發。
【出處】羅貫中・三國演義三二回載：曹操謂陳琳曰：「汝前爲本初作檄，……何乃辱及祖父耶？琳答曰：『箭在弦上，不得不發耳。』」
【用法】比喻勢在必行。
【例句】這項計畫已**如箭在弦**，非做不可，請你們不要再勸阻我了。
【義近】矢在弦上／勢在必行／勢所必然。
【義反】懸崖勒馬／嘎然而止。

如墮煙霧 ㄖㄨˊ ㄉㄨㄛˋ ㄧㄢ ㄨˋ

【釋義】好像掉入茫茫無邊的煙霧裏。墮：落，掉。
【出處】李白・嘲魯儒詩：「問以經濟策，茫如墮煙霧。」
【用法】形容茫然不得要領，找不到頭緒，認不清方向。
【例句】要在浩瀚的古籍裏搜集有用的資料，必須要有正確的方法，不然，就會**如墮煙霧**，茫無頭緒。
【義近】如墮煙海／如坐雲霧。
【義反】洞見癥結／洞若觀火。

如履平地 ㄖㄨˊ ㄌㄩˇ ㄆㄧㄥˊ ㄉㄧˋ

【釋義】像走在平坦的土地上。履：踩。
【出處】馮夢龍・警世通言・樂小舍拚生覓偶：「有那一般弄潮的弟子們，踏著潮頭，如履平地，貪著利物，應聲而往。」
【用法】比喻行事容易。
【例句】對他來說，像這樣的事並不困難，做起來簡直**如履平地**。
【義近】輕而易舉／易如折枝／易如反掌。
【義反】難上加難／挾山超海／難如登天。

如膠似漆（ㄖㄨˊ ㄐㄧㄠ ㄙˋ ㄑㄧ）

【釋義】像膠和漆那樣黏結。
【出處】韓詩外傳：「子夏曰：『實之與實，如膠似漆。』」
【用法】形容感情熾烈，難捨難分；或形容彼此親密無間，無法分開。
【例句】他倆結婚已三十多年，卻仍**如膠似漆**，形影不離。
【義近】形影不離／如影隨形／情好綢繆／難捨難分。
【義反】貌合神離／琴瑟不調／同牀異夢。

如影隨形（ㄖㄨˊ ㄧㄥˇ ㄙㄨㄟˊ ㄒㄧㄥˊ）

【釋義】好像影子老是跟著身體一樣。
【出處】列子・說符：「形枉則影曲，形直則影正，然則枉直隨形而不在影。」管子・任法：「如影之從形也。」
【用法】比喻兩人關係親密，常在一起。有時也比喻因果報應不爽。
【例句】①他倆常在一起，其親密程度，**如影隨形**。②善有善報，惡有惡報，善惡相報，**如影隨形**。
【義近】形影相隨／形影不離／終日廝守／寸步不離／秤不離鉈。
【義反】天各一方／不即不離／日月參辰／勢同水火。

如臨深淵（ㄖㄨˊ ㄌㄧㄣˊ ㄕㄣ ㄩㄢ）

【釋義】好像到了深水潭的邊緣。臨：面對，靠近。淵：深潭。
【出處】詩經・小雅・小旻：「戰戰兢兢，如臨深淵，如履薄冰。」
【用法】比喻做事小心翼翼，非常謹慎。常與「如履薄冰」連用。
【例句】他肩負著眾人託付的重任，終日**如臨深淵**，如履薄冰，唯恐有負眾望。
【義近】如履薄冰／臨淵履薄／兢兢業業／小心翼翼／如履春冰／戒慎恐懼。
【義反】粗心大意／不以爲意／掉以輕心／視同兒戲／苟且僥倖。

如獲至寶（ㄖㄨˊ ㄏㄨㄛˋ ㄓˋ ㄅㄠˇ）

【釋義】獲：得到。至寶：最珍貴的東西。至：最，極。
【出處】李光・與胡邦衡書：「忽蜀僧行密至，袖出寂照庵三字，如獲至寶。」
【用法】形容對於所得到的東西非常珍視喜愛。有大喜過望的意思。
【例句】她先生送給她一隻翡翠鐲子作爲生日禮物，她**如獲至寶**，珍惜萬分。
【義近】如獲拱璧／如獲至珍。
【義反】棄如敝屣／視若土芥。

如願以償（ㄖㄨˊ ㄩㄢˋ ㄧˇ ㄔㄤˊ）

【釋義】按所希望的那樣得到滿足。如：依照。償：滿足。
【出處】曾文正公批牘：「惟軍情瞬息千變，不知將來能如願以償否耳。」
【用法】指願望實現。
【例句】他經過多年的努力，終於**如願以償**地獲得了博士學位。
【義近】天從人願／稱心如意／盡如所期／宿願得償。
【義反】宿願難償／大失所望／好事多磨／事與願違。

如蟻附羶（ㄖㄨˊ ㄧˇ ㄈㄨˋ ㄕㄢ）

【釋義】像螞蟻附著在有腥味的羊肉上一樣。羶：羊臊氣。
【出處】莊子・徐無鬼：「羊肉不慕蟻，蟻慕羊肉，羊肉羶也。」
【用法】比喻許多臭味相投的人追求不好的事物，也比喻許多人依附有錢有勢的人。
【例句】老張最近得了一大筆不義之財，他那些酒肉朋友便**如蟻附羶**，跟著他團團轉。
【義近】羣蟻附羶／趨之若鶩／

如蟻慕羶／如蠅逐臭。
【義反】抗節不附／守正不阿。

如釋重負
ㄖㄨˊ ㄕˋ ㄓㄨㄥˋ ㄈㄨˋ

【釋義】像放下重擔那像。釋：放下。重負：重擔。
【出處】穀梁傳・昭公二九年：「昭公出奔，民如釋重負。」
【用法】形容繁忙、緊張過去之後的輕鬆愉快心情。
【例句】他經過近半年的奔走籌畫，終於完成了眾人託付的艱巨任務，這時他才**如釋重負**地鬆了口氣。
【義近】了無牽掛／無事一身輕。
【義反】重擔壓肩／如牛負重。

好大喜功
ㄏㄠˋ ㄉㄚˋ ㄒㄧˇ ㄍㄨㄥ

【釋義】愛舉大事，喜立大功。好：喜愛。原指古代帝王喜歡用兵伸張威力。
【出處】新唐書・太宗紀贊：「至其牽於多愛，復立浮圖，好大喜功，勤兵於遠，此中材庸主之所常為。」
【用法】指一意想做大事立大功。也指鋪張浮誇，愛出風頭，追求虛榮。
【例句】做人要腳踏實地，萬萬不可**好大喜功**。
【義近】急功好利／貪求虛名／好高騖遠。
【義反】腳踏實地／實事求是／逐本務實。

好吃懶做
ㄏㄠˋ ㄔ ㄌㄢˇ ㄗㄨㄛˋ

【釋義】又作「貪吃懶做」。好：喜，貪。
【出處】凌濛初・初刻拍案驚奇卷二一：「潘公開口罵道：『這樣好吃懶做的淫婦，睡到這等日高才起來……』」
【用法】用以指責人貪吃喝、懶做事。
【例句】人人都應以勤儉為本，若一味**好吃懶做**，再富有也會坐吃山空。
【義近】飽食終日／吃喝玩樂／無所事事／四體不勤／好逸惡勞／游手好閒。
【義反】埋頭苦幹／勤奮不息／夙興夜寐／吃苦耐勞／勤儉度日／黽勉從事。

好好先生
ㄏㄠˇ ㄏㄠˇ ㄒㄧㄢ ㄕㄥ

【釋義】指口口聲聲稱好的人。
【出處】高文秀・襄陽會二折：「此人複姓司馬，名徽，字德操，乃是好好先生。」
【用法】形容不分是非，但求相安無事，事事不與人計較之人。
【例句】他是有名的**好好先生**，從來不得罪人。
【義近】八面玲瓏／屈己待人／與人無爭／明哲保身。
【義反】敢於直言／仗義執言／不同流俗／剛直不阿／至公無私／戴圓履方。

好事不出門，壞事傳千里
ㄏㄠˇ ㄕˋ ㄅㄨˋ ㄔㄨ ㄇㄣˊ，ㄏㄨㄞˋ ㄕˋ ㄔㄨㄢˊ ㄑㄧㄢ ㄌㄧˇ

【釋義】不出門：指無人傳播，別人無從知道。傳千里：指傳播迅速和所傳範圍甚廣。
【出處】孫光憲・北夢瑣言六：「好事不出門，惡事行千里。」
【用法】用以說明好事不容易為人知道，而壞事則傳播得又快又廣。
【例句】這樁醜事昨天才發生，但今天全公司上下的人便都知道了，真是**好事不出門，壞事傳千里**。
【義近】好話不出門，惡話傳三村／不脛而走。

好事多磨
ㄏㄠˇ ㄕˋ ㄉㄨㄛ ㄇㄛˊ

【釋義】好事多經磨折。磨：磨難，阻礙。
【出處】董解元・西廂記諸宮調

一：「眞所謂佳期難得，好事多磨。」

【用法】舊時多指男女相愛，常經波折，難以如願。今泛指好事常遇挫折，進行得不順利。

【例句】此事簡單，照理說辦起來是很容易的，但却多次受挫，這大概是**好事多磨**吧。

【義近】好事多艱／天不從人願／好物難全／好事天慳。

【義反】一帆風順／天從人願／宿願得償／一舉成功。

好高騖遠（ㄏㄠˋ ㄍㄠ ㄨˋ ㄩㄢˇ）

【釋義】騖：馬快跑，引申爲追求。又作「好高務遠」。務：從事，做。

【出處】宋史・程顥傳：「病學者厭卑近而騖高遠，卒無成焉。」

【用法】多指在學習或工作上不切實際地追求過高的目標。

【例句】在學習上應該循序漸進，不能**好高騖遠**。

【義近】好大喜功／貪多務得／貪大求全。

【義反】腳踏實地／穩紮穩打／循序漸進。

好馬不吃回頭草（ㄏㄠˇ ㄇㄚˇ ㄅㄨˋ ㄔ ㄏㄨㄟˊ ㄊㄡˊ ㄘㄠˇ）

【釋義】意謂好馬不吃以前吃過的草。

【出處】石點頭六卷：「常言好馬不吃回頭草，料想延壽寺自然不肯相留，決無再入之理。」

【用法】比喻有志之士一往無前，決不後退；或既離其地，決不再返。

【例句】**好馬不吃回頭草**，我既然被他炒了魷魚，就決不可能再回他的公司，你們用不著從中斡旋了。

【義反】一步三回顧／瞻前顧後。

好爲人師（ㄏㄠˋ ㄨㄟˊ ㄖㄣˊ ㄕ）

【釋義】喜歡當別人的老師。好：喜歡。

【出處】孟子・離婁上：「人之患，在好爲人師。」

【用法】指人不謙遜，喜歡以教導者自居。

【例句】他最大的毛病就在**好爲人師**，總喜歡教訓別人，指揮別人，因而大家對他很反感。

【義近】矜才使氣／妄自尊大／頤指氣使。

【義反】不恥下問／移樽就教／不矜不伐。

好逸惡勞（ㄏㄠˋ ㄧˋ ㄨˋ ㄌㄠˊ）

【釋義】好：喜愛。逸：安樂。惡：討厭。

【出處】後漢書・郭玉傳：「夫貴者……其爲療也，有四難焉……好逸惡勞，四難也。」

【用法】指人貪圖安逸，厭惡勞動。

【例句】像他這樣**好逸惡勞**的人，竟想在事業上有所成就，眞是天大的笑話。

【義近】好吃懶做／四體不勤／游手好閒／玩歲愒日／曠廢隳惰。

【義反】吃苦耐勞／夙興夜寐／埋頭苦幹／夙夜匪懈／克勤克儉／孜孜不倦。

好漢不吃眼前虧（ㄏㄠˇ ㄏㄢˋ ㄅㄨˋ ㄔ ㄧㄢˇ ㄑㄧㄢˊ ㄎㄨㄟ）

【釋義】意謂英雄好漢不可不權衡輕重利害而一味蠻幹。

【用法】指遇事要瞻前顧後，能忍一時的困辱以成大事。

【例句】俗話說：**好漢不吃眼前虧**，他們來了幾個人，你才一個人，何必要同他們硬拚呢？

【義近】識時務者爲俊傑／忍得一時氣，換來終生福／小不忍則亂大謀／留得青山在，不怕沒柴燒。

【義反】針鋒相對／寸步不讓／血氣之勇／匹夫之勇。

好謀善斷 ㄏㄠˋ ㄇㄡˊ ㄕㄢˋ ㄉㄨㄢˋ

【釋義】好：喜愛，引申為擅長。謀：思考，謀畫。斷：決斷，判斷。
【出處】陸機．辨亡論上：「疇咨俊茂，好謀善斷。」
【用法】用以說明勤於思考，善於作正確判斷。
【例句】他雖然年輕，但**好謀善斷**，所以深受總經理的器重，特地把他調來做為自己的助理。
【義近】算無遺策／慎謀能斷／多謀善斷。
【義反】優柔寡斷／有勇無謀。

妄自菲薄 ㄨㄤˋ ㄗˋ ㄈㄟˇ ㄅㄛˊ

【釋義】毫無根據地過分看輕自己。妄：胡亂，不切實際。菲薄：輕視。
【出處】諸葛亮．出師表：「不宜妄自菲薄，引喻失義，以塞忠諫之路也。」
【用法】形容自暴自棄，自己看輕自己。
【例句】我們必須正確地認清自己，既不要**妄自菲薄**，也不要自高自大。
【義近】自暴自棄／自輕自賤／自慚形穢。
【義反】妄自尊大／自命不凡／狂妄自大。

妄自尊大 ㄨㄤˋ ㄗˋ ㄗㄨㄣ ㄉㄚˋ

【釋義】過高地看待自己。妄：過分地，狂妄。尊：高貴。
【出處】後漢書．馬援傳：「子陽（公孫述）井底蛙耳，而妄自尊大。」
【用法】形容人狂妄自大。
【例句】你這樣**妄自尊大**，目中無人，很難有一番作為的。
【義近】自命不凡／心高氣傲／目無餘子／狂妄自大／自高自大／唯我獨尊。
【義反】妄自菲薄／屈己待人／做小伏低／自輕自賤。

妒賢嫉能 ㄉㄨˋ ㄒㄧㄢˊ ㄐㄧˊ ㄋㄥˊ

【釋義】妒、嫉：妒忌。賢、能：有才德的人。
【出處】司馬遷．史記．高祖本紀：「項羽妒賢嫉能，有功者害之，賢者疑之。」
【用法】用以指稱對品德才能比自己強的人心懷忌恨。
【例句】高級主管應虛心納下，若**妒賢嫉能**則很難服眾。
【義近】妒功忌能／妒才害能。
【義反】招賢納士／三顧茅廬／廣招賢才／吐哺握髮。

妙不可言 ㄇㄧㄠˋ ㄅㄨˋ ㄎㄜˇ ㄧㄢˊ

【釋義】美妙得無法用言語表達出來。
【出處】朱子語類卷一九：「孟子文章，妙不可言。」
【用法】形容美妙到了極點。
【例句】李白的詩句**妙不可言**，常有令人嘆為觀止的感受。
【義近】只可意會，不可言傳／妙處不傳。
【義反】平淡無奇／味同嚼蠟／索然無味。

妙手回春 ㄇㄧㄠˋ ㄕㄡˇ ㄏㄨㄟˊ ㄔㄨㄣ

【釋義】妙手：精巧高明的醫術。回春：冬去春來，比喻重新得到生機。
【出處】李寶嘉．官場現形記二十回：「藥鋪門裏門外足足掛著二三塊匾額，……什麼『妙手回春』……。」
【用法】用以稱頌醫生醫術高明，能起死回生。
【例句】劉醫師**妙手回春**，治好了許多垂危的病人。
【義近】起死回生／手到病除／著手成春。
【義反】回天乏術／藥石罔效／庸醫殺人。

妙手空空 ㄇㄧㄠˋ ㄕㄡˇ ㄎㄨㄥ ㄎㄨㄥ

【釋義】又作「妙手空空兒」，唐人傳奇小說中的劍客名。

【出處】太平廣記・豪俠・聶隱娘：「後夜當使妙手空空兒繼至……人莫能窺其用，鬼莫能躡其蹤。」
【用法】今用以稱竊賊，或處境窮困而善於挪移應付的人。
【例句】那位**妙手空空**的小偷，昨天在西門町落網，眞是大快人心。
【義近】樑上君子／雞鳴狗盜之徒。

妙手偶得 ㄇㄧㄠˋ ㄕㄡˇ ㄡˇ ㄉㄜˊ

【釋義】妙手：指高超的寫作技能。偶：偶爾，偶然。
【出處】陸游・文章：「文章本天成，妙手偶得之。」
【用法】形容文思敏捷，寫作技巧高超熟練。
【例句】這幾首詩是他在大陸參觀遊覽時，**妙手偶得**之作，一發表就深受讀者好評。
【義近】妙手天成／神思妙筆／神來之筆／妙筆生花。
【義反】絞盡腦汁／搜索枯腸／文思遲鈍。

妙處不傳 ㄇㄧㄠˋ ㄔㄨˋ ㄅㄨˋ ㄔㄨㄢˊ

【釋義】美妙之處不可表述出來。傳：表現。
【出處】劉義慶・世說新語・文學：「司馬太傅問謝車騎：『惠子其書五車，何以無一言入玄？』謝曰：『故當是其妙處不傳。』」
【用法】用以說明精微、奧祕之處，非言語筆墨所能表達。
【例句】莊周的文章，篇篇優美新奇，然要說出來，却又**妙處不傳**，只能自己體會。
【義近】妙不可言／僅可意會。
【義反】平淡無奇／味同嚼蠟／索然無味。

妙絕時人 ㄇㄧㄠˋ ㄐㄩㄝˊ ㄕˊ ㄖㄣˊ

【釋義】妙絕：美妙奇絕。時人：當時的人。
【出處】曹丕・與吳質書：「公幹（劉楨）有逸氣，但未遒耳。其五言詩之善者，妙絕時人。」
【用法】用以讚揚某人的作品冠於一時。
【例句】梁實秋的雜文內容新穎，風格獨特，可謂**妙絕時人**。
【義近】絕無僅有／冠絕當世／無與倫比／無出其右。
【義反】平淡無奇／平庸之作。

妙語解頤 ㄇㄧㄠˋ ㄩˇ ㄐㄧㄝˇ ㄧˊ

【釋義】妙語：意味佳妙的言語。解頤：開顏歡笑。頤：面頰。
【出處】蘇軾・次韻范淳文送秦少章詩：「贈行苦說我，妙語慰蹉跎。」漢書・匡衡傳：「匡說詩，解人頤。」
【用法】形容談吐風趣，逗人發笑。
【例句】萬教授講課很風趣，常常**妙語解頤**，所以學生說聽他的課是種享受。
【義近】談笑風生／口角春風／情趣橫生／妙趣橫生／妙語如珠／妙語連珠。
【義反】老調重彈／陳腔濫調／索然寡味／笨嘴拙腮。

妙趣橫生 ㄇㄧㄠˋ ㄑㄩˋ ㄏㄥˊ ㄕㄥ

【釋義】妙趣：美妙的意趣。橫生：洋溢而四出。
【用法】多用以指文藝作品或人的談吐富於情趣，能吸引人的目光。
【例句】他的談吐**妙趣橫生**，吸引不少小姐女士的傾慕。
【義近】妙語解頤／妙語如珠／談笑風生／幽默慧黠。
【義反】枯燥無味／味同嚼蠟／呆板單調／喋喋不休／絮絮叨叨／不知所云／不著邊際／東拉西扯。

妖言惑衆 ㄧㄠ ㄧㄢˊ ㄏㄨㄛˋ ㄓㄨㄥˋ

【釋義】妖言：怪誕的邪說，誑惑人心的話。惑：迷惑。
【出處】六韜・龍韜・兵徵：「耳目相屬，妖言不止，眾口相惑。」漢書・眭弘傳：「妄設妖言惑眾，大逆不道。」

【用法】指用荒唐無稽的話來迷惑大眾。

【例句】那些裝神弄鬼的神棍，爲了詐騙錢財，不惜**妖言惑眾**，以邪術殃民。

【義近】巧言亂德／蠱惑人心／妖語騙人／惑人耳目／造謠惑眾。

【義反】持平之論／諄諄告誡／由衷之言。

妖魔鬼怪 ㄧㄠ ㄇㄛˊ ㄍㄨㄟˇ ㄍㄨㄞˋ

【釋義】傳說中的妖怪、魔鬼。

【出處】歐陽修・讀徂徠集詩：「存之警後世，古鑑照妖魔。」

【用法】常用以比喻邪惡勢力。

【例句】師父，我不是**妖魔鬼怪**，也不是魑魅邪神。（吳承恩・西遊記）

【義近】鬼怪妖孽／牛鬼蛇神／邪魔外道／魑魅魍魎／牛頭馬面／混世魔王。

【義反】正人君子／善男信女／天兵天將。

委曲求全 ㄨㄟˇ ㄑㄩ ㄑㄧㄡˊ ㄑㄩㄢˊ

【釋義】委曲：曲意遷就，屈身折節。

【出處】漢書・嚴彭祖傳：「何可委曲從俗，苟求富貴乎？」孟子・離婁上：「有求全之毀。」

【用法】指忍受委屈，勉強遷就，以求保全。有時也指爲了顧全大局，而遷就於人。

【例句】①在原則性問題上必須據理力爭，決不能**委曲求全**。②這件事之所以能成功，可說是全得力於他的**委曲求全**。

【義近】曲意遷就／委曲成全／委曲周全／顧全大局。

【義反】寧死不屈／寸步不讓／寧折不彎／寧爲玉碎，不爲瓦全。

委決不下 ㄨㄟˇ ㄐㄩㄝˊ ㄅㄨˋ ㄒㄧㄚˋ

【釋義】意謂遲疑不能自決。

【出處】施耐庵・水滸傳二七回：「武松心裏正委決不下。」

【用法】說明事有疑難，何去何從、何取何捨，一時難以確定。

【例句】這件事很難處理，幾種方法都利弊均衡，實在**委決不下**，姑且放著等以後再說吧。

【義近】難以取捨／難以定從。

【義反】斬釘截鐵／快刀斬亂麻／當機立斷。

委委瑣瑣 ㄨㄟˇ ㄨㄟˇ ㄙㄨㄛˇ ㄙㄨㄛˇ

【釋義】委委：委靡衰頹的樣子。瑣瑣：細小卑賤的樣子。

【出處】曹雪芹・紅樓夢三三回：「全無一點慷慨揮灑的談吐，仍是委委瑣瑣的，我看你臉上一團私慾愁悶氣色。」

【用法】形容人行爲鄙俗拘謹，也用以說明爲人處事不乾脆大方。

【例句】①你看他**委委瑣瑣**的樣子，今後會有出息嗎？②男子漢大丈夫，做事應乾脆俐落，這樣**委委瑣瑣**的，如何能成大事！

【義近】畏畏縮縮／卑躬屈膝／鄙陋庸俗／拖泥帶水。

【義反】光明磊落／溫文爾雅／落落大方／氣宇軒昂／瀟灑自然／灑脫不羈。

委罪於人 ㄨㄟˇ ㄗㄨㄟˋ ㄩˊ ㄖㄣˊ

【釋義】歸罪於別人。委：推委。

【出處】晉書・王裒傳：「帝問於眾曰：『近日之事，誰任其咎？』儀對曰：『責在元帥。』帝怒曰：『司馬欲委罪於孤邪？』」

【用法】用以說明自己不肯承擔責任，總要找出理由將罪責轉嫁給他人。

【例句】這人德行最糟糕，有功歸自己，出了問題就**委罪於**

人。

【義近】嫁禍於人／推卸責任／委咎他人。

【義反】好漢做事好漢當／引咎自責／自請處分／反求諸己／閉門思過。

委靡不振（ㄨㄟˇ ㄇㄧˇ ㄅㄨˋ ㄓㄣˋ）

【釋義】委靡：精神頹傷，不振作。委，又寫作「萎」。

【出處】馬永卿・韓元城先生語錄：「天下之事似乎舒緩，委靡不振，當時士大夫亦自厭之。」

【用法】形容精神不振，意志消沉。

【例句】他自從上次在事業上失敗後，一直**委靡不振**，到最近才有所好轉。

【義近】垂頭喪氣／灰心喪氣／無精打采／暮氣沉沉／意志消沉。

【義反】意氣風發／鬥志昂揚／精神振奮／朝氣蓬勃／神采飛揚。

妻離子散（ㄑㄧ ㄌㄧˊ ㄗˇ ㄙㄢˋ）

【釋義】意謂妻子離別，子女失散。子：子女。

【出處】孟子・梁惠王下：「夫何使我至於此極也？父子不相見，兄弟妻子離散。」

【用法】形容天災人禍使一家人分離四散。

【例句】抗日戰爭爆發後，不知有多少人在逃難之中**妻離子散**！

【義近】家破人亡／骨肉離散／骨肉流離。

【義反】安居樂業／闔家團聚／共享天倫。

姑妄言之（ㄍㄨ ㄨㄤˋ ㄧㄢˊ ㄓ）

【釋義】姑且隨便說說。姑：姑且。妄：隨便。

【出處】蘇軾在黃州及嶺南時，常同賓客放蕩談諧，別人推脫不談，他就說：「姑妄言之。」

【用法】指隨便說的話，內容不一定可靠，或不一定有什麼道理。（含有客氣的意思）

【例句】我這只是**姑妄言之**，你就姑妄聽之，可不要把它看得太認眞了。

【義近】泛泛而談／聊天而已／信口開河。

【義反】言之鑿鑿／言必有中／信而有徵／言而中肯。

姑妄聽之（ㄍㄨ ㄨㄤˋ ㄊㄧㄥ ㄓ）

【釋義】姑且隨便聽聽。

【出處】文康・兒女英雄傳三十回：「公子道：『既如此，姑妄言之，姑妄聽之罷！』」

【用法】表示只應隨便聽聽，不要信以爲眞。

【例句】我在這裏是姑妄言之，你也**姑妄聽之**，不要太在意我的話。

【義近】左耳進右耳出／耳邊風過／入乎耳，出乎耳／如風過耳。

【義反】洗耳恭聽／奉命唯謹／張耳細聽。

姑息養奸（ㄍㄨ ㄒㄧ ㄧㄤˇ ㄐㄧㄢ）

【釋義】姑息：遷就，不該寬容而寬容。養：養成，助長。奸：指爲非作歹。

【出處】禮記・檀弓上：「君子愛人也以德，細人之愛人也以姑息。」注：「息猶安也，言苟容取安。」

【用法】表示縱容遷就，只會助人作惡，釀成後患。

【例句】對奸惡之徒，若優柔寡斷，**姑息養奸**，則必然遺禍人民。

【義近】假仁縱敵／開柙出虎／養虎遺患／養癰成患。

【義反】嚴懲不貸／揭伏發隱／擿奸發伏。

始末根由（ㄕˇ ㄇㄛˋ ㄍㄣ ㄧㄡˊ）

【釋義】始末：始終。根由：根緣，來歷。

【出處】凌濛初・拍案驚奇三一

回：「兩老口兒說這個始末根由。」
【用法】用以表示事情的開始、終結，以及發生的原因。
【例句】你還沒有把事情的**始末根由**弄清楚，就妄作評論，未免太武斷了吧！
【義近】始末緣由／來龍去脈／前因後果／原始要終。

始作俑者（ㄕˇ ㄗㄨㄛˋ ㄩㄥˇ ㄓㄜˇ）

【釋義】作俑：製造殉葬的偶像。俑：古代用來陪葬的木偶人或泥偶人，如近年出土的秦俑等。
【出處】孟子・梁惠王上：「仲尼曰：『始作俑者，其無後乎？』」
【用法】用以比喻創始為惡或率先作惡的人。
【例句】這件事發展到此地步，你是**始作俑者**，後果自行承擔。
【義近】罪魁禍首。
【義反】始為善者／聖祖賢宗。

始終不渝（ㄕˇ ㄓㄨㄥ ㄅㄨˋ ㄩˊ）

【釋義】自始至終一直不變。渝：變。
【出處】陸贄・韓滉檢校左僕射平章事制：「一心奉職，始終不渝。」
【用法】用以表示信仰堅定或守信用。
【例句】對於所立定的志向，他**始終不渝**地實踐，相信終有一天會成功的。
【義近】始終如一／始末不渝／矢志不渝。
【義反】有始無終／反覆無常／朝三暮四／朝秦暮楚／見異思遷。

始終如一（ㄕˇ ㄓㄨㄥ ㄖㄨˊ ㄧ）

【釋義】自始至終一個樣子。
【出處】荀子・議兵：「慮必先事而申之以敬，慎終如始，終始如一，夫是之謂大吉。」北齊書・封隆之傳：「封公積德履仁，體通信達，自出納軍國，垂二十年，契闊艱虞，始終如一。」
【用法】指能堅持，不間斷。
【例句】他倆結婚已四十年，感情**始終如一**，眞值得人敬佩、羨慕。
【義近】善始善終／全始全終／一如既往／有始有終／始終不渝。
【義反】有始無終／虎頭蛇尾／朝令夕改／半途而廢。

始亂終棄（ㄕˇ ㄌㄨㄢˋ ㄓㄨㄥ ㄑㄧˋ）

【釋義】亂：淫亂，玩弄。棄：拋棄。
【出處】元稹・會眞記：「崔已陰知將訣，恭貌怡聲，徐謂張曰：『始亂之，終棄之，固其宜矣。』」
【用法】指男子用情不專，對女子隨意玩弄拋棄。
【例句】一個老對女人**始亂終棄**的男人，其晚景一定淒涼。
【義近】喜新厭舊／朝秦暮楚／拈花惹草／另尋新歡。
【義反】用情專一／堅貞不渝。

姍姍來遲（ㄕㄢ ㄕㄢ ㄌㄞˊ ㄔˊ）

【釋義】姍姍：女子走路從容緩步的樣子。
【出處】漢書・孝武李夫人傳：「是邪非邪？立而望之，偏何姍姍其來遲。」
【用法】形容慢吞吞地晚來，多用以譏諷人遲到。
【例句】大家都等得不耐煩了，卻見她**姍姍來遲**，神閒氣定的模樣眞是氣人。
【義近】緩緩遲來／悠然晚來。
【義反】鵠候多時／捷足先得／健步如飛。

威而不猛（ㄨㄟ ㄦˊ ㄅㄨˋ ㄇㄥˇ）

【釋義】威：威儀，令人敬畏的儀容。猛：兇惡。
【出處】論語・述而：「子溫而厲，威而不猛，恭而安。」
【用法】形容人有莊嚴的容貌舉

止而又不顯兇惡。

【例句】王將軍**威而不猛**，士兵們都敬重他，喜歡他。

【義近】威而不厲／威而有惠。

【義反】正顏厲色。

威武不屈

【釋義】威武：指權勢。屈：屈服。

【出處】孟子・滕文公下：「富貴不能淫，貧賤不能移，威武不能屈，此之謂大丈夫。」

【用法】形容人勇敢堅毅，不屈服於權勢。

【例句】他在敵人面前，充分表現了**威武不屈**的氣概。

【義近】寧死不屈／寧折不彎／堅貞不屈／寧爲玉碎。

【義反】趨炎附勢／人窮志短／降志辱身。

威風凜凜

【釋義】威風：使人敬畏的聲勢氣派。凜凜：令人敬畏的樣子。

【出處】費唐臣・貶黃州三折：「見如今御史臺威風凜凜，怎敢向翰林院文質彬彬。」

【用法】形容威嚴的聲勢氣派，令人敬畏。

【例句】你瞧，那隻獅子**威風凜凜**的佇立山頭，好不神氣！

【義近】神氣十足／威風八面／叱咤風雲。

【義反】溫文爾雅／文質彬彬／無精打采／垂頭喪氣／委靡不振。

威脅利誘

【釋義】威脅：用暴力使人屈從。利誘：以財利引誘人。

【出處】王灼・李仲高石君堂詩：「利誘威脅擬奪去，仲高誓死君之側。」

【用法】用以形容軟硬兼施，使人屈服就範。

【例句】敵方想用**威脅利誘**的手段逼我軍投降，我軍誓死抵抗，永不言降。

【義近】軟硬兼施／好說歹說。

【義反】強奪硬搶／軟語相求。

姹紫嫣紅

【釋義】姹：美麗。嫣：美好。紫、紅：指花的各種顏色。

【出處】湯顯祖・牡丹亭・驚夢：「原來姹紫嫣紅開遍，似這般都付與斷井頹垣。」

【用法】用以形容各種花朵嬌豔美好。

【例句】公園裏百花盛開，**姹紫嫣紅**，一片春天的景象。

【義近】萬紫千紅／百花爭豔／桃紅柳綠。

【義反】一支獨秀／含苞待放／綠肥紅瘦。

娓娓動聽

【釋義】娓娓：連續不倦地談論著。

【出處】清・無名氏・官場維新記四回：「說得來娓娓動聽。」

【用法】形容人善於講話，言語委婉動人。

【例句】王老師講起故事來，眞是**娓娓動聽**，學生們都聽得出神了。

【義近】軟語溫馨。

【義反】不堪入耳／言語乏味。

婦人之仁

【釋義】像婦女樣的仁慈心腸。

【出處】司馬遷・史記・淮陰侯列傳：「項王見人恭敬慈愛……有功當封爵者，印刓敝，忍不能予，此所謂婦人之仁也。」

【用法】比喻人只知行小恩小惠，臨大事則委決不下。今指人心腸太軟，臨大事不能硬起心腸決斷。

【例句】父母親溺愛吸毒子女，捨不得報警法辦勒戒，可謂**婦人之仁**。

【義反】鐵石心腸。

婦姑勃谿

【釋義】指婆媳間不和而引起爭鬥。婦姑：兒媳和婆婆。勃谿：爭吵。
【出處】莊子・外物：「室無空虛，則婦姑勃谿。」
【用法】原指家庭爭鬥，今也比喻內部因小事而爭吵。
【例句】公司內部應該和平相處，一致對外，豈可爲了一點小事就**婦姑勃谿**呢？
【義近】雞爭鵝鬥／家反宅亂。
【義反】和睦相處／相安無事。

婀娜多姿

【釋義】婀娜：柔美的樣子，或輕盈搖曳的樣子。
【出處】古詩・爲焦仲卿妻作：「四角龍子幡，婀娜隨風轉。」曹植・洛神賦：「華容婀娜，令我忘餐。」
【用法】形容姿態輕盈柔美，婀娜可愛。
【例句】徐小姐貌如出水芙蓉，亭亭玉立，眞是**婀娜多姿**。
【義近】裊裊婷婷／嫋娜纖巧／婀娜無媚／綽約多姿。
【義反】鴨行鵝步／瘦骨嶙峋／扭捏作態／搔首弄姿。

嫁禍於人

【釋義】嫁：轉嫁，轉移。
【出處】南史・隱逸傳：「客有求之，答曰：『己所不欲，豈可嫁禍於人。』乃焚之。」
【用法】指把禍害轉移到別人身上。
【例句】他這種**嫁禍於人**的卑鄙伎倆，連三歲的小孩也騙不過，還自以爲高明！
【義近】委過於人。
【義反】代人受過。

嫁雞隨雞，嫁狗隨狗

【釋義】又作「嫁雞逐雞，嫁狗逐狗」。
【出處】宋・趙汝鐩・古別離詩：「嫁狗逐狗雞逐雞，耿耿不寐展轉思。」
【用法】說明昔日女子出嫁後唯夫是從，不能自主。今也用以勸慰女子當隨夫而安。
【例句】**嫁雞隨雞，嫁狗隨狗**的時代已經過去了，妳用不著與那不爭氣的男人生活一輩子。
【義近】唯夫是從／出嫁從夫。

嬌生慣養

【釋義】嬌：溺愛。慣：放縱。
【出處】曹雪芹・紅樓夢二九回：「別唬著他，小門小戶的孩子，都是嬌生慣養慣了的，那裏見過這個勢派？」
【用法】形容人自小就過分地受到溺愛和縱容。
【例句】她從小便**嬌生慣養**，長大後更是刁蠻無禮，遲早會吃大虧的。
【義近】養尊處優／錦衣玉食／飯來張口。
【義反】布衣蔬食／吃苦耐勞。

子部

子子孫孫

【釋義】子又生子，孫又有孫，代代相繼，永無窮盡。
【出處】尚書・梓材：「欲至於萬年，惟王子子孫孫永保民。」
【用法】用以稱子孫後代或世世代代。
【例句】我國自古流傳的優良文化傳統，希望**子子孫孫**永無窮盡地繼承和發揚下去。
【義近】世世代代／子孫後代。
【義反】列祖列宗。

子曰詩云

【釋義】子：特指孔子。詩：特指詩經。曰、云：說。
【出處】宮大用・范張雞黍：「我堪恨那伙老喬民，用這等小猢猻，但學得些妝點皮膚，子曰詩云。」

【用法】用以泛指儒家的言論或經典著作。

【例句】你不要看他開口閉口離不了**子曰詩云**，其實他並沒有眞正讀過幾本古書。

【義近】引經據典／言必稱典／詩書禮樂／四書五經。

【義反】俗語諺云／齊東野語。

子爲父隱 (ㄗˇ ㄨㄟˋ ㄈㄨˋ ㄧㄣˇ)

【釋義】兒子替父親隱瞞錯誤。

【出處】論語・子路載：子曰：「父爲子隱，子爲父隱，直在其中矣。」

【用法】表示子女爲父母隱瞞錯誤，不予張揚。

【例句】父親犯了罪而**子爲父隱**，雖屬人之常情，但就法律的觀點來看，却是錯誤的行爲。

【義反】鐵面無私／大義滅親。

子虛烏有 (ㄗˇ ㄒㄩ ㄨ ㄧㄡˇ)

【釋義】子虛、烏有：爲漢代司馬相如在其子虛賦中所虛構的兩個人物。

【出處】漢書・敘傳下：「文艷用寡，子虛烏有，寓言淫麗，托風終始……。」

【用法】用以指稱虛無之人與事，即現實生活中根本不存在的人物或事物。

【例句】你對我的指控完全是**子虛烏有**，沒有一項是眞的。

【義近】莫須有／憑空杜撰／憑空臆造／無中生有／無空捏造／純屬杜撰／純屬虛構。

【義反】眞人眞事／眞人實事／千眞萬確。

孑然一身 (ㄐㄧㄝˊ ㄖㄢˊ ㄧˊ ㄕㄣ)

【釋義】孑然：孤獨的樣子。一身：一人。

【出處】陳壽・三國志・吳志・陸瑁傳：「若實孑然，無所憑賴。」凌濛初・初刻拍案驚奇：「你孑然一身，如何完得葬事？」

【用法】用以形容無親無友。

【例句】我來此謀生已有三十多年，却依然無親無故，**孑然一身**。

【義近】煢煢獨立／孤苦伶仃／形影相弔／形單影隻／無依無靠。

【義反】兒孫滿堂／五世同堂。

字裏行間 (ㄗˋ ㄌㄧˇ ㄏㄤˊ ㄐㄧㄢ)

【釋義】字裏：詞語裏面。行間：字行中間。

【出處】簡文帝・答新渝侯和詩書：「垂示三首，風雲吐於行間，珠玉生於字裏。」

【用法】常用以形容文章的某種思想感情沒有直接說出，而是透過全篇或全段文字透露出來。

【例句】琦君的散文平實有致，**字裏行間**流露出誠摯的情感，值得細細品味。

【義近】言語之間／言外之意／弦外之音

【義反】開門見山／昭然若揭。

字斟句酌 (ㄗˋ ㄓㄣ ㄐㄩˋ ㄓㄨㄛˊ)

【釋義】一字一句地推敲琢磨。斟酌：原指倒酒時酌量，後泛指對事情估量考慮。

【出處】紀昀・閱微草堂筆記：「宋儒積一生精力，字斟句酌，亦斷非漢儒所及。」

【用法】形容說話、寫文章認眞思考，用詞嚴謹。

【例句】他爲了讓自己的文章精簡生動，在寫作時總是**字斟句酌**，反覆推敲。

【義近】一字不苟／反覆推敲。

【義反】快人快語／一揮而就／率爾操觚／草率成篇。

孝子賢孫 (ㄒㄧㄠˋ ㄗˇ ㄒㄧㄢˊ ㄙㄨㄣ)

【釋義】孝子：孝順父母之子。賢孫：賢良孝順之孫。

【出處】孟子・離婁上：「雖孝

子慈孫，百世不能改也。」張國賓・合汗衫二折：「更有那孝子賢孫……。」

【用法】指稱孝順賢良的後代。

【例句】誰都希望自己的後代是**孝子賢孫**，但這要看各人的運氣，並非人人都能如願。

【義近】繩其祖武。

【義反】不肖子孫／敗家之子。

孜孜不倦 ㄗ ㄗ ㄅㄨˋ ㄐㄩㄢˋ

【釋義】孜孜：一作「孳孳」，勤勉不怠。

【出處】陳壽・三國志・蜀志・向朗傳：「乃更潛心著述，孜孜不倦。」

【用法】用以形容勤奮好學，不知疲倦。

【例句】一個人要想在學業上有所成就，就得**孜孜不倦**地用心學習。

【義近】好學不倦／手不釋卷／學而不厭／勤其佔畢。

【義反】飽食終日／無所用心／荒廢時日／翫歲愒時。

孤立無援 ㄍㄨ ㄌㄧˋ ㄨˊ ㄩㄢˊ

【釋義】意即缺乏援助。

【出處】後漢書・班超傳：「超孤立無援，而龜茲、姑墨數發兵攻疏勒。」

【用法】用以表示獨力支撐，沒有外力援助。

【例句】抗日戰爭初期，東北義勇軍奮起反抗，但因**孤立無援**，歸於失敗。

【義近】孤軍奮戰／孤軍無援／四面楚歌。

【義反】四方響應／首尾相應／八方支援。

孤臣孽子 ㄍㄨ ㄔㄣˊ ㄋㄧㄝˋ ㄗˇ

【釋義】孤臣：失勢被疏遠之臣。孽子：失寵的庶子。

【出處】孟子・盡心上：「獨孤臣孽子，其操心也危，其慮患也深，故達。」

【用法】用以指處於憂患困苦之中，鬱鬱不得志的人。

【例句】明末清初，鄭成功以**孤臣孽子**之心固守台灣，期能反清復明。

【義反】亂臣賊子／寵臣愛子／重臣世子。

孤身隻影 ㄍㄨ ㄕㄣ ㄓ ㄧㄥˇ

【釋義】意謂獨自一人。孤、隻：均為單獨之意。

【出處】關漢卿・竇娥冤三折：「可憐我孤身隻影無親眷，則落的吞聲忍氣空嗟怨。」

【用法】形容孤身一人，舉目無親。

【例句】王老先生來臺灣幾十年了，一直沒有成家，**孤身隻影**，值得同情。

【義近】孑然一身／孤苦伶仃／形影相弔／舉目無親。

【義反】有家有室／兒孫滿堂。

孤注一擲 ㄍㄨ ㄓㄨˋ ㄧˋ ㄓˋ

【釋義】賭徒傾其所有作賭注，以決最後勝負。孤注：把所有的錢都投作賭注。一擲：擲一次骰子。

【出處】辛棄疾・九議：「於是乎為國生事之說起焉，孤注一擲之論出焉……。」元史・伯顏傳：「我宋天下，猶賭博孤注，輸贏在此一擲爾。」

【用法】常用以比喻在危急時，竭盡全力作最後一次冒險。

【例句】日軍**孤注一擲**，把全部兵力都用在戰場上，但這也沒能挽救其覆滅的命運。

【義近】破釜沉舟／背水一戰／全力一搏。

【義反】留有餘地／穩紮穩打／穩步前進。

孤芳自賞 ㄍㄨ ㄈㄤ ㄗˋ ㄕㄤˇ

【釋義】把自己比做獨特的香花而自我欣賞。孤：單獨。芳：花香，此指香花。

【出處】張孝祥・念奴嬌・過洞庭：「應憐嶺表經年，孤芳自賞，肝膽皆冰雪。」

【用法】比喻自命清高或不屑於

隨波逐流。也用以形容見解卓越而無共鳴者。

【例句】①像她那樣**孤芳自賞**的女人，怎能找到如意郎君！②別人對他的成就總是不屑一顧，他只好**孤芳自賞**了。

【義近】孤高自許／自我陶醉／古調獨彈／自命清高／自命不凡。

【義反】自慚形穢／自慚鳩拙／自覺不如／自感汗顏。

孤陋寡聞 ㄍㄨ ㄌㄡˋ ㄍㄨㄚˇ ㄨㄣˊ

【釋義】陋：見聞不廣，顯得淺陋。寡：少。

【出處】禮記·學記：「獨學而無友，則孤陋而寡聞。」

【用法】形容見聞不廣，學識淺薄。多用以自謙。

【例句】①他成天把自己關在家裏，快變成**孤陋寡聞**的人了。②對不起，我一向**孤陋寡聞**，你所提的這個問題，我實在無法回答。

【義近】寡識寡聞／見聞淺薄／見識疏淺／見淺聞寡／才疏學淺。

【義反】見多識廣／博聞廣見／博古通今。

孤高自許 ㄍㄨ ㄍㄠ ㄗˋ ㄒㄩˇ

【釋義】孤高：情志高超，不隨波逐流。自許：自己稱許自己。

【出處】曹雪芹·紅樓夢五回：「那寶釵又行爲豁達，隨分從時，不比黛玉孤高自許，目無下塵。」

【用法】形容人言行情趣不同於世俗，清高自賞。

【例句】他對別人什麼也看不順眼，**孤高自許**，怎麼能建立良好的人際關係呢？

【義近】孤芳自賞／自命不凡。

【義反】自暴自棄／自輕自賤／隨分從時。

孤家寡人 ㄍㄨ ㄐㄧㄚ ㄍㄨㄚˇ ㄖㄣˊ

【釋義】孤家、寡人：均爲古代帝王、諸侯的自稱。

【出處】吳沃堯·二十年目睹之怪現狀六五回：「雲岫的一妻一妾……死了。到了今日，雲岫竟變了個孤家寡人。」

【用法】今用以指脫離羣體、十分孤立無助的人。多指過了適婚年齡的男性。

【例句】他已經是四十多歲的人了，卻仍是**孤家寡人**一個，該是挺寂寞的吧！

【義近】獨身一人／形單影隻。

【義反】有家有室／兒女成羣。

孤掌難鳴 ㄍㄨ ㄓㄤˇ ㄋㄢˊ ㄇㄧㄥˊ

【釋義】一個巴掌拍不響。一作「難鳴孤掌」。

【出處】韓非子·功名：「一手獨拍，雖疾無聲。」戴善夫·風光好四折：「許下俺調琴瑟，我似難鳴孤掌，不線單絲。」

【用法】比喻力量薄弱，無人相助，難以成事。

【例句】在這場爭論中，大家都不支持我，我再怎麼滔滔陳辭，也是**孤掌難鳴**啊！

【義近】單絲不成線／獨木不成林／獨木難支。

【義反】眾擎易舉／和衷共濟／眾志成城。

孤雛腐鼠 ㄍㄨ ㄔㄨˊ ㄈㄨˇ ㄕㄨˇ

【釋義】孤雛：喻微小之物。雛：生物之初生者。腐鼠：腐臭的老鼠，喻可棄之物。

【出處】後漢書·竇融傳附竇憲：「國家棄憲如孤雛腐鼠耳！」

【用法】用以比喻微不足道的人或物。

【例句】他們不過是一羣**孤雛腐鼠**，不值得和他們計較。

【義近】兔羣鼠類。

【義反】仁人志士／英雄豪傑。

學而不厭 ㄒㄩㄝˊ ㄦˊ ㄅㄨˋ ㄧㄢˋ

【釋義】學習求知總感到不滿足。厭：通「饜」，滿足，飽足。

【出處】論語・述而：「默而識之，學而不厭，誨人不倦。」

【用法】用以形容勤奮好學。

【例句】他這種刻苦鑽研、**學而不厭**的精神，確實值得我們每個人學習。

【義近】好學不倦／孜孜不倦／手不釋卷。

【義反】一暴十寒／淺嘗輒止／不求甚解。

學而時習之（ㄒㄩㄝˊ ㄦˊ ㄕˊ ㄒㄧˊ ㄓ）

【釋義】時：按時，及時。習：溫習，也可解釋爲「實習」。

【出處】論語・學而：「學而時習之，不亦說乎？有朋自遠方來，不亦樂乎？」

【用法】說明對所學的內容應及時溫習，達到深入領會和鞏固的作用。

【例句】孔子說的**學而時習之**、溫故而知新等，直到今天仍是莘莘學子用功讀書的不二法門。

【義近】溫故而知新。

【義反】猴子掰包穀，隨學隨丟。

學非所用（ㄒㄩㄝˊ ㄈㄟ ㄙㄨㄛˇ ㄩㄥˋ）

【釋義】所學的不是用得著的。

【出處】後漢書・張衡傳：「必也學非所用，術有所仰，故臨川將濟，而舟楫不存焉。」

【用法】用以說明學用脫節，學過的用不著，需用的又沒學過。

【例句】現在各個大學普遍存在**學非所用**的現象，實在值得教育當局深思檢討。

【義近】用非所學。

【義反】學以致用。

學富五車（ㄒㄩㄝˊ ㄈㄨˋ ㄨˇ ㄐㄩ）

【釋義】富：豐富，多。五車：指五車書。

【出處】莊子・天下篇：「惠施多方，其書五車。」再生緣卷一：「學富五車眞不假，才高八斗果非輕。」

【用法】本形容書多，可裝滿五車。今指讀書很多，學識淵博。

【例句】王教授**學富五車**，每天仍孜孜不倦，精神感人。

【義近】滿腹詩書／才高八斗／滿腹經綸。

【義反】胸無點墨／不學無術／不通文墨／腹笥甚儉。

學然後知不足（ㄒㄩㄝˊ ㄖㄢˊ ㄏㄡˋ ㄓ ㄅㄨˋ ㄗㄨˊ）

【釋義】只有深入學習下去，才會感到所學不足。

【出處】禮記・學記：「學然後知不足，教然後知困。」

【用法】用以說明學海無涯，愈肯學習的人愈知自己淺陋。

【例句】四年的大學生活，使我體會最深的，是古人所說的**學然後知不足**的道理。

宀部

守口如瓶（ㄕㄡˇ ㄎㄡˇ ㄖㄨˊ ㄆㄧㄥˊ）

【釋義】閉嘴不說，像瓶口塞得緊緊的一樣。

【出處】道世・諸經要集・九：「防意如城，守口如瓶。」

【用法】比喻說話謹慎，嚴守秘密。

【例句】他明明知道這件事的本末始終，但他就是**守口如瓶**，不肯說出眞相。

【義近】三緘其口／秘而不宣／絕口不談／隻字不提／一字不露。

【義反】衝口而出／和盤托出／直言不諱／走露風聲。

守正不撓（ㄕㄡˇ ㄓㄥˋ ㄅㄨˋ ㄋㄠˊ）

【釋義】遵守正道，不屈服於權勢。正：正直，公正。撓：

彎曲，喻屈服。又作「守正不阿」。

【出處】漢書・劉向傳：「君子獨處，守正不撓。」

【用法】形容爲人能堅持操守，公正無私，不阿附權貴。

【例句】他是一位很有才華的人，因一向**守正不撓**，故得不到上司的重用。

【義近】剛正不阿／守正不屈／寧折不彎。

【義反】卑躬屈膝／奴顏婢膝／趨炎附勢。

守如處女，出如脫兔（ㄕㄡˇ ㄖㄨˊ ㄔㄨˇ ㄋㄩˇ，ㄔㄨ ㄖㄨˊ ㄊㄨㄛ ㄊㄨˋ）

【釋義】處女：未嫁女子。脫兔：跑出去的兔子。原用以比喻作戰的防守與進攻。

【出處】孫子・九地：「是故始如處女，敵人開戶；後如脫兔，敵不及拒。」

【用法】形容在雙方競賽角逐中，防守時要像處女那樣文靜穩重，進攻時則要像奔跑的兔子那樣靈活敏捷。

【例句】將軍的謀略眞是高人一等，用兵**守如處女，出如脫兔**，運籌帷幄的本事，無懈可擊。

守身如玉（ㄕㄡˇ ㄕㄣ ㄖㄨˊ ㄩˋ）

【釋義】潔身自愛，不爲外物所移。如玉：像玉一樣的潔白。

【出處】孟子・離婁上：「守孰爲大，守身爲大。」劉鶚・老殘遊記：「但其中十個人裏，一定總有一兩個守身如玉的。」

【用法】形容人潔身自愛，如玉樣的清白。

【例句】儘管她身處於紙醉金迷的歡場中，但一直**守身如玉**，不與他人同流合汚。

【義近】潔身自好／勵志如冰。

【義反】水性楊花／墮入風塵／不安於室。

守株待兔（ㄕㄡˇ ㄓㄨ ㄉㄞˋ ㄊㄨˋ）

【釋義】守著樹樁，等待兔子跑來撞死。株：露在地面上的樹木的根莖。

【出處】韓非子・五蠹：「宋人有耕田者，田中有株，兔走觸株，折頸而死，因釋其耒而守株，冀復得兔。」

【用法】多用以諷刺妄想不勞而獲、坐享其成，以及死守狹隘經驗、不知靈活變通。

【例句】在這瞬息萬變的世界裏，**守株待兔**等待時機的心態，只有讓自己被時代潮流淘汰而已。

【義近】坐享其成／不勞而獲／抱令守律／坐等良機。

【義反】通權達變／相機行事／隨機應變／靈活多變。

守望相助（ㄕㄡˇ ㄨㄤˋ ㄒㄧㄤ ㄓㄨˋ）

【釋義】守望：守衛與瞭望。指防備盜賊或其他意外事故。

【出處】孟子・滕文公上：「死徙無出鄉。鄉田同井，出入相友，守望相助，疾病相扶持，則百姓親睦。」

【用法】用以表示鄰居要相互關照，相互幫助。

【例句】**守望相助**，是我國固有的傳統美德，應該予以繼承和發揚。

【義近】鄰里相助／鄰舍相顧／遠親不如近鄰。

安土重遷（ㄢ ㄊㄨˇ ㄓㄨㄥˋ ㄑㄧㄢ）

【釋義】安於本土，不願輕易遷移。重：看得很重。

【出處】漢書・元帝紀：「安土重遷，黎民之性；骨肉相附，人情所願也。」

【用法】形容留戀本鄉本土，對故鄉有深厚感情。

【例句】中國農民的特點之一，就是**安土重遷**，捨不得離開自己的家鄉。

【義近】安土重居／美不美，家鄉水／戀土難移／故土難離。

【義反】離鄉背井／四海爲家／離家輕家／遠走他鄉。

安之若素（ㄢ ㄓ ㄖㄨㄛˋ ㄙㄨˋ）

【釋義】安：心安。之：代詞，代替人或物。素：往常，向來。

【出處】范寅・越諺・論墮貧：「貪逸欲而逃勤苦，表廉恥而習諂諛，居於人下，安之若素。」

【用法】形容毫不在意，就像往常一樣，並不覺得有什麼不合適。

【例句】他對這樣的生活，早已**安之若素**，並不覺得有什麼不好。

【義近】安之若命／甘之若素／處之泰然／隨遇而安。

【義反】見異思遷／喜新厭舊／棄舊圖新／另作他謀。

安不忘危（ㄢ ㄅㄨˋ ㄨㄤˋ ㄨㄟˊ）

【釋義】處於太平或安定時，仍不忘危難。

【出處】周易・繫辭下：「是故君子安而不忘危，存而不忘亡，治而不忘亂，是以身安而國家可保也。」

【用法】說明要居安思危，才足以存身保國。

【例句】我們現在都過慣了安逸富裕的生活，但務必要**安不忘危**，進一步奮發圖強。

【義近】居安思危／樂不忘憂／治不忘亂。

【義反】居安忘危／得樂且樂／燕雀處堂。

安分守己（ㄢ ㄈㄣˋ ㄕㄡˇ ㄐㄧˇ）

【釋義】規矩老實，安守本分。己：指自己的活動範圍。

【出處】馮夢龍・喻世明言・蔣興哥重會珍珠衫：「這首詞名爲西江月，是勸人安分守己，隨緣作樂。」

【用法】指安心於自己所處的地位和環境，不越軌，不妄求分外之物。

【例句】如果每個人都能夠**安分守己**，管好自己的行爲，那就眞的是天下太平了。

【義近】循規蹈矩／安常守分／奉公守法／規行矩步／遵法守紀。

【義反】惹事生非／不安本分／爲非作歹／胡作非爲／違法亂紀。

安民告示（ㄢ ㄇㄧㄣˊ ㄍㄠˋ ㄕˋ）

【釋義】指官府張貼的安定民心的布告。告示：以布告曉示、通知人。

【出處】金念劬・避兵十日記：「囑兩縣速出安民告示，諭令店鋪照常開張。」

【用法】用於開會或採取某種行動前的預先通知。

【例句】你要行事之前，應該先有個**安民告示**，不要老是出其不意，讓人措手不及。

安如磐石（ㄢ ㄖㄨˊ ㄆㄢˊ ㄕˊ）

【釋義】安穩得像磐石一樣。磐石：巨大的石塊。又作「安於磐石」。

【出處】荀子・富國：「則國安於磐石。」

【用法】形容城堡或人的地位非常穩固，不可動搖。

【例句】他在這一帶的地位**安如磐石**，你想要取代他，實在太困難了。

【義近】穩如泰山／堅如磐石／固若金湯。

【義反】危如累卵／搖搖欲墜／魚游沸鼎／燕巢飛幕。

安邦定國（ㄢ ㄅㄤ ㄉㄧㄥˋ ㄍㄨㄛˊ）

【釋義】使國家安定、鞏固。邦：古時諸侯的封國，後指國家。

【出處】元・無名氏・衣襖車一折：「若題著安邦定國，受賞封侯。」

【用法】形容把國家治理得很好，既無內憂，也無外患。

【例句】國家此刻正需要你這種**安邦定國**的人才效力，你怎可輕言出走呢？

【義近】治國安邦／治國經邦／治國安民／保國安民。
【義反】害國害民／禍國殃民／賣國殘民／蠹國害民。

安步當車（ㄢ ㄅㄨˋ ㄉㄤ ㄐㄩ）

【釋義】緩步而行，當作乘車。安步：慢慢地走。
【出處】戰國策・齊策四：「晚食以當肉，安步以當車，無罪以當貴，清淨貞正以自虞。」
【用法】用以稱讚人能安貧守賤，今多用以指代徒步行走。
【例句】他每天下班後，總是**安步當車**，緩緩地走回家，既可省下車資，也可達到健身的效果。
【義近】緩步當車／信步而行。
【義反】健步如飛／驅馬高車。

安身立命（ㄢ ㄕㄣ ㄌㄧˋ ㄇㄧㄥˋ）

【釋義】安身：容身，指在某地居住或生活。立命：修身以順從天命。
【出處】道源・景德傳燈錄卷十：「僧問：『學人不據地時如何？』師云：『汝向什麼處安身立命？』」
【用法】指生活有著落，精神有寄託。
【例句】家庭是她一生中最重要的**安身立命**之所，她幾乎把所有的希望都寄託在孩子和丈夫身上。
【義反】萍蹤浪迹／飄蓬斷梗／浪迹天涯／飄泊江湖。

安居樂業（ㄢ ㄐㄩ ㄌㄜˋ ㄧㄝˋ）

【釋義】安於自己居住的地方，喜愛自己的職業。安：安心，安定。樂：喜愛。
【出處】漢書・貨殖傳：「各安其居而樂其業，甘其食而美其服。」
【用法】形容生活安定，工作愉快。
【例句】為政者的首要課題便是使百姓都能夠**安居樂業**，其次再談軍政大計。
【義近】安土樂業／安家樂業。
【義反】流離失所／民不聊生／顛沛流離。

安貧樂道（ㄢ ㄆㄧㄣˊ ㄌㄜˋ ㄉㄠˋ）

【釋義】安貧：自甘於貧窮。樂道：樂守聖賢之道。
【出處】後漢書・韋彪傳：「安貧樂道，恬於進趣，三輔諸儒，莫不慕仰之。」
【用法】形容安於貧窮，以堅守自己的信仰為樂。
【例句】能夠**安貧樂道**的人，才能真正體會快樂的真諦。
【義近】守道安貧／甘貧樂道。
【義反】嫌貧愛富／追逐榮華。

安然無恙（ㄢ ㄖㄢˊ ㄨˊ ㄧㄤˋ）

【釋義】無恙：無病。恙：災禍，疾病。原指人平安沒有疾病。
【出處】戰國策・齊策四：「歲亦無恙耶？」馮夢龍・醒世恆言・盧太學詩酒傲王侯：「陸公安然無恙。」
【用法】形容人平安無事或事物完好未遭損壞。
【例句】這棟房子很牢固，經過劇烈的地震後，依舊**安然無恙**。
【義近】平安無事／安然如故／完好無損。
【義反】險象環生／劫後餘生／飛來橫禍。

安營紮寨（ㄢ ㄧㄥˊ ㄓㄚ ㄓㄞˋ）

【釋義】安營：建立營寨。紮寨：在營房四周築起柵欄。
【出處】元・無名氏・隔江鬥智二折：「這周瑜匹夫，累累興兵來索取俺荊州地面，如今在柴桑渡口安營紮寨。」
【用法】形容軍隊駐紮下來，也比喻建立了臨時住處。
【例句】攀登喜馬拉雅山的登山隊，現已在中途**安營紮寨**，準備稍事休息後，再攀登頂峰。

【義反】幕天席地／起營拔寨／馬不停蹄。

完美無缺 ㄨㄢˊ ㄇㄟˇ ㄨˊ ㄑㄩㄝ

【釋義】缺：缺點，缺欠，缺損。

【出處】錢泳・履園叢話・收藏：「共一百廿八行，前有十數行破裂者，而後幅完好無闕（缺）。」

【用法】形容完善美好，沒有缺點或缺損。

【例句】①當我們受到讚揚時，務必要謙虛謹慎，不要以爲自己已經**完美無缺**了。②這幅畫太好了，簡直是**完美無缺**。

【義近】完好無缺／完美無瑕／白璧無瑕／十全十美／盡善盡美。

【義反】殘缺不全／破損無餘／一無可取／一無是處／千瘡百孔／滿目瘡痍。

完璧歸趙 ㄨㄢˊ ㄅㄧˋ ㄍㄨㄟ ㄓㄠˋ

【釋義】完：完整。璧：平圓形中間有孔的玉器。

【出處】司馬遷・史記・廉頗藺相如列傳：「臣願奉璧往使。城入趙而璧留秦；城不入，臣請完璧歸趙。」

【用法】比喻把原物完好地歸還原主。

【例句】今晚我要去參加一個宴會，借你的珍珠項鍊戴一戴，明早一定**完璧歸趙**。

【義近】原物奉還／物歸原主。

【義反】有去無回／據爲己有。

官止神行 ㄍㄨㄢ ㄓˇ ㄕㄣˊ ㄒㄧㄥˊ

【釋義】官：官知，器官的知覺，如視覺、聽覺等。神：神欲，指思維活動。

【出處】莊子・養生主：「方今之時，臣以神遇而不以目視，官知止而神欲行。」

【用法】指對某一事物有透徹的了解，或技藝純熟，得心應手。

【例句】她編織毛線的技術已到了**官止神行**的熟練程度，可以邊看電視邊打毛線，而且織出來的衣物非常精緻。

【義近】得心應手／庖丁解牛／駕輕就熟。

【義反】笨手笨腳。

官官相護 ㄍㄨㄢ ㄍㄨㄢ ㄒㄧㄤ ㄏㄨˋ

【釋義】相護：互相庇護。一作「官官相爲」。

【出處】關漢卿・蝴蝶夢二：「你都官官相爲倚親屬，更做道國戚皇族。」馮夢龍・醒世恆言・勘皮靴單證二郎神：「既是太師府中事體，我只道官官相護，就了其事。」

【用法】指做官的彼此互相迴護，也指同僚間相互庇護。

【例句】無論是過去還是現在，政府官員總是**官官相護**，民眾有冤沒處伸。

【義近】官官相衛／相互包庇／朋比爲奸。

【義反】大公無私。

官逼民反 ㄍㄨㄢ ㄅㄧ ㄇㄧㄣˊ ㄈㄢˇ

【釋義】逼：逼迫。反：反抗，造反。

【出處】李寶嘉・官場現形記二八回：「廣西事情一半亦是官逼民反。正經說起來，三天亦說不完。」

【用法】用以說明古代官府極力敲詐、剝削，逼迫得人民只好鋌而走險，起來造反。

【例句】《水滸傳》中有些人物之所以走上梁山，完全是**官逼民反**的結果。

【義近】官逼民變／逼上梁山／揭竿而起。

官樣文章 ㄍㄨㄢ ㄧㄤˋ ㄨㄣˊ ㄓㄤ

【釋義】指官方有固定格式和套語的往來公文、文告。

【出處】歐陽修・歸日錄：「文章須是官樣。」沈鯨・雙珠記三：「官樣文章大手筆，衙官屈宋誰能匹。」

【用法】比喻徒具形式的例行公事或措施。

【例句】這只是**官樣文章**，幾十年來見得多了，誰還相信那一套！

【義近】例行公事／虛文濫調／陳腔濫調。

宗廟社稷 ㄗㄨㄥ ㄇㄧㄠˋ ㄕㄜˋ ㄐㄧˋ

【釋義】宗廟：言帝王或士大夫祭祀祖先的處所。社稷：古代祭祀的土神和穀神。

【出處】尚書・太甲上：「社稷宗廟，罔不祗肅。」左丘明・國語・吳語：「夫差辭曰：『天既降禍於吳國，不在前後，當孤之身，寔失宗廟社稷。』」

【用法】用以指稱最高權力，也借指國家。

【例句】天子為萬民之主，無威儀不可以奉**宗廟社稷**。（羅貫中・三國演義三回）

【義近】傳國九鼎。

家破人亡 ㄐㄧㄚ ㄆㄛˋ ㄖㄣˊ ㄨㄤˊ

【釋義】破：破壞，毀滅。亡：死亡。

【出處】道源・景德傳燈錄卷一六：「問：『學人未擬歸鄉時如何？』師曰：『家破人亡，子歸何處？』」

【用法】用以形容天災人禍所造成的悲慘境遇。

【例句】大陸的文化大革命，許多知識分子被迫害得**家破人亡**，現在還有人記憶猶深、切齒痛恨！

【義近】妻離子散／骨肉離散。

【義反】闔家團聚／安居樂業。

家徒四壁 ㄐㄧㄚ ㄊㄨˊ ㄙˋ ㄅㄧˋ

【釋義】家裏只有四面的牆壁。徒：僅，只。

【出處】漢書・司馬相如傳上：「文君夜亡奔相如，相如與馳歸成都，家徒四壁立。」

【用法】形容家中十分貧窮，一無所有。

【例句】現在的臺灣家給人足，很難找得到**家徒四壁**的人家了。

【義近】家徒壁立／室如懸磬／環堵蕭然。

【義反】金玉滿堂／家財萬貫／堆金積玉。

家書抵萬金 ㄐㄧㄚ ㄕㄨ ㄉㄧˇ ㄨㄢˋ ㄐㄧㄣ

【釋義】得到一封家書，能抵上一萬兩黃金。家書：家信。

【出處】杜甫・春望：「烽火連三月，家書抵萬金。」

【用法】極言家書之可貴。

【例句】為了躲避災禍，遠離家鄉已近一年了，昨日突接愛妻來書，使我頓有**家書抵萬金**的感慨。

家常便飯 ㄐㄧㄚ ㄔㄤˊ ㄅㄧㄢˋ ㄈㄢˋ

【釋義】家中尋常的飯食。

【出處】羅大經・鶴林玉露卷四：「范文正公云：常調官好做，家常飯好吃。」

【用法】比喻尋常之事。

【例句】這小倆口吵架已成了**家常便飯**，鄰居們都懶得管了，你又何必多事呢？

【義近】習以為常／不足為奇。

【義反】玉饌精肴／山珍海錯／世所罕見。

家無儋石 ㄐㄧㄚ ㄨˊ ㄉㄢˋ ㄉㄢˋ

【釋義】意謂家無餘糧。儋石：擔石，一擔一斗。石：斗石。

【出處】漢書・揚雄傳：「家產不過十金，乏無儋石之儲，晏如也。」

【用法】形容十分貧困。

【例句】他一生廉潔奉公，直到身後依然**家無儋石**，實在難得。

【義近】家徒四壁／一貧如洗／室如懸磬／家無宿糧。

【義反】家有餘糧／日食萬錢／豐衣足食／庖有肥肉。

家喻戶曉 ㄐㄧㄚ ㄩˋ ㄏㄨˋ ㄒㄧㄠˇ

【釋義】喻：明白，了解。曉：知道。
【出處】樓鑰・繳鄭熙等免罪：「而遽有免罪之旨，不可以家諭（喻）戶曉。」
【用法】用以形容人人皆知。
【例句】西遊記中的孫悟空是一個**家喻戶曉**的神話人物。
【義近】家至戶曉／戶告人曉／盡人皆知／眾所週知／婦孺皆知／人人皆知。
【義反】聞所未聞／不見經傳／沒沒無聞。

家給人足 ㄐㄧㄚ ㄐㄧˇ ㄖㄣˊ ㄗㄨˊ

【釋義】給：充裕。足：富足。
【出處】司馬遷・史記・商君列傳：「行之十年，秦民大說（悅），道不拾遺，山無盜賊，家給人足。」
【用法】用以說明家家衣食充裕，人人生活富足。
【例句】中國大陸要眞正做到**家給人足**，實非易事。
【義近】家衍人給／家殷人足／家給民足。
【義反】家貧人窮／衣不蔽體／食不飽腹。

家賊難防 ㄐㄧㄚ ㄗㄟˊ ㄋㄢˊ ㄈㄤˊ

【釋義】家賊：家庭中的小偷或內奸。
【出處】普濟・五燈會元卷五四：「問：『自古至今同生同死時如何？』師曰：『家賊難防。』」
【用法】用以說明內部的奸細或身邊的人營私作弊，最難防範。
【例句】眞是**家賊難防**啊，他兒子竟把他的全部存款偷得精光！
【義近】禍起蕭牆／變生肘腋。
【義反】禍由外始。

家學淵源 ㄐㄧㄚ ㄒㄩㄝˊ ㄩㄢ ㄩㄢˊ

【釋義】家學：家庭世代相傳的學問。淵源：源頭。
【出處】李汝珍・鏡花緣五二回：「如此議論，才見讀書人自有卓見，眞是家學淵源，妹子甘拜下風。」
【用法】說明出身於書香門第，學問根柢深厚。
【例句】怪不得他的文章寫得好，原來是**家學淵源**，他父親是某大學中文系的教授。
【義近】書香門第／祖傳家學／翰墨世家。
【義反】商販家門／自學成材。

家醜不可外揚 ㄐㄧㄚ ㄔㄡˇ ㄅㄨˋ ㄎㄜˇ ㄨㄞˋ ㄧㄤˊ

【釋義】家醜：家中醜事。外揚：外傳。
【出處】清平山堂話本・風月瑞仙亭：「欲要訟之於官，爭奈家醜不可外揚，故爾中止。」
【用法】說明不可將家中不好之事張揚出去，以免失掉面子，招來譏誚。
【例句】這樁事是見不得人的，**家醜不可外揚**，你們千萬不要說出去！

宵衣旰食 ㄒㄧㄠ ㄧ ㄍㄢˋ ㄕˊ

【釋義】宵衣：天未亮就穿衣起牀。宵：夜。旰食：天很晚才吃飯。旰：晚。
【出處】舊唐書・劉蕡傳：「若夫任賢惕厲，宵衣旰食，宜黜左右之纖佞，進股肱之大臣。」
【用法】表示勤於政務。
【例句】我們新選出來的縣長**宵衣旰食**，一心爲民服務，故深得民眾的敬仰。
【義近】宵旰勤勞／廢寢忘食／枵腹從公。
【義反】養尊處優／飽食終日，無所用心／尋歡作樂。

容光煥發（ㄖㄨㄥˊ ㄍㄨㄤ ㄏㄨㄢˋ ㄈㄚ）

【釋義】容光：臉上的光彩。煥發：光彩四射的樣子。
【出處】蒲松齡·聊齋志異·阿秀：「竟妝，容光煥發。」
【用法】形容人精神振奮，情緒飽滿。
【例句】他雖已年過古稀，但精神矍鑠，**容光煥發**，簡直不像個老年人。
【義近】神采奕奕／神采飛揚／精神振奮。
【義反】萎靡不振／垂頭喪氣／無精打采／要死不活。

容足之地（ㄖㄨㄥˊ ㄗㄨˊ ㄓ ㄉㄧˋ）

【釋義】容足：立足。
【出處】莊子·外物：「天地非不廣且大也，人之所用容足耳。」白居易·吾廬詩：「眼下營求容足地，心中准擬掛冠時。」
【用法】形容所處地方極狹小，僅能勉強安身。
【例句】想起昔日無**容足之地**，現在能住上這三房兩廳的房子，也就心滿意足了。
【義近】斗室陋巷／蓽門蓬戶／容足之居／容身之所／立錐之地／立足之地。
【義反】高樓大廈／朱樓廣廈／甲第連雲。

宰相肚裏好撐船（ㄗㄞˇ ㄒㄧㄤˋ ㄉㄨˋ ㄌㄧˇ ㄏㄠˇ ㄔㄥ ㄔㄨㄢˊ）

【釋義】一作「宰相肚裏可撐船」、「宰相腹中撐得船」等。
【出處】丘濬·忠孝記二七：「宰相肚裏好撐船。」
【用法】比喻度量寬宏。
【例句】俗話說：**宰相肚裏好撐船**，君子不計小人過，你又何必為了一點小事而同他過不去呢？
【義近】寬宏大量／豁達大度／肚大能容／虛懷若谷。
【義反】心胸狹窄／雞腸雀肚／斤斤計較。

害羣之馬（ㄏㄞˋ ㄑㄩㄣˊ ㄓ ㄇㄚˇ）

【釋義】危害馬羣的劣馬。
【出處】莊子·徐无鬼：「夫為天下者，亦奚以異乎牧馬者哉？亦去其害馬者而已矣。」
【用法】喻指危害團體的人。
【例句】清除了這幾個**害羣之馬**，我們公司將會很快扭虧為盈、興旺發達起來。

寄人籬下（ㄐㄧˋ ㄖㄣˊ ㄌㄧˊ ㄒㄧㄚˋ）

【釋義】寄居在別人籬簷下。寄：依靠，依附。原指沿襲別人的著述，無所創作。
【出處】南齊書·張融傳：「丈夫當刪詩書，制禮樂，何至因循寄人籬下。」
【用法】現比喻依附他人生活而不能自主。
【例句】你現在在國內生活得好好的，何苦要到國外去投親靠友，**寄人籬下**呢？
【義近】傍人門戶／依草附木／仰人鼻息。
【義反】獨立自主／自食其力／自力更生。

寅吃卯糧（ㄧㄣˊ ㄔ ㄇㄠˇ ㄌㄧㄤˊ）

【釋義】寅年吃了卯年的糧。寅、卯：均為「地支」名。按次序寅在前，為第三位；卯在後，為第四位。一作「寅支卯糧」。
【出處】畢自嚴·蠲錢糧疏：「大都民間止有此物力，寅支卯糧，則卯年之逋，勢也。」
【用法】比喻收入不夠支出，預先支用了以後的進項。
【例句】現在好了，年年有餘，那**寅吃卯糧**的日子已成過去了。
【義近】入不敷出／捉襟見肘／青黃不接／左支右絀。
【義反】綽有餘裕／寬裕自如／綽綽有餘。

富可敵國 ㄈㄨˋ ㄎㄜˇ ㄉㄧˊ ㄍㄨㄛˊ

【釋義】一個人擁有的財富可與國家擁有的財富相比。敵：匹敵。
【出處】凌濛初・二刻拍案驚奇：「當時鄧氏之錢，布滿天下，其富敵國。」
【用法】極言其人之富有。
【例句】他**富可敵國**，豈止是億萬富翁！
【義近】金銀如山／家財萬貫／鐘鳴鼎食。
【義反】一貧如洗／家徒四壁／室如懸磬／家無儋石。

富國強兵 ㄈㄨˋ ㄍㄨㄛˊ ㄑㄧㄤˊ ㄅㄧㄥ

【釋義】意即國富兵強。又作「強兵國富」。
【出處】戰國策・秦策一：「欲富國者，務廣其地；欲強兵者，務富其民。」商君書・壹言：「故治國者，其摶力也，以富國強兵也。」
【用法】用以說明國家富足，兵力強大。
【例句】爲政者在**富國強兵**之餘，也該多提昇老百姓的文化水準。
【義近】國富民強／國富兵強／人強馬壯。
【義反】國步艱難／國貧民弱／兵微將寡。

富貴不能淫 ㄈㄨˋ ㄍㄨㄟˋ ㄅㄨˋ ㄋㄥˊ ㄧㄣˊ

【釋義】富貴：指有錢有地位。淫：迷惑，誘亂人心。
【出處】孟子・滕文公下：「富貴不能淫，貧賤不能移，威武不能屈。」
【用法】形容一個人意志堅定，不爲金錢地位所動。
【例句】文天祥在被捕後拒絕了元朝高官厚祿的誘惑，表現其**富貴不能淫**的高風亮節。
【義近】富貴如浮雲／堅貞不屈／輕財重義。
【義反】有奶便是娘／利令智昏／利慾熏心。

富貴浮雲 ㄈㄨˋ ㄍㄨㄟˋ ㄈㄨˊ ㄩㄣˊ

【釋義】把富貴看得像浮雲一樣。一作「富貴如浮雲」。浮雲：天空飄浮的雲霧。
【出處】論語・述而：「不義而富且貴，於我如浮雲。」
【用法】用以表示富貴輕微不足道。有時也比喻富貴利祿變化無常。
【例句】**富貴浮雲**，人生最重要的是健康，大可不必爲身外之物而苦惱。
【義近】富貴不能淫／視富貴如糞土／棄王位如敝屣。
【義反】愛財如命／視錢如命／追名逐利。

富貴驕人 ㄈㄨˋ ㄍㄨㄟˋ ㄐㄧㄠ ㄖㄣˊ

【釋義】驕人：驕於人，在別人面前逞驕橫。
【出處】南史・魯悉達傳：「悉達雖仗氣任性，不以富貴驕人。」
【用法】指人依仗自己有錢有勢而盛氣凌人。
【例句】像他這樣一得志便**富貴驕人**的人，實在不值得交往。
【義近】以勢壓人／以貴凌人／仗勢欺人。
【義反】富而不驕／富而有禮。

富麗堂皇 ㄈㄨˋ ㄌㄧˋ ㄊㄤˊ ㄏㄨㄤˊ

【釋義】富麗：華麗。堂皇：盛大，雄偉。又作「堂皇富麗」。
【出處】文康・兒女英雄傳三五回：「見那三篇文章，作得堂皇富麗。」
【用法】用以形容建築物或場面宏偉而有氣勢，也形容詩文辭藻華麗而有氣派。
【例句】那座聳立在市中心的建築物顯得特別的**富麗堂皇**。
【義近】金碧輝煌／美輪美奐／鋪錦列繡／宏篇巨製。
【義反】茅茨土階／繩牀瓦灶／平鋪直敍／輕描淡寫。

寒毛直豎 ㄏㄢˊ ㄇㄠˊ ㄓˊ ㄕㄨˋ

【釋義】寒毛：人體皮膚上的細毛。

【出處】太平御覽五〇二：「聞君之言，不覺寒毛競豎，白汗四帀。」

【用法】形容緊張、恐懼得身上的寒毛都豎立起來了。

【例句】我第一次走進屍體解剖室，頓時**寒毛直豎**，欲往外竄奔。

【義近】寒毛卓豎／寒毛倒豎／毛骨悚然。

【義反】神色不動／泰然自若／神色自如。

寒來暑往 ㄏㄢˊ ㄌㄞˊ ㄕㄨˇ ㄨㄤˇ

【釋義】炎夏過去，寒冬來到。

【出處】周易・繫辭下：「寒往則暑來，暑往則寒來，寒暑相推，而歲成焉。」

【用法】泛指時光流逝，歲月變遷。

【例句】**寒來暑往**，轉眼之間一年又過去了。

【義近】春去秋來／冬去夏來／物換星移／周而復始。

寧死不屈 ㄋㄧㄥˋ ㄙˇ ㄅㄨˋ ㄑㄩ

【釋義】寧：寧可，寧願。屈：屈服。

【出處】宋進士・袁鏞忠義傳：「以大義拒敵，寧死不屈，竟燎身於烈焰中。」

【用法】用以說寧願死也決不屈服。

【例句】秋瑾在清吏面前**寧死不屈**，其志節眞是感天動地。

【義近】至死不屈／誓死不屈／九死無悔。

【義反】卑躬屈膝／委曲求全／苟且偷生。

寧缺毋濫 ㄋㄧㄥˋ ㄑㄩㄝ ㄨˊ ㄌㄢˋ

【釋義】毋：不要。濫：過多，沒有限制。

【出處】李綠園・歧路燈五回：「即令寧缺毋濫，這開封是一省省府，……却是斷缺不得的。」

【用法】表示在選拔人才或挑選事物時，寧可缺乏，絕不濫取。

【例句】這一期的來稿雖然不多，但我們還是要嚴格挑選，**寧缺毋濫**。

【義近】寧遺勿濫／寧無勿濫。

【義反】濫竽充數／備位充數／寧濫勿缺。

寧爲玉碎，不爲瓦全 ㄋㄧㄥˋ ㄨㄟˊ ㄩˋ ㄙㄨㄟˋ ㄅㄨˋ ㄨㄟˊ ㄨㄚˇ ㄑㄩㄢˊ

【釋義】寧可作爲美玉而被打碎，也不作爲瓦器而被保全。

【出處】北齊書・元景安傳：「豈得棄本宗，逐他姓？大丈夫寧可玉碎，不能瓦全。」

【用法】比喻寧願爲正義而犧牲，也決不喪失氣節，苟且偷生。也用以表示寧死不辱。

【例句】當敵人勸他投降時，他抱著**寧爲玉碎，不爲瓦全**的決心，誓死不降。

【義近】堅貞不屈／寧死不屈／誓死不屈。

【義反】苟且偷生／屈身受辱／屈節辱命。

寧爲雞口，無爲牛後 ㄋㄧㄥˋ ㄨㄟˊ ㄐㄧ ㄎㄡˇ ㄨˊ ㄨㄟˊ ㄋㄧㄡˊ ㄏㄡˋ

【釋義】寧做小而進食的雞口，不做大而出糞的牛肛門。後：指肛門。

【出處】戰國策・韓策：「臣聞鄙語曰：『寧爲雞口，無爲牛後。』」

【用法】用以比喻寧願在局面小的地方爲首自主，不願在局面大的地方居於末尾而聽人支配。

【例句】**寧爲雞口，無爲牛後**，我就在這個小地方當我的縣長，何苦去那大地方當什麼副局長哩！

【義近】人各有志。

【義反】身不由己。

察言觀色 ㄔㄚˊ ㄧㄢˊ ㄍㄨㄢ ㄙㄜˋ

【釋義】觀察其言語臉色。

【出處】論語・顏淵：「夫達也者，質直而好義，察言而觀色，慮以下人。」

【用法】聽其言語，觀其臉色，以揣摩其心意。

【例句】他很善於**察言觀色**，所以為人處事上很少吃虧。

【義近】鑒貌辨色／見風使舵／見人說話。

【義反】一意孤行。

寡不敵眾 ㄍㄨㄚˇ ㄅㄨˋ ㄉㄧˊ ㄓㄨㄥˋ

【釋義】寡：少。敵：抵擋。

【出處】孟子・梁惠王上：「然則寡固不可以敵眾，弱固不可以敵強。」

【用法】說明人少的抵擋不住人多的。

【例句】他雖然精通拳術，畢竟**寡不敵眾**，被一夥流氓打得昏倒在地。

【義近】寡不勝眾／眾寡不敵／卵石不敵。

【義反】一以當十／以少勝多／勢均力敵／以寡擊眾。

寡見少聞 ㄍㄨㄚˇ ㄐㄧㄢˋ ㄕㄠˇ ㄨㄣˊ

【釋義】見到的少，聽到的也少。寡：少。又作「寡見尠聞」。

【出處】王褒・四子講德論：「俚人不識，寡見尠聞。」

【用法】形容學識淺薄，見聞不廣。

【例句】他不讀書看報，自然**寡見少聞**，凡事問他皆一問三不知。

【義近】孤陋寡聞／知識淺薄。

【義反】廣見洽聞／知識淵博。

寡廉鮮恥 ㄍㄨㄚˇ ㄌㄧㄢˊ ㄒㄧㄢˇ ㄔˇ

【釋義】寡、鮮：少。廉：廉潔。恥：羞恥。

【出處】司馬遷・史記・司馬相如傳：「寡廉鮮恥，而俗不長厚也。」

【用法】原指不廉潔，不知恥，今用以形容人沒有操守，不知羞恥。

【例句】他是個**寡廉鮮恥**的人，只要能往上爬，什麼卑鄙無恥的事都幹得出來。

【義近】恬不知恥／厚顏無恥／奴顏媚骨。

【義反】高風亮節／人格高尚／威武不屈。

寥若晨星 ㄌㄧㄠˊ ㄖㄨㄛˋ ㄔㄣˊ ㄒㄧㄥ

【釋義】稀少得好像早晨的星星。寥：稀少。又作「寥如晨星」。

【出處】謝朓・京路夜發詩：「曉星正寥落。」秋瑾・致女子世界記者書其二：「寥寥如晨星。」

【用法】形容為數很少或非常罕見。

【例句】像他這樣研究航空的科學人才**寥若晨星**，所以畢業後不愁工作難找。

【義近】寥寥可數／寥寥無幾／屈指可數。

【義反】數不勝數／不勝枚舉／俯拾即是。

寥寥無幾 ㄌㄧㄠˊ ㄌㄧㄠˊ ㄨˊ ㄐㄧˇ

【釋義】寥寥：稀少。無幾：沒有幾個。又作「寥寥可數」。

【出處】李寶嘉・文明小史一回：「連做詩賦的也寥寥無幾。」

【用法】形容非常稀少，沒有幾個。

【例句】先秦的醫學著作，能流傳至今的已**寥寥無幾**了。

【義近】為數寥寥／寥若晨星。

【義反】不勝枚舉／不計其數／多如牛毛／比比皆是。

實事求是 ㄕˊ ㄕˋ ㄑㄧㄡˊ ㄕˋ

【釋義】實事：指客觀存在的一切事物。求：研究。是：指客觀事物的內部聯繫，即規律性。

【出處】　漢書・河間獻王劉德傳：「修學好古，實事求是。」
【用法】　今多用以指按照事物的實際情況辦事，既不誇大，也不縮小。
【例句】　無論辦什麼事，都應該從實際情況出發，**實事求是**，千萬不要想當然耳地亂來。
【義近】　有一得一／腳踏實地。
【義反】　弄虛作假／嘩眾取寵／吹牛說謊。

寬大爲懷（ㄎㄨㄢ ㄉㄚˋ ㄨㄟˊ ㄏㄨㄞˊ）

【釋義】　寬大：度量寬廣，能容人。懷：胸懷。
【出處】　漢書・宣帝紀：「今吏或以不禁姦邪爲寬大，縱釋有罪爲不苛，或以酷惡爲賢，皆失其中。」
【用法】　指對人抱著寬大的胸懷。多用於對待犯了錯誤的人應持寬容態度。
【例句】　做人還是**寬大爲懷**的好，原諒別人自己也可得到快樂啊！
【義近】　寬以待人／仁慈待人／寬宏大量。
【義反】　嚴懲不貸。

寬宏大量（ㄎㄨㄢ ㄏㄨㄥˊ ㄉㄚˋ ㄌㄧㄤˋ）

【釋義】　寬宏：指人的度量大。又作「寬洪大量」。
【出處】　元・無名氏・漁樵記三折：「我則道相公不知打我多少，元來那相公寬洪大量。」
【用法】　形容人度量寬大，能容人。
【例句】　你能這樣**寬宏大量**，不計前嫌地接納她，誰不讚賞、佩服你！
【義近】　寬洪海量／寬大爲懷／豁達大度。
【義反】　心胸狹窄／小肚雞腸／氣量狹小。

寬猛相濟（ㄎㄨㄢ ㄇㄥˇ ㄒㄧㄤ ㄐㄧˋ）

【釋義】　寬大和嚴厲互爲補充。猛：嚴厲。濟：助，補充。
【出處】　左傳・昭公二十年：「寬以濟猛，猛以濟寬，政是以和。」
【用法】　一般用以指賞罰並用，有鼓勵也有警誡。
【例句】　一個成功的領導人，對部下都應採取**寬猛相濟**的手段，才能贏得部下的信服。
【義近】　賞罰分明／賞罰相濟。
【義反】　寬大無邊／有罰無賞。

審時度勢（ㄕㄣˇ ㄕˊ ㄉㄨㄛˋ ㄕˋ）

【釋義】　審時：明察時局，度勢：估計形勢。
【出處】　洪仁玕・資政新編：「其理在於審時度勢與本末強弱耳。」
【用法】　指細致地觀察時局，正確地估計形勢。
【例句】　在局勢變幻莫測的時代裏，爲政者務必要**審時度勢**，制訂出恰當的政策。
【義近】　審時定勢／識時通變。
【義反】　不識時務／逆潮而動。

寸部

寸土必爭（ㄘㄨㄣˋ ㄊㄨˇ ㄅㄧˋ ㄓㄥ）

【釋義】　一寸土地也必須爭持。形容與敵人作戰時決不退讓。
【出處】　唐書・李光弼傳：「弼曰：『兩軍相敵，尺寸地必爭。』」
【用法】　常用以形容與敵方對峙時，決不退讓的堅定態度。
【例句】　在國界疆域的問題上，各國都表現**寸土必爭**的態度，因此常引發戰爭。
【義近】　寸步不讓／針鋒相對。
【義反】　節節退讓／割地賠款／拱手相讓。

寸步不離（ㄘㄨㄣˋ ㄅㄨˋ ㄅㄨˋ ㄌㄧˊ）

【釋義】　一步也不離開。寸步：形容距離很近。
【出處】　任昉・述異記：「吳郡

海鹽有陸東，妻朱氏亦有容止，夫妻相重，寸步不離。」

【用法】形容非常親近，關係密切。

【例句】崔先生在他父親病重期間，一直**寸步不離**地守在病榻前。

【義近】形影不離／如影隨形／如膠似漆。

【義反】不即不離／若即若離／各奔前程／各奔東西。

寸步難行 ㄘㄨㄣˋ ㄅㄨˋ ㄋㄢˊ ㄒㄧㄥˊ

【釋義】寸步：極短的距離。一作「寸步難移」。

【出處】敦煌變文集・維摩詰經講經文：「吾緣染患，寸步難移。」

【用法】形容行走十分困難，也比喻處境艱辛。

【例句】生於現代社會，若不識字，簡直是**寸步難行**、阻礙重重。

【義近】跼天蹐地／進退維谷／步履維艱。

【義反】通行無阻／奔逸絕塵／暢通無阻／一帆風順。

寸草不留 ㄘㄨㄣˋ ㄘㄠˇ ㄅㄨˋ ㄌㄧㄡˊ

【釋義】連一根小草也不留下。

【出處】施耐庵・水滸傳八八回：「若不如此，吾引大兵一到，寸草不留！」

【用法】比喻趕盡殺絕或毀壞殆盡。

【例句】日軍攻下這座城市後，燒殺搶掠，洗劫一空，**寸草不留**，真是殘暴至極。

【義近】趕盡殺絕／斬草除根／雞犬不留／洗劫一空。

寸草春暉 ㄘㄨㄣˋ ㄘㄠˇ ㄔㄨㄣ ㄏㄨㄟ

【釋義】小草微薄的心意，報答不了春日陽光的恩惠。春暉：春天的陽光，比喻父母恩情。

【出處】孟郊・遊子吟：「慈母手中線，遊子身上衣。臨行密密縫，意恐遲遲歸。誰言寸草心，報得三春暉。」

【用法】比喻父母的恩情難以報答。

【例句】我們無論怎樣孝敬父母，也不過是**寸草春暉**，唯有奮發上進，以期服務人羣，或許還可聊補於萬一。

【義近】恩重如山／恩深如海。

【義反】六親不認／背恩忘德／忘恩負義。

寸絲不掛 ㄘㄨㄣˋ ㄙ ㄅㄨˋ ㄍㄨㄚˋ

【釋義】佛教語，比喻心中無所牽掛。

【出處】道源・景德傳燈錄卷八：「師便問：『大夫十二時中作麼生？』陸云：『寸絲不掛。』」

【用法】用以說明赤身裸體，也用以形容擺脫世俗、一無牽掛。

【例句】①她自從進了修道院，便與紅塵一刀兩斷，漸漸地，心中已是**寸絲不掛**，過著恬靜平和的生活。②衣盡典，**寸絲不掛**體。（高明・琵琶記）

【義近】一絲不掛／赤身裸體／一無牽掛。

【義反】心繫情牽／身著綾緞／衣冠楚楚。

寸陰尺璧 ㄘㄨㄣˋ ㄧㄣ ㄔˇ ㄅㄧˋ

【釋義】一寸光陰的價值比一尺璧玉的價值還要珍貴。寸陰：極短的時間。

【出處】淮南子・原道訓：「故聖人不貴尺之璧，而重寸之陰，時難得而易失也。」

【用法】形容時間可貴，勸人珍惜時間。

【例句】古人說：**寸陰尺璧**，我們應該努力學習和工作，決不要浪費寶貴的時光。

【義近】一刻千金／一寸光陰一寸金／寸陰是競／寸陰寸金。

【義反】虛擲光陰／蹉跎歲月／翫歲愒日／玩歲愒時。

封豕長蛇（ㄈㄥ　ㄕˇ　ㄔㄤˊ　ㄕㄜˊ）

【釋義】大豬與長蛇。封：大。

【出處】左傳・定公四年：「申包胥如秦乞師：『吳為封豕長蛇，以荐食上國，虐始於楚。』」

【用法】比喻貪暴的元凶首惡，或比喻人貪婪凶暴。

【例句】這幫傢伙無一不貪暴成性，那個為首的更有如**封豕長蛇**。

【義近】封豨修蛇／狼貪虎暴／誅求無饜／狼心狗肺／蛇蝎心腸。

封妻蔭子（ㄈㄥ　ㄑㄧ　ㄧㄣˋ　ㄗˇ）

【釋義】封妻：妻子受誥封。蔭子：子孫世襲官職，給予子孫某種特權。

【出處】戴善夫・風光好四折：「枉了我獨守冰霜志，指望你封妻蔭子。」

【用法】用以指立功揚名，光耀門庭。

【例句】正要衣錦還鄉，圖個**封妻蔭子**。（施耐庵・水滸傳二九回）

【義近】榮親顯祖／榮宗耀祖／光耀門庭。

【義反】株連九族／辱及先人／祖先蒙羞。

將心比心（ㄐㄧㄤ　ㄒㄧㄣ　ㄅㄧˇ　ㄒㄧㄣ）

【釋義】拿自己的心去推測別人的心。將：拿，用。比：比擬，引申為推測。

【出處】湯顯祖・紫釵記三八出：「太尉不將心比心，小子待將計就計。」

【用法】用以表示要設身處地為他人著想。

【例句】她是一個細心的女孩，凡事皆能**將心比心**替他人著想，故深受長輩疼愛。

【義近】設身處地／推己及人／以己度人／易地而處。

【義反】以意逆志／一意孤行。

將功補過（ㄐㄧㄤ　ㄍㄨㄥ　ㄅㄨˇ　ㄍㄨㄛˋ）

【釋義】將：拿，用。補：補救，補償。

【出處】舊五代史・錢鏐傳：「許降自新之路，將功補過，舍長從短。」

【用法】用以說明拿功勞彌補過失。

【例句】這一切損失都因我而起，我願意**將功補過**，努力工作償清債款。

【義近】將功贖罪／過以功除／戴罪立功／報罪責功。

【義反】死不認錯／一錯再錯。

將功折罪（ㄐㄧㄤ　ㄍㄨㄥ　ㄓㄜˊ　ㄗㄨㄟˋ）

【釋義】折：抵，抵消。

【出處】元・無名氏・隔江鬥智楔子：「如今權饒你將功折罪，點起人馬，隨我追趕出來。」

【用法】用以說明拿功勞抵償所犯罪過。

【例句】那個小偷決定改過自新，同時**將功折罪**，向警方供出犯罪集團的一切內幕。

【義近】立功贖罪／將功贖罪／以功折罪。

【義反】居功自恃／死不認罪／罪上加罪。

將計就計（ㄐㄧㄤ　ㄐㄧˋ　ㄐㄧㄡˋ　ㄐㄧˋ）

【釋義】利用對方的計策反過來對付對方。

【出處】元・無名氏・豫讓吞炭二折：「咱今將計就計，決開堤口……使智氏軍不戰自亂。」

【用法】用以表示以其人之道，還治其人之身。

【例句】他這人貪心且善用心計，我們就來個**將計就計**，先滿足他的口味，再突破他的心防。

【義近】以其人之道，還治其人之身。

【義反】反其道而行之。

將信將疑（ㄐㄧㄤ ㄒㄧㄣˋ ㄐㄧㄤ ㄧˊ）

【釋義】將：且，又。
【出處】李華・弔古戰場文：「其存其歿，家莫聞知；人或有言，將信將疑。」
【用法】用以表示有點相信，又有點懷疑。
【例句】聽說她已返國定居，我**將信將疑**，準備打個電話確定一下。
【義近】半信半疑／又信又疑／疑信參半。
【義反】堅信不疑／毋庸置疑。

將欲取之，必先與之（ㄐㄧㄤ ㄩˋ ㄑㄩˇ ㄓ，ㄅㄧˋ ㄒㄧㄢ ㄩˇ ㄓ）

【釋義】要想取得他的東西，必得暫時先給他一些東西。將：將要。欲：想。與：給予。
【出處】老子三六章：「將欲奪之，必固（姑）與之。」
【用法】指先付出代價以誘使對方放鬆警惕，然後找機會奪取。
【例句】**將欲取之，必先與之**，想追她，不花錢買她歡心，恐怕難得美人芳心。
【義近】欲取姑與／欲有所得，必有所失。
【義反】只取不與。

將遇良才（ㄐㄧㄤ ㄩˋ ㄌㄧㄤˊ ㄘㄞˊ）

【釋義】將：將領。良才：高才，本領高的人。常與「棋逢對手」連用。
【出處】施耐庵・水滸傳三四回：「兩個就清風山下廝殺，乃是棋逢對手難藏幸，將遇良才好用功。」
【用法】用以指雙方本領相當，能人碰上能人。
【例句】看來今天是棋逢對手，**將遇良才**，這兩支足球勁旅將有一場精彩的比賽哩！
【義近】棋逢對手／勢均力敵／旗鼓相當／工力悉敵。
【義反】泰山壓卵／工力懸殊。

將錯就錯（ㄐㄧㄤ ㄘㄨㄛˋ ㄐㄧㄡˋ ㄘㄨㄛˋ）

【釋義】將：拿。就：順著。
【出處】悟明・聯燈會要：「祖師已是錯傳，山僧已是錯說，今日不免將錯就錯……。」
【用法】指事情已經做錯，就乾脆順著錯的做下去。
【例句】發現做錯了就應立即改正，如果**將錯就錯**，會把事情弄得更難收拾。
【義近】以錯就錯。
【義反】知錯必改。

專心致志（ㄓㄨㄢ ㄒㄧㄣ ㄓˋ ㄓˋ）

【釋義】把心思完全放在上面。致：盡。志：志向，志趣。
【出處】孟子・告子上：「今夫奕之爲數，小數也；不專心致志，則不得也。」
【用法】形容一心一意，聚精會神。
【例句】她正**專心致志**地學習烹飪，我們將可一飽口福了。
【義近】全神貫注／一心一意／聚精會神。
【義反】漫不經心／心不在焉／心猿意馬。

專橫跋扈（ㄓㄨㄢ ㄏㄥˋ ㄅㄚˊ ㄏㄨˋ）

【釋義】專橫：專斷蠻橫，任意妄爲。跋扈：霸道，蠻不講理。
【出處】後漢書・梁冀傳：「帝少而聰慧，知冀驕橫，嘗朝羣臣，目冀曰：『此跋扈將軍也。』」
【用法】形容人獨斷專行，蠻橫無理。
【例句】作爲一個局長卻如此**專橫跋扈**，實在太不應該了。
【義近】驕橫妄爲／飛揚跋扈／專擅跋扈。
【義反】彬彬有禮／謙遜揖讓／兼聽廣納。

尋死覓活（ㄒㄩㄣˊ ㄙˇ ㄇㄧˋ ㄏㄨㄛˊ）

【釋義】鬧著要死要活。尋、覓

：均為「尋求」之意。
【出處】關漢卿・金線池二折：「時常與這虔婆合氣，尋死覓活，無非是為俺家的緣故。」
【用法】多指用自殺來嚇唬、要挾人。
【例句】你干涉女兒的婚姻，逼得她**尋死覓活**的，究竟有什麼好處？
【義近】投河覓井。
【義反】絕路求生／螻蟻貪生。

尋行數墨 ㄒㄩㄣˊ ㄏㄤˊ ㄕㄨˇ ㄇㄛˋ

【釋義】尋、數：指只注重表面。行、墨：指字面。
【出處】朱熹・易詩之一：「須知三絕韋編者，不是尋行數墨人。」
【用法】表示只會背誦文句，而不明義理。
【例句】你讀書的方法不對，光是**尋行數墨**，能讀得出什麼名堂來？
【義近】囫圇吞棗／生吞活剝／不求甚解。
【義反】探求大義／尋根究底／深明義理。

尋花問柳 ㄒㄩㄣˊ ㄏㄨㄚ ㄨㄣˋ ㄌㄧㄡˇ

【釋義】又作「問柳尋花」。花、柳本為春天美景，後用以指妓女、妓院。
【出處】杜甫・嚴中丞見過詩：「元戎小隊出郊坰，問柳尋花到野亭。」
【用法】本指玩賞春景，今多用以指嫖妓。
【例句】這些男人都是吃著碗裏望著鍋裏，有了太太，還要去**尋花問柳**。
【義近】拈花惹草／嫖娼狎妓／尋香訪艷。
【義反】不戀女色／坐懷不亂／正人君子。

尋根究底 ㄒㄩㄣˊ ㄍㄣ ㄐㄧㄡˋ ㄉㄧˇ

【釋義】究：追究。底：底細。又作「追根究底」、「尋根問底」。
【出處】曹雪芹・紅樓夢三九回：「村老老是信口開河，情哥哥偏尋根究底。」
【用法】指追究根由底細。
【例句】這孩子遇到不明白的事就愛**尋根究底**，問個沒完沒了。
【義近】尋跡覓蹤／追本溯源／推本究源。
【義反】淺嘗輒止／不求甚解／不問來由。

尋章摘句 ㄒㄩㄣˊ ㄓㄤ ㄓㄜˊ ㄐㄩˋ

【釋義】搜尋摘取文章中的片斷詞句。
【出處】陳壽・三國志・吳志・孫權傳注引吳書：「博覽書傳歷史，藉採奇異，不效諸生尋章摘句而已。」
【用法】指讀書局限於文字的推求。也指寫作時堆砌現成詞句，缺乏創造性。
【例句】讀書只知**尋章摘句**的人，在學術上決不可能有什麼成就。
【義近】搜章摘句／尋行數墨。
【義反】熟讀精思／融會貫通。

尊師重道 ㄗㄨㄣ ㄕ ㄓㄨㄥˋ ㄉㄠˋ

【釋義】尊：敬重，重視。道：正確的道理，知識。
【出處】禮記・學記：「凡學之道，嚴師為難。」鄭玄注：「嚴，尊敬也。尊師重道焉，不使處臣位也。」
【用法】說明要尊敬師長，重視老師所傳授的道理和知識技能。
【例句】要發展我國的教育事業，首先必須提倡**尊師重道**。
【義近】尊師貴道／師嚴道尊／師道尊嚴。

對牛彈琴 ㄉㄨㄟˋ ㄋㄧㄡˊ ㄊㄢˊ ㄑㄧㄣˊ

【釋義】面對著牛彈琴。
【出處】莊子・齊物論・郭象注：「是猶對牛鼓簧耳，彼竟不明，故己之道術終於昧然也。」建中靖國續燈錄・汝能禪師：「對牛彈琴，不入牛耳。」

【用法】用以比喻對不懂道理的人講道理，含有輕視鄙夷之意。有時也用以諷刺人說話不看對象。

【例句】對不識之無的人談文藝創作，簡直就如**對牛彈琴**。

【義近】語不擇人／無的放矢。

對症下藥 ㄉㄨㄟˋ ㄓㄥˋ ㄒㄧㄚˋ ㄧㄠˋ

【釋義】醫師針對病人的症狀，相應用藥。症：病症。又作「對證用藥」。

【出處】陽枋・編類錢氏小兒方證說：「故能察病論證，對證用藥，如指諸掌。」

【用法】今多用以比喻針對實際情況，採取有效措施。

【例句】①要想把病治好，就得找醫師**對症下藥**。②治心病跟治生理的毛病一樣，也得**對症下藥**。

【義近】因地制宜／切中時弊。

【義反】急病亂投醫。

對酒當歌 ㄉㄨㄟˋ ㄐㄧㄡˇ ㄉㄤ ㄍㄜ

【釋義】面對著美酒，應當引吭高歌，盡情歡樂。

【出處】曹操・短歌行：「對酒當歌，人生幾何？譬如朝露，去日苦多。」

【用法】用以勸人及時行樂。

【例句】人生短暫，何苦要和自己過不去呢，還是**對酒當歌**，盡情歡樂吧！

【義近】秉燭夜遊／得樂且樂／今朝有酒今朝醉。

對答如流 ㄉㄨㄟˋ ㄉㄚˊ ㄖㄨˊ ㄌㄧㄡˊ

【釋義】回答得流暢有如流水。又作「應答如流」。

【出處】北史・李孝伯傳：「孝伯風容閒雅，應答如流。」陳書・儒林傳：「對答如流。」

【用法】形容人回答問題非常流利順暢。

【例句】這位青年口才好，知識又淵博，問什麼都能**對答如流**。

【義近】隨口作答／應答自如／隨機應變。

【義反】答非所問／一問三不知。

對簿公堂 ㄉㄨㄟˋ ㄅㄨˋ ㄍㄨㄥ ㄊㄤˊ

【釋義】對簿：根據文狀核對事實。公堂：官署，衙門。

【出處】司馬遷・史記・李將軍列傳：「大將軍使長史急責廣之幕府對簿。」賈島・酬姚舍校書：「公堂朝共到。」

【用法】用以表示訴之於法庭，以解決事端。

【例句】他們兩人的問題私下已調解不了，看來只有**對簿公堂**了。

【義近】訴諸公堂／訴之法律。

【義反】私下了結／庭外和解。

小部

小人得志 ㄒㄧㄠˇ ㄖㄣˊ ㄉㄜˊ ㄓˋ

【釋義】小人：泛指行爲不正派或見聞淺薄的人。得志：指有了錢財權勢或爲上司所寵信。

【出處】李寶嘉・官場現形記三八回：「至於內裏這位寶小姐，眞正是小人得志，弄得個氣燄薰天。」

【用法】形容小人一旦發迹，便得意忘形，盛氣凌人。

【例句】他一當上局長，就神氣十足，眞是**小人得志**！

【義近】瓦釜雷鳴／小人道長／君子道消。

小心翼翼 ㄒㄧㄠˇ ㄒㄧㄣ ㄧˋ ㄧˋ

【釋義】其意本爲嚴肅恭敬。翼翼：嚴肅謹慎的樣子。

【出處】詩經・大雅・大明：「維此文王，小心翼翼。昭事上帝，聿懷多福。」

【用法】形容舉動十分謹慎，毫不疏忽。

【例句】他為人膽小，遇事**小心翼翼**，所以幾十年來不曾犯什麼錯誤，但也沒有什麼成就。

【義近】小心謹慎／謹小慎微／謹言慎行／戰戰兢兢／兢兢業業／臨淵履薄。

【義反】粗心大意／膽大妄為／大而化之／敷衍了事／苟且僥倖。

小不忍則亂大謀（ㄒㄧㄠˇ ㄅㄨˋ ㄖㄣˇ ㄗㄜˊ ㄌㄨㄢˋ ㄉㄚˋ ㄇㄡˊ）

【釋義】小事情不能忍耐，便會敗壞大的事情。亂：攪亂，敗壞。大謀：大的計畫。

【出處】論語・衛靈公：「子曰：『巧言亂德，小不忍則亂大謀。』」

【用法】告誡人遇事要從大處著眼，要能忍一時之氣，以免敗壞大事。

【例句】古人說：「**小不忍則亂大謀**。」你在這些小事上要是不能忍耐，今後怎能實現你的宏偉抱負？

【義近】因小失大／忍得一時氣，換來百年福／忍辱負重。

小巧玲瓏（ㄒㄧㄠˇ ㄑㄧㄠˇ ㄌㄧㄥˊ ㄌㄨㄥˊ）

【釋義】小巧：小而靈巧。玲瓏：精巧細緻。

【出處】辛棄疾・臨江仙・戲為山園巷壁解嘲：「莫笑吾家巷壁小……有心雄泰華，無意巧玲瓏。」

【用法】形容器物小巧精緻，也形容女子身小靈巧、秀氣可愛。

【例句】①那個女孩長得十分**小巧玲瓏**，可愛動人。②展覽會上展出的幾件水晶雕刻，**小巧玲瓏**，精緻可愛。

【義近】嬌小玲瓏／靈巧秀氣。

【義反】碩大無朋／龐然大物。

小巫見大巫（ㄒㄧㄠˇ ㄨ ㄐㄧㄢˋ ㄉㄚˋ ㄨ）

【釋義】小巫師見到大巫師，法術就無法施展，即小巫的法術不如大巫。巫：古時以祈禱降神為職業的人。

【出處】陳琳・答張紘書：「今景興在此，足下與子布在彼，所謂小巫見大巫。」

【用法】比喻相比之下，顯出高低。

【例句】你一進城就覺得這裏很繁華，實際上與大都市比起來，還只是**小巫見大巫**哩！

【義近】相形見絀／相形失色。

【義反】不相上下／半斤八兩／相去無幾／難分高低／伯仲之間／不分軒輊。

小家碧玉（ㄒㄧㄠˇ ㄐㄧㄚ ㄅㄧˋ ㄩˋ）

【釋義】小家：小戶人家。碧玉：人名，後泛指平民家的少女。

【出處】孫綽・情人碧玉歌：「碧玉小家女，不敢攀貴德，感郎意氣重，遂得結金蘭。」

【用法】用以形容小戶人家的年輕美麗女子。

【例句】在古代，無論是大家閨秀還是**小家碧玉**，都是絕對不許拋頭露面的。

【義反】大家閨秀／名媛淑女。

小康之家（ㄒㄧㄠˇ ㄎㄤ ㄓ ㄐㄧㄚ）

【釋義】小康：經濟較寬裕，可以不愁溫飽。

【出處】詩經・大雅・民勞：「民亦勞止，汔可小康。」李綠園・歧路燈八三回：「小康之家，就看得賭具是解悶的要緊東西。」

【用法】指經濟狀況較為寬裕的家庭。

【例句】台灣生活富庶安定，**小康之家**比比皆是。

【義近】殷實人家。

【義反】家徒四壁／貧寒之家。

小題大做
ㄒㄧㄠˇ ㄊㄧˊ ㄉㄚˋ ㄗㄨㄛˋ

【釋義】科舉時代以四書文句命題曰小題，以五經文句命題曰大題。用做五經文的章法來做四書文的，稱爲小題大做。

【出處】朱皠・翡翠園傳奇：「你們這般朋友，慣是小題大做。」

【用法】借喻爲把小事擴大渲染成大事來處理，有不值得、不應當的意思。

【例句】這些雞毛蒜皮的小事，也要一再提出來討論研究，太**小題大做**了。

【義近】牛鼎烹雞。

小懲大誡
ㄒㄧㄠˇ ㄔㄥˊ ㄉㄚˋ ㄐㄧㄝˋ

【釋義】小的懲罰，大的警誡。誡：警告，勸告。

【出處】周易・繫辭下：「小懲而大誡，此小人之福也。」

【用法】說明對犯過錯的人，在給以小的懲罰之後，還要大加教育，以免重犯過失。

【例句】令郎在我家拿走了東西，我說他幾句，也不過是**小懲大誡**的意思，並不是要使你爲難。

少小無猜
ㄕㄠˋ ㄒㄧㄠˇ ㄨˊ ㄘㄞ

【釋義】男女小時在一起不避嫌疑。少小：幼小。猜：猜疑，避嫌。一作「兩小無猜」。

【出處】李白・長干行：「同居長干里，兩小無嫌猜。」蒲松齡・聊齋志異・江城：「兩小無猜，日共嬉戲。」

【用法】形容男女幼童在一起嬉遊，天眞爛漫，不避嫌疑。

【例句】他倆是**少小無猜**，青梅竹馬，長大共結連理也是天經地義的美事。

【義近】青梅竹馬／竹馬之好／自幼相好。

【義反】邂逅相遇／素不相識／授受不親。

少不更事
ㄕㄠˋ ㄅㄨˋ ㄍㄥ ㄕˋ

【釋義】年紀輕，沒有經歷過什麼事情。少：年輕。更：經歷。

【出處】晉書・周顗傳：「君少年未更事。」張鳳翼・竊符記：趙括「志大才庸，少不更事。」

【用法】指年輕閱歷世事不多，缺乏經驗。

【例句】不要怪他魯莽衝動，一切只因他**少不更事**，慢慢地他會成熟的。

【義近】涉世不深／初出茅廬／嘴上無毛，辦事不牢／初生之犢不畏虎。

【義反】少年老成／老於世故／老成持重／閱歷甚深／經驗豐富。

少安毋躁
ㄕㄠˇ ㄢ ㄨˊ ㄗㄠˋ

【釋義】稍稍安靜，不要急躁。少：稍微，暫時。毋：不要，一作「無」、「勿」，意同。

【出處】韓愈・答呂毉山人書：「方將坐足下，三浴而三熏之，聽僕之所爲，少安毋躁。」

【用法】指暫且安心等待，靜觀其後。

【例句】事情尚未弄清楚前，請大家**少安毋躁**，以免壞了大事。

【義近】靜候勿躁／安靜等待／無需性急／稍作等待。

【義反】暴跳如雷／急不可待／刻不容緩／迫不及待。

少年老成
ㄕㄠˋ ㄋㄧㄢˊ ㄌㄠˇ ㄔㄥˊ

【釋義】年紀輕，辦事却穩重老練。老成：老練，有經驗。

【出處】柯丹邱・荆釵記：「我這公祖少年老成，居民無不瞻仰，老夫感激深恩。」

【用法】用以稱青年人辦事老練、舉止穩重，有時也指青年人缺乏朝氣。

【例句】現代的青年人可說多數都是**少年老成**，辦起事來有板有眼的。
【義近】年輕老練／少年有成／年少穩重／後生可畏。
【義反】少不更事／年少無知／乳臭未乾。

少見多怪（ㄕㄠˇ ㄐㄧㄢˋ ㄉㄨㄛ ㄍㄨㄞˋ）

【釋義】見聞少，遇不常見的事物多以為怪。
【出處】牟融・理惑論：「諺云：『少所見，多所怪。睹駝，言馬腫背。』」
【用法】常用以嘲人見聞淺陋。
【例句】他就是**少見多怪**，只要見一對男女在一起，就懷疑人家有不正當的關係。
【義近】大驚小怪／失驚打怪／蜀犬吠日。
【義反】常見不怪／屢見不鮮／見怪不怪。

少壯不努力，老大徒傷悲（ㄕㄠˋ ㄓㄨㄤˋ ㄅㄨˋ ㄋㄨˇ ㄌㄧˋ，ㄌㄠˇ ㄉㄚˋ ㄊㄨˊ ㄕㄤ ㄅㄟ）

【釋義】年輕時不努力，上了年紀悲傷也無用了。少壯：年輕力壯。老大：年紀大了。徒：空，白白地。
【出處】古樂府・長歌行：「百川東到海，何時復西歸？少壯不努力，老大徒傷悲。」
【用法】勉勵人及早奮發圖強，以免上了年紀後悔悲傷。
【例句】古人說：「**少壯不努力，老大徒傷悲**。」我們應抓緊年輕時期努力學習，為將來打下紮實的基礎。
【義近】少壯幾時／青春不再／少壯幾時，兮奈老何／少年易老學難成。
【義反】小時了了，大未必佳／人生自有人生福，何必為老愁／今朝有酒今日醉。

尖嘴猴腮（ㄐㄧㄢ ㄗㄨㄟˇ ㄏㄡˊ ㄙㄞ）

【釋義】腮：面頰。
【出處】吳敬梓・儒林外史三回：「像你這尖嘴猴腮，也該撒泡尿自己照照！不三不四，就想天鵝屁吃！」
【用法】形容人的臉面瘦削，長相醜陋，粗俗不堪。多用以指斥小人或粗俗之人。
【例句】你看他那**尖嘴猴腮**、賊頭賊腦的樣子，準沒個好心眼！
【義近】尖嘴縮腮／獐頭鼠目／小頭銳面。
【義反】肥頭大耳／眉清目秀／儀表堂堂。

尖擔兩頭脫（ㄐㄧㄢ ㄉㄢˋ ㄌㄧㄤˇ ㄊㄡˊ ㄊㄨㄛ）

【釋義】尖擔：兩頭都尖削的擔子。脫：落，滑脫。
【出處】關漢卿・救風塵三折：「周舍云：『這婆娘他若是不嫁我呵，可不弄的尖擔兩頭脫。』」
【用法】比喻兩頭落空。
【例句】先把那邊的工作搞定了，再辭掉這邊的，不要冒冒失失，弄個**尖擔兩頭脫**。
【義近】兩頭落空／賠了夫人又折兵。
【義反】一石兩鳥／一舉兩得。

尢部

就地正法 ㄐㄧㄡˋ ㄉㄧˋ ㄓㄥˋ ㄈㄚˇ

【釋義】就地：就在原地，指犯罪所在地。正法：依法處決犯人。
【出處】曾文正公奏稿：「臣聞此二端，惡其民心之未去，黨羽之尙堅，即決計就地正法。」
【用法】用以指重犯不待審訊，當場處死。
【例句】這幾個殺人放火的強盜頑抗拒捕，只好將他們**就地正法**，以免滋生事端。
【義近】當場正法／就地處決。
【義反】秋審行刑。

就地取材 ㄐㄧㄡˋ ㄉㄧˋ ㄑㄩˇ ㄘㄞˊ

【釋義】在本地尋找所需要的材料。就地：在原地。
【用法】多用以說明辦事力求節儉，應當在本地挖掘潛力，不要樣樣仰賴外地外力。
【例句】建立工廠所需的物資材料，應盡可能**就地取材**，力求節省開支。
【義近】因地制宜／本山取土。
【義反】晉用楚材。

就事論事 ㄐㄧㄡˋ ㄕˋ ㄌㄨㄣˋ ㄕˋ

【釋義】只就這件事來談論這件事。
【出處】石點頭：「這番話，本是就事論事，原出無心，那知荆寶倒存了個念頭。」
【用法】指只就某事的本身來評論其是非得失，不涉及其他。也指只談事情的現象不觸及其本質。
【例句】請你**就事論事**，不要插到別的話題上，更不要涉及人身攻擊。
【義反】一概而論。

尸部

尸位素餐 ㄕ ㄨㄟˋ ㄙㄨˋ ㄘㄢ

【釋義】居位食祿而不理事。尸位：如尸（神像）之居位，只受享祭而不做事。素餐：吃閑飯。
【出處】漢書・朱雲傳：「今朝廷大臣，上不能匡主，下亡（無）以益民，皆尸位素餐。」
【用法】比喻居其位而不盡其職守。
【例句】他擔任地方首長數年，毫無建樹，各界人士紛紛批評他**尸位素餐**，浪費納稅人的錢。
【義近】竊位素餐／備位而已／三旨宰相／徒取充位／伴食中書。
【義反】克盡厥職／枵腹從公／鞠躬盡瘁／宵衣旰食／夙夜匪懈。

尸居餘氣 ㄕ ㄐㄩ ㄩˊ ㄑㄧˋ

【釋義】謂人軀殼雖在，僅存餘氣。尸：同屍，屍體。餘氣：剩下的最後一口氣。
【出處】晉書・宣帝紀：「曹爽曰：『司馬公尸居餘氣，形神已離，不足慮矣。』」
【用法】形容人暮氣沉沉，無所作爲，僅比死人多一口氣。
【例句】他整日精神萎靡，無所事事，大家都認爲他是個**尸居餘氣**的廢物。
【義近】死氣沉沉／萎靡不振／行屍走肉。
【義反】朝氣蓬勃／意氣風發／精神抖擻／豪情萬丈。

尺寸之功 ㄔˇ ㄘㄨㄣˋ ㄓ ㄍㄨㄥ

【釋義】微小的功勞。尺寸：本爲量長度的單位，此用以狀小。
【出處】戰國策・燕策一：「夫

民勞而實費，又無尺寸之功。」司馬遷・史記・淮陰侯列傳：「一日數戰，無尺寸之功。」

【用法】常用以謙稱自己的功勞微不足道。

【例句】爲了完成這一巨大工程，我雖盡了力，但也不過是**尺寸之功**，怎能受此重賞。

【義近】綿薄之力／微弱之功／略盡棉力／犬馬之勞。

【義反】頂天之力／地覆之功／蓋世勳勞。

尺有所短，寸有所長（ㄔˇ ㄧㄡˇ ㄙㄨㄛˇ ㄉㄨㄢˇ，ㄘㄨㄣˋ ㄧㄡˇ ㄙㄨㄛˇ ㄔㄤˊ）

【釋義】尺雖長，有時有其不可取之處；寸雖短，有時有其可取之處。

【出處】楚辭・卜居：「夫尺有所短，寸有所長；物有所不足，智有所不明；數有所不逮，神有所不通。」

【用法】比喻人或事物各有長處和短處，不可一概而論。

【例句】古人說得好：「**尺有所短，寸有所長**。」各位只要盡心盡力爲本公司做事，大家都是可用的人才。

【義近】尺短寸長／各有長短／各有優劣。

【義反】一概而論／一把尺子量到底／千篇一律。

尺幅千里（ㄔˇ ㄈㄨˊ ㄑㄧㄢ ㄌㄧˇ）

【釋義】尺把長的畫幅，畫進千里的景象。一作「尺幅萬里」。

【出處】南史・昭冑傳：「（賁）幼好學，有文才，能書善畫，於扇上圖山水，咫尺之內，便覺萬里爲遙。」

【用法】讚美畫家畫藝高超，能在小小的畫幅上，展示出廣闊的空間和深遠的意境。

【例句】你在這並不算大的畫幅上，竟畫出了祖國壯麗的山河，眞堪稱**尺幅千里**。

【義近】尺寸千里。

尾大不掉（ㄨㄟˇ ㄉㄚˋ ㄅㄨˋ ㄉㄧㄠˋ）

【釋義】禽獸的尾巴過大難以擺動。掉：搖擺，搖動。

【出處】左傳・昭公一一年：「末大必折，尾大不掉，君所知也。」

【用法】比喻下強上弱，難以駕馭；有時也用以比喻機構臃腫，指揮不靈。

【例句】我國歷史上曾多次出現地方勢力強大，**尾大不掉**的局面，結果造成社會分裂。

【義近】末大不掉／倒持太阿／脛大於股。

【義反】幹強枝弱。

居心不良（ㄐㄩ ㄒㄧㄣ ㄅㄨˋ ㄌㄧㄤˊ）

【釋義】居心：存心。不良：指不懷好意。

【出處】劉義慶・世說新語・言語：「卿居心不淨，乃復強欲滓穢太清耶？」

【用法】指存心不善，欲有他謀。

【例句】這傢伙**居心不良**，唯恐天下不亂，到處製造紛爭。

【義近】居心叵測／別有用心／心懷不軌／包藏禍心／心懷鬼胎。

【義反】胸懷坦白／居心善良／光明磊落／心懷坦白。

居必擇鄉（ㄐㄩ ㄅㄧˋ ㄗㄜˊ ㄒㄧㄤ）

【釋義】擇鄉：選擇環境好的鄉里。

【出處】荀子・勸學：「君子居必擇鄉，遊必就士，所以防邪僻而近中正也。」

【用法】用以強調環境對於人的成長的重要，說明不可忽視外界的影響。

【例句】爲了讓兒女健康成長，**居必擇鄉**之理，確實不可忽視。

【義近】居必擇鄰／孟母三遷／里仁爲美。

居安思危（ㄐㄩ ㄢ ㄙ ㄨㄟˊ）

【釋義】在安全時要考慮到可能發生的危險。

【出處】左傳·襄公一一年：「書曰：『居安思危。』思則有備，有備無患。」

【用法】用以說明要隨時提高警覺，以防禍患。

【例句】**居安思危**，有所準備，就能應付各種複雜的局面。

【義近】安不忘危／有備無患。

【義反】居安忘危／高枕無憂／燕雀處堂。

居高臨下（ㄐㄩ ㄍㄠ ㄌㄧㄣˊ ㄒㄧㄚˋ）

【釋義】處在高處，面向低處。臨：俯視。

【出處】漢書·鼂錯傳：「平陵相遠，川谷居閒，仰高臨下，此弓弩之地也。」續資治通鑑·宋紀：「敵居高臨下，我戰地不利，宜少就平曠以致其師，宜可勝。」

【用法】形容佔據有利位置，擁有很大優勢。

【例句】這一帶的房子**居高臨下**，視野相當遼闊，故房價也不低。

【義近】高屋建瓴／建瓴之勢。

【義反】居下仰上。

屈打成招（ㄑㄩ ㄉㄚˇ ㄔㄥˊ ㄓㄠ）

【釋義】屈：冤枉。招：招認。

【出處】元·無名氏·爭報恩三折：「如今把姐姐拖到官中，三推六問，屈打成招。」

【用法】指用嚴刑逼供，迫使無辜招認有罪。

【例句】在專制政權淫威下，不知有多少屈打成招的冤案！

【義近】羅織入罪／嚴刑逼供／枉勘虛招。

【義反】不打自招。

屈指可數（ㄑㄩ ㄓˇ ㄎㄜˇ ㄕㄨˇ）

【釋義】彎著手指就能數清楚。屈：彎曲。

【出處】三國志·魏志·張郃傳：「屈指計亮糧，不至十日。」歐陽修·唐安公美政頌：「今文化之盛，其書屈指可數者，無三四人。」

【用法】形容數目很少。

【例句】古代文字本不易懂，能夠作深入研究進而成爲權威的眞是**屈指可數**。

【義近】寥寥無幾／寥若晨星／寥寥可數。

【義反】指不勝屈／不可勝數／數不勝數／不勝枚舉。

屈膝求和（ㄑㄩ ㄒㄧ ㄑㄧㄡˊ ㄏㄜˊ）

【釋義】屈膝：下跪。

【出處】漢書·司馬相如傳：「北征匈奴，單于怖駭，交臂受事，屈膝請和。」

【用法】用以指無能抗敵，無恥地跪地求和投降。

【例句】一些賣國求榮的漢奸，不等敵人揮軍，就**屈膝求和**，其行爲眞是可恥。

【義近】靦顏事敵／賣國求榮／投敵爲奸。

【義反】至死不屈／寧死勿降／威武不屈。

屢見不鮮（ㄌㄩˇ ㄐㄧㄢˋ ㄅㄨˋ ㄒㄧㄢ）

【釋義】屢：屢次，常常。鮮：少。又作「數見不鮮」。

【出處】司馬遷·史記·酈生陸賈列傳：「率不過再三過，數見不鮮。」

【用法】用以說明經常見到。

【例句】這類的社會新聞，早已**屢見不鮮**，天天翻開報紙幾乎都有同樣的事在發生。

【義近】司空見慣／習以爲常／隨時可見。

【義反】極爲罕見／百年不遇。

屢教不改（ㄌㄩˇ ㄐㄧㄠˋ ㄅㄨˋ ㄍㄞˇ）

【釋義】屢：屢次，多次。又作「累教不改」。累：屢次。

【用法】用以說明雖經多次教育，卻仍不悔改。

【例句】這個年輕人非常頑固，

屢敎不改，看來只有依法懲處了。
【義近】屢教不悛／累戒不改／死不改悔。
【義反】幡然悔悟／知過即改／朝過夕改。

層出不窮 ㄘㄥˊ ㄔㄨ ㄅㄨˋ ㄑㄩㄥˊ

【釋義】層：不斷地，一個接一個地。窮：完，盡。
【出處】韓愈・貞曜先生墓誌銘：「神施鬼設，間見層出。」吳沃堯・二十年目睹之怪現狀四二回：「豈但不能免，並且千奇百怪的毛病，層出不窮。」
【用法】形容事物接連不斷地出現，且變化多端，不可窮盡。
【例句】最近校園犯罪**層出不窮**，是不是我們的教育系統出了問題。
【義近】層見疊出／源源不斷／生生不已。
【義反】曇花一現／隨即枯竭／一閃即逝。

層巒疊嶂 ㄘㄥˊ ㄌㄨㄢˊ ㄉㄧㄝˊ ㄓㄤˋ

【釋義】層巒：連綿的山。巒：尖而小的山。疊嶂：許多像屏障一樣的山峰。
【出處】水經注・江水：「重巖疊嶂，隱天蔽日。」袁宏道・西洞庭：「層巒疊嶂，出沒翠濤。」
【用法】形容險峻的山峰綿密相疊。
【例句】長江三峽兩岸，到處是**層巒疊嶂**，十分壯觀，令遊客讚歎不已。
【義近】重巖疊嶂／重巒疊巘。
【義反】獨峰高聳／孤山獨嶺。

履舄交錯 ㄌㄩˇ ㄒㄧˋ ㄐㄧㄠ ㄘㄨㄛˋ

【釋義】履：鞋子。舄：古時一種雙層底又加木底的鞋。交錯：雜亂放置。
【出處】司馬遷・史記・滑稽列傳：「男女同席，履舄交錯，杯盤狼藉。」
【用法】用以形容賓客眾多。（古人席地而坐，脫鞋入席，鞋多則賓客多）
【例句】他家老太爺今天九十壽誕，祝壽者盈門，**履舄交錯**，好不熱鬧。
【義近】戶限爲穿／門庭若市／賓客滿門。
【義反】門可羅雀／門庭冷落。

履險如夷 ㄌㄩˇ ㄒㄧㄢˇ ㄖㄨˊ ㄧˊ

【釋義】走在險峻的地勢上，如同走在平地上一般。履：踏。夷：平。
【出處】孫綽・庾冰碑：「履險思夷，處滿思沖。」
【用法】比喻身處危境，無所畏懼，深信能安然度過。
【例句】他幾經波折困苦，依然能**履險如夷**，全憑他充滿希望的信念。
【義近】夷險一致／視險如夷。
【義反】裹足不前／視爲畏途。

山部

山不厭高 ㄕㄢ ㄅㄨˋ ㄧㄢˋ ㄍㄠ

【釋義】山不嫌其高。意謂山愈高則基礎愈寬厚，愈能顯示其高大。厭：嫌棄。
【出處】曹操・短歌行：「山不厭高，水不厭深。周公吐哺，天下歸心。」
【用法】比喻道德不嫌厚，學問不嫌深，人才不嫌多。
【例句】曹操以「**山不厭高**」的詩句，表現了對人才的渴望，值得在上位者學習。
【義近】水不厭深。

山光水色 ㄕㄢ ㄍㄨㄤ ㄕㄨㄟˇ ㄙㄜˋ

【釋義】山上景物放出光彩，水波泛出秀色。
【出處】李白・魯郡堯祠送竇明府薄華還西京詩：「笑誇故

人指絕境，山光水色青於藍。」

【用法】形容山水秀麗，景色怡人。

【例句】這次遊日月潭，飽覽了當地的**山光水色**，使我留下深刻的印象。

【義近】湖光山色／山明水秀／山青水秀。

山雨欲來風滿樓

【釋義】山雨到來之前，風已先至吹滿樓。欲：將，快要。

【出處】許渾・咸陽城東樓詩：「溪雲初起日沉閣，山雨欲來風滿樓。」

【用法】常用以比喻重大事變即將發生時的迹象和情勢。

【例句】整個世界的局勢將要發生重大的變化，蘇聯的解體，東歐政權的崩潰，南斯拉夫的內戰，都說明了這一點，眞是**山雨欲來風滿樓**啊！

山明水秀

【釋義】山光明媚，水色秀麗。

【出處】黃庭堅・驀山溪詞：「眉黛斂秋波，盡湖南，山明水秀。」

【用法】形容山川風景優美。

【例句】我的老家在一個**山明水秀**的小村裏，我在那裏度過了童年時代。

【義近】山青水綠／山光水色／水秀山明／水碧山青／水木明瑟／靈山秀水。

【義反】黑山惡水／荒山野嶺／窮山惡水。

山長水遠

【釋義】路途遙遠險阻。

【出處】許渾・宴海榴堂詩：「謾誇書劍無好處，水遠山長步步愁。」

【用法】比喻人生道路漫長多艱，也形容路途遙遠。

【例句】夫君此去**山長水遠**，欲寄相思何處寄？淚眼問蒼天。

【義近】山長水闊／天長地闊。

【義反】近在咫尺／一山之隔／一衣帶水。

山重水複

【釋義】山巒重疊，河流盤曲。

【出處】陸游・遊山西村：「山重水複疑無路，柳暗花明又一村。」

【用法】形容地形複雜多變，也用以形容彼此爲山水阻隔。

【例句】①你只要到西南邊疆一帶走一走，便會深有**山重水複**之感。②我與他雖有**山重水複**之隔，但心靈仍息息相通。

【義近】山川相繆／千山萬水。

【義反】一馬平川。

山珍海錯

【釋義】山間、海中出產的各種珍貴食品。山珍：山野產的珍異品。海錯：各種海味；錯，雜。

【出處】韋應物・長安道詩：「山珍海錯棄藩籬，烹犢炰羔如折葵。」

【用法】形容豐盛的菜肴、名貴的酒席。

【例句】**山珍海錯**固然是可口的美味佳肴，但家常便飯同樣營養豐富。

【義近】珍饈美味／佳餚美饌／水陸雜陳／炮龍烹鳳／炊金饌玉。

【義反】粗茶淡飯／家常便飯。

山高水低

【釋義】像山水樣的高高低低，無法預料。

【出處】施耐庵・水滸傳四回：「趙員外道：『若是留提轄在此，誠恐有些山高水低，教提轄怨悵。』」

【用法】比喻遭受不測。

【例句】此番遠行路途艱險，是否有什麼**山高水低**，誰也無法預料！

【義近】三長兩短／不測風雲／旦夕禍福。

【義反】萬無一失。

山高水長（ㄕㄢ　ㄍㄠ　ㄕㄨㄟˇ　ㄔㄤˊ）

【釋義】像山一樣高聳，如水一般流長。

【出處】劉禹錫・望賦：「龍門不見兮，雲霧蒼蒼。喬木何許兮，山高水長。」

【用法】比喻人品節操高潔，影響深遠；也比喻恩德、情誼深厚。

【例句】歷史上所記載的忠臣義士們寧死不屈的崇高氣節，如**山高水長**，萬古長存。

【義近】德高望重／德隆望尊。

山崩地裂（ㄕㄢ　ㄅㄥ　ㄉㄧˋ　ㄌㄧㄝˋ）

【釋義】山岳崩倒，大地裂開。

【出處】漢書・元帝紀：「山崩地裂，水泉湧出。」

【用法】形容突然發生的巨大變化，或巨大的聲響。

【例句】那爆炸聲有如**山崩地裂**，連周圍的房屋都震動了。

【義近】驚天動地／震耳欲聾。

【義反】穩如泰山／紋風不動。

山盟海誓（ㄕㄢ　ㄇㄥˊ　ㄏㄞˇ　ㄕˋ）

【釋義】指著山岳河海發誓並訂立盟約。盟：盟約。誓：誓言。一作「海誓山盟」。

【出處】辛棄疾・南鄉子・贈妓：「沒淚別些些，海誓山盟總是賒。」

【用法】表示愛情要像山海那樣永久不變。

【例句】熱戀中的男女總會互相許下**山盟海誓**，但能夠信守誓言的人卻不多。

【義近】信誓旦旦／指天誓地。

【義反】言而無信／背信棄義／自食其言。

山窮水盡（ㄕㄢ　ㄑㄩㄥˊ　ㄕㄨㄟˇ　ㄐㄧㄣˋ）

【釋義】到了山水的盡頭，再已無路可走了。窮：盡。

【出處】趙弼・效顰集卷下：「此間山窮水盡之處。」

【用法】比喻陷入絕境或形容處境十分困難。

【例句】他這個公司已到了**山窮水盡**的地步，還有什麼辦法可以挽救？

【義近】窮途末路／日暮途窮／走投無路／進退失所。

【義反】絕處逢生／柳暗花明／化險爲夷。

山雞舞鏡（ㄕㄢ　ㄐㄧ　ㄨˇ　ㄐㄧㄥˋ）

【釋義】山雞對鏡起舞。

【出處】劉敬叔・異苑卷三：「山雞愛其毛羽，映水則舞…令置大鏡其前，雞鑒形而舞，不知止。」

【用法】比喻自我欣賞，顧影自憐。

【例句】她總認爲自己長得美，經常對著鏡子左看右看，還不時發出自我讚歎聲，眞可謂是**山雞舞鏡**了。

【義近】孤芳自賞／顧影自憐。

岌岌可危（ㄐㄧˊ　ㄐㄧˊ　ㄎㄜˇ　ㄨㄟˊ）

【釋義】岌岌：危險的樣子。

【出處】孟子・萬章上：「於斯時也，天下殆哉岌岌乎！」韓非子・忠孝：「危哉！天下岌岌！」

【用法】形容情勢非常危險。

【例句】滿清末年，西方列強陰謀瓜分中國，國家災難重重，朝不保夕，**岌岌可危**。

【義近】危如累卵／千鈞一髮／急如倒懸／危在旦夕。

【義反】安如泰山／安如磐石／固若金湯／堅如磐石。

峨冠博帶（ㄜˊ　ㄍㄨㄢ　ㄅㄛˊ　ㄉㄞˋ）

【釋義】高高的帽子，寬寬的衣帶。峨：高。博：寬。

【出處】墨子・公孟：「齊桓公高冠博帶，金劍木盾，以治其國。」關漢卿・謝天香一折：「恰才耆卿說道：『好覷謝氏！』必定是峨冠博帶一個名士大夫。」

【用法】指古代士大夫的穿帶。今也形容人穿得衣冠楚楚的樣子，略含諷刺之意。

【例句】瞧他一副**峨冠博帶**的模樣，却說話粗魯無禮，簡直像極了小丑。

【義近】高冠博帶／衣冠楚楚。

【義反】衣衫襤褸。

崇山峻嶺（ㄔㄨㄥˊ ㄕㄢ ㄐㄩㄣˋ ㄌㄧㄥˇ）

【釋義】崇山：高山。峻嶺：高大的山嶺。

【出處】王羲之・蘭亭集序：「此地有崇山峻嶺，茂林修竹。」

【用法】形容山嶺高大險峻，形勢壯美。

【例句】從黃山之巔遠遠望去，只見濃濃的雲霧籠罩著**崇山峻嶺**，壯觀極了。

【義近】高山峻嶺／山嶺陡峭。

【義反】一馬平川。

崢嶸歲月（ㄓㄥ ㄖㄨㄥˊ ㄙㄨㄟˋ ㄩㄝˋ）

【釋義】崢嶸：山勢高峻的樣子，引申為超越尋常。

【出處】蘇軾・次韻僧潛見贈：「閉門坐穴一禪榻，頭上歲月空崢嶸。」

【用法】用以指奇特而不平凡的年月。

【例句】老將軍回想起昔日在部隊裏的那些**崢嶸歲月**，仍然十分懷念嚮往。

【義近】非凡歲月。

崎嶇不平（ㄑㄧ ㄑㄩ ㄅㄨˋ ㄆㄧㄥˊ）

【釋義】崎嶇：道路險阻不平。

【出處】文康・兒女英雄傳五回：「那路漸漸的崎嶇不平，亂石荒草，沒些村落人煙。」

【用法】形容道路高高低低，很不平坦。有時也用以比喻處境困難艱險。

【例句】這條山路非常的**崎嶇不平**，車走在上面晃動得十分厲害。

【義近】坎坷不平／羊腸鳥道。

【義反】一馬平川／康莊大道。

嶄露頭角（ㄓㄢˇ ㄌㄨˋ ㄊㄡˊ ㄐㄧㄠˇ）

【釋義】嶄：高峻，突出。露：顯露。頭角：比喻人的才華和本領。

【出處】韓愈・柳子厚墓志銘：「雖少年，已自成人，能取進士第，嶄然見頭角。」

【用法】指人一下子就顯露出才華和本領。

【例句】這位青年經過長期艱苦的學習，終於**嶄露頭角**，得到非凡的成就。

【義近】脫穎而出／英華外發／頭角崢嶸。

【義反】不露圭角／不露鋒芒／英華內蘊。

巋然不動（ㄎㄨㄟ ㄖㄢˊ ㄅㄨˋ ㄉㄨㄥˋ）

【釋義】像高山一樣挺立著不動。巋然：高大挺立的樣子。

【出處】淮南子・詮言訓：「至德，道者若丘山，嵬（巋）然不動，行者以為期也。」

【用法】形容高大堅固而不可動搖。

【例句】在敵人的猛烈進攻之下，我軍固守的陣地依舊**巋然不動**。

【義近】巍然屹立／巍然不動／紋風不動。

【義反】不堪一擊／一觸即潰。

巛部

川流不息（ㄔㄨㄢ ㄌㄧㄡˊ ㄅㄨˋ ㄒㄧ）

【釋義】像河水樣的奔流不停。川：河流。息：止。

【出處】後漢書・崔駰傳：「處士山積，學者川流。」周興嗣・千字文：「川流不息，淵澄取映。」

【用法】形容行人、車輛、船隻往來不斷。

【例句】這雖是個小鎮，却很熱鬧，人來人往，**川流不息**。

【義近】熙來攘往／車水馬龍／絡繹不絕。

【義反】冷冷清清／稀稀落落。

工部

工力悉敵（ㄍㄨㄥ ㄌㄧˋ ㄒㄧ ㄉㄧˊ）

【釋義】工力：功夫和才力。悉：完全。敵：相當。

【出處】計有功・唐詩紀事卷三：唐中宗幸昆明池賦詩，羣臣應制百餘篇。中宗評沈佺期、宋之問的詩曰：「二詩工力悉敵。」

【用法】形容彼此不分高低，常用於學問和藝術造詣方面。

【例句】這兩位作家的文筆風格雖不相同，但寫作技巧可謂**工力悉敵**。

【義近】勢均力敵／旗鼓相當／棋逢對手／不相上下／並駕齊驅／連鑣並軫。

【義反】天壤之別／判若雲泥／天淵之別。

工欲善其事，必先利其器（ㄍㄨㄥ ㄩˋ ㄕㄢˋ ㄑㄧˊ ㄕˋ，ㄅㄧˋ ㄒㄧㄢ ㄌㄧˋ ㄑㄧˊ ㄑㄧˋ）

【釋義】工人要做好他的工作，一定要先準備好他的工具。善：做好。利：磨鋒利。

【出處】論語・衛靈公：「子曰：『工欲善其事，必先利其器。』」

【用法】用以說明要想把事情做好，先要做好必要的準備工作。

【例句】古人說：「**工欲善其事，必先利其器**。」你這樣一點準備也沒有，能把事情辦好嗎？

【義近】未雨綢繆。

【義反】臨渴掘井。

左支右絀（ㄗㄨㄛˇ ㄓ ㄧㄡˋ ㄔㄨˋ）

【釋義】支：支撐。絀：不夠，不足。

【出處】戰國策・西周策：「客曰：『我不能教子支左屈右。』」紀昀・閱微草堂筆記二三：「左支右絀，困不可忍。」

【用法】形容能力或財力不足，而顧此失彼的窘狀。

【例句】這個公司經營無方，虧欠日增，現已到**左支右絀**的地步。

【義近】捉襟見肘／顧此失彼／入不敷出／寅支卯糧／周轉不靈。

【義反】綽綽有餘／沛然有餘／應付裕如／左右逢源。

左右手（ㄗㄨㄛˇ ㄧㄡˋ ㄕㄡˇ）

【釋義】左右兩隻手。

【出處】司馬遷・史記・淮陰侯列傳：「人有言上（漢高祖）曰：『丞相（蕭）何亡。』上大怒，如失左右手。」

【用法】用以比喻得力的助手、幫手。

【例句】他是我的**左右手**，怎麼能把他從我身邊調開呢？

【義近】左輔右弼／左膀右臂／股肱耳目。
【義反】心腹之患。

左右爲難（ㄗㄨㄛˇ ㄧㄡˋ ㄨㄟˊ ㄋㄢˊ）

【釋義】爲難：作難，沒有辦法。
【出處】曹雪芹・紅樓夢一二〇回：「襲人此時……千思萬想，左右爲難。」
【用法】形容十分爲難，處事不易作出決定。
【例句】他倆都是我的至親，幫誰都不是，我實在**左右爲難**啊！
【義近】左右兩難／進退兩難／進退維谷。
【義反】得心應手／左右逢源。

左右逢源（ㄗㄨㄛˇ ㄧㄡˋ ㄈㄥˊ ㄩㄢˊ）

【釋義】亦作「左右逢原」。到處碰到源泉。逢：碰上。源：源頭，水源。
【出處】孟子・離婁下：「資之深，則取之左右逢其原。」
【用法】說明學問的功夫深，用之不盡，取之不竭。也比喻處事得心應手，順利無礙。
【例句】石教授的學問確實淵博，在課堂上論述問題能滔滔不絕，**左右逢源**。
【義近】得心應手／應付自如／觸處生春／信手拈來。
【義反】根柢浮淺／剖腸搜肚／索盡枯腸。

左右開弓（ㄗㄨㄛˇ ㄧㄡˋ ㄎㄞ ㄍㄨㄥ）

【釋義】左右手都能拉弓射箭。開弓：拉開弓弦射箭。
【出處】白樸・梧桐雨楔子：「臣左右開弓，一十八般武藝，無有不會。」
【用法】形容雙手能輪流做同一個動作，或同時做好幾項工作。
【例句】他的射技相當高強，能**左右開弓**，所以每次出去打獵，他捕得的獵物最多。

左道旁門（ㄗㄨㄛˇ ㄉㄠˋ ㄆㄤˊ ㄇㄣˊ）

【釋義】左道：邪道。旁門：比喻不正經的門路。原指不正派的宗教派別，借指不正派的學術派別。
【出處】禮記・王制：「執左道以亂政，殺。」許仲琳・封神演義七二回：「他罵吾教是左道旁門，不分披毛帶角之人，濕生卵化之輩，皆可同羣共處。」
【用法】比喻不是正統的或不正派的東西。
【例句】學校的功課他不好好學，而對那些看相、算命、賭技之類的**左道旁門**却學了不少。
【義近】邪門外道／旁門左道／歪門邪道。

左顧右盼（ㄗㄨㄛˇ ㄍㄨˋ ㄧㄡˋ ㄆㄢˋ）

【釋義】左看右看。顧、盼：看。
【出處】李白・走筆贈獨孤駙馬詩：「銀鞍紫鞚照雲日，左顧右盼生光輝。」
【用法】形容左右打量、察看，也形容得志自滿的神態。
【例句】他上課時注意力非常集中，從來沒有心神不定、**左顧右盼**的情況。
【義近】左顧右眄／東張西望／左右張望／志得意滿。
【義反】精神集中／目不斜視／目不轉睛。

巧立名目（ㄑㄧㄠˇ ㄌㄧˋ ㄇㄧㄥˊ ㄇㄨˋ）

【釋義】巧：指耍花招。
【出處】昭槤・嘯亭雜錄卷三：「乃星使臨工，以爲巧立名目，不容申辯。」
【用法】指在法定的項目之外，用巧妙的手法，另定種種名目，來達到某種不正當的目的。
【例句】現在有些人不顧政府三令五申，總要在政府規定的法令之外**巧立名目**，收取錢財。

【義近】花樣百出／玩弄花招。
【義反】依法行事／照章行事。

巧言令色（ㄑㄧㄠˇ ㄧㄢˊ ㄌㄧㄥˋ ㄙㄜˋ）

【釋義】巧言：花言巧語。令色：和善的面孔。令：善。
【出處】論語・學而：「巧言令色，鮮矣仁！」
【用法】形容用動聽之言和諂媚之態取悅於人。
【例句】他眞是一個**巧言令色**的小人，對上對下完全是兩種嘴臉。
【義近】花言巧語。
【義反】正言厲色。

巧言如簧（ㄑㄧㄠˇ ㄧㄢˊ ㄖㄨˊ ㄏㄨㄤˊ）

【釋義】巧言：巧僞的言辭。簧：樂器裏用銅或其他材料製成的發音薄片。
【出處】詩經・小雅・巧言：「巧言如簧，顏之厚矣。」
【用法】比喻口齒伶俐，能言善辯。多用於以美妙動聽的言辭騙人或從事挑撥離間。
【例句】這是鐵一般的事實，即使你**巧言如簧**，也絕對無法否認。
【義近】巧舌如簧／口齒伶俐／能說善道／伶牙俐齒。
【義反】笨口拙舌／結結巴巴。

巧取豪奪（ㄑㄧㄠˇ ㄑㄩˇ ㄏㄠˊ ㄉㄨㄛˊ）

【釋義】巧取：用巧妙的手段騙取。豪奪：用蠻橫的手段硬奪。一作「巧偷豪奪」。
【出處】蘇軾・次韻米黻二王書跋尾：「巧偷豪奪古來有，一笑誰似癡虎頭。」
【用法】指用各種方法去詐取、強佔財物。
【例句】這種**巧取豪奪**的行爲，實在令人髮指。
【義近】敲詐勒索／鳩佔鵲巢／詐取硬奪。
【義反】臨財不苟／一介不取。

巧婦難爲無米之炊（ㄑㄧㄠˇ ㄈㄨˋ ㄋㄢˊ ㄨㄟˊ ㄨˊ ㄇㄧˇ ㄓ ㄔㄨㄟ）

【釋義】巧：能幹。炊：燒火做飯菜。
【出處】莊季裕・雞肋編：「諺有巧媳婦做不得沒麵餺飥。」馮夢龍・警世通言卷一二：「常言巧媳婦煮不得沒米飯。」
【用法】比喻缺少必要的條件，則難以成事。
【例句】俗話說：「**巧婦難爲無米之炊**。」她就算是再能幹，沒有旁人的協助也難以成事。
【義近】無麵餺飥／無米之炊／無木不成舟。
【義反】萬事俱備／一應俱全。

巧奪天工（ㄑㄧㄠˇ ㄉㄨㄛˊ ㄊㄧㄢ ㄍㄨㄥ）

【釋義】人工的精巧程度勝過天然。巧：精巧，巧妙。奪：超過。天工：大自然形成的。
【出處】趙孟頫・贈放煙火者詩：「人間巧藝奪天工，鍊藥燃燈淸晝同。」
【用法】形容製作的技藝高超精妙。
【例句】這些工藝美術品實在**巧奪天工**，令人讚歎不已。
【義近】鬼斧神工／妙手天成／精湛絕倫。
【義反】千瘡百孔／粗俗低劣／瑕疵易見／粗製濫造。

差三錯四（ㄔㄚ ㄙㄢ ㄘㄨㄛˋ ㄙˋ）

【釋義】意謂以三爲四，又把四說成三。
【出處】元・無名氏・合同文字四折：「這小廝本說的丁一確二，這婆子生扭做差三錯四。」
【用法】形容把別人的言論或事情故意顛倒錯亂，以利自己。
【例句】他已把話說得很明白了，你就不要在此**差三錯四**，趁早離開吧！
【義近】顛倒是非／混淆黑白／攪亂事實。

【義反】丁一確二／丁一卯二／丁卯不亂。

差強人意 ㄔㄚ ㄑㄧㄤˊ ㄖㄣˊ ㄧˋ

【釋義】差強：比較，勉強。

【出處】後漢書・吳漢傳：「（光武）乃嘆曰：『……吳公差彊（強）人意，隱若一敵國矣。』」

【用法】比喻尚能使人滿意。

【例句】你提出的這套解決方案，只能算是**差強人意**，還談不上盡善盡美。

【義近】尚合人意／尚如人意。

【義反】盡如人意／盡善盡美／已臻上乘。

己部

己所不欲，勿施於人 ㄐㄧˇ ㄙㄨㄛˇ ㄅㄨˋ ㄩˋ ㄨˋ ㄕ ㄩˊ ㄖㄣˊ

【釋義】自己所不喜歡的事物，便不要去加給別人。勿：不要。施：加給。

【出處】論語・顏淵：「子曰：『出門如見大賓，使民如承大祭。己所不欲，勿施於人。』」

【用法】用以說明一個人要有仁愛精神，為人處事要能設身處地為他人著想。

【例句】你平日不是常說要有**己所不欲，勿施於人**的愛心嗎？怎麼現在竟做出這種損人利己、傷天害理的事呢？

【義近】推己及人／設身處地。

【義反】損人利己。

己飢己溺 ㄐㄧˇ ㄐㄧ ㄐㄧˇ ㄋㄧˋ

【釋義】看到別人挨餓、落水，就好像是自己使他挨餓、落水一樣。溺：淹沒。

【出處】孟子・離婁下：「禹思天下有溺者，由己溺之也；稷思天下有飢者，由己飢之也。」

【用法】比喻對別人的痛苦深表同情，並把解除別人的痛苦引以為己任。

【例句】革命黨人為推翻滿清政府，解民於倒懸，不惜拋頭顱，灑熱血，這種**己飢己溺**的精神，值得我們學習。

【義近】以天下為己任／一心利人／仁民愛物／民胞物與／悲天憫人／視民如傷／衣被羣生。

【義反】戕摩剝削／牛馬百姓／魚肉人民／率獸食人／自私自利／損人利己。

巾部

席不暇暖 ㄒㄧˊ ㄅㄨˋ ㄒㄧㄚˊ ㄋㄨㄢˇ

【釋義】席子來不及坐暖。席：坐席，坐位。暇：空閑。

【出處】韓愈・爭臣論：「孔席不暇暖，而墨突不得黔。」

【用法】形容事務極忙，連坐定的時間都沒有。

【例句】我先生最近忙得**席不暇暖**，沒有時間接待你，望你多多原諒。

【義近】不遑暇食／孔席不煖／矻矻終日／突不暇黔。

【義反】飽食終日／無所事事／游手好閑。

席地而坐 ㄒㄧˊ ㄉㄧˋ ㄦˊ ㄗㄨㄛˋ

【釋義】席地：以地為席。席，用作動詞。

【出處】舊五代史・李茂貞傳：

「但御軍整眾，都無紀律，當食則造庖廚，往往席地而坐。」

【用法】用以指直接坐在地上。

【例句】大夥爬到山頂都累了，不管乾淨不乾淨，個個**席地而坐**。

【義近】就地而坐／席地而臥。

席捲天下 ㄒㄧˊ ㄐㄩㄢˇ ㄊㄧㄢ ㄒㄧㄚˋ

【釋義】把天下像席子樣的捲了起來。捲：一作「卷」。天下：指全國。

【出處】賈誼・過秦論：「有席卷天下，包舉宇內，囊括四海之意，并吞八荒之心。」

【用法】形容力量強大，全部控制、佔有了天下。

【例句】秦始皇一統六國，**席捲天下**，完成他的霸主事業。

【義近】包舉宇內／囊括四海／席捲八荒。

【義反】智效一官／行合一鄉／能合一地。

師心自用 ㄕ ㄒㄧㄣ ㄗˋ ㄩㄥˋ

【釋義】師心：以己心為師。自用：以自己的意圖行事。

【出處】顏之推・顏氏家訓・文學：「學為文章，先謀親友……。慎勿師心自用，取笑旁人也。」

【用法】形容人自以為是，固執己見，根本不聽勸告。

【例句】他作為一校之長，竟然如此**師心自用**，怎能辦好教育呢？

【義近】師心自任／剛愎自用／拒諫飾非。

【義反】聞善則從／聞過則喜／不恥下問。

師出有名 ㄕ ㄔㄨ ㄧㄡˇ ㄇㄧㄥˊ

【釋義】師：軍隊。名：名義，引申為理由。

【出處】朱鼎・玉鏡臺記：「庶幾義聲昭彰，理直氣壯，師出有名，大功可就矣。」

【用法】出兵有正當的理由，也比喻做事有正當的理由。

【例句】我們這次來找總經理是**師出有名**，公司三個月不發工資，教我們用什麼養家餬口？

【義近】師直為壯／名正言順。

【義反】師出無名／名不正言不順／無理取鬧。

師出無名 ㄕ ㄔㄨ ㄨˊ ㄇㄧㄥˊ

【釋義】師：軍隊。名：名義，引申為理由。

【出處】徐陵・為陳武帝作相時與北齊廣陵城主書：「師出無名，此是何義？」

【用法】形容出兵沒有正當的理由，也比喻做事沒有正當的理由。

【例句】這羣人聚眾鬧事，**師出無名**，社會大眾不會原諒這種行為的。

【義近】興師無由／妄動干戈。

【義反】師出有名。

師道尊嚴 ㄕ ㄉㄠˋ ㄗㄨㄣ ㄧㄢˊ

【釋義】指老師受到尊敬，傳授的知識、道理得到尊重。尊嚴：尊貴，莊嚴。又作「師嚴道尊」。

【出處】禮記・學記：「凡學之道，嚴師為難。師嚴然後道尊，道尊然後民知敬學。」

【用法】今用以指老師的地位尊貴莊嚴。

【例句】**師道尊嚴**，當老師的應處處以身作則，決不可誤導子弟。

【義近】尊師重教／敬師重道／尊師貴道。

【義反】輕師賤教。

干部

平心靜氣 ㄆㄧㄥˊ ㄒㄧㄣ ㄐㄧㄥˋ ㄑㄧˋ

【釋義】心情和態度都很平靜。
【出處】曹雪芹・紅樓夢七四回：「且平心靜氣，暗暗察訪，才能得這個實在。」
【用法】形容人說話做事心平氣和，不感情用事。
【例句】此事你先不要武斷地下結論，**平心靜氣**地想一想再說吧。
【義近】心平氣和／冷靜理智／鎮靜自如。
【義反】意氣用事／火冒三丈／暴跳如雷／氣急敗壞／感情用事。

平分秋色 ㄆㄧㄥˊ ㄈㄣ ㄑㄧㄡ ㄙㄜˋ

【釋義】將秋天的景色平均分開。原指中秋。
【出處】李樸・中秋詩：「平分秋色一輪滿，長伴雲衢千里明。」
【用法】現形容雙方不分高下，旗鼓相當。
【例句】在這場競賽當中，我們的表現可說是**平分秋色**，用不著互相比較。
【義近】勢均力敵／工力悉敵／不分上下／旗鼓相當。
【義反】天淵之別／判若雲泥。

平白無故 ㄆㄧㄥˊ ㄅㄞˊ ㄨˊ ㄍㄨˋ

【釋義】平白：憑空。故：緣故。
【出處】石玉琨・三俠五義五十回：「平白無故的生出這等毒計。」
【用法】用以說明無緣無故，毫無理由。
【例句】**平白無故**接受別人的餽贈，恐怕會招來大禍。
【義近】無緣無故／無固無由／毫無理由／無根無據。
【義反】事出有因／理由充分。

平地一聲雷 ㄆㄧㄥˊ ㄉㄧˋ ㄧˋ ㄕㄥ ㄌㄟˊ

【釋義】平地突發巨響。古代多用以比喻人考中科舉，聲名驟然提高。
【出處】韋莊・喜遷鶯詞：「鳳銜金榜出門來，平地一聲雷。」
【用法】比喻突然發生的大事，也用以比喻名聲或地位突然升高。
【例句】他的崛起就像是**平地一聲雷**似的震驚了所有的人。
【義近】晴天霹靂／名聲大噪／直上雲霄／平步青雲／扶搖直上。
【義反】沒沒無聞。

平地風波 ㄆㄧㄥˊ ㄉㄧˋ ㄈㄥ ㄅㄛ

【釋義】平地上起風浪。風波：風吹起的波浪，比喻糾紛或亂子。
【出處】杜荀鶴・將過湖南經馬當山廟因書三絕之二：「只怕馬當山下水，不知平地有風波。」
【用法】比喻突然發生的或意料不到的糾紛或事故。
【例句】這眞是**平地風波**，他高高興興去拜訪朋友，想不到竟會被摩托車撞成重傷。
【義近】天有不測風雲／人有旦夕禍福／風雲突變／禍從天降。
【義反】風平浪靜／太平無事。

平步青雲 ㄆㄧㄥˊ ㄅㄨˋ ㄑㄧㄥ ㄩㄣˊ

【釋義】從平地步入高空。青雲：高空。
【出處】袁文・甕牖閒評：「廉仲宣才高，幼年及第，宰相張邦昌納爲婿。當徽宗時，自謂平步青雲。」
【用法】比喻突然升到很高的地位。
【例句】他在校成績平平，沒想到踏入官場，竟能**平步青雲**，令人欽羨。
【義近】平步登天／一步登天／

扶搖直上／青雲直上／飛黃騰達。

【義反】　一落千丈／一蹶不振。

平易近人 ㄆㄧㄥˊ ㄧˋ ㄐㄧㄣˋ ㄖㄣˊ

【釋義】　平易：原指道路平展，喻態度和藹可親。

【出處】　司馬遷・史記・魯周公世家：「平易近民，民必歸之。」趙翼・甌北詩話卷三：「與他人聯句，則平易近人。」

【用法】　形容態度謙遜和藹，使人容易接近；也形容文字深入淺出，通俗易懂。

【例句】　他雖然當上了公司的總經理，但卻**平易近人**，一點架子也沒有。

【義近】　和藹可親／笑臉迎人。

【義反】　拒人千里／盛氣凌人／咄咄逼人／惡形惡狀。

平起平坐 ㄆㄧㄥˊ ㄑㄧˇ ㄆㄧㄥˊ ㄗㄨㄛˋ

【釋義】　同起同坐，不分上下。

【出處】　吳敬梓・儒林外史三回：「你若同他拱手作揖，平起平坐，這就壞了學校的規矩，連我臉上都無光了。」

【用法】　指地位、權力相等或不分高低貴賤，一樣對待。

【例句】　雖然我過去是他的上司，但現在他也做了局長，我們自然是應該**平起平坐**的。

【義近】　稱兄道弟／不分軒輊／互為頡頏。

【義反】　尊卑有序／上下有別／貴賤有等。

平淡無奇 ㄆㄧㄥˊ ㄉㄢˋ ㄨˊ ㄑㄧˊ

【釋義】　平平淡淡，沒有一點出奇的地方。

【出處】　文康・兒女英雄傳：「聽起安老爺這幾句話，說來也平淡無奇，瑣碎得緊。」

【用法】　說明所說的話或所寫的文章，內容無新奇之處，也可比喻景色和布置陳設無新穎之處。

【例句】　這部小說讀起來**平淡無奇**，全無創意，真是乏味得很。

【義近】　平鋪直敘／呆板平淡。

【義反】　不同凡響／高潮迭起。

平鋪直敘 ㄆㄧㄥˊ ㄆㄨ ㄓˊ ㄒㄩˋ

【釋義】　一作「平鋪直序」。鋪：鋪陳。敘：敘述。序：順序，依次排列。

【出處】　錢謙益・初學集卷八三：「吾讀子瞻司馬溫公行狀之類，平鋪直序，以為古今未有此體。」

【用法】　形容說話或寫文章按次序簡單敘述，也形容文詞平淡，無起伏變化，重點不突出。

【例句】　如果寫文章只是依照事情發展的順序，**平鋪直敘**地寫下來，那必然毫無趣味可言。

【義近】　有聞必錄／平淡無奇／平淡乏味。

【義反】　字字珠璣／筆下生花／雕章琢句／波瀾起伏／抑揚頓挫。

平頭百姓 ㄆㄧㄥˊ ㄊㄡˊ ㄅㄞˇ ㄒㄧㄥˋ

【釋義】　平頭：頭巾名，為平民所服。

【出處】　吳敬梓・儒林外史三回：「家門口這些做田的，扒糞的，不過是平頭百姓。」

【用法】　用以指稱普通的平民百姓。

【例句】　在官僚眼中看來，你我只不過是**平頭百姓**而已。

【義近】　平民百姓／匹夫匹婦／布衣黔首。

【義反】　公子王孫／王公貴人／達官顯宦／達官貴戚。

年富力強 ㄋㄧㄢˊ ㄈㄨˋ ㄌㄧˋ ㄑㄧㄤˊ

【釋義】　年富：未來的年歲還多。富：富有。

【出處】　枚乘・七發：「太子方富於年。」朱熹注論語子罕「後生可畏」：「孔子言後生年富力強，足以積學而有待，其勢可畏。」

【用法】用以形容人年輕力壯，精力旺盛。

【例句】我們應當趁**年富力強**的時候，努力奮鬥，年老時才有清福可享。

【義近】生龍活虎／活力充沛／年輕力壯／春秋鼎盛／正當茂齡。

【義反】老態龍鍾／風中殘燭／年老力衰／未老先衰／秋風殘葉。

幸災樂禍（ㄒㄧㄥˋ ㄗㄞ ㄌㄜˋ ㄏㄨㄛˋ）

【釋義】見別人遭遇災禍自己卻高興。

【出處】左傳・僖公一四年：「背施無親，幸災不仁。」顏之推・顏氏家訓・誡兵：「若居承平之世，睥睨宮閫，幸災樂禍，首爲逆亂，詿誤善良。」

【用法】用以表示對他人遭受災禍不但不同情，反引以爲慶幸。

【例句】他的腳不方便，你不但不同情，反而**幸災樂禍**，予以嘲笑，簡直不是東西！

【義近】唯恐天下不亂。

【義反】同病相憐。

幺部

幾次三番（ㄐㄧˇ ㄘˋ ㄙㄢ ㄈㄢ）

【釋義】三：虛數。番：次。

【出處】錢彩・說岳全傳五一回：「這個狗頭，幾次三番來哄騙我們，今日又來做什麼？」

【用法】形容次數之多。

【例句】他最近**幾次三番**到我家來，問他有什麼事，又不肯說，眞是莫名其妙！

【義近】三番兩次／一而再，再而三／屢次三番。

【義反】偶一爲之／絕無僅有／僅此一次。

广部

庖丁解牛（ㄆㄠˊ ㄉㄧㄥ ㄐㄧㄝˇ ㄋㄧㄡˊ）

【釋義】庖丁：廚師名丁。解：肢解，分割。

【出處】莊子・養生主：「庖丁爲文惠君解牛，手之所觸，肩之所倚，足之所履，膝之所踦，……。」

【用法】比喻技術純熟高妙，做事得心應手。

【例句】無論什麼事，只要深入鑽研，反覆練習，就會像**庖丁解牛**那樣，做起來得心應手。

【義近】斫輪老手／郢匠運斤／熟能生巧／得心應手／迎刃而解。

座無虛席（ㄗㄨㄛˋ ㄨˊ ㄒㄩ ㄒㄧˊ）

【釋義】所有座位沒有空的。虛

：空。席：座位，席位。一作「座無空席」。

【出處】晉書‧王渾傳：「渾撫循羈旅，虛懷綏納，座無空席，門不停賓。」

【用法】形容觀眾、聽眾或出席的賓客眾多。

【例句】王先生自從當上局長後，家裏經常**座無虛席**。

【義近】賓客滿堂／濟濟一堂／高朋滿座／門庭若市。

【義反】門可羅雀／門無蹄轍。

庸人自擾 ㄩㄥ ㄖㄣˊ ㄗˋ ㄖㄠˇ

【釋義】庸人：平庸的人。自擾：自己擾亂自己。

【出處】新唐書‧陸象先傳：「天下本無事，庸人擾之為煩耳。」

【用法】用以說明無事生事，自我煩惱。

【例句】天天擔心世界末日即將來臨的人實在是**庸人自擾**，應該開開心心享受活著的日子。

【義近】庸人自召／杞人憂天／無病自疚／無事生非。

【義反】樂天知命。

庸庸碌碌 ㄩㄥ ㄩㄥ ㄌㄨˋ ㄌㄨˋ

【釋義】庸庸：平平常常。碌碌：無能的樣子。

【出處】王充‧論衡‧答佞：「庸庸之主，無高材之人也。」司馬遷‧史記‧酷吏列傳：「九卿碌碌奉其官。」

【用法】形容平庸無能，沒有志氣。

【例句】他就這樣**庸庸碌碌**度過了一生，既沒有什麼功績，也沒有什麼惡行。

【義近】碌碌無為／平庸無為。

【義反】大有作為／壯志凌雲。

康莊大道 ㄎㄤ ㄓㄨㄤ ㄉㄚˋ ㄉㄠˋ

【釋義】康莊：指道路寬闊、四通八達。

【出處】爾雅‧釋宮：「五達謂之康，六達謂之莊。」司馬遷‧史記‧孟荀列傳：「皆命曰列大夫，為開第康莊之衢。」

【用法】形容道路平坦四通八達，比喻光明遠大的前程。

【例句】①走完這條羊腸小道，前面就是**康莊大道**了。②我國的民主政治為經濟進一步繁榮開闢了一條**康莊大道**。

【義近】陽關大道／光明大道。

【義反】羊腸小道／崎嶇小路。

廉潔奉公 ㄌㄧㄢˊ ㄐㄧㄝˊ ㄈㄥˋ ㄍㄨㄥ

【釋義】廉潔：公正，不貪污。潔：清白。奉公：奉行公事。

【出處】管子‧明法：「如此，則愨愿之人失其職，而廉潔之吏失其治。」

【用法】形容忠誠地為公職盡力，而不貪污受賄。

【例句】**廉潔奉公**，是我們公務員的天職。

【義近】克己奉公／廉正無私。

【義反】假公濟私／損公肥私／營私舞弊。

廣結良緣 ㄍㄨㄤˇ ㄐㄧㄝˊ ㄌㄧㄤˊ ㄩㄢˊ

【釋義】廣結：廣泛結下。良緣：美好的因緣，此指良好關係，好事情。

【出處】笑笑生‧金瓶梅五七回：「你又發起善念，廣結良緣，豈不是俺一家兒的福分？」

【用法】用以指多做好事，做好人際關係，以取得人們的喜愛、擁護。

【例句】自他歷劫歸來後，整個人生觀大改，從此**廣結良緣**，不再處處與人計較。

【義近】廣交天下客／與人為善／成人之美。

【義反】與天下人為敵／獨善其身。

廣開言路 ㄍㄨㄤˇ ㄎㄞ ㄧㄢˊ ㄌㄨˋ

【釋義】言路：進言的道路。

【出處】後漢書‧來歷傳：「朝廷廣開言路，故且一切假貸。」

【用法】用以指盡量讓人們廣泛發表意見，然後博採眾議。

【例句】要使政治上軌道，爲政者應**廣開言路**，從善如流。

【義近】從善如流／從諫如流／廣聽博納／察納雅言。

【義反】閉目塞聽／拒諫飾非／剛愎自用／師心自用。

廢寢忘餐（ㄈㄟˋ ㄑㄧㄣˇ ㄨㄤˋ ㄘㄢ）

【釋義】顧不上睡覺，忘記了吃飯。廢：停止。又作「廢寢忘食」。

【出處】王融・曲水詩序：「猶且具明廢寢，昃晷忘餐。」

【用法】形容專心致志，辛勤地工作或讀書。

【例句】爲了考上理想的大學，莘莘學子經常是**廢寢忘餐**地苦讀。

【義近】孜孜不倦／專心致志／夜以繼日／焚膏繼晷。

【義反】苟且度日／飽食終日／無所用心。

廬山眞面目（ㄌㄨˊ ㄕㄢ ㄓㄣ ㄇㄧㄢˋ ㄇㄨˋ）

【釋義】廬山：我國名山，在今江西省九江縣南。

【出處】蘇軾・題西林壁：「橫看成嶺側成峯，遠近高低各不同。不識廬山眞面目，只緣身在此山中。」

【用法】比喻事物的眞相或人的本性，亦指看見本人。

【例句】①我原以爲她是個重感情的女子，今天總算是看清了她的**廬山眞面目**！②影迷蜂湧向前，只爲一覩大明星的**廬山眞面目**。

【義近】本來面目／廬山面目。

【義反】改頭換面。

龐然大物（ㄆㄤˊ ㄖㄢˊ ㄉㄚˋ ㄨˋ）

【釋義】龐然：高大的樣子。

【出處】柳宗元・黔之驢：「黔無驢，有好事者載歸，放山下；虎見之，龐然大物也，以爲神。」

【用法】用以形容體積大而笨重之物，也形容外強中乾的人或物。

【例句】廣場前一個造型奇特的**龐然大物**，原來是名雕塑家的石雕作品。

【義近】泥足巨人。

【義反】短小精悍。

廴部

延年益壽（ㄧㄢˊ ㄋㄧㄢˊ ㄧˋ ㄕㄡˋ）

【釋義】延：延長。益：增加。

【出處】宋玉・高唐賦：「九竅通鬱，精神察滯，延年益壽千萬歲。」

【用法】用以表示延長年歲，增加壽命。古時多用作祝頌之詞。

【例句】人類想要**延年益壽**的秘訣之一在多運動。

【義近】祛病延年／養怡永年／却病延年。

延頸舉踵（ㄧㄢˊ ㄐㄧㄥˇ ㄐㄩˇ ㄓㄨㄥˇ）

【釋義】延頸：伸長脖子。舉踵：踮起腳跟。

【出處】莊子・胠篋：「今遂至使民延頸舉踵曰：『某所有賢者，贏糧而趣(趨)之。』」

【用法】形容殷切盼望。

【例句】聽說大明星要來剪綵，影迷們無不**延頸舉踵**地企盼著。

【義近】延頸企踵／引領企踵／望眼欲穿／望穿秋水。

【義反】淡然處之／漠然視之／無動於衷。

廾部

弄瓦之喜 ㄋㄨㄥˋ ㄨㄚˇ ㄓ ㄒㄧˇ

【釋義】瓦：原始的陶製紡錘，即今之紡織梭。古代生女則令睡於地使弄紡梭，以象徵習女紅。

【出處】詩經・小雅・斯干：「乃生女子，載寢之地，載衣之裼，載弄之瓦。」

【用法】用以祝賀人生女孩。

【例句】王先生最近有**弄瓦之喜**，同事們都紛紛前去向他祝賀。

【義近】喜得千金／玉勝徵祥／明珠入賞／弄瓦徵祥／輝增彩帨。

【義反】弄璋之喜／天賜石麟／充閭之慶／熊夢徵祥／堂構增輝／喜獲麟兒。

弄巧成拙 ㄋㄨㄥˋ ㄑㄧㄠˇ ㄔㄥˊ ㄓㄨㄛˊ

【釋義】弄：耍弄。巧：聰明。拙：愚蠢。

【出處】黃庭堅・拙軒頌：「弄巧成拙，爲蛇畫足。」續傳燈錄三一：「旁人冷眼看來，大似弄巧成拙。」

【用法】用以說明本欲取巧，反而敗事。

【例句】電視機本來好好的，只是偶爾影像有些模糊，他卻硬要拆開修理，結果**弄巧成拙**，連影像也見不到了。

【義近】畫蛇添足／聰明反被聰明誤。

弄假成眞 ㄋㄨㄥˋ ㄐㄧㄚˇ ㄔㄥˊ ㄓㄣ

【釋義】本來是假意做作，結果却弄成了眞的。假：假意。

【出處】元・無名氏・隔江鬥智二折：「那一個掌親的怎知道弄假成眞，那一個說親的早做了藏頭露尾。」

【用法】用以說明原意想作假而結果却成爲事實。

【例句】他倆爲了旅途方便，假裝成夫妻同行，不料**弄假成眞**，結果眞的結成了伉儷。

【義近】假戲眞做。

弄虛作假 ㄋㄨㄥˋ ㄒㄩ ㄗㄨㄛˋ ㄐㄧㄚˇ

【釋義】意即做假。「弄虛」與「作假」意同。虛：虛假。

【用法】形容人不老實，玩弄花招騙人。

【例句】有些人心懷不軌，專門靠**弄虛作假**騙人錢財，坑害他人。

【義近】乘僞行詐。

【義反】貨眞價實／誠信待人／童叟無欺。

弄璋之喜 ㄋㄨㄥˋ ㄓㄤ ㄓ ㄒㄧˇ

【釋義】璋：上圓下方的玉器，全則曰圭，半則曰璋。古代生男令其睡於牀使弄玉器，象徵長大後爲王侯執圭璧。

【出處】詩經・小雅・斯干：「乃生男子，載寢之牀，載衣之裳，載弄之璋。」
【用法】用以祝賀人生男孩。
【例句】人逢喜事精神爽，李先生最近顯得特別高興，原來是因爲有**弄璋之喜**。
【義近】玉燕投懷／德門生輝／喜叶弄璋／螽斯衍慶／天賜石麟／充閭之慶／弄璋誌喜／堂構增輝／熊夢徵祥／鳳毛濟美／麟趾呈祥。
【義反】弄瓦之喜／弄瓦徵祥／喜比螽麟／綠鳳新雛／明珠入掌／玉勝徵祥／輝增彩帨（以上賀生女）。

弓部

弔民伐罪（ㄉㄧㄠˋ ㄇㄧㄣˊ ㄈㄚˊ ㄗㄨㄟˋ）

【釋義】弔：慰問。伐：討伐。
【出處】孟子・梁惠王下：「誅其君而弔其民。」宋書・索虜傳：「弔民伐罪，積後己之情。」
【用法】用以表示撫慰人民，討伐有罪之人。
【例句】紂王無道，武王**弔民伐罪**，滅殷商，建立了周朝。
【義近】除暴安良／鋤強扶弱／爲民除害。
【義反】助紂爲虐／爲虎作倀。

引人入勝（ㄧㄣˇ ㄖㄣˊ ㄖㄨˋ ㄕㄥˋ）

【釋義】把人帶到優美的境地。勝：勝境，美妙的境界。
【出處】劉義慶・世說新語・任誕：「王衛軍云，酒正自引人箸勝地。」桃花扇・凡例：「引人入勝者，全借乎此。」
【用法】形容風景名勝或美妙文章等能引人進入佳境。
【例句】莎士比亞的戲劇，具有**引人入勝**的故事情節，給人留下很深刻的印象。
【義近】令人陶醉／玩味不已／令人神往。
【義反】索然無味／乏善可陳。

引以爲戒（ㄧㄣˇ ㄧˇ ㄨㄟˊ ㄐㄧㄝˋ）

【釋義】引以往的教訓作爲警戒。戒：警戒。
【出處】錢大昕・十駕齋養新錄卷一二：「好古之士，當引以爲戒。」
【用法】說明應把過去的失敗或錯誤作爲教訓。
【例句】張先生就是因爲嗜賭如命，才弄得家破人亡、窮困潦倒，我們都應**引以爲戒**。
【義近】前車可鑑／殷鑑不遠／前車之鑑／引爲借鏡。
【義反】重蹈覆轍／執迷不悟。

引而不發（ㄧㄣˇ ㄦˊ ㄅㄨˋ ㄈㄚ）

【釋義】拉滿了弓却不把箭射出去，讓人體會射箭的要領。
【出處】孟子・盡心上：「君子引而不發，躍如也。」
【用法】原爲善於指導射箭，後比喻善於啓發、引導，也比喻作好準備以待時機。
【例句】李老師上數學課，經常採用**引而不發**的方式，讓學生自己想出解題的辦法。
【義近】只拉弓不放箭／循循善誘／因勢利導。
【義反】一發而不可收／箭在弦上，不得不發／引導無方。

引咎自責（ㄧㄣˇ ㄐㄧㄡˋ ㄗˋ ㄗㄜˊ）

【釋義】把過失引歸自己而自我責備。咎：罪責。
【出處】晉書・庾亮傳：「亮甚懼，及見侃，引咎自責，風止可觀。」

【用法】用以表示勇於主動承擔錯誤的責任，並自我檢查。
【例句】公司這筆生意做錯了，虧了本，總經理**引咎自責**，並決心從新整頓出發。
【義近】反躬自省。
【義反】委過他人／死不認錯。

引狼入室 ㄧㄣˇ ㄌㄤˊ ㄖㄨˋ ㄕˋ

【釋義】把狼招引到室內。引：招引。
【出處】蒲松齡・聊齋志異・黎氏：「再娶者，皆引狼入室耳，況將於野合逃竄中求賢婦哉！」
【用法】比喻把壞人、敵人引進內部，自招災禍。
【例句】明朝末年，吳三桂**引狼入室**，成爲千古罪人。
【義近】開門揖盜／引鬼上門／引水入牆。
【義反】閉門不納／拒之門外／禦敵於國門之外。

引喻失義 ㄧㄣˇ ㄩˋ ㄕ ㄧˋ

【釋義】引喻：援引例證以說明事理。失義：不合道理。
【出處】諸葛亮・前出師表：「不宜妄自菲薄，引喻失義，以塞忠諫之路也。」
【用法】用以說明引用譬喻卻不合道理。
【例句】說話或寫文章，如果**引喻失義**，就不能準確地把意思表達出來，甚至會讓人誤解。
【義近】引證錯誤／比喻不當。
【義反】比喻恰當／引喻貼切。

引經據典 ㄧㄣˇ ㄐㄧㄥ ㄐㄩˋ ㄉㄧㄢˇ

【釋義】引用經書，根據典籍。引：援引。據：依據。
【出處】後漢書・荀爽傳：「引據大義，正之經典。」李汝珍・鏡花緣九二回：「你也忒愛引經據典了。」
【用法】表示說話或寫文章引用經典著作作爲論證的依據，以顯得充分有力。
【例句】王教授寫文章總是**引經據典**，一一論證，論據充分，使人讀來十分信服。
【義近】旁徵博引／引古援今。
【義反】羌無故實／言不諳典／無經可據／無典可依／虛構杜撰。

引領而望 ㄧㄣˇ ㄌㄧㄥˇ ㄦˊ ㄨㄤˋ

【釋義】伸長脖子遠望。引：伸長。領：頸脖。
【出處】孟子・梁惠王上：「如有不嗜殺人者，則天下之民皆引領而望之矣。」
【用法】形容殷切盼望。
【例句】港邊許多水手之妻**引領而望**，期待丈夫早日歸航。
【義近】延頸而望／跂而遠望／登高而望／望眼欲穿。

引錐刺股 ㄧㄣˇ ㄓㄨㄟ ㄘˋ ㄍㄨˇ

【釋義】用錐子自刺大腿。引：用。股：大腿。
【出處】戰國策・秦策一載：蘇秦「讀書欲睡，引錐自刺其股，血流至足。」
【用法】形容讀書勤奮，刻苦自學。
【例句】無論學習什麼事，只要有**引錐刺股**的刻苦精神，就一定可以取得優異的成績。
【義近】囊螢映雪／懸梁刺股／牛角掛書／焚膏繼晷／孜孜不倦／手肘成胝。
【義反】心不在焉／無所用心。

弦外之音 ㄒㄧㄢˊ ㄨㄞˋ ㄓ ㄧㄣ

【釋義】弦：弦樂器上發音的絲線。
【出處】范曄・獄中與諸甥侄書：「其中體趣，言之不盡。弦外之音，虛響之音，不知從何而來。」
【用法】比喻言外之意，即在詩文或說話裏間接透露而不明白說出的意思。
【例句】你難道就沒有發現他這

番話的**弦外之音**嗎？

【義近】言外之意／話中有話。

【義反】直言不諱／直抒己見。

弱不勝衣 ㄖㄨㄛˋ ㄅㄨˋ ㄕㄥ ㄧ

【釋義】瘦弱得承受不住身上的衣服。勝：禁得起，承受得住。

【出處】新編五代史平話・晉史卷上：「近因入侍，櫛風沐雨，病勢日增，弱不勝衣。」

【用法】多用以形容女性體質瘦削嬌弱。

【例句】這位小姐有點像林黛玉，身體面貌雖顯得**弱不勝衣**，卻自有其風韻。

【義近】弱不禁風。

【義反】身強體壯。

弱不禁風 ㄖㄨㄛˋ ㄅㄨˋ ㄐㄧㄣ ㄈㄥ

【釋義】禁：經受，承受。

【出處】杜甫・江雨有懷鄭典設詩：「亂波分披已打岸，弱雲狼藉不禁風。」陸游・六月二十四日夜分夢……詩：「白菡萏香初過雨，紅蜻蜓弱不禁風。」

【用法】形容人體質衰弱，連風吹都經受不起。

【例句】她雖是個**弱不禁風**的姑娘，做事却很俐落。

【義近】弱不勝衣／蒲柳之姿。

【義反】強壯如牛。

弱肉強食 ㄖㄨㄛˋ ㄖㄡˋ ㄑㄧㄤˊ ㄕˊ

【釋義】指動物中弱者的肉被強者所食。

【出處】韓愈・送浮屠文暢師序：「弱之肉，強之食。」

【用法】比喻弱者常爲強者所侵害、欺凌。

【例句】**弱肉強食**是自然界的生態規律，沒有什麼值得指責非議的。

【義近】倚強凌弱／優勝劣敗／優存劣汰。

【義反】興滅繼絕／鋤強扶弱。

張大其事 ㄓㄤ ㄉㄚˋ ㄑㄧˊ ㄕˋ

【釋義】張大：張揚，誇大。一作「張揚其事」。

【出處】韓愈・送楊少尹序：「太史氏又能張大其事，爲傳繼二疏蹤迹否？」

【用法】形容有意誇大事實的眞相。

【例句】一是一，二是二，你何苦要**張大其事**，使人無法弄清楚眞相，做出準確的判斷呢？

【義近】誇大其詞／張大其詞／言過其實。

【義反】實事求是／恰如其分。

張口結舌 ㄓㄤ ㄎㄡˇ ㄐㄧㄝˊ ㄕㄜˊ

【釋義】張開嘴說不出話來。結舌：舌頭轉動不了。

【出處】文康・兒女英雄傳二三回：「公子被他問的張口結舌，面紅過耳。」

【用法】形容緊張、害怕或理屈詞窮的窘態。

【例句】在討論會上，李議員據理反駁，質問得對方**張口結舌**，不知如何應答。

【義近】瞠目結舌／啞口無言／鉗口結舌。

【義反】滔滔不絕／口若懸河／詞鋒犀利。

張牙舞爪 ㄓㄤ ㄧㄚˊ ㄨˇ ㄓㄠˇ

【釋義】張口露牙，揮舞爪子。又作「舞爪張牙」。

【出處】敦煌變文集・孔子項托相問書附錄二：「魚生三日游於江湖，龍生三日張牙舞爪。」

【用法】形容像野獸樣的猖狂凶惡。

【例句】那個精神病患**張牙舞爪**地要打人，再不關起來，恐怕會闖禍。

【義近】窮凶極惡／凶相畢露／惡形惡狀。

【義反】和藹可親。

張皇失措 ㄓㄤ ㄏㄨㄤˊ ㄕ ㄘㄨㄛˋ

【釋義】張皇：又作「張惶」，慌張害怕的樣子。失措：舉動失去常態。

【出處】楊景賢・西遊記一本一折：「你看他脅肩諂笑，趨前退後，張皇失措。」

【用法】形容驚慌得不知怎麼辦才好。

【例句】他**張皇失措**地跑進來，口口聲聲說有人要追殺他。

【義近】驚慌失措／倉皇失措／驚慌失色／慌亂無主。

【義反】從容不迫／應付自如／措置裕如／泰然自若。

張冠李戴 ㄓㄤ ㄍㄨㄢ ㄌㄧˇ ㄉㄞˋ

【釋義】把姓張的帽子戴在姓李的頭上。冠：帽子。

【出處】田藝衡・留青日札・張公帽賦：「俗諺云：『張公帽掇在李公頭上。』」

【用法】用以比喻認錯了對象，弄錯了事實。

【例句】你記性太差了，「朱門酒肉臭，路有凍死骨」，這是杜甫的詩句，你怎麼**張冠李戴**，說是李白的呢？

張家長李家短 ㄓㄤ ㄐㄧㄚ ㄔㄤˊ ㄌㄧˇ ㄐㄧㄚ ㄉㄨㄢˇ

【釋義】張家、李家：均泛指別的人家。長、短：指是非曲直。亦作「張長李短」。

【出處】施耐庵・水滸傳二十回：「那婆子吃了許多酒，嘴裏只管夾七帶八嘈，正在那裏張家長李家短，說白道綠。」

【用法】形容喜歡議論別人的長短是非。

【例句】這婆娘吃飽了飯沒事幹，便**張家長李家短**的亂說，搞得附近鄰居失和。

【義近】東家長西家短／挑撥離間／說是道非／數黑道白。

【義反】隱惡揚善。

張燈結彩 ㄓㄤ ㄉㄥ ㄐㄧㄝˊ ㄘㄞˇ

【釋義】張：懸掛。結彩：結紮各種裝飾物。

【出處】羅貫中・三國演義六九回：「告諭城內居民，盡張燈結彩，慶賞佳節。」

【用法】形容節日或辦喜事的歡樂場面。

【例句】一年又要過去了，大街小巷都**張燈結彩**，準備著辭舊迎新。

【義近】張燈掛彩。

【義反】一如平常。

強人所難 ㄑㄧㄤˇ ㄖㄣˊ ㄙㄨㄛˇ ㄋㄢˊ

【釋義】強：勉強，硬要，含有「迫使」之意。

【出處】李汝珍・鏡花緣：「豈肯顛倒陰陽，強人所難。」

【用法】指勉強別人去做他不能做或不願意做的事情。

【例句】做任何事情都要人自覺自願，力所能及，不要**強人所難**。

【義近】強按牛頭／趕鴨子上架。

【義反】心甘情願／己所不欲，勿施於人。

強不知以爲知 ㄑㄧㄤˇ ㄅㄨˋ ㄓ ㄧˇ ㄨㄟˊ ㄓ

【釋義】本來不懂，硬要裝懂。

【出處】呂氏春秋・謹聽：「不知而自以爲知，百禍之宗也。」

【用法】形容人不謙虛，不懂裝懂。

【例句】我們對一切問題都應該抱著踏踏實實的態度，決不可**強不知以爲知**。

【義近】強作解人／不懂裝懂。

【義反】知之爲知之，不知爲不知。

強中更有強中手 ㄑㄧㄤˊ ㄓㄨㄥ ㄍㄥˋ ㄧㄡˇ ㄑㄧㄤˊ ㄓㄨㄥ ㄕㄡˇ

【釋義】在有本領的人中還有本領更高的人。一作「強中自有強中手」。

【出處】羅貫中・三國演義一七回：「強中自有強中手，用詐還逢識詐人。」

【用法】說明智力、氣力無限，任何人都不可驕傲自滿。

【例句】不要以爲得了冠軍就是天下無敵了，需知**強中更有強中手**，若不繼續刻苦鍛鍊，稍一放鬆，別人就會超過你。

【義近】天外有天／山外有山／人外有人。

【義反】天下無雙／無人可比。

強本節用 ㄑㄧㄤˊ ㄅㄣˇ ㄐㄧㄝˊ ㄩㄥˋ

【釋義】本：根本，多指農業生產。

【出處】荀子・天論：「強本而節用，則天不能貧。」

【用法】指加強根本，節省開支。

【例句】我國古代以農業爲本，所以非常強調**強本節用**，此一思想直到今天仍有借鑑意義。

【義近】開源節流。

【義反】鋪張浪費／揮霍無度。

強作解人 ㄑㄧㄤˇ ㄗㄨㄛˋ ㄐㄧㄝˇ ㄖㄣˊ

【釋義】硬要充作一個明理的人。強：硬要。解人：指明達事理的人。

【出處】吳沃堯・二十年目睹之怪現狀二一回：「這又是強作解人。」

【用法】用以表示強不知以爲知，或形容不明眞相而妄加議論。

【例句】對美學問題我只是一知半解，怎能**強作解人**，去做什麼學術報告哩！

【義近】自作解人／強不知以爲知。

【義反】知之爲知之，不知爲不知。

強弩之末 ㄑㄧㄤˊ ㄋㄨˇ ㄓ ㄇㄛˋ

【釋義】弩：古時一種用扳機射箭的弓，力量比一般的弓強勁。末：指箭到了射程的最後。

【出處】漢書・韓安國傳：「強弩之末，矢不能穿魯縞。」

【用法】比喻強大的力量已經衰微，起不了多大作用。

【例句】別看他氣勢如虹的樣子，其實他已是**強弩之末**，構不成重大威脅了。

【義近】外強中乾。

【義反】勢不可擋／所向披靡／所向無敵。

強將手下無弱兵 ㄑㄧㄤˊ ㄐㄧㄤˋ ㄕㄡˇ ㄒㄧㄚˋ ㄨˊ ㄖㄨㄛˋ ㄅㄧㄥ

【釋義】在英勇善戰的將帥統率下，沒有懦弱無能的士兵。

【出處】蘇軾・題連公壁：「俗語云：『強將手下無弱兵』，眞可信。」

【用法】比喻能人手下無弱者，領導者若強，則所領導之人必然不弱。

【例句】**強將手下無弱兵**，由老將當指導的球隊奪得冠軍，這是意料中的事。

【義近】名師出高徒／虎父無犬子／能將手下無弱兵。

強詞奪理 ㄑㄧㄤˇ ㄘˊ ㄉㄨㄛˊ ㄌㄧˇ

【釋義】強詞：強辯。奪：奪取，爭奪。

【出處】羅貫中・三國演義四三回：「孔明所言，皆強詞奪理，均非正論，不必再言。」

【用法】形容無理強辯，明明沒理硬說有理。

【例句】算了，明明是你不對，何必還要**強詞奪理**呢，給人賠個不是吧！

【義近】蠻不講理／蠻橫無理。

【義反】以理服人／理直氣壯。

強龍不壓地頭蛇 ㄑㄧㄤˊ ㄌㄨㄥˊ ㄅㄨˋ ㄧㄚ ㄉㄧˋ ㄊㄡˊ ㄕㄜˊ

【釋義】強龍：喻強有力的人。不壓：壓不過，敵不過。地頭蛇：喻地方惡勢力。

【出處】吳承恩・西遊記四五回：「也罷，這正是強龍不壓地頭蛇。」

【用法】比喻雖有能力，也難以

對付盤據當地的惡勢力。

【例句】雖說你實力不弱，但畢竟是外地人，所謂**強龍不壓地頭蛇**，還是少和他鬥爲妙。

【義近】惡龍不鬥地頭蛇。

【義反】魔高一尺，道高一丈。

強顏歡笑 ㄑㄧㄤˇ ㄧㄢˊ ㄏㄨㄢ ㄒㄧㄠˋ

【釋義】強顏：勉強在臉上作出某種表情。一作「強顏爲笑」。

【出處】蒲松齡・聊齋志異・邵女：「汝狡兔三窟，何歸爲？』柴俯不對，女肘之，柴始強顏爲笑。」

【用法】形容心中不樂，勉強裝出歡笑的樣子。

【例句】她雖然**強顏歡笑**，但終究無法掩飾內心的悲痛。

【義近】強裝笑臉／屈意承歡。

【義反】忍俊不禁／笑逐顏開。

彈丸之地 ㄉㄢˋ ㄨㄢˊ ㄓ ㄉㄧˋ

【釋義】像彈丸一樣大小的地方。彈丸：彈弓用的彈子。

【出處】戰國策・趙策三：「誠知秦力之不至，此彈丸之地，猶不予也。」

【用法】形容地方十分狹小。

【例句】你們兩個親兄弟，何必爲了爭奪祖宗留下來的一塊**彈丸之地**，而大傷感情呢？

【義近】立錐之地／蕞爾之地／立足之地／尺寸之地。

【義反】曠野千里／地大無邊。

彈冠相慶 ㄊㄢˊ ㄍㄨㄢ ㄒㄧㄤ ㄑㄧㄥˋ

【釋義】彈冠：把帽子上的灰塵撣乾淨，表示將出來做官。

【出處】典出漢書・王吉傳。蘇洵・管仲論：「一日無仲，則三子者可以彈冠相慶矣。」

【用法】比喻因即將做官或有了喜事而互相慶賀。多用於貶義。

【例句】那位貪官又晉升一級，同道們無不**彈冠相慶**，自此更可以中飽私囊，爲所欲爲了。

【義近】王貢彈冠／額手稱慶／以手加額。

彈盡糧絕 ㄉㄢˋ ㄐㄧㄣˋ ㄌㄧㄤˊ ㄐㄩㄝˊ

【釋義】彈藥用完了，糧食也斷絕了。

【用法】多用以指無法繼續作戰的危險處境。也用以泛指十分艱難的處境。

【例句】敵軍在我軍的重重包圍之下，經過三天三夜的激戰，終於**彈盡糧絕**，向我軍繳械投降。

【義近】彈盡援絕／矢盡援絕。

【義反】後援不斷。

彌天大罪 ㄇㄧˊ ㄊㄧㄢ ㄉㄚˋ ㄗㄨㄟˋ

【釋義】彌天：滿天。彌：充滿。又作「迷天大罪」。

【出處】施耐庵・水滸傳二回：「汝等殺人放火，打家劫舍，犯著迷天大罪，都是該死的人。」

【用法】用以形容罪惡極大。

【例句】這孩子是犯了什麼**彌天大罪**，要接受如此嚴厲的懲罰？

【義近】滔天大罪／滔天罪行／罪不可赦／罪大惡極。

【義反】無心之過／欲加之罪／不咎之失。

彌天恨事 ㄇㄧˊ ㄊㄧㄢ ㄏㄣˋ ㄕˋ

【釋義】彌天：滿天，言其廣大。恨事：令人遺憾的事。恨：遺憾。

【出處】文康・兒女英雄傳五回：「他自己心中又有一腔的彌天恨事。」

【用法】指無法追悔或彌補的憾事。

【例句】身爲醫生，卻無法拯救自己的親人，這是他有生以來最大的**彌天恨事**。

【義近】彌天大恨／終天之恨／終身憾事。

【義反】如願以償／夙願得償。

彡　部

形形色色 ㄒㄧㄥˊ ㄒㄧㄥˊ ㄙㄜˋ ㄙㄜˋ

【釋義】原意是生出這種形體和顏色。上「形」字和「色」字均用作動詞。

【出處】列子・天瑞：「故有生者，有生生者；有形者，有形形者；有聲者，有聲聲者；有色者，有色色者。」

【用法】今用以指稱品類眾多，各式各樣。

【例句】世上**形形色色**的人都有，良莠不齊，在所難免。

【義近】五花八門／琳琅滿目。

【義反】千篇一律／如出一轍。

形迹可疑 ㄒㄧㄥˊ ㄐㄧ ㄎㄜˇ ㄧˊ

【釋義】形迹：行動迹象。可疑：值得懷疑。

【出處】清史稿・王茂蔭傳：「各處捕獲難民，指爲形迹可疑，嚴刑楚毒。」

【用法】指稱一個人的舉動神色不正常，使人產生懷疑。

【例句】他自從來到這裏後，總是東張西望，暗暗窺探，使人感到他**形迹可疑**。

【義近】鬼鬼祟祟／賊頭賊腦。

【義反】光明正大／光明磊落／堂堂正正。

形容枯槁 ㄒㄧㄥˊ ㄖㄨㄥˊ ㄎㄨ ㄍㄠˇ

【釋義】形容：容貌。枯槁：憔悴。

【出處】戰國策・秦策一載：蘇秦「形容枯槁，面目黧黑，狀有歸（愧）色。」

【用法】形容人形體消瘦，面容憔悴。

【例句】這孩子經過這場大病，顯得**形容枯槁**，需要一段時間調養才能恢復。

【義近】顏色憔悴／形銷骨立／骨瘦如柴。

【義反】紅光滿面／精神煥發／神采飛揚。

形格勢禁 ㄒㄧㄥˊ ㄍㄜˊ ㄕˋ ㄐㄧㄣˋ

【釋義】格：阻礙。禁：限制。

【出處】司馬遷・史記・孫武傳：「批亢擣虛，形格勢禁，則自爲解耳。」

【用法】指受形勢的阻礙或限制，事情難於進行。

【例句】我確實很想在事業上有番成就，但**形格勢禁**，實在難以實現自己的願望。

【義近】左牽右肘／屯蹶否塞／滯塞迍邅。

【義反】一帆風順／一蹴而就。

形單影隻 ㄒㄧㄥˊ ㄉㄢ ㄧㄥˇ ㄓ

【釋義】隻：意同「單」，孤單，孤獨。

【出處】韓愈・祭十二郎文：「承先人後者，在孫惟汝，在子惟吾，兩世一身，形單影隻。」

【用法】形容孤獨，沒有同伴。

【例句】他雖然自小失去雙親，但左鄰右舍都很疼愛他、關懷他，使他沒有**形單影隻**、孤立無援的感覺。

【義近】形影相弔／無親無故／煢孑無依／孑然一身／煢煢獨立。

【義反】出雙入對／共敍天倫／闔家團聚。

形銷骨立 ㄒㄧㄥˊ ㄒㄧㄠ ㄍㄨˇ ㄌㄧˋ

【釋義】形：形體。銷：久病枯瘦。骨立：像個骨架子豎在那裏。

【出處】後漢書・韋彪傳：「服竟，羸瘠骨立異形。」南史・梁本紀：「帝形容本壯，及至都，銷毀骨立。」

【用法】極言人的身體消瘦。

【例句】被囚禁在集中營的戰俘，個個**形銷骨立**，面黃肌瘦，慘不忍睹。

【義近】羸瘠骨立／骨瘦如柴／瘦骨嶙峋。

【義反】體壯如牛／豹頭虎背／

虎臂猿軀／虎背熊腰。

形影不離（ㄒㄧㄥˊ ㄧㄥˇ ㄅㄨˋ ㄌㄧˊ）

【釋義】像形體和它的影子那樣分不開。
【出處】莊子・在宥：「大人之教，若形之於影，聲之於響。」紀昀・閱微草堂筆記：「青縣農家少婦，性輕佻，隨其夫操作，形影不離。」
【用法】形容彼此關係密切，經常在一起。
【例句】這兩個孩子成天**形影不離**，比姐妹還親。
【義近】形影相隨／如影隨形／形影相依／寸步不離。
【義反】勢如冰炭／扞格不入。

形影相弔（ㄒㄧㄥˊ ㄧㄥˇ ㄒㄧㄤ ㄉㄧㄠˋ）

【釋義】孤單的只有和自己的身影相互慰問。形：身體。弔：慰藉。
【出處】陳壽・三國志・魏志・陳思王植傳：「形影相弔，五情愧赧。」李密・陳情表：「煢煢獨立，形影相弔。」
【用法】形容無依無靠，非常孤單。
【例句】他本無兒女，自從太太死後，更是**形影相弔**，晚境十分可憐。
【義近】形單影隻／煢煢獨立／孑然一身。
【義反】成雙成對。

彤雲密佈（ㄊㄨㄥˊ ㄩㄣˊ ㄇㄧˋ ㄅㄨˋ）

【釋義】陰雲佈滿天空。彤雲：陰雲。
【出處】施耐庵・水滸傳九回：「正是嚴冬天氣，彤雲密佈，朔風漸起，卻早紛紛揚揚捲下一天大雪來。」
【用法】多用以形容雪前陰雲密佈的景象。
【例句】一連放晴了幾天，今天一早就**彤雲密佈**，可能要下大雪了。
【義近】烏雲密佈／陰風怒號。
【義反】天高氣爽／天清氣朗。

彬彬有禮（ㄅㄧㄣ ㄅㄧㄣ ㄧㄡˇ ㄌㄧˇ）

【釋義】彬彬：文雅的樣子。
【出處】司馬遷・史記・太史公序：「叔孫通定禮儀，則文學彬彬稍進，詩書往往間出矣。」李汝珍・鏡花緣八三回：「喚出他兩個兒子，兄先弟後，彬彬有禮。」
【用法】形容舉止文雅有禮。
【例句】這位大學生**彬彬有禮**，談吐不俗，給我留下了非常好的印象。
【義近】彬彬君子／文質彬彬／溫文爾雅。
【義反】酸文假醋／傲慢無禮／蠻橫無禮。

彰明較著（ㄓㄤ ㄇㄧㄥˊ ㄐㄧㄠˋ ㄓㄨˋ）

【釋義】彰：明。較：通「皎」，明。著：明顯。又作「彰明昭著」。
【出處】司馬遷・史記・伯夷列傳：「此其尤大彰明較著者也。」
【用法】形容事情和道理都十分明白顯著。
【例句】這道理可謂**彰明較著**，爲什麼給你解釋了幾遍還弄不明白呢？
【義近】顯而易見／昭然若揭／事理昭彰。
【義反】隱隱約約／若明若暗／若隱若現。

彰善癉惡（ㄓㄤ ㄕㄢˋ ㄉㄢˋ ㄜˋ）

【釋義】彰：表揚。癉：憎恨。
【出處】尚書・畢命：「旌別淑慝，表厥宅里。彰善癉惡，樹之風聲。」
【用法】用以說明表彰爲善者，憎恨爲惡者。
【例句】報紙上如能經常**彰善癉惡**，則可以達到鼓勵人上進的功效。
【義近】揚善懲惡／揚善斥惡。
【義反】助惡損善／善惡不分／是非顛倒。

彳 部

彼一時此一時 ㄅㄧˇ ㄧ ㄕˊ ㄘˇ ㄧ ㄕˊ

【釋義】那個時候不同於這個時候。彼：那。

【出處】孟子・公孫丑下：「彼一時，此一時也。」東方朔・答客難：「彼一時也，此一時也，豈可同哉。」

【用法】說明時勢不同，環境、事態等有了差異。

【例句】**彼一時此一時**，他過去是窮光蛋，現在是百萬富翁，自然是財大氣粗囉。

【義近】今非昔比／不可同日而語。

【義反】相提並論／同日而語。

彼此彼此 ㄅㄧˇ ㄘˇ ㄅㄧˇ ㄘˇ

【釋義】彼此：雙方，大家。

【出處】左傳・昭公元年：「疆場之邑，一彼一此，何常之有。」陳壽・三國志・吳志・陸遜傳：「彼此得所，上下獲安。」

【用法】說明彼此的情況、遭遇等相同，多用於寒暄時的回答。

【例句】看來我們的現況差不多，**彼此彼此**，何必還要道長論短，互相攻訐呢？

【義近】毫無二致／半斤八兩。

【義反】相差甚遠／判若天壤。

往者不可諫 ㄨㄤˇ ㄓㄜˇ ㄅㄨˋ ㄎㄜˇ ㄐㄧㄢˋ

【釋義】往者：以往的事。諫：直言規勸，引申爲挽救之意。

【出處】論語・微子：「往者不可諫，來者猶可追。」

【用法】用以說明過去了的事已不可更改、挽救，無需耿耿於懷，應多著眼於未來。

【例句】**往者不可諫**，錯誤已經造成了，再懊惱悔恨也無濟於事，不如重頭開始吧！

【義近】不咎既往／往事不諫。

【義反】來者可追／將功補過／亡羊補牢。

待人接物 ㄉㄞˋ ㄖㄣˊ ㄐㄧㄝ ㄨˋ

【釋義】意謂接待人物。物：人。

【出處】晉書・元帝紀：「容納直言，虛己待物。」朱子語類卷二七：「如鄉黨等處，待人接物，千頭萬狀，是多少般，聖人只是這一個道理做出去。」

【用法】指與人交往應酬，爲人處世。

【例句】你已長大成人了，應當慢慢學著怎樣**待人接物**。

【義近】爲人處世／待人處事。

【義反】深居獨處／閉門不出。

待字閨中 ㄉㄞˋ ㄗˋ ㄍㄨㄟ ㄓㄨㄥ

【釋義】字：表字。古代女子成年許嫁始命字，後遂稱女子未許嫁爲待字。閨：女子所住房間。

【出處】禮記・曲禮：「男子二十，冠而字；女子許嫁，笄而字。」

【用法】指女子尚未許嫁。

【例句】劉小姐正**待字閨中**，你不妨去試一試，或許有些緣分哩！

【義近】尚未許嫁／尚待婚配。

【義反】名花有主／已爲人妻／羅敷有夫。

待價而沽 ㄉㄞˋ ㄐㄧㄚˋ ㄦˊ ㄍㄨ

【釋義】等有好價錢才賣。沽：賣，出售。

【出處】論語・子罕：「子曰：『沽之哉！沽之哉！我待賈（價）者也。』」

【用法】本爲商業用語，用以比喻有才學者要等有人賞識才肯效勞出力，或有高位才出來做官。

【例句】孔子**待價而沽**，可惜當時環境不允許，使得他懷才不遇，無法在政治舞台上一展長才。

【義近】善價而沽／藏珠待價／

蘊奇待沽／韞櫝未沽。

後生可畏 ㄏㄡˋ ㄕㄥ ㄎㄜˇ ㄨㄟˋ

【釋義】後生：青年人。畏：敬畏，敬服。
【出處】論語・子罕：「後生可畏，焉知來者之不如今也。」
【用法】用以稱讚有志氣、有作爲的年輕人。
【例句】他小小年紀就能寫這麼好的文章，眞是**後生可畏**，我們也該好好創作了。
【義近】青出於藍／後來居上／一代勝過一代／後起之秀／長江後浪推前浪。
【義反】少不更事／不堪造就／一代不如一代。

後來居上 ㄏㄡˋ ㄌㄞˊ ㄐㄩ ㄕㄤˋ

【釋義】指資歷淺的人，其地位反比資格老的人高。居：處在。
【出處】司馬遷・史記・汲鄭列傳：「陛下用羣臣如積薪耳，後來者居上。」
【用法】用以指後來的人或事物勝過先前的，多有讚許意。
【例句】日本所以能**後來居上**，名列世界先進國之一，其重要原因就是他們勤奮團結的民族性。
【義近】後起之秀／青勝於藍。
【義反】後不僭先。

後起之秀 ㄏㄡˋ ㄑㄧˇ ㄓ ㄒㄧㄡˋ

【釋義】後起：後出現的。秀：優異的（人才）。
【出處】晉書・王忱傳：「（范）寧謂曰：『卿風流雋望，眞後來之秀。』」
【用法】指傑出的後輩，即新成長起來的優秀人物。
【例句】近幾年來，我國體育事業發展迅速，培植出了一批**後起之秀**。
【義近】後生可畏／佼佼後輩／青出於藍／青年才俊。
【義反】後繼無人／無爲後生／庸庸晚輩。

後悔莫及 ㄏㄡˋ ㄏㄨㄟˇ ㄇㄛˋ ㄐㄧˊ

【釋義】莫：不。又作「後悔不及」、「後悔無及」。
【出處】後漢書・光武帝紀：「反水不治，後悔無及。」
【用法】指做了某件不該做的事，事後追悔也來不及了。
【例句】這樣的冒險生意你最好不要去做，否則將會**後悔莫及**的。
【義近】嗟悔無及／悔之晚矣／追悔莫及。
【義反】死而無悔／至死不悔。

後浪推前浪 ㄏㄡˋ ㄌㄤˋ ㄊㄨㄟ ㄑㄧㄢˊ ㄌㄤˋ

【釋義】意謂江水奔流，前後相繼。又作「後浪催前浪」。
【出處】關漢卿・單刀會三折：「長江今經幾戰場，却正是後浪催前浪。」
【用法】今多用以比喻後者推動前者，繼續前進。有時也比喻人事更迭，新陳代謝。
【例句】自古**後浪推前浪**，青年學者的成長，推動了我國科技的迅速發展。
【義近】不盡長江滾滾流／新人換舊人／病樹前頭萬木春。

後患無窮 ㄏㄡˋ ㄏㄨㄢˋ ㄨˊ ㄑㄩㄥˊ

【釋義】患：災禍，憂患。窮：盡。
【出處】孟子・離婁下：「言人之不善，當如後患何？」羅貫中・三國演義一三回：「李傕謀反，從之者即爲賊黨，後患不淺。」
【用法】說明給將來留下的禍患無窮無盡。
【例句】不愛惜森林，亂砍濫伐，造成水土流失，必然會**後患無窮**的。
【義近】貽患無窮／遺害無窮／養癰貽患。
【義反】斬盡殺絕／斬草除根／除惡務盡。

後發制人（ㄏㄡˋ ㄈㄚ ㄓˋ ㄖㄣˊ）

【釋義】發：發動，採取行動。制：控制，制服。
【出處】漢書・項籍傳：「先發制人，後發制於人。」
【用法】說明等對方先動手，再抓住有利時機反擊，制服對方。
【例句】在這種劣勢下，我們先退一步，再**後發制人**，研究好對方的破綻，一舉打敗他們。
【義近】後來居上。
【義反】先發制人／先聲後實。

後會有期（ㄏㄡˋ ㄏㄨㄟˋ ㄧㄡˇ ㄑㄧˊ）

【釋義】會：相會。期：時候，時間。
【出處】喬夢符・揚州夢三折：「小官公事忙，後會有期也。」
【用法】說明以後還有再會之時或還有希望再會。
【例句】你我老同學用不著遠送了，就此告別，**後會有期**！
【義近】人生何處不相逢。
【義反】後會無期／後會無日／別時容易見時難。

後繼有人（ㄏㄡˋ ㄐㄧˋ ㄧㄡˇ ㄖㄣˊ）

【釋義】繼：繼承，接續。
【用法】指有後人繼承前人的事業，常用以表示寄希望於後代。
【例句】看到這麼多後起之秀，老將**後繼有人**，可以擇日退休了。
【義近】繼往開來／後有來者。
【義反】青黃不接／後繼無力／後不見來者／後繼乏人／難乎爲繼。

後顧之憂（ㄏㄡˋ ㄍㄨˋ ㄓ ㄧㄡ）

【釋義】顧：回頭看。憂：憂慮，擔心。
【出處】魏書・李沖傳：「朕以仁明忠雅，委以臺司之寄，使我出境無後顧之憂。」
【用法】用以指前進或外出時，對後方或家裏的事放心不下。
【例句】我太太把家治理得井井有條，使我在發展事業的過程中，從無**後顧之憂**。
【義近】內顧之憂／後顧之慮／後顧之患。
【義反】無憂無患。

徇私舞弊（ㄒㄩㄣˋ ㄙ ㄨˇ ㄅㄧˋ）

【釋義】徇私：曲從私情。徇：曲從。舞弊：弄假作弊。一作「徇私作弊」。
【出處】司馬遷・史記・項羽本紀：「今不恤士卒而徇其私，非社稷之臣。」施耐庵・水滸傳八三回：「誰想這夥官員，貪濫無饜，徇私作弊，克減酒肉。」
【用法】用以指違法亂紀。
【例句】現在政治民主，法紀嚴明，誰也不敢**徇私舞弊**，爲非作歹。
【義近】營私舞弊／徇私枉法／貪贓枉法／違法亂紀。
【義反】奉公守法／遵紀守法／循規蹈矩／維護法紀。

徒有虛名（ㄊㄨˊ ㄧㄡˇ ㄒㄩ ㄇㄧㄥˊ）

【釋義】空有一個好名聲。徒：空，只。
【出處】北齊書・李元忠傳：「計一家不過升斗而已，徒有虛名，不救其弊。」
【用法】用以說明徒有其名，而無其實。
【例句】你不要看他有專家、教授的頭銜，其實只是**徒有虛名**，並無眞才實學。
【義近】徒有其名／有名無實／名不副實。
【義反】名不虛傳／有名有實／名副其實。

徒託空言（ㄊㄨˊ ㄊㄨㄛ ㄎㄨㄥ ㄧㄢˊ）

【釋義】只是託之於空話。徒：只，僅。
【出處】司馬遷・史記・太史公

自序：「子曰：『我欲載之空言，不如見之於行事之深切著明也。』」

【用法】用以說明盡說些空話，根本不付諸實行。

【例句】生意場上講求的是信用，倘若**徒託空言**，言行不一，根本不可能成功。

【義近】空口說白話／言語的巨人，行動的矮子／光說不做／光說不練／信口開河。

【義反】說到做到／言必行，行必果／知行合一／言出必行。

徒勞無益 ㄊㄨˊ ㄌㄠˊ ㄨˊ ㄧˋ

【釋義】徒勞：空費心力。徒：空，白白地。

【出處】京本通俗小說・拗相公：「君聰明過人，宜多讀佛書，莫作沒要緊文字，徒勞無益。」

【用法】用以表示白費心力，根本於事毫無益處。

【例句】自古以來，野心家侵略他國都是**徒勞無益**，擾民傷財罷了。

【義近】徒勞無功／枉費心力。

【義反】勞績顯著／功勳卓著。

得寸進尺 ㄉㄜˊ ㄘㄨㄣˋ ㄐㄧㄣˋ ㄔˇ

【釋義】得到了一寸又想前進一尺。

【出處】戰國策・秦策三：「王不如遠交而近攻，得寸則王之寸，得尺亦王之尺也。」

【用法】比喻貪得無厭，欲望越來越大。

【例句】甲午戰爭，清廷步步退讓，日本侵略者卻**得寸進尺**，更加猖狂起來。

【義近】貪心不足蛇吞象／貪得無厭／得隴望蜀。

【義反】知足常樂／寸進尺退／知止知足。

得天獨厚 ㄉㄜˊ ㄊㄧㄢ ㄉㄨˊ ㄏㄡˋ

【釋義】天：天然，自然，非人力所能致者。厚：優厚，優越。

【出處】趙翼・甌北詩話：「放翁俱壽者相，得天獨厚，為一代傳人，豈偶然哉！」

【用法】泛指所處的環境或所具備的條件特別優越。

【例句】①臺灣的確是個好地方，氣候溫和，雨量充沛，還具有**得天獨厚**的海洋資源。②林小姐有一副好嗓子，學唱歌是**得天獨厚**。

【義近】先天優越。

【義反】先天不足。

得心應手 ㄉㄜˊ ㄒㄧㄣ ㄧㄥˋ ㄕㄡˇ

【釋義】心裏想怎麼做，手裏就能做得出來。得：得到，想到。

【出處】莊子・天道：「不徐不疾，得之於手而應於心。」趙翼・甌北詩話：「得心應手，無一字不穩愜。」

【用法】形容做事非常順手。也形容技巧純熟，心手相應，運用自如。

【例句】這是一套難度很大的舞蹈動作，但她卻能**得心應手**地做得完美無瑕。

【義近】隨心所欲／心手相應／運用自如／左右逢源。

【義反】所謀輒左／力不從心／心餘力絀／心有餘而力不足。

得不償失 ㄉㄜˊ ㄅㄨˋ ㄔㄤˊ ㄕ

【釋義】償：抵償，補償。

【出處】蘇軾・和子由除日見寄：「感時嗟事變，所得不償失。」

【用法】用以說明所得到的利益抵償不了所受的損失，很不合算。

【例句】毀了林地種糧食，完全是**得不償失**，其代價還要全人類一同承擔。

【義近】因小失大。

【義反】一本萬利。

得魚忘筌 ㄉㄜˊ ㄩˊ ㄨㄤˋ ㄑㄩㄢˊ

【釋義】捕到了魚就忘掉了筌。筌：捕魚用的竹器。

【出處】莊子・外物：「筌者所以在魚，得魚而忘筌。」

【用法】比喻事情成功以後就忘了本來依靠的東西。

【例句】在現實生活中，那種一旦小有成就就**得魚忘筌**的人，只會受到人們的唾棄。

【義近】過河拆橋／兔死狗烹／卸磨殺驢。

【義反】飲水思源／杯水不忘。

得勝回朝 ㄉㄜˊ ㄕㄥˋ ㄏㄨㄟˊ ㄔㄠˊ

【釋義】朝：朝廷。一作「得勝還朝」。

【出處】馮夢龍・醒世恆言・李玉英獄中訟冤：「終日盼望李雄得勝回朝。」

【用法】原指打了勝仗回到朝廷向帝王報功，現泛指獲勝而歸。

【例句】國家代表隊**得勝回朝**，全國上下熱情地夾道歡迎他們。

【義近】凱旋而歸／滿載而歸／班師回朝。

【義反】潰不成軍／落花流水。

得意忘形 ㄉㄜˊ ㄧˋ ㄨㄤˋ ㄒㄧㄥˊ

【釋義】得意：稱心如意。形：樣子。

【出處】莊子・山木：「螳蜋執翳而搏之，見得而忘其形。」鮮于必仁・折桂令・畫：「得意忘形，眼興迢遙。」

【用法】形容高興或得志時忘乎所以，失去常態。

【例句】稍一得志，便**得意忘形**，這種人難成大器。

【義近】得意洋洋／沾沾自喜。

【義反】垂頭喪氣／心灰意懶。

得意門生 ㄉㄜˊ ㄧˋ ㄇㄣˊ ㄕㄥ

【釋義】門生：古時指親自授業的弟子、學生等。

【出處】文康・兒女英雄傳二回：「他雖和咱們滿州漢軍隔旗，却是我第一個得意門生。」

【用法】用以指最爲滿意、最欣賞的學生。

【例句】從事教育工作幾十年，雖談不上什麼成績，却也還有幾個**得意門生**。

【義近】高足弟子／高門弟子。

得過且過 ㄉㄜˊ ㄍㄨㄛˋ ㄑㄧㄝˇ ㄍㄨㄛˋ

【釋義】能勉強過就暫且過下去。且：暫且。

【出處】永樂大典戲文・小孫屠：「孩兒，我聽得道你要出外打旋，怕家中得過且過，出去做甚的。」

【用法】形容苟且偷安，不求上進，勉強度日。也形容對工作不負責任，敷衍了事。

【例句】你這種**得過且過**、敷衍塞責的做事態度，如何能贏得上司的信任。

【義近】苟且偷安／因循度日／敷衍塞責／做一天和尚撞一天鐘。

【義反】聞雞起舞／奮發圖強／精益求精。

得道多助 ㄉㄜˊ ㄉㄠˋ ㄉㄨㄛ ㄓㄨˋ

【釋義】得道：指爲人行事合乎義理。道：道義，正義。

【出處】孟子・公孫丑下：「得道者多助，失道者寡助。」

【用法】用以說明能堅持正義、仁德，就能得到廣泛的支持與幫助。

【例句】**得道多助**，只要我們能堅持正義的立場，就會得到國內外多數人的支持與幫助。

【義近】德不孤必有鄰。

【義反】失道寡助。

得隴望蜀 ㄉㄜˊ ㄌㄨㄥˇ ㄨㄤˋ ㄕㄨˇ

【釋義】得到了隴右又希望得到巴蜀。泛指得到了一處又想得到另一處。

【出處】後漢書・岑彭傳：「人

苦不知足，既平隴，復望蜀。」李白・古風：「物苦不知足，得隴又望蜀。」
【用法】用以比喻人心不知足，貪得無厭。
【例句】日本軍閥**得隴望蜀**，一步步侵吞中國土地，最後弄得差一點亡國。
【義近】得寸進尺／貪得無厭／貪心不足蛇吞象。
【義反】知足常樂／知足不辱。

得饒人處且饒人

【釋義】饒：寬恕，饒恕。
【出處】俞文豹・唾玉集・常談出處：「……自出洞來無敵手，得饒人處且饒人。」
【用法】用以指做事不要做絕，須留有餘地。
【例句】**得饒人處且饒人**，我們無論做什麼事情，都要適可而止，留點餘地給別人。
【義近】留有餘地／寬厚待人。
【義反】不留餘地／逼人太甚。

從一而終

【釋義】本指用情始終如一。終：到底，末了。
【出處】周易・恒：「婦人貞吉，從一而終也。」疏：「從一而終者，謂用心貞一，從其貞一而自終也。」
【用法】古時用以稱讚婦女只嫁一夫，夫死決不再嫁。
【例句】古時讚頌婦女**從一而終**，實際上是大男人主義社會下的犧牲品。
【義近】烈女不嫁二夫／嫁雞隨雞／嫁狗隨狗。

從心所欲

【釋義】從心：隨心。欲：欲望，希望。
【出處】論語・爲政：「吾十有五而志於學，三十而立，……七十而從心所欲，不踰矩。」
【用法】原指一個人的修養已達最高境界，能隨意而爲却不越軌。今指隨自己心意愛怎樣就怎樣。
【例句】孩子都長大獨立了，我也可以**從心所欲**的做自己想做的事。
【義近】隨心所欲／爲所欲爲。
【義反】身不由己／謹言愼行。

從天而降

【釋義】降：落下。一作「從天而下」。
【出處】漢書・周亞夫傳：「諸侯聞之，以爲將軍從天而下也。」
【用法】比喻事情來得太突然，大大地出人意外。
【例句】他中了愛國獎券，喜出望外之餘，對這**從天而降**的財富一時還不知如何運用。
【義近】大出意外／突如其來／天外飛來。
【義反】不出所料／意料之中。

從長計議

【釋義】從長：指用較長的時間。計議：計畫，商量。
【出處】李行道・灰闌記契子：「且待女孩兒到來，慢慢的與他從長計議，有何不可？」
【用法】指不要急於作出決定，慢慢地協商解決或作長遠打算。
【例句】這個問題比較複雜，還是**從長計議**，不要急於作出決定才好。
【義近】放長線釣大魚。
【義反】夜長夢多。

從容不迫

【釋義】從容：鎮定，沉著。不迫：不急促，不緊張。
【出處】王褒・四子講德論：「君子動作有應，從容得度。」朱子全書・論語一：「只是說行得自然如此，無那牽強的意思，便是從容不迫。」

【用法】形容不慌不忙，沉著鎮定。
【例句】她**從容不迫**地回答記者所提出的各種問題，非常具有氣質涵養。
【義近】從容自如。
【義反】慌慌張張／驚慌失措。

從容自若 ㄘㄨㄥˊ ㄖㄨㄥˊ ㄗˋ ㄖㄨㄛˋ

【釋義】自若：自如，自然不拘束。一作「從容自在」、「從容自如」。
【出處】羅貫中・三國演義一〇三回：「所求皆足，其家主從容自在，高枕飲食而已。」
【用法】形容不慌不忙，態度沉著自然。
【例句】在一陣混亂搶購中，他老兄卻**從容自若**地翻撿商品，仿如置身事外。
【義近】不慌不忙／從容不迫／鎮靜沉著。
【義反】手足無措／手忙腳亂。

從容就義 ㄘㄨㄥˊ ㄖㄨㄥˊ ㄐㄧㄡˋ ㄧˋ

【釋義】就義：指爲正義事業而犧牲。
【出處】朱熹・近思錄卷十：「感慨殺死者易，從容就義者難。」
【用法】形容毫無所懼、沉著鎮靜地爲正義而英勇獻身。
【例句】文天祥在臨刑前自知仰不愧於天，俯不怍於人，故能**從容就義**。
【義近】視死如歸。
【義反】貪生怕死／忍辱求生。

從善如流 ㄘㄨㄥˊ ㄕㄢˋ ㄖㄨˊ ㄌㄧㄡˊ

【釋義】聽從好的、正確的意見，就像流水一樣順暢。善：好的，善意的。
【出處】左傳・成公八年：「君子曰：『從善如流，宜哉！』」
【用法】用以說明能隨時聽從善言，或擇善而從。
【例句】王經理一向**從善如流**，公司的計畫草擬後，總是反覆徵詢員工的意見，適當修改後才施行。
【義近】從諫如流／朝聞夕改／從善若流。
【義反】以規爲瑱／拒諫飾非。

從惡如崩 ㄘㄨㄥˊ ㄜˋ ㄖㄨˊ ㄅㄥ

【釋義】意謂順從人爲惡，就像山崩垮一樣容易。
【出處】左丘明・國語・周語下：「諺曰：從善如登，從惡如崩。」
【用法】用以說明一個人跟著惡人去做惡事非常容易。
【例句】古人說：**從惡如崩**，你孩子最近跟幾個不三不四的傢伙鬼混，小心他學壞啊！
【義近】爲惡如崩／爲惡如順水推舟／近墨者黑。
【義反】從善如登／爲善如逆水行舟／近朱者赤。

從諫如流 ㄘㄨㄥˊ ㄐㄧㄢˋ ㄖㄨˊ ㄌㄧㄡˊ

【釋義】從：聽從。諫：直言規勸。如流：像順流的水一樣快。
【出處】班彪・王命論：「見善如不及，用人如由己，從諫如順流，趣時如嚮（響）赴。」
【用法】本指帝王能隨時聽取臣屬的勸諫，今也泛指在上者能樂於接受意見。
【例句】劉備爲人寬厚，**從諫如流**，所以當時有很多人才投奔效忠他。
【義近】從善如流／廣開言路。
【義反】一意孤行／剛愎自用。

循名責實 ㄒㄩㄣˊ ㄇㄧㄥˊ ㄗㄜˊ ㄕˊ

【釋義】循：依照。責：求。
【出處】韓非子・定法：「因任而授官，循名而責實。」
【用法】指就其名而求其實，就其言而觀其行，考察是否名副其實。

【例句】政府對於每一個機關都應**循名責實**，才能收到良好的行政效率。

【義近】綜核名實／察言觀行。

【義反】有名無實／言行不一。

循序漸進（ㄒㄩㄣˊ ㄒㄩˋ ㄐㄧㄢˋ ㄐㄧㄣˋ）

【釋義】循：順，按照。序：次序。漸：逐漸。

【出處】朱熹注論語憲問「不怨天」章：「此但自言其反己自修，循序漸進耳。」

【用法】指學習、工作等要按照一定的步驟逐漸深入。

【例句】學習要**循序漸進**，打好基礎才能向更高深的知識領域邁進。

【義近】按部就班／由淺入深。

【義反】揠苗助長／一步登天。

循規蹈矩（ㄒㄩㄣˊ ㄍㄨㄟ ㄉㄠˋ ㄐㄩˇ）

【釋義】循、蹈：遵守，依照。規、矩：定方圓的標準工具圓規和角尺，比喻規則、準則。

【出處】朱熹・答方賓王書：「循塗守轍，猶言循規蹈矩云爾。」

【用法】指遵守規矩，不敢違反。也用以指拘守成規，不知變通。

【例句】他是個**循規蹈矩**的年輕人，相信日後的前途一定不可限量。

【義近】安分守己／不越雷池。

【義反】胡作非爲／輕舉妄動／無法無天。

循循善誘（ㄒㄩㄣˊ ㄒㄩㄣˊ ㄕㄢˋ ㄧㄡˋ）

【釋義】循循：有次序的樣子。誘：引導。

【出處】論語・子罕：「夫子循循然善誘人；博我以文，約我以禮。」

【用法】指教導有方，善於引導學習。

【例句】經過老師們的**循循善誘**、愛心關懷，那位問題學生已有顯著的改善了。

【義近】諄諄教導。

【義反】誤人子弟／塡鴨硬塞。

微不足道（ㄨㄟˊ ㄅㄨˋ ㄗㄨˊ ㄉㄠˋ）

【釋義】微：細小。足：值得。道：談，說。

【用法】用以說明非常渺小，不值得一談。

【例句】劉姥姥在紅樓夢中可說是個**微不足道**的人物，但作者卻將她寫得栩栩如生。

【義近】微乎其微／不足掛齒／渺不足道。

【義反】碩大無朋／事關重大／牽涉全局。

微乎其微（ㄨㄟˊ ㄏㄨ ㄑㄧˊ ㄨㄟˊ）

【釋義】微：小，少。乎：古漢語助詞。

【出處】爾雅・釋訓：「式微式微者，微乎微者也。」

【用法】形容非常少或非常小。

【例句】一件**微乎其微**的小善行，卻可能改變一個非洲飢民的一生，不要吝嗇付出啊！

【義近】微不足道／無足輕重／滄海一粟。

【義反】舉足輕重／事關重大。

微言大義（ㄨㄟˊ ㄧㄢˊ ㄉㄚˋ ㄧˋ）

【釋義】微言：精微之言。大義：正大的道理。

【出處】漢書・藝文志：「仲尼沒而微言絕，七十子喪而大義乖。」

【用法】用以指言辭精微，涵義深遠。

【例句】你用不著神乎其神的，老實說，我根本看不出這篇文章當中有什麼**微言大義**。

【義近】微言精義／微言大旨。

徹頭徹尾（ㄔㄜˋ ㄊㄡˊ ㄔㄜˋ ㄨㄟˇ）

【釋義】意謂從頭到尾。徹：通，透。又作「徹首徹尾」。

【出處】朱熹・答胡季隨書：「近日學者說得太高了，意思都不確實，不曾見理會得……徹頭徹尾。」

【用法】用以說明事情的自始至終，或事物的徹底性。

【例句】調查局決心要將此案**徹頭徹尾**查個水落石出。

【義近】徹首徹尾／自始至終。

德才兼備（ㄉㄜˊ ㄘㄞˊ ㄐㄧㄢ ㄅㄟˋ）

【釋義】兼備：都具備。又作「才德兼全」。

【出處】李汝珍・鏡花緣一三回：「他不假思索，舉筆成文……眞可算作才德兼全。」

【用法】形容人既有品德，又有才能。

【例句】他是一個**德才兼備**的青年人，故深受上司的器重。

【義近】品學兼優／才德雙全。

【義反】德薄能鮮。

德高望重（ㄉㄜˊ ㄍㄠ ㄨㄤˋ ㄓㄨㄥˋ）

【釋義】望：聲望。重：尊。

【出處】歸有光・上總制書：「伏惟君候，德高望重，謀深慮淵。」

【用法】多用於稱頌年長者品德高尚，聲望極隆。

【例句】王老先生**德高望重**，一言九鼎，他所說的話鄉里之人無不奉為圭臬。

【義近】德隆望尊／齒德俱尊。

【義反】德薄望輕／德薄能鮮。

德薄能鮮（ㄉㄜˊ ㄅㄛˊ ㄋㄥˊ ㄒㄧㄢˇ）

【釋義】薄：淺薄。鮮：少，不足。

【出處】歐陽修・瀧岡阡表：「俾知夫小子修之德薄能鮮，遭時竊位，而幸全大節不辱其先者，其來有自。」

【用法】指德行淺薄，才能不足，不足以擔負重任，接受高位。為自謙之辭。

【例句】承蒙抬舉，委以重任，但我**德薄能鮮**，不勝此職，乞請見諒。

【義近】德薄才疏。

【義反】德隆才高／德尊才優。

心部

心力交瘁（ㄒㄧㄣ ㄌㄧˋ ㄐㄧㄠ ㄘㄨㄟˋ）

【釋義】精神和體力都疲累不堪。交：一齊。

【出處】左傳・昭公一九年：「盡心力而為之，後必有災。」淮陰百一居士・壺天錄卷上：「由此心力交瘁，患疾遂卒。」

【用法】形容人的精神和體力都極度勞累。

【例句】經歷多次失戀的痛苦後，他已**心力交瘁**，絕口不再談感情之事。

【義近】身心俱疲／心力俱殫／心勞力絀。

【義反】心寬體胖／身心安泰。

心不在焉（ㄒㄧㄣ ㄅㄨˋ ㄗㄞˋ ㄧㄢ）

【釋義】心思不在這裏。焉：兼詞，相當於「於此」。

【出處】禮記・大學：「心不在焉，視而不見，聽而不聞，食而不知其味。」

【用法】形容精神不集中。

【例句】這人不知怎麼搞的，做什麼事情都是**心不在焉**的。

【義近】心猿意馬／漫不經心／鴻鵠將至／心有旁騖。

【義反】專心致志／聚精會神／全神貫注。

心心相印（ㄒㄧㄣ ㄒㄧㄣ ㄒㄧㄤ ㄧㄣˋ）

【釋義】不藉言詞，以心相印證。心：心意。印：契合。

【出處】裴休・黃蘗傳心法：「自如來付法迦葉以來，以心印心，心心不異。」

【用法】形容彼此心意相通，想法感情完全一致。

【例句】他倆由初識到熱戀，由於情投意合，**心心相印**，很快就宣布結婚了。

【義近】情投意合／靈犀相通。

【義反】貌合神離／格格不入。

心中有數
ㄒㄧㄣ ㄓㄨㄥ ㄧㄡˇ ㄕㄨˋ

【釋義】心中有個計算或主意，即心裏有底。

【出處】莊子・天道：「不徐不疾，得之於手而應於心，口不能言，有數存焉於其間。」

【用法】說明對情況和問題已大致了解，處理事情有一定的把握。

【例句】對於一件事，首先要大致弄清楚，做到**心中有數**，處理起來才不會出差錯。

【義近】胸有成竹／早有定見／胸中有數。

【義反】徬徨不定／茫然無數／不知所措。

心手相應
ㄒㄧㄣ ㄕㄡˇ ㄒㄧㄤ ㄧㄥˋ

【釋義】意謂得心應手，心裏怎麼想手裏就會怎樣做。

【出處】南史・豫章文獻王嶷傳：「帝嘗論書曰：『筆力勁駿，心手相應。』」

【用法】多用以指技藝精熟。

【例句】學習任何一項技藝，要能達到**心手相應**，才可算是成功了。

【義近】得心應手／心手如一／運作自如。

【義反】手不應心。

心甘情願
ㄒㄧㄣ ㄍㄢ ㄑㄧㄥˊ ㄩㄢˋ

【釋義】意謂自己情願，無人勉強。又作「甘心情願」。

【出處】關漢卿・蝴蝶夢三折：「他便死也我甘心情願。」

【用法】形容完全出於自願，毫無勉強之意。

【例句】這樁婚事完全是我**心甘情願**的，並沒有任何勉強的意思。

【義近】心甘意願／甘心樂意／甘之如飴／死而無怨。

【義反】迫不得已／出於無奈／萬般無奈／死不甘心。

心平氣和
ㄒㄧㄣ ㄆㄧㄥˊ ㄑㄧˋ ㄏㄜˊ

【釋義】不急躁，態度溫和。

【出處】程頤・明道先生行狀：「荊公與先生道不同，而嘗謂先生忠信，先生每與論事，心平氣和。」

【用法】形容遇事平心靜氣，不感情用事。

【例句】他修養很好，無論和什麼人談話，都是**心平氣和**，從不發脾氣。

【義近】心和氣平／平心靜氣／心平氣定／平和從容。

【義反】心浮氣躁／怒不可遏／大發雷霆／暴跳如雷／氣急敗壞。

心安理得
ㄒㄧㄣ ㄢ ㄌㄧˇ ㄉㄜˊ

【釋義】事情做得合理，心裏感到坦然。理：道理，情理。得：適合。

【出處】羽衣女士・東歐三豪傑三回：「原來我們只求自己心安理得，那外界的苦樂原是不足計較。」

【用法】說明自己認為事情做得合乎情理，而感到坦然、踏實。

【例句】為人處事，**心安理得**就行，別人怎樣議論，大可不必計較。

【義近】問心無愧／心安神泰／未做虧心事，不怕鬼敲門。

【義反】問心有愧／忐忑不安／心煩慮亂。

心灰意懶
ㄒㄧㄣ ㄏㄨㄟ ㄧˋ ㄌㄢˇ

【釋義】灰心喪氣，意志消沉。灰：消沉。意：意志。懶：懈怠。

【出處】喬吉・玉交枝・閒適：「陳摶睡足西華山，文王不到磻溪岸，不是我心灰意懶，怎陪伴愚眉肉眼？」

【用法】形容一連遭受挫折、失敗後，失去信心，缺乏進取精神。

【例句】要記住：失敗為成功之

母，我們決不能一失敗就**心灰意懶**。

【義近】灰心喪志／萬念俱灰／意志消沉／一蹶不振／心灰意冷。

【義反】雄心勃勃／雄心壯志／一腔熱血／重振旗鼓／屢仆屢起。

心如刀割（ㄒㄧㄣ ㄖㄨˊ ㄉㄠ ㄍㄜ）

【釋義】心裏像被刀割一樣。

【出處】秦簡夫・趙禮讓肥一折：「眼睜睜俺子母各天涯，想起來我心如刀割，題起來我淚似懸麻。」

【用法】形容心中的痛苦到了極點。

【例句】他得知父親逝世的消息後，**心如刀割**，痛不欲生。

【義近】心如刀絞／心如刀刺／肝腸寸斷／痛不欲生。

【義反】心花怒放／心胸舒坦／心曠神怡。

心如死灰（ㄒㄧㄣ ㄖㄨˊ ㄙˇ ㄏㄨㄟ）

【釋義】死灰：已熄滅的冷灰。

【出處】莊子・齊物論：「形固可使如槁木，而心固可使如死灰乎？」吳沃堯・二十年目睹之怪現狀一回：「一陣的心如死灰。」

【用法】形容已無人世間的種種欲望，灰心到了極點。

【例句】她已對人生徹底失望，無論你怎樣開導，仍然**心如死灰**。

【義近】心如死水／萬念俱灰／槁木死灰／心灰意冷。

【義反】重現生機／曙光再現／奮發圖強。

心如懸旌（ㄒㄧㄣ ㄖㄨˊ ㄒㄩㄢˊ ㄐㄧㄥ）

【釋義】懸旌：高高懸掛的旗幟，隨風搖擺，故用以比喻心意搖擺不定。

【出處】司馬遷・史記・蘇秦傳：「心搖搖然如懸旌，而無所終薄。」

【用法】形容人心神動搖，進退不定。

【例句】他這幾天被兒女的婚事弄得**心如懸旌**，不知如何是好。

【義近】心動神搖／心煩意亂／心神不定。

【義反】心如鐵石／心安神定。

心血來潮（ㄒㄧㄣ ㄒㄧㄝˇ ㄌㄞˊ ㄔㄠˊ）

【釋義】心裏的血像到來的潮水。來潮：潮水上漲。

【出處】許仲琳・封神演義三四回：「但凡神仙，煩惱、嗔癡、愛欲三事永忘，其心如石，再不動搖；心血來潮者，心中忽動耳。」

【用法】形容忽然產生的念頭。

【例句】他平日總是待在家裏讀書做學問，今天不知怎麼了**心血來潮**，竟有雅興來逛超市。

【義近】靈機一動／突然之間／念頭一閃。

【義反】蓄意已久／謀定而動。

心有餘悸（ㄒㄧㄣ ㄧㄡˇ ㄩˊ ㄐㄧˋ）

【釋義】指事後心裏還感到害怕，悸：驚懼，心跳。

【用法】形容危險雖已過去，心裏還感到害怕不安。

【例句】自從那次飛機失事後，他一直**心有餘悸**，再也不敢坐飛機了。

【義近】驚魂未定／驚弓之鳥／一旦被蛇咬，十年怕草繩。

【義反】無所畏懼／泰然處之。

心有餘而力不足（ㄒㄧㄣ ㄧㄡˇ ㄩˊ ㄦˊ ㄌㄧˋ ㄅㄨˋ ㄗㄨˊ）

【釋義】心裏想去做，但力量不夠。有餘：有足夠的願望。

【出處】曹雪芹・紅樓夢二五回：「阿彌陀佛！我手裏但凡從容些，也時常來上供，只是心有餘而力不足。」

【用法】比喻無能爲力。一般用於願意做某事而力量做不到，有時也用作有力而不願出力的托詞。

【例句】這件事不是我不肯幫忙，實在是**心有餘而力不足**。

【義近】力不從心／有心無力／心餘力絀。

【義反】力所能及／行有餘力／力能勝任。

心有靈犀一點通（ㄒㄧㄣ ㄧㄡˇ ㄌㄧㄥˊ ㄒㄧ ㄧˋ ㄉㄧㄢˇ ㄊㄨㄥ）

【釋義】靈犀：靈異的犀牛角。一點通：傳說犀牛角中有白紋如線，從角尖通向頭腦，感應靈敏。

【出處】李商隱・無題：「身無彩鳳雙飛翼，心有靈犀一點通。」

【用法】比喻彼此心意相通，無需憑藉語言，和對方的心思即能心領神會。

【例句】他們夫妻倆不約而同地穿上同一色系的衣服，可謂**心有靈犀一點通**，太有默契了。

【義近】心心相印／兩意相通／情投意合／靈犀一點。

【義反】格格不入／貌合神離。

心到神知（ㄒㄧㄣ ㄉㄠˋ ㄕㄣˊ ㄓ）

【釋義】只要誠心敬神，用不著煩瑣的禮儀，神也會知道而降福。

【出處】曹雪芹・紅樓夢一一回：「大老爺原是好養靜的，已修煉成了，也算得成仙了。太太們這麼一說，就叫作心到神知了。」

【用法】比喻只要誠心待人，無需做表面功夫，別人自會領會。

【例句】對待知心朋友，無需曲意奉承，只要真心相待，自然就能**心到神知**。

【義近】心領神會／心照不宣／心知其意。

【義反】對牛彈琴／死腦筋／死心眼。

心服口服（ㄒㄧㄣ ㄈㄨˊ ㄎㄡˇ ㄈㄨˊ）

【釋義】心裏和口頭上都信服。服：信服。

【出處】曹雪芹・紅樓夢五九回：「如今請出一個管得著的人來管一管，嫂子就心服口服，也知道規矩了。」

【用法】表示完全信服，有時含有欽佩的意思。

【例句】老師只要言行一致，事事做表率，學生自然會**心服口服**。

【義近】心悅誠服／五體投地／首肯心折／蹶角受化。

【義反】貌恭心不服／敢怒不敢言／陽奉陰違。

心直口快（ㄒㄧㄣ ㄓˊ ㄎㄡˇ ㄎㄨㄞˋ）

【釋義】爲人爽快，心裏想什麼就說什麼。

【出處】張國寶・羅李郎四折：「哥哥是心直口快射糧軍，哥哥是好人，我這裏低腰曲背進衙門。」

【用法】形容性情直爽，說話爽快。

【例句】他是個**心直口快**，說話從不拐彎子，喜怒哀樂全掛在臉上的人。

【義近】快人快語／口不擇言／言無粉飾／直言無隱。

【義反】守口如瓶／吞吞吐吐／欲言又止。

心花怒放（ㄒㄧㄣ ㄏㄨㄚ ㄋㄨˋ ㄈㄤˋ）

【釋義】心裏高興得像花朵盛開。怒放：盛開。

【出處】曾樸・孽海花九回：「雯青這一喜，直喜得心花怒放，意蕊橫飛。」

【用法】形容喜悅、高興的到了極點。

【例句】最近他喜事連連，不僅升了官也得了一個兒子，難怪他樂得**心花怒放**，笑得合不攏嘴。

【義近】笑逐顏開／欣喜若狂／興高采烈。

【義反】愁腸寸斷／愁腸百結／心如死灰／胸有塊壘。

心往神馳

【釋義】心神嚮往。馳：奔也。

【出處】歐陽修・祭杜公文：「繫官在朝，心往神馳，送不臨穴，哭不望帷。」

【用法】形容一心嚮往，思慕之情不能自持。

【例句】陶淵明所闢的桃花源，令身處紅塵俗世的人們**心往神馳**。

【義近】心馳神往／意往神馳／悠然神往／一心嚮往。

【義反】無動於衷／毫無所謂／淡然處之。

心急如焚

【釋義】心裏急得像著了火一樣。焚：燒。

【出處】韋莊・秋日早行詩：「行人自是心如火，兔走烏飛不覺長。」

【用法】形容異常焦急的心情。

【例句】我的孩子在街上走失了，找了半天也沒找著，我怎能不**心急如焚**哩！

【義近】心急火燎／心如火焚／急如星火。

【義反】從容不迫／不慌不忙／處之泰然／慢條斯理。

心神不定

【釋義】心神不安定。定：平靜。

【出處】馮夢龍・平妖傳五回：「這般繁華去處，怕你們心神不定，惹出什麼是非也。」

【用法】形容人的精神情緒很不安定。

【例句】自從他太太離家出走後，他就一直**心神不定**，吃不好睡不著。

【義近】心神恍惚／七上八下／心緒不安／心神不寧／失魂落魄。

【義反】情緒安定／氣定神閒／心安神穩／心如止水／心安理得／好整以暇。

心高氣傲

【釋義】意謂心志高傲，不願順從他人。

【出處】文康・兒女英雄傳二五回：「原想姑娘心高氣傲，不耐煩詳細領會鄧九公的意思，所以……。」

【用法】形容人桀傲不馴。

【例句】他向來就是這樣**心高氣傲**，你又何必硬要他聽從你呢？

【義近】心比天高／桀傲不馴／盛氣凌人／趾高氣揚／飛揚跋扈。

【義反】平易近人／平等待人／謙卑自牧。

心悅誠服

【釋義】心裏喜悅，眞誠佩服。誠：確實。

【出處】孟子・公孫丑上：「以力服人者，非心服也，力不贍也。以德服人者，中心悅而誠服也。」

【用法】形容對別人眞心服從或佩服。

【例句】指責別人要擺出事實，講清道理，這樣才能使人**心悅誠服**。

【義近】心服口服／拳拳服膺／首肯心折／五體投地。

【義反】口服心不服／敢怒不敢言／陽奉陰違／貌恭神離。

心術不正

【釋義】心術：思想和心計。

【出處】石玉琨・三俠五義八三回：「不多時，只見帶上了個欺心背反……一片心術不正的總管馬朝賢來。」

【用法】形容人心機多詐，或存心不善。

【例句】此人**心術不正**，老愛設計陷害人，很難成爲知心的朋友。

【義近】居心不良／居心叵測／心懷鬼胎／詭計多端。

【義反】心地善良／嶔崎磊落／

心胸坦蕩。

心勞日拙 ㄒㄧㄣ ㄌㄠˊ ㄖˋ ㄓㄨㄛˊ

【釋義】心勞：勞心，費盡心機。日：一天天地。拙：笨拙，糟糕。

【出處】尚書・周官：「作德，心逸日休；作僞，心勞日拙。」

【用法】形容費盡心力，反而越弄越糟。多用作貶義詞。

【例句】他本來就不是專長於此，故從事此業太過吃力，甚至弄到**心勞日拙**，難以收拾的地步。

【義近】弄巧成拙。

【義反】心逸日休。

心無二用 ㄒㄧㄣ ㄨˊ ㄦˋ ㄩㄥˋ

【釋義】心一時只能專注於一事，即一心不能兩用。

【出處】劉晝・劉子新論・專學：「而不能者，由心不兩用，則手不並運也。」馮夢龍・古今小說：「自古道心無二用。」

【用法】形容心思不能同時用在兩件事上，精神要集中。

【例句】不管是讀書或做任何一件事，但求**心無二用**，才能有所斬獲。

【義近】專心致志／聚精會神／全神貫注／心不兩用／心無旁騖。

【義反】心不在焉／人在此心在彼／魂不守舍／心猿意馬／三心二意。

心煩意亂 ㄒㄧㄣ ㄈㄢˊ ㄧˋ ㄌㄨㄢˋ

【釋義】心情煩躁，思緒紛亂。

【出處】屈原・卜居：「屈原既放，三年不得復見，竭智盡忠，而蔽障於讒。心煩意亂，不知所從。」

【用法】形容苦悶焦躁的心情。

【例句】連日陰雨不斷，使人**心煩意亂**，鬱結的心情難以開朗。

【義近】心亂如麻／煩躁不安／心意煩擾。

【義反】心曠神怡／心意愉悅／心安神穩／心神俱暢。

心慌意亂 ㄒㄧㄣ ㄏㄨㄤ ㄧˋ ㄌㄨㄢˋ

【釋義】心裏慌張，亂了主意。

【出處】錢彩・說岳全傳一二回：「那梁三震的兩臂酥麻，叫聲：『不好！』不由心慌意亂，再一刀砍來。」

【用法】形容一時發慌，思想紊亂，不知該怎麼辦才好。

【例句】做大事的人遇到任何險阻都能冷靜處理，決不**心慌意亂**。

【義近】方寸已亂／神昏意亂／心忙意亂／意急心忙。

【義反】心平氣和／神安氣定／心安意穩／心安理得／氣定神閒。

心寬體胖 ㄒㄧㄣ ㄎㄨㄢ ㄊㄧˇ ㄆㄢˊ

【釋義】胖：安舒。一作「心廣體胖」。

【出處】禮記・大學：「富潤屋，德潤身，心廣體胖。」

【用法】形容心胸開闊或無事煩擾，而身體發胖。

【例句】他這幾年來由於事業穩定，故**心寬體胖**，體重節節上揚。

【義近】心廣體胖。

【義反】心力交瘁。

心照不宣 ㄒㄧㄣ ㄓㄠˋ ㄅㄨˋ ㄒㄩㄢ

【釋義】心裏知曉，不用說明。照：默契，知道。宣：公開說出。

【出處】潘岳・夏侯常侍誄：「心照神交，惟我與子。」曾樸・孽海花三一回：「大家也就心照不宣了。」

【用法】彼此心裏明白，而不公開說出來。

【例句】工程弊案、官商勾結已是公開的祕密，大家都**心照不宣**。

【義近】心照神交／心領神會／心有默契／心知肚明。

【義反】百思不解／無法溝通。

心腹之患（ㄒㄧㄣ ㄈㄨˋ ㄓ ㄏㄨㄢˋ）

【釋義】指體內致命的疾病。一作「心腹之疾」。心腹：喻深處。患：禍害。
【出處】左傳・哀公一一年：「越在，我心腹之疾也。」後漢書・陳蕃傳：「今寇賊在外，四支之疾；內政不理，心腹之患。」
【用法】比喻嚴重的隱患。
【例句】周瑜千方百計想除掉孔明這個**心腹大患**，幸好孔明機智而逃過一劫。
【義近】不定時炸彈／慶父不死魯難未已。
【義反】纖介之禍。

心猿意馬（ㄒㄧㄣ ㄩㄢˊ ㄧˋ ㄇㄚˇ）

【釋義】形容心神不定，有如猿猴跳躍、快馬奔馳那樣難以控制。
【出處】維摩詰經・菩薩品：「卓定深沉莫測量，心猿意馬罷顛狂。」
【用法】形容心意不專，欲念難以控制。
【例句】無論做什麼事，都應專心一致，切莫**心猿意馬**。
【義近】三心二意／心神不定／心不在焉／心存鴻鵠。
【義反】一心一意／心神專注／專心致志／全心全意。

心亂如麻（ㄒㄧㄣ ㄌㄨㄢˋ ㄖㄨˊ ㄇㄚˊ）

【釋義】心中煩亂無緒，像一團亂麻。
【出處】羣音類選・金釧記：「尋寶釧，撥殘花，只愁打草反驚蛇，那姣娥心亂如麻，枉猜疑我拿。」
【用法】形容心情十分煩亂。
【例句】一想到事情尚未解決，他就**心亂如麻**，難以入眠。
【義近】心慌意亂／心煩意亂／心神不定。
【義反】心如止水／心平氣和。

心滿意足（ㄒㄧㄣ ㄇㄢˇ ㄧˋ ㄗㄨˊ）

【釋義】心願得到滿足。
【出處】馮夢龍・警世通言卷二：「老蒼頭道：『我家王孫曾有言，若得像娘子一般豐韻的，他就心滿意足。』」
【用法】說明心中十分滿足。
【例句】本來是不安現狀的她，結婚以後，幸福的婚姻生活讓她**心滿意足**，不再奢求擁有一切。
【義近】心滿願足／稱心如意／如願以償／十分愜意。
【義反】大失所望／事與願違／宿願難償。

心領神會（ㄒㄧㄣ ㄌㄧㄥˇ ㄕㄣˊ ㄏㄨㄟˋ）

【釋義】心裏領悟明白。領、會：領悟，理解。
【出處】李東陽・麓堂詩話：「苟非心領神會，自有所得，雖日提耳而教之，無益也。」
【用法】形容不用明說，心裏已經領會。
【例句】聰明反應快的學生，對老師的講解較能**心領神會**。
【義近】心會意契／心照不宣／心照神交／心融神悟。
【義反】一竅不通／莫名其妙／心智遲鈍／百言不明。

心潮澎湃（ㄒㄧㄣ ㄔㄠˊ ㄆㄥˊ ㄆㄞˋ）

【釋義】心裏像浪濤一樣翻騰。澎湃：波浪激蕩。
【用法】形容心情不平靜，非常激動。
【例句】每當憶起少年時的那份執著，那份滿腔熱血的情懷，就不禁令人**心潮澎湃**。
【義近】思潮澎湃／心潮起伏／浮想聯翩。
【義反】心如死灰／心灰意冷／心如古井。

心曠神怡（ㄒㄧㄣ ㄎㄨㄤˋ ㄕㄣˊ ㄧˊ）

【釋義】曠：開闊，開朗。怡：

愉快。

【出處】范仲淹・岳陽樓記：「登斯樓也，則有心曠神怡，寵辱皆忘，把酒臨風，其喜洋洋者矣。」

【用法】形容胸襟開闊，精神愉快。

【例句】久雨初晴，登上峰頂，遙望全城，令人**心曠神怡**。

【義近】心往神馳／心花怒放／心神俱暢。

【義反】心煩意亂／憂讒畏譏／心情沮喪／鬱鬱寡歡。

心懷叵測 ㄒㄧㄣ ㄏㄨㄞˊ ㄆㄛˇ ㄘㄜˋ

【釋義】居心險惡，難以測度。叵：不可。

【出處】羅貫中・三國演義五七回：「馬騰兄子馬岱諫曰：『曹操心懷叵測，叔父若往，恐遭其害。』」

【用法】說明心裏藏著不可窺測的壞主意，用於貶意。

【例句】他這個人**心懷叵測**，我眞猜不透他究竟想幹什麼。

【義近】居心叵測／居心不良／存心不良／心懷鬼胎／心術不正。

【義反】襟懷坦蕩／光明磊落／正大光明。

心驚肉跳 ㄒㄧㄣ ㄐㄧㄥ ㄖㄡˋ ㄊㄧㄠˋ

【釋義】也作「心驚肉戰」。跳、戰，均為抖動之意。

【出處】元・無名氏・爭報恩：「不知怎麼，這一會兒心驚肉戰。」曹雪芹・紅樓夢一〇五回：「賈政在外，心驚肉跳。」

【用法】形容極其恐懼不安，擔心災禍臨頭。

【例句】自從丈夫葬身大海後，她一聽到波濤的轟鳴和狂風的怒吼，便感到**心驚肉跳**。

【義近】心驚膽戰／心神不寧／忐忑不安。

【義反】神色自如／泰然處之／心安神定／泰然自若／面不改色／陽陽如常。

心驚膽戰 ㄒㄧㄣ ㄐㄧㄥ ㄉㄢˇ ㄓㄢˋ

【釋義】戰：發抖，也作「顫」。

【出處】關漢卿・魯齋郎一折：「我恰便是履深淵，把不定心驚膽戰，有這場死罪愆。」

【用法】形容極度驚恐。

【例句】我走近懸崖邊，往下一看，原來是萬丈深淵，眞教人**心驚膽戰**。

【義近】膽顫心驚／膽顫心搖／提心吊膽／心顫魂飛／魂飛魄散。

【義反】神色不驚／泰然自若／膽大無畏。

必由之路 ㄅㄧˋ ㄧㄡˊ ㄓ ㄌㄨˋ

【釋義】一定要經過的道路。由：經過。

【出處】孟子・告子上：「仁，人心也；義，人路也。」朱熹注：「謂人之路，則可以見其出入往來必由之路，而不可須臾舍也。」

【用法】泛指事物必須遵循的規律或做事必須遵守的方法。

【例句】中國終究要歸於一統，這是時代賦予我們的使命，也是歷史的**必由之路**。

【義近】必經之路／唯一道路。

【義反】枉道而行／門路甚多。

必恭必敬 ㄅㄧˋ ㄍㄨㄥ ㄅㄧˋ ㄐㄧㄥˋ

【釋義】必：一定。恭：謙遜有禮貌。敬：尊敬，有禮貌地對待。又作「畢恭畢敬」。畢，完全。

【出處】詩經・小雅・小弁：「維桑與梓，必恭敬止。」秋瑾・致秋譽章書：「一桌菜祭之，必恭必敬，即盡人子之孺慕。」

【用法】形容待人接物十分恭敬有禮。

【例句】他做事態度非常嚴謹，待人更是**必恭必敬**，是一位眞正的讀書人。

【義近】肅然起敬／彬彬有禮／溫文儒雅。

【義反】元龍高臥／倨傲鮮腆／粗俗無禮。

必傳之作（ㄅㄧˋ ㄔㄨㄢˊ ㄓ ㄗㄨㄛˋ）

【釋義】能傳於後世的著作。

【出處】漢書・揚雄傳載：雄死，王邑「謂桓譚曰：『子嘗稱揚雄書，豈能傳於後世乎？』譚曰：『必傳』。」

【用法】用以稱有長遠價值的著作，不會被時間淘汰。

【例句】胡適先生爲一代文學家，他一生辛勤筆耕，留下了許多**必傳之作**。

【義近】不朽之作／不刊之論／千古名著／經典之作／不易之論／風雨名山之業。

【義反】不經之談／無聊之作／浮泛之論／游戲筆墨。

忐忑不安（ㄊㄢˇ ㄊㄜˋ ㄅㄨˋ ㄢ）

【釋義】忐忑：心神不定。一作「忐忑不定」。

【出處】李寶嘉・官場現形記三四回：「我本是一個沒有省分的人，現在忽然歸了特旨班……因此心上忐忑不定。」

【用法】形容心神很不安定。

【例句】他最近腹部經常疼痛，自以爲得了癌症，心上一直**忐忑不安**，經醫院化驗無礙後，才放下心來。

【義近】七上八下／忐忑不寧／惴惴不安／惶恐不安。

【義反】心安理得／泰然自若／泰然處之／心穩神定。

志士仁人（ㄓˋ ㄕˋ ㄖㄣˊ ㄖㄣˊ）

【釋義】指有宏偉志向和道德高尚的人。仁：仁愛，道德高尚。

【出處】論語・衛靈公：「志士仁人，無求生以害仁，有殺身以成仁。」

【用法】多用以指有節操，公而忘私的人。

【例句】在我國歷史上，有許多**志士仁人**，爲國家和民族的利益獻出了自己的生命。

【義近】正人君子／狷介之士。

【義反】無恥之徒／狐鼠之輩。

志大才疏（ㄓˋ ㄉㄚˋ ㄘㄞˊ ㄕㄨ）

【釋義】志：志向，抱負。才：才能。疏：粗疏，淺薄。

【出處】後漢書・孔融傳：「融負其高氣，志在靖難，而才疏意廣，迄無成功。」宋史・王安禮傳：「志大才疏。」

【用法】用以說明人志向遠大而才能低下。

【例句】這個人眼高手低，**志大才疏**，將來肯定沒有多大的出息。

【義近】眼高手低／志大才庸／意廣才疏／好高騖遠。

【義反】德才兼備／才德相孚。

志在千里（ㄓˋ ㄗㄞˋ ㄑㄧㄢ ㄌㄧˇ）

【釋義】志在日行千里。

【出處】曹操・步出夏門行第四首：「老驥伏櫪，志在千里；烈士暮年，壯心不已。」

【用法】比喻人志向遠大，不圖眼前的利益。

【例句】一個人不應滿足於眼前的小功小利，要放眼四海，**志在千里**，去成就一番偉大的事業。

【義近】雄心壯志／鴻鵠之志／志在四方。

【義反】燕雀小志／蜩鳩之志。

志在四方（ㄓˋ ㄗㄞˋ ㄙˋ ㄈㄤ）

【釋義】四方：指天下、國家。

【出處】關漢卿・裴度還帶三折：「立忠信男兒志四方。」馮夢龍・東周列國志二五回：「男兒志在四方。」

【用法】形容有遠大的志向和抱負。

【例句】好男兒**志在四方**，你何必要老是留戀鄉土親人，不肯出國深造呢？

【義近】四方之志／大鵬之志／胸懷大志／志在千里。

【義反】求田問舍／小人之志／胸無大志／短視近利。

志同道合（ㄓˋ ㄊㄨㄥˊ ㄉㄠˋ ㄏㄜˊ）

【釋義】志：志向。道：方向，道路。

【出處】陳壽・三國志・魏志・陳思王植傳：「(伊尹、呂望)及其見舉於湯武、周文，誠道合志同，玄謨神通。」

【用法】說明志願、理想、意見相合，信仰一致。

【例句】眞正幸福的愛情，應建立在**志同道合**的基礎上，這樣才更有把握白頭到老。

【義近】志趣相投／意氣相投。

【義反】不相爲謀／各奔前程／扞格不入／貌合神離。

忘年之交（ㄨㄤˋ ㄋㄧㄢˊ ㄓ ㄐㄧㄠ）

【釋義】忘年：不計較年齡大小、輩分高低。

【出處】後漢書・禰衡傳：「禰衡有逸才，少與孔融交。時衡未滿二十，而融已五十，爲忘年交。」

【用法】指不拘年歲輩分，而成爲莫逆之交。

【例句】他倆一老一少，却無話不談，大家都稱他們爲**忘年之交**。

【義近】忘形之交／忘言之交／老少知己。

【義反】同年之交／同窗之友。

忘其所以（ㄨㄤˋ ㄑㄧˊ ㄙㄨㄛˇ ㄧˇ）

【釋義】所以：由來，依據。此指適宜的舉動。

【出處】馮夢龍・醒世恆言卷一三回：「夫人傾身陪奉，忘其所以。」

【用法】指因過分興奮或得意而忘了應有的舉止。

【例句】成功者應該謙虛謹愼，不能驕傲自滿，**忘其所以**。

【義近】得意忘形／忘乎所以。

【義反】謙虛謹愼／有禮有節／舉止得體／寵辱不驚。

忘恩負義（ㄨㄤˋ ㄣ ㄈㄨˋ ㄧˋ）

【釋義】忘記恩情，背棄道義。恩：恩惠。負：辜負，違背。

【出處】魏書・蕭寶夤傳：「背恩忘義，梟獍其心。」楊文奎・兒女團圓二折：「他怎生忘恩負義？」

【用法】指忘記別人對自己的好處，反而做出對不起別人的事。

【例句】沒想到他飽讀詩書，竟做出如此**忘恩負義**的事，眞令人痛心。

【義近】過河拆橋／恩將仇報／違恩負義。

【義反】感恩戴德／飲水思源／結草銜環／知恩圖報。

忍俊不禁（ㄖㄣˇ ㄐㄩㄣˋ ㄅㄨˋ ㄐㄧㄣ）

【釋義】忍俊：含笑。不禁：不能自制，控制不住。

【出處】悟明・聯燈會要卷一六：「山僧昨日入城，見一棚傀儡……山僧忍俊不禁。」

【用法】指忍不住要發笑。

【例句】看著這些五、六歲的孩子，裝上鬍子跳起新疆舞亞克西，人們都**忍俊不禁**，大笑起來。

【義近】令人噴飯／啞然失笑。

【義反】默然不言／淡然置之。

忍氣吞聲（ㄖㄣˇ ㄑㄧˋ ㄊㄨㄣ ㄕㄥ）

【釋義】忍：忍耐。吞聲：不敢出聲。

【出處】京本通俗小說・菩薩蠻：「錢都管……罵了一頓，走開去了。張老只得忍氣吞聲回來，與女兒說知。」

【用法】指受了氣勉強忍耐，有話不敢說出來。

【例句】爲了顧全大局，她**忍氣吞聲**接受眾人的嘲諷。

【義近】飲恨吞聲／含垢忍辱／忍尤攘垢／逆來順受／委曲求全／含蘖茹苦。

忍辱負重 ㄖㄣˇ ㄖㄨˋ ㄈㄨˋ ㄓㄨㄥˋ

【釋義】忍辱：忍受屈辱。負重：負擔重任。

【出處】陳壽・三國志・吳志・陸遜傳：「國家所以屈諸君使相承望者，以僕有尺寸可稱，能忍辱負重故也。」

【用法】形容一個人爲了顧全大局，容忍恥辱勞怨而肩負重任。

【例句】抗日期間，有些人**忍辱負重**，扮作漢奸與日人周旋，不知受了多少委屈。

【義近】忍辱含垢／臥薪嘗膽。

忍無可忍 ㄖㄣˇ ㄨˊ ㄎㄜˇ ㄖㄣˇ

【釋義】無：不。又作「忍不可忍」。原義是忍受常人所不能忍之事。

【出處】陳壽・三國志・魏志・孫禮傳：「(孫禮) 涕泣橫流。宣王曰：『且止，忍不可忍。』」

【用法】形容忍受到無法再忍受下去了。

【例句】在這種羞辱下，我實在**忍無可忍**，非出來把話說清楚不可。

忙忙碌碌 ㄇㄤˊ ㄇㄤˊ ㄌㄨˋ ㄌㄨˋ

【釋義】忙忙：事務繁冗不得空閒。碌碌：勞苦忙碌。

【出處】王元壽・景園記傳奇一五：「看渠忙忙碌碌，到羅里去。」

【用法】形容事務繁冗，勞苦奔波而無暇自顧。

【例句】他一天到晚**忙忙碌碌**，連假日也不能休息，實在太辛苦了。

【義近】忙忙叨叨／衣不解帶／棲棲遑遑／孜孜矻矻／汲汲不息。

【義反】悠閒自在／無所事事／清閒優遊。

忙裏偷閒 ㄇㄤˊ ㄌㄧˇ ㄊㄡ ㄒㄧㄢˊ

【釋義】在繁忙中抽出閒暇。偷：抽出。閒：空閒，閒暇。

【出處】黃庭堅・和答趙令同前韻詩：「人生政自無閒暇，忙裏偷閒得幾回。」

【用法】形容在百忙中抽出一點閒暇時間。

【例句】他的工作的確很忙，但他善於安排，還能**忙裏偷閒**利用假日陪家人遊山玩水。

【義近】忙中偷閒／偷得浮生半日閒。

【義反】分身乏術。

快人快語 ㄎㄨㄞˋ ㄖㄣˊ ㄎㄨㄞˋ ㄩˇ

【釋義】爽快人說爽快話。快：爽快，痛快。

【出處】蔡東藩・五代史誼義三回：「我恐朱氏一族，將被汝覆滅了！」批語：「快人快語。」

【用法】用以稱讚人直爽，說話痛快。

【例句】劉先生眞是**快人快語**，一語中的，令我深感佩服。

【義近】心直口快／直言不諱。

【義反】吞吞吐吐／支吾其詞／拙嘴笨腮／閃爍其詞。

快刀斬亂麻 ㄎㄨㄞˋ ㄉㄠ ㄓㄢˇ ㄌㄨㄢˋ ㄇㄚˊ

【釋義】斬：一作「斷」。亂麻：指問題複雜棘手。

【出處】北齊書・文宣紀：「高祖(高歡) 嘗試觀諸子意識，各使治亂絲，帝(高洋) 獨抽刀斬之，曰：『亂者須斬。』」

【用法】比喻以果斷迅捷的手段，解決紛繁糾葛的事情。

【例句】你不要這樣婆婆媽媽的，**快刀斬亂麻**，問題才能迅速解決。

【義近】雷厲風行／一刀兩斷／毅然決然。

【義反】拖泥帶水／優柔寡斷／猶豫不決。

快馬加鞭 ㄎㄨㄞˋ ㄇㄚˇ ㄐㄧㄚ ㄅㄧㄢ

【釋義】跑得快的馬再加上一鞭子，使馬跑得更快。
【出處】道源・景德傳燈錄卷六：「快馬一鞭，快人一言。」徐仲田・殺狗記：「何不快馬加鞭，逕趕至蒼山，救取伯伯。」
【用法】比喻快上加快，加速前進。
【例句】眼見工程進度落後許多，施工單位只好**快馬加鞭**，日夜不休，以求如期完工。
【義近】馬不停蹄／輕車快馬／急如星火。
【義反】蝸行牛步／慢條斯理。

快意當前 ㄎㄨㄞˋ ㄧˋ ㄉㄤ ㄑㄧㄢˊ

【釋義】快意：舒適，稱心。當前：眼前。
【出處】李斯・諫逐客書：「快意當前，適觀而已矣。」
【用法】多用以說明圖一時之快樂。
【例句】會過日子的人，應該妥善做好生涯規畫，不能只求**快意當前**。
【義近】今朝有酒今日醉。
【義反】放眼未來／深謀遠慮。

忤逆不孝 ㄨˇ ㄋㄧˋ ㄅㄨˋ ㄒㄧㄠˋ

【釋義】忤逆：不順從。
【出處】王實甫・破窰記：「狀元郎讎恨記在心懷，忤逆女將爺娘不認睬。」
【用法】指子女不順從、不孝敬父母。
【例句】對父母**忤逆不孝**的人，簡直連禽獸都不如。
【義近】孤犢觸乳。
【義反】老牛舐犢／烏鳥私情／王祥臥冰／昏定晨省／慈烏反哺／跪乳孝思。

忠心耿耿 ㄓㄨㄥ ㄒㄧㄣ ㄍㄥˇ ㄍㄥˇ

【釋義】耿耿：忠誠的樣子。
【出處】李汝珍・鏡花緣五七回：「當日令尊伯伯為國捐軀，雖大事未成，然忠心耿耿，自能名垂不朽。」
【用法】形容非常忠誠。
【例句】他對黨國**忠心耿耿**，雖屢遭冤屈，仍誓無二志。
【義近】赤膽忠心／忠肝義膽／忠貞不二。
【義反】心懷叵測／心懷異志／心懷不軌。

忠言逆耳 ㄓㄨㄥ ㄧㄢˊ ㄋㄧˋ ㄦˇ

【釋義】忠言：誠懇勸告的話。逆耳：刺耳，耳所不願聞。
【出處】司馬遷・史記・留侯世家：「且忠言逆耳利於行，毒藥苦口利於病。」
【用法】用以說明正直的規勸，聽起來不順耳。
【例句】我承認我說的這些話很不中聽，但**忠言逆耳**，望你多加思量。
【義近】良藥苦口。
【義反】阿諛奉承／順耳之言。

忠肝義膽 ㄓㄨㄥ ㄍㄢ ㄧˋ ㄉㄢˇ

【釋義】意即赤膽忠心，指忠貞而富於血性。
【出處】汪元量・浮丘道人・招魂歌：「忠肝義膽不可狀，要與人間留好樣。」
【用法】用以形容於國於民忠誠不二，敢以身殉職。
【例句】黃花崗七十二烈士，是**忠肝義膽**的革命菁英。
【義近】忠誠壯烈／忠貞義勇／赤膽忠心。
【義反】貪生怕死／賣國求榮／叛國投敵。

忠貞不渝 ㄓㄨㄥ ㄓㄣ ㄅㄨˋ ㄩˊ

【釋義】忠貞：忠誠堅貞。渝：變。
【出處】左丘明・國語・晉語二：「昔君問臣事君於我，我對以忠貞……。」
【用法】用以形容忠誠堅定，永不改變。

【例句】①她對愛情**忠貞不渝**，是位難得的好女子。②他對國家**忠貞不渝**，處處以國事爲重。
【義近】忠貞不二／忠誠不渝／矢志無他／至死不渝。
【義反】朝秦暮楚／喜新厭舊／朝三暮四。

忠厚老誠（ㄓㄨㄥ ㄏㄡˋ ㄌㄠˇ ㄔㄥˊ）

【釋義】忠厚：忠實厚道。老誠：誠實，不詭詐。
【出處】石玉琨・七俠五義二回：「那包山忠厚老誠，正直無私。」
【用法】形容爲人寬厚有德，公正無私。
【例句】你儘管放心，我這位朋友**忠厚老誠**，他決不會欺騙你的。
【義近】老實厚道／誠實懇切／寬厚仁慈。
【義反】詭計多端／狡猾欺詐／心狠手辣。

念念不忘（ㄋㄧㄢˋ ㄋㄧㄢˋ ㄅㄨˋ ㄨㄤˋ）

【釋義】念念：時刻思念。
【出處】朱子全書・論語：「言其於忠信篤敬，念念不忘。」
【用法】形容常常思念，總忘不了。
【例句】他**念念不忘**兒時在故鄉的那段悠然歲月。
【義近】朝思暮想／日夜思念。
【義反】置之不理／早已淡忘。

念念有詞（ㄋㄧㄢˋ ㄋㄧㄢˋ ㄧㄡˇ ㄘˊ）

【釋義】念念：反覆地念誦。原指佛徒不停地念經文。
【出處】施耐庵・水滸傳五一回：「宋江不等那風到，口中也念念有詞，左手捏訣，右手把劍一指。」
【用法】形容人默默地叨念不已或嘟嘟囔囔細語不停。
【例句】這老太婆一天到晚口中**念念有詞**，卻又聽不清楚她究竟在說些什麼，大概是在責怪兒孫們吧。
【義近】自言自語／喃喃不休／呶呶不休。
【義反】默默無語／寡言少語。

念茲在茲（ㄋㄧㄢˋ ㄗ ㄗㄞˋ ㄗ）

【釋義】念念不忘其所應該做的事情。茲：此，這個。
【出處】尙書・大禹謨：「帝念哉，念茲在茲，釋茲在茲。」
【用法】用以說明一個人專心致志，力行其事，無一時一刻忘懷其職責。
【例句】父母之恩不敢或忘，爲人子者當**念茲在茲**，好好孝順父母親。
【義近】念念不忘／時刻銘記／專心致志。
【義反】置之腦後／心不在焉。

思不出位（ㄙ ㄅㄨˋ ㄔㄨ ㄨㄟˋ）

【釋義】指所思所想不超出其職權範圍。
【出處】論語・憲問：「曾子曰：『君子思不出其位。』」
【用法】用以說明爲人要守本分，當慮則慮，不可越權限。
【例句】古有明訓：**思不出位**，這件事就讓經理去傷腦筋，你又何必太傷神呢？
【義近】不在其位不謀其政／思不出軌。
【義反】越俎代庖／代下司職。

思賢如渴（ㄙ ㄒㄧㄢˊ ㄖㄨˊ ㄎㄜˇ）

【釋義】思念賢才像口渴思飲那樣迫切。賢：賢才。一作「思賢若渴」。
【出處】陳壽・三國志・蜀志・諸葛亮傳：「總攬英雄，思賢如渴。」
【用法】形容招納人才的急切心情。
【例句】這家公司**思賢如渴**，不惜重金挖角別家公司的優秀人才。
【義近】求賢若渴／吐哺握髮／招賢納士。
【義反】嫉賢妒能／輕賢慢士／

妒能害賢／視才如仇。

急不可待（ㄐㄧˊ ㄅㄨˋ ㄎㄜˇ ㄉㄞˋ）

【釋義】急：緊急，迫切。待：等待。

【出處】蒲松齡・聊齋志異・青娥：「時廝騎皆被差遣，生性純孝，急不可待，懷貲獨往。」

【用法】形容緊急得到了不可等待的地步。

【例句】快給他吧，他已是**急不可待**了，你還要逗弄他！

【義近】迫不及待／急如星火／迫在眉睫。

【義反】不慌不忙／從容不迫／晏然自若。

急中生智（ㄐㄧˊ ㄓㄨㄥ ㄕㄥ ㄓˋ）

【釋義】急：緊急。智：智謀。

【出處】石玉琨・三俠五義八三回：「此刻顏大人旁觀者清……急中生智，便將手一指。」

【用法】形容在情況緊急時，突然想出了應付的好辦法。

【例句】幸虧她**急中生智**，擺脫了那幫歹徒的糾纏，不然後果眞不堪設想。

【義近】情急智生／急則計生／急險智來。

【義反】一籌莫展／束手無策／無計可施。

急公好義（ㄐㄧˊ ㄍㄨㄥ ㄏㄠˋ ㄧˋ）

【釋義】急公：急公家所需。好：喜歡。

【出處】李寶嘉・官場現形記三四回：「此次由上海捐集巨款，來晉賑濟，急公好義，已堪嘉尚。」

【用法】形容熱心公益，慷慨仗義。

【例句】他是位**急公好義**的熱心人士，只要有慈善活動，他一定出錢出力。

【義近】見義勇爲／樂善好施。

【義反】唯利是圖／見利忘義。

急功近利（ㄐㄧˊ ㄍㄨㄥ ㄐㄧㄣˋ ㄌㄧˋ）

【釋義】功：功效，成績。近：近處，眼前。

【出處】董仲舒・春秋繁露・對膠西王：「仁人者正其道不謀其利，修其理不謀其功。」

【用法】指急於求成，貪圖眼前的成效和利益。

【例句】做任何事都要腳踏實地循序漸進，太過**急功近利**反易一事無成。

【義近】急於求成／急於事功／操之過急／好大喜功／揠苗助長。

【義反】穩紮穩打／按部就班／循序漸進。

急如星火（ㄐㄧˊ ㄖㄨˊ ㄒㄧㄥ ㄏㄨㄛˇ）

【釋義】像流星的光從空中急閃而過。星火：流星的光。一作「急於星火」。

【出處】李密・陳情表：「郡縣逼迫，催臣上道，州司臨門，急於星火。」

【用法】形容非常急促緊迫。

【例句】此事不可再拖延，上面催得**急如星火**，再不辦好，恐怕我們都要失業了。

【義近】十萬火急／迫在眉睫／間不容髮。

【義反】不慌不忙／慢條斯理。

急於事功（ㄐㄧˊ ㄩˊ ㄕˋ ㄍㄨㄥ）

【釋義】事功：事業，功績。

【出處】劉義慶・世說新語・文學注引王弼別傳：「弼事功雅非所長，益不留意。」

【用法】形容做事急於求得功效，有所成就。

【例句】他太**急於事功**，做什麼事都想一蹴而就，結果却適得其反，一樣事也沒做成。

【義近】急功近利／急於求成。

【義反】按部就班／穩紮穩打。

急來抱佛腳（ㄐㄧˊ ㄌㄞˊ ㄅㄠˋ ㄈㄛˊ ㄐㄧㄠˇ）

【釋義】指平時不爲善，臨難時

才在佛前求救。

【出處】劉攽・貢父詩話：「急則抱佛腳是俗諺。」

【用法】比喻事到臨頭才慌忙準備或求救於人。

【例句】讀書要靠經常性的努力，**急來抱佛腳**，應付考試，那是不會成功的。

【義近】臨時抱佛腳／臨渴掘井／江心補漏／臨陣磨槍。

【義反】閒時常燒香／未雨綢繆。

急風暴雨 ㄐㄧˊ ㄈㄥ ㄅㄠˋ ㄩˇ

【釋義】來勢猛烈的風雨。又作「疾風暴雨」。

【出處】淮南子・兵略訓：「何謂隱之天？大寒甚暑，疾風暴雨，大霧冥晦，因此而為變者也。」

【用法】用以比喻聲勢浩大，迅猛激烈。

【例句】這幾年東歐、蘇聯的民主運動有如**急風暴雨**，席捲各地。

【義近】狂風暴雨／疾風雷雨／颶風狂雨。

【義反】和風細雨／斜風細雨／雨過天晴／風停雨歇。

急流勇退 ㄐㄧˊ ㄌㄧㄡˊ ㄩㄥˇ ㄊㄨㄟˋ

【釋義】船在急流中迅速退出。一作「激流勇退」。

【出處】蘇軾・贈善相程傑詩：「火色上騰雖有數，急流勇退豈無人。」

【用法】原比喻做官的人在得意時為了避禍而及時引退。今多形容不留戀眼前的名位利益而抽身退出。

【例句】她在電影事業上已功成名就，現決心**急流勇退**，回家相夫教子，做個賢妻良母了。

【義近】功成身退／趁勢落篷／見好就收／適可而止。

【義反】激流勇進／壯心不已／名利難捨／不知進退。

急起直追 ㄐㄧˊ ㄑㄧˇ ㄓˊ ㄓㄨㄟ

【釋義】急起：迅速而起，以便追上別人。

【出處】梁啟超・矛盾之政治現象：「彼何人斯，則皆庚子以還政府所急起直追以練成之新軍也。」

【用法】形容一個人落後了，立起行動，努力追趕上去。

【例句】在科技迅速發展的今天，我們當**急起直追**，才能超越世界先進國家水準。

【義近】迎頭趕上。

【義反】甘為人後／甘居下游／打退堂鼓。

急景流年 ㄐㄧˊ ㄐㄧㄥˇ ㄌㄧㄡˊ ㄋㄧㄢˊ

【釋義】急景：急促的光陰。景，同「影」，指日光。流年：如流水般逝去的年華。

【出處】鮑照・舞鶴賦：「於是窮陰殺節，急景凋年。」晏殊・蝶戀花詞：「急景流年都一瞬，往事前歡，未免縈方寸。」

【用法】用以形容光陰易逝。

【例句】**急景流年**，美好的年華在不知不覺中溜走了，回首往事，不免有幾分惆悵，幾分傷感。

【義近】光陰似箭／日月如梭／白駒過隙。

【義反】一日三秋／長繩繫日／度日如年。

急管繁弦 ㄐㄧˊ ㄍㄨㄢˇ ㄈㄢˊ ㄒㄧㄢˊ

【釋義】管、弦：管絃樂器。一作「繁弦急管」。

【出處】白居易・憶舊遊詩：「脩蛾慢臉燈下醉，急管繁弦頭上催。」

【用法】形容樂曲的節拍急促、音色豐富。

【例句】在**急管繁弦**的樂曲聲中，大廳裏的年輕人紛紛跳起舞來。

【義近】急竹繁絲／嘈嘈切切。

【義反】切切輕彈／高山流水／

弦音輕颺／輕攏慢撚。

急轉直下

【釋義】急：急速。轉：轉變。直下：一直發展下去。

【用法】形容情勢或情況突然發生了很大的轉變，並很快地順勢發展下去。

【例句】抗日戰爭後期形勢**急轉直下**，我軍在收復南京等地後，大規模的反攻行動正式開始。

【義近】一瀉千里。

【義反】相持不下／漸入佳境／否極泰來。

急驚風撞著慢郎中

【釋義】急驚風：一種全身抽搐的急性病症。郎中：南方人稱醫師為郎中。

【出處】凌濛初・二刻拍案驚奇三三：「此時富家子正是急驚風撞著了慢郎中。」

【用法】比喻在緊急情況下偏偏遇上了動作遲緩拖拉的人，令人焦急萬分。

【例句】老太太突然中風，我叫他快打電話叫救護車，他慢條斯理的，眞是**急驚風撞著慢郎中**。

【義近】急脈緩灸。

怨入骨髓

【釋義】恨到了骨頭裏。

【出處】司馬遷・史記・吳王濞傳：「楚元王子、淮南三王或不沐洗十餘年，怨入骨髓，欲一有所出之久矣。」

【用法】極言怨恨之深。

【例句】當她發覺被騙後，對他眞是**怨入骨髓**，恨不得剝他的皮吃他的肉。

【義近】恨之入骨／恨入骨髓／切齒腐心。

【義反】感激涕零／感恩戴德。

怨女曠夫

【釋義】怨女：已到婚齡而沒有合適配偶的女子。曠夫：成年而無妻的男子。

【出處】孟子・梁惠王下：「內無怨女，外無曠夫。」

【用法】指到了婚配年齡而不能嫁娶的男女。

【例句】時代在改變，許多男女堅不嫁娶，因而造成許多**怨女曠夫**，也許會是社會的隱憂。

【義近】曠男怨女。

怨天尤人

【釋義】抱怨天，埋怨人。天：此指命運。尤：歸罪，責怪。

【出處】論語・憲問：「子曰：『不怨天，不尤人，下學而上達，知我者其天乎！』」

【用法】指遇到挫折或出了問題，一味歸咎於命運或別人，而不知自責自省。

【例句】他只要一失敗就**怨天尤人**，想要成功還早呢！

【義近】怨天怨地／埋天怨地。

【義反】自怨自艾／引咎自責／自怨自責／自省自責。

怨氣衝天

【釋義】怨氣：怨恨的情緒。

【出處】羅貫中・三國演義六九回：「二人感憤流淚，怨氣衝天，誓殺國策。」

【用法】極言怨氣之大與強烈。

【例句】他昨天**怨氣衝天**的回來，鐵定又和公司某人過不去了。

【義近】怨氣滿腔／怨情滿腹。

【義反】興高采烈／欣喜若狂。

怨聲載道

【釋義】怨恨的聲音充滿道路。載：充滿。一作「怨聲滿道」。

【出處】後漢書・李固傳：「開門受賂，署用非次，天下紛然，怨聲滿道。」

【用法】形容人民普遍而強烈的不滿情緒。

【例句】秦始皇倒行逆施，高壓

統治人民，結果弄得**怨聲載道**，提早結束了他的皇朝壽命。
【義近】天怒人怨／民怨沸騰／怨聲盈路。
【義反】頌聲滿道／有口皆碑／人人稱頌／眾口交頌。

怒不可遏（ㄋㄨˋ ㄅㄨˋ ㄎㄜˇ ㄜˋ）

【釋義】憤怒得難以抑制。遏：止住。
【出處】李寶嘉・官場現形記二七回：「頓時氣憤填膺，怒不可遏。」
【用法】形容大怒不止。
【例句】他一看到流氓當眾調戲自己的女兒，便**怒不可遏**地衝上前去與之搏鬥。
【義近】怒火中燒／大發雷霆。
【義反】喜不自勝／樂不可支／洋洋自喜／欣喜若狂。

怒目切齒（ㄋㄨˋ ㄇㄨˋ ㄑㄧㄝˋ ㄔˇ）

【釋義】怒目：圓睜雙眼。切齒：咬緊牙齒。
【出處】劉伶・酒德頌：「聞吾風聲，議其所以，乃奮袂攘衿，怒目切齒。」
【用法】用以形容憤怒、憤恨之極。
【例句】她一說到丈夫的無情無義，便**怒目切齒**，難以抑制住自己的悲憤。
【義近】咬牙切齒／怒目圓睜／怒氣沖天／睜目切齒／氣湧如山。
【義反】眉開眼笑／笑容滿面／滿面春風。

怒形於色（ㄋㄨˋ ㄒㄧㄥˊ ㄩˊ ㄙㄜˋ）

【釋義】憤怒的感情顯露在臉上。形：顯露。色：臉色。
【出處】洪邁・夷堅志・丙志卷七：「子夏怒形於色，舉足蹴其二。」
【用法】指內心的憤怒已在臉上顯露出來。
【例句】你不要再講下去了，沒看到他已經**怒形於色**，馬上就要開口罵人了。
【義近】柳眉倒豎／怒目圓睜。
【義反】笑逐顏開／喜形於色／眉開眼笑／喜眉笑臉。

怒氣衝天（ㄋㄨˋ ㄑㄧˋ ㄔㄨㄥ ㄊㄧㄢ）

【釋義】怒氣衝上天空。一作「怒氣衝霄」。
【出處】楊顯之・瀟湘雨四折：「只落得嗔嗔忿忿，傷心切齒，怒氣衝天。」
【用法】極言其怒氣之大之盛。
【例句】小王又在外面惹禍，他父親在**怒氣衝天**之下，狠狠地打了他幾個耳光。
【義近】火冒三丈／怒火萬丈／怒髮衝冠。
【義反】平心靜氣／心平氣和。

怒髮衝冠（ㄋㄨˋ ㄈㄚˇ ㄔㄨㄥ ㄍㄨㄢ）

【釋義】憤怒得頭髮豎起，頂著帽子。冠：帽子。
【出處】司馬遷・史記・廉頗藺相如列傳：「相如因持璧卻立，倚柱，怒髮上衝冠。」
【用法】用以誇張地形容盛怒的情狀。
【例句】老將軍一想到日軍在中國的暴行，就不免**怒髮衝冠**，欲討回這筆血債。
【義近】爲之髮指／眥裂髮指／髮踴衝冠／勃然大怒。
【義反】心平氣和／平心靜氣／欣喜若狂／興高采烈。

怪誕不經（ㄍㄨㄞˋ ㄉㄢˋ ㄅㄨˋ ㄐㄧㄥ）

【釋義】怪誕：怪異荒唐。不經：不合常情常理。經，正常。
【出處】漢書・王尊傳贊：「譎詭不經，好爲大言。」韓愈・遊青龍寺贈崔太補闕：「勿驚顏色變韶稚，卻信靈仙非怪誕。」
【用法】多用以形容離奇古怪，令人不可思議。
【例句】《西遊記》裏面的許多故事，確實顯得有些**怪誕不經**，但那是神話，不能照一般常理去看它。

【義近】荒謬不經／荒唐無稽／天方夜譚。

【義反】合情合理／有據可查／有案可稽。

怪模怪樣（ㄍㄨㄞˋ ㄇㄛˊ ㄍㄨㄞˋ ㄧㄤˋ）

【釋義】模、樣：形狀，樣子。

【出處】吳敬梓・儒林外史一三：「權勿用怪模怪樣，眞乃一時勝會。」

【用法】用以指樣子奇特，非同一般。

【例句】一走進雲南的石林，滿眼都是**怪模怪樣**的石頭，顯得非常奇特。

【義近】奇形怪狀／稀奇古怪。

【義反】正經八百／習見熟睹。

性命交關（ㄒㄧㄥˋ ㄇㄧㄥˋ ㄐㄧㄠ ㄍㄨㄢ）

【釋義】交關：攸關，所關。

【出處】吳沃堯・二十年目睹之怪現狀五七回：「你回來，這兩個皮包，是我性命交關的東西。」

【用法】用以說明事情至關重要，不可等閒視之。

【例句】這件事對我而言，實在是**性命交關**，請你千萬不要疏忽大意，務必要辦好。

【義近】生命攸關／攸關生死／生死關頭。

【義反】無關緊要／無足輕重／區區小事。

性相近習相遠（ㄒㄧㄥˋ ㄒㄧㄤ ㄐㄧㄣˋ ㄒㄧˊ ㄒㄧㄤ ㄩㄢˇ）

【釋義】性相近：指人生下來性情相近。習相遠：指後天習染不同，性情相距懸遠。

【出處】論語・陽貨篇：「子曰：『性相近也，習相遠也。』」

【用法】用以說明習染、教育的重要：習於善則善，習於惡則惡。

【例句】古人說：「**性相近習相遠**。」對孩子的教育務必要及早進行，以免後悔莫及。

【義近】居必擇鄰／孟母三遷／遊必就士／近朱者赤，近墨者黑。

怏怏不樂（ㄧㄤˋ ㄧㄤˋ ㄅㄨˋ ㄌㄜˋ）

【釋義】怏怏：不滿意、不快樂的樣子。

【出處】漢書・蕭望之傳：「塞其怏怏之心。」羅貫中・三國演義二八回：「關公怏怏不樂。」

【用法】形容未能稱心如意而鬱鬱寡歡的神情。

【例句】勝敗乃兵家常事，又何苦爲了輸一場球而**怏怏不樂**呢？

【義近】鬱鬱寡歡／悶悶不樂／鬱鬱不樂。

【義反】沾沾自喜／歡天喜地／心花怒放／興高采烈。

怡情悅性（ㄧˊ ㄑㄧㄥˊ ㄩㄝˋ ㄒㄧㄥˋ）

【釋義】怡、悅：和悅，舒暢。一作「怡情理性」。

【出處】徐幹・中論・治學：「學也者，所以疏神達思，怡情理性，聖人之上務也。」

【用法】指陶冶性情，使心情快樂舒暢。

【例句】他從商場退休後，便定居美國，天天植花種草，**怡情悅性**，享受另一階段的悠閒人生。

【義近】怡情養性／怡悅心神。

【義反】案牘勞形／勞心傷神／日夜操勞。

怡然自得（ㄧˊ ㄖㄢˊ ㄗˋ ㄉㄜˊ）

【釋義】怡然：喜悅的樣子。自得：舒適，自覺得意。一作「怡然自樂」。

【出處】列子・黃帝：「黃帝既寤，怡然自得。」陶淵明・桃花源記：「黃髮垂髫，並怡然自樂。」

【用法】形容心情愉快而滿足的神情。

【例句】看他那**怡然自得**的樣子，就知道他過得不錯，生活非常愉快。

【義近】悠然自得／自得其樂。

【義反】心力交瘁。

怙惡不悛（ㄏㄨˋ ㄜˋ ㄅㄨˋ ㄑㄩㄢ）

【釋義】怙：依靠，仗恃。悛：悔改。

【出處】左傳・隱公六年：「長惡不悛，從自及也。」金史・許古傳：「其或怙惡不悛，舉眾討之。」

【用法】指稱堅持作惡，不肯改悔。

【例句】這些竊賊如若**怙惡不悛**繼續犯罪，就應嚴懲不貸！

【義近】死不改悔／至死不悟／執迷不悟。

【義反】改邪歸正／放下屠刀／改過遷善／翻然悔悟／洗心革面／改過自新。

怕硬欺軟（ㄆㄚˋ ㄧㄥˋ ㄑㄧ ㄖㄨㄢˇ）

【釋義】硬、軟：指強弱。

【出處】關漢卿・竇娥冤三折：「天地也，做得箇怕硬欺軟，却元（原）來也這般順水推船。」

【用法】用以指人品行不端，怕強欺弱。

【例句】那個男人**怕硬欺軟**，根本就是紙老虎一隻，你用不著怕他。

【義近】欺善怕惡／欺弱怕強／捧上壓下。

【義反】愛憐弱小／除惡助善／除暴安良／鋤暴濟民。

恆河沙數（ㄏㄥˊ ㄏㄜˊ ㄕㄚ ㄕㄨˋ）

【釋義】原為佛家語。像恆河裏的沙子一樣多。恆河：南亞大河，流經印度和孟加拉國。數：數目。

【出處】金剛經：「諸恆河尚多無數，何況其沙……以七寶滿爾所恆河沙數三千大千世界，以用布施。」

【用法】用以比喻數目多得難以計算。

【例句】別自以為是，世界上像你這樣的人多得如**恆河沙數**，你有什麼了不起。

【義近】多如牛毛／不可勝數／不計其數／車載斗量。

【義反】寥寥可數／寥若晨星／一星半點／鳳毛麟角。

恣意妄為（ㄗˋ ㄧˋ ㄨㄤˋ ㄨㄟˊ）

【釋義】恣意：任意。妄為：胡作非為。一作「恣意妄行」。

【出處】漢書・杜周傳：「曲陽侯（王）根前為三公輔政……與趙氏比周，恣意妄行。」

【用法】形容毫無顧忌，任意胡作非為。

【例句】他以為憑藉父親的權勢，就可以**恣意妄為**，不料最近落入法網，眞是活該！

【義近】恣行無忌／橫行無忌／肆無忌憚／任意而行。

【義反】奉公守法／循規蹈矩／依禮而行／克己為人。

恩同再造（ㄣ ㄊㄨㄥˊ ㄗㄞˋ ㄗㄠˋ）

【釋義】再造：再生，又一次獲得生命。

【出處】李汝珍・鏡花緣二五回：「倘出此關，不啻恩同再造。」

【用法】用以說明恩情極為深厚浩大。

【例句】您的大力鼎助，**恩同再造**，讓我終身受用，永銘於心。

【義近】再生之恩／恩深義重／重生父母／恩深似海／恩重如山／覆載之恩。

【義反】恩斷義絕／辜恩負德／忘恩負義。

恩威並行（ㄣ ㄨㄟ ㄅㄧㄥˋ ㄒㄧㄥˊ）

【釋義】恩惠和嚴懲兩種手段同時使用。

【出處】陳壽・三國志・吳志・周魴傳：「魴在郡十三年卒，賞善罰惡，恩威並行。」

【用法】用以說明治理得當。能把施恩與懲治配合起來，相輔而行。

【例句】**恩威並行**，以德服人，這是古往今來成功的治國方法。
【義近】寬猛相濟／恩威並重／軟硬兼施。
【義反】殘忍成性／刻毒寡恩／姑息養奸。

恩將仇報

【釋義】拿仇恨來報答別人的恩惠。將：拿。
【出處】吳承恩・西遊記三十回：「我若一口說出，他就把公主殺了，此卻不是恩將仇報？」
【用法】用以表示忘恩負義。
【例句】他曾救過你的命，現在有人陷害他，你卻跟著落井下石，這樣**恩將仇報**會有報應的！
【義近】忘恩負義／以怨報德／辜（孤）恩負德／薄情寡義／刻薄寡恩。
【義反】感恩戴德／以德報怨／知恩必報。

息交絕遊

【釋義】停止交遊活動。息、絕：停止、斷絕。
【出處】陶淵明・歸去來辭：「歸去來兮，請息交以絕遊。」
【用法】用以表示與世俗斷絕關係，不同外人來往。
【例句】劉老從政幾十年，深感厭倦，退休後即**息交絕遊**，過著逍遙自在的恬適生活。
【義近】深居簡出／閉門屏居／杜門卻掃／杜門謝客。
【義反】廣交泛遊／高朋滿座／出入官門／送往迎來。

息事寧人

【釋義】不多事，使人民得到安寧。息：平息。寧：安寧，用作使動詞。
【出處】後漢書・章帝紀：「冀以息事寧人，敬奉天氣。」
【用法】用以形容盡力平息人事糾紛，使大家安寧、和睦。
【例句】平日待人處事最好抱著**息事寧人**的態度，所謂和氣生財，退一步海闊天空嘛！
【義近】排難解紛／排患解難／平息事端／盡力調停。
【義反】惹事生非／煽風點火／推波助瀾。

息息相關

【釋義】呼吸也相互關連。息：呼吸。
【出處】嚴復・救亡決論：「二者皆與扎營踞地，息息相關者也。」
【用法】形容關係極爲密切，互相影響至深。
【例句】無數事實證明，華僑和祖國的命運是**息息相關**的。
【義近】休戚與共／休戚相關／息息相通／唇齒相依。
【義反】渺不相涉／井水不犯河水／風馬牛不相及／毫無瓜葛。

恃才傲物

【釋義】恃：依仗。物：指「我」以外的人。
【出處】梁書・蕭子恪傳附蕭子顯：「及葬請謚，手詔：『恃才傲物，宜謚曰驕。』」
【用法】用以說明自負其才而藐視別人。
【例句】這些詩句表現了他當時**恃才傲物**和懷才不遇的複雜心情。
【義近】驕傲自滿／目空一切／才高氣傲／崖岸自高。
【義反】虛懷若谷／謙沖自牧／虛以下人／謙默自持。

恃強凌弱

【釋義】恃：依仗。凌：欺凌，欺侮。
【出處】馮夢龍・警世通言・王安石三難蘇學士：「倚貴欺賤，恃強凌弱，總來不過是恃勢而已。」

【用法】說明強者依仗自己的勢力稱王稱霸，欺侮弱者。
【例句】京城裏一些**恃強凌弱**的公子哥兒到處生事擾民，老百姓苦不堪言。
【義近】恃勢凌人／仗勢欺人／倚貴欺賤／狗仗人勢。
【義反】扶弱懲強／助弱除惡／扶弱鋤奸。

恃德者昌，恃力者亡 （ㄕˋ ㄉㄜˊ ㄓㄜˇ ㄔㄤ ㄕˋ ㄌㄧˋ ㄓㄜˇ ㄨㄤˊ）

【釋義】恃德：依仗仁德。恃力：依仗強力、暴力。
【出處】司馬遷・史記・商君列傳：「書曰：『恃德者昌，恃力者亡。』」
【用法】常用以說明當政者或其他有權勢的人，應依仗仁德以求昌盛，否則便只能自取滅亡。
【例句】**恃德者昌，恃力者亡**，那些高壓統治人民的獨裁者，不過是在自掘墳墓罷了。
【義近】得民者昌，失民者亡／以德服人者昌，以力服人者亡／天視自我民視，天聽自我民聽。

恃寵而驕 （ㄕˋ ㄔㄨㄥˇ ㄦˊ ㄐㄧㄠ）

【釋義】恃寵：仗人之愛。寵：寵愛。
【出處】蒲松齡・醒世姻緣一回：「計氏恃寵作嬌（驕），晁大舍倒有七八分懼怕。」
【用法】形容人受到有權有勢者的寵愛而驕傲。
【例句】現在他**恃寵而驕**，不可一世，只怕有朝一日失寵了，恐會死無葬身之地。
【義近】仗勢驕縱／倚勢驕人。
【義反】謙沖自牧。

恢恢有餘 （ㄏㄨㄟ ㄏㄨㄟ ㄧㄡˇ ㄩˊ）

【釋義】恢恢：寬闊廣大貌。
【出處】莊子・養生主：「彼節者有間，而刀刃者無厚。以無厚入有間，恢恢乎其於遊刃必有餘地矣。」
【用法】形容本領強，處理問題毫不費勁。也形容物力財力豐足，用之有餘。
【例句】①這件事以他的能力來辦根本是**恢恢有餘**，你不用擔心了。②他財力豐厚，要買下這片資產是**恢恢有餘**，只是看值不值得投資。
【義近】綽綽有餘／遊刃有餘。
【義反】捉襟見肘／入不敷出。

恨之入骨 （ㄏㄣˋ ㄓ ㄖㄨˋ ㄍㄨˇ）

【釋義】之：代詞，指所痛恨的對象。
【出處】葛洪・抱朴子・自敘：「見侵者則恨之入骨，劇於血仇。」
【用法】形容痛恨到了極點。
【例句】日本侵略者在我國所犯下的滔天罪行，親受其害者直到今天仍然**恨之入骨**。
【義近】恨入骨髓／切齒痛恨／咬牙切齒。
【義反】情深似海／感恩戴德／感激不盡／感激涕零。

恨不相逢未嫁時 （ㄏㄣˋ ㄅㄨˋ ㄒㄧㄤ ㄈㄥˊ ㄨㄟˋ ㄐㄧㄚˋ ㄕˊ）

【釋義】恨：遺憾，悔恨。
【出處】張籍・節婦吟：「知君用心如日月，事夫誓擬同生死。還君明珠雙淚垂，何不相逢未嫁時。」
【用法】用以指女子已嫁，相逢恨晚。
【例句】你我雖心靈相契，然天意作弄人，**恨不相逢未嫁時**，今生只有辜負你了。

恨相知晚 （ㄏㄣˋ ㄒㄧㄤ ㄓ ㄨㄢˇ）

【釋義】恨：遺憾。相知：相結交。
【出處】司馬遷・史記・魏其武安侯列傳載：灌夫、魏其「兩人相爲引重，其遊如父子然。相得驩甚無厭，恨相知晚也。」
【用法】指朋友交誼深厚，以相識太遲爲憾。
【例句】我與他情投意合，彼此

都有**恨相知晚**的感慨！

【義近】相見恨晚／相識何遲。

【義反】青梅竹馬／總角之（相）交。

恨鐵不成鋼（ㄏㄣˋ ㄊㄧㄝˇ ㄅㄨˋ ㄔㄥˊ ㄍㄤ）

【釋義】恨鐵沒有變成鋼。

【出處】曹雪芹・紅樓夢九六回：「只爲寶玉不上進，所以時常恨他，也不過是恨鐵不成鋼的意思。」

【用法】用以表示責備、埋怨自己所期望的人不能達到要求或理想。含有惋惜、遺憾的意思。

【例句】他剛才那番話確實說重了一些，但那是**恨鐵不成鋼**，並非眞的瞧不起你啊！

【義近】恨子不成龍／恨女不成鳳。

【義反】不負父望／克紹箕裘。

恍如隔世（ㄏㄨㄤˇ ㄖㄨˊ ㄍㄜˊ ㄕˋ）

【釋義】彷彿隔了一個時代。恍：彷彿。世：古代三十年爲一世，也指一個時代。

【出處】范成大・吳船錄下：「發常州，平江親戚故舊來相迓者，陸續於道，恍如隔世焉。」

【用法】指因人事或景物變化很大而引起的感觸。

【例句】這位老華僑僑居國外近半個世紀，回到祖國，**恍如隔世**，年輕時熟悉的地方幾乎都改觀了。

【義近】隔世之感／人事之改／物換星移／人事全非。

【義反】景物依舊／風景不殊／一切如故。

恍然大悟（ㄏㄨㄤˇ ㄖㄢˊ ㄉㄚˋ ㄨˋ）

【釋義】恍然：猛然醒悟的樣子。悟：心裏明白。

【出處】羅貫中・三國演義七七回：「於是關公恍然大悟，稽首皈依而去。」

【用法】形容一下子明白過來。

【例句】這件事經他這麼一說，我才**恍然大悟**，原來是這麼回事。

【義近】豁然大悟／豁然開朗／茅塞頓開。

【義反】百思不解／大惑不解／莫名其妙。

恰如其分（ㄑㄧㄚˋ ㄖㄨˊ ㄑㄧˊ ㄈㄣˋ）

【釋義】恰：恰巧，正好。分：分寸，合適的界限。

【出處】李綠園・歧路燈一〇一八回：「賞分輕重，俱是嚴仲端酌度，多寡恰如其分，無不欣喜。」

【用法】指辦事或說話正合分寸，達到了最適當的程度。

【例句】譯文總比不上原文，就是把中國各地的方言譯成國語，也很難**恰如其分**。

【義近】恰到好處。

【義反】過猶不及。

恰到好處（ㄑㄧㄚˋ ㄉㄠˋ ㄏㄠˇ ㄔㄨˋ）

【釋義】恰：正巧，剛剛。

【出處】朱自清・經典常談・春秋三傳六：「只是平心靜氣的說，緊要關頭却不放鬆一步，眞所謂恰到好處。」

【用法】指說話做事到了最合適的地步。

【例句】他對這件事處理得公正妥當**恰到好處**，大家都很滿意。

【義近】恰如其分／穩妥恰當／千妥萬當。

【義反】措置不宜／過猶不及。

恬不知恥（ㄊㄧㄢˊ ㄅㄨˋ ㄓ ㄔˇ）

【釋義】恬：安然。恥：羞恥。

【出處】呂維祺・四譯館・增定館則一五：「虛糜素餐，恬不知恥，殊爲可厭。」

【用法】形容人做了壞事還滿不在乎，一點兒也不會感到羞恥。

【例句】賣了國還說自己愛國愛民，對這種**恬不知恥**的漢奸，最好殺了拿去餵狗！

【義近】恬不爲恥／靦顏人世／

厚顏無恥。

【義反】無恥之恥／潔身自好／行己有恥。

恬而不怪

【釋義】恬：安然。怪：奇怪。

【出處】漢書・賈誼傳：「至於俗流失，世壞敗，因恬而不知怪。」又禮樂志：「至於風俗流溢，恬而不怪。」

【用法】形容人見了敗壞不良的事仍安然處之，不以為怪。

【例句】我們對於這種腐敗的現象與惡劣的習俗，豈能**恬而不怪**坐視不理？

【義近】恬不為怪／安然不怪／見怪不怪／司空見慣。

【義反】大驚小怪／驚怪不已／少見多怪／見怪不容。

悔之無及

【釋義】後悔也來不及了。一作「悔之不及」。

【出處】漢書・鼂錯傳：「夫以人之死爭勝，跌而不振，則悔之無及矣。」

【用法】說明後悔已遲，無法挽回。

【例句】因為一時疏忽，造成這麼大的損失，**悔之無及**，怪誰都沒用了。

【義近】悔不當初／追悔莫及／悔之晚矣／嗟悔何及／噬臍莫及。

【義反】亡羊補牢，為時未晚。

悔不當初

【釋義】悔：後悔。當初：開始、開頭。

【出處】薛昭緯・謝銀工詩：「早知文字多辛苦，悔不當初學冶銀。」

【用法】指追悔當初的錯誤，有悔之已晚之意。

【例句】早知他如此無情無義，我就不該對他那麼好，真是**悔不當初**。

【義近】悔之無及／追悔莫及。

【義反】翻然醒悟／死而不悔。

悔過自新

【釋義】悔：悔改。自新：自己改過更新。一作「改過自新」。

【出處】司馬遷・史記・吳王濞列傳：「（吳王）於古法當誅，文帝弗忍，因賜几杖。德至厚，當改過自新。」

【用法】指悔改所犯錯誤，重新做人。

【例句】他如能**悔過自新**，我們當既往不咎，竭誠歡迎他加入我們的行列。

【義近】棄舊圖新／悔過反正／改過遷善。

【義反】執迷不悟／至死不悟／屢教不改／怙惡不悛。

悒悒不樂

【釋義】悒悒：憂悶，不舒暢。一作「悒悒不歡」。

【出處】班固・漢武帝內傳：「庸主對坐，悒悒不樂。」

【用法】用以形容憂悶不愉快的情狀。

【例句】為了一點小挫折就**悒悒不樂**，你也未免太不堪一擊了吧！

【義近】悶悶不樂／鬱鬱不樂／怏怏不樂。

【義反】喜不自勝／樂不可支／欣喜若狂。

悍然不顧

【釋義】悍然：蠻橫的樣子。

【出處】東魯古狂生・醉醒石一一回：「但一人之冤不伸，反有殺人身，破人家，悍然不顧。」

【用法】形容人兇暴蠻橫，不顧一切。

【例句】獨裁統治者為了維護自身利益，竟**悍然不顧**地槍殺手無寸鐵的羣眾。

【義近】蠻橫無理／悍戾無忌／凶悍橫暴。

【義反】思前慮後／通情達理。

悠然自得（ㄧㄡ ㄖㄢˊ ㄗˋ ㄉㄜˊ）

【釋義】悠然：安閒舒適的樣子。自得：內心從容而舒暢。

【出處】晉書・王猛傳：「猛悠然自得，不以屑懷。」

【用法】形容悠閒安適，心情舒暢。

【例句】**悠然自得**的日子人人想過，但眞正能這樣過的人卻少之又少。

【義近】閒雲野鶴／怡然自得／自得其樂／悠閒自在。

【義反】若有所失／悵然若失／嗒然自喪／惶惶不安。

患得患失（ㄏㄨㄢˋ ㄉㄜˊ ㄏㄨㄢˋ ㄕ）

【釋義】擔心得不到，得到了卻又擔心失掉。患：憂慮，擔心。

【出處】論語・陽貨：「其未得之也，患得之；既得之，患失之。」

【用法】形容斤斤計較，把個人的得失看得太重。

【例句】像你這樣**患得患失**，舉棋不定，如何成得了大事。

【義近】斤斤計較／錙銖必較／進退失據。

【義反】公而忘私／大公無私／忘懷得失。

患難之交（ㄏㄨㄢˋ ㄋㄢˋ ㄓ ㄐㄧㄠ）

【釋義】交：交情，此指朋友。

【出處】東魯古狂生・醉醒石十回：「浦肫夫患難之交，今日年兄爲我們看他。」

【用法】用以指同在一起經歷過憂患和危難的朋友。

【例句】人生中眞正的**患難之交**不多，若能得一二位知己，則可說不枉此生了。

【義近】刎頸之交／生死之交／難兄難弟。

【義反】泛泛之交／狐朋狗黨／酒肉朋友。

患難與共（ㄏㄨㄢˋ ㄋㄢˋ ㄩˇ ㄍㄨㄥˋ）

【釋義】患難：憂患與災難。與共：共同承受。

【出處】司馬遷・史記・越王句踐世家：「越王爲人長頸鳥喙，可與共患難，不可與共樂。」

【用法】用以指在一起共同經受並承擔危險和困難。

【例句】艱難的歲月裏我們**患難與共**，現在有福可享了，我們當然要一起共享。

【義近】同甘共苦／風雨同舟／和衷共濟。

【義反】各奔東西／離心離德／分道揚鑣。

悲天憫人（ㄅㄟ ㄊㄧㄢ ㄇㄧㄣˇ ㄖㄣˊ）

【釋義】悲天：哀嘆時世。憫：憐惜。

【出處】韓愈・爭臣論：「誠畏天命而悲人窮也。」黃宗羲・朱人遠墓志銘：「人遠悲天憫人之懷，豈爲一己之不遇乎！」

【用法】常用以形容有志之士哀嘆時世的艱辛，憐惜人民的痛苦。

【例句】杜甫以**悲天憫人**的胸懷，抒寫出千古流傳的優美詩句。

【義近】傷時憂國／視民如傷／民胞物與／己饑己溺。

【義反】殘民以逞／刻薄寡恩。

悲不自勝（ㄅㄟ ㄅㄨˋ ㄗˋ ㄕㄥ）

【釋義】悲痛到自己不能承受的地步。勝：能夠承受。

【出處】庾信・哀江南賦序：「燕歌遠別，悲不自勝。」

【用法】形容悲傷之極。

【例句】聽到兒子飛機失事的不幸消息，老人**悲不自勝**，痛哭失聲。

【義近】痛不欲生／悲痛欲絕。

【義反】樂不可支／欣喜若狂／喜不自勝／沾沾自喜。

悲喜交集 ㄅㄟ ㄒㄧˇ ㄐㄧㄠ ㄐㄧˊ

【釋義】交集：交織在一起。一作「悲喜交至」。
【出處】晉書・王廙傳：「當大明之盛，而守局遐外，不得不奉贈六禮，聞問之日，悲喜交集。」
【用法】用以形容悲傷和喜悅的心情交併而至。
【例句】見到了離別四十餘年的親人，他們**悲喜交集**地擁抱在一起，不敢相信這竟是事實。
【義近】悲喜交切／百感交集／一悲一喜。
【義反】心如死灰／一無感觸／無動於衷。

悲憤填膺 ㄅㄟ ㄈㄣˋ ㄊㄧㄢˊ ㄧㄥ

【釋義】填：充塞。膺：胸膛。
【出處】江淹・恨賦：「置酒欲飲，悲來填膺。」
【用法】形容悲痛和憤怒充滿了胸膛。
【例句】聽到自己的同胞被侵略者屠殺的消息，海內外愛國人士無不**悲憤填膺**。
【義近】義憤填膺／人神共憤／悲憤難已。
【義反】心花怒放／笑逐顏開／幸災樂禍。

悲歡離合 ㄅㄟ ㄏㄨㄢ ㄌㄧˊ ㄏㄜˊ

【釋義】悲傷、歡樂、離散、團聚。
【出處】蘇軾・水調歌頭：「人有悲歡離合，月有陰晴圓缺，此事古難全。」
【用法】泛指生活中經歷的各種境遇和由此所產生的各種心情。
【例句】人生的**悲歡離合**太無常，參不透的話煩惱就多。
【義近】生老病死／喜怒哀樂／陰晴圓缺。

惡事行千里 ㄜˋ ㄕˋ ㄒㄧㄥˊ ㄑㄧㄢ ㄌㄧˇ

【釋義】惡事：醜惡的事。一作「壞事傳千里」。
【出處】孫光憲・北窗瑣言卷六：「所謂好事不出門，惡事傳千里。士君子得不戒之乎！」
【用法】形容醜惡的事容易張揚出去。
【例句】一般人都有「看好戲」的心態，所謂**惡事行千里**，正是此心態最佳的寫照。
【義近】惡事無翼飛／壞事傳千里。
【義反】好事不出門。

惡貫滿盈 ㄜˋ ㄍㄨㄢˋ ㄇㄢˇ ㄧㄥˊ

【釋義】罪惡多得像串錢的繩子一樣串滿了。貫：串錢的繩子。盈：滿。
【出處】尚書・泰誓上：「商罪貫盈，天命誅之。」傳：「紂之為惡，一以貫之，惡貫已滿，天畢其命。」
【用法】形容作惡很多，罪惡極大，該是受懲罰的時候了。
【例句】強盜頭子**惡貫滿盈**，不得善終也是意料中的事。
【義近】罄竹難書／罪惡滔天／惡積禍盈／罪不容誅。
【義反】行善積德／廣施博濟／積善成德。

惡語傷人 ㄜˋ ㄩˇ ㄕㄤ ㄖㄣˊ

【釋義】傷人：傷害人。
【出處】普濟・五燈會元卷四三：「利刀割肉瘡猶合，惡語傷人恨不消。」
【用法】用惡毒的語言誣蔑陷害人。
【例句】你出言不遜，**惡語傷人**，小心得到報應。
【義近】惡意中傷／惡語相加／造謠中傷。
【義反】好言勵人／善言褒人／隱惡揚善。

情人眼裏出西施

【釋義】西施：春秋時越國的美女，後借作美人的代稱。

【出處】笑笑生・金瓶梅三八回：「自古道情人眼裏出西施，一來也是你緣法湊巧。」

【用法】用以說明男女愛戀之深，總覺對方無處不美。

【例句】眞是**情人眼裏出西施**，這麼一個相貌平凡的女子，他竟然當作天仙似的拚命追求。

情文並茂

【釋義】情文：指內容和形式、情思與文采。茂：豐富美好。

【出處】荀子・禮論：「故至備，情文俱盡；其次，情文代勝。」

【用法】用以說明文學藝術作品從內容到形式都很優美。多作評論用語。

【例句】這篇文章**情文並茂**，很顯然作者不是庸碌之輩。

【義近】聲情並茂／情文相生。

【義反】空洞無物／文理不通。

情不自禁

【釋義】禁：抑制，控制。

【出處】劉遵・七夕穿針詩：「步月如有意，情來不自禁。」

【用法】形容感情激動得不能克制。

【例句】看到自己朝思暮想的情郎歸來，女孩**情不自禁**地流下喜悅的淚水。

【義近】不由自主／身不由己／難以抑制。

【義反】無動於衷／善於克制／不爲所動。

情至義盡

【釋義】意謂盡情盡意。至：極。

【出處】詩經・大雅・板：「老夫灌灌。」孔穎達疏：「我老夫教諫汝，其意乃欵欵然情至意盡。」

【用法】用以說明對人的情意已到極點。

【例句】我對他已**情至意盡**，如果他還不回心轉意，那我也沒辦法，只有隨他了。

【義近】仁至義盡／古道照人。

【義反】恩斷情絕／無情無義／不仁不義。

情有可原

【釋義】情：情理。原：原諒。

【出處】施耐庵・水滸傳九七回：「其餘脅從，情有可原。」

【用法】用以表示一個人雖然犯了錯誤，但在情理上還有可原諒的地方。

【例句】他會偷麵包也是**情有可原**，因爲他的弟弟妹妹已快餓死，母親又臥病在床，你們就原諒他，幫助他吧！

【義近】未可厚非／不宜究責／無可厚非／情非得已。

【義反】情理難容／無可寬恕。

情同手足

【釋義】情：交情。手足：比喻兄弟。

【出處】許仲琳・封神演義四一回：「各號各姓，情同手足。」

【用法】用以說明交情很深，如同親兄弟一樣。

【例句】他們從小就是好朋友，**情同手足**，想要挑撥他們不容易啊！

【義近】情同骨肉／親如手足／如兄如弟。

【義反】點頭之交／一面之交／素不相識。

情投意合

【釋義】彼此性情相投，意氣相合。投：合。

【出處】吳承恩・西遊記二七回：「那鎭元子與行者結爲兄弟，兩人情投意合。」

【用法】形容感情融洽，彼此同

心莫逆。今多指男女感情。

【例句】我倆**情投意合**，欲攜手共度人生，希望諸親友一同來爲我們祝福，分享我們的喜悅。

【義近】志同道合／心心相印／意氣相投。

【義反】貌合神離／同牀異夢／意見相左。

情理難容 ㄑㄧㄥˊ ㄌㄧˇ ㄋㄢˊ ㄖㄨㄥˊ

【釋義】情理：人情與事理。難容：難以容忍。

【出處】高文秀・黑旋風四折：「情理難容，殺人可恕，怎生能夠。」

【用法】用以說明行事荒謬、惡毒，於情於理，均不可恕。

【例句】他爲了爭奪家財，竟毒死自己的親生母親，實在是**情理難容**，人神共憤。

【義近】天理難容／天怒人怨。

【義反】事有可恕／情有可原。

情深潭水 ㄑㄧㄥˊ ㄕㄣ ㄊㄢˊ ㄕㄨㄟˇ

【釋義】感情深如潭水。潭：深的水池。

【出處】李白・贈汪倫詩：「桃花潭水深千尺，不及汪倫送我情。」

【用法】比喻友情極爲深厚。

【例句】這份**情深潭水**的友誼得來不易，不要爲了一些小事傷了彼此的心。

【義近】情深如海／情誼深厚。

【義反】情薄如紙／翻臉無情。

情隨事遷 ㄑㄧㄥˊ ㄙㄨㄟˊ ㄕˋ ㄑㄧㄢ

【釋義】遷：變遷，變化。

【出處】王羲之・蘭亭集序：「及其所之既倦，情隨事遷，感慨係之矣。」

【用法】用以說明感情隨著事物的變化而改變。

【例句】總以爲自己對他的感情至死不渝，沒想到**情隨事遷**，如今他在我心目中的分量竟已微乎其微。

【義近】情隨境遷／事過景遷／事過境遷。

【義反】始終如一／執著不變。

情竇初開 ㄑㄧㄥˊ ㄉㄡˋ ㄔㄨ ㄎㄞ

【釋義】情竇：指男女相愛的心竅。竇，孔穴。

【出處】李漁・蜃中樓・耳卜：「我與你自情竇初開之際，就等到如今了。」

【用法】多用以指情意的發生或男女愛情的萌動。

【例句】對**情竇初開**的青少年要多灌輸正確的性知識，以免鑄成難以彌補的遺憾。

【義近】情竇漸開／情意濛濛。

【義反】情場老手。

惜老憐貧 ㄒㄧ ㄌㄠˇ ㄌㄧㄢˊ ㄆㄧㄣˊ

【釋義】惜：疼愛。憐：同情。

【出處】曹雪芹・紅樓夢三九回：「平兒忙道：『你快去罷，不相干的。我們老太太最是惜老憐貧的。』」

【用法】指疼愛憐惜老年人和貧苦人。

【例句】他雖有錢有勢，卻熱心公益，**惜老憐貧**，鄉里人無不稱讚敬重他。

【義近】敬老憐貧／惜孤念寡／濟貧恤老。

【義反】嫌老欺窮／欺老罵少／嫌貧愛富。

惜墨如金 ㄒㄧ ㄇㄛˋ ㄖㄨˊ ㄐㄧㄣ

【釋義】愛惜墨就像愛惜金子一樣。惜：愛惜。

【出處】費樞・釣磯立談：「李營丘（成）惜墨如金。」

【用法】原指作畫不輕易下筆。今多指寫字、爲文嚴肅認眞，不輕易動筆。

【例句】我們要學習老一輩作家那種**惜墨如金**、一絲不苟的嚴謹創作態度。

【義近】執筆嚴謹／一絲不苟。

【義反】信筆塗鴉／率爾操觚。

惟我獨尊 ㄨㄟˊ ㄨㄛˇ ㄉㄨˊ ㄗㄨㄣ

【釋義】只有自己最尊貴。惟：又作「唯」，只有。

【出處】續傳燈錄卷三二：「世尊生下，一手指天，一手指地云：『天上天下，惟我獨尊。』」

【用法】形容極端自高自大，目中無人。

【例句】他處處表現出一副**惟我獨尊**的樣子，結果弄得誰也不願理睬他。

【義近】狂妄自大／妄自尊大／目中無人。

【義反】謙冲自牧／卑以自牧。

惟利是圖 ㄨㄟˊ ㄌㄧˋ ㄕˋ ㄊㄨˊ

【釋義】意即只圖利。「利」爲「圖」的賓語，「是」爲提前標誌。惟：一作「唯」，只有，唯獨。

【出處】葛洪・抱朴子・勤求：「內抱貪濁，惟利是圖。」

【用法】用以指責人一心只爲利，其他什麼都不顧。

【例句】損人利己，**惟利是圖**，這種人絕對不可深交。

【義近】見利忘義／唯利是視／見錢眼開／利欲薰心。

【義反】見利思義／富貴浮雲。

惟妙惟肖 ㄨㄟˊ ㄇㄧㄠˋ ㄨㄟˊ ㄒㄧㄠˋ

【釋義】惟又作「唯」、「維」，語助詞。妙：好。肖：很像，逼真。

【出處】馮鎮巒・讀聊齋雜說：「不過一二字，偶露句中，遂已絕妙，形容維妙維肖。」

【用法】形容藝術技巧好，描寫、摹仿得非常逼真。

【例句】這位相聲演員摹仿京劇梅派的唱腔，簡直是**維妙維肖**。

【義近】栩栩如生／神態活現／絲絲入扣／躍然紙上。

【義反】畫虎不成／刻鵠似鶩／差之千里。

惟命是聽 ㄨㄟˊ ㄇㄧㄥˋ ㄕˋ ㄊㄧㄥ

【釋義】即「惟聽命」。惟：同「唯」，只。「是」爲賓語提前標誌。又作「唯命是從」。

【出處】左傳・宣公一二年：「孤之罪也，敢不惟命是聽。」

【用法】形容絕對服從。

【例句】他對上司向來都是**惟命是聽**，決不會有任何不同的意見，真是諂媚至極。

【義近】唯唯諾諾／俯首貼耳／百依百順／惟命是從。

【義反】桀驁不馴／強頭倔腦／持有異議。

悶悶不樂 ㄇㄣˋ ㄇㄣˋ ㄅㄨˋ ㄌㄜˋ

【釋義】悶悶：抑鬱不快。

【出處】羅貫中・三國演義一八回：「（陳宮）意欲棄布他位，却又不忍；又恐被人嗤笑，乃終日悶悶不樂。」

【用法】形容心中有事不高興。

【例句】最近股票大跌，許多投資人都**悶悶不樂**，擔心要賠大錢。

【義近】鬱鬱寡歡／怏怏不樂／鬱鬱不樂。

【義反】心花怒放／歡天喜地／悠然自得／沾沾自喜。

愁眉不展 ㄔㄡˊ ㄇㄟˊ ㄅㄨˋ ㄓㄢˇ

【釋義】老皺著眉頭發愁。展：舒展。

【出處】姚鵠・隨州獻李侍御詩：「舊隱每懷空竟夕，愁眉不展幾經春。」

【用法】形容心事重重的樣子。

【例句】張先生最近幾天老是**愁眉不展**，是不是他家發生了什麼難以解決的問題呢？

【義近】愁眉鎖眼／雙眉不展／心事重重／愁眉苦臉。

【義反】歡天喜地／眉開眼笑／笑逐顏開／眉飛色舞／心曠神怡。

愁眉苦臉 ㄔㄡˊ ㄇㄟˊ ㄎㄨˇ ㄌㄧㄢˇ

【釋義】皺著眉頭，哭喪著臉。
【出處】吳敬梓・儒林外史四七回：「成老爹氣得愁眉苦臉，只得自己走出去回那幾個鄉裏人去了。」
【用法】形容心情悲傷、憂愁。
【例句】今天究竟是怎麼回事，爲什麼一個個都是無精打采，**愁眉苦臉**？
【義近】愁容滿面／愁眉不展／愁色難遮。
【義反】眉飛色舞／眉開眼笑／心花怒放。

愁眉鎖眼 ㄔㄡˊ ㄇㄟˊ ㄙㄨㄛˇ ㄧㄢˇ

【釋義】愁得皺起眉頭，瞇著雙眼。鎖：緊皺。又作「愁眉苦眼」。
【出處】清・文康・兒女英雄傳四十回：「老爺全顧不來了，只擎著杯酒，愁眉苦眼……。」
【用法】形容非常苦惱的樣子。
【例句】看著女兒整天**愁眉鎖眼**的樣子，做父母的心裏眞難受啊！
【義近】愁眉淚眼／愁鎖雙眉／愁眉不展／愁眉苦眼／顰眉蹙額。
【義反】歡欣鼓舞／喜逐顏開。

愁思茫茫 ㄔㄡˊ ㄙ ㄇㄤˊ ㄇㄤˊ

【釋義】愁思：憂愁的思緒。茫茫：無邊無際。
【出處】柳宗元・登柳州城樓寄漳汀封連四州詩：「城上高樓接大荒，海天愁思正茫茫。」
【用法】形容愁思深廣無限。
【例句】他常常**愁思茫茫**，仰天常嘆，似乎有什麼心事。
【義近】愁海無涯／愁腸百結。
【義反】其樂無窮／喜事不斷。

愚不可及 ㄩˊ ㄅㄨˋ ㄎㄜˇ ㄐㄧˊ

【釋義】愚：笨，傻。及：趕上，比得上。
【出處】論語・公冶長：「寧武子邦有道則知，邦無道則愚。其知可及也，其愚不可及也。」
【用法】原指善於裝傻，人所不及。今則譏諷人愚蠢已極。
【例句】她眞是**愚不可及**，在受騙失身後，還把騙子當成恩人。
【義近】愚昧無比／冥頑不靈。
【義反】大智大慧／聰慧絕頂。

愚公移山 ㄩˊ ㄍㄨㄥ ㄧˊ ㄕㄢ

【釋義】此爲古代寓言故事。愚公：虛構老叟。
【出處】故事見列子・湯問篇。庾信・哀江南賦：「豈冤禽之能塞海，非愚叟之可移山。」
【用法】用以比喻人只要有頑強的意志和不怕困難的精神，再難之事也能完成。
【例句】編寫一部卷帙浩瀚的工具書，自然是很困難的，但只要發揮**愚公移山**的精神，照樣可以完成。
【義近】精衛塡海／鐵杵成針／有志者事竟成。
【義反】知難而退／半途而廢／三天打魚，兩天曬網。

愚昧無知 ㄩˊ ㄇㄟˋ ㄨˊ ㄓ

【釋義】愚昧：愚蠢糊塗，不明事理。
【出處】大唐西域記・羯若鞠闍國：「自顧寡德，國人推尊……愚昧無知，敢稀聖旨！」
【用法】形容人又愚蠢又沒有知識。
【例句】你以爲這樣做就萬無一失了嗎？眞是**愚昧無知**，不可理喻。
【義近】蒙昧無知。
【義反】聰明睿智／聰明伶俐。

惹火燒身 ㄖㄜˇ ㄏㄨㄛˇ ㄕㄠ ㄕㄣ

【釋義】引來烈火燒自己。惹：招引，引來。身：自己。

【出處】東魯古狂生・醉醒石三回：「生怕惹火燒身，連忙把余琳並馮氏送將出來。」
【用法】比喻自討苦吃或自找麻煩。
【例句】你這樣做，無非是**惹火燒身**，勸你還是三思而後行啊！
【義近】自討苦吃／自取其咎／自取其禍。
【義反】避禍遠災／明哲保身。

惹是生非

【釋義】惹：招引。是、非：指口舌、事端。一作「惹事生非」、「惹是招非」。
【出處】京本通俗小說・志誠張主管：「如今去端門看燈，從張員外門前過，又去惹是招非。」
【用法】指不學好，一味地招惹是非，生出事端。
【例句】他家老二太調皮，經常在外面**惹是生非**，害得家裏人不得安寧。
【義近】招事惹非／惹事招非／好爲事端／招風攬火。
【義反】循規蹈矩／安分守己／息事寧人／排難解紛。

惹草拈花

【釋義】草、花：用以指女子。
【出處】王實甫・西廂記二本二折：「我從來斬釘截鐵常居一，不似恁惹草拈花沒掂三。」
【用法】多指男子挑逗、引誘女子。
【例句】他是個**惹草拈花**的好色之徒，無論到哪裏都會發生桃色新聞。
【義近】拈花惹草／招蜂引蝶／尋花問柳。
【義反】坐懷不亂／正正經經／一本正經。

想入非非

【釋義】非非：出自佛經，指虛幻亦妙的境界。
【出處】趙翼・甌北詩話卷五：「妙想入非非，消寒遍九九。」
【用法】形容脫離實際的胡思亂想。
【例句】她才多看了你一眼，你就**想入非非**，以爲她對你有意思？少做夢了！
【義近】異想天開／胡思亂想／非非冥想。
【義反】腳踏實地。

想方設法

【釋義】想盡一切辦法。設法：想辦法。
【用法】形容人處於困境或遇到危難時，不甘屈服或放棄，從多方面想辦法來克服或完成。
【例句】請放心，有再大的困難，我也會**想方設法**完成你交給我的任務。
【義近】千方百計／絞盡腦汁／挖空心思。
【義反】無計可施／計無所出／一籌莫展。

想當然

【釋義】又作「想當然耳」。想：料想。當然：應當這樣。
【出處】後漢書・孔融傳：「以今度之，想當然耳。」
【用法】指憑主觀想像，認爲事情應該如此，並無事實依據。
【例句】你這樣非議人家的短處，**想當然**他一定會不高興的。
【義近】理應如此／理所當然／天經地義。

感人肺腑

【釋義】肺腑：肺臟，指內心深處。
【出處】劉禹錫・唐故相國李公傳記：「今考其文至論事疏，感人肺腑，毛髮皆聳。」
【用法】比喻使人內心深受感動之意。
【例句】林覺民的《與妻訣別書》寫得**感人肺腑**，實乃眞情流露所致。

【義近】 激動人心／沁人心脾／感人五內。

【義反】 無以感人／平淡無奇／令人生厭。

感同身受 ㄍㄢˇ ㄊㄨㄥˊ ㄕㄣ ㄕㄡˋ

【釋義】 如同自己親身受到過的一樣。身：自身。

【出處】 王闓運・致潘鄭盦書：「而門下徒黨，多荷甄拔，……書啓家所謂『感同身受』者也。」

【用法】 用以指別人所遭受的痛苦，如同自身承受了一樣。

【例句】 對於她的悲慘遭遇，我眞是**感同身受**，願盡綿薄之力幫她。

【義近】 具有同感／設身處地／於我心有戚戚焉。

【義反】 痲木不仁／無動於衷。

感恩戴德 ㄍㄢˇ ㄣ ㄉㄞˋ ㄉㄜˊ

【釋義】 戴：尊敬，推崇。

【出處】 陳壽・三國志・吳志・駱統傳：「令皆感恩戴義，懷欲報之心。」清・李寶嘉・活地獄三四回：「這位黃老太爺是感恩戴德，莫可言狀。」

【用法】 形容對別人給予的恩德十分感激。有時含有諷刺意味。

【例句】 不要這麼沒用行嗎？對手略施小惠，你就**感恩戴德**地道謝不已，太沒有原則了吧！

【義近】 感恩懷德／知恩報德／感激涕零。

【義反】 忘恩負義／恩將仇報。

感慨係之 ㄍㄢˇ ㄎㄞˇ ㄒㄧˋ ㄓ

【釋義】 感慨：感觸慨嘆。係之：因之而生。

【出處】 王羲之・蘭亭集序：「及其所之既倦，情隨事遷，感慨係之矣。」

【用法】 形容對人事的變遷感慨很深。

【例句】 睹物思人，物在人亡，**感慨係之**不禁痛哭起來。

【義近】 今昔之感／感慨萬端／感慨萬千。

【義反】 無動於衷。

感激涕零 ㄍㄢˇ ㄐㄧ ㄊㄧˋ ㄌㄧㄥˊ

【釋義】 感激得流下了眼淚。涕：眼淚。零：落。

【出處】 諸葛亮・前出師表：「臣不勝受恩感激，今當遠離，臨表涕泣，不知所云。」劉禹錫・平蔡州詩：「路旁老人憶舊事，相與感激皆涕零。」

【用法】 形容萬分感激。有時含有諷刺的意味。

【例句】 老先生每每想起恩人的再造之德便**感激涕零**，却苦無報答的機會。

【義近】 感激不盡／銘感五內／感恩戴德。

【義反】 仇恨滿胸／仇深似海／報仇雪恨。

意在言外 ㄧˋ ㄗㄞˋ ㄧㄢˊ ㄨㄞˋ

【釋義】 意思在言詞之外。

【出處】 司馬光・迂叟詩話：「古人爲詩，貴於意在言外，使人思而得之。」

【用法】 指不將眞意明顯說出，讓人自去領會。多用於文藝作品或言談。

【例句】 柳宗元的〈江雪〉一詩，寫一「獨釣寒江」的老翁，實有所寄託，**意在言外**，韻味深長。

【義近】 弦外之音。

【義反】 直抒胸臆／意在言中／直言不諱。

意味深長 ㄧˋ ㄨㄟˋ ㄕㄣ ㄔㄤˊ

【釋義】 意味：意義趣味。深長：深遠久長。

【出處】 朱熹・論語序說：「程子曰：……讀之愈久，但覺意味深長。」

【用法】 形容詩文或言談，含義

深刻，意義深遠，有無限情趣。

【例句】這是一篇思想深邃、**意味深長**的好文章。

【義近】耐人尋味／回味無窮／餘味無窮。

【義反】枯燥無味／索然無味／味如嚼蠟。

意到筆隨

【釋義】意到：心意所往。筆隨：筆隨心意而動。

【出處】春渚紀聞載：東坡曰：「吾生平作文，意之所到，則筆力曲折隨之，無不盡意。」

【用法】形容寫作得心應手，能隨心所欲地運其筆墨。

【例句】如果有誰爲文能像蘇軾那樣**意到筆隨**，那的確可算是人生得意事。

【義近】下筆如有神／筆隨人願／揮灑自如。

【義反】搜盡枯腸／辭不達意／筆不應心。

意氣用事

【釋義】意氣：此指主觀偏激的情緒。用事：辦事。

【出處】黃宗羲・陳乾初墓志銘初稿：「始知曩日意氣用事，刻意破除，久歸平貼。」

【用法】形容處理事情憑一時的感情衝動，而缺乏理智。

【例句】我們遇事要冷靜沉著，決不可**意氣用事**，圖一時的痛快，否則會換來更多的麻煩。

【義近】感情用事／使氣任性。

【義反】深謀遠慮／冷靜沉著。

意氣相投

【釋義】意氣：此指志趣和性格。投：合。

【出處】宮大用・范張雞黍三折：「咱意氣相投，你知我心憂。」

【用法】指志趣和性格相同的人，彼此很合得來。

【例句】一種米養百樣人，一生中想找一個**意氣相投**的人，實在是不容易啊！

【義近】情投意合／志同道合／臭味相投。

【義反】格格不入／方枘圓鑿／你東我西。

意氣風發

【釋義】意氣：意志和氣概。風發：像刮風一樣迅猛，喻奮發。

【出處】淮南子・兵略訓：「主明將良，上下同心，意氣俱起。」後漢書・皇甫嵩傳：「實……風發之良時也。」

【用法】形容精神振奮，氣概豪邁。

【例句】瞧他**意氣風發**的樣子，好像這次比賽他一定會凱旋而歸。

【義近】精神抖擻／意氣揚揚／鬥志昂揚／雄姿英發。

【義反】萎靡不振／垂頭喪氣／灰心喪志。

意氣揚揚

【釋義】意氣：志向和氣概。揚揚：也寫作「洋洋」，振奮自得貌。

【出處】司馬遷・史記・管晏列傳：「擁大蓋，策駟馬，意氣揚揚，甚自得也。」

【用法】形容情緒高漲，十分得意的樣子。

【例句】他**意氣揚揚**地跑回來向大家宣佈他的作品入圍了。

【義近】洋洋自得／得意揚揚。

【義反】頹廢不振／頹廢自傷。

愛人以德

【釋義】意即「以德愛人」。德：指道德標準或仁愛。

【出處】禮記・檀弓上：「君子之愛人也以德，細人之愛人也以姑息。」

【用法】指按照道德標準去愛護和幫助人。

【例句】**愛人以德**，教育孩子絕

不可溺愛放縱，否則將產生極大的負面結果。
【義近】愛人以仁／愛人以義。
【義反】姑息養奸／放縱爲非。

愛不釋手 ㄞˋ ㄅㄨˋ ㄕˋ ㄕㄡˇ

【釋義】喜愛得捨不得放手。釋：放開。
【出處】文康・兒女英雄傳三五回：「他看了也知道愛不釋手。」
【用法】形容喜愛已極。
【例句】把玩著這件精緻的藝術品，令人有**愛不釋手**的感覺。
【義近】愛不忍釋／愛不輟手。
【義反】棄若敝屣／視如糞土。

愛屋及烏 ㄞˋ ㄨ ㄐㄧˊ ㄨ

【釋義】喜愛那所房屋而連及喜愛那屋上的烏鴉。
【出處】伏勝・尙書大傳・大戰：「愛人者，兼其屋上之烏。」
【用法】比喻愛一個人而連帶喜愛和他有關係的人或事物。
【例句】他深愛著他的妻子，同時**愛屋及烏**地敬愛其妻的家人，實在是有心啊！
【義近】推愛屋烏。

愛財如命 ㄞˋ ㄘㄞˊ ㄖㄨˊ ㄇㄧㄥˋ

【釋義】吝惜錢財如同吝惜自己的性命一樣。愛：吝惜。
【出處】羽衣女士・東歐女豪傑四回：「我想近來世界，不管什麼英雄……都是愛財如命。」
【用法】形容人極其看重錢財，貪婪吝嗇之至。
【例句】他**愛財如命**，雖萬貫家產，朋友却少得可憐，眞是悲哀。
【義近】見錢眼開／一毛不拔／一文如命。
【義反】輕財好義／揮金如土／仗義疏財／慷慨解囊。

愛莫能助 ㄞˋ ㄇㄛˋ ㄋㄥˊ ㄓㄨˋ

【釋義】莫：不。又作「愛莫助之」。
【出處】詩經・大雅・烝民：「維仲山甫舉之，愛莫助之。」
【用法】說明心裏雖然願意幫助，但是力量辦不到。
【例句】此事不是我不願幫忙，我實在是**愛莫能助**。
【義近】心長力短／心餘力絀／心有餘而力不足。
【義反】無心相助／視若無睹／恝然置之／漠不關心。

愛憎分明 ㄞˋ ㄗㄥ ㄈㄣ ㄇㄧㄥˊ

【釋義】愛憎：愛和恨。分明：明確。又作「憎愛分明」。
【出處】禮記・曲禮上：「愛而知其惡，憎而知其善。」韓非子・守道：「法分明，則賢不得奪不肖。」
【用法】說明愛什麼恨什麼，界限淸楚，態度明朗。
【例句】她爲人率眞，**愛憎分明**，雖易得罪別人，但也無可厚非。
【義近】旌善懲惡／善善惡惡／好善嫉惡／涇渭分明。
【義反】姑息養奸／認敵爲友／善惡不分。

惶恐不安 ㄏㄨㄤˊ ㄎㄨㄥˇ ㄅㄨˋ ㄢ

【釋義】惶恐：驚慌害怕。
【出處】漢書・王莽傳：「人民正營。」顏師古注曰：「正營，惶恐不安之意也。」
【用法】形容心懷恐懼，十分不安。
【例句】你這樣東躲西藏，**惶恐不安**地過日子，實在不是辦法，還是趕快去自首吧！
【義近】惴惴不安／驚恐不安。
【義反】心安神定／神色自如／氣定神閒。

惶惶不可終日 ㄏㄨㄤˊ ㄏㄨㄤˊ ㄅㄨˋ ㄎㄜˇ ㄓㄨㄥ ㄖˋ

【釋義】驚慌得連一天都過不下

去。惶惶：又作「皇皇」，恐懼不安的樣子。

【出處】劉義慶・世說新語・言語：「（魏文）帝曰：『卿面何以汗？』（鍾）毓對曰：『戰戰惶惶，汗出如漿。』」

【用法】形容驚恐不安到了極點。

【例句】既然你否認涉案，又何須**惶惶不可終日**，害怕警察上門呢？

【義近】惶恐不安／食不知味，寢不安枕。

【義反】心安理得／安然高臥。

惱羞成怒（ㄋㄠˇ ㄒㄧㄡ ㄔㄥˊ ㄋㄨˋ）

【釋義】惱：忿恨。羞：羞愧。

【出處】李寶嘉・官場現形記六回：「那撫臺見是如此，知道王協臺有心瞧他不起，惱羞成怒。」

【用法】指羞愧到了極點，下不了臺而發怒。

【例句】他容不得別人指責他，還沒散會就**惱羞成怒**地離席了。

【義近】暴跳如雷／怒氣沖沖／氣急敗壞。

【義反】心平氣和／平心靜氣。

惺惺惜惺惺（ㄒㄧㄥ ㄒㄧㄥ ㄒㄧˊ ㄒㄧㄥ ㄒㄧㄥ）

【釋義】聰明人愛聰明人。惺惺：聰明機警之人。

【出處】喬夢符・兩世姻緣二折：「端的是剪雪裁冰，惺惺的自古惜惺惺。」

【用法】比喻同類的人相互愛惜、同情。

【例句】我們同是出國留學的中國人，理當**惺惺惜惺惺**相互幫忙，你就不要太見外了。

【義近】好漢惜好漢，英雄憐英雄／惺惺相惜。

【義反】文人相輕／同行相嫉。

惴惴不安（ㄓㄨㄟˋ ㄓㄨㄟˋ ㄅㄨˋ ㄢ）

【釋義】惴惴：恐懼的樣子。

【出處】詩經・秦風・黃鳥：「臨其穴，惴惴其慄。」

【用法】形容因擔心害怕而恐懼不安的樣子。

【例句】害怕盜領公款的事東窗事發，王科長**惴惴不安**地過了一個月，後來實在是受不了便自首了。

【義近】忐忑不安／七上八下／惶惶不可終日。

【義反】泰然自若／若無其事。

惻隱之心（ㄘㄜˋ ㄧㄣˇ ㄓ ㄒㄧㄣ）

【釋義】惻隱：同情，憐憫。

【出處】孟子・公孫丑上：「今人乍見孺子將入於井，皆有怵惕惻隱之心。」

【用法】指對別人不幸所產生的憐憫、同情之心。

【例句】義賣會場上人人發揮**惻隱之心**，慷慨解囊，這個社會其實並不冷漠。

【義近】悲天憫人／心生憐憫／慈悲為懷。

【義反】鐵石心腸／膜外概置。

慌不擇路（ㄏㄨㄤ ㄅㄨˋ ㄗㄜˊ ㄌㄨˋ）

【釋義】慌亂之中來不及選擇道路。

【出處】施耐庵・水滸傳三回：「自古有幾般：飢不擇食，寒不擇衣，慌不擇路，貧不擇妻。」

【用法】比喻在緊急情況下，來不及仔細權衡考慮，或比喻實在沒有其他辦法，只好這樣做。

【例句】她在衣食無著、舉目無親的情況下，**慌不擇路**，只好下嫁給這個糟老頭了。

【義近】急不暇擇／飢不擇食／寒不擇衣。

【義反】從容不迫／不慌不忙。

慢工出細貨（ㄇㄢˋ ㄍㄨㄥ ㄔㄨ ㄒㄧˋ ㄏㄨㄛˋ）

【釋義】細貨：精細的產品。又作「慢工出細活」。

【用法】用以說明工作雖然遲慢，但在精巧上下功夫，可以製作出優質產品。

【例句】俗話說：**慢工出細貨**，你不要老催他，他會做出令你滿意的成品的。

【義近】精雕細琢。

【義反】粗製濫造。

慢條斯理（ㄇㄢˋ ㄊㄧㄠˊ ㄙ ㄌㄧˇ）

【釋義】意謂動作慢騰騰的。

【出處】金聖嘆・批王實甫西廂記三本二折：「慢條斯理，如在意如不在意。」

【用法】形容人不慌不忙。

【例句】他說起話來總是**慢條斯理**的，半天才擠出一句，眞是急死人了！

【義近】從容不迫／不慌不忙／慢騰騰。

【義反】劍及履及／聞斯行之。

慘不忍睹（ㄘㄢˇ ㄅㄨˋ ㄖㄣˇ ㄉㄨˇ）

【釋義】慘：悲慘，淒慘。睹：看。

【出處】黃小配・洪秀全演義三五回：「屍首堆積，慘不忍睹。」

【用法】形容悲慘得使人看不下去。

【例句】車禍現場**慘不忍睹**的畫面重覆上演，違規開車的駕駛們，却依然我行我素。

【義近】慘不忍視／目不忍視。

【義反】百看不厭／賞心悅目。

慘不忍聞（ㄘㄢˇ ㄅㄨˋ ㄖㄣˇ ㄨㄣˊ）

【釋義】慘：悲慘，淒慘。聞：聽。

【出處】陳天華・獅子吼二回：「或父呼子，或夫覓妻，呱呱之聲……比比皆是，慘不忍聞。」

【用法】形容悲慘得使人不忍聽下去。

【例句】專制暴君統治下的監獄裏，每晚都會傳出**慘不忍聞**的哀號聲。

【義近】耳不忍聞／悲不忍聞。

【義反】百聽不厭／悠揚悅耳。

慘淡經營（ㄘㄢˇ ㄉㄢˋ ㄐㄧㄥ ㄧㄥˊ）

【釋義】慘淡：也寫作「慘澹」，辛苦。經營：策畫，營謀。

【出處】杜甫・丹青引贈曹將軍霸：「詔謂將軍拂絹素，意匠慘淡經營中。」

【用法】原指下筆之前苦心構思，今日以指苦心經營。

【例句】這個廠經過老闆多年的**慘淡經營**，現在總算是頗具規模了。

【義近】苦心經營／篳路藍縷。

【義反】坐享其成／惰其手足。

慘無人道（ㄘㄢˇ ㄨˊ ㄖㄣˊ ㄉㄠˋ）

【釋義】慘：凶惡，狠毒。人道：愛護人和關心人，尊重人的人格和做人的權利。

【出處】蔡東藩・唐史演義五二回：「將妃、主等人，一一剖心致祭，慘無人道。」

【用法】形容兇狠殘暴，滅絕人性。

【例句】日軍把村民們趕回原地，強迫他們繼續看這一場**慘無人道**的大屠殺。

【義近】滅絕人性／狼戾不仁／喪盡天良。

【義反】仁心仁義／菩薩心腸。

慘絕人寰（ㄘㄢˇ ㄐㄩㄝˊ ㄖㄣˊ ㄏㄨㄢˊ）

【釋義】世界上沒有比這更慘的了。絕：窮盡，到了盡頭。人寰：人世。寰：世界。

【出處】鮑照・舞鶴賦：「去帝鄉之岑寂，歸人寰之喧卑。」

【用法】形容慘痛到了極點。

【例句】這歹徒眞是喪盡天良，那樣**慘絕人寰**的手段也使得出來。

【義近】見「慘無人道」條。

慷他人之慨（ㄎㄤ ㄊㄚ ㄖㄣˊ ㄓ ㄎㄞˇ）

【釋義】之：助詞「的」。

【出處】梁辰魚・浣紗記傳奇・採蓮：「主公，平日曉得伯嚭做人的，是這等風自己之流，慷他人之慨的。」

【用法】 說明利用他人財物來作人情或裝飾場面。

【例句】 你以爲他眞的大方？還不是**慷他人之慨**，借花獻佛罷了！

【義近】 借花獻佛。

慷慨陳詞 ㄎㄤ ㄎㄞˇ ㄔㄣˊ ㄘˊ

【釋義】 慷慨：意氣昂揚，情緒激動。陳詞：陳述言詞。

【出處】 陳壽・三國志・魏志・臧洪傳：「洪辭氣慷慨，涕泣橫下，聞其言者……莫不激揚，人思致節。」

【用法】 形容情緒激昂地陳述自己的意見。

【例句】 他在法庭上**慷慨陳詞**，把別人對他的指控，一一舉證駁倒。

【義近】 義正詞嚴／大聲疾呼／滔滔陳詞。

【義反】 支吾其詞／吞吞吐吐／張口結舌。

慷慨就義 ㄎㄤ ㄎㄞˇ ㄐㄧㄡˋ ㄧˋ

【釋義】 慷慨：意氣激昂。就義：爲正義事業而犧牲。又作「慷慨赴義」。

【出處】 朱鼎玉・鏡臺記：「大丈夫當慷慨赴義，何用悲爲！」

【用法】 形容情緒激昂地爲正義事業而壯烈犧牲。

【例句】 文天祥至死不屈，最後**慷慨就義**，表現了高尚的民族氣節。

【義近】 從容就義／視死如歸。

【義反】 貪生怕死／苟且偷生／賣國求生。

慷慨解囊 ㄎㄤ ㄎㄞˇ ㄐㄧㄝˇ ㄋㄤˊ

【釋義】 慷慨：豪爽，不吝嗇。解囊：解開錢袋拿出錢。

【出處】 施耐庵・水滸傳五回：「魯智深見李忠、周通不是個慷慨之人，作事慳吝，只要下山。」

【用法】 形容極其豪爽大方地在經濟上幫助別人或進行捐獻而毫不吝惜。

【例句】 親友中無論誰有了困難，他都會**慷慨解囊**，盡全力幫忙，實在是難得。

【義近】 仗義疏財／傾囊相助／樂善好施。

【義反】 一毛不拔／視財如命。

慷慨激昂 ㄎㄤ ㄎㄞˇ ㄐㄧ ㄤˊ

【釋義】 慷慨：充滿正氣的樣子。激昂：激動昂揚。又作「激昂慷慨」。

【出處】 柳宗元・上權德輿補闕溫卷決進退啓：「今將慷慨激昂，奮攘布衣。」

【用法】 形容人精神振奮，情緒激昂，充滿正氣。

【例句】 他在議會中**慷慨激昂**的講詞，得到與會人士的擊節讚賞，爲他贏回了支持與尊嚴。

【義近】 義憤塡膺／大義凜然。

【義反】 萎靡不振／情緒低落。

慾壑難塡 ㄩˋ ㄏㄨㄛˋ ㄋㄢˊ ㄊㄧㄢˊ

【釋義】 欲望像壑谷一樣深，難以塡平。壑：深溝，山谷。

【出處】 頤瑣・黃繡球四回：「衙門口人慾壑難塡，也不好太懦弱了。」

【用法】 形容人貪心太重，無法滿足。

【例句】 這個女人眞是**慾壑難塡**，再多的珠寶華服她都嫌不夠。

【義近】 錙銖必較／貪得無饜。

【義反】 饜腸易盈／知止知足。

憂心如焚 ㄧㄡ ㄒㄧㄣ ㄖㄨˊ ㄈㄣˊ

【釋義】 心裏急得像火燒一樣。焚：燒。

【出處】 詩經・小雅・節南山：「憂心如惔（火燒），不敢戲談。國旣卒斬，何用不監。」

【用法】 形容非常憂慮焦急。

【例句】 爲了孩子的病，她**憂心**

如焚地四處求醫問診，卻未見絲毫起色。

【義近】心急如焚／心焦如火。

【義反】興高采烈／心花怒放。

憂心忡忡 ㄧㄡ ㄒㄧㄣ ㄔㄨㄥ ㄔㄨㄥ

【釋義】忡忡：憂愁不安之狀。

【出處】詩經・召南・草蟲：「未見君子，憂心忡忡。」

【用法】形容心事重重，非常憂愁。

【例句】聽說公司要大裁員，他整日**憂心忡忡**，不知會不會裁到自己。

【義近】憂心如搗／憂心如焚。

【義反】喜躍抃舞／手舞足蹈／喜形於色。

憂患餘生 ㄧㄡ ㄏㄨㄢˋ ㄩˊ ㄕㄥ

【釋義】憂患：困苦患難。餘生：幸存的生命。

【出處】周易・繫辭下：「作易者豈有憂患乎？」元好問・從人借琴詩：「幸從炊爨脫餘生。」

【用法】指飽經患難之後僥倖保全下來的生命。

【例句】徐老先生在海外歷盡滄桑，深有**憂患餘生**之感，現決定回歸故里安度晚年。

【義近】虎口餘生／大難殘生／死裏逃生。

【義反】在劫難逃／死於非命。

憤憤不平 ㄈㄣˋ ㄈㄣˋ ㄅㄨˋ ㄆㄧㄥˊ

【釋義】憤憤：憤恨而不能平靜的樣子。

【出處】歸有光・崑山縣倭寇始末書：「挺身冒險，仗義執言，乃至暴沒，皆憤憤不平之所致也。」

【用法】形容人見到不合正義或不公平的事，而感到氣憤。

【例句】他犯了國法，卻逍遙法外，當然令人**憤憤不平**。

【義近】憤恨不平／打抱不平／激於義憤。

【義反】心平氣和／泰然處之。

憤世嫉俗 ㄈㄣˋ ㄕˋ ㄐㄧˊ ㄙㄨˊ

【釋義】憤：憤恨。嫉：痛恨，憎惡。又作「憤世嫉邪」。

【出處】韓愈・雜說：「其能盡其性而不類於禽獸異物者，希矣。將憤世嫉邪，長往而不來者之所爲乎？」

【用法】形容人對社會現狀和習俗深感不滿與憎惡。

【例句】他才高八斗，卻懷才不遇，難怪他會**憤世嫉俗**。

【義近】疾世憤俗／悲歌慷慨／忿恚不平。

【義反】隨俗浮沉／隨波逐流／與時俯仰／平心靜氣／心平氣和。

應付自如 ㄧㄥˋ ㄈㄨˋ ㄗˋ ㄖㄨˊ

【釋義】應付：設法對待或處置。自如：從容不迫的樣子。

【出處】司馬遷・史記・李將軍列傳：「會日暮，吏士皆無人色，而廣意氣自如。」

【用法】形容處理問題或遇到棘手難辦之事，能不慌不忙，很有辦法。

【例句】李祕書能力很強，大小事情都能**應付自如**。

【義近】應付裕如／優遊自如／遊刃有餘。

【義反】手忙腳亂／手足無措／左右爲難／應接不暇／窮於應付。

應有盡有 ㄧㄥ ㄧㄡˇ ㄐㄧㄣˋ ㄧㄡˇ

【釋義】應該有的都有了。盡：全，都。

【出處】宋書・江智淵傳：「人所應有盡有，人所應無盡無者，其江智淵乎？」

【用法】形容一切齊全，所需要的無不具備。

【例句】迪化街裏，什麼南北雜貨都**應有盡有**。

【義近】一應俱全／無所不有／無所不備。

【義反】一無所有／空空如也。

應接不暇（ㄧㄥˋ ㄐㄧㄝ ㄅㄨˋ ㄒㄧㄚˊ）

【釋義】暇：空閒。

【出處】劉義慶・世說新語・言語：「從山陰道上行，山川自相映發，使人應接不暇。」

【用法】本指美景甚多，來不及遍賞。後也指人事多繁忙，應付不過來。

【例句】這陣子景氣復甦許多，面對**應接不暇**的訂單，老闆簡直要樂歪了。

【義近】目不暇接／目不暇給／窮於應付／手忙腳亂。

【義反】一目了然／一望無遺／勝任愉快／遊刃有餘／應付自如。

應運而生（ㄧㄥˋ ㄩㄣˋ ㄦˊ ㄕㄥ）

【釋義】順應天命而降生。運：天命。

【出處】荀悅・前漢記三十：「實天生德，應運建主。」曹雪芹・紅樓夢二回：「若大仁者則應運而生。」

【用法】今指順應時機而產生。

【例句】工商時代的到臨，服務業**應運而生**，並且以驚人的速度在發展。

【義近】應時而動／應運而起。

【義反】時不我與／生不逢辰。

應對如流（ㄧㄥˋ ㄉㄨㄟˋ ㄖㄨˊ ㄌㄧㄡˊ）

【釋義】回答問話就像流水一樣。應對：對答。又作「應答如流」。

【出處】晉書・張華傳：「華應對如流，聽者忘倦。」

【用法】形容回答別人的問話敏捷流暢。

【例句】別看他小小年紀，遇著各種問題皆能**應對如流**，語驚四座。

【義近】如響斯應／應對如響／對答如流。

【義反】澀於言論／拙口鈍腮／張口結口／期期艾艾／辭窮口拙。

應聲蟲（ㄧㄥˋ ㄕㄥ ㄔㄨㄥˊ）

【釋義】唐・張鷟・朝野僉載：有人患怪病，腹中生蟲，人說話，腹內有小聲應之。道士謂此爲應聲蟲。

【出處】田藝蘅・留青日札摘抄四：「己無特見，一一隨人之聲而和之，譬之應聲蟲焉。」

【用法】譏諷沒有主見，隨聲附和之人。

【例句】甭問他意見了，他是標準**應聲蟲**，不會有創見的。

【義近】人云亦云／隨聲附和。

懲一警百（ㄔㄥˊ ㄧ ㄐㄧㄥˇ ㄅㄞˇ）

【釋義】懲：懲罰。警：又作「儆」，警告，告誡。

【出處】漢書・尹翁歸傳：「其有所取也，以一警百，吏民皆服，恐懼改過自新。」

【用法】指懲罰一人或少數人，借以警戒許多人。

【例句】現在行人違規越來越嚴重，警方該想出對策，至少也要**懲一警百**，否則顯得一點魄力都沒了。

【義近】殺雞儆猴／殺一儆百。

【義反】姑息養奸／養癰遺患。

懲忿窒欲（ㄔㄥˊ ㄈㄣˋ ㄓˋ ㄩˋ）

【釋義】止息忿怒，窒塞情欲。懲：戒止。窒：塞，抑止。

【出處】周易・損卦：「君子以懲忿窒欲。」疏：「懲止忿怒，窒塞情欲。」

【用法】用以說明一個人要下工夫加強修養，抑制怒恨與欲望。

【例句】所謂修身，就是要做到**懲忿窒欲**，進一步再多爲他人著想。

【義近】克己復禮／嚴於律己。

【義反】任性而爲／恣意妄爲。

懲前毖後（ㄔㄥˊ ㄑㄧㄢˊ ㄅㄧˋ ㄏㄡˋ）

【釋義】懲：警戒。毖：小心謹

愼。

【出處】詩經・周頌・小毖：「予其懲而毖後患。」張居正・答河道吳自湖計河漕：「懲前毖後，預爲先事之圖可也。」

【用法】用以表示應從以往的失敗中吸取教訓，以利對未來的事能謹愼處理。

【例句】我們要從過去的錯誤中學習，**懲前毖後**，以避免再犯同樣的錯誤。

【義近】前車可鑑／前事不忘，後事之師。

【義反】重蹈覆轍／一誤再誤。

懲惡勸善（ㄔㄥˊ ㄜˋ ㄑㄩㄢˋ ㄕㄢˋ）

【釋義】懲：懲治，懲罰。勸：勉勵，獎勵。

【出處】左傳・成公一四年：「春秋之稱微而顯，志而晦……懲惡而勸善。」

【用法】用以說明貶斥壞人，獎勵好人。

【例句】只有始終堅持**懲惡勸善**的原則，社會秩序才有可能根本好轉。

【義近】賞善罰惡／陟罰臧否。

【義反】棄善取惡／賞罰不明。

懷才不遇（ㄏㄨㄞˊ ㄘㄞˊ ㄅㄨˋ ㄩˋ）

【釋義】懷：懷藏。遇：指遇到時機、機會。

【出處】俞吟香・青樓夢題綱：「竟使一介寒儒，懷才不遇。」

【用法】指有才能而得不到賞識，沒有施展的機會。

【例句】屈原**懷才不遇**，憤而投江，從另一個角度看，他被拒於政治門外，却在文學的領域中開花結果。

【義近】英雄無用武之地／蛟龍失水。

【義反】人盡其才／如魚得水／蛟龍得水。

懷古傷今（ㄏㄨㄞˊ ㄍㄨˇ ㄕㄤ ㄐㄧㄣ）

【釋義】懷古：思念往古。傷今：感傷現在。

【出處】張衡・東京賦：「望先帝之舊墟，慨長思而懷古。」

【用法】指人因對現實某些情形不滿而產生的思想感觸。

【例句】在功利主義的社會中，許多文人不免有**懷古傷今**之悲嘆。

【義近】弔古傷今／今不如昔。

【義反】今非昔比／昔不如今。

懷瑾握瑜（ㄏㄨㄞˊ ㄐㄧㄣˇ ㄨㄛˋ ㄩˊ）

【釋義】瑾、瑜皆爲美玉。

【出處】屈原・九章・懷沙：「懷瑾握瑜兮，窮不知所示。」

【用法】用以比喻人有高貴的品德與才能。

【例句】現在眞正**懷瑾握瑜**，有眞才實學的人實在不多。

【義近】抱瑜持瑾。

【義反】糞壤充幃／寡廉鮮恥。

懸梁刺股（ㄒㄩㄢˊ ㄌㄧㄤˊ ㄘˋ ㄍㄨˇ）

【釋義】把頭髮拴掛在屋梁上，用錐子刺大腿。股：大腿。

【出處】戰國策・秦策：「蘇秦讀書欲睡，引錐自刺其股。」太平御覽引漢書・孫敬：「以繩繫頭懸屋梁。」

【用法】用以形容人刻苦攻讀，自強不息。

【例句】古人**懸梁刺股**、囊螢映雪的刻苦向學，在今天看來，簡直是不合常理的故事。

【義近】囊螢映雪／鑿壁偷光／十年寒窗。

【義反】一曝十寒／三天打魚，兩天曬網。

懸崖峭壁（ㄒㄩㄢˊ ㄧㄞˊ ㄑㄧㄠˋ ㄅㄧˋ）

【釋義】懸崖：高而陡的山崖。峭壁：陡直的崖壁。又作「懸崖絕壁」。

【出處】劉長卿・望龍山懷道士許法稜：「懸崖絕壁幾千丈，綠蘿嫋嫋不可攀。」

【用法】形容山勢險峻。

【例句】這一帶**懸崖峭壁**相連，自然奇觀讓人不由得佩服造物者的偉大。

【義近】懸崖削壁／懸崖絕壑。

【義反】一馬平川／萬里平原。

懸崖勒馬

【釋義】在高高的山崖邊上勒住馬。懸崖：又高又陡的山崖。勒：收住韁繩。

【出處】紀昀・閱微草堂筆記八：「書生懸崖勒馬，可謂大智慧矣。」

【用法】比喻面臨險境，應翻然悔悟，趕緊回頭。

【例句】幸好你**懸崖勒馬**，尚未造成大錯，可能冥冥中祖先在庇蔭你。

【義近】回頭是岸／迷途知返／浪子回頭。

【義反】執迷不悟／一錯再錯／至死不悟。

戀戀不捨

【釋義】戀戀：顧念，依依不捨。捨：離開。

【出處】王逸・九思・傷時：「顧章華兮太息，志戀戀兮依依。」馮夢龍・醒世恆言・徐老僕義憤成家：「我所戀戀不捨者，單愛他這一件。」

【用法】形容非常留戀，不忍分離。

【例句】在每個人的心中，對自己的故鄉總有**戀戀不捨**的情懷。

【義近】依依不捨／眷眷之心／難捨難分／區區難捨。

【義反】絕裾而去／一去不回頭／無所留戀。

戈部

戎馬倥傯

【釋義】戎馬：戰馬，借指軍事生活。倥傯：急迫，繁忙。

【出處】淮陰百一居士・壺天錄卷上：「至於戎馬倥傯，大勢已烈，隻手難撐，不得以一死報國家。」

【用法】指軍事戰禍不斷迭起。

【例句】我自服役以來，**戎馬倥傯**，一直未能回家探望老母，深感掛念。

【義近】戰禍頻仍／兵荒馬亂／兵連禍結。

【義反】國泰民安／天下昇平。

成人之美

【釋義】成全他人的好事。美：美好的事情。

【出處】論語・顏淵：「君子成人之美，不成人之惡。」

【用法】表示助人爲善，樂於爲他人幫忙。

【例句】君子有**成人之美**，你就好人做到底，幫他解決這件事吧！

【義近】助人爲樂／爲善最樂／玉成其事／鼎力玉成／樂觀其成。

【義反】成人之惡／從中作梗。

成人不自在，自在不成人

【釋義】成人：有所成就的人，德才兼備的人。自在：放任自流。

【出處】羅大經・鶴林玉露：「諺云：『成人不自在，自在不成人。』此言雖淺，然實切至之論，千萬勉之！」

【用法】說明一個人要想有所成就，就必須刻苦努力，不可放任自流。

【例句】**成人不自在，自在不成**

人，孩子就是要管教嚴一些，今後才有可能成爲人上人。

【義近】嚴師出高徒／黃金棒下出好人。

【義反】放任自流／聽之任之。

成也蕭何，敗也蕭何（ㄔㄥˊ ㄧㄝˇ ㄒㄧㄠ ㄏㄜˊ，ㄅㄞˋ ㄧㄝˇ ㄒㄧㄠ ㄏㄜˊ）

【釋義】蕭何：輔佐劉邦得天下，漢興用爲丞相。

【出處】洪邁・容齋隨筆載：蕭何初薦韓信爲大將，後又翼助呂后設計殺韓信，故俚語有「成也蕭何，敗也蕭何」。

【用法】比喻事情的成敗出於一人之手，也比喻出爾反爾、反覆無常。

【例句】當初把他請來的是你，現在炒他魷魚的也是你，眞是**成也蕭何，敗也蕭何**。

【義近】出爾反爾／反覆無常。

成仁取義（ㄔㄥˊ ㄖㄣˊ ㄑㄩˇ ㄧˋ）

【釋義】成：成就。仁：仁愛。義：正義。

【出處】文天祥・自贊：「孔曰成仁，孟曰取義，惟其義盡，所以仁至……而今而後，庶幾無愧。」

【用法】用以形容爲正義事業而犧牲。

【例句】在我國歷史上，有不少正直之士都勇於**成仁取義**，爲後世留下不朽的典範。

【義近】殺身成仁／捨生取義／爲國捐軀／殉義忘身。

【義反】貪生怕死／捨義求榮／苟全性命／降志辱身／靦顏借命。

成年累月（ㄔㄥˊ ㄋㄧㄢˊ ㄌㄟˇ ㄩㄝˋ）

【釋義】成年：整年；成，整。累：積聚。一作「積年累月」。

【出處】顏之推・顏氏家訓：「婢僕求容，助相說引，積年累月，安有孝子乎？」

【用法】極言時日長久。

【例句】**成年累月**的筆耕下來，他的作品數量也頗可觀了。

【義近】窮年累月／累年累月。

【義反】一朝一夕／一年半載／轉瞬之間。

成竹在胸（ㄔㄥˊ ㄓㄨˊ ㄗㄞˋ ㄒㄩㄥ）

【釋義】畫竹時心裏先有竹子的形象。成竹：完整的竹子。

【出處】蘇軾・文與可畫篔簹谷偃竹記：「故畫竹，必先得成竹於胸中。」

【用法】比喻事先早有了主意，有時也用以形容因心中早有準備而鎮定自若的神態。

【例句】這次談判，如何爲我方爭取最大利益，他早已**成竹在胸**，因此毫不緊張。

【義近】胸有成竹／心中有數／自有定見／胸中有數。

【義反】張皇失措／不知所措／束手無策／無計可施／臨事而懼。

成事不足，敗事有餘（ㄔㄥˊ ㄕˋ ㄅㄨˋ ㄗㄨˊ，ㄅㄞˋ ㄕˋ ㄧㄡˇ ㄩˊ）

【釋義】成事：辦成事情。不足：不能，不夠。敗事：把事情弄糟，一作「壞事」。

【用法】指辦不好事情，反而把事情弄糟。也指對事情不懷好意的人。

【例句】這種人**成事不足，敗事有餘**，把重任託負給他只會壞了大事。

【義近】謀事不成，壞事有餘。

成家立業（ㄔㄥˊ ㄐㄧㄚ ㄌㄧˋ ㄧㄝˋ）

【釋義】指男子結了婚，有了職業。

【出處】古今小說・蔣興哥重會珍珠衫：「常言『坐吃山空』，我夫妻兩口，也要成家立業。」

【用法】用以表示男子已能獨立生活，也用以指興建家業或事業。

【例句】我兩個兒子都已**成家立業**，自立門戶了。

【義近】安家立業／家成業就。

【義反】傾家蕩產／靡室靡家。

成敗在此一舉

【釋義】是成功還是失敗就在這一次了。舉：行動。

【出處】文康・兒女英雄傳二六回：「這樁事任大責重，方才一口氣許了公婆，成敗在此一舉。」

【用法】用以強調此次舉動非同小可，關係整體的成功或失敗。

【例句】今晚的行動一定要保密，**成敗在此一舉**，千萬不可掉以輕心。

【義近】事關全局／關鍵一著／成敗攸關／舉足輕重。

【義反】無關大局。

成羣結隊

【釋義】意謂一羣一夥。

【出處】羅貫中・三國演義九五回：「忽然山中居民，成羣結隊，飛奔而來，報說魏兵已到。」

【用法】形容一羣羣、一隊隊。

【例句】一聽到棒球代表隊獲勝的消息，民眾們雀躍不已，**成羣結隊**地擁向街頭歡呼。

【義近】三五成羣。

【義反】稀稀落落／單槍匹馬／形單影隻／孑然一身。

戒備森嚴

【釋義】戒備：警戒準備。森嚴：整肅，整飭。

【出處】左丘明・國語・晉語三：「日考而習，戒備畢矣。」新唐書・文藝傳序：「排逐百家，法度森嚴。」

【用法】用以說明警戒防備得十分嚴密。

【例句】監獄為羈押人犯的處所，平日**戒備森嚴**，唯恐罪犯乘隙脫逃。

【義近】壁壘森嚴／銅牆鐵壁／水洩不通。

【義反】高枕而臥／高枕無憂／掉以輕心。

戒驕戒躁

【釋義】戒：警惕，防備。驕：驕傲。躁：急躁。

【用法】說明一個人應時刻警惕並防止產生驕傲、急躁的情緒。

【例句】無論是讀書還是工作，都應**戒驕戒躁**，這樣才能日有所進，月有所長。

【義近】不矜不伐／不驕不躁。

【義反】居功自恃／夜郎自大。

我生不辰

【釋義】我生不逢時。辰：時，時代。

【出處】詩經・大雅・桑柔：「憂心慇慇，念我土宇。我生不辰，逢天僤怒。」

【用法】嗟歎自己生不得其時，即沒有生在一個好的時代。

【例句】屈原是我國最偉大的浪漫詩人，結局卻如此的悽慘，難怪他生前有**我生不辰**的喟歎。

【義近】生不逢時／時不我予。

【義反】生當其時。

我行我素

【釋義】行：做。素：平素的，本來的。

【出處】禮記・中庸：「君子素其位而行，不願乎其外。素富貴行乎富貴，素貧賤行乎貧賤。」

【用法】用以表示自行其是，不以環境為轉移，不受別人影響。

【例句】你再如此妄自尊大，**我行我素**下去，前途會葬送在你自己手裏。

【義近】依然故我／獨斷獨行。

【義反】一反常態／一改故轍。

我見猶憐

【釋義】猶：尚且。憐：愛。

【出處】劉義慶・世說新語載：桓溫收李勢女為妾，其妻妒而欲殺之。及見李氏，擲刀抱住曰：「我見汝亦憐，何況老奴！」

【用法】用以形容女子姿態美麗，楚楚動人，同性見了也愛憐。

【例句】這位小姐的確貌若天仙，不要說男人見了神魂顛倒，就是女人見了也會產生**我見猶憐**之感。

【義近】人見人愛。

【義反】可憎可惡。

截長補短 ㄐㄧㄝˊ ㄔㄤˊ ㄅㄨˇ ㄉㄨㄢˇ

【釋義】把長的部分割下來接補短的。截：割斷。

【出處】度正・性善堂稿六：「舊城堙廢之餘，截長補短，可得十之五。」

【用法】比喻以多餘補不足，或比喻用長處補短處。

【例句】你倆一起合作正好，可以彼此**截長補短**，創作出最完美的作品。

【義近】取長補短／裒多益寡。

截然不同 ㄐㄧㄝˊ ㄖㄢˊ ㄅㄨˋ ㄊㄨㄥˊ

【釋義】截然：形容界限分明。

【出處】梁啓超・評新官制之副大臣：「然我國之設副大臣與人國之設次官，其精神截然不同。」

【用法】形容兩件事物區別明顯，一點相同的地方也沒有。

【例句】他們倆的性格**截然不同**，當初不知怎麼會陰錯陽差結合在一起。

【義近】迥然不同／大相逕庭／天壤之別。

【義反】一模一樣／毫無二致／如出一轍。

戮力同心 ㄌㄨˋ ㄌㄧˋ ㄊㄨㄥˊ ㄒㄧㄣ

【釋義】戮力：并力，合力。同心：齊心。

【出處】左傳・成公一三年：「昔逮我獻公，及穆公相好，戮力同心，申之以盟誓，重之以昏姻。」

【用法】指齊心合力。

【例句】只要全國人民**戮力同心**，統一大業一定可以完成。

【義近】同心協力／齊心協力／團結一致。

【義反】各不相謀／各自爲政／離心離德。

戰無不勝 ㄓㄢˋ ㄨˊ ㄅㄨˋ ㄕㄥˋ

【釋義】作戰沒有不獲勝的。

【出處】戰國策・齊策二：「戰無不勝，而不知止者，身且死，爵且後歸，猶爲蛇足也。」

【用法】形容力量強大，百戰百勝。

【例句】我軍士氣高昂，**戰無不勝**，敵軍根本不是我們的對手。

【義近】攻無不克／所向無敵／百戰百勝／所向披靡。

【義反】望風披靡／一觸即潰／不堪一擊。

戰戰兢兢 ㄓㄢˋ ㄓㄢˋ ㄐㄧㄥ ㄐㄧㄥ

【釋義】戰戰：恐懼發抖的樣子。兢兢：小心謹慎的樣子。

【出處】詩經・小雅・小旻：「戰戰兢兢，如臨深淵，如履薄冰。」

【用法】形容非常恐懼而又小心謹慎。

【例句】俗話說：「哀兵必勝，驕兵必敗。」豈能不懷**戰戰兢兢**的心理？

【義近】誠惶誠恐／朝乾夕惕／臨深履薄。

【義反】膽大妄爲／臨危不懼。

戶部

所向披靡（ㄙㄨㄛˇ ㄒㄧㄤˋ ㄆㄧ ㄇㄧˇ）

【釋義】所向：風吹到的地方。披靡：草木隨風倒下。

【出處】梁書・郡陵攜王倫傳：「所向披靡，羣虜憚之。」

【用法】比喻力量所達到的地方，敵對者紛紛潰散，無法抵擋。

【例句】這幾員戰將策馬衝入敵陣，**所向披靡**，殺得敵人潰不成軍。

【義近】所向無敵／如入無人之境。

【義反】望風披靡／潰不成軍／落花流水。

所向無敵（ㄙㄨㄛˇ ㄒㄧㄤˋ ㄨˊ ㄉㄧˊ）

【釋義】所向：指力量達到的地方。無敵：沒有能敵得住的對手。

【出處】諸葛亮・心書・天勢：「善將者因天之時，就地之勢，依人之利，則所向者無敵，所擊者萬全矣。」

【用法】形容威勢所到，誰也抵擋不住。

【例句】我軍聲勢之浩大，威力之猛烈，簡直是**所向無敵**。

【義近】所向披靡／銳不可擋。

【義反】一觸即潰／狼狽逃竄／落花流水。

手部

才子佳人（ㄘㄞˊ ㄗˇ ㄐㄧㄚ ㄖㄣˊ）

【釋義】有才學的男子和有容貌的女子。

【出處】李隱・瀟湘錄：「妾既與君匹配，諸鄰皆謂之才子佳人。」

【用法】多指有婚姻、愛情關係的青年男女。

【例句】他們兩人才貌相當，可謂是**才子佳人**，天生一對。

【義近】郎才女貌／金童玉女。

【義反】瘸驢破磨。

才氣過人（ㄘㄞˊ ㄑㄧˋ ㄍㄨㄛˋ ㄖㄣˊ）

【釋義】才：才能。氣：氣魄。過人：超過一般人。

【出處】司馬遷・史記・項羽本紀：「籍長八尺餘，力能扛鼎，才氣過人，雖吳中子弟皆已憚籍矣。」

【用法】用以說明一個人的才能氣魄勝過一般人。

【例句】王君不但博聞廣識，而且見解獨到，是位**才氣過人**的青年。

【義近】出類拔萃／鶴立雞羣／才華蓋世／才情卓越／才氣無雙。

【義反】才疏學淺／庸碌之輩／一無長才。

才高八斗（ㄘㄞˊ ㄍㄠ ㄅㄚ ㄉㄡˇ）

【釋義】高：高超；擁有。斗：量器名。

【出處】南史・謝靈運傳：「天下才共一石，曹子建獨得八斗。」

【用法】比喻很有才華。

【例句】讀了胡適先生的著作，始知眾人稱揚他**才高八斗**，學富五車，並非虛言。

【義近】學富五車／滿腹經綸／才高蓋世／才情卓越／才華蓋世／腹笥便便／才氣縱橫

。
【義反】不學無術／才疏學淺／胸無點墨／一竅不通／不識之無／腹笥甚窘。

才疏學淺 ㄘㄞˊ ㄕㄨ ㄒㄩㄝˊ ㄑㄧㄢˇ

【釋義】才學空疏淺薄。疏：淺薄。
【出處】清・錢彩・說岳全傳四十回：「小子才疏學淺，做不得他的業師，只好另請高才。」
【用法】多用以謙稱自己才能不高，學問不深。
【例句】我**才疏學淺**，實難擔當此任，望多多見諒。
【義近】才疏識淺／才薄智淺／略識之無。
【義反】博學多才／才學非凡／博古通今／才高八斗。

才貌雙全 ㄘㄞˊ ㄇㄠˋ ㄕㄨㄤ ㄑㄩㄢˊ

【釋義】意即有才有貌，才貌均佳。一作「才貌兩全」。
【出處】白樸・牆頭馬上：「才貌兩全，京師人每呼少俊。」
【用法】用以形容青年男女才學、容貌都好。
【例句】王先生娶的這位太太，不僅漂亮，才學也高，眞是**才貌雙全**。
【義近】才貌雙絕／才貌出眾。

才藝卓絕 ㄘㄞˊ ㄧˋ ㄓㄨㄛˊ ㄐㄩㄝˊ

【釋義】才藝：才能技藝。卓絕：超越特出。
【出處】新論・思愼：「人雖才藝卓絕，不能悖理成行，逆人道也。」
【用法】形容人的才能技藝卓越出眾。
【例句】《老殘遊記》中描述王小玉是一位**才藝卓絕**的女子，她的說書表演令人驚歎叫絕，難以忘懷。
【義近】才藝出眾／才藝非凡。
【義反】雕蟲小技。

手不釋卷 ㄕㄡˇ ㄅㄨˋ ㄕˋ ㄐㄩㄢˋ

【釋義】手裏的書不肯放下。釋：放下。卷：書籍。
【出處】曹丕・典論自序：「上雅好詩書文籍，雖在軍旅，手不釋卷。」
【用法】形容勤奮好學或看書入迷。
【例句】這孩子雖然才十六歲，卻有志於讀書，經常**手不釋卷**，實在是難能可貴。
【義近】日夜孜孜／學而不厭／孜孜不倦／囊螢映雪／懸梁刺股。
【義反】一暴十寒／三天打魚，兩天曬網／心有鴻鵠／心猿意馬。

手忙腳亂 ㄕㄡˇ ㄇㄤˊ ㄐㄧㄠˇ ㄌㄨㄢˋ

【釋義】意即手腳都顯得忙亂。
【出處】朱子全書卷六：「今亦何所迫切，而手忙腳亂一至於此耶？」
【用法】形容遇事慌張，不知如何是好；也形容做事忙亂，毫無條理。
【例句】這個人有個很大的特點，就是不論遇到什麼難以對付的事，他都能優裕自如地處理，從不會**手忙腳亂**。
【義近】張皇失措／手足無措。
【義反】從容不迫／有條不紊／不慌不忙／優裕自如。

手足之情 ㄕㄡˇ ㄗㄨˊ ㄓ ㄑㄧㄥˊ

【釋義】即兄弟之情。手足：比喻兄弟。
【出處】蘇轍・爲兄軾下獄上書：「臣竊哀其志，不勝手足之情。」
【用法】比喻兄弟姊妹之間親密而深厚的感情。
【例句】他倆長期累積的深厚友誼，早已勝過**手足之情**。
【義近】手足之愛／骨肉之情／情同手足。
【義反】煮豆燃萁。

手足胼胝（ㄕㄡˇ ㄗㄨˊ ㄆㄧㄢˊ ㄓ）

【釋義】手腳都磨起了老繭。胼胝：手腳上的老繭。
【出處】荀子・子道：「有人於此，夙興夜寐，耕耘樹藝，手足胼胝以養其親。」
【用法】形容極度勤苦勞瘁。
【例句】先民**手足胼胝**爲後世子孫創下一片業基，我們不僅要好好珍惜，更要發揚光大傳承下去。
【義近】手胼足胝／手足重繭／千辛萬苦／滴滴血汗／炙膚皸足／胼手胝足。
【義反】游手好閑／四體不勤。

手足無措（ㄕㄡˇ ㄗㄨˊ ㄨˊ ㄘㄨㄛˋ）

【釋義】手腳無安放處。措：安放。
【出處】論語・子路：「刑罰不中，則民無所措手足。」羅貫中・三國演義六七回：「孫權驚得手足無措。」
【用法】形容舉動慌張，或無法應付。
【例句】平日養成應變的能力，未雨綢繆，遇到事情時就不會**手足無措**、失去方寸。
【義近】手足失措／不知所措／束手無策／一籌莫展。
【義反】泰然自若／從容不迫／措置裕如／不慌不忙／應付自如。

手到病除（ㄕㄡˇ ㄉㄠˋ ㄅㄧㄥˋ ㄔㄨˊ）

【釋義】剛動手治療，病就消除了。
【出處】元・無名氏・碧桃花：「嬤嬤，你放心，小人三代行醫，醫書脈訣，無不通曉，包的你手到病除。」
【用法】形容醫術高明，也比喻工作做得好，解決問題非常迅速。
【例句】一代神醫華陀，醫術高明，任何疑難雜症到他手裏包能**手到病除**，令人折服。
【義近】妙手回春／起死回生／藥到病除／立見神效／華陀再世。
【義反】蒙古大夫／藥到命除。

手無寸鐵（ㄕㄡˇ ㄨˊ ㄘㄨㄣˋ ㄊㄧㄝˇ）

【釋義】手裏沒有拿任何武器。寸鐵：短小的武器。
【出處】羅貫中・三國演義一〇九回：「背後郭淮引兵趕來，見（姜）維手無寸鐵，乃驟馬挺槍追之。」
【用法】形容赤手空拳，無任何武器；也比喻一個人毫無憑藉，白手起家。
【例句】①這幫盜匪全都該死，連**手無寸鐵**的人都不放過，眞是喪盡天良。②十年前，他**手無寸鐵**來台北打天下，如今洋房名車全都有了。
【義近】赤手空拳／上無片瓦，下無寸土。
【義反】披堅執銳。

手無縛雞之力（ㄕㄡˇ ㄨˊ ㄈㄨˋ ㄐㄧ ㄓ ㄌㄧˋ）

【釋義】手上沒有捆雞的力氣。縛：捆綁。
【出處】元・無名氏・賺蒯通：「那韓信手無縛雞之力，只淮陰市上兩個少年要他在胯下鑽過去，他便鑽過去了。」
【用法】形容體弱無力。
【例句】古代讀書人若未取得功名，又**手無縛雞之力**，只好靠教私塾維生。
【義反】力大如牛／力能扛鼎。

手舞足蹈（ㄕㄡˇ ㄨˇ ㄗㄨˊ ㄉㄠˋ）

【釋義】手揮動、腳跳躍。蹈：頓足踏地。
【出處】詩經・周南・關雎序：「永歌之不足，不知手之舞之，足之蹈之也。」
【用法】形容喜極的情狀。有時也用以說明手亂舞、腳亂跳的狂症。
【例句】元宵之夜，當天空升起

五彩繽紛的煙火時，孩子們高興得**手舞足蹈**起來。

【義近】載歌載舞／歡騰雀躍／歡欣鼓舞／喜不自禁。

【義反】快快不樂／悶悶不樂／鬱鬱寡歡。

打成一片（ㄉㄚˇ ㄔㄥˊ ㄧˊ ㄆㄧㄢˋ）

【釋義】不同的部分合在一起。佛教用以比喻貫通純熟。

【出處】朱子語類一二三：「二家打成一片。」普濟・五燈會元二十：「耳聽不聞，眼覷不見，苦樂順逆，打成一片。」

【用法】形容緊密結合在一起。

【例句】老師如能與學生**打成一片**，將有助於提升教學品質，教育出好的學生。

【義近】上下同心／團結友愛／不分彼此／親密無間。

【義反】互不相關／各行其是／界限分明。

打抱不平（ㄉㄚˇ ㄅㄠˋ ㄅㄨˋ ㄆㄧㄥˊ）

【釋義】抱著不平的態度，對抗強者，幫助弱者。

【出處】曹雪芹・紅樓夢四五回：「昨兒還打平兒呢，虧你伸的出手來……氣的我直要替平兒打抱不平。」

【用法】指遇到不公平的事，挺身而出，維護正義，支持弱小者。

【例句】滿清末年，革命黨人都是一些勇於**打抱不平**，扶持正義的英雄好漢。

【義近】拔刀相助／伸張正義／挺身而出／除暴鋤奸。

【義反】欺軟怕硬／助紂為虐／貪生怕死／欺壓弱小。

打家劫舍（ㄉㄚˇ ㄐㄧㄚ ㄐㄧㄝˊ ㄕㄜˋ）

【釋義】打、劫：搶奪。家、舍：泛指住戶人家。

【出處】施耐庵・水滸傳五回：「近來山上有兩個大王紮了寨柵，聚集著五七百人，打家劫舍。」

【用法】聚眾成夥，到人家中搶掠財物。

【例句】在國家動盪不安的時候，許多**打家劫舍**的強盜便紛紛出籠。

【義近】殺人越貨／殺人放火／強奸擄掠。

【義反】除暴安民／解民於倒懸／救民於水火。

打草驚蛇（ㄉㄚˇ ㄘㄠˇ ㄐㄧㄥ ㄕㄜˊ）

【釋義】打草時驚動了伏在草中的蛇。原比喻事情相類，甲受到懲處，使乙感到恐慌。

【出處】道源・景德傳燈錄：「打草蛇驚。」施耐庵・水滸傳二九回：「空自去打草驚蛇，倒吃他做了手腳，卻是不好。」

【用法】比喻做事不密，使對方得以警戒預防。

【例句】事情壞就壞在他們**打草驚蛇**，匪徒們得了消息，便逃得無影無蹤了。

【義近】走漏風聲／洩漏消息。

【義反】攻其無備／出其不意。

打破砂鍋問到底（ㄉㄚˇ ㄆㄛˋ ㄕㄚ ㄍㄨㄛ ㄨㄣˋ ㄉㄠˋ ㄉㄧˇ）

【釋義】問：是璺的諧音字，指陶瓷的裂痕。砂鍋打破，則裂痕直達鍋底。砂：一作「沙」。

【出處】吳昌齡・東坡夢四折：「葛藤接斷老婆禪，打破沙鍋璺到底。」

【用法】比喻對事情追根究柢。

【例句】你不要看她才是國中生，可有一股深入鑽研的研究熱忱，遇到不明白的地方硬是**打破砂鍋問到底**。

【義近】追根究柢／窮源竟委／追本溯源。

【義反】知其一不知其二／不求甚解／一知半解／不問根由。

打退堂鼓

【釋義】古代官宦退堂時要打鼓。堂：公堂。

【出處】翟灝・通俗編卷一：「俚語對句：敲敗兵鑼，打退堂鼓。」

【用法】比喻遇事中途退縮。

【例句】這件事並不困難，稍作修正即可解決問題，何必要**打退堂鼓**呢？

【義近】敲收兵鑼／畏縮不前／半途而廢。

【義反】擊鼓進軍／勇往直前／揮師前進。

打蛇打七寸

【釋義】意謂打蛇需打要害之處，方能置之於死地。七寸：指前面頭部要害地方。

【出處】清・吳敬梓・儒林外史一四回：「我也只願得無事，落得『河水不洗船』；但做事也要『打蛇打七寸』才妙。」

【用法】比喻做事要把握關鍵，抓住重點，才能制勝。

【例句】做事要切中要領，說話要說重點，所謂**打蛇打七寸**，就是這個道理。

【義近】擒賊先擒王。

【義反】隔靴搔癢／屋漏補牆。

打開天窗說亮話

【釋義】天窗：屋頂所開之窗。一作「打開窗戶說亮話」。

【用法】比喻毫不隱晦地把話說明白，徹底表明心意。

【例句】事情都已經走到這個地步，我們就**打開天窗說亮話**，不合就分道揚鑣吧！

【義近】直言不諱／直截了當／開門見山。

【義反】閃爍其詞／拐彎抹角／含糊其辭／吞吞吐吐。

打落水狗

【釋義】落水狗：掉在水裏不能再逞凶的狗，用以比喻處境窘迫的敵人或壞人。

【用法】比喻徹底打擊已經失敗或無力抵禦的敵人、壞人。也做乘人之危，加以打擊之意。

【例句】他已經四面楚歌，情況危急了，你就不要再**打落水狗**，給他一條生路走吧！

【義近】落穽下石。

【義反】網開一面／手下留情。

扣人心弦

【釋義】扣弦：撥動或敲打琴弦。把心比作琴，撥動了心中的琴弦。

【出處】段安節・樂府雜錄・琵琶：「曹綱善運撥，若風雨，而不事扣弦。」

【用法】形容事物感動人心。多指詩文、藝術表演或事跡等具有強烈的感染力，使人產生共鳴。

【例句】《紅樓夢》的故事情節和人物描繪等，無不刻畫入微、**扣人心弦**。

【義近】動人心弦／沁人心脾／感人肺腑／引人入勝。

【義反】枯燥無味／索然無味／乏善可陳。

扶老攜幼

【釋義】攙扶老人，領著小孩。扶：攙扶。攜：拉著。

【出處】戰國策・齊策四：「孟嘗君就國於薛，未至百里，民扶老攜幼，迎君道中。」

【用法】多用以形容民眾出來迎送某人或難民逃難的慘景。有時也用以表示熱情助人。

【例句】①抗戰時，逃難的民眾數以萬計，**扶老攜幼**，風棲露宿。②空中小姐**扶老攜幼**，幫助旅客登機。

【義近】褓抱提攜。

扶危濟困

【釋義】濟：救助。困：困苦，苦難。

【出處】施耐庵・水滸傳四一回：「這黃文燁平生只是行善事……扶危濟困，救拔貧苦……都叫他做黃面佛。」
【用法】用以說明扶助有危難的人，救濟困苦的人。
【例句】黃老太太平日喜歡**扶危濟困**，鄉人都十分敬重她。
【義近】周急濟貧／拯危扶溺／解民倒懸／濟弱扶傾。
【義反】助桀爲虐／爲虎作倀／助紂爲虐／爲虎傅翼／教猱升木／爲虎添翼。

扶東倒西 ㄈㄨˊ ㄉㄨㄥ ㄉㄠˇ ㄒㄧ

【釋義】扶起了東邊，又倒了西邊。
【出處】朱子語類一三一：「張魏公才極短，雖大義極分明而全不曉事，扶得東邊，倒了西邊。」
【用法】比喻人自無主見，完全隨別人的意見轉移。
【例句】他是個**扶東倒西**的人，沒有鮮明的立場，哪裏有利可圖，就往那邊倒。
【義近】牆頭草兩邊倒／如響應聲。
【義反】卓然獨立／擇善固執。

扶搖直上 ㄈㄨˊ ㄧㄠˊ ㄓˊ ㄕㄤˋ

【釋義】扶搖：急劇盤旋而上的旋風。
【出處】莊子・逍遙遊：「摶扶搖而上者九萬里。」李白・上李邕詩：「大鵬一日同風起，扶搖直上九萬里。」
【用法】指官職、地位迅速上升，或其他事物飛快上升。也指數字、數量直線上升。
【例句】①他官運亨通，近幾年竟**扶搖直上**，當上了部長。②現在有些國家通貨膨脹有增無已，物價**扶搖直上**。
【義近】青雲直上／平步青雲／步步高升。
【義反】一落千丈／每下愈況／江河日下。

拋頭露面 ㄆㄠ ㄊㄡˊ ㄌㄡˋ ㄇㄧㄢˋ

【釋義】露頭露臉。拋：暴露，露出。
【出處】笑笑生・金瓶梅六九回：「幾次欲待要往公門訴狀，誠恐拋頭露面，有失先夫名節。」
【用法】原指婦女出現在大庭廣眾之中（含貶義）。現指公開露面。
【例句】傳統社會中，女性若在外**拋頭露面**，將受人批評。
【義近】出頭露面。
【義反】足不出戶／深居簡出。

拋磚引玉 ㄆㄠ ㄓㄨㄢ ㄧㄣˇ ㄩˋ

【釋義】拋出磚頭，引來美玉。拋：扔，投。
【出處】道源・景德傳燈錄卷十：「比來拋磚引玉，却引得個墼子。」
【用法】比喻自己先發表的意見或作品很粗淺，目的在於引出別人更好的意見或作品。多用作謙詞。
【例句】這次義賣活動的目的，是希望能**拋磚引玉**，引起社會大眾多關心殘障同胞。

投其所好 ㄊㄡˊ ㄑㄧˊ ㄙㄨㄛˇ ㄏㄠˋ

【釋義】投：投合，迎合。其：泛指對方，別人。好：喜好，愛好。
【出處】金史・佞幸傳序：「征伐、畋獵、土木、神仙，彼爲佞者皆有以投其所好焉。」
【用法】表示一個人善於迎合別人的喜好去做事，以博取別人的喜愛、寵幸。
【例句】戰國時代的說客們，自己並沒有理想，也沒有主張，只是揣摩各國君主的心理，設法**投其所好**。
【義近】阿其所好／阿諛逢迎／曲意逢迎。
【義反】剛正不阿／抗節不附。

投桃報李 ㄊㄡˊ ㄊㄠˊ ㄅㄠˋ ㄌㄧˇ

【釋義】他送給我桃子，我用李子回贈他。投：贈給。報：回報，回贈。
【出處】詩經・大雅・抑：「投我以桃，報之以李。」
【用法】比喻雙方互相贈答或友好往來。
【例句】古人說得好：「**投桃報李**。」既然他對我如此禮遇，我自應竭誠効力。
【義近】禮尚往來。
【義反】水米無交／來而不往。

投袂而起 ㄊㄡˊ ㄇㄟˋ ㄦˊ ㄑㄧˇ

【釋義】振袖而起。投袂：揮袖，甩袖；袂：袖口。
【出處】左傳・宣公一四年：「楚子聞之，投袂而起，履及於窒皇，劍及於寢門。」
【用法】表示立即行動，奮發有爲。
【例句】如果日本和我們眞的開釁，我只有**投袂而起**，效死疆場，贖我的前愆了。（曾樸・孽海花）
【義近】拍案而起／奮然而起／挺身而出。
【義反】無動於衷／疲疲沓沓。

投筆從戎 ㄊㄡˊ ㄅㄧˇ ㄘㄨㄥˊ ㄖㄨㄥˊ

【釋義】投：扔。從戎：從軍，參軍；戎：軍事，軍隊。
【出處】後漢書・班超傳：「嘗輟業投筆歎曰：『大丈夫無他志略……以取封侯，安能久事筆研間乎？』」
【用法】用以指文人從軍，棄文就武。
【例句】抗日戰爭爆發後，革命青年紛紛**投筆從戎**，奔赴抗日前線。
【義近】棄文就武。
【義反】偃武修文。

投閒置散 ㄊㄡˊ ㄒㄧㄢˊ ㄓˋ ㄙㄢˋ

【釋義】投、置：安置，放置。閒、散：指不重要的閒散職位。
【出處】韓愈・進學解：「動而得謗，名亦隨之，投閒置散，乃分之宜。」
【用法】指讓人居於閒散而不重要的職位。
【例句】李先生雖有才華，却恃才傲物，故從政多年，一直**投閒置散**，不見重用。
【義近】身居閒職／有職無權。
【義反】身居要職／大權在握／位居要津。

投鼠忌器 ㄊㄡˊ ㄕㄨˇ ㄐㄧˋ ㄑㄧˋ

【釋義】想用東西打老鼠，又怕打壞了老鼠旁邊的器物。投：扔東西過去。忌：顧忌。
【出處】漢書・賈誼傳：「里諺曰：『欲投鼠而忌器。』此善喻也。鼠近於器，尙憚不投，恐傷其器，況於貴臣之近主乎？」
【用法】用以比喻欲除惡而有所顧忌。
【例句】大家早就想教訓這個做惡多端的傢伙，但他父親是這裏很有名望的人，**投鼠忌器**，只好暫時忍耐，容以後再說。
【義近】瞻前顧後／躊躇審顧。
【義反】肆無忌憚。

投機取巧 ㄊㄡˊ ㄐㄧ ㄑㄩˇ ㄑㄧㄠˇ

【釋義】投機：迎合時機。取巧：採取狡猾的手段占便宜。
【出處】莊子・天地：「功利機巧。」新唐書・張公謹傳贊：「投機之會，間不容穟，公謹所以抵龜而決也。」
【用法】指用不正當手段謀取私利，也指想不付出勞力而僥倖獲取成功。
【例句】做學問，需要紮紮實實下功夫，一步一個腳印，**投機取巧**是決不可能取得成就的。
【義近】不勞而獲。
【義反】腳踏實地。

投鞭斷流 ㄊㄡˊ ㄅㄧㄢ ㄉㄨㄢˋ ㄌㄧㄡˊ

【釋義】把馬鞭投到江裏，就可截斷水流。
【出處】晉書・苻堅載記下：「苻堅曰：『以吾之眾旅，投鞭於江，足斷其流。』」
【用法】比喻人馬眾多，兵力強大。
【例句】我們的軍隊人數眾多，兵強將勇，具有**投鞭斷流**的氣概，誰敢侵犯！
【義近】雄師百萬／旌旗蔽空／舳艫千里／煙塵千里。
【義反】老弱殘兵／烏合之眾。

投繯自盡 ㄊㄡˊ ㄏㄨㄢˊ ㄗˋ ㄐㄧㄣˋ

【釋義】投繯：一作「投環」，結繩為圈，投圈自縊。自盡：猶自殺。
【出處】後漢書・吳祐傳：「（毋丘長）因投繯而死。」杜甫・太子張舍人遺織成褥段詩：「來瑱賜自盡，氣豪直阻兵。」
【用法】用以表示上吊自殺。
【例句】明代末年宦官魏忠賢，曾執掌朝廷大權，不可一世，但到最後還是落得個**投繯自盡**的下場。
【義近】上吊自殺。

抑揚頓挫 ㄧˋ ㄧㄤˊ ㄉㄨㄣˋ ㄘㄨㄛˋ

【釋義】抑：降低。揚：提高。頓：停頓。挫：曲折。
【出處】陸機・遂志賦序：「衍抑揚頓挫，怨之徒也。」
【用法】多用以形容音調的高低起伏、停頓轉折的氣勢。
【例句】她朗誦唐詩時，那優美動人的聲音，**抑揚頓挫**的節奏，非常悅耳動聽。
【義近】輕重疾徐／節奏鮮明。
【義反】千部一腔／一板一眼／平平板板。

抑鬱寡歡 ㄧˋ ㄩˋ ㄍㄨㄚˇ ㄏㄨㄢ

【釋義】抑鬱：憂悶，憤懣。寡：少。
【出處】司馬遷・報任少卿書：「顧自以為身殘處穢，動而見尤，欲益反損，是以抑鬱而無誰語。」
【用法】用以形容人憂憤鬱結，悶悶不樂。
【例句】王先生因兒子夭折，早已傷心不已，最近又與太太離婚，更使他**抑鬱寡歡**。
【義近】悶悶不樂／愁眉不展／愁腸百結／愁容滿面／皺眉蹙額。
【義反】笑口常開／眉開眼笑／眉飛色舞／喜形於色。

抓耳撓腮 ㄓㄨㄚ ㄦˇ ㄋㄠˊ ㄙㄞ

【釋義】又抓耳朵又抓腮。撓：搔。
【出處】吳承恩・西遊記二回：「孫悟空在旁聞講。喜得他抓耳撓腮，眉花眼笑。」
【用法】形容心思浮躁，焦急不安。也形容歡喜。
【例句】遇上這件棘手的事，他急得**抓耳撓腮**，坐臥不安，有如熱鍋上的螞蟻一般。
【義近】搓手頓腳／搔頭抓耳／樂不可支／手舞足蹈。
【義反】心平氣和／安祥自若／不浮不躁。

批其逆鱗 ㄆㄧ ㄑㄧˊ ㄋㄧˋ ㄌㄧㄣˊ

【釋義】批：觸擊。逆鱗：傳說龍喉下有逆鱗徑尺，有觸之者必怒而殺人。見韓非子・說難。
【出處】戰國策・燕策三：「秦地遍天下……奈何以見陵之怨，欲批其逆鱗哉！」
【用法】原比喻觸怒帝王，今亦用以比喻觸犯長上或強者。
【例句】他一向勇於直言，即使是自己的頂頭上司，若有不對，也敢**批其逆鱗**，明確指出。
【義近】太歲頭上動土／捋虎鬚／直言相諫。
【義反】人在屋簷下，怎敢不低頭／阿諛奉承。

批郤導窾 ㄆㄧ ㄒㄧˋ ㄉㄠˇ ㄎㄨㄢˇ

【釋義】批開骨節銜接之處，其他部分就隨之分解。批：擊。郤：同隙。導：循著。窾：骨節空處。

【出處】莊子・養生主：「依乎天理，批大郤，導大窾，因其固然。」

【用法】比喻處事貴在得間中肯，就可以順利解決。

【例句】無論多麼複雜的問題，只要能**批郤導窾**，關鍵先解決，其他也就迎刃而解了。

【義近】沿督以爲經／提綱挈領。

【義反】頭痛醫頭，腳痛醫腳／捨本逐末／揚湯止沸。

承上啓下 ㄔㄥˊ ㄕㄤˋ ㄑㄧˇ ㄒㄧㄚˋ

【釋義】承接上面的，引起下面的。承：承接。啓：開創，引出。

【出處】禮記・曲禮上：「故君子戒愼。」孔穎達疏：「故，承上啓下之辭。」

【用法】多用以指文章內容的轉折。

【例句】這兩段文字中間，應當有幾句**承上啓下**的話，才能使文章的結構顯得嚴謹。

【義近】承先啓後／起承轉合／前呼後應。

【義反】上下脫節／有頭無尾／戛然而止。

承前啓後 ㄔㄥˊ ㄑㄧㄢˊ ㄑㄧˇ ㄏㄡˋ

【釋義】承接前面的，開創後來的。一作「承先啓後」。

【出處】文康・兒女英雄傳三六回：「今日功成圓滿，此後這副承先啓後的千斤擔兒，好不輕鬆爽快。」

【用法】多用以指繼承前人的事業，爲後人開闢道路。

【例句】我們現在所從事的事業，具有**承前啓後**的意義，你應該感到責任重大。

【義近】光前裕後／繼往開來。

拒人於千里之外 ㄐㄩˋ ㄖㄣˊ ㄩˊ ㄑㄧㄢ ㄌㄧˇ ㄓ ㄨㄞˋ

【釋義】把人擋在千里之外，不讓接近。拒：拒絕。

【出處】孟子・告子下：「訑訑之聲音顏色，距人於千里之外。」距，同「拒」。

【用法】形容態度傲慢，堅決拒絕別人，或毫無商量餘地。

【例句】你雖然很氣他，但這次他是誠心來向你道歉的，你又何必**拒人於千里之外**呢！

【義近】拒之門外／卻客不納／冷若冰霜。

【義反】來者不拒／掃榻以待／待如上賓。

拒諫飾非 ㄐㄩˋ ㄐㄧㄢˋ ㄕˋ ㄈㄟ

【釋義】拒絕別人的規勸，掩飾自己的錯誤。諫：規勸。非：過錯。

【出處】荀子・成相：「拒諫飾非，愚而上同，國必禍。」

【用法】形容人極端固執，不但不接受善言改正過錯，反而設法掩飾。

【例句】當政者應當廣泛接納意見，從善如流，決不能**拒諫飾非**。

【義近】固執己見／自以爲是／師心自用。

【義反】從善如流／聞過則喜／三省吾身。

拔刀相助 ㄅㄚˊ ㄉㄠ ㄒㄧㄤ ㄓㄨˋ

【釋義】拔出刀來幫助人。常語有「路見不平，拔刀相助。」

【出處】馬致遠・陳摶高臥一折：「每縱酒，路見不平，拔刀相助。」

【用法】多用以指見義勇爲，打抱不平。

【例句】爲人就是應該有正義感，見到不平之事，理當**拔刀相助**，伸張正義。

【義近】挺身而出／鋤強扶弱／除暴安良。

【義反】袖手旁觀／見死不救／無動於衷／冷眼旁觀／作壁

上觀。

拔山蓋世 ㄅㄚˊ ㄕㄢ ㄍㄞˋ ㄕˋ

【釋義】拔山：舉山。蓋世：壓倒當世。

【出處】司馬遷・史記・項羽本紀：「於是項王乃悲歌忼慨，自爲詩曰：『力拔山兮氣蓋世，時不利兮騅不逝！』」

【用法】形容人勇力無敵，蓋絕當世。

【例句】項羽雖有**拔山蓋世**之勇，但不善用人，缺乏智謀，最後落得自刎烏江，眞是可惜。

【義近】拔山舉鼎／氣壯山河。

【義反】縛雞之力／蚍蜉之力。

拔本塞源 ㄅㄚˊ ㄅㄣˇ ㄙㄜˋ ㄩㄢˊ

【釋義】本：樹根。源：水源。引申指一切事物的根本源頭。

【出處】左傳・昭公九年：「伯父若裂冠毀冕，拔本塞原，專棄謀主，雖戎狄其何有余一人。」

【用法】用以比喻堵塞源頭，消除根本。

【例句】要想制止少年飈車的歪風，**拔本塞源**之道，要從家庭及學校教育著手。

【義近】截源塞流／釜底抽薪／斬草除根。

【義反】捨本逐末／揚湯止沸。

拔去眼中釘 ㄅㄚˊ ㄑㄩˋ ㄧㄢˇ ㄓㄨㄥ ㄉㄧㄥ

【釋義】指除去眼中所痛之物。

【出處】馮贄・雲仙雜記九：「趙在禮在宋州，石姓苦之。一日制下，移鎮永興，百姓相賀曰：『眼中拔卻釘矣，可不快哉！』」

【用法】用以比喻除掉了極憎惡的人。

【例句】他一上任就排除異己，**拔去眼中釘**，只顧解決私人恩怨，而不管今後行政運作能否順利。

【義近】解除心頭恨。

拔犀擢象 ㄅㄚˊ ㄒㄧ ㄓㄨㄛˊ ㄒㄧㄤˋ

【釋義】拔、擢：選拔提升。犀、象：皆爲巨形獸，喻特異人物。

【出處】王洋・與丞相論鄭武子（克）狀：「敕局數人，其間固有拔犀擢象見稱一時者，然而……鮮如克。」

【用法】比喻提拔特出人才。

【例句】國父獨具慧眼，能在紛繁的人羣中，**拔犀擢象**，提拔特出人才擔任要職，這是革命得以成功的一個重要原因。

【義近】舉賢授能／拔榛採蘭／招賢納士。

【義反】薰蕕不分／魚目混珠。

拔新領異 ㄅㄚˊ ㄒㄧㄣ ㄌㄧㄥˇ ㄧˋ

【釋義】新：新意。異：獨特，不同於俗。

【出處】劉義慶・世說新語・文學：「孫興公謂王（羲之）曰：『支道林拔新領異，胸懷所及乃自佳，卿欲見不？』」

【用法】用以讚揚人能創立新意，提出獨特見解。

【例句】胡適之先生在古典文學研究領域中，**拔新領異**，寫出了許多見解新穎的論作。

【義近】拔俗創新／創立新意／推陳出新／別具匠心／獨樹一幟。

【義反】蹈人舊轍／人云亦云／抱殘守缺／因循守舊／拾人牙慧。

拔樹尋根 ㄅㄚˊ ㄕㄨˋ ㄒㄩㄣˊ ㄍㄣ

【釋義】把樹拔取，刨出樹根。

【出處】孤本元明雜劇・無名氏・淫奔記一折：「我恰待饒舌調唇，怎當他拔樹尋根。」

【用法】比喻追究到底。

【例句】遇事總要**拔樹尋根**，弄個水落石出，方肯罷休。

【義近】打破砂鍋問到底／尋根究柢／追根究底。

【義反】不問根由／不了了之。

拖人下水 ㄊㄨㄛ ㄖㄣˊ ㄒㄧㄚˋ ㄕㄨㄟˇ

【釋義】把別人也拉下水來，同自己一道處於水中。拖：拉。

【出處】黃宗羲・明儒學案六：「渠以私意干我，我却以正道勸之；渠是拖人下水，我却是救人上岸。」

【用法】比喻引誘人同流合污。

【例句】你貪汚行賄已經不對了，還要**拖人下水**，這用心也未免太壞了。

【義近】推人下水／尋人陪葬。

【義反】一肩扛下／一人承擔。

拖泥帶水 ㄊㄨㄛ ㄋㄧˊ ㄉㄞˋ ㄕㄨㄟˇ

【釋義】意即拖拖拉拉。

【出處】普濟・五燈會元一五：「師（獅）子翻身，拖泥帶水。」嚴羽・滄浪詩話：「語貴灑脫，不可拖泥帶水。」

【用法】比喻說話或做事不乾脆俐落。

【例句】他說話、辦事總是**拖泥帶水**，很難讓人相信他的能力。

【義近】拖拖沓沓／婆婆媽媽。

【義反】乾脆俐落／直截了當／簡明扼要。

披心瀝血 ㄆㄧ ㄒㄧㄣ ㄌㄧˋ ㄒㄩㄝˋ

【釋義】披心：剖心以示人，喻推誠。瀝血：滴血，表示竭誠。

【出處】梁書・袁昂傳・謝啓：「推恩及罪，在臣實大，披心瀝血，敢乞言之。」

【用法】用以比喻竭盡忠誠。

【例句】只要大哥用得著我，我一定**披心瀝血**，即使赴湯蹈火，亦在所不辭。

【義近】瀝膽抽腸／披肝瀝膽／竭忠效誠。

【義反】虛情假義／陽奉陰違／爾虞我詐。

披沙揀金 ㄆㄧ ㄕㄚ ㄐㄧㄢˇ ㄐㄧㄣ

【釋義】撥開沙子來挑選金子。披：撥開。揀：挑選。一作「披沙簡金」。

【出處】鍾嶸・詩品上：「潘（岳）詩爛若舒錦，無往不佳；陸（機）文如披沙簡金，往往見寶。」

【用法】比喻從大量的東西中選取精華。

【例句】《唐詩三百首》一書經過**披沙揀金**，使讀者能用少量的時間領略唐代詩歌的精華。

【義近】排沙揀金／爬羅剔抉／去蕪取英／去蕪存菁。

【義反】良莠混雜／優劣並存／粗精不分／照單全收。

披肝瀝膽 ㄆㄧ ㄍㄢ ㄌㄧˋ ㄉㄢˇ

【釋義】披：披露。瀝：滴。

【出處】司馬光・體要疏：「雖訪問所不及，猶將披肝瀝膽，以効其區區之忠。」

【用法】比喻真心相見，傾吐心裏話；也比喻不惜生命，竭盡忠誠。

【例句】這兩個知心朋友許久沒有見面了，昨天兩人**披肝瀝膽**地談了一夜。

【義近】瀝膽墮肝／開誠相見／肝膽相照／肝腦塗地／赴湯蹈火／推心置腹。

【義反】鈎心鬥角／爾虞我詐／假仁假義／虛情假意。

披星戴月 ㄆㄧ ㄒㄧㄥ ㄉㄞˋ ㄩㄝˋ

【釋義】身披星星，頭戴月亮。披：覆蓋。戴：頭頂。一作「披星帶月」。

【出處】呂巖・七言絕句：「擊劍夜深歸甚處，披星帶月折麒麟。」

【用法】形容早出晚歸，或連夜趕路，極端辛勞。

【例句】父親爲了一家六口的衣食，每天**披星戴月**地勤勞工作。

【義近】風餐露宿／早出晚歸。
【義反】深居華屋／安享富貴／曠廢隳惰。

披麻帶孝（ㄆㄧ ㄇㄚˊ ㄉㄞˋ ㄒㄧㄠˋ）

【釋義】穿著喪服帶著孝儀服孝。披：穿著。麻：指麻布喪服。
【出處】元・無名氏・冤家債主二折：「你也想著一家兒披麻帶孝為何由。」
【用法】指服重孝。
【例句】中國傳統的習俗中，父母之喪，為人子者須**披麻帶孝**以表達最深的哀思。
【義近】披麻帶索／重喪在身。

披堅執銳（ㄆㄧ ㄐㄧㄢ ㄓˊ ㄖㄨㄟˋ）

【釋義】披：穿著。堅：指鐵甲，古代軍人的護身衣。執：拿著。銳：指兵器。堅、銳：均為形容詞用作名詞。
【出處】戰國策・楚策一：「吾被（披）堅執銳，赴強敵而死，此猶一卒也，不若奔諸侯。」
【用法】用以形容全副武裝迎接戰鬥。
【例句】前線軍官**披堅執銳**，英勇作戰，為了捍衛祖國不惜犧牲生命。
【義近】全副武裝／擐甲執兵／荷槍實彈。
【義反】輕裝簡從／赤手空拳。

披荊斬棘（ㄆㄧ ㄐㄧㄥ ㄓㄢˇ ㄐㄧˊ）

【釋義】撥開荊，砍斷棘。披：撥開。荊、棘：指山野中叢生多刺的小灌木。
【出處】後漢書・馮異傳：「帝謂公卿曰：『是我起兵時主簿也，為吾披荊棘，定關中。』」
【用法】比喻在創業過程中或前進道路上清除障礙，克服重重困難。
【例句】先祖**披荊斬棘**，為後世子孫開創一片美好的生活空間，我們理當飲水思源，知福惜福。
【義近】篳路藍褸／堅苦創業／涉危履險／創業維艱。
【義反】前怕狼後怕虎／畏首畏尾／畏縮不前。

披雲見日（ㄆㄧ ㄩㄣˊ ㄐㄧㄢˋ ㄖˋ）

【釋義】雲霧散開，見到太陽。
【出處】徐幹・中論：「文王之識（姜太公）也，灼然若披雲而見日，霍然若開霧而觀天。」
【用法】比喻重見光明。
【例句】連日來細雨紛飛，今天總算**披雲見日**，灑下久違的陽光了。
【義近】開雲見日／開霧覩天／披雲霧見青天／撥雲見日。
【義反】浮雲蔽日／日星隱耀。

披榛採蘭（ㄆㄧ ㄓㄣ ㄘㄞˇ ㄌㄢˊ）

【釋義】榛：灌木或小喬木，喻一般人。蘭：喻優秀人才。
【出處】晉書・皇甫謐傳・上疏：「陛下披榛採蘭，并收蒿艾，是以皋陶振褐，不仁者遠。」
【用法】比喻從眾人中，選拔優異人才。
【例句】要想科學事業有長足的發展，就必須**披榛採蘭**，讓有才華的人來從事科學研發工作。
【義近】伯樂相馬／採精頡華／舉賢授能／拔犀擢象。
【義反】良莠混雜／牛驥同皁。

招風惹雨（ㄓㄠ ㄈㄥ ㄖㄜˇ ㄩˇ）

【釋義】風、雨：比喻是非、禍害。
【出處】蒲松齡・醒世姻緣四二回：「這監生不惟遮不得風，避不得雨，且還要招風惹雨。」
【用法】比喻招惹是非禍害。
【例句】這年輕人不安分守紀，經常在外面**招風惹雨**，給家裏帶來不少麻煩。
【義近】招風攬火／惹是生非／

招災惹禍。

【義反】安分守己／循規蹈矩。

招降納叛 ㄓㄠ ㄒㄧㄤˊ ㄋㄚˋ ㄆㄢˋ

【釋義】收容接納敵方投降叛變過來的人，以擴大自己的勢力。招：招收。納：收羅進來。

【出處】俞德鄰・佩韋齋輯聞卷一：「漢高祖經營之初，招亡納叛。」

【用法】指收羅、重用壞人，結黨作惡。

【例句】他原是黑幫頭目，不知如何弄到一個官職，便**招降納叛**，更加爲非作歹起來。

【義近】拉幫結派／結黨營私。

【義反】招賢納士／延攬人才。

招搖過市 ㄓㄠ ㄧㄠˊ ㄍㄨㄛˋ ㄕˋ

【釋義】招搖：張揚顯耀。市：街。

【出處】司馬遷・史記・孔子世家：「靈公與夫人同車，宦者雍渠參乘，出，使孔子爲次乘，招搖市過之。」

【用法】指在公共場合大搖大擺地顯示聲勢，惹人注目。

【例句】最近他走了點運，發了點財，便**招搖過市**，以爲自己是億萬富翁了。

【義近】大搖大擺／前呼後擁。

【義反】韜光養晦／深藏若虛。

招搖撞騙 ㄓㄠ ㄧㄠˊ ㄓㄨㄤˋ ㄆㄧㄢˋ

【釋義】撞騙：到處找機會行騙。

【出處】清會典事例七四八：「儻有招搖撞騙及受賄傳遞等弊，提調官不行訪拿究治者，亦交部議處。」

【用法】指假借名義，虛張聲勢，進行蒙騙欺詐。

【例句】他打著他父親的名號，到處**招搖撞騙**，最近東窗事發，被捕入獄了。

【義反】循規蹈矩。

招賢納士 ㄓㄠ ㄒㄧㄢˊ ㄋㄚˋ ㄕˋ

【釋義】招、納：招收接納。賢、士：指有才德的人。

【出處】漢書・成帝紀：「意乃招賢選士之路鬱滯而不通與，將舉者未得其人也。」

【用法】說明重才愛才，設法招致和接納有德有才之士。

【例句】眞正能成就大事業的人，無不**招賢納士**，知人善任，讓有才能者一展長才。

【義近】周公吐哺／吐哺握髮／爬羅剔抉。

【義反】嫉賢妒能／拒人於千里之外／招降納叛。

招權納賄 ㄓㄠ ㄑㄩㄢˊ ㄋㄚˋ ㄏㄨㄟˋ

【釋義】招：攬。賄：賄賂。

【出處】漢書・季布傳：「辨士曹丘生數招權顧金錢。」古今小說・沈小霞相會出師表：「表上備說嚴嵩父子招權納賄，窮凶極惡，欺君誤國十大罪。」

【用法】用以指攬取職權，收受賄賂。

【例句】他當政期間，**招權納賄**，臭名遠揚，落得個撤職查辦，身敗名裂的下場。

【義近】以權謀私／以公肥私／貪贓枉法／弄權營私。

【義反】廉潔奉公／洗手奉公／涓滴歸公／守正不阿。

拈花惹草 ㄋㄧㄢˊ ㄏㄨㄚ ㄖㄜˇ ㄘㄠˇ

【釋義】花、草：指代女性。

【出處】曹雪芹・紅樓夢二一回：「今年才二十歲，也有幾分人才，又兼生性輕薄，最喜拈花惹草。」

【用法】形容男子到處留情，勾搭和玩弄女性。

【例句】你是已婚男人，還在外面**拈花惹草**，對得起家中妻小嗎？

【義近】招蜂引蝶／招風惹草／尋花問柳。

【義反】坐懷不亂／正人君子／

目不斜視／道學先生。

拈輕怕重（ㄋㄧㄢˊ ㄑㄧㄥ ㄆㄚˋ ㄓㄨㄥˋ）

【釋義】拈：用手指拿東西。
【用法】指接受任務時，揀輕的擔子挑，害怕挑重擔子。
【例句】他眞是一點擔當也沒有，凡事都**拈輕怕重**的，太沒出息了。
【義近】避重就輕／挑肥揀瘦。
【義反】任勞任怨／不辭辛勞／忍辱負重。

拍手稱快（ㄆㄞ ㄕㄡˇ ㄔㄥ ㄎㄨㄞˋ）

【釋義】拍手叫好，心裏痛快。稱快：說好，叫好；快：歡悅。
【出處】凌濛初・二刻拍案驚奇：「又見惡姑奸夫俱死，無不拍手稱快。」
【用法】多用以表示正義得到伸張時的歡悅情緒。
【例句】那個貪官被撤職查辦的消息傳來，眾人無不**拍手稱快**。
【義近】大快人心／拍手叫好／撫掌稱快／額首稱慶。
【義反】嗟嘆不已／憤慨不已。

拍案而起（ㄆㄞ ㄢˋ ㄦˊ ㄑㄧˇ）

【釋義】一拍案桌，憤然站起。案：案桌，長條形桌子。
【出處】馮夢龍・東周列國志四十回：「芊氏大怒，拍案而起。」
【用法】形容氣憤已極。
【例句】抗日戰爭爆發後，許多愛國志士**拍案而起**，誓與祖國共存亡。
【義近】拔劍擊柱／憤然而起／義憤填膺。
【義反】冷然視之／無動於衷。

拍案叫絕（ㄆㄞ ㄢˋ ㄐㄧㄠˋ ㄐㄩㄝˊ）

【釋義】拍著桌子叫好。案：長條形桌子。絕：好極，妙極。
【出處】曹雪芹・紅樓夢七八回：「寶玉聽了，垂頭想了一想，說了一句道：『不繫明珠，繫寶刀……』眾人拍案叫絕。」
【用法】形容倍加讚賞驚異，不禁擊案稱妙。
【例句】他是個風趣的人，說話常令人**拍案叫絕**。
【義近】拍案稱奇／擊節讚賞／拍案稱快／一讚三歎。
【義反】不足爲奇／平平凡凡／不足稱道。

抽抽答答（ㄔㄡ ㄔㄡ ㄉㄚ ㄉㄚ）

【釋義】指低聲哭泣。
【出處】曹雪芹・紅樓夢二十回：「黛玉見了，越發抽抽搭搭的哭個不住。」
【用法】形容悲痛傷心而又不願哭出聲來的情狀。
【例句】王太太與她先生吵架後，獨自在臥室裏**抽抽答答**地哭了起來。
【義近】抽抽噎噎／哽哽咽咽。
【義反】放聲大哭／嚎啕大哭。

抽薪止沸（ㄔㄡ ㄒㄧㄣ ㄓˇ ㄈㄟˋ）

【釋義】抽掉鍋底下的柴薪，讓開水停止翻滾。沸：開水沸騰。
【出處】魏收・爲侯景叛移梁朝文：「抽薪止沸，剪草除根。」
【用法】比喻從根本上解決或徹底消滅。
【例句】單方面的禁止不是辦法，只有從基本教育著手才是**抽薪止沸**的治本之方。
【義近】拔本塞源／釜底抽薪／徙薪止沸／斬草除根／對症下藥。
【義反】火上澆油／揚湯止沸／擔雪塞井／抱薪救火。

抱恨終天（ㄅㄠˋ ㄏㄣˋ ㄓㄨㄥ ㄊㄧㄢ）

【釋義】抱：懷著。恨：悔恨，遺憾。終天：終身，一輩子。
【出處】羅貫中・三國演義四一回：「（徐）庶謝曰：『某

若不還，恐惹人笑。今老母已喪，抱恨終天。』」
【用法】指因做錯某事而悔恨一輩子。
【例句】我沒有及時趕回大陸與老母見上最後一面，實令我**抱恨終天**。
【義近】悔之晚矣／遺憾終身。
【義反】了無遺憾／死亦瞑目／含笑九泉。

抱殘守缺 ㄅㄠˋ ㄘㄢˊ ㄕㄡˇ ㄑㄩㄝ

【釋義】抱著殘缺陳舊的東西不放。缺：又寫作「闕」。
【出處】江藩．漢學師承記卷八：「二君以瓌異之質……豈若抱殘守缺之俗儒，尋章摘句之世士也哉？」
【用法】形容泥古守舊，不求進取。
【例句】現代科技正一日千里的發展，我們若**抱殘守缺**，則必然趕不上世界潮流。
【義近】墨守成規／泥古不化／因循守舊／故步自封／硜硜自守。
【義反】革故鼎新／變法圖強／推陳出新／不主故常／日新又新／通權達變。

抱頭鼠竄 ㄅㄠˋ ㄊㄡˊ ㄕㄨˇ ㄘㄨㄢˋ

【釋義】抱著頭，像老鼠一樣亂竄。竄：逃跑。
【出處】蘇軾．擬侯公說項羽辭：「夫陸賈天下之辯士，吾前日遣之，智窮辭屈，抱頭鼠竄，顛狽而歸。」
【用法】形容狼狽逃跑的情狀。
【例句】那幫欺善怕惡的流氓，一聽說警察來了，便**抱頭鼠竄**，紛紛奔逃。
【義近】落荒而逃／狼奔豕突／倉惶而逃。
【義反】一往無前／迎頭痛擊／義無反顧。

抱薪救火 ㄅㄠˋ ㄒㄧㄣ ㄐㄧㄡˋ ㄏㄨㄛˇ

【釋義】抱著薪柴去救火。薪：柴草。
【出處】戰國策．魏策三：「以地事秦，譬猶抱薪而救火也，薪不盡則火不止。」
【用法】比喻欲除禍害，但因方法不對，反使禍害擴大。
【例句】清廷對外政策太軟弱，一味地割地賠款無異是**抱薪救火**，只有招來更多外力的欺壓。
【義近】澆油救火／揚湯止沸／積薪厝火／火上澆油／以湯沃雪。
【義反】釜底抽薪／徙薪止沸／曲突徙薪。

拉拉雜雜 ㄌㄚ ㄌㄚ ㄗㄚˊ ㄗㄚˊ

【釋義】意謂東拉西扯，雜亂無章。
【出處】夏敬渠．野叟曝言六一回：「秋香，你說話也要想一想兒，怎這樣拉拉雜雜的？」
【用法】形容說話爲文漫無條理，或物件放得雜亂無章。
【例句】①他說話一向都是**拉拉雜雜**，往往聽了半天，還不知道他說的究竟是什麼意思。②她房間裏的東西，到處亂塞亂放，**拉拉雜雜**，一點條理也沒有。
【義近】囉囉嗦嗦／東拉西扯／不知所云／雜亂無章。
【義反】簡明扼要／條理清晰／有條有理／有條不紊／整整齊齊。

拂袖而去 ㄈㄨˊ ㄒㄧㄡˋ ㄦˊ ㄑㄩˋ

【釋義】把衣袖一甩就走了。拂袖：甩動衣袖。
【出處】葉紹翁．四朝聞見錄：「吾於書無所不讀，平生不喜讀孟子……。是必出孟子，拂袖而出。」
【用法】表示很生氣或很不滿而離開。
【例句】他脾氣太壞了，不論與什麼人在一起，只要稍不對頭，便**拂袖而去**。
【義近】拂衣而去／拂袖而起／佛然而去／揚長而去。

【義反】欣然而來／惠然而至。

拊膺大慟（ㄈㄨˇ ㄧㄥ ㄉㄚˋ ㄊㄨㄥˋ）

【釋義】拊膺：拍胸。拊：拍，擊。慟：痛哭。

【出處】夏敬渠・野叟曝言三四回：「洪、趙二人拊膺大慟道：『吾兄死不忘君，吾二人雖生猶死。』」

【用法】多用以表示哀痛之極。

【例句】他一得知母親去世的消息，便**拊膺大慟**，兼程趕回去奔喪。

【義近】搥胸頓足／呼天號地／泣不成聲／呼天搶地。

【義反】笑逐顏開／歡天喜地／歡欣鼓舞。

拾人牙慧（ㄕˊ ㄖㄣˊ ㄧㄚˊ ㄏㄨㄟˋ）

【釋義】牙慧：指別人說過的話。又作「拾牙慧」。

【出處】劉義慶・世說新語・文學：「殷中軍云：『康伯未得我牙後慧。』」

【用法】比喻拾取別人的一言半語當作自己的話。也比喻沿襲別人的見解、論點。

【例句】這些全是**拾人牙慧**的陳年舊聞，沒有採用的價值。

【義近】拾人涕唾／拾人餘唾／拾人牙後／人云亦云。

【義反】獨闢蹊徑／自出心裁／獨出心裁／別具卓見。

拾人涕唾（ㄕˊ ㄖㄣˊ ㄊㄧˋ ㄊㄨㄛˋ）

【釋義】拾取別人的鼻涕和唾沫。涕：鼻涕。

【出處】嚴羽・滄浪詩話：「僕之詩辨……是自家閉門鑿破此片田地，即非傍人籬壁，拾人涕唾得來者。」

【用法】比喻蹈襲他人的意見、言論。

【例句】像你這樣跟在別人後面鸚鵡學舌，**拾人涕唾**，究竟有什麼意思？

【義近】拾人牙慧／拾人餘唾／人云亦云。

【義反】獨樹一幟／別具匠心／獨到之見。（同拾人牙慧）

拾金不昧（ㄕˊ ㄐㄧㄣ ㄅㄨˋ ㄇㄟˋ）

【釋義】金：原指金錢，現泛指貴重物品。昧：隱藏。

【出處】李綠園・歧路燈一〇八回：「把家人名分扯倒，又表其拾金不昧。」

【用法】指拾到東西並不隱瞞下來占為己有。

【例句】空中小姐**拾金不昧**的行為，受到大家的讚揚。

【義近】見利思義／物歸原主。

【義反】見財起意／見利忘義。

拾遺補缺（ㄕˊ ㄧˊ ㄅㄨˇ ㄑㄩㄝ）

【釋義】揀取一些遺漏的小事，彌補一些欠缺的工作。闕：同「缺」。

【出處】司馬遷・報任少卿書：「次之，又不能拾遺補闕，招賢進能，顯巖穴之士。」

【用法】①對事而言：表示對缺失遺漏能加以補充修正。②對人而言：表示能指出自己或他人言行上的缺失，而加以補救。

【例句】①這件事若能即時**拾遺補缺**，仍有挽回的餘地。②為人臣者要能直言極諫，以盡對上位者**拾遺補缺**之責。

【義近】補過拾遺／補錄缺漏。

【義反】抱殘守缺。

拳不離手，曲不離口（ㄑㄩㄢˊ ㄅㄨˋ ㄌㄧˊ ㄕㄡˇ，ㄑㄩˇ ㄅㄨˋ ㄌㄧˊ ㄎㄡˇ）

【釋義】拳：拳頭，此指打拳。曲：歌曲。二者均表示經常練習。

【用法】用以比喻勤學苦練，孜孜不倦。

【例句】要想成為書法家，就得要有**拳不離手，曲不離口**的精神，天天提筆練字。

【義近】孜孜不倦／手不釋卷／勤學苦練。

【義反】一暴十寒／三天打魚，兩天曬網。

拳拳之忠

【釋義】拳拳：懇切、忠謹的樣子。

【出處】司馬遷・報任少卿書：「拳拳之忠，終不能自列。因爲誣上，卒從吏議。」

【用法】形容懇切忠誠，一片眞心實意。

【例句】幾十年來，他一直以**拳拳之忠**爲黨國服務，這片心實在感人。

【義近】區區之誠／忠心耿耿。

【義反】心懷貳志／心存不軌。

拳頭上走得馬，臂膊上立得人

【釋義】意謂拳頭上可跑馬，臂膊上可站人。走：跑。

【出處】明・無名氏・白兔記七：「我拳頭上走得馬，臂膊上立得人，清清白白的，你說甚麼？」

【用法】比喻身心清白，光明磊落。

【例句】眞是笑話！我**拳頭上走得馬，臂膊上立得人**，憑你那張烏鴉嘴瞎栽贓，就能把我說成惡人了嗎？

【義近】堂堂正正／俯仰無愧／不愧不怍／頂天立地／心懷坦然／光明磊落。

【義反】鬼鬼祟祟／心懷叵測。

拿手好戲

【釋義】指演員最擅長的劇目。拿手：猶言特長。

【用法】用以比喻最擅長的本領。多就技藝而言。

【例句】走鋼絲、蹬單輪車等，是馬戲團裏每個特技演員的**拿手好戲**。

【義近】看家本領。

【義反】雕蟲小技。

拿腔作勢

【釋義】拿腔：裝腔。作勢：擺出一種姿勢。一作「拿班作勢」。

【出處】曹雪芹・紅樓夢二五回：「那賈環便來到王夫人炕上坐著，命人點了蠟燭，拿腔做勢的抄寫。」

【用法】用以形容裝模作樣，擺架子。

【例句】這傢伙受到上司的嘉獎了，便**拿腔作勢**，神氣活現起來了。

【義近】裝腔作勢／裝模作樣／拿班作勢。

【義反】一本正經／天眞爛漫。

按兵不動

【釋義】止住軍隊，暫不行動。按：止住。一作「案兵不動」。

【出處】戰國策・齊策：「故爲君計者，不如按兵勿出。」呂氏春秋・恃君覽：「趙簡子按兵而不動。」

【用法】表示使軍隊暫不行動，也比喻接受任務後尚未採取行動。

【例句】看來這其中有鬼，姑且**按兵不動**，等把情況弄清楚了再說。

【義近】案甲休兵／按甲不出／就地待命。

【義反】風起雲湧／擊鼓進軍。

按部就班

【釋義】按、就：遵循。部、班：門類，次序。本指安排文義，組織章句。

【出處】陸機・文賦：「觀古今於須臾，撫四海於一瞬。然後選義按部，考辭就班。」

【用法】比喻循序漸進或按一定的規矩辦事。有時也用以譏諷人照老規矩辦事，不知變通。

【例句】生產一件產品，務必要根據操作規程，**按部就班**地進行。

【義近】循序漸進／按圖索驥／照章行事。

【義反】越次超倫／違背章程／

不主故常／盲目躁進。

按圖索驥（ㄢˋ ㄊㄨˊ ㄙㄨㄛˇ ㄐㄧˋ）

【釋義】按照圖上的樣子去找好馬。索：尋找。驥：良馬。一作「按圖索駿」。

【出處】袁桷・示從子瑛詩：「隔竹引龜心有想，按圖索驥術難靈。」

【用法】原指拘泥成法，不知變通。今多指按照線索去尋找事物。

【例句】這竊賊留下了很多指紋，警方**按圖索驥**，很快就破案了。

【義近】蛛絲馬迹／抽絲剝繭。

【義反】無跡可尋／無影可求。

挖肉補瘡（ㄨㄚ ㄖㄡˋ ㄅㄨˇ ㄔㄨㄤ）

【釋義】挖好肉來補救瘡傷。瘡：外傷。一作「剜肉補瘡」。

【出處】聶夷中・詠田家：「二月賣新絲，五月糶新穀。醫得眼前瘡，剜却心頭肉。」

【用法】比喻只顧眼前，用有害的方法來救急。

【例句】若爲了長久打算，這種**挖肉補瘡**的作法實在是行不通。

【義近】拆東牆補西牆／剜肉補瘡。

挖空心思（ㄨㄚ ㄎㄨㄥ ㄒㄧㄣ ㄙ）

【釋義】意謂費盡心機。心思：思考能力，此指心計。

【用法】比喻絞盡腦汁，想盡一切辦法。

【例句】敵人總是**挖空心思**的想把我們整垮，我們千萬不能如其所願，要更堅強才行。

【義近】搜索枯腸／絞盡腦汁／殫精竭慮／煞費苦心／撚斷髭鬚。

【義反】無所用心／不假思索。

持之以恆（ㄔˊ ㄓ ㄧˇ ㄏㄥˊ）

【釋義】持：堅持。恆：恆心。

【出處】曾國藩・家訓・喻紀澤：「進之以猛，持之以恆。」

【用法】用以說明長久地堅持下去，不達目的決不停止。

【例句】要想在事業上獲得成功，就必須**持之以恆**，不懈怠地努力進取。

【義近】鍥而不捨／滴水穿石／鐵杵成針。

【義反】半途而廢／一暴十寒／見異思遷。

持之有故（ㄔˊ ㄓ ㄧㄡˇ ㄍㄨˋ）

【釋義】持：持論，主張。故：緣故，根據。

【出處】荀子・非十二子：「然而其持之有故，其言之成理，足以欺惑愚眾。」

【用法】指所持的見解和主張有一定的根據。

【例句】他經過再三的研究考察後，提出這一看法，可謂**持之有故**，值得採納。

【義近】言之成理／鑿鑿有據。

【義反】信口雌黃／街談巷議／無稽之論／無憑無據。

持平之論（ㄔˊ ㄆㄧㄥˊ ㄓ ㄌㄨㄣˋ）

【釋義】持平：保持公平，沒有偏見。

【出處】漢書・杜周傳附杜延年：「延年論議持平，合和朝廷，皆此類也。」

【用法】說明所發表的意見公正平允，不偏不倚。

【例句】坦白來說，鄭先生剛剛所發表的意見，確實是**持平之論**。

【義近】持論公允／秉心公正／無偏無袒／中肯之論。

【義反】偏頗之論／片面之詞。

挂一漏萬（ㄍㄨㄚˋ ㄧ ㄌㄡˋ ㄨㄢˋ）

【釋義】挂：鈎住，此指說到、提到。漏：遺漏。

【出處】吳泳・答嚴子韶書：「對客之暇，隨筆疏去，未免挂一漏萬，有疑不妨再指教。」

【用法】形容說得不全，遺漏很

多。

【例句】我年事已高，記憶力衰退，這裏所陳述的難免會**挂一漏萬**，敬請包涵。

【義近】顧此失彼。

【義反】面面俱到。

拭目以待（ㄕˋ ㄇㄨˋ ㄧˇ ㄉㄞˋ）

【釋義】拭目：擦亮眼睛。待：等待。一作「拭目而待」。

【出處】漢書・張敞傳：「天下莫不拭目傾耳，觀化聽風。」羅貫中・三國演義四三回：「朝廷舊臣，山林隱士，無不拭目而待。」

【用法】表示期望殷切，急欲看到。也表示確信某件事情一定會出現。

【例句】他倒是說得很好，至於能否付諸實踐，我們姑且**拭目以待**吧。

【義近】引領而望／翹首以待／舉踵而望。

指天畫地（ㄓˇ ㄊㄧㄢ ㄏㄨㄚˋ ㄉㄧˋ）

【釋義】以手指畫著天地，慷慨陳詞。

【出處】陸賈・新語・懷慮：「惑學者之心，移眾人之志，指天畫地，是非世事。」

【用法】形容放言無忌的神態。

【例句】會議中途，他氣憤已極，於是挺身而出，**指天畫地**對反對派的論點痛加駁斥。

【義近】放肆直言／慷慨陳詞。

【義反】吞吞吐吐／欲言又止／欲語還休。

指天誓日（ㄓˇ ㄊㄧㄢ ㄕˋ ㄖˋ）

【釋義】指著天、日發誓。

【出處】韓愈・柳子厚墓誌銘：「指天日涕泣，誓生死不相背負，眞若可信。」

【用法】對天發誓，表明心迹。

【例句】她當著眾人的面**指天誓日**的說：「此事決非我丈夫所爲，我可以用我的性命作擔保！」

【義近】蒼天可表／日月可鑑／天地可證。

【義反】遮遮掩掩／支支吾吾。

指日可待（ㄓˇ ㄖˋ ㄎㄜˇ ㄉㄞˋ）

【釋義】指日：可以指明的日期。待：期待（事情、希望等）。

【出處】曾肇・論內批直付有司：「推今日欲治之心，爲之不已；太平之功，指日可待。」

【用法】形容所期待的爲期不遠，不久就可以實現。

【例句】這個工廠的基礎工程已告完成，機器也安裝妥畢，正式投入生產已經是**指日可待**了。

【義近】計日可待／計日程功／爲期不遠。

【義反】曠日持久／遙遙無期。

指手畫腳（ㄓˇ ㄕㄡˇ ㄏㄨㄚˋ ㄐㄧㄠˇ）

【釋義】形容說話時，邊說邊做出各種動作。

【出處】施耐庵・水滸傳七五回：「見這李虞侯張幹辦在宋江前面指手畫腳，你來我去，都有心要殺這廝。」

【用法】形容說話時放肆無忌或得意忘形的樣子。也比喻亂加指點、批評。

【例句】你看他那**指手畫腳**的樣子，一定又有什麼事讓他得意忘形了。

【義近】比手畫腳／評頭品足。

【義反】言語拘謹／談吐文雅。

指東畫西（ㄓˇ ㄉㄨㄥ ㄏㄨㄚˋ ㄒㄧ）

【釋義】謂說話時亂扯話題。

【出處】悟明・聯燈會要二三：「莫只這邊那邊，逴得些官司，到處插語，指東畫西，舉古舉今。」

【用法】比喻論事時有意避開主

題，東拉西扯。

【例句】你今天說話怎麼老是**指東畫西**的，我明明問你昨晚爲什麼沒回來，你却說孩子上學的事。

【義近】顧左右而言他／說東扯西／東拉西扯／文不對題／避重就輕／舉古舉今。

【義反】實言實語／就題發揮。

指桑罵槐 ㄓˇ ㄙㄤ ㄇㄚˋ ㄏㄨㄞˊ

【釋義】指著桑樹罵槐樹。

【出處】曹雪芹・紅樓夢一六回：「錯一點兒他們就笑話打趣，偏一點兒他們就指桑罵槐的抱怨。」

【用法】比喻表面上罵這個人，實際上是罵那個人。

【例句】你對我有什麼意見就直打直說，用不著這樣**指桑罵槐**的！

【義近】指東罵西／指雞罵狗／夾槍帶棒／指著禿驢罵和尚。

【義反】直言不諱／開門見山／鳴鼓而攻之。

指鹿爲馬 ㄓˇ ㄌㄨˋ ㄨㄟˊ ㄇㄚˇ

【釋義】手指著鹿硬說是馬。

【出處】司馬遷・史記・秦始皇本紀載：趙高獻一鹿給二世說：此「馬也。」二世笑著說：「丞相誤邪？謂鹿爲馬。」

【用法】比喻故意顛倒是非，擅作威福。

【例句】他這明明是**指鹿爲馬**，你們還要附和他？

【義近】顛倒黑白／混淆是非／鑿空指鹿。

【義反】循名責實／明辨是非。

指揮若定 ㄓˇ ㄏㄨㄟ ㄖㄨㄛˋ ㄉㄧㄥˋ

【釋義】若：好像。定：規定。

【出處】杜甫・詠懷古跡之五：「伯仲之間見伊呂，指揮若定失蕭曹。」

【用法】形容態度冷靜，考慮周全，指揮起來就像一切都事先規定好了似的。

【例句】在那次戰役中，韋師長**指揮若定**，毫不費力就取得了勝利。

【義近】沉著穩重／有條不紊／胸有成竹。

【義反】手足無措／張惶失措。

指腹爲婚 ㄓˇ ㄈㄨˋ ㄨㄟˊ ㄏㄨㄣ

【釋義】雙方父母指著腹中胎兒締結婚約。

【出處】魏書・王寶興傳：「寶興母與盧遐妻同孕，崔浩曰：『汝等將來所產，皆我之自出可指腹爲親。』」

【用法】用以指舊時包辦婚姻。

【例句】古代**指腹爲婚**之事甚多，現代則講求自由戀愛。

【義近】指腹割衿。

指顧間事 ㄓˇ ㄍㄨˋ ㄐㄧㄢ ㄕˋ

【釋義】指顧：手一指，眼一顧。

【出處】班固・東都賦：「指顧倏忽，獲車已實。」

【用法】用以形容在極短暫的時間內即可辦到的事。

【例句】這不過是**指顧間事**，有何叨擾，請稍候片刻，馬上辦妥。

【義近】轉眼間事／彈指間事／舉手之勞。

【義反】穿石之事／磨杵之事。

挑肥揀瘦 ㄊㄧㄠ ㄈㄟˊ ㄐㄧㄢˇ ㄕㄡˋ

【釋義】挑、揀：均爲選擇意。肥、瘦：肥肉、瘦肉，喻難易、好壞。

【出處】濟公全傳一二六回：「掌刀的一瞧，見和尚襤褸不堪，心說：『這和尚必是買十個錢的肉，挑肥揀瘦。』」

【用法】用以說明某些人對工作或事物反覆挑選，只選對自己有利的。

【例句】小蔡對工作從不**挑肥揀瘦**，總是把困難留給自己，把方便讓給別人，因而深得經理的喜愛。

【義近】避重就輕／拈輕怕重。

【義反】不拘肥瘦／不論好歹／豁達大度。

挑撥離間

【釋義】挑撥：搬弄是非，引起糾紛。離間：使人不和睦。

【出處】劉克莊・後村詩話：「主人若也勤挑撥，敢向尊前不盡心。」陳壽・三國志・吳志・諸葛瑾傳：「離間人骨肉。」

【用法】指搬弄是非，製造矛盾，使別人不團結。

【例句】那婆娘心眼不好，喜歡**挑撥離間**，搬弄是非，破壞別人的感情。

【義近】挑唆是非／搬弄是非／乘間投隙。

【義反】排難解紛／從中調停。

挾天子以令諸侯

【釋義】挾制皇帝，以其名義號令諸侯。

【出處】陳壽・三國志・蜀志・諸葛亮傳：「今（曹）操已擁百萬之眾，挾天子以令諸侯，此誠不可與爭鋒。」

【用法】用以比喻假借名義，發號施令。

【例句】你用不著這樣**挾天子以令諸侯**，就說是你的意見，難道我們還敢不照辦嗎？

【義近】挾主行令／狐假虎威。

挾泰山以超北海

【釋義】夾著泰山跨過北海。挾：夾著。越：越過。

【出處】孟子・梁惠王上：「挾太山以超北海，語人曰：『我不能。』是誠不能也。」

【用法】比喻無法克服的困難或絕對辦不到的事情。

【例句】你要我立刻籌出千萬資金，就像要我**挾泰山以超北海**一樣，根本不可能做到。

【義近】挾山超海／舉千鈞之重鼎。

【義反】舉手之勞／吹灰之力／易如反掌／反掌折枝／摧枯拉朽。

挺身而出

【釋義】挺身：挺直身軀。出：站出來。

【出處】舊五代史・唐景思傳：「後數日城陷，景思挺身而出，使人告於鄰郡，得援軍數百……。」

【用法】形容人不畏艱險，勇敢地站出來擔當重任或打抱不平。

【例句】張先生這次**挺身而出**，幫助我們度過難關，令我們十分感激。

【義近】仗義而出／伸出援手。

【義反】畏縮不前／知難而退／臨陣脫逃。

挨肩擦背

【釋義】肩挨肩，背擦背。一作「摩肩擦背」。

【出處】清平山堂話本・錯認屍：「當日鬧動城裏城外，人都得知，男子婦人，挨肩擦背……一齊來看。」

【用法】形容人多擁擠。

【例句】每到假日，街上男女老少，**挨肩擦背**，逛街、購物，好不熱鬧。

【義近】摩肩疊背／摩肩繼踵／比肩接踵／駢肩雜遝。

【義反】三三兩兩／稀稀落落。

捕風捉影

【釋義】捕捉風和影子。風、影：均比喻虛空不實之事。

【出處】朱子語類八：「若悠悠地似做不做，如捕風捉影，有甚長進。」

【用法】用以比喻說話做事毫無根據。

【例句】你所說的這些，完全是**捕風捉影**，沒有證據，如何能取信於人？

【義近】捕風繫影／無中生有。

【義反】實事求是／證據確鑿／信然有徵。

振振有辭 ㄓㄣˋ ㄓㄣˋ ㄧㄡˇ ㄘˊ

【釋義】振振：盛大，引申爲理直氣壯的樣子。有辭：有話可說。
【出處】左傳・僖公五年：「均服振振，取虢之旂。」
【用法】形容自以爲理由充分，說個沒完。也指理直氣壯地發表議論。
【例句】分明是他自己弄錯了，他還**振振有辭**地辯解，眞令人不敢苟同。
【義近】口若懸河／侃侃而談／強詞奪理／理直氣壯。
【義反】理屈詞窮／笨嘴拙舌／無言可對。

振聾發聵 ㄓㄣˋ ㄌㄨㄥˊ ㄈㄚ ㄎㄨㄟˋ

【釋義】聲音很大，使耳聾的人也聽得見。振、發：振起，驚醒。聵：耳聾。
【出處】袁枚・隨園詩話補遺一：「此數言，振聾發聵，想當時必有迂儒曲士以經學談詩者。」
【用法】比喻用語言文字喚醒糊塗麻木的人，使他們清醒過來。
【例句】這篇文章主題嚴正，說理暢達，足以**振聾發聵**，起教化之功。
【義近】醍醐灌頂／當頭棒喝／暮鼓晨鐘／發人深省／茅塞頓開。
【義反】爲惑不解。

捐除成見 ㄐㄩㄢ ㄔㄨˊ ㄔㄥˊ ㄐㄧㄢˋ

【釋義】捐除：拋棄，捨棄。成見：對人或事物有預定的主觀看法。
【出處】袁枚・答章觀察招飲書：「枚靜言思之，終覺齊大非偶……捐除成見，靜候報章。」
【用法】說明拋棄心中既定的主觀見解。
【例句】你們要共同創業，首先必須**捐除成見**，推心置腹地做一次暢談，消除彼此的隔閡。
【義近】拋棄成見／捐除己見。
【義反】固執己見。

捐軀赴難 ㄐㄩㄢ ㄑㄩ ㄈㄨˋ ㄋㄢˋ

【釋義】捐軀：爲國家、爲正義而死。赴難：奔赴國難。
【出處】曹植・白馬篇：「捐軀赴國難，視死忽如歸。」
【用法】形容人急於國難，捨身救國。
【例句】抗戰期間，許多有志之士投筆從戎，走上前線，**捐軀赴難**。
【義近】爲國捐軀／奔赴國難／獻身沙場。
【義反】貪生怕死／急於私利／一心爲己。

捉賊捉贓 ㄓㄨㄛ ㄗㄟˊ ㄓㄨㄛ ㄗㄤ

【釋義】捉贓：拿到贓物作爲實據。
【出處】胡太初・治獄：「諺曰：『捉賊須捉贓，捉姦須捉雙。』此雖俚言，極爲有道。」
【用法】用以比喻處理問題須有眞憑實據。
【例句】你說他偷了你的錢包，但**捉賊捉贓**，他身上並沒有你的錢包呀！
【義近】捉賊見贓。
【義反】一無佐證／無憑無據／口說無憑。

捉襟見肘 ㄓㄨㄛ ㄐㄧㄣ ㄐㄧㄢˋ ㄓㄡˇ

【釋義】拉一拉衣襟，就露出了胳膊肘。襟：同「衿」，衣襟。見：通「現」，顯露。
【出處】莊子・讓王：「曾子居衛……十年不製衣，正冠而纓絕，捉衿而肘見。」
【用法】形容衣不蔽體，生活貧窮。或用以比喻顧此失彼，窮於應付。
【例句】①他家現在算是步入了小康之境，那**捉襟見肘**的日子一去不復返了。②你這樣匆匆忙忙設立公司，準備很不充分，恐怕會**捉襟見肘**，問題叢生。
【義近】顧此失彼／納履踵決／左支右絀。
【義反】綽綽有餘／應付裕如／得心應手。

掛羊頭賣狗肉 ㄍㄨㄚˋ ㄧㄤˊ ㄊㄡˊ ㄇㄞˋ ㄍㄡˇ ㄖㄡˋ

【釋義】也作「懸羊頭賣狗肉」，指弄虛作假。
【出處】普濟・五燈會元一六：「懸羊頭，賣狗肉，壞後進，初機滅。」
【用法】比喻以好的名義做招牌，實際上兜售低劣的貨色。也指以假亂眞，蒙騙別人。
【例句】有些國家的政府**掛羊頭賣狗肉**，嘴上高喊民主，實行的卻是專制獨裁的政策。
【義近】魚目混珠／炫玉賈石／弄虛作假。
【義反】貨眞價實／名實相副／表裏一致。

接二連三 ㄐㄧㄝ ㄦˋ ㄌㄧㄢˊ ㄙㄢ

【釋義】意即一個接一個。
【出處】曹雪芹・紅樓夢一回：「於是接二連三，牽五掛四，將一條街燒得如火焰山一般。」
【用法】形容連續不斷。
【例句】你們這樣**接二連三**地出問題，教我如何向老闆交代呢？
【義近】接踵而至／連續不斷。
【義反】時斷時續。

接踵而來 ㄐㄧㄝ ㄓㄨㄥˇ ㄦˊ ㄌㄞˊ

【釋義】踵：腳後跟。一作「接踵而至」。
【出處】梁書・武帝紀下：「故鄉老少，接踵而至，情貌孜孜，若歸於文。」
【用法】指人們前腳跟著後腳，接連不斷地到來。
【例句】眞是人老病出頭，近幾年來病痛**接踵而來**，折磨得我心力交瘁。
【義近】聯翩而至／紛至沓來／絡繹不絕／接二連三。
【義反】斷斷續續／時續時輟／裹足不前。

探頭探腦 ㄊㄢˋ ㄊㄡˊ ㄊㄢˋ ㄋㄠˇ

【釋義】探：頭或上身向前伸出。
【出處】施耐庵・水滸傳二回：「只見一個人探頭探腦，在那裏張望。」
【用法】形容鬼鬼祟祟地伸頭張望，窺探祕密。
【例句】有個人正**探頭探腦**向公寓內窺視，不知有何居心？
【義近】探頭縮腦／東張西望／賊頭賊腦。
【義反】堂堂正正／光明正大。

探囊取物 ㄊㄢˋ ㄋㄤˊ ㄑㄩˇ ㄨˋ

【釋義】把手伸到口袋裏取東西。探：手伸進去拿。囊：口袋。
【出處】新五代史・南唐世家：「取江南如探囊中物耳。」
【用法】比喻能夠輕而易舉地辦成某種事情。
【例句】區區小事，對他來說有如**探囊取物**，放心交給他去辦吧！
【義近】甕中捉鱉／手到擒來／信手拈來／唾手可得／反掌折枝。
【義反】海底撈針／挾山超海／難於上青天／蚍蜉撼樹／移山塡海。

捲土重來 ㄐㄩㄢˇ ㄊㄨˇ ㄔㄨㄥˊ ㄌㄞˊ

【釋義】捲土：人馬奔跑捲起來的塵土。
【出處】杜牧・題烏江亭詩：「江東子弟多才俊，捲土重來未可知。」
【用法】比喻失敗後，集結力量重新再來。
【例句】失敗了沒有關係，只要我們還活著，就可以**捲土重來**。

【義近】東山再起／重整旗鼓／死灰復燃／從頭再來。

【義反】一蹶不振／一敗塗地／銷聲匿跡。

掂斤播兩 ㄉㄧㄢ ㄐㄧㄣ ㄅㄛˋ ㄌㄧㄤˇ

【釋義】意謂較量輕重。掂、播：均為估量輕重之意。

【出處】王實甫・西廂記一本二折：「儘著你說短論長，一任待掂斤播兩。」

【用法】用以比喻品評優劣或計較瑣事。

【例句】你對自己這麼大方，對別人卻**掂斤播兩**的，難怪朋友這麼少。

【義近】掂斤估兩／說短論長／斤斤計較。

【義反】不論長短／不較優劣。

捫心自問 ㄇㄣˊ ㄒㄧㄣ ㄗˋ ㄨㄣˋ

【釋義】捫心：手摸胸口。捫：撫摸。心：胸口。

【出處】林則徐・批荷蘭國總管……新例稟：「何曾有一眞，捫心自問，能不令人看破否？」

【用法】用以表示自我反省，自作檢討。

【例句】你老是責怪他人，卻很少**捫心自問**自己有沒有錯，這樣做對嗎？

【義近】撫心自問／反躬自省。

【義反】歸咎於人／委過他人。

掩人耳目 ㄧㄢˇ ㄖㄣˊ ㄦˇ ㄇㄨˋ

【釋義】意謂遮掩別人的耳目。掩：遮。

【出處】吳承恩・西遊記一六回：「那兩個和尚卻不都燒死？又好掩人耳目，袈裟豈不是我們傳家之寶？」

【用法】比喻用假象迷惑人、欺騙人。

【例句】弄虛作假，即使能**掩人耳目**於一時，終究不能改變事實的眞相。

【義近】遮人耳目／混淆視聽。

掩耳盜鈴 ㄧㄢˇ ㄦˇ ㄉㄠˋ ㄌㄧㄥˊ

【釋義】捂住耳朵去偷鈴。掩：遮掩，捂住。一作「掩耳盜鐘」。

【出處】典出呂氏春秋・自知。曹雪芹・紅樓夢九回：「那怕再念三十本詩經，也是掩耳盜鈴，哄人而已。」

【用法】比喻自己欺騙自己，想掩蓋根本無法掩蓋的事實。

【例句】我勸你還是勇於面對現實吧！何苦要**掩耳盜鈴**，欺騙自己呢？

【義近】掩目捕雀／掩鼻偷香／自欺欺人。

掉以輕心 ㄉㄧㄠˋ ㄧˇ ㄑㄧㄥ ㄒㄧㄣ

【釋義】掉：擺弄，不在乎。輕：輕率。

【出處】柳宗元・答韋中立論師道書：「故吾每為文章，未嘗敢以輕心掉之。」

【用法】指對事物採取漫不經心的輕率態度。

【例句】你身上的這個腫瘤，務必要及早去看醫生，千萬不可**掉以輕心**。

【義近】漫不經心／等閒視之。

【義反】鄭重其事／一絲不苟。

排山倒海 ㄆㄞˊ ㄕㄢ ㄉㄠˇ ㄏㄞˇ

【釋義】推開高山，翻倒大海。排：推開。倒：翻倒。

【出處】呂祖謙・東萊博議・楚屈瑕敗蒲騷：「吞天沃日之濤，排山倒海之風。」

【用法】形容聲勢浩大，不可阻擋。

【例句】廣州起義革命黨人以**排山倒海**之勢，一舉推翻了滿清政府的專制統治。

【義近】翻江倒海／移山覆海／翻天覆地／雷霆萬鈞。

排斥異己 ㄆㄞˊ ㄔˋ ㄧˋ ㄐㄧˇ

【釋義】排斥：排除。異己：同自己意見不同的人。一作「

排除異己」。

【出處】楊士聰・玉堂薈記卷下：「至當路者借以排斥異己。」

【用法】指排擠、清除和自己意見不同或不屬於自己集團、派系的人。

【例句】為了鞏固自己的地位，當政者一到任，常**排斥異己**，做一番新的人事佈局。

【義近】誅除異己／黨同伐異。

【義反】求同存異／顧全大局。

排難解紛 ㄆㄞˊ ㄋㄢˋ ㄐㄧㄝˇ ㄈㄣ

【釋義】難：危難。紛：糾紛。

【出處】戰國策・趙策三：「此貴於天下之士者，為人排患釋難解紛亂而無所取也。」

【用法】原指為人排除危難，解決糾紛。今多用以指調停雙方爭執。

【例句】他熱心為人**排難解紛**，辦事又公正，所以大家有事都會找他幫忙。

【義近】排患解難／調停是非。

【義反】火上澆油／推波助瀾／惹是生非／挑撥離間／加油添醋。

措手不及 ㄘㄨㄛˋ ㄕㄡˇ ㄅㄨˋ ㄐㄧˊ

【釋義】措手：著手處理、應付。

【出處】元・無名氏・千里獨行：「我則殺他一個措手不及。」

【用法】形容事出突然或準備不足，來不及應付。

【例句】你怎麼事先不來電話通知我一聲，突然光臨，弄得我**措手不及**，實在沒什麼好招待你。

【義近】猝不及防／驚惶失措。

【義反】措置裕如／泰然處之。

措置裕如 ㄘㄨㄛˋ ㄓˋ ㄩˋ ㄖㄨˊ

【釋義】措置：安排，辦理。裕如：從容不費力的樣子。

【出處】後漢書・東平憲王蒼傳：「每會見，踧踖無所措置。」揚雄・法言：「裕如也，如不用也。」

【用法】指處理事不費勁，而且做得很好。

【例句】王科長經常處理困難的事情，這件小事當然是**措置裕如**，勝任愉快。

【義近】措置有方／應付裕如／得心應手。

【義反】措置失當／力不從心。

推三阻四 ㄊㄨㄟ ㄙㄢ ㄗㄨˇ ㄙˋ

【釋義】推、阻：推拖、拒絕。

【出處】元・無名氏・隔江鬥智一折：「我如今並不的推三阻四，任哥哥自主之。」

【用法】形容用各種藉口推諉拒絕。

【例句】這件事又不是你能力所不及的，何必在這裏**推三阻四**的呢？

【義近】推三拖四／推諉拒絕。

【義反】一口答應／滿口應承。

推己及人 ㄊㄨㄟ ㄐㄧˇ ㄐㄧˊ ㄖㄣˊ

【釋義】用自己心裏的想法去推想別人的心意。推：推究，推想。

【出處】朱熹・與范直閣書：「學者之於忠恕，未免參校彼此，推己及人則宜。」

【用法】用以指設身處地替別人著想。

【例句】你若能**推己及人**的多為別人著想，就不會老是怨天尤人了。

【義近】己所不欲，勿施於人／己欲達而達人／己欲立而立人／設身處地／將心比心。

推心置腹 ㄊㄨㄟ ㄒㄧㄣ ㄓˋ ㄈㄨˋ

【釋義】意謂把一顆赤誠的心交給人家。推：推移。置腹：放置在別人腹中。

【出處】後漢書・光武帝紀上：「降者更相語曰：『蕭王推赤心置人腹中，安得不投死乎！』」

【用法】比喻眞心待人。

【例句】人與人之間，就是應該**推心置腹**，坦誠相待，才能建立友誼。

【義近】坦誠相待／肝膽相照／袒裎相見／披肝瀝膽。

【義反】爾虞我詐／鉤心鬥角／明爭暗鬥。

推波助瀾 ㄊㄨㄟ ㄅㄛ ㄓㄨˋ ㄌㄢˊ

【釋義】瀾：大的波浪。

【出處】中說・問易：「眞君建德之事，適足推波助瀾，縱風止燎耳。」

【用法】比喻從旁鼓動，助長事物的聲勢和發展，以擴大影響。多用於糾紛鬥爭方面。

【例句】他倆原不過是有點小糾紛，後來有人從中**推波助瀾**，結果弄得水火不容、誓不兩立了。

【義近】火上澆油／煽風點火。

【義反】排難解紛／息事寧人。

推陳出新 ㄊㄨㄟ ㄔㄣˊ ㄔㄨ ㄒㄧㄣ

【釋義】揚棄舊的，創造新的。推：擺脫，排除。陳：舊的。一作「推陳致新」。

【出處】費袞・梁谿漫志・張文潛粥記引東坡帖：「吳子野勸食白粥，云能推陳致新，和膈養胃。」

【用法】指對事物除舊更新。

【例句】藝術的表演形式應盡量做到**推陳出新**，才能使其更具前瞻性。

【義近】翻陳出新／革故鼎新／除舊布新。

【義反】墨守成規／抱殘守缺／因循守舊。

推賢讓能 ㄊㄨㄟ ㄒㄧㄢˊ ㄖㄤˋ ㄋㄥˊ

【釋義】推舉有賢德的人，讓位給有才能的人。推：推舉，推薦。

【出處】尚書・周官：「推賢讓能，庶官乃和。」

【用法】用以形容用人的正確態度。

【例句】張老爲人公正開明，處事明智，能**推賢讓能**，故深受屬下的愛戴。

【義近】舉賢授能／用賢使能。

【義反】嫉賢妒能。

掃地以盡 ㄙㄠˇ ㄉㄧˋ ㄧˇ ㄐㄧㄣˋ

【釋義】以：而。又作「掃地已盡」、「掃地盡矣」。

【出處】漢書・魏豹、田儋、韓信傳贊：「秦滅六國而上古遺烈掃地盡矣。」

【用法】比喻破壞無遺或丟失乾淨，也比喻丟盡臉面。

【例句】他不聽我勸，硬要去做冒險生意，結果弄得**掃地以盡**，人財兩空。

【義近】掃地無遺／一掃而空。

【義反】留有餘地。

掃興而歸 ㄙㄠˇ ㄒㄧㄥˋ ㄦˊ ㄍㄨㄟ

【釋義】掃興：遇到不如意的事而情緒低落。一作「掃興而回」。

【出處】湯顯祖・牡丹亭・旅寄：「不隄防嶺北風嚴，感了寒疾，又無掃興而回之理。」

【用法】指人興致被打消，快快而歸。

【例句】我們全家高高興興出去郊遊，不料突然下起大雨，結果全被淋成落湯雞，**掃興而歸**。

【義近】敗興而歸。

【義反】乘興而行／乘興而出。

捷足先登 ㄐㄧㄝˊ ㄗㄨˊ ㄒㄧㄢ ㄉㄥ

【釋義】捷足：腳步敏捷。又作「捷足先得」。

【出處】司馬遷・史記・淮陰侯列傳：「蒯通曰：『秦失其鹿，天下共逐之，高材捷足者，先得焉。』」

【用法】用以比喻行動敏捷的人，首先取得。

【例句】在人生旅途上，只有那些樂觀進取的人才能**捷足先**

登，獲得成就。

【義近】先我著鞭／逐兔先得／疾足先得。

【義反】姍姍來遲。

授受不親 ㄕㄡˋ ㄕㄡˋ ㄅㄨˋ ㄑㄧㄣ

【釋義】授受：給予和接受，猶交接。親：親自。

【出處】孟子・離婁上：「男女授受不親，禮也。」

【用法】指古代重禮教，男女之間不能親手互相授受東西。

【例句】男女之間雖說不必像古代那樣講求**授受不親**，但也不能太過於隨便呀！

【義近】男女有別。

捶胸頓足 ㄔㄨㄟˊ ㄒㄩㄥ ㄉㄨㄣˋ ㄗㄨˊ

【釋義】用拳頭捶打胸膛，用腳跺地。頓足：跺腳。一作「捶胸跺腳」。

【出處】羅貫中・三國演義五六回：「孔明說罷，觸動玄德衷腸，眞個捶胸頓足，放聲大哭。」

【用法】形容十分悲痛或懊喪的樣子。

【例句】知道自己落敗後，他**捶胸頓足**，放聲大哭，似乎受不了這個打擊。

【義近】撫膺頓足／椎心泣血／呼天搶地／拊膺大慟。

【義反】撫掌而笑／欣喜若狂。

掌上明珠 ㄓㄤˇ ㄕㄤˋ ㄇㄧㄥˊ ㄓㄨ

【釋義】手掌上的一顆明亮的珍珠。

【出處】傅玄・短歌行：「昔君視我，如掌上珠；何意一朝，棄我溝渠。」

【用法】比喻極受父母疼愛的兒女，尤其是女兒。也比喻極受寵愛的人。

【例句】我這小孫女聰明活潑，是全家人的**掌上明珠**。

【義近】心肝寶貝。

【義反】眼中釘肉中刺。

揮汗成雨 ㄏㄨㄟ ㄏㄢˋ ㄔㄥˊ ㄩˇ

【釋義】灑出的汗水能成爲雨。

【出處】戰國策・齊策一：「臨淄之途，車轂擊，人肩摩，連衽成帷，舉袂成幕，揮汗成雨。」

【用法】形容人多。現在有時也比喻出汗多。

【例句】台北東區街上川流不止的人潮，**揮汗成雨**，繁華景象不比當年的萬華遜色。

【義近】人山人海／挨肩擦背／摩肩接踵／塡街塞巷／舉袂成幕。

【義反】闃無一人。

揮汗如雨 ㄏㄨㄟ ㄏㄢˋ ㄖㄨˊ ㄩˇ

【釋義】流出的汗水像雨水樣的滴。

【出處】紀昀・閱微草堂筆記・灤陽消夏錄五：「其人伏地惕息，揮汗如雨。」

【用法】形容天熱或因緊張勞累而出汗多。

【例句】重慶的夏天非常熱，有時溫度高達四十幾度，就是坐著不動也會**揮汗如雨**。

【義近】汗流浹背／汗出如漿。

揮金如土 ㄏㄨㄟ ㄐㄧㄣ ㄖㄨˊ ㄊㄨˇ

【釋義】把錢財當成泥土一樣揮霍。金：泛指錢財。

【出處】周密・齊東野語：「揮金如土，視官爵如等閒。」

【用法】形容揮霍浪費已極。

【例句】像你這樣**揮金如土**，就是再多的家產也會讓你花得精光。

【義近】一擲千金／日食萬錢／揮霍無度。

【義反】克勤克儉／一毛不拔／鐵公雞。

揮霍無度 ㄏㄨㄟ ㄏㄨㄛˋ ㄨˊ ㄉㄨˋ

【釋義】揮霍：豪奢，任意花錢。無度：沒有限度。

【出處】李肇・國史補中：「會

冬至，(趙)需家致宴揮霍。」

【用法】　形容濫用金錢，沒有節制。

【例句】　有些人平日**揮霍無度**，可一旦要他們捐資救災，却又一毛不拔，眞不是東西！

【義近】　揮金如土／用錢如水／鋪張浪費／盡情揮霍。

【義反】　節衣縮食／視財如命／守財奴。

揮灑自如（ㄏㄨㄟ　ㄙㄚˇ　ㄗˋ　ㄖㄨˊ）

【釋義】　揮：揮筆。灑：指灑墨汁。自如：自由如意。

【出處】　蘇軾・書若逵所書經後：「如空中雨，是誰揮灑，自然蕭散，無有疎密。」羅貫中・三國演義五七回：「揮灑自如，雅量高致。」

【用法】　形容寫字、作畫、爲文得心應手，熟練已極。

【例句】　蘇東坡行文**揮灑自如**，恰似行雲流水，曠達的心胸更是不在話下。

【義近】　得心應手。

【義反】　揮灑不開／擺布不開／生疏吃力。

揚長而去（ㄧㄤˊ　ㄔㄤˊ　ㄦˊ　ㄑㄩˋ）

【釋義】　揚長：大模大樣。去：離開。

【出處】　吳沃堯・二十年目睹之怪現狀一回：「說罷，深深一揖，揚長而去。」

【用法】　形容旁若無人、大模大樣地離開。

【例句】　這傢伙騎單車把人撞傷了，連道歉的話也不說一句就**揚長而去**，太過分了！

【義近】　闊步而去。

【義反】　惠然而來。

揚眉吐氣（ㄧㄤˊ　ㄇㄟˊ　ㄊㄨˇ　ㄑㄧˋ）

【釋義】　揚眉：舒展開眉頭。吐氣：指吐出心中的悶氣、怨氣。

【出處】　李白・與韓荊州書：「而君侯何惜階前盈尺之地，不使白揚眉吐氣，激昂青雲耶？」

【用法】　形容被壓抑的心情得到舒展後的愉快和振奮神態。

【例句】　想要在別人的土地上**揚眉吐氣**、獲得肯定，並非是容易的事。

【義近】　意氣風發／羽扇綸巾。

【義反】　垂頭喪氣／愁眉鎖眼。

揚湯止沸（ㄧㄤˊ　ㄊㄤ　ㄓˇ　ㄈㄟˋ）

【釋義】　用扇子搧開水，使沸騰暫時停息。湯：開水。

【出處】　陳壽・三國志・魏志・董卓傳注引典略：「臣聞揚湯止沸，不如滅火去薪。」

【用法】　比喻所採取的非治本之道，決不可能從根本上解決問題。

【例句】　頭痛就吃止痛劑，不過是**揚湯止沸**的方法，稍一不愼還會產生後遺症。

【義近】　抱薪救火／縱風止燎／救火揚沸。

【義反】　釜底抽薪／抽薪止沸／曲突徙薪。

插科打諢（ㄔㄚ　ㄎㄜ　ㄉㄚˇ　ㄏㄨㄣˋ）

【釋義】　科：古代戲曲用語，指劇中人的表情和動作。諢：詼諧逗趣的話。

【出處】　高則誠・琵琶記・副末開場：「休論插科打諢，也不尋宮數調，只看子孝與妻賢。」

【用法】　本指演戲時摻入詼諧之語和滑稽動作以引人發笑。今也泛指逗趣，說笑話。

【例句】　在這緊張的氣氛中，有他**插科打諢**的笑話，總算讓人自在一些。

【義近】　諧笑詼諧／滑稽逗趣。

【義反】　不苟言笑。

插翅難飛（ㄔㄚ　ㄔˋ　ㄋㄢˊ　ㄈㄟ）

【釋義】　插上翅膀也難飛走。

【出處】　錢彩・說岳全傳二三回：「若在此處埋伏一支人馬，某家插翅也難飛了。」

【用法】　比喻陷入絕境，怎麼也

逃脫不了。

【例句】警方佈下天羅地網，誓要捕他歸案，就算他本領再大恐也**插翅難飛**了。

【義近】上天無路，入地無門／死路一條／逃生無路。

【義反】絕處逢生／死裏逃生／鴻飛冥冥。

握手言歡 ㄨㄛˋ ㄕㄡˇ ㄧㄢˊ ㄏㄨㄢ

【釋義】握手高興地交流談天。

【出處】後漢書・李通傳：「及相見，共語移日，握手極歡。」

【用法】形容親熱友好。多指重新和好。

【例句】經過大家的調解斡旋，他倆總算前嫌盡釋，**握手言歡**了！

【義近】握手言和／言歸於好。

【義反】不歡而散／反目成仇。

握兩手汗 ㄨㄛˋ ㄌㄧㄤˇ ㄕㄡˇ ㄏㄢˋ

【釋義】意即雙手出滿了汗。

【出處】元史・趙璧傳：「璧退，世祖曰：『秀才，汝渾身都是膽耶，吾亦為汝握兩手汗也。』」

【用法】多用以表示替別人擔心、驚駭而兩手出汗。

【例句】你竟敢向總經理提議調薪，大家都替你**握兩手汗**。

【義近】捏把冷汗／擔驚受怕。

【義反】有驚無險。

揭竿而起 ㄐㄧㄝ ㄍㄢ ㄦˊ ㄑㄧˇ

【釋義】揭：舉起。竿：竹竿。

【出處】賈誼・過秦論：「斬木為兵，揭竿為旗。」

【用法】多用以指聚眾反抗。

【例句】東歐一些國家的人民生活實在太艱苦了，只好鋌而走險，**揭竿而起**。

【義近】逼上梁山／官逼民反。

【義反】俯首貼耳／服服貼貼。

提心弔膽 ㄊㄧˊ ㄒㄧㄣ ㄉㄧㄠˋ ㄉㄢˇ

【釋義】弔：懸掛。

【出處】吳承恩・西遊記一七回：「眾僧聞得此言，一個個提心弔膽，告天許願。」

【用法】形容十分擔心或害怕。

【例句】看馬戲團的空中飛人表演，觀眾們個個**提心弔膽**，害怕他掉下來。

【義近】心驚肉跳／膽戰心驚／戰戰兢兢。

【義反】處之泰然／心安理得。

提綱挈領 ㄊㄧˊ ㄍㄤ ㄑㄧㄝˋ ㄌㄧㄥˇ

【釋義】抓住網繩，提起衣領。綱：魚網的總繩。挈：提起。

【出處】朱子全書卷五六・道統五：「而提綱挈領，指示學者用力處，亦卓然非他書所及。」

【用法】比喻抓住事理的重要部分，使事理簡明扼要。

【例句】你講話要**提綱挈領**，不要拖泥帶水，以免浪費大夥的時間。

【義近】綱舉目張／抓住要領。

【義反】拉拉雜雜／東拉西扯／拖泥帶水／主次顛倒。

揠苗助長 ㄧㄚˋ ㄇㄧㄠˊ ㄓㄨˋ ㄓㄤˇ

【釋義】拔高禾苗，幫助它生長。揠：拔。

【出處】語出孟子・公孫丑上。呂本中・紫微雜說：「揠苗助長，苦心極力，卒無所得也。」

【用法】比喻強求速成，不但無益，反而有害。

【例句】教學要循序漸進，不能不顧學生的接受能力而**揠苗助長**，產生負面影響。

【義近】欲速不達／適得其反／銍艾相尋／寸寸取之。

【義反】水到渠成／瓜熟蒂落／盈科後進。

搜索枯腸 ㄙㄡ ㄙㄨㄛˇ ㄎㄨ ㄔㄤˊ

【釋義】搜索：仔細搜查、尋找。枯腸：指枯竭的文思。

【出處】盧仝・走筆謝孟諫議寄新茶詩：「三椀搜枯腸，惟有文字五千卷。」

【用法】形容寫作竭力思索，絞盡腦汁。

【例句】大學聯考考作文時，我**搜索枯腸**才寫了三百多字。

【義近】挖空心思／絞盡腦汁／搜腸刮肚／殫精竭慮／煞費苦心。

【義反】文思泉湧／不假思索／倚馬成文／下筆如流。

搖手觸禁 ㄧㄠˊ ㄕㄡˇ ㄔㄨˋ ㄐㄧㄣˋ

【釋義】一搖手就觸犯了禁令。

【出處】漢書・食貨志下：「民搖手觸禁，不得耕桑。」

【用法】形容法令煩苛，動輒得咎。

【例句】大陸在文化大革命期間，老百姓**搖手觸禁**，敢怒而不敢言。

【義近】偶語棄市／動輒得咎。

【義反】政簡刑輕／吞舟是漏。

搖尾乞憐 ㄧㄠˊ ㄨㄟˇ ㄑㄧˇ ㄌㄧㄢˊ

【釋義】像狗那樣搖著尾巴向主人乞求哀憐。乞：求。

【出處】韓愈・應科目時與人書：「若俯首帖耳，搖尾而乞憐者，非我之志也。」

【用法】形容卑躬屈節、諂媚討好的醜態。

【例句】李白、杜甫儘管很不得志，但他們也從未向權貴們**搖尾乞憐**過。

【義近】乞哀告憐／搖尾求告／低聲下氣。

【義反】錚錚鐵骨／昂首挺立／傲視權貴。

搖脣鼓舌 ㄧㄠˊ ㄔㄨㄣˊ ㄍㄨˇ ㄕㄜˊ

【釋義】耍嘴皮，嚼舌頭。搖、鼓：均為耍弄之意。

【出處】莊子・盜跖：「不耕而食，不織而衣，搖脣鼓舌，擅生是非。」

【用法】形容耍弄嘴皮進行挑撥煽動。也指賣弄口才，進行游說、說教。

【例句】她一天到晚在街坊鄰居中**搖脣鼓舌**，撥弄是非，令人討厭極了。

【義近】鼓脣弄舌／撥弄是非／挑撥煽動。

【義反】沉默寡言／不苟言談。

搖搖欲墜 ㄧㄠˊ ㄧㄠˊ ㄩˋ ㄓㄨㄟˋ

【釋義】搖搖：動搖不穩狀。欲：要。墜：掉下，垮塌。

【出處】羅貫中・三國演義一〇四回：「眾視之，見其色昏暗，搖搖欲墜。」

【用法】形容十分危險，很快就要掉下來。也形容地位不穩固，很快就要垮臺。

【例句】①這房子年代太久，又無人修理，現在已是**搖搖欲墜**了。②暴君總想鞏固他那**搖搖欲墜**的專制政權，但結果卻適得其反。

【義近】風雨飄搖／危如累卵／岌岌可危。

【義反】巋然不動／穩如泰山／安如磐石／堅不可摧。

搖旗吶喊 ㄧㄠˊ ㄑㄧˊ ㄋㄚˋ ㄏㄢˇ

【釋義】吶喊：大聲喊叫。

【出處】喬夢符・兩世姻緣三折：「你這般搖旗吶喊，簸土揚沙。」

【用法】原指作戰時揮動旗幟喊殺以助威。現多比喻給別人助長聲勢和威風。

【例句】①我數萬大軍**搖旗吶喊**，殺將過去。②你這人成不了什麼大事，只配充當一個**搖旗吶喊**的角色。

【義近】呼么喝六／鼓噪助人／吶喊助威。

【義反】袖手旁觀／默不作聲／坐山觀虎鬥／作壁上觀。

搖頭擺尾 ㄧㄠˊ ㄊㄡˊ ㄅㄞˇ ㄨㄟˇ

【釋義】擺動著頭和尾，形容魚悠然自在的樣子。

【出處】普濟・五燈會元卷六：

「臨濟門下有個赤梢鯉魚，搖頭擺尾向南去。」

【用法】多用以形容悠閒自得或得意輕狂的樣子。

【例句】魚缸中的金魚，**搖頭擺尾**，悠閒的模樣羨煞塵世中人。

【義近】搖頭晃腦／悠哉遊哉／得意揚揚。

【義反】垂頭喪氣／悵然若失。

搶地呼天（ㄑㄧㄤˇ ㄉㄧˋ ㄏㄨ ㄊㄧㄢ）

【釋義】用頭撞地，口喊蒼天。搶地：以頭觸地。

【出處】馮夢龍・醒世恆言・灌園叟晚逢仙女：「當下只氣得個秋公搶地呼天，滿地亂滾。」

【用法】形容悲痛到了極點。

【例句】她一接到身在大陸的父母不幸雙雙去世的電報，頓時**搶地呼天**，痛哭不已。

【義近】捶胸頓足／椎心泣血／拊膺大慟。

【義反】破涕爲笑／轉悲爲喜。

損人利己（ㄙㄨㄣˇ ㄖㄣˊ ㄌㄧˋ ㄐㄧˇ）

【釋義】損害別人，以利自己。

【出處】舊唐書・陸元方傳：「損人益己，恐非仁恕之道。」

【用法】形容人極端自私自利，品德無比低下。

【例句】這個人盡做一些**損人利己**的事，遲早會遭報應的。

【義近】損人益己／損人肥己／損公肥私。

【義反】損己利人／捨己爲公／舍己爲人。

摩肩接踵（ㄇㄛˊ ㄐㄧㄢ ㄐㄧㄝ ㄓㄨㄥˇ）

【釋義】肩膀挨著肩膀，腳跟碰著腳跟。又作「比肩接踵」。

【出處】晏子春秋・雜下：「臨淄三百閭，張袂成陰，揮汗成雨，比肩接踵而在，何爲無人？」

【用法】形容人很多很擁擠。

【例句】元宵節的晚上，街上看熱鬧的人**摩肩接踵**，擠得道路水泄不通。

【義近】摩肩擦背／屯街塞巷／比肩繼踵／駢肩雜遝／揮汗成雨／舉袂成幕。

【義反】稀稀落落／三三兩兩。

摩拳擦掌（ㄇㄛˊ ㄑㄩㄢˊ ㄘㄚ ㄓㄤˇ）

【釋義】又作「磨拳擦掌」，意即摩擦拳頭手掌。

【出處】元・無名氏・爭報恩二折：「那妮子舞旋旋摩拳擦掌，叫吖吖拽巷羅街。」

【用法】形容人在行動之前情緒高昂，精神振奮，急不可待的樣子。

【例句】這幾個年輕人一聽說有一筆很大的生意可做，個個**摩拳擦掌**，準備大撈一筆。

【義近】躍躍欲試／撩衣奮臂。

【義反】退縮不前／畏首畏尾。

摩頂放踵（ㄇㄛˊ ㄉㄧㄥˇ ㄈㄤˋ ㄓㄨㄥˇ）

【釋義】從頭頂到腳跟都磨傷了。摩：摩擦。放：到。

【出處】孟子・盡心上：「墨子兼愛，摩頂放踵，利天下爲之。」

【用法】形容捨身救世，爲大眾的事而不辭勞苦。

【例句】證嚴法師**摩頂放踵**創辦慈濟醫院，慈悲救世的熱誠感動了許多人。

【義近】不辭辛勞／不畏勞苦。

【義反】好逸惡勞／安享清福。

摧枯拉朽（ㄘㄨㄟ ㄎㄨ ㄌㄚ ㄒㄧㄡˇ）

【釋義】摧折、推倒枯枝朽木。

【出處】漢書・異姓諸侯五表：「鐫金石者難爲功，摧枯朽者易爲力。」晉書・甘卓傳：「將軍之舉武昌，若摧枯拉朽，何所顧慮乎？」

【用法】比喻事情非常容易，可以毫不費力地解決。

【例句】辛亥革命一聲炮響，革命軍就以**摧枯拉朽**之勢推翻了清室。

【義近】勢如破竹／輕而易舉。

【義反】堅不可摧／巋然不動／

穩如泰山。

摧眉折腰（ㄘㄨㄟ ㄇㄟˊ ㄓㄜˊ ㄧㄠ）

【釋義】意謂低頭彎腰。摧眉：低眉。折：彎。

【出處】李白・夢遊天姥吟留別詩：「安能摧眉折腰事權貴，使我不得開心顏！」

【用法】比喻趨炎附勢，竭力奉承，毫無骨氣。

【例句】他唯一的本事就是善於**摧眉折腰**，極力巴結上司往上爬。

【義近】阿諛奉承／獻媚取寵。

【義反】剛正不阿／寧折不屈／堂堂正正。

撲朔迷離（ㄆㄨ ㄕㄨㄛˋ ㄇㄧˊ ㄌㄧˊ）

【釋義】撲朔：跳躍的樣子。迷離：模糊不清的樣子。

【出處】樂府・木蘭詩：「雄兔腳撲朔，雌兔眼迷離。兩兔傍地走，安能辨我是雄雌。」

【用法】本意謂兩兔並走，雌雄莫辨。今用以形容事情錯綜複雜，難以辨別清楚。

【例句】警方已從這個**撲朔迷離**的案情裏清理出頭緒，找到了破案的線索。

【義近】難以捉摸／盤根錯節／渾渾沌沌。

【義反】一目了然／涇渭分明。

撫今追昔（ㄈㄨˇ ㄐㄧㄣ ㄓㄨㄟ ㄒㄧˊ）

【釋義】撫：據，依照。追：緬懷。昔：從前。

【出處】魏秀仁・花月痕三回：「走訪各處歌樓舞榭，往往撫今追昔，物是人非，不免悵然而返。」

【用法】用以說明依據現在的情況，追想從前，很有感觸。

【例句】昔日的刑場是今日的鬧區中心，**撫今追昔**，不免興起滄海桑田的感慨。

撚指之間（ㄋㄧㄢˇ ㄓˇ ㄓ ㄐㄧㄢ）

【釋義】撚指：兩指相搓。意同彈指。

【出處】施耐庵・水滸傳二三回：「撚指間，歲月如流，不覺雪晴，過了十數日。」

【用法】比喻時間短暫。

【例句】這年輕人動作眞快，**撚指之間**，他已從大街辦完事回來了。

【義近】彈指之間／指顧之間／眨眼之間／轉瞬之間。

【義反】長年累月／三年五載。

撥雲見日（ㄅㄛ ㄩㄣˊ ㄐㄧㄢˋ ㄖˋ）

【釋義】雲霧散開，見到太陽。

【出處】施耐庵・水滸傳一二回：「今日蒙恩相抬舉，如撥雲見日一般。」

【用法】比喻心中迷惑，經人一說，突然轉爲明朗。也比喻在險惡不利的環境中突然有了好轉。

【例句】經過你的澄清，事情總算**撥雲見日**，有了重大的轉機。

【義近】茅塞頓開。

【義反】天昏地暗／暗無天日／迷惑不解。

撥亂反正（ㄅㄛ ㄌㄨㄢˋ ㄈㄢˇ ㄓㄥˋ）

【釋義】撥：撥轉，治理。亂：指混亂局面。反：通「返」，回復。

【出處】公羊傳・哀公一四年：「撥亂世反諸正，莫近諸春秋。」漢書・禮樂志：「漢興，撥亂反正，日不暇給。」

【用法】多用以指整頓混亂局面，使之恢復正常。

【例句】時勢造英雄，在國家多難時總會有一些人物出來**撥亂反正**。

【義近】力挽狂瀾／濟危扶傾。

操刀必割（ㄘㄠ ㄉㄠ ㄅㄧˋ ㄍㄜ）

【釋義】操：持，拿。

【出處】六韜・文韜・守土：「操刀必割，執斧必伐。」漢書・賈誼傳：「黃帝曰：『日中必熭，操刀必割。』」

【用法】比喻時機難得，不可失掉。

【例句】此時正是投資房地產的時機，**操刀必割**，再遲一些就來不及了。

【義近】機不可失／掌握時機。

【義反】坐失良機／稍縱即逝。

操之過急 ㄘㄠ ㄓ ㄍㄨㄛˋ ㄐㄧˊ

【釋義】操：辦，做。過：過分。

【出處】漢書・五行志中：「遂要崤厄，以敗秦師，匹馬觭輪無反者，操之急矣。」

【用法】指處理事情或解決問題過於魯莽急躁。

【例句】這個問題比較棘手，需審慎從事，倘若**操之過急**，反而會壞了大事。

【義近】急於求成／急功近利。

【義反】穩紮穩打／從長計議／放長線釣大魚。

據理力爭 ㄐㄩˋ ㄌㄧˇ ㄌㄧˋ ㄓㄥ

【釋義】據：依據，憑藉。力爭：盡力爭得。

【出處】李寶嘉・文明小史：「外國人呢，固然得罪不得，實在下不去的地方，也該據理力爭。」

【用法】指依據道理，竭力維護自己方面的權益、觀點等。

【例句】這是關係到我們國家尊嚴的大問題，一定要在會議上**據理力爭**。

【義近】仗義執言／力排眾議／舌戰羣儒。

【義反】無理取鬧／強詞奪理／理屈詞窮。

擇善而從 ㄗㄜˊ ㄕㄢˋ ㄦˊ ㄘㄨㄥˊ

【釋義】擇：選擇，挑選。從：跟從，聽從。

【出處】論語・述而：「子曰：『三人行，必有我師焉，擇其善者而從之，其不善者而改之。』」

【用法】指擇取別人的嘉言嘉行，作爲自己言行的依據。

【例句】我們要**擇善而從**，學習別人的長處，改善自己的短處。

擒賊先擒王 ㄑㄧㄣˊ ㄗㄟˊ ㄒㄧㄢ ㄑㄧㄣˊ ㄨㄤˊ

【釋義】意謂兩軍作戰先要捉拿將帥。擒：捉拿。

【出處】杜甫・前出塞之六：「射人先射馬，擒賊先擒王。」

【用法】用以比喻做事先要抓住要點。

【例句】**擒賊先擒王**，做事要抓住重點，不然只會徒勞無功，白費力氣。

【義近】打蛇打七寸／射人先射馬／提綱挈領。

【義反】輕重不分／主次不論／本末倒置／捨本逐末。

擅離職守 ㄕㄢˋ ㄌㄧˊ ㄓˊ ㄕㄡˇ

【釋義】擅：擅自，任意。職守：指工作崗位。

【出處】李寶嘉・官場現形記四四回：「說他擅離職守，揑稱回任，定要扭他到堂翁跟前。」

【用法】指未經准許就隨便離開工作崗位。多用於不遵守紀律、沒有責任感的人。

【例句】他才上班不到一個月就**擅離職守**，工作態度更是糟糕，難怪被革職。

【義近】怠忽職守。

【義反】負責盡職／克盡厥職。

擔驚受怕 ㄉㄢ ㄐㄧㄥ ㄕㄡˋ ㄆㄚˋ

【釋義】又作「擔驚受恐」，指心裏極其恐懼害怕。

【出處】元・無名氏・盆兒鬼三折：「歸時猶未夕陽低，怎教俺擔驚受怕著昏迷。」

【用法】形容提心弔膽，飽受驚恐。

【例句】颱風夜，先生出外工作，太太在家**擔驚受怕**，徹夜未能成眠。

【義近】提心弔膽／心驚膽戰。

【義反】高枕無憂／無憂無慮。

擠眉弄眼（ㄐㄧˇ ㄇㄟˊ ㄋㄨㄥˋ ㄧㄢˇ）

【釋義】擠著眉毛，眨著眼睛。

【出處】王實甫・破窰記：「擠眉弄眼，俐齒伶牙，攀高接貴，順水推船。」

【用法】形容人以眉眼的動作表情達意，也形容人鬼鬼祟祟的樣子。

【例句】他倆在大庭廣眾下**擠眉弄眼**的，眞是不成體統。

【義近】目挑心招／眉目傳情／秋波頻送。

【義反】目不斜視／正經八百。

擢髮難數（ㄓㄨㄛˊ ㄈㄚˇ ㄋㄢˊ ㄕㄨˇ）

【釋義】拔下頭髮來數也數不清。擢：拔。

【出處】司馬遷・史記・范雎蔡澤列傳：「范雎曰：『汝罪有幾？』（須賈）曰：『擢賈之髮以續賈之罪，尙未足。』」

【用法】比喻罪狀或惡劣事跡多得數不清。

【例句】這個罪犯所犯下的罪行眞是**擢髮難數**，被判死刑也是罪有應得，不値得同情。

【義近】罄竹難書／罪不容誅／罪該萬死。

【義反】誤觸法網／罪不當誅／情理可容。

攀龍附鳳（ㄆㄢ ㄌㄨㄥˊ ㄈㄨˋ ㄈㄥˋ）

【釋義】攀：用手抓住東西往上爬。附：依附。龍、鳳：比喻有權勢的人。

【出處】揚雄・法言・淵騫：「攀龍鱗，附鳳翼，巽以揚之，勃勃乎其不可及也。」

【用法】比喻依附權貴或有聲望的人立功揚名。

【例句】你可不要冤枉他，據我所知，他決不是那種熱中功名、**攀龍附鳳**的人。

【義近】攀龍附驥／攀高結貴／依附權貴。

【義反】安貧樂道。

攀蟾折桂（ㄆㄢ ㄔㄢˊ ㄓㄜˊ ㄍㄨㄟˋ）

【釋義】攀登月宮，折取桂枝。蟾：蟾宮，指月宮。桂：傳說月宮中有大桂樹。

【出處】葉夢得・避暑錄話卷下：「世以登科爲折桂……而月中又言有蟾，故又以登科爲登蟾宮。」

【用法】指科舉及第，今也用以指大學考試得中。

【例句】自古以來，讀書人十年寒窗苦讀，不就是期待有那麼一天，可以**攀蟾折桂**，平步青雲。

【義近】高步雲衢／躍越龍門／鯉躍龍門／金榜題名／狀元及第。

【義反】名落孫山／曝鰓龍門。

支部

支吾其詞（ㄓ ㄨˊ ㄑㄧˊ ㄘˊ）

【釋義】支吾：說話含混。

【出處】李寶嘉・官場現形記二八回：「只得支吾其詞道：『這不過我想情度理是如此。』」

【用法】形容有所隱瞞，說話呑呑吐吐，敷衍應付，不肯爽快地說出眞情。

【例句】每次問他話，他總是**支吾其詞**，前後矛盾，這其中一定有問題。

【義近】含糊其辭／閃爍其辭／支支吾吾。

【義反】直言不諱／言眞語實／開門見山／快人快語。

支離破碎（ㄓ ㄌㄧˊ ㄆㄛˋ ㄙㄨㄟˋ）

【釋義】支離：零散，殘缺。

【出處】汪琬・答陳靄公論文書一：「而及其求之以道，則小者多支離破碎而不合……。」
【用法】形容零散破碎，不成整體。
【例句】那篇論文刊登時，由於篇幅有限，經編輯先生刪削之後，已經**支離破碎**，面目全非了。
【義近】四分五裂／七零八落／殘缺不全。
【義反】完整無缺／完美無損／金甌無缺。

攴部

改邪歸正 ㄍㄞˇ ㄒㄧㄝˊ ㄍㄨㄟ ㄓㄥˋ

【釋義】邪：為非作歹。歸：返回。正：正路。
【出處】晉書・呂光傳贊：「矯邪歸正，革偽為忠。」吳承恩・西遊記一四回：「這才叫做改邪歸正，可賀可賀。」
【用法】指從邪路回到正路上來，不再做壞事。
【例句】浪子回頭金不換，只要他肯**改邪歸正**，我們仍然歡迎他回到公司來工作。
【義近】改惡從善／洗心革面／棄暗投明／改過自新。
【義反】執迷不悟／怙惡不悛／至死不悟／死不悔改。

改弦更張 ㄍㄞˇ ㄒㄧㄢˊ ㄍㄥ ㄓㄤ

【釋義】更換或調整琴弦，使琴聲和諧，奏出更美妙的音樂。更：改換。張：給樂器上弦。
【出處】魏書・高謙之傳：「且琴瑟不韻，知音改弦更張。」宋書・樂志四：「琴瑟殊未調，改弦當更張。」
【用法】比喻改變方法或制度，以糾正偏差或錯誤。
【例句】既然做生意賺不到錢，就應**改弦更張**，另謀其他職業，總不能坐吃山空。
【義近】改弦易轍／改弦易張。
【義反】泥古不化／將錯就錯／執意不改／抱殘守缺／舊調重彈。

改弦易轍 ㄍㄞˇ ㄒㄧㄢˊ ㄧˋ ㄔㄜˋ

【釋義】琴換了弦，車子換了路。易：改變。轍：車輪的痕跡，此指道路。
【出處】袁甫・應詔封事：「暨乎土木畢興，輪奐復舊，陛下晏然處之，不思改弦易轍。」
【用法】比喻改變不適宜的或錯誤的方法、態度等。
【例句】他接受大家的建議，從此**改弦易轍**，開源節流，不到半年，公司便大有起色。
【義近】改弦更張／改弦易張。
【義反】泥古不化／故步自封／抱殘守缺／執迷不悟。

改換門庭 ㄍㄞˇ ㄏㄨㄢˋ ㄇㄣˊ ㄊㄧㄥˊ

【釋義】改換：改變。門庭：門前的空地，此代指家庭地位，猶言門第。
【出處】石玉琨・三俠五義二回：「倘上天憐念，得個一官半職，一來改換門庭，二來省受那贓官污吏的悶氣。」
【用法】用以說明設法提高家庭在社會上的地位。
【例句】貧賤人家，大都希望自己的子弟能奮發上進，有朝一日出人頭地，**改換門庭**。
【義近】出人頭地／光宗耀祖／光耀門楣。
【義反】敗壞家門／辱沒先人。

改朝換代 ㄍㄞˇ ㄔㄠˊ ㄏㄨㄢˋ ㄉㄞˋ

【釋義】朝、代：指古時帝王的世襲政權，也指帝王在位的年代。
【出處】吳沃堯・二十年目睹之怪現狀三一回：「其中或者有兩回改朝換代的時候，參差了三兩年。」
【用法】指朝代的更替，也指新政權取代舊政權。
【例句】中國歷史上每次的**改朝換代**，不僅沒有帶給人民幸福，反而帶給他們更多的災難，眞是「興，百姓苦；亡，百姓苦。」
【義近】改元正位。
【義反】萬古不變。

改過自新 ㄍㄞˇ ㄍㄨㄛˋ ㄗˋ ㄒㄧㄣ

【釋義】改正過失，自己重新做人。
【出處】司馬遷・史記・孝文本紀：「妾傷夫死者不可復生，刑者不可復屬，雖復欲改過自新，其道無由也。」
【用法】用以說明痛改前非，重新做人。
【例句】人們對**改過自新**的人應懷包容之心，給他們機會。
【義近】悔過自新／改邪歸正／不遠而復／洗心革面／伐毛洗髓／遷善改過。
【義反】怙惡不悛／執迷不悟。

改頭換面 ㄍㄞˇ ㄊㄡˊ ㄏㄨㄢˋ ㄇㄧㄢˋ

【釋義】指改變外貌。
【出處】寒山・寒山詩：「改頭換面孔，不離舊時人。」朱子語類一〇九：「今人作經義，正是醉人說話，只見許多說話，改頭換面，說了又說，不成文字。」
【用法】比喻表面改變，而實質不變，還是和原來的一樣。
【例句】你這一套，只不過是**改頭換面**的騙人把戲，唬不住人的。
【義近】換湯不換藥。
【義反】本來面目／內外一新。

攻心爲上 ㄍㄨㄥ ㄒㄧㄣ ㄨㄟˊ ㄕㄤˋ

【釋義】攻心：從心理上進攻。
【出處】陳壽・三國志・蜀志・馬謖傳・裴松之注引襄陽記：「用兵之道，攻心爲上，攻城爲下；心戰爲上，兵戰爲下。」
【用法】指從心理上瓦解敵人的鬥志上才是上策。
【例句】兵法有言：「**攻心爲上**。」作戰時如果能先瓦解敵人的士氣，必能輕易地克敵制勝。
【義近】心戰爲上／得人心者爲上。
【義反】攻城爲下／兵戰爲下／失人心者爲下。

攻守同盟 ㄍㄨㄥ ㄕㄡˇ ㄊㄨㄥˊ ㄇㄥˊ

【釋義】攻守：進攻與防守。同盟：由締結盟約而形成的團體或集團。
【出處】曾樸・孽海花一八回：「何太眞受了北洋之命，與彼立了攻守同盟的條約。」
【用法】原指國與國之間訂立盟約，發生戰爭時彼此聯合或行動。今也指壞人互相定約，掩蓋罪行。
【例句】二次大戰時，德日訂下**攻守同盟**，展開侵略的行動。
【義近】狼狽爲奸。
【義反】互揭瘡疤。

攻其無備 ㄍㄨㄥ ㄑㄧˊ ㄨˊ ㄅㄟˋ

【釋義】攻：進攻。其：代詞，指對方、敵人。備：防備。
【出處】孫子・計篇：「攻其無備，出其不意。此兵家之勝，不可先傳也。」
【用法】指趁對方沒有防備時進攻。
【例句】這一次我們要出其不意，**攻其無備**，把對方打得落花流水。
【義近】出其不意／剩虛而入。
【義反】打草驚蛇／先禮後兵。

攻苦食淡 ㄍㄨㄥ ㄎㄨˇ ㄕˊ ㄉㄢˋ

【釋義】攻苦：從事勞苦之事。食淡：飲食清淡。
【出處】司馬遷・史記・叔孫通列傳：「呂后與陛下攻苦食啖（淡），其可背哉！」
【用法】指生活艱苦，辛勤自勵。
【例句】多年來，他倆一同**攻苦食淡**，相濡以沫，現在情況好轉，應當有福共享了。
【義近】吃苦耐勞／勤耕苦作／克勤克儉。
【義反】飽食終日／酣豢酒食／酒食徵逐。

攻城略地 ㄍㄨㄥ ㄔㄥˊ ㄌㄩㄝˋ ㄉㄧˋ

【釋義】攻：攻打。略：搶，掠奪。
【出處】司馬遷・史記・項羽本紀：「自起爲秦將，南征鄢郢，北阬馬服，攻城略地，不可勝計。」
【用法】用以說明攻打城市，掠奪土地。
【例句】辛亥革命後，大小軍閥**攻城略地**，互相爭奪勢力範圍，給國家、民族帶來了極大災難。
【義近】攻城徇地／攻城奪地。
【義反】負嵎頑抗／嬰城固守／負固不服。

攻無不克，戰無不勝 ㄍㄨㄥ ㄨˊ ㄅㄨˋ ㄎㄜˋ ㄓㄢˋ ㄨˊ ㄅㄨˋ ㄕㄥˋ

【釋義】沒有攻佔不下來的，沒有作戰不獲勝的。攻：攻打。克：攻佔下來。
【出處】戰國策・秦策一：「是知秦戰未嘗不勝，攻未嘗不取，所當未嘗不破也。」
【用法】形容力量無比強大，所向無敵。
【例句】那支球隊成員個個優秀，加上默契十足，在比賽中**攻無不克，戰無不勝**，順利地得到冠軍。
【義近】無堅不摧，無攻不克／百戰百勝／所向無敵／所向披靡。
【義反】屢戰屢敗／每戰皆北。

放下屠刀，立地成佛 ㄈㄤˋ ㄒㄧㄚˋ ㄊㄨˊ ㄉㄠ ㄌㄧˋ ㄉㄧˋ ㄔㄥˊ ㄈㄛˊ

【釋義】爲佛家語，意謂停止作惡，立成正果。屠刀：宰殺牲畜的刀。立地：立即，立刻。
【出處】朱子語類卷三〇：「佛教所謂放下屠刀，立地成佛。」
【用法】比喻作惡的人一旦認識了自己的罪行，決心改過，仍可很快變成好人。
【例句】只要你肯**放下屠刀，立地成佛**，你的人生前途還是一片光明的。
【義近】回頭是岸／迷途知返／改過自新／棄惡從善／浪子回頭金不換。
【義反】怙惡不悛／至死不悟／至死不改。

放之四海而皆準 ㄈㄤˋ ㄓ ㄙˋ ㄏㄞˇ ㄦˊ ㄐㄧㄝ ㄓㄨㄣˇ

【釋義】放：放置。四海：指全國各地，也指世界各地。準：準確，對。
【出處】禮記・祭義：「推而放諸東海而準，推而放諸西海而準，推而放諸南海而準，推而放諸北海而準。」
【用法】指用到任何地方都可作爲準則。
【例句】爲人要講良心，守本分，這是**放之四海而皆準**的道理。
【義近】達之四海而皆準。

放長線釣大魚 ㄈㄤˋ ㄔㄤˊ ㄒㄧㄢˋ ㄉㄧㄠˋ ㄉㄚˋ ㄩˊ

【釋義】意謂要釣到大魚，就要有很長的線，放到深水處。
【出處】莊子・外物：「任公子爲大鉤巨緇，五十犗以爲餌……已而大魚食之，牽巨鉤，錎沒而下。」
【用法】比喻要得到較大的收穫，就要付出一定的代價，安心等待時機。
【例句】你別以爲他眞的誠心幫你，還不是**放長線釣大魚**，希望你能答應借錢給他。

放虎歸山 ㄈㄤˋ ㄏㄨˇ ㄍㄨㄟ ㄕㄢ

【釋義】把老虎放回山林。歸：回到。一作「縱虎歸山」。

【出處】陳壽・三國志・蜀志・劉巴傳注引零陵先賢傳：「巴復諫曰：『若使（劉）備討張魯，是放虎於山林也。』」

【用法】比喻放縱敵人，必然後患無窮。

【例句】他是個無惡不作的大壞蛋，你們要是放他走，等於是**放虎歸山**，後患無窮。

【義近】養虎遺患／養癰遺患／後患無窮。

【義反】斬草除根／除惡務盡／杜絕後患。

放浪形骸 ㄈㄤˋ ㄌㄤˋ ㄒㄧㄥˊ ㄏㄞˊ

【釋義】放浪：放縱不受拘束。形骸：人的形體。骸：骨頭。

【出處】王羲之・蘭亭集序：「或因寄所託，放浪形骸之外。」

【用法】用以形容人行為放縱，不守禮法。

【例句】他才情很高，卻懷才不遇，於是**放浪形骸**，寄情山水詩酒之間。

【義近】放浪不羈／任誕不羈／不拘形迹。

【義反】循規蹈矩／規行矩步。

放蕩不羈 ㄈㄤˋ ㄉㄤˋ ㄅㄨˋ ㄐㄧ

【釋義】放蕩：行為不檢點。羈：束縛，拘束。

【出處】晉書・王長文傳：「少以才學知名，而放蕩不羈，州府避命皆不就。」

【用法】用以指行動浪漫隨便，不受約束。

【例句】他自小父母寵溺，所以長大後舉止才會如此**放蕩不羈**。

【義近】放浪形骸／放誕任氣。

【義反】循規蹈矩／規行矩步。

故弄玄虛 ㄍㄨˋ ㄋㄨㄥˋ ㄒㄩㄢˊ ㄒㄩ

【釋義】故弄：故意玩弄。玄虛：迷惑人的花招。

【出處】韓非子・解老：「聖人觀其玄虛，用其周行，強治之曰道。」

【用法】形容故意玩弄花招，用以迷惑和欺騙人。

【例句】你少在這裏**故弄玄虛**，你葫蘆裏賣的什麼藥，我早就知道了！

【義近】掉弄玄虛／賣弄玄虛。

【義反】開門見山／單刀直入。

故步自封 ㄍㄨˋ ㄅㄨˋ ㄗˋ ㄈㄥ

【釋義】故步：舊的步法。封：限制在一定範圍內。

【出處】班固・漢書・敘傳：「曾有學步於邯鄲者，曾未得其彷彿，又復失其故步。」梁啓超・愛國論：「婦人纏足十載，解其縛而猶不能行，故步自封，少見多怪。」

【用法】比喻守著老舊的方法，不求進步。

【例句】我們要敢於創造革新，不要墨守成規，**故步自封**。

【義近】因循守舊／墨守成規／畫地自限。

【義反】不法常可／日新又新／推陳出新／不主故常。

故宮禾黍 ㄍㄨˋ ㄍㄨㄥ ㄏㄜˊ ㄕㄨˇ

【釋義】故宮：舊時宮殿。禾黍：泛指農作物，此為生長農作物之意。

【出處】詩經・王風・黍離序：「周大夫行役，至於宗周，過宗廟宮室，盡為禾黍，閔周室之顛覆。」

【用法】用以比喻懷念故國的情思。

【例句】那些老華僑雖然在國外定居了幾十年，但心存**故宮禾黍**，故爭相為祖國的繁榮富強盡一己之力。

【義近】故國之情／宗國之思／鄉土之戀。

【義反】背祖叛宗／樂不思蜀／棄根忘本。

故態復萌（ㄍㄨˋ ㄊㄞˋ ㄈㄨˋ ㄇㄥˊ）

【釋義】故態：舊態，慣常的舉止，此指惡習。復：又。萌：發生。
【出處】李寶嘉・官場現形記一二回：「遇見撫臺下來大閱，他便臨期招募……撫臺一走，依然是故態復萌。」
【用法】指舊的習氣或毛病等又出現了。
【例句】他答應不再偷竊，但不到三天就**故態復萌**，眞是本性難移。
【義近】故技重演／惡習復發／舊習復生。
【義反】痛改前非／斬草除根。

政出多門（ㄓㄥˋ ㄔㄨ ㄉㄨㄛ ㄇㄣˊ）

【釋義】政令出自幾個人、地方或部門。
【出處】左傳・襄公三十年載：陳國國君大權旁落，政令出自幾個卿大夫的門下。
【用法】指中央領導軟弱，國家權力分散；也指一個單位或一個地方，有幾個人發號施令。
【例句】公司現在**政出多門**，發號施令的除了總經理和他太太，還有他那對寶貝兒子，弄得大家無所適從，不知聽誰的好。
【義近】各自爲政／多頭政治。
【義反】獨斷獨令／令出一門。

政通人和（ㄓㄥˋ ㄊㄨㄥ ㄖㄣˊ ㄏㄜˊ）

【釋義】政事順利，百姓和樂。
【出處】范仲淹・岳陽樓記：「越明年，政通人和，百廢俱興。」
【用法】形容政治清明，人民安居樂業，一派祥和的景象。
【例句】我國現在政治民主，社會安定，經濟繁榮，處處洋溢一片**政通人和**的氣象。
【義近】國泰民安／國富民強／物阜民安。
【義反】國貧民窮／民窮財盡／民不聊生。

救人一命，勝造七級浮屠（ㄐㄧㄡˋ ㄖㄣˊ ㄧˊ ㄇㄧㄥˋ，ㄕㄥˋ ㄗㄠˋ ㄑㄧ ㄐㄧˊ ㄈㄨˊ ㄊㄨˊ）

【釋義】造：建造。七級浮屠：七層高的佛塔。浮屠，又作「浮圖」，佛塔。
【出處】鄭德輝・㑳梅香二折：「救人一命，勝造七級浮屠，不索多慮。」
【用法】用以強調行善積德，功德無量。
【例句】**救人一命，勝造七級浮屠**，你就行行好，助他一臂之力吧！
【義近】功德無量。
【義反】見死不救／落井下石。

救死扶傷（ㄐㄧㄡˋ ㄙˇ ㄈㄨˊ ㄕㄤ）

【釋義】救護死者，扶持傷者。扶：幫助。
【出處】司馬遷・報任少卿書：「虜救死扶傷不給……乃悉徵左右賢王，舉引弓之民，一國共攻而圍之。」
【用法】形容醫務人員爲傷病者精心治療的崇高精神。
【例句】這位外國朋友已轉危爲安，他對中國醫務人員**救死扶傷**的人道精神，表示由衷的感激。
【義近】救苦救難／救人之危。
【義反】見死不救／乘人之危。

斅學相長（ㄒㄧㄠˋ ㄒㄩㄝˊ ㄒㄧㄤ ㄓㄤˇ）

【釋義】斅：教學。學：學習。
【出處】禮記・學記：「學然後知不足，教然後知困；知不足然後能自反也，知困然後能自強也。故曰教學相長也。」
【用法】用以說明教與學兩方面相互促進，共同增長進步。
【例句】**斅學相長**，老師在教學的過程中與學生一同學習長大。

【義近】相輔相成／相互促進／教學相長。

敝帚自珍（ㄅㄧˋ ㄓㄡˇ ㄗˋ ㄓㄣ）

【釋義】敝帚：破舊的掃帚，比喻毫無價值的東西。珍：愛惜。
【出處】東觀漢記・光武帝紀：「家有敝帚，享之千金。」
【用法】比喻東西雖不好，自己却很愛惜。
【例句】這件衣服雖然舊了，樣式也不好看，但**敝帚自珍**，實在捨不得丟棄。
【義近】敝帚千金。
【義反】棄如敝屣／視若草芥。

敝習陋規（ㄅㄧˋ ㄒㄧˊ ㄌㄡˋ ㄍㄨㄟ）

【釋義】敝習：指壞的風俗習慣。陋規：歷來相沿的不良成例。
【出處】鄭與裔・請禁傳饋疏：「敝敝焉徒事饋獻之陋規，以取悅於同僚，求容於大吏。」
【用法】泛指不合理、不文明的風俗習慣和陳規舊例。
【例句】要想求得社會的進步發展，就必須徹底根除種種**敝習陋規**。
【義近】陳規陋習。
【義反】良風美俗／淳樸風俗。

敢作敢爲（ㄍㄢˇ ㄗㄨㄛˋ ㄍㄢˇ ㄨㄟˊ）

【釋義】意即敢於去做。爲：作，做。
【出處】翁方綱・石洲詩話四：「而誠齋（楊萬里）較之石湖（范成大），更有敢作敢爲之色。」
【用法】形容行事無所畏懼。
【例句】那件紛爭因你而起，你要**敢作敢爲**的出面說清楚，怎能做個縮頭烏龜呢！
【義近】敢作敢當。
【義反】畏首畏尾／前怕狼後怕虎。

敢怒而不敢言（ㄍㄢˇ ㄋㄨˋ ㄦˊ ㄅㄨˋ ㄍㄢˇ ㄧㄢˊ）

【釋義】只敢在心中發怒而不敢說出來。
【出處】施耐庵・水滸傳三回：「眾人見是魯提轄，一哄都走了。李忠見魯達凶猛，敢怒而不敢言。」
【用法】形容心中憤怒，但懾於權勢，不敢說出來。
【例句】面對惡霸仗勢欺人，老百姓**敢怒而不敢言**，怕惹來殺身之禍。
【義近】敢怨不敢言／道路以目／側目道旁。
【義反】敢怒敢言／犯顏直諫。

敬而遠之（ㄐㄧㄥˋ ㄦˊ ㄩㄢˇ ㄓ）

【釋義】敬：尊敬。遠：疏遠，離開。
【出處】論語・雍也：「樊遲問知。子曰：『務民之義，敬鬼神而遠之。』」
【用法】用以指對某人既不得罪他，也不接近他。也作不願親近某人的諷刺語。
【例句】對於這種凡事都責怪他人的人，我是**敬而遠之**。
【義近】敬鬼神而遠之。
【義反】親密無間。

敬業樂羣（ㄐㄧㄥˋ ㄧㄝˋ ㄌㄜˋ ㄑㄩㄣˊ）

【釋義】敬業：敬重自己所從事的事業。樂羣：樂於與人相處。樂：喜愛。
【出處】禮記・學記：「一年視離經辨志，三年視敬業樂羣。」
【用法】形容人能夠專心致志於事業或學業，能夠和朋友愉快相處並吸取教益。
【例句】張先生**敬業樂羣**，在同行中威望甚高。
【義近】愛業樂友／重業敬友。
【義反】不務正業／離羣索居。

敬謝不敏（ㄐㄧㄥˋ ㄒㄧㄝˋ ㄅㄨˋ ㄇㄧㄣˇ）

【釋義】敬謝：恭敬的謝絕。不

敏：沒有才能。敏，聰明。

【出處】韓愈・寄盧仝詩：「買羊沽酒謝不敏，偶逢明月曜桃李。」

【用法】謙稱自己沒有才能接受某事。多用於不願接受委託的婉辭。

【例句】這件事超過我的能力範圍，我實在承擔不了，只有**敬謝不敏**了。

【義近】婉言謝絕／委婉推辭。

【義反】毛遂自薦／當仁不讓／捨我其誰。

敲門磚 ㄑㄧㄠ ㄇㄣˊ ㄓㄨㄢ

【釋義】用來敲開門的磚塊，門開則扔。

【出處】田藝蘅・留青日札摘抄卷四：「其未得第也，則名之曰撞太歲；其既得第也，則號之曰敲門磚。」

【用法】比喻藉以達到某種目的的手段或工具。

【例句】他並不是眞心愛你，只因爲你父親有錢有勢，利用你作爲**敲門磚**而已。

【義近】墊腳石。

敲骨吸髓 ㄑㄧㄠ ㄍㄨˇ ㄒㄧ ㄙㄨㄟˇ

【釋義】敲破骨頭，吮吸骨髓。

【出處】普濟・五燈會元・東土祖師：「昔人求道，敲骨吸髓，刺血濟飢。」

【用法】用以比喻殘酷地榨取、掠奪。

【例句】非洲一些國家的當政者，不顧人民在死亡線上掙扎的事實，還要**敲骨吸髓**來滿足自己的私慾。

【義近】敲榨勒索／橫徵暴斂／刮骨吸髓。

【義反】視民如子／仁政愛民／廣行仁政。

敲榨勒索 ㄑㄧㄠ ㄓㄚˋ ㄌㄜˋ ㄙㄨㄛˇ

【釋義】敲榨：依仗勢力或其他不正當手段索取錢財。勒索：用威脅手段索取財物。

【用法】用以指居官者利用職權，或地痞流氓藉故進行威脅，強行索取財物。

【例句】辛亥革命後，軍閥混戰，貪官污吏趁機渾水摸魚，**敲榨勒索**。

【義近】巧取豪奪／敲骨吸髓。

【義反】廉潔奉公／大公無私／扶危濟困。

數一數二 ㄕㄨˇ ㄧ ㄕㄨˇ ㄦˋ

【釋義】數起來不是第一就是第二。

【出處】戴善夫・風光好三折：「此乃金陵數一數二的歌者，與學士遞一杯。」

【用法】形容十分突出，屬第一流的。

【例句】他的才華在我們這個地區是**數一數二**的，你聘請他決沒有錯。

【義近】首屈一指／名列前茅／出類拔萃。

【義反】濫竽充數。

數見不鮮 ㄕㄨㄛˋ ㄐㄧㄢˋ ㄅㄨˋ ㄒㄧㄢ

【釋義】原指經常來見的客人不以鮮美食物款待。數：屢次。鮮：鮮美。

【出處】司馬遷・史記・酈生陸賈列傳：「一歲中往來過他客，率不過再三過，數見不鮮，無久慁公爲也。」

【用法】今用以稱經常看見，不感到新奇稀罕。

【例句】這種掛羊頭賣狗肉，以假騙人的把戲，早已**數見不鮮**了。

【義近】司空見慣／習以爲常／屢見不鮮。

【義反】世所罕見／百年一見／少見多怪。

數典忘祖 ㄕㄨˇ ㄉㄧㄢˇ ㄨㄤˋ ㄗㄨˇ

【釋義】數說典籍，反倒忘掉了自己的祖宗。數：一條條述說。典：典章制度，歷史掌故。

【出處】左傳・昭公一五年：「籍（談）父其無後乎！數典而忘其祖。」

【用法】多用以比喻忘本。也比喻對於本國歷史的無知。

【例句】不論何時何地，我們都不能忘記中華民族的悠久光榮歷史，決不能做**數典忘祖**的人。

【義近】言不諳典／叛祖忘宗／有奶便是娘。

【義反】飲水思源／落葉歸根／狐死首丘。

敷衍了事 ㄈㄨ ㄧㄢˇ ㄌㄧㄠˇ ㄕˋ

【釋義】敷衍：馬虎，不認真。了事：草草了結。

【出處】李寶嘉・官場現形記一回：「禮生見他們參差不齊，只好由著他們敷衍了事。」

【用法】指辦事不認真，不負責任。

【例句】那個醫生看病完全是抱著**敷衍了事**的態度，眞令人氣憤。

【義近】敷衍塞責／虛應故事／草草了事。

【義反】嚴肅認眞／毫不含糊。

敷衍塞責 ㄈㄨ ㄧㄢˇ ㄙㄜˋ ㄗㄜˊ

【釋義】敷衍：表面上應付。塞責：搪塞責任。

【出處】譚嗣同・報貝元征：「不過每月應課，支領獎餼，以圖敷衍塞責。」

【用法】形容做事苟且草率，只求勉強應付過去以了事。

【例句】他做事老是**敷衍塞責**，一年內換五個工作一點也不値得驚訝。

【義近】敷衍了事／潦草塞責／草率苟且。

【義反】一絲不苟／盡心盡力／竭盡心力。

文部

文人相輕 ㄨㄣˊ ㄖㄣˊ ㄒㄧㄤ ㄑㄧㄥ

【釋義】文人互相輕視，你看不起我，我看不起你。

【出處】曹丕・典論・論文：「文人相輕，自古而然……是以各以其所長，相輕所短。」

【用法】形容文人往往有看重自己而輕視他人的毛病。

【例句】知識分子應該彼此尊重，多看別人的長處，去除掉古代**文人相輕**的惡習。

【義近】唯我獨尊／人莫我若／敝帚自珍／同行相忌。

【義反】同窗相敬。

文不加點 ㄨㄣˊ ㄅㄨˋ ㄐㄧㄚ ㄉㄧㄢˇ

【釋義】文章一揮而就，不加塗改。點：在寫錯的地方塗一點墨，以示刪去。

【出處】張衡・文士傳：「嘗謁鎭南將軍朱據，據令賦一物然後坐，純應聲便成，文不加點。」

【用法】形容文思敏捷，下筆成章。

【例句】他很有文學天賦，寫起文章來總是筆走如飛，**文不加點**，一揮而就。

【義近】一揮而就／筆不停輟／一氣呵成／下筆成章。

【義反】文思遲鈍／絲絲入扣／一語中的／三紙無驢。

文不對題 ㄨㄣˊ ㄅㄨˋ ㄉㄨㄟˋ ㄊㄧˊ

【釋義】指文章的內容與題目不相吻合。對：符合。

【用法】多用以指言談與主題無關，或指答非所問，也指文章的內容與題旨不符。

【例句】①他平日說話總有些**文不對題**，你問這個，他答那個。②他這篇文章文字十分流暢，遺憾的是**文不對題**。

【義近】離題萬里／答非所問。

【義反】文思切題／絲絲入扣／一語中的／三紙無驢。

文以載道 ㄨㄣˊ ㄧˇ ㄗㄞˋ ㄉㄠˋ

【釋義】載：記載，記述。道：道理、思想，舊時多指儒家思想。

【出處】周敦頤・通書・文辭：「文所以載道也，輪轅飾而人弗庸，徒飾也，況虛車乎？」

【用法】指用文章來表達一定的思想、內容，說明一定的道理。

【例句】古人說**文以載道**，是指寫文章要有內容，浮泛空洞的文章決不是好文章。

【義近】言之有物／言近旨遠。

【義反】無病呻吟。

文武雙全 ㄨㄣˊ ㄨˇ ㄕㄨㄤ ㄑㄩㄢˊ

【釋義】有文武兩方面的才幹。一作「文武全才」。

【出處】陸贄・馬燧渾瑊副元帥招討河中制：「馬燧渾瑊，文武全才。」

【用法】形容能文能武，文才、武藝都好。

【例句】軍隊中有些**文武雙全**的將領，不僅善於帶兵打仗，還會吟詩作文。

【義近】文武兼備／允文允武。

【義反】有勇無謀／有智無勇。

文恬武嬉 ㄨㄣˊ ㄊㄧㄢˊ ㄨˇ ㄒㄧ

【釋義】文武官員安逸玩樂。文、武：文職和武職。恬：安閒。嬉：戲樂。

【出處】韓愈・平淮西碑：「相臣將臣，文恬武嬉，習熟見聞，以爲當然。」

【用法】形容文官武將習於逸樂，苟安度日。

【例句】開元天寶年間，天下太平，**文恬武嬉**，因而種下安史之亂的禍因。

【義近】無任之祿／尸位素餐／怠忽荒政。

【義反】宵衣旰食／宵旰勤勞／枵腹從公。

文過飾非 ㄨㄣˊ ㄍㄨㄛˋ ㄕˋ ㄈㄟ

【釋義】文、飾：掩飾。過、非：錯誤。

【出處】劉知幾・史通・曲筆：「其有舞詞弄札，飾非文過。」

【用法】形容設法掩飾自己的過失錯誤。

【例句】有的老師爲了維護自己的尊嚴和威信，在學生面前**文過飾非**，這是不正確的。

【義近】飾過掩非。

【義反】聞過則喜／退思補過／知過必改。

文風不動 ㄨㄣˊ ㄈㄥ ㄅㄨˋ ㄉㄨㄥˋ

【釋義】一點也沒有動。文風：輕微的風；文：同「紋」，些微。

【出處】曹雪芹・紅樓夢二九回：「偏生那玉堅硬非常，摔了一下，竟文風不動。」

【用法】形容在外力影響下，毫不動搖；也形容物件在遭受碰撞後，毫無損壞。

【例句】層層海浪排空而來，而礁石卻**文風不動**。

【義近】紋絲不動／穩如泰山。

【義反】不堪一擊。

文從字順 ㄨㄣˊ ㄘㄨㄥˊ ㄗˋ ㄕㄨㄣˋ

【釋義】文字通順。從、順：通順，流暢。

【出處】韓愈・南陽樊紹述墓誌銘：「文從字順各識職，有欲求之此其躅。」

【用法】指行文用字妥貼通順。

【例句】**文從字順**，這是做文章最起碼的要求。

【義反】佶屈聱牙／鉤章棘句。

文質彬彬 ㄨㄣˊ ㄓˋ ㄅㄧㄣ ㄅㄧㄣ

【釋義】文采與實質配合得均勻而適當。文：文采。質：本質。彬彬：文質兼備。

【出處】論語・雍也：「質勝文

則野，文勝質則史，文質彬彬，然後君子。」
【用法】形容人舉止文雅，態度從容端莊。
【例句】看他平日**文質彬彬**，但在運動場上却是一員猛將。
【義近】彬彬有禮／溫文爾雅／謙恭有禮。
【義反】腹空形陋。

文齊福不齊（ㄨㄣˊ ㄑㄧˊ ㄈㄨˊ ㄅㄨˋ ㄑㄧˊ）
【釋義】文齊：指才學好，能考中。福不齊：指命運不佳，考不上。
【出處】王實甫・西廂記四本三折：「你休憂文齊福不齊，我則怕你停妻再娶妻。」
【用法】用以指文章才學好，而命運不濟。
【例句】他是本校成績最優秀的學生，今年竟沒有考上大學，這眞的只有用**文齊福不齊**來解釋了。
【義近】命乖運蹇。
【義反】文齊福齊／文福雙至。

斑駁陸離（ㄅㄢ ㄅㄛˊ ㄌㄨˋ ㄌㄧˊ）
【釋義】斑駁：顏色相雜的樣子。陸離：參差錯綜的樣子。
【出處】楚辭・屈原・離騷：「紛總總其離合兮，斑陸離其上下。」
【用法】形容顏色繁雜。
【例句】香港的夜晚，無數的霓虹燈閃爍，發出**斑駁陸離**的光彩，整個城市顯得非常美麗。
【義近】五光十色／五顏六色／光怪陸離。
【義反】蒼黃一片／色彩單一。

斗部

料事如神（ㄌㄧㄠˋ ㄕˋ ㄖㄨˊ ㄕㄣˊ）
【釋義】料：預料。如神：像神靈樣的準確無誤。
【出處】楊萬里・提刑微猷檢正王公墓志銘：「議論設施加人數等，料事如神，物無遁情。」
【用法】形容預料事情非常準確。
【例句】我們雖然不能**料事如神**，但認眞研究事物後，倒是可以正確地預見未來。
【義近】料敵若神／斷事如神／未卜先知。
【義反】不可揆度／事出不意／出乎意料。

斤部

斤斤計較（ㄐㄧㄣ ㄐㄧㄣ ㄐㄧˋ ㄐㄧㄠˋ）
【釋義】斤斤：形容明察，引申爲瑣碎細小。一作「斤斤較量」。
【出處】詩經・周頌・執競：「自彼成康，奄有四方，斤斤其明。」李寶嘉・官場現形記四二回：「他老人家却也不甚斤斤較量。」
【用法】形容過分計較無關緊要的小事。
【例句】凡事愛和人**斤斤計較**的人，終究要吃大虧的。
【義近】錙銖必計／寸步不讓／寸利必爭／爭多論少。
【義反】豁達大方／一擲千金。

斬草除根（ㄓㄢˇ ㄘㄠˇ ㄔㄨˊ ㄍㄣ）
【釋義】要除草必須連根拔起。

【出處】魏收・檄梁朝文：「抽薪止沸，翦草除根。」

【用法】引申爲從根本上徹底消滅，不留後患。

【例句】對於有害治安的不良場所，應確實取締，**斬草除根**，永絕後患。

【義近】釜底抽薪／徙薪止沸／拔本塞源。

斬釘截鐵 ㄓㄢˇ ㄉㄧㄥ ㄐㄧㄝˊ ㄊㄧㄝˇ

【釋義】砍斷釘子、鐵器之類的堅硬物。

【出處】朱子全書・孟子：「惟是孟子說得斬釘截鐵。」

【用法】用以形容人說話或做事很堅決果斷。

【例句】他做事一向是**斬釘截鐵**，決不拖泥帶水。

【義近】直截了當。

【義反】拖泥帶水／拖拖沓沓。

斬將搴旗 ㄓㄢˇ ㄐㄧㄤˋ ㄑㄧㄢ ㄑㄧˊ

【釋義】殺死敵將，奪取敵人的旌旗。搴：用力拔取。

【出處】司馬遷・史記・叔孫通傳：「斬將搴旗之士。」文選・李陵答蘇武書：「然猶斬將搴旗，追奔逐北。」

【用法】用以形容將士作戰勇猛，奮力殺敵，取得勝利。

【例句】項羽力蓋山河，**斬將搴旗**，所向披靡。

【義近】追亡逐北／攻城略地。

【義反】棄甲曳兵／獸奔鳥散。

斬盡殺絕 ㄓㄢˇ ㄐㄧㄣˋ ㄕㄚ ㄐㄩㄝˊ

【釋義】或作「趕盡殺絕」。

【出處】斬鬼傳一回：「俟斬盡殺絕，功成之日，自當奏知上帝，論功陞賞。」

【用法】徹底鏟除、消滅淨盡人或事物。

【例句】家中老鼠十分猖獗，我眞希望有一天能將牠們**斬盡殺絕**。

【義近】誅殛滅絕／趕盡殺絕／斬草除根。

【義反】網開一面。

斯文掃地 ㄙ ㄨㄣˊ ㄙㄠˇ ㄉㄧˋ

【釋義】斯文：指讀書人、文人。掃地：指名譽被一掃而光。

【出處】文康・兒女英雄傳三四回：「那位少爺話也收了，接過卷子來，倒給人家斯文掃地的請了個安。」

【用法】指文化或文人不受尊重，也指文人自甘墮落。

【例句】聽說大陸有的教授掛著牌子在街上賣燒餅，這不免給人以**斯文掃地**之感。

【義近】天喪斯文／五經掃地。

【義反】砥行立名／尊師貴道。

新來乍到 ㄒㄧㄣ ㄌㄞˊ ㄓㄚˋ ㄉㄠˋ

【釋義】剛剛從外地來到這裏。新、乍：初，剛。

【出處】笑笑生・金瓶梅四十回：「好大膽丫頭！新來乍到，就恁少調失教的，大剌剌對著主子坐著。」

【用法】形容剛到一個新地方，對各方面的情況都很生疏。

【例句】我**新來乍到**，實在提不出什麼意見，以後再說吧。

【義近】初來乍到／下車伊始／人地生疏。

【義反】舊地重遊／久居之地。

新陳代謝 ㄒㄧㄣ ㄔㄣˊ ㄉㄞˋ ㄒㄧㄝˋ

【釋義】陳：舊的。代謝：更替。謝：凋謝，衰敗。

【出處】梁啓超・官制與官規：「雖然，官吏新陳代謝，終不可不爲新進者開其途。」

【用法】指生物體不斷地用新物質以代替舊物質，也指新事物不斷產生以代替舊事物。

【例句】①國家公務員的**新陳代謝**是很自然的，也是十分必要的。②要想身體好，就得堅持做適當的運動，以加強**新陳代謝**。

【義近】推陳出新／吐故納新。

【義反】因循守舊／一成不變。

新婚燕爾 ㄒㄧㄣ ㄏㄨㄣ ㄧㄢˋ ㄦˇ

【釋義】燕爾：也作「宴爾」，歡樂的樣子。
【出處】詩經・邶風・谷風：「宴爾新昏，如兄如弟。」王實甫・西廂記二本二折：「婚姻自有成，新婚燕爾安排定。」
【用法】形容新婚的歡樂快活。
【例句】他倆正值**新婚燕爾**，所以形影不離，卿卿我我的。
【義反】離鸞別鳳。

新硎初試 ㄒㄧㄣ ㄒㄧㄥˊ ㄔㄨ ㄕˋ

【釋義】新硎：剛磨出的刀刃。硎：磨刀石。初試：初次試用即顯鋒利無比。又作「發硎初試」。
【出處】莊子・養生主：「而刀刃若新發於硎。」蒲松齡・聊齋志異・巧娘：「發硎新試，其快可知。」
【用法】比喻初露鋒芒，即見其才幹。
【例句】這些新兵，操練不到三個月，今天**新硎初試**，在實彈演習中個個看來都是身手不凡。
【義近】初試鋒芒／初露鋒芒。
【義反】斲輪老手／身經百戰／沙場老將。

斲輪老手 ㄓㄨㄛˊ ㄌㄨㄣˊ ㄌㄠˇ ㄕㄡˇ

【釋義】斲：砍，削。輪：車輪。老手：老工匠，富有經驗的人。
【出處】莊子・天道載：輪人扁有斲雕車輪之術，不徐不疾，得心應手，有「行年七十而老斲輪」之語。
【用法】用以稱經驗豐富、技藝高超的人。
【例句】他醫治骨質增生很有一套，可謂**斲輪老手**，你不妨去找他醫醫看。
【義近】識途老馬／行家裏手。
【義反】黃口小兒／乳臭未乾／嘴上無毛／初出茅廬。

斷章取義 ㄉㄨㄢˋ ㄓㄤ ㄑㄩˇ ㄧˋ

【釋義】斷：截斷，割裂。章：篇章。
【出處】禮記・中庸：「詩云：『相在爾室，尚不愧於屋漏。』」孔穎達疏：「記者引之，斷章取義。」
【用法】指引證書籍文字或他人談話，只取其中的一段或一句的意思，而不顧原意。
【例句】引用別人的著作或談話，要注意與原意相符，千萬不可**斷章取義**。
【義近】斷章摘句／掐頭去尾。
【義反】原原本本／照本宣科／融會貫通。

斷髮文身 ㄉㄨㄢˋ ㄈㄚˇ ㄨㄣˊ ㄕㄣ

【釋義】截短頭髮，身繪花紋，以避水中蛟龍之害。
【出處】莊子・逍遙遊：「宋人資章甫，而適諸越，越人斷髮文身，無所用之。」
【用法】本指古代吳越一帶的風俗，今也用以指那些仿設這種風俗的裝飾打扮。
【例句】現在有些青年人仿效古代**斷髮文身**，眞是無聊到了極點！
【義近】黑齒彫題／彫花刺青。

斷簡殘編 ㄉㄨㄢˋ ㄐㄧㄢˇ ㄘㄢˊ ㄅㄧㄢ

【釋義】斷、殘：不完整。簡、編：指書籍。寫字的木片或竹片叫簡，將簡穿聯成書叫編。
【出處】宋史・歐陽修傳：「凡周漢以降，金石遺文，斷編殘簡，一切掇拾，研稽異同。」
【用法】用以指殘缺不全的文字或書籍。
【例句】近年來，大陸從漢墓挖出了一些竹簡帛書，雖多是**斷簡殘編**，卻提供了考訂古史的重要線索。
【義近】斷墨殘楮／書缺簡脫。
【義反】完完整整／首尾俱全。

方部

方寸已亂（ㄈㄤ ㄘㄨㄣˋ ㄧˇ ㄌㄨㄢˋ）

【釋義】意謂心緒煩亂，拿不定主意。方寸：指心。
【出處】陳壽・三國志・蜀志・諸葛亮傳：「今已失老母，方寸亂矣。」
【用法】形容思緒煩亂，毫無主張。
【例句】你們別吵了！我現在**方寸已亂**，這件事等以後大家都平靜了再討論吧。
【義近】心神恍惚／六神無主／心神不定／心亂如麻。
【義反】當機立斷／慮周行果。

方面大耳（ㄈㄤ ㄇㄧㄢˋ ㄉㄚˋ ㄦˇ）

【釋義】方形的面，大大的耳朵。
【出處】李汝珍・鏡花緣三十八回：「傘下罩著一位國王，生得方面大耳，品貌端嚴。」
【用法】比喻有福之相。
【例句】此人**方面大耳**，做事穩健，乃屬將相富貴之才。
【義近】山庭日角／面方如田／珠衡犀角／淵角山庭／龍眉鳳目／燕頷虎頸。
【義反】小頭銳面／尖嘴猴腮／賊眉鼠眼。

方枘圓鑿（ㄈㄤ ㄖㄨㄟˋ ㄩㄢˊ ㄗㄨㄛˊ）

【釋義】方的榫頭圓的孔眼，彼此不合。枘：榫頭。鑿：榫眼。
【出處】楚辭・宋玉・九辯：「圜鑿而方枘兮，吾固知其鉏鋙而難入。」
【用法】比喻格格不入。
【例句】他倆現在是情不投意不合，有如**方枘圓鑿**，還能在一起生活嗎？
【義近】方底圓蓋／南轅北轍／扞格不入。
【義反】情投意合／臭味相投／兩相契合。

方興未艾（ㄈㄤ ㄒㄧㄥ ㄨㄟˋ ㄞˋ）

【釋義】正在發展，沒有終止。方：正。艾：已，止。
【出處】陳亮・祭周賢董文：「謂公之壽方興未艾，而此心終未泯也。」
【用法】說明事物正在蓬勃向前發展的形勢。
【例句】環保意識高漲，世界各國的環保團體正**方興未艾**地一個個成立。
【義近】欣欣向榮／蒸蒸日上／如日方升／生氣勃勃／風起雲湧／日增月盛／如日中天／如火如荼。
【義反】日暮途窮／強弩之末／每下愈況／日趨式微。

旁門左道（ㄆㄤˊ ㄇㄣˊ ㄗㄨㄛˇ ㄉㄠˋ）

【釋義】旁、左：均為「邪」意。門：學術思想或宗教派別。道：學術或宗教思想體系。
【出處】禮記・王制・疏：「左道謂邪道。」漢書・郊祀志：「挾左道，懷詐偽。」
【用法】用以泛指不正派的東西，也用以說明不走正路。
【例句】他年紀輕輕就不學無術，專走**旁門左道**，令人深為他感到惋惜。
【義近】邪門外道／歪門邪道／異端邪說。
【義反】人間正道／守正不阿／陽關大道。

旁若無人（ㄆㄤˊ ㄖㄨㄛˋ ㄨˊ ㄖㄣˊ）

【釋義】指說話行事身旁好像沒有別的人一樣。又作「傍若無人」。
【出處】司馬遷・史記・刺客列傳：「高漸離擊筑，荊軻和而歌於燕市，相樂也。已而相泣，旁若無人者。」
【用法】用以形容態度傲慢，不把身邊的人放在眼裏。有時也用以形容態度從容坦然。
【例句】他走進會議室，**旁若無人**地一屁股坐下，也不跟別人打招呼。

【義近】目空一切／目中無人／自高自大。

【義反】平等待人／自視甚卑。

旁徵博引 ㄆㄤˊ ㄓㄥ ㄅㄛˊ ㄧㄣˇ

【釋義】旁：廣泛。徵：搜集，尋求。博：廣博。引：引證。

【用法】指說話或寫文章廣泛而大量地引用材料作爲依據或例證。

【例句】王教授講課，以其廣博的知識**旁徵博引**，把問題闡釋得非常詳盡。

【義近】引經據典／旁徵博證／旁求博考。

【義反】言不及義。

旁敲側擊 ㄆㄤˊ ㄑㄧㄠ ㄘㄜˋ ㄐㄧ

【釋義】側：旁邊。擊：打。

【出處】吳沃堯・二十年目睹之怪現狀二十回：「只不過不應該這樣旁敲側擊，應該要明明亮亮……。」

【用法】比喻說話或寫文章不從正面直接點明，而從側面曲折地加以諷刺或抨擊。

【例句】你有話就直說，用不著這樣**旁敲側擊**的。

【義近】指桑罵槐／拐彎抹角／借題發揮。

【義反】直言不諱／開門見山／直截了當。

旁觀者清 ㄆㄤˊ ㄍㄨㄢ ㄓㄜˇ ㄑㄧㄥ

【釋義】旁觀者：在旁邊觀看的人，指局外人。常與「當局者迷」連用。

【出處】馮夢龍・醒世恆言・陳多壽生死夫妻：「常言道：傍（旁）觀者清，當局者迷。」

【用法】用以說明局外人能冷靜地觀察問題，故看得更爲清楚。

【例句】你不要再固執了，當局者迷，**旁觀者清**，我們都認爲這件事確實是你處理錯了。

【義近】旁觀者審。

【義反】當局者迷。

旅進旅退 ㄌㄩˇ ㄐㄧㄣˋ ㄌㄩˇ ㄊㄨㄟˋ

【釋義】與眾人共進退。旅：眾人，引申爲共同。

【出處】左丘明・國語・越語上：「吾不欲匹夫之勇也，欲其旅進旅退也。」

【用法】形容隨波逐流，自己並沒有什麼主見。

【例句】你用不著去徵求他的意見了，他向來都是**旅進旅退**，無可無不可的。

【義近】隨波逐流／人云亦云／亦步亦趨／俱進俱退。

【義反】自有主見／自有肺腑／自行其是。

旋轉乾坤 ㄒㄩㄢˊ ㄓㄨㄢˇ ㄑㄧㄢˊ ㄎㄨㄣ

【釋義】力量大得能旋轉天地。乾坤：指天和地。

【出處】韓愈・潮州刺史謝上表：「陛下即位以來，躬親聽斷，旋乾轉坤。」

【用法】用以比喻有才能的人能扭轉局勢。也比喻人很有魄力。

【例句】此人非等閒之輩，才一到任，就**旋轉乾坤**地大事改革，現在的氣象煥然一新。

【義近】斡旋天地／扭轉乾坤。

【義反】回天乏力／回天乏術。

旗開得勝 ㄑㄧˊ ㄎㄞ ㄉㄜˊ ㄕㄥˋ

【釋義】剛一打開旗幟進行戰鬥，就取得了勝利。

【出處】關漢卿・五侯宴楔子：「人人奮勇，個個英雄，端的是旗開得勝，馬到成功。」

【用法】形容戰事順利，首戰告捷。也形容事情一開始就取得好成績。

【例句】我校乒乓球隊一上場就**旗開得勝**，連連得分，大家瘋狂地鼓掌助威。

【義近】馬到成功。

【義反】出師不利／一觸即潰／丟盔棄甲。

旗鼓相當

【釋義】旗鼓：古代軍隊用以發號令的工具，比喻軍隊的力量和聲勢。
【出處】後漢書・隗囂傳：「如今子陽（公孫述）到漢中、三輔，願因將軍兵馬，鼓旗相當。」
【用法】原指兩軍對峙，勢均力敵。今多用以比喻雙方力量不相上下。
【例句】這次上陣對壘的兩支女子排球隊，**旗鼓相當**，實力都很強。
【義近】勢均力敵／棋逢對手／將遇良才。
【義反】天壤之別／實力懸殊／卵石不敵。

旗幟鮮明

【釋義】指軍旗照眼，軍紀嚴明。
【出處】錢彩・說岳全傳五七回：「果然依舊旗幟鮮明，刀槍密布，不知何故。」
【用法】今用以比喻態度明確，毫不含糊。
【例句】他在台灣統一和獨立的問題上，**旗幟鮮明**，堅決主張統一。
【義近】愛憎分明／是非分明。
【義反】模稜兩可。

无部

既有今日，何必當初

【釋義】既然現在後悔，當初又何必那樣做呢？
【出處】曹雪芹・紅樓夢七四回：「寶玉在身後面嘆道：『既有今日，何必當初！』」
【用法】用以表示對過去所作所爲的反悔。
【例句】想不到昔日不可一世的他，今天竟會在這兒搖尾乞憐，眞是**既有今日，何必當初**。
【義近】悔之無及／噬臍莫及。

既來之則安之

【釋義】既然使遠方的人來了，就要使他們安心定居。
【出處】論語・季氏：「夫如是，故遠人不服，則修文德以來之。既來之，則安之。」
【用法】今多用以指既然來了，就應該安心。
【例句】雖然此地並不如你所想像那麼好，但是**既來之則安之**，先待一陣子再作打算好了。
【義近】安之若素／隨遇而安。
【義反】坐立不安。

既往不咎

【釋義】咎：罪過，過錯，此用作動詞，追究、責備之意。
【出處】論語・八佾：「成事不說，遂事不諫，既往不咎。」
【用法】用以說明對以往的過錯不再責備追究。
【例句】**既往不咎**，過去的錯誤一筆勾銷，以後可得多加注意，不要再犯錯了！
【義近】不咎既往／過往不咎／寬大爲懷。
【義反】窮追不捨／嚴懲不貸。

日　部

日久見人心（ㄖˋ ㄐㄧㄡˇ ㄐㄧㄢˋ ㄖㄣˊ ㄒㄧㄣ）

【釋義】 相處久了，可見眞心。

【出處】 元・無名氏・爭報恩：「路遙知馬力，日久見人心。」

【用法】 用以說明一個人的心術怎樣，要經過長時間的相處才能了解。

【例句】 **日久見人心**，他爲人究竟怎樣，還要多些時間觀察，現在很難下定論。

【義近】 路遙知馬力／烈火見眞金／板蕩識忠臣／疾風知勁草。

【義反】 知人知面不知心／人心叵測。

日中則昃（ㄖˋ ㄓㄨㄥ ㄗㄜˊ ㄗㄜˋ）

【釋義】 太陽到正午就要偏斜。昃：太陽偏西。

【出處】 周易・豐卦：「日中則昃，月盈則食（蝕）。」疏：「盛必有衰，自然常理。日中至盛，過中則昃。」

【用法】 比喻事物發展到一定程度，就會向著相反的方向發展。盛極必衰之意。

【例句】 一個人應該時刻注意**日中則昃**的道理，得意時務必要戒驕戒躁，以免驕多必敗。

【義近】 日中則移／月滿則虧／盛極必衰／樂極生悲。

日不暇給（ㄖˋ ㄅㄨˋ ㄒㄧㄚˊ ㄐㄧˇ）

【釋義】 沒有餘暇時間。日：時光。暇：空閒。給：足。

【出處】 漢書・高帝紀下：「漢興，撥亂反正，日不暇給。」

【用法】 形容事務繁多，時間不夠用。

【例句】 儘管只是一個公司的經理，但要處理的事情實在太多，常令我有**日不暇給**之感。

【義近】 日無暇晷／不遑暇食。

【義反】 無所事事／飽食終日／優哉遊哉／消遣度日。

日月如梭（ㄖˋ ㄩㄝˋ ㄖㄨˊ ㄙㄨㄛ）

【釋義】 太陽和月亮像穿梭似地來去。梭：織布時牽引緯線的工具。

【出處】 京本通俗小說・碾玉觀音上：「時光似箭，日月如梭，也有一年之上。」

【用法】 形容光陰過得很快。

【例句】 光陰似箭，**日月如梭**，不知不覺又過了一年。

【義近】 白駒過隙／光陰似箭／時光如流水／光陰荏苒。

日月經天（ㄖˋ ㄩㄝˋ ㄐㄧㄥ ㄊㄧㄢ）

【釋義】 太陽和月亮每天都經行於天空。經：經過，運行。

【出處】 漢書：「如日月經天，江河行地。」

【用法】 比喻人或事物的永恆、偉大，也用以說明永遠不變的道理。

【例句】 男大當婚，女大當嫁，這道理有如**日月經天**，你怎能說不結婚呢？

【義近】 江河行地／天經地義／放之四海而皆準。

【義反】 六月飛雪／滄海桑田。

日東月西（ㄖˋ ㄉㄨㄥ ㄩㄝˋ ㄒㄧ）

【釋義】 太陽在東月亮在西，兩者永遠無法相會。

【出處】 蔡琰・胡笳十八拍：「十六拍兮思茫茫，我與兒兮各一方，日東月西兮徒相望，不得相隨兮空斷腸。」

【用法】 比喻遠隔兩地，不能相聚。

【例句】 臺灣與大陸雖然是一衣帶水，但在前幾年只能隔海相望，兩地親屬不免有**日東月西**的喟歎。

【義近】 天南地北／天涯海角。

【義反】 近在眼前／近在咫尺／一山之隔／一衣帶水。

日理萬機 ㄖˋ ㄌㄧˇ ㄨㄢˋ ㄐㄧ

【釋義】理：治理，處理。萬機：指日常的紛繁政務。機，一作「幾」。
【出處】尚書・皋陶謨：「無教逸欲有邦，兢兢業業，一日二日萬幾。」余繼登・典故紀聞卷二：「朕日理萬機，不敢斯須自逸。」
【用法】本形容帝王忙於處理政事，今用以形容國家元首或其他領導人忙於處理政務。
【例句】國父逝世得早，實與他生前**日理萬機**，操勞過度有關。
【義近】一日萬機／廢寢忘食／枵腹從公。
【義反】尸位素餐／無所事事／玩忽職守。

日復一日 ㄖˋ ㄈㄨˋ ㄧ ㄖˋ

【釋義】過了一天又一天。復：又，再。
【出處】後漢書・光武帝紀：「帝曰：『天下重器，常恐不任，日復一日，安敢遠期十歲乎？』」
【用法】形容日子久，時間長。
【例句】她就這樣**日復一日**，年復一年，默默地等待著丈夫歸來。
【義近】年復一年／月復一月／年年歲歲。
【義反】一年半載／轉眼之間。

日新月異 ㄖˋ ㄒㄧㄣ ㄩㄝˋ ㄧˋ

【釋義】天天更新，月月不同。新：更新。異：不同。
【出處】禮記・大學：「苟日新，日日新，又日新。」吳沃堯・痛史敘：「教科之書，日新月異。」
【用法】形容新事物不斷出現，面貌不斷更新。
【例句】世界的科學技術，正**日新月異**地向前發展。
【義近】突飛猛進／一日千里／與日俱進。
【義反】每下愈況／一成不變。

日暮途窮 ㄖˋ ㄇㄨˋ ㄊㄨˊ ㄑㄩㄥˊ

【釋義】天已晚，路已到頭。暮：傍晚。窮：盡。一作「日暮途遠」。
【出處】司馬遷・史記・伍子胥列傳：「吾日暮途遠，吾故倒行而逆施之。」杜甫・投贈哥舒開府翰二十韻：「幾年春草歇，今日暮途窮。」
【用法】喻計窮力竭，無路可走，或窮困潦倒，無所依靠。
【例句】作奸犯科的人遲早有一天會步上**日暮途窮**之路的，勸你們不要心存僥倖。
【義近】窮途末路／走投無路。
【義反】前程似錦／柳暗花明／絕處逢生／天無絕人之路。

日積月累 ㄖˋ ㄐㄧ ㄩㄝˋ ㄌㄟˇ

【釋義】一天天一月月地不斷積累。
【出處】宋史・喬行簡傳：「日積月累，氣勢益張，人主之威權，將爲所竊弄而不自知矣。」
【用法】形容積少成多。
【例句】深厚的情感是**日積月累**培養成的，豈可說放棄就放棄呢？
【義近】日累月積／日益月滋／積少成多／積一累萬／聚沙成塔。
【義反】坐吃山空／揮霍一空。

日薄西山 ㄖˋ ㄅㄛˊ ㄒㄧ ㄕㄢ

【釋義】太陽快要落山了。薄：迫近。西山：泛指西邊的山。
【出處】漢書・揚雄傳：「臨汨羅而自隕兮，恐日薄於西山。」李密・陳情表：「但以劉日薄西山。」
【用法】比喻人年老將逝或事物接近衰亡。
【例句】老太太**日薄西山**，命在旦夕，卻仍一心一意地期盼愛子歸來，怎不叫人爲之心酸。

【義近】氣息奄奄／人命危淺／朝不保夕／西山日迫／命在旦夕／風中殘燭。

【義反】旭日東升／朝氣蓬勃／身強力壯／春秋鼎盛。

旭日東升 ㄒㄩˋ ㄖˋ ㄉㄨㄥ ㄕㄥ

【釋義】早晨太陽從東方升起。旭日：早晨剛出來的太陽。

【出處】詩經・邶風・匏有苦葉：「雝雝鳴雁，旭日始旦。」傳玄・日昇歌詠：「逸景何晃晃，旭日照萬方。」

【用法】比喻人或事物充滿活力，朝氣蓬勃。

【例句】青年人有如**旭日東升**，肩負著國家、民族的希望。

【義近】如日方升／蒸蒸日上／欣欣向榮／朝氣蓬勃／生機勃勃。

【義反】日落西山／每下愈況／夕陽西下／暮氣沉沉／尸居餘氣。

明人不做暗事 ㄇㄧㄥˊ ㄖㄣˊ ㄅㄨˋ ㄗㄨㄛˋ ㄢˋ ㄕˋ

【釋義】明人：行事光明正大的人。暗事：不可告人的事。

【出處】吳昌齡・張天師三折：「我爲甚先吐了這招承的口詞，常言道明人不做暗事。」

【用法】比喻爲人光明磊落，有事先說，不在背後搗鬼。

【例句】**明人不做暗事**，你如果硬要跟我作對，我就馬上揭你的底牌！

【義近】光明正大／光明磊落。

【義反】陽奉陰違／鬼鬼祟祟。

明火執仗 ㄇㄧㄥˊ ㄏㄨㄛˇ ㄓˊ ㄓㄤˋ

【釋義】明火：點著火把。執仗：拿著武器。仗：兵器。

【出處】元・無名氏・盆兒鬼二折：「我在這瓦窰居住，做些本分生意，何曾明火執仗，無非赤手求財。」

【用法】原指公開搶劫，現多比喻明目張膽地幹壞事。

【例句】他們眞是膽大包天，竟然**明火執仗**地闖進公司，破壞保險櫃，將現金搶走。

【義近】明目張膽／無法無天／毫無顧忌。

明日黃花 ㄇㄧㄥˊ ㄖˋ ㄏㄨㄤˊ ㄏㄨㄚ

【釋義】重陽節過後的菊花。明日：指重陽節後。黃花：菊花。重陽賞菊，其後菊花漸趨枯萎。

【出處】蘇軾・九日次韻王鞏：「相逢不用忙歸去，明日黃花蝶也愁。」

【用法】比喻已過時的事物或消息。

【例句】這篇通訊確實寫得很好，可惜報導不及時，已是**明日黃花**了。

【義近】陳年舊事／過往雲煙。

【義反】應時對景。

明目張膽 ㄇㄧㄥˊ ㄇㄨˋ ㄓㄤ ㄉㄢˇ

【釋義】原指很有膽識，敢作敢爲。明目：睜亮眼睛。張膽：放開膽量。

【出處】晉書・王敦傳・王導遺王舍書：「今日之事，明目張膽，爲六軍之首，寧忠臣而死，不無賴而生矣。」

【用法】現形容公開放肆、毫無顧忌地幹壞事。

【例句】這幫傢伙實在太猖狂了，竟然**明目張膽**地搶劫銀行，結果當場被警察擊斃！

【義近】肆無忌憚／明火執仗／膽大包天。

【義反】見機而作／小心翼翼。

明正典刑 ㄇㄧㄥˊ ㄓㄥˋ ㄉㄧㄢˇ ㄒㄧㄥˊ

【釋義】明：公開。正：正法，治罪。典刑：常法，常刑。

【出處】呂頤浩・辭免赴召乞納節致仕劄子：「如是託疾，自當明正典刑；如委實抱病，伏望天慈，放臣閑退。」

【用法】指依法公開處置。

【例句】這些人早應該**明正典刑**，如果再讓他們胡作非爲，那還有什麼社會秩序可言！
【義近】斬首示眾。
【義反】明刑不戮。

明知故犯 ㄇㄧㄥˊ ㄓ ㄍㄨˋ ㄈㄢˋ

【釋義】故：故意，有意。犯：違犯。
【出處】普濟・五燈會元卷一九：「師曰：『知而故犯』。」
【用法】指明知不能做，卻故意違犯。也指知法犯法。
【例句】政府早已三令五申要保護森林，你們卻**明知故犯**，在這裏偷偷砍伐樹木。
【義近】知法犯法／執法犯法。
【義反】知法守法。

明知故問 ㄇㄧㄥˊ ㄓ ㄍㄨˋ ㄨㄣˋ

【釋義】故：故意，有意。
【出處】清・無名氏・綉鞋記：「明人何必細說。你也知道是誰，卻就是明知故問呢！」
【用法】明明已經知道，卻還要故意問人。
【例句】你明明知道他這話是什麼意思，卻來問我，這不是**明知故問**嗎？
【義近】知而復問。
【義反】質疑問難／虛心求教。

明爭暗鬥 ㄇㄧㄥˊ ㄓㄥ ㄢˋ ㄉㄡˋ

【釋義】明：公開。暗：暗中，隱蔽。
【出處】韓非子・解老：「爭鬬之爪角害之。」
【用法】指不論在明中還是暗中，都爭鬥不止。
【例句】大家同在一處辦公，理當和睦相處，如此**明爭暗鬥**，如何把事情做好？
【義近】爾虞我詐／鈎心鬥角。
【義反】和睦相處／肝膽相照／同心同德。

明效大驗 ㄇㄧㄥˊ ㄒㄧㄠˋ ㄉㄚˋ ㄧㄢˋ

【釋義】效、驗：指預期的效果。
【出處】漢書・賈誼傳・陳政事疏：「是非其明效大驗邪？」
【用法】意指效驗十分顯著。
【例句】他的醫術確實高明，我才吃了他三帖藥，就**明效大驗**，血壓降至正常了。
【義近】卓有成效／效果顯著。
【義反】成效不彰／毫無作用。

明恥教戰 ㄇㄧㄥˊ ㄔˇ ㄐㄧㄠ ㄓㄢˋ

【釋義】明恥：使士兵明白什麼是羞恥。教戰：教導士兵怎樣作戰。
【出處】左傳・僖公二二年：「明恥教戰，求殺敵也。」
【用法】表示平日要嚴明軍紀，使士兵以怯懦爲恥而勇於作戰。
【例句】在國防建設中，應該把**明恥教戰**列爲一項重要課程，以加強我軍的戰鬥力。

明哲保身 ㄇㄧㄥˊ ㄓㄜˊ ㄅㄠˇ ㄕㄣ

【釋義】明哲：聰明有智慧。
【出處】詩經・大雅・烝民：「既明且哲，以保其身。」白居易・杜佑致仕制：「盡悴事君，明哲保身。」
【用法】指能擇安去危，以保全其身。今也用以形容只顧自身利益而不堅持原則的處世態度。
【例句】在專制社會或動盪的時代裏，文人唯一的辦法就是**明哲保身**，不過問政治。
【義近】獨善其身／潔身自好。
【義反】同流合污。

明珠暗投 ㄇㄧㄥˊ ㄓㄨ ㄢˋ ㄊㄡˊ

【釋義】明珠：閃閃發光的珍珠。暗投：扔到暗處。暗，一作「闇」。
【出處】司馬遷・史記・鄒陽列傳：「明月之珠，夜光之璧，以闇投人於道路，人無不按劍相眄者，何則？」
【用法】比喻有才能的人得不到重視，也比喻珍貴的東西落到了不識貨的人手裏。
【例句】他因爲在這個學校不受重用，且被人輕視，所以常有**明珠暗投**的歎息。

【義近】懷才不遇／蛟龍失水。

【義反】如魚得水／蛟龍得水／大鵬展翅。

明眸善睞

【釋義】明眸：明亮的眼珠子。睞：看，顧盼。

【出處】曹植・洛神賦：「丹唇外朗，皓齒內鮮。明眸善睞，靨輔承權。」

【用法】形容美女眼睛靈活有神，顧盼多情。

【例句】張小姐不僅身材苗條，姿態優美，且**明眸善睞**，令人見了心生愛慕之意。

【義近】媚眼迷人／顧盼生情。

【義反】目光呆滯／雙目無神。

明眸皓齒

【釋義】明亮的眼睛和潔白的牙齒。眸：眼珠。皓：潔白。

【出處】杜甫・哀江頭：「明眸皓齒今何在？血汚遊魂歸不得。」

【用法】形容女子的美麗。也代指美女。

【例句】王太太雖然已年過三十，生過兩個孩子，却依然**明眸皓齒**，光豔照人。

【義近】螓首蛾眉／朱唇皓齒／蛾眉皓齒。

【義反】獐頭鼠目／尖嘴猴腮／長頸鳥喙／鳩形鵠面。

明媒正娶

【釋義】明、正：指光明正大。媒：媒人。

【出處】關漢卿・救風塵：「……怎當他搶親的百計虧圖，那裏是明媒正娶，公然的傷風敗俗。」

【用法】表示經過正當手續、正式舉行過婚禮的合法婚姻。

【例句】她是你**明媒正娶**的妻子，你不對她好還能對別人好嗎？

【義近】三媒六聘。

【義反】文君私奔／紅拂夜奔。

明槍易躲，暗箭難防

【釋義】一作「明槍容易躲，暗箭最難防」，也簡省作「明槍暗箭」。

【出處】元・無名氏・鬧銅臺一折：「聞說燕青能射，原來在此處。明槍易躲，暗箭難防……。」

【用法】說明公開的攻擊容易躲避、對付，暗地裏的攻擊難以防備。

【例句】他這人是個笑面虎，俗話說**明槍易躲，暗箭難防**，你得要特別小心提防。

明察秋毫

【釋義】察：看出。秋毫：秋天鳥獸身上長的細毛，比喻極微小的東西。形容目光敏銳，任何細小的事物都能看清楚。

【出處】孟子・梁惠王上：「明足以察秋毫之末，而不見輿薪，則王許之乎？」

【用法】用以說明觀察力很強，能不爲假象所欺蒙。

【例句】他遇事能**明察秋毫**，你想在他面前耍花樣，可別打錯了主意！

【義近】洞若觀火／觀察入微／明見萬里。

【義反】不見輿薪。

明察暗訪

【釋義】察：仔細地看。訪：詢問，了解。一作「明查暗訪」。

【出處】文康・兒女英雄傳二七回：「他還在那賊去關門，明察暗訪。」

【用法】說明從明裏細心察看，從暗裏詢問了解。

【例句】警察經過**明察暗訪**，認眞分析研究，終於把這個疑案弄得水落石出了。

【義近】微服走訪。

明鏡高懸 ㄇㄧㄥˊ ㄐㄧㄥˋ ㄍㄠ ㄒㄩㄢˊ

【釋義】明鏡：明亮的鏡子，比喻高明的鑑察能力。

【出處】杜甫・洗兵馬詩：「司徒清鑒懸明鏡，尚書氣與秋天香。」

【用法】形容司法人員辦案公正清明，工作非常認眞細心。

【例句】不管怎麼說，現在的司法機關畢竟比古代強多了，眞正做到了**明鏡高懸**、伸張正義的境界。

【義近】高抬明鏡／執法如山／大公無私。

【義反】昏官汚吏／沉冤莫白／六月飛霜。

易子而食 ㄧˋ ㄗˇ ㄦˊ ㄕˊ

【釋義】相互交換自己的孩子吃。易：換。

【出處】左傳・哀公八年：「楚人圍宋，易子而食，析骸而爨，猶無城下之盟。」

【用法】用以說明人民慘遭天災人禍，在死亡線上掙扎的殘忍作法。

【例句】非洲許多地區旱災連年不斷，再加之烽火連天，窮苦人民已經快到了**易子而食**的悲慘境地。

【義近】易子析骸／析骸而爨。

【義反】虎不食子。

易子而教 ㄧˋ ㄗˇ ㄦˊ ㄐㄧㄠˋ

【釋義】拿自己的兒子與他人的兒子交換而施教。

【出處】孟子・離婁上：「古者易子而教之，父子間不責善，責善則離，離則不祥莫大焉。」

【用法】說明交換兒子施教，既可不傷父子之情，又可收到教子成人的效果。

【例句】古人所說的**易子而教**，從今天的教育學與心理學的角度看，同樣是可取的。

【義近】易子施教。

易如反掌 ㄧˋ ㄖㄨˊ ㄈㄢˇ ㄓㄤˇ

【釋義】容易得就像翻一下手掌。反：翻轉。

【出處】枚乘・上書諫吳王：「變所欲爲，易於反掌，安於太山。」

【用法】比喻事情極容易做。

【例句】這件事對你這位有權有勢的人來說，實在是**易如反掌**，你就幫幫他吧！

【義近】輕而易舉／易如拾芥／反掌折枝／反掌之易／探囊取物。

【義反】難於上青天／難上加難／挾山超海／挾泰山以超北海。

易地而處 ㄧˋ ㄉㄧˋ ㄦˊ ㄔㄨˇ

【釋義】意謂互易所處的地位。易：交換。

【出處】孟子・離婁下：「禹、稷、顏子，易地則皆然。」

【用法】說明要將心比心，遇事要設身處地爲他人著想。

【例句】你老是責怪我家務事做得少，那我們不妨**易地而處**，你出外賺錢，我來做家務事怎樣？

【義近】將心比心／設身處地／推己及人。

【義反】唯我是從／固執己見／自以爲是。

昂昂千里駒 ㄤˊ ㄤˊ ㄑㄧㄢ ㄌㄧˇ ㄐㄩ

【釋義】昂昂：挺立的樣子。千里駒：能日行千里的良馬。

【出處】屈原・卜居：「寧昂昂若千里之駒乎？將氾氾若水中之鳧乎？」

【用法】用以比喻人志行高超，奮發有爲。

【例句】這位年輕人談吐不凡，志行高超，有如**昂昂千里駒**，將來必大有成就。

【義近】昂首騏驥／人中騏驥。

【義反】氾氾水中鳧／怏怏駑馬。

昂首望天（ㄤˊ ㄕㄡˇ ㄨㄤˋ ㄊㄧㄢ）

【釋義】仰頭看天。昂：仰頭。

【出處】蘇軾・和子由次王鞏韻如囊之句可爲一噱詩：「簡書見迫身今老，樽前聞呼首一昂。」

【用法】形容態度傲慢，自高自大。

【例句】像你這樣**昂首望天**、傲氣十足的樣子，誰願意同你接近？

【義近】昂首天外／目中無人／傲世輕物／傲睨一世。

【義反】平易近人／謙沖自牧／大盈若沖／虛懷若谷。

昂首闊步（ㄤˊ ㄕㄡˇ ㄎㄨㄛˋ ㄅㄨˋ）

【釋義】昂首：仰起頭。闊步：大步走。

【出處】蘇軾・和子由次王鞏韻如囊之句可爲一噱詩：「樽前聞呼首一昂。」曹丕・文帝論：「欲使曩時累息之民，得闊步高談。」

【用法】形容人精神振奮，意氣昂揚。

【例句】他們**昂首闊步**地走進會場，向夾道歡迎的人羣揮手致意。

【義近】高視闊步／神采奕奕／仰首邁步。

【義反】懶精無神／意志消沉。

昏天黑地（ㄏㄨㄣ ㄊㄧㄢ ㄏㄟ ㄉㄧˋ）

【釋義】意謂天地之間一片黑暗。

【出處】郎瑛・七修類稿：「御史初至，則曰驚天動地；過幾月，則曰昏天黑地；去時，則曰寞天寂地。」

【用法】形容天色昏暗，也比喻社會黑暗混亂。

【例句】在那**昏天黑地**的社會裏，有多少無辜人民慘遭迫害，含恨而死。

【義近】暗無天日／天昏地暗／烏雲蔽日。

【義反】日月高懸／陽光普照／光芒萬丈／天朗氣清。

昏定晨省（ㄏㄨㄣ ㄉㄧㄥˋ ㄔㄣˊ ㄒㄧㄥˇ）

【釋義】昏定：黃昏時爲父母安定牀衽。晨省：早晨向父母問安。

【出處】禮記・曲禮上：「凡爲人子之禮，冬溫而夏凊，昏定而晨省。」

【用法】指古時子女侍奉父母的日常禮節，表示對父母很孝順。

【例句】現在兒女對於父母自然無需**昏定晨省**，但敬老養老仍是應盡的責任。

【義近】晨昏定省。

【義反】忤逆不孝／目無尊長。

昏頭昏腦（ㄏㄨㄣ ㄊㄡˊ ㄏㄨㄣ ㄋㄠˇ）

【釋義】意謂頭腦不清醒。

【出處】吳承恩・西遊記七二回：「却說八戒跌得昏頭昏腦……爬將起來，忍著痛，找回原路。」

【用法】形容人糊裏糊塗，迷亂不清。

【例句】你們在家裏吵翻天，弄得我**昏頭昏腦**的，眞不知如何是好。

【義近】暈頭轉向。

【義反】神清氣爽／淸晰明白。

春雨貴如油（ㄔㄨㄣ ㄩˇ ㄍㄨㄟˋ ㄖㄨˊ ㄧㄡˊ）

【釋義】春天的雨水像油樣的可貴。

【出處】道源・景德傳燈錄卷一：「春雨一滴滑如油。」

【用法】形容春雨對農作物十分有利，故特別可貴。

【例句】昨天下了一場春雨，那些低垂的禾苗變得挺拔起來，眞是**春雨貴如油**啊！

【義近】及時雨。

春花秋月（ㄔㄨㄣ ㄏㄨㄚ ㄑㄧㄡ ㄩㄝˋ）

【釋義】春天的鮮花，秋天的明月。

【出處】李煜・虞美人：「春花秋月何時了？往事知多少！」

」

【用法】用以指最美好的時光與景物。

【例句】人的一生中，最難忘懷的莫過於**春花秋月**的少年歲月。

【義近】良辰美景／秋風春月／春和景明／花好月圓。

【義反】衰颯秋色／彤雲密布／秋風秋雨／花殘月缺。

春風化雨 ㄔㄨㄣ ㄈㄥ ㄏㄨㄚˋ ㄩˇ

【釋義】指適宜於草木生長的風雨。化雨：促使草木生長的及時雨。

【出處】孟子・盡心上：「有如時雨化之者。」文康・兒女英雄傳三七回：「驥兒承老夫子的春風化雨，遂令小子成名。」

【用法】比喻良好的教育，也用以稱頌師長的教誨。

【例句】魏老師對學生總是循循善誘，使我們感到有如**春風化雨**，受益非淺。

【義近】細雨潤物／諄諄教誨。

【義反】誤人子弟。

春風風人 ㄔㄨㄣ ㄈㄥ ㄈㄥˋ ㄖㄣˊ

【釋義】春風吹拂著人。後「風」字用作動詞，吹拂，引申為感化、教化。

【出處】劉向・說苑・貴德：「吾不能以春風風人，以夏雨雨人，吾窮必矣。」

【用法】比喻給人以教益或幫助。也比喻恩澤普及於羣眾。

【例句】你的這番教誨有如**春風風人**，我將銘記於心，沒齒不忘。

【義近】夏雨雨人／春風夏雨／循循善誘。

春風得意 ㄔㄨㄣ ㄈㄥ ㄉㄜˊ ㄧˋ

【釋義】沐浴著春風，得意非凡。形容考中進士後的得意心情，也用以指考中進士。

【出處】孟郊・登科後詩：「春風得意馬蹄疾，一日看盡長安花。」

【用法】形容職位升遷順利，也用以形容考試被錄取或事情辦成功後的欣喜之態。

【例句】他在官場上可算是**春風得意**了，沒幾年就由副科長升到了局長。

【義近】得意揚揚／揚揚自得／志得意滿。

【義反】悶悶不樂／鬱鬱寡歡／書空咄咄。

春宵苦短 ㄔㄨㄣ ㄒㄧㄠ ㄎㄨˇ ㄉㄨㄢˇ

【釋義】春宵：春天的夜晚，指美好的時光。苦：惱恨。

【出處】白居易・長恨歌：「雲鬢花顏金步搖，芙蓉帳暖度春宵。春宵苦短日高起，從此君王不早朝。」

【用法】形容歡樂時光易於消逝。多用於情侶恩愛相聚，難捨難分。

【例句】**春宵苦短**，良辰易逝，既然能結成夫妻，何不恩愛珍惜共有的時光。

【義近】鵲橋之會／佳期何許／良宵易逝。

【義反】朝夕相處／形影不離／日日相伴。

春華秋實 ㄔㄨㄣ ㄏㄨㄚˊ ㄑㄧㄡ ㄕˊ

【釋義】春天開花，秋天結果。華：古「花」字。實：果實。

【出處】顏之推・顏氏家訓・勉學：「夫學者，猶種樹也，春玩其華，秋登其實。講論文章，春華也；修身利行，秋實也。」

【用法】原比喻文采與德行的關係，現比喻讀書、事業有成果。

【例句】**春華秋實**，他早年那樣勤奮向學，現在在科學研究中碩果累累，自是理所當然。

【義近】開花結果／銜花佩實／幼學壯成。

【義反】開花無果／白首空歸／老大無成。

春暖花開 ㄔㄨㄣ ㄋㄨㄢˇ ㄏㄨㄚ ㄎㄞ

【釋義】春天氣候暖和，百花盛開。
【出處】余繼登・典故紀聞卷一三：「後又雜植四方所貢奇花異木於其中，每春暖花開……賞宴。」
【用法】形容景色美好，也比喻良好的環境和時機。
【例句】現在正是**春暖花開**的時節，陽明山上的遊客絡繹不絕。
【義近】春江花月／花好月圓／良辰美景。
【義反】日星隱耀／花殘月缺／衰颯之景。

春蘭秋菊 ㄔㄨㄣ ㄌㄢˊ ㄑㄧㄡ ㄐㄩˊ

【釋義】春天的蘭花，秋天的菊花，各有佳勝。
【出處】楚辭・屈原・九歌・禮魂：「春蘭兮秋菊，長無絕兮終古。」顏師古・隋遺錄：「春蘭秋菊，各一時之秀也。」
【用法】多用以比喻人或物各極一時之勝。
【例句】唐詩、宋詞、元曲，有如**春蘭秋菊**，各當其時，極盡其繁榮優美之境。
【義反】枯木寒林／花殘月缺／雨絲風片。

是可忍孰不可忍 ㄕˋ ㄎㄜˇ ㄖㄣˇ ㄕㄨˊ ㄅㄨˋ ㄎㄜˇ ㄖㄣˇ

【釋義】這個可以忍受，還有哪樣不可以忍受。是：此。孰：何，誰。
【出處】論語・八佾：「孔子謂季氏八佾舞於庭，是可忍也，孰不可忍也？」
【用法】指事情惡劣或受侮辱到絕對不可容忍的地步。
【例句】你竟然當眾侮辱我，**是可忍孰不可忍**，我絕饒不了你！
【義近】無可容忍／忍無可忍。
【義反】一忍再忍／忍氣吞聲／唾面自乾。

是古非今 ㄕˋ ㄍㄨˇ ㄈㄟ ㄐㄧㄣ

【釋義】是古：以古事爲是。是：對、正確。非今：以今事爲非。非：不對、不正確。
【出處】漢書・元帝紀：「宣帝作色曰：『且俗儒不達時宜，好是古非今，使人眩於名實，不知所守，何足委任。』」
【用法】指肯定古人古事，否定今人今事的錯誤言行。
【例句】古今時代不同，社會差異甚大，對人事都要作具體分析，不能不分青紅皂白地採取**是古非今**的態度。
【義近】厚古薄今／頌古非今／泥古非今。
【義反】厚今薄古／貴今賤古／是今非古。

是非只爲多開口 ㄕˋ ㄈㄟ ㄓˇ ㄨㄟˋ ㄉㄨㄛ ㄎㄞ ㄎㄡˇ

【釋義】意謂話多會招來是非。
【出處】陳元靚・事林廣記・人事類下：「是非只爲多開口，煩惱皆因強出頭。」
【用法】用以說明盡量少說話，以免惹是非、生災禍。
【例句】**是非只爲多開口**，何必一天到晚喋喋不休地說個不停，難道你就不怕招惹是非嗎？
【義近】言多必失／言多招禍／多言賈禍／禍從口出。

星火燎原 ㄒㄧㄥ ㄏㄨㄛˇ ㄌㄧㄠˊ ㄩㄢˊ

【釋義】一點火星能燒遍原野。燎：焚燒。原：原野。
【出處】尚書・盤庚上：「若火之燎於原，不可嚮邇。」
【用法】原比喻小事可以釀成大變，今多用以比喻開始時弱小的新生事物有廣闊的發展前途。
【例句】太空事業雖還處於起步階段，但**星火燎原**，將來一定能成爲偉大的事業。
【義近】蟻穴潰堤／滴水成河。

星移斗轉 ㄒㄧㄥ ㄧˊ ㄉㄡˇ ㄓㄨㄢˇ

【釋義】星斗變動位置。斗：北斗星。
【出處】喬夢符・兩世姻緣二折：「他便眼巴巴簾下等，直等到星移斗轉二三更。」
【用法】指季節或時間的變化。
【例句】日往月來，**星移斗轉**，不知不覺這一年又過去了。
【義近】寒來暑往／春秋代序／參橫斗移／物換星移。

星羅棋布 ㄒㄧㄥ ㄌㄨㄛˊ ㄑㄧˊ ㄅㄨˋ

【釋義】像天空的星星和棋盤上的棋子那樣分布著。羅：羅列。一作「星羅雲布」。
【出處】班固・西都賦：「列卒周帀，星羅雲布。」
【用法】形容數量很多，分布很廣。
【例句】這一帶山區，小水庫**星羅棋布**，所以當地農產收入頗豐。
【義近】鱗次櫛比／比比皆是／滿山遍野。
【義反】一星半點／寥寥無幾／寥若晨星。

昭然若揭 ㄓㄠ ㄖㄢˊ ㄖㄨㄛˋ ㄐㄧㄝ

【釋義】昭然：明顯、明白的樣子。揭：揭開，或解釋爲「高舉」。
【出處】吳棠・杜詩鏡銓序：「而杜公眞切深厚之旨，益昭然若揭焉。」
【用法】形容事物眞相畢露，明白清楚。
【例句】現在事情已**昭然若揭**，你還想抵賴嗎？
【義近】昭昭若揭／眞相大白／昭然在目。
【義反】遮人耳目／隱隱約約。

時不再來 ㄕˊ ㄅㄨˋ ㄗㄞˋ ㄌㄞˊ

【釋義】時：時光，也指時機。
【出處】左丘明・國語・越語下：「得時無怠，時不再來。」
【用法】用以說明時光、機會一去不復返，必須充分抓緊、利用時機。
【例句】人生短暫，**時不再來**，聰明人就應抓緊時間努力進取，以免老大徒傷悲。
【義近】時不可失／機不再來／時不我待／時不我與。
【義反】機遇可期／去而復來／來日方長。

時和年豐 ㄕˊ ㄏㄜˊ ㄋㄧㄢˊ ㄈㄥ

【釋義】時世安定，五穀豐收。
【出處】詩經・小大雅譜・疏：「萬物盛多，人民忠孝，則致時和年豐，故次華黍，歲豐宜黍稷也。」
【用法】用以稱頌太平盛世。
【例句】在**時和年豐**的太平盛世中，人民很難體會過去先民三餐難濟的困苦歲月。
【義近】五穀豐登／國泰年豐／風調雨順。
【義反】凶年饑歲／戰火紛飛／天災人禍。

時來運轉 ㄕˊ ㄌㄞˊ ㄩㄣˋ ㄓㄨㄢˇ

【釋義】時機來了，運氣也好轉。一作「時來運旋」。
【出處】王玉峰・焚香記・相訣：「問何年是你的時來運旋！」
【用法】用以說明厄運過去，時運好轉，情況向好的方面變化。
【例句】俗語說：「三十年風水輪流轉。」一個人不可能永遠處於厄運，總有**時來運轉**的時候。
【義近】由剝而復／柳暗花明／雲清霧散／撥雲見日／否極泰來／枯樹逢春／黍穀生春。
【義反】時運不濟／時乖運蹇／生不逢時。

時雨春風 ㄕˊ ㄩˇ ㄔㄨㄣ ㄈㄥ

【釋義】乾旱時及時下的雨叫做時雨，猶言甘霖、膏雨。

【出處】禮記・月令：「時雨將降，下水上騰。」袁枚・再答尹公書：「倘節屆清明，此身與草木同茂。定當先詣平原，領略時雨春風，以捐除宿疾也。」
【用法】用以比喻老師完美的教誨，如應時的雨，亦如春風風人。
【例句】老師對我們的教導之恩，有如**時雨春風**，一生受用無窮。
【義近】春風化雨／春風廣被／化雨均霑。

時過境遷 ㄕˊ ㄍㄨㄛˋ ㄐㄧㄥˋ ㄑㄧㄢ

【釋義】時間過去了，情況改變了。境：境況，情況。遷：改變。
【出處】梁啓超・新中國未來記二回：「到現在時過境遷，這部書自然沒有什麼用處。」
【用法】用以說明隨著時間的推移，環境有了改變或情況發生了變化。
【例句】重遊母校，只覺**時過境遷**，昔日的師長同學如今都已四散，換來的都是一些新面孔。
【義近】時移勢遷／時移事易／事過境遷／物是人非／物換星移。
【義反】江山依舊／一如往昔／一成不變。

時運不濟 ㄕˊ ㄩㄣˋ ㄅㄨˋ ㄐㄧˋ

【釋義】時運：時機，命運。不濟：一作「不齊」，不順，不佳。
【出處】王勃・滕王閣序：「時運不齊，命途多舛。」
【用法】用以說明時運不好，命運不佳，諸事不順。
【例句】他的一生總是**時運不濟**，命途多舛，也難怪他能勘破世事，潛心修道。
【義近】時乖命蹇／時運不通／命乖運蹇／命途多舛／命運多蹇。
【義反】時運亨通／福星高照／一帆風順。

時勢造英雄 ㄕˊ ㄕˋ ㄗㄠˋ ㄧㄥ ㄒㄩㄥˊ

【釋義】在時局變化、動盪不安的時候，可促使人才突出、崛起。
【出處】陸機・豪士賦序：「庸夫可以濟聖賢之功，斗筲可以定烈士之業，故曰：才不半古而功已倍之，蓋得之於時勢也。」
【用法】用以指時局動盪不安的時候，更可以激發人才的崛起。
【例句】**時勢造英雄**，每當國家有難時，愛國志士總是會應時救國。
【義近】時代創造青年／板蕩識忠貞。

時窮節見 ㄕˊ ㄑㄩㄥˊ ㄐㄧㄝˊ ㄒㄧㄢˋ

【釋義】時：時局。窮：窮困。節：節操。見：表現。
【出處】文天祥・正氣歌：「時窮節乃見，一一垂丹青。」
【用法】比喻君子於亂世更能表現其操守。
【例句】眞正的忠臣，其愛國心更能在亂世中表現，所謂**時窮節見**，正是這個道理。
【義近】疾風勁草／嚴霜識木／松柏後凋／板蕩忠臣。
【義反】隨波逐流／同流合污／降志辱身／阿諛取容。

晴天霹靂 ㄑㄧㄥˊ ㄊㄧㄢ ㄆㄧ ㄌㄧˋ

【釋義】霹靂：霹雷，響雷。
【出處】續傳燈錄：「忽地晴天霹靂飛，禹門三級浪崢嶸。」
【用法】比喻突然發生令人震驚的事情。
【例句】這眞是**晴天霹靂**，他上午還是活蹦亂跳的，怎麼下午就被車碾死了哩！
【義近】五雷轟頂／晴天炸雷。
【義反】始料所及。

普天同慶（ㄆㄨˇ ㄊㄧㄢ ㄊㄨㄥˊ ㄑㄧㄥˋ）

【釋義】普：全面，普遍。天：天下，指全國或全世界。一作「溥天同慶」。

【出處】陳壽・三國志・魏志・郭淮傳：「今溥天同慶，而卿最留遲，何也？」

【用法】用以指全天下的人共同慶祝。

【例句】中華民國成立的那一天，**普天同慶**，萬民歡騰。

【義近】舉國歡騰。

【義反】怨聲載道。

智勇雙全（ㄓˋ ㄩㄥˇ ㄕㄨㄤ ㄑㄩㄢˊ）

【釋義】智勇：智謀與勇敢。

【出處】關漢卿・五侯宴：「某文通三略，武解六韜，智勇雙全。」

【用法】指人既有智謀，又很勇敢，二者兼備。

【例句】軍隊中有不少**智勇雙全**的將領，這是我們國防力量強大的一個重要指標。

【義近】大智大勇／文武兼備。

【義反】有勇無謀。

暗中摸索（ㄢˋ ㄓㄨㄥ ㄇㄛ ㄙㄨㄛˇ）

【釋義】暗裏探索。

【出處】劉餗・隋唐嘉話・中：「暗中摸索著亦可識之。」

【用法】常用以比喻無人指引，獨自探求。

【例句】他對易經特別有興趣，卻乏名師指點，一有餘暇便**暗中摸索**，現在終於有了獨到的見解。

【義近】暗中探索／暗暗琢磨／獨自探索。

【義反】同仁共商／互切互磋。

暗送秋波（ㄢˋ ㄙㄨㄥˋ ㄑㄧㄡ ㄅㄛ）

【釋義】秋波：秋天明淨的水波，比喻美女的眼睛。

【出處】白仁甫・東牆記一折：「可意人，一見了心下如何忍，送秋波眼角情。」

【用法】原指女子私下眉目傳情，後引申爲暗中進行勾搭或背地裏討好。

【例句】他爲人光明磊落，作風正派，不是那種**暗送秋波**的人，這樣懷疑他實在不該。

【義近】眉來眼去／眉目傳情／脈脈傳情。

【義反】光明磊落／胸懷坦蕩。

暗度陳倉（ㄢˋ ㄉㄨˋ ㄔㄣˊ ㄘㄤ）

【釋義】度：越過。陳倉：故城在今陝西省寶雞縣東。多與「明修棧道」連用。

【出處】語出史記・淮陰侯列傳：漢高祖用韓信計，偷度陳倉定三秦。元・無名氏・賺蒯通四折：「不合明修棧道，暗度陳倉。」

【用法】原指以正面誘敵而從側面突襲的戰略。今多用以比喻祕密的行動或男女私通。

【例句】我軍採取**暗度陳倉**的妙計，奇襲日軍後方，一舉攻下了日軍的據點。

【義近】調虎離山。

【義反】明火執仗／明目張膽。

暗無天日（ㄢˋ ㄨˊ ㄊㄧㄢ ㄖˋ）

【釋義】黑暗得見不到一點光明。天日：指光明。

【出處】蒲松齡・聊齋志異・老龍舡戶：「絕不少關痛癢，豈特粵東之暗無天日哉！」

【用法】多用以形容社會或某單位極其黑暗。

【例句】在滿清末年那**暗無天日**的社會裏，革命家高舉的革命火炬，使老百姓看到了光明與希望。

【義近】天昏地暗／不見天日／長夜難明。

【義反】陽光普照／開雲見日／重見天日／旭日東升。

暗箭傷人（ㄢˋ ㄐㄧㄢˋ ㄕㄤ ㄖㄣˊ）

【釋義】暗中放箭射傷人。又作「暗箭中人」。

【出處】劉炎・邇言卷六：「暗

箭中人，其深刺骨，人之怨之，亦必刺骨，以其掩人所不備也。」

【用法】比喻乘人不備，使用陰謀詭計去陷害人。

【例句】有本事就光明正大的來較量，這樣**暗箭傷人**，算什麼英雄好漢！

【義近】冷箭傷人／爲鬼爲蜮。

【義反】明火執仗。

暢所欲言 ㄔㄤˋ ㄙㄨㄛˇ ㄩˋ ㄧㄢˊ

【釋義】暢：盡情，痛快。欲：想要。

【出處】李漁・閒情偶寄・賓白四：「須知暢所欲言，亦非易事。」

【用法】用以形容能痛痛快快地把自己所想要說的話全部說出來。

【例句】開會討論問題，要讓每個人都能**暢所欲言**，這樣才能收到效益。

【義近】知無不言／言無不盡／盡抒己見。

【義反】吞吞吐吐／欲言又止／欲語還休。

暮氣沉沉 ㄇㄨˋ ㄑㄧˋ ㄔㄣˊ ㄔㄣˊ

【釋義】暮氣：本指日暮景象，此比喻人精神不振。沉沉：沉寂的樣子。

【出處】孫子・軍爭：「是故朝氣銳，晝氣惰，暮氣歸。」李白・白紵辭：「月寒江清夜沉沉。」

【用法】形容人精神衰頹，意志不振。

【例句】他這樣年輕卻又如此**暮氣沉沉**，眞令人費解。

【義近】死氣沉沉／萎靡不振／意志衰頽。

【義反】朝氣蓬勃／意氣風發／精神煥發。

暮鼓晨鐘 ㄇㄨˋ ㄍㄨˇ ㄔㄣˊ ㄓㄨㄥ

【釋義】佛寺中早晨敲鐘、晚上擊鼓以報時。又作「朝鐘暮鼓」。

【出處】李咸用・山中詩：「朝鐘暮鼓不到耳，明月孤雲長掛情。」劉君錫・來生債三折：「我愁的是更籌漏箭，我怕的是暮鼓晨鐘。」

【用法】比喻使人警悟的言語。

【例句】畢業前夕，梁老師所發表的臨別贈言，眞有如**暮鼓晨鐘**，發人深省。

【義近】醍醐灌頂／金玉良言／震聾發聵。

【義反】花言巧語／老生常談。

暴戾恣睢 ㄅㄠˋ ㄌㄧˋ ㄗˋ ㄙㄨㄟ

【釋義】暴戾：殘暴凶狠。恣睢：任性胡爲。

【出處】司馬遷・史記・伯夷列傳：「盜跖日殺不辜，肝人之肉，暴戾恣睢，聚黨數千人，橫行天下。」

【用法】形容人粗暴強橫，任意橫行，蠻不講理。

【例句】他在這一帶拉幫結派，**暴戾恣睢**，危害民眾，今日暴屍荒野，正是他應得的下場。

【義近】窮凶極惡／橫行無忌／恣意妄爲。

【義反】依禮而行／通情達理／仁民愛物。

暴虎馮河 ㄅㄠˋ ㄏㄨˇ ㄆㄧㄥˊ ㄏㄜˊ

【釋義】暴虎：空手搏虎。暴，空手格鬥。馮河：徒步渡河。馮，蹚水，也作「淜」。

【出處】詩經・小雅・小旻：「不敢暴虎，不敢馮河。」論語・述而：「暴虎馮河，死而無悔者，吾不與也。」

【用法】比喻人做事有勇無謀，冒險蠻幹。

【例句】像他這種**暴虎馮河**的人，被人暗算乃意料中事，有什麼可驚駭的？

【義近】有勇無謀。

【義反】智勇雙全。

暴殄天物 ㄅㄠˋ ㄊㄧㄢˇ ㄊㄧㄢ ㄨˋ

【釋義】暴殄：殘害滅絕。殄：

盡，滅絕。天物：天所生之萬物，自然界的物質。

【出處】尚書・武成：「今商王受無道，暴殄天物，虐害烝民。」

【用法】今多用以指不愛惜財物，任意糟蹋浪費。

【例句】富足的社會裏，常見人們**暴殄天物**的情景，令人心痛。

【義近】焚琴煮鶴／棄珍寶如糞土／恣意揮霍。

【義反】修舊利廢／節衣縮食／克勤克儉。

暴風驟雨 ㄅㄠˋ ㄈㄥ ㄗㄡˋ ㄩˇ

【釋義】來勢急猛的大風大雨。暴：突然而強烈。驟：急速。

【出處】吳承恩・西遊記六九回：「有雌雄二鳥，原在一處同飛，忽被暴風驟雨驚散。」

【用法】比喻來勢急速猛烈，聲勢浩大。

【例句】滿清末年，無數革命者奮起反抗，其勢有如**暴風驟雨**。

【義近】狂風暴雨／疾風驟雨／飆風暴雨。

【義反】和風細雨／雨絲風片／微風毛雨。

暴跳如雷 ㄅㄠˋ ㄊㄧㄠˋ ㄖㄨˊ ㄌㄟˊ

【釋義】跳著吼叫，像打雷一樣猛烈。暴：急躁。

【出處】吳敬梓・儒林外史五四回：「賣人參的人聽了，『啞叭夢見媽，說不出的苦』，急的暴跳如雷。」

【用法】形容又急又怒，大發脾氣的樣子。

【例句】孩子不聽話你就這樣**暴跳如雷**，能解決什麼問題？

【義近】大發雷霆。

【義反】心平氣和／平心靜氣。

暴露無遺 ㄅㄠˋ ㄌㄨˋ ㄨˊ ㄧˊ

【釋義】暴露：顯露。無遺：沒有遺留。

【出處】左傳・襄公三一年：「不敢輸幣，亦不敢暴露。」

【用法】指全部暴露出來，無所隱蔽。

【例句】鴉片戰爭失敗以後，清政府在政治上、軍事上的腐敗已**暴露無遺**。

【義近】靡無畢見／原形畢露。

【義反】隱跡潛蹤／秘而不宣。

曇花一現 ㄊㄢˊ ㄏㄨㄚ ㄧˊ ㄒㄧㄢˋ

【釋義】曇花：梵語「優曇鉢花」的簡稱，花很美，但開後很快就凋謝。

【出處】長阿含經四：「（佛）告諸比丘，汝等當觀，如來時時出世，如優曇鉢花時一現耳。」

【用法】比喻美好的事物或景象才出現不久就消失。也比喻不常見的事物。

【例句】世間美好的事物總如**曇花一現**，得失之間實在是沒有必要太計較。

【義近】過眼雲煙／電光石火／浮雲朝露。

【義反】與世長存／留芳千古／日久天長／千秋萬世。

曠夫怨女 ㄎㄨㄤˋ ㄈㄨ ㄩㄢˋ ㄋㄩˇ

【釋義】曠夫：成年而無妻的男子。怨女：已到婚齡而沒有合適配偶的女子。

【出處】孟子・梁惠王下：「內無怨女，外無曠夫。」

【用法】多指由於社會原因，男女到了成年而不能婚配。

【例句】社會結構在變，**曠夫怨女**日漸增多，不禁令人憂心忡忡。

【義近】孤男寡女／獨男隻女。

【義反】成雙成對／鴛鴦雙飛。

曠日持久 ㄎㄨㄤˋ ㄖˋ ㄔˊ ㄐㄧㄡˇ

【釋義】曠：耽誤，荒廢。持久：長久。

【出處】戰國策・趙策四：「今得強趙之兵，以杜燕將，曠日持久數歲。」

【用法】指荒廢時間，拖得很久。

【例句】問題已到了非解決不可的地步，如果再這樣**曠日持久**地拖下去，對誰都沒有好處。
【義近】曠日經年／日久天長／曠日彌久。
【義反】一時半刻／一朝一夕／一時三刻。

曠世逸才（ㄎㄨㄤˋ ㄕˋ ㄧˋ ㄘㄞˊ）

【釋義】曠世：曠絕一世。逸才：才智出眾的人。
【出處】後漢書・蔡邕傳：「伯喈曠世逸才，多識漢事，當續成後史，為一代大典。」
【用法】形容人的才能非凡，舉世無雙。
【例句】梁啟超在政治上、學術上都可稱得上**曠世逸才**。
【義近】曠世奇才／蓋世無雙／天下奇才。
【義反】泛泛之輩／平庸士子／淺陋儒生。

曰部

曲突徙薪（ㄑㄩ ㄊㄨˊ ㄒㄧˇ ㄒㄧㄣ）

【釋義】把烟囪改建成彎曲的，把灶旁的柴草搬走。突：烟囪。徙：遷移。薪：柴草。
【出處】漢書・霍光傳：「客有過主人者，見其灶直突，傍其積薪。客謂主人，更為曲突，遠徙其薪。」
【用法】比喻防患於未然，事前要做好準備。
【例句】最近天氣很乾燥，我們要**曲突徙薪**，做好防火的工作。
【義近】防患未然／未雨綢繆／防微杜漸。
【義反】臨陣磨槍／臨渴掘井／江心補漏。

曲高和寡（ㄑㄩ ㄍㄠ ㄏㄜˋ ㄍㄨㄚˇ）

【釋義】曲調高雅，能和者少。曲：樂曲，歌曲。和：唱和，隨著唱。
【出處】宋玉・對楚王問：「是其曲彌高，其和彌寡。」阮瑀・箏賦：「曲高和寡，妙伎難工。」
【用法】原比喻言行、作品高超，知音難得，今多比喻作品不通俗，一般人看不懂。
【例句】這篇作品寫得過分深奧隱晦，**曲高和寡**，恐怕能夠看懂的人不多。
【義近】陽春白雪／知音難求。
【義反】一唱百和／下里巴人／千金易得／苟隨流俗。

曲意逢迎（ㄑㄩ ㄧˋ ㄈㄥˊ ㄧㄥˊ）

【釋義】曲意：違背自己的本意去順從別人。逢迎：奉承迎合。
【出處】羅貫中・三國演義八回：「（董）卓偶染小疾，貂蟬衣不解帶，曲意逢迎，卓心愈喜。」
【用法】形容委曲己意，想方設法奉承討好別人。
【例句】你不要看他在我們面前神氣十足，其實他在上司面前就**曲意逢迎**，像隻哈叭狗了。
【義近】阿諛奉承／阿其所好／曲意取容／搖尾乞憐。
【義反】剛正不阿／正直不阿／剛正不撓。

曲盡其妙（ㄑㄩ ㄐㄧㄣˋ ㄑㄧˊ ㄇㄧㄠˋ）

【釋義】曲：委婉細緻。盡：充分表達。妙：微妙之處。
【出處】陸機・文賦：「故作〈文賦〉以述先士之盛藻，因作論文之利害所由，他日殆可謂曲盡其妙。」
【用法】形容表達能力很強，能把其中的微妙之處委婉細緻地充分表達出來。
【例句】他的文字功力很深厚，

篇篇作品都達到**曲盡其妙**的境界，是不可多得的人才。

【義近】曲盡其意／言盡意達。

【義反】詞不達意／不知所云。

更上一層樓（ㄍㄥˋ ㄕㄤˋ ㄧ ㄘㄥˊ ㄌㄡˊ）

【釋義】想看得更遠，就要站得更高。更：再，又。

【出處】王之渙・登鸛雀樓詩：「欲窮千里目，更上一層樓。」

【用法】比喻努力再提高、再前進一步。常用作鼓勵人上進之辭。

【例句】你最近所取得的成績確實值得驕傲，但大家都希望你更加努力，以**更上一層樓**。

【義近】百尺竿頭更進一步／日新月異。

【義反】逆水行舟不進則退／每下愈況。

更深人靜（ㄍㄥ ㄕㄣ ㄖㄣˊ ㄐㄧㄥˋ）

【釋義】更：古時計時單位，一夜分成五更，每更約兩小時。靜：沒有聲響。

【出處】蔡絛・西清詩話引楊鸞詩：「白日蒼蠅滿飯盤，夜間蚊子又成團，每到更深人靜後……。」

【用法】指深夜沒有人聲，非常寂靜。

【例句】她學習非常認眞，有時看書看到**更深人靜**還不休息。

【義近】更深夜闌／夜深人靜／更深夜靜。

【義反】市聲鼎沸／沸反盈天。

書生之見（ㄕㄨ ㄕㄥ ㄓ ㄐㄧㄢˋ）

【釋義】書生：讀書人，多指儒生。

【出處】陳壽・三國志・吳志・孫權傳注引吳書：「雖有餘閑博覽書傳，籍採奇異，不效書生尋章摘句而已。」

【用法】多用以指不切實際、不達世務的迂腐之見。

【例句】你所談的這些純屬**書生之見**，根本解決不了實際問題。

【義近】空泛之見／迂腐之見。

【義反】見解深邃／金科玉律／遠見卓識。

書香門第（ㄕㄨ ㄒㄧㄤ ㄇㄣˊ ㄉㄧˋ）

【釋義】書香：此指讀書的家風或上輩有讀書人。門第：泛指家庭。

【出處】文康・兒女英雄傳四十回：「如今眼看書香門第是接下去了，衣飯生涯是靠得住了。」

【用法】用以指稱世代都是讀書人的家庭。

【例句】怪不得她琴棋書畫都擅長，而且會寫古詩詞，原來是**書香門第**的千金！

【義近】世代書香／文人之家。

【義反】世代務農／班門子弟。

書空咄咄（ㄕㄨ ㄎㄨㄥ ㄉㄨㄛˋ ㄉㄨㄛˋ）

【釋義】向空中畫字，以喻失意之狀。或謂被廢黜後驚怪之言動。書空：以手向空中作畫勢。咄咄：驚怪之聲。

【出處】晉書・殷浩傳：「浩雖被黜放，口無怨言，夷神委命，放詠不輟，雖家人不見其有流放之慼，但終日書空，作咄咄怪事四字而已。」

【用法】用以形容人之失意不得志。

【例句】能從挫折中培養勇氣，終有成功之日。若一遭受失敗即心灰意冷，**書空咄咄**，乃可憐亦復可憫之人。

【義近】徒呼負負／悵然失圖／長吁短歎／仰首興歎／悵然若失。

【義反】春風得意／意氣揚揚／揚揚自得／躊躇滿志／志得意滿。

曾幾何時（ㄘㄥˊ ㄐㄧˇ ㄏㄜˊ ㄕˊ）

【釋義】曾：副詞，才。幾何：多少。

【出處】趙德莊・新荷葉詞：「回首分攜，光風冉冉菲菲。

曾幾何時，故山疑夢還非。」

【用法】用以指時間過去沒有多久。

【例句】他原本是位百萬富翁，**曾幾何時**，竟被他那不肖之子輸得精光，現在是靠救濟度日了！

【義近】時隔數日。

【義反】爲時甚久。

曾經滄海難爲水 ㄘㄥˊ ㄐㄧㄥ ㄘㄤ ㄏㄞˇ ㄋㄢˊ ㄨㄟˊ ㄕㄨㄟˇ

【釋義】意謂曾經經歷過大海，現在所看到的江河湖泊的水也就不放在眼裏了。滄海：大海。

【出處】元稹．離思詩：「曾經滄海難爲水，除却巫山不是雲。」

【用法】用以說明經過大世面，見過高級的人和事，對一般的場面、人、事也就無所謂了。

【例句】**曾經滄海難爲水**，除了你，我是不會愛別人的。

【義近】除却巫山不是雲。

月部

月下花前 ㄩㄝˋ ㄒㄧㄚˋ ㄏㄨㄚ ㄑㄧㄢˊ

【釋義】明月之下，鮮花之前。原指遊息的優美環境。

【出處】白居易．老病詩：「晝聽笙歌夜醉眠，若非月下即花前。」喬夢符．兩世姻緣二折：「怎教我月下花前不動情？」

【用法】今多用以指男女談情說愛的場所。

【例句】**月下花前**，良辰美景，莫辜負此一時刻，向她表明你的情意吧！

【義近】月滿花香／春暖花開。

【義反】烏天黑地／月暗花謝／冰天雪地。

月白風清 ㄩㄝˋ ㄅㄞˊ ㄈㄥ ㄑㄧㄥ

【釋義】月亮明亮，微風涼爽宜人。白：明亮。清：清爽，涼爽。

【出處】蘇軾．後赤壁賦：「月白風清，如此良夜何！」

【用法】形容美好恬靜的夜晚。

【例句】今夜**月白風清**，正適合夜遊陽明山國家公園。

【義近】風清月皎／月圓花好／月明如水／月明千里。

【義反】月黑風高／月落烏啼。

月明星稀 ㄩㄝˋ ㄇㄧㄥˊ ㄒㄧㄥ ㄒㄧ

【釋義】月光特別明亮，星星顯得稀疏。

【出處】曹操．短歌行：「月明星稀，烏鵲南飛。繞樹三匝，何枝可依？」

【用法】多用以形容夜色幽靜，天高氣朗的景象。

【例句】在一個**月明星稀**的夜裏，他終於開口向他所愛的女友求婚了。

【義近】月白風清／皓月當空。

【義反】月黑風高／星月無光。

月落星沉 ㄩㄝˋ ㄌㄨㄛˋ ㄒㄧㄥ ㄔㄣˊ

【釋義】月亮落山，星光暗淡。沉：潛伏，引申爲隱沒。

【出處】韋莊．酒泉子詞：「月落星沉，樓上美人春睡，綠雲傾，金枕膩，盡屏深。」

【用法】用以形容天將亮時的景象。

【例句】昨夜和知心好友聊天，一直聊到**月落星沉**才睡覺，今天早上怎麼起得來呢？

【義近】曙光初露／東方欲白／破曉時分。

【義反】日落西山／夕陽西下／月出東山。

有才無命 ㄧㄡˇ ㄘㄞˊ ㄨˊ ㄇㄧㄥˋ

【釋義】意謂雖有才幹但運氣不佳。

【出處】杜甫．寄狄明府博濟詩：「比看伯叔四十人，有才無命百寮底。」

【用法】用以形容不得志，多含

有憤懣不平之意。

【例句】他才德兼備，卻一直未獲重用，究其原因，或許只能用**有才無命**來解釋了。

【義近】才優運蹇／有志無時／生不逢時／文齊福不齊／懷才不遇。

【義反】才優運佳／有命無才。

有口皆碑 ㄧㄡˇ ㄎㄡˇ ㄐㄧㄝ ㄅㄟ

【釋義】人人滿口稱頌，像記載功德的石碑。

【出處】普濟・五燈會元卷一七：「勸君不要鐫頑石，路上行人口似碑。」劉鶚・老殘遊記三回：「宮保的政聲，有口皆碑。」

【用法】形容爲人們普遍稱頌。

【例句】《三國演義》是我國著名的古典小說，流傳很廣，**有口皆碑**。

【義近】交相稱譽／口碑載道／膾炙人口／家喻戶曉。

【義反】怨聲載道／遺臭萬年／千夫所指／罄竹難書。

有口難分 ㄧㄡˇ ㄎㄡˇ ㄋㄢˊ ㄈㄣ

【釋義】意謂有口說不清楚，難以分辯明白。

【出處】蕭德祥・殺狗勸夫一折：「直著我有口難分，進退無門。」

【用法】形容蒙受冤屈，無法分辯。

【例句】我不過是想幫那位老先生提提行李，不料他卻大喊搶劫，眞讓我**有口難分**。

【義近】有口難辯／有口難言／跳進黃河也洗不清。

【義反】一言即明／沉冤得雪。

有天無日 ㄧㄡˇ ㄊㄧㄢ ㄨˊ ㄖˋ

【釋義】上有青天卻沒有太陽。一作「有天沒日。」

【出處】元・康進之・李逵負荊二折：「元來個梁山泊有天無日，就恨不斫倒這一面黃旗。」

【用法】比喻黑暗無公理或放肆而無所顧忌。

【例句】①你太**有天無日**了，怎能不分場合不論老少的亂說話！②這場官司我整整打了三年，只因沒有錢，結果還是輸了，眞是**有天無日**啊！

【義近】暗無天日／無法無天。

【義反】重見天日／開雲見日。

有加無已 ㄧㄡˇ ㄐㄧㄚ ㄨˊ ㄧˇ

【釋義】意謂只有增加，沒有停止。已：停止。

【出處】陳亮・復杜伯高書：「時以書相勞問，意有加而無已。」錢謙益・答張靜涵：「仰知同體大悲，有加無已。」

【用法】形容不停地增加或事態發展越來越厲害。

【例句】老太太的病情惡化**有加無已**，看來將不久於人世，你且做準備吧。

【義近】日甚一日／與日俱增／有增無減。

【義反】日輕一日／有減無增。

有目共睹 ㄧㄡˇ ㄇㄨˋ ㄍㄨㄥˋ ㄉㄨˇ

【釋義】有眼睛的都看得見。睹：看見。

【出處】錢謙益・與王貽上之一：「世間文字茫然如前塵積劫，門下散花落彩如青雲在天，有目共睹。」

【用法】形容十分明顯，爲眾人所共知。

【例句】台灣四十年來在各方面都有長足的進步，這是**有目共睹**的事實。

【義近】有目共見／居然可知／顯而易見／一目了然。

【義反】視而不見／習焉不察／不見青天／蒙昧無知。

有死無二 ㄧㄡˇ ㄙˇ ㄨˊ ㄦˋ

【釋義】除了一死，別無二心。

【出處】白居易・淮南節度使檢校尚書右僕射趙郡李公家廟碑銘序：「誠貫神明，有死無二。」

【用法】用以形容意志堅定，雖死不變。

【例句】革命烈士秋瑾在嚴刑拷打之下，依然無所畏懼，充分表現了她**有死無二**的革命精神。

【義近】之死靡它／至死不渝／誓之以死／至死不貳／九死不悔／萬死莫辭。

【義反】貪生怕死／苟且偷生／捨義求生。

有名無實 ㄧㄡˇ ㄇㄧㄥˊ ㄨˊ ㄕˊ

【釋義】空有名義或名聲，而無實際。

【出處】左丘明．國語．晉語八：「宣子曰：『吾有卿之名，而無其實。』」六韜．文韜．上賢：「有名無實，出入異言。」

【用法】形容虛有其名而無內容的事物，或形容虛有名聲而無實際、虛有名位而無實權的人。

【例句】東漢獻帝雖名爲天子，實際上**有名無實**，朝政完全由曹操主掌。

【義近】名存實亡／名不副實／緣名失實／龜毛兔角。

【義反】名不虛傳／名副其實／名實相副／表裏一致。

有求必應 ㄧㄡˇ ㄑㄧㄡˊ ㄅㄧˋ ㄧㄥˋ

【釋義】只要有人請求幫助，就一定答應。應：許諾。

【出處】文康．兒女英雄傳二一回：「姑娘平日待他們恩厚，況又銀錢揮霍，誰家短個三吊兩吊的，有求必應。」

【用法】形容爲人熱情，樂意助人。

【例句】李先生不僅有錢，而且心腸極好，只要別人有困難找到他，他總是**有求必應**。

【義近】樂善好施／有乞必施／有難必救。

【義反】拒之門外／見死不救／閉門不納。

有志不在年高 ㄧㄡˇ ㄓˋ ㄅㄨˋ ㄗㄞˋ ㄋㄧㄢˊ ㄍㄠ

【釋義】志：志向，理想。不在：不在於。年高：年紀大。

【出處】李寶嘉．官場現形記三八回：「姑奶奶說那裏話來？常言說得好：有志不在年高。我那一樁趕得上姑奶奶？」

【用法】用以說明貴在有遠大志向，不在於年齡大小。

【例句】俗話說：「**有志不在年高**。」你不要嘲笑那年輕人所談的理想抱負，看他如此勤奮不懈，怎見得他不會成功呢？

【義近】少年有成。

【義反】無志空活百歲／白頭無成。

有志者事竟成 ㄧㄡˇ ㄓˋ ㄓㄜˇ ㄕˋ ㄐㄧㄥˋ ㄔㄥˊ

【釋義】只要有堅強意志，事情終究可以成功。竟：終，終究。一作「有志竟成」。

【出處】後漢書．耿弇傳：「將軍前在南陽，建此大策，常以爲落落難合，有志者事竟成也。」

【用法】用以勉勵人立志上進，於事要有決心和毅力。

【例句】編一部辭典確非易事，但**有志者事竟成**，只要堅持下去，一定可以完成。

【義近】天下無難事，只怕有心人／磨杵成針／愚公移山。

【義反】三天打魚，兩天曬網／半途而廢／功虧一簣。

有板有眼 ㄧㄡˇ ㄅㄢˇ ㄧㄡˇ ㄧㄢˇ

【釋義】板、眼：奏樂或唱曲時，每一小節中強拍以鼓板敲擊，稱板；次強拍和弱拍用簽敲鼓按拍，稱眼。

【出處】王驥德．曲律二：「蓋凡曲，句有長短，字有多寡，調有緊慢，一視板以爲節制，故謂之板眼。」

【用法】比喻說話行事有節奏，有條有理，有根有據。

【例句】他雖學歷不高，但說話行事**有板有眼**的，讓人刮目相看。
【義近】一板一眼／有條有理。
【義反】東拉西扯／雜亂無章／漫無條理／無根無據。

有始有終 ㄧㄡˇ ㄕˇ ㄧㄡˇ ㄓㄨㄥ

【釋義】有開頭，有結尾。
【出處】論語・子張：「有始有卒者，其惟聖人乎！」晉書・后妃上：「有始有終，天地之經。」
【用法】比喻做事、學習等能持之以恆，貫徹始終。
【例句】不管做什麼事都應該**有始有終**，即使遇到困難也要堅持下去，才不會半途而廢，一事無成。
【義近】有頭有尾／善始善終／持之以恆。
【義反】有頭無尾／有始無終／虎頭蛇尾。

有始無終 ㄧㄡˇ ㄕˇ ㄨˊ ㄓㄨㄥ

【釋義】有開頭，沒有結尾。
【出處】漢書・五行志中：「京房易傳曰：『有始無終，厥妖雄雞自斷其尾。』」
【用法】比喻做事、學習等有頭無尾，不能堅持到底。
【例句】爲人要有恆心，無論做什麼都要堅持到底，決不能**有始無終**，半途而廢。
【義近】有頭無尾／半途而廢／有初鮮終／虎頭蛇尾。
【義反】有頭有尾／貫徹始終／慎終如始。

有其父必有其子 ㄧㄡˇ ㄑㄧˊ ㄈㄨˋ ㄅㄧˋ ㄧㄡˇ ㄑㄧˊ ㄗˇ

【釋義】有什麼樣的父親，就一定會有什麼樣的兒子。
【出處】白仁甫・東牆記三折：「想你父親，也不曾弱了。常言道：『有其父必有其子。』孩兒，你著志者！」
【用法】常用以說明家庭環境、教育、傳統對後人的深刻影響。
【例句】他父親是著名的小提琴家，他還不滿十歲就在小提琴比賽中贏得冠軍，真是**有其父必有其子**。
【義近】虎父無犬子／將門虎子／龍有龍子，鳳有鳳孫。
【義反】不肖之子。

有的放矢 ㄧㄡˇ ㄉㄧˋ ㄈㄤˋ ㄕˇ

【釋義】放箭要對準靶子。的：箭靶中心。矢：箭。
【出處】詩經・小雅・賓之初筵：「發彼有的，以祈爾爵。」荀子・勸學：「是故質的張而弓矢至焉。」
【用法】比喻說話或做事等要有針對性。
【例句】向別人提出建言前，應該先把情況分析清楚，做到**有的放矢**，這樣人家才會心悅誠服。
【義近】箭不虛發／對症下藥／搔到癢處／一針見血／一語中的。
【義反】無的放矢／對牛彈琴／隔靴搔癢。

有恃無恐 ㄧㄡˇ ㄕˋ ㄨˊ ㄎㄨㄥˇ

【釋義】恃：依靠，倚仗。恐：害怕，顧慮。
【出處】左傳・僖公二六年：「齊侯曰：『室如懸罄，野無青草，何恃而不恐？』對曰：『恃先王之命。』」
【用法】形容有所倚仗而毫不害怕，或毫無顧忌。
【例句】因爲他父親是地方首富，所以那個紈袴子弟**有恃無恐**，整天游手好閒，惹事生非。
【義近】狗仗人勢／狐假虎威。
【義反】不假權貴／不攀勢要／自立自強。

有則改之，無則加勉 ㄧㄡˇ ㄗㄜˊ ㄍㄞˇ ㄓ ㄨˊ ㄗㄜˊ ㄐㄧㄚ ㄇㄧㄢˇ

【釋義】有錯就改正，沒有錯就加以自勉。則：就。之：它，指缺點錯誤。加：加以。勉：勉勵。

【出處】朱熹・注論語・學而「三省吾身」：「曾子以此三者日省其身，有則改之，無則加勉，其自治誠切如此，可謂得爲學之本矣。」

【用法】用以勉勵人正確對待別人的批評和建議。

【例句】他批評你是爲你好，你應本著**有則改之，無者加勉**的態度反省自己，何必要生這樣大的氣呢？

【義近】改過從善／知過必改／從善如流／有錯必糾。

【義反】文過飾非。

有勇無謀 ㄧㄡˇ ㄩㄥˇ ㄨˊ ㄇㄡˊ

【釋義】只有勇氣，沒有計謀。

【出處】陳壽・三國志・魏志・董二傳裴松之注引獻帝・起居注：「斯須之間，頭懸竿端，此有勇而無謀也。」

【用法】用以譏責人在做事或作戰中，只知猛衝猛闖，不講策略，缺乏智謀。

【例句】他是個**有勇無謀**的人，常常成事不足，敗事有餘。

【義近】匹夫之勇／血氣之勇／暴虎馮河／蠻闖莽夫。

【義反】智勇雙全／有膽有識／足智多謀。

有氣無力 ㄧㄡˇ ㄑㄧˋ ㄨˊ ㄌㄧˋ

【釋義】意即沒有氣力。

【出處】淩濛初・拍案驚奇卷一二：「只得閃了身子，過來一句話也未說得，有氣無力的，仍舊走回下處悶坐。」

【用法】形容萎頓虛弱，沒有精神。

【例句】他最近身體很不好，連說話也是**有氣無力**，一副弱不禁風的樣子。

【義近】萎靡不振／無精打采／尸居餘氣。

【義反】精神抖擻／精神煥發／虎虎生氣／生龍活虎。

有條不紊 ㄧㄡˇ ㄊㄧㄠˊ ㄅㄨˋ ㄨㄣˇ

【釋義】有條理而不紊亂。紊：亂。

【出處】尚書・盤庚上：「若網在綱，有條而不紊。」

【用法】形容有條有理，一點也不亂。

【例句】無論怎樣頭緒紛繁的事，他都能**有條不紊**，從容不迫地予以處理。

【義近】井井有條／井然有序／有條有理。

【義反】雜亂無章／亂七八糟／漫無條理。

有條有理 ㄧㄡˇ ㄊㄧㄠˊ ㄧㄡˇ ㄌㄧˇ

【釋義】意即很有條理。

【出處】朱彝尊・宋本輿地廣記跋：「故其沿革，有條有理，勝於樂史太平寰宇記實多。」

【用法】形容層次、脈絡清楚。

【例句】文如其人，他寫文章就如同平日處理事情一樣，總顯得**有條有理**。

【義近】頭頭是道／有條不紊／井井有條／脈絡清晰。

【義反】語無倫次／顛三倒四／顛來倒去／漫無條理。

有教無類 ㄧㄡˇ ㄐㄧㄠˋ ㄨˊ ㄌㄟˋ

【釋義】施教不分對象。無類：不分類別。

【出處】論語・衛靈公：「子曰：『有教無類。』」

【用法】不分階級之貴賤高低，不論親疏，都給予教育。

【例句】**有教無類**，使國民都能受到義務教育，是我國的教育基本政策。

【義近】一視同仁／等量齊觀。

【義反】因材施教／因人而異。

有情人終成眷屬 ㄧㄡˇ ㄑㄧㄥˊ ㄖㄣˊ ㄓㄨㄥ ㄔㄥˊ ㄐㄩㄢˋ ㄕㄨˇ

【釋義】有情人：相愛的人。眷屬：此指夫妻。

【出處】王實甫・西廂記五本四

折：「永老無別離，萬古常完聚，願普天下有情的都成了眷屬。」

【用法】多用於祝願相戀的男女結爲夫妻。

【例句】他倆經過十年的愛情長跑後，**有情人終成眷屬**，在今天步上紅毯，踏進了結婚禮堂。

【義近】月下老人一線牽／永結連理／鸞鳳和鳴／永結同心／愛河永浴。

【義反】棒打鴛鴦／水盡鵝飛。

有眼不識泰山（ㄧㄡˇ ㄧㄢˇ ㄅㄨˋ ㄕˋ ㄊㄞˋ ㄕㄢ）

【釋義】有眼睛却不認識泰山。泰山：我國名山，在山東。

【出處】施耐庵・水滸傳二回：「師父如此高強，必是個教頭，小兒有眼不識泰山。」

【用法】比喻見聞淺陋，認不出地位高或本領大的人。多用作冒犯或得罪人後，向對方賠禮道歉的客氣話。

【例句】請恕我**有眼不識泰山**，不知您就是院長，剛才有冒犯之處，請多包涵。

【義近】有眼無珠／有眼如盲／盲眼無珠。

【義反】明察秋毫／一目了然／慧眼識英雄。

有眼無珠（ㄧㄡˇ ㄧㄢˇ ㄨˊ ㄓㄨ）

【釋義】有眼却沒有長眼珠子。

【出處】元・無名氏・舉案齊眉一折：「怎比你有眼却無珠。」吳承恩・西遊記四二回：「菩薩，我弟子有眼無珠，不識你廣大法力。」

【用法】形容見識淺薄，沒有辨別能力。多用於責罵自己或別人瞎了眼，看不清某人某事物的偉大重要。

【例句】你眞是**有眼無珠**，竟敢在專家面前賣弄，這下可鬧出笑話了！

【義近】有眼不識泰山／睜眼瞎子／鼠目寸光。

【義反】眼明心亮。

有朝一日（ㄧㄡˇ ㄓㄠ ㄧˊ ㄖˋ）

【釋義】將來有一天。朝：日，天。

【出處】關漢卿・救風塵一折：「事要前思免後悔。我也勸你不得，有朝一日，準備著搭救你塊望夫石。」

【用法】用以說明如果以後有那麼一天，等機會或條件成熟時，將怎麼去做。

【例句】**有朝一日**我發了財，一定要蓋一座有花園的別墅，安度晚年。

有備無患（ㄧㄡˇ ㄅㄟˋ ㄨˊ ㄏㄨㄢˋ）

【釋義】有了準備就可以避免禍患。患：禍患，災難。

【出處】尚書・說命中：「惟事事，乃其有備，有備無患。」

【用法】用以勉勵人或自己於事前要有準備，以免不測。

【例句】我們必須提高警覺，鞏固國防，才能**有備無患**，無懼於強敵的壓境。

【義近】未雨綢繆／防患未然／曲突徙薪。

【義反】臨陣磨槍／臨渴掘井。

有意栽花花不發，無心插柳柳成陰（ㄧㄡˇ ㄧˋ ㄗㄞ ㄏㄨㄚ ㄏㄨㄚ ㄅㄨˋ ㄈㄚ，ㄨˊ ㄒㄧㄣ ㄔㄚ ㄌㄧㄡˇ ㄌㄧㄡˇ ㄔㄥˊ ㄧㄣ）

【釋義】陰：一作「蔭」。

【出處】羅貫中・平妖傳一九回：「有意種花花不發，無心插柳柳成陰。」

【用法】用以說明有心做某事，其事不成，而無意之中做某事，其事反有成果。

【例句】林小姐幾次相親都沒成功，這次偶遇張先生，却一見鍾情，眞是**有意栽花花不發，無心插柳柳成陰**。

【義反】有志者事竟成。

有福同享，有難同當（ㄧㄡˇ ㄈㄨˊ ㄊㄨㄥˊ ㄒㄧㄤˇ，ㄧㄡˇ ㄋㄢˋ ㄊㄨㄥˊ ㄉㄤ）

【釋義】難：一作「禍」。當：擔當，承當。有幸福共同享受，有患難共同擔當。

【出處】清・李寶嘉・官場現形記五回：「從前老爺有過話，是『有福同享，有難同當。』」

【用法】比喻同甘共苦。

【例句】我們是好朋友，我自然**有福同享，有難同當**，在這緊要關頭，我決不會棄你而去。

【義近】患難與共／同生死共患難／同甘共苦。

【義反】人情冷暖，世態炎涼／酒肉朋友。

有隙可乘 ㄧㄡˇ ㄒㄧˋ ㄎㄜˇ ㄔㄥˊ

【釋義】隙：裂縫，引申爲機會。乘：利用。一作「有機可乘」。

【出處】羅貫中・三國演義一一〇回：「今魏有隙可乘，不就此時伐之，更待何時？」

【用法】形容有縫隙可鑽，有機會可以利用。

【例句】小明見監考老師走到教室外，以爲**有隙可乘**，便拿出小抄準備作弊，不料老師正好回頭，被逮個正著。

【義近】乘虛而入／乘瑕抵隙。

【義反】無懈可擊／無機可待／無隙可乘。

有憑有據 ㄧㄡˇ ㄆㄧㄥˊ ㄧㄡˇ ㄐㄩˋ

【釋義】意即有憑據。憑據：依據，證據。

【出處】文康・兒女英雄傳一八回：「及至聽他說的有本有源，有憑有據，不容不信。」

【用法】指有憑藉的根據，並非胡言亂語、捏造編造。

【例句】我說他品德不好是**有憑有據**的，決不是無稽之談。

【義近】有根有據／有本有源／眞憑實據／有案可稽。

【義反】無本無源／子虛烏有／荒誕無稽／信口雌黃／向壁虛構。

有頭有尾 ㄧㄡˇ ㄊㄡˊ ㄧㄡˇ ㄨㄟˇ

【釋義】有開頭，有結尾。有頭：指開頭做得很好。有尾：指能貫徹到底。

【出處】施耐庵・水滸傳二二回：「他便是眞大丈夫，有頭有尾，有始有終，我如今只等病好時，便去投奔他。」

【用法】形容人做事有始有終，能堅持到底。

【例句】這位年輕人很有毅力，做事**有頭有尾**，認眞負責。

【義近】有始有終／善始善終。

【義反】有始無終／無頭無尾／殘缺不全。

有頭無尾 ㄧㄡˇ ㄊㄡˊ ㄨˊ ㄨㄟˇ

【釋義】只有開頭，沒有結尾。

【出處】朱子語類四二・論語二四：「若是有頭無尾底人，便是忠也不久。」

【用法】形容人做事有始無終，不能堅持到底。

【例句】①你做事老是這樣**有頭無尾**，決不會有成功的一天。②你講的這個故事**有頭無尾**，讓人聽得滿頭霧水。

【義近】有始無終／虎頭蛇尾。

【義反】有始有終／有頭有尾。

有錢使得鬼推磨 ㄧㄡˇ ㄑㄧㄢˊ ㄕˇ ㄉㄜˊ ㄍㄨㄟˇ ㄊㄨㄟ ㄇㄛˋ

【釋義】意謂有金錢可以收買魔鬼來爲他做事。一作「有錢能使鬼推磨」。

【出處】古今小說・臨安里錢婆留發跡：「正是官無三日緊，又道是有錢使得鬼推磨。」

【用法】用以形容金錢萬能，有了錢便無不可爲之事。

【例句】**有錢使得鬼推磨**，只要你肯出高價錢，難道還有買不到的東西嗎？

【義近】錢可通神／重賞之下，必有勇夫。

【義反】富貴不能淫。

有聲有色 ㄧㄡˇ ㄕㄥ ㄧㄡˇ ㄙㄜˋ

【釋義】聲、色：人的聲音、顏色。

【出處】洪亮吉・北江詩話：「寫月有聲有色如此，後人復何從著筆耶？」（指李白、杜甫之詠月詩）

【用法】形容說話、爲文或表演精采生動，形象鮮明，引人入勝。

【例句】他平時連話都不多說，可是在昨天的同樂會上，他表演的節目卻**有聲有色**，令人嘆爲觀止。

【義近】精采動人／聲色俱佳／繪聲繪色。

【義反】乏善可陳／平平無奇。

朋比爲奸 ㄆㄥˊ ㄅㄧˋ ㄨㄟˊ ㄐㄧㄢ

【釋義】朋比：互相勾結。爲：做。奸：邪惡。

【出處】唐書・選舉制：「向聞楊虞卿兄弟，朋比貴勢。」羅貫中・三國演義一回：「張讓……十人，朋比爲奸。」

【用法】指壞人勾結在一起爲非作歹。

【例句】這幾個傢伙**朋比爲奸**，貪污行賄，自以爲萬無一失，沒想到還是敗露行跡了。

【義近】狼狽爲奸／朋黨比周。

【義反】同心向善／協力除奸。

朋黨比周 ㄆㄥˊ ㄉㄤˇ ㄅㄧˋ ㄓㄡ

【釋義】朋黨：爲私利目的而勾結同類。比周：結夥營私。

【出處】荀子・臣道：「朋黨比周，以環主圖私爲務，是篡臣者也。」

【用法】用以指結黨營私，排斥異己。

【例句】社會上有些人爲了一己私利，不惜**朋黨比周**，攪得大家不得安寧。

【義近】結黨營私／朋比爲奸。

【義反】兼善天下。

望子成龍 ㄨㄤˋ ㄗˇ ㄔㄥˊ ㄌㄨㄥˊ

【釋義】龍：傳說中的神異動物，喻不平凡的人。一作「望子成名」。

【出處】文康・兒女英雄傳三六回：「無如望子成名，比自己功名念切，還加幾倍。」

【用法】用以表示盼望子孫出人頭地，成爲有名氣的人物。

【例句】他在**望子成龍**的心態驅策下，節衣縮食，發誓要把孩子培養成博士。

【義近】望子成材／望女成鳳。

望文生義 ㄨㄤˋ ㄨㄣˊ ㄕㄥ ㄧˋ

【釋義】看了字面就去生發意義。文：文字，詞句。

【出處】張子洞・輶軒語・語學：「空談臆說，望文生義，即或有理，亦所謂郢書燕說耳。」

【用法】指不了解詞句的確切涵義，僅按照字面做出牽強附會的解釋。

【例句】讀書，尤其是讀古書，最忌諱的是**望文生義**，做出錯誤的理解或解釋。

【義近】郢書燕說／緣文生義／穿鑿附會／牽強附會。

【義反】探本索源／推敲琢磨／反覆斟酌。

望而生畏 ㄨㄤˋ ㄦˊ ㄕㄥ ㄨㄟˋ

【釋義】生畏：害怕。

【出處】吳沃堯・痛史序：「卷帙浩繁，望而生畏。」

【用法】表示看到了就使人害怕畏怯。

【例句】從事學術研究工作，起初不免令人**望而生畏**，但等到鑽研進去後，卻又自有其樂趣。

【義近】望而畏之／望而卻步。

【義反】無所畏懼／臨危不懼。

望而卻步 ㄨㄤˋ ㄦˊ ㄑㄩㄝˋ ㄅㄨˋ

【釋義】見了就不敢向前。卻步

：向後退。

【出處】韓愈・復志賦：「諒卻步以圖前兮，不浸近而愈遠。」李漁・李笠翁曲話：「作者茫然無緒，觀者寂然無聲，無怪乎有識梨園望之而卻步也。」

【用法】形容遇到危險或困難便往後退。

【例句】如果你遇到這麼一點困難就**望而卻步**，那往後要怎麼辦？

【義近】望而生畏／畏縮不前／舉步不前。

【義反】勇往直前／勇猛向前／奮勇向前。

望洋興嘆 ㄨㄤˋ ㄧㄤˊ ㄒㄧㄥ ㄊㄢˋ

【釋義】望洋：一作望羊、望陽，連綿字，仰望的樣子。興：發生。嘆：感歎。

【出處】莊子・秋水載：河伯「至於北海，東面而視，不見水端。於是焉河伯始旋其面目，望洋向若而嘆曰……。」

【用法】比喻因大開眼界而驚奇，或為舉辦某事而力量不足，感到無可奈何。

【例句】面對現代科技迅速發展的趨勢，我們不該**望洋興嘆**，而應奮發圖強，努力趕上。

【義近】仰天長嘆／無可奈何／徒呼負負。

【義反】信心百倍／滿懷信心／摩拳擦掌。

望穿秋水 ㄨㄤˋ ㄔㄨㄢ ㄑㄧㄡ ㄕㄨㄟˇ

【釋義】秋水：秋天的水特別清澈明亮，古人常用來比喻人的眼睛。

【出處】元・王實甫・西廂記三本二折：「你若不去呵，望穿他盈盈秋水，蹙損他淡淡春山。」

【用法】形容盼望非常殷切。

【例句】她日思夜想，**望穿秋水**，可是仍不見丈夫回來。

【義近】望眼欲穿／延頸企踵／倚門而望。

【義反】不聞不問／兩相俱忘。

望風而逃 ㄨㄤˋ ㄈㄥ ㄦˊ ㄊㄠˊ

【釋義】看到對方的一點影子就逃跑了。風：風聲，影踪。

【出處】羅貫中・三國演義六四回：「曹操以百萬之眾，聞吾之名，望風而逃。」

【用法】比喻膽怯，不攻自潰。

【例句】抗戰後期，我軍發起猛烈的反攻，敵人**望風而逃**，潰不成軍。

【義近】聞風而逃／聞風喪膽／望風披靡。

【義反】挺身而上／勇往向前。

望風披靡 ㄨㄤˋ ㄈㄥ ㄆㄧ ㄇㄧˇ

【釋義】望風：遠望其風聲氣勢。披靡：草木隨風倒伏，比喻潰敗。

【出處】漢書・杜周傳：「天下莫不望風而靡，自尚書近臣皆結舌吐口，骨肉親屬，莫不股栗。」

【用法】比喻軍隊毫無鬥志，見到對方氣勢勇猛，還未交鋒就潰散了。

【例句】在這場鬥爭中，我軍連連取勝，敵軍**望風披靡**，抱頭鼠竄。

【義近】望風而潰／望風而逃。

【義反】所向披靡／所向無敵／無堅不摧。

望眼欲穿 ㄨㄤˋ ㄧㄢˇ ㄩˋ ㄔㄨㄢ

【釋義】眼睛都要望穿了。穿：通透。

【出處】白居易・江樓夜吟元九律詩：「白頭吟處變，青眼望中穿。」

【用法】形容盼望殷切。

【例句】她每天都**望眼欲穿**地盼著兒子歸來，真是可憐天下父母心。

【義近】引頸東望／眼穿腸斷／望穿秋水。

【義反】漠不關心／無動於衷／不聞不問。

望梅止渴 ㄨㄤˋ ㄇㄟˊ ㄓˇ ㄎㄜˇ

【釋義】眼望梅林，流著口水而止渴。梅：梅樹結的梅子，酸甜可口。

【出處】劉義慶・世說新語・假譎載：曹操見軍皆渴，下令「前有大梅林，饒子，甘酸可解渴。」士卒聞之，口皆出水。

【用法】比喻願望無法實現，用空想安慰自己。

【例句】我們要依靠自己的力量發財致富，若把希望寄託在別人身上，那無異於**望梅止渴**。

【義近】畫餅充飢／指雁爲羹。

【義反】腳踏實地。

望塵莫及 ㄨㄤˋ ㄔㄣˊ ㄇㄛˋ ㄐㄧˊ

【釋義】望見前面騎馬的人走過後所揚起的塵土而不能趕上。莫：不能。及：趕上。

【出處】後漢書・趙咨傳：「（曹）暠送至亭次，望塵不及。」

【用法】比喻遠遠地落在後面。多用作謙詞。

【例句】他的泳技進步很多，不到半年工夫，我等就**望塵莫及**了。

【義近】瞠乎其後／奔逸絕塵／不可企及。

【義反】遙遙領先／後來居上／迎頭趕上／並駕齊驅。

朝三暮四 ㄓㄠ ㄙㄢ ㄇㄨˋ ㄙˋ

【釋義】早晨給三個，晚上給四個。

【出處】莊子・齊物論載：狙公給猴子以橡子。「曰：『朝三而暮四。』眾狙皆怒。曰：『然則朝四而暮三。』眾狙皆悅。」

【用法】原指玩弄手法欺騙人，今多用以比喻常常變卦，反覆無常。

【例句】你一會兒學英語，一會兒又改學日語，這樣**朝三暮四**，很可能一門也學不好。

【義近】朝秦暮楚／反覆無常／翻雲覆雨。

【義反】始終如一／堅定不移。

朝夕之策 ㄓㄠ ㄒㄧ ㄓ ㄘㄜˋ

【釋義】一朝一夕的計策。

【出處】班固・答賓戲：「意者且運朝夕之策。」

【用法】指只圖眼前一時過得去的臨時謀略或打算。

【例句】聘請外籍教師只能是**朝夕之策**，要從根本上解決問題還是要培養本國的教師。

【義近】權宜之計／應急之策。

【義反】長久之計／百年大計。

朝不保夕 ㄓㄠ ㄅㄨˋ ㄅㄠˇ ㄒㄧ

【釋義】早晨不知道晚上的事是否保得住。

【出處】吳箕・常談：「在內大臣，朝不保夕。」

【用法】形容情況危急難保，也形容生活窘迫難以度日。

【例句】①老太太已氣息奄奄，看來是**朝不保夕**了。②非洲有些國家的人民面臨著天災人禍，生活在水深火熱之中，有**朝不保夕**之虞。

【義近】朝不謀夕／危在旦夕／岌岌可危。

【義反】安如泰山／強壯如牛。

朝令夕改 ㄓㄠ ㄌㄧㄥˋ ㄒㄧ ㄍㄞˇ

【釋義】早晨發的命令，晚上就改了。一作「朝令暮改」。

【出處】鼂錯・論貴粟疏：「賦斂不時，朝令而暮改。」

【用法】形容政令無常，經常改變辦法和主張。

【例句】上級機關如果**朝令夕改**，下級機關就無所適從。

【義近】朝更夕改／出爾反爾／反覆無常。

【義反】令出如山／言之不渝。

朝思暮想 ㄓㄠ ㄙ ㄇㄨˋ ㄒㄧㄤˇ

【釋義】早晨想，晚上也想。也

作「朝思夕想」。

【出處】柳永・傾杯樂詞：「朝思暮想，自家空恁添情瘦。」

【用法】形容想念之深。

【例句】我兒子一出國就是幾年，最近又有病在身，你教我怎能不**朝思暮想**呢？

【義近】日思夜想／念念不忘。

【義反】置諸腦後／拋往九霄雲外／漠不關心／無動於衷。

朝秦暮楚 ㄓㄠ ㄑㄧㄣˊ ㄇㄨˋ ㄔㄨˇ

【釋義】時而事秦，時而事楚。秦、楚：春秋戰國時的仇敵之國。

【出處】晁補之・北渚亭賦：「托生理於四方，固朝秦而暮楚。」

【用法】比喻反覆無常，也比喻行蹤無定。

【例句】他今天贊成這個黨的主張，明天又去擁護那個黨，**朝秦暮楚**，誰知他心裏怎麼想的。

【義近】朝三暮四／反覆無常／出爾反爾。

【義反】始終如一／矢志不二／始終不渝。

朝朝寒食，夜夜元宵 ㄓㄠ ㄓㄠ ㄏㄢˊ ㄕˊ ㄧㄝˋ ㄧㄝˋ ㄩㄢˊ ㄒㄧㄠ

【釋義】寒食：節日名，清明節前一日或二日。元宵：正月十五。

【出處】白仁甫・梧桐雨一折：「寡人自從得了楊妃，真所謂朝朝寒食，夜夜元宵也。」

【用法】形容豪奢作樂的生活情景，早晚都像過節一樣。

【例句】富商大賈**朝朝寒食，夜夜元宵**，對身體沒有好處。

【義近】朝歌夜弦／紙醉金迷／日日朝朝勝過年。

【義反】節衣縮食／勤儉度日／朝齏暮鹽。

朝發夕至 ㄓㄠ ㄈㄚ ㄒㄧˋ ㄓˋ

【釋義】早晨出發，晚上就到。

【出處】韓愈・祭鱷魚文：「潮之州，大海在其南……鱷魚朝發而夕至也。」

【用法】形容路程短，也形容旅行迅速和交通方便。

【例句】現在交通工具十分發達，從台北到上海已可以**朝發夕至**了。

【義近】朝發暮至。

【義反】間關萬里／道阻且長。

朝過夕改 ㄓㄠ ㄍㄨㄛˋ ㄒㄧ ㄍㄞˇ

【釋義】早晨有過錯，晚上就改正。

【出處】漢書・翟方進傳：「朝過夕改，君子與之。」

【用法】形容勇於改正過錯。

【例句】有過錯不要緊，只要能做到**朝過夕改**就好了。

【義近】朝聞夕改／知過必改／有過即改。

【義反】至死不改／怙惡不悛／剛愎自用。

朝聞夕死 ㄓㄠ ㄨㄣˊ ㄒㄧ ㄙˇ

【釋義】朝聞：早晨聽到大道。道：指事物當然之理，猶今之「真理」。夕死：晚上就死也甘心。

【出處】論語・里仁：「子曰：『朝聞道，夕死可矣。』」

【用法】形容聞道的可貴以及渴望道的殷切心情。

【例句】古人看重**朝聞夕死**，我們今天應當發揚這種精神，堅持真理，修正錯誤。

【義近】晨聞夕逝／朝聞夕沒。

朝齏暮鹽 ㄓㄠ ㄐㄧ ㄇㄨˋ ㄧㄢˊ

【釋義】早晨用醃菜下飯，晚上薤鹽佐菜。齏：切碎的醃菜。

【出處】韓愈・送窮文：「太學四年，朝齏暮鹽，惟我保汝，人皆汝嫌。」

【用法】形容生活清苦，飲食菲薄不堪。

【例句】**朝齏暮鹽**的生活雖然清苦，但可以磨鍊人的意志。

【義近】朝升暮合。

【義反】朝歌夜弦／朝飲夜宴。

期期艾艾（ㄑㄧˊ ㄑㄧˊ ㄞˋ ㄞˋ）

【釋義】期期、艾艾：均為口吃者說話重複的聲音。

【出處】司馬遷・史記・張丞相列傳：「臣口不能言，然臣期期知其不可。」劉義慶・世說新語・言語：「鄧艾口吃，語稱艾艾。」

【用法】形容口吃，也形容事出倉促一時難以措詞。

【例句】他說起話來總是**期期艾艾**，可是偏偏又什麼事情都愛插嘴。

【義近】結結巴巴。

【義反】語言流暢／牙白口清。

木部

木已成舟（ㄇㄨˋ ㄧˇ ㄔㄥˊ ㄓㄡ）

【釋義】樹木已經做成了船。舟：船。

【出處】李汝珍・鏡花緣三五回：「到了明日，木已成舟，眾百姓也不能求我釋放，我也有詞可托了。」

【用法】比喻事情已成定局，無法改變。

【例句】這件事原本並不是這樣計畫的，但如今**木已成舟**，也只好將就了。

【義近】生米煮成熟飯／鐵已鑄成鍋／覆水難收。

【義反】舉棋未定。

木雕泥塑（ㄇㄨˋ ㄉㄧㄠ ㄋㄧˊ ㄙㄨˋ）

【釋義】木雕的木偶，泥塑的土偶。

【出處】曹雪芹・紅樓夢二七回：「那黛玉倚著牀欄杆，兩手抱著膝，眼睛含著淚，好似木雕泥塑的一般。」

【用法】比喻神情呆滯有如木雕泥塑的偶像。

【例句】從她聽到先生發生意外的消息至今，她就一直像**木雕泥塑**般地呆坐在牀上，令在旁的親友不知如何是好。

【義近】呆若木雞／神情呆滯。

【義反】生動活潑／生氣勃勃／生龍活虎。

未卜先知（ㄨㄟˋ ㄅㄨˇ ㄒㄧㄢ ㄓ）

【釋義】還沒有占卜就知道了。卜：占卜以測吉凶。

【出處】元・無名氏・桃花女三折：「賣弄殺周易，陰陽誰似你！還有個未卜先知意。」

【用法】形容有先見之明。

【例句】事情都還沒有做，又哪能知道結果呢？我又沒有**未卜先知**的本事。

【義近】料事如神／諸葛再世／活神仙／言事若神。

【義反】事難逆料／事後諸葛／馬後炮／不可揆度。

未可厚非（ㄨㄟˋ ㄎㄜˇ ㄏㄡˋ ㄈㄟˋ）

【釋義】未：不。厚非：過分的非難、責備。

【出處】漢書・王莽傳中：「莽怒，免英官。後頗覺寤，曰：『英亦未可厚非。』」

【用法】指說話做事還有一定道理，不可過分指責非難，或不要過多否定。

【例句】他的話雖然說過頭了，但仔細體會他的用心，還是**未可厚非**的。

【義近】無可厚非／瑕不掩瑜／無傷大雅。

【義反】一無是處／全盤否定。

未老先衰（ㄨㄟˋ ㄌㄠˇ ㄒㄧㄢ ㄕㄨㄞ）

【釋義】年紀不大而人就已先衰老了。

【出處】白居易・歎髮落：「多

病多愁心自知，行年未老髮先衰。」

【用法】用以稱人年齡不大而身體衰弱。

【例句】他生活毫無規律，又從不運動，怎麼能不**未老先衰**呢？

【義近】望秋先零／未冷先寒。

【義反】老當益壯／年老體健／鶴髮童顏／返老還童。

未雨綢繆（ㄨㄟˋ ㄩˇ ㄔㄡˊ ㄇㄡˊ）

【釋義】天還沒有下雨，就先修補房屋，把門窗綁牢。綢繆：用繩索纏捆，引申爲修補之意。

【出處】詩經・豳風・鴟鴞：「迨天之未陰雨，徹彼桑土，綢繆牖戶。」

【用法】比喻事先採取預防措施，或事先做好準備。

【例句】我們要**未雨綢繆**，在颱風季節到來以前做好防颱工作。

【義近】防患未然／有備無患／曲突徙薪。

【義反】江心補漏／臨渴掘井／臨陣磨槍／臨淵結網／臨時抱佛腳／亡羊補牢。

未能免俗（ㄨㄟˋ ㄋㄥˊ ㄇㄧㄢˇ ㄙㄨˊ）

【釋義】免俗：免除世俗習慣。

【出處】晉書・阮咸傳：「七月七日……咸以竿掛大布犢鼻於庭。人或怪之，答曰：『未能免俗，聊復爾耳。』」

【用法】用以說明不能免除俗例的做法。

【例句】過春節，家家戶戶都放鞭炮，我雖不贊成，但也**未能免俗**，只好跟著放。

【義近】不能脫俗／拘泥習俗／入境問俗。

【義反】不顧習俗／破舊立新／無視俗例／標新立異。

本末倒置（ㄅㄣˇ ㄇㄛˋ ㄉㄠˋ ㄓˋ）

【釋義】本：樹根，喻事物的根本。末：樹梢，喻事物的細枝末節。倒置：顛倒放置。

【出處】金・無名氏・綏德州新學記：「然非知治之審，則亦未嘗不本末倒置。」

【用法】說明把重要的和不重要的、主要的和次要的、本質的和非本質的位置秩序弄顛倒了。

【例句】你爲人處事也未免太**本末倒置**了，該認真的馬馬虎虎，可隨意的卻又來吹毛求疵。

【義近】輕重倒置／捨本逐末／背本趨末／買櫝還珠。

【義反】崇本抑末／辨別緩急／按部就班／循序漸進。

本末終始（ㄅㄣˇ ㄇㄛˋ ㄓㄨㄥ ㄕˇ）

【釋義】本：樹之根。末：樹之梢。終：事之結果。始：事之開始。

【出處】禮記・大學：「物有本末，事有終始，知所先後，則近道矣。」

【用法】用以說明事情的先後原委、前後過程。

【例句】無論處理什麼事情，首先要弄清它的**本末終始**，才有可能採取正確的方法予以解決。

【義近】本末源流／來龍去脈／前因後果／先後原委。

本來面目（ㄅㄣˇ ㄌㄞˊ ㄇㄧㄢˋ ㄇㄨˋ）

【釋義】佛教指人本有的心性，自己的本分。

【出處】道源・景德傳燈錄卷一二：「僧問：不問二頭三首，直指本來面目。」

【用法】用以指人或事物原來的模樣。

【例句】這傢伙是披著人皮的狼，我們一定要撕下他的假面具，還他**本來面目**。

【義近】原本模樣／廬山真面目。

【義反】面目一新／易貌改容／脫胎換骨。

朽木糞土（ㄒㄧㄡˇ ㄇㄨˋ ㄈㄣˋ ㄊㄨˇ）

【釋義】腐朽的木頭，髒臭的泥土。

【出處】論語・公治長：「宰予晝寢，子曰：『朽木不可雕也，糞土之牆不可圬也。』」

【用法】比喻不堪造就的人或無用的東西。

【例句】飽食終日，無所用心的人，簡直像**朽木糞土**一樣，難以造就。

【義近】無用之材／枯木朽枝。

【義反】可造之材／棟梁之材。

束之高閣（ㄕㄨˋ ㄓ ㄍㄠ ㄍㄜˊ）

【釋義】捆起來以後放在高高的架子上。束：捆。高閣：儲藏器物的高架。

【出處】晉書・庾翼傳：「每語人曰：『此輩宜束之高閣，俟天下太平，然後議其任耳。』」

【用法】比喻放著不用，也用以表示對事情遷延不辦。

【例句】①他把書買回來後，便**束之高閣**，根本不去看它。②我托他辦幾件事，他只是敷衍一下便全部**束之高閣**，一件也沒有辦！

【義近】置之腦後／置諸高閣／置之不理／打落冷宮／秋扇見捐。

【義反】銘記心中／爬羅剔抉／物盡其用。

束手待斃（ㄕㄨˋ ㄕㄡˇ ㄉㄞˋ ㄅㄧˋ）

【釋義】捆起手來等死。待：等著。斃：死亡。

【出處】元・無名氏・宋季三朝政要：「雖有忠良之臣，反擯棄而不用，束手待斃。」

【用法】比喻遇到困難不積極想辦法或無計可施，坐著等失敗。

【例句】既然遇到了困難，大家就該齊心協力想辦法解決，總不能**束手待斃**吧！

【義近】坐以待斃／引頸就戮／楚囚相對。

【義反】困獸猶鬥／決一死戰／垂死掙扎。

束手無策（ㄕㄨˋ ㄕㄡˇ ㄨˊ ㄘㄜˋ）

【釋義】就像手被捆住一樣，一點辦法也沒有。策：計策，辦法。

【出處】元・無名氏・宋季三朝政要：「（秦）檜死而逆（完顏）亮南敗，孰不束手無策。」

【用法】用以比喻智窮力竭，遇事拿不出辦法來對付。

【例句】遇上這個難題，連素有鬼才之稱的他，也感到**束手無策**。

【義近】一籌莫展／無計可施。

【義反】急中生智／計出萬全／應付裕如／胸有成竹。

束手就擒（ㄕㄨˋ ㄕㄡˇ ㄐㄧㄡˋ ㄑㄧㄣˊ）

【釋義】捆起手來讓人捉住。就：近，接受。擒：活捉。

【出處】宋史・符彥卿傳：「彥卿謂張彥澤、皇甫遇曰：『與其束手就擒，曷若死戰，然未必死。』」

【用法】形容毫不抵抗，乖乖地讓人捉住。

【例句】那幫爲非作歹之徒都已**束手就擒**，一個個披枷戴鎖，鋃鐺入獄。

【義近】束手就縛。

【義反】抗爭到底／決一死戰／負嵎頑抗／困獸之鬥。

李代桃僵（ㄌㄧˇ ㄉㄞˋ ㄊㄠˊ ㄐㄧㄤ）

【釋義】意謂桃李患難相共，蟲咬了桃樹，李樹代桃樹而枯死。僵：枯乾。

【出處】樂府詩集・雞鳴：「桃生露井上，李樹生桃傍，蟲來齧桃根，李樹代桃僵。」

【用法】原比喻兄弟互相愛護、幫助，後用以比喻互相頂替或代人受過。

【例句】你倆是結拜兄弟，固然應講義氣，但這打傷人的事明明是他幹的，你何苦硬要**李代桃僵**去坐牢呢？

【義近】代人受過。

【義反】委過他人／嫁禍於人。

杞人憂天 ㄑㄧˇ ㄖㄣˊ ㄧㄡ ㄊㄧㄢ

【釋義】杞國有一個人擔心天會塌下來。杞：周時國名，在今河南杞縣一帶。

【出處】列子・天瑞：「杞國有人，憂天地崩墜，身亡（無）所寄，廢寢食者。」

【用法】用以指稱沒有根據或不必要的憂慮。

【例句】公司會不會倒閉，自有各級主管全盤考慮，你又何必**杞人憂天**呢？

【義近】杞人之憂／庸人自擾。

【義反】不憂不懼。

杜門卻掃 ㄉㄨˋ ㄇㄣˊ ㄑㄩㄝˋ ㄙㄠˇ

【釋義】杜門：閉門。卻掃：不灑掃，即不接待客人。

【出處】魏書・李謐傳：「遂絕跡下幃，杜門卻掃，棄產營書，手自刪削，卷無重複者四千有餘矣。」

【用法】指閉門息跡，不與世交接。

【例句】劉教授退休後，決心**杜門卻掃**，在家中一心一意整理自己的著作。

【義近】杜門謝客／杜門不出／息交絕遊／深居簡出。

【義反】賓朋滿座／門庭若市／熱中功名／干名採譽。

杜絕言路 ㄉㄨˋ ㄐㄩㄝˊ ㄧㄢˊ ㄌㄨˋ

【釋義】阻塞別人進言的道路。杜絕：堵塞，斷絕。

【出處】陳琳・爲袁紹檄豫州文：「操欲迷奪時明，杜絕言路，擅收立殺，不俟報聞。」

【用法】用以形容人專橫跋扈。

【例句】他一到任就獨斷專橫，誰的話也不聽，像這樣**杜絕言路**能辦好事情嗎？

【義近】拒諫飾非／閉目塞聽／遂非拒諫／剛愎自用／師心自用。

【義反】廣開言路／言者無罪／虛心聽取／聞過則喜／察納雅言。

杜絕後患 ㄉㄨˋ ㄐㄩㄝˊ ㄏㄡˋ ㄏㄨㄢˋ

【釋義】意謂防絕未來的禍害。

【出處】後漢書・桓帝紀・本初元年詔：「杜絕邪僞請託之原。」笑笑生・金瓶梅九二回：「不如到官處斷開了，庶杜絕後患。」

【用法】用以說明能高瞻遠矚，防患於未然。

【例句】此事不可輕忽，若任其發展下去恐不堪設想，宜斷然採取措施，以**杜絕後患**。

【義近】防微杜漸／杜漸防萌／防患未然／斬除後患／曲突徙薪／斬草除根。

【義反】任其發展／聽之任之／姑息養奸。

枕山棲谷 ㄓㄣˇ ㄕㄢ ㄑㄧ ㄍㄨˇ

【釋義】生活在山林中。枕山：以山爲枕。棲谷：以山谷爲棲息之地。

【出處】後漢書・黃瓊傳：「誠遂欲枕山棲谷，擬跡巢、由，斯則可矣，若當輔政濟民，今其時也。」

【用法】比喻隱居山林，過著恬適如意的生活。

【例句】一走進山林，就令人有身心愉悅的感覺，怪不得古代隱士**枕山棲谷**而不願出去應世了。

【義近】枕石漱流／鳳吹洛浦／薪歌延陵。

枕戈待旦 ㄓㄣˇ ㄍㄜ ㄉㄞˋ ㄉㄢˋ

【釋義】枕：頭枕著。戈：古代的一種兵器。旦：天亮。

【出處】晉書・劉琨傳：「吾枕戈待旦，志梟逆虜。」

【用法】形容殺敵心切，時刻準

備作戰。

【例句】局勢一緊張，我三軍戰士無不**枕戈待旦**，一聲令下便可立刻猛擊來犯之敵。

【義近】枕戈待命／披甲枕戈／嚴陣以待／枕戈寢甲／蓄勢待發。

【義反】高枕而臥／高枕無憂。

枕戈寢甲

【釋義】睡時以戈爲枕，不脫鎧甲。寢甲：穿著鎧甲睡覺。

【出處】晉書・赫連勃勃載記：「自枕戈寢甲，十有二年，而四海未同，遺寇尚熾。」

【用法】形容處於高度的戒備狀態或戰爭之中。

【例句】最近局勢緊張，我軍戰士**枕戈寢甲**，隨時準備殲滅來犯之敵。

【義近】枕戈坐甲／披甲枕戈／枕戈待旦。

【義反】高枕無憂／安然寢處。

杯弓蛇影

【釋義】誤將酒杯中的弓影當成蛇。

【出處】應劭・風俗通・怪神：「時北壁上有縣（懸）赤弩照於杯中，形如蛇，（杜）宣畏惡之，然不敢不飲。」

【用法】比喻疑神疑鬼，虛驚一場。

【例句】他最近身體不適，便認爲得了癌症，直到化驗結果正常，才知是**杯弓蛇影**，虛驚一場。

【義近】草木皆兵／風聲鶴唳／疑神見鬼。

【義反】處之泰然／無所畏懼／鎭靜自若。

杯水車薪

【釋義】用一杯水去救一車著火的柴薪。

【出處】孟子・告子上：「今之爲仁者，猶以一杯水，救一車薪之火也。」

【用法】比喻力量太小，無濟於事。

【例句】這點錢對於解決你眼前的困難來說，雖是**杯水車薪**，但也聊勝於無。

【義近】無濟於事／於事無補／杯水輿薪。

【義反】眾擎易舉／牛刀割雞。

杯盤狼藉

【釋義】狼藉：像狼窩裏的草那樣雜亂不堪。藉，一作「籍」。

【出處】司馬遷・史記・滑稽列傳：「履舃交錯，杯盤狼藉。」

【用法】形容宴飲後桌面雜亂，杯盤等亂七八糟地放著。

【例句】從桌上**杯盤狼藉**的樣子看來，這幫匪盜應該還沒有走遠，你立即帶領人馬分頭追趕。

【義近】殘羹滿桌／杯盤散亂／杯殘炙冷。

【義反】珍饈羅列／觥籌交錯。

枉己正人

【釋義】枉己：自己不正；枉：不正直，邪惡。正人：使別人正，端正別人。

【出處】孟子・萬章上：「吾未聞枉己而正人者也，況辱己以正天下者乎？」

【用法】用以說明自己不正而要使別人正，是根本不可能的事。

【例句】你自己在外面又嫖又賭，卻要兒子循規蹈矩，天下哪有這種**枉己正人**的事！

【義反】以身作則。

枉法徇私

【釋義】枉法：歪曲法律。徇私：爲了私人關係而做不合法的事。

【出處】韓非子・姦劫弒臣：「我不以清廉方正奉法，乃以貪污之心枉法以取私利。」

【用法】指以私意曲用法律，違法亂紀，包庇壞人壞事。
【例句】張法官執法如山，從不**枉法徇私**，所以深受民眾擁護、愛戴。
【義近】貪贓枉法／受賄曲斷／徇私違法。
【義反】奉公守法／清廉方正／鐵面無私。

枉費心機 ㄨㄤˇ ㄈㄟˋ ㄒㄧㄣ ㄐㄧ

【釋義】枉：徒然，白白地。心機：心計，心思，心力。
【出處】朱熹・答甘道士書：「所云築室藏書，此亦恐枉費心力。」
【用法】用以形容白白地耗費心思。
【例句】兒孫自有兒孫福，你這樣爲兒孫操勞，可說是**枉費心機**，他們會聽你的嗎？
【義近】白費心力／枉用心計／枉費氣力。

枉費脣舌 ㄨㄤˇ ㄈㄟˋ ㄔㄨㄣˊ ㄕㄜˊ

【釋義】枉費：白費。脣舌：此指言詞。
【出處】文康・兒女英雄傳二六回：「妹子在姐姐跟前，斷說不進去，我也不必枉費脣舌，再求姐姐。」
【用法】說明徒然浪費言詞，根本不可能有收效。
【例句】她脾氣倔強得很，連父母的話都聽不進去，你何必還要**枉費脣舌**去教訓她？
【義近】白費脣舌／浪費言詞。
【義反】言之有效。

枉道事人 ㄨㄤˇ ㄉㄠˋ ㄕˋ ㄖㄣˊ

【釋義】枉：屈曲。事：待奉，引申有屈從意。
【出處】論語・微子：「枉道而事人，何必去父母之邦？」
【用法】指不用正道以求取媚於人。
【例句】你需要養家餬口，遇事相讓自可理解，但也用不著**枉道事人**，一味遷就。
【義近】苟合取容／諂媚事人／背繩墨以追曲。
【義反】剛正不阿／寧折勿柔／寧爲玉碎，不爲瓦全／寧死勿屈。

枉擔虛名 ㄨㄤˇ ㄉㄢ ㄒㄩ ㄇㄧㄥˊ

【釋義】枉擔：徒然承擔。虛名：空名。
【出處】曹雪芹・紅樓夢七七回：「晴雯哭道：『你去罷！……今日這一來，我就死了，也不枉擔了虛名！』」
【用法】用以說明枉自承擔空名，根本沒有事實。
【例句】世界排名第一的網球高手竟然敗給名不見經傳的選手，眞是**枉擔虛名**。
【義近】徒有其名／名不副實。
【義反】有名有實／名實相副／實有其事。

杳如黃鶴 ㄧㄠˇ ㄖㄨˊ ㄏㄨㄤˊ ㄏㄜˋ

【釋義】杳：無影無聲。黃鶴：傳說中仙人所乘的鶴。
【出處】任昉・述異記：「乃駕鶴之賓也……已而辭去，跨鶴騰空，眇然烟滅。」
【用法】形容一去不復返或毫無音信。
【例句】他携帶巨款出國考察，不料這一去**杳如黃鶴**，及今已長達三年之久。
【義近】泥牛入海／杳無音信／一去不返／杳無踪影／江水東流。
【義反】後會有期。

杳無人煙 ㄧㄠˇ ㄨˊ ㄖㄣˊ ㄧㄢ

【釋義】杳：渺茫深遠。人煙：指住家戶。
【出處】吳承恩・西遊記六四回：「師兄差疑了，似這杳無人煙之處，又無怪獸妖禽，怕他怎的。」

【用法】形容荒涼偏僻。
【例句】旅遊團的汽車在**杳無人煙**的地方迷路了，走了好久，到達目的地時，已是萬家燈火了。
【義近】杳無人跡／渺無人煙／不毛之地。
【義反】人來人往／車水馬龍／喧囂鬧市。

杳無音信（ㄧㄠˇ ㄨˊ ㄧㄣ ㄒㄧㄣˋ）

【釋義】杳：無影無踪。音信：消息，書信。
【出處】黃孝邁・詠水仙詞：「驚鴻去後，輕拋素襪，杳無音信。」
【用法】用以說明毫無信息。
【例句】他離家赴美已三年有餘，卻一直**杳無音信**，令人掛念不已。
【義近】杳無消息／音信全無／杳如黃鶴／雁杳魚沉。
【義反】音問相繼／音耗不絕／魚雁往返。

杳無踪跡（ㄧㄠˇ ㄨˊ ㄗㄨㄥ ㄐㄧ）

【釋義】踪跡：足跡，行動所留的痕迹。
【出處】馮夢龍・醒世恆言・鄭節使立功神臂方：「大尹再教放下籃去取時，杳無踪跡，一似石沉大海。」
【用法】用以說明無影無踪。
【例句】那張支票我明明放在書房的桌子上，怎麼現在忽然**杳無踪跡**了呢？
【義近】無影無踪／杳然無踪／不翼而飛。
【義反】時露痕跡／有跡可尋／蛛絲馬跡。

松柏後凋（ㄙㄨㄥ ㄅㄛˊ ㄏㄡˋ ㄉㄧㄠ）

【釋義】松樹柏樹最後落葉。凋：凋零，零落。
【出處】論語・子罕：「子曰：『歲寒，然後知松柏之後彫（凋）也。』」
【用法】用以比喻一個人能經受住嚴峻考驗，保持節操。
【例句】有志之士不論遇到怎樣的狂風暴雨，都能做到**松柏後凋**，堅守節操。
【義近】松操柏節／松筠之節／板蕩忠貞。
【義反】靦顏借命／忝顏偷生。

枘鑿不入（ㄖㄨㄟˋ ㄗㄨㄛˋ ㄅㄨˋ ㄖㄨˋ）

【釋義】方的榫頭不能插進圓的孔眼。枘鑿：榫頭和卯眼。
【出處】屈原・離騷：「不量鑿而正枘兮，固前修以菹醢。」宋玉・九辯：「圓鑿而方枘兮，吾固知其鉏鋙而難入。」
【用法】用以比喻兩不相合。
【例句】他倆的性格、情趣等可說是**枘鑿不入**，眞不知當初是怎樣結合的！
【義近】意見相左／扞格不入／方枘圓鑿／水火不容。
【義反】志同道合／不謀而合／兩相契合。

東山再起（ㄉㄨㄥ ㄕㄢ ㄗㄞˋ ㄑㄧˇ）

【釋義】東山：在浙江省上虞縣西南。再起：再次出來做官。
【出處】晉書・謝安傳載：東晉時謝安辭官後隱居東山，後來又應詔出來做了大官。
【用法】指再度出任要職，也比喻失勢之後又重新得勢。
【例句】他雖然破產了，但仍有**東山再起**的可能。
【義近】重整旗鼓／捲土重來／重作馮婦。
【義反】一蹶不振／金盆洗手。

東西南北人（ㄉㄨㄥ ㄒㄧ ㄋㄢˊ ㄅㄟˇ ㄖㄣˊ）

【釋義】指行走往來於東西南北的人。
【出處】禮記・檀弓上：「今丘也，東西南北之人也，不可以弗識也。」注：「東西南北言居無常處也。」
【用法】用以稱飄流在外，行踪不定的人。

【例句】我毫無所謂，萬一不能安定下來，照樣去做個**東西南北人**就是。
【義近】四海為家／走南闖北／行無定踪／飄蕩無方／東飄西蕩／居無定所。
【義反】安居樂業／安家落戶／居有定所。

東扶西倒 ㄉㄨㄥ ㄈㄨˊ ㄒㄧ ㄉㄠˇ

【釋義】從東邊扶起又從西邊倒下。
【出處】朱子語類一二五：「如某此身已衰耗，如破屋相似，東扶西倒，雖欲修養，亦何能有益耶？」
【用法】形容力不能支，不克自立。也用以比喻栽培或教養之困難。
【例句】他年老多病，**東扶西倒**，走起路來相當吃力。
【義近】東倒西歪／東搖西晃。
【義反】昂首挺立／巋然不動／巍然屹立。

東抄西襲 ㄉㄨㄥ ㄔㄠ ㄒㄧ ㄒㄧˊ

【釋義】抄襲：剽竊他人著作以為己作。
【出處】李寶嘉・文明小史三四回：「毓生又會想法，把人家譯就的西文書籍，東抄西襲，作為自己譯的東文稿子。」
【用法】指各處抄襲、剽竊他人文字。
【例句】他這本書，幾乎全是**東抄西襲**拼湊而成，根本不能算是創作。
【義近】東剽西竊／東拼西湊／抄頭襲尾。
【義反】別出心裁／出於獨創。

東拉西扯 ㄉㄨㄥ ㄌㄚ ㄒㄧ ㄔㄜˇ

【釋義】到處亂拉亂扯。
【出處】曹雪芹・紅樓夢八二回：「肚子裏原沒有什麼，東拉西扯，弄的牛鬼蛇神，還自以為博奧。」
【用法】形容說話、寫作思路紊亂，沒有中心。
【例句】這位議員講話，興之所至，**東拉西扯**，不知他所要說的究竟是些什麼問題。
【義近】信筆所之／說青道黃／前言不搭後語。
【義反】條理清晰／前後照應／結構嚴謹／有條不紊。

東奔西走 ㄉㄨㄥ ㄅㄣ ㄒㄧ ㄗㄡˇ

【釋義】意謂往來奔忙。走：跑。
【出處】蔣捷・賀新郎・兵後寓吳：「萬疊城頭哀怨角，吹落霜花滿袖，影廝伴東奔西走。」
【用法】用以形容四處奔跑，不得安全。
【例句】她為了給丈夫治病，不得不**東奔西走**，求助於人。
【義近】東奔西跑。
【義反】杜門不出／足不出戶／深居簡出。

東風射馬耳 ㄉㄨㄥ ㄈㄥ ㄕㄜˋ ㄇㄚˇ ㄦˇ

【釋義】東風吹過馬耳邊，瞬間即逝。射，也作「吹」。
【出處】李白・答王十二寒夜獨酌有懷：「世人聞此皆掉頭，有如東風射馬耳。」
【用法】比喻於事漠然無所動心，也比喻把別人的話當成耳邊風。
【例句】我曾經三番五次勸你不要與這種人交往，可你却把我的話當作**東風射馬耳**，現在受騙上當，後悔也來不及了。
【義近】馬耳東風／閉目塞聽／耳邊風／秋風過耳／充耳不聞／聽若罔聞。
【義反】銘記於心／洗耳恭聽／入耳箸心。

東風壓倒西風 ㄉㄨㄥ ㄈㄥ ㄧㄚ ㄉㄠˇ ㄒㄧ ㄈㄥ

【釋義】東邊的風大，壓倒了西邊的風。

【出處】曹雪芹・紅樓夢八二回：「（黛玉）道：『但凡家庭之事，不是東風壓了西風，就是西風壓了東風。』」
【用法】用以表示兩種對立的力量沒有辦法劃定，相互牽制時，一方必然能夠壓倒另一方。
【例句】看來，南斯拉夫兩派勢力的鬥爭，已無調和餘地，不是**東風壓倒西風**，就是西風壓倒東風。
【義近】你死我活／非此即彼。
【義反】勢均力敵／旗鼓相當／不相上下。

東施效顰 ㄉㄨㄥ ㄕ ㄒㄧㄠˋ ㄆㄧㄣˊ

【釋義】東施：美女西施東鄰家的醜女。效：仿照。顰：皺眉。
【出處】莊子・天運記載：西施有心痛病，走路時總皺眉撫胸，東施見而仿效，結果更醜，別人見而避之。
【用法】指以醜拙強學美好，顯得愚蠢可笑。
【例句】她又矮又胖，卻學著苗條小姐穿緊身衣裙，結果卻是**東施效顰**，反而顯得更胖更醜。

東倒西歪 ㄉㄨㄥ ㄉㄠˇ ㄒㄧ ㄨㄞ

【釋義】或往東邊倒，或往西邊歪。倒、歪：均爲仰斜意。
【出處】楊文奎・兒女團圓二折：「你看他行不動，東倒西歪。」吳承恩・西遊記八十回：「只見那門東倒西歪。」
【用法】形容走路搖晃，也形容物體傾斜不正。
【例句】①你看他走路**東倒西歪**的樣子，就知道他喝醉了。②這房子已經**東倒西歪**，若不趕快整修，必然要倒塌。
【義近】搖搖晃晃／搖搖欲墜／東扶西倒。
【義反】巍然屹立／穩如泰山／巋然不動。

東張西望 ㄉㄨㄥ ㄓㄤ ㄒㄧ ㄨㄤˋ

【釋義】東看看，西望望。張：張望，看。
【出處】明・無名氏・西湖記傳奇・毆媒改悔：「掩在門後，東張西望，側耳聽聲。」
【用法】形容四處尋找或窺探的情狀。
【例句】她一路上**東張西望**，尋找走失了的小女兒。
【義近】左顧右盼／東眺西瞧／東瞧西看。
【義反】目不斜視／目不轉睛。

東窗事發 ㄉㄨㄥ ㄔㄨㄤ ㄕˋ ㄈㄚ

【釋義】指秦檜與其妻在東窗下設計陷害岳飛的事被揭發了。一作「東窗事犯」。
【出處】田汝成・西湖遊覽志餘：「檜曰：可煩傳語夫人，東窗事發矣。」
【用法】比喻陰謀敗露將被懲治或罪行被揭發。
【例句】你們以爲這件事做得人不知鬼不覺，殊不知隔牆有耳，現已**東窗事發**了！
【義近】露出馬腳／陰謀敗露／事機敗露。
【義反】滴水不漏／一無破綻／神不知鬼不覺。

東道主 ㄉㄨㄥ ㄉㄠˋ ㄓㄨˇ

【釋義】東方道路上的主人。指東方的鄭國供應西方秦國使節所需物質。
【出處】左傳・僖公三十年：「若舍鄭以爲東道主，行李之往來，（共）供其乏困，君亦無所害。」
【用法】今用以泛指款待或宴客的主人。
【例句】今天讓我來作**東道主**，款待各位朋友，聊表心意。
【義近】東道主人。

東塗西抹 ㄉㄨㄥ ㄊㄨˊ ㄒㄧ ㄇㄛˇ

【釋義】塗、抹：本指婦女裝飾

，後用以指刪改文字。

【出處】王定保・唐摭言三：「報道莫貧相，阿婆三五少年時，也曾東塗西抹來。」

【用法】用以謙稱自己的寫作或繪畫。

【例句】這幾篇文章不過是我興之所至，**東塗西抹**而成，望予以斧正。

【義近】草率執筆／率爾操觚／援筆立書。

【義反】一字不苟／嘔心瀝血。

東飄西蕩 ㄉㄨㄥ ㄆㄧㄠ ㄒㄧ ㄉㄤˋ

【釋義】到處飄蕩。飄蕩：飄浮、動盪，此爲飄泊意。

【出處】李寶嘉・官場現形記三二回：「況且你七歲上就賣在檔子班裏，東飄西蕩。」

【用法】形容生活無著，茫然飄泊而無定所。

【例句】我十五歲就離開家鄉，**東飄西蕩**的，一直到渡海來臺才定居下來，創造出今天的事業。

【義近】東飄西散／東颺西蕩／東搖西蕩／東奔西走。

【義反】安家落戶／安居樂業／有家有室。

東鱗西爪 ㄉㄨㄥ ㄌㄧㄣˊ ㄒㄧ ㄓㄠˇ

【釋義】指畫龍時，龍在雲中，東露一片鱗，西露一隻爪，看不到它的全貌。

【出處】梁啓超・清議報一百冊祝辭：「雖復東鱗西爪，不見全牛，然其願所集注，不在形質，而在精神。」

【用法】比喻事物零星片斷，不全面，不成系統。

【例句】這篇遊記敘述大陸各地見聞，雖然只是**東鱗西爪**，却也可以看出故國的大致風貌。

【義近】一鱗半爪／一鱗一爪／一星半點。

【義反】一窺全豹／徹頭徹尾。

枯木逢春 ㄎㄨ ㄇㄨˋ ㄈㄥˊ ㄔㄨㄣ

【釋義】枯乾的樹木遇到了春天。木：樹。一作「枯樹逢春」。

【出處】道源・景德傳燈錄卷二十：「問：枯樹逢春時如何？師曰：世界稀有。」

【用法】比喻在絕望中獲得生機，或重新獲得生命。

【例句】其欣欣向榮之狀，正如**枯木逢春**，實甚可喜。

【義近】絕路逢生／枯樹生花／妙手回春。

【義反】朽木死灰。

枯木朽株 ㄎㄨ ㄇㄨˋ ㄒㄧㄡˇ ㄓㄨ

【釋義】壞木頭，爛樹樁。

【出處】司馬相如・諫獵疏：「輿不及還轅，人不暇施巧，雖有烏獲、逢蒙之伎，力不能用，枯木朽株盡爲害矣。」

【用法】比喻老廢無用之人或衰微的勢力。

【例句】他吃喝嫖賭樣樣俱全，不分晝夜地尋歡作樂，四十來歲的人，已如同**枯木朽株**了。

【義近】風中殘燭／老弱殘兵／朽木枯株。

【義反】生機勃勃／身強力壯／花繁葉茂。

枯魚之肆 ㄎㄨ ㄩˊ ㄓ ㄙˋ

【釋義】枯魚：乾魚。肆：市場店鋪。

【出處】莊子・外物：「君乃言此，曾不如早索我於枯魚之肆。」

【用法】今常用以比喻處境困窘者，若不及時援助，則有如魚乾死而陳列於市場上了。

【例句】我現在是等著米下鍋，你却說今後會給我大筆援助，等到那時我早已進**枯魚之肆**了！

【義近】遠水近火。

【義反】雪中送炭／如魚得水／及時雨。

枯楊生稊（ㄎㄨ ㄧㄤˊ ㄕㄥ ㄊㄧˊ）

【釋義】乾枯的楊樹重發嫩芽。稊：樹木再生的嫩芽。
【出處】周易・大過：「枯楊生稊，老夫得其女妻。」
【用法】多用以比喻老夫娶少妻或老年得子。
【例句】阮先生因早年境況不佳，及至年過半百才娶一位少妻，今年又喜得貴子，眞是時來運轉，**枯楊生稊**。
【義近】枯楊生華／枯木生華／枯樹逢春。

枯樹生華（ㄎㄨ ㄕㄨˋ ㄕㄥ ㄏㄨㄚˊ）

【釋義】乾枯的樹又開花。華：古「花」字。
【出處】陳壽・三國志・魏志・劉廙傳：「値時來之運，揚湯止沸，使不焦爛，起烟於寒灰之上，生華於已枯之木。」
【用法】比喻絕境逢生。
【例句】他得了絕症，自以爲已不久於人世，誰知**枯樹生華**，竟在中國用草藥醫好了。
【義近】起死回生／絕路逢生／死而復生。
【義反】死路一條／病入膏肓。

枯燥無味（ㄎㄨ ㄗㄠˋ ㄨˊ ㄨㄟˋ）

【釋義】枯燥：單調乏味。
【出處】朱子語類・輯略・訓門人：「恐孤單枯燥。」老子三五章：「淡乎其無味。」
【用法】形容毫無趣味。
【例句】這篇文章寫得太**枯燥無味**了，令人看了昏昏欲睡。
【義近】索然無味／味同嚼蠟。
【義反】津津有味／餘味無窮／耐人尋味。

柳眉倒豎（ㄌㄧㄡˇ ㄇㄟˊ ㄉㄠˋ ㄕㄨˋ）

【釋義】柳眉：柳葉纖細如眉，常用以形容女子細長秀美的眉毛。倒豎：倒立。
【出處】施耐庵・水滸傳二十回：「只見那婆惜柳眉倒豎，星眼圓睜。」
【用法】形容女子發怒的神態。
【例句】王太太推門進屋，撞見丈夫正同另一個女人親熱擁抱，頓時怒不可遏，**柳眉倒豎**。
【義近】鳳眼圓睜／橫眉豎眼／杏眼圓睜。
【義反】眉目傳情／眉開眼笑／眉飛色舞。

柳暗花明（ㄌㄧㄡˇ ㄢˋ ㄏㄨㄚ ㄇㄧㄥˊ）

【釋義】垂柳濃密，鮮花奪目。暗：指樹蔭蔽日。明：麗。
【出處】陸游・游山西村：「山重水複疑無路，柳暗花明又一村。」
【用法】形容綠柳成蔭，繁花耀眼的美景，也比喻又是一番景象或有了新的轉機。
【例句】①我們春遊到郊外，到處是**柳暗花明**的美好景色。②她已年過三十，常爲婚姻問題而苦惱，想不到**柳暗花明**，有位風度翩翩的青年男子上門向她求婚了。
【義近】柳綠花紅／花明柳暗。
【義反】衰柳殘花／山窮水盡。

柔腸寸斷（ㄖㄡˊ ㄔㄤˊ ㄘㄨㄣˋ ㄉㄨㄢˋ）

【釋義】柔腸：柔軟的愁腸。寸斷：斷成一寸一寸的。
【出處】劉義慶・世說新語・黜免載：桓溫入蜀，至三峽，部伍中有人捕獲猿子，其母緣岸哀號，不肯離去，最後跳上船，立即倒地而死，部伍剖其腹觀看，腸皆寸寸斷。歐陽修・踏莎行：「寸寸柔腸，盈盈粉淚。」
【用法】比喻悲傷到了極點。
【例句】她與丈夫恩愛生活十多年，現在丈夫突然死於意外事故，怎不教她**柔腸寸斷**。
【義近】柔腸百轉／肝腸斷裂／糜肝裂肺。
【義反】鐵石心腸／無動於衷／心花怒放。

枵腹從公（ㄒㄧㄠ ㄈㄨˋ ㄘㄨㄥˊ ㄍㄨㄥ）

【釋義】餓著肚子辦公事。枵：空。

【出處】陸游・幽居遺懷：「大患元因有此身，正須枵腹對空困。」李寶嘉・活地獄・楔子：「要想他們毀家紓難，枵腹從公，恐怕走遍天下……也找不出一個。」

【用法】比喻忠勤公務，不顧私利。

【例句】儘管他家生活困難，仍然按時上班，積極工作，這種**枵腹從公**的精神實在令人敬佩。

【義近】公而忘私／一心爲公。

【義反】假公濟私／損公肥私。

根生土長（ㄍㄣ ㄕㄥ ㄊㄨˇ ㄓㄤˇ）

【釋義】意謂在當地出生長大。

【出處】吳昌齡・張天師三折：「却不道一般兒根生土長，開花結子，帶葉連枝。」

【用法】指出生於世代居住的本鄉本土。

【例句】這是我**根生土長**的地方，無論外面怎樣好，我也忘不了啊！

【義近】土生土長。

根深蒂固（ㄍㄣ ㄕㄣ ㄉㄧˋ ㄍㄨˋ）

【釋義】蒂：花或瓜果跟枝莖相連的部分。固：牢固，堅固。一作「根深柢固」。

【出處】老子五九章：「有國之母，可以長久，是謂深根固柢，長生久視之道。」黃庭堅・與洪甥駒父書：「使根深柢固，然後枝葉茂爾。」

【用法】比喻基礎深厚，不容易動搖。

【例句】他步入官場雖然只有三、五年，但很善於鑽營結交，現在已形成一股**根深蒂固**的勢力。

【義近】盤根錯節／根基深厚／根深葉茂／根深柢固。

【義反】無本之木／搖搖欲墜／根基淺薄。

根基淺薄（ㄍㄣ ㄐㄧ ㄑㄧㄢˇ ㄅㄛˊ）

【釋義】根基：指事物、事業等的基礎。

【出處】曹雪芹・紅樓夢三五回：「怎奈那些豪門貴族又嫌他本是窮酸，根基淺薄，不肯求配。」

【用法】用以說明基礎薄弱，實力不厚。

【例句】他在學術上**根基淺薄**，想有高深的造詣，根本是不可能的。

【義近】頭重腳輕／基礎薄弱／無本之木。

【義反】根基深厚／實力雄厚／根深柢固。

桃符換舊（ㄊㄠˊ ㄈㄨˊ ㄏㄨㄢˋ ㄐㄧㄡˋ）

【釋義】古時新年以二桃木板懸門旁，上書二門神名，用以避邪，謂之桃符。換舊：換去舊的。

【出處】王安石・元日詩：「爆竹聲中一歲除，春風送暖入屠蘇；千門萬戶曈曈日，總把新桃換舊符。」

【用法】用以表示新年更換門神或春聯。

【例句】農曆年是中國人最重要的節日，**桃符換舊**，貼個別出心裁的春聯，是一項流傳已久的年俗。

桃李滿天下（ㄊㄠˊ ㄌㄧˇ ㄇㄢˇ ㄊㄧㄢ ㄒㄧㄚˋ）

【釋義】桃李：兩種果樹，因其所結果實甚多，故喻所栽培門生或所推薦之士衆多。

【出處】白居易・春和令公綠野堂種花：「令公桃李滿天下，何用堂前更種花。」

【用法】今用以比喻培養、教育的學生很多，遍及各地。

【例句】辛老師一生辛勤地從事教育工作，現在已是**桃李滿天下**了。

【義近】河汾門下／弟子三千。

【義反】誤人子弟／門前無桃李

。

桃李不言，下自成蹊

【釋義】桃李不會說話，但其花果吸引人們在下面踩出了一條路。蹊：小路。

【出處】司馬遷・史記・李將軍列傳：「諺曰：『桃李不言，下自成蹊。』此言雖小，可以喻大也。」

【用法】比喻做人只要誠實可靠，無需自誇自讚，便可獲得他人的信任擁護。

【例句】正如古人所說：「**桃李不言，下自成蹊**。」章先生雖隱居不仕，但其氣節凜然，仍深受世人推崇。

【義近】德不孤，必有鄰。

桃紅柳綠

【釋義】桃花嫣紅，柳枝碧綠。

【出處】王維・田園樂：「桃紅復含宿雨，柳綠更帶春煙。」

【用法】用以形容春天的美好景色。

【例句】暮春三月，**桃紅柳綠**，正是踏青的好時節。

【義近】桃紅李白／萬紫千紅／繁花似錦。

【義反】百花凋零／落葉紛飛／萬物蕭颯。

格格不入

【釋義】格格：阻礙，隔閡，牴觸。

【出處】袁枚・寄房師鄧遜齋先生書：「以前輩之典型，合後來之花樣，自然格格不入。」

【用法】形容彼此不協調、不相容，互相合不來。

【例句】他思想保守，處在現代社會，總是感到有些**格格不入**。

【義近】水火不容／方枘圓鑿／方底圓蓋／扞格不入。

【義反】情投意合／水乳交融／行合趨同。

格殺勿論

【釋義】格殺：擊殺，相拒而殺曰「格」。勿論：不論罪。

【出處】周禮・秋官朝士鄭司農注：「無故入人室宅廬舍，上人車船，牽引人欲犯法者，其時格殺之無罪。」

【用法】指把拒捕、行凶或違反禁令的人當場打死，而不以殺人論罪。

【例句】古時律法規定，在某些特定狀況下，可將罪犯**格殺勿論**，這是爲了保障執法人員的安全。

【義近】殺之無赦／就地正法。

【義反】網開一面。

栩栩如生

【釋義】栩栩：本形容歡暢，今形容生動活潑。

【出處】莊子・齊物論：「昔者莊周夢爲蝴蝶，栩栩然蝴蝶也。」

【用法】形容非常生動逼真，就像活的一樣。

【例句】齊白石所畫的蝦，已經達到了**栩栩如生**的境界。

【義近】活靈活現／惟妙惟肖／呼之欲出／躍然紙上。

【義反】毫無生趣／枯燥無味／了無生趣／生硬刻板。

桑榆暮景

【釋義】照在桑樹、榆樹上的太陽餘輝。暮景：傍晚時的景象。一作「桑榆晚景」。

【出處】曹植・贈白馬王彪：「年在桑榆間，影響不能追。」元・無名氏・九世同居二折：「歎桑榆暮景優游。」

【用法】比喻人的晚年景況。

【例句】這位曾紅極一時的影歌星遇人不淑，其**桑榆晚景**實在令人歎息。

【義近】桑榆之年／風燭殘年／夕陽年華。

【義反】風華正茂／富於年華／如日方中。

桑落瓦解 ㄙㄤ ㄌㄨㄛˋ ㄨㄚˇ ㄐㄧㄝˇ

【釋義】像桑葉枯落，如屋瓦解體。

【出處】後漢書・孔融傳：「案（劉）表跋扈，擅誅列侯……桑落瓦解，其勢可見。」

【用法】用以說明事勢敗壞的情狀與趨勢。

【例句】蘇聯和東歐各國的社會主義政府，只三兩年時間便**桑落瓦解**，眞出人意表。

【義近】土崩瓦解／四分五裂／煙消雲散。

【義反】牢固堅實／固若金甌／穩如泰山。

桀犬吠堯 ㄐㄧㄝˊ ㄑㄩㄢˇ ㄈㄟˋ ㄧㄠˊ

【釋義】桀：夏桀，暴君。堯：唐堯，聖君。一作「跖犬吠堯」。跖：大盜名。

【出處】戰國策・齊策六：「跖之狗吠堯，非貴跖而賤堯也，狗固吠非其主也。」

【用法】比喻各爲其主。也用以比喻壞人的爪牙攻擊好人。

【例句】**桀犬吠堯**，各爲其主，我們爭得面紅耳赤，乃情理中事，有什麼好見怪的！

【義近】狗吠非主／各爲其主。

【義反】有奶便是娘／有錢能使鬼推磨。

桀驁不馴 ㄐㄧㄝˊ ㄠˋ ㄅㄨˋ ㄒㄩㄣˊ

【釋義】桀驁：暴躁倔強。驁同「傲」。馴：順服。

【出處】漢書・匈奴傳・贊：「其桀驁尚如斯，安肯以愛子而爲質乎？」

【用法】形容性情凶暴，乖戾不馴。

【例句】我這兒子天生就是**桀驁不馴**的性子，頑劣異常，請老師務必嚴加管教。

【義近】傲慢無禮／強頭倔腦／方頭不律。

【義反】俯首聽命／俯首帖耳／千依百順。

梁上君子 ㄌㄧㄤˊ ㄕㄤˋ ㄐㄩㄣ ㄗˇ

【釋義】指在房梁上躲著的小偷。梁：房梁。

【出處】後漢書・陳寔傳：「不善之人，未必本惡，習以性成，遂至於此。梁上君子者是矣！」

【用法】指小偷。

【例句】最可惡的是**梁上君子**，好不容易積攢了一些錢，今天就被他入室偷得精光。

【義近】鼠竊狗盜／小偷小摸／穿窬之盜。

【義反】正人君子／仁人志士／英雄豪傑。

桴鼓相應 ㄈㄨˊ ㄍㄨˇ ㄒㄧㄤ ㄧㄥˋ

【釋義】鼓槌一敲，鼓就發出聲響。桴：鼓槌。

【出處】漢書・李尋傳：「順之以善政，則和氣可立致，猶枹鼓之相應也。」

【用法】用以比喻彼此互相呼應，緊密配合。

【例句】這件事的成功，全靠四方好友**桴鼓相應**，我才淺學薄，實在是不敢居功。

【義近】前呼後應／首尾相應／裏應外合。

【義反】各行其是／各自爲政。

梨園弟子 ㄌㄧˊ ㄩㄢˊ ㄉㄧˋ ㄗˇ

【釋義】梨園：唐玄宗時教練歌舞的地方，後用以稱戲班。梨又作「棃」。

【出處】杜甫・觀公孫大娘弟子舞劍器行：「梨園弟子散如煙，女樂餘姿寒映日。」白居易・長恨歌：「梨園弟子白髮新，椒房阿監青娥老。」

【用法】原指宮廷中的歌舞藝人，後泛稱戲劇演員或藝人。

【例句】唐玄宗曾選樂工三百人，宮女數百人，教授樂曲，這些人後來都成了優秀的**梨園弟子**。

棄文就武 ㄑㄧˋ ㄨㄣˊ ㄐㄧㄡˋ ㄨˇ

【釋義】就：作動詞用，走向，從事。
【出處】元・無名氏・九世同居一折：「吾聞詩禮傳家，此子棄文就武，亦各言其志也。」
【用法】用以指拋棄文事而改從武事。
【例句】國難當頭，有志之士**棄文就武**，奔赴沙場，實屬愛國之舉。
【義近】投筆從戎／嫌文愛武。
【義反】棄武就文／棄武從商。

棄甲曳兵 ㄑㄧˋ ㄐㄧㄚˇ ㄧˋ ㄅㄧㄥ

【釋義】丟掉鎧甲，拖著兵器。曳：拖。
【出處】孟子・梁惠王上：「塡然鼓之，兵刃既接，棄甲曳兵而走。」
【用法】形容戰敗後狼狽逃竄的樣子。
【例句】武昌起義一聲炮響，革命軍如猛虎下山，清軍見勢不妙，**棄甲曳兵**而逃。
【義近】丟盔棄甲／潰不成軍／落荒而逃／狼狽逃竄。
【義反】旗開得勝／斬將搴旗／乘勝進擊／勢如破竹。

棄如敝屣 ㄑㄧˋ ㄖㄨˊ ㄅㄧˋ ㄒㄧˇ

【釋義】像扔掉破鞋一樣把它扔掉。敝屣：破鞋。一作「棄之如敝屣」。
【出處】孟子・盡心上：「舜視棄天下猶棄敝屣也。」陳亮・祭錢伯同母碩人文：「棄如敝屣，聖明當天。」
【用法】比喻毫不可惜地拋棄。
【例句】許多過去**棄如敝屣**的廢物，經過科學的處理，又成了有用的工業原料。
【義近】視如草芥／視如敝屣／棄置不顧。
【義反】視若珍寶／敝帚自珍／愛如明珠。

棄瑕錄用 ㄑㄧˋ ㄒㄧㄚˊ ㄌㄨˋ ㄩㄥˋ

【釋義】瑕：玉上的斑點，喻毛病、錯誤。
【出處】後漢書・袁紹傳：「廣羅英雄，棄瑕錄用。」
【用法】用以表示任用曾有過失或缺點的人。
【例句】這家公司本著回饋之心，**棄瑕錄用**曾經犯過罪的人，結果成效非常好。
【義近】降格以求／棄短用長／不計小過。
【義反】求備一人／求全責備／吹毛求疵。

棄暗投明 ㄑㄧˋ ㄢˋ ㄊㄡˊ ㄇㄧㄥˊ

【釋義】離開黑暗，投向光明。
【出處】梁辰魚・浣紗記：「何不反邪歸正，棄暗投明。」
【用法】比喻背棄邪惡勢力，投向正義一方。
【例句】對那些**棄暗投明**，願意爲正義事業而貢獻的人，我們深表歡迎。
【義近】改邪歸正／自拔來歸／放下屠刀／出幽遷喬。
【義反】認敵作父／認賊作父／認敵爲友／下喬入幽。

棄舊圖新 ㄑㄧˋ ㄐㄧㄡˋ ㄊㄨˊ ㄒㄧㄣ

【釋義】拋棄舊的，謀求新的。一作「棄舊換新」。
【出處】羅貫中・三國演義九回：「乃太師應受漢禪，棄舊換新，將乘玉輦金鞍之兆也。」
【用法】大多指由不好的轉向好的，離開錯誤的而走向正確的。
【例句】他終於幡然悔悟，**棄舊圖新**，從販毒集團中出來投案自首。
【義近】悔過自新／棄過圖新／改邪歸正。
【義反】執迷不悟／屢教不改／頑固不化。

椎心泣血 ㄓㄨㄟ ㄒㄧㄣ ㄑㄧˋ ㄒㄩㄝˋ

【釋義】用手槌胸，眼中哭出血來。

【出處】李陵・答蘇武書：「何圖志未立而怨已成，計未從而骨肉受刑，此陵所以仰天椎心而泣血也。」

【用法】形容極度悲痛。

【例句】在大陸的母親猝然去世，一時又買不到機票回去奔喪，叫我怎能不**椎心泣血**！

【義近】撫膺頓足／呼天搶地／稽顙泣血。

【義反】手舞足蹈／仰天大笑／歡聲笑語。

棟梁之材 ㄉㄨㄥˋ ㄌㄧㄤˊ ㄓ ㄘㄞˊ

【釋義】棟梁：房屋的大梁。

【出處】陳壽・三國志・魏志・高柔傳：「今公輔之臣，皆國之棟梁，民所瞻具。」

【用法】比喻能爲國家擔當重任的人才。

【例句】這批高材生如果認眞培養，將來必可成爲國家的**棟梁之材**。

【義近】中流砥柱／國家棟梁／國家柱石。

【義反】碌碌之輩／凡庸之才／樗櫟庸才。

棋逢對手 ㄑㄧˊ ㄈㄥˊ ㄉㄨㄟˋ ㄕㄡˇ

【釋義】下棋碰上了相當的人。對手：又作「敵手」，本領相當的對方。

【出處】尙顏・懷陸龜蒙處士：「事免傷心否，棋逢敵手無。」

【用法】用以比喻雙方的力量相當，不分上下。

【例句】看來你們今天眞是**棋逢對手**，一盤棋下了三個小時還定不出勝負。

【義近】旗鼓相當／勢均力敵／將遇良才。

【義反】天差地遠／眾寡懸殊／石頭雞蛋。

森羅萬象 ㄙㄣ ㄌㄨㄛˊ ㄨㄢˋ ㄒㄧㄤˋ

【釋義】森：繁密，眾多。羅：排列。萬象：各種各樣的事物和現象。

【出處】道源・景德傳燈錄卷二八：「如森羅萬象，至空而極，百川眾流，至海而極。」

【用法】用以指紛然羅列的各種事物或現象。

【例句】在宇宙的**森羅萬象**中，我的胃病當然不過是小事。（魯迅・馬上日記）

【義近】包羅萬象／豐富多采／五花八門／形形色色／無所不備／應有盡有。

森嚴壁壘 ㄙㄣ ㄧㄢˊ ㄅㄧˋ ㄌㄟˇ

【釋義】森嚴：整齊嚴肅。壁壘：軍營的圍牆，作爲進攻或退守的工事。一作「壁壘森嚴」。

【出處】新唐書・文藝傳序：「排逐百家，法度森嚴。」司馬遷・史記・黥布傳：「深溝壁壘。」

【用法】形容防守嚴密，現也比喻界限劃得很分明。

【例句】我軍**森嚴壁壘**守候多時，敵人膽敢來侵犯，定把它消滅殆盡。

【義近】嚴陣以待／戒備森嚴。

【義反】放牛歸馬／放鬆警惕／界限不清。

極樂世界 ㄐㄧˊ ㄌㄜˋ ㄕˋ ㄐㄧㄝˋ

【釋義】佛教指阿彌陀佛所居住的世界。今指死者往生的地方。

【出處】阿彌陀經：「從是西方，過十萬億佛土，有世界名曰極樂。」

【用法】用以指安樂幸福之地。

【例句】在現實社會中，實在很難找到眞正的**極樂世界**。

【義近】世外桃源／福地洞天／樂土樂國。

【義反】陰曹地府／人間地獄／黑暗王國。

楚囚相對（ㄔㄨˇ ㄑㄧㄡˊ ㄒㄧㄤ ㄉㄨㄟˋ）

【釋義】楚囚：本指被俘的楚國人，後用以借指處境窘迫的人。又作「楚囚對泣」。

【出處】劉義慶・世說新語・言語：「王丞相愀然變色曰：『當共戮力王室，克復神州，何至作楚囚相對！』」

【用法】比喻國家衰亡時相對哭泣，也泛指處於困境時悲傷歎息。

【例句】陷入困境時應設法振作，奮發圖強，若作**楚囚相對**，有何裨益！

【義近】一籌莫展／束手待斃／亡國相泣。

【義反】中流擊楫／直搗黃龍／誓振山河。

楚材晉用（ㄔㄨˇ ㄘㄞˊ ㄐㄧㄣˋ ㄩㄥˋ）

【釋義】楚國的材物為晉國所使用。

【出處】左傳・襄公二六年：「如杞、梓、皮革，自楚往也。雖楚有材，晉實用之。」

【用法】比喻一個國家的人才外流，而為他國所用。

【例句】前蘇聯的許多科學家紛紛去美、英等國謀生，這樣的**楚材晉用**，對俄羅斯人而言，實在可惜。

【義近】人才外流。

【義反】材為我用。

楚楚可憐（ㄔㄨˇ ㄔㄨˇ ㄎㄜˇ ㄌㄧㄢˊ）

【釋義】楚楚：纖弱的樣子。憐：愛。

【出處】劉義慶・世說新語・言語載：高世遠謂孫綽曰：「松樹子非不楚楚可憐，但永無棟梁用耳！」

【用法】本指幼松整齊纖弱可愛，後多用以形容女子嬌弱柔嫩，逗人喜愛。

【例句】李小姐身材修長瘦弱，亭亭玉立，**楚楚可憐**。

【義近】纖弱柔美／弱不禁風／楚楚動人。

【義反】粗壯結實／其壯如牛／碩大驚人。

業精於勤（ㄧㄝˋ ㄐㄧㄥ ㄩˊ ㄑㄧㄣˊ）

【釋義】精：精通，純熟。

【出處】韓愈・進學解：「業精於勤，荒於嬉，行成於思，毀於隨。」

【用法】用以說明學業的精通純熟在於勤奮。

【例句】**業精於勤**，荒於嬉，即使是天才，若不勤奮，也是枉然。

【義近】行成於思。

【義反】業荒於嬉。

榮華富貴（ㄖㄨㄥˊ ㄏㄨㄚˊ ㄈㄨˋ ㄍㄨㄟˋ）

【釋義】榮華：興旺茂盛。富貴：有錢有地位。

【出處】王符・潛夫論・論榮：「所謂賢人君子者，非必高位厚祿富貴榮華之謂也。」

【用法】形容財多勢大，權重位顯。

【例句】一個人如果能看透**榮華富貴**，也就可以安然自適了。

【義近】富貴尊榮／高官厚祿。

【義反】窮困潦倒／安貧樂道。

槁木死灰（ㄍㄠˇ ㄇㄨˋ ㄙˇ ㄏㄨㄟ）

【釋義】乾枯的樹木，冷卻的灰燼。槁：乾枯。

【出處】莊子・齊物論：「形固可使如槁木，而心固可使如死灰乎？」

【用法】用以比喻毫無生氣，意志消沉。

【例句】她在夫死子喪之後，就如**槁木死灰**一般，一概不聞不問，只在家中呆坐。

【義近】心如死灰／古井無波／形槁心灰。

【義反】生機勃勃／生龍活虎／生氣勃勃。

模稜兩可（ㄇㄛˊ ㄌㄥˊ ㄌㄧㄤˇ ㄎㄜˇ）

【釋義】模稜：指意見或態度不明確，不肯定。兩可：這樣也可以，那樣也可以。

【出處】張居正・陳六事疏：「上下務為姑息，百事悉從委狥，以模稜兩可謂之調停，以委曲遷就謂之善處。」

【用法】用以指不明確表示的態度，或沒有明確的主張。

【例句】他在誰是誰非的問題上，向來態度明確，從不**模稜兩可**。

【義近】不置可否／依違兩可／含糊其辭。

【義反】態度明確／旗幟鮮明／是則是非則非。

標新立異（ㄅㄧㄠ ㄒㄧㄣ ㄌㄧˋ ㄧˋ）

【釋義】標：用文字或其他事物表明。異：不同，特別的。

【出處】劉義慶・世說新語・文學：「標新理於二家之表，立異議於眾賢之外。」

【用法】本指特創新意，立論與人不同。今多指提出新奇的主張，以示與眾不同。

【例句】他總喜歡**標新立異**，以引起別人的注意。

【義近】獨闢蹊徑／標新領異／獨出心裁／不主故常。

【義反】亦步亦趨／人云亦云／蹈人故轍／拾人牙慧。

樂天知命（ㄌㄜˋ ㄊㄧㄢ ㄓ ㄇㄧㄥˋ）

【釋義】安於上天的安排和自己的命運，並以此自樂。天：上天，大自然。

【出處】周易・繫辭上：「樂天知命，故不憂。」

【用法】安分隨命，樂觀自處，不做非分之想。

【例句】一個人若能**樂天知命**，便能心胸寬闊，無憂無慮地生活。

【義近】安常守分／達觀知命／知命安身。

【義反】追名逐利／貪慕榮華／想入非非。

樂不可支（ㄌㄜˋ ㄅㄨˋ ㄎㄜˇ ㄓ）

【釋義】快樂得到了不能自持的地步。支：支撐。

【出處】後漢書・張堪傳：「百姓歌曰：『桑無附枝，麥穗兩岐。張君為政，樂不可支。』」

【用法】形容快樂至極。

【例句】看到我們的球隊在別人的土地上連連獲勝，所有華僑皆**樂不可支**，幾乎要到瘋狂的地步。

【義近】喜不自勝／手舞足蹈／歡欣鼓舞。

【義反】痛不欲生／悲不自勝／悲傷之至。

樂不思蜀（ㄌㄜˋ ㄅㄨˋ ㄙ ㄕㄨˇ）

【釋義】快樂得再也不想念蜀國。指司馬昭置蜀後主劉禪於洛陽，讓其過豪華生活而不思蜀。

【出處】漢晉春秋：「王（司馬昭）問（劉）禪曰：『頗思蜀否？』禪曰：『此間樂，不思蜀。』」

【用法】用以稱樂而忘返或樂而忘本。也比喻人沉迷於安樂，而不思振作。

【例句】你到了國外，可不能**樂不思蜀**，忘記養育你的故鄉故土啊！

【義近】樂而忘返／樂而忘歸／樂而忘本。

【義反】狐死首丘／飲水思源／樂不忘本。

樂以忘憂（ㄌㄜˋ ㄧˇ ㄨㄤˋ ㄧㄡ）

【釋義】以：而。

【出處】論語・述而：「其為人也，發憤忘食，樂以忘憂，不知老之將至云爾。」

【用法】形容人快樂得忘記了憂愁。

【例句】**樂以忘憂**，曠達自處，自然會生活得愉快。

【義反】安不忘危／樂極悲生。

樂而忘返（ㄌㄜˋ ㄦˊ ㄨㄤˋ ㄈㄢˇ）

【釋義】樂：遊樂。返：歸，回去。

【出處】晉書・苻堅載記上：「堅嘗如鄴，狩於西山，旬餘，樂而忘返。」
【用法】用以形容快樂得忘了回去。
【例句】這次郊遊，一路上山光水色，明媚宜人，使人**樂而忘返**。
【義近】樂而忘歸／樂不思蜀。
【義反】樂不忘歸／樂而知返。

樂此不疲（ㄌㄜˋ ㄘˇ ㄅㄨˋ ㄆㄧˊ）

【釋義】樂於此道，不知疲倦。
【出處】後漢書・光武帝紀下：「帝曰：『我自樂此，不爲疲也。』」
【用法】用以表示一個人對於某件事情因特別愛好而不覺得疲倦。
【例句】張小姐非常喜愛唱歌，一大早就去公園練嗓子，而且**樂此不疲**，一年四季從不間斷。
【義近】廢寢忘餐／愛之入迷。
【義反】興味索然／興趣全無。

樂善好施（ㄌㄜˋ ㄕㄢˋ ㄏㄠˋ ㄕ）

【釋義】樂：好，喜歡。施：施捨。
【出處】司馬遷・史記・樂書：「聞徵音，使人樂善而好施；聞羽音，使人整齊而好禮。」
【用法】指樂意做好事，熱心資助有困難的人。
【例句】他爲人仗義疏財，**樂善好施**，在這一帶廣受人們的敬佩和愛戴。
【義近】慷慨解囊／樂善不倦／助人爲樂。
【義反】一毛不拔／巧取豪奪／謀財害命。

樂極生悲（ㄌㄜˋ ㄐㄧˊ ㄕㄥ ㄅㄟ）

【釋義】歡樂到極點時，會發生使人悲傷的事。
【出處】淮南子・道應訓：「夫物盛而衰，樂極則悲，日中而移，月盈而虧。」
【用法】比喻物極必反。常用以勸戒人行樂要有節制。
【例句】雖說玩樂當及時，但也不能太過頭，不知節制，以免**樂極生悲**。
【義近】樂極哀生／樂極悲來／泰極而否／物盛則衰。
【義反】苦盡甘來／否極泰來／禍過福生／悲極而喜。

機不可失（ㄐㄧ ㄅㄨˋ ㄎㄜˇ ㄕ）

【釋義】機：時機，機會。失：喪失，丟掉。常與「時不再來」連用。
【出處】舊唐書・李靖傳：「兵貴神速，機不可失。」宋史・韓世忠傳：「令人廢劉豫，中原震動，世忠謂機不可失，請全師北討。」
【用法】指良好的時機難得，必須把握，不可錯過。
【例句】能和仰慕已久的人吃飯，實在是**機不可失**，我當然會準時赴約。
【義近】時不再來／千載難逢／時不可逢。
【義反】坐失良機／交臂失之／失卻機遇。

機關用盡（ㄐㄧ ㄍㄨㄢ ㄩㄥˋ ㄐㄧㄣˋ）

【釋義】機關：權謀機詐，或周密而巧妙的計算。也作「機關算盡」。
【出處】黃庭堅・牧童歌：「多少長安名利客，機關用盡不如君。」
【用法】形容用盡心機。多指玩弄權術，施行詭計。
【例句】張老闆爲了賺大錢，**機關用盡**，結果却蝕了大本。
【義近】費盡心機／挖空心思／絞盡腦汁。
【義反】黔驢技窮／無計可施／無所用心。

樹大招風（ㄕㄨˋ ㄉㄚˋ ㄓㄠ ㄈㄥ）

【釋義】高大的樹木容易招來風吹。
【出處】笑笑生・金瓶梅四八回

：「正是樹大招風風損樹，人爲名高名喪身。」

【用法】說明目標大容易招致別人的嫉妒，帶來麻煩或擔風險。

【例句】**樹大招風**，一個人若財多勢大時，易引起別人眼紅，還是不要太招搖的好。

【義近】名高喪身／人怕出名豬怕肥。

【義反】無名身安／人窮少災。

樹倒猢猻散 ㄕㄨˋ ㄉㄠˇ ㄏㄨˊ ㄙㄨㄣ ㄙㄢˋ

【釋義】樹倒了，樹上的猴子就散去。猢猻：猴子。

【出處】龐元英・談藪載：宋曹詠依附秦檜，官至侍郎，顯赫一時。詠的妻兄厲德斯生性耿介，不入秦檜集團。後秦檜死，曹詠失勢，德斯作「樹倒猢猻散賦」送曹詠。

【用法】比喻以勢利結合的人，爲首的一倒，依附的隨即一哄而散。

【例句】這個曾經繁榮一時的家族，因族長的過世便**樹倒猢猻散**，現已人口凋零，門庭冷清。

【義近】官倒嘍囉散。

【義反】花開蝶滿枝。

樹欲靜而風不止 ㄕㄨˋ ㄩˋ ㄐㄧㄥˋ ㄦˊ ㄈㄥ ㄅㄨˋ ㄓˇ

【釋義】樹：喻主觀意志。欲靜：想停止下來。風：喻客觀存在。不止：不停息。

【出處】韓詩外傳九：「樹欲靜而風不止，子欲養而親不待也。」

【用法】比喻事物的客觀存在和發展不以個人的意志爲轉移。現多比喻父母去世，不得奉養。

【例句】①我們何嘗不想社會清靜太平，然而**樹欲靜而風不止**，歹徒們到處行凶作惡，弄得大家不得安寧。②爲人子女者，應趁父母健在時多盡孝道，以免徒留**樹欲靜而風不止**的遺憾。

【義近】風木之思／子欲養而親不待。

樹碑立傳 ㄕㄨˋ ㄅㄟ ㄌㄧˋ ㄓㄨㄢˋ

【釋義】樹：建立。碑：指紀念或歌頌某人事跡的刻石。立傳：寫傳記。

【用法】原指歌頌某人的事跡功德，使之永久流傳。現也比喻樹立個人威信，抬高個人聲望的吹捧行爲。

【例句】他在這裏當了幾年縣長，什麼功德也沒有，你們却如此爲他**樹碑立傳**，不覺得可笑嗎？

【義近】歌功頌德／讚揚備至／吹喇叭抬轎子。

【義反】怨聲載道／怨憤滿腔／橫眉冷對。

橫七豎八 ㄏㄥˊ ㄑㄧ ㄕㄨˋ ㄅㄚ

【釋義】有的橫著，有的豎著。豎：直，縱。

【出處】施耐庵・水滸傳三四回：「一片瓦礫場上，橫七豎八，殺死的男子婦人，不計其數。」

【用法】形容縱橫雜亂，漫無條理。

【例句】昨晚一場狂歡舞會下來，所有的人都累壞了，**橫七豎八**地倒地而睡。

【義近】亂七八糟／橫三豎四／七顛八倒。

【義反】井然有序／井井有條／整整齊齊。

橫生枝節 ㄏㄥˊ ㄕㄥ ㄓ ㄐㄧㄝˊ

【釋義】橫生：旁生，喻意外地發生。枝節：樹幹上的枝枝節節，喻新問題。

【出處】清史稿・周德潤傳：「五條外橫生枝節，若猶遷就，其何能國？」

【用法】比喻在解決問題的過程中，故意製造麻煩，阻礙事情順利進行。

【例句】談判要有誠意，你總是這樣**橫生枝節**，如何能談出個結果來？

【義近】節外生枝／別生枝節。
【義反】一帆風順／進展順利。

橫行天下 ㄏㄥˊ ㄒㄧㄥˊ ㄊㄧㄢ ㄒㄧㄚˋ

【釋義】橫行：走遍，縱橫馳騁，喻所向無阻。
【出處】荀子・修身：「體恭敬而心忠信，……橫行天下，雖困四夷，人莫不貴。」
【用法】原指無阻礙地走遍各地，後用以形容東征西戰，所向無敵。
【例句】他拳擊的武藝極為高強，**橫行天下**，多次奪得世界冠軍。
【義近】天下無敵／所向披靡。
【義反】殘兵敗將／無名小卒。

橫行無忌 ㄏㄥˊ ㄒㄧㄥˊ ㄨˊ ㄐㄧˋ

【釋義】橫行：倚仗暴力為非作歹。忌：顧忌，忌憚。
【出處】羅貫中・三國演義一三回：「其時李傕自為大司馬，郭汜自為大將軍，橫行無忌，朝廷無人敢言。」
【用法】形容毫無顧忌，為所欲為。
【例句】世界的民主運動日益高漲，專制統治者**橫行無忌**的時代將宣告結束。
【義近】肆無忌憚／橫行霸道／肆意橫行。
【義反】有所顧忌／不敢妄為／安守本分。

橫行霸道 ㄏㄥˊ ㄒㄧㄥˊ ㄅㄚˋ ㄉㄠˋ

【釋義】橫行：任意而行，想幹什麼就幹什麼。
【出處】曹雪芹・紅樓夢九回：「（賈瑞）又助著薛蟠圖些銀錢酒肉，一任薛蟠橫行霸道。」
【用法】形容依仗權勢為非作歹，蠻橫不講道理。
【例句】他自以為有當縣長的舅舅為他撐腰，便到處**橫行霸道**，結果被人一刀捅死了，眞是活該！
【義近】專橫跋扈／恣縱蠻橫／作威作福。
【義反】安分守己／奉公守法／循規蹈矩。

橫徵暴斂 ㄏㄥˊ ㄓㄥ ㄅㄠˋ ㄌㄧㄢˋ

【釋義】橫：蠻橫。徵：徵收。暴：殘暴。斂：搜括。
【出處】北史・魏宣武帝紀：「不得橫有徵發。」吳沃堯・痛史二四回：「其實是橫徵暴斂，剝削脂膏。」
【用法】指強行徵收苛捐雜稅，殘害民眾。
【例句】專制獨裁者**橫徵暴斂**，弄得民不聊生，步上滅亡之路也是意料中事。
【義近】苛捐雜稅／敲骨吸髓／肆意搜括。
【義反】輕徭薄賦／減租減息／政通人和。

橫眉冷對 ㄏㄥˊ ㄇㄟˊ ㄌㄥˇ ㄉㄨㄟˋ

【釋義】橫眉：怒目而視。冷對：冷眼相看。
【出處】黃庭堅・鷓鴣天詞：「付與旁人冷眼看。」
【用法】用以表示對某人某事的憎恨或蔑視。
【例句】這個人非常勢利，對有財有勢者逢迎獻媚，對貧窮無勢者則**橫眉冷對**，兩種嘴臉截然不同。
【義近】冷眼相待／橫眉努目。
【義反】青眼視之／笑臉相迎。

橫眉努目 ㄏㄥˊ ㄇㄟˊ ㄋㄨˇ ㄇㄨˋ

【釋義】豎起眉毛，瞪大眼睛。
【出處】何光遠・鑑戒錄引陳裕詩：「橫眉努目強乾嗔，便作閻浮有力神。」
【用法】用以形容人強橫怒視的神情。
【例句】這傢伙官位不大，官氣卻十足，動不動就**橫眉努目**的。
【義近】怒眼圓睜／橫眉豎眼／柳眉倒豎。
【義反】和顏悅色／慈眉善目／心慈面軟。

橫掃千軍（ㄏㄥˊ ㄙㄠˇ ㄑㄧㄢ ㄐㄩㄣ）

【釋義】橫：由西而東。掃：掃除，打敗。

【出處】杜甫・醉歌行：「詞源倒流三峽水，筆陣獨掃千人軍。」

【用法】形容氣勢迅猛，一舉殲滅大量敵軍。也借指詩文、書法氣魄宏偉。

【例句】他年輕時投筆從戎，奔赴抗日前線，以**橫掃千軍**之勢立下了赫赫戰功。

【義近】風捲殘雲／氣吞萬里如虎。

【義反】落花流水／一敗塗地／偃旗息鼓／全無氣勢。

橫槊賦詩（ㄏㄥˊ ㄕㄨㄛˋ ㄈㄨˋ ㄕ）

【釋義】橫拿著長矛吟詩。槊：長矛。賦：吟詠。

【出處】蘇軾・前赤壁賦：「舳艫千里，旌旗蔽空，釃酒臨江，橫槊賦詩，固一世之雄也。」

【用法】形容在鞍馬間吟詩為文的豪邁氣概。

【例句】我國古代許多軍事家都極富文才，在戎馬倥傯之際，往往**橫槊賦詩**以抒懷。

【義近】橫戈吟詩／能文能武。

橫衝直撞（ㄏㄥˊ ㄔㄨㄥ ㄓˊ ㄓㄨㄤˋ）

【釋義】亂衝亂撞，毫無顧忌。

【出處】施耐庵・水滸傳五五回：「那連環馬軍漫山遍野，橫衝直撞將來。」

【用法】形容一味蠻幹或蠻不講理。也形容凶悍勇猛，勢不可擋。

【例句】那個機車騎士在馬路上**橫衝直撞**的，又沒有戴安全帽，看起來非常危險。

【義近】狼奔豕突／耀武揚威。

【義反】直道而行／安分守己。

櫛風沐雨（ㄐㄧㄝˊ ㄈㄥ ㄇㄨˋ ㄩˇ）

【釋義】以風梳髮，用雨洗頭。櫛：梳頭髮。沐：洗頭。

【出處】陳壽・三國志・魏志・鮑勛傳：「洗獵暴華蓋於原野，傷生育之至理，櫛風沐雨，不以時隙哉！」

【用法】形容不避風雨，奔波勞苦。

【例句】地質勘探隊員常年跋山涉水，**櫛風沐雨**，到處尋找地下礦源。

【義近】披星戴月／風餐露宿／風吹雨淋。

【義反】養尊處優／飽食終日／高枕而臥。

權宜之計（ㄑㄩㄢˊ ㄧˊ ㄓ ㄐㄧˋ）

【釋義】權：暫且，姑且。宜：適宜。計：辦法。

【出處】後漢書・王允傳：「仗正持重，不循權宜之計，是以羣下不甚附之。」

【用法】指為了應付某種情況而暫時採取的變通措施。

【例句】我們向貴公司做出的讓步，並非**權宜之計**，而是想和你們從根本上改善關係。

【義近】應急之策／一時之計／緩兵之計。

【義反】長久之計／百年大計／萬全之策。

權衡輕重（ㄑㄩㄢˊ ㄏㄥˊ ㄑㄧㄥ ㄓㄨㄥˋ）

【釋義】稱量一下哪個輕哪個重。權衡：衡量。權：秤錘。衡：秤杆。

【出處】淮南子・本經訓：「故謹於權衡準繩，審乎輕重，足以治其境內矣。」

【用法】比喻要弄清利害得失的大小或分清主次。

【例句】遇事都應先**權衡輕重**，然後再採取相應的措施加以解決。

【義近】權衡得失／度量長短。

【義反】等量齊觀／視同一律。

欠部

欣欣向榮

【釋義】欣欣：草木生機旺盛的樣子。榮：茂盛。
【出處】陶淵明・歸去來辭：「木欣欣以向榮，泉涓涓而始流。」
【用法】比喻事業蓬勃發展、興旺昌盛。
【例句】在我們這裏，一切都充滿了生機，凡事都正**欣欣向榮**地發展著。
【義近】蒸蒸日上／生意盎然／生機勃勃。
【義反】死氣沉沉／奄奄一息／氣息奄奄。

欣然自喜

【釋義】欣然：喜悅的樣子。
【出處】莊子・秋水：「秋水時至，百川灌河……於是焉，河伯欣然自喜，以天下之美爲盡在己。」
【用法】形容喜樂自得的情狀。
【例句】她在晚會中高歌一曲，博得了聽眾的熱烈掌聲，於是**欣然自喜**，整個晚上都沉浸在興奮歡樂之中。
【義近】欣欣得意／怡然自得／沾沾自喜／自鳴得意。
【義反】愁腸百結／一日九迴腸／怏怏不樂／憂鬱難遣。

欣喜若狂

【釋義】欣喜：快樂，歡喜。若：好像。狂：失常，失去控制。
【出處】禮記・樂記：「欣喜歡愛，樂之官也。」
【用法】形容高興到了極點。
【例句】日本一宣布無條件投降，國人無不**欣喜若狂**。
【義近】興高采烈／歡天喜地／歡騰雀躍／手舞足蹈。
【義反】悲痛欲絕／傷感萬分。

欲加之罪，何患無辭

【釋義】想給人加上罪名，何愁找不到藉口。之：他。患：擔憂。辭：言辭，指藉口。
【出處】左傳・僖公十年：「欲加之罪，其無辭乎！臣聞命矣。」
【用法】形容故意找藉口誣陷人，加害於人。
【例句】**欲加之罪，何患無辭**，隨他去說吧，反正我對得起天地良心！
【義近】曲意栽贓。
【義反】罪有應得。

欲速不達

【釋義】速：快。達：到。一作「欲速則不達」。
【出處】論語・子路：「無欲速，無見小利。欲速則不達，見小利則大事不成。」
【用法】用以說明過於性急圖快，反而不能達到目的。
【例句】學習必須循序漸進，若一味地貪多求快，則必然**欲速不達**。
【義近】揠苗助長。
【義反】水到渠成／瓜熟蒂落。

欲蓋彌彰

【釋義】蓋：遮掩，遮蓋。彌：更加。彰：明顯。
【出處】左傳・昭公三一年：「或求名而不得，或欲蓋而名章（彰），懲不義也。」
【用法】用以說明想掩蓋過失的眞相，結果反而暴露得更加明顯。
【例句】這傢伙誘人妻女之後，設法在眾人面前洗刷，結果**欲蓋彌彰**，反而暴露了他的醜惡嘴臉。
【義近】此地無銀三百兩／弄巧成拙／不打自招。

欲罷不能

【釋義】想停止而不可能。罷：

停止。

【出處】論語・子罕：「夫子循循然善誘人，博我以文，約我以禮，欲罷不能。」

【用法】本指學習心切，後泛指興之所至不能終止，或因形勢促使而無法停止。

【例句】①打麻將確實會上癮，幾次向妻子發誓不打了，卻**欲罷不能**。②這部電視劇拍得太精彩了，觀眾紛紛來信要求拍續集，看來是**欲罷不能**了。

【義近】騎虎難下。

【義反】不了了之。

欲擒故縱（ㄩˋ ㄑㄧㄣˊ ㄍㄨˋ ㄗㄨㄥˋ）

【釋義】先故意放開他，使他放鬆戒備，然後再把他捉住。擒：捕捉。縱：放走。

【出處】語出諸葛亮七擒七縱孟獲。吳沃堯・二十年目睹之怪現狀七十回：「放出一個欲擒故縱的手段。」

【用法】比喻爲了更好地控制對方，故意先放鬆一步，使他不加防備，然後再擒住他。也指爲文敘事，欲緊先緩的筆法。

【例句】我們不妨採取**欲擒故縱**的手法，先把他放出牢房，然後派人跟蹤，便可找出那個賊窩。

【義近】放長線釣大魚／欲緊先緩。

【義反】放虎歸山／平鋪直敘。

欽差大臣（ㄑㄧㄣ ㄔㄞ ㄉㄚˋ ㄔㄣˊ）

【釋義】明清時代皇帝臨時派遣出外辦理重大事情的官員。

【出處】阮葵生・茶餘客話：「三品以上用欽差大臣關防，四品以下用欽差官員關防。」

【用法】今多用以指上級派來的握有大權的官員。常含諷刺意味。

【例句】這位**欽差大臣**一到，便說這也不是，那也不對，弄得大家惶恐不安，不知如何是好。

【義近】總統特使／上級專員。

【義反】平民百姓／本地吏屬。

欺人太甚（ㄑㄧ ㄖㄣˊ ㄊㄞˋ ㄕㄣˋ）

【釋義】甚：過分，厲害。

【出處】鄭廷玉・楚昭王四折：「公主著他做了盟主，又與他一口寶劍，筵前舉鼎，欺人太甚。」

【用法】指欺凌他人太過分，令人不能容忍。

【例句】你不要**欺人太甚**，我已讓你多次，你若再胡攪蠻纏，我就不客氣了！

【義近】欺人忒甚／騎人頭上。

【義反】平等待人／以禮待人。

欺世盜名（ㄑㄧ ㄕˋ ㄉㄠˋ ㄇㄧㄥˊ）

【釋義】欺：欺騙。盜：竊取。名：名譽。

【出處】蘇洵・辨姦論：「王衍之爲人，容貌言語，固有以欺世而盜名者。」

【用法】用以指責一個人欺騙世人，竊取名譽。

【例句】他算什麼學者，**欺世盜名**而已，他何曾把文章寫通順過！

【義近】盜名竊譽／沽名釣譽／惑世盜名／阿世盜名。

【義反】功成不居／無意功名。

欺軟怕硬（ㄑㄧ ㄖㄨㄢˇ ㄆㄚˋ ㄧㄥˋ）

【釋義】欺負軟弱的，害怕強硬的。一作「怕硬欺軟」。

【出處】關漢卿・竇娥冤：「天地也，做得個怕硬欺軟，卻原來也這般順水推船。」

【用法】形容人爲人卑鄙，畏懼強橫者，欺凌軟弱者。

【例句】他是個**欺軟怕硬**的人，你越軟弱他就越欺負你。

【義近】欺善怕惡／恃強凌弱／倚大欺小。

【義反】濟善除惡／鋤強扶弱。

歃血爲盟（ㄕㄚˋ ㄒㄧㄝˇ ㄨㄟˊ ㄇㄥˊ）

【釋義】歃血：古時會盟，雙方

口含牲畜之血或以血塗口旁，表示信誓。盟：宣誓訂約。

【出處】孟子・告子下：「葵丘之會諸侯，束牲載書而不歃血。」唐代蘇安恒請則天皇后復位於皇子：「歃血爲盟，指河爲誓。」

【用法】形容通過隆重的儀式，誠心誠意地訂立盟約。

【例句】世風日下，人心難測，過去**歃血爲盟**的義氣早已不復存在。

【義近】瀝血以誓／信誓旦旦。

【義反】口血未乾／背信棄義。

歌功頌德 ㄍㄜ ㄍㄨㄥ ㄙㄨㄥˋ ㄉㄜˊ

【釋義】歌頌功績和恩德。

【出處】司馬遷・史記・周本紀：「民皆歌樂之，頌其德。」王灼・再次韻晁子興詩之三：「歌功頌德今時事，側聽諸公出正音。」

【用法】今多用以指對某人或某一些人的吹捧。

【例句】有的人一當官就喜歡聽**歌功頌德**的聲音，而討厭逆耳的忠言。

【義近】謳功揚德／交口吹捧／讚頌不已。

【義反】逆耳忠言／交口貶斥／怨聲載道。

歌臺舞榭 ㄍㄜ ㄊㄞˊ ㄨˇ ㄒㄧㄝˋ

【釋義】歌舞的樓臺和廳堂。榭：建在土臺上的敞屋。

【出處】呂令問・雲中古城賦：「歌臺舞榭，月殿雲堂。」

【用法】今用以泛指歌舞場所。

【例句】她曾是紅極一時的歌星，在**歌臺舞榭**的歲月中嘗盡了人情冷暖，現在洗盡鉛華，皈衣佛門，不再復出了。

【義近】楚館秦樓／舞榭歌臺。

歌舞昇平 ㄍㄜ ㄨˇ ㄕㄥ ㄆㄧㄥˊ

【釋義】唱歌跳舞以歡慶太平。昇平：太平。

【出處】陸文圭・詞源跋：「淳佑、景定間，王邸侯館，歌舞昇平，居生處樂，不知老之將至。」

【用法】形容太平盛世社會安定、人民安樂的景象，今也指粉飾太平。

【例句】現今臺灣到處是一片**歌舞昇平**的景象，貧窮動盪的歲月已成陳跡。

【義近】太平盛世／歌舞太平。

【義反】兵荒馬亂／滄海橫流／雞犬不寧。

歌聲繞梁 ㄍㄜ ㄕㄥ ㄖㄠˋ ㄌㄧㄤˊ

【釋義】歌聲回旋在房梁之間。繞：回旋。

【出處】太平御覽・樂部・歌三：「歌聲繞梁三匝，乃上旁梁，草樹枝葉皆動，歌之感也。」宣和書譜・草書：「或謂如歌聲繞梁，琴人捨徽，則又見其遺音餘韻，使之於筆墨之外也。」

【用法】形容歌聲美妙動聽，令人回味不已。

【例句】那位歌手中氣十足，**歌聲繞梁**，就是聽他千遍也不厭倦。

【義近】餘音繞梁／繞梁之音／美妙歌聲。

【義反】喑啞之聲／刺耳歌音。

歎爲觀止 ㄊㄢˋ ㄨㄟˊ ㄍㄨㄢ ㄓˇ

【釋義】歎：讚歎。觀止：看到這裏爲止，意謂美好已極。

【出處】左傳・襄公二九年：「雖甚盛德，其蔑以加於此矣。觀止矣！若有他樂，吾不敢請已！」

【用法】用以讚美所見到的事物已經好到了極點。

【例句】這場雜技表演技藝高超，精彩極了，眞令人**歎爲觀止**。

【義近】至矣盡矣／盡善盡美／無以復加。

【義反】普普通通／平平常常／不足掛齒。

歡天喜地（ㄏㄨㄢ ㄊㄧㄢ ㄒㄧˇ ㄉㄧˋ）

【釋義】意即歡喜快活得到了極點。

【出處】京本通俗小說・錯斬崔寧：「當下權且歡天喜地，並無他說。」

【用法】形容非常歡喜。

【例句】知道自己上榜後，他**歡天喜地**的回家告訴家人。

【義近】歡欣鼓舞／欣喜若狂／眉開眼笑。

【義反】呼天搶地／悶悶不樂／愁眉苦臉。

歡欣鼓舞（ㄏㄨㄢ ㄒㄧㄣ ㄍㄨˇ ㄨˇ）

【釋義】歡欣：喜歡，快樂。鼓舞：興奮，振奮。

【出處】蘇軾・上知府王龍圖書：「自公始至，釋其重荷……是故莫不歡欣鼓舞之志。」

【用法】形容人精神振奮，十分高興。

【例句】在一片繁榮昌盛的景象中，臺灣人民又**歡欣鼓舞**地跨入了新的一年。

【義近】歡天喜地／興高采烈／歡呼雀躍。

【義反】愁眉不展／垂頭喪氣／愁眉鎖眼。

歡喜冤家（ㄏㄨㄢ ㄒㄧˇ ㄩㄢ ㄐㄧㄚ）

【釋義】原意指極喜愛的人。冤家：對兒女或情人的暱稱。

【出處】馬致遠・任風子二折：「兒女是金枷玉鎖，歡喜冤家，我都割捨了也。」

【用法】今多用以指稱感情眞摯深厚，而又愛頂嘴嘔氣的情侶。

【例句】這對**歡喜冤家**，三天吵，兩天和，眞搞不清楚他們是愛還是恨。

【義近】聚頭冤家。

【義反】柴米夫妻。

歡聲雷動（ㄏㄨㄢ ㄕㄥ ㄌㄟˊ ㄉㄨㄥˋ）

【釋義】歡呼聲像雷鳴一樣。雷動：雷震動，喻聲勢雄壯，聲音宏大。

【出處】劉基・過閩關：「天上絲綸啓玉封，歡聲雷動八州同。」

【用法】用以形容羣眾歡呼聲之宏大熱烈。

【例句】國慶晚會中，台上賣力演出，台下**歡聲雷動**，大家都沉醉在一片快樂中。

【義近】歡聲震天／歡聲如雷／鑼鼓喧天。

【義反】寂無人聲／鴉雀無聲／無聲無息。

止部

正人君子（ㄓㄥˋ ㄖㄣˊ ㄐㄩㄣ ㄗˇ）

【釋義】指品行端正，正直無私的人。

【出處】舊唐書・崔胤傳：「胤所悅者闒茸下輩，所惡者正人君子。」

【用法】用以指品德高尚的人，也用以諷刺假裝正經的人。

【例句】他眞是一位**正人君子**，任何威脅利誘都左右不了他的原則。

【義近】志誠君子／大雅君子／仁人君子／方良之士。

【義反】僞君子／勢利小人／衣冠禽獸。

正大光明（ㄓㄥˋ ㄉㄚˋ ㄍㄨㄤ ㄇㄧㄥˊ）

【釋義】正直無私，光明磊落。

【出處】朱熹・答周益公書：「

至若范公（仲淹）之心，則其正大光明，固無宿怨，而惓惓之義，實在國家。」

【用法】用以形容行爲正當，胸懷坦白無私。

【例句】我們做的都是**正大光明**的事，從來沒有見不得人的地方。

【義近】光明磊落／堂堂正正／心地光明／胸懷坦蕩。

【義反】心懷叵測／鬼鬼祟祟／偷偷摸摸／鬼頭鬼腦。

正中下懷 ㄓㄥˋ ㄓㄨㄥˋ ㄒㄧㄚˋ ㄏㄨㄞˊ

【釋義】正：恰好。中：投合。下懷：在下的心懷，謙稱自己的心意。

【出處】施耐庵・水滸傳六三回：「蔡福聽了，心中暗喜：『如此發落，正中下懷。』」

【用法】比喻正好投合自己的心意。

【例句】我早就想提出拆夥的主張，如今倒好，他先提出來，**正中下懷**，我也不用費心去想開場白了。

【義近】正中己懷／稱心如意／合乎心願。

【義反】大失所望。

正本清源 ㄓㄥˋ ㄅㄣˇ ㄑㄧㄥ ㄩㄢˊ

【釋義】正本：端正其根本。清源：清澈其源頭。源：一作「原」。

【出處】漢書・刑法志：「豈宜惟思所以清原正本之論，刪定律令。」晉書・武帝紀：「思與天下式明王度，正本清源。」

【用法】比喻從根本上加以整頓清理。

【例句】要使社會治安好轉，最重要的是須**正本清源**，單靠警力鎮壓並不能徹底解決問題。

【義近】拔本塞源／釜底抽薪／斬草除根／端本正源／扶正治本。

【義反】頭痛醫頭，腳痛醫腳／治標不治本／捨本逐末。

正言厲色 ㄓㄥˋ ㄧㄢˊ ㄌㄧˋ ㄙㄜˋ

【釋義】正：嚴正。厲：嚴厲，嚴肅。

【出處】曹雪芹・紅樓夢一九回：「黛玉見他說的鄭重，又且正言厲色，只當是眞事。」

【用法】形容說話嚴厲，臉色嚴肅。

【例句】你看他那一副**正言厲色**的樣子，好像有誰在和他過不去似的。

【義近】正色直言／正顏厲色。

【義反】嬉皮笑臉／謔浪嬉笑。

正顏厲色 ㄓㄥˋ ㄧㄢˊ ㄌㄧˋ ㄙㄜˋ

【釋義】正顏：嚴肅的面容。厲色：嚴厲的臉色。

【出處】王廷相・雅述上篇：「有德之人，心誠辭直，正顏厲色，不作僞飾，以爲心害。」

【用法】形容板著臉孔，神情非常嚴厲。

【例句】這孩子實在太可愛了，任他怎樣調皮，我都無法**正顏厲色**地對待他。

【義近】神情嚴肅／聲色俱厲／橫眉倒豎／怒目橫睜。

【義反】和顏悅色／和藹可親／態度和藹／笑容可掬。

正襟危坐 ㄓㄥˋ ㄐㄧㄣ ㄨㄟˊ ㄗㄨㄛˋ

【釋義】正襟：把衣襟整理整齊。危坐：端正地坐著。危：端正。

【出處】司馬遷・史記・日者列傳：「宋忠、賈誼瞿然而悟，獵纓正襟危坐。」

【用法】形容恭敬嚴肅或拘謹的樣子。

【例句】在那輛高級轎車裏，有一位將軍**正襟危坐**，顯得威風凜凜。

【義近】整衣危坐／肅然危坐／凜然端坐。

【義反】威儀不肅／儀容不端。

此一時，彼一時

【釋義】這個時候不同於那個時候。彼：那。一作「彼一時，此一時」。

【出處】孟子・公孫丑下：「彼一時，此一時也。」王實甫・西廂記五本：「此一時，彼一時，佳人才思，俺鶯鶯世間無二。」

【用法】用以說明時間不同，情況有異，不可一概而論。

【例句】**此一時，彼一時**，他現在已是大官，不能再和他稱兄道弟，平起平坐了。

【義近】不可同日而語／今非昔比。

【義反】同日而語／相提並論。

此地無銀三百兩

【釋義】這裏沒有三百兩銀子。

【出處】民間傳說：有個人把銀子埋在地裏，寫字條道：「此地無銀三百兩。」阿二偷走，也寫字條道：「隔壁阿二不曾知。」

【用法】比喻想要隱瞞掩飾，結果反而更加暴露。

【例句】你不要再到處告訴人家你不會散播謠言，這不正是**此地無銀三百兩**的心態作祟嗎？

【義近】不打自招／欲蓋彌彰／露出馬腳／洩露風聲。

【義反】人不知鬼不覺／守口如瓶／祕而不宣／不露風聲。

此仆彼起

【釋義】這裏下去，那裏起來。仆：倒下。

【用法】形容接連不斷地發生、興起。

【例句】黃花崗之役雖失敗，但革命運動却**此仆彼起**地發生，顯示清廷的氣數已盡。

【義近】層出不窮／層見疊出／日增月盛／如火如荼。

【義反】斷斷續續／時斷時續／時有時無／一過即絕。

步人後塵

【釋義】跟在別人後面走。步：踏著。後塵：走路時在後面揚起的塵土。

【出處】屠隆・曇花記：「副師好當前隊，老夫願步後塵。」

【用法】比喻追隨、模仿，沒有創造性。

【例句】事事**步人後塵**，一點創造性也沒有，這是最沒有出息的。

【義近】亦步亦趨／人云亦云／鸚鵡學舌。

【義反】獨闢蹊徑／不落窠臼／獨樹一幟。

步步生蓮花

【釋義】蓮花：荷花，因花色艷麗，常用以比喻人的美麗。

【出處】南史・東昏侯紀：「鑿金爲蓮花以帖地，令潘妃行其上，曰：『此步步生蓮花也。』」

【用法】用以形容美女姍姍徐步的優美媚姿。

【例句】張小姐走起路來嫋嫋婷婷，頗有**步步生蓮花**的媚姿。

【義近】款款而來／嫋嫋婷婷。

步步爲營

【釋義】每向前推進一步就設下一道營壘。步步：形容相隔很近。

【出處】羅貫中・三國演義七一回：「黃忠即日拔寨而進，步步爲營；每營住數日，又進。」

【用法】形容防守嚴密，行動謹慎。

【例句】爲了奪取勝利，在進軍過程中務必要**步步爲營**，穩扎穩打。

【義近】穩扎穩打／步步設防。

【義反】貿然行事／鹵莽僨事。

步武之間

【釋義】古代以六尺爲步，半步

為武。

【出處】左丘明・國語・周語下：「夫目之察度也，不過步武尺寸之間。」

【用法】用以指相距甚近。

【例句】他家離我家不過**步武之間**的距離，但我們却很少往來。

【義近】近在咫尺／一箭之遙／近在眼前／一板之隔。

【義反】遠在天涯／千里迢迢／遠在天邊／間關萬里。

步履安詳（ㄅㄨˋ ㄌㄩˇ ㄢ ㄒㄧㄤˊ）

【釋義】步履：行走。履：腳步。安詳：從容穩重。

【出處】杜甫・庭草：「步履宜輕過，開筵得屢供。」小學・嘉言：「容貌必端莊，衣冠必肅整，步履必安詳。」

【用法】形容走路步伐從容自若，不慌不忙。

【例句】國父**步履安祥**地走上主席臺，向到會的代表揮手致意。

【義近】步履穩健／步履從容。

【義反】舉步維艱／步履沉重。

步履維艱（ㄅㄨˋ ㄌㄩˇ ㄨㄟˊ ㄐㄧㄢ）

【釋義】步履：步行。維：語助詞。艱：困難。一作「步履艱難」。

【出處】錢彩・說岳全傳三回：「小弟因患了些瘋氣，步履艱難，為此買了一匹馬養在家裏，代代腳力。」

【用法】形容行走困難，也可指人生道路走得不平順。

【例句】一到下雨天，鄉村的道路到處泥濘不堪，使人**步履維艱**。

【義近】寸步難行。

【義反】健步如飛／舉步如飛／身輕體健／舉步如風。

歷歷可數（ㄌㄧˋ ㄌㄧˋ ㄎㄜˇ ㄕㄨˇ）

【釋義】清楚得可以一一數清。歷歷：分明的樣子。

【出處】袁枚・與鄒若泉書：「如理兒時舊書，歷歷可數。」

【用法】形容非常清楚，可以指數。

【例句】站在城邊的山頂上，俯瞰全城，高樓大廈，**歷歷可數**。

【義近】歷歷可見／一目了然。

【義反】模糊不清。

歷歷在目（ㄌㄧˋ ㄌㄧˋ ㄗㄞˋ ㄇㄨˋ）

【釋義】歷歷：清楚分明。

【出處】杜甫・歷歷詩：「歷歷開元事，分明在眼前。」張君房・雲笈七籤卷五八：「如能至心，三七日中，可以內視五臟，歷歷在目。」

【用法】指遠方的景物看得清清楚楚，或過去的事情清清楚楚地重現在眼前。

【例句】我離開家鄉時，母親哭著送我的情景，至今猶**歷歷在目**。

【義近】了然在目／昭昭在目／歷歷可見／記憶猶新。

【義反】霧裏看花／過眼雲煙。

歸心似箭（ㄍㄨㄟ ㄒㄧㄣ ㄙˋ ㄐㄧㄢˋ）

【釋義】想回家的心情像射出的箭一樣急速。歸：回。又作「歸心如箭」。

【出處】笑笑生・金瓶梅五五回：「不想西門慶歸心如箭，不曾別的他，竟自歸來。」

【用法】形容回家的念頭非常急切。

【例句】他聽說母親身染重病，便**歸心似箭**，請了假立刻就動身。

【義近】歸心如飛。

【義反】流連忘返／樂不思蜀。

歸眞反璞（ㄍㄨㄟ ㄓㄣ ㄈㄢˇ ㄆㄨˊ）

【釋義】歸：回。眞：本眞，天然。反：同「返」，回到。璞：未經雕琢的玉石。

【出處】戰國策・齊策四：「斶知足矣，歸眞反璞，則終身不辱也。」

【用法】用以說明去掉虛偽的外

飾，回到本眞的自然狀態。

【例句】在社會紛亂的戰國時代，人心狡詐，老子和莊子提出**歸眞反璞**的思想，是有其深刻的哲理意義的。

【義近】返璞歸眞／歸正返本／歸全反眞／還淳返璞。

【義反】矯情僞態／弄虛作假。

歸根結柢 ㄍㄨㄟ ㄍㄣ ㄐㄧㄝˊ ㄉㄧˇ

【釋義】又作「歸根結底」。

【出處】老子一六章：「夫物芸芸，各復歸其根。」

【用法】用以指將事物的發生或道理，歸結到根本上。

【例句】這幾十年來，我們的工作之所以能取得不錯的成績，**歸根結柢**，就仗大家齊心協力，奮發圖強。

【義近】總而言之／質而言之／一言以蔽之。

【義反】推而言之／析而言之／細而言之。

歹部

死不瞑目 ㄙˇ ㄅㄨˋ ㄇㄧㄥˊ ㄇㄨˋ

【釋義】死了也不閉眼。瞑目：閉眼。指人死了心裏還有放不下的事。

【出處】陳壽・三國志・吳志・孫堅傳：「堅曰：（董）卓逆天無道，蕩覆王室，今不夷汝三族，懸示四海，則吾死不瞑目。」

【用法】用以形容抱恨而死，心有不甘。

【例句】因志向未竟，**死不瞑目**，所以他卯定勁兒，鼓起勇氣與病魔纏鬥。

【義近】抱恨終天／含恨九泉。

【義反】死而無憾／死而無怨／含笑九泉／死亦瞑目／瞑目地下。

死中求生 ㄙˇ ㄓㄨㄥ ㄑㄧㄡˊ ㄕㄥ

【釋義】在死路中求得一條活路。生：活。

【出處】後漢書・公孫述傳：「述謂延岑曰：『事當奈何？』岑曰：『男兒當死中求生，可坐窮乎！』」

【用法】表示在絕境中求生路。

【例句】眞正的男子漢，要具有**死中求生**的勇氣和決心，無論遇到什麼樣的困境，也決不灰心。

【義近】死裏求生／死中求活。

【義反】灰心喪氣／自怨自艾／自甘失敗／一蹶不振。

死心塌地 ㄙˇ ㄒㄧㄣ ㄊㄚ ㄉㄧˋ

【釋義】死了心，不作別的打算。塌地：形容心裏踏實。

【出處】王實甫・西廂記三本三折：「得罪波社家，今日便早則死心塌地。」

【用法】形容打定主意，不再改變；也形容頑固不化，死不轉變。

【例句】爲了報答上司的知遇之恩，他**死心塌地**的對公司任勞任怨，盡忠效力。

【義近】至死不渝／執迷不悟／全心全意／一心一意。

【義反】見風轉舵／三心二意／伺機而動／虛情假意／舉棋不定／猶豫不決。

死去活來 ㄙˇ ㄑㄩˋ ㄏㄨㄛˊ ㄌㄞˊ

【釋義】昏死過去又活轉過來。

【出處】馮夢龍・醒世恆言・賈戲言成巧禍：「當下眾人將那崔寧與小娘子，死去活來，拷打一頓。」

【用法】形容悲傷痛苦、氣憤得到了極點（多指被打得很慘或哭得很厲害）。

【例句】她爲失去愛子而哭得**死去活來**，經多方勸慰，才勉強止住。

【義近】半死不活／痛斷肝腸／痛徹心肺。

【義反】　喜笑顏開／歡天喜地。

死生有命

【釋義】　人的生與死都有天命。
【出處】　論語・顏淵：「子夏曰：『商聞之矣，死生有命，富貴在天。』」
【用法】　說明人的生死爲命中注定，不可強求。主要用於勸慰人。
【例句】　我們自然應當愛惜自己的生命，但正如古人所說的**死生有命**，過分的謹愼畏懼就大可不必。
【義近】　生死由命。
【義反】　養怡延年。

死有重於泰山或輕於鴻毛

【釋義】　有的人死得比泰山還重，有的則比鴻毛還輕。於：比。
【出處】　漢書・司馬遷傳：「人固有一死，死有重於泰山，或輕於鴻毛，用之所趨異也。」
【用法】　用以說明犧牲生命的意義有輕重、大小的不同，應予以權衡，不可疏忽。
【例句】　人總是要死的，但**死有重於泰山或輕於鴻毛**，因此我們不應爲毫無意義的事而去冒生命危險。

死有餘辜

【釋義】　死了也還有罪。辜：罪。
【出處】　漢書・路溫舒傳：「蓋奏當之成，雖咎繇（皋陶）聽之，猶以爲死有餘辜。」
【用法】　形容罪大惡極，雖死亦不足以抵罪。
【例句】　這個罪犯在謀財害命之後，又企圖嫁禍於人，眞是**死有餘辜**！
【義近】　罪該萬死／罪大惡極／罪不容誅／十惡不赦。
【義反】　罪不當誅／其罪可恕／罪不至死。

死灰復燃

【釋義】　燒後的餘灰重新燃燒。死灰：已熄滅的冷灰。復：再，重新。
【出處】　司馬遷・史記・韓長孺傳：「死灰獨不復然（燃）乎？」陳亮・謝曾察院啓：「死灰復燃，物有待爾。」
【用法】　比喻失勢的人重新得勢，失去希望的又再獲生機。
【例句】　曾一度消失了的金錢遊戲，現在又有**死灰復燃**的趨勢。
【義近】　故態復萌／捲土重來／東山再起。
【義反】　一蹶不振／消聲匿跡。

死而後已

【釋義】　死後才算完事。已：休，停止。
【出處】　論語・泰伯：「仁以爲己任，不亦重乎？死而後已，不亦遠乎？」諸葛亮・後出師表：「臣鞠躬盡瘁，死而後已。」
【用法】　形容竭盡全力奮鬥，至死爲止。常與「鞠躬盡瘁」連用。
【例句】　革命黨人爲了推翻滿清政府，建立中華民國，眞正做到了鞠躬盡瘁，**死而後已**。
【義近】　至死方休／生死以之／白首不渝／始終不渝。
【義反】　中道而廢／見異思遷／虎頭蛇尾。

死馬當活馬醫

【釋義】　已死的馬權且當作活馬來醫治。醫：又作「治」。
【出處】　夏敬渠・野叟曝言七六回：「看來是無救的，死馬做活馬醫，弟子無禮了。」
【用法】　用以說明病勢垂危或事情已發展到臨近絕望的境地，仍要做最後努力，寄希望於萬一。
【例句】　我知道事情發展到這個地步已很難挽回，但「**死馬**

當活馬醫」，我們還是要盡最大的努力。

【義近】破釜沉舟。

【義反】聽之任之／無動於衷。

死氣沉沉（ㄙˇ ㄑㄧˋ ㄔㄣˊ ㄔㄣˊ）

【釋義】死氣：沒生氣，不活潑。沉沉：沉悶，低沉。

【用法】形容氣氛沉悶，不活潑；也用以形容缺乏活力，意志消沉。

【例句】①在專制政府控制下的社會，必然是**死氣沉沉**，缺乏生機。②他最近一直待在家裏不出門，一副**死氣沉沉**的樣子，不知是何原因。

【義近】尸居餘氣／暮氣沉沉／萎靡不振／意志消沉。

【義反】朝氣蓬勃／生龍活虎／意氣風發／鬥志昂揚。

死得其所（ㄙˇ ㄉㄜˊ ㄑㄧˊ ㄙㄨㄛˇ）

【釋義】死了得到合適的處所。所：處所，場所。

【出處】魏書・張普惠傳：「人生有死，死得其所，夫復何恨！」

【用法】用以說明人死得有價值，有意義。

【例句】一個人爲國爲民而死，就算是**死得其所**了。

【義近】死有重於泰山／捨生取義。

【義反】死無葬身之地／死有輕於鴻毛。

死無葬身之地（ㄙˇ ㄨˊ ㄗㄤˋ ㄕㄣ ㄓ ㄉㄧˋ）

【釋義】身死沒有埋葬之處。

【出處】元人雜劇・殺狗勸夫：「我則見滿天裏飛磨旗，半空裏下砲石，俺須是死無個葬身之地。」施耐庵・水滸傳三一回：「便不使宋江要去投奔花知寨，險些兒死無葬身之地。」

【用法】用以說明禍患重大或罪有應得。

【例句】你如果再這樣爲非作歹，不聽人勸，必然會弄得個**死無葬身之地**。

【義近】死有餘辜／罪有應得／罪該萬死。

【義反】死得其所／效死疆場。

死裏逃生（ㄙˇ ㄌㄧˇ ㄊㄠˊ ㄕㄥ）

【釋義】從死境中得以逃脫，獲得一條生路。

【出處】京本通俗小說・馮玉梅團圓：「今日死裏逃生，夫妻再合。」

【用法】說明從極危險的境地中逃脫，幸免於死。

【例句】在這場火災中，幸好消防隊及時趕到，才使我得以跳出火海，**死裏逃生**。

【義近】死裏重生／絕處逢生／逢凶化吉。

【義反】束手待斃／坐以待斃。

殊途同歸（ㄕㄨ ㄊㄨˊ ㄊㄨㄥˊ ㄍㄨㄟ）

【釋義】殊：不同。歸：歸宿，結局。途又作「塗」。

【出處】周易・繫辭下：「天下同歸而殊塗，一致而百慮。」葛洪・抱朴子・任命：「殊塗同歸，其致一也。」

【用法】指通過不同的途徑，到達同一個目的地。也指採取不同的方法而得到相同的結果。

【例句】他們兩人所學不同，但**殊途同歸**，畢業後都擔任教師，培育人才。

【義近】殊致同歸／江河同歸／異曲同工／殊途一致。

【義反】分道揚鑣／本同末異／同門異戶。

殘山剩水（ㄘㄢˊ ㄕㄢ ㄕㄥˋ ㄕㄨㄟˇ）

【釋義】殘：不完全的。剩：餘留下來的。

【出處】王璲・題趙仲穆畫：「南朝無限傷心事，都在殘山剩水中。」

【用法】指國家領土大部分被侵占或被割據後，所剩下的殘餘部分。

【例句】南宋王朝面對**殘山剩水**

，不知振興，只求苟且偷安，令國人十分失望。

【義近】破碎山河／半壁河山。

【義反】金甌無缺／一統天下。

殘民以逞（ㄘㄢˊ ㄇㄧㄣˊ ㄧˇ ㄔㄥˇ）

【釋義】殘民：殘害民眾。逞：快意。

【出處】左傳・宣公二年：「詩所謂『人之無良』者，其羊斟之謂乎，殘民以逞。」

【用法】形容政客、野心家不顧民眾死活，唯以滿足其私欲爲快。

【例句】民國初年，各地軍閥**殘民以逞**，鬧得國家四分五裂，人民處於水深火熱之中。

【義近】民不堪命／禍國殃民／荼毒生靈／橫徵暴斂／魚肉百姓。

【義反】愛民如子／解民倒懸。

殘花敗柳（ㄘㄢˊ ㄏㄨㄚ ㄅㄞˋ ㄌㄧㄡˇ）

【釋義】被摧損了的花和柳。也作「敗柳殘花」。

【出處】白樸・牆頭馬上三折：「休把似殘花敗柳冤仇結，我與你生男長女填還徹。」

【用法】指生活放蕩或被人蹂躪遺棄的女子。

【例句】這年輕人眞奇怪，正經女子、黃花閨女他不愛，卻偏對**殘花敗柳**感興趣。

【義近】風塵中人／風塵女郎／野草閒花／妓女娼婦。

【義反】正經女子／黃花閨女／名門閨秀／小家碧玉。

殘羹冷炙（ㄘㄢˊ ㄍㄥ ㄌㄥˇ ㄓˋ）

【釋義】羹：有濃汁的食品。炙：烤肉。一作「殘杯冷炙」。

【出處】杜甫・奉贈韋左丞丈二十二韻：「殘杯與冷炙，到處潛悲辛。」

【用法】指吃剩的飯菜。也比喻權貴的施捨。

【例句】他從老闆那裏得到了一點意外的**殘羹冷炙**，就神氣得不得了，眞沒出息！

【義近】殘羹剩飯／餘杯冷炙／殘湯剩水。

【義反】美肴佳餐／滿桌佳肴。

殫精竭慮（ㄉㄢ ㄐㄧㄥ ㄐㄧㄝˊ ㄌㄩˋ）

【釋義】殫、竭：盡。精：精力。慮：思慮。也作「殫思極慮」。

【出處】白居易・策頭：「殫思極慮，以盡微臣獻言之道乎！」梁啓超・復劉古愚山長書：「今殫精竭慮，一載有餘，思復舊業。」

【用法】形容使盡精力，用盡心思。

【例句】他**殫精竭慮**研究《紅樓夢》幾十年，終於取得了豐碩的成果，成爲紅學權威。

【義近】殫精竭力／殫智竭力／嘔心瀝血／挖空心思／絞盡腦汁。

【義反】無所用心／飽食終日／無所事事／漫不經心。

殳部

殷鑒不遠（ㄧㄣ ㄐㄧㄢˋ ㄅㄨˋ ㄩㄢˇ）

【釋義】殷商可以作爲教訓的往事不遠。殷：商代後期的稱號。鑒：鏡子，引申爲教訓。

【出處】詩經・大雅・蕩：「殷鑒不遠，在夏后之世。」

【用法】泛喻可以從前人錯誤中吸取經驗教訓。

【例句】**殷鑒不遠**，去年發生水災的重要原因就在於我們輕忽大意，今年得要加倍小心警惕。

【義近】前車之鑒／前事不忘，後事之師／以往鑑來。

【義反】重蹈覆轍。

殺一警百（ㄕㄚ ㄧ ㄐㄧㄥˇ ㄅㄞˇ）

【釋義】警：警告，亦作「儆」。百：泛言其多，非實數。

【出處】漢書・尹翁歸傳：「其有所取也，以一警百，吏民皆服，恐懼改行自新。」
【用法】用以說明懲罰或處死一個人，可以收到警戒許多人的效果。
【例句】最近學校開除幾個學生，目的在於**殺一警百**，從根本上扭轉學校的不良風氣。
【義近】殺雞警猴／懲一儆百／罰一戒百／懲一戒眾。
【義反】賞一勸百／獎一勵百／法不責眾。

殺人不見血 ㄕㄚ ㄖㄣˊ ㄅㄨˋ ㄐㄧㄢˋ ㄒㄧㄝˇ

【釋義】殺了人卻看不見一絲一毫的血跡。
【出處】羅大經・鶴林玉露卷六：「舌上有龍泉，殺人不見血。」
【用法】形容害人的手段非常陰險毒辣，不露痕跡。
【例句】他是軟刀子，**殺人不見血**，他的老婆就是讓他一手一腳給活活折磨死的！
【義近】殺人不留跡／吃人不吐骨。

殺人不眨眼 ㄕㄚ ㄖㄣˊ ㄅㄨˋ ㄓㄚˇ ㄧㄢˇ

【釋義】殺人時，眼睛都不用眨一下。
【出處】普濟・五燈會元卷八：「（曹）翰怒訶曰：『長老不聞殺人不眨眼將軍乎？』師熟視曰：『汝安知有不懼生死和尚邪！』」
【用法】形容人凶狠殘暴，嗜殺成性。
【例句】日本軍閥眞是**殺人不眨眼**，在南京大屠殺中殺害中國同胞二十幾萬人。
【義近】嗜殺成性。
【義反】上天有好生之德。

殺人如麻 ㄕㄚ ㄖㄣˊ ㄖㄨˊ ㄇㄚˊ

【釋義】殺死的人多得像亂麻，數也數不清。
【出處】舊唐書・刑法志・陳子昂上書：「遂至殺人如麻，流血成澤，天下靡然思爲亂矣。」
【用法】形容殘酷毒辣，殺的人極多。
【例句】這個**殺人如麻**的匪首，終於落入法網，眞是大快人心。
【義近】殺人盈野／殺人盈城／殺人如刈／流血漂櫓。
【義反】好生之德／活人無數。

殺人越貨 ㄕㄚ ㄖㄣˊ ㄩㄝˋ ㄏㄨㄛˋ

【釋義】越貨：搶奪財物。越：劫奪，搶劫。
【出處】尚書・康誥：「凡民自得罪，寇攘姦宄，殺越人於貨，愍不畏死，罔弗憝。」
【用法】用以說明害人性命，搶人財物。
【例句】這個**殺人越貨**、無惡不作的匪徒，終於在警方嚴密佈陣之下被捕。
【義近】謀財害命／搶劫殺人。
【義反】仗義行俠。

殺身成仁 ㄕㄚ ㄕㄣ ㄔㄥˊ ㄖㄣˊ

【釋義】指用生命成全仁德。成：成全，保全。仁：仁愛，正義。
【出處】論語・衞靈公：「志士仁人，無求生以害仁，有殺身以成仁。」
【用法】用以讚譽人爲正義或理想而捨棄生命的壯舉。
【例句】許多革命先烈爲了偉大的革命事業，懷著**殺身成仁**的決心而慷慨就義。
【義近】捨生取義／取義成仁／爲國捐軀。
【義反】苟且偷生／賣身求榮／降志辱身／苟全性命。

殺風景 ㄕㄚ ㄈㄥ ㄐㄧㄥˇ

【釋義】殺：敗，損傷。也作「大殺風景」。
【出處】蘇軾・次韻林子中春日新堤書事見寄：「爲報年來殺風景，連江夢雨不知春。」

【用法】比喻在興高采烈的場合，發生些不愉快的事，使人感到掃興。也指俗而傷雅令人敗興之事。

【例句】在這片風景如畫的原野中，竟有不少的垃圾雜物，眞是**殺風景**。

【義近】令人掃興／大煞風景。

【義反】興致勃勃／興高采烈。

殺氣騰騰 ㄕㄚ ㄑㄧˋ ㄊㄥˊ ㄊㄥˊ

【釋義】殺氣：凶狠的氣勢。殺，同「煞」。騰騰：氣直往上冒的樣子，引申爲氣勢很盛。

【出處】許仲琳・封神演義四十回：「楊戩出馬，見四將威風凜凜沖霄漢，殺氣騰騰逼斗星。」

【用法】本形容殺伐之氣很盛，今多指充滿了凶狠的氣勢。

【例句】你看看他那**殺氣騰騰**的樣子，好像要把人生吞活剝似的。

【義近】一臉凶氣／氣勢洶洶／凶神惡煞／窮凶極惡。

【義反】和顏悅色／和藹可親／溫和親切／滿面春風。

殺雞取卵 ㄕㄚ ㄐㄧ ㄑㄩˇ ㄌㄨㄢˇ

【釋義】爲了得到雞蛋，不惜把雞殺了。卵：蛋。又作「殺雞取蛋」。

【出處】伊索寓言・母雞和金蛋：一對窮夫妻養一隻母雞，每天生個金蛋，他們以爲雞肚中有一大塊金子，便殺而取之，結果雞死了，連一天一個金蛋也泡湯了。

【用法】比喻只貪圖眼前的好處，而不顧長遠的打算。

【例句】開發森林應當伐育結合，不可用**殺雞取卵**的辦法，採盡砍光，遺害後代。

【義近】竭澤而漁／焚林而獵。

【義反】高瞻遠矚／深謀遠慮。

殺雞駭猴 ㄕㄚ ㄐㄧ ㄏㄞˋ ㄏㄡˊ

【釋義】殺隻雞給猴子看，使它害怕。駭：驚怕。一作「殺雞警猴」、「殺雞嚇猴」。

【出處】李寶嘉・官場現形記五三回：「俗話說得好，叫做『殺雞駭猴』，拿雞子宰了，那猴兒自然害怕。」

【用法】比喻用懲罰一個人的辦法來警誡其他的人。

【例句】你以爲遣散幾個示威的員工，**殺雞駭猴**，就能達到解決問題的目的嗎？

【義近】殺一儆百／懲一警百／殺雞儆猴。

【義反】賞一勸百／獎一勵百。

毀於一旦 ㄏㄨㄟˇ ㄩˊ ㄧˊ ㄉㄢˋ

【釋義】在一天的功夫裏被毀滅掉。一旦：一天之間，形容時間極短。

【出處】後漢書・竇融傳：「百年累之，一朝毀之。」

【用法】形容長期努力的成果或得來不易的東西一下子被毀掉。

【例句】伊拉克人民辛苦建設的成果，因領導人的錯誤而**毀於一旦**，眞令人惋惜。

【義近】廢於一旦／前功盡棄。

【義反】永垂千秋／功垂萬古。

毀家紓難 ㄏㄨㄟˇ ㄐㄧㄚ ㄕㄨ ㄋㄢˋ

【釋義】紓難：解除國難。紓：解、緩。

【出處】左傳・莊公三十年：「鬭穀於菟爲令尹，自毀其家，以紓楚國之難。」

【用法】形容破家產以救國難，即指捐獻財物以幫助國家。

【例句】抗日戰爭一爆發，海外華僑紛紛**毀家紓難**，捐款捐物，抗擊日寇。

【義近】毀家救國／爲國解囊。

【義反】發國難財／一毛不拔／貪贓害國／賣國求榮。

毅然決然 ㄧˋ ㄖㄢˊ ㄐㄩㄝˊ ㄖㄢˊ

【釋義】毅然：堅定的樣子。決然：果斷的樣子。

【出處】李寶嘉・官場現形記五

八回：「竇世豪得了這封信，所以毅然決然，藉點原由同洋人反對，彼此分手，以免旁人議論，以保自己功名。」

【用法】形容意志堅決，毫不猶豫。

【例句】他與家人商量後，**毅然決然**前往美國深造，非拿回博士不可。

【義近】當機立斷／堅決果斷／斬釘截鐵／堅定不移。

【義反】優柔寡斷／猶豫不決／舉棋不定。

毋部

毋以子貴

【釋義】母親因兒子的發達而顯貴。以：因。

【出處】公羊傳・隱公元年：「子以母貴，母以子貴。」漢書・王莽傳：「春秋之義，母以子貴。」

【用法】形容因家人發達而跟著得勢。

【例句】王大嫂自從兒子當了大官後，人們見到她都喊「老太太」，恭維的話不離口，眞是**毋以子貴**啊！

【義近】子以父貴／一人得道，雞犬升天。

【義反】誅連九族／滿門抄斬／一人有罪，全家遭殃。

每下愈況

【釋義】愈：越。況：明顯。意謂比較之下更明顯。

【出處】莊子・知北遊：「夫子之問也，固不及質，正獲之問於監市履狶也，每下愈況。」

【用法】指與原來相比，情況越來越差。

【例句】在非洲，由於天災人禍不斷，一般民眾的基本生活條件**每下愈況**。

【義近】江河日下／一天不如一天／一年不如一年。

【義反】蒸蒸日上／欣欣向榮／漸入佳境。

每飯不忘

【釋義】每次吃飯都不會忘記。

【出處】司馬遷・史記・馮唐列傳：「今吾每飯，意未嘗不在鉅鹿也。」杜甫・重修瀼西草堂記：「忠君憂國，每飯不忘。」

【用法】原喻人愛國之心，現指將人或事物隨時放在心上。

【例句】王大伯對我的深情厚意，我今生今世當**每飯不忘**，有機會一定要報答。

【義近】無時或忘／銘記於心／深印腦海／時刻不忘。

【義反】置之腦後／拋往九霄雲外／轉身即忘。

比部

比比皆是 ㄅㄧˋ ㄅㄧˋ ㄐㄧㄝ ㄕˋ

【釋義】比比：一個接一個，引申為處處、到處。皆：都。

【出處】戰國策・秦策一：「犯白刃，蹈煨炭，斷死於前者，比比是也。」

【用法】形容很多，到處都是。

【例句】社會是越來越富足了，街道上穿金戴玉開名車的闊人**比比皆是**。

【義近】比比皆然／俯拾即是／觸目皆是。

【義反】絕無僅有／屈指可數／寥若晨星／寥寥無幾。

比肩繼踵 ㄅㄧˋ ㄐㄧㄢ ㄐㄧˋ ㄓㄨㄥˇ

【釋義】肩靠著肩，腳接著腳。比：靠著，挨著。踵：腳後跟。

【出處】晏子春秋・雜下：「臨淄三百閭，張袂成陰，揮汗成雨，比肩繼踵而在，何為無人？」

【用法】形容人多擁擠，也形容接連不斷。

【例句】每逢年關將近時，迪化街的人潮**比肩繼踵**，大家忙著採買年貨。

【義近】摩肩接踵／亞肩疊背／駢肩雜遝／挨肩擦背／揮汗成雨／舉袂成幕。

【義反】踽踽獨行／形單影孤／寥寥數人／屈指可數／空空蕩蕩／稀稀落落。

比翼雙飛 ㄅㄧˇ ㄧˋ ㄕㄨㄤ ㄈㄟ

【釋義】翅膀靠翅膀雙雙齊飛。

【出處】爾雅・釋地：「南方有比翼鳥焉，不比不飛，其名謂之鶼鶼。」陸機・擬西北有高樓：「思駕歸鴻羽，比翼雙飛翰。」

【用法】比喻夫妻恩愛極深，形影不離。

【例句】願你們永浴愛河，**比翼雙飛**，做一對世界上最幸福的夫妻。

【義近】鳳凰于飛／比翼連理／伉儷情深／相敬如賓／鶼鰈情深／魚水和諧／鴛鴦交頸／舉案齊眉／鸞鳳和鳴。

【義反】分釵破鏡／別鳳離鸞／破鏡難圓／永斷葛藤／鸞飄鳳泊／琴瑟不調。

毛部

毛手毛腳 ㄇㄠˊ ㄕㄡˇ ㄇㄠˊ ㄐㄧㄠˇ

【釋義】毛：粗糙。指非常地不仔細小心。

【出處】石玉琨・三俠五義七六回：「但凡有點毛手毛腳的，小人決不用他。」劉鶚・老殘遊記一回：「不意今日遇見這大風浪，所以都毛手毛腳。」

【用法】說明做事粗率慌張。今人又引申為行為低俗鄙劣。

【例句】①看她一臉機靈相，做起事來卻**毛手毛腳**，慌慌張張，太不協調了。②他心術不正，老愛對女孩子**毛手毛腳**，遲早有一天會被教訓的。

【義近】毛毛躁躁／粗手粗腳／粗心大意／慌裏慌張。

【義反】沉著穩重／一絲不苟／臨危不亂／一本正經／目不

斜視。

毛骨悚然 ㄇㄠˊ ㄍㄨˇ ㄙㄨㄥˇ ㄖㄢˊ

【釋義】毛髮骨骼都覺得害怕。悚然：恐懼的樣子。悚，同「竦」。

【出處】湯垕・畫鑒・唐畫・韓嵩：「二牛相鬥，毛骨悚然。」明・無名氏・鳴鳳記：「駭得俺毛骨竦然。」

【用法】形容極爲驚恐或寒冷。

【例句】這部鬼電影拍得太逼眞了，令人看得**毛骨悚然**，連做好幾天惡夢。

【義近】毛髮聳然／毛髮倒豎／不寒而慄／膽戰心驚／魂飛魄散。

毛遂自薦 ㄇㄠˊ ㄙㄨㄟˋ ㄗˋ ㄐㄧㄢˋ

【釋義】毛遂自我推薦。毛遂：戰國時趙國平原君的門客。

【出處】司馬遷・史記・平原君列傳：「門下有毛遂者，前自贊於平原君曰：『遂聞君將合從於楚，……願君即以遂備員而行矣。』」文康・兒女英雄傳一八回：「爲此晚生揣鄙陋，竟學那毛遂自薦，黨大人看我可爲公子之師，情願附驥。」

【用法】用以比喻自告奮勇推舉自己。

【例句】現在的社會自我意識高漲，懂得**毛遂自薦**的人或許能掌握到更多機會。

【義近】自告奮勇／挺身而出／請自隗始／自我推薦。

【義反】不敢從命／善言推辭／裹足不前／另請高明。

毫無二致 ㄏㄠˊ ㄨˊ ㄦˋ ㄓˋ

【釋義】絲毫沒有什麼兩樣。二致：兩樣。

【出處】李寶嘉・官場現形記二九回：「余道臺見了這副神氣，更覺得同花小紅一樣，毫無二致。」

【用法】用以指完全相同。

【例句】這對雙胞胎外貌長得很像，今天又穿相同的衣服，眞是**毫無二致**，讓人難以分別。

【義近】一模一樣／如出一轍。

【義反】大相逕庭／天差地遠／判若天壤。

毫無疑義 ㄏㄠˊ ㄨˊ ㄧˊ ㄧˋ

【釋義】疑義：可疑的義理，此指值得懷疑的地方。

【出處】劉鶚・老殘遊記一六回：「怎麼他毫無疑義，就照五百兩一條命算呢？」

【用法】說明絲毫沒有值得懷疑的地方，可以完全相信。

【例句】爲了國家的進步繁榮，就必須發展教育事業，這一點是**毫無疑義**。

【義近】無可置疑／無庸置疑／無可爭辯。

【義反】將信將疑／疑信參半／疑團滿腹。

毫髮不爽 ㄏㄠˊ ㄈㄚˇ ㄅㄨˋ ㄕㄨㄤˇ

【釋義】毫髮：毛髮，喻些許、些微。爽：差錯。

【出處】錢泳・履園叢話：「而與石本對堪，則結體用筆，毫髮不爽。」

【用法】喻完全沒有錯誤差別。

【例句】你所報的數目與淸點的實際數，**毫髮不爽**。

【義近】毫髮不虧／分毫不爽／不差累黍。

【義反】逕庭之差／相差千里／天差地遠。

氏　部

民不堪命 ㄇㄧㄣˊ ㄅㄨˋ ㄎㄢ ㄇㄧㄥˋ

【釋義】百姓不能忍受苛刻殘暴的政令了。堪：忍受。命：政令。
【出處】左丘明・國語・周語上：「厲王虐，國人謗王。邵公告曰：『民不堪命矣。』」
【用法】用以說明民眾負擔沉重，痛苦不堪，已不能再忍受下去了。
【例句】鴉片戰爭後，滿清政府的苛捐雜稅日盛一日，弄得**民不堪命**，於是人們紛紛起來響應國父所領導的革命運動。
【義近】民怨沸騰／民生凋零／民窮財盡／民不聊生。
【義反】國泰民安／安居樂業／民康物阜／豐衣足食。

民不聊生 ㄇㄧㄣˊ ㄅㄨˋ ㄌㄧㄠˊ ㄕㄥ

【釋義】聊：依靠。生：生活。
【出處】司馬遷・史記・張耳陳餘列傳：「頭會箕斂，以供軍費，財匱力盡，民不聊生。」
【用法】形容民眾無所依賴，無法生活下去。
【例句】清朝末年，有志之士眼見當時清廷腐敗，**民不聊生**，於是起而率領民眾推翻滿清，建立中華民國。
【義近】生靈塗炭／民生凋敝／生民塗炭／民窮財盡。
【義反】民康物阜／國富民強／國泰民安／民富財豐。

民以食爲天 ㄇㄧㄣˊ ㄧˇ ㄕˊ ㄨㄟˊ ㄊㄧㄢ

【釋義】天：大自然，喻生存的根本。
【出處】司馬遷・史記・酈生列傳：「王者以民人爲天，而民人以食爲天。」
【用法】指人民仰賴糧食維生，因此糧食是民眾最重要的東西。
【例句】**民以食爲天**，任憑今天科技是多麼地發達，人類還是無法不吃飯就能活得了。
【義近】衣食足禮義興。
【義反】飢荒起盜心。

民生凋敝 ㄇㄧㄣˊ ㄕㄥ ㄉㄧㄠ ㄅㄧˋ

【釋義】民生：人民的生計、生活。凋敝：困苦、衰敗。
【出處】漢書・循吏傳：「民用彫（凋）敝，奸軌不禁。」
【用法】形容社會窮困，經濟衰敗，人民生活極端困苦。
【例句】經濟問題是每一位國家元首最迫切要解決的重要任務，否則**民生凋敝**，要發展國力又談何容易啊！
【義近】民窮財盡／民生凋敝／民不聊生／哀鴻遍野。
【義反】衣食豐裕／民生安定／家給人足／人畜兩旺。

民康物阜 ㄇㄧㄣˊ ㄎㄤ ㄨˋ ㄈㄨˋ

【釋義】康：安泰，平安。阜：豐足，富裕。
【出處】羅貫中・三國演義四回：「恩化及乎四海兮，嘉物阜而民康。」
【用法】說明人民生活安定，物資豐富。比喻太平盛世。
【例句】台灣經過幾十年的辛勤建設，現在已是**民康物阜**，我們更要懂得知福惜福。
【義近】民富財豐／民安年豐／人裕家富／民安國富／國泰民安。
【義反】民窮財盡／民生凋敝／民不聊生／民窮國貧。

民怨沸騰 ㄇㄧㄣˊ ㄩㄢˋ ㄈㄟˋ ㄊㄥˊ

【釋義】民怨：人民的怨恨、怒氣。沸騰：像開水那樣翻騰。
【出處】清・袁枚・隨園詩話補遺：「王荆公行新法，以致民怨沸騰。」

【用法】形容人民怨恨現況的情緒已到達極點。

【例句】那時稅捐繁重，加上連年乾旱，天災人禍，**民怨沸騰**，怎能不發生暴亂呢？

【義近】怨聲載道／怨氣衝天／道路以目。

【義反】歌功頌德／頌聲盈耳／海晏河清。

民脂民膏 ㄇㄧㄣˊ ㄓ ㄇㄧㄣˊ ㄍㄠ

【釋義】脂、膏：油脂。比喻人民用血汗換來的財富。又作「民膏民脂」。

【出處】孟昶・戒石銘：「爾俸爾祿，民膏民脂，下民易虐，上天難欺。」

【用法】指民眾用血汗辛苦換來的財富。

【例句】你們這幾個當官的，拿著**民脂民膏**任意揮霍，終有一天會遭報應！

气部

氣宇軒昂 ㄑㄧˋ ㄩˇ ㄒㄩㄢ ㄤˊ

【釋義】氣宇：氣概，人的儀表、風度。軒昂：精神飽滿的樣子。一作「器宇軒昂」。

【出處】馮夢龍・東周列國志：「（趙）盾時年十七歲，生得氣宇軒昂。」

【用法】形容人氣概不凡，精神飽滿。

【例句】他**氣宇軒昂**地步上臺去，領一份得來不易的獎牌。

【義近】意氣風發／氣宇不凡。

【義反】萎靡不振／瘟神倒氣。

氣沖牛斗 ㄑㄧˋ ㄔㄨㄥ ㄋㄧㄡˊ ㄉㄡˇ

【釋義】牛斗：牽牛星和北斗星，此用以泛指天空。

【出處】崔融・詠寶劍詩：「匣氣沖牛斗，山形轉轆轤。」

【用法】形容氣勢旺盛，上沖星空。也形容非常生氣。

【例句】看到漢奸喪權辱國，對外人乞憐的模樣，怎不令人**氣沖牛斗**。

【義近】怒氣沖天／氣沖霄漢。

【義反】心平氣和／有氣無力。

氣壯山河 ㄑㄧˋ ㄓㄨㄤˋ ㄕㄢ ㄏㄜˊ

【釋義】氣：氣概，氣勢。壯：雄偉，壯麗。

【出處】陸游・老學庵筆記卷一：「趙元鎮丞相謫朱崖，病亟，自書銘旌云：『……氣作山河壯本朝。』」

【用法】形容氣勢有如高山大河那樣雄偉。也形容氣概豪邁，使山河壯麗生輝。

【例句】抗戰時不少戰士捨身與敵軍同歸於盡，譜出一曲又一曲**氣壯山河**的凱歌。

【義近】氣吞萬里／氣貫長虹。

【義反】氣息奄奄／有氣無力。

氣吞山河 ㄑㄧˋ ㄊㄨㄣ ㄕㄢ ㄏㄜˊ

【釋義】氣勢可以吞沒山河。吞：吞沒，吞下。

【出處】金仁傑・追韓信二折：「背楚投漢，氣吞山河，知音未遇，彈琴空歌。」

【用法】極言其氣魄之大而盛。

【例句】讀岳飛的「滿江紅」詞，那**氣吞山河**、誓滅胡人的豪壯精神，每令人激動。對其精忠報國的情操，實爲感佩！

【義近】氣勢磅礴／氣壯河朔。

【義反】懶精無神／氣息奄奄。

氣味相投 ㄑㄧˋ ㄨㄟˋ ㄒㄧㄤ ㄊㄡˊ

【釋義】氣味：此指意趣或情調。投：合得來。

【出處】馮惟敏・天香引・送陳震南：「氣味相投，風趣迥別，議論通玄。」

【用法】用以指人的思想作風相同，彼此很合得來。

【例句】一畢業，就打算和幾個**氣味相投**的好朋友開創事業，共組公司。
【義近】臭味相投／意氣相投／情投意合。
【義反】格格不入／方枘圓鑿／情趣大異／薰蕕異器。

氣急敗壞 ㄑㄧˋ ㄐㄧˊ ㄅㄞˋ ㄏㄨㄞˋ

【釋義】上氣不接下氣，呼吸很急促的樣子。
【出處】施耐庵・水滸傳四回：「只見數個小嘍囉，氣急敗壞，走到山寨裏叫道：『苦也！苦也！』」
【用法】形容慌張或頹喪的神情，常用於個人。
【例句】「肇事的傢伙在哪兒？」警察**氣急敗壞**地問。（美國歐・亨利：警察和讚美詩）
【義近】氣急敗喪／氣急慌張／氣喘吁吁。
【義反】氣定神閒／安然自得。

氣息奄奄 ㄑㄧˋ ㄒㄧ ㄧㄢ ㄧㄢ

【釋義】氣息：呼吸時進出的氣。奄奄：呼吸微弱的樣子。
【出處】李密・陳情表：「日薄西山，氣息奄奄，人命危淺，朝不慮夕。」
【用法】形容生命垂危。今多用以比喻事物衰敗沒落，即將滅亡。
【例句】專制政府在世界上大部分地區和國家早已**氣息奄奄**，快進歷史博物館了。
【義近】奄奄一息／奄奄待斃／苟延殘喘。
【義反】生氣勃勃／蒸蒸日上／如日東升。

氣貫長虹 ㄑㄧˋ ㄍㄨㄢˋ ㄔㄤˊ ㄏㄨㄥˊ

【釋義】正義的精神直上高空，穿過彩虹。氣：氣概，精神。貫：貫穿。虹：彩虹。
【出處】禮記・聘義：「氣如白虹，天也。」
【用法】形容人的精神極其崇高，氣概極其豪壯。
【例句】黃花崗七十二烈士的英雄事蹟，雄壯宏偉，**氣貫長虹**，深深地激勵著我們。
【義近】氣沖霄漢／氣壯山河／氣吞山河。
【義反】氣息奄奄。

氣喘吁吁 ㄑㄧˋ ㄔㄨㄢˇ ㄒㄩ ㄒㄩ

【釋義】吁吁：張口出氣的聲音。指大口地喘氣。
【出處】許仲琳・封神演義二六回：「一眼看見喜媚烏雲散亂，氣喘吁吁。」
【用法】形容呼吸急促的樣子。
【例句】在激烈短跑競賽結束後，每個參賽者都**氣喘吁吁**。
【義近】上氣不接下氣／氣息急劇／氣喘如牛。
【義反】氣息平穩／呼吸均勻。

氣象萬千 ㄑㄧˋ ㄒㄧㄤˋ ㄨㄢˋ ㄑㄧㄢ

【釋義】氣象：景象。萬千：極言其變化多樣。
【出處】范仲淹・岳陽樓記：「浩浩湯湯，橫無際涯；朝暉夕陰，氣象萬千。」
【用法】形容壯麗而多變化的景物，或繁榮昌盛的世界。
【例句】一輪紅日和茫茫雪景相互映照，**氣象萬千**，十分壯觀。
【義近】千變萬化。
【義反】滿目淒涼／灰霧茫茫。

氣勢洶洶 ㄑㄧˋ ㄕˋ ㄒㄩㄥ ㄒㄩㄥ

【釋義】氣勢：氣概與聲勢。洶洶：聲勢很盛的樣子。
【出處】淮南子・兵略訓：「誠積踰而威加敵人，此謂氣勢。」荀子・天論：「君子不爲小人之洶洶也輟行。」
【用法】形容人發怒時的樣子。
【例句】他太蠻不講理了，竟然爲了孩子之間的一點小事，**氣勢洶洶**地跑到我家來打人。
【義近】其勢洶洶／張牙舞爪／暴跳如雷。

【義反】和顏悅色／心平氣和。

氣勢磅礴 ㄑㄧˋ ㄕˋ ㄆㄤˊ ㄅㄛˊ

【釋義】磅礴：廣大無邊狀。

【出處】杜牧・長安秋望詩：「南山與秋色，氣勢兩相高。」宋史・樂志八：「磅礴罔測。」

【用法】形容氣勢雄偉廣大。常指人的精神氣度。

【例句】抗戰時流行的黃河頌，**氣勢磅礴**，充分表現了中華民族誓與侵略者血戰到底的英雄氣概。

【義近】氣蓋山河／氣沖雲霄／氣貫長虹。

【義反】伈伈睍睍／洩氣皮球。

水　部

水土不服 ㄕㄨㄟˇ ㄊㄨˇ ㄅㄨˋ ㄈㄨˊ

【釋義】水土：即水陸，引申指一個地域的自然環境。服：適應，習慣。

【出處】陳壽・三國志・吳志・周瑜傳：「不習水土，必生疾病。」元・典章戶部・官民婚：「離家萬里，不伏水土。」

【用法】用以說明初至新地，不習慣當地的自然環境和飲食，而感身體不適。

【例句】初出國門到一個新的環境，難免會有些**水土不服**，用不著緊張。

【義近】水土不合／習慣殊異／飲食不同／氣候不適。

【義反】水土一致／習慣一樣／口味相同／氣候適應。

水天一色 ㄕㄨㄟˇ ㄊㄧㄢ ㄧˊ ㄙㄜˋ

【釋義】碧綠的秋水與藍天相映，連成爲青碧一色。

【出處】王勃・滕王閣序：「落霞與孤鶩齊飛，秋水共長天一色。」

【用法】用以形容水域廣闊，景色清新遼遠。

【例句】從岳陽樓上遠眺，就可深深體會洞庭湖的波濤萬頃，**水天一色**。

【義近】水光接天／風月無邊／江山如畫。

【義反】窮山惡水／阡陌縱橫。

水中捉月 ㄕㄨㄟˇ ㄓㄨㄥ ㄓㄨㄛ ㄩㄝˋ

【釋義】到水中捕捉月亮。

【出處】王定保・唐摭言：「唐李白遊采石江，因醉入江中捉月而死。」黃庭堅・沁園春・池：「鏡裏拈花，水中捉月，覷著無由得近伊。」

【用法】比喻白費氣力，做根本做不到的事情；也比喻空虛幻想，不能實現。

【例句】許多事是永遠也不可能在現實生活中實現的，就像你現在的計畫，根本就是**水中捉月**，比登天還難啊！

【義近】水中撈月／竹籃打水／鏡中拈花／鑽冰求酥。

【義反】甕中捉鱉／唾手可得／探囊取物。

水火之中 ㄕㄨㄟˇ ㄏㄨㄛˇ ㄓ ㄓㄨㄥ

【釋義】水火：指災難。

【出處】孟子・梁惠王下：「今燕虐其民，王往而征之，民以爲將拯己於水火之中也。」

【用法】比喻處在暴政的統治之下，或處在災難困苦之中。

【例句】當你感到自己很不幸時，想想那些生活在**水火之中**的非洲飢民，你就會感到自己太幸運了。

【義近】水深火熱／深受危難／民不聊生／民生凋敝。

【義反】安居樂業／國泰民安／

物阜民裕／物富民豐。

水火不相容

【釋義】容：容納。
【出處】漢書・郊祀志下：「易有八卦，乾坤六子，水火不相逮，雷風不相悖。」
【用法】比喻兩種事物根本對立，互相排斥或鬥爭，絕對不可能相容。
【例句】求道不求醫，求醫不求道，醫道兩門，有如**水火不相容**。
【義近】水火不投／勢同水火／勢不兩立／冰炭不容／薰蕕異器／針尖對麥芒。
【義反】水乳交融／薰蕕同器／親密無間／一鼻孔出氣／情投意合。

水可載舟，亦可覆舟

【釋義】水：喻民。舟：喻君。
【出處】荀子・王制：「君者舟也，庶人者水也，水則載舟，水則覆舟。」後漢書・皇甫規傳：「水可載舟，亦以覆舟。」
【用法】民意的向背既能擁戴其主，亦能推翻其主。
【例句】所有當權的人，都應明白**水可載舟，亦可覆舟**的道理，要時刻為大眾著想並造福大眾。

水米無交

【釋義】一杯水、一頓飯的交往也沒有。交：交往，交情。
【出處】孫仲章・勘頭巾二折：「這河南府有個能吏張鼎，刀筆上雖則是個狠傻儸，又與百姓水米無交。」
【用法】比喻為官清廉，不妄取民物；也形容彼此之間沒有往來，毫無交情。
【例句】我雖認識他，但彼此**水米無交**，互不往來，他犯法又與我有什麼相干呢？
【義近】廉潔奉公／一介不取／兩袖清風／飲馬投錢／涓滴歸公／水火無交／素昧平生／素不相識。
【義反】貪贓枉法／中飽私囊／來往密切／關係親密／八拜之交／莫逆之交。

水至清則無魚

【釋義】水太清則魚不能藏身。至：極，最。一作「水清無魚」。
【出處】大戴禮・子張問入官：「水至清則無魚，人至察則無徒。」
【用法】比喻人過於苛察，責備求全，就不能容眾。也用以說明事物沒有絕對的純潔。
【例句】**水至清則無魚**，對人不能要求太高，否則就會眾叛親離，沒有人願意為你做事，與你共事。
【義近】人至察則無徒／人無完人，金無足赤。
【義反】寬小過總大綱／大行不顧細謹。

水乳交融

【釋義】水與乳汁融和在一起。交融：融和在一起。
【出處】夏敬渠・野叟曝言一二九回：「從前雖是親熱，究有男女之分，此刻則更水乳交融矣。」
【用法】比喻相交融洽，意氣相投；說明事物結合得十分緊密。
【例句】他倆情投意合，**水乳交融**，步上結婚禮堂是遲早的事了。
【義近】如膠似漆／形影不離／如魚得水／渾然一體／融為一體。
【義反】格格不入／水火不容／反目成仇／冰炭不容／誓不兩立／水米無交。

水到渠成

【釋義】水一流到，自然會形成溝渠。

【出處】蘇軾・答秦太虛書：「至時別作經畫，水到渠成，不須預慮，以此胸中都無一事。」
【用法】比喻條件具備了，事情自然成功。
【例句】這事你也用不著著急，等**水到渠成**時，自然會有解決的辦法。
【義近】瓜熟蒂落／順理成章。
【義反】精力自致／揠苗助長。

水泄不通 ㄕㄨㄟˇ ㄒㄧㄝˋ ㄅㄨˋ ㄊㄨㄥ

【釋義】連水都流不出去。泄：排泄。
【出處】道源・景德傳燈錄：「德山門下，水泄不通。」
【用法】形容極其擁擠，或包圍得十分嚴密。
【例句】每逢假日，各大遊憩場所便擠得**水泄不通**，還不如在家休息。
【義近】風雨不透／摩肩接踵／水洩不通／寸步難行。
【義反】暢通無阻／寥寥數人／稀稀落落。

水性楊花 ㄕㄨㄟˇ ㄒㄧㄥˋ ㄧㄤˊ ㄏㄨㄚ

【釋義】如水性之流動，楊花之飄浮。
【出處】黃六鴻・福惠全書・刑名部：「婦人水性楊花，焉有不爲所動。」
【用法】比喻淫蕩輕薄婦女的心性。
【例句】表面上看來她似乎是**水性楊花**的女人，事實上她却是一個有原則有分寸的人。
【義近】人盡可夫／朝三暮四。
【義反】貞潔烈婦／三貞九烈。

水深火熱 ㄕㄨㄟˇ ㄕㄣ ㄏㄨㄛˇ ㄖㄜˋ

【釋義】像在越沉越深的水中，如在越來越猛的火裏。
【出處】孟子・梁惠王下：「簞食壺漿，以迎王師，豈有他哉，避水火也，如水益深，如火益熱，亦運而已矣。」
【用法】比喻人民生活陷於極度的痛苦之中。
【例句】十九世紀末葉，正當列強入侵，人民處於**水深火熱**的時候，慈禧太后却爲自己的生日大肆揮霍。
【義近】民不聊生／生靈塗炭／民生凋敝。
【義反】安居樂業／國泰民安／物阜民豐。

水陸俱備 ㄕㄨㄟˇ ㄌㄨˋ ㄐㄩˋ ㄅㄟˋ

【釋義】意謂水中陸上所產的珍貴食品都已齊備。俱：都。
【出處】施耐庵・水滸傳一回：「當日王都尉府中，準備筵宴，水陸俱備，請端王居中坐定，太尉對席相陪。」
【用法】形容筵宴豐盛。
【例句】這桌酒席**水陸俱備**，所有參加宴飲的人無不交口稱讚。
【義近】山珍海味／水陸佳餚／珍饈美味／龍鳳齊備。
【義反】粗茶淡飯／薄菜水酒。

水落石出 ㄕㄨㄟˇ ㄌㄨㄛˋ ㄕˊ ㄔㄨ

【釋義】水落下去，水中的石頭露出來。原用以形容冬天的自然景色。
【出處】歐陽修・醉翁亭記：「野芳發而幽香，佳木秀而繁陰，風霜高潔，水落而石出者，山間之四時也。」
【用法】現用以比喻事情的眞相終於大白。
【例句】這個誤會若不查個**水落石出**，對我們將造成無可彌補的傷害。
【義近】眞相大白／大白於天下／暴露無遺／紙終究包不住火／原形畢露。
【義反】深藏不露／諱莫如深／眞相不明／沉冤莫白／冤沉海底。

水滴石穿 ㄕㄨㄟˇ ㄉㄧ ㄕˊ ㄔㄨㄢ

【釋義】水不停地滴，石頭也能被滴穿。

【出處】羅大經・鶴林玉露：「乖崖援筆判曰：『一日一錢，千日一千，繩鋸木斷，水滴石穿。』」
【用法】比喻只要有恆心，不斷努力，事情就一定能成功。
【例句】沒有**水滴石穿**的精神，要想在事業上取得成功，那是不可能的。
【義近】鍥而不捨／鐵杵磨成針／跬步千里／介然成路／堅持不懈／有志事竟成。
【義反】鍥而捨之／一暴十寒／三天打魚，兩天曬網／半途而廢。

水漲船高 ㄕㄨㄟˇ ㄓㄤˇ ㄔㄨㄢˊ ㄍㄠ

【釋義】水上漲，船也隨之而升高。漲：也作「長」。
【出處】道源・景德傳燈錄：「眼中無翳，空裏無光，水漲船高，泥多佛大。」
【用法】比喻事物隨著它所憑藉的基礎提高而提高。
【例句】這一帶因爲新興百貨業的發達，房價跟著也**水漲船高**。
【義近】泥多佛大／人多勢大／風大浪高。

水盡鵝飛 ㄕㄨㄟˇ ㄐㄧㄣˋ ㄜˊ ㄈㄟ

【釋義】水已枯竭，鵝已飛去。盡：亦作「淨」。
【出處】關漢卿・望江亭二折：「你休等的我恩斷意絕，眉南面北，恁時節水盡鵝飛。」
【用法】比喻恩情斷絕，一拍兩散；也比喻空無所有，徹底乾淨。
【例句】夫妻雖是同林鳥，但有時也難逃**水盡鵝飛**的命運安排。
【義近】雞飛蛋打／勞燕分飛／各奔東西／分道揚鑣。
【義反】生死相依／比翼雙飛／並蒂連枝／鴛鴦並宿。

水磨工夫 ㄕㄨㄟˇ ㄇㄛˊ ㄍㄨㄥ ㄈㄨ

【釋義】水磨：摻水細磨。
【出處】馮夢龍・醒世恆言卷一五：「須用些水磨工夫撩撥他，不怕不上我的鉤兒。」
【用法】比喻精密細緻的工夫。
【例句】你要想把這件事辦成，就得要下**水磨工夫**，粗心大意不行，性急更不行。
【義近】小心細緻／一絲不苟／小心謹慎／認認眞眞。
【義反】粗心大意／粗枝大葉／大而化之／隨隨便便。

永世長存 ㄩㄥˇ ㄕˋ ㄔㄤˊ ㄘㄨㄣˊ

【出處】永遠存在下去。永世：永遠。
【用法】用以稱頌美好的事物，包括人的精神和事跡，但不能跟人直接搭配使用。
【例句】國父的崇高精神與光輝事跡，將**永世長存**。
【義近】永垂不朽／流芳百世／永世無窮／永無止期。
【義反】瞬息即逝／轉眼無蹤／曇花一現／彈指即過。

永垂不朽 ㄩㄥˇ ㄔㄨㄟˊ ㄅㄨˋ ㄒㄧㄡˇ

【釋義】永遠流傳後世不會磨滅。垂：流傳後世。朽：腐爛，磨滅。
【出處】魏書・高帝紀下：「雖不足綱範萬度，永垂不朽，且可釋滯目前，釐整時務。」
【用法】用以稱頌已故人物的功勳業績和崇高精神。多用於哀悼死者。
【例句】所有爲國家爲民族英勇犧牲的烈士，其精神將與日月一樣**永垂不朽**。
【義近】永垂千古／永世長存／萬古流芳／永世無窮／永垂竹帛／永垂青史。
【義反】遺臭萬年／萬人唾棄／世人不齒。

氾濫成災 ㄈㄢˋ ㄌㄢˋ ㄔㄥˊ ㄗㄞ

【釋義】氾濫：同「泛濫」、「汎濫」，水漫溢橫流。
【出處】孟子・滕文公上：「洪

水橫流，氾濫於天下。」司馬遷・史記・河渠書：「爲我謂河伯兮何不仁，泛濫不止兮愁吾人！」

【用法】指江河水漲四處漫流，造成水災。也比喻不良風氣或壞思想到處擴散，引起禍患。

【例句】①黃河、淮河經常**氾濫成災**，需要徹底根治。②現在武俠小說、電視劇、漫畫書，簡直多到了**氾濫成災**的程度。

【義近】洪水橫流。

【義反】赤地千里／天旱不雨。

求人不如求己 ㄑㄧㄡˊ ㄖㄣˊ ㄅㄨˋ ㄖㄨˊ ㄑㄧㄡˊ ㄐㄧˇ

【釋義】求別人不如求自己。

【出處】論語・衛靈公：「君子求諸己，小人求諸人。」文子・上德：「怨人不如自怨，求諸人不如求之己。」

【用法】用以說明爲人應自力奮鬥，不仰仗他人。

【例句】**求人不如求己**，這件事你又不是不能做，何必要老想依賴他人呢？

【義近】萬事不求人／自食其力／自力更生。

求之不得 ㄑㄧㄡˊ ㄓ ㄅㄨˋ ㄉㄜˊ

【釋義】極力追求而不能獲得。求：追求，尋求。

【出處】詩經・周南・關雎：「求之不得，寤寐思服。悠哉悠哉，輾轉反側。」

【用法】形容要求很迫切或機會很難得。有時含有出人意外的意思。

【例句】這職位對你來說可能無所謂，但對我來說却是**求之不得**。

【義近】企踵望之／企盼之至。

【義反】如願以償／稱心如意／輕而易舉。

求仁得仁 ㄑㄧㄡˊ ㄖㄣˊ ㄉㄜˊ ㄖㄣˊ

【釋義】仁：古代一種含義廣泛的道德概念，其核心指人與人相親相愛。

【出處】論語・述而：「求仁而得仁，又何怨。」

【用法】用以泛指適如其願或心安理得。

【例句】當教師確實很辛苦，但這是我的宿願，**求仁得仁**，有什麼可埋怨的？

【義近】心安理得／捨生取義。

【義反】臨難苟免／苟且偷生。

求田問舍 ㄑㄧㄡˊ ㄊㄧㄢˊ ㄨㄣˋ ㄕㄜˋ

【釋義】田、舍：田地房舍，泛指家產。

【出處】陳壽・三國志・魏志・張邈傳：「君（許汜）有國士之名，今天下大亂……而君求田問舍，言無可采。」

【用法】指專營家產而無遠大志向。

【例句】國家興亡，匹夫有責，我們豈可完全置國事於不顧，而一味地**求田問舍**呢？

【義近】買田置地／士而懷居。

【義反】安貧樂道。

求全之毀 ㄑㄧㄡˊ ㄑㄩㄢˊ ㄓ ㄏㄨㄟˇ

【釋義】求全：希求完美。毀：毀謗，詆毀。

【出處】孟子・離婁上：「有不虞之譽，有求全之毀。」

【用法】用以說明爲求得完美無缺反而受到詆毀。

【例句】辦事認眞是應該的，但有時也會招來**求全之毀**，受到別人的指責。

求全責備 ㄑㄧㄡˊ ㄑㄩㄢˊ ㄗㄜˊ ㄅㄟˋ

【釋義】責：要求。備：完備，齊備。

【出處】孟子・離婁上：「有求全之毀。」淮南子・氾論訓：「是故君子不責備於一人。」

【用法】指對人對事過分挑剔，要求十全十美。

【例句】人無完人，金無足赤，於人於事都不能**求全責備**，過分苛刻。

【義近】吹毛求疵／抵瑕蹈隙／挑毛揀刺／洗垢求瘢／斤斤計較。

【義反】待人輕約／寬以待人／仁恕待人／善氣迎人。

求同存異

【釋義】求：尋求。存：保留。異：不同。

【用法】用以指稱謀求彼此相同的意見，保留不同的看法，無需強求一致。

【例句】對人對事都會有不同的看法，我們只有**求同存異**，才不致傷和氣，壞了大事。

【義反】黨同伐異。

求賢若渴

【釋義】賢：有才德的人。若渴：如口渴思飲。一作「求賢如渴」。

【出處】後漢書・周舉傳：「昔在前世，求賢如渴。」宋史・竇貞固傳：「求賢若渴，從諫如流。」

【用法】用以比喻希求賢才的急切心情。

【例句】曹操是一位重才愛才的人，他所發佈的求賢令、所寫的短歌行一詩，都充分表現了他**求賢若渴**的心情。

【義近】思賢如渴／唯才是舉／愛才如命／握髮吐哺。

【義反】嫉賢妒能／妒能害賢／踐踏人才。

江山易改，稟性難移

【釋義】改造山河容易，改變人的本性困難。江山：山川，山河。稟性：一作「本性」。

【出處】馮夢龍・醒世恆言・徐老僕義憤成家：「常言道得好，江山易改，稟性難移。」

【用法】形容要改變一個人的習慣或本性很困難。

【例句】所謂「**江山易改，稟性難移**」，他的脾氣這麼暴躁，我看是很難改變的。

【義近】積習難改。

【義反】脫胎換骨／放下屠刀，立地成佛。

江心補漏

【釋義】船到江心才補漏洞。

【出處】關漢卿・救風塵一折：「恁時節，船到江心補漏遲，煩惱怨他誰事，要前思免勞後悔。」

【用法】比喻補救太遲，無濟於事。

【例句】你這樣不聽人勸，等到眞的出了事，再想**江心補漏**，可就來不及了。

【義近】臨淵結網／臨渴掘井／遠水救不了近火。

【義反】未雨綢繆／有備無患／積穀防饑／防微杜漸。

江河日下

【釋義】江河的水每日往下游奔流。

【出處】張岱・詩韻確序：「詩之有韻，以沈約爲宗。……後漸廣之，江河日下，幾不知孰爲沈韻矣。」

【用法】比喻事物或局勢日趨衰敗。

【例句】這個公司的營業情況已**江河日下**，大不如從前了。

【義近】每下愈況／一落千丈／日陵月替／日趨式微。

【義反】蒸蒸日上／欣欣向榮／漸入佳境／與日俱僧。

江東父老

【釋義】江東：泛指長江下游南岸地區，此指吳中。父老：父兄，前輩。

【出處】司馬遷・史記・項羽本紀：「縱江東父兄憐而王我，我何面目見之？」

【用法】指故鄉的父兄前輩。

【例句】我負笈他鄉苦讀多年，若一無所成，還有何面目再見**江東父老**？

【義近】故老鄉親／鄉親父老。

江郎才盡（ㄐㄧㄤ ㄌㄤˊ ㄘㄞˊ ㄐㄧㄣˋ）

【釋義】江郎：南朝梁文學家江淹，以文章見稱於世，晚年才思衰退，詩文無佳句，時人謂之「江郎才盡」。

【出處】南史・江淹傳：「嘗宿於冶亭，夢一丈夫自稱郭璞，謂淹曰：『吾有筆在卿處多年，可以見還。』淹乃探懷中得五色筆一以授之，爾後爲詩絕無美句，時人謂之才盡。」

【用法】比喻文思衰退或本領使盡。

【例句】他年輕時才思敏捷，發表了許多精采作品，現在彷彿**江郎才盡**，久已未見其新作了。

【義近】文思枯竭／才竭智疲／才思衰退。

【義反】萬斛泉源／思如泉湧。

江洋大盜（ㄐㄧㄤ ㄧㄤˊ ㄉㄚˋ ㄉㄠˋ）

【釋義】江洋：江河海洋。

【出處】凌濛初・初刻拍案驚奇：「小婦人父及夫，俱爲江洋大盜所殺。」

【用法】泛指在江湖上搶劫行旅的巨兇大盜。

【例句】那幫**江洋大盜**四處燒殺擄掠，令官府頭痛不已。

【義近】綠林大盜。

【義反】江湖俠客／俠義之士。

汗牛充棟（ㄏㄢˋ ㄋㄧㄡˊ ㄔㄨㄥ ㄉㄨㄥˋ）

【釋義】搬運時可使牛出汗，收藏時能塞滿屋子。

【出處】陸九淵・與林叔虎書：「又有徒黨傳習，日不暇給，又其書汗牛充棟。」

【用法】形容書籍很多。

【例句】中央圖書館藏書之多，眞可謂**汗牛充棟**。

【義近】汗牛塞屋／牙籤萬軸／萬籤插架。

【義反】寥寥無幾／屈指可數。

汗流浹背（ㄏㄢˋ ㄌㄧㄡˊ ㄐㄧㄚˊ ㄅㄟˋ）

【釋義】出汗很多，濕透肩背。浹：濕透。

【出處】後漢書・伏皇后紀：「（曹）操後以事入見殿中，……。操出，顧左右，汗流浹背，而後不敢復朝請。」

【用法】形容滿身大汗，也指惶恐出冷汗。

【例句】他平日很少運動，因此才跑了四百公尺，便**汗流浹背**，氣喘如牛了。

【義近】揮汗如雨／汗如雨下／大汗淋漓。

【義反】鎭定自若／心安神定。

汗馬功勞（ㄏㄢˋ ㄇㄚˇ ㄍㄨㄥ ㄌㄠˊ）

【釋義】原指戰功。汗馬：征戰時戰馬奔馳出汗。

【出處】韓非子・五蠹：「棄私家之事，而必汗馬之勞。」

【用法】今用以泛指在事業上立下了功勞，做出了貢獻。

【例句】他在軍中服務多年，立下了不少**汗馬功勞**，深受長官所器重。

【義近】立功千里／汗馬之勞／戰功顯赫。

【義反】乘軒食祿／尸位素餐。

決一雌雄（ㄐㄩㄝˊ ㄧ ㄘˊ ㄒㄩㄥˊ）

【釋義】雌雄：原指動物的性別，引申爲勝敗高下。

【出處】司馬遷・史記・項羽本紀：「願與漢王挑戰，決雌雄。」羅貫中・三國演義百回：「吾與汝決一雌雄。」

【用法】用以說明比試高低，決定勝負。

【例句】今天我雖連輸你三盤棋，但這並不代表你比我強，明天再來**決一雌雄**。

【義近】一決雌雄／決一勝負／決一死戰／分出高下。

【義反】退避三舍／甘拜下風／自認不如。

決勝千里 ㄐㄩㄝˊ ㄕㄥˋ ㄑㄧㄢ ㄌㄧˇ

【釋義】決勝：指獲取勝利。千里：泛指遠方前線。

【出處】司馬遷・史記・留侯世家：「運籌策帷帳之中，決勝千里外，子房之功也。」

【用法】形容指揮者善於謀畫，能在遙遠之處指揮前線戰鬥，取得勝利。

【例句】一個優秀的將領，即使不親臨前線，也能訂出周密的作戰方案，鎮定自若，**決勝千里**之外。

沁人心脾 ㄑㄧㄣˋ ㄖㄣˊ ㄒㄧㄣ ㄆㄧˊ

【釋義】滲入人的內臟。沁：滲入。脾：脾臟。

【出處】沈德符・野獲篇卷二五：「嘉靖間乃興鬧五更、寄生草……舉世傳誦，沁人心脾。」

【用法】指芳香涼爽的空氣或飲料使人感到舒適；也形容詩文優美動人，給人清新爽朗之感。

【例句】①晚風送來荷花的清香，**沁人心脾**。②這篇小說描寫水鄉人民的生活，生動親切，明快自然，讀起來**沁人心脾**。

【義近】沁人肺腑／迴腸盪氣／淪肌浹髓。

【義反】無動於衷／味同嚼蠟。

沉冤莫白 ㄔㄣˊ ㄩㄢ ㄇㄛˋ ㄅㄞˊ

【釋義】沉冤：長期得不到伸雪的冤屈。莫白：得不到辯白、弄清楚。

【出處】太平廣記卷四九二：「纂紹口絕，不忍戴天。潛遁幽巖，沉冤莫雪。」

【用法】形容含冤深久，無法申辯昭雪。

【例句】在我國歷史上，像元代戲劇家關漢卿所寫竇娥**沉冤莫白**的事例，實在太多了。

【義近】冤沉海底／萇弘化碧／望帝啼鵑。

【義反】沉冤得雪／昭雪冤屈／水落石出／眞相大白。

沉魚落雁 ㄔㄣˊ ㄩˊ ㄌㄨㄛˋ ㄧㄢˋ

【釋義】魚見了沉入水底，雁見了落下沙灘。

【出處】莊子・齊物論：「毛嬙麗姬，人之所美也。魚見之深入，鳥見之高飛。」楊果・採蓮女曲：「羞花閉月，沉魚落雁。」

【用法】用以形容婦女貌美。

【例句】那位小姐有**沉魚落雁**之美，閉月羞花之貌，是許多男仕的夢中情人。

【義近】閉月羞花／如花似玉／花容月貌／螓首娥眉。

【義反】醜陋不堪／奇醜無比／無鹽之貌。

沉湎酒色 ㄔㄣˊ ㄇㄧㄢˇ ㄐㄧㄡˇ ㄙㄜˋ

【釋義】沉湎：沉溺於某種愛好之中。

【出處】尚書・泰誓上：「沉湎冒色，敢行暴虐。」晉書・齊王冏傳：「沉湎酒色，不恤群黎。」

【用法】形容一個人拋棄正當事不做，專沉溺於飲酒與女色之中。

【例句】他一天到晚**沉湎酒色**，同那些酒肉朋友一同追歡買笑，狎妓宴酒，令人替他擔憂。

【義近】貪酒好色／尋歡作樂／狎妓宴酒／追歡買笑／酣豢酒食。

【義反】黽勉從事／兢兢業業。

沉渣泛起 ㄔㄣˊ ㄓㄚ ㄈㄢˋ ㄑㄧˇ

【釋義】已經沉底的渣滓重新浮上水面。泛：浮。

【用法】形容已被消滅或已爲人唾棄的東西又重新出現、復活。

【例句】沉寂多時的六合彩賭風現又**沉渣泛起**，許多家庭都深受其害。

【義近】死灰復燃／死而復生／

捲土重來／東山再起。

【義反】斬草除根／一蹶不振／消聲匿跡／化為灰燼。

沉默寡言 ㄔㄣˊ ㄇㄛˋ ㄍㄨㄚˇ ㄧㄢˊ

【釋義】不聲不響，很少說話。寡：少。

【出處】舊唐書・郭子儀傳：「創偉姿儀，身長七尺，方口豐下，沉默寡言。」

【用法】常用以形容性情沉靜，不愛說話。

【例句】她自從在婚姻上遭受不幸之後，一直**沉默寡言**，對一切都顯得很冷漠。

【義近】閒靜少言／寡言少語／沉靜寡言。

【義反】口若懸河／滔滔不絕／喋喋不休。

沐猴而冠 ㄇㄨˋ ㄏㄡˊ ㄦˊ ㄍㄨㄢˋ

【釋義】獼猴戴著帽子，徒具人形。沐猴：獼猴。

【出處】司馬遷・史記・項羽本紀：「人言楚人沐猴而冠耳，果然。」

【用法】譏刺人雖身居高位，卻只是虛有其表，仍不脫其鄙賤；也形容人性情浮躁，如猴之不能久任冠帶。

【例句】①你不要看他官位高，衣冠楚楚，實際上不過是**沐猴而冠**，流氓本性仍在。②他無論是在家裏，還是在外面，總坐不住，不是摸摸這，就是動動那，活像**沐猴而冠**。

【義近】衣冠沐猴／虛有其表。

【義反】強中彪外／文質彬彬。

沒沒無聞 ㄇㄛˋ ㄇㄛˋ ㄨˊ ㄨㄣˊ

【釋義】沒沒：無聲無息。

【出處】法書要錄・張懷瓘書斷下：「書之為用，施於竹帛，千載不朽，亦猶愈沒沒而無聞哉。」

【用法】形容人不出名，不為人所知。

【例句】他早已看破紅塵，甘心遷居鄉野，**沒沒無聞**隨波逐流地度過餘生。

【義近】昧昧無聞／湮沒無聞／無聲無臭／碌碌無聞／漠漠無聞。

【義反】聞名遐邇／名揚四海／名滿天下／大名鼎鼎／赫赫有名。

沒精打采 ㄇㄟˊ ㄐㄧㄥ ㄉㄚˇ ㄘㄞˇ

【釋義】又作「無精打采」。精：精神。采：神色。

【出處】曹雪芹・紅樓夢八七回：「弄得寶玉滿腹疑團，沒精打采地歸至怡紅院中。」

【用法】形容精神萎靡不振或很不高興。

【例句】她這幾天不知為了什麼事，一直**無精打采**的，連飯也不想吃。

【義近】灰心喪氣／垂頭喪氣／萎靡不振。

【義反】精神抖擻／喜氣洋洋／神采奕奕／精神煥發。

沒齒不忘 ㄇㄛˋ ㄔˇ ㄅㄨˋ ㄨㄤˋ

【釋義】沒齒：猶言終身。沒：盡，終。齒：年齒，年歲。

【出處】論語・憲問：「沒齒無怨言。」吳承恩・西遊記七十回：「長老，你果是救得我回朝，沒齒不忘大恩！」

【用法】指終身不會忘記。

【例句】你對我的大恩大德，我將**沒齒不忘**。

【義近】沒世不忘／沒齒難忘／永誌不忘／銘諸肺腑／牢記於心。

沒頭沒腦 ㄇㄟˊ ㄊㄡˊ ㄇㄟˊ ㄋㄠˇ

【釋義】又作「無頭無腦」。

【出處】凌濛初・拍案驚奇卷一：「得了一注沒頭沒腦錢財，變成巨富。」又該書卷三十：「都慌得沒頭沒腦。」

【用法】用以形容突如其來或突兀而起，茫無頭緒；也用以形容驚慌無主意，或心地糊塗。

【例句】①你這話說得**沒頭沒腦**的，叫我怎樣來判斷是非呢？②你這人聰明一世，怎麼今天做出這等**沒頭沒腦**的事呢？

【義近】丈二金剛，摸不著頭腦／莫名其妙。

【義反】條理清晰／有條有理／頭頭是道／有頭有尾。

沆瀣一氣 ㄏㄤˋ ㄒㄧㄝˋ ㄧˊ ㄑㄧˋ

【釋義】沆、瀣：二人名，指唐代的崔沆、崔瀣。

【出處】錢易・南部新書・戊：「又乾符二年，崔沆放崔瀣榜。譚（談）者稱『座主門生，沆瀣一氣。』」

【用法】比喻彼此臭味相投。

【例句】這幾個小偷，原是**沆瀣一氣**的，怪不得都守口如瓶，不肯招認。

【義近】氣味相投／臭味相投／狼狽為奸／朋比為奸。

【義反】水火不容／格格不入／圓鑿方柄／冰炭難容。

河東獅吼 ㄏㄜˊ ㄉㄨㄥ ㄕ ㄏㄡˇ

【釋義】河東：古郡名，柳姓為河東望族，此暗指陳慥之妻柳氏。獅吼：喻柳氏大吼大叫。

【出處】蘇軾・寄吳德仁兼簡陳季常：「龍丘居士亦可憐，談空說有夜不眠，忽聞河東獅子吼，拄杖落手心茫然。」

【用法】比喻妻子厲害，也比喻男人畏妻。

【例句】他因事深夜才回家，唯恐**河東獅吼**，便輕手輕腳地走進客廳，在沙發上睡了一夜。

【義近】季常之懼／母夜叉／母老虎。

【義反】體貼入微／溫柔嫻淑。

河清海晏 ㄏㄜˊ ㄑㄧㄥ ㄏㄞˇ ㄧㄢˋ

【釋義】河清：指黃河澄清。海晏：指東海平靜無波。晏：平靜。一作「海晏河清」。

【出處】鄭嵎・津陽門詩：「河清海晏不難睹，我皇已上升平基。」

【用法】用以形容天下太平，人民安居樂業的盛世。

【例句】我國現況繁榮昌盛，社會安定，可算得上**河清海晏**的盛世了。

【義近】太平盛世／天下太平／國泰民安。

【義反】兵連禍結／兵荒馬亂／動盪不安。

河清難俟 ㄏㄜˊ ㄑㄧㄥ ㄋㄢˊ ㄙˋ

【釋義】河清：相傳黃河千年一清，河清則聖賢出，盛世來。俟：等待。

【出處】左傳・襄公八年：「子駟曰：周詩有之曰：『俟河之清，人壽幾何？』」

【用法】比喻盛世難以期待。

【例句】君子道消，小人道長，天下紛擾不安，**河清難俟**，徒呼奈何。

【義近】河清難期。

河漢之言 ㄏㄜˊ ㄏㄢˋ ㄓ ㄧㄢˊ

【釋義】河漢：指天上的銀河，漫遠空闊，略無邊際。

【出處】莊子・逍遙遊：「吾聞言於接輿，大而無當，往而不返；吾驚怖其言，猶河漢而無極也。」

【用法】比喻言論迂闊，不切實際。

【例句】他所說的話全是**河漢之言**，根本解決不了任何實際問題，不值一信。

【義近】浮泛之論／空闊之談。

【義反】切實之論／中肯之言。

泥牛入海 ㄋㄧˊ ㄋㄧㄡˊ ㄖㄨˋ ㄏㄞˇ

【釋義】泥塑的牛掉到海裏。

【出處】道源・景德傳燈錄八：「洞山又問和尚：『見個什麼道理，便住此山？』師云：『我見兩個泥牛鬬入海，直至如今無消息。』」

【用法】比喻一去不返，杳無消息。
【例句】大哥離家後，便如**泥牛入海**，杳無音信。
【義近】石沉大海／杳如黃鶴／杳無音信。

泥古不化 ㄋㄧˋ ㄍㄨˇ ㄅㄨˋ ㄏㄨㄚˋ

【釋義】泥：拘泥，固執。化：變化，變通。
【出處】宋史・劉幾傳：「儒者泥古，致詳於形名度數間，而不知清濁輕重之用。」
【用法】指拘泥於古代陳規、言論而不知變通。
【例句】任何因循守舊、**泥古不化**的思想都是錯誤的，應堅決予以擯棄。
【義近】食古不化／因循守舊／冥頑不靈。
【義反】推陳出新。

泥多佛大 ㄋㄧˊ ㄉㄨㄛ ㄈㄛˊ ㄉㄚˋ

【釋義】佛像爲泥土所塑，泥土多則佛像大。
【出處】續傳燈錄三一：「十五日已（以）前，水長船高；十五日已後，泥多佛大。」
【用法】比喻根基深厚，或比喻附益者眾多則成就巨大。
【例句】**泥多佛大**，現在投靠你的人很多，你可藉此成就一番事業。
【義近】根深葉茂／人多勢眾／柴多焰高。
【義反】勢單力薄／人少勢弱／孤掌難鳴。

泥沙俱下 ㄋㄧˊ ㄕㄚ ㄐㄩˋ ㄒㄧㄚˋ

【釋義】指在江河的急流中，泥土和沙子隨著水一起沖下。俱：都。
【出處】袁枚・隨園詩話卷一：「人稱才大者，如萬里黃河，與泥沙俱下。余以爲此粗才，非大才也。」
【用法】比喻好壞不同的人或事物混雜在一起。
【例句】任何一個團體，只要人一多，就難免會有魚龍混雜、**泥沙俱下**的現象。
【義近】魚龍混雜／龍蛇混雜／良莠不齊／牛驥同皁。
【義反】涇渭分明／良莠分明／涇濁渭清。

泥船渡河 ㄋㄧˊ ㄔㄨㄢˊ ㄉㄨˋ ㄏㄜˊ

【釋義】乘著泥土船過河。
【出處】三慧經：「人在世間，譬如乘泥船渡河，當浮渡船且壞，人身如泥船不可久，當疾行道。」
【用法】比喻世路艱險，人身如泥船之不能持久，隨時都有沉沒的可能，須步步留心。
【例句】人心不古，世路多艱，活在這世上，有如**泥船渡河**，不可不加倍小心。
【義近】世路多艱／荊天棘地。
【義反】世道坦坦。

泥菩薩過江自身難保 ㄋㄧˊ ㄆㄨˊ ㄙㄚˋ ㄍㄨㄛˋ ㄐㄧㄤ ㄗˋ ㄕㄣ ㄋㄢˊ ㄅㄠˇ

【釋義】此爲歇後語，泥菩薩過河即自身難保之意。過江：原作「落水」，一作「渡江」、「過河」。
【出處】馮夢龍・警世通言・旌陽宮鐵樹鎮妖：「我想江西不沉却好，若沉了時節，正是泥菩薩落水，自身難保。」
【用法】比喻處境危困，自顧不暇，無力去保護照顧別人。
【例句】我現在是**泥菩薩過江自身難保**，哪還有力量照顧你呢？
【義近】自顧不暇。
【義反】實力雄厚。

泥塑木雕 ㄋㄧˊ ㄙㄨˋ ㄇㄨˋ ㄉㄧㄠ

【釋義】泥土做的和木頭刻的偶像。塑：塑造。
【出處】元・無名氏・冤家債主四折：「有人說道，城隍也是泥塑木雕的，有什麼靈感在那裏。」
【用法】形容人的表情和舉動呆板。
【例句】她又不是**泥塑木雕**的人

，你這樣對待她，她當然會有反應！

【義近】呆若木雞／呆頭呆腦／笨頭笨腦。

【義反】百伶百俐／歡蹦亂跳／靈活敏捷。

泣不成聲 ㄑㄧˋ ㄅㄨˋ ㄔㄥˊ ㄕㄥ

【釋義】傷心哭泣，說不出話來。泣：低聲哭。

【出處】黃鈞宰・金壺七墨：「彌留之際，日飲白湯升許，欲以洗滌肺腑，及食不下咽，泣不成聲。」

【用法】形容極度悲傷。

【例句】聽到祖父去世的消息，全家上下都**泣不成聲**，久久無人開口說話。

【義近】低聲哭泣／哽咽不語／抽泣不已。

【義反】歡聲笑語／欣喜若狂／喜笑顏開。

沸反盈天 ㄈㄟˋ ㄈㄢˇ ㄧㄥˊ ㄊㄧㄢ

【釋義】指聲音像水開了鍋似地沸騰翻滾，充滿了空間。反：翻轉。盈：充滿。

【出處】李寶嘉・活地獄三四回：「裏面聽見沸反盈天的聲響，許多家人小子都趕將出來。」

【用法】形容人聲喧囂，亂成一片。

【例句】最近因爲公共工程的弊案，議會中鬧得**沸反盈天**。

【義近】如沸如羹／人聲鼎沸／吵吵嚷嚷。

【義反】鴉雀無聲／啞然無聲／寂靜無聲。

沸沸揚揚 ㄈㄟˋ ㄈㄟˋ ㄧㄤˊ ㄧㄤˊ

【釋義】像沸騰的水面上的氣泡那樣翻滾。沸沸：騰湧的樣子。揚：掀起。

【出處】施耐庵・水滸傳一七回：「後來聽得沸沸揚揚地說道：『黃泥崗上一夥販棗子的客人，把蒙汗藥麻翻了人，劫了生辰綱去。』」

【用法】形容人聲喧嚷，議論紛紛；也形容某種活動人多花樣多，異常鬧熱。

【例句】一走進會場，就聽到人們在**沸沸揚揚**地議論著今天的議題。

【義近】七嘴八舌／眾說紛紜／議論紛紛。

【義反】參見「沸反盈天」條。

波及無辜 ㄅㄛ ㄐㄧˊ ㄨˊ ㄍㄨ

【釋義】波及：本謂波浪所及，引申爲播散、影響、擴大範圍之義。

【出處】左傳・僖公二三年：「其波及晉國者，君之餘也。」詩經・小雅・巧言：「無罪無辜。」

【用法】用以指災禍牽連到無罪的人。

【例句】辦理案子，務必要實事求是，慎重處理，決不能擴大範圍，**波及無辜**。

【義近】殃及池魚／株連九族／禍及全家。

波詭雲譎 ㄅㄛ ㄍㄨㄟˇ ㄩㄣˊ ㄐㄩㄝˊ

【釋義】好像水波和雲彩那樣，千態萬狀，不可捉摸。詭：欺詐，奸滑。譎：欺詐。

【出處】揚雄・甘泉賦：「於是大廈雲譎波詭，摧嗺而成觀。」劉勰・文心雕龍・體性：「筆區雲譎，文苑波詭者矣。」

【用法】形容事物變幻莫測。

【例句】在**波詭雲譎**的國際環境中，我國敢於迎逆風、戰惡浪，以求立於不敗之地。

【義近】風雲多變／變幻莫測／變動無常。

【義反】靜如死水／一成不變／固定不變。

波瀾壯闊 ㄅㄛ ㄌㄢˊ ㄓㄨㄤˋ ㄎㄨㄛˋ

【釋義】水的波濤浩渺廣闊。瀾

：大的波浪。

【出處】鮑照・登大雷岸與妹書：「旅客貧辛，波路壯闊。」梁啓超・近世之學術：「專憑西漢博士說以釋經義者間出，逮廖氏而波瀾壯闊極矣。」

【用法】比喻聲勢雄壯或規模巨大，也用以形容文章氣勢雄偉。

【例句】①雄偉的南京長江大橋，橫跨在**波瀾壯闊**、水勢浩瀚的大江上。②《三國演義》是一部**波瀾壯闊**、冠絕古今的優秀歷史小說。

【義近】洶湧澎湃／波浪起伏／萬馬奔騰／浩浩蕩蕩。

【義反】風平浪靜／波平如鏡。

油然而生 ㄧㄡˊ ㄖㄢˊ ㄦˊ ㄕㄥ

【釋義】油然：自然而然。生：產生，滋生。

【出處】禮記・祭義：「則易直子諒之心油然生矣。」朱子語類卷二十：「孝子之心，油然而生，發見於外。」

【用法】形容某種感情或事物自然而然地產生出來。

【例句】回大陸見到了闊別整整四十年的母親，悲傷激動之情**油然而生**。

油腔滑調 ㄧㄡˊ ㄑㄧㄤ ㄏㄨㄚˊ ㄉㄧㄠˋ

【釋義】油、滑：不嚴肅。腔、調：指說話的聲調、語氣。

【出處】王士禛・師友詩傳錄：「若不多讀書多貫穿，而遽言性情，則開後學油腔滑調、信口成章之惡習矣。」

【用法】指說話或爲文輕浮油滑，不誠懇、不踏實。

【例句】你剛踏入社會，就學得**油腔滑調**，這對你沒有任何好處。

【義近】油嘴滑舌／輕浮淺露／華而不實。

【義反】一本正經／穩重踏實／踏踏實實／誠誠懇懇。

油嘴滑舌 ㄧㄡˊ ㄗㄨㄟˇ ㄏㄨㄚˊ ㄕㄜˊ

【釋義】油、滑：不嚴肅、不老實。嘴、舌：指說話。

【出處】李汝珍・鏡花緣二一回：「俺看他油嘴滑舌，南腔北調，到底算個什麼。」

【用法】形容說話油滑，耍嘴皮子。

【例句】他本是個單純少年，想不到入社會還不到兩年的時間，竟學得**油嘴滑舌**。

【義近】油腔滑調／耍嘴皮子／油頭滑腦。

【義反】正正經經／誠誠懇懇／嚴肅認眞。

油頭粉面 ㄧㄡˊ ㄊㄡˊ ㄈㄣˇ ㄇㄧㄢˋ

【釋義】頭髮上塗油，臉面上敷粉。

【出處】石子章・竹塢聽琴：「改換了油頭粉面，再不將蛾眉淡掃鬢堆蟬。」

【用法】形容人打扮得妖冶輕浮之狀。

【例句】這種**油頭粉面**的男人，我敢肯定他肚子裏也必然是一包草，你怎能嫁給他呢？

【義近】塗脂抹粉／華而不實。

【義反】脂粉不施／穩重踏實／一本正經／穩重踏實。

治國安民 ㄓˋ ㄍㄨㄛˊ ㄢ ㄇㄧㄣˊ

【釋義】治理國家，安定民心。

【出處】漢書・食貨志上：「財者，帝王所以聚人守位，養成群生，奉順天德，治國安民之本也。」

【用法】用以說明當政者最根本的任務與職責。

【例句】從政的人每日要處理各式各樣的事情，但最基本的是**治國安民**，否則便毫無意義。

【義近】治國安邦／治國經邦／安邦定國／保國安民。

【義反】蠹國害民／禍國殃民。

泛泛之交 ㄈㄢˋ ㄈㄢˋ ㄓ ㄐㄧㄠ

【釋義】泛泛：廣大無邊際的樣子，引申爲普通、尋常、浮淺等意。交：交情。

【出處】莊子・秋水：「泛泛乎其若四方之無窮，其無所畛域。」黃六鴻・福惠全書・筮仕部：「其餘泛交，無庸混托。」

【用法】用以說明交情不深。

【例句】我與他只是**泛泛之交**，怎麼可能替他作經濟擔保人呢？

【義近】點頭之交／一面之交／非親非故。

【義反】莫逆之交／生死之交／患難知己。

泛萍浮梗 ㄈㄢˋ ㄆㄧㄥˊ ㄈㄨˊ ㄍㄥˇ

【釋義】浮動在水面的萍草和樹梗。泛：漂浮。

【出處】徐夤・別詩：「酒盡歌終問後期，泛萍浮梗不勝悲。」

【用法】比喻飄蕩無主或沒有著落。

【例句】**泛萍浮梗**地在異鄉生活了二十多年，如今眞想返鄉安定了。

【義近】東飄西蕩／飄蕩無依／斷線風箏／流離失所。

【義反】有室有家／有依有靠／安居樂業。

沽名釣譽 ㄍㄨ ㄇㄧㄥˊ ㄉㄧㄠˋ ㄩˋ

【釋義】沽名：獵取名譽。釣：用餌引魚上鉤，引申爲用手段騙取。

【出處】張建・高陵縣張公去思碑：「非若沽名釣譽之徒，內有所不足，……以祈當世之知。」

【用法】指用不正當的手段騙取名譽。

【例句】**沽名釣譽**的人，即使能欺人於一時，但最後還是會原形畢露的。

【義近】盜名竊譽／欺世盜名／沽名干譽／矯俗干名。

【義反】不求聞達／不務空名／實至名歸／有口皆碑。

沾沾自喜 ㄓㄢ ㄓㄢ ㄗˋ ㄒㄧˇ

【釋義】沾沾：自得的樣子。

【出處】司馬遷・史記・魏其武安侯列傳：「魏其者，沾沾自喜耳，多易。難以爲相，持重。」

【用法】形容自以爲不錯而洋洋得意的樣子。

【例句】那種在事業上稍有成績就**沾沾自喜**的人，將來是不會有多大出息的。

【義近】洋洋得意／詡詡自得／自鳴得意／洋洋自得。

【義反】妄自菲薄／自輕自賤。

沾親帶故 ㄓㄢ ㄑㄧㄣ ㄉㄞˋ ㄍㄨˋ

【釋義】沾、帶：指相互間有一定的關係。親、故：親戚、舊交。

【出處】夏敬渠・野叟曝言一一回：「將來便與他沾親帶故，你往我來。」

【用法】指攀上親友的關係。

【例句】不管怎麼說，你和他總有**沾親帶故**的關係，應有責任幫助他。

【義近】沾親帶友／沾親搭故。

【義反】素不相干／素不相識／非親非故／陌路之人。

泄漏天機 ㄒㄧㄝˋ ㄌㄡˋ ㄊㄧㄢ ㄐㄧ

【釋義】泄漏：一作「洩漏」，指泄密。天機：造化的奧祕，神祕的天意，此指機密。

【出處】吳承恩・西遊記四四回：「吃東西事小，泄漏天機事大。」湯顯祖・與門人陳仲宣書：「不止洩漏天機，並亦唐突人意。」

【用法】比喻泄露機密。

【例句】這件事我只向你說過，其他人都不知道，請你千萬不要**泄漏天機**，否則我會吃不完兜著走。

【義近】天機外洩／走露風聲。

【義反】守口如瓶。

泰山北斗 ㄊㄞˋ ㄕㄢ ㄅㄟˇ ㄉㄡˇ

【釋義】泰山：在山東省境，爲五嶽之首。北斗：星宿名，在眾星中最明亮。
【出處】新唐書・韓愈傳贊：「自愈沒，其言大行，學者仰之如泰山北斗云。」
【用法】比喻德高望重或成就卓著而爲眾人所敬仰的人物。
【例句】胡適之先生可算是近代國學界的**泰山北斗**，其著作將永遠流傳於世。
【義近】一代文豪／當代巨擘。
【義反】凡夫俗子。

泰山壓卵 ㄊㄞˋ ㄕㄢ ㄧㄚ ㄌㄨㄢˇ

【釋義】泰山壓在蛋上。
【出處】晉書・孫惠傳：「猛獸吞狐，泰山壓卵，因風燎原，未足方也。」
【用法】比喻以最強對付最弱，弱者必無倖免。
【例句】這幫歹徒若不投降，警方將全面佈署警力，以**泰山壓卵**之勢，將他們逮捕。
【義近】不堪一擊／摧枯拉朽／虎噬羊羔／千鈞壓頂。

泰山鴻毛 ㄊㄞˋ ㄕㄢ ㄏㄨㄥˊ ㄇㄠˊ

【釋義】像泰山那樣重，像鴻毛那樣輕。鴻毛：大雁的毛羽。
【出處】司馬遷・報任少卿書：「人固有一死，死有重於泰山，或輕於鴻毛，用之所趨異也。」
【用法】比喻輕重懸殊很大。
【例句】爲公而死與爲私而亡，兩者之差，有如**泰山鴻毛**。
【義近】天差地遠／輕重緩急／差若天壤／天淵之別。
【義反】大同小異／半斤八兩／等量齊觀。

泰然自若 ㄊㄞˋ ㄖㄢˊ ㄗˋ ㄖㄨㄛˋ

【釋義】泰然：鎮定的樣子。自若：像平常一樣。
【出處】范滂・心箴：「天君泰然，百體從全。」司馬遷・史記・樗里子甘茂列傳：「其母織自若也。」
【用法】形容在嚴重、緊急情況下沉著鎮定，不慌不忙。
【例句】強敵壓境，他仍**泰然自若**，沉著應戰，真不愧是一代名將。
【義近】神色自若／處之泰然／陽陽如常／談笑自若。
【義反】驚慌失措／心驚膽戰／坐立不安／忐忑不安／如坐針氈。

洞房花燭 ㄉㄨㄥˋ ㄈㄤˊ ㄏㄨㄚ ㄓㄨˊ

【釋義】洞房：深邃的內室，指新房。花燭：彩燭。
【出處】庾信・和詠舞詩：「洞房花燭明，燕餘雙舞輕，頓履隨疎節，低鬟逐上聲。」
【用法】指新婚之夜。
【例句】人生最美好之事，莫過於**洞房花燭**夜，有如花美眷相伴。
【義近】燕爾新婚／花好月圓／鶼鰈情濃／春宵一刻。

洞若觀火 ㄉㄨㄥˋ ㄖㄨㄛˋ ㄍㄨㄢ ㄏㄨㄛˇ

【釋義】清楚得就像看火一樣。洞：透徹。
【出處】張岱・公祭張噩仍文：「噩仍謙和柔婉，未嘗以一語忤人，而胸中月旦，洞若觀火。」
【用法】形容觀察事物非常清楚透徹。
【例句】智者對事情的真相皆能**洞若觀火**，故能不憂不懼。
【義近】明察秋毫／瞭如指掌／一目了然／明若觀火。
【義反】不見輿薪／霧裏看花／管窺蠡測／稀裏糊塗。

洞天福地 ㄉㄨㄥˋ ㄊㄧㄢ ㄈㄨˊ ㄉㄧˋ

【釋義】指名山勝境，神仙所居之所。
【出處】北宋・張君房纂雲笈七籤，中有十大洞天、七十二地福地。

【用法】今用以形容風景優美秀麗的地方。

【例句】《西遊記》中的「花菓山福地，水濂洞洞天」是一洞天福地的神仙之境，難怪能培育出孫悟空這樣的仙猴。

【義近】世外桃源／名山勝境／瑤池樂土／人間仙境／人間天堂。

【義反】人間地獄／窮鄉僻壤／龍潭虎穴。

洪水猛獸（ㄏㄨㄥˊ ㄕㄨㄟˇ ㄇㄥˇ ㄕㄡˋ）

【釋義】洪水：暴漲的大水。猛獸：兇猛的野獸。

【出處】孟子・滕文公下：「昔者禹抑洪水，而天下平；周公兼夷狄，驅猛獸，而百姓寧。」

【用法】比喻禍害極大的事物，也比喻兇惡的人。

【例句】①你到處惹事生非，被人視爲**洪水猛獸**，像這樣活在世上還有什麼意思？②貪官污吏肆意草菅人命，其爲害之烈甚於**洪水猛獸**。

【義近】天災人禍／滔天大禍／兇惡非常。

洪福齊天（ㄏㄨㄥˊ ㄈㄨˊ ㄑㄧˊ ㄊㄧㄢ）

【釋義】洪福：大福。齊天：與天一樣大。

【出處】鄭德輝・老君堂四折：「皆因是聖天子洪福齊天，文武每保社稷，皆豐稔之世也。」

【用法】用以頌揚人福分大。有時含有諷刺意味。

【例句】你在這次空難中得以生還，眞可算是三生有幸，**洪福齊天**啊！

【義近】福與天齊／福大命大／吉人天相。

【義反】時乖運蹇／時運不濟／命運多蹇。

津津有味（ㄐㄧㄣ ㄐㄧㄣ ㄧㄡˇ ㄨㄟˋ）

【釋義】津津：形容有滋味，有趣味。津：口液。

【出處】頤瑣・黃綉球四回：「一直說到那日出門看會以後的情形，張先生聽來，覺得津津有味。」

【用法】形容事物趣味深長或食物美味，令人品味無窮。

【例句】①這桌菜色香味俱佳，大夥都吃得**津津有味**。②這部電影拍得很好，故事情節引人入勝，大家看得**津津有味**。

【義近】興味盎然／興致勃勃／津津樂道。

【義反】味同嚼蠟／索然寡味／興趣缺缺。

津津樂道（ㄐㄧㄣ ㄐㄧㄣ ㄌㄜˋ ㄉㄠˋ）

【釋義】津津：指興趣濃厚。樂道：喜歡談論。

【出處】頤瑣・黃綉球七回：「他才學固然卓越，但他也只從口講指畫入手，每遇鄉愚，津津樂道。」

【用法】形容很有興趣地說個不停。

【例句】唐明皇與楊貴妃的風流韻事，至今仍爲人們所**津津樂道**。

【義近】交口稱讚／嘖嘖稱讚／掛在嘴上。

【義反】不屑一顧／絕口不談／三緘其口。

洋洋大觀（ㄧㄤˊ ㄧㄤˊ ㄉㄚˋ ㄍㄨㄢ）

【釋義】洋洋：盛大或眾多貌。大觀：豐富多彩的景象。

【出處】莊子・天地：「夫道，覆載萬物者也，洋洋乎大哉！」沈復・浮生六記：「眞洋洋大觀也。」

【用法】形容美好的事物眾多豐盛。

【例句】展覽會場，各式各樣的藝術品陳列，眞是**洋洋大觀**，令人嘆爲觀止。

【義近】蔚爲壯觀／琳琅滿目／景象萬千。

【義反】花樣單調／一成不變／如出一轍。

洋洋盈耳 ㄧㄤˊ ㄧㄤˊ ㄧㄥˊ ㄦˇ

【釋義】洋洋：美盛的樣子。盈：充滿。

【出處】論語・泰伯：「師摯之始，關雎之亂，洋洋乎盈耳哉！」

【用法】形容美好的音樂聲或其他聲音悅耳動聽。

【例句】音樂會上，歌聲和樂音**洋洋盈耳**，予人無限美好的藝術享受。

【義近】繞梁不絕／悅耳動聽。

【義反】嘔啞嘲哳／嗚嗚刺耳。

洋洋得意 ㄧㄤˊ ㄧㄤˊ ㄉㄜˊ ㄧˋ

【釋義】洋洋：原爲「揚揚」，得意的樣子。一作「得意洋洋」。

【出處】蒲松齡・醒世姻緣四二回：「臨去時秋波也不轉一轉，洋洋得意，上了轎子，鼓樂喧天的導引而去。」

【用法】形容得意時神氣十足的姿態。

【例句】上回考試他拿到第一之後，便**洋洋得意**，不知再接再厲，這回便退步許多了。

【義近】意氣揚揚／自鳴得意／沾沾自喜。

【義反】垂頭喪氣／灰心喪氣／神氣沮喪／落落寡歡／悶悶不樂。

洋洋灑灑 ㄧㄤˊ ㄧㄤˊ ㄙㄚˇ ㄙㄚˇ

【釋義】洋洋：盛美壯大或廣遠無涯的樣子。灑灑：連綿不絕的樣子。

【出處】韓非子・難言：「所以難言者，言順比滑澤，洋洋纚纚然，則見以爲華而不實。」

【用法】形容寫作揮灑自如，有時也形容文章篇幅很長。

【例句】他的文思敏捷，大筆一揮，便**洋洋灑灑**地寫了上千字文章，且文筆流暢，一氣呵成，令人折服。

【義近】揮灑自如／一揮而就／運筆如飛／文思泉湧。

【義反】文思枯竭／撚斷莖鬚／索盡枯腸／江郎才盡／心如枯井。

洗心革面 ㄒㄧˇ ㄒㄧㄣ ㄍㄜˊ ㄇㄧㄢˋ

【釋義】洗心：清除不好的思想。革面：改變舊面貌。

【出處】葛洪・抱朴子・用刑：「洗心而革面者，必若清波之滌輕塵。」

【用法】比喻徹底悔改，走上自新之路。

【例句】雖說他過去做了不少壞事，但現在**洗心革面**重新作人，仍應予以肯定。

【義近】改邪歸正／痛改前非／脫胎換骨／改過自新。

【義反】怙惡不悛／不知悔改／死不悔改。

洗手不幹 ㄒㄧˇ ㄕㄡˇ ㄅㄨˋ ㄍㄢˋ

【釋義】把手洗乾淨不再幹骯髒的事。

【出處】文康・兒女英雄傳一一回：「小人從前原也作些小道兒上的買賣，後來洗手不幹。」

【用法】用以說明改邪歸正，不再爲非。有時也用以說明不再做某事。

【例句】那個慣竊每做一次案，便發誓**洗手不幹**，無奈貪婪之心勝過良心的譴責，他還是一再的犯案，最後終於被捕。

【義近】洗心改過／改邪歸正／悔過自新／洗心革面／另謀他業。

【義反】執意不改／無可救藥／執迷不悟。

洗手奉職 ㄒㄧˇ ㄕㄡˇ ㄈㄥˋ ㄓˊ

【釋義】潔淨自己的身手，奉行所擔負的職事。

【出處】韓愈・胡良公墓神道碑：「薦公爲監察御史，主餽給渭橋以東軍，洗手奉職，不以一錢假人。」

【用法】用以指廉潔奉公。

【例句】李部長從政數十年，一直**洗手奉職**，兩袖清風，實屬可敬可佩。

【義近】廉潔奉公／涓滴歸公／一介不取／一毫莫取／廉潔可風。

【義反】貪污行賄／損公肥私／長袖善舞／中飽私囊。

洗耳恭聽 ㄒㄧˇ ㄦˇ ㄍㄨㄥ ㄊㄧㄥ

【釋義】洗乾淨耳朵恭恭敬敬聽別人講話。

【出處】關漢卿・單刀會：「請君侯試說一徧（遍），下官洗耳恭聽。」

【用法】用以表示恭敬地專心傾聽。有時含有諷刺或詼諧意味。

【例句】閣下有何見教，請直說吧，我**洗耳恭聽**。

【義近】傾耳細聽／張耳拱聽／專心傾聽／奉命維謹。

【義反】充耳不聞／秋風過耳／掩耳而走／馬耳東風／聽若罔聞。

洗垢求瘢 ㄒㄧˇ ㄍㄡˋ ㄑㄧㄡˊ ㄅㄢ

【釋義】洗去污垢，尋找疤痕。瘢：瘡痕。

【出處】趙壹・刺世疾邪賦：「所好則鑽皮出其毛羽，所惡則洗垢求其瘢痕。」

【用法】用以比喻苛求他人，想方設法找其過錯。

【例句】此人相當小氣，對屬下要求極其苛刻，對人更是**洗垢求瘢**的挑剔，故終其一生，無一朋友可言。

【義近】洗垢索瘢／吹毛求疵／雞蛋裏挑骨頭。

【義反】鑽皮出其毛羽／大過不較，小過不問／大事化小，小事化了。

洶湧澎湃 ㄒㄩㄥ ㄩㄥˇ ㄆㄥ ㄆㄞˋ

【釋義】洶湧：水勢騰湧的樣子。澎湃：波浪撞擊。

【出處】司馬相如・上林賦：「沸乎暴怒，洶湧澎湃。」

【用法】形容波浪滔天的水勢，也指不可阻擋的浩大聲勢。

【例句】萬里長江，流水滔滔，日復一日，**洶湧澎湃**地奔向大海。

【義近】浩浩蕩蕩／波瀾壯闊／萬馬奔騰。

【義反】風平浪靜／水波不興／波瀾不驚。

洛陽紙貴 ㄌㄨㄛˋ ㄧㄤˊ ㄓˇ ㄍㄨㄟˋ

【釋義】洛陽：在今河南省，西晉等朝代的國都。紙貴：紙因需要增多而價貴。

【出處】晉代左思作三都賦成，不爲時人所重，皇甫謐爲之作序後，「豪貴之家競相傳寫，洛陽爲之紙貴。」

【用法】形容文章優美，風行一時，人以先睹爲快。

【例句】瓊瑤的言情小說在大陸印行後，一時**洛陽紙貴**，大家爭相閱讀。

【義近】人手一冊／家喻戶誦。

活龍活現 ㄏㄨㄛˊ ㄌㄨㄥˊ ㄏㄨㄛˊ ㄒㄧㄢˋ

【釋義】龍：傳說中的神異動物，一作「活靈活現」。

【出處】馮夢龍・警世通言・呂大郎還金完骨肉：「王氏聞丈夫兇信，初時也疑惑，被呂寶說得活龍活現，也信了。」

【用法】形容敍述神情逼真，使人感到好像親眼看到一樣。

【例句】張老師講武松打虎的故事講得**活龍活現**，學生們都聽得入迷了。

【義近】栩栩如生／呼之欲出／生動逼真／神態活現／入木三分／絲絲入扣。

【義反】呆板單調／枯燥無味／生硬刻板／半生半熟／假不亂真。

流水不腐 ㄌㄧㄡˊ ㄕㄨㄟˇ ㄅㄨˋ ㄈㄨˇ

【釋義】流動的水不會發臭。腐：臭。

【出處】呂氏春秋・盡數：「流水不腐，戶樞不螻，動也，形氣亦然。」
【用法】比喻經常運動的東西不易受侵蝕，也用以說明經常運動的人身體必然康健。
【例句】①**流水不腐**，物體在不停的運動中，能抵抗微生物或其他生物的侵蝕。②**流水不腐**，一個人經常運動，就可減少生病，以達到延年益壽的目的。
【義近】戶樞不蠹。
【義反】肉腐出蟲／魚枯生蠹。

流水無情 ㄌㄧㄡˊ ㄕㄨㄟˇ ㄨˊ ㄑㄧㄥˊ

【釋義】流水一去不回，毫無情意。
【出處】白居易・過元家履信宅詩：「落花不語空辭樹，流水無情自入池。」
【用法】常用以比喻對人沒有感情。
【例句】張小姐每次見到李先生總是眉目傳情，可是李先生卻毫無反應，眞是落花有意，**流水無情**。
【義近】無動於衷／東風不解。
【義反】落花有意／情深意濃。

流言蜚語 ㄌㄧㄡˊ ㄧㄢˊ ㄈㄟ ㄩˇ

【釋義】指毫無根據的話。蜚：同「飛」。一作「流言飛語」。
【出處】禮記・儒行：「久不相見，聞流言不信。」司馬遷・史記・魏其武安侯列傳：「乃有蜚語爲惡言聞上。」
【用法】多指背後散佈的誹謗性惡言。
【例句】這些人吃飽飯沒事做，一味地散佈**流言蜚語**，眞令人討厭。
【義近】風言風語／閒言閒語／蜚短流長／無稽之談。
【義反】讜言正論。

流芳百世 ㄌㄧㄡˊ ㄈㄤ ㄅㄞˇ ㄕˋ

【釋義】流：流傳。芳：香，此指好名聲。百世：極言時間久遠，古以三十年爲一世。
【出處】劉義慶・世說新語・尤悔：「（桓溫）既而屈起坐曰：『既不能流芳後世，亦不足復遺臭萬載邪！』」
【用法】用以表示美名永久流傳於後世。
【例句】黃花崗七十二烈士的精神將**流芳百世**，永遠爲後人所敬仰。
【義近】萬古留芳／彪炳千古／名垂青史／永垂不朽。
【義反】遺臭萬年／萬代唾罵／穢史留名。

流金鑠石 ㄌㄧㄡˊ ㄐㄧㄣ ㄕㄨㄛˋ ㄕˊ

【釋義】流、鑠：均爲熔化意。
【出處】楚辭・宋玉・招魂：「十日代出，流金鑠石些。」
【用法】極言天氣酷熱，連金石也被銷熔。
【例句】非洲一些地區的天氣太熱，赤日當空之時，幾乎可以**流金鑠石**。
【義近】焦金爍石／驕陽似火／烈日當空／火傘高張。
【義反】天寒地凍／冰天雪地／滴水成冰。

流風遺俗 ㄌㄧㄡˊ ㄈㄥ ㄧˊ ㄙㄨˊ

【釋義】意即遺風遺俗。流風：猶遺風。
【出處】宋・蘇軾・鳧繹先生詩集敍：「世之君子長者日以遠矣，後生不復見其流風遺俗。」
【用法】指先代流傳下來的好風氣、好風俗。
【例句】老祖宗留下來的**流風遺俗**，尚有許多值得我們效法的地方。
【義近】流風遺韻／流風餘韻／遺風遺俗／美善風俗／淳風善俗。
【義反】頹風惡俗／頹靡習俗。

流星趕月 ㄌㄧㄡˊ ㄒㄧㄥ ㄍㄢˇ ㄩㄝˋ

【釋義】流星：飛掠過天空的發

光星體，又稱奔星、飛星、賊星。

【出處】新編五代史平話・漢史：「走馬似逐電追風，放箭若流星趕月。」

【用法】比喻速度飛一般的快。

【例句】火箭疾速衝入太空，有如**流星趕月**，甚爲壯觀。

【義近】風馳電掣／兔起鳧舉／逐電追風。

【義反】蝸行牛步／鵝行鴨步／老牛拖破車。

流連忘返 ㄌㄧㄡˊ ㄌㄧㄢˊ ㄨㄤˋ ㄈㄢˇ

【釋義】流連：依戀不捨。

【出處】孟子・梁惠王下：「從流下而忘反，謂之流；從流上而忘反，謂之連。」馮夢龍・東周列國志八一回：「夫差自得西施，以姑蘇臺爲家，四時隨意出遊，弦管相逐，流連忘返。」

【用法】形容眷戀或迷戀某一事物而不願離去。

【例句】杭州西湖景色秀麗宜人，讓人**流連忘返**。

【義近】依依不捨／戀戀不捨／樂而忘返／樂不思蜀。

流落天涯 ㄌㄧㄡˊ ㄌㄨㄛˋ ㄊㄧㄢ ㄧㄚˊ

【釋義】流落：留居他鄉，窮困潦倒。天涯：天邊，指遠離家鄉的地方。

【出處】德佑太學生・祝英臺近：「歎離阻！有恨流落天涯，誰念泣孤旅？」

【用法】形容滯留遠地，生活無著。

【例句】每逢佳節倍思親，**流落天涯**的遊子大概都有相同的感慨。

【義近】淪落天涯／流落他鄉／羈留他鄉／飄零湖海。

【義反】安居樂業／安居故里／安享天倫。

流離失所 ㄌㄧㄡˊ ㄌㄧˊ ㄕ ㄙㄨㄛˇ

【釋義】流離：流轉、離散。失所：失掉安身的地方。

【出處】金史・完彥匡傳：「今已四月，邊民連歲流離失所，扶攜道路……。」

【用法】用以說明無處安身，到處流浪。

【例句】抗戰時期，烽火連天，許多人被迫遠走他鄉，**流離失所**。

【義近】流離顛沛／流離轉徙。

【義反】安居故土／安居樂業。

浪子回頭 ㄌㄤˋ ㄗˇ ㄏㄨㄟˊ ㄊㄡˊ

【釋義】浪子：不務正業的遊蕩子弟。回頭：指改邪歸正。

【出處】張恨水・八十一夢：「有道是浪子回頭金不換。」

【用法】用以指浪蕩青年改邪歸正，也比喻作惡爲非者改過自新。

【例句】**浪子回頭**金不換，只要你有心改過，大家依然會接受你的。

【義近】迷途知返／懸崖勒馬。

【義反】執迷不悟／屢教不改／無可救藥。

浪跡江湖 ㄌㄤˋ ㄐㄧ ㄐㄧㄤ ㄏㄨˊ

【釋義】浪跡：流浪，行蹤無定。江湖：泛指五湖四海。

【出處】陸游・自述詩：「浪跡江湖遂終老，此身何啻一浮萍。」

【用法】形容人遠遊四方，居無定所。

【例句】從小他就**浪跡江湖**、居無定所，故沒有所謂鄉土的觀念。

【義近】浪跡天涯／四海爲家／周遊各地。

【義反】行不出村／遊不出鄉／足不出戶。

涉世未深 ㄕㄜˋ ㄕˋ ㄨㄟˋ ㄕㄣ

【釋義】涉世：經歷世事。

【出處】司馬遷・史記・韓非列傳：「故此二子（伊尹、百里奚）者，皆聖人也，猶不能無役身而涉世如此其汙也。」

【用法】常用以指年輕人經歷世事不多，缺乏經驗。
【例句】小王很有才華，也很能幹，這次沒有把事情辦好，是由於**涉世未深**所致。
【義近】少不更事／閱歷甚淺。
【義反】老於世故／通達老練／斲輪老手。

涉筆成趣 ㄕㄜˋ ㄅㄧˇ ㄔㄥˊ ㄑㄩˋ

【釋義】涉筆：動筆，筆觸所及。趣：意趣，意味。
【出處】李汝珍・鏡花緣百回：「心有餘閒，涉筆成趣……年復一年，編出這鏡花緣一百回。」
【用法】形容大筆一揮，就可以創作出很有意味的作品。
【例句】梁實秋才思敏捷，**涉筆成趣**，其散文平實有致。
【義近】妙筆生花／筆頭生花／咳唾成珠。
【義反】枯燥無味／索然寡味／了無意趣。

浮一大白 ㄈㄨˊ ㄧ ㄉㄚˋ ㄅㄞˊ

【釋義】浮：罰。浮、罰二字爲一聲之轉，可通假。白：指酒杯。
【出處】說苑・善說：「魏文侯與大夫飲酒，使公乘不仁爲觴政・曰：『飲不釂者，浮以大白。』文侯飲而不盡釂，公乘不仁舉白浮君。」
【用法】原指罰飲一大杯酒，今亦泛指滿飲一大杯酒。
【例句】我們同窗四載，明將各自東西，不免有幾分惆悵，今晚大家一起**浮一大白**，不醉不歸。
【義近】浮以大白／舉杯一飲／暢飲乾杯。
【義反】滴酒不沾／淺嘗即止／淺斟低酌。

浮生若夢 ㄈㄨˊ ㄕㄥ ㄖㄨㄛˋ ㄇㄥˋ

【釋義】浮生：飄浮不定的人生。
【出處】李白・春夜宴桃李園序：「光陰者百代之過客也，而浮生若夢，爲歡幾何。」
【用法】感歎人生短促，虛浮無定，有如夢幻一般。
【例句】人一上了年紀，回首往事，便會有**浮生若夢**的深沉感慨。
【義近】人生如夢／人生如寄／人生如朝露／黃粱一夢／寄蜉蝣於天地。

浮光掠影 ㄈㄨˊ ㄍㄨㄤ ㄌㄩㄝˋ ㄧㄥˇ

【釋義】浮光：水面上的反光。掠影：一閃而過的影子。掠：閃過。
【出處】馮班・滄浪詩話糾繆：「滄浪論詩，只是浮光掠影，如有所見，其實腳跟未曾點地。」
【用法】比喻觀察不細緻，學習不深入，印象不深刻。
【例句】他的那篇論文我確實看過，但當時只是**浮光掠影**，所以現在也說不出好壞來。
【義近】蜻蜓點水／走馬觀花／淺嘗輒止／不求甚解。
【義反】明察細觀／深稽博考／觀察入微。

浮雲蔽日 ㄈㄨˊ ㄩㄣˊ ㄅㄧˋ ㄖˋ

【釋義】浮雲遮住了太陽。蔽：遮蔽。
【出處】孔融・臨終詩：「讒邪害公正，浮雲翳白日。」李白・登金陵鳳凰臺詩：「總爲浮雲能蔽日，長安不見使人愁。」
【用法】比喻奸人當道，一手遮天，讒害忠良。
【例句】**浮雲蔽日**，這幾個奸賊把持政權，國家現已危殆不安，隨時有亡國之虞！
【義近】浮雲翳日／烏雲擋日／小人當道。
【義反】陽光普照／皓日當空。

浮想聯翩 ㄈㄨˊ ㄒㄧㄤˇ ㄌㄧㄢˊ ㄆㄧㄢ

【釋義】浮想：飄浮不定的想像。聯翩：鳥飛的樣子，比喻連續不斷。

【出處】陸機・文賦：「浮藻聯翩。」

【用法】指種種思緒不斷在腦中湧現。

【例句】初返大陸省親，見了年邁慈祥的母親，頓時**浮想聯翩**，淚如泉湧。

【義近】思如潮湧／百感交集／思潮澎湃／思緒萬千／心潮起伏。

【義反】渾渾噩噩／昏頭昏腦。

浩如煙海（ㄏㄠˋ ㄖㄨˊ ㄧㄢ ㄏㄞˇ）

【釋義】浩：廣闊，眾多。煙海：雲海，茫茫大海，比喻廣大繁多。

【出處】司馬光・進資治通鑑表：「遍閱舊史，旁采小說，簡牘盈積，浩如煙海。」

【用法】形容多得無法計量，也形容文獻資料等非常豐富。

【例句】整理、研究我國**浩如煙海**的歷史文獻，是一項極為艱鉅的任務。

【義近】汗牛充棟／多如牛毛／數以萬計／恆河沙數／多如繁星。

【義反】寥若晨星／屈指可數／寥寥無幾。

浩浩蕩蕩（ㄏㄠˋ ㄏㄠˋ ㄉㄤˋ ㄉㄤˋ）

【釋義】浩浩：形容水勢盛大。蕩蕩：廣大的樣子。

【出處】尚書・堯典：「湯湯洪水方割，蕩蕩懷山襄陵，浩浩滔天。」

【用法】原形容水勢洶湧浩瀚，今用以形容聲勢廣闊壯大。

【例句】每逢國慶大典，遊行隊伍**浩浩蕩蕩**，十分壯觀。

【義近】波瀾壯闊／洶湧澎湃／萬馬奔騰／排山倒海。

【義反】風平浪靜／微波不興／冷冷清清。

浩然之氣（ㄏㄠˋ ㄖㄢˊ ㄓ ㄑㄧˋ）

【釋義】浩然：盛大的樣子。氣：氣質，精神。

【出處】孟子・公孫丑上：「『我知言，我善養吾浩然之氣。』『敢問何謂浩然之氣？』曰：『難言也。其為氣也，至大至剛，以直養而無害，則塞於天地之間。』」

【用法】形容正大剛正之氣。

【例句】文天祥在正氣歌中所歌頌的正氣，跟孟子所說的**浩然之氣**一脈相承。

【義近】浩然正氣／凜然正氣／剛正豪氣／至大至剛。

海內存知己（ㄏㄞˇ ㄋㄟˋ ㄘㄨㄣˊ ㄓ ㄐㄧˇ）

【釋義】海內：四海之內，指全國，現也指全世界。

【出處】王勃・送杜少府之任蜀州：「海內存知己，天涯若比鄰。」

【用法】表示天下雖廣，卻有知己存在，算是人生如意事。

【例句】你雖然遠在美國，但古人說得好：「**海內存知己**，天涯若比鄰。」我們的心是緊緊連在一起的。

【義近】天涯若比鄰／四海之內皆兄弟。

海市蜃樓（ㄏㄞˇ ㄕˋ ㄕㄣˋ ㄌㄡˊ）

【釋義】指大氣中由於光線的折射，遠處景物顯示在空中或地面上的奇異幻景。古人誤以為蜃吐氣而成。

【出處】隋唐遺事：「張昌儀恃寵，請託如市。李湛曰：『此海市蜃樓比耳，豈長久耶？』」

【用法】常用以比喻虛幻不可靠的事物。

【例句】人生的榮華富貴就如**海市蜃樓**一樣，虛幻不足恃。

【義近】鏡花水月／虛無縹緲／空中樓閣。

海外奇談（ㄏㄞˇ ㄨㄞˋ ㄑㄧˊ ㄊㄢˊ）

【釋義】海外：指國外、異國。奇談：令人奇怪的談論，稀奇古怪的說法。

【用法】指有關國外的奇聞奇論

，常用以比喻沒有根據的荒唐言論或傳聞。
【例句】他所說的這些，在我看來，不過是**海外奇談**，根本不可信。
【義近】齊東野語／無稽之談／天方夜譚／奇談怪論。
【義反】實言實語／言之鑿鑿／有案可稽／言必有據。

海底撈月 ㄏㄞˇ ㄉㄧˇ ㄌㄠ ㄩㄝˋ

【釋義】到海底去撈月亮。
【出處】凌濛初・初刻拍案驚奇卷二十：「一面點起民壯，分頭追捕，多應是海底撈月，那尋一個。」
【用法】比喻去做根本做不到的事，只是白費力氣。
【例句】我的金筆不知什麼時候被人偷走了，想尋回也是**海底撈月**，還是算了吧！
【義近】海中撈月／水中撈月／大海撈針／登天攬月。
【義反】參見「海底撈針」條。

海底撈針 ㄏㄞˇ ㄉㄧˇ ㄌㄠ ㄓㄣ

【釋義】到海底去撈一根針。
【出處】文康・兒女英雄傳一一回：「書辦搖著頭說道：『太老爺要拿這個人，只怕比海底撈針還難。』」
【用法】比喻很難找到或希望極爲渺茫。
【例句】在這深山老林裏找人，那可是**海底撈針**啊！
【義近】大海撈針／水底撈針／登天攬月。
【義反】易如反掌／輕而易舉／信手拈來／唾手可得。

海枯石爛 ㄏㄞˇ ㄎㄨ ㄕˊ ㄌㄢˋ

【釋義】直到大海枯乾，巖石化成土。石爛：指石頭風化成土。
【出處】王實甫・西廂記五本二折：「這天高地厚情，直到海枯石爛時。」
【用法】形容經歷的時間極長，多用於發誓時表示意志堅定，永不變心。
【例句】你們曾經發誓**海枯石爛**永不變心，怎麼結婚還不到兩年就要離婚呢？
【義近】地老天荒／之死靡它／矢志不渝。
【義反】喜新厭舊／逢場作戲／朝秦暮楚。

海誓山盟 ㄏㄞˇ ㄕˋ ㄕㄢ ㄇㄥˊ

【釋義】指著山、海發誓。盟：盟約。一作「山盟海誓」。
【出處】辛棄疾・南鄉子・贈妓：「別淚沒些些，海誓山盟總是賒。」
【用法】指男女相愛時立下誓言，表示愛情要像山和海一樣永恆不變。
【例句】不要太相信**海誓山盟**，現實生活中能實踐的人眞是微乎其微。
【義近】信誓旦旦／天長地久／地老天荒／海枯石爛。
【義反】朝誓夕棄／背信棄義／虛言假語／朝秦暮楚。

海闊天空 ㄏㄞˇ ㄎㄨㄛˋ ㄊㄧㄢ ㄎㄨㄥ

【釋義】像海一樣的遼闊，像天空一樣的高遠。
【出處】劉氏瑤・暗別離：「青鸞脉脉西飛去，海闊天高不知處。」周夢顏・質孔說：「學到無我境界，便有海闊天空、登泰山而小天下的氣象。」
【用法】形容大自然的廣闊，也比喻說話或想像無拘束限制、漫無邊際。
【例句】①當你登上泰山頂，向四面遠眺時，便會有**海闊天空**的感受。②他們幾個老同學久別重逢，**海闊天空**地聊了一晚。
【義近】天南海北／漫無邊際／海闊天高。
【義反】畫地爲牢。

涕泗滂沱

【釋義】涕泗：眼淚和鼻涕。滂沱：本形容大雨的樣子，此指流淚之多。

【出處】詩經・陳風・澤陂：「有美一人，傷如之何！寤寐無爲，涕泗滂沱。」

【用法】形容哭得厲害，眼淚鼻涕流淌如雨。

【例句】什麼事讓你這麼傷心，哭得如此**涕泗滂沱**？

【義近】涕零如雨／淚流滿面／涕泗縱橫（餘見「淚如雨下」條）。

【義反】喜上眉梢／眉開眼笑／笑不攏嘴。

涇渭分明

【釋義】涇河水清、渭河水濁，兩條河水清濁不混。涇、渭：二水均源於甘肅，流入陝西。

【出處】詩經・邶風・谷風：「涇以渭濁，湜湜其沚。」

【用法】比喻界限清楚，是非分明。

【例句】誰好誰歹現已**涇渭分明**，你該趕快清醒過來，不要再輕信僞君子的花言巧語了。

【義近】涇清渭濁／黑白分明／是非清楚／清一白二。

【義反】涇渭不分／魚龍混雜／皂白不分／是非不分。

涓滴歸公

【釋義】涓滴：小水珠，比喻極微小或極少之物。

【出處】楊宜治・懲齋日記・光緒十五年正月初二：「涓滴歸公，毫無侵蝕。」

【用法】形容很廉潔，非己之物即使極微小，也要繳歸公家。

【例句】公司裏，能眞正做到**涓滴歸公**的，只有席先生，所以大家都敬重他。

【義近】一介不取／一絲不苟／洗手奉公。

【義反】上下其手／損公肥私／假公濟私。

添枝加葉

【釋義】在樹枝上再添加些枝葉。

【出處】朱熹・答黃子耕書之五：「今人反爲名字所惑，生出重重障礙，添枝接葉，無有了期。」

【用法】比喻誇大事實，或添上原來沒有的內容。

【例句】他回到鄉下，把在臺北的所見所聞**添枝加葉**一說，臺北便成了人間天堂了。

【義近】添枝接葉／添油加醋。

【義反】原原本本。

深入淺出

【釋義】深入：指道理深刻。淺出：指用淺顯的語言道出。

【出處】俞樾・湖樓筆談六：「蓋詩人用意之妙，在乎深入而顯出。」

【用法】用以表示道理深刻而表達得明顯易懂。

【例句】李老師上課既能**深入淺出**，並且詼諧生動，所以大家都非常愛聽他講課。

【義近】深入顯出／精深易曉。

【義反】高深莫測／隱晦曲折。

深不可測

【釋義】深得無法測量。測：測量，測度。

【出處】淮南子・主術訓：「天道玄默，無容無則，大不可極，深不可測。」

【用法】形容人心機很深，難以測度。有時也用以形容對事物的情況捉摸不透。

【例句】你別看他平時爲人隨和，好像很直爽，其實他是個**深不可測**的人。

【義近】莫測高深／城府甚深。

【義反】平易近人／一目了然／淺露易曉。

深仇大恨

【釋義】意謂仇恨又深又大。

【出處】楊顯之・酷寒亭四折：「從今後深仇積恨都消解。」
【用法】表示仇恨極大極深。
【例句】這**深仇大恨**一直存在我的心裏，現在該是算總賬的時候了！
【義近】血海深仇／不共戴天／深仇重怨。
【義反】深情厚誼／恩重如山／恩深似海／大恩大德。

深明大義 ㄕㄣ ㄇㄧㄥˊ ㄉㄚˋ ㄧˋ

【釋義】明：明白，清楚。大義：正義，公理。
【出處】荀子・儒效：「無置錐之地，而明於持社稷之大義。」清史稿・宣宗紀三：「諭嘉獎粵人深明大義。」
【用法】用以說明一個人識大體，能為大局著想。
【例句】她是個**深明大義**的女子，對我的工作，一直採取積極幫助、鼓勵的態度。
【義近】深明事理／通情達理。
【義反】不明事理／胡攪蠻纏。

深居簡出 ㄕㄣ ㄐㄩ ㄐㄧㄢˇ ㄔㄨ

【釋義】原指野獸藏在深山密林，不常出現。簡：少。
【出處】韓愈・送浮屠文暢師序：「夫獸深居而簡出，懼物之為害也，猶且不脫焉。」
【用法】多形容人待在家裏很少外出。
【例句】他對應酬已深感厭煩，所以退休後便**深居簡出**，待在家中享受天倫之樂。
【義近】足不出戶／杜門不出。
【義反】拋頭露面／風塵僕僕／東奔西走。

深思熟慮 ㄕㄣ ㄙ ㄕㄨˊ ㄌㄩˋ

【釋義】深：深入，周詳。熟：仔細，反覆。
【出處】班固・白虎通・禮樂：「聞羽聲莫不深思而遠慮者。」蘇軾・策別第九：「其人亦得深思熟慮，周旋於其間，不過十年，將必有卓然可觀者也。」
【用法】用以表示遇事深入思索，仔細考慮，態度極其嚴肅認真。
【例句】經過一番**深思熟慮**後，她決定放棄原有的工作，出國深造。
【義近】深思遠慮／深謀遠慮／殫精竭慮。
【義反】不假思索／輕舉妄動／心血來潮。

深情厚意 ㄕㄣ ㄑㄧㄥˊ ㄏㄡˋ ㄧˋ

【釋義】意即情意很深厚。一作「深情厚誼」。誼：友誼，交情。
【出處】明・無名氏・好逑傳一二回：「鐵公子本不欲留，因見過公子深情厚意，懇懇款留，只得坐下。」
【用法】形容人感情真摯深厚。
【例句】在我落難的時候，嬸嬸對我的**深情厚意**，我將沒齒不忘。
【義近】隆情厚誼／隆情盛意／高情厚意。
【義反】虛情假意／薄情寡義／刻薄寡恩。

深惡痛絕 ㄕㄣ ㄨˋ ㄊㄨㄥˋ ㄐㄩㄝˊ

【釋義】深惡：十分厭惡。深：很、十分。痛絕：痛恨到了極點。絕：極點。
【出處】孟子・盡心下・朱熹集注：「過門不入而不恨之，以其不見親切為幸，深惡而痛絕之也。」
【用法】形容厭惡、痛恨到了極點。
【例句】他為人誠實、正直，對社會上的醜惡現象向來都**深惡痛絕**。
【義近】深惡痛疾／切齒痛恨／切齒腐心。
【義反】感激涕零／感恩戴德。

深溝高壘 ㄕㄣ ㄍㄡ ㄍㄠ ㄌㄟˇ

【釋義】深挖壕溝，高築壁壘。
【出處】司馬遷・史記・淮陰侯

列傳：「足下深溝高壘，堅營勿與戰。」

【用法】用以指堅固防禦工事，嚴守陣地。

【例句】得人者昌，失人者亡。不得人心的君王，任憑怎樣的**深溝高壘**也無濟於事，注定還是要失敗的。

【義近】固若金湯／踐華爲城／因河爲池／億載金城。

深謀遠慮 ㄕㄣ ㄇㄡˊ ㄩㄢˇ ㄌㄩˋ

【釋義】謀：策劃，考慮。一作「深謀遠圖」。

【出處】賈誼・過秦論上：「深謀遠慮，行軍用兵之道，非及曩時之士也。」

【用法】用以指計謀深遠，考慮周密。

【例句】這是關係到千萬人性命的大事，當然需要**深謀遠慮**，認眞面對。

【義近】深思熟慮／殫精竭慮／深思遠慮。

【義反】輕舉妄動／魯莽從事／不假思索／心血來潮。

深藏若虛 ㄕㄣ ㄘㄤˊ ㄖㄨㄛˋ ㄒㄩ

【釋義】原指精於賣貨的人隱藏寶貨，不輕易令人見。深藏：隱藏很深。虛：空，無。

【出處】司馬遷・史記・老莊申韓列傳：「吾聞之：良賈深藏若虛，君子盛德，容貌若愚。」

【用法】比喻有眞才實學的人不露鋒芒。

【例句】這位飽學之士**深藏若虛**，從來不炫耀自己的學問。

【義近】大智若愚／盛德若愚／深藏不露／被褐懷玉。

【義反】炫耀於人／自吹自擂／招搖過市／鋒芒畢露。

淡而無味 ㄉㄢˋ ㄦˊ ㄨˊ ㄨㄟˋ

【釋義】一作「淡然無味」，毫無味道之意。

【出處】老子三五章：「道之出言，淡乎其無味。」梁書・陸倕傳：「又淡然而無味。」

【用法】指食品沒有味道，也比喻說話、寫文章內容空洞乏味。

【例句】他那篇小說本來寫得平淡無奇，讀之**淡而無味**，經編輯先生斧刪後，變得結構緊湊，引人入勝。

【義近】平淡無味／枯躁無味／索然無味。

【義反】津津有味／饒有興味／其味無窮／引人入勝。

淡掃蛾眉 ㄉㄢˋ ㄙㄠˇ ㄜˊ ㄇㄟˊ

【釋義】蛾眉：蠶蛾的觸鬚，彎曲而細長，常用以比喻女子長而美的眉毛。

【出處】張祜・集靈臺詩：「虢國夫人承主恩，平明騎馬入宮門，卻嫌脂粉汚顏色，淡掃蛾眉朝至尊。」

【用法】用以形容女子淡雅的化妝。

【例句】張小姐無需濃妝，只要**淡掃蛾眉**，便顯得十分美麗動人。

【義近】淡淡妝梳／薄施脂粉。

【義反】濃妝豔抹／濃抹嚴妝。

清心寡欲 ㄑㄧㄥ ㄒㄧㄣ ㄍㄨㄚˇ ㄩˋ

【釋義】清心：心地清淨。寡欲：少有私欲。

【出處】鄭廷玉・忍字記三折：「我奉師父法旨，著你清心寡欲，受戒持齋。」

【用法】形容人保持心地清淨，排除種種私心雜念。

【例句】一個人若能**清心寡欲**，無憂無慮，便可心平氣和，健康長壽。

【義近】清靜無爲／看破紅塵／與世無爭／修身養性。

【義反】欲壑難塡／滿心私欲／利欲薰心。

清官難斷家務事 ㄑㄧㄥ ㄍㄨㄢ ㄋㄢˊ ㄉㄨㄢˋ ㄐㄧㄚ ㄨˋ ㄕˋ

【釋義】清官：公正廉潔的官吏。斷：判斷，斷案。家務事：家庭內部的矛盾糾紛。

【出處】古今小說・滕大尹鬼斷家私：「常言道：清官難斷家務事，我如今管你母子……。」
【用法】用以說明家庭內部的事別人難以作出公正的判斷。
【例句】俗話說得好：**清官難斷家務事**，他小倆口吵架的事，誰也無法弄清誰是誰非。

清風明月 ㄑㄧㄥ ㄈㄥ ㄇㄧㄥˊ ㄩㄝˋ

【釋義】清爽宜人的風，皎潔明亮的月。清：清涼，清爽。
【出處】劉義慶・世說新語・言語：「劉尹云：『清風明月，輒思玄度。』」
【用法】用以形容優美的夜色和舒適的環境。
【例句】在**清風明月**的夜晚，與三兩知己把酒暢飲，促膝談心，也是人生的一大樂事。
【義近】風清月朗／月白風清。
【義反】月黑風高／暗夜沉沉。

清規戒律 ㄑㄧㄥ ㄍㄨㄟ ㄐㄧㄝˋ ㄌㄩˋ

【釋義】原指佛教徒所遵守的規則和戒條。
【出處】宗鑑・釋門正統：「百丈山懷海禪師始立禪林規式，謂之清規。」
【用法】亦泛指束縛人的煩瑣條文和不合理的規章制度。
【例句】魯智深喝酒吃肉，違犯了佛門的**清規戒律**，被主持逐出了五台山文殊院。
【義近】佛門禁律。

淺斟低唱 ㄑㄧㄢˇ ㄓㄣ ㄉㄧ ㄔㄤˋ

【釋義】淺斟：淺淺地倒酒。低唱：低聲地哼著歌曲。
【出處】柳永・鶴沖天詞：「青春都一餉，忍把浮名，換了淺斟低唱。」
【用法】形容人閑散享樂情狀。
【例句】這幾個花花公子，在歌妓的陪伴下，日日**淺斟低唱**，那知人間疾苦。
【義近】淺斟低酌／低唱慢斟。
【義反】痛飲高歌／酣飲起舞。

淺嘗輒止 ㄑㄧㄢˇ ㄔㄤˊ ㄓㄜˊ ㄓˇ

【釋義】稍稍嘗試一下就停止了。淺：不深，此爲稍微意。輒：就。
【用法】比喻學習、研究或做其他事情，不願深入下去，以嘗試一下爲滿足。
【例句】在學習上務必要持之以恆，不斷地深入鑽研，若**淺嘗輒止**，那就什麼也學不成了。
【義近】蜻蜓點水／不求甚解／走馬看花／浮光掠影。
【義反】尋根究柢／深稽博考／鍥而不捨／深入鑽研。

淋漓盡致 ㄌㄧㄣˊ ㄌㄧˊ ㄐㄧㄣˋ ㄓˋ

【釋義】淋漓：濕淋淋地往下滴水的樣子，形容盡情暢快。盡致：達到極點。
【出處】文康・兒女英雄傳三十回：「再就讓我說，我也沒姐姐說的這等透徹，這等淋漓盡致。」
【用法】形容表現得充分、透徹而痛快。
【例句】成功的人物對話，能把人物複雜的心理活動和精神面貌揭示得**淋漓盡致**。
【義近】淋漓酣暢／痛快淋漓。
【義反】輕描淡寫／蜻蜓點水。

涸澤而漁 ㄏㄜˊ ㄗㄜˊ ㄦˊ ㄩˊ

【釋義】一作「竭澤而漁」。涸：水乾枯。澤：湖泊。漁：捕魚。
【出處】淮南子・主術訓：「不涸澤而漁，不焚林而獵。」
【用法】比喻取之不留餘地。
【例句】在非洲的一些專制統治國家裏，對農民的敲榨勒索，已到了**涸澤而漁**的地步。
【義近】焚林而獵／殺雞取卵／不留餘地。

涸轍之鮒 ㄏㄜˊ ㄔㄜˋ ㄓ ㄈㄨˋ

【釋義】乾涸的車轍中的鯽魚。涸：水乾竭。轍：車轍。鮒：鯽魚。

【出處】莊子・外物：「周（莊周）昨來，有中道而呼者，周顧視車轍中，有鮒魚焉。……」

【用法】比喻身陷絕境，急待相救的人。

【例句】他的處境已如**涸轍之鮒**，你作爲他的知己，怎能待在家中無動於衷呢？

【義近】危如累卵／熱鍋螞蟻／燕巢飛幕／魚游沸鼎／斷潢絕壁。

淚如雨下 ㄌㄟˋ ㄖㄨˊ ㄩˇ ㄒㄧㄚˋ

【釋義】眼淚像雨水一樣直往下流。

【出處】陸游・聞虜亂有感詩：「悲歌仰天淚如雨。」施耐庵・水滸傳八回：「林沖見說，淚下如雨。」

【用法】形容眼淚流得很多。

【例句】她聽說丈夫爲了醫好自己的病，不惜去醫院賣血，頓時感動得**淚如雨下**。

【義近】淚如泉湧／淚下霑襟／泫然淚下／以淚洗面／聲淚俱下。

【義反】笑逐顏開／笑不攏嘴／喜上眉梢／眉開眼笑。

淚如泉湧 ㄌㄟˋ ㄖㄨˊ ㄑㄩㄢˊ ㄩㄥˇ

【釋義】眼淚像泉水一般湧出。

【出處】羅貫中・三國演義八回：「允曰：『汝可憐漢天下生靈！』言訖，淚如泉湧。」

【用法】形容悲傷已極，淚水直往外湧。

【例句】一想到我在大陸與母親生離死別的苦難時刻，便**淚如泉湧**，心如刀割。

【義近】參見「淚如雨下」及「涕泗滂沱」條。

【義反】參見「淚如雨下」及「涕泗滂沱」條。

混爲一談 ㄏㄨㄣˋ ㄨㄟˊ ㄧ ㄊㄢˊ

【釋義】把不同的事物混在一起，說成是同樣的事物。

【出處】梁啓超・談宣統二年十月三日上諭感言：「西方學者有恆言，法律現象與政治現象，不可混爲一談也。」

【用法】用以說明是非不分，混淆黑白。

【例句】這根本是兩碼子事，你怎麼將它們**混爲一談**。

【義近】相提並論／一概而論。

【義反】是非分明。

混淆是非 ㄏㄨㄣˋ ㄧㄠˊ ㄕˋ ㄈㄟ

【釋義】混淆：弄混亂。是：對，正確。非：錯誤，不對。

【出處】陶曾佑・論文學之勢力及其關係：「錮蔽見聞，混淆是非。」

【用法】指故意把正確說成錯誤，把錯誤說成正確，以製造混亂。

【例句】你剛才所發表的言論，似乎是在**混淆是非**，聳人聽聞，請問你的眞正用意是什麼？

【義近】指鹿爲馬／皂白不分。

【義反】是非分明／黑白分明。

混淆黑白 ㄏㄨㄣˋ ㄧㄠˊ ㄏㄟ ㄅㄞˊ

【釋義】把黑的說成白的，把白的說成黑的。混淆：使界線模糊。

【出處】後漢書・楊震傳：「白黑溷淆，清濁同源。」明史・聊讓傳：「君子見斥，小人驟遷，章奏多決中旨，黑白混淆。」

【用法】比喻故意顛倒是非，製造混亂。

【例句】黨派之間的爭論應實事求是，決不能**混淆黑白**，以亂視聽。

【義近】顛倒是非／混淆視聽。

【義反】涇渭分明／是非分明。

游刃有餘 ㄧㄡˊ ㄖㄣˋ ㄧㄡˇ ㄩˊ

【釋義】游：移動。刃：刀刃。有餘：有餘地。

【出處】莊子・養生主：「彼節者有間，而刀刃者無厚，以無厚入有間，恢恢乎其於游刃必有餘地矣。」

【用法】比喻能力優異，處理事情從容而有餘裕。也形容技藝嫻熟，做事輕鬆俐落。

【例句】他曾擔任過區運會的總裁判，現在當個校運總裁判，當然是**游刃有餘**。

【義近】庖丁解牛／綽綽有餘／應付裕如。

【義反】力有未逮／左支右絀。

游手好閒 ㄧㄡˊ ㄕㄡˇ ㄏㄠˋ ㄒㄧㄢˊ

【釋義】游手：指閑著手不幹事。好閒：喜歡安逸。

【出處】元・無名氏・殺狗勸夫・楔子：「我打你個游手好閒，不務生理的弟子孩兒。」

【用法】形容游蕩懶散，什麼事也不做。

【例句】二十來歲的人了，還不知設法成家立業，整天**游手好閒**的，將來怎麼辦？

【義近】無所事事／不務正業／好吃懶做／好逸惡勞。

【義反】埋頭苦幹／一饋十起／勤勤懇懇／朝乾夕惕／夙興夜寐。

游魚出聽 ㄧㄡˊ ㄩˊ ㄔㄨ ㄊㄧㄥ

【釋義】水中的魚都出來傾聽。

【出處】荀子・勸學：「伯牙鼓琴，六馬仰秣；瓠巴鼓瑟，游魚出聽。」

【用法】形容音樂美妙動聽。

【例句】這位女琴師所演奏的琵琶樂曲，美妙得能令六馬仰秣，**游魚出聽**。

【義近】六馬仰秣／餘音繞梁。

游談無根 ㄧㄡˊ ㄊㄢˊ ㄨˊ ㄍㄣ

【釋義】游談：交游敍談。根：根基，根底。

【出處】後漢書・周舉傳：「開門延賓，游談宴樂。」蘇軾・李氏山房藏書記：「皆束書不觀，游談無根。」

【用法】形容人學問淺薄，說話為文均顯浮泛而無根基。

【例句】此人胸無點墨，**游談無根**，却又自命不凡，實在是一無可取。

【義近】不學無術／胸無點墨。

【義反】滿腹經綸。

渾水摸魚 ㄏㄨㄣˊ ㄕㄨㄟˇ ㄇㄛ ㄩˊ

【釋義】渾水：混濁不清的水。又作「混水摸魚」，在混濁的水裏摸魚。

【用法】比喻利用混亂的環境或形勢，撈取好處，滿足私慾。

【例句】別人有難，你不幫忙就算了，還**渾水摸魚**，大發其財，你良心上過得去嗎？

【義近】趁火打劫／趁災謀利。

渾渾噩噩 ㄏㄨㄣˊ ㄏㄨㄣˊ ㄜˋ ㄜˋ

【釋義】原形容渾樸天眞，沒有機詐。渾渾：深大貌。噩噩：嚴肅貌。

【出處】揚雄・法言・問神：「虞夏之書渾渾爾，商書灝灝爾，周書噩噩爾。」

【用法】今多形容糊里糊塗，愚昧無知。也形容混濁不清或昏昏沉沉。

【例句】一個人只要活得有意義，時間再短，也勝似**渾渾噩噩**的過一百年。

【義近】愚昧無知／混混沌沌／懵懵懂懂／糊里糊塗。

【義反】耳聰目明／聰明伶俐。

渾然一體 ㄏㄨㄣˊ ㄖㄢˊ ㄧˋ ㄊㄧˇ

【釋義】渾然：完整不可分的樣子。又作「混然一體」。

【出處】李贄・焚書・耿楚倥先生傳：「兩舍則兩忘，兩忘則渾然一體，無復事矣。」

【用法】表示成爲完整而不可分割的統一體。也形容詩文結構謹嚴。
【例句】這座大禮堂設計得眞妙，從屋頂到地面，上下**渾然一體**，極具整體感。
【義近】水乳交融／完整一體／天衣無縫。
【義反】東併西湊／支離破碎。

湖光山色 ㄏㄨˊ ㄍㄨㄤ ㄕㄢ ㄙㄜˋ

【釋義】湖的風光，山的景色。
【出處】吳敬梓・儒林外史一五回：「南渡年來此地游，而今不比舊風流。湖光山色渾無恙，揮手清吟過十州。」
【用法】用以形容風景秀美。
【例句】杭州西湖的裏湖固然很美，但外湖因爲有山林倒映，**湖光山色**，景色同樣宜人。
【義近】平湖秋色／山明水秀。
【義反】荒山濁水／窮山惡水。

湮沒無聞 ㄧㄣ ㄇㄛˋ ㄨˊ ㄨㄣˊ

【釋義】湮沒：埋沒。無聞：沒人知道。一作「湮滅無聞」。
【出處】晉書・羊祜傳：「由來賢達勝士，登此遠望，如我與卿者多矣，皆湮滅無聞，使人悲傷。」
【用法】形容名聲事跡被埋沒，不爲世人所知曉。
【例句】爲了不讓烈士事跡**湮沒無聞**，所以廣求博搜而寫出《黃花崗七十二烈士事略》一書。
【義近】沒沒無聞／無聲無臭／無人知曉／不見經傳。
【義反】盡人皆知／名揚四海／婦孺皆知／史不絕書。

渙然冰釋 ㄏㄨㄢˋ ㄖㄢˊ ㄅㄧㄥ ㄕˋ

【釋義】像冰融解。渙然：消散貌。冰釋：冰塊溶解。
【出處】老子十五章：「渙兮若冰之將釋。」杜預・春秋左傳序：「若江海之浸，膏澤之潤，渙然冰釋，怡然理順，然後爲得也。」
【用法】多用以指疑慮、誤解等消除。
【例句】經你這樣一說，心中的疑團**渙然冰釋**，我再也不會疑神疑鬼了。
【義近】冰消瓦解／冰消凍釋／雲消霧散／煙消雲散。
【義反】疑慮重重／疑上加疑／滿腹疑團／滿腹狐疑。

溫文爾雅 ㄨㄣ ㄨㄣˊ ㄦˇ ㄧㄚˇ

【釋義】溫文：溫和而有禮貌。爾雅：文雅。一作「溫文儒雅」。
【出處】蒲松齡・聊齋志異・陳錫九：「此名士之子，溫文爾雅，烏能作賊？」
【用法】形容人態度溫和，舉止文雅。
【例句】他與他爸爸一樣，非常**溫文爾雅**，是個很有教養的孩子。
【義近】雍容爾雅／文質彬彬／斯斯文文。
【義反】粗俗不堪／俗不可耐／粗野蠻橫。

溫故知新 ㄨㄣ ㄍㄨˋ ㄓ ㄒㄧㄣ

【釋義】溫：溫習。故：舊的。
【出處】論語・爲政：「溫故而知新，可以爲師矣。」
【用法】多指溫習舊的知識，得到新的理解和體會。有時也指回憶過去，認識現在。
【例句】他抱著學而不厭、**溫故知新**的學習態度，所以學業進步神速。

溫柔敦厚 ㄨㄣ ㄖㄡˊ ㄉㄨㄣ ㄏㄡˋ

【釋義】溫：溫和。柔：柔和。敦：誠懇。厚：厚道。
【出處】禮記・經解：「溫柔敦厚，詩教也。」
【用法】原指詩經的教義，今泛指待人溫和寬厚。有時也指文章柔和誠實之風。

【例句】 薛寶釵為人**溫柔敦厚**，莊重文雅，故深得賈母等人的喜愛。
【義近】 溫文爾雅／雍容嫻雅。
【義反】 刻薄寡恩。

溫柔鄉 ㄨㄣ ㄖㄡˊ ㄒㄧㄤ

【釋義】 溫柔舒適之地。
【出處】 飛燕外傳：「是夜進合德，帝大悅，以輔屬體，無所不靡，謂為溫柔鄉。」
【用法】 用以比喻美色迷人之境。後因稱沉溺女色為眷戀溫柔鄉。
【例句】 自古英雄難過美人關，**溫柔鄉**裏壯志消。
【義近】 安樂窩。

溫情脈脈 ㄨㄣ ㄑㄧㄥˊ ㄇㄛˋ ㄇㄛˋ

【釋義】 溫情：溫柔的感情。脈脈：默默地用眼神表達情意。
【出處】 劉禹錫・視刀環詩：「今朝兩相視，脈脈萬重心。」
【用法】 形容感情默默流露的樣子。
【例句】 看到她**溫情脈脈**的眸子，很少男人逃得過這份深情的吸引。
【義近】 含情脈脈／溫情依依／柔情暗露。

滔天大罪 ㄊㄠ ㄊㄧㄢ ㄉㄚˋ ㄗㄨㄟˋ

【釋義】 滔天：漫天，極言其大。又作「滔天之罪」。
【出處】 蘇軾・呂惠卿……簽書公事：「稍正滔天之罪，永為垂世之規。」
【用法】 形容罪惡極大。
【例句】 我只不過說了幾句實話，又不是犯了什麼**滔天大罪**，難道他殺了我不成！
【義近】 彌天大罪／不赦之罪／罪大惡極。
【義反】 無罪開釋。

滔滔不絕 ㄊㄠ ㄊㄠ ㄅㄨˋ ㄐㄩㄝˊ

【釋義】 滔滔：本形容水流，此為連續不斷的樣子。絕：止息，完結。
【出處】 王仁裕・開元天寶遺事：「張九齡善談論，每與賓客議論經旨，滔滔不絕。」
【用法】 比喻口才出眾，說話流利順暢。也形容話多或事物連續不斷地出現。
【例句】 碰到他所熟悉的問題，他便**滔滔不絕**地說個沒完，煩死人了。
【義近】 口若懸河／侃侃而談。
【義反】 拙口鈍辭／訥言少語／默默無言。

溜之大吉 ㄌㄧㄡ ㄓ ㄉㄚˋ ㄐㄧˊ

【釋義】 溜：趁人不注意悄悄地走掉。
【出處】 曾樸・孽海花二四回：「稚燕趁著他們擾亂的時候，也就溜之大吉。」
【用法】 用以說明不聲不響地走掉為妙。
【例句】 我忙得團團轉，正需要你幫忙的時候，你卻**溜之大吉**，夠朋友嗎？
【義近】 溜之乎也／一走了之／走為上策。
【義反】 既來之則安之。

滄海一粟 ㄘㄤ ㄏㄞˇ ㄧ ㄙㄨˋ

【釋義】 大海中的一粒小米。滄海：大海。粟：小米。
【出處】 蘇軾・前赤壁賦：「寄蜉蝣於天地，渺滄海之一粟。」
【用法】 比喻非常渺小。
【例句】 個人的生命與浩瀚的宇宙相比，實在是渺小得如**滄海一粟**。
【義近】 九牛一毛／太倉一粟。
【義反】 龐然大物／碩大無朋。

滄海桑田 ㄘㄤ ㄏㄞˇ ㄙㄤ ㄊㄧㄢˊ

【釋義】 大海變成農田，農田變成大海。桑田：農田。
【出處】 葛洪・神仙傳・王遠：「麻姑自說云：『接待以來，已見東海三為桑田。』」
【用法】 比喻世事變化很大。

【例句】這個地區過去是一片荒地，現在高樓大廈林立，使人頓生**滄海桑田**之感。
【義近】東海揚塵／白雲蒼狗／滄桑陵谷。
【義反】依然如故／一成不變／老生常態。

滄海橫流 ㄘㄤ ㄏㄞˇ ㄏㄥˊ ㄌㄧㄡˊ

【釋義】大海的水四處泛流。橫流：水往四處奔流。
【出處】晉書・王尼傳：「滄海橫流，處處不安也。」
【用法】比喻時世動亂。
【例句】辛亥革命後，袁世凱篡權，軍閥混戰，整個中國陷入**滄海橫流**的境地。
【義近】風雲突變／滄桑巨變／天下滔滔。
【義反】國泰民安／四海昇平／天下太平。

滄海遺珠 ㄘㄤ ㄏㄞˇ ㄧˊ ㄓㄨ

【釋義】大海中的珍珠被採珠者所遺。
【出處】新唐書・狄仁傑傳：「仲尼稱觀過知仁，君可謂滄海遺珠矣。」
【用法】比喻被埋沒的人才。
【例句】在專制政府統治的國家，**滄海遺珠**之事所在多有。
【義近】野有遺賢／空谷幽蘭。
【義反】野無遺賢／人盡其才。

滅此朝食 ㄇㄧㄝˋ ㄘˇ ㄓㄠ ㄕˊ

【釋義】先讓我把這股敵人消滅掉再吃早飯吧。此：指敵人。朝食：吃早飯。
【出處】左傳・成公二年：「齊侯曰：『余姑翦滅此而朝食。』不介馬而馳之。」
【用法】常用以形容鬥志堅決，要立即消滅敵人，且具有必勝的信心。
【例句】海軍對海盜窮追不捨，發誓要**滅此朝食**，後來果然將全數盜賊一網成擒。
【義近】破釜沉舟／渡江擊楫。

滅自己志氣，長別人威風 ㄇㄧㄝˋ ㄗˋ ㄐㄧˇ ㄓˋ ㄑㄧˋ，ㄓㄤˇ ㄅㄧㄝˊ ㄖㄣˊ ㄨㄟ ㄈㄥ

【釋義】滅：磨滅，抹煞。長：助長。
【出處】元・無名氏・小尉遲一折：「你怎麼滅自己志氣，長別人雄風？」
【用法】指看不見或抹煞己方的力量和決心，而助長對方的聲勢。
【例句】你老是誇耀別的公司多好，我們公司多差，其實是各有千秋，何苦要**滅自己志氣，長別人威風**。
【義近】長他人志氣，滅自己威風。

滅門絕戶 ㄇㄧㄝˋ ㄇㄣˊ ㄐㄩㄝˊ ㄏㄨˋ

【釋義】門、戶：均指家庭，家中的人。絕：盡，完。
【出處】王實甫・西廂記三本一折：「若不是剪草除根半萬賊，險些兒滅門絕戶了俺一家兒。」
【用法】指全家受害而死或因其他不幸而死。
【例句】抗戰期間，中國人慘遭日軍殺害，**滅門絕戶**的不在少數。
【義近】斬盡殺絕／滿門抄斬。
【義反】人丁興旺。

滅頂之災 ㄇㄧㄝˋ ㄉㄧㄥˇ ㄓ ㄗㄞ

【釋義】水淹過頭頂的災禍。指淹死。
【出處】周易・大過：「上六，過涉滅頂，凶，無咎。」
【用法】也用來比喻致命的災禍或毀滅性的災難。
【例句】長江水患，每年夏季都有不少生靈遭受**滅頂之災**，人命無價，執政者實應展現魄力，加以解決。

滅絕人性 ㄇㄧㄝˋ ㄐㄩㄝˊ ㄖㄣˊ ㄒㄧㄥˋ

【釋義】完全喪失了人所具有的

理性。滅絕：喪盡。

【用法】形容其行爲極端殘忍，像禽獸一樣。

【例句】這幫**滅絕人性**的匪徒，竟連襁褓中的嬰兒也不放過，都用刺刀捅死！

【義近】傷天害理／喪心病狂／禽獸不如／喪盡天良。

源清流潔（ㄩㄢˊ ㄑㄧㄥ ㄌㄧㄡˊ ㄐㄧㄝˊ）

【釋義】水源清，則水流潔。源：本源。流：水流。

【出處】荀子・君道：「源清則流清，源濁則流濁。」班固・泗水亭碑銘：「源清流潔，本盛末榮。」

【用法】比喻因果相關：在上位者正則在下者也正，開頭好則結果也會好。

【例句】古人說得好：**源清流潔**，上梁不正下梁歪，你作爲一縣之長如不能廉潔奉公，怎能要求他人秉公辦事呢？

【義近】本盛末榮／風行草偃／上行下效／正身黜惡。

【義反】源濁流濁／上梁不正下梁歪。

源源不絕（ㄩㄢˊ ㄩㄢˊ ㄅㄨˋ ㄐㄩㄝˊ）

【釋義】源源：形容水流不斷，也形容其他人和事連續不斷。一作「源源而來」。

【出處】孟子・萬章上：「欲常常而見之，故源源而來。」朱熹注：「源源，若水之相繼也。」

【用法】形容接連不斷。

【例句】前些年這裏遭受大水災，各地送來的救災物資**源源不絕**。

【義近】綿綿不斷／紛至沓來／絡繹不絕／接二連三。

【義反】斷斷續續／三三兩兩／稀稀落落／後無來者。

源遠流長（ㄩㄢˊ ㄩㄢˇ ㄌㄧㄡˊ ㄔㄤˊ）

【釋義】源頭很遠，水流很長。

【出處】清・無名氏・杜詩言志卷一：「『齊魯青未了』者，言其所學之正，源遠而流長也。」

【用法】比喻歷史悠久。

【例句】我國歷史**源遠流長**，老祖宗給我們留下了許許多多珍貴豐富的文化遺產。

【義近】源深流長／源廣流長／淵遠流長／有本有源。

【義反】源淺流短。

溯本求源（ㄙㄨˋ ㄅㄣˇ ㄑㄧㄡˊ ㄩㄢˊ）

【釋義】尋求根本，探求起源。溯：逆水而行，引申爲追索。求：探索。也作「追本求源」。

【出處】黃小配・洪秀全演義二回：「追本求源，於是想查禁鴉片，禁止入口。」

【用法】用以形容尋根究柢，追索事情的根源。

【例句】研究學問、探討問題，應該**溯本求源**，多問幾個爲什麼。

【義近】刨根問柢／追根究柢／追本溯源。

【義反】淺嘗輒止／不求甚解／一知半解。

溢於言表（ㄧˋ ㄩˊ ㄧㄢˊ ㄅㄧㄠˇ）

【釋義】溢：滿而外流。言表：言語之外。表：外。

【出處】漢書・東方朔傳：「徐樂、司馬遷之倫，皆辨知閎達，溢於文辭。」

【用法】多用以形容感情眞摯深厚，洋溢於言語之外。

【例句】他的感激之情眞是**溢於言表**，這從他的臉部表情及舉止上可明顯看出。

【義近】激情滿懷／情露意表。

【義反】情藏於中／深藏不露。

溢美之辭（ㄧˋ ㄇㄟˇ ㄓ ㄘˊ）

【釋義】溢美：過分誇獎。溢：本爲水滿而外流，引申爲過度之意。

【出處】莊子・人間世：「夫兩喜必多溢美之言。」

【用法】形容言辭不實，誇獎過

分。

【例句】我知道，他的這些**溢美之辭**鼓勵成分多，我哪裏會有這麼多優點啊！

【義近】盛飾之言。

漠不關心 ㄇㄛˋ ㄅㄨˋ ㄍㄨㄢ ㄒㄧㄣ

【釋義】漠：冷淡，冷漠。

【出處】李綠園・歧路燈九五回：「人家競相傳抄，什襲以藏，而子孫漠不關心。」

【用法】形容對人對事態度冷淡，毫不關心。

【例句】你對下屬的疾苦**漠不關心**，怎能獲得他們的擁護和全力配合呢？

【義近】不聞不問／漠然置之。

【義反】噓寒問暖／關懷備至。

漠然置之 ㄇㄛˋ ㄖㄢˊ ㄓˋ ㄓ

【釋義】漠然：冷淡而不關心。置之：把它放在一邊。

【出處】莊子・天道：「老子漠然不應。」梁啓超・少年中國說：「彼而漠然置之，猶可言也；我而漠然置之，不可言也。」

【用法】指對人對事非常冷淡，放在一邊不理。

【例句】你對工人所提出的加強安全生產的要求，怎能這樣**漠然置之**呢！

【義近】淡然置之／漫不經心／置之不理／漠不關心。

【義反】關懷備至／噓寒問暖／問長問短。

漁人得利 ㄩˊ ㄖㄣˊ ㄉㄜˊ ㄌㄧˋ

【釋義】漁人：捕魚的人。

【出處】故事出自戰國策・燕策二。古今小說・滕大尹鬼斷家私：「這正叫做『鷸蚌相持，漁人得利。』」

【用法】比喻兩方相爭，而第三者得利。

【例句】你們這樣爭來爭去，各不相讓，最後必然是**漁人得利**。

【義近】漁翁獲利／坐收漁利／鷸蚌相爭。

【義反】互利互讓／互愛互助。

漫山遍野 ㄇㄢˋ ㄕㄢ ㄅㄧㄢˋ ㄧㄝˇ

【釋義】山上和田野裏到處都是。漫：滿。遍：到處。也作「滿山遍野」。

【出處】羅貫中・三國演義五八回：「西涼州前部先鋒馬岱，引軍一萬五千，浩浩蕩蕩，漫山遍野而來。」

【用法】形容數量很多，範圍很廣，到處可見。

【例句】每到嚴冬臘月，**漫山遍野**的白雪紛飛，形成一幅特殊的景觀。

【義近】滿山滿谷／比比皆是／鋪天蓋地／漫天蓋地／無邊無際／彌山遍野。

【義反】屋前房後／一處一地／屈指可數／寥寥可數。

漫不經心 ㄇㄢˋ ㄅㄨˋ ㄐㄧㄥ ㄒㄧㄣ

【釋義】漫：隨便。經心：在意，留心。

【出處】任三宅・覆耆民汪源論設塘長書：「連年修西北二塘……漫不經心，以至漸成大患。」

【用法】形容對事隨隨便便，不放在心上。

【例句】他做事經常**漫不經心**的，別巴望他能把你交代給他的事辦好。

【義近】掉以輕心／心不在焉／毫不在意／粗心大意。

【義反】聚精會神／專心致志／全神貫注。

漫天要價 ㄇㄢˋ ㄊㄧㄢ ㄧㄠˋ ㄐㄧㄚˋ

【釋義】漫天：本為大水漫過天，此指不實事求是地亂說。要：索取。

【出處】李汝珍・鏡花緣一一回：「唐敖道：『漫天要價，就地還錢。』原是買物之人向來俗談。」

【用法】泛指亂要大價錢，想以此謀利。

【例句】現在的小商小販**漫天要價**，嚴重地危害了消費者的利益。

【義近】漫天索價／獅子大開口。

【義反】童叟無欺／公平交易／按質索價。

滾瓜爛熟 ㄍㄨㄣˇ ㄍㄨㄚ ㄌㄢˋ ㄕㄨˊ

【釋義】像從瓜藤上滾落下來的熟透了的瓜一樣。滾瓜：瓜熟自落，比喻純熟。

【出處】吳敬梓·儒林外史一一回：「魯編修因無公子，就把女兒當作兒子……先把一部王守溪的稿子讀的滾瓜爛熟。」

【用法】形容極爲純熟。

【例句】這小孩眞聰明，還不到十歲就把唐詩三百首背得**滾瓜爛熟**。

【義近】倒背如流／滾瓜溜油／順口成章。

【義反】疙疙瘩瘩／顛顛倒倒／結結巴巴。

滿不在乎 ㄇㄢˇ ㄅㄨˋ ㄗㄞˋ ㄏㄨ

【釋義】滿：完全。在乎：介意，放在心上。

【出處】朱自清·談抽煙：「總之，別別扭扭的，其實也還是個『滿不在乎』罷了。」

【用法】形容對人對事絲毫不放在心上，若無其事。

【例句】這孩子你怎麼說他勸他，他都是那副**滿不在乎**的樣子。

【義近】不以爲然／毫不在意。

【義反】一絲不苟／鄭重其事。

滿招損，謙受益 ㄇㄢˇ ㄓㄠ ㄙㄨㄣˇ ㄑㄧㄢ ㄕㄡˋ ㄧˋ

【釋義】滿：自滿，驕傲。謙：謙虛。

【出處】尚書·大禹謨：「益贊於禹曰：『惟德動天，無遠弗屆。滿招損，謙受益，時乃天道。』」

【用法】用以說明自滿會招來損害，謙虛能得到好處。多用作勉勵人。

【例句】古人說得好：**滿招損，謙受益**，我們不可因爲取得了一點成功就驕傲自滿。

【義近】謙則進步，驕則落後／謙者事成，驕者必敗。

滿面春風 ㄇㄢˇ ㄇㄧㄢˋ ㄔㄨㄣ ㄈㄥ

【釋義】春風：春天時溫暖的風，比喻人喜悅舒暢的表情。也作「春風滿面」。

【出處】王實甫·麗春堂一折：「氣昂昂志捲長虹，飲千鍾滿面春風。」

【用法】指人神情和悅、愉快。

【例句】今年又是一個豐收年，農村裏男女老少個個都顯得**滿面春風**。

【義近】喜氣洋洋／春風得意／喜形於色／笑容滿面。

【義反】滿面憂愁／愁眉苦臉／愁眉不展／愁眉鎖眼。

滿城風雨 ㄇㄢˇ ㄔㄥˊ ㄈㄥ ㄩˇ

【釋義】滿城刮風下雨。

【出處】潘大臨·寄謝無逸書：「秋來景物，件件是佳句；昨日閒臥，聞攪林風雨聲，欣然起，題壁曰：『滿城風雨近重陽。』」

【用法】比喻某事傳揚極廣，引起轟動，人們議論紛紛。

【例句】誰知這麼一件小事竟然會引起這樣大的震撼，鬧得**滿城風雨**。

【義近】議論紛紛／風言風語／街談巷議。

滿載而歸 ㄇㄢˇ ㄗㄞˋ ㄦˊ ㄍㄨㄟ

【釋義】裝得滿滿地回來。載：裝載。

【出處】李贄·又與焦若侯：「彼無一任不往，往必滿載而歸。」

【用法】比喻收穫很大。

【例句】今天出去釣魚**滿載而歸**

，家人都高高興興的飽餐一頓。

【義近】收穫甚豐／所獲甚多／碩果累累。

【義反】一無所得／空手而歸／寶山空回。

滿園春色 ㄇㄢˇ ㄩㄢˊ ㄔㄨㄣ ㄙㄜˋ

【釋義】整個園子裏一片春天的景色。又作「春色滿園」。

【出處】葉紹翁・遊小園不值詩：「春色滿園關不住，一枝紅杏出牆來。」

【用法】用以形容欣欣向榮的景象。

【例句】殘冬已盡，**滿園春色**的季節又再度重現，令人心花怒放。

【義近】萬紫千紅／姹紫嫣紅／生機勃勃／欣欣向榮。

【義反】百花凋殘／無可奈何花落去／滿目淒涼／落紅滿地。

滿腹經綸 ㄇㄢˇ ㄈㄨˋ ㄐㄧㄥ ㄌㄨㄣˊ

【釋義】經綸：整理絲縷，這裏比喻才幹、學識、謀略。也作「經綸滿腹」。

【出處】周易・屯卦：「雲雷屯，君子以經綸。」石玉琨・三俠五義三回：「包公已長成十四歲，學得滿腹經綸。」

【用法】形容人學識豐富，並具有經世治國的謀略和才幹。

【例句】有的人自以爲**滿腹經綸**，但一遇到實際問題時，卻又束手無策。

【義近】滿腹珠璣／滿腹才學／學富五車。

【義反】才疏學淺／不學無術／不識一丁／胸無點墨。

滿腹疑團 ㄇㄢˇ ㄈㄨˋ ㄧˊ ㄊㄨㄢˊ

【釋義】滿肚子積聚著疑問、懷疑。

【出處】曹雪芹・紅樓夢八七回：「弄得寶玉滿腹疑團，沒精打彩地歸至怡紅院中。」

【用法】用以說明心裏有許多弄不清的問題。

【例句】警方說要公佈出事的詳細經過，結果漏洞百出，弄得大家**滿腹疑團**。

【義近】滿腹狐疑／疑問滿腹／疑慮重重。

【義反】毫無疑問／堅信不疑。

漸入佳境 ㄐㄧㄢˋ ㄖㄨˋ ㄐㄧㄚ ㄐㄧㄥˋ

【釋義】佳：好，美。又作「漸至佳境」。

【出處】晉書・顧愷之傳：「愷之每食甘蔗，恆自尾至末，人或怪之。云：『漸入佳境。』」

【用法】比喻境況漸好或興趣漸濃。

【例句】他倆窮困了大半輩子，現在兒女已長大成人，全家的生活也**漸入佳境**了。

【義近】柳暗花明／芝麻開花節節高／倒吃甘蔗。

【義反】每下愈況。

滴水不漏 ㄉㄧ ㄕㄨㄟˇ ㄅㄨˋ ㄌㄡˋ

【釋義】一點一滴的水也不會泄漏。

【出處】馮夢龍・東周列國志八九回：「公子少宮率領軍士，拘獲車仗人等，眞個是滴水不漏。」

【用法】比喻說話做事非常嚴密周到，別人無隙可乘。

【例句】你休想找他的岔子，他可是**滴水不漏**的喲！

【義近】點水不漏／嚴密周到／無隙可乘／天衣無縫／無懈可擊。

【義反】漏洞百出／處處紕漏／破綻百出。

滴水成冰 ㄉㄧ ㄕㄨㄟˇ ㄔㄥˊ ㄅㄧㄥ

【釋義】水滴下去就結成冰。

【出處】錢易・南部新書・丁：「嚴冬沍寒，滴水成冰。」

【用法】形容天氣十分寒冷。

【例句】地球的南北極常年冰天

雪地，這種**滴水成冰**的日子，沒有幾個人能夠忍受。

【義近】冰天雪地／天寒地凍。

【義反】火傘高張／流金爍石／揮汗成雨。

漏洞百出（ㄌㄡˋ ㄉㄨㄥˋ ㄅㄞˇ ㄔㄨ）

【釋義】漏洞：喻說話做事不周密處。百出：極言其出現的次數之多。

【用法】形容說話、寫文章不嚴密，錯誤很多。也用以指行事或計畫很不周密。

【例句】他那篇文章不仔細研究也罷，若細加琢磨，就會發現**漏洞百出**。

【義近】破綻百出／千瘡百孔／八花九裂。

【義反】天衣無縫／滴水不漏／盡善盡美／無懈可擊／細針密縷／慮無不周。

漏網之魚（ㄌㄡˋ ㄨㄤˇ ㄓ ㄩˊ）

【釋義】從網眼裏漏出去的魚。

【出處】司馬遷・史記・酷吏傳序：「網漏於呑舟之魚。」鄭廷玉・後庭花二折：「急急似漏網之魚。」

【用法】用以比喻僥倖逃脫的敵人和罪犯。也比喻驚慌逃竄的人。

【例句】①這傢伙眞狡猾，這次又靠欺騙手段逃掉，成了**漏網之魚**。②他急急如**漏網之魚**，打著去大陸探親的名目逃跑了。

【義近】喪家之犬／驚弓之鳥／在逃要犯。

【義反】網中之魚／甕中之鼈／階下之囚。

漆身呑炭（ㄑㄧ ㄕㄣ ㄊㄨㄣ ㄊㄢˋ）

【釋義】漆身：以漆塗身。

【出處】戰國策・趙策一載：豫讓爲了替智伯報仇，漆身爲厲（癩），呑炭爲啞，使人不識，而謀刺趙襄子。

【用法】形容改變面貌聲音，使人不能辨認。今也指改裝易形。

【例句】我對他太熟悉了，即使他**漆身呑炭**，我也認得出來。

【義近】整形易容／男妝女扮／改頭換面／喬裝打扮。

【義反】本來面目／廬山眞貌／原貌原樣。

漆黑一團（ㄑㄧ ㄏㄟ ㄧ ㄊㄨㄢˊ）

【釋義】漆黑：深黑，黑暗無光。也作「一團漆黑」。

【出處】唐・孫樵・祭梓潼神君文：「滿眼漆黑，索途不得。」

【用法】形容一片黑暗不見光明，也形容對事情一無所知或糊里糊塗。

【例句】①抗戰時期，淪陷區眞是**漆黑一團**，簡直沒有我們中國人的活路。②他對這事心裏**漆黑一團**，弄不清誰是誰非。

【義近】暗無天日／昏天黑地／不見天日。

【義反】日月重光／重見天日／開雲見日。

潰不成軍（ㄎㄨㄟˋ ㄅㄨˋ ㄔㄥˊ ㄐㄩㄣ）

【釋義】被打得七零八落，不成隊伍。潰：潰敗，散亂。

【用法】形容軍隊慘敗，四處逃竄。也形容競賽中失敗的一方，星散零落，不成隊伍。

【例句】在我軍炮火的猛烈襲擊之下，敵軍**潰不成軍**，紛紛抱頭鼠竄。

【義近】落花流水／一敗塗地／轍亂旗靡。

【義反】旗開得勝／克敵制勝／凱旋班師。

潔身自好（ㄐㄧㄝˊ ㄕㄣ ㄗˋ ㄏㄠˋ）

【釋義】潔身：保持自身純潔。自好：自愛。

【出處】孟子・萬章上：「聖人之行不同也，或遠或近，或去或不去，歸潔其身而已矣。」

【用法】用以指在惡濁的社會裏

，不與世俗同流合汚而保持自身的高潔。
【例句】她是個**潔身自好**的女子，不管在多惡劣的環境下，她始終如蓮花出汚泥而不染。
【義近】潔身自愛／明哲保身／獨善其身。
【義反】同流合汚／隨波逐流。

潛移默化（ㄑㄧㄢˊ ㄧˊ ㄇㄛˋ ㄏㄨㄚˋ）

【釋義】潛：暗地裏。默：無聲地。又作「潛移暗化」。
【出處】顏氏家訓・慕賢：「潛移暗化，自然似之。」
【用法】指人的思想、性格和習慣，因受各種影響，無形之中發生變化。
【例句】①文藝作品能對人產生**潛移默化**的作用。②教師以身作則的行爲，能給學生帶來**潛移默化**的影響。
【義近】耳濡目染／潛移默運。
【義反】立竿見影／立即見效。

潸然淚下（ㄕㄢ ㄖㄢˊ ㄌㄟˋ ㄒㄧㄚˋ）

【釋義】潸然：流淚的樣子。
【出處】詩經・小雅・大東：「潸然出涕。」李賀・金銅仙人辭漢歌序：「宮官既拆盤，仙人臨載，乃潸然淚下。」
【用法】形容悲傷得淚流不止。
【例句】看到這一幕幕感人的場面，任何人都會忍不住**潸然淚下**。
【義近】淚如雨下／淚如泉湧／愴然涕下／涕泣如雨。
【義反】談笑風生／嘻笑顏開／心花怒放。

激濁揚清（ㄐㄧ ㄓㄨㄛˊ ㄧㄤˊ ㄑㄧㄥ）

【釋義】沖去汚水，揚起清波。激：沖刷。揚：揚起，泛起。又作「揚清激濁」。
【出處】晉書・武帝紀：「揚清激濁，舉善彈違。」舊唐書・王珪傳：「至如激濁揚清，嫉惡好善。」
【用法】比喻除惡揚善。
【例句】劉縣長爲官清正，一向**激濁揚清**，親賢士，遠小人，民眾無不愛戴他。
【義近】揚清激濁／懲惡揚善／貶惡褒善／抑濁揚清。
【義反】蔽美揚惡／欺善怕惡／助紂爲虐。

澡身浴德（ㄗㄠˇ ㄕㄣ ㄩˋ ㄉㄜˊ）

【釋義】潔身自好，沐浴在道德之中。澡：動詞，清潔。
【出處】禮記・儒行：「儒有澡身而浴德，陳言而伏，靜而正之，上弗知之。」
【用法】比喻磨鍊意志，修養品德，使身心純潔。
【例句】古代一些聖賢志士很注重**澡身浴德**，故能成就其豐功偉績而名垂千古。
【義近】修身潔行／修身養性／潔身自好。
【義反】同流合汚／隨波逐流。

濟河焚舟（ㄐㄧˋ ㄏㄜˊ ㄈㄣˊ ㄓㄡ）

【釋義】渡過河後即把船燒掉。濟：渡。
【出處】左傳・文公三年：「秦伯伐晉，濟河焚舟。」
【用法】表示決心死戰，有進無退。
【例句】現在不要談什麼待時而動了，擺在我們面前的唯一道路，就是**濟河焚舟**，與對方決一死戰。
【義近】破釜沉舟／背水一戰。
【義反】退避三舍／堅壁自守。

濟濟一堂（ㄐㄧˇ ㄐㄧˇ ㄧ ㄊㄤˊ）

【釋義】濟濟：形容人很多的樣子。堂：大廳。
【出處】尚書・大禹謨：「濟濟有眾，咸聽朕命。」詩經・大雅・旱麓：「瞻彼旱麓，榛楛濟濟。」
【用法】用以形容很多人聚集在一起。

【例句】在這次研討會上，各界人物**濟濟一堂**，暢所欲言，共商國事。
【義近】聚集一堂／坐無虛席。
【義反】天各一方／如鳥獸散／七零八散。

濫竽充數（ㄌㄢˋ ㄩˊ ㄔㄨㄥ ㄕㄨˋ）

【釋義】濫：不合標準。竽：古時候的簧管樂器。充數：湊數。
【出處】語出韓非子・內儲說上。梁簡文帝・答湘東王和受試詩書：「使夫懷鼠知慙，濫竽自恥。」
【用法】表示無其才而居其位，徒然充數而已。有時用以表自謙。
【例句】我才疏學淺，在大學裏任教，只可說是**濫竽充數**罷了。
【義近】備位充數／尸位素餐／魚目混珠。
【義反】名副其實／才德稱位／貨眞價實。

火部

火上澆油（ㄏㄨㄛˇ ㄕㄤˋ ㄐㄧㄠ ㄧㄡˊ）

【釋義】往火上倒油。
【出處】關漢卿・金線池二折：「不見他思量舊，倒有些兩意兒投，我見了他撲鄧鄧火上澆油。」
【用法】比喻使人忿怒的情緒更激烈，或使事態更加嚴重。
【例句】他心裏正煩著呢，你何必還要去**火上澆油**呢。
【義近】火上加油／雪上加霜／煽風點火／推波助瀾。
【義反】大事化小／消災滅禍。

火中取栗（ㄏㄨㄛˇ ㄓㄨㄥ ㄑㄩˇ ㄌㄧˋ）

【釋義】偷取火中烤熟的栗子。
【出處】法國拉・封登的寓言《猴子與貓》：貓爲猴子去偷取爐火中的栗子，結果自己不但沒吃著栗子，還燒掉了腳上的毛。
【用法】比喻被人利用，冒了風險，付出了代價，自己却一無所獲。
【例句】他明明是在利用你，你却心甘情願爲他**火中取栗**，未免太傻了吧！
【義近】爲人作嫁／徒勞無功。
【義反】坐享其成／不勞而獲。

火燒眉毛（ㄏㄨㄛˇ ㄕㄠ ㄇㄟˊ ㄇㄠˊ）

【釋義】火燒到了自己的眉毛。
【出處】普濟・五燈會元卷一六：「僧問蔣山佛慧，如何是急切一句。慧曰：『火燒眉毛。』」
【用法】比喻極其緊迫。
【例句】在這**火燒眉毛**的時刻，我怎麼能丟下你不管呢？
【義近】火燒眉睫／迫在眉睫／刻不容緩／十萬火急。
【義反】從容不迫／慢條斯理／不慌不忙。

火樹銀花（ㄏㄨㄛˇ ㄕㄨˋ ㄧㄣˊ ㄏㄨㄚ）

【釋義】樹上掛燈結彩，燈光猶如銀白色的花。
【出處】蘇味道・正月十五日夜時：「火樹銀花合，星橋鐵鎖開。」
【用法】形容燈光煙火絢麗燦爛的景象。多用在節日喜慶之夜。
【例句】元宵節的夜晚，到處張燈結彩，把天空都照亮了，眞是**火樹銀花**不夜天。
【義近】燈火輝煌／五光十色／燈光燦爛
【義反】暗淡無光／一燈熒然／燈火熒熒。

灰心喪氣（ㄏㄨㄟ ㄒㄧㄣ ㄙㄤˋ ㄑㄧˋ）

【釋義】灰心：心如死灰。喪氣：情緒低落。
【出處】曹雪芹・紅樓夢一〇回：「鳳姐因方才一段話已經灰心喪氣，恨娘家不給爭氣。」

【用法】形容因遭受失敗、挫折而失去信心，意志消沉、頹喪。

【例句】成功只能靠勤奮去爭取，遇到失敗就怨天尤人、**灰心喪氣**的人，永遠是弱者。

【義近】垂頭喪氣／心灰意懶／一蹶不振。

【義反】意氣風發／精神抖擻／重振旗鼓／鬥志高昂。

灰飛煙滅（ㄏㄨㄟ　ㄈㄟ　ㄧㄢ　ㄇㄧㄝˋ）

【釋義】飛、滅：消逝，泯滅無迹。

【出處】蘇軾・念奴嬌・赤壁懷古：「羽扇綸巾，談笑間，強虜灰飛煙滅。」

【用法】形容事物像灰煙一般的消逝，化為烏有。

【例句】抗戰時期，上海一淪陷，昔日的繁華便**灰飛煙滅**。

【義近】煙消雲散／灰滅無餘／無影無踪。

【義反】景物依舊／繁華如故／方興未艾／紛至沓來。

炙手可熱（ㄓˋ　ㄕㄡˇ　ㄎㄜˇ　ㄖㄜˋ）

【釋義】氣焰之熱可以燙手。炙手：熱得燙手。炙：烤。

【出處】杜甫・麗人行：「炙手可熱勢絕倫，慎莫近前丞相嗔。」

【用法】比喻權勢大、氣焰盛，使人不敢接近。

【例句】他現在深得總經理的信任，正**炙手可熱**，你何苦硬要和他過不去呢？

【義近】權勢絕倫／氣焰熏天／勢焰可畏／紅得發紫。

【義反】無權無勢／勢單力薄／仰人鼻息／任人左右。

炯炯有神（ㄐㄩㄥˇ　ㄐㄩㄥˇ　ㄧㄡˇ　ㄕㄣˊ）

【釋義】炯炯：明亮的樣子。

【出處】廣雅・釋訓：「炯炯，光也。」石玉琨・三俠五義：「目光如電，炯炯有神，聲音洪亮，另有一番別樣的精神。」

【用法】形容人的眼睛發亮很有精神。

【例句】他雖已年過七十，但仍很健旺，眼睛**炯炯有神**，四肢依然矯健。

【義近】目光炯炯／目光如炬／目光如電／目如明星／顧盼暐如／視瞻不凡／目有紫稜／眼光犀利。

【義反】兩眼呆滯／雙目無神／兩眼皆濁／眼神無力／目光呆滯。

炮鳳烹龍（ㄆㄠˊ　ㄈㄥˋ　ㄆㄥ　ㄌㄨㄥˊ）

【釋義】一作「烹龍炮鳳」。龍、鳳：指代最精美最珍貴的食物。

【出處】劉若愚・酌中志一六：「有所謂炮鳳烹龍者，鳳乃雄雉，龍則宰白馬代之耳。」

【用法】形容豪華珍貴的肴饌。

【例句】有些富商大賈**炮鳳烹龍**，夜夜尋歡作樂，醉生夢死已到了無可復加的地步。

【義近】山珍海味／水陸雜陳／美味佳肴／漿酒霍肉／羊羔美酒／珍饈美味。

【義反】粗茶淡飯／家常便飯／簞食瓢飲／布帛菽粟／朝虀暮鹽。

烘雲托月（ㄏㄨㄥ　ㄩㄣˊ　ㄊㄨㄛ　ㄩㄝˋ）

【釋義】指畫月時渲染周圍的雲彩，襯托出中間的月亮。烘：渲染。托：襯托。

【出處】梁紹壬・兩般秋雨庵隨筆：「此所謂烘雲托月法也。」

【用法】指在文學、藝術上不是從正面描繪，而是從側面襯托出主要人物或事物的一種手法。

【例句】《三國演義》在諸葛亮出場之前先描寫了幾個隱士，愈顯出諸葛亮不同凡響，真有**烘雲托月**之妙。

【義近】眾星捧月／綠葉襯花／眾星拱月。

烜赫一時

【釋義】烜赫：聲威盛大。

【出處】李白・俠客行：「千秋二壯士，烜赫大梁城。」阮葵生・茶餘客話：「珠簾甲帳，烜赫一時。」

【用法】指在一個時期內名聲威勢很盛。

【例句】蘇聯曾經在世界上**烜赫一時**，現在還不是土崩瓦解了。

【義近】名重一時／名噪一時／威風一時。

【義反】消聲匿跡／無聲無息／沒沒無聞。

烏七八糟

【釋義】又作「污七八糟」，爲約定俗成之口語，意同亂七八糟。

【用法】形容十分雜亂、骯髒，毫無次序、條理。

【例句】這個地方什麼東西都是**烏七八糟**的，環境骯髒，房屋東倒西歪，睡覺的地方人畜不分。

【義近】亂七八糟／一塌糊塗／雜亂無章。

【義反】秩序井然／井然有序／井井有條／有條不紊。

烏托邦

【釋義】一理想中的島國。此島國行社會主義，所有一切無不盡善盡美。

【出處】出自英國湯瑪斯・摩爾所著小說，書中敍述一個理想島國烏托邦，島上一切政教及社會制度，均依理性設置處理，毫無缺失。

【用法】爲「空想」的同義語，用以形容渺茫不實、根本不可能實現的理想。

【例句】你所談的這些主張，完全是**烏托邦**式的幻想，決不可能實現。

【義近】桃花源／理想國。

烏合之衆

【釋義】像一羣暫時聚合在一起的烏鴉一樣。

【出處】後漢書・耿弇傳：「歸發突騎以轔烏合之衆，如摧枯折腐耳。」

【用法】比喻臨時雜湊的、毫無組織紀律的一羣人。

【例句】這幫土匪看來只是**烏合之衆**，我們有充分的信心把它一舉消滅。

【義近】一盤散沙／瓦合之卒／烏合之師。

【義反】紀律嚴明／訓練有素／正規之軍。

烏飛兔走

【釋義】烏：金烏，太陽中有三足烏，用以稱太陽。兔：玉兔，月中有玉兔搗藥，用以稱月亮。

【出處】韓琮・春愁詩：「金烏長飛玉兔走，青鬢長青古無有。」

【用法】用以形容日月飛逝。

【例句】**烏飛兔走**，歲月匆匆，轉眼之間，竟已過了二十個寒暑。

【義近】兔走烏飛／日月如梭／光陰似箭／白駒過隙。

【義反】度日如年／一日三秋。

烏鳥私情

【釋義】像小烏鴉啣食反哺老烏鴉那樣，以報養育之恩。烏鳥：烏鴉。

【出處】李密・陳情表：「烏鳥私情，願乞終養。」

【用法】用以比喻奉養父母長輩的至情。

【例句】我之所以不能應聘來貴校任教，實因老母重病垂危，想在家中略盡**烏鳥私情**。

【義近】慈烏反哺／羔羊跪乳。

【義反】忤逆不孝／母沒不臨。

烏煙瘴氣（ㄨ ㄧㄢ ㄓㄤˋ ㄑㄧˋ）

【釋義】烏：黑。瘴氣：南方山林中的濕熱空氣。

【出處】文康・兒女英雄傳二一回：「何況問話的又正是海馬周三，烏煙瘴氣這班人。」

【用法】比喻環境嘈雜、秩序混亂或社會黑暗。

【例句】這幾個政客爲了爭權奪利，竟把好好的一個議會鬧得**烏煙瘴氣**。

【義近】烏七八糟／暗無天日／昏天黑地。

【義反】井然有序／水木清華／弊絕風清。

烽火連天（ㄈㄥ ㄏㄨㄛˇ ㄌㄧㄢˊ ㄊㄧㄢ）

【釋義】烽火：古時邊防報警時點的煙火，也用以指戰爭、戰亂。

【出處】杜甫・春望詩：「烽火連三月，家書抵萬金。」

【用法】形容戰火紛飛，遍及各地。

【例句】抗戰時期，**烽火連天**，狼煙四起，無數同胞過著流離失所的日子。

【義近】烽煙四起／戰鼓不息／戰火紛飛／兵連禍結／兵馬倥傯／干戈落落。

【義反】天下太平／河清海晏／四海昇平。

焚林而獵（ㄈㄣˊ ㄌㄧㄣˊ ㄦˊ ㄌㄧㄝˋ）

【釋義】焚燒山林，獵取野獸。獵：打獵。又作「焚林而田」、「焚林而畋」。

【出處】淮南子・主術訓：「故先王之法……不涸澤而魚，不焚林而獵。」

【用法】比喻只圖眼前利益而不顧將來，也比喻無止境地索取而不留餘地。

【例句】對於地下資源，必須有計畫的開採，決不能**焚林而獵**，誅求無已。

【義近】竭澤而魚／殺雞取卵／不留餘地。

【義反】網開三面／留有餘地／適可而止。

焚書坑儒（ㄈㄣˊ ㄕㄨ ㄎㄥ ㄖㄨˊ）

【釋義】焚燒典籍，坑殺儒生。坑：挖坑活埋，也作「阬」。

【出處】事見司馬遷・史記・秦始皇本紀。孔安國・古文尚書序：「焚書坑儒，天下學士逃難解散。」

【用法】今多用以指摧殘文化、學術和知識分子。

【例句】大陸在十年文革期間，又導演了一場新的**焚書坑儒**的悲劇。

【義近】坑儒焚典。

焚琴煮鶴（ㄈㄣˊ ㄑㄧㄣˊ ㄓㄨˇ ㄏㄜˋ）

【釋義】把琴劈了當柴燒，煮鶴來吃。

【出處】李商隱・雜纂・殺風景：「花間喝道，背山起樓，煮鶴焚琴，清泉濯足。」

【用法】指不解風雅、大殺風景的行爲。

【例句】即使是花前月下，你也淨說些**焚琴煮鶴**的事，難怪到現在仍是老光棍一個。

焚膏繼晷（ㄈㄣˊ ㄍㄠ ㄐㄧˋ ㄍㄨㄟˇ）

【釋義】點著油燈來替代陽光。膏：油脂，指燈燭。晷：日光。

【出處】韓愈・進學解：「焚膏油以繼晷，恒兀兀以窮年。」

【用法】形容夜以繼日地勤奮學習。

【例句】古今中外的大文豪，並不僅僅天資聰穎，而且他們還有**焚膏繼晷**、孜孜不倦的向學精神。

【義近】孜孜不倦／夜以繼日。

【義反】玩歲愒時／蹉跎歲月／虛度時日。

無人問津（ㄨˊ ㄖㄣˊ ㄨㄣˋ ㄐㄧㄣ）

【釋義】沒有人來詢問渡口。津：渡口。

【出處】陶淵明・桃花源記：「南陽劉子驥……欣然規往。未果，尋病終。後遂無人問津者。」
【用法】比喻沒有人過問或探索嘗試。
【例句】這產品雖說是新穎，但價格高得驚人，難怪**無人問津**了。
【義近】無人過問／乏人問津。
【義反】門庭若市／戶限爲穿／絡繹不絕。

無不散的筵席 ㄨˊ ㄅㄨˋ ㄙㄢˋ ˙ㄉㄜ ㄧㄢˊ ㄒㄧˊ

【釋義】筵席：指酒宴。
【出處】魏子安・花月痕三八回：「自古無不散的筵席，百年豈有不折的鸞鳳！」
【用法】比喻聚散無常，既有相聚，就必然會有分離。
【例句】天下**無不散的筵席**，我們就此告別，望你一路保重！
【義近】月有陰晴圓缺／人有悲歡離合。

無中生有 ㄨˊ ㄓㄨㄥ ㄕㄥ ㄧㄡˇ

【釋義】把沒有說成有。
【出處】侯善淵・益善美金花詞：「無中生有，有裏還無難啓口。」
【用法】用以指本無其事，憑空捏造。
【例句】我只問你一句：你究竟爲什麼要**無中生有**地編造謊言來誣陷我？
【義近】憑空捏造／捕風捉影。
【義反】實事求是／實話實說。

無以復加 ㄨˊ ㄧˇ ㄈㄨˋ ㄐㄧㄚ

【釋義】沒有辦法再增加了。復：再。
【出處】漢書・王莽傳下：「宜崇其制度，宣視海內，且令萬世之後無以復加也。」
【用法】指程度達到了頂點，再也不能超過了。多用於貶義。
【例句】那人品德之壞已到了**無以復加**的地步，你還願意和他來往？

無孔不入 ㄨˊ ㄎㄨㄥˇ ㄅㄨˋ ㄖㄨˋ

【釋義】意謂沒有什麼空隙不鑽。孔：小洞。
【出處】李寶嘉・官場現形記三五回：「況且上海辦捎的人，鑽頭覓縫，無孔不入。」
【用法】比喻不放過一切機會去謀取名利。多用於貶義。
【例句】這個犯罪集團眞是**無孔不入**，社會上各個階層都有其犯案足跡。
【義近】無孔不鑽／鑽頭覓縫／無所不至。

無可比擬 ㄨˊ ㄎㄜˇ ㄅㄧˇ ㄋㄧˇ

【釋義】沒有可相比的。比擬：相比。
【出處】續傳燈錄卷一三：「窮外無方窮內非裏，應用萬般，無可比擬。」
【用法】用以形容獨一無二，極其珍貴。
【例句】《紅樓夢》一書，無論就小說的結構，人物的描寫，場面的盛大，在同時代的作品中，幾都**無可比擬**，堪列世界文學名著之林。
【義近】無與倫比／獨一無二／無出其右／絕無僅有。
【義反】無獨有偶／比比皆是／平淡無奇／不足稱道。

無可奈何 ㄨˊ ㄎㄜˇ ㄋㄞˋ ㄏㄜˊ

【釋義】奈何：如何，怎麼辦。
【出處】戰國策・燕策三：「既已無可奈何，乃遂收盛樊於期之首，函封之。」
【用法】用以指沒有辦法，無能爲力。
【例句】事已至此，**無可奈何**，只有面對現實，找出一個妥善的解決方法來。
【義近】萬般無奈／徒呼奈何／無計可施／無能爲力／望洋興歎。
【義反】計出萬全／千方百計／想方設法。

無可非議 ㄨˊ ㄎㄜˇ ㄈㄟ ㄧˋ

【釋義】非議：批評，指責。
【出處】論語・季氏：「天下有道，則庶人不議。」何晏注引孔安國曰：「無所非議也。」
【用法】用以說明妥當、正確、合情合理，沒有什麼可以指責的。
【例句】人民繳了稅，要求公共工程品質良善，也是**無可非議**的事。
【義近】無可厚非／無可指摘／無庸非議。
【義反】一無是處／一塌糊塗。

無可置疑 ㄨˊ ㄎㄜˇ ㄓˋ ㄧˊ

【釋義】置疑：懷疑。置：放。
【出處】韓愈・答楊子書：「而今而後，不置疑於其間可也。」
【用法】表示事實明顯或理由充足，再沒有什麼可以值得懷疑。
【例句】現在人證、物證俱在，人是他殺的，已**無可置疑**。
【義近】毋庸置疑／無可爭辯／無可置辯／毫無疑義。
【義反】滿腹疑團／半信半疑／令人懷疑。

無可諱言 ㄨˊ ㄎㄜˇ ㄏㄨㄟˋ ㄧㄢˊ

【釋義】諱言：有顧忌，不敢說或不願意說。
【出處】漢書・元帝紀：「直言盡意，無有所諱。」
【用法】指可以無顧忌地坦率直說。
【例句】**無可諱言**，現在的政治確實比以前民主了，但社會風氣卻仍不見好轉。
【義近】無庸諱言／直言不諱／坦誠直言。
【義反】諱莫如深／閃爍其詞／隱約其詞／噤若寒蟬。

無功受祿 ㄨˊ ㄍㄨㄥ ㄕㄡˋ ㄌㄨˋ

【釋義】祿：古時官吏的薪俸。
【出處】詩經・魏風・伐檀・序：「在位貪鄙，無功而受祿，君子不得進仕爾。」
【用法】指沒有功勞而受到優厚的待遇。常用作謙詞。
【例句】你平白無故送我厚禮，我**無功受祿**，實在是不好意思。
【義近】不勞而獲／坐享其成。
【義反】其來有自／實至名歸。

無出其右 ㄨˊ ㄔㄨ ㄑㄧˊ ㄧㄡˋ

【釋義】出：超過。右：古以右為上位。
【出處】漢書・高帝紀下：「召見與語，漢廷臣無能出其右者。」
【用法】形容人或事物極佳，沒有能超過他（它）的。
【例句】他的畫技，在當代堪稱一絕，**無出其右**者。
【義近】獨步當世／獨占鰲頭／冠絕古今／首屈一指／無與倫比。
【義反】不相上下／旗鼓相當／不分軒輊／功力悉敵／伯仲之間／勢均力敵／並駕齊驅／足相頡頏／一時瑜亮。

無妄之災 ㄨˊ ㄨㄤˋ ㄓ ㄗㄞ

【釋義】無妄：出其不意，不能預料。
【出處】周易・無妄：「六三，無妄之災。」
【用法】指意外的災禍。
【例句】唐山大地震，一場**無妄之災**的降臨，奪去了上百萬人的生命。
【義近】禍從天降／飛來橫禍。

無地自容 ㄨˊ ㄉㄧˋ ㄗˋ ㄖㄨㄥˊ

【釋義】沒有地方可以讓自己容身。容：容納。
【出處】敦煌變文集・降魔變文：「外道無地自容，四眾一時唱快處。」李寶嘉・官場現形記一九回：「這幾句，更把那幾個捐班道臺，羞得無地自容了。」

【用法】形容羞愧到了極點。

【例句】沒能把任務辦好，面對平日厚愛我的長官，便感到**無地自容**。

【義近】汗顏無地／愧惶無地／羞於見人／羞愧無地。

【義反】理直氣壯／硬著頭皮／心安理得／問心無愧。

無名小卒（ㄨˊ ㄇㄧㄥˊ ㄒㄧㄠˇ ㄗㄨˊ）

【釋義】不出名的小兵。卒：士兵。

【出處】羅貫中・三國演義四一回：「只見城內一將飛馬引兵而出，大喝：『魏延無名小卒，安敢造亂！』」

【用法】常用以比喻沒有名氣、不受重視的人。

【例句】我們雖然是**無名小卒**，但也為社會的發展做出不少貢獻。

【義近】市井小民／匹夫匹婦／無名之輩。

【義反】將相名臣。

無足輕重（ㄨˊ ㄗㄨˊ ㄑㄧㄥ ㄓㄨㄥˋ）

【釋義】沒有它並不輕些，有它也並不重些。足：足以。

【出處】文康・兒女英雄傳一八回：「你切莫絮絮叨叨的，問這些無足輕重的閑事。」

【用法】形容價值不大，無關緊要，不值得重視。

【例句】他在這裏本是個**無足輕重**的人物，沒想到身手一展露，便令人刮目相看。

【義近】無關緊要／無關宏旨／無傷大雅。

【義反】舉足輕重／非同小可／非同兒戲。

無官一身輕（ㄨˊ ㄍㄨㄢ ㄧˋ ㄕㄣ ㄑㄧㄥ）

【釋義】不做官了，感到一身輕鬆。

【出處】蘇軾・賀子由生第四孫斗老：「無官一身輕，有子萬事足。」

【用法】形容無官職羈絆而清閒自在。常作為卸任後的寬慰話。

【例句】我已退休，現在是**無官一身輕**，可在家悠閒自在地享受天倫之樂了。

無法無天（ㄨˊ ㄈㄚˇ ㄨˊ ㄊㄧㄢ）

【釋義】不顧國法和天理。法：法紀。天：天理。

【出處】曹雪芹・紅樓夢三三回：「你在家不讀書也罷，怎麼又做出這些無法無天的事來！」

【用法】形容違法亂紀，不受管束，任意橫行。或毫無顧忌地胡作非為。

【例句】對那些**無法無天**的歹徒，務必要繩之以法，決不能姑息寬宥。

【義近】肆無忌憚／胡作非為／目無法紀。

【義反】安分守己／遵紀守法／循規蹈矩。

無事不登三寶殿（ㄨˊ ㄕˋ ㄅㄨˋ ㄉㄥ ㄙㄢ ㄅㄠˇ ㄉㄧㄢˋ）

【釋義】三寶殿：泛指佛殿。此用以尊稱對方的住家。

【用法】比喻沒事不上門，既來相訪則必有緣故。

【例句】我是**無事不登三寶殿**，今天登門拜訪，是想請你主持賑災義演晚會，不知你是否能幫這個忙？

【義近】無事不登門。

無往不利（ㄨˊ ㄨㄤˇ ㄅㄨˋ ㄌㄧˋ）

【釋義】所到之處，沒有不順利的。往：到、去。

【用法】形容行事順利，不論所做何事，所至何處，都沒有阻礙。

【例句】做事只要合乎天理，順乎人情，便會**無往不利**。

【義近】無往不宜／無往不順／無往不勝。

【義反】寸步難行／動輒得咎／

搖手觸禁。

無所不有

【釋義】沒有哪樣沒有。
【出處】李朝威・柳毅傳：「始見台閣相向，門戶千萬，奇草珍木，無所不有。」
【用法】說明什麼都有，一應俱全。
【例句】展覽館中所陳列的商品**無所不有**，令參觀的民眾眼花撩亂。
【義近】無奇不有／一應俱全／應有盡有。
【義反】一無所有／空無所有／空空如也。

無所不至

【釋義】至：到。
【出處】論語・陽貨：「苟患失之，無所不至矣。」禮記・大學：「小人閒居爲不善，無所不至。」
【用法】指沒有不到的地方。也指無論什麼事都做得出來。
【例句】①細菌活動的地方極廣，**無所不至**。②今日會酒，明日觀花，甚至聚賭嫖娼，**無所不至**。（曹雪芹・紅樓夢四回）
【義近】無孔不入／無所不爲／無所不用其極。
【義反】安常守分／安分守己／循規蹈矩。

無所不爲

【釋義】沒有什麼不做的事。爲：做。
【出處】陳壽・三國志・吳志・張溫傳：「挾其奸心，無所不爲。」
【用法】形容什麼壞事醜事都做得出來。
【例句】這幾個小傢伙整天廝混，吃喝玩樂，偷搶吸毒，**無所不爲**。
【義近】爲所欲爲／無法無天／胡作非爲。
【義反】謹小慎微／非禮勿動／規規矩矩。

無所不通

【釋義】沒有不精通的。通：通曉，明白。
【出處】公羊傳・僖公三一年：「天子有方望之事，無所不通。」
【用法】指什麼都懂、都精通。
【例句】許多小說所描寫的人物皆**無所不通**，真正現實生活中哪有這樣的人？
【義近】無所不知／無所不曉／萬事通。
【義反】一無所知／一竅不通／一問三不知。

無所不用其極

【釋義】無處不用盡心力。極：盡頭，頂點。
【出處】禮記・大學：「詩曰：『周雖舊邦其命維新。』是故君子無所不用其極。」
【用法】現指作惡爲非，任何極端的手段都使得出來。
【例句】他爲了達到升官發財的目的，真是**無所不用其極**，良心拿去餵狗了。
【義近】不擇手段。

無所用心

【釋義】用心：動腦筋。常與「飽食終日」連用。
【出處】論語・陽貨：「飽食終日，無所用心，難矣哉！」
【用法】指不動腦筋，對什麼事情都不關心。
【例句】你這樣飽食終日，**無所用心**地過日子，畢竟不是辦法，萬一父母不能讓你依靠了，你怎麼辦？
【義近】飽食終日／漠不關心／萬事不管。
【義反】深謀遠慮／絞盡腦汁／殫精竭慮。

無所作爲

【釋義】作爲：做出成績。

【出處】朱子語類卷二五：「然黃帝亦曾用兵戰鬥，亦不是全然無所作爲也。」

【用法】指安於現狀，缺乏進取心和創造性。

【例句】青年人應該勇於進取、敢於創新，豈能**無所作爲**地混日子？

【義近】游手好閑／飽食終日／安於現狀。

【義反】奮發進取／努力向上／大有作爲。

無所忌憚 ㄨˊ ㄙㄨㄛˇ ㄐㄧˋ ㄉㄢˋ

【釋義】忌：顧忌。憚：懼怕。

【出處】漢書・諸侯王表：「是故王莽知中外殫微，本末俱弱，亡（無）所忌憚，生其奸心。」

【用法】形容什麼都不怕，任意胡爲。

【例句】許多王公貴族憑恃著自己的身分，到處胡作非爲，**無所忌憚**，眞不是東西。

【義近】無所顧忌／肆無忌憚／爲所欲爲。

【義反】畏首畏尾／投鼠忌器／顧慮重重／躊躇審顧。

無所事事 ㄨˊ ㄙㄨㄛˇ ㄕˋ ㄕˋ

【釋義】事事：從事某種事情，做事情。上「事」字爲動詞，下「事」字爲名詞。

【出處】黃宗羲・萬貞一詩序：「其人之爲詩者，亦必閒散放蕩，……無所事事而後可。」

【用法】形容人閒著什麼事都不做或無事可做。

【例句】趁年少應立志有爲，倘若**無所事事**，不求上進，等老大徒傷悲也枉然了。

【義近】無所作爲／游手好閒。

【義反】有所作爲／勤奮自勵。

無所畏懼 ㄨˊ ㄙㄨㄛˇ ㄨㄟˋ ㄐㄩˋ

【釋義】沒有什麼可以懼怕的。畏懼：害怕。

【出處】魏書・董紹傳：「此是紹之壯辭，云巴人勁勇，見敵無所畏懼，非實瞎也。」

【用法】形容十分勇敢，不怕任何的挫折和挑戰。

【例句】革命黨人有愛國熱情和**無所畏懼**的心，故能成就偉大的革命事業。

【義近】渾身是膽／一往無前／臨危不懼。

【義反】畏首畏尾／貪生怕死。

無所措手足 ㄨˊ ㄙㄨㄛˇ ㄘㄨㄛˋ ㄕㄡˇ ㄗㄨˊ

【釋義】手腳不知放在哪裏好。措：安放。

【出處】論語・子路：「刑罰不中，則民無所措手足。」

【用法】原指法令不當，百姓無從遵循，今亦用以形容沒有辦法，不知如何是好。

【例句】事情發生得太突然，令在場的人**無所措手足**，方寸大亂。

【義近】無所適從／不知所措／手足失措／莫知所措。

【義反】有所依循／於法有據／措置裕如／應付自如。

無所適從 ㄨˊ ㄙㄨㄛˇ ㄕˋ ㄘㄨㄥˊ

【釋義】不知聽從哪一個好。適：往。從：跟隨。

【出處】北齊書・魏蘭根傳：「此縣界於強虜，皇威未接，無所適從，故成背叛。」

【用法】用以形容不知怎麼辦才好。

【例句】公司主管的意見南轅北轍，誰都不肯讓步，弄得屬下**無所適從**。

【義近】舉棋不定／徬徨無主。

【義反】依樣葫蘆／率由舊章／蕭規曹隨。

無的放矢 ㄨˊ ㄉㄧˋ ㄈㄤˋ ㄕˇ

【釋義】沒有目標亂射箭。的：箭靶的中心，此指靶子。矢：箭。

【出處】梁啓超・中日交涉滙評：「如是，則吾本篇所論純爲無的放矢，直拉雜摧燒之可耳。」

【用法】原指說話做事沒有明確目的，或不切合實際。今多指毫無憑據的批評謾罵。

【例句】①我們說話、做事都應該有個明確的目的，不能**無的放矢**。②既然大家都知道他是**無的放矢**，你又何必跟他計較？

【義近】盲目行事／蜚短流長／惡意攻訐。

【義反】忠告善道。

無計可施 ㄨˊ ㄐㄧˋ ㄎㄜˇ ㄕ

【釋義】計：計謀，策略。施：施展。

【出處】羅貫中・三國演義八回：「賊臣董卓將欲篡位，朝中文武無計可施。」

【用法】指想不出一點辦法來。

【例句】公司破產已成必然之勢，連董事長都**無計可施**。

【義近】黔驢技窮／無可奈何／一籌莫展。

【義反】急中生智，計上心來／計謀多端。

無風起浪 ㄨˊ ㄈㄥ ㄑㄧˇ ㄌㄤˋ

【釋義】沒有風卻掀起波浪。

【出處】建中靖國續燈錄十五：「揚子江心，無風起浪；石公山畔，平地骨堆。」

【用法】指平白無故地生出事來，含有故意製造事端之意。

【例句】事出必有因，**無風起浪**之事決不可能，最好還是詳細調查出事原因。

【義近】無事生非／無端生事／空穴來風。

【義反】風平浪靜。

無病呻吟 ㄨˊ ㄅㄧㄥˋ ㄕㄣ ㄧㄣˊ

【釋義】沒有病也要瞎哼哼。呻吟：病痛之聲。

【出處】辛棄疾・臨江仙詞：「百年光景百年心，更歡須歎息，無病也呻吟。」

【用法】比喻沒有眞情實感而故意做作或裝腔作勢。

【例句】文藝作品若是**無病呻吟**，無論其形式怎樣優美，都只會令人生厭。

【義近】矯揉造作／裝腔作勢。

【義反】眞情實感。

無能爲力 ㄨˊ ㄋㄥˊ ㄨㄟˊ ㄌㄧˋ

【釋義】對某事沒有力量予以完成。爲力：使勁。

【出處】紀昀・閱微草堂筆記卷一四：「此罪至重，微我解脫，即釋迦牟尼亦無能爲力也。」

【用法】指沒有力量去做好某件事或解決某個問題。

【例句】對不起，這件事不是我不幫忙，實在是**無能爲力**。

【義近】力不從心／心有餘而力不足／力不能支／力不勝任／無計可施。

【義反】力所能及／力有餘裕。

無堅不摧 ㄨˊ ㄐㄧㄢ ㄅㄨˋ ㄘㄨㄟ

【釋義】沒有什麼堅固的東西不能摧毀。

【出處】舊唐書・孔巢父傳：「（田）悅酒酣……因而曰：『若蒙見用，無堅不摧。』」

【用法】形容力量非常強大。也比喻任何困難都能克服。

【例句】民眾團結一致的心就是一股**無堅不摧**的大力量，不容上位者忽視。

【義近】無攻不克／所向披靡／所向無敵。

【義反】不堪一擊／一觸即潰／一打就逃。

無理取鬧 ㄨˊ ㄌㄧˇ ㄑㄩˇ ㄋㄠˋ

【釋義】毫無理由地跟人吵鬧。

【出處】韓愈・答柳柳州食蝦蟆詩：「鳴聲相呼和，無理祇取鬧。」

【用法】指故意搗亂。

【例句】像他這種**無理取鬧**的人，最好不要理他。

【義近】興風作浪／招風攬火。

【義反】以理服人／理直氣壯。

無脛而行 ㄨˊ ㄐㄧㄥˋ ㄦˊ ㄒㄧㄥˊ

【釋義】沒有小腿而能遠走。脛：小腿。

【出處】劉晝・劉子新論・薦賢：「玉無翼而飛，珠無脛而行。」

【用法】比喻事物自然而迅速傳播，根本不用推行、張揚。

【例句】他中了大獎的消息**無脛而行**，許多好事者皆登門道賀。

【義近】不脛而走。

無動於衷 ㄨˊ ㄉㄨㄥˋ ㄩˊ ㄓㄨㄥ

【釋義】心裏一點也沒有觸動。衷：內心。

【出處】蒲松齡・聊齋志異・附各本序跋題辭：「聞之默然良久，若不能無動於中者。」

【用法】指對應該關心、注意的事情，採取毫不關心、置之不理的態度。

【例句】對於社會的不良風氣，我們不能視若無睹，**無動於衷**。

【義近】漠不關心／麻木不仁。

【義反】關懷備至／牽腸掛肚。

無惡不作 ㄨˊ ㄜˋ ㄅㄨˋ ㄗㄨㄛˋ

【釋義】沒有哪樣壞事不做的。惡：壞事。

【出處】李寶嘉・官場現形記一二回：「平時魚肉鄉愚，無惡不作，到這時候有了護符，更是任所欲爲的了。」

【用法】形容人的品性惡劣到了極點。

【例句】他是個惡棍，在這一帶橫行霸道，**無惡不作**，善良百姓皆對他莫可奈何。

【義近】作惡多端／無所不爲／橫行不法。

【義反】遵法守紀／安分守己／奉公守法。

無源之水 ㄨˊ ㄩㄢˊ ㄓ ㄕㄨㄟˇ

【釋義】沒有源頭的水。源：水源。

【出處】左傳・昭公九年：「猶衣服之有冠冕，木水之有本原（源）。」

【用法】比喻沒有基礎的事物。

【例句】離開活生生的現實社會，文藝創作就會成爲**無源之水**。

【義近】無本之木／死水一潭。

【義反】源頭活水／有本之木。

無微不至 ㄨˊ ㄨㄟ ㄅㄨˋ ㄓˋ

【釋義】沒有一處細微的地方不照顧到。微：細微。至：到。

【出處】采蘅子・蟲鳴漫錄：「女從容白母曰：『父爲我製厚奩，無微不至，感且不朽。』」

【用法】形容關懷照顧得非常細心周到。

【例句】你儘管放心讀書，我向你保證，孩子在我們這兒將會受到**無微不至**的照顧。

【義近】體貼入微／關懷備至／知心著意。

【義反】漠不關心／不聞不問。

無與倫比 ㄨˊ ㄩˇ ㄌㄨㄣˊ ㄅㄧˇ

【釋義】倫比：類比。倫：類。

【出處】盧氏逸史・華陽李尉：「置於州，張寵敬無與倫比。」

【用法】形容事物非常完美，沒有能跟它相比的。也形容人的聰明才智非常出眾。

【例句】李白在唐詩領域中**無與倫比**的地位，是沒有人可以替代的。

【義近】無可比擬／獨一無二／蓋世無雙／奮身獨步。

【義反】不相上下／天外有天／山外有山。

無傷大雅 ㄨˊ ㄕㄤ ㄉㄚˋ ㄧㄚˇ

【釋義】傷：妨害。大雅：大方雅正。

【出處】吳沃堯・二十年目睹之怪現狀二五回：「像這種當個頑意兒，不必問他眞的假的，倒也無傷大雅。」

【用法】指雖有小瑕疵，但對整體沒有妨害。

【例句】小孩在典禮中鬧鬧也**無傷大雅**，你用不著那麼生氣嘛！

【義近】無傷大體／大醇小疵／於事無礙。

【義反】璧玉蒙瑕／有損大局。

無精打采（ㄨˊ ㄐㄧㄥ ㄉㄚˇ ㄘㄞˇ）

【釋義】精：精神。打：打消。彩：興緻，神采。又作「沒精打彩」。

【出處】曹雪芹・紅樓夢二五回：「（小紅）取了噴壺而回，無精打彩，自向房中倒著。」

【用法】形容情緒低落，鼓不起勁，提不起精神。

【例句】你這樣一天到晚**無精打采**，究竟是爲了什麼，能告訴我嗎？

【義近】懶精無神／萎靡不振／垂頭喪氣／灰心喪氣。

【義反】精神煥發／神彩奕奕／容光煥發／精神抖擻。

無隙可乘（ㄨˊ ㄒㄧˋ ㄎㄜˇ ㄔㄥˊ）

【釋義】隙：漏洞。乘：趁，利用機會。

【出處】宋書・律歷志下：「臣其歷七曜，咸始上元，無隙可乘。」

【用法】比喻人行爲謹嚴，處事愼密，無可攻擊之弱點。也說明於事無機會可利用。

【例句】只要法制健全，那些不法分子便**無隙可乘**了。

【義近】無機可乘／無懈可擊。

【義反】有機可乘／有隙可乘／乘虛而入。

無窮無盡（ㄨˊ ㄑㄩㄥˊ ㄨˊ ㄐㄧㄣˋ）

【釋義】窮：完了。盡：盡頭。

【出處】晏殊・踏莎行詞：「無窮無盡是離愁，天涯地角尋思遍。」

【用法】形容沒有止境，沒有限度。多指數量之多或時間上沒有盡頭。

【例句】我國地大物博，蘊藏著**無窮無盡**的天然資源。

【義近】沒完沒了／無邊無際／無盡無休。

【義反】一覽無餘／盡收眼底／屈指可數。

無憂無慮（ㄨˊ ㄧㄡ ㄨˊ ㄌㄩˋ）

【釋義】沒有一點憂愁顧慮。

【出處】李文蔚・圮橋進履一折：「道我是個淸閒眞道本，說我是個無憂無憂的散神仙。」

【用法】形容生活舒適，無任何煩心惱事。

【例句】自退休後，他一直過著**無憂無慮**的隱居生活，不再過問政治。

【義近】無牽無掛／逍遙自在／悠哉游哉。

【義反】牽腸掛肚／愁腸百結／憂天憫人。

無影無蹤（ㄨˊ ㄧㄥˇ ㄨˊ ㄗㄨㄥ）

【釋義】一點影子、一點蹤迹也沒有。

【出處】吳昌齡・東坡夢三折：「你那裏挨挨搜搜，閃閃藏藏，無影無蹤。」

【用法】形容完全消失或不知去向。

【例句】盧生夢裏富貴榮華，怎奈夢一醒便消失得**無影無蹤**，徒留惋嘆。

【義近】蹤影全無／無影無形／杳如黃鶴。

【義反】有跡可尋／蛛絲馬跡／近在咫尺。

無稽之言（ㄨˊ ㄐㄧ ㄓ ㄧㄢˊ）

【釋義】無稽：無法查考。一作「無稽之談」。

【出處】尙書・大禹謨：「無稽之言勿聽。」荀子・正名：「無稽之言，不見之行，不聞之謀，君子愼之。」

【用法】指毫無根據的荒唐話。
【例句】有人說經理捲款潛逃國外，根本是**無稽之言**，他不正在辦公室辦公嗎？
【義近】不經之談／齊東野語／道聽塗說／流言蜚語／無稽讕言。
【義反】鑿鑿之論／確鑿之言／鑿鑿有據。

無價之寶（ㄨˊ ㄐㄧㄚˋ ㄓ ㄅㄠˇ）

【釋義】無論花多少錢也買不到的寶物。
【出處】武王伐紂平話卷上：「臣知西伯侯姬昌有一對瓊瑤玉釧，此釧無價之寶也。」
【用法】形容極爲貴重的東西。
【例句】藺相如說和氏璧是**無價之寶**，一定要舉行隆重的典禮，方能交出來。
【義近】奇珍異寶／稀世珍寶。
【義反】布帛菽粟／牛溲馬勃／不足爲奇。

無懈可擊（ㄨˊ ㄒㄧㄝˋ ㄎㄜˇ ㄐㄧˊ）

【釋義】沒有絲毫弱點可以讓人攻擊。懈：鬆懈，引申爲漏洞、破綻。
【出處】梁啓超・續論市民與銀行：「銀行自身若是無懈可擊，何至一牽動便牽動到這樣。」
【用法】形容十分嚴密，找不到一點漏洞。
【例句】這篇文章論點正確，舉證嚴密，邏輯性強，可以說是**無懈可擊**。
【義近】無隙可乘／完美無瑕。
【義反】破綻百出／漏洞百出。

無獨有偶（ㄨˊ ㄉㄨˊ ㄧㄡˇ ㄡˇ）

【釋義】獨：一個。偶：一對。意謂不只一個，竟然還有配對的。
【出處】壯者掃迷帚一三回：「聞簡某是蜀人，而此女亦是蜀人，可謂無獨有偶。」
【用法】表示難得一見的事物本不可能同時出現，却意外地又出現了。
【例句】這位東晉皇帝所鬧的笑話，和西晉惠帝問蝦蟆的叫聲是爲公還是爲私，眞是**無獨有偶**。（郭沫若・驢豬鹿馬）
【義近】成雙配對。
【義反】獨一無二／絕無僅有／空前絕後。

無濟於事（ㄨˊ ㄐㄧˋ ㄩˊ ㄕˋ）

【釋義】對事情沒有什麼益處。濟：補益。
【出處】錢彩・說岳全傳一三回：「我豈不知賊兵眾盛，就帶你們同去，亦無濟於事。」
【用法】形容對事情沒有任何幫助，解決不了問題。
【例句】對敵人作無原則的讓步、妥協，絕對**無濟於事**。
【義近】無補於事／杯水車薪。
【義反】不無小補／聊勝於無。

無聲無臭（ㄨˊ ㄕㄥ ㄨˊ ㄒㄧㄡˋ）

【釋義】沒有聲音，沒有氣味。臭：氣味。
【出處】詩經・大雅・文王：「上天之載，無聲無臭。」
【用法】比喻沒有名聲，不被人知道，對外沒有影響。
【例句】人類文明的進步，是許多**無聲無臭**的小人物默默犧牲奉獻的結果。
【義近】無聲無息／沒沒無聞。
【義反】聞名遐邇／家喻戶曉／人人皆知。

無翼而飛（ㄨˊ ㄧˋ ㄦˊ ㄈㄟ）

【釋義】沒有翅膀却飛走了。翼：翅膀。
【出處】管子・戒：「無翼而飛者，聲也。」
【用法】比喻事物不須推行就很快傳播或流傳。也指東西突然丟失。
【例句】眞是活見鬼！我的公文

包明明放在家裏，怎麼**無翼而飛**了呢？
【義近】不翼而飛／不脛而走。
【義反】珠還合浦／還珠返璧。

無邊風月 ㄨˊ ㄅㄧㄢ ㄈㄥ ㄩㄝˋ

【釋義】無邊：無限。風月：清風明月。
【出處】周密・武林舊事卷五：「又有初陽精舍、警室、熙然臺、無邊風月……。」
【用法】比喻風景極為佳勝。
【例句】漫步西湖，那**無邊風月**使人感到怡然自得。
【義近】水木清華／湖光山色／清風明月。

無邊無際 ㄨˊ ㄅㄧㄢ ㄨˊ ㄐㄧˋ

【釋義】際：邊。又作「無邊無涯」、「無邊無垠」。涯、垠：均為邊際之意。
【出處】蔡文姬・胡笳十八拍九：「天無涯兮地無邊，我心愁兮亦復然。」
【用法】形容廣闊無邊。
【例句】遠遠望去，田野裏的麥浪此起彼伏，**無邊無際**。
【義近】漫無邊際／一望無際／茫無際涯／冥冥漠漠／橫無際涯。

無關大體 ㄨˊ ㄍㄨㄢ ㄉㄚˋ ㄊㄧˇ

【釋義】大體：大局，全局。又作「無關大局」。
【出處】文康・兒女英雄傳三九回：「這正叫作事出偶然，無關大體。」
【用法】用以指不影響全局或大的方面。
【例句】國語說得不好自然是件憾事，但畢竟**無關大體**，不能據此否定一個人的教學成就。
【義近】無傷大雅／無關宏旨。
【義反】事關重大／非同小可。

無關宏旨 ㄨˊ ㄍㄨㄢ ㄏㄨㄥˊ ㄓˇ

【釋義】意謂和主要的意見無關。宏：大。旨：意旨，意思。
【用法】用以指意義不大或關係不大，影響不到整體。
【例句】生活習性不是**無關宏旨**的小事，它常常是一個人人格發展的表現。
【義近】無關緊要／無關大體／小事一樁。
【義反】生死攸關／舉足輕重／事關全局。

焦頭爛額 ㄐㄧㄠ ㄊㄡˊ ㄌㄢˋ ㄜˊ

【釋義】本形容救火時燒焦頭部，灼傷額頭。
【出處】漢書・霍光傳：「今論功而請賓，曲突徙薪無恩澤，焦頭爛額為上客耶？」
【用法】今多用以比喻處境十分狼狽窘迫。
【例句】他最近為公司裏種種不順利的事忙得**焦頭爛額**。
【義近】狼狽不堪／進退兩難。
【義反】一帆風順／左右皆宜／進退自如。

煮豆燃萁 ㄓㄨˇ ㄉㄡˋ ㄖㄢˊ ㄑㄧˊ

【釋義】燒著豆莖煮豆子。萁：豆莖。
【出處】劉義慶・世說新語・文學載：曹丕令曹植七步為詩，不成者行大法。植即為詩一首，其中有「萁在釜下燃，豆在釜中泣。」
【用法】用以比喻骨肉相殘，也比喻內部鬥爭。
【例句】同室操戈，**煮豆燃萁**，只是讓外人撿了便宜，為何還要如此不智呢？
【義近】同室操戈／禍起蕭牆／變生肘腋／尺布斗粟／兄弟鬩牆／骨肉相殘。
【義反】讓棗推梨／兄友弟恭／如壎如篪／灼艾分痛／風雨對床／棣華增映／大衾長枕／兄弟孔懷／同氣連枝。

煢煢孑立 ㄑㄩㄥˊ ㄑㄩㄥˊ ㄐㄧㄝˊ ㄌㄧˋ

【釋義】煢煢：孤零的樣子。孑

：單獨。
【出處】晉・李密・陳情表：「外無期功強近之親，內無應門五尺之僮，煢煢獨立，形影相弔。」
【用法】形容無依無靠，非常孤獨。
【例句】她無兒無女，無親無故，丈夫死後就**煢煢孑立**，實在令人同情。
【義近】形單影隻／孤苦零丁／煢獨無依／形影相弔。
【義反】兒孫滿堂／夫妻廝守／高朋滿座／親友相伴。

照本宣科 ㄓㄠˋ ㄅㄣˇ ㄒㄩㄢ ㄎㄜ

【釋義】指道士照著本子念經。照本：依照本子。宣科：誦念。
【出處】關漢卿・西蜀夢三折：「也不用僧人持咒，道士宣科。」
【用法】形容只知死板地照本子念，不作闡述和發揮。
【例句】李教授上課只知**照本宣科**地念課本，上得學生們快睡著了。
【義近】原原本本／一字不漏。
【義反】斷章取義／添油加醋／引申發揮。

煞有介事 ㄕㄚˋ ㄧㄡˇ ㄐㄧㄝˋ ㄕˋ

【釋義】煞：極，極像。介事：那樣的事。介：那樣。
【出處】本為上海、蘇州一帶的方言。
【用法】用以指裝模作樣，活像真有那麼一回事似的。
【例句】你**煞有介事**，好像真的是受害者，其實誰都知道你是整人的幫凶之一。
【義近】似有其事。
【義反】實無其事／子虛烏有。

煞費苦心 ㄕㄚˋ ㄈㄟˋ ㄎㄨˇ ㄒㄧㄣ

【釋義】意即用盡了苦心。煞：很。苦心：辛苦地思考。
【出處】彭養鷗・黑籍冤魂三折：「這煎煙方法，我是煞費苦心……方才研究得精密。」
【用法】用以形容人為了辦成某事而費盡心思，絞盡腦汁。
【例句】要編寫出一部好的工具書，實在不是一件容易的事，精編細校，**煞費苦心**，方得有成。
【義近】挖空心思／費盡心思／絞盡腦汁。
【義反】不假思索／無所用心。

煙消雲散 ㄧㄢ ㄒㄧㄠ ㄩㄣˊ ㄙㄢˋ

【釋義】像煙雲消散一樣。
【出處】張養浩・越調天淨沙曲：「更著十年試看，煙消雲散，一杯誰共歌歡。」
【用法】比喻事物消失，不見踪跡。
【例句】經過他這一番解釋，他太太的疑慮頓時**煙消雲散**，破涕為笑了。
【義近】煙消火滅／雲消霧散／風流雲散／雨過天青。
【義反】煙塵滾滾／烏雲密布／雲霧重重。

煥然一新 ㄏㄨㄢˋ ㄖㄢˊ ㄧ ㄒㄧㄣ

【釋義】鮮明光亮，氣象一新。煥然：鮮明光亮的樣子。
【出處】丘崇・重修羅池廟記：「堂堂門序，卑高如儀，煥然一新，觀者嗟異。」
【用法】形容非常明顯地呈現出新的面貌。
【例句】王校長走馬上任雖只有兩年，但經過他的大力整頓，學校面貌已**煥然一新**。
【義近】面目一新／耳目一新／萬象更新。
【義反】依然故我／依然如故。

煽風點火 ㄕㄢ ㄈㄥ ㄉㄧㄢˇ ㄏㄨㄛˇ

【釋義】煽起風使點燃的火旺盛起來。
【出處】舊五代史・唐明宗紀四：「在途聞李嚴為孟知祥所害，以為劍南阻絕，互相煽動。」
【用法】比喻唆使、煽動別人去

幹壞事。

【例句】這些野心家到處**煽風點火**，鼓動民眾，以便乘機奪取權勢。

【義近】造謠生事／鼓吹煽動。

熙熙攘攘

【釋義】熙熙：和樂的樣子。攘攘：喧鬧紛亂的樣子，同「壤」。

【出處】司馬遷・史記・貨殖列傳：「天下熙熙，皆為利來；天下壤壤，皆為利往。」

【用法】形容人來來往往，非常熱鬧。

【例句】街上的行人**熙熙攘攘**，呈現出一片繁華的景象。

【義近】熙來攘往／人來人往／川流不息。

【義反】稀稀落落／踽踽獨行／冷冷清清。

熟能生巧

【釋義】熟：熟練。巧：巧妙，技巧。

【出處】李汝珍・鏡花緣二一回：「俗話說的『熟能生巧』。」

【用法】指熟練了就能產生高超的技巧。

【例句】無論做什麼事，開始總不免顯得生疏，但時間久了，做得多，便可**熟能生巧**。

【義近】庖丁解牛／運斤成風。

【義反】笨手笨腳／畫虎類犬。

熟視無睹

【釋義】熟視：經常看，細看。無睹：沒有看見。也作「熟視不睹」。

【出處】劉伶・酒德頌：「靜聽不聞雷霆之聲，熟視不睹泰山之形。」

【用法】形容對某事或某種現象漠不關心，不予重視。

【例句】孩子到處招惹是非，你怎能**熟視無睹**呢？

【義近】視若無睹／視而不見／聽而不聞。

【義反】噓寒問暖／關心備至。

熟讀精思

【釋義】熟讀：讀得很熟。精思：深思。精：專一，深入。

【出處】宋史・徐中行傳：「得（胡）瑗所授經，精讀深思，攻苦食淡。」

【用法】說明讀書、治學要下苦功夫，多讀多思。

【例句】他是位治學嚴謹、**熟讀精思**的學者，故在學術上有高深的造詣。

【義近】百讀百思／熟讀深思／慢讀細思。

【義反】學而不思／不求甚解／囫圇吞棗。

熱火朝天

【釋義】熾熱的火焰照著天空燃燒。朝天：向著天空。

【用法】形容情緒熱烈，氣氛高漲。

【例句】世界各地**熱火朝天**的民主運動，正猛烈地衝擊著專制政府的統治。

【義近】熱氣騰騰／轟轟烈烈。

【義反】死氣沉沉／冷冷清清。

熱氣騰騰

【釋義】熱氣向上升騰。騰：升，上。

【出處】南亭亭長・中國現在記一一回：「小和尚用一個托盤托了幾碗蓋碗茶，熱氣騰騰的端過來。」

【用法】今多形容氣氛熱烈。

【例句】在這次會議上，大家爭著發表意見，討論得**熱氣騰騰**。

【義近】熱火朝天／人歡馬叫。

【義反】情緒低落／有氣無力。

熱鍋上螞蟻

【釋義】螞蟻在熱鍋上無法忍受，爬來爬去，卻終於無法離開。

【出處】曹雪芹・紅樓夢三九回

：「那茗煙去後，寶玉左等也不來，右等也不來，急得熱鍋上螞蟻一般。」
【用法】比喻人惶恐焦急，坐立不安，走投無路。
【例句】他太太快要生產，亟需即刻趕往醫院，但偏偏車子又故障了，把他急得就像**熱鍋上螞蟻**一般。

燕妒鶯慚（ㄧㄢˋ ㄉㄨˋ ㄧㄥ ㄘㄢˊ）
【釋義】使燕子嫉妒，令黃鶯羞慚。
【出處】曹雪芹・紅樓夢二七回：「滿園裏綉帶飄飄，花枝招展，更兼這些人打扮的桃羞杏讓，燕妒鶯慚。」
【用法】多用以女子的姿態容貌十分美麗動人。
【例句】她的姿容美得**燕妒鶯慚**，性情又極溫柔，使許多男士深深地被她吸引。
【義近】閉月羞花／沉魚落雁／天姿國色。
【義反】其貌不揚／身肥腦大／無鹽醜女。

燕雀安知鴻鵠志（ㄧㄢˋ ㄑㄩㄝˋ ㄢ ㄓ ㄏㄨㄥˊ ㄏㄨˊ ㄓˋ）
【釋義】燕雀：小鳥，喻志向短淺者。鴻鵠：大鳥，喻志向高遠者。
【出處】司馬遷・史記・陳涉世家：「陳涉太息曰：『嗟呼，燕雀安知鴻鵠志哉！』」
【用法】用以說明凡庸之人不能認識英雄的豪情壯志。
【例句】蘇秦之拓落也，父不以其為子，妻不以其為夫。嗟呼，**燕雀安知鴻鵠志**哉！當其佩六國相印而歸也，又何其壯哉！直愧煞斯人也。
【義近】井蛙不可語於海／夏蟲不可語冰。
【義反】通士可與語大道。

燕雀處堂（ㄧㄢˋ ㄑㄩㄝˋ ㄔㄨˇ ㄊㄤˊ）
【釋義】處堂：又作「處屋」，在房屋的燕窩裏。
【出處】孔叢子・論勢：「燕雀處屋，子母相哺，煦煦然其相樂也，自以為安矣。竈突炎上，棟宇將焚，燕雀顏不變，不知禍之及己也。」
【用法】用以比喻居安而忘禍。
【例句】在太平盛世，許多人便如**燕雀處堂**，完全忘了敵人或許正伺機入侵。
【義近】居安忘危／豫逸亡身。
【義反】居安思危／憂勞興國。

燕巢幕上（ㄧㄢˋ ㄔㄠˊ ㄇㄨˋ ㄕㄤˋ）
【釋義】巢：用作動詞，築巢。幕：帷帳。
【出處】左傳・襄公二九年：「夫子之在此也，猶燕之巢於幕上，君又在殯，而可以樂乎？」
【用法】比喻處境極其危險。
【例句】他現在的處境有如**燕巢幕上**，要不了多久就會垮臺的，不知他還得意什麼？
【義近】危如累卵／積薪厝火／搖搖欲墜／燕巢飛幕。
【義反】穩如泰山／巋然不動／風雨不動安如山。

燕語鶯聲（ㄧㄢˋ ㄩˇ ㄧㄥ ㄕㄥ）
【釋義】燕、鶯：燕子和黃鸝。
【出處】關漢卿・金綫池楔子：「語若流鶯聲似燕。丹青，燕語鶯聲怎畫成？」
【用法】原形容美麗的春色，今用以形容女子聲音之嬌細柔美。
【例句】公園的竹林邊，一羣女孩在嘻笑戲謔，**燕語鶯聲**，悅耳動聽。
【義近】鶯啼燕語／鶯歌燕喃／嬌聲滴滴。
【義反】老鴉呱呱／粗聲粗氣／吼聲如雷。

燈火輝煌（ㄉㄥ ㄏㄨㄛˇ ㄏㄨㄟ ㄏㄨㄤˊ）
【釋義】輝煌：光彩奪目。又作「燈燭輝煌」。
【出處】曹雪芹・紅樓夢五三回：「裏邊燈燭輝煌，錦帳繡幕，雖列著些神主，却看不眞。」

【用法】形容燈燭光輝明亮，一片熱烈情景。

【例句】每到春節，街市上到處**燈火輝煌**，一片繁華熱鬧的景象。

【義近】燈火通明／燈燭熒煌／笙歌不夜。

【義反】燈火熒熒／燈光明滅。

燈花之喜（ㄉㄥ ㄏㄨㄚ ㄓ ㄒㄧˇ）

【釋義】燈花：燈心的餘燼，爆成花形。

【出處】本草・燈花：「時珍曰：『昔陸賈言：燈花爆而百事喜。』」杜甫・獨酌成詩：「燈花何太喜，酒綠正相親。」

【用法】古人以燈花爲喜兆，故用以表示有喜事即將來臨。

【例句】昨夜又見**燈花之喜**，我與梅妹的婚事，應該不會有變化了。

【義近】鵲叫之喜。

【義反】鴉聲之憂。

燈紅酒綠（ㄉㄥ ㄏㄨㄥˊ ㄐㄧㄡˇ ㄌㄩˋ）

【釋義】晚間宴飲作樂的情景。

【出處】李寶嘉・官場現形記一四回：「十二隻船統通可以望見，燈紅酒綠，甚是好看。」

【用法】多用以形容尋歡作樂的奢侈生活，有時也用以形容娛樂場所的繁華景象。

【例句】滿清末年，廣大民眾啼飢號寒，而那些政府大員卻過著**燈紅酒綠**、荒誕無度的生活。

【義近】醉生夢死／花天酒地／紙醉金迷。

【義反】節衣縮食／勤儉度日。

燃眉之急（ㄖㄢˊ ㄇㄟˊ ㄓ ㄐㄧˊ）

【釋義】像火燒眉毛那樣緊急。燃：火燒。

【出處】文獻通考・市糴考二：「元祐初，溫公入相，諸賢並進用，革新法之病民者，如救眉燃，青苗、助役其尤也。」

【用法】比喻情況十分緊急，情勢十分急迫。

【例句】人在**燃眉之急**時，常常能激發出潛能，做出平常做不到的事。

【義近】迫在眉睫／火燒眉毛／刻不容緩／十萬火急／急如星火。

【義反】從容不迫／委委佗佗／晏然自若。

燎原烈火（ㄌㄧㄠˊ ㄩㄢˊ ㄌㄧㄝˋ ㄏㄨㄛˇ）

【釋義】燃燒在原野上的大火。燎：蔓延燃燒。烈火：熊熊大火。

【出處】尚書・盤庚：「若火之燎于原，不可嚮邇。」

【用法】比喻勢盛，不可阻擋。

【例句】國父於滿清末年所領導的革命運動，有如**燎原烈火**，令清政府驚慌萬狀。

【義近】燎原大火。

【義反】星星之火。

燦爛輝煌（ㄘㄢˋ ㄌㄢˋ ㄏㄨㄟ ㄏㄨㄤˊ）

【釋義】燦爛：光彩耀眼。輝煌：明亮。

【出處】李汝珍・鏡花緣四八回：「只覺金光萬道，瑞氣千條，燦爛輝煌，華彩奪目。」

【用法】常用以形容前途美好或成就顯著。

【例句】只要肯努力，任何人都會有**燦爛輝煌**的未來。

【義近】光輝燦爛／錦繡前程／成就輝煌。

【義反】窮途末路／走投無路／毫無成就。

營私舞弊（ㄧㄥˊ ㄙ ㄨˇ ㄅㄧˋ）

【釋義】營私：謀求私利。舞弊：以欺騙的手段弄虛作假。

【出處】吳沃堯・二十年目睹之怪現狀一四回：「怎奈管帶的一味知道營私舞弊，那裏還有公事在他身上。」

【用法】指以欺騙手段做違法亂

紀、謀求私利的事。
【例句】這些貪官汚吏只知**營私舞弊**，中飽私囊，哪裏還管什麼大眾的利益！
【義近】徇私舞弊／徇私廢公。
【義反】廉潔奉公／奉公守法。

爐火純青 ㄌㄨˊ ㄏㄨㄛˇ ㄔㄨㄣˊ ㄑㄧㄥ

【釋義】道家認爲煉丹成功時，爐火便發出純青的火焰。
【出處】曾樸・孽海花二五回：「到了現在，可已到了爐火純青的氣候，正是兄弟們各顯身手的時期。」
【用法】比喻人的品德修養、學問或技藝達到了精粹完美的地步。
【例句】這位作家後期的散文生動活潑、明練簡潔，已經到了**爐火純青**的地步。
【義近】出神入化／鬼斧神工。
【義反】半青半黃／半生不熟。

爪部

爭功諉過 ㄓㄥ ㄍㄨㄥ ㄨㄟˇ ㄍㄨㄛˋ

【釋義】諉：推托、推卸。
【出處】尙書・大禹謨：「天下莫與女（汝）爭能，女惟不伐，天下莫能與女爭功。」
【用法】說明在利害相關時，爭奪功勞，推卸罪過。
【例句】他是一個喜歡**爭功諉過**的人，和他合作，可得多注意一點。
【義近】爭名奪利／諉過他人／推卸罪責。
【義反】引咎自責／承擔罪責。

爭名奪利 ㄓㄥ ㄇㄧㄥˊ ㄉㄨㄛˊ ㄌㄧˋ

【釋義】爭奪名位和利益。
【出處】戰國策・秦策：「爭名者於朝，爭利者於市。」馬致遠・黃粱夢一折：「想世人爭名奪利。」
【用法】用以說明人與人之間爲名利而爭鬥。
【例句】立法院的問政表現，常常淪爲立委們**爭名奪利**的工具。
【義近】爭權奪利／邀名射利／邀名求賞／求名奪利。
【義反】無意名利／不爲名不爲利／淸心寡欲／視名利如浮雲。

爭先恐後 ㄓㄥ ㄒㄧㄢ ㄎㄨㄥˇ ㄏㄡˋ

【釋義】搶著向前，唯恐落後。
【出處】吳沃堯・二十年目睹之怪現狀五二回：「便都爭先恐後地去了，督辦要阻止也來不及。」
【用法】形容許多人在搶佔機會時積極爭先。
【例句】外面忽然鑼鼓喧天，孩子們都**爭先恐後**地跑出去看熱鬧。
【義近】不甘示弱／不甘後人。
【義反】甘心示弱／甘居人後。

爭奇鬥異 ㄓㄥ ㄑㄧˊ ㄉㄡˋ ㄧˋ

【釋義】奇、異：此指詩文等的奇特優異。
【出處】凌濛初・拍案驚奇卷二五：「吟壇才子，爭奇鬥異，各獻所長。」
【用法】形容詩人、藝人等標奇立異，以求勝過他人。
【例句】在慶祝晚會上，影歌星們**爭奇鬥異**，大展身手，節目非常精彩。
【義近】爭奇鬥豔／百花競豔／百藝競奇／各顯神通。
【義反】自我吟賞／自斟自酌／自唱自賞。

爭奇鬥豔 ㄓㄥ ㄑㄧˊ ㄉㄡˋ ㄧㄢˋ

【釋義】奇：獨特。豔：鮮豔，豔麗。一作「爭妍鬥奇」。妍：美好。
【出處】吳曾龍・沒齋漫錄・芍藥譜：「名品相壓，爭妍鬥奇，故者未厭，而新者已盛。」
【用法】形容百花盛開，競相比美。用法亦同「爭奇鬥異」。
【例句】一到春天，公園裏的花卉**爭奇鬥豔**，給遊客增添了無限的樂趣。
【義近】爭紅鬥紫／百花齊放／百花競豔／桃李爭芳／奼紫嫣紅／萬紫千紅。
【義反】俏不爭春／一枝獨秀／獨顯芬芳／孤芳自賞。

爭長論短 ㄓㄥ ㄔㄤˊ ㄌㄨㄣˋ ㄉㄨㄢˇ

【釋義】長、短：指是和非、正確和錯誤。
【出處】黃庭堅文：「爭長競短，漸漬日聞，以至背戾。」
【用法】多指在不太重要的事情上過於計較。
【例句】我看至於這些細小問題，各位就不要**爭長論短**了。
【義近】爭長競短／錙銖必較／爭個高低。
【義反】不置可否／不予計較／與人無爭／裝聾作啞。

爭風吃醋 ㄓㄥ ㄈㄥ ㄔ ㄘㄨˋ

【釋義】指因嫉妒而爭執。風：風情，風流。
【出處】吳敬梓・儒林外史四五回：「凌家這兩個婆娘彼此疑惑。……爭風吃醋，打吵起來。」
【用法】指因男女關係而嫉妒、爭吵。
【例句】他這人到處拈花惹草，弄得幾個女孩爲他**爭風吃醋**，他却在旁邊自鳴得意。

爭權奪利 ㄓㄥ ㄑㄩㄢˊ ㄉㄨㄛˊ ㄌㄧˋ

【釋義】爭奪權力和利益。
【用法】用以說明官場上勾心鬥角、爾虞我詐的實質，以及官府的腐敗。
【例句】改朝換代之際，朝臣爲了**爭權奪利**，不惜兵戎相見，使無辜百姓遭受災殃。
【義近】爭權攘利／爭名奪利／爭權逐位。
【義反】清心寡欲／淡然自處。

爬羅剔抉 ㄆㄚˊ ㄌㄨㄛˊ ㄊㄧ ㄐㄩㄝˊ

【釋義】爬：爬梳。羅：搜羅。剔：剔除。抉：選擇。
【出處】韓愈・進學解：「爬羅剔抉，刮垢磨光。蓋有幸而獲選，孰云多而不揚。」
【用法】本指選拔錄取人才，今多比喻搜羅廣博，選擇精純。
【例句】他爲了寫好這部學術論著，在浩如煙海的古籍中，整整**爬羅剔抉**十五年。
【義近】廣搜精選／博采細求／精挑細選／去粗取精／去僞存眞。
【義反】良莠不分／精粗不論／眞僞不辨／魚目混珠。

爲人師表 ㄨㄟˊ ㄖㄣˊ ㄕ ㄅㄧㄠˇ

【釋義】爲：做。師表：值得學習的榜樣。
【出處】張說・洛州張司馬集序：「言爲代之軌物，行爲人之師表。」
【用法】常用以比喻老師或在某些方面爲人作榜樣的人。
【例句】他的行爲如此不檢點，眞是枉費**爲人師表**。
【義近】爲人表率／爲人楷模／忝爲人師。

爲人作嫁 ㄨㄟˋ ㄖㄣˊ ㄗㄨㄛˋ ㄐㄧㄚˋ

【釋義】替他人縫製嫁衣。
【出處】秦韜玉・貧女詩：「苦恨年年壓金線，爲他人作嫁衣裳。」
【用法】形容徒然爲他人辛勞而於己無益。
【例句】他這樣辛辛苦苦**爲人作嫁**了一輩子，結果還是落得衣食無著的可悲下場。
【義近】依人作嫁／火中取栗／爲人抬轎。
【義反】不勞而獲／坐享其成。

爲非作歹 ㄨㄟˊ ㄈㄟ ㄗㄨㄛˋ ㄉㄞˇ

【釋義】爲、作：做。非、歹：

在此均指壞事。
【出處】白樸・牆頭馬上二折：「不是我敢爲非敢作歹，他也有風情有手策。」
【用法】用以指做壞事。
【例句】**爲非作歹**的人終究是逃不過法律的制裁。
【義近】爲所欲爲／無法無天／胡作非爲。
【義反】安分守己／循規蹈矩。

爲所欲爲 ㄨㄟˊ ㄙㄨㄛˇ ㄩˋ ㄨㄟˊ

【釋義】做自己所想做的。爲：做。
【出處】司馬光・資治通鑑卷一：「以子之才，臣事趙孟，必得近幸。子乃爲所欲爲，顧不易邪？」
【用法】多指專橫跋扈，想做什麼就做什麼，毫無顧忌。
【例句】你以爲你有靠山，就能夠**爲所欲爲**，目中無人了。
【義近】隨心所欲／肆無忌憚／無所顧忌。
【義反】謹言慎行／照章行事／規行矩步。

爲虎作倀 ㄨㄟˋ ㄏㄨˇ ㄗㄨㄛˋ ㄔㄤ

【釋義】倀：人被虎咬死後的鬼魂，專替老虎引誘別人來讓老虎吃。
【出處】太平廣記馬拯：「倀鬼，被虎所食之人，爲虎前呵耳。」
【用法】比喻充當惡人的幫凶。
【例句】你已經是年近花甲快退休的人了，爲何不行善積德，還要**爲虎作倀**，幫經理整人呢？
【義近】爲虎添翼／助紂爲虐。
【義反】義不帝秦／鋤強扶弱。

爲虎添翼 ㄨㄟˋ ㄏㄨˇ ㄊㄧㄢ ㄧˋ

【釋義】替老虎加上翅膀。添：增加，加上。一作「爲虎傅翼」。傅：添加。
【出處】韓非子・難勢：「故周書曰：『毋爲虎傅翼，將飛入邑，擇人而食之。』」
【用法】比喻幫助惡人，增加惡人的勢力。
【例句】那批軍械彈藥竟流到了俄共手中，豈不是**爲虎添翼**嗎？
【義近】與虎添翼／爲虎作倀。
【義反】義不帝秦／鋤強扶弱。

爲淵敺魚 ㄨㄟˋ ㄩㄢ ㄑㄩ ㄩˊ

【釋義】替深水坑趕來了魚羣。淵：深水。敺：同「驅」。
【出處】孟子・離婁上：「故，爲淵敺魚者，獺也；爲叢敺爵（雀）者，鸇也；爲湯武敺民者，桀與紂也。」
【用法】比喻暴政驅民，使民外逃。今也比喻執行錯誤的政策，使人才外流。
【例句】東歐一些國家輕視人才，連大學教授也難餬口，結果**爲淵敺魚**，許多有眞才實學的人都紛紛奔向美、英、法等國。
【義近】爲叢驅雀。
【義反】近悅遠來。

爲富不仁 ㄨㄟˊ ㄈㄨˋ ㄅㄨˋ ㄖㄣˊ

【釋義】全力於致富，却對別人不安好心。不仁：不仁慈；心腸壞。
【出處】孟子・滕文公上：「陽虎曰：『爲富不仁矣，爲仁不富矣。』」
【用法】常用以指斥有錢人爲了蓄積財富而不施仁德。
【例句】像他這種**爲富不仁**的傢伙，只希望老天有眼，讓他不得好死！
【義近】見利忘義／視錢如命／錙銖必較。
【義反】爲仁不富／見利思義／樂善好施。

爲善最樂 ㄨㄟˊ ㄕㄢˋ ㄗㄨㄟˋ ㄌㄜˋ

【釋義】爲善：行善，做好事。
【出處】後漢書・東平憲王蒼傳：「日者問東平王，處家何等最樂？王言爲善最樂。」
【用法】說明行善是人生最快樂

的事。常用以勉人爲善。

【例句】她深信**爲善最樂**，有錢便捐出來做好事，所以她身心愉快，快九十歲了，仍很健康。

【義近】樂善好施／助人爲樂。

爻部

爽心悅目（ㄕㄨㄤˇ ㄒㄧㄣ ㄩㄝˋ ㄇㄨˋ）

【釋義】爽心：心情舒暢。悅目：看了使人喜歡。

【用法】形容人看到眼前的優美景物，心情感到非常的舒暢、愉快。

【例句】大自然的容顏永遠是最**爽心悅目**的景色，所以我們要好好保護它。

【義近】賞心悅目／爽心豁目。

【義反】怵目驚心／令人掃興。

爽然若失（ㄕㄨㄤˇ ㄖㄢˊ ㄖㄨㄛˋ ㄕ）

【釋義】爽然：默然，失意的樣子。

【出處】司馬遷・史記・屈原賈生傳：「讀服鳥賦，同死生，輕去就，又爽然自失矣。」

【用法】形容人神態恍忽、悵然若失的情狀。

【例句】他與太太離婚後，心情一直不佳，今日忽見她與另一男子挽手同行，更覺**爽然若失**。

【義近】悵然若失／默然自失／如有所失／孤危託落。

【義反】志得意滿／心滿意足。

爾虞我詐（ㄦˇ ㄩˊ ㄨㄛˇ ㄓㄚˋ）

【釋義】爾：你。虞、詐：欺騙。

【出處】左傳・宣公一五年：「宋及楚平，華元爲質，盟曰：『我無爾詐，爾無我虞。』」

【用法】形容互不信任，彼此欺騙。

【例句】他們內部也都明爭暗鬥，**爾虞我詐**，互相傾軋，怎能經營好公司呢？

【義近】鉤心鬥角／互相算計／色藏禍心。

【義反】推心置腹／開誠布公。

片部

片甲不回（ㄆㄧㄢˋ ㄐㄧㄚˇ ㄅㄨˋ ㄏㄨㄟˊ）

【釋義】甲：鎧甲，古時軍人打仗時穿的護身衣服，此處用以指士兵。

【出處】三國志平話卷中：「張飛笑曰：『吾用一計，使曹公片甲不回。』」

【用法】形容慘遭失敗。

【例句】我軍已有萬全的準備，不怕敵人來襲，如果敵軍來犯，必能殺他個**片甲不回**。

【義近】片甲不留／丟盔卸甲／棄甲曳兵。

【義反】全身而退／未折一矢。

片言折獄（ㄆㄧㄢˋ ㄧㄢˊ ㄓㄜˊ ㄩˋ）

【釋義】幾句話就決斷一個案件。片言：半句話，極言其少。折：斷。獄：訴訟案件。

【出處】論語・顏淵：「子曰：『片言可以折獄者，其由也與？』」

【用法】今多指用簡要的話就能判斷是非曲直，也用以比喻法官精明能幹。

【例句】他話雖然不多，但只要一開口便能**片言折獄**，使人信服。

【義近】聽訟神明。

片言隻字（ㄆㄧㄢˋ ㄧㄢˊ ㄓ ㄗˋ）

【釋義】很少的幾句話，幾個字。片言：半言。隻字：一個字。均極言其少。

【出處】陸機・謝平原內史表：「片言隻字，不關其間；事蹤筆跡，皆可推校。」

【用法】指語言文字數量極少，也指零散的語言文字資料。

【例句】好久沒收到她的**片言隻字**了，也不知她現在生活得好不好？

【義近】隻字片語／三言兩語。

【義反】長篇大論／洋洋萬言。

牛部

牛不喝水強按頭（ㄋㄧㄡˊ ㄅㄨˋ ㄏㄜ ㄕㄨㄟˇ ㄑㄧㄤˇ ㄢˋ ㄊㄡˊ）

【釋義】牛不想喝水却要強按其頭於水中。

【出處】曹雪芹・紅樓夢四六回：「鴛鴦道：『家生女兒怎麼樣？牛不喝水強按頭嗎？我不願意，難道殺我老子娘不成？』」

【用法】用以比喻強迫人行事。

【例句】婚姻大事要出於自願，她既然不樂意就算，怎麼能**牛不喝水強按頭**，逼她同意呢？

【義近】生拉活扯／趕鴨子上架。

【義反】自覺自願／心甘情願／兩廂情願。

牛鬼蛇神（ㄋㄧㄡˊ ㄍㄨㄟˇ ㄕㄜˊ ㄕㄣˊ）

【釋義】即妖魔鬼怪。牛鬼：佛教傳說中的牛頭鬼。蛇神：蛇精，蛇身神。

【出處】杜牧・李賀歌詩集序：「鯨呿鼇擲，牛鬼蛇神，不足爲其虛荒幻誕也。」

【用法】比喻各種醜物或各種壞人。

【例句】這一區的治安很不好，到了半夜，什麼**牛鬼蛇神**都會出現，你最好小心一點。

【義近】牛頭馬面／魑魅魍魎／妖魔鬼怪。

【義反】麒麟鳳凰／神龜祥龍／神兵天將。

牛溲馬勃（ㄋㄧㄡˊ ㄙㄡ ㄇㄚˇ ㄅㄛˊ）

【釋義】牛溲：牛尿，一說車前草，可治水腫。馬勃：即馬屁勃，一種菌類植物，可作爲止血藥。二者皆爲極普通的中藥。

【出處】韓愈・進學解：「牛溲馬勃，敗鼓之皮，俱收並蓄，待用無遺者，醫師之良也。」

【用法】比喻極微賤而有用的東西。

【例句】中醫藥材可入藥者多，如**牛溲馬勃**，敗鼓之皮等，俱收並蓄，皆可入藥，以之治病。

【義近】敗鼓之皮／竹頭木屑／米麩糟糠。

【義反】玉札丹砂／赤箭青芝／金精玉液。

牛鼎烹雞（ㄋㄧㄡˊ ㄉㄧㄥˇ ㄆㄥ ㄐㄧ）

【釋義】用很大的鼎烹煮雞。牛鼎：體大可容牛之鼎。

【出處】後漢書・邊讓傳：「傳曰：函牛之鼎以烹雞，多汁則淡而不可食，少汁則熬而不可熟。」

【用法】比喻大材小用。

【例句】一位美國名校的博士，却在餐廳洗盤子，眞是**牛鼎**

烹雞，枉費了他的才學。

【義近】牛刀割雞／大材小用。

牛頭不對馬嘴

【釋義】意謂牛頭與馬頭、牛嘴與馬嘴不合，對不上。

【出處】李寶嘉・官場現形記一六回：「只要人家拿了他一派臭恭維，就是牛頭不對馬嘴，他亦快樂。」

【用法】比喻所答非所問；或說明兩件事情不相符合，根本不能湊在一起。

【例句】我問你昨晚沒有回來是去哪裏，你却說今晚你一定在家，眞是**牛頭不對馬嘴**。

【義近】答非所問。

牛頭馬面

【釋義】佛教用語，指陰間裏的凶惡鬼卒。

【出處】楞嚴經卷八：「牛頭獄卒，馬頭羅剎，手執槍稍，驅入城門。」

【用法】比喻各種凶惡的人。

【例句】他這人交遊廣闊，白道黑道上的朋友眾多，什麼**牛頭馬面**的人都見過了，那會在乎你這小角色。

【義近】牛鬼蛇神／牛頭阿旁／凶神惡鬼／陰司鬼卒。

牛驥同皁

【釋義】牛和良馬同槽。驥：駿馬，千里馬。皁：通「槽」，牛馬食槽。

【出處】鄒陽・獄中上梁王書：「使不羈之士與牛驥同皁，此鮑焦所以忿於世而不留富貴之樂也。」

【用法】比喻賢愚不分，讓賢愚同處，給以同等待遇。

【例句】經理這樣的人事安排，**牛驥同皁**，令眞正有才幹的人心生不滿而紛紛求去。

【義近】牛驥共牢／龍蛇雜處／賢愚同堂／優劣不分／雞棲鳳凰食。

【義反】涇渭分明／優勝劣汰／賢愚有別／良莠分處。

牝雞司晨

【釋義】母雞代替雄雞啼明。牝：禽獸的雌性。

【出處】尚書・牧誓：「牝雞無晨，牝晨之晨，惟家之索。」—新唐書・長孫皇后傳：「牝雞司晨，家之窮也，可乎？」

【用法】指女性掌權，也比喻越職行事。

【例句】滿清末年，慈禧太后獨攬大權，**牝雞司晨**，顚倒朝政。

【義近】牝雞牡鳴／陰陽顚倒／混淆綱常／越俎代庖。

【義反】牝雞無晨。

牢不可破

【釋義】牢固得不可能破壞。

【出處】韓愈・平淮西碑：「大官臆決唱聲，萬口和附，幷為一談，牢不可破。」

【用法】引申為成見太深，很難改變。或形容積習難改。

【例句】儒家思想在中國文人心中的地位**牢不可破**。

【義近】根深蒂固／堅如磐石。

【義反】不攻自破／不堪一擊。

物以稀為貴

【釋義】稀：少，罕見。貴：珍貴，貴重。

【出處】白居易・小歲日喜談氏外孫女孩滿月詩：「物以稀為貴，情因老更慈。」

【用法】用以說明物因為稀少而顯得特別珍貴。

【例句】**物以稀為貴**，藝術作品以其創作的唯一性，才值得珍貴。

物以類聚

【釋義】同類的東西聚在一起。常與「人以羣分」連用。

【出處】周易・繫辭上：「方以類聚，物以羣分，吉凶生矣。」普濟・五燈會元三：「活捉生擒，捷書露布；如藤倚樹，物以類聚。」

【用法】形容人志氣相同或臭味相投，而各自聚集在一起。

【例句】這幾個亡命之徒天天在一起鬼混，做不了幾件好事，眞是**物以類聚**，人以羣分啊。

【義近】物從其類／草木儔生，禽獸羣焉／人以羣分。

物阜民康（ㄨˋ ㄈㄨˋ ㄇㄧㄣˊ ㄎㄤ）

【釋義】物阜：物產豐足。阜：豐。民康：人民康樂。

【出處】羅貫中・三國演義四四回：「因恩化及乎四海兮，嘉物阜而民康。」

【用法】用以頌揚政治清平，社會富有，人民安居樂業。

【例句】臺灣地區經過幾十年的辛勤建設，現在可算是**物阜民康**了。

【義近】國富民強／人給家足／國泰民安。

【義反】民窮財盡／民生凋敝。

物是人非（ㄨˋ ㄕˋ ㄖㄣˊ ㄈㄟ）

【釋義】是：此，這樣。非：不，指發生了變化。

【出處】曹丕・與吳質書：「節同時異，物是人非，我勞如何！」

【用法】用以說明景物依舊，而人事已非。

【例句】回到闊別了四十多年的故鄉，撫今追昔，不免有**物是人非**的悵歎。

【義近】人面不知何處去，桃花依舊笑春風。

【義反】依然如故／一成不變。

物換星移（ㄨˋ ㄏㄨㄢˋ ㄒㄧㄥ ㄧˊ）

【釋義】物換：指景物隨四季而改變。星移：星辰變換位置，指時間的變化。

【出處】王勃・滕王閣詩：「閒雲潭影日悠悠，物換星移幾度秋。」

【用法】用以說明時序變遷，景物變更。

【例句】離開臺北十多年了，這次回來到處走走，深感**物換星移**，景象全然不同了。

【義近】時移世易／星移斗轉／春秋代序。

【義反】依然如故／一成不變／一切如常／亙古不移。

物極必反（ㄨˋ ㄐㄧˊ ㄅㄧˋ ㄈㄢˇ）

【釋義】極：極限，頂點。反：走向反面。

【出處】呂氏春秋・博志：「全則必缺，極則必反。」近思錄卷一：「陽已復生，物極必返（反）。」

【用法】說明事物發展到極點，就會往相反的方面轉化。

【例句】對待小孩子不要太嚴苛，以免**物極必反**，而收到反效果。

物傷其類（ㄨˋ ㄕㄤ ㄑㄧˊ ㄌㄟˋ）

【釋義】見到同類死亡，聯想到自己將來的下場而感到悲傷。物：動物。傷：悲傷，感傷。

【出處】馮夢龍・警世通言卷四十：「兔死狐悲，物傷其類。」

【用法】比喻見到情況與自己相似的遭遇而感傷。（今多用於貶義）

【例句】那幾個不良少年，看到同夥的悲慘下場，不免**物傷其類**，欲洗心革面，重新做人。

【義近】兔死狐悲／芝焚蕙歎。

【義反】幸災樂禍／落井下石。

物腐蟲生（ㄨˋ ㄈㄨˇ ㄔㄨㄥˊ ㄕㄥ）

【釋義】物必先腐爛才會生蟲。

【出處】荀子・勸學：「肉腐生蟲，魚枯生蠹，怠慢忘身，禍災乃作。」蘇軾・范增論

：「物必先腐也，而後蟲生之。」

【用法】比喻禍患之來必有其內因。

【例句】**物腐蟲生**，若不是你長年在外面風流，你的老婆怎會和人私奔呢？

【義近】亂自己始／禍由己出／魚枯生蠹。

物盡其用 ㄨˋ ㄐㄧㄣˋ ㄑㄧˊ ㄩㄥˋ

【釋義】各種東西凡有可用之處，都要盡量利用。盡：全，充分發揮利用。用：用處。

【出處】孫中山・上李鴻章書：「所謂物盡其用者，在窮理日精，機器日巧，不作無益以害有益也。」

【用法】用以說明要充分利用物資，一點也不浪費。

【例句】現在的工廠大多採用先進技術實行綜合利用，務必做到**物盡其用**，節省資源。

【義近】人盡其才／地盡其利／變廢爲寶。

【義反】暴殄天物／肆意浪費／視寶爲廢。

物歸原主 ㄨˋ ㄍㄨㄟ ㄩㄢˊ ㄓㄨˇ

【釋義】歸：還。一作「物還原主」。

【出處】凌濛初・拍案驚奇卷三五：「物歸原主，豈非天意。……原來不是他的東西，只當此替你家看守罷了。」

【用法】指把東西歸還給原來的主人。

【例句】這件珠寶本來就是你的，現在回到你手裏，也算是**物歸原主**了。

【義近】完璧歸趙。

物離鄉貴 ㄨˋ ㄌㄧˊ ㄒㄧㄤ ㄍㄨㄟˋ

【釋義】鄉：指物品的出產地。

【出處】王惲・番禺杖詩：「物眇離鄉貴，材稀審實訛。」

【用法】說明物品離開產地越遠，價格就越貴。

【例句】**物離鄉貴**，這話眞不假，貴州的茅臺酒到了臺灣，其價格竟比出產地高出好幾倍！

特立獨行 ㄊㄜˋ ㄌㄧˋ ㄉㄨˊ ㄒㄧㄥˊ

【釋義】特別的立身原則，獨到的行爲方式。

【出處】禮記・儒行：「儒有澡身而浴德，……其特立獨行有如此者。」

【用法】形容行爲獨特，不苟且隨俗。

【例句】在亂世中，有一些**特立獨行**的人寧願隱居也不願出仕隨波逐流。

【義近】超塵拔俗／卓爾不羣／卓犖不羈。

【義反】和光同塵／委蛇隨眾／隨波逐流。

牽一髮動全身 ㄑㄧㄢ ㄧ ㄈㄚˇ ㄉㄨㄥˋ ㄑㄩㄢˊ ㄕㄣ

【釋義】只動一根頭髮卻牽動了全身。

【出處】龔自珍・自春徂秋……得十五首之一：「黔首本骨肉，天地本比鄰。一髮不可牽，牽之動全身。」

【用法】用以說明局部與整體的關係，所觸及的雖只是局部，卻會影響到整體。

【例句】這件事非同小可，**牽一髮動全身**，你們不要太大意了。

【義近】一著錯滿盤輸／一著下錯，全盤皆輸。

牽強附會 ㄑㄧㄢ ㄑㄧㄤˇ ㄈㄨˋ ㄏㄨㄟˋ

【釋義】牽強：把沒有關係的事物勉強扯到一起。附會：把不相關的事物硬聯繫起來。

【出處】鄭樵・通志・總序：「董仲舒以陰陽之學，倡爲此說，本於春秋，牽合附會。」

【用法】指勉強把不相關的事物扯到一起。

【例句】你所說的這個理由，也未免太**牽強附會**了吧？

【義近】穿鑿附會／郢書燕說／生拉活扯。

【義反】理所當然／順理成章／合情合理。

牽腸掛肚

【釋義】牽、掛：牽掛，掛念。
【出處】鄭廷玉・冤家債主四折：「張善友牽腸掛肚，怎下的眼睜睜生死別路。」
【用法】形容十分惦念，放不下心。
【例句】我女兒隻身在異國謀生，你教我怎能不**牽腸掛肚**呢？
【義近】牽腸割肚／牽心掛肚。
【義反】無牽無掛／一刀兩斷。

犂庭掃閭

【釋義】除掉庭院，掃蕩鄉里。閭：鄉里。一作「犂庭掃穴」。
【出處】漢書・匈奴傳：「近不過旬月之役，遠不離二時之勞，固已犂其庭，掃其閭，郡縣而置之。」
【用法】比喻徹底加以消滅。
【例句】治安單位大規模掃毒，以**犂庭掃閭**之勢，將毒販的巢穴徹底鏟除。
【義近】斬草除根／斬盡殺絕。
【義反】坐視壯大／養癰遺患。

犖犖大端

【釋義】犖犖：明顯，顯著。端：項目，方面，部分。又作「犖犖大者」。
【出處】司馬遷・史記・天官書：「此其犖犖大者，若至委曲小變，不可勝道。」
【用法】用以指在眾多的事件或內容中，那些明顯的事項或要點。
【例句】今年的建設項目甚多，其**犖犖大端**者就有十來個。
【義近】犖犖諸端／卓然昭著。
【義反】細微末節／微不足道。

犬部

犬牙交錯

【釋義】像狗牙一樣上下錯落不齊。錯：交雜，交叉。一作「犬牙相制」。
【出處】司馬遷・史記・孝文帝本紀：「高帝封王子弟，地犬牙相制。」漢書・中山靖王勝傳：「先帝所以廣封連城，犬牙交錯者。」
【用法】形容地界交錯，形勢如犬牙；也比喻錯綜複雜的勢力、局勢。
【例句】國與國之間的疆界，都是**犬牙交錯**的形勢，決不可能像刀切般的筆直。
【義近】犬牙相制／犬牙錯立／參差不齊／錯落不齊。
【義反】整整齊齊／整齊畫一／一綫筆直／齊如刀切。

犬馬之疾

【釋義】犬馬：古時臣子對君上的自卑之稱，今用作謙稱。疾：病。
【出處】孔叢子・論勢：「臣有犬馬之疾，不任國事。」
【用法】謙稱自己的疾病。
【例句】我最近身體狀況欠佳，常有**犬馬之疾**，只好請假在家療養。
【義近】區區小病。

犬馬之勞

【釋義】古時臣子對君主效勞，常自比爲奔走的犬馬，以表示忠誠。
【出處】羅貫中・三國演義二一回：「公既奉詔討賊，備敢不效犬馬之勞。」
【用法】表示心甘情願受人驅使，爲人效勞。
【例句】您對我的賞識提拔我沒齒難忘，願盡**犬馬之勞**以報答您。

【義近】任憑驅遣／樂意效勞／竭誠奔走／做牛做馬。

【義反】不受差遣／不聽使喚／不甘驅使。

犯上作亂（ㄈㄢˋ ㄕㄤˋ ㄗㄨㄛˋ ㄌㄨㄢˋ）

【釋義】犯上：冒犯尊長或上級。

【出處】論語・學而：「有子曰：『其為人也孝悌，而好犯上者鮮矣；不好犯上，而好作亂者，未之有也。』」

【用法】指冒犯君上尊長，做叛逆之事。

【例句】無論是古代還是現在，一個奉公守法的人，是決不會做出**犯上作亂**的事情。

【義近】違法亂紀。

【義反】奉公守法／克盡臣道／忠貞不二。

犯而不校（ㄈㄢˋ ㄦˊ ㄅㄨˋ ㄐㄧㄠˋ）

【釋義】犯：冒犯，侵犯。校：計較。

【出處】論語・泰伯：「以能問於不能，以多問於寡；有若無，實若虛，犯而不校。」

【用法】形容人能克制，別人冒犯了也不計較。

【例句】修養達虛懷若谷，**犯而不校**之境地，可謂君子矣。

【義近】逆來順受／唾面自乾。

【義反】以眼還眼／以牙還牙／針鋒相對。

犯顏極諫（ㄈㄢˋ ㄧㄢˊ ㄐㄧˊ ㄐㄧㄢˋ）

【釋義】犯顏：冒犯尊長的威嚴。極諫：強諫，盡力而諫。

【出處】韓非子・外儲左下：「桓公問置吏於管仲，曰：『犯顏極諫，臣不如東郭牙，請立以為諫臣。』」

【用法】用以表示忠心耿耿，不惜冒犯尊長，強行諫諍。

【例句】作為國家的公職人員，對於上司的錯誤，就是要敢於**犯顏極諫**。

【義近】忠言直諫。

【義反】微言幾諫。

狂犬吠日（ㄎㄨㄤˊ ㄑㄩㄢˇ ㄈㄟˋ ㄖˋ）

【釋義】瘋狗對著太陽汪汪叫。狂犬：瘋狗。吠：狗叫。

【用法】比喻壞人不自量力地叫囂。（含有蔑視的意味）

【例句】這幾個傢伙眞不知天高地厚，竟然要推翻政府，眞是**狂犬吠日**。

【義近】蚍蜉撼樹。

【義反】自知之明。

狂妄自大（ㄎㄨㄤˊ ㄨㄤˋ ㄗˋ ㄉㄚˋ）

【釋義】狂妄：放肆妄為。自大：自以為非常了不起。

【出處】後漢書・馬援傳：「子陰井底蛙耳，而妄自尊大。」舊唐書・皇甫鎛傳：「何狂妄之甚也！」

【用法】形容極端自高自大。

【例句】那些人的**狂妄自大**，只能說明他們的無知淺薄，決不意味著他們眞的有什麼本領或才能。

【義近】妄自尊大／夜郎自大／目空一切。

【義反】謙卑自牧／謙虛謹慎／虛懷若谷。

狗仗人勢（ㄍㄡˇ ㄓㄤˋ ㄖㄣˊ ㄕˋ）

【釋義】仗：依仗。勢：權勢，威勢。

【出處】曹雪芹・紅樓夢七四回：「你就狗仗人勢，天天作耗，在我們跟前逞臉。」

【用法】用以比喻一個人依仗別人的勢力而欺侮人。

【例句】他的舅舅是縣議員，以致他在鄉里間**狗仗人勢**橫行無忌，而無人敢阻攔。

【義近】狐假虎威／仗勢欺人。

狗血噴頭（ㄍㄡˇ ㄒㄧㄝˇ ㄆㄣ ㄊㄡˊ）

【釋義】意謂有如狗血噴灑在頭上，令人難堪。一作「狗血淋頭」。

【出處】吳敬梓・儒林外史三回：「范進因沒有盤費，走去同丈人商議，被胡屠戶一口啐在臉上罵了一個狗血噴頭。」

【用法】比喻被人粗語痛罵。

【例句】他才一進門，就被太太罵得**狗血噴頭**，原來是因爲他一夜沒回家。

【義近】淋漓痛罵／臭罵一頓／咒天罵地。

狗吠非主

【釋義】吠：狗叫。主：主人。

【出處】戰國策・齊策六：「跖之狗吠堯，非貴跖而賤堯也，狗固吠非其主也。」

【用法】原比喻人臣各忠於其主，今也用以比喻下屬忠於其長上。

【例句】你傷害了他的直屬長官，他當然要這樣無禮地對待你，**狗吠非主**嘛，這個道理難道你還不懂？

【義近】各爲其主／各忠其主／桀犬吠堯／跖狗吠堯。

狗尾續貂

【釋義】指貂皮不夠用時，用狗尾巴來補充。續：連接，補充。貂：一種毛皮珍貴的鼠類動物。

【出處】晉書・趙王倫傳：「貂不足，狗尾續。」孫光憲・北夢瑣言一八：「亂離以來，官爵過濫，封王作輔，狗尾續貂之嫌。」

【用法】比喻拿不好的東西補接在好的東西後面，前後兩部分非常不相稱。

【例句】你的文章寫得這麼好，我可不敢**狗尾續貂**替你續寫。

【義近】濫竽充數。

狗急跳牆

【釋義】狗在逼急了時會跳牆亂闖亂竄。

【出處】敦煌變文集・燕子賦：「人急燒香，狗急驀（跳）牆。」

【用法】比喻人在走投無路時，不顧一切地蠻幹搗亂。

【例句】你們不要把他逼上了絕路，以免**狗急跳牆**，造成更大的危害。

【義近】人急造反／窮鼠嚙狸／急不暇擇。

【義反】束手待斃／俯首就擒。

狗咬呂洞賓

【釋義】意謂狗咬好人。呂洞賓：傳說中人物。相傳爲唐代京兆人，名巖。元明以來稱爲八仙之一。

【出處】曹雪芹・紅樓夢二五回：「彩霞咬著牙，向他頭上戳了一指頭，道：『沒良心的，狗咬呂洞賓，不識好歹。』」

【用法】指人不知好歹。多與「不識好人心」連用。

【例句】你這傢伙眞是**狗咬呂洞賓**，我是在極力爲你求情，你反說我是落井下石。

【義近】不識好人心／善惡莫辨／不明是非／不知好歹。

【義反】善惡分明。

狗彘不若

【釋義】意即豬狗不如。彘：豬。不若：不如。

【出處】荀子・榮辱：「人也，憂忘其身，內忘其親，上忘其君，則是人也，而曾狗彘之不若也。」

【用法】比喻一個人的品行惡劣到了極點，連豬狗都不如。

【例句】他爲了早點得到遺產，竟想方設法氣死他父親，眞是**狗彘不若**的東西！

【義近】豬狗不如／形同狗彘／禽獸不如。

狗豬不食其餘

【釋義】不食其餘：不吃他所剩的東西。

【出處】漢書・元后傳：「受人孤寄，乘便利時，奪取其國，不復顧恩義。人如此者，狗豬不食其餘。」

【用法】用以比喻其人極端可鄙，連豬狗也不肯吃他吃剩的東西。

【例句】他是個**狗豬不食其餘**的東西，為了賭博把一家老小都害死了，至今卻仍執迷不悟。

【義近】狗彘不若／豬狗不如。

狗頭軍師（ㄍㄡˇ ㄊㄡˊ ㄐㄩㄣ ㄕ）

【釋義】狗頭：罵人語，不像人樣之意。軍師：官名，為軍中節量事宜、訂定策略之參謀員。

【出處】焦延壽・易林：「王喬無病，狗頭不痛。」後漢書・岑彭傳：「乃貰（韓）歆，以為鄧禹軍師。」

【用法】用以稱好為謀略、愛獻小計的人。貶義。

【例句】這個**狗頭軍師**出的點子，永遠是成事不足敗事有餘，採納不得。

【義反】諸葛再生。

狗嘴吐不出象牙（ㄍㄡˇ ㄗㄨㄟˇ ㄊㄨˇ ㄅㄨˋ ㄔㄨ ㄒㄧㄤˋ ㄧㄚˊ）

【釋義】狗嘴：罵人語，意為嘴巴不乾淨。象牙：比喻優美的言語。

【出處】魏秀仁・花月痕一七回：「采秋道：『呸！狗口無象牙，你不怕穢了口！』」

【用法】用以指責人說不出好話來。

【例句】不要把他的話放在心上，他這人就是**狗嘴吐不出象牙**。

狐死首丘（ㄏㄨˊ ㄙˇ ㄕㄡˇ ㄑㄧㄡ）

【釋義】狐狸將死，頭朝向牠出生的山丘。首：作動詞，頭枕著。

【出處】禮記・檀弓上：「古之人有言曰：『狐死，正丘首，仁也。』」屈原・九章・哀郢：「鳥飛反故鄉兮，狐死必首丘。」

【用法】比喻不忘本，也比喻對故鄉的思念。

【例句】**狐死首丘**，儘管我在國外定居了幾十年，我仍想回故鄉渡過我的晚年。

【義近】胡馬依北風／越鳥巢南枝／落葉歸根。

【義反】四海為家／處處黃土可埋人。

狐朋狗友（ㄏㄨˊ ㄆㄥˊ ㄍㄡˇ ㄧㄡˇ）

【釋義】狐、狗：比喻不三不四的人。

【出處】曹雪芹・紅樓夢十回：「聽見有人欺負了他的兄弟，又是惱，又是氣，惱的是那狐朋狗友，搬弄是非。」

【用法】用以稱不正經的朋友。

【例句】這少年整天不務正業，和一些**狐朋狗友**鬼混，父母也不管，真令人擔心。

【義近】一丘之貉／狐羣狗黨／難兄難弟／酒肉朋友。

【義反】患難之交／刎頸之交／良朋益友／莫逆之交。

狐假虎威（ㄏㄨˊ ㄐㄧㄚˇ ㄏㄨˇ ㄨㄟ）

【釋義】狐狸藉助老虎的威力。假：藉，憑藉。

【出處】戰國策・楚策一載：老虎與狐狸偕行，「獸見之皆走。虎不知獸之畏己而走也，以為畏狐也。」

【用法】比喻假藉在上有權者的威勢以恐嚇、欺壓他人。

【例句】他沒任何本事，只因為父親是縣長，便**狐假虎威**，在這一帶為非作歹。

【義近】狗仗人勢／仗勢欺人／狐假鴟張／假虎張威。

狐羣狗黨（ㄏㄨˊ ㄑㄩㄣˊ ㄍㄡˇ ㄉㄤˇ）

【釋義】狐、狗：比喻無賴為惡之徒。

【出處】姚子翼・上林春傳奇一四：「不如聽我老人家的說話，自今已後，把那些狐羣狗黨別，……。」

【用法】指一夥結黨作惡的無賴

惡棍，也用以稱不正經的朋友。

【例句】只要你不再和那些**狐羣狗黨**攪在一起，你要什麼，我們都可以答應你。

【義近】狐朋狗黨／狐朋狗友／爲非之徒／無賴之輩。

【義反】志士仁人／有志之士／正人君子／守法良民。

狡兔三窟 ㄐㄧㄠˇ ㄊㄨˋ ㄙㄢ ㄎㄨ

【釋義】狡猾的兔子準備好幾個藏身的窩。窟：窩，洞穴。

【出處】戰國策・齊策四：「狡兔有三窟，僅得免其死耳。今君有一窟，未得高枕而臥也；請爲君復鑿二窟。」

【用法】比喻隱藏的地方多，便於逃避災禍。也比喻人刁滑，詭計多端。

【例句】①**狡兔三窟**原是馮諼爲孟嘗君所設計的策謀。②這幫傢伙**狡兔三窟**很難對付，他們的鬼點子多，藏身的地方也不少。

【義近】狡兔三穴／詭計多端。

【義反】走投無路。

狼子野心 ㄌㄤˊ ㄗˇ ㄧㄝˇ ㄒㄧㄣ

【釋義】狼子：狼崽子、幼狼。野心：野獸凶殘的本性。

【出處】左傳・宣公四年：「諺曰：『狼子野心。』是乃狼也，其可畜乎？」

【用法】原指凶殘者本性難改。今用以比喻貪暴之人有險惡之心。

【例句】這傢伙的**狼子野心**已暴露無遺，是採取行動的時候了。

【義近】豺狼獸心／狼心狗肺／蛇蠍心腸。

【義反】菩薩心腸／心性寬厚／仁愛慈祥。

狼心狗肺 ㄌㄤˊ ㄒㄧㄣ ㄍㄡˇ ㄈㄟˋ

【釋義】像狼、狗畜牲一樣的凶惡心腸。

【出處】馮夢龍・醒世恆言・李公窮邸遇俠客：「那知道這賊子，恁般狼心狗肺，負義忘恩。」

【用法】形容人凶狠惡毒，行事殘暴。

【例句】這種**狼心狗肺**的東西，還有什麼可留戀的，早就該和他一刀兩斷了！

【義近】狼心狗行／狼子野心／蛇蠍心腸。

【義反】心慈面軟／心地善良／菩薩心腸。

狼吞虎嚥 ㄌㄤˊ ㄊㄨㄣ ㄏㄨˇ ㄧㄢˋ

【釋義】像狼虎吃東西樣的急吃猛吞。又作「狼餐虎嚥」。

【出處】施耐庵・水滸傳一五回：「阮家三兄弟讓吳用吃好了幾塊，便吃不得了；那三個狼餐虎嚥，吃了一回。」

【用法】比喻大口吞食的貪饞模樣。

【例句】他今天好像從餓牢裏放出來似的，吃起東西來**狼吞虎嚥**。

【義近】大口猛吃／張口大嚼／飢不擇食。

【義反】細嚼慢嚥／小口品嚐／挑食揀食。

狼奔豕突 ㄌㄤˊ ㄅㄣ ㄕˇ ㄊㄨˊ

【釋義】像狼那樣奔跑，像豬那樣衝撞。豕：豬。突：衝撞。

【出處】歸莊・萬古愁：「有幾個狼奔豕突的燕和趙，有幾個狗屠驢販的奴和盜。」

【用法】形容搗亂的人亂衝亂闖，到處騷擾。也比喻逃奔時驚慌的情態。

【例句】這幫強盜見大軍一到，便**狼奔豕突**，頃刻間就逃得無影無蹤。

【義近】抱頭鼠竄／獸奔鳥散／魚潰鳥散。

狼狽不堪 ㄌㄤˊ ㄅㄟˋ ㄅㄨˋ ㄎㄢ

【釋義】狼狽：困苦窘迫的樣子。狽：與狼相似的野獸，前腿短，後腿長。

【出處】李密・陳情表：「臣欲奉詔奔馳，則劉病日篤；欲苟順私情，則告訴不許，臣之進退，實爲狼狽。」
【用法】比喻艱難窘迫、失措爲難的樣子。也形容物體破損得不成樣子。
【例句】最近他家裏不斷出事，而他本人又被炒了魷魚，弄得他精神萎靡，**狼狽不堪**。
【義近】焦頭爛額／跋前躓後／進退維谷／左右兩難。

狼狽爲奸 ㄌㄤˊ ㄅㄟˋ ㄨㄟˊ ㄐㄧㄢ

【釋義】狼狽：傳說狼前腿長，狽前腿短，兩者背負而行，出來傷人。爲奸：作惡。
【出處】段成式・酉陽雜俎・廣動植・毛篇：「或言狼狽是兩物，狽前足絕短，每行，常駕兩狼，失狼則不能動，故世言事乖者稱狼狽。」
【用法】比喻互相勾結，聯合作惡。
【例句】他們倆**狼狽爲奸**，偷走了公司的巨款，潛逃國外，現正在通緝捉拿。
【義近】朋比爲奸／狽因狼突／上下其手。
【義反】君子相友／同善相濟／志同道合。

狹路相逢 ㄒㄧㄚˊ ㄌㄨˋ ㄒㄧㄤ ㄈㄥˊ

【釋義】在狹窄的路上相遇，不容易退避。一作「相逢狹路」、「狹路相遇」。
【出處】玉臺新詠・古樂府詩：「相逢狹路間，道隘不容車。」
【用法】多用以比喻仇人相見，無法避免衝突。
【例句】那兩人是世仇，今天**狹路相逢**，一場爭鬥是免不了了。
【義近】路逢狹道／冤家路窄。
【義反】大路朝天各走半邊／繞道迴避。

猝不及防 ㄘㄨˋ ㄅㄨˋ ㄐㄧˊ ㄈㄤˊ

【釋義】猝：突然，出乎意外。防：防備。
【出處】紀昀・閱微草堂筆記一五：「既不炳燭，又不揚聲，猝不及防，突然相遇。」
【用法】指事情突然發生，來不及防備。
【例句】我們可以給對方一個**猝不及防**的打擊，粉碎他們整垮我們的計畫。
【義近】措手不及／冷不防／迅雷不及掩耳。
【義反】應付裕如／從容應付。

猶豫不決 ㄧㄡˊ ㄩˋ ㄅㄨˋ ㄐㄩㄝˊ

【釋義】猶豫：雙聲字，以聲取義，舊以爲二獸名，非是。意爲遲疑不決。
【出處】屈原・離騷：「心猶豫而狐疑兮，欲自適而不可。」司馬遷・史記・楚世家：「見齊王書，猶豫不決。」
【用法】比喻拿不定主意，無法下決心。
【例句】這個假期，是去美國遊覽呢，還是返大陸探親，他一直**猶豫不決**。
【義近】遲疑不決／狐疑不決／舉棋不定。
【義反】當機立斷／快刀斬亂麻／毅然決然。

獐頭鼠目 ㄓㄤ ㄊㄡˊ ㄕㄨˇ ㄇㄨˋ

【釋義】獐頭：獐子頭小而尖。鼠目：老鼠眼睛圓而小。
【出處】舊唐書・李揆傳：「龍章鳳姿之士不見用，麞（獐）頭鼠目之子乃求官。」
【用法】形容人面目可憎，神情奸邪。
【例句】看他**獐頭鼠目**的樣子，準不是好東西！你可別再和他鬼混了！
【義近】賊眉鼠眼／蛇頭鼠眼／賊頭賊腦。
【義反】龍章鳳姿／相貌堂堂／眉清目秀。

獨一無二（ㄉㄨˊ ㄧ ㄨˊ ㄦˋ）

【釋義】只此一個，並無第二。又作「唯一無二」。
【出處】金瓶梅詞話六二回：「我的家財豪富，清河縣內是獨一無二的。」
【用法】表示這是唯一的。
【例句】萬里長城工程浩大壯觀，歷史悠久，在世界上是**獨一無二**的。
【義近】蓋世無雙／絕無僅有／捨此無它。
【義反】無獨有偶／比比皆是／不知凡幾。

獨夫民賊（ㄉㄨˊ ㄈㄨ ㄇㄧㄣˊ ㄗㄟˊ）

【釋義】獨夫：猶言「一夫」。指眾叛親離的暴君。民賊：殘害民眾的人。賊：害。
【出處】尚書・泰誓下：「獨夫受（商紂名），洪惟作威。」孟子・告子下：「今之所謂良臣，古之所謂民賊。」
【用法】指眾叛親離、殘害民眾的罪魁禍首。
【例句】像袁世凱這樣的**獨夫民賊**，眞是死有餘辜。
【義近】罪魁禍首／元惡大奸。
【義反】民族救星／革命領袖。

獨木不成林（ㄉㄨˊ ㄇㄨˋ ㄅㄨˋ ㄔㄥˊ ㄌㄧㄣˊ）

【釋義】一棵樹成不了森林。木：樹。
【出處】後漢書・崔駰傳：「高樹靡陰，獨木不林。」梁簡文帝・紫騮馬歌：「獨柯不成樹，獨樹不成林。」
【用法】比喻一個人力量有限，辦不成大事。
【例句】**獨木不成林**，這樣的工程，只有大家齊心合力的做，才能早日完成。
【義近】孤掌難鳴／獨木難支／單絲不成線。

獨木難支（ㄉㄨˊ ㄇㄨˋ ㄋㄢˊ ㄓ）

【釋義】不是一根木頭所能支撐得住的。
【出處】王通・文中子・事君：「大廈將顚，非一木所支也。」
【用法】比喻一個人的力量單薄，維持不住全局。
【例句】局勢已發展到這樣的地步，你力量再大，也是**獨木難支**啊！
【義近】獨木難撐大廈／一人難補天／孤掌難鳴。

獨立自主（ㄉㄨˊ ㄌㄧˋ ㄗˋ ㄓㄨˇ）

【釋義】不依外力而自立自主。
【出處】周易・大過：「君子以獨立不懼。」
【用法】指不倚賴他人而自立，自己做自己的主宰。
【例句】一個國家務必要致力於發展經濟，加強國防，做到**獨立自主**。
【義近】自力更生／莊敬自強。
【義反】仰人鼻息／傍人門戶／寄人籬下。

獨出心裁（ㄉㄨˊ ㄔㄨ ㄒㄧㄣ ㄘㄞˊ）

【釋義】獨：單獨。心裁：指個人心中的設計或籌畫。又作「別具心裁」、「自出心裁」。
【出處】李汝珍・鏡花緣八十回：「此格在廣陵十二格之外，却是獨出心裁，日後姐姐會意過來，才知其妙哩。」
【用法】原指詩文的構思有獨到的地方，今指有獨特的見解或想出的辦法與眾不同。
【例句】你說的這個辦法倒是**獨出心裁**，我們不妨試試看。
【義近】別出心裁／別出機杼／獨具匠心。
【義反】亦步亦趨／人云亦云／襲人故技／步人後塵／拾人牙慧。

獨行其是（ㄉㄨˊ ㄒㄧㄥˊ ㄑㄧˊ ㄕˋ）

【釋義】獨自去做自以爲對的事。行：做。是：對的，正確的。

【出處】曾樸・孽海花二七回：「言和是全國臣民所恥；中堂冒不韙而獨行其是。」

【用法】形容人固執己見，不肯聽從別人的忠告。

【例句】他就是如此的**獨行其是**，屢勸不聽，所以沒有人願意和他合作。

【義近】一意孤行／固執己見／自行其是。

【義反】集思廣益／廣聽博採／眾志成城／羣策羣力。

獨步一時 ㄉㄨˊ ㄅㄨˋ ㄧˋ ㄕˊ

【釋義】獨步：獨一無二，一時無兩。又作「獨步當時」。

【出處】愼子・外篇：「先生天下之獨步也。」晉書・陸喜傳：「文藻宏麗，獨步當時；言論慷慨，冠乎終古。」

【用法】形容非常突出，一個時期內沒有能比得上。常用以稱讚傑出的人才。

【例句】學什麼只要能精到，如棋藝、球技等，都可以超羣出眾，**獨步一時**。

【義近】獨步天下／蓋世無雙／雄冠一時／一時無兩。

【義反】比比皆是。

獨具匠心 ㄉㄨˊ ㄐㄩˋ ㄐㄧㄤˋ ㄒㄧㄣ

【釋義】匠心：精巧的心思，精思巧構。

【出處】王士源・孟浩然集序：「文不按古，匠心獨妙。」

【用法】具有獨到靈巧的心思。多指在技術和藝術上有創造性。

【例句】展覽會上，有一種水晶瓶，人物花鳥精細地雕在瓶子內壁，眞是**獨具匠心**。

【義近】別開生面／匠心獨運。

【義反】千篇一律／照貓畫虎／老生常談／依樣畫葫蘆／步人後塵／襲人故智／拾人牙慧。

獨具隻眼 ㄉㄨˊ ㄐㄩˋ ㄓ ㄧㄢˇ

【釋義】意謂具有獨到的眼力。又作「別具隻眼」。

【出處】道源・景德傳燈錄卷八：「許你具一隻眼。」楊萬里・送彭元忠縣丞北歸：「近來別具一隻眼，要踏唐人最上關。」

【用法】用以稱人見識高超。

【例句】張先生對近來時局的分析可謂**獨具隻眼**，發人深省。

【義近】獨具慧眼／見解非凡。

【義反】依樣畫瓢／人云亦云。

獨往獨來 ㄉㄨˊ ㄨㄤˇ ㄉㄨˊ ㄌㄞˊ

【釋義】又作「獨來獨往」，指獨自來往。

【出處】莊子・在宥：「出入六合，游乎九州，獨往獨來，是謂獨有。獨有之人，是謂至貴。」

【用法】形容無拘無束，或全靠自己不仰仗別人。

【例句】她的性格就是喜歡**獨往獨來**，最討厭別人干涉她的自由。

【義反】成羣結隊／相伴而行。

獨善其身 ㄉㄨˊ ㄕㄢˋ ㄑㄧˊ ㄕㄣ

【釋義】獨善：保持個人節操。

【出處】孟子・盡心上：「窮則獨善其身，達則兼善天下。」

【用法】原指自己修身養性，現也指只顧自己不管別人的處世哲學。

【例句】現在的社會日趨複雜，能夠**獨善其身**就不錯了，那能再談兼善天下。

【義近】潔身自好／明哲保身。

【義反】奮不顧身／兼善天下。

獨當一面 ㄉㄨˊ ㄉㄤ ㄧˋ ㄇㄧㄢˋ

【釋義】當：承擔，擔當。一面：一個方面。

【出處】司馬遷・史記・留侯世家：「良進曰：『漢王之將

，獨韓信可屬大事，當一面。』」

【用法】指才力可以擔當一方面的重任。

【例句】他最近兩年在公司邊做邊學，成長許多，現在已經能**獨當一面**了！

【義近】獨負重任／獨當大任。

【義反】才力不稱／無力獨任。

獨樹一幟 ㄉㄨˊ ㄕㄨˋ ㄧˊ ㄓˋ

【釋義】單獨樹一面旗幟。樹：樹立。也作「獨豎一幟」。

【出處】袁枚・隨園詩話：「所以能獨豎一幟者，正爲其不襲盛唐窠臼也。」

【用法】比喻獨闢新路，自成一家。

【例句】這種唱腔與眾不同，在平劇界要算是**獨樹一幟**。

【義近】自樹一幟／獨闢蹊徑／自成一家。

【義反】亦步亦趨／拾人牙慧／襲人故技。

獨斷專行 ㄉㄨˊ ㄉㄨㄢˋ ㄓㄨㄢ ㄒㄧㄥˊ

【釋義】獨斷：一個人作決定。專行：憑個人的意思行事。又作「獨斷獨行。」

【出處】韓非子・孤憤：「今大臣執柄獨斷，而上弗知收，是人主不明也。」

【用法】形容人作風不民主，行事專斷，不考慮別人的意見。

【例句】你這樣**獨斷專行**，弄得大家都不愉快，怎能把工作做好？

【義近】獨行其事／一意孤行／剛愎自用。

【義反】集思廣益／羣策羣力／眾志成城。

獨攬大權 ㄉㄨˊ ㄌㄢˇ ㄉㄚˋ ㄑㄩㄢˊ

【釋義】攬：把持。大權：原指國家統治權，後泛指重大的權力。

【出處】賈誼・新書・大都：「親者或無分地以安天下，疏者或專大權以逼天子。」

【用法】指個人把持處理重大事情的權柄。

【例句】中華民國剛建立不久，袁世凱就乘機**獨攬大權**，一心想要做皇帝。

【義近】一手遮天／一手包辦／太阿在握。

【義反】大權旁落／太阿倒持。

玄部

玄之又玄 ㄒㄩㄢˊ ㄓ ㄧㄡˋ ㄒㄩㄢˊ

【釋義】奧妙而又奧妙，人們難以捉摸。玄：奧妙，微妙。

【出處】老子一章：「玄之又玄，眾妙之門。」

【用法】多用以形容故弄玄虛，不可捉摸的言談、理論。

【例句】他這番高論實在是**玄之又玄**，誰也無法理解，說不定他自己也不完全清楚。

【義近】深奧莫測／玄虛詭譎／神秘高深。

【義反】深入淺出。

率由舊章 ㄕㄨㄞˋ ㄧㄡˊ ㄐㄧㄡˋ ㄓㄤ

【釋義】率由：遵循。舊章：舊有之規章制度。

【出處】詩經・大雅・假樂：「不愆不忘，率由舊章。」

【用法】比喻一切依照舊規，不知變通。
【例句】時代進步、社會發展，一切情況皆不同了，怎能還一味地**率由舊章**呢？
【義近】墨守成規／因循守舊／蹈常襲故。
【義反】棄舊圖新／不主故常／不法常可。

率爾操觚 ㄕㄨㄞˋ ㄦˇ ㄘㄠ ㄍㄨ

【釋義】率爾：輕遽、漫不經心的樣子。操觚：執簡爲文。觚：通「觚」，木簡，古書寫工具。
【出處】陸機・文賦：「或操觚以率爾，或含毫而邈然。」
【用法】比喻人寫作不嚴謹，輕率執筆爲文。
【例句】寫作並非兒戲，豈能**率爾操觚**。
【義近】草率執筆／率爾爲文。
【義反】惜墨如金／精思巧構。

率獸食人 ㄕㄨㄞˋ ㄕㄡˋ ㄕˊ ㄖㄣˊ

【釋義】率領禽獸來吃人。
【出處】孟子・梁惠王上：「庖有肥肉，廄有肥馬，民有飢色，野有餓莩，此率獸而食人也。」
【用法】比喻施行暴政，殘害人民。
【例句】在專制社會裏，當政者拚命榨取人民血汗，以滿足自己的欲望，其所作所爲無異於**率獸食人**。
【義近】苛政猛於虎／荼毒生靈／魚肉百姓。
【義反】施仁政於民／仁民愛物／治國安民／愛民如子／救民水火／雲行雨施。

玉部

玉不琢不成器 ㄩˋ ㄅㄨˋ ㄓㄨㄛˊ ㄅㄨˋ ㄔㄥˊ ㄑㄧˋ

【釋義】玉石不經加工就不能成爲器物。琢：磨。比喻人不經過教育就不能成材。
【出處】禮記・學記：「玉不琢不成器；人不學，不知義。」
【用法】說明人必須經過良好的教育，才能成爲有用之材。常用作勉勵之言。
【例句】**玉不琢不成器**，對學生必須嚴格要求，才能使他們成爲有用之材。
【義近】人不學不知義。

玉石俱焚 ㄩˋ ㄕˊ ㄐㄩˋ ㄈㄣˊ

【釋義】美玉和石頭一起燒毀。俱：都，全。
【出處】尚書・胤征：「欽承天子威命，火炎崑岡，玉石俱焚。」
【用法】常用以比喻善惡、美醜、好壞，一同毀滅。
【例句】請勿頑強抵抗，否則大軍一至，**玉石俱焚**。
【義近】玉石同碎／玉石同沉／蘭艾同焚／同歸於盡。
【義反】存優汰劣／去僞存眞／去粗取精／去惡揚善。

玩火自焚 ㄨㄢˊ ㄏㄨㄛˇ ㄗˋ ㄈㄣˊ

【釋義】放火的人反把自己燒死。玩：玩弄。
【出處】左傳・隱公四年：「夫兵，猶火也，弗戢，將自焚也。」
【用法】比喻人做冒險或害人的事，反使自己受害。
【例句】老兄！色字頭上一把刀，用情不專，可別落到**玩火自焚**啊。
【義近】自取其咎／作繭自縛／自食惡果／作法自斃。

玩世不恭 ㄨㄢˊ ㄕˋ ㄅㄨˋ ㄍㄨㄥ

【釋義】玩世：輕蔑世事。玩：戲弄。不恭：不嚴肅。
【出處】漢書・東方朔傳・贊：「依隱玩世，詭時不逢。」蒲松齡・聊齋志異・顛道人：「為人玩世不恭。」
【用法】形容人不滿世俗禮法，而以戲謔放縱的態度處世。
【例句】把世事看得太透的人，往往容易流於**玩世不恭**，用冷眼旁觀一切。
【義近】遊戲人生／遊戲塵寰／逢場作戲／睥睨人世／戲弄人生。
【義反】一本正經。

玩於股掌之上 ㄨㄢˊ ㄩˊ ㄍㄨˇ ㄓㄤˇ ㄓ ㄕㄤˋ

【釋義】玩：玩弄，玩耍。股掌：大腿和手掌。
【出處】左丘明・國語・吳語：「大夫種勇而善謀，將還玩吾國於股掌之上，以得其志。」
【用法】比喻把握操縱、任意擺布他人。
【例句】這人詭計多端，你最好不要和他合作，否則，他今後會將你**玩於股掌之上**。
【義近】生死予奪。

玩忽職守 ㄨㄢˊ ㄏㄨ ㄓˊ ㄕㄡˇ

【釋義】玩忽：忽視，輕慢、不認真。職守：指職位，工作崗位。
【用法】用以指對本職工作不認真從事，敷衍了事，毫無責任感。
【例句】身為公務人員，應勤勤懇懇工作，決不能**玩忽職守**，尸位素餐。
【義近】怠忽職守／馬虎應付。
【義反】克盡厥職／負責盡職。

玩物喪志 ㄨㄢˊ ㄨˋ ㄙㄤˋ ㄓˋ

【釋義】玩物：賞玩所愛之物。喪志：喪失志氣。
【出處】尚書・旅獒：「玩人喪德，玩物喪志。」
【用法】形容迷戀於所玩賞的事物，而消磨了積極進取的志氣。
【例句】工作之餘，種花養鳥，確實可以怡情養性，但如果一味迷戀，就是**玩物喪志**。
【義近】玩人喪德。

玩歲愒日 ㄨㄢˊ ㄙㄨㄟˋ ㄎㄞˋ ㄖˋ

【釋義】玩：玩弄，輕慢。也寫作「翫」，義同。愒日：曠廢時日。愒：曠廢。亦作「玩歲愒時」。
【出處】左傳・昭公元年：「后子出而告人曰：『趙孟將死矣！主民，翫歲而愒日，其與幾何？』」
【用法】形容人貪圖安逸，虛度歲月。
【例句】年少時**玩歲愒日**，不知及時努力，等年華老去，一事無成，就悔之無及了。
【義近】虛度年華／遊手好閒／居諸坐誤／曠廢隳惰。
【義反】勤勤懇懇／夙夜匪懈／日夜孜孜。

珠光寶氣 ㄓㄨ ㄍㄨㄤ ㄅㄠˇ ㄑㄧˋ

【釋義】珠：珍珠。寶：寶石。二者均為貴重裝飾物。
【用法】形容婦女服飾華貴富麗，閃耀著珍寶的光色。含有諷刺之意。
【例句】在晚宴上，有一位把自己打扮得**珠光寶氣**的闊太太，特別受人矚目。
【義近】穿金戴銀／混身綾羅／珠圍翠繞。
【義反】布裙荊釵／素衣淡裳。

珠淚偷彈 ㄓㄨ ㄌㄟˋ ㄊㄡ ㄊㄢˊ

【釋義】珠淚：淚滴如珠，多用以形容女子流淚。
【出處】蒲松齡・醒世姻緣五九回：「調羹平日也還算有涵養，被人趕到這極頭田地……也不免珠淚偷彈。」

【用法】用以形容女子因悲傷而暗中流淚。
【例句】她不幸被人拐騙賣到煙花巷，平日強作歡笑，背地裏常常**珠淚偷彈**。
【義近】珠淚暗彈／呑聲飲泣。
【義反】號啕大哭／悲天慟地／痛哭不已。

珠圓玉潤 ㄓㄨ ㄩㄢˊ ㄩˋ ㄖㄨㄣˋ

【釋義】像珠子一樣圓，像玉石一樣光潤。
【出處】周濟・詞辯：「北宋詞多就景敍情，故珠圓玉潤，四照玲瓏。」
【用法】比喻歌聲婉轉優美或文詞流暢明快。
【例句】①她有一副**珠圓玉潤**的嗓子，唱歌極其婉轉動人。②他這篇借景抒情的散文，寫得**珠圓玉潤**，是近年來少有的佳作。
【義近】一串驪珠／珠走玉盤／酣暢自如。
【義反】嘔啞嘲哳／荒腔走板／驢鳴犬吠。

珠聯璧合 ㄓㄨ ㄌㄧㄢˊ ㄅㄧˋ ㄏㄜˊ

【釋義】珍珠聯串在一起，美玉結合在一起。璧：古代一種玉器，扁圓形，中間有孔。
【出處】庾信・周兗州刺史廣饒公宇文公神道碑：「發源纂冑，葉派枝分；開國成家，珠聯璧合。」
【用法】比喻美好的事物或人物相配合，也比喻眾美畢集、完美無缺。今多用以賀人新婚。
【例句】你倆一個美貌出眾，一個才高八斗，今日聯姻，眞是**珠聯璧合**，天生一對。
【義近】璧合珠聯／珠璧交輝。

班門弄斧 ㄅㄢ ㄇㄣˊ ㄋㄨㄥˋ ㄈㄨˇ

【釋義】在魯班門前耍弄斧子。班：魯班，我國古代著名的木匠。
【出處】歐陽修・與梅聖俞書：「昨在眞定，有詩七八首，今錄去，班門弄斧，可笑可笑。」
【用法】比喻不自量力，在行家面前賣弄本領。
【例句】人家已出版了十多部小說，你卻在他面前**班門弄斧**，大談什麼小說創作方法，未免太可笑了吧？
【義近】布鼓雷門／操斧班門／與日爭輝。
【義反】程門立雪／量力而行／深藏不露。

班荊道故 ㄅㄢ ㄐㄧㄥ ㄉㄠˋ ㄍㄨˋ

【釋義】在地面鋪上荊柴，坐在上面談論舊時情。班：分布。
【出處】左傳・襄公二六年：「伍舉奔鄭，將遂奔晉；聲子將如晉，遇之於鄭郊，班荊相與食，而言復故。」陶淵明・戒子書：「歸生伍舉，班荊道舊。」
【用法】形容朋友途中相遇，不講客套禮節，相談甚歡。
【例句】昨日在街上與國中同學不期而遇，便**班荊道故**，相談甚歡。
【義近】班荊道舊／西窗翦燭。
【義反】灞橋折柳。

理直氣壯 ㄌㄧˇ ㄓˊ ㄑㄧˋ ㄓㄨㄤˋ

【釋義】直：正確，合理。氣壯：氣勢旺盛。
【出處】古今小說・鬧陰司司馬貌斷獄：「便提我到閻羅殿前，我也理直氣壯，不怕甚的。」
【用法】用以說明理由充足，則說話也就有氣勢。
【例句】在任何地方任何人面前，我都可以**理直氣壯**地說明我的立場。
【義近】義正詞嚴／振振有詞。
【義反】理屈詞窮／強詞奪理／張口結舌。

理所當然 ㄌㄧˇ ㄙㄨㄛˇ ㄉㄤ ㄖㄢˊ

【釋義】當然：應當這樣。

【出處】趙弼・續東窗事犯傳：「善者福而惡者禍，理所當然。」
【用法】用以表示從道理上說，應當是這樣。
【例句】父母養育我們，我們有能力時應該回報，這是**理所當然**的。
【義近】理當如此／天經地義／理有固然。
【義反】莫名其妙／豈有此理。

理屈詞窮 ㄌㄧˇ ㄑㄩ ㄘˊ ㄑㄩㄥˊ

【釋義】理屈：理虧。窮：盡。也作「詞窮理屈」。
【出處】論語・先進：「是故惡夫佞者。」朱熹注：「子路之言，非其本意，但理屈詞窮……。」
【用法】用以說明理由站不住腳，被駁得無話可說。
【例句】他在**理屈詞窮**之餘，只好說些敷衍搪塞的話，顯得很狼狽。
【義近】詞窮理絕。
【義反】理直氣壯／義正詞嚴／振振有詞。

琅琅上口 ㄌㄤˊ ㄌㄤˊ ㄕㄤˋ ㄎㄡˇ

【釋義】琅琅：清朗、響亮的聲音。上口：順口。
【出處】李昭玘・上眉揚先生書：「每相過者，論先生德義，誦先生文章，堂上琅琅，終日不絕。」
【用法】指誦讀詩文熟練、順口。也指文辭淺顯通暢，便於口誦。
【例句】她熟讀不少唐人絕句，隨便選一首教她背，都能**琅琅上口**。
【義近】纚纚如珠。
【義反】佶屈聱牙／結結巴巴。

現世現報 ㄒㄧㄢˋ ㄕˋ ㄒㄧㄢˋ ㄅㄠˋ

【釋義】現報：佛教稱作善惡之事得報於今生者。
【出處】道世・法苑珠林九三：「所言雖實，人不信受，眾皆憎惡，不喜見之，是名現世惡業之報。」
【用法】用以勸人爲善棄惡，以免遭到報應。
【例句】他是個上了年紀的人，卻做這種缺德事，小心**現世現報**哩！
【義近】現世報應／今生今報／善惡到頭終有報。
【義反】來生報應／不報今生報來生。

現身說法 ㄒㄧㄢˋ ㄕㄣ ㄕㄨㄛ ㄈㄚˇ

【釋義】謂佛力廣大，能現種種身形，向眾生說法。
【出處】道源・景德傳燈錄・釋迦牟尼佛：「亦於十方界中現身說法。」
【用法】比喻以自身爲例來說明道理或勸說別人。
【例句】那位現已戒毒的青年出來**現身說法**，勸告其他青少年不要步他的後塵。

琳瑯滿目 ㄌㄧㄣˊ ㄌㄤˊ ㄇㄢˇ ㄇㄨˋ

【釋義】滿眼都是精美的玉石。琳瑯：美玉。
【出處】劉義慶・世說新語・容止：「今日之行，觸目見琳瑯珠玉。」
【用法】形容映入眼簾的美好東西很多。
【例句】展覽館中所陳列的珍珠、寶石、美玉等，眞是**琳瑯滿目**，美不勝收。
【義近】美不勝收／目不暇接。
【義反】乏善可陳／平凡無奇。

琴心劍膽 ㄑㄧㄣˊ ㄒㄧㄣ ㄐㄧㄢˋ ㄉㄢˇ

【釋義】琴心：托意於琴聲，指人的風雅。劍膽：指人的英勇膽氣。
【出處】吳萊・寄董與兒詩：「小榻琴心展，長纓劍膽舒。」
【用法】比喻人能剛柔相濟，既有情致又有膽識。
【例句】她深深地愛上了這個**琴**

心劍膽、勤奮好學的青年。
【義近】剛柔相濟／允文允武。
【義反】粗鄙無文。

琴棋書畫 ㄑㄧㄣˊ ㄑㄧˊ ㄕㄨ ㄏㄨㄚˋ

【釋義】彈琴、下棋、寫字、繪畫。
【出處】何延之・蘭亭記：「辯才博學工文，琴棋書畫皆得其妙。」
【用法】常用以稱人多才多藝，富於風雅。
【例句】張小姐眞了不得，博學多藝，**琴棋書畫**無所不通。
【義近】詩酒歌賦／歌舞書畫。

琴瑟之好 ㄑㄧㄣˊ ㄙㄜˋ ㄓ ㄏㄠˋ

【釋義】琴瑟：兩種樂器，同時彈奏，其音諧和。瑟：古弦樂器，有二十五弦。
【出處】詩經・周南・關雎：「窈窕淑女，琴瑟友之。」又小雅・棠棣：「妻子好合，如鼓琴瑟。」
【用法】多比喻夫妻感情和諧。
【例句】這對夫妻雖已年近古稀，然其**琴瑟之好**令人羨慕。
【義近】伉儷情深／比翼連理／鴛鴦雙棲。
【義反】琴瑟不調／別鳳離鸞／鏡破釵分。

琵琶別抱 ㄆㄧˊ ㄆㄚˊ ㄅㄧㄝˊ ㄅㄠˋ

【釋義】琵琶：本爲樂器，引申爲彈琵琶的女子。別抱：爲另外的人所抱。別：另外。
【出處】孟稱舜・貞文記哭墓：「拚把紅顏埋綠蕪，怎把琵琶別抱歸南浦，負却當年鸞錦書。」
【用法】指婦女改嫁，或女子另結新歡。
【例句】①那種要婦女從一而終，不准**琵琶別抱**的時代已經過去了。②他辛辛苦苦攢了一筆錢回來，準備娶她爲妻，誰知她已**琵琶別抱**了。
【義近】改嫁易夫／另結新歡。
【義反】從一而終／三貞九烈／終身廝守／白頭偕老。

瑕不掩瑜 ㄒㄧㄚˊ ㄅㄨˋ ㄧㄢˇ ㄩˊ

【釋義】玉上的斑點掩蓋不了玉的光輝。瑕：玉上斑點。瑜：玉的光彩。
【出處】禮記・聘義：「瑕不揜瑜，瑜不揜瑕，忠也」。
【用法】比喻小的缺點掩蓋不了整體之美。
【例句】這部小說儘管有些不盡情理之處，但**瑕不掩瑜**，仍不失爲一部好作品。
【義近】白璧微瑕／無傷大雅。

瑕瑜互見 ㄒㄧㄚˊ ㄩˊ ㄏㄨˋ ㄐㄧㄢˋ

【釋義】玉的斑點和玉的光彩互有所見，同時出現。見：通「現」。
【出處】管子・水地：「夫玉瑕瑜皆見，精也。」平步青霞外攟屑七：「升庵論文，瑕瑜互見。」
【用法】比喻人或事物既有不足之處，也有其優長之處。
【例句】①這本小說集，**瑕瑜互見**，缺點和長處都很明顯。②這是一部**瑕瑜互見**的古代散文選，精華和糟粕揉雜。
【義近】瑕瑜不掩／美惡並陳。
【義反】白璧無瑕／完美無缺／十全十美。

瑞雪兆豐年 ㄖㄨㄟˋ ㄒㄩㄝˇ ㄓㄠˋ ㄈㄥ ㄋㄧㄢˊ

【釋義】瑞雪：冬雪能滅蟲保溫，有利農作物生長，故稱爲瑞雪。瑞：吉祥。兆：預兆。
【出處】張正見・玄都觀春雪詩：「同雲遙映嶺，瑞雪近浮空。」
【用法】指冬天下大雪預示著明年莊稼豐收。
【例句】今年入冬以來，北方連降大雪，**瑞雪兆豐年**，看來明年會是個豐收年。

璞玉渾金 ㄆㄨˊ ㄩˋ ㄏㄨㄣˊ ㄐㄧㄣ

【釋義】璞玉：未經琢磨的玉。

渾金：未經冶煉的金。

【出處】劉義慶・世說新語・賞譽上：「王戎目山巨源如璞玉渾金，人皆欽其寶，莫知名其器。」

【用法】用以比喻人純樸眞誠。

【例句】梁老師雖已年過半百，但其德行仍如**璞玉渾金**，眞不愧是爲人師表。

【義近】古貌古心／樸實純正。

【義反】人心不古／狡猾險惡。

環堵蕭然（ㄏㄨㄢˊ ㄉㄨˇ ㄒㄧㄠ ㄖㄢˊ）

【釋義】環堵：房間四面的牆壁。堵：牆壁。蕭然：空蕩蕭條的樣子。

【出處】陶淵明・五柳先生傳：「環堵蕭然，不蔽風日，短褐穿結，簞瓢屢空。」

【用法】形容人居室簡陋，家境極爲貧寒。

【例句】他就像古代的顏回一樣，儘管住處**環堵蕭然**，缺衣少食，卻能安樂好學。

【義近】家徒四壁／四壁蕭然／家無長物／室如懸磬。

【義反】廣廈紅牆／堆金積玉／金玉滿堂。

瓊樓玉宇（ㄑㄩㄥˊ ㄌㄡˊ ㄩˋ ㄩˇ）

【釋義】用美玉建築的樓臺房室。瓊：美玉。宇：房室。

【出處】蘇軾・水調歌頭・中秋：「我欲乘風歸去，又恐瓊樓玉宇，高處不勝寒。」

【用法】指仙界樓臺或月中宮殿。今也用以形容瑰麗堂皇的建築物。

【例句】這些光艷奪目的建築物，就好像是把月宮裏的**瓊樓玉宇**移到了人間。

【義近】雕闌玉砌／雕梁畫棟。

【義反】荆室蓬戶／蓬戶柴門／土階茅屋。

瓜部

瓜田李下（ㄍㄨㄚ ㄊㄧㄢˊ ㄌㄧˇ ㄒㄧㄚˋ）

【釋義】爲「瓜田不納履，李下不正冠」之省，意謂在瓜田裏走不彎腰納鞋，路過李樹下不抬手扶帽。

【出處】古樂府・君子行：「君子防未然，不處嫌疑間，瓜田不納履，李下不正冠。」

【用法】指避免嫌疑，也比喻容易引起嫌疑的場合或地方。

【例句】這對男女住在同一間公寓裏，**瓜田李下**，要說他們沒有曖昧關係，實在令人難以相信。

【義近】是非之地／瓜李之嫌。

瓜剖豆分（ㄍㄨㄚ ㄆㄡˇ ㄉㄡˋ ㄈㄣ）

【釋義】如瓜之剖開，爲人分食；如豆之出筴，滿地分散。

【出處】鮑照・蕪城賦：「出入三代，五百餘載，竟瓜剖而豆分。」

【用法】形容國土、財產、物品等被分割。

【例句】自一八四〇年鴉片戰爭到中華民國建立的七十年間，列強紛紛入侵，我國國土幾乎被**瓜剖豆分**。

【義近】豆剖瓜分／四分五裂／土崩瓦解／分崩離析／蠶食鯨吞。

【義反】金甌無缺／完整無缺。

瓜瓞緜緜（ㄍㄨㄚ ㄉㄧㄝˊ ㄇㄧㄢˊ ㄇㄧㄢˊ）

【釋義】瓜一代接一代生長。瓜瓞：大者曰瓜，小者曰瓞。緜緜：連續不斷的樣子。

【出處】詩經・大雅・緜：「緜緜瓜瓞，民之初生，自土沮漆。」

【用法】比喻子孫一代代繁衍昌盛。

【例句】中國人傳宗接代的觀念很深，總希望自己的後代能

瓜瓞緜緜，香火不斷。

【義近】　綠葉成蔭／百子千孫／子孫滿堂。

【義反】　一世而亡／三世告絕／斷子絕孫／兩世一身。

瓜熟蒂落

ㄍㄨㄚ ㄕㄨˊ ㄉㄧˋ ㄌㄨㄛˋ

【釋義】　瓜熟了，瓜蒂自然脫落。蒂：瓜、果跟枝莖相連的部分。

【出處】　雲笈七籤・元氣論：「瓜熟蒂落，啐啄同時。」

【用法】　比喻條件具備，時機成熟，事情自然會成功，不必急於去催促使成。

【例句】　看來，他們倆的婚事已經到了**瓜熟蒂落**的時候了。

【義近】　水到渠成。

瓦部

瓦釜雷鳴

ㄨㄚˇ ㄈㄨˇ ㄌㄟˊ ㄇㄧㄥˊ

【釋義】　瓦釜：比喻低下的小人。雷鳴：驚動眾人，喻位高權大。

【出處】　屈原・卜居：「蟬翼為重，千鈞為輕；黃鐘毀棄，瓦釜雷鳴。」

【用法】　比喻小人得志。

【例句】　在暴君專制的時代裏，許多有志之士皆懷才不遇，含恨以終，徒見小人得志，**瓦釜雷鳴**而已。

【義近】　浮雲翳日／小人得志／小人道長／鴟鴞翱翔。

甑塵釜魚

ㄗㄥˋ ㄔㄣˊ ㄈㄨˇ ㄩˊ

【釋義】　甑：炊具。釜：烹飪器具。炊具生了灰塵，釜中的水生出小魚。

【出處】　後漢書・范冉傳：「范冉，字史雲……桓帝時以冉為萊蕪長……窮居自若，言貌無改，閭里歌之曰：『甑中生塵范史雲，釜中生魚范萊蕪。』」

【用法】　比喻非常貧窮，時常斷炊，無物可煮。

【例句】　在今天豐衣足食的日子裏，我們很難體會抗日期間，人們那段**甑塵釜魚**的艱辛歲月。

【義近】　釜中生魚／甑中生塵／室如懸磬。

【義反】　列鼎而食／食前方丈／炊金撰玉／炮鳳烹龍／日食萬錢。

甕中之鱉

ㄨㄥˋ ㄓㄨㄥ ㄓ ㄅㄧㄝ

【釋義】　罈子裏的甲魚。甕：大罈子。鱉：甲魚。

【出處】　馮夢龍・警世通言・杜十娘怒沉百寶箱：「孫福視十娘已為甕中之鱉。」

【用法】　比喻已在掌握之中，絕對逃脫不了。

【例句】　等我軍控制了全部制高點和山口，敵人就成了**甕中之鱉**。

【義近】　網中之魚／囊中之物。

甕中捉鱉

ㄨㄥˋ ㄓㄨㄥ ㄓㄨㄛ ㄅㄧㄝ

【釋義】　從大罈子裏捉甲魚。常與「手到擒來」連用。

【出處】　康進之・李逵負荊四折：「這是揉著我山兒的癢處，管教他甕中捉鱉，手到拿來。」

【用法】　比喻所欲得之物已在掌握之中，能輕易有把握地拿到手。

【例句】　我們不妨打鐵趁熱，先觀察好敵情，晚上摸黑來它個**甕中捉鱉**。

【義近】　探囊取物／易如反掌／十拿九穩／穩操勝券。

【義反】　難於上青天／挾山超海／大海撈針。

甕牖繩樞 ㄨㄥˋ ㄧㄡˇ ㄕㄥˊ ㄕㄨ

【釋義】用破甕口作窗戶，用繩作門戶樞紐。牖：窗戶。
【出處】賈誼・過秦論：「陳涉甕牖繩樞之子，甿隸之人，而遷徙之徒也。」
【用法】比喻貧窮人家。
【例句】**甕牖繩樞**的生活正可以磨鍊一個人的志節，所以自古以來，成功者的背後總藏有一段困苦的經歷。
【義近】家徒四壁／室如懸罄／環堵蕭然。
【義反】高樓大廈／朱門深院／金玉滿堂。

甘部

甘之如飴 ㄍㄢ ㄓ ㄖㄨˊ ㄧˊ

【釋義】覺得它甜得像糖。甘：甜。飴：麥芽糖。
【出處】詩經・大雅・緜：「堇荼如飴。」鄭玄箋：「其所生菜，雖有性苦者，甘如飴也。」文天祥・正氣歌：「鼎鑊甘如飴，求之不可得。」
【用法】常用在心甘情願忍受痛苦，沒有怨言。
【例句】儘管這種日子過得很艱辛，但覺得很有意義，故仍**甘之如飴**。
【義近】甘之若飴／甘心情願／不以爲苦／視死如歸。
【義反】不堪忍受／苟且求活。

甘瓜苦蔕 ㄍㄢ ㄍㄨㄚ ㄎㄨˇ ㄉㄧˋ

【釋義】蔕：同蒂，花或瓜果與枝莖相連的部分。
【出處】翟灝・通俗編・草木：「埤雅引墨子：甘瓜苦蔕，天下物無全美也。」
【用法】比喻天下無絕對完美的人和事物。
【例句】**甘瓜苦蔕**，天下哪有十全十美的事，你就將就一點吧！
【義近】人無完人／金無足赤／玉有瑕疵。
【義反】完美無缺／白璧無瑕／白玉無瑕／十全十美。

甘拜下風 ㄍㄢ ㄅㄞˋ ㄒㄧㄚˋ ㄈㄥ

【釋義】甘：心甘情願。下風：風向的下方，喻下位。古代出令者在上風，聽令者在下風。
【出處】左傳・僖公一五年：「群臣敢在下風。」李汝珍・鏡花緣五二回：「眞是家學淵源，妹子甘拜下風。」
【用法】比喻別人的能力、才幹都在自己之上，自甘認輸，不與競爭。
【例句】他的才華確實比我高，我自愧不如，**甘拜下風**。
【義近】眞心佩服／五體投地／心悅誠服／首肯心折／甘居下游。
【義反】不甘雌伏／不甘示弱。

甚囂塵上 ㄕㄣˋ ㄒㄧㄠ ㄔㄣˊ ㄕㄤˋ

【釋義】喧嘩擾攘，塵土飛揚。
【出處】左傳・成公一六年：「王曰：『將發命也，甚囂，且塵上矣。』」
【用法】用以比喻議論紛紛，眾口喧騰。
【例句】最近國外熱錢介入股市的傳言**甚囂塵上**，股市因而連續三天漲停板。
【義近】喧囂一時／滿城風雨／人聲鼎沸。
【義反】消聲匿跡／偃旗息鼓／沉寂一時／與時俱滅。

甜言蜜語（ㄊㄧㄢˊ ㄧㄢˊ ㄇㄧˋ ㄩˇ）

【釋義】話語有如蜜糖一樣的甜美。
【出處】徐復祚・宵光記・戕兄：「甜言蜜語甘如飴，怎知我就裏。」
【用法】指爲誘騙人而說的甜蜜動人的話。
【例句】這種只會**甜言蜜語**、一無是處的男人，犯不著爲他心碎。
【義近】甜嘴蜜舌／甘言美辭／花言巧語。
【義反】逆耳忠言／由衷之言／直言直語。

生部

生米做成熟飯（ㄕㄥ ㄇㄧˇ ㄗㄨㄛˋ ㄔㄥˊ ㄕㄨˊ ㄈㄢˋ）

【釋義】亦作「生米煮成飯」。
【出處】沈受先・三元記・遣妾：「如今生米做成熟飯了，又何必如此推阻。」
【用法】比喻已成事實，無法改變、挽回。
【例句】這件事已經**生米做成熟飯**，還有什麼辦法，只好將就算了。
【義近】木已成舟／鐵已鑄成鍋／已成定局。
【義反】黃瓜剛起蒂／八字沒一撇／言之過早。

生死之交（ㄕㄥ ㄙˇ ㄓ ㄐㄧㄠ）

【釋義】同生共死的好朋友。
【出處】任昉・哭范僕射詩：「結歡三十載，生死一交情。」羅貫中・三國演義六八回：「結爲生死之交，再不爲惡。」
【用法】形容朋友之間有特別深厚誠摯的友誼。
【例句】他和我患難與共近四十年，情眞意深，是眞正的**生死之交**。
【義近】刎頸之交。
【義反】點頭之交／市道之交／泛泛之交。

生死肉骨（ㄕㄥ ㄙˇ ㄖㄡˋ ㄍㄨˇ）

【釋義】使死人復生，使枯骨長肉。生、肉：均作動詞用。
【出處】左傳・襄公二二年：「吾見申叔夫子所謂生死而肉骨也。」
【用法】比喻恩惠極大，或形容感恩極至。
【例句】在我處於絕境的時候，他鼎力相助，使我得有今天，這種**生死肉骨**之情，沒齒難忘。
【義近】恩同再造／恩重如山。
【義反】仇深似海／不共戴天。

生死攸關（ㄕㄥ ㄙˇ ㄧㄡ ㄍㄨㄢ）

【釋義】與生死存亡相關連的。攸：所。
【用法】形容非常緊要的關鍵所在。
【例句】保護森林資源，已是人類**生死攸關**的大事，因而引起各國政府的重視。
【義近】非同小可／生死關頭／事關生死／性命攸關。
【義反】無關大局／無關大體／無關宏旨／無傷大雅／無關緊要。

生吞活剝（ㄕㄥ ㄊㄨㄣ ㄏㄨㄛˊ ㄅㄛ）

【釋義】原指生硬搬用別人詩文的詞句。
【出處】劉肅・大唐新語・戲謔：「人謂之諺曰：『活剝王昌齡，生吞郭正一。』」徐渭・奉師季先生書：「生吞活剝之弊亦有。」

【用法】比喻生硬地接受或套用別人的東西，也比喻囫圇吞棗，食而不化。
【例句】學習外國的科學工業是很必要的，但不經消化，只一味地**生吞活剝**，那就很不智了。
【義近】生搬硬套／囫圇吞棗／依樣畫瓢／全盤接受／不求甚解。
【義反】融會貫通／消化吸收／取其精華，去其糟粕／取長補短。

生於憂患，死於安樂 ㄕㄥ ㄩˊ ㄧㄡ ㄏㄨㄢˋ，ㄙˇ ㄩˊ ㄢ ㄌㄜˋ

【釋義】處在憂愁患難之中能使人生存，處在歡樂安逸之中能使人致死。
【出處】孟子・告子下：「然後知生於憂患，而死於安樂也。」
【用法】用以說明憂患能磨鍊人、令人勤奮，安樂易使人怠惰、喪志，故人不可不慎。
【例句】以色列雖爲小國寡民，唯其民均具**生於憂患，死於安樂**之憂患意識，故能屹立於阿拉伯世界而不墜。
【義近】憂勞興國，逸豫亡身。

生花妙筆 ㄕㄥ ㄏㄨㄚ ㄇㄧㄠˋ ㄅㄧˇ

【釋義】一作「夢筆生花」、「妙筆生花」。傳說李白少年時夢見筆頭生花，從此才華橫溢。
【出處】王仁裕・開元天寶遺事・夢筆頭生花：「李太白少時，夢所用之筆頭上生花，後天才瞻逸，名聞天下。」
【用法】比喻具有傑出的寫作才能，所寫作品生動優美。
【例句】這原本就是一則動人的故事，透過作者**生花妙筆**的描述，更是精采可讀。
【義近】生花之筆／神來之筆／下筆如有神。
【義反】平淡無奇／平鋪直敍／索然無味。

生氣勃勃 ㄕㄥ ㄑㄧˋ ㄅㄛˊ ㄅㄛˊ

【釋義】生氣：萬物生長發育之氣，也指生命力、活力。勃勃：精神旺盛的樣子。
【出處】劉義慶・世說新語・品藻：「懍懍恆如有生氣。」揚雄・法言・淵騫：「勃勃乎其不可及也。」
【用法】形容人或社會富有朝氣，充滿活力。
【例句】①處在這羣**生氣勃勃**的年輕人當中，老年人也似乎變得年輕了。②這是一個繁榮富強的社會，到處呈現出一片**生氣勃勃**的景象。
【義近】生氣蓬勃／朝氣蓬勃／生意盎然／生機勃勃／生龍活虎。
【義反】死氣沉沉／奄奄一息／萎靡不振／暮氣沉沉／尸居餘氣。

生殺予奪 ㄕㄥ ㄕㄚ ㄩˇ ㄉㄨㄛˊ

【釋義】生：讓人活。殺：處人死。予：給予。奪：剝奪。
【出處】荀子・王制：「貴賤殺生與奪，一也。」徐度・卻掃編上：「唐之方鎮，得專制一方，甲兵錢穀，生殺予奪皆屬焉。」
【用法】指掌握著生死賞罰之權，對人的生命財產可以任意處置。
【例句】古代國君貴族掌握**生殺予奪**的大權，一般平民百姓毫無人權律法的保障。

生寄死歸 ㄕㄥ ㄐㄧˋ ㄙˇ ㄍㄨㄟ

【釋義】活著如暫寄，死了如歸去，不值得爲生而欣喜，爲死而悲戚。
【出處】淮南子・精神訓：「生寄也，死歸也，何足以滑和。」注：「滑，亂也。和，適也。」

【用法】形容一種豁達的人生觀，於生死毫無所謂。
【例句】他雖患了絕症，卻毫不傷感，因爲在他看來，人生本來就是**生寄死歸**這麼一回事。
【義近】置生死於度外／生不足樂，死不足畏。
【義反】貪生怕死／生亦我所欲，死亦我所惡。

生意盎然 ㄕㄥ ㄧˋ ㄤˋ ㄖㄢˊ

【釋義】生意：生機，富有生命力的氣象。盎然：濃厚、洋溢的樣子。
【出處】劉義慶・世說新語・黜免：「此樹婆娑，無復生意。」
【用法】形容自然界蓬勃興旺的景象。（多形容花草樹木之旺盛）
【例句】春天的腳步近了，花園裏、田野間，到處都呈現出**生意盎然**的景象。
【義近】生機勃勃／枝葉茂盛／生氣勃勃。
【義反】死氣沉沉／奄奄一息／落葉蕭蕭。

生榮死哀 ㄕㄥ ㄖㄨㄥˊ ㄙˇ ㄞ

【釋義】意謂生時榮顯，死後使人哀痛。
【出處】論語・子張：「其生也榮，其死也哀。」曹植・王仲宣誄：「人誰不沒，達士徇名。生榮死哀，亦孔之榮。」
【用法】形容一個人貢獻很大，成績卓越，於國於民都很重要。
【例句】「人生自古誰無死，留取丹心照汗青」，文天祥可說是**生榮死哀**的民族英雄！
【義近】萬民敬仰。
【義反】萬人唾棄／千夫所指／名隨時滅。

生龍活虎 ㄕㄥ ㄌㄨㄥˊ ㄏㄨㄛˊ ㄏㄨˇ

【釋義】像有生氣的蛟龍和富有活力的猛虎。
【出處】朱子語類・程子之書：「只見得他如生龍活虎相似，更是把捉不得。」
【用法】比喻活潑矯健，富有生氣。
【例句】大廳裏來了一羣**生龍活虎**的年輕人，頓時充滿了歡聲笑語。
【義近】生氣勃勃／朝氣蓬勃。
【義反】死氣沉沉／暮氣沉沉／老氣橫秋／氣息奄奄。

生離死別 ㄕㄥ ㄌㄧˊ ㄙˇ ㄅㄧㄝˊ

【釋義】活人分離如同人死永別那樣。死別：永別。
【出處】庾信：「蓋聞死別長城，生離函谷。」馮夢龍・警世通言・計押番金鰻產禍：「正自生離死別。」
【用法】形容很難再會的離別或永久的離別。
【例句】我們都曾遇過**生離死別**的場面，在車站，在機場，在茫茫大海的岸邊，這是人類永遠也逃不了的定數。
【義近】動如參商／天人永隔／生死契闊／生死兩隔。
【義反】久別重逢／朝夕相會／日夜共處。

生靈塗炭 ㄕㄥ ㄌㄧㄥˊ ㄊㄨˊ ㄊㄢˋ

【釋義】人民如陷入泥沼、火坑之中。生靈：生民，百姓。塗炭：泥沼和炭火。
【出處】晉書・苻丕載記：「先帝晏駕賊庭，京師鞠爲戎穴，神州蕭條，生靈塗炭。」
【用法】形容民眾處於極端困苦的境地中。
【例句】有戰爭，就免不了**生靈塗炭**，血雨腥風；滿足了領導者的野心，也賠上了無數百姓的生命。
【義近】民不聊生／水深火熱／赤地千里／哀鴻遍野／道殣相望／餓莩遍野。
【義反】安居樂業／豐衣足食／人富家足／國泰民安。

田部

由衷之言

【釋義】出自內心的話。衷：內心。

【出處】左傳・隱公三年：「信不由衷，質無益也。」周濟・介存齋論詞雜著：「莫不有由衷之言。」

【用法】指人的言談出自眞心，無任何虛僞掩飾。

【例句】你剛剛所說的這些，都是你的**由衷之言**嗎？

【義近】坦誠之言／肺腑之言／心腹之言。

【義反】言不由衷／搪塞之言／欺人之談。

畏天知命

【釋義】意謂知天命，識時務。

【出處】後漢書・馮異傳：「彼皆畏天知命，睹存亡之符，見廢興之事，故能成功於一時，垂業於萬世也。」

【用法】多用以說明從政者應奉公守法，有所戒懼，萬不可胡作非爲。

【例句】每個公務員都應**畏天知命**，克盡職守，爲民表率。

【義近】天視民視／天聽民聽。

【義反】以權謀私／貪贓枉法／胡作非爲／瞞神弄鬼。

畏首畏尾

【釋義】前也怕，後也怕。畏：畏懼、害怕。

【出處】左傳・文公一七年：「古人有言曰：『畏首畏尾，身其餘幾？』」

【用法】比喻做事膽小，顧忌過多。

【例句】青年人應該敢於創新，勇於嘗試，不可**畏首畏尾**，故步自封。

【義近】畏葸不前／瞻前顧後／猶豫不決／縮手縮腳／畏縮不前。

【義反】勇往直前／敢作敢爲／勇猛向前／一往直前。

畏縮不前

【釋義】畏縮：害怕退縮。

【出處】金史・章宗紀二：「（提刑司）蓋多不識本職之體，而徒事細碎，以致州縣例皆畏縮而不敢行事。」

【用法】形容膽小怕事，遇事畏懼退縮，不敢前進。

【例句】遇到挫折便**畏縮不前**的人，很難有成功的機會。

【義近】畏葸不前／瞻前顧後／猶豫不決／縮手縮腳／畏首畏尾。

【義反】勇往直前／敢作敢爲／勇猛向前／一往直前／挺身而出。

留有餘地

【釋義】餘地：餘出的地方，有迴旋的地步。

【出處】杜甫・奉送魏六丈佑少府之交廣：「議論有餘地，公侯來未遲。」

【用法】用以說明說話、做事不可走極端，要留下迴旋的地步。

【例句】在談判中，說話務必要**留有餘地**，好讓人迴旋，這樣才不至於輕易關上談判之門。

【義近】寬打窄用／得饒人處且饒人。

【義反】做事做絕／說話說絕／不留餘地。

留得青山在，不怕沒柴燒

【釋義】留：留下，保留。不怕：一作「不愁」。

【出處】凌濛初・初刻拍案驚奇：「七獨身勸母親道：留得青山在，不怕沒柴燒。」

【用法】比喻只要保住老本或基本力量，不愁沒有前途。常用作勸勉人的話。

【例句】俗話說：**留得青山在，不怕沒柴燒**。你還這樣年輕，只要把病根治了，不愁沒有前途。

異口同聲 ㄧˋ ㄎㄡˇ ㄊㄨㄥˊ ㄕㄥ

【釋義】不同的嘴說出同樣的話。異：不同的。一作「異口同音」。

【出處】葛洪・抱朴子・道意：「左右小人，並云不可，阻之者眾，本無至心，而諫怖者，異口同聲。」

【用法】形容意見相同，大家說的都一樣。

【例句】一說到減稅免稅，大家都**異口同聲**地贊成，可見人的心態都是一樣的。

【義近】眾口一辭／萬口一談／如出一口。

【義反】言人人殊／眾說紛紜／各執一詞／七嘴八舌。

異乎尋常 ㄧˋ ㄏㄨ ㄒㄩㄣˊ ㄔㄤˊ

【釋義】異：不同。乎：於。尋常：平常。

【出處】吳沃堯・二十年目睹之怪現狀七十回：「耽誤了點年紀，還沒有什麼要緊。還把他的脾氣慣得異乎尋常的出奇。」

【用法】指非同一般，跟平常的很不一樣。

【例句】今年雨水之多**異乎尋常**，一定要提前做好防汛的準備工作。

【義近】非比尋常／與眾不同／不同凡響。

【義反】不足為奇／多見不怪／習以為常／一如往常。

異曲同工 ㄧˋ ㄑㄩ ㄊㄨㄥˊ ㄍㄨㄥ

【釋義】不同的曲調却同樣的精巧、美妙。工：工巧，精緻。一作「同工異曲」。

【出處】韓愈・進學解：「子雲、相如，同工異曲。」

【用法】比喻不同的言論、作品，同樣的精彩。也比喻做法雖不同而效果一樣。

【例句】這兩篇作品在取材和表現手法上，有著**異曲同工**之妙。

【義近】殊途同歸／江河同歸。

【義反】同師異路。

異軍突起 ㄧˋ ㄐㄩㄣ ㄊㄨˊ ㄑㄧˇ

【釋義】異軍：另一支軍隊。突起：突然興起。

【出處】司馬遷・史記・項羽本紀：「異軍蒼頭特起。」

【用法】比喻一支新生力量突然興起。

【例句】在文壇上，今年有一位甫自學校畢業的社會新鮮人**異軍突起**，令人刮目相看。

異想天開 ㄧˋ ㄒㄧㄤˇ ㄊㄧㄢ ㄎㄞ

【釋義】異：奇異。天開：天裂開。

【出處】吳沃堯・二十年目睹之怪現狀二回：「想著這個人扮了官去做賊，卻是異想天開，只是未免玷辱了官場了。」

【用法】指想法非常離奇，不切實際。

【例句】他窮得身無分文又好吃懶做，卻**異想天開**，希望自己能成為億萬富翁，享盡人間的榮華富貴。

【義近】想入非非／胡思亂想／妙想天開／突發奇想。

異端邪說 ㄧˋ ㄉㄨㄢ ㄒㄧㄝˊ ㄕㄨㄛ

【釋義】異端：和正統思想不同的主張或教義。邪說：有害的學說。

【出處】宋史・道學傳序：「兩漢而下，儒者之論大道，察焉而弗精，語焉而弗詳，異端邪說起而乘之，幾至大壞。」

【用法】用以指非正統的、有害的各種思想、學說或主張。

【例句】哥白尼的太陽系學說，曾被當時的宗教勢力看成是**異端邪說**，而受到野蠻的壓抑。
【義近】離經叛道／旁門左道。
【義反】正統之道。

略知皮毛（ㄌㄩㄝˋ ㄓ ㄆㄧˊ ㄇㄠˊ）

【釋義】皮毛：比喻表面，形容淺顯。
【出處】李汝珍・鏡花緣一七回：「才女纔說學士大夫論及反切尚且瞪目無語，何況我們不過略知皮毛，豈敢亂談，貽笑大方！」
【用法】用以表示見識淺薄，所知甚少。
【例句】我雖寫過一些文章，但對文學藝術創作仍然只能說是**略知皮毛**。
【義近】略窺門徑／初學入門／略知一二。
【義反】入其堂奧／登堂入室。

略勝一籌（ㄌㄩㄝˋ ㄕㄥˋ ㄧ ㄔㄡˊ）

【釋義】略：稍微。勝：超過。籌：籌碼，計數的用具。一作「稍勝一籌」。
【出處】蒲松齡・聊齋志異・辛十四娘：「小生所以忝出君上者，以此處略高一籌耳。」
【用法】用以說明比較起來，稍微強一些、好一些。
【例句】這場籃球賽雖然打成平手，但從兩隊的球技水準來看，客隊還是**略勝一籌**。
【義近】高出一籌／棋高一著。
【義反】稍遜一籌／略低一著。

略識之無（ㄌㄩㄝˋ ㄕˋ ㄓ ㄨˊ）

【釋義】之、無：用以代表最簡單的字。
【出處】典出白居易與元九（稹）書。吳沃堯・二十年目睹之怪現狀九回：「還有一班市儈，不過略識之無。」
【用法】表示粗通文墨，並無高深學識。也用作自謙之辭。
【例句】這個青年不過**略識之無**，卻裝出一副大學問家的模樣，眞令人噁心。
【義近】粗通文墨／略知皮毛。
【義反】學問高深／學識淵博。

畫地爲牢（ㄏㄨㄚˋ ㄉㄧˋ ㄨㄟˊ ㄌㄠˊ）

【釋義】在地上畫個圈做監獄。牢：監獄。
【出處】司馬遷・報任少卿書：「故士有畫地爲牢，勢不可入，削木爲吏，議不可對，定計於鮮也。」
【用法】比喻只許在限定的範圍內活動。
【例句】你這樣**畫地爲牢**，把女兒限制在家中，怎能解決問題呢？
【義近】畫地自限。
【義反】無拘無束／衝破樊籠／打破樊籬。

畫虎不成反類犬（ㄏㄨㄚˋ ㄏㄨˇ ㄅㄨˋ ㄔㄥˊ ㄈㄢˇ ㄌㄟˋ ㄑㄩㄢˇ）

【釋義】畫老虎畫不像，反而像條狗。類：類似，好像。
【出處】後漢書・馬援傳：「效季良不得，陷爲天下輕薄子，所謂畫虎不成反類狗者也。」
【用法】比喻好高騖遠而無所成，反貽笑柄。
【例句】就怕海軍提督膽小如鼠，到弄得**畫虎不成反類犬**。（曾樸・孽海花）
【義近】刻鵠類鶩／畫虎成狗／弄巧反拙。
【義反】腳踏實地／一絲不苟。

畫虎畫皮難畫骨（ㄏㄨㄚˋ ㄏㄨˇ ㄏㄨㄚˋ ㄆㄧˊ ㄋㄢˊ ㄏㄨㄚˋ ㄍㄨˇ）

【釋義】意謂外表易畫，骨相難於描摹。
【出處】孟漢卿・魔合羅一折：「你知道我是甚麼人？便好道畫虎畫皮難畫骨，知人知面不知心。」

【用法】此爲歇後語，表示人心難測。

【例句】俗話說：**畫虎畫皮難畫骨**，知人知面不知心。你和他交往並不深，怎麼就把這樣一大筆錢交給他去大陸投資呢？

【義近】知人知面不知心／人心難測水難量。

畫蛇添足（ㄏㄨㄚˋ ㄕㄜˊ ㄊㄧㄢ ㄗㄨˊ）

【釋義】把蛇畫好了，再給蛇添上根本沒有的腳。一作「畫蛇著足」。

【出處】典出自戰國策・齊策二。韓愈・感春詩：「畫蛇著足無處用，兩鬢雪白趨埃塵。」

【用法】比喻多此一舉，不但無益，反而害事。

【例句】做事最好適可而止，若刻意求工，反而會**畫蛇添足**，弄巧成拙。

【義近】多此一舉／弄巧成拙。

【義反】適可而止／恰如其分／恰到好處。

畫棟雕梁（ㄏㄨㄚˋ ㄉㄨㄥˋ ㄉㄧㄠ ㄌㄧㄤˊ）

【釋義】棟：房屋的正梁。雕：彩畫裝飾。

【出處】吳承恩・西遊記一七回：「入門裏，往前又進，到於三層門裏，都是些畫棟雕梁，明窗彩戶。」

【用法】用以形容建築物的高雅華貴。

【例句】一走進故宮，就可見一座**畫棟雕梁**的建築物，十分的莊嚴肅穆。

【義近】畫閣朱樓／雕欄玉砌／雕欄畫棟。

【義反】茅茨土階／頹垣破屋。

畫餅充飢（ㄏㄨㄚˋ ㄅㄧㄥˇ ㄔㄨㄥ ㄐㄧ）

【釋義】畫個餅來解餓。充飢：解餓。又作「畫地作餅」。

【出處】陳壽・三國志・魏志・盧毓傳：「選舉莫取有名，名如畫地作餅，不可啖也。」

【用法】指徒有虛名而無補於實用。也比喻聊以空想自慰。

【例句】**畫餅充飢**是解決不了問題的，還是想出一點實際的辦法好。

【義近】望梅止渴／指雁爲羹。

【義反】實事求是。

畫龍點睛（ㄏㄨㄚˋ ㄌㄨㄥˊ ㄉㄧㄢˇ ㄐㄧㄥ）

【釋義】把龍畫好後再點上眼睛，使之有神。

【出處】張彥遠・歷代名畫記卷七載：梁代畫家張僧繇在佛寺牆上畫了四條龍，有兩條點上眼睛之後即騰飛上天。

【用法】比喻在詩文中用一二精闢的詞句點明要旨，使全篇生動傳神。

【例句】這篇散文寫景狀物，栩栩如生，而末了兩句則**畫龍點睛**，道出了本文的主題。

【義近】傳神之筆。

【義反】畫蛇添足。

當之無愧（ㄉㄤ ㄓ ㄨˊ ㄎㄨㄟˋ）

【釋義】當：承當，承受。

【出處】李寶嘉・官場現形記三回：「這幾句考語著實當之無愧。」

【用法】指當得起某種稱號或榮譽，一點也用不著慚愧。

【例句】他在學術上造詣甚高，這次晉升爲一級教授，可謂**當之無愧**。

【義近】實至名歸／受之無愧。

【義反】受之有愧。

當仁不讓（ㄉㄤ ㄖㄣˊ ㄅㄨˋ ㄖㄤˋ）

【釋義】當：面對著。仁：此指正義之事，引申爲應該做的事。

【出處】論語・衛靈公：「當仁，不讓於師。」

【用法】指遇到應該做的事就勇於承擔，主動去做，不謙讓，不推託。

【例句】既然大家推舉我來主持

這次會議，那我就**當仁不讓**了。

【義近】　義不容辭。

當局者迷，旁觀者清（ㄉㄤ　ㄐㄩˊ　ㄓㄜˇ　ㄇㄧˊ　ㄆㄤˊ　ㄍㄨㄢ　ㄓㄜˇ　ㄑㄧㄥ）

【釋義】　當局者：原指下棋的人，現泛指當事人。迷：糊塗。

【出處】　辛棄疾・戀繡衾詞：「我自是笑別人底，却元來，當局者迷。」新唐書・元行沖傳：「當局稱迷，傍觀必審。」

【用法】　指當事人被碰到的問題弄糊塗了，或難以察覺自身的錯誤，旁邊觀看的人却看得很清楚。

【例句】　**當局者迷，旁觀者清**，我看得很清楚，這件事確實是你做得不對，你不要再固執了。

【義近】　不識廬山眞面目，只緣身在此山中。

當務之急（ㄉㄤ　ㄨˋ　ㄓ　ㄐㄧˊ）

【釋義】　當：當前，目前。務：事務，事情。

【出處】　孟子・盡心上：「知者無不知也，當務之爲急。」

【用法】　指當前應辦的最急切的事情。

【例句】　雨季來臨，防洪措施的準備已成**當務之急**。

【義近】　當前急務／當今之務／先務之急。

【義反】　不急之務／可緩之事。

當機立斷（ㄉㄤ　ㄐㄧ　ㄌㄧˋ　ㄉㄨㄢˋ）

【釋義】　當機：面臨關鍵時刻。立斷：立即作出決斷。

【出處】　陳琳・答東阿王箋：「拂鐘無聲，應即立斷。」

【用法】　說明在緊要關頭，毫不猶豫地作出決斷。

【例句】　他考慮好後，**當機立斷**，決定去大陸投資，興辦電子公司。

【義近】　毅然決然／果斷決定。

【義反】　猶豫不決／優柔寡斷／舉棋不定。

當頭棒喝（ㄉㄤ　ㄊㄡˊ　ㄅㄤˋ　ㄏㄜˋ）

【釋義】　用棍棒當頭一擊，猛地朝他喝一聲。本爲佛教禪宗和尙接待初學者的態度，使之領悟。

【出處】　王安石・答張奉議詩：「思量何物堪酬對，棒喝如今揔不親。」百一居士・壺天錄卷下：「片時失足，後悔何及，願以爲當頭棒喝可也。」

【用法】　比喻給人以嚴重警告，促使他猛醒。或比喻某事給人嚴重教訓，使人醒悟。

【例句】　這次失敗無異於**當頭棒喝**，促使他猛醒覺悟。

【義近】　醍醐灌頂／暮鼓晨鐘／當頭一棒。

當斷不斷（ㄉㄤ　ㄉㄨㄢˋ　ㄅㄨˋ　ㄉㄨㄢˋ）

【釋義】　應當作出決斷的却不決斷。

【出處】　司馬遷・史記・齊悼惠王世家：「當斷不斷，反受其亂。」

【用法】　指遇事猶豫不決，不能當機立斷。

【例句】　**當斷不斷**，反受其亂，他的野心已暴露，再不處理將會一發不可收拾。

【義近】　優柔寡斷／猶豫不決。

【義反】　當機立斷／毅然決然。

⻊部

疏不間親（ㄕㄨ ㄅㄨˋ ㄐㄧㄢˋ ㄑㄧㄣ）

【釋義】間：參與。

【出處】韓詩外傳・三：「李克避席而辭曰：『臣聞之，卑不謀尊，疏不間親，臣外居者也，不敢當命。』」

【用法】指關係疏遠者不參與關係親近者之間的事。

【例句】**疏不間親**，這遺產怎樣分配是他們兄弟之間的事，我才不管哩！

【義近】遠不間親／疏不謀親。

疑人勿使，使人勿疑（ㄧˊ ㄖㄣˊ ㄨˋ ㄕˇ，ㄕˇ ㄖㄣˊ ㄨˋ ㄧˊ）

【釋義】懷疑一個人就不要用他，用他就不要懷疑。

【出處】金史・熙宗紀：「諺不云乎：『疑人勿使，使人勿疑。』」

【用法】說明對所使用的人應充分相信。

【例句】**疑人勿使，使人勿疑**，你既然把任務交給了他，就不要老懷疑他是否能完成。

【義近】用人勿疑，疑人勿用。

疑心生暗鬼（ㄧˊ ㄒㄧㄣ ㄕㄥ ㄢˋ ㄍㄨㄟˇ）

【釋義】心中疑懼，就覺得暗地眞有鬼。

【出處】呂本中・師友雜誌：「嘗聞人說鬼怪者，以爲必無此理，以爲疑心生暗鬼，最是要切議論。」

【用法】說明由於心中懷疑而多有猜測，便會無中生有。

【例句】別人根本沒有議論你，而你卻**疑心生暗鬼**，老覺得別人在說你，這樣下去，總有一天會鬧出事來的。

【義近】疑神疑鬼／胡亂猜疑／滿腹狐疑／捕風捉影。

疑神疑鬼（ㄧˊ ㄕㄣˊ ㄧˊ ㄍㄨㄟˇ）

【釋義】一會兒懷疑是神，一會兒又懷疑有鬼。

【出處】錢彩・說岳全傳六一回：「正是：邪正請從心內判，疑神疑鬼莫疑人。」

【用法】形容人神經過敏，疑心極重。

【例句】她最愛**疑神疑鬼**，你們這些年輕小姐千萬不要和她的先生走在一起，以免招來麻煩。

【義近】疑慮重重／滿腹狐疑／捕風捉影／無中生有。

【義反】堅信不疑／自信不疑／事證俱在。

疒部

疾言厲色（ㄐㄧˊ ㄧㄢˊ ㄌㄧˋ ㄙㄜˋ）

【釋義】疾言：言語急躁。厲色：神色嚴厲。一作「疾言遽色」。

【出處】後漢書・劉寬傳：「典歷三郡，溫仁多恕，雖在倉卒，未嘗疾言遽色。」

【用法】指言語神色粗暴急躁。

【例句】他對人總是謙恭溫和，從不**疾言厲色**。

【義近】冷語冰人／惡言惡語／聲色俱厲。

【義反】和顏悅色／溫文爾雅。

疾風知勁草（ㄐㄧˊ ㄈㄥ ㄓ ㄐㄧㄥˋ ㄘㄠˇ）

【釋義】疾風：大而急的風。勁草：堅韌的草。

【出處】後漢書・王霸傳：「光武謂霸曰：『潁川從我者皆

逝，而子獨留努力，**疾風知勁草**。』」

【用法】比喻只有經過嚴峻考驗，才知道誰眞正堅強而不改節操。

【例句】俗語說：**疾風知勁草**，經過這段不平凡的日子，誰是英雄，誰是狗熊，已一清二楚了。

【義近】路遙知馬力／日久見人心／歲寒知松柏之後凋／亂世見忠貞／板蕩識忠臣／時窮節乃見。

疾首蹙額 ㄐㄧˊ ㄕㄡˇ ㄘㄨˋ ㄜˊ

【釋義】疾首：頭痛。蹙額：皺眉頭。又作「疾首蹙頞」。頞：鼻梁。

【出處】孟子・梁惠王下：「舉疾首蹙頞而相告，曰：『吾王之好鼓樂，夫何使我至於此極也。』」

【用法】形容厭惡痛恨的樣子。

【例句】提到日本侵華史實，大多數中國人皆**疾首蹙額**，寧願它只是一場惡夢。

【義近】痛心疾首／深惡痛絕／切齒腐心。

【義反】喜形於色／得意洋洋。

疾惡如仇 ㄐㄧˊ ㄜˋ ㄖㄨˊ ㄔㄡˊ

【釋義】疾：也作「嫉」，憎恨。惡：指惡人惡事。

【出處】晉書・傅咸傳：「咸風格峻整，識性明悟，疾惡如仇。」

【用法】常用以形容一個人極富正義感，憎恨惡人惡事就像憎恨仇人一樣。

【例句】他一向**疾惡如仇**，對於社會上不公平的現象深惡痛絕。

【義近】善善惡惡。

【義反】認賊作父／不念舊惡／同流合汚。

病入膏肓 ㄅㄧㄥˋ ㄖㄨˋ ㄍㄠ ㄏㄨㄤ

【釋義】膏肓：心臟與橫膈膜中間的部位，爲藥力所達不到的地方。

【出處】左傳・成公十年：「疾不可爲也，在肓之上，膏之下，攻之不可，達之不及，藥不至焉，不可爲也。」

【用法】形容病情嚴重，無法醫治；也比喻事情惡化，已到無法挽救的地步。

【例句】①老太太已**病入膏肓**，將不久於人世，可準備後事了。②這個國家的腐敗已到了**病入膏肓**的地步，誰也無法挽救它將滅亡的命運。

【義近】命在旦夕／無可救藥／群醫束手／奄奄一息。

【義反】疥癬之恙／不藥可癒／起死回生。

病急亂投醫 ㄅㄧㄥˋ ㄐㄧˊ ㄌㄨㄢˋ ㄊㄡˊ ㄧ

【釋義】意謂病急了就亂找醫生，不管其醫術是否高明。

【出處】曹雪芹・紅樓夢五七回：「寶玉笑道：所謂病急亂投醫了。」

【用法】形容人病急不擇醫生，也比喻人遇到事態危急時，不擇救助者。

【例句】他雖病重，但也不能**病急亂投醫**，還是得找一個專科醫師，對症下藥才好。

【義近】飢不擇食／慌不擇路／寒不擇衣。

【義反】寧缺勿濫。

疲於奔命 ㄆㄧˊ ㄩˊ ㄅㄣ ㄇㄧㄥˋ

【釋義】疲：疲乏，勞累。奔命：奉命奔走。又作「罷於奔命」。

【出處】左傳・成公七年：「余必使爾罷（疲）於奔命以死。」

【用法】形容忙於奔走而疲累不堪，也形容事務繁忙得應付不過來。

【例句】他爲了養家餬口，做雙份工作，一天到晚，**疲於奔命**，實在太辛苦了。

【義近】精疲力竭／勞累不堪／身心勞瘁。

【義反】坐享其成／逍遙自在／

坐享清福。

痛心入骨 ㄊㄨㄥˋ ㄒㄧㄣ ㄖㄨˋ ㄍㄨˇ

【釋義】意謂傷痛入於骨髓。
【出處】後漢書・袁紹傳：「是以智達之士，莫不痛心入骨，傷時人不能相忍也。」
【用法】形容傷心到了極點。
【例句】父親剛死，他兄弟就為分家產的事而爭吵不休，你教我怎麼不**痛心入骨**呢？
【義近】痛之入骨／痛心疾首。
【義反】喜悅自得／其喜洋洋。

痛心疾首 ㄊㄨㄥˋ ㄒㄧㄣ ㄐㄧˊ ㄕㄡˇ

【釋義】心傷而頭痛。疾：痛。
【出處】左傳・成公一三年：「諸侯備聞此言，斯是用痛心疾首，暱就寡人。」
【用法】指傷心痛恨到了極點。
【例句】清末的國恥家恨，是每個中國人都**痛心疾首**的往事。
【義近】恨之入骨／深惡痛絕／悲憤填膺／疚心疾首。
【義反】樂不可支／大喜過望／喜形於色／喜上加喜。

痛不欲生 ㄊㄨㄥˋ ㄅㄨˋ ㄩˋ ㄕㄥ

【釋義】欲：想。生：活。
【出處】紀昀・閱微草堂筆記：「有王震升者，暮年喪愛子，痛不欲生。」
【用法】形容悲痛至極，以致不想再活下去。
【例句】丈夫死後，她想起日後漫長無依的歲月，有時**痛不欲生**，幾乎要自殺。
【義近】悲痛欲絕／悲不自勝。
【義反】欣喜若狂／樂不可支。

痛快淋漓 ㄊㄨㄥˋ ㄎㄨㄞˋ ㄌㄧㄣˊ ㄌㄧˊ

【釋義】淋漓：酣暢的樣子。
【出處】文康・兒女英雄傳：「趁著一時高興要作一個痛快淋漓，要出我自己心中那口不平之氣。」
【用法】形容盡興盡情，極其暢快。
【例句】她**痛快淋漓**地把經理罵了一頓，一吐心中被性騷擾所帶來的不快，就辭職走了。
【義近】酣暢淋漓。
【義反】不痛不癢／興意未盡。

痛改前非 ㄊㄨㄥˋ ㄍㄞˇ ㄑㄧㄢˊ ㄈㄟ

【釋義】痛：徹底地。非：過錯。
【出處】新刊大宋宣和遺事・亨集：「陛下倘信微臣之言，痛改前非……宗社之幸也。」李汝珍・鏡花緣一四回：「只要痛改前非，一心向善，雲的顏色也就隨心變換。」
【用法】表示下決心改掉以往的過錯。
【例句】他下定決心**痛改前非**，不再賭博了。
【義近】改過自新／洗心革面／重新做人。
【義反】怙惡不悛／死不改悔／執迷不悟。

痛定思痛 ㄊㄨㄥˋ ㄉㄧㄥˋ ㄙ ㄊㄨㄥˋ

【釋義】痛：痛苦。定：安定，平靜。
【出處】文天祥・指南錄後序：「境界危惡，層見錯生，非人世所堪。痛定思痛，痛何如哉！」
【用法】指悲痛的心情平靜之後，再追想當時所受的痛苦，含有警惕未來之意。有時含有倍增苦楚之意。
【例句】事故已經造成，**痛定思痛**，應該認真找出原因，讓類似的事件不再發生。

痛哭流涕 ㄊㄨㄥˋ ㄎㄨ ㄌㄧㄡˊ ㄊㄧˋ

【釋義】痛：極，盡情地。涕：眼淚。
【出處】賈誼・陳政事疏：「臣竊惟事勢，可為痛哭者一，可為流涕者二，可為長太息者六。」
【用法】形容極為傷心而縱情大

哭。

【例句】小王出車禍死了，她母親**痛哭流涕**，在場的人見了也跟著流下了眼淚。

【義近】聲淚俱下／號啕大哭／涕泗滂沱／涕泗縱橫。

【義反】縱情大笑／歡天喜地／哈哈大笑。

痛癢相關 ㄊㄨㄥˋ ㄧㄤˇ ㄒㄧㄤ ㄍㄨㄢ

【釋義】病痛、作癢都與身體密切相關。

【出處】楊士聰・玉堂薈記下：「張居正秉柄，外而督撫，內而各部，無一刻不痛癢相關。」

【用法】比喻彼此利害相關。

【例句】我們是合夥人，**痛癢相關**，我怎能撒手不管呢？

【義近】休戚相關／利害相關／生死相關。

【義反】無關痛癢／互不相關／兩不相涉。

瘦骨嶙峋 ㄕㄡˋ ㄍㄨˇ ㄌㄧㄣˊ ㄒㄩㄣˊ

【釋義】嶙峋：山崖突兀的樣子，此形容骨頭聳出突起。

【出處】長生殿・彈詞：「江南哭殺了瘦骨窮骸。」韓愈・送惠師詩：「眾壑皆嶙峋。」

【用法】形容人消瘦得皮包骨。

【例句】這位老人衣食無著，加上身患重病，被折磨得**瘦骨嶙峋**，實在可憐。

【義近】骨瘦如柴／瘦骨伶仃／形銷骨立。

【義反】心廣體胖／大腹便便。

瘡痍滿目 ㄔㄨㄤ ㄧˊ ㄇㄢˇ ㄇㄨˋ

【釋義】瘡痍：創傷。比喻人民疾苦或江山殘破景象。滿目：滿眼都是。又作「滿目瘡痍」。

【出處】漢書・季布傳：「今瘡痍未瘳，(樊)噲又面諛，欲搖動天下。」

【用法】形容社會在戰亂或災荒後殘破悽涼的景象。

【例句】臺灣剛從日軍手中收回時，眞可謂**瘡痍滿目**，民不聊生。

【義近】千瘡百孔／滿目悽涼／百廢待舉／瘡痍彌目。

【義反】物阜民安／繁榮昌盛／欣欣向榮。

癡人說夢 ㄔ ㄖㄣˊ ㄕㄨㄛ ㄇㄥˋ

【釋義】原指對傻子說夢話，而傻子信以爲眞。癡人：傻子。

【出處】惠洪・冷齋夜話卷九：「此正所謂對癡人說夢耳，渠信以爲眞。」

【用法】今用以譏諷人憑著自己荒唐的想像而胡言亂語。

【例句】你不要**痴人說夢**了，這輩子能衣食無缺就不錯了，還妄想成億萬富翁。

【義近】癡兒說夢／做白日夢。

【義反】言必有據／實言實語。

癡心妄想 ㄔ ㄒㄧㄣ ㄨㄤˋ ㄒㄧㄤˇ

【釋義】癡心：想得入了迷的心思。妄想：荒唐的想法。

【出處】古今小說・蔣興哥重會珍珠衫：「大凡人不做指望，倒也不在心上，一做指望，便癡心妄想。」

【用法】指脫離實際，一心想著不可能實現的事。

【例句】人家張小姐長得如花似玉，你長相醜陋，無才無能，却老想打她的主意，眞是**痴心妄想**。

【義近】異想天開／癩蛤蟆想吃天鵝肉／想入非非／不自量力。

【義反】自知之明／心若止水。

癩蝦蟆想吃天鵝肉 ㄌㄞˋ ㄏㄚˊ ㄇㄚˊ ㄒㄧㄤˇ ㄔ ㄊㄧㄢ ㄜˊ ㄖㄡˋ

【釋義】癩蝦蟆：蟾蜍，借喻醜陋的人。

【出處】水滸傳一〇一回：「啐！我恁地這般獃！癩蝦蟆怎

想吃天鵝肉！」

【用法】比喻人不自量力，而作癡心妄想。

【例句】憑你的長相，一無是處，也想去追那位貌若天仙的美人，眞是**癩蝦蟆想吃天鵝肉**。

【義近】參見「癡心妄想」條。

癶 部

登徒子 ㄉㄥ ㄊㄨˊ ㄗˇ

【釋義】爲一虛構人物。登徒：複姓。子：男子的通稱。

【出處】戰國時楚國宋玉作登徒子好色賦，言登徒子之妻醜陋，而登徒子悅之，生有五子。

【用法】用以指稱好色者。

【例句】他眞是個**登徒子**，見了有點姿色的女人就色瞇瞇的，窮追不已。

【義近】好色之徒。

【義反】魯男子／柳下惠／正人君子。

登高望遠 ㄉㄥ ㄍㄠ ㄨㄤˋ ㄩㄢˇ

【釋義】登上高處，望得更遠。

【出處】鄭德輝・王粲登樓三折：「登高望遠，人人懷故國之悲。」

【用法】比喻高瞻遠矚。

【例句】重陽佳節，約三五好友**登高望遠**，實在是一件賞心悅目的事。

【義近】高瞻遠矚／欲窮千里目，更上一層樓。

【義反】井中視星／以管窺天。

登峰造極 ㄉㄥ ㄈㄥ ㄗㄠˋ ㄐㄧˊ

【釋義】攀登到山峰的頂點。造：至。極：最高點。

【出處】劉義慶・世說新語・文學：「簡文云：『不知便可**登峰造極**不？』」

【用法】比喻學問、技能等達到最高的境界或成就。也比喻做事達到了頂點。

【例句】①張大千的畫，眞可以說是達到了**登峰造極**的境地。②這個人爲人陰險毒辣可謂**登峰造極**，而其卑劣無恥也不是人們想像得到的。

【義近】無以復加／至高無上／出神入化／盡善盡美。

【義反】天外有天／山外有山／人外有人／強中自有強中手。

發人深省 ㄈㄚ ㄖㄣˊ ㄕㄣ ㄒㄧㄥˇ

【釋義】發：啓發。省：醒悟。又作「發人深醒」。

【出處】杜甫・游龍門奉先寺詩：「欲覺聞晨鐘，令人發深省。」

【用法】指能啓發人深刻思考而有所醒悟。

【例句】老校長的臨別贈言簡明扼要，語重心長，**發人深省**。

【義近】發人深思／令人深省。

【義反】執迷不悟／不知自省。

發揚光大 ㄈㄚ ㄧㄤˊ ㄍㄨㄤ ㄉㄚˋ

【釋義】光大：照明盛大。

【出處】禮記・禮器：「德發揚，詡萬物。」周易・坤卦：「含弘光大，品物咸亨。」

【用法】說明好的作風、傳統等均能加以提昇發展。

【例句】在逐漸西化的潮流中，我們萬不可忘記同時將自己優美的傳統文化**發揚光大**。
【義近】踵事增華／宏揚光大。
【義反】棄之不顧／視爲累贅。

發揚蹈厲（ㄈㄚ ㄧㄤˊ ㄉㄠˋ ㄌㄧˋ）

【釋義】發揚：奮發昂揚。蹈厲：猛烈地頓足踏地。
【出處】禮記・樂記：「發揚蹈厲，大（太）公之志也。」
【用法】原指舞蹈時動作的威武，今用以比喻精神振奮，意氣風發。
【例句】公司面臨危機時，幸賴全體員工**發揚蹈厲**挽回劣勢，才有今天嶄新的局面。
【義近】鬥志昂揚／踔厲風發／發奮圖強／奮發向上。
【義反】萎靡不振／灰心喪氣／死氣沉沉／暮氣沉沉。

發號施令（ㄈㄚ ㄏㄠˋ ㄕ ㄌㄧㄥˋ）

【釋義】號：號令。施：發布。
【出處】尚書・冏命：「發號施令，罔有不臧。」
【用法】用以指發布命令，下達指示。
【例句】總經理從不滿足於坐在辦公室裏**發號施令**，而是深入到各個部門了解情況，掌握全局。
【義近】指手畫腳／頤指氣使。
【義反】俯首聽命／聽命於人／受人差遣。

發憤忘食（ㄈㄚ ㄈㄣˋ ㄨㄤˋ ㄕˊ）

【釋義】努力學習或工作，連吃飯都忘了。發憤：決心努力。
【出處】論語・述而：「發憤忘食，樂以忘憂，不知老之將至云爾。」
【用法】形容人十分勤奮。
【例句】像你兒子這樣**發憤忘食**，刻苦學習，將來不成龍才怪哩。
【義近】自強不息／夜以繼日／夙夜匪懈／孜孜不倦。
【義反】飽食終日／得過且過／自暴自棄。

發奮圖強（ㄈㄚ ㄈㄣˋ ㄊㄨˊ ㄑㄧㄤˊ）

【釋義】發奮：努力振作。圖：謀求。又作「奮發圖強」。
【出處】王充・論衡・初稟：「勇氣奮發，性自然也。」
【用法】用以指振奮精神，努力謀求富強。
【例句】只要有**發奮圖強**的精神，無論做什麼事，都一定可以獲得成功。
【義近】奮發蹈厲／勵精圖治／發揚蹈厲。
【義反】苟且偷安／得過且過／自暴自棄。

白部

白刃可蹈（ㄅㄞˊ ㄖㄣˋ ㄎㄜˇ ㄉㄠˋ）

【釋義】即使是鋒利的刀也可踩。白刃：鋒利的刀。蹈：踏，頓足。
【出處】禮記・中庸：「子曰：『天下國家可均也，爵祿可辭也，白刃可蹈也，中庸不可能也。』」
【用法】形容人爲了某種目的，敢於勇往直前，毫無所懼。
【例句】眞正的勇士，**白刃可蹈**，無任何艱險能阻擋他去爭取勝利。
【義近】敢上刀山／敢下火海／赴湯蹈火／不顧一切／死不足懼。
【義反】平途可畏／前怕狼後怕虎／畏首畏尾／畏懾不前。

白沙在涅，與之俱黑（ㄅㄞˊ ㄕㄚ ㄗㄞˋ ㄋㄧㄝˋ，ㄩˇ ㄓ ㄐㄩˋ ㄏㄟ）

【釋義】白沙混在汚泥中，就會變成和汚泥一樣的黑。
【出處】荀子・勸學：「蓬生麻中，不扶自直，白沙在涅，與之俱黑。」
【用法】用以形容人易受環境的影響。
【例句】**白沙在涅，與之俱黑**，所以我們不得不愼選理想的教育環境。
【義近】蓬生麻中，不扶自直／近朱者赤，近墨者黑。
【義反】出汚泥而不染。

白首同歸（ㄅㄛˊ ㄕㄡˇ ㄊㄨㄥˊ ㄍㄨㄟ）

【釋義】白首：頭髮白，指年老。同歸：一同回歸，指死亡。
【出處】潘岳・金谷集作詩：「投分寄石友，白首同所歸。」劉義慶・世說新語・仇隙載：潘岳與石崇同時被害，潘說：「可謂白首同所歸。」
【用法】用以指年歲俱老而同時命終，或形容友誼堅貞，白首不渝。
【例句】我與他是莫逆之交，友好往來幾十年，但願將來能**白首同歸**，也算不枉相知一生了。
【義近】莫逆之交／同生死共存亡／一同歸西。
【義反】半路分手／分道揚鑣。

白雲蒼狗（ㄅㄞˊ ㄩㄣˊ ㄘㄤ ㄍㄡˇ）

【釋義】白雲變成黑狗的形狀。蒼：黑色。
【出處】杜甫・可歎詩：「天上浮雲如白衣，斯須改變如蒼狗，古往今來共一時，人生萬事無不有。」
【用法】比喻世事變幻無常。
【例句】近幾年來，世界局勢的變遷實在太難捉摸，不禁使人有**白雲蒼狗**之歎。
【義近】滄海桑田／風雲莫測／白衣蒼狗／東海揚塵／高岸爲谷／深谷爲陵。
【義反】一成不變／風平浪靜／依然如故。

白駒過隙（ㄅㄛˊ ㄐㄩ ㄍㄨㄛˋ ㄒㄧˋ）

【釋義】像少壯的馬在細細的縫前飛快地馳過。駒：少壯的馬。過：越過。隙：縫隙。
【出處】莊子・知北遊：「人生天地之間，若白駒之過郤（隙），忽然而已。」
【用法】比喻光陰迅速，形容人生短暫。
【例句】光陰眞有如**白駒過隙**，一轉眼，一年又過去了。
【義近】歲月如流／光陰似箭／日月如梭／時光飛逝／日居月諸／月駛星馳／兔走烏飛／石火電光。
【義反】日光冉冉／羲和停馳／長繩繫日／以日爲年／漫漫人生路。

白頭偕老（ㄅㄞˊ ㄊㄡˊ ㄒㄧㄝˊ ㄌㄠˇ）

【釋義】偕：一起，一塊兒。一作「白頭到老」。
【出處】馮夢龍・醒世恆言・賣油郎獨佔花魁：「兩下志同道合……白頭到老。」沈復・浮生六記：「非如是，焉得白頭偕老哉！」
【用法】形容夫妻相親相愛，一直相伴到老。
【例句】今天是這老倆口的金婚之日，像他們這樣恩恩愛愛，**白頭偕老**，確實値得人稱羨。
【義近】伉儷情深／患難與共／白頭相守／故劍情深／百年偕老。
【義反】露水夫妻／文君新寡／停妻再娶／鏡破釵分／琵琶別抱／勞燕分飛／柴米夫妻。

白璧無瑕（ㄅㄞˊ ㄅㄧˋ ㄨˊ ㄒㄧㄚˊ）

【釋義】美玉潔淨無瑕。白璧：扁而圓，中心有孔的玉器。瑕：玉上的小斑點。一作「白玉無瑕」。

【出處】敦煌變文集・伍子胥變文：「彼見此物，美女輕盈，明珠照灼，黃金燦爛，白玉無瑕。」

【用法】比喻人或事物沒有缺點，十分地完好。

【例句】她是一個美麗活潑、**白璧無瑕**的少女，難怪有那麼多年輕男士圍著她轉了。

【義近】美玉無瑕／盡善盡美／十全十美／完美無缺。

【義反】疵瑕可見／醜惡不堪／無一可取／瑜不掩瑕。

白璧微瑕 ㄅㄞˊ ㄅㄧˋ ㄨㄟ ㄒㄧㄚˊ

【釋義】潔白的玉上有小斑點。

【出處】蕭統・陶淵明集序：「故更加搜求，粗爲區目，白璧微瑕者，惟在閒情一賦。」

【用法】比喻好的人或事物還有小缺點，即美中不足。多用來表示惋惜，有時帶有申辯之意。

【例句】不錯，他的確有些小毛病，但這只不過是**白璧微瑕**而已，無傷大雅的。

【義近】美中不足／瑕不掩瑜／白圭之玷／蠅糞點玉。

【義反】完美無缺／白璧無瑕／美玉無瑕／十全十美。

百口莫辯 ㄅㄞˇ ㄎㄡˇ ㄇㄛˋ ㄅㄧㄢˋ

【釋義】一百張嘴也沒有辦法辯白。百口：泛言其多。

【用法】用以說明誤會很深，無論怎樣費盡口舌，也無法辯解清楚。

【例句】當時我確實不在現場，你們硬要說我是這幫歹徒的共犯，我眞是**百口莫辯**了。

【義近】投進黃河洗不清／百口難分／有口難辯。

【義反】沉冤昭雪／眞相大白。

百川歸海 ㄅㄞˇ ㄔㄨㄢ ㄍㄨㄟ ㄏㄞˇ

【釋義】所有的江河最後都流入大海。川：指江河。

【出處】淮南子・氾論訓：「百川異源，而皆歸于海。」左思・吳都賦：「百川派別，歸海而會。」

【用法】比喻人心所向，眾望所歸。也比喻許多分散的事物都匯集到一個地方。

【例句】這篇文章先分舉例證，最後做一總結，正如**百川歸海**，結構甚佳。

【義近】百川會海／百川灌河／百川匯宗／百鳥朝鳳／眾望所歸／人心所向。

【義反】洪水橫流／各奔東西／眾叛親離／舟中敵國。

百犬吠聲 ㄅㄞˇ ㄑㄩㄢˇ ㄈㄟˋ ㄕㄥ

【釋義】一條狗叫，其他的狗聽到聲音後也跟著叫。百：泛言其多。吠：狗叫。

【出處】王符・潛夫論・賢難：「諺曰：『一犬吠形，百犬吠聲。』世之疾此，固久矣哉。」

【用法】比喻沒有主見，隨聲附和。

【例句】社會上常可見**百犬吠聲**的有趣景象：只要哪一個行業賺錢，立刻就有許多人一窩蜂地跟進。

【義近】人云亦云／亦步亦趨。

【義反】眞知灼見／別出心裁／獨樹一幟。

百尺竿頭，更進一步 ㄅㄞˇ ㄔˇ ㄍㄢ ㄊㄡˊ ㄍㄥˋ ㄐㄧㄣˋ ㄧˊ ㄅㄨˋ

【釋義】百尺竿頭：百尺高的竹竿子，指極高的境界。原爲佛教用語。一作「百丈竿頭」。

【出處】道源・景德傳燈錄卷十：「百尺竿頭須進步，十方世界是全身。」

【用法】比喻學問成就等達到很高程度後，還應繼續努力，進一步提昇。一般用作勉勵語。

【例句】每一位傑出的運動員都希望能**百尺竿頭，更進一步**，向人類體能的極限挑戰。

【義近】欲窮千里目，更上一層樓／再接再厲／精益求精。

【義反】不求進取／滿足現狀／

功成解志／功成德衰。

百孔千瘡 ㄅㄞˇ ㄎㄨㄥˇ ㄑㄧㄢ ㄔㄨㄤ

【釋義】一作「千瘡百孔」。孔：窟窿，小洞。
【出處】韓愈・與孟尚書書：「漢代以來，羣儒區區，修補百孔千瘡，隨亂隨失」。
【用法】形容漏洞、弊病很多，或破壞的程度嚴重。
【例句】這條馬路已被超載的卡車壓得**百孔千瘡**，來往的車輛務必要格外小心。
【義近】漏洞百出／瘡痍滿目／體無完膚／百弊叢生。
【義反】完美無缺／十全十美／天衣無縫／無懈可擊。

百世之師 ㄅㄞˇ ㄕˋ ㄓ ㄕ

【釋義】百世：猶言百代，歷時長久之意。師：師表。
【出處】孟子・盡心下：「聖人，百世之師也。」
【用法】形容或讚譽足以爲後世師表的人。
【例句】儒家思想對我國的影響既深且遠，其領袖孔子實堪稱爲**百世之師**。
【義近】萬世師表／堪稱楷模。

百年大計 ㄅㄞˇ ㄋㄧㄢˊ ㄉㄚˋ ㄐㄧˋ

【釋義】百年：泛指時間長遠，非確數。計：策略，計畫。
【用法】指關係到長遠利益的計畫或措施。
【例句】教育是國家的**百年大計**，一定要特別重視。
【義近】百年大業／長久之計。
【義反】權宜之計／朝夕之策。

百年不遇 ㄅㄞˇ ㄋㄧㄢˊ ㄅㄨˋ ㄩˋ

【釋義】百年：泛指時間長久。遇：碰上，遇到。
【用法】形容非常罕見，很難遇到。
【例句】現在社會安定繁榮，是**百年不遇**的大好環境，有志者應充分把握，以成就一番事業。
【義近】千載難逢／千載一遇／千載一時。
【義反】屢見不鮮／司空見慣。

百步穿楊 ㄅㄞˇ ㄅㄨˋ ㄔㄨㄢ ㄧㄤˊ

【釋義】能射穿一百步遠的某一片楊柳的葉子。
【出處】司馬遷・史記・周紀：「楚有養由基者，善射者也，去柳葉百步而射之，百發而百中之。」
【用法】形容射箭或射擊技術非常高超。
【例句】他的射箭技術相當高明，確實有**百步穿楊**的本領。
【義近】百發百中／箭無虛發／一發中的。
【義反】百發中一。

百足之蟲，死而不僵 ㄅㄞˇ ㄗㄨˊ ㄓ ㄔㄨㄥˊ ㄙˇ ㄦˊ ㄅㄨˋ ㄐㄧㄤ

【釋義】百足：毒蟲名，又名「蜈蚣」，腹部赤褐色，背部暗黑色有足二十對。僵：僵硬。
【出處】曹元首・六代論：「故語曰：百足之蟲，至死不僵，扶之者眾也。」
【用法】形容擁權勢大、財富多的人，雖日見衰微，但餘力尚在，仍非一般人可比。
【例句】古人有言**百足之蟲，死而不僵**。如今雖說不似先年那樣興盛，較之平常仕宦人家，到底氣象不同。（曹雪芹・紅樓夢二回）
【義近】尸居餘氣。
【義反】如日天中。

百折不撓 ㄅㄞˇ ㄓㄜˊ ㄅㄨˋ ㄋㄠˊ

【釋義】不管經受多少挫折，決不屈服。折：挫折。撓：彎曲。
【出處】蔡邕・太尉橋公碑：「有百折而不撓，臨大節而不可奪之風。」
【用法】形容人意志堅強、剛毅。
【例句】想攀登世界第一高峰，需要有堅定不移的決心、**百**

折不撓的毅力，以及堅強無比的意志。

【義近】堅韌不拔／不屈不撓／百折不回／再接再厲。

【義反】知難而退／打退堂鼓／半途而廢／一蹶不振／喪志沉淪／畏首畏尾。

百依百順 ㄅㄞˇ ㄧ ㄅㄞˇ ㄕㄨㄣˋ

【釋義】依、順：均為順從意。百：在此含一切、所有意。

【出處】凌濛初・初刻拍案驚奇：「做爺娘的百依百順，沒一事違拗了他。」

【用法】形容凡事順從別人。

【例句】他在上司面前，向來都是**百依百順**，從不敢違抗。

【義近】百依百隨／百順千隨／言聽計從／唯命是從／俯首帖耳。

【義反】桀驁不馴／傲視一切／剛愎自用／我行我素。

百念俱灰 ㄅㄞˇ ㄋㄧㄢˋ ㄐㄩˋ ㄏㄨㄟ

【釋義】所有的想法和打算都破滅了。俱：都。灰：消沉，破滅。一作「百念皆灰」。

【出處】魏秀仁・花月痕三八回：「我與你總是無緣，故此枝枝節節，生出許多變故，我如今百念皆灰，只求歸見老母。」

【用法】形容極端灰心失望，對一切都失去了興趣。

【例句】她自從丈夫去世後，**百念俱灰**，人也日漸消瘦，真令人擔心。

【義近】萬念俱灰／灰心喪氣／心灰意懶／意志消沉／萎靡不振／冰消瓦解／槁木死灰。

【義反】重振旗鼓／精神飽滿／奮戰不息／鬥志昂揚。

百思不解 ㄅㄞˇ ㄙ ㄅㄨˋ ㄐㄧㄝˇ

【釋義】百思：反覆思考。思：思索。不解：一作「莫解」。

【出處】清・無名氏・葛仙翁全傳：「百思不解，五夜躊躇，故乘隙邀君一面，以決中疑。」

【用法】說明無論怎樣想也不能理解。

【例句】我和他向來情同手足，近來他突然不理睬我，實在令人**百思不解**。

【義近】百思莫得其故／大惑不解／難明究竟。

【義反】一望而知／恍然大悟／豁然貫通／如夢方醒／茅塞頓開。

百家爭鳴 ㄅㄞˇ ㄐㄧㄚ ㄓㄥ ㄇㄧㄥˊ

【釋義】原指戰國時期各種思想流派紛紛著書講學的繁榮景像。百家：指學術上的各種派別。

【出處】漢書・藝文志載：凡諸子百八十九家，「蜂出並作，各引一端，崇其所善，以此馳說，取合諸侯。」

【用法】比喻學術上不同派別的自由爭論。

【例句】春秋戰國時代，各種學術流派雜然並陳，**百家爭鳴**，是我國學術思想史上一個輝煌的時期。

【義近】百花齊放。

【義反】萬馬齊喑／一支獨秀。

百無聊賴 ㄅㄞˇ ㄨˊ ㄌㄧㄠˊ ㄌㄞˋ

【釋義】聊賴：依賴，寄託。

【出處】焦延壽・易林：「身無寥賴，困窮乏糧。」梁啟超・讀陸放翁詩：「百無聊賴以詩鳴。」

【用法】形容精神上無所寄託，感到什麼都沒意思。

【例句】上個禮拜天我都待在家裏沒出門，無所事事的真是**百無聊賴**。

【義近】無所事事／無所寄託／無以自遣／心灰意懶。

【義反】興致勃勃／興會淋漓／精神振奮。

百發百中（ㄅㄞˇ ㄈㄚ ㄅㄞˇ ㄓㄨㄥˋ）

【釋義】射一百次，一百次都射中目標。發：射。

【出處】司馬遷・史記・周紀：「楚有養由基者，善射者也，去柳葉百步而射之，百發而百中之。」

【用法】形容射箭或打槍非常準確。也比喻料事有充分把握，從不落空。（此意爲百步穿楊所無）

【例句】①他是個**百發百中**的神槍手。②這回又讓你給說中了。你眞有料事如神、**百發百中**的本領啊！

【義近】百步穿楊／彈無虛發／萬無一失／料事如神／十拿九穩。

【義反】百不中一。

百感交集（ㄅㄞˇ ㄍㄢˇ ㄐㄧㄠ ㄐㄧˊ）

【釋義】各種感觸交織在一起。百：形容多。感：感觸，感想。交：一齊，交織。

【出處】江淹・別賦：「是以行子腸斷，百感悽惻。」陳亮・祭喻夏卿文：「百感交集，微我有咎。」

【用法】形容感觸很多，心情複雜。

【例句】她緊緊摟住久別重逢的女兒，**百感交集**地哭了起來。

【義近】百端交集／百感叢生／悲喜交集／百慮攢心。

【義反】麻木不仁／萬念俱灰／心如木石／無動於衷。

百端待舉（ㄅㄞˇ ㄉㄨㄢ ㄉㄞˋ ㄐㄩˇ）

【釋義】端：事情，項目。舉：做，興辦。

【用法】用以說明有很多被擱置的事情等著要興辦。

【例句】政府遷台之初，**百端待舉**，經過四十年來的努力建設，終於有了今日的規模。

【義近】百廢待舉／百廢待興。

【義反】百廢俱舉／百廢俱興。

百聞不如一見（ㄅㄞˇ ㄨㄣˊ ㄅㄨˋ ㄖㄨˊ ㄧˊ ㄐㄧㄢˋ）

【釋義】聽到人家說百次，不如親眼見一次。百：形容多。

【出處】漢書・趙充國傳：「百聞不如一見，兵難隃度，臣願馳至金城，圖上方略。」

【用法】說明親眼所見確實可靠，或者印象更深刻。

【例句】**百聞不如一見**，這次到大陸旅遊，才眞正體會到我國疆土遼闊。

【義近】眼見爲實，耳聽爲虛。

【義反】貴耳賤目／以耳爲目。

百廢俱興（ㄅㄞˇ ㄈㄟˋ ㄐㄩˋ ㄒㄧㄥ）

【釋義】所有被廢置的事都興辦起來。廢：被廢置的事情。俱：都。

【出處】范仲淹・岳陽樓記：「越明年，政通人和，百廢具（俱）興。」

【用法】形容事業恢復和發展的興旺景象。

【例句】王市長盡心公事，在其任內**百廢俱興**，市民稱頌不已。

【義近】興滅繼絕／百廢俱舉／百廢興旺／庶績咸熙。

【義反】百廢待興／百業凋零／百業蕭條／一無建樹／百弊叢生。

百戰百勝（ㄅㄞˇ ㄓㄢˋ ㄅㄞˇ ㄕㄥˋ）

【釋義】戰一百次勝一百次。百：形容其多。

【出處】鄧析子・無厚：「廟筭千里，帷幄之奇；百戰百勝，黃帝之師。」

【用法】形容所向無敵，每戰必勝。

【例句】世界上並沒有常勝將軍，所謂的**百戰百勝**，實際上是不存在的。

【義近】無戰不勝／無攻不克／百戰不殆。

【義反】屢戰屢敗／無戰不敗／三戰三北／一敗塗地。

百鍊成鋼（ㄅㄞˇ ㄌㄧㄢˋ ㄔㄥˊ ㄍㄤ）

【釋義】經過反覆錘鍊而成鋼。百：形容多。

【出處】應邵・漢宮儀：「今取堅鋼百煉而不耗。」

【用法】比喻經過長期多次的鍛鍊，變得堅強。

【例句】青年人只有在艱難的環境中打拚，才能**百鍊成鋼**。

【義近】精金百鍊。

百讀不厭（ㄅㄞˇ ㄉㄨˊ ㄅㄨˋ ㄧㄢˋ）

【釋義】讀過一百遍也不感到厭倦。百：形容多。厭：厭倦，滿足。

【出處】蘇軾・送安惇秀才失解西歸詩：「舊書不厭百回讀，熟讀深思子自知。」

【用法】極言作品之優美。

【例句】《三國演義》這部小說，不僅人物形象鮮明，情節曲折，而且能給人以智慧，確實**百讀不厭**。

【義近】韻味無窮／饒有情趣。

【義反】索然無味／味同嚼蠟／了無情趣。

皆大歡喜（ㄐㄧㄝ ㄉㄚˋ ㄏㄨㄢ ㄒㄧˇ）

【釋義】大家都高興。皆：都。

【出處】法華經・普賢菩薩勸發品：「佛說是經時……一切大會，皆大歡喜。」

【用法】形容人人得其所欲，無不滿意。

【例句】沒有一個政策可以做到**皆大歡喜**，總是無法滿足所有人的需求。

【義近】面面俱到。

【義反】怨聲載道。

皇天后土（ㄏㄨㄤˊ ㄊㄧㄢ ㄏㄡˋ ㄊㄨˇ）

【釋義】皇天：即天。后土：即地。一作「后土皇天」。

【出處】尚書・武成：「告於皇天后土，所過名山大川。」李密・陳情表：「皇天后土，實所共鑒。」

【用法】用以指稱天地的神靈。

【例句】我這番話完全出自內心，**皇天后土**，實所共鑒，若有反悔，雷殛火焚！

【義近】天神地祇／天地神靈。

皇親國戚（ㄏㄨㄤˊ ㄑㄧㄣ ㄍㄨㄛˊ ㄑㄧ）

【釋義】皇：皇帝。國：朝廷。

【出處】元・無名氏・謝金吾三折：「刀斧手且住者，不知是哪個皇親國戚來了也，等他過去了才好殺人哪！」

【用法】指皇族或皇帝的親戚，今泛指擁有很大權勢的人。

【例句】這個冤案我一定要翻，就是**皇親國戚**來了也壓服不了我！

【義近】王公貴戚／權貴勢要／皇子王孫。

【義反】平民百姓／黎民百姓。

皮部

皮之不存，毛將焉附（ㄆㄧˊ ㄓ ㄅㄨˋ ㄘㄨㄣˊ，ㄇㄠˊ ㄐㄧㄤ ㄧㄢ ㄈㄨˋ）

【釋義】皮都沒有了，毛還依附在哪裏。焉：何。附：依附。原以皮喻事之大者，毛喻事之次者。

【出處】左傳・僖公一四年：「虢射曰：『皮之不存，毛將安傅？』」安：何。傅：同「附」。

【用法】比喻事物失去了存在的基礎，就無所著落。

【例句】古人說：「**皮之不存，毛將焉附**。」國家與個人的關係亦是如此，所以我們應時刻關心國家的進步富強。

【義近】唇亡則齒寒／覆巢之下無完卵。

皮開肉綻 ㄆㄧˊ ㄎㄞ ㄖㄡˋ ㄓㄢˋ

【釋義】皮肉都裂開了。綻：裂開。
【出處】京本通俗小說・菩薩蠻：「左右將可常拖倒，打得皮開肉綻，鮮血迸流。」
【用法】形容傷勢慘重。多指受殘酷拷打。
【例句】女革命家秋瑾忍受著**皮開肉綻**的苦刑，始終一聲不響。
【義近】體無完膚／遍體鱗傷／傷痕累累。
【義反】體膚完好／身無傷痕／皮毛輕傷。

皮裏陽秋 ㄆㄧˊ ㄌㄧˇ ㄧㄤˊ ㄑㄧㄡ

【釋義】皮裏：指內心。陽秋：原作「春秋」，晉時避諱改「春」為「陽」。春秋一書，隱含褒貶。
【出處】晉書・褚裒傳：「譙國桓彝見而目之曰：『季野（裒）有皮裏陽秋。』」
【用法】指人表面不作評論，內心有所褒貶。
【例句】你不要看他寡言切語，遇事不吭氣，實際上他是**皮裏陽秋**，對人對事都有他獨自的看法。
【義近】心中有數／是非在心／心如明鏡／皮裏春秋。
【義反】不明事理／不知起倒／心無是非。

皿部

盈千纍萬 ㄧㄥˊ ㄑㄧㄢ ㄌㄟˇ ㄨㄢˋ

【釋義】盈：充滿。纍：連綴。
【出處】後漢書通俗演義五十九回：「靈帝見逐日得錢，盈千纍萬，自然喜歡。」
【用法】極言數目之多。
【例句】銀河系中有**盈千纍萬**的星球，而地球只不過是其中的一顆。
【義近】不可勝數／成千上萬／恆河沙數。
【義反】屈指可數／寥若晨星／箋箋之數。

盈科後進 ㄧㄥˊ ㄎㄜ ㄏㄡˋ ㄐㄧㄣˋ

【釋義】科：坑洞，指低窪處。河水流滿低窪的地方，而後繼續前進。
【出處】孟子・離婁下：「原泉混混，不舍晝夜，盈科而後進，放乎四海。」
【用法】比喻依序而行，漸進不已。
【例句】學習要下紮實的工夫，**盈科後進**，才能將學問做好。
【義近】按部就班／循序漸進。
【義反】一步登天／一蹴可幾。

盛名之下，其實難副 ㄕㄥˋ ㄇㄧㄥˊ ㄓ ㄒㄧㄚˋ ㄑㄧˊ ㄕˊ ㄋㄢˊ ㄈㄨˋ

【釋義】盛名：很大的名聲。實：實際，事實。副：符合。又簡作「盛名難副」。
【出處】後漢書・黃瓊傳：「陽春之曲，和者必寡；盛名之下，其實難副。」
【用法】指名聲常常可能大於實際。多用以表示謙虛或自我警戒。
【例句】我們的產品雖已暢銷中外，但決不可夜郎自大，故步自封，要知道**盛名之下，其實難副**啊！
【義近】有名無實／名不副實／徒有虛名／聲聞過情。

【義反】實至名歸／名副其實／名不虛傳。

盛氣凌人（ㄕㄥˋ ㄑㄧˋ ㄌㄧㄥˊ ㄖㄣˊ）

【釋義】以驕橫的氣勢壓人。盛氣：態度傲慢。凌：欺壓。

【出處】朱子全書・教人：「凡事謙恭，不得尚氣凌人，自取恥辱。」

【用法】形容傲慢自大，氣勢逼人。

【例句】我們應謙虛謹愼，戒驕戒躁，決不可自以爲是，**盛氣凌人**。

【義近】咄咄逼人／不可一世／驕傲非凡／趾高氣昂。

【義反】平易近人／和藹可親／謙虛謹愼。

盛極一時（ㄕㄥˋ ㄐㄧˊ ㄧˋ ㄕˊ）

【釋義】盛：盛行。極：達到極點。

【出處】歸有光・滄浪亭記：「極一時之盛。」東方樹・劉涕堂詩集序：「其說盛行一時。」

【用法】形容一時特別興盛或流行。有時也形容一時盛況空前。

【例句】人們總是追求新鮮，曾經**盛極一時**的事物若不求新求變，很容易就被忘記了。

【義近】方興未艾／風行一時／風靡一時。

【義反】無人問津／一落千丈。

盜名竊譽（ㄉㄠˋ ㄇㄧㄥˊ ㄑㄧㄝˋ ㄩˋ）

【釋義】盜、竊：用不正當的手段去取得。

【出處】荀子・不苟：「是非仁人之情也，是奸人將以盜名於晻世者也，險莫大焉。」

【用法】指用不正當的手段盜取名譽，以謀私利。

【例句】有的人爲了名利，竟偷取別人的手稿去發表，這種**盜名竊譽**的可恥行爲，理應繩之以法。

【義近】沽名釣譽／欺世盜名／矯俗干名。

【義反】實至名歸／眞才實學／名不虛傳。

盡力而爲（ㄐㄧㄣˋ ㄌㄧˋ ㄦˊ ㄨㄟˊ）

【釋義】盡：用盡。爲：做。

【出處】孟子・梁惠王上：「以若所爲，求若所欲，盡心力而爲之，後必有災。」

【用法】指用盡全部力量去做。

【例句】凡事**盡力而爲**，就不會有太多遺憾。

【義近】竭盡全力／全力以赴。

【義反】敷衍了事／投機取巧／避重就輕／拈輕怕重。

盡人皆知（ㄐㄧㄣˋ ㄖㄣˊ ㄐㄧㄝ ㄓ）

【釋義】盡：所有的。皆：都。

【用法】指所有的人都知道。

【例句】吸煙對健康有害，現已**盡人皆知**，遺憾的是有許多人照吸不誤。

【義近】世人皆知／人所共知／眾所周知／家喻戶曉。

【義反】鮮爲人知／知者寥寥／無人知曉。

盡心竭力（ㄐㄧㄣˋ ㄒㄧㄣ ㄐㄧㄝˊ ㄌㄧˋ）

【釋義】用盡心思，使出全力。

【出處】宋書・宗越傳：「莫不盡心竭力，故帝憑其爪牙，無所忌憚。」

【用法】形容做事十分認眞，竭盡心力的去做。

【例句】凡是交給他的任務，不論難易，他總是**盡心竭力**的去完成。

【義近】全力以赴／竭盡心力／不遺餘力。

【義反】敷衍了事／敷衍塞責／應付差事。

盡忠報國（ㄐㄧㄣˋ ㄓㄨㄥ ㄅㄠˋ ㄍㄨㄛˊ）

【釋義】忠：忠誠，忠實。報：報答，報效。

【出處】北史・顏之儀傳：「公等備受朝恩，當盡忠報國，奈何一旦欲以神器假人！」

【用法】用以表示竭盡忠貞，報效國家。
【例句】岳飛一生**盡忠報國**，光照史冊，名垂千古。
【義近】以身許國／精忠報國／竭誠衛國。
【義反】叛主賣國／禍國殃民／賣國求榮。

盡信書不如無書（ㄐㄧㄣˋ ㄒㄧㄣˋ ㄕㄨ ㄅㄨˋ ㄖㄨˊ ㄨˊ ㄕㄨ）

【釋義】完全相信書倒還不如沒有書的好。書：原指尚書，後泛指書籍。
【出處】孟子・盡心下：「盡信書，則不如無書。吾於武成，取二三策而已矣。」
【用法】指讀書要融會貫通，不可拘泥於書本。
【例句】古人說得好：**盡信書不如無書**，讀書就是要懂得融會貫通，否則便不如不讀。

盡善盡美（ㄐㄧㄣˋ ㄕㄢˋ ㄐㄧㄣˋ ㄇㄟˇ）

【釋義】盡：盡頭，此指達到極點。善：完善。
【出處】論語・八佾：「子謂韶，盡美矣，又盡善也；謂武，盡美矣，未盡善也。」
【用法】形容完美到達了極點。
【例句】要想把我們的工作做得**盡善盡美**，得要付出更多的努力。
【義近】十全十美／完美無缺／白璧無瑕。
【義反】一無可取／一無是處／毛病百出。

監守自盜（ㄐㄧㄢ ㄕㄡˇ ㄗˋ ㄉㄠˋ）

【釋義】監守：看管。
【出處】明律・刑律：「凡監臨自守，自盜倉庫錢糧等物，不分首從，併贓論罪。」
【用法】指盜竊自已主管的公共財物。
【例句】他身爲行庫經理，卻**監守自盜**，不依法治罪，怎向眾人交代。
【義近】中飽私囊／貪贓枉法。
【義反】奉公守法／居官清廉／洗手奉職。

盤根錯節（ㄆㄢˊ ㄍㄣ ㄘㄨㄛˋ ㄐㄧㄝˊ）

【釋義】樹根彎曲盤繞，枝節錯綜交叉。
【出處】後漢書・虞詡傳：「志不求易，事不避難，臣之職也；不遇槃（盤）根錯節，何以別利器乎？」
【用法】比喻事情極其複雜棘手，難以處理。
【例句】這件案子錯綜複雜，其**盤根錯節**又豈是三言兩語就可道盡的。
【義近】犬牙交錯／錯綜複雜／盤曲交錯。
【義反】簡單明瞭／簡而易行。

目部

目中無人（ㄇㄨˋ ㄓㄨㄥ ㄨˊ ㄖㄣˊ）

【釋義】眼裏沒有任何人，也就是不把別人放在眼裏。
【出處】馮夢龍・東周列國志九六回載：趙括嘗與父趙奢論兵，「指天畫地，目中無人，雖奢亦不能難他。」
【用法】形容高傲自大，看不起人。
【例句】你這人也未免太**目中無人**了，連你父親你都要說長道短，你會強過他嗎？
【義近】目空一切／唯我獨尊／旁若無人／目無餘子／驕傲非凡。
【義反】虛懷若谷／平易近人／屈己待人／謙卑自牧。

目不交睫 ㄇㄨˋ ㄅㄨˋ ㄐㄧㄠ ㄐㄧㄝˊ

【釋義】 沒有合眼，指沒有睡覺。交睫：上下睫毛相合。

【出處】 司馬遷・史記・袁盎晁錯列傳：「陛上不交睫，不解衣。」白行簡・李娃傳：「生恚怒方甚，自昏達旦，目不交睫。」

【用法】 形容人忙碌憂慮，夜不成眠。

【例句】 為了按時交貨，公司上上下下的員工兩天來都**目不交睫**地在趕工。

【義近】 夜不成眠／夜不能寐／徹夜未眠。

【義反】 高枕而臥／高枕無憂。

目不見睫 ㄇㄨˋ ㄅㄨˋ ㄐㄧㄢˋ ㄐㄧㄝˊ

【釋義】 眼睛看不見自己的睫毛。

【出處】 司馬遷・史記・越王句踐世家：「見豪毛而不見其睫也。」王安石・再用前韻寄蔡天啓：「遠求而近遺，如目不見睫。」

【用法】 比喻眼光短淺，無自知之明。

【例句】 你總是把自己看成一朵花，對別人則嗤之以鼻，這種**目不見睫**的作為，實在可笑至極。

【義近】 闇於自見／謂己為賢／自醜不知／坐井觀天。

【義反】 放眼天下／自知之明。

目不暇給 ㄇㄨˋ ㄅㄨˋ ㄒㄧㄚˊ ㄐㄧˇ

【釋義】 眼睛看不過來。暇：空閒。給：供應。

【出處】 劉義慶・世說新語・言語：「從山陰道上行，山川自相印發，使人應接不暇。」鄭燮・濰縣署中與舍弟墨：「目不暇給。」

【用法】 形容優美之物很多或景物很美，來不及觀看欣賞。

【例句】 ①沿途景物，氣象萬千，使人**目不暇給**。②展覽會上展出的新產品豐富多樣，令人**目不暇給**。」

【義近】 應接不暇／美不勝收／目不暇視／目不勝收。

【義反】 一目了然／一覽無餘／盡收眼底。

目不轉睛 ㄇㄨˋ ㄅㄨˋ ㄓㄨㄢˇ ㄐㄧㄥ

【釋義】 眼珠不轉動盯著看。睛：眼珠。

【出處】 京本通俗小說・馮玉梅團圓：「那肆光中有個漢子坐下，……偷看那婦人，目不轉睛。」

【用法】 形容注意力非常集中，看得出神。

【例句】 模特兒身上穿了一件亮麗高雅的晚禮服，全場觀眾都**目不轉睛**地注視著她。

【義近】 目不斜視／目不旁視／聚精會神／全神貫注／專心致志。

【義反】 左顧右盼／東張西望／心不在焉／心猿意馬／魂不守舍。

目不窺園 ㄇㄨˋ ㄅㄨˋ ㄎㄨㄟ ㄩㄢˊ

【釋義】 不去花園裏觀賞景色。窺：觀看。

【出處】 漢書・董仲舒傳：「下帷講誦，弟子傳以久次相授業，或莫見其面。蓋三年不窺園，其精如此。」

【用法】 用以形容專心攻讀。

【例句】 他之所以能在學術上有如此高深的造詣，乃是因有**目不窺園**的好學精神。

【義近】 專心致志／目不斜視／刻苦攻讀／足不出門／十年寒窗。

【義反】 心馳神騖／東張西望／三天打魚，兩天曬網。

目不識丁 ㄇㄨˋ ㄅㄨˋ ㄕˋ ㄉㄧㄥ

【釋義】 認不得「丁」字。丁：指簡單的漢字。

【出處】 舊唐書・張弘靖傳：「今天下無事，汝輩挽得兩石力弓，不如識一丁字。」明臣奏議三七：「誥敕之館，目不識丁。」

【用法】常用以譏誚人一字不識或沒有學問。

【例句】他明明**目不識丁**，却要裝做一副有學問的樣子，實在令人作嘔。

【義近】不識一丁／不識之無／不知丁董／胸無點墨／末學膚受／孤陋寡聞／腹笥甚儉。

【義反】知書識禮／識文斷字／學富五車／滿腹經綸。

目光如豆 ㄇㄨˋ ㄍㄨㄤ ㄖㄨˊ ㄉㄡˋ

【釋義】眼光像豆子那麼小。

【用法】形容人見識短淺，胸襟狹窄，想事情、看問題都不能從全局著眼，缺乏遠見。

【例句】我們不能**目光如豆**，只看見眼皮子底下的事，遇事要考慮得深遠一些。

【義近】鼠目寸光／見小不見大／見物不見人／揀芝麻丟西瓜／眼眶子淺。

【義反】目光如炬／放眼天下／高瞻遠矚／目光深邃／目光遠大。

目光如炬 ㄇㄨˋ ㄍㄨㄤ ㄖㄨˊ ㄐㄩˋ

【釋義】眼光像火炬般發亮。炬：火把。原形容憤怒之極。

【出處】南史・檀道濟傳：「道濟見收，憤怒氣盛，目光如炬，俄爾引飲一斛。」

【用法】形容眼睛有神或見識遠大。

【例句】公辨其聲，而目不可開，乃奮臂以指撥眥，**目光如炬**。(方苞・左忠毅公軼事)

【義近】目光炯炯／目有紫稜／顧盼曄如／洞燭機先。

【義反】目光如豆／目光短淺／兩眼無神。

目光炯炯 ㄇㄨˋ ㄍㄨㄤ ㄐㄩㄥˇ ㄐㄩㄥˇ

【釋義】兩眼明亮有神。炯炯：明亮的樣子。

【出處】潘岳・寡婦賦：「目炯炯而不寢。」

【用法】形容人精神飽滿，眼睛明亮有神。

【例句】雙十節，三軍健兒**目光炯炯**地踏著正步，走過閱兵台前。

【義近】炯炯有神／目光如炬／精神飽滿／目有紫稜。

【義反】目光呆滯／兩眼無神／懶精無神。

目空一切 ㄇㄨˋ ㄎㄨㄥ ㄧˊ ㄑㄧㄝˋ

【釋義】一切都不放在眼裏。空：用作動詞。

【出處】李汝珍・鏡花緣五二回：「但他恃著自己學問，目空一切，每每不把人放在眼內。」

【用法】形容極端驕傲自大。

【例句】別以爲你對公司有一些貢獻就能**目空一切**，沒有幾個人會服你的。

【義近】目中無人／不可一世／妄自尊大／目無餘子／驕傲非凡。

【義反】虛懷若谷／謙卑自牧／卑以自牧。

目迷五色 ㄇㄨˋ ㄇㄧˊ ㄨˇ ㄙㄜˋ

【釋義】目迷：看花了眼。五色：指各種顏色。原指色彩雜陳，令人看了眼花。

【出處】老子一二章：「五色令人目盲。」蘇軾・送李方叔詩：「平生漫說古戰場，過眼終迷日五色。」

【用法】現也比喻事物的錯綜複雜，使人難以分辨清楚。

【例句】百貨公司大肆展開折扣活動，各類服飾百貨令人**目迷五色**，不知如何選購。

【義近】眼花撩亂／花樣百出／目眩神迷／撲朔迷離。

【義反】一目了然／良莠分明／一清二楚。

目眥盡裂 ㄇㄨˋ ㄗˋ ㄐㄧㄣˋ ㄌㄧㄝˋ

【釋義】眼眶裂開。目眥：眼角，眼眶。

【出處】司馬遷・史記・項羽本紀：「（樊）噲遂入，披帷西嚮立，瞋目視項王，頭髮上指，目眥盡裂。」
【用法】形容憤怒到了極點。
【例句】看到自己的妻子遇害，他**目眥盡裂**，揮拳就要打那個行兇的歹徒。
【義近】眥裂髮橫／怒髮衝冠／怒目圓睜。
【義反】眉開眼笑／歡天喜地／手舞足蹈／欣喜若狂。

目無全牛 ㄇㄨˋ ㄨˊ ㄑㄩㄢˊ ㄋㄧㄡˊ

【釋義】宰牛時，眼中沒有完整的牛。
【出處】莊子・養生主：「始臣之解牛之時，所見無非牛者，三年之後，未嘗見全牛也。」
【用法】比喻技藝精湛純熟。
【例句】她邊看電視邊織毛衣，純熟的技巧已到了**目無全牛**的境地。
【義近】庖丁解牛／游刃有餘／熟能生巧／運用自如／運斤成風／斲輪老手／神工鬼斧／爐火純青。
【義反】所見皆牛／生手生腳／笨手笨腳／技止此耳。

目無法紀 ㄇㄨˋ ㄨˊ ㄈㄚˇ ㄐㄧˋ

【釋義】眼睛裏沒有法令紀律。
【出處】李寶嘉・官場現形記四八回：「蔣中丞因該匪等膽敢抗拒官軍，異常兇悍，實屬目無法紀。」
【用法】形容人膽大妄為，全不把法令紀律放在心上。
【例句】這傢伙一向**目無法紀**，胡作非為，現在被關進監獄正是他應得的下場。
【義近】無法無天／膽大妄為／違法亂紀。
【義反】奉公守法／循規蹈矩／安常守分。

目瞪口呆 ㄇㄨˋ ㄉㄥˋ ㄎㄡˇ ㄉㄞ

【釋義】兩眼瞪著不動，口裏說不出話來。呆：愣。
【出處】施耐庵・水滸傳一九回：「林沖把桌子只一腳，踢在一邊；……嚇得小嘍囉們目瞪口呆。」
【用法】用以形容驚恐或受窘的樣子。
【例句】親眼目睹一場血淋淋的車禍，那孩子嚇得**目瞪口呆**，一句話也答不出來了。
【義近】瞠目結舌／張口結舌／呆若木雞／兩眼發直／瞪目無言／啞口無言。
【義反】神色自若／鎮定自如／神情如故／神態如常。

直言不諱 ㄓˊ ㄧㄢˊ ㄅㄨˋ ㄏㄨㄟˋ

【釋義】直：直率。諱：隱，隱諱。
【出處】戰國策・齊策四：「聞先生直言正諫不諱。」晉書・劉隗傳：「是以敢肆狂瞽，直言無諱。」
【用法】形容說話坦率，毫無顧忌。
【例句】魏徵**直言不諱**，勇於諫上，深得太宗的信任。
【義近】直言無隱／心直口快／直抒己見。
【義反】隱晦曲折／旁敲側擊／拐彎抹角。

直情徑行 ㄓˊ ㄑㄧㄥˊ ㄐㄧㄥˋ ㄒㄧㄥˊ

【釋義】直、徑：徑直，直接。
【出處】禮記・檀弓下：「禮有微情者，有以故興物者，有直情而徑行者，戎狄之道也，禮道則不然。」
【用法】用以形容任憑自己的意志而徑直行事，全然不受禮教節制。
【例句】你這樣**直情徑行**，完全置社會禮教於不顧，將來總有一天要吃虧的。
【義近】直肆己情／任意而行／放任而行／放任曠達。
【義反】遵循禮教／依禮而行／不越規矩／循規蹈矩。

直截了當 ㄓˊ ㄐㄧㄝˊ ㄌㄧㄠˇ ㄉㄤˋ

【釋義】直截：徑直。了當：了結妥當。

【出處】文康・兒女英雄傳八回：「害我性命的話，直截了當的告訴了我，豈不省了你一番大事。」

【用法】形容說話做事乾脆爽快，不繞彎子。

【例句】他是個爽快人，說話做事**直截了當**，乾脆俐落。

【義近】單刀直入／開門見山／斬釘截鐵。

【義反】隱晦曲折／拐彎抹角／繞來繞去。

直搗黃龍 ㄓˊ ㄉㄠˇ ㄏㄨㄤˊ ㄌㄨㄥˊ

【釋義】搗：搗毀。黃龍：府名，今吉林省農安縣，宋時為金人京城。

【出處】宋史・岳飛傳：「直抵黃龍府，與諸君痛飲爾！」

【用法】用以表示徹底摧毀敵人的老巢。

【例句】一不做，二不休，既然已打到這裏，乾脆**直搗黃龍**，把敵人一舉殲滅。

【義近】長驅直入／痛飲黃龍／直搗虎穴／連根拔除／斬草除根。

【義反】養癰遺患／窮寇莫追／鳴金收兵／放虎歸山。

省吃儉用 ㄕㄥˇ ㄔ ㄐㄧㄢˇ ㄩㄥˋ

【釋義】儉：節約。一作「省使儉用」。

【出處】凌濛初・二刻拍案驚奇卷二二：「雖不及得富盛之時，却是省吃儉用，勤心苦胝，衣食盡不缺了。」

【用法】指生活儉樸節省，毫不浪費。

【例句】她的收入不豐，但是在**省吃儉用**下倒還過得去。

【義近】節衣縮食／簡樸度日／勤儉持家。

【義反】鋪張浪費／揮霍無度／肆意揮霍。

相反相成 ㄒㄧㄤ ㄈㄢˇ ㄒㄧㄤ ㄔㄥˊ

【釋義】相反：指兩個事物相排斥、相對立。相成：指對立之事相互依賴、相互促成。

【出處】漢書・藝文志：「仁之與義，敬之與和，相反而皆相成也。」

【用法】指相反的東西有同一性，即事物在一個方面互相排斥，而在另一個方面則又互相補充促進。

【例句】戰爭與和平是**相反相成**，戰爭在一定條件下可以轉化成和平，和平在一定條件下也可轉化成戰爭。

【義近】相滅相生／相生相剋。

【義反】水火不容／針鋒相對／無同可求。

相去無幾 ㄒㄧㄤ ㄑㄩˋ ㄨˊ ㄐㄧˇ

【釋義】相去：相距。無幾：沒有多少。

【出處】老子二十章：「唯之與阿，相去幾何？美之與惡，相去若何？」

【用法】指二者距離不遠或差別不大。

【例句】這兩種錦緞的價格**相去無幾**，但品質懸殊很大。

【義近】大同小異／不相上下／難分高低。

【義反】天壤之別／天差地遠。

相安無事 ㄒㄧㄤ ㄢ ㄨˊ ㄕˋ

【釋義】相安：平安相處。安：安定，平安。

【出處】鄧牧・伯牙琴・吏道：「古者軍民間相安無事者，固不得無吏，而為員不多。」

【用法】形容彼此和睦相處，沒有什麼爭執或衝突。

【例句】這兩家雖是世仇，但在無利益衝突下，這幾年倒也過得**相安無事**。

【義近】和平共處／和睦相處／平安無事。

【義反】你爭我奪／爾虞我詐／明爭暗鬥。

相形失色（ㄒㄧㄤ ㄒㄧㄥˊ ㄕ ㄙㄜˋ）

【釋義】形：對照，比較。失色：失去光彩。
【用法】指跟同類事物相比，顯得大大不如，相差得太遠。
【例句】仙人掌有著一種使普通植物爲之**相形失色**的倔強性格和獨特風貌。
【義近】相形見絀。
【義反】相差無幾／懸殊不大。

相形見絀（ㄒㄧㄤ ㄒㄧㄥˊ ㄐㄧㄢˋ ㄔㄨˋ）

【釋義】相形：相互對照、比較。絀：不夠，不足。
【出處】李綠園．歧路燈一四回：「又見婁樸，同窗共硯，今日相形見絀。」
【用法】形容跟同類的事物相比較，顯出不足。
【例句】張小姐長得已經夠美了，但跟王小姐相比，又不免顯得**相形見絀**了。
【義近】相形失色。
【義反】各有千秋／互爲頡頏／旗鼓相當。

相忍爲國（ㄒㄧㄤ ㄖㄣˇ ㄨㄟˋ ㄍㄨㄛˊ）

【釋義】忍：容忍，忍讓。
【出處】左傳．昭公元年：「曾夭謂曾阜曰：『魯以相忍爲國也，忍其外，不忍其內，焉用之？』」
【用法】指爲了國家的利益而向人作一定的讓步。
【例句】各黨各派，只要能**相忍爲國**，再大的問題也不難解決。
【義近】顧全大局。
【義反】自私自利／不識大體。

相依爲命（ㄒㄧㄤ ㄧ ㄨㄟˊ ㄇㄧㄥˋ）

【釋義】相互依靠度日。爲命：維持生命。
【出處】李密．陳情表：「母孫二人，更相爲命。」蒲松齡．聊齋志異．王成：「小人無恆產，與（鶉）相依爲命。」
【用法】形容互相依靠，誰也離不開誰。
【例句】她們母女二人**相依爲命**，過著艱辛的日子，直到女兒學業有成，找到好工作後才改善。
【義近】唇齒相依／休戚與共／共生死同存亡／休戚相關。

相映成趣（ㄒㄧㄤ ㄧㄥˋ ㄔㄥˊ ㄑㄩˋ）

【釋義】相映：對照，襯托。趣：興味，趣味。
【用法】形容兩者在相襯或對照之下，顯得很有趣味，很有意思。
【例句】草木濃綠一片，點綴著三兩朵紅花，**相映成趣**。
【義近】相得益彰／掩映生姿／相互輝映。
【義反】相形見絀／相形失色。

相風使帆（ㄒㄧㄤ ㄈㄥ ㄕˇ ㄈㄢˊ）

【釋義】意即看風使帆。相：視，觀察。
【出處】陸游．醉歌：「相風使帆第一籌，隨風倒柂更何憂。」
【用法】比喻爲人處世，隨情勢轉變而有所改變。
【例句】這種**相風使帆**的人，你何必還要和他講什麼原則、是非！
【義近】相機行事／見風使舵／隨機應變／牆頭草兩邊倒。
【義反】一成不變／堅守原則／至死不變／威武不屈。

相時而動（ㄒㄧㄤ ㄕˊ ㄦˊ ㄉㄨㄥˋ）

【釋義】相：視，觀察。時：時機。
【出處】周書．宇文神舉傳：「（宇文）顯和具陳宜杜門晦跡。相時而動，孝武深納焉。」
【用法】說明爲人靈活機敏，善於選擇時機採取行動。
【例句】今日的世界千變萬化，日新月異，我們必須提高警覺，**相時而動**，以免坐失良機。

【義近】 相機而動／見機行事／相機行事。

【義反】 守株待兔／刻舟求劍／坐等時機。

相馬失之瘦，相士失之貧 ㄒㄧㄤˋ ㄇㄚˇ ㄕ ㄓ ㄕㄡˋ，ㄒㄧㄤˋ ㄕˋ ㄕ ㄓ ㄆㄧㄣˊ

【釋義】 意謂相馬者忽視瘦馬，相人者忽視窮人。之：代詞，上句「之」代馬，下句「之」代士。

【出處】 司馬遷・史記・滑稽列傳：「當其貧困時，人莫省視……諺曰：『相馬失之瘦，相士失之貧。』其此之謂邪？」

【用法】 說明以貧富論人或以貌取人，必然要失掉許多眞正的人材。

【例句】 古人說：「**相馬失之瘦，相士失之貧**。」選拔人才應依據其才德，不要去管貧富貴賤，資歷深淺。

【義近】 以貌取人，失之子羽。

相得益彰 ㄒㄧㄤ ㄉㄜˊ ㄧˋ ㄓㄤ

【釋義】 相得：相互配合、映襯。益：更加。彰：明顯。

【出處】 王褒・聖主得賢臣頌：「明明在朝，穆穆列布，聚精會神，相得益章(彰)。」

【用法】 指兩個人或兩件事物互相配合，雙方的能力和作用更能顯示出來。

【例句】 小劉的男中音和柳先生的手風琴伴奏**相得益彰**，更富有藝術感染力。

【義近】 相輔相成／相互輝映。

【義反】 相形見絀／相形見拙／相形失色。

相提並論 ㄒㄧㄤ ㄊㄧˊ ㄅㄧㄥˋ ㄌㄨㄣˋ

【釋義】 並：並列在一起。一作「相提而論」。

【出處】 司馬遷・史記・魏其武安侯列傳：「相提而論，是自明揚主上之過。」文康・兒女英雄傳二七回：「如今把他兩個相提並論起來。」

【用法】 把兩個人或兩件事放在一起談論或看待。

【例句】 這兩個人無論是品德修養還是學術造詣，都相差很遠，怎能**相提並論**呢？

【義近】 等量齊觀／混爲一談／同日而語。

【義反】 不倫不類／擬於不倫／不可同日而語。

相敬如賓 ㄒㄧㄤ ㄐㄧㄥˋ ㄖㄨˊ ㄅㄧㄣ

【釋義】 彼此尊敬，有如對待賓客。一作「相待如賓」。

【出處】 左傳・僖公三三年：「初，臼季使過冀，見冀缺耨，其妻饁之，敬，相待如賓。」

【用法】 今用以形容夫妻關係和睦，相敬相愛。

【例句】 這對老夫婦幾十年來一直恩恩愛愛，**相敬如賓**。

【義近】 琴瑟相和／舉案齊眉／相親相愛。

【義反】 瑟瑟不和／蕭郎陌路／反目成仇。

相輔相成 ㄒㄧㄤ ㄈㄨˇ ㄒㄧㄤ ㄔㄥˊ

【釋義】 相互輔助，相互促進。輔：輔助，幫助。一作「相輔而成」。

【出處】 頤瑣・黃繡球七回：「有你的勇猛進取，就不能無我的審愼周詳，這就叫做相輔而成。」

【用法】 指兩件事物相互依賴對方而存在，缺一不可。

【例句】 以中國的舊文化融合西方的科學精神，正可以**相輔相成**，相得益彰。

【義近】 互助互補／相得益彰／適以相成。

【義反】 相互對立／水火不容／適得其反。

相濡以沫 ㄒㄧㄤ ㄖㄨˊ ㄧˇ ㄇㄛˋ

【釋義】 用口沫相互濕潤。濡：

濕潤。沫：唾液。

【出處】莊子・大宗師：「泉涸，魚相與處於陸，相呴以濕，相濡以沫，不若相忘於江湖！」

【用法】比喻在窮困時，彼此互助互濟。

【例句】他倆結識以來，家境一直很貧寒，但感情真摯深厚，彼此**相濡以沫**。

【義近】共度患難／相呴以濕／同甘共苦。

眉目如畫（ㄇㄟˊ ㄇㄨˋ ㄖㄨˊ ㄏㄨㄚˋ）

【釋義】形容面容俊美。眉目：眉毛眼睛，此代稱整個面容。如畫：就像畫中的人物。

【出處】後漢書・馬援傳：「援自還京師，數被進見。為人明鬚髮，眉目如畫。」

【用法】今多用以稱美女子。

【例句】李太太**眉目如畫**，的確長得漂亮，怪不得她丈夫引以為榮。

【義近】花容月貌／姿貌端華／容貌端麗／眉黛青顰。

【義反】貌似無塩／鳩形鵠面／其貌不揚。

眉來眼去（ㄇㄟˊ ㄌㄞˊ ㄧㄢˇ ㄑㄩˋ）

【釋義】一作「眼來眉去」，指以眉目傳情。

【出處】關漢卿・魯齋郎三折：「他兩個眉來眼去，不由我不暗暗躊躇。」

【用法】形容以眉目示意或傳情，多用於男女情愛。

【例句】①他們兩人**眉來眼去**的，不知在搞什麼名堂。②他與她正在熱戀之中，連上班時也是**眉來眼去**的。

【義近】眉挑目語／目挑心招／眉目傳情／暗送秋波／送眼流眉。

【義反】目不斜視／不瞅不睬／互不理睬。

眉飛色舞（ㄇㄟˊ ㄈㄟ ㄙㄜˋ ㄨˇ）

【釋義】色：臉色，神色。一作「色飛眉舞」。

【出處】李寶嘉・官場現形記一回：「王鄉紳一聽此言，不禁眉飛色舞。」

【用法】形容人得意興奮、非常喜悅的樣子。

【例句】你看他那**眉飛色舞**的樣子，一定是有什麼稱心如意的事。

【義近】神色飛舞／眉開眼笑／喜笑顏開。

【義反】愁眉苦臉／愁眉鎖眼／愁眉不展。

眉清目秀（ㄇㄟˊ ㄑㄧㄥ ㄇㄨˋ ㄒㄧㄡˋ）

【釋義】眉、目：指代面容。清、秀：俊美。

【出處】元明雜劇・無名氏・張于湖誤宿女貞觀二折：「我見他眉清目秀，動靜語默，是個非常的人。」

【用法】形容人容貌俊美可愛。

【例句】令郎不僅學業成績優秀，且長得**眉清目秀**，一派福相，今後一定大有前途。

【義近】明眉大眼／眉目疏朗／劍眉星眼。

【義反】濃目細眼／賊眉賊眼／獐頭鼠目。

眉睫之禍（ㄇㄟˊ ㄐㄧㄝˊ ㄓ ㄏㄨㄛˋ）

【釋義】眉睫：眉毛和睫毛，比喻近在眼前。

【出處】韓非子・用人：「不去眉睫之禍，而慕（孟）賁、（夏）育之死。」

【用法】指近在眼前的禍患。

【例句】**眉睫之禍**即至，你還不趕快逃跑，想等死嗎？

【義近】大難臨頭／禍在眉睫。

【義反】吉星高照／全身遠害／轉危為安。

眉開眼笑（ㄇㄟˊ ㄎㄞ ㄧㄢˇ ㄒㄧㄠˋ）

【釋義】又作「眉花眼笑」。形容滿臉笑容的樣子。

【出處】鄭之文・旗亭記二一：「見你終日眉頭不展，面帶憂色，不曾有一日眉開眼笑，端的爲著甚事？」
【用法】形容人十分愉快高興的樣子。
【例句】這一陣子他**眉開眼笑**的，一定是賺了不少錢。
【義近】眉飛色舞／喜眉笑眼／開眉展眼。
【義反】愁眉不展／眉頭不展／愁眉苦臉。

眉頭一皺，計上心來

【釋義】一皺：又作「一縱」、「一展」等。計：辦法，謀略。
【出處】紀君祥・趙氏孤兒三折：「韓厥爲何自刎了，……眉頭一皺，計上心來！」
【用法】形容一經思索，馬上就想出辦法。
【例句】她被朋友騙了錢，不知如何是好，忽然**眉頭一皺，計上心來**，想出了討債的法子。
【義近】靈機一動。
【義反】計無所出／一籌莫展／無計可施。

眞才實學

【釋義】眞正的才能學問。
【出處】曹彥約・辭免兵部侍郎兼修史恩命申省狀：「更須眞才實學，乃入茲選。」
【用法】形容人具有眞實的才幹學識，非徒有虛名者可比。
【例句】有**眞才實學**的人經得起考驗，不怕沒有出頭天。
【義近】滿腹經綸／腹笥便便。
【義反】徒有虛名／不學無術／根柢浮淺。

眞知灼見

【釋義】眞：眞實，正確。灼：明白，透徹。
【出處】朱元弼・猶及編引：「所載俱盛德事，非眞知灼見不與也。」
【用法】指正確而透徹的認識和見解。
【例句】這是一篇具有**眞知灼見**的論文，立論精闢，闡述清楚，值得人深思。
【義近】遠見卓識／洞若觀火。
【義反】一孔之見／凡俗之見／井蛙之見。

眞金不怕火煉

【釋義】眞金雖經火煉，本色不變。
【出處】徐渭・四聲猿・雌木蘭替父從軍二折：「非自獎眞金烈火，儻好比濁水紅蓮。」
【用法】比喻有眞才實學的人，或品質優良的物品，能經得起任何考驗。
【例句】俗話說：「**眞金不怕火煉**。」有本事的人不用怕找不到發揮長才的機會。
【義近】眞金烈火／百煉成鋼。

眞金不鍍

【釋義】眞金自有其美色，用不著再去鍍金。
【出處】李紳・答章孝標詩：「假金方用眞金鍍，若是眞金不鍍金。」
【用法】用以比喻有眞才實學的人，用不著借名聲來裝點或靠其他的人來捧場。
【例句】**眞金不鍍**，他在科學研究領域碩果纍纍，還用得著你們來寫文章捧場嗎？

眞相大白

【釋義】眞相：原爲佛家用語，指本來面目。大白：完全明白。
【出處】楊衒之・洛陽伽藍記・修梵寺：「菩提達摩云：『得其眞相也。』」
【用法】說明眞實情況完全弄明白了。
【例句】這個案件經過多方面調查，現已**眞相大白**，確實與你無關，你可以回去了。
【義近】水落石出／昭然若揭／眞相畢露。
【義反】眞相不明／沉冤莫白／冤沉海底。

眞憑實據 ㄓㄣ ㄆㄧㄥˊ ㄕˊ ㄐㄩˋ

【釋義】意即眞實的憑據。
【出處】李寶嘉・官場現形記九回：「雖未查出他縱團仇教的眞憑實據……。」
【用法】用以說明憑據確鑿，毫無虛假，不可抵賴。
【例句】現在**眞憑實據**擺在你面前，你還有什麼話說？
【義近】鐵證如山／眞贓實犯。
【義反】無憑無據／無中生有／向壁虛造。

眼不見心不煩 ㄧㄢˇ ㄅㄨˊ ㄐㄧㄢˋ ㄒㄧㄣ ㄅㄨˋ ㄈㄢˊ

【釋義】意謂不看煩惱事，則可避免煩惱。
【出處】曹雪芹・紅樓夢二九回：「幾時我閉了眼，斷了這口氣，任憑你們兩個冤家鬧上天去，我眼不見，心不煩，也就罷了。」
【用法】表示在無可奈何之時逃避煩惱的心情。
【例句】我兒子天天和媳婦吵架，鬧得人不得安寧，**眼不見心不煩**，明天我搬走算了。
【義近】眼不見爲淨。

眼中釘 ㄧㄢˇ ㄓㄨㄥ ㄉㄧㄥ

【釋義】又作「眼中疔」，均指眼中決不能容納的異物。常與「肉中刺」連用。
【出處】馮贄・雲仙雜記卷九：「趙在禮在宋州，所爲不法，百姓苦之。一日制下，移鎮永興，百姓相賀曰：『眼中拔卻釘矣，可不快哉！』」
【用法】用以比喻心目中所最憎惡的人。
【例句】這兄弟倆眞不是東西，爲了獨佔父親留下的家產，竟然都把對方看作**眼中釘**。
【義近】眼中刺／肉中刺。
【義反】心頭肉／心肝寶貝／掌上明珠。

眼花繚亂 ㄧㄢˇ ㄏㄨㄚ ㄌㄧㄠˊ ㄌㄨㄢˋ

【釋義】繚亂：紛亂。又作「眼花撩亂」。
【出處】王實甫・西廂記一本一折：「似這般可喜娘的龐兒罕曾見，則著人眼花繚亂口難言。」
【用法】形容看到繽紛的色彩、紛繁複雜的事物，或因爲驚恐、病弱，而感到眼睛發花，心意迷亂。
【例句】①一進入合作社展覽大廳，就被琳琅滿目的美術作品吸引住了，不覺**眼花繚亂**，應接不暇。②她最近身體有些虛弱，蹲下去久了，一站起來便覺得**眼花繚亂**。
【義近】目迷五色／如墜五里霧中／頭昏眼花。
【義反】心明眼亮／眼明神清。

眼明手快 ㄧㄢˇ ㄇㄧㄥˊ ㄕㄡˇ ㄎㄨㄞˋ

【釋義】眼睛明亮，手腳快速。
【出處】施耐庵・水滸傳一七回：「你有許多眼明手快的公人，管下二三百個，何不與哥出些氣力。」
【用法】指看得準，動作敏捷。
【例句】他打起球來**眼明手快**，是個很有發展潛力的籃球運動員。
【義近】眼明手捷／眼疾手快。
【義反】笨手笨腳／眼昏手顫／眼花手軟。

眼高手低 ㄧㄢˇ ㄍㄠ ㄕㄡˇ ㄉㄧ

【釋義】眼高：眼界、眼光高。手低：指辦事的能力低。
【出處】王衡・鬱輪袍：「他直恁的手藝低口氣高，教人暗笑。」
【用法】指要求的標準很高，甚至不切實際，但工作能力低下，根本做不到。
【例句】這種人最大的毛病就是**眼高手低**，不量自己的才能就一味地想做大事。
【義近】志大才疏／智小謀大／

才疏意廣。
【義反】腳踏實地。

眾口一詞 ㄓㄨㄥˋ ㄎㄡˇ ㄧ ㄘˊ

【釋義】眾人說的話完全一樣。
【出處】歐陽修・論議濮安懿王典禮劄子：「眾口一辭，紛然不正。」
【用法】用以形容看法、意見等一致，毫無分歧。
【例句】在會議中，大家**眾口一詞**，無異議通過減稅法案。
【義近】異口同聲。
【義反】眾說紛紜。

眾口難調 ㄓㄨㄥˋ ㄎㄡˇ ㄋㄢˊ ㄊㄧㄠˊ

【釋義】意謂一人一種口味，人多了做出的食物無法適合每個人的口味。調：調配。
【出處】鄧玉賓・中呂粉蝶兒曲：「羊羹雖美，眾口難調。」
【用法】比喻人多意見多，不易做到使人人滿意。
【例句】**眾口難調**，執政者要使羣眾都滿意是不可能的，只要做到多數人滿意就行了。
【義近】一人一心／你是我非。
【義反】萬眾一心／眾人同心／是非公認。

眾口鑠金 ㄓㄨㄥˋ ㄎㄡˇ ㄕㄨㄛˋ ㄐㄧㄣ

【釋義】眾人的話能使金屬熔化。鑠：熔化。
【出處】左丘明・國語・周語下：「故諺曰：『眾心成城，眾口鑠金。』」
【用法】形容輿論的力量大。也指眾多的流言，足以顛倒是非，混淆黑白。
【例句】**眾口鑠金**，造謠言和傳播謠言的人那裏眞正知道謠言的巨大威力。
【義近】人言可畏／三人成虎／眾呴漂山／積毀銷骨。
【義反】事實勝於雄辯／是非難混。

眾目睽睽 ㄓㄨㄥˋ ㄇㄨˋ ㄎㄨㄟˊ ㄎㄨㄟˊ

【釋義】許多人睜著眼睛看。睽睽：睜大眼睛注視著。一作「萬目睽睽」。
【出處】韓愈・鄆州谿堂詩序：「新舊不相保，萬目睽睽，公於此時，能安以治之。」
【用法】形容許多人都睜大眼睛注視著。
【例句】她初登上講壇，在**眾目睽睽**之下，不免有些心慌。
【義近】眾目昭彰／大庭廣眾／萬人矚目。
【義反】無人注視／無人理睬。

眾矢之的 ㄓㄨㄥˋ ㄕˇ ㄓ ㄉㄧˋ

【釋義】眾：許多。矢：箭。的：箭靶的中心，此指箭靶。
【用法】比喻大眾攻擊的對象、目標。
【例句】你這人太倔強，從不給人方便，又愛損人，所以現在成了**眾矢之的**。
【義近】眾口交攻／過街老鼠／千夫所指。
【義反】人人愛戴／交口稱譽／萬民景仰／眾星捧月。

眾志成城 ㄓㄨㄥˋ ㄓˋ ㄔㄥˊ ㄔㄥˊ

【釋義】萬眾同心，便會像堅固的城牆般不可摧毀。一作「眾心成城」。
【出處】左丘明・國語・周語下：「故諺曰：『眾心成城，眾口鑠金。』」
【用法】比喻眾人同心，便會有無比強大的力量，能成就任何事情。
【例句】**眾志成城**，只要我們齊心協力，這點困難一定能克服。
【義近】眾擎易舉／眾人同心，其利斷金。
【義反】一盤散沙／孤掌難鳴／獨木難支／單絲不成線。

眾所周知 ㄓㄨㄥˋ ㄙㄨㄛˇ ㄓㄡ ㄓ

【釋義】周：全，普遍。一作「眾所共知」、「人所共知」。
【出處】朱子語類卷一六：「雖十目視十手指，眾所共知之處，亦自七顛八倒了，更如何地謹獨。」
【用法】形容大眾全都知道。
【例句】這早已是**眾所周知**的事了，你還在這裏當作頭號新聞來傳播！
【義近】盡人皆知／婦孺皆知／家喻戶曉／世人皆知。
【義反】人所不知／鮮爲人知／諱莫如深／無人知曉。

眾星捧月 ㄓㄨㄥˋ ㄒㄧㄥ ㄆㄥˇ ㄩㄝˋ

【釋義】天上的羣星捧著月亮。捧：雙手托著。
【出處】普濟．五燈會元卷五二：「喻若眾星拱明月。」
【用法】比喻眾人擁戴著一個共同敬仰的人，或比喻許多東西環繞著一個中心。
【例句】這幾個男人像**眾星捧月**似的，圍著張小姐轉，却未見芳心誰屬。
【義近】眾望所歸／眾星拱月／眾星拱北／眾星拱辰。
【義反】眾叛親離／孤家寡人／隻身孤影。

眾叛親離 ㄓㄨㄥˋ ㄆㄢˋ ㄑㄧㄣ ㄌㄧˊ

【釋義】眾人反對，親人背離。叛：背叛。離：離開。
【出處】左傳．隱公四年：「眾叛親離，難以濟矣。」
【用法】形容十分不得人心，十分孤立。
【例句】你再這麼固執己見下去，恐怕遲早會**眾叛親離**。
【義近】土崩瓦解／孤家寡人／世人不齒。
【義反】眾望所歸／眾心歸附／歸之若水／眾星拱月。

眾怒難犯 ㄓㄨㄥˋ ㄋㄨˋ ㄋㄢˊ ㄈㄢˋ

【釋義】眾人的憤怒不可觸犯。犯：觸犯。
【出處】左傳．襄公十年：「眾怒難犯，專欲難成。」
【用法】用以指眾人的意願不可違背，否則便會自食惡果。
【例句】民國八年爲反對巴黎和約，全國到處集會遊行，罷工罷市罷課，軍政府見**眾怒難犯**，只好拒絕在和約上簽字。
【義近】專欲難成。

眾望所歸 ㄓㄨㄥˋ ㄨㄤˋ ㄙㄨㄛˇ ㄍㄨㄟ

【釋義】眾望：眾人所仰望的。歸：歸向，歸附。
【出處】舊唐書．睿宗紀：「咸以國家多難，宜立長君，以帝眾望所歸，請即尊位。」
【用法】形容爲眾人所仰望的德高望重的人。
【例句】證嚴法師已是**眾望所歸**的大師，而她卻仍舊一貫地默默奉獻，不計名利。
【義近】眾望所屬／眾所瞻望／眾心歸附／人心所向。
【義反】千夫所指／眾叛親離／民賊獨夫／眾矢之的。

眾擎易舉 ㄓㄨㄥˋ ㄑㄧㄥˊ ㄧˋ ㄐㄩˇ

【釋義】許多人一齊用力，容易把東西舉起來。擎：往上托。
【出處】張岱．募修岳鄂王祠墓疏：「蓋眾擎易舉，獨力難支。」
【用法】形容人合力做事，很容易辦成。
【例句】**眾擎易舉**，只要大家同心協力，再困難的事也可以解決。
【義近】人多勢眾／眾志成城／眾人拾柴火焰高。
【義反】孤掌難鳴／獨木難支／獨力難支。

眾議成林
（ㄓㄨㄥˋ ㄧˋ ㄔㄥˊ ㄌㄧㄣˊ）

【釋義】意謂議論之多，可以把無樹林的平地說成有樹林。

【出處】淮南子・說山訓：「眾議成林，無翼而飛，三人爲市虎，一里能撓椎。」

【用法】形容眾口交論，不眞實之事也會使人信以爲眞。

【例句】根本就沒有的事，卻因**眾議成林**，搞得人心恍恍。

【義近】三人成虎／人言可畏／眾口鑠金／一里橈椎。

【義反】眞金不怕火／事實勝於雄辯／黑白難混。

瞠目結舌
（ㄔㄥ ㄇㄨˋ ㄐㄧㄝˊ ㄕㄜˊ）

【釋義】瞪著眼睛說不出話來。瞠：瞪著眼。結舌：舌頭轉不動，指說不出話來。

【出處】陸游・醉歌詩：「醉倒村路兒扶歸，瞠目不識問是誰。」霽園主人・夜談隨錄：「公子大駭，入艙隱叩細君，細君結舌瞪目。」

【用法】形容窘迫驚呆的樣子。

【例句】他小小年紀竟有如此優異的表現，令在場人士**瞠目結舌**，自嘆弗如。

【義近】張口結舌／目瞪口呆。

【義反】應對如流／神情自若／氣定神閒。

瞠乎其後
（ㄔㄥ ㄏㄨ ㄑㄧˊ ㄏㄡˋ）

【釋義】在別人後面乾瞪眼而趕不上。瞠：直瞪著眼。乎：介詞「於」，在。

【出處】莊子・田子方：「夫子言道，回乃言道也，及奔逸絕塵，而回瞠若乎後矣。」

【用法】形容遠遠落在後面趕不上。

【例句】那位教授在社會心理學方面造詣很深，我們只能**瞠乎其後**了！

【義近】望塵莫及／甘居下游／難步後塵。

【義反】一馬當先／迎頭趕上。

瞬息即逝
（ㄕㄨㄣˋ ㄒㄧ ㄐㄧˊ ㄕˋ）

【釋義】瞬：一眨眼。息：一次呼吸。即逝：就消逝。

【出處】白居易・自咏詩：「榮華瞬息間，求得將何用。」

【用法】用以說明消逝之快。

【例句】她坐在火車上，望著車窗外**瞬息即逝**、一掠而過的景物。

【義近】稍縱即逝／轉眼即逝。

【義反】萬古長存／永不消逝。

瞬息萬變
（ㄕㄨㄣˋ ㄒㄧ ㄨㄢˋ ㄅㄧㄢˋ）

【釋義】瞬息：一眨眼一呼吸的短暫時間。萬變：極言變化之多。也作「瞬息千變」。

【出處】吳沃堯・痛史一六回：「軍情瞬息千變。」

【用法】形容在短暫的時間內，變化很多很快。

【例句】高山上的氣候**瞬息萬變**，你們要去登山，就得要有充分的裝備。

【義近】一息萬變／變幻莫測／千變萬化。

【義反】一成不變。

瞻前顧後
（ㄓㄢ ㄑㄧㄢˊ ㄍㄨˋ ㄏㄡˋ）

【釋義】看看前面，又看看後面。瞻：向前看。顧：往後看。

【出處】屈原・離騷：「瞻前而顧後兮，相觀民之計極。」朱子語類八：「若瞻前顧後，便做不成。」

【用法】形容做事之前考慮周密，前後兼顧。今多形容顧慮太多，猶豫不決。

【例句】①做事要有計畫，**瞻前顧後**，留有餘地。②做事要把握時機，大膽果斷，不要**瞻前顧後**，猶豫不決。

【義近】躊躇審顧／謹小慎微／謹慎周詳／猶豫不決／舉棋不定。

【義反】輕舉妄動／當機立斷／堅決果斷。

矢部

知人之明 ㄓ ㄖㄣˊ ㄓ ㄇㄧㄥˊ

【釋義】知人：能識別人的賢愚善惡。
【出處】後漢書・吳祐傳：「功曹以祐倨，請黜之，太守曰：『吳季英有知人之明，卿且勿言。』」
【用法】形容一個人有鑑察別人品德才能的明識。
【例句】老闆確實有**知人之明**，在他手下工作的人無不具有德識才華，這是他事業之所以成功的一個重要原因。
【義近】伯樂之明／知人善任。
【義反】知表不知裏／失於察人。

知人善任 ㄓ ㄖㄣˊ ㄕㄢˋ ㄖㄣˋ

【釋義】任：任用，使用。
【出處】班彪・王命論：「蓋在高祖，其興也有王……四曰寬明而仁恕，五曰知人善任使。」
【例句】總經理**知人善任**，故人事的安排恰如其分，公司業務蒸蒸日上。
【義近】任人唯賢／量材錄用／優劣得所／人盡其才。
【義反】任人唯親／大材小用／小材大用／長材短用。

知人知面不知心 ㄓ ㄖㄣˊ ㄓ ㄇㄧㄢˋ ㄅㄨˋ ㄓ ㄒㄧㄣ

【釋義】只知道其人的外表而不知道其人的內心。
【出處】關漢卿・魔合羅一折：「你知道我是什麼人？便好道畫虎畫皮難畫骨，知人知面不知心。」
【用法】用以說明認識人、了解人的困難。
【例句】我同他已算是老朋友了，想不到這回他竟把我害得這麼慘，真是**知人知面不知心**。
【義近】畫虎畫皮難畫骨／人心難測／擒虎容易知人難。
【義反】洞人肺腑。

知子莫若父 ㄓ ㄗˇ ㄇㄛˋ ㄖㄨㄛˋ ㄈㄨˋ

【釋義】對兒子的了解沒有誰能同父親相比。一作「知子莫如兄」。
【出處】管子・大匡：「知子莫若父，知臣莫若君。」
【用法】說明最了解兒子的是父親。
【例句】**知子莫若父**，我兒子幾斤幾兩，有何本事，我會不清楚？
【義近】優劣父最知。
【義反】莫知子惡／父不察子。

知己知彼 ㄓ ㄐㄧˇ ㄓ ㄅㄧˇ

【釋義】彼：他，指對方。
【出處】孫子・謀攻：「知彼知己，百戰不殆。不知彼而知己，一勝一負；不知彼，不知己，每戰必殆。」
【用法】指作戰要弄清楚敵我雙方情況，也泛指要了解當事者的雙方。
【例句】在競賽當中，能**知己知彼**，才能立於不敗之地。

知足不辱 ㄓ ㄗㄨˊ ㄅㄨˋ ㄖㄨˇ

【釋義】知道滿足，就不會遭受侮辱。
【出處】老子四四章：「知足不辱，知止不殆，可以長久。」
【用法】用以說明自知滿足則辱不及其身，若貪得無厭則必然要受侮遭災。
【例句】他夫婦倆都深明**知足不辱**的道理，因而生活雖然過得清淡，卻也自得其樂。
【義近】知止不殆／知足常樂／知足免禍／知止消災。
【義反】貪夫殉財／枉道速禍／逐利亡身。

知法犯法 ㄓ ㄈㄚˇ ㄈㄢˋ ㄈㄚˇ

【釋義】知道法律，又違反法律

。法：法律、法制。

【出處】吳敬梓・儒林外史：「好僧官老爺！知法犯法！」

【用法】說明明知自己的作為觸犯法律，卻仍要執意去做。

【例句】想不到那個法官竟然**知法犯法**，弄得身敗名裂。

【義近】明知故犯／以身試法。

【義反】遵守法紀／依法循法。

知命之年 ㄓ ㄇㄧㄥˋ ㄓ ㄋㄧㄢˊ

【釋義】知命：認識天命。

【出處】論語・為政：「子曰：『吾十有五而志於學，三十而立，四十而不惑，五十而知天命。』」

【用法】五十歲的代稱。

【例句】歲月匆匆，想不到我已到了**知命之年**，過去才高志大的心也淡了許多。

【義近】年已半百／半百之年。

知易行難 ㄓ ㄧˋ ㄒㄧㄥˊ ㄋㄢˊ

【釋義】知易：了解容易。行難：做起來難。

【出處】尚書・說命中：「非知之艱，行之惟艱。」注：「言知之易，行之難。」

【用法】用以強調行事的艱難。

【例句】**知易行難**，任何人都知道為國為民的重要性，但眞正能做到的並不多。

【義反】知難行易。

知書達禮 ㄓ ㄕㄨ ㄉㄚˊ ㄌㄧˇ

【釋義】意即讀書明禮。一作「知書知禮」。

【出處】高則誠・琵琶記・牛氏規奴：「更羨他知書知禮，是一個不趨蹌的秀才。」

【用法】形容一個人有學識教養，為人處事通情達理。

【例句】她是一個**知書達禮**的女孩，決不會為了這點小事和你計較的。

【義近】知書明理／知書識禮／識書曉禮／通情達理。

【義反】無知無識／粗俗無禮／愚昧無知／蠻不講理。

知無不言 ㄓ ㄨˊ ㄅㄨˋ ㄧㄢˊ

【釋義】凡是知道的，沒有不說的。

【出處】晉書・劉聰傳：「當念為知無不言，勿恨往日言不用也。」

【用法】用以說明凡有所知，能毫無保留地說出來。常與「言無不盡」連用。

【例句】我們是莫逆之交，我有什麼不對之處，請你一定要**知無不言**，言無不盡。

【義近】言無不盡／知必言，言必盡／知之必言／暢所欲言／直抒胸臆。

【義反】言不盡意／隱忍不言／知而不言／秘而不宣／三緘其口／守口如瓶。

知難而退 ㄓ ㄋㄢˊ ㄦˊ ㄊㄨㄟˋ

【釋義】原指軍事上要靈活機動，既知不能取勝，則主動退卻。

【出處】左傳・宣公一二年：「見可而進，知難而退，軍之善政也。」

【用法】今泛指知其事難為，則退卻。

【例句】人要有自知之明，既然能力有限，就該**知難而退**，何苦硬著頭皮撐呢？

【義近】見機行事／當退則退。

【義反】義無返顧／勇往直前。

短小精悍 ㄉㄨㄢˇ ㄒㄧㄠˇ ㄐㄧㄥ ㄏㄢˋ

【釋義】身材短小而精明強悍。精悍：精明強悍。

【出處】司馬遷・史記・游俠列傳：「（郭）解為人短小精悍。」

【用法】本形容人，今也用以形容文章、言論簡短而有力。

【例句】這篇文章寫得很不錯，**短小精悍**，所論述的問題值得深思。

【義近】精明強幹／簡明扼要／言簡意賅。

【義反】彪形大漢／長篇大論／

大塊文章／連篇累牘。

短兵相接 ㄉㄨㄢˇ ㄅㄧㄥ ㄒㄧㄤ ㄐㄧㄝ

【釋義】短兵：指刀劍之類的短兵器。接：交戰。
【出處】屈原・九歌・國殤：「操吳戈兮被（披）犀甲，車錯轂兮短兵接。」
【用法】指作戰時近距離廝殺，也比喻雙方面對面地進行交鋒。
【例句】在國會中，不少代表就國家的統一問題作了**短兵相接**的辯論。
【義近】短兵接戰／短兵相搏。
【義反】鳴金收兵／偃旗息鼓。

短綆汲深 ㄉㄨㄢˇ ㄍㄥˇ ㄐㄧˊ ㄕㄣ

【釋義】短繩子打不著深井裏的水。綆：提水用的繩。汲：從井裏提水。
【出處】莊子・至樂：「綆短者不可以汲深。」嚴挺之・大智禪師碑銘：「顧才不稱物，短綆汲深。」
【用法】比喻能力有限，很難勝任大事。
【例句】**短綆汲深**，你把如此重大的事情交給他負責，行嗎？望慎重考慮。
【義近】力不勝任／力不能支／力不從心。
【義反】力所能及／勝任自如／綽有餘力。

矯枉過正 ㄐㄧㄠˇ ㄨㄤˇ ㄍㄨㄛˋ ㄓㄥˋ

【釋義】把彎的東西扳正，又歪到了另一邊。矯：糾正。枉：彎曲。過正：過了頭。
【出處】後漢書・仲長統傳：「逮至清世，則復入於矯枉過正之檢。」
【用法】比喻糾正錯誤超過了應有的限度。
【例句】糾正錯誤是應該的，但**矯枉過正**則對事情的危害可能更大。
【義近】枉直必過／過猶不及。
【義反】恰如其分／恰到好處。

矯揉造作 ㄐㄧㄠˇ ㄖㄡˊ ㄗㄠˋ ㄗㄨㄛˋ

【釋義】矯：把彎的變成直的。揉：把直的變成彎的。造作：做作。
【出處】周易・說卦：「坎為矯輮。」李汝珍・鏡花緣・二回：「若唐花不過矯揉造作，更何足道？」
【用法】比喻故意做作，顯得不自然。
【例句】這個小歌星**矯揉造作**的模樣，令觀眾們哭笑不得。
【義近】裝模作樣／裝腔作勢／故作姿態。
【義反】天真爛漫／純樸自然／風行水止。

石部

石沉大海 ㄕˊ ㄔㄣˊ ㄉㄚˋ ㄏㄞˇ

【釋義】石頭落在大海裏。
【出處】王實甫・西廂記四本一折：「他若是不來，似石沉大海。」
【用法】比喻杳無信息，或事情一點下文也沒有。
【例句】他這一去有如**石沉大海**，一點消息也沒有。
【義近】斷線風箏／無根蓬草／鐵墜江濤／泥牛入海／杳無音信。
【義反】前度劉郎／合浦珠還／鳳還舊巢／完璧歸趙。

石破天驚 ㄕˊ ㄆㄛˋ ㄊㄧㄢ ㄐㄧㄥ

【釋義】巨石破裂，蒼天震驚。極言震動之甚。
【出處】李賀・李憑箜篌引：「

女媧鍊石補天處，石破天驚逗秋雨。」

【用法】　常用以形容文章、議論的出人意外，或事件奇異驚人。

【例句】　武昌起義一聲炮響，**石破天驚**，宣告滿清政府的垮臺。

【義近】　驚天動地／不同凡響／出人意表。

【義反】　語不驚人／言不動眾／平淡無奇／平淡乏味／巋然不動。

破天荒 ㄆㄛˋ ㄊㄧㄢ ㄏㄨㄤ

【釋義】　天荒：從未開墾過的土地。

【出處】　孫光憲・北夢瑣言・荊州：「每歲解送舉人，多不成名，號為天荒。劉蛻舍人以荊解及第，人號為破天荒。」

【用法】　用以泛指前所未有、第一次出現的新事物。

【例句】　我們做人總要有一件專門職業。這職業也並不是我一個人**破天荒**去做，從前已經有許多人做過。（梁啓超・為學與做人）

【義近】　史無前例／破題兒第一遭／首開先例。

【義反】　史不絕書／不乏其例／屢見不鮮。

破瓜之年 ㄆㄛˋ ㄍㄨㄚ ㄓ ㄋㄧㄢˊ

【釋義】　破瓜：將「瓜」字破開則成為兩個「八」字，兩「八」字相加則為「十六」。

【出處】　孫綽・情人歌：「碧玉破瓜時，郎為情顛倒。」

【用法】　用以稱女子十六歲的年齡。

【例句】　少女到了**破瓜之年**，更顯得亭亭玉立，楚楚動人。

【義近】　二八佳齡／及笄之年／荳蔻年華。

【義反】　花甲之年／古稀之年／人老珠黃／徐娘半老。

破釜沉舟 ㄆㄛˋ ㄈㄨˇ ㄔㄣˊ ㄓㄡ

【釋義】　把鍋打破，把船鑿沉。釜：鍋。舟：船。

【出處】　司馬遷・史記・項羽本紀：「項羽乃悉引兵渡河，皆沉船，破釜甑，燒廬舍，持三日糧……無一還心。」

【用法】　比喻下定決心戰鬥到底，義無反顧。

【例句】　天下無難事，只要有**破釜沉舟**的決心，沒有不成功的道理。

【義近】　背水一戰／焚舟破釜／濟河焚舟／背城借一。

【義反】　棄甲曳兵／望風而逃。

破琴絕弦 ㄆㄛˋ ㄑㄧㄣˊ ㄐㄩㄝˊ ㄒㄧㄢˊ

【釋義】　打破琴、毀掉琴絃。

【出處】　呂氏春秋・本味：「鍾子期死，伯牙破琴絕絃，終身不復鼓琴，以為世無足復為鼓琴者。」

【用法】　比喻失去知音。

【例句】　自古為知己死的例子頗多，伯牙為鍾子期**破琴絕絃**更是大家耳熟能詳的故事。

【義近】　痛失知音。

破綻百出 ㄆㄛˋ ㄓㄢˋ ㄅㄞˇ ㄔㄨ

【釋義】　破綻：漏洞，毛病。

【出處】　朱子語類一〇四：「覺得聖賢言語漸漸有味，却回頭看釋氏之說，漸漸破綻罅漏百出。」

【用法】　比喻說話做事很不周密，漏洞非常多。

【例句】　他這篇小說情節極不合理，**破綻百出**，沒有發表的價值。

【義近】　漏洞百出／處處破綻／八花九裂。

【義反】　滴水不漏／天衣無縫／無一缺漏。

破鏡重圓 ㄆㄛˋ ㄐㄧㄥˋ ㄔㄨㄥˊ ㄩㄢˊ

【釋義】　破裂的鏡子重新圓合。

【出處】　孟棨・本事詩載：陳代

滅亡，徐德言與妻子分離，各執半面銅鏡，後來兩半銅鏡相合，夫妻團圓。

【用法】比喻夫妻失散或失和後重新團聚。

【例句】那位老先生尋找他多年失散的妻子已很久，如今聽說其妻早已亡故，**破鏡重圓**的希望破滅，人就日益衰頹了。

【義近】斷釵重合／缺月再圓／重拾舊歡／言歸於好。

【義反】分釵破鏡／分釵斷帶／覆水難收／一刀兩斷。

碌碌無爲 ㄌㄨˋ ㄌㄨˋ ㄨˊ ㄨㄟˊ

【釋義】碌碌：平庸的樣子。無爲：沒有作爲。

【出處】新五代史・鄭珏傳：「珏在相位既碌碌無所爲，又病聾……亟以疾求去職。」

【用法】形容才能平常，無所作爲。也形容辛苦繁忙，却什麼事也沒有做成。

【例句】他決定結束這種**碌碌無爲**的生活，振作起來，做一番事業。

【義近】無所作爲／庸庸碌碌／碌碌無能。

【義反】有所作爲／大有作爲／大有可爲。

碌碌無能 ㄌㄨˋ ㄌㄨˋ ㄨˊ ㄋㄥˊ

【釋義】碌碌：平庸。無能：沒有才能。

【出處】司馬遷・史記・平原君虞卿列傳：「公等碌碌，所謂因人成事者也。」

【用法】形容人智力平庸，沒有什麼特殊的才能。

【例句】他這人雖說**碌碌無能**，但還算老實，姑且留下來做點庶務工作吧。

【義近】平平庸庸／平庸無能／碌碌無爲。

【義反】多才多藝／出類拔萃／能文能武。

碩大無朋 ㄕㄨㄛˋ ㄉㄚˋ ㄨˊ ㄆㄥˊ

【釋義】大得沒有可以與它相比的。碩：大。朋：比。

【出處】詩經・唐風・椒聊：「彼其之子，碩大無朋。」

【用法】形容極大。

【例句】我們可以把地球想像爲一塊**碩大無朋**的磁石。

【義近】其大無比。

【義反】小巧玲瓏／嬌小玲瓏。

碩果僅存 ㄕㄨㄛˋ ㄍㄨㄛˇ ㄐㄧㄣˇ ㄘㄨㄣˊ

【釋義】樹上唯一留存下來的大果子。碩：大。僅：唯一。

【出處】周易・剝卦：「上九，碩果不食。」

【用法】比喻隨著時間的推移，留存下來的人或物極其稀少可貴。

【例句】北京城內的大茶館已先後相繼關了門，「裕豐」是**碩果僅存**的一家了。（老舍・茶館）

【義近】魯殿靈光／巋然獨存。

磨刀霍霍 ㄇㄛˊ ㄉㄠ ㄏㄨㄛˋ ㄏㄨㄛˋ

【釋義】霍霍：急促的聲音，磨刀時發出的聲音。

【出處】北朝樂府・木蘭詩：「小弟聞姐來，磨刀霍霍向豬羊。」

【用法】原指把刀磨快宰殺牲口，今多用以指對方（敵人）積極作好準備，蠢蠢欲動。

【例句】面對敵方**磨刀霍霍**的備戰，我們能掉以輕心嗎？

【義近】磨拳擦掌／厲兵秣馬／披堅執銳。

【義反】偃旗息鼓／偃武修文／解甲歸田。

磨杵成針 ㄇㄛˊ ㄔㄨˇ ㄔㄥˊ ㄓㄣ

【釋義】把鐵棒磨成針。杵：棒槌。

【出處】潛確類書卷六十：「李白少讀書，未成，棄去。道逢老嫗磨杵以作針，白感其言，遂卒業。」

【用法】比喻只要有毅力，下苦功，再難的事也能辦成。

【例句】只要有**磨杵成針**的毅力，就沒有什麼克服不了的困難。

【義近】有志竟成／滴水穿石。

【義反】鍥而舍之，朽木不折／三天打魚，兩天曬網。

磨穿鐵硯（ㄇㄛˊ ㄔㄨㄢ ㄊㄧㄝˇ ㄧㄢˋ）

【釋義】把鐵鑄的硯臺都磨穿了。硯：寫毛筆字用的硯臺。

【出處】范子安・竹葉舟一折：「坐破寒氈，磨穿鐵硯。」

【用法】形容讀書能刻苦用功，堅持不懈。

【例句】讀書做學問就是要有**磨穿鐵硯**的精神，才有可能取得成就。

【義近】持之以恆／鍥而不舍。

【義反】半途而廢／一暴十寒。

礎潤而雨（ㄔㄨˇ ㄖㄨㄣˋ ㄦˊ ㄩˇ）

【釋義】柱下石基潮潤，爲將要下雨的徵兆。礎：柱子下面的基石。

【出處】淮南子・說林訓：「山雲蒸，柱礎潤。」蘇洵・辨姦論：「月暈而風，礎潤而雨，人人知之。」

【用法】喻事情發生前的徵兆。

【例句】**礎潤而雨**，凡事之發生皆應有兆頭，平時多注意便可察覺。

【義近】月暈而風／蟻封穴雨。

【義反】毫無跡象／徵兆全無。

示部

祇聞樓梯響，不見人下來（ㄓˇ ㄨㄣˊ ㄌㄡˊ ㄊㄧ ㄒㄧㄤˇ，ㄅㄨˋ ㄐㄧㄢˋ ㄖㄣˊ ㄒㄧㄚˋ ㄌㄞˊ）

【釋義】意謂只說不做。祇：俗寫作「只」。

【用法】形容人盡說空話而不付諸行動，使聽者大失所望。

【例句】總經理幾次說要給我們加薪，但**祇聞樓梯響，不見人下來**，直到現在還不見動靜。

【義近】言語的巨人，行動的矮子／光說不做／光說不練／空口說白話。

【義反】言必行，行必果／言出必行／說到做到。

神人共憤（ㄕㄣˊ ㄖㄣˊ ㄍㄨㄥˋ ㄈㄣˋ）

【釋義】意謂神靈與人都極爲憤怒。

【出處】舊唐書・于頔傳：「肆行暴虐，人神共憤，法令不容。」魏秀仁・花月痕四回：「天地不容，神人共憤。」

【用法】形容某人罪大惡極或其作爲違背天理常情，絕對無法寬恕容忍。

【例句】他比畜牲還不如，竟毒死自己的親生母親！眞是**神人共憤**，應拿他去餵豬狗！

【義近】世人唾罵／爲世人所不齒／天地不容。

【義反】世人擁戴／順乎天理。

神不守舍（ㄕㄣˊ ㄅㄨˋ ㄕㄡˇ ㄕㄜˋ）

【釋義】意謂神魂離開了軀殼。神：指人的靈魂。舍：房舍，此指人的軀體。

【用法】形容人心意不安，精神恍惚。今多作「魂不守舍」。

【例句】一次失戀就把他弄得**神不守舍**，眞是太沒出息了。

【義近】失魂落魄／心神恍惚／喪魂失魄／心蕩神迷／心不

在焉。

【義反】心安神定／神安氣定／魂安魄定／泰然自若／專心致志／聚精會神／全神貫注。

神出鬼沒 ㄕㄣˊ ㄔㄨ ㄍㄨㄟˇ ㄇㄛˋ

【釋義】像鬼神那樣出沒無定。出：出現。沒：隱沒。

【出處】淮南子・兵略訓：「善者之動也，神出而鬼行。」

【用法】原指用兵神速不可捉摸，今多用以形容出沒無常、變化莫測。

【例句】抗戰時期，我游擊隊常利用山林湖泊的複雜地形，**神出鬼沒**地打擊敵人。

【義近】鬼出神入／神秘莫測／出沒無常／變幻無常。

【義反】意料之中／出沒有常／一成不變。

神乎其神 ㄕㄣˊ ㄏㄨ ㄑㄧˊ ㄕㄣˊ

【釋義】神：神妙，神秘。乎：古漢語助詞。

【出處】莊子・天地：「深之又深而能物焉，神之又神而能精焉。」

【用法】形容非常奇妙神秘。

【例句】這人眞會說話，平平常常一件事，他都有本事把它說得**神乎其神**的。

【義近】神妙莫測／神秘奧妙／玄而又玄。

【義反】平平常常／合情合理／易知易曉／平淡無奇。

神色自若 ㄕㄣˊ ㄙㄜˋ ㄗˋ ㄖㄨㄛˋ

【釋義】神色：神情容色。自若：自如，跟平常一樣。

【出處】晉書・王戎傳：「猛獸在檻中，吼聲震地，眾皆奔走，戎獨立不動，神色自若。」

【用法】形容人態度沉著冷靜，遇非常之事也能鎭定自如。

【例句】乘客得知飛機有可能出事時，大家頓時驚恐萬狀，唯有小蔡是**神色自若**毫無所懼的樣子。

【義近】神色如常／鎭定自若／安之若素。

【義反】神色慌張／驚恐萬狀／張皇失措。

神來之筆 ㄕㄣˊ ㄌㄞˊ ㄓ ㄅㄧˇ

【釋義】意謂筆墨特別精妙，有如神靈所為。

【出處】吳沃堯・二十年目睹之怪現狀三七回：「雪漁又道……這三張東西……眞是神來之筆。」

【用法】形容人的書畫文章極為生動出色，且純為自然表露，非刻意雕琢而成。

【例句】這篇文章前面寫得普通，但後面幾段卻是**神來之筆**，頓使全文大為增色生輝。

【義近】生花妙筆／點睛之筆／鬼斧神工。

【義反】塗鴉筆墨／信筆塗鴨。

神采奕奕 ㄕㄣˊ ㄘㄞˇ ㄧˋ ㄧˋ

【釋義】神采：指人面部的神情和光采。奕奕：精神煥發的樣子。

【出處】吳沃堯・二十年目睹之怪現狀三七回：「我在底下看看，果然神采奕奕，談笑風生。」

【用法】形容精神旺盛，容光煥發。

【例句】總經理雖已年過古稀，但仍然那樣**神采奕奕**，談笑風生。

【義近】精神煥發／神采煥發／容光煥發／精神抖擻。

【義反】無精打采／萎靡不振／垂頭喪氣。

神鬼莫測 ㄕㄣˊ ㄍㄨㄟˇ ㄇㄛˋ ㄘㄜˋ

【釋義】神鬼也無法預料。莫測：不能預測。

【出處】凌濛初・初刻拍案驚奇卷二四：「那僧徒收拾淨盡

……自道神鬼莫測，豈知天理難容。」

【用法】形容事情詭秘到了極點，誰也無法測知。

【例句】他自以爲這樁事做得**神鬼莫測**，誰知不出兩天，就被人發覺了。

【義近】神妙莫測／玄妙莫測／神奇莫測／神不知，鬼不覺／人不知，鬼不覺。

【義反】昭然若揭／破綻百出。

神氣活現 ㄕㄣˊ ㄑㄧˋ ㄏㄨㄛˊ ㄒㄧㄢˋ

【釋義】神氣：此指神態。活現：逼眞地顯現出來。

【用法】形容人態度傲慢，洋洋得意的樣子。有時也形容人或物生氣勃勃的狀態。

【例句】①這人在生意場上一得手，便會**神氣活現**，誰也不放在眼裏。②這幅肖像畫，把人畫得**神氣活現**，畫家的畫藝眞是高超。

【義近】威風凜凜／盛氣凌人／神氣十足／趾高氣揚。

【義反】不矜不伐／謙卑自牧。

神通廣大 ㄕㄣˊ ㄊㄨㄥ ㄍㄨㄤˇ ㄉㄚˋ

【釋義】神通：神奇靈通。原爲佛教用語，指無所不能的力量，今指特別高明的本領。

【出處】孤本元明雜劇・無名氏・四聖鎖白猿二折：「倚仗他神通廣大，欺負我軟弱囊揣。」

【用法】形容本領高超，無所不能。多含有詼諧諷刺意味。

【例句】你眞是**神通廣大**，竟能一天之內，借到這麼大一筆錢。

【義近】法力無邊／三頭六臂／拘神遣將／架海擎天。

【義反】黔驢之技／一無能耐／一無所長／一無所能／半籌不納。

神魂顛倒 ㄕㄣˊ ㄏㄨㄣˊ ㄉㄧㄢ ㄉㄠˇ

【釋義】意謂精神恍惚，顛三倒四，失去常態。神魂：精神，神志。

【出處】康熙樂府卷二：「磣磕腹內生松，悶懨懨懷中失筆，光輝輝梁上懸刀，都是些神魂顛倒。」

【用法】多用以形容對某人某事入了迷，心神不定的樣子。

【例句】你用不著去找他了，他最近被一個女人弄得**神魂顛倒**，還有什麼心思做生意！

【義近】失魂落魄／心神不定／神魂失據／神不守舍／神思恍惚。

【義反】專心致志／心無二用／全神貫注／聚精會神。

神機妙算 ㄕㄣˊ ㄐㄧ ㄇㄧㄠˋ ㄙㄨㄢˋ

【釋義】神機：心思靈巧到了神奇的地步。機：心機。算：指策劃計謀。

【出處】淮南子・齊俗訓：「神機陰閉，剞劂無迹，人巧之妙也。」元・無名氏・隔江鬥智二折：「俺孔明軍師委實有神機妙算……。」

【用法】形容預料準確，善於估計形勢，決定策略。

【例句】曹操的奸，周瑜的詐，終究敵不過諸葛孔明的**神機妙算**。

【義近】神機妙策／錦囊妙計／神術妙算。

【義反】無計可施／計無所出／一籌莫展／束手無策。

祕而不宣 ㄇㄧˋ ㄦˊ ㄅㄨˋ ㄒㄩㄢ

【釋義】祕：祕密。宣：宣揚，公開。一作「祕而不露」。

【出處】陳壽・三國志・魏志・董昭傳：「祕而不露，使（孫）權得志，非計之上。」

【用法】用以表示嚴守祕密，不宣揚出去。

【例句】對不起，此事奉上級指示，務必暫且**祕而不宣**，敝人實無可奉告。

【義近】守口如瓶／諱莫如深／隱忍不言／密不透風／祕不示人。

【義反】走露風聲／直言不諱／

知無不言／公諸同好。

福至心靈 ㄈㄨˊ ㄓˋ ㄒㄧㄣ ㄌㄧㄥˊ

【釋義】福：福氣，好運氣。靈：靈巧。

【出處】畢仲詢・幙府燕閒錄：「（吳參政）當草制以示歐陽文忠，稱之，因戲曰：『君福至心靈。』」

【用法】指人走好運時，心靈也變得靈巧了，做起事來也得心應手了。

【例句】她本來有些笨，可是結婚以後却變得活潑乖巧多了，這眞是**福至心靈**啊！

【義近】福至神明／福至性靈。

【義反】禍來神昧。

福星高照 ㄈㄨˊ ㄒㄧㄥ ㄍㄠ ㄓㄠˋ

【釋義】福星：古稱木星爲歲星，謂其所在有福，故又名福星。

【出處】李商隱・無愁果有愁曲北齊歌：「東有青龍西白虎，中含福星包世度。」

【用法】形容好運氣當頭，好事落到自己身上。

【例句】他眞是**福星高照**，竟能大難不死，一定是福報應驗在他身上了。

【義近】吉星高照／時來運轉／吉人天相。

【義反】帚星當空／時乖運蹇／命遘陽九。

福無雙至 ㄈㄨˊ ㄨˊ ㄕㄨㄤ ㄓˋ

【釋義】意謂福事不重來。常與「禍不單行」連用。

【出處】劉向・說苑・權謀：「此所謂福不重至，禍必重來者也。」

【用法】用以說明幸運的事不會常有，應珍惜和把握機遇。

【例句】人生太無常，**福無雙至**，該知福惜福，平安就是最好的福分了。

【義近】福不重至／福運不再／福無雙降。

【義反】禍不單行／雙喜臨門。

福過災生 ㄈㄨˊ ㄍㄨㄛˋ ㄗㄞ ㄕㄥ

【釋義】意謂享福過度則生災禍。又作「福過禍至」。

【出處】晉書・庾亮傳：「小人祿薄，福過災生，止足之分，臣所宜守。」

【用法】常用以勸勉人不要貪心於名利地位、富貴榮華。

【例句】人在走運時，務必要保持冷靜頭腦，時刻防止**福過災生**。

【義近】樂極生悲／福極必反／盈極必損。

【義反】否極泰來／禍極福來／楣極運來。

禍不單行 ㄏㄨㄛˋ ㄅㄨˋ ㄉㄢ ㄒㄧㄥˊ

【釋義】災禍不止一次發生。常與「福無雙至」連用。

【出處】道源・景德傳燈錄・紫桐和尚：「師曰：『禍不單行。』」

【用法】用以指不幸的事往往接二連三地發生。

【例句】這眞是福無雙至，**禍不單行**，他太太去世沒多久，女兒今天又因車禍喪生！

【義近】雪上加霜／屋漏逢雨／避坑落井／禍不旋踵。

【義反】雙喜臨門／福星永照／福事連至。

禍兮福所倚 ㄏㄨㄛˋ ㄒㄧ ㄈㄨˊ ㄙㄨㄛˇ ㄧˇ

【釋義】災禍之中倚存著福。兮：古漢語助詞。倚：依靠，依存。常與「福兮禍所伏」連用。

【出處】老子五八章：「禍兮福之所倚，福兮禍之所伏。」

【用法】說明在某一情況下，禍可轉變爲福，壞可以變爲好。

【例句】**禍兮福所倚**，不要因困阨而喪志，也許是禍非禍，是福非福，絕處可逢生啊！

【義近】塞翁失馬，焉知非福。

【義反】福兮禍所伏。

禍起蕭牆（ㄏㄨㄛˋ ㄑㄧˇ ㄒㄧㄠ ㄑㄧㄤˊ）

【釋義】蕭牆：門屏，古代宮室用以分隔內外的當門小牆。比喻內部。

【出處】論語・季氏：「吾恐季孫之憂，不在顓臾，而在蕭牆之內也。」

【用法】指禍亂從內部發生。

【例句】自古以來，許多戰爭皆因**禍起蕭牆**，名利眞可使人倫喪盡。

【義近】蕭牆之變／蕭牆之禍／變生肘腋／同室操戈／骨肉相殘／自相殘殺。

【義反】兵臨城下／禍從天降／外敵入侵／外寇爲患／四郊多壘。

禍從口出（ㄏㄨㄛˋ ㄘㄨㄥˊ ㄎㄡˇ ㄔㄨ）

【釋義】意謂言語不愼會招來災禍。

【出處】傅玄口銘：「病從口入，禍從口出。」

【用法】常用以勸勉人說話要謹愼，以免招來災禍。

【例句】**禍從口出**，你再不收斂你的嘴巴，那天大禍臨頭可不要後悔。

【義近】言多必失／言出患入／言出禍從。

禍從天降（ㄏㄨㄛˋ ㄘㄨㄥˊ ㄊㄧㄢ ㄐㄧㄤˋ）

【釋義】災禍好像從天上降下來的一樣。

【出處】李好古・張生煮海三折：「則爲那窈窕娘，不招你個俊俏郎，弄出這一番禍從天降。」

【用法】比喻災禍突然而至，未曾想到，亦無法防備。

【例句】這眞是**禍從天降**，他倆在馬路邊走得好好的，忽然一輛卡車開過來，把他們撞成重傷。

【義近】人在家中坐，禍從天上來／飛來橫禍／禍出不測／無妄之災／飛災橫禍。

【義反】閉門家中坐，好事天外來／喜從天降／福事臨門／天官賜福／福星高照。

禍國殃民（ㄏㄨㄛˋ ㄍㄨㄛˊ ㄧㄤ ㄇㄧㄣˊ）

【釋義】禍、殃：爲害，損害。

【出處】左傳・襄公三十年：「王子相楚國，將善是封殖而虐之，是禍國也。」章炳麟・正學報緣起例言：「謂其禍國殃民，肉不足以啖狗彘。」

【用法】指使國家受害，人民遭殃。

【例句】百姓對那些倒行逆施、**禍國殃民**的敗類，無不切齒痛恨。

【義近】蠹國害民／賣國殘民／害國傷民。

【義反】治國安民／保國衛民／富國裕民／益國利民。

禍福無門（ㄏㄨㄛˋ ㄈㄨˊ ㄨˊ ㄇㄣˊ）

【釋義】災禍、幸福的到來並無一定。無門：指無定數。

【出處】左傳・襄公二十三年：「禍福無門，唯人所召。」

【用法】表示禍福都是人所自取。

【例句】常言道：**禍福無門**。他平日爲人自私，待人苛刻，眾叛親離是遲早的事。

【義近】滄浪之水／濯纓濯足／咎由自取。

【義反】禍福有常／善有善報，惡有惡報。

禮尙往來（ㄌㄧˇ ㄕㄤˋ ㄨㄤˇ ㄌㄞˊ）

【釋義】尙：注重，重視。

【出處】禮記・曲禮上：「禮尙往來。往而不來，非禮也；來而不往，亦非禮也。」

【用法】指禮節上應該有來有往。現也指以同樣的態度和做法回答對方。

【例句】人與人之間，**禮尙往來**是不成文的法則，大家皆遵行不悖。

【義近】投桃報李／有來有往／禮無不答。

禮賢下士（ㄌㄧˇ ㄒㄧㄢˊ ㄒㄧㄚˋ ㄕˋ）

【釋義】禮賢：以禮相待有德有才的人。下：居於其下，屈己待人。

【出處】宋書・江夏王義恭傳：「禮賢下士，聖人垂訓；驕侈矜尙，先哲所去。」

【用法】用以稱揚能屈身尊重禮待賢人，交納有才能的人。

【例句】像他這樣身居高位，而能眞誠地**禮賢下士**，的確値得稱頌。

【義近】親賢禮士／敬賢下士／握髮吐哺。

【義反】妒功忌能／嫉賢妒能／妒能害賢／唯我獨尊／高高在上／頤指氣使。

禾部

秀才人情（ㄒㄧㄡˋ ㄘㄞˊ ㄖㄣˊ ㄑㄧㄥˊ）

【釋義】讀書人所能表達的人情。秀才：意謂才能優秀。從漢代開始爲舉士之科目，後用以通稱讀書人。

【出處】玩花主人・粧樓記：「自古道，秀才人情紙半張，聊備一杯水酒和你作別。」

【用法】秀才大多貧窮，故常用以稱交際來往，饋贈禮物菲薄者。

【例句】我這兩瓶薄酒不過是**秀才人情**罷了，實在不成敬意，敬請笑納。

秀才遇到兵，有理說不清（ㄒㄧㄡˋ ㄘㄞˊ ㄩˋ ㄉㄠˋ ㄅㄧㄥ，ㄧㄡˇ ㄌㄧˇ ㄕㄨㄛ ㄅㄨˋ ㄑㄧㄥ）

【釋義】秀才：泛指讀書人。一作「相公遇到兵，有理說不清」。相公：對男子的尊稱。

【用法】用以說明講理的讀書人同蠻橫不講理的人發生爭執，無法用言語來說理、講是非。

【例句】明明是他大搖大擺地走路撞了我，卻反說是我故意撞他，拉著我不放，眞是**秀才遇到兵，有理說不清**。

【義近】蠻不講理／強詞奪理／胡攪蠻纏／倒打一釘耙。

【義反】依理而行／講理明理／有理走遍天下。

秀出班行（ㄒㄧㄡˋ ㄔㄨ ㄅㄢ ㄏㄤˊ）

【釋義】秀：優秀。出：超出。班行：班次行列，指同輩。

【出處】韓愈・唐故江南西道觀察使洪州刺史太原公神道碑銘：「秀出班行，乃動帝目。」

【用法】用以說明才能優異，超出同輩。

【例句】這位博士研究生德才兼優，年輕有爲，是很難得的**秀出班行**的人才。

【義近】卓爾不羣／出類拔萃／鶴立雞羣。

【義反】等閒之輩／碌碌庸才／凡夫俗子。

秀外慧中（ㄒㄧㄡˋ ㄨㄞˋ ㄏㄨㄟˋ ㄓㄨㄥ）

【釋義】秀：秀美。慧：一作「惠」，聰明之意。

【出處】韓愈・送李愿歸盤谷序：「曲眉豐頰，清聲而便體，秀外而慧中。」

【用法】形容人外貌清秀，內心聰慧。多指女性。

【例句】張小姐**秀外慧中**，一定能找到個好夫婿。

【義近】賢淑恬靜。

秀而不實（ㄒㄧㄡˋ ㄦˊ ㄅㄨˋ ㄕˊ）

【釋義】吐穗開花而不結果實。秀：穀類抽穗開花。

【出處】論語・子罕：「苗而不秀者有矣夫，秀而不實者有矣夫。」

【用法】常用以比喻人有優異的資質而終無結果，也用以比喻好事沒有好結果。

【例句】①他以資優生身分出國，誰知**秀而不實**，念完大學後並未再繼續深造。②他倆是天生的一對，誰都羨慕稱贊，不料**秀而不實**，最後竟分道揚鑣了。

【義近】華而不實。

【義反】開花結果。

秀色可餐（ㄒㄧㄡˋ ㄙㄜˋ ㄎㄜˇ ㄘㄢ）

【釋義】秀色：美麗的容貌，有時也指景色。餐：吃。

【出處】陸機・日出東南隅行：「鮮膚一何潤，秀色若可餐。」辛棄疾・臨江仙・探梅：「賸向青山餐秀色。」

【用法】極讚婦女容色之美，也用以形容山川秀麗。

【例句】雖非國色天香，卻是嫵媚儒雅。古人云：「**秀色可餐**。」觀之眞可忘飢。（李汝珍・鏡花緣六六回）

【義近】花容月貌／沉魚落雁／閉月羞花／我見猶憐。

【義反】容貌奇醜／貌似無塩。

秉燭夜遊（ㄅㄧㄥˇ ㄓㄨˊ ㄧㄝˋ ㄧㄡˊ）

【釋義】手持蠟燭，夜間遊樂。秉：拿。

【出處】古詩十九首：「晝短苦夜長，何不秉燭遊？」曹丕・與吳質書：「少壯眞當努力，年一過往，何可攀援！古人思炳燭夜遊，良有以也。」

【用法】珍惜光陰，當及時努力或行樂。

【例句】人生苦短，當及時努力，古人思**秉燭夜遊**，良有以也。

秋風掃落葉（ㄑㄧㄡ ㄈㄥ ㄙㄠˇ ㄌㄨㄛˋ ㄧㄝˋ）

【釋義】秋天的大風把落葉一掃而光。也作「秋風落葉」。

【出處】洪邁・夷堅志乙志卷六：「人言秋風落葉，此眞是也，哀哉！」

【用法】比喻強大的力量迅速而輕易地把腐朽衰敗的事物掃光。

【例句】武昌起義勝利後，革命軍即以**秋風掃落葉**之勢，消滅了清政府的殘餘部隊。

【義近】狂風掃落葉／疾風落葉／風捲殘雲／一掃而光。

秋風過耳（ㄑㄧㄡ ㄈㄥ ㄍㄨㄛˋ ㄦˇ）

【釋義】好像秋風從耳邊吹過。

【出處】吳越春秋・吳王壽夢傳：「季札讓逃去，曰：『⋯⋯富貴之於我，如秋風之過耳。』」

【用法】表示漠不關心。

【例句】他根本把眾人的勸誡當**秋風過耳**，固執己見地要去做那件事。

【義近】風吹馬耳／無動於衷／漠不關心／馬耳東風／聽若罔聞／置若罔聞。

【義反】洗耳恭聽／言聽計從／唯命是從／奉爲圭臬。

秋高氣爽（ㄑㄧㄡ ㄍㄠ ㄑㄧˋ ㄕㄨㄤˇ）

【釋義】秋高：指秋天的碧空高朗，萬里無雲。氣爽：氣候清新涼爽。

【出處】杜甫・崔氏東山草堂：「愛汝玉山草堂靜，高秋爽氣相鮮新。」

【用法】形容秋天天空晴朗，氣候清爽宜人。

【例句】值此**秋高氣爽**之際，當出外郊遊踏青，一睹大自然的美好風光。

【義近】天高氣爽／天朗氣清。

【義反】赤日炎炎／驕陽似火／天寒地凍／冰天雪地。

秋扇見捐（ㄑㄧㄡ ㄕㄢˋ ㄐㄧㄢˋ ㄐㄩㄢ）

【釋義】見捐：被捐棄。

【出處】班婕妤・怨歌行：「新裂齊紈素，皎潔如霜雪，裁成合歡扇，團圓似明月。出入君懷袖，動搖微風發。常恐秋節至，涼飆奪炎熱，棄捐篋笥中，恩情中道絕」

【用法】扇子到秋天就無用而被棄置，比喻婦人因年老色衰而見棄。

【例句】他是個花花公子，不知玩弄過多少女人，你嫁給他，難道就不擔心將來**秋扇見捐**嗎？

【義近】打入冷宮／色衰見棄／色衰愛弛／人老珠黃不值錢。

【義反】情有獨鍾／恩深情長。

秋毫之末 ㄑㄧㄡ ㄏㄠˊ ㄓ ㄇㄛˋ

【釋義】秋毫：鳥獸到秋天新長出來的絨毛。末：頂梢。

【出處】孟子・梁惠王上：「明足以察秋毫之末，而不見輿薪，則王許之乎？」

【用法】常用以比喻事物之極微細者。

【例句】這東西小得如**秋毫之末**，我看得很吃力，你幫我看一下吧！

【義近】微不足道／微乎其微。

【義反】大如泰山／碩大無朋。

秋毫無犯 ㄑㄧㄡ ㄏㄠˊ ㄨˊ ㄈㄢˋ

【釋義】秋毫：鳥獸秋後新長的細毛，比喻微細的東西。

【出處】後漢書・岑彭傳：「彭首破荊門，長驅武陽。持軍整肅，秋毫無犯。」

【用法】指不取民一點一滴。常用以形容行軍紀律嚴明。

【例句】革命軍所到之處，**秋毫無犯**，因而受到人民的歡迎和衷心擁護。

【義近】秋毫無取／一毫莫取／秋毫不取。

【義反】燒殺搶奪／奸淫擄掠／雞犬不留／洗劫一空。

秦晉之好 ㄑㄧㄣˊ ㄐㄧㄣˋ ㄓ ㄏㄠˇ

【釋義】春秋時，秦、晉兩國世世通婚。

【出處】羅貫中・三國演義七六回：「吳侯欲與君侯結秦晉之好，同力破曹，共扶漢室，別無他意。」

【用法】指兩姓聯姻，結爲親家。

【例句】你們兩家原是故交，現在又結**秦晉之好**，友情加親情，眞是可喜可賀。

【義近】朱陳之好／兒女親家／聯姻結親／二姓之好／赤繩繫足。

【義反】世世爲仇／寃家對頭。

秦庭之哭 ㄑㄧㄣˊ ㄊㄧㄥˊ ㄓ ㄎㄨ

【釋義】在秦國朝廷裏痛哭。庭：朝廷。

【出處】左傳・定公四年載：楚臣申包胥至秦乞師，依牆而哭七日七夜。庾信・哀江南賦：「鬼同曹社之謀，人有秦庭之哭。」

【用法】用以說明向他處乞師或求救。

【例句】當年申包胥**秦庭之哭**的愛國情懷，眞可驚天泣地，流芳後世。

【義近】包胥之哭／四處求援。

【義反】自立自強。

移山倒海 ㄧˊ ㄕㄢ ㄉㄠˇ ㄏㄞˇ

【釋義】搬動大山，翻倒大海。移：移動。

【出處】吳承恩・西遊記三三回：「就使一個移山倒海的法術……劈頭來壓行者。」

【用法】比喻人類改造自然的巨大力量和雄偉氣魄。

【例句】人類擁有無限的潛能，**移山倒海**在過去是神話，在未來卻可能實踐在日常生活中。

【義近】翻江倒海／改天換地／排山倒海。

【義反】望洋興歎／無能爲力／徒呼奈何。

移天易日 ㄧˊ ㄊㄧㄢ ㄧˋ ㄖˋ

【釋義】意謂能轉移天日。

【出處】晉書・齊王冏傳：「趙庶人聽任孫秀，移天易日，當時喋喋，莫敢先唱。」

【用法】比喻玩弄手法，顛倒眞相，欺上瞞下。
【例句】秦檜自以爲有**移天易日**的本領而陷害忠良，不料東窗事發，遺臭萬年。
【義近】偷天換日／偷龍轉鳳。
【義反】守正不阿／光明磊落。

移花接木 ㄧˊ ㄏㄨㄚ ㄐㄧㄝ ㄇㄨˋ

【釋義】把一種花木的枝葉或嫩芽嫁接在另一種花木上。
【出處】凌濛初・初刻拍案驚奇三五卷：「豈知暗地移花接木，已自雙手把人家交還他。」
【用法】比喻暗中使用手段以假換眞，以甲代乙，欺騙他人。
【例句】這婦人大概想男孩想瘋了，竟採用**移花接木**的手法，把自己剛生下來的女孩換了別人的男嬰。
【義近】偷天換日／偷樑換柱／偷龍轉鳳。
【義反】貨眞價實／眞實無妄。

移風易俗 ㄧˊ ㄈㄥ ㄧˋ ㄙㄨˊ

【釋義】移：改變，變動。易：更換。
【出處】荀子・樂論：「故樂行而志清，禮修而行成，耳目聰明，血氣和平，移風易俗。」
【用法】意謂改良社會風氣與習俗。
【例句】想要**移風易俗**，單方面的禁止是不夠的，必須從基礎教育做起。
【義近】風移俗易／改俗遷風／破舊立新／正風變格／隨俗雅化。
【義反】安於現狀／守舊不變／墨守陳法／墨守成規。

稍縱即逝 ㄕㄠ ㄗㄨㄥˋ ㄐㄧˊ ㄕˋ

【釋義】稍微一放鬆就消失了。縱：放。逝：過去，消失。一作「少縱即逝」。
【出處】蘇軾・篔簹谷偃竹記：「振筆直遂，以追其所見，如兔起鶻落，少縱即逝矣」。
【用法】形容時間、機會很容易消失，應及時把握。
【例句】時間**稍縱即逝**，我們務必要分秒必爭，努力朝自己的目標邁進。
【義近】瞬息即逝／旋踵即逝。
【義反】萬古長存／歷久不變。

稀世之寶 ㄒㄧ ㄕˋ ㄓ ㄅㄠˇ

【釋義】稀世：世上少有。稀：少。一作「希世之寶」。希同「稀」。
【出處】曹丕・與鍾大理書：「猥以蒙鄙之姿，得睹希世之寶。」
【用法】形容很少見到的珍寶。
【例句】故宮博物院珍藏許多**稀世之寶**，件件作品都是世間獨一無二的絕作。
【義近】稀世奇寶／和氏之璧／隋侯之珠／崑山片玉／宛珠之簪／吉光片羽。
【義反】破衣敝屣／蟲臂鼠肝／竹頭木屑。

稠人廣衆 ㄔㄡˊ ㄖㄣˊ ㄍㄨㄤˇ ㄓㄨㄥˋ

【釋義】稠人：指人很多。稠：密，多。
【出處】漢書・灌夫傳：「稠人廣衆，薦寵下輩。士亦以此多之。」
【用法】形容人很多或人很多的場合。
【例句】他性格內向，不愛拋頭露面，更不愛在**稠人廣衆**之中講話。
【義近】稠人廣座／人山人海／萬頭攢動／大庭廣衆。
【義反】稀稀落落／寥寥無幾。

稱心如意 ㄔㄣˋ ㄒㄧㄣ ㄖㄨˊ ㄧˋ

【釋義】稱：適合，符合。
【出處】朱敦儒・樵歌感皇恩：「稱心如意，賸活人間幾歲？」
【用法】說明完全符合人的心意。
【例句】人生短暫，能夠**稱心如**

意的時刻更短，何不及時行樂、秉燭夜遊？

【義近】心滿意足／稱心滿意／如願以償／夙願得償。

【義反】事與願違／好事多磨／夙願難償。

稱王稱霸（ㄔㄥ ㄨㄤˊ ㄔㄥ ㄅㄚˋ）

【釋義】王：君主，帝王。霸：諸侯聯盟的首領。

【出處】吳沃堯・痛史十回：「在下雖說是落草在此，卻並不稱王稱霸，也並不騷擾中國人，專門與韃子爲難。」

【用法】比喻獨斷專行、欺侮別人，憑藉權勢橫行一方，或狂妄地以首腦自居。

【例句】他在家裏**稱王稱霸**慣了，出外若不能收斂一點，鐵定會吃虧的。

【義近】橫行霸道／飛揚跋扈／專橫跋扈／狂妄自大／以力服人。

【義反】有禮有儀／謙虛自處／平等待人／以德服人。

稱兄道弟（ㄔㄥ ㄒㄩㄥ ㄉㄠˋ ㄉㄧˋ）

【釋義】稱、道：均爲稱呼之意。又作「你兄我弟」。

【出處】李綠園・歧路燈五四回：「你兄我弟稱呼，大嚼滿酣的享用。」

【用法】形容關係密切到彼此以兄弟相稱。

【例句】你們平常都是**稱兄道弟**的好朋友，怎麼連這麼一點小忙都不肯幫他呢？

【義近】兄弟相稱／親如兄弟／情同手足。

【義反】泛泛之交／點頭之交／一面之交。

稱孤道寡（ㄔㄥ ㄍㄨ ㄉㄠˋ ㄍㄨㄚˇ）

【釋義】指稱王稱帝。孤、寡：古代帝王自稱「孤」、「孤家」、「寡人」。

【出處】關漢卿・單刀會三折：「俺哥哥稱孤道寡世無雙，我關某匹馬單刀鎮荊襄。」

【用法】指居帝王之位或以首腦自居。

【例句】李自成一攻入北京，便**稱孤道寡**做起皇帝來，不料最後卻落得個身首異處的下場。

【義近】稱王稱帝／稱王稱霸／南面而王／南面稱孤／佔山爲王。

【義反】北面稱臣／俯首稱臣。

種瓜得瓜，種豆得豆（ㄓㄨㄥˋ ㄍㄨㄚ ㄉㄜˊ ㄍㄨㄚ，ㄓㄨㄥˋ ㄉㄡˋ ㄉㄜˊ ㄉㄡˋ）

【釋義】意謂種什麼收穫什麼。

【出處】古今小說・月明和尚度翠柳：「假如種瓜得瓜，種豆得豆。種是因，得是果。」

【用法】說明有其因必得其果。也比喻做了什麼事就會得到什麼樣的結果。

【例句】俗話說：**種瓜得瓜，種豆得豆**。你兒子會有今天這樣的下場，還不是你嬌寵溺愛的結果。

【義近】種麥得麥／因果循環／善有善報／惡有惡報。

積少成多（ㄐㄧ ㄕㄠˇ ㄔㄥˊ ㄉㄨㄛ）

【釋義】少的積累起來就可以變成多的。

【出處】漢書・董仲舒傳：「聚少成多，積少致臣。」

【用法】說明於事於物不要嫌其少，只要肯積累便會日益增多。

【例句】不要小看一粒沙的力量，要知道**積少成多**，一座高山也是由無數個小沙粒聚集而成的。

【義近】積土成山／積水成淵／聚沙成塔／集腋成裘／聚少成多。

【義反】坐吃山空／化整爲零。

積羽沉舟（ㄐㄧ ㄩˇ ㄔㄣˊ ㄓㄡ）

【釋義】羽毛雖輕，但積聚多了照樣有壓沉船的重量。

【出處】戰國策・魏策一：「臣聞積羽沉舟，羣輕折軸，眾口鑠金，故願大王之熟計也。」

【用法】比喻積輕可成重，積小患可致大災。

【例句】許多人都認為丟個垃圾無傷大雅，却不知**積羽沉舟**，全世界這麼多人所丟的垃圾足以淹沒整個地球。

【義近】聚蚊成雷／羣輕折軸。

積重難返 ㄐㄧ ㄓㄨㄥˋ ㄋㄢˊ ㄈㄢˇ

【釋義】積：長時期積累下來的。重：指程度深。難返：難以返回。

【出處】趙翼・二十二史劄記二十：「假之以權，掌禁兵，筦樞要，遂致積重難返，以至此極也哉。」

【用法】指積習深久，不易改變。多指陋習和弊端，已達到難以革除的地步。

【例句】清朝末年，政治腐敗，**積重難返**，愛國志士遂循革命一途拯救中國。

【義近】積習難改／極重難返／積弊不振。

【義反】宿弊一清／痛改前非。

積勞成疾 ㄐㄧ ㄌㄠˊ ㄔㄥˊ ㄐㄧˊ

【釋義】積勞：長期經受勞累。又作「積勞成病」。

【出處】馮夢龍・東周列國志六九回：「公孤歸生，積勞成病，臥不能起。」

【用法】指一個人因長期工作，勞累過度而致病。

【例句】諸葛亮受劉備之託，欲中興漢業，不料**積勞成疾**，出師未捷身先死。

【義近】鞠躬盡瘁／積疾喪身。

【義反】養尊處優。

積善餘慶 ㄐㄧ ㄕㄢˋ ㄩˊ ㄑㄧㄥˋ

【釋義】積善：積累善事。餘慶：餘福。慶：福。

【出處】周易・坤卦・文言：「積善之家，必有餘慶；積不善之家，必有餘殃。」

【用法】說明為善的人不僅自身多福，且有餘福庇及子孫後代。多用以勸人為善。

【例句】**積善餘慶**，你的兒孫們這樣有出息，正是你們家一慣行善的結果。

【義近】積善多福／積陰德／善有善報。

【義反】積惡餘殃／惡有惡報／禍延子孫。

積毀銷骨 ㄐㄧ ㄏㄨㄟˇ ㄒㄧㄠ ㄍㄨˇ

【釋義】毀：毀謗。銷：銷毀。

【出處】鄒陽・於獄上書自明：「眾口鑠金，積毀銷骨。」

【用法】說明毀謗之言多，可使受毀者骨骸為之銷融。言毀謗之可怕。

【例句】**積毀銷骨**，一次又一次的造謠毀謗，有時的確可以置人於死地。

【義近】眾口鑠金／人言可畏／積非成是／曾子殺人。

【義反】真金不怕火鍊／身正不怕影子斜。

積薪厝火 ㄐㄧ ㄒㄧㄣ ㄘㄨㄛˋ ㄏㄨㄛˇ

【釋義】在積薪下面放著火。厝：同「措」，放。

【出處】漢書・賈誼傳：「夫抱火厝之積薪之下而寢其上，火未及燃，因謂之安，方今之勢，何以異此？」

【用法】比喻處於極其危險的境地。

【例句】這些貪官汙吏只知醉生夢死地過日子，根本不知道當前的形勢有如**積薪厝火**，該想辦法解決困境。

【義近】危如累卵／千鈞一髮／危如朝露。

【義反】安如泰山／安如磐石。

穩如泰山 ㄨㄣˇ ㄖㄨˊ ㄊㄞˋ ㄕㄢ

【釋義】泰山：我國著名的高山，在今山東省泰安縣境。

【出處】李汝珍・鏡花緣三回：「武后恃有高關，又仗武氏兄弟驍勇，自謂穩如泰山，十分得意。」

【用法】 形容穩固得不可動搖。

【例句】 他在公司的地位可說是**穩如泰山**，想要動他恐非易事。

【義近】 安如磐石／堅如磐石／固若金湯。

【義反】 危如累卵／風雨飄搖／燕巢飛幕。

穩紮穩打（ㄨㄣˇ ㄓㄚ ㄨㄣˇ ㄉㄚˇ）

【釋義】 原指步步爲營，用最穩妥的辦法打擊敵人。紮：紮營。

【用法】 今用以形容一個人有步驟、有把握地進行工作，踏踏實實，不急躁，不冒險。

【例句】 不管是學習或工作，都要本著**穩紮穩打**的態度，循序漸進。

【義近】 踏踏實實／循序漸進／按部就班／步步爲營／一步一腳印。

【義反】 貿然行事／輕舉妄動／操之過急。

穩操左券（ㄨㄣˇ ㄘㄠ ㄗㄨㄛˇ ㄑㄩㄢˋ）

【釋義】 穩操：穩當地拿著。左券：古代契約有左右兩片，左券用作索償的憑據。又作「穩操勝券」。

【出處】 陸游・禽言詩：「人生爲農最可願，得飽正如持左券。」

【用法】 比喻有充分的把握可以成功或獲勝。

【例句】 我們的隊伍掌握天時、地利、人和的優勢，**穩操左券**。

【義近】 穩操勝算／勝券在握／穩操勝數／可操左券／十拿九穩。

【義反】 未定之天／勝負未卜。

穴部

空口無憑（ㄎㄨㄥ ㄎㄡˇ ㄨˊ ㄆㄧㄥˊ）

【釋義】 憑：憑證，根據。

【出處】 李寶嘉・官場現形記二七回：「王博高道：空口無憑的話，門生也不敢朝著老師來說。」

【用法】 指僅憑口說，不能作爲根據而下結論，作判斷。

【例句】 金錢來往之事，不可大意，恐**空口無憑**，請你寫好收據，我再把錢給你。

【義近】 口說無憑／空口說白話／無憑無據。

【義反】 眞憑實據／白紙黑字／立字爲據／立約爲證／鑿鑿有據。

空中樓閣（ㄎㄨㄥ ㄓㄨㄥ ㄌㄡˊ ㄍㄜˊ）

【釋義】 空中所見的樓臺觀閣。

【出處】 二程全書・遺書：「邵堯夫猶空中樓閣。」李漁・閑情偶記：「虛者，空中樓閣……無影無形之謂也。」

【用法】 今多比喻幻想或虛構的事物。

【例句】 他一再碰壁後，終於明白自己過去想追求的東西，及一心一意想走的道路，只不過是**空中樓閣**，根本不可能實現。

【義近】 海市蜃樓／夢中蝴蝶／鏡中之花／水中之月／相中之色／鏡花水月。

空穴來風（ㄎㄨㄥ ㄒㄩㄝˋ ㄌㄞˊ ㄈㄥ）

【釋義】 有了洞穴才進風。穴：孔，洞。

【出處】 宋玉・風賦：「枳句來巢，空穴來風。」

【用法】 比喻事情憑空發生或流言之乘隙而入。

【例句】 外面有人這樣批評你，絕非**空穴來風**，一定是你的做法有錯誤。

【義近】無中生有／捕風捉影／無稽之談。
【義反】有根有據／有案可稽／實事求是／就事敷陳。

空谷足音（ㄎㄨㄥ ㄍㄨˇ ㄗㄨˊ ㄧㄣ）

【釋義】在空曠的山谷中聽到腳步聲。
【出處】詩經・小雅・白駒：「皎皎白駒，在彼空谷。」莊子・徐无鬼：「夫逃虛空者……聞人足音跫然而喜矣。」顧炎武・日知錄七：「在宋已爲空谷之足音，今時則絕響矣。」
【用法】比喻極難得的事物、人物、音信或言行。
【例句】聽說這部電視劇風格清新，有如**空谷足音**，一播出就引起了強烈的迴響。
【義近】空前未有／世所罕見／絕無僅有。
【義反】屢見不鮮／隨處可見／多如牛毛。

空空如也（ㄎㄨㄥ ㄎㄨㄥ ㄖㄨˊ ㄧㄝˇ）

【釋義】空空的，什麼也沒有。如：然，表示「……的樣子」。
【出處】論語・子罕：「有鄙夫問於我，空空如也，我叩其兩端而竭焉。」
【用法】形容一無所有。
【例句】昨晚吃飯看電影，把這個月的零錢花完了，現在口袋裏**空空如也**。
【義近】空空蕩蕩／一無所有。
【義反】一應俱全／應有盡有。

空前絕後（ㄎㄨㄥ ㄑㄧㄢˊ ㄐㄩㄝˊ ㄏㄡˋ）

【釋義】以前未曾有過，今後也不會再見。亦作「光前絕後」。
【出處】俞樾・俞樓雜纂三六：「南華又法淮陰戰，都是空前絕後來。」
【用法】形容非常傑出，獨一無二的人、事、物。
【例句】國父在中國，像美國的華盛頓、法國的拿破侖，是歷史上**空前絕後**的人物。
【義近】前無古人，後無來者／舉世無雙／絕無僅有／獨一無二／無與倫比。
【義反】司空見慣／屢見不鮮／史不絕書／多如牛毛／俯拾即是。

空洞無物（ㄎㄨㄥ ㄉㄨㄥˋ ㄨˊ ㄨˋ）

【釋義】空空洞洞，沒有什麼內容。
【出處】劉義慶・世說新語・排調：「王丞相枕周伯仁厀，指其腹曰：『卿此中何所有？』答曰：『此中空洞無物，然容卿輩數百人。』」
【用法】多用以形容言談、文章極其空泛。
【例句】花時間看這種**空洞無物**的文章，實在是划不來。
【義近】言之無物／虛比浮詞／滿紙廢言／空話連篇。
【義反】言之有物／字字褒貶／有血有肉。

空城計（ㄎㄨㄥ ㄔㄥˊ ㄐㄧˋ）

【釋義】指本身力量空虛，爲迷惑、蒙騙對方而設的計謀。
【出處】羅貫中・三國演義九五回：「諸葛亮無兵迎戰，反大開城門，沉著鎮定，在城樓上飲酒彈琴。」
【用法】今多用以說明本身沒有實力，却設法虛張聲勢嚇人，想以此僥倖取勝。
【例句】他早就入不敷出、負債累累了，現在只不過是在玩**空城計**的把戲，不要上了他的當。
【義近】虛張聲勢／蒙混過關。

空話連篇（ㄎㄨㄥ ㄏㄨㄚˋ ㄌㄧㄢˊ ㄆㄧㄢ）

【釋義】空話：毫無內容的話。連篇：全篇。
【用法】指從頭到尾都是空泛而毫無意義的廢話。
【例句】他這篇文章根本是**空話**

連篇，怎麼上得了檯面。

【義近】廢話連篇／空洞無物／言之無物。

【義反】字字珠璣／字字褒貶／言之有物／有血有肉。

空頭支票（ㄎㄨㄥ ㄊㄡˊ ㄓ ㄆㄧㄠˋ）

【釋義】不能兌現、取不到錢的支票。空頭：有名無實的。支票：向銀行取款或撥款的票據。

【用法】常用以形容口頭上說得好聽，而實際上難以兌現或不準備實現的諾言。

【例句】他不知向我說了多少好聽的話，可是那有一句兌現了，全是些**空頭支票**。

【義近】空口說白話／一紙空文／鑿空之論。

【義反】一諾千金／言而有信／說一不二。

穿針引線（ㄔㄨㄢ ㄓㄣ ㄧㄣˇ ㄒㄧㄢˋ）

【釋義】把線穿到針上。一作「引線穿針」。

【出處】周楫・西湖二集：「望乞二娘怎生做個方便，到黃府親見小姐詢其下落，做個穿針引線之人。」

【用法】比喻從中撮合拉攏。

【例句】那對男女青年都生性內向害羞，最好有熱心人從中**穿針引線**，較易成姻緣。

【義近】搭橋引線／從中說合／牽線搭橋。

【義反】挑撥離間／暗中搗鬼。

穿雲裂石（ㄔㄨㄢ ㄩㄣˊ ㄌㄧㄝˋ ㄕˊ）

【釋義】穿破雲天，震裂石頭。

【出處】蘇軾・李委吹笛詩序：「既奏新曲，又快奏數弄，嘹然有穿雲裂石之聲。」

【用法】形容聲音高亢嘹亮。

【例句】大草原上，隨著牧民們**穿雲裂石**的歌聲，羊羣正緩緩地向前移動。

【義近】歌聲嘹亮／響徹雲霄／石破天驚／羽聲慷慨／聲動梁塵／聲振林木／響遏行雲／高唱入雲。

【義反】嘔啞嘲哳。

穿窬之盜（ㄔㄨㄢ ㄩˊ ㄓ ㄉㄠˋ）

【釋義】穿窬：穿壁翻牆。窬：門旁小洞，壁洞。

【出處】論語・陽貨：「色厲而內荏，譬諸小人，其猶穿窬之盜也與？」

【用法】指偷竊的人。

【例句】現在**穿窬之盜**橫行，家家戶戶均應採取措施，加強提防。

【義近】梁上君子／宵小之輩／狐鼠之輩。

【義反】江洋大盜／綠林好漢。

穿壁引光（ㄔㄨㄢ ㄅㄧˋ ㄧㄣˇ ㄍㄨㄤ）

【釋義】穿破牆壁，引來亮光。

【出處】劉歆・西京雜記二：「匡衡字稚圭，勤學而無燭，鄰舍有燭而不逮，衡乃穿壁引其光，以書映光而讀。」

【用法】形容刻苦勤學。

【例句】何小姐雖然家境貧寒，却有**穿壁引光**的好學精神，終於一步一步獲得了博士學位。

【義近】口舌成瘡／懸梁刺股／囊螢映雪／牛角掛書／韋編三絕。

【義反】虛度年華／居諸坐誤／得過且過／醉生夢死／玩歲愒時。

穿鑿附會（ㄔㄨㄢ ㄗㄨㄛˋ ㄈㄨˋ ㄏㄨㄟˋ）

【釋義】穿鑿：很牽強地解釋，無此意卻說有此意。附會：把無關連的事說成有關連。

【出處】洪邁・容齋續筆卷二：「用是知好奇者欲穿鑿附會，故各有說云。」

【用法】比喻生拉硬扯，力圖自圓其說。

【例句】我總覺得你對這個問題的解釋，顯得**穿鑿附會**。

【義近】牽強附會／強作解人／生拉活扯／郢書燕說。

【義反】言之有理／言之有據／

言之鑿鑿。

突如其來 ㄊㄨˊ ㄖㄨˊ ㄑㄧˊ ㄌㄞˊ

【釋義】突如：突然。其：而。

【出處】周易・離卦：「突如其來如。」疏：「突然而至，忽然而來，故曰突如其來如也。」

【用法】形容事情出其不意的突然出現或發生。

【例句】面對這**突如其來**的大水災，農民個個叫苦連天，卻也莫可奈何。

【義近】始料不及／天外飛來／出其不意。

【義反】有備而來／不出所料／其來有自／意料中事。

窗明几淨 ㄔㄨㄤ ㄇㄧㄥˊ ㄐㄧ ㄐㄧㄥˋ

【釋義】几：原指又小又矮的桌子，今泛指桌椅板凳。一作「明窗几淨」。

【出處】歐陽修・試筆：「蘇子美嘗言，明窗淨几，筆硯紙墨皆極精良，亦自是人生一樂。」

【用法】形容居室乾淨明亮。

【例句】王太太確實勤快，她總是把家裏打掃得**窗明几淨**，令人見了十分舒服。

【義近】乾淨明亮／一塵不染。

【義反】藏垢納污／灰塵滿佈。

窮山惡水 ㄑㄩㄥˊ ㄕㄢ ㄜˋ ㄕㄨㄟˇ

【釋義】窮山：荒山。惡水：經常氾濫成災的河流。

【出處】司馬遷・史記・主父偃傳：「窮山通谷，豪士並起。」唐書・韓愈傳：「過海口，下惡水。」

【用法】形容地勢險惡，自然條件非常壞。

【例句】這裏曾是一片**窮山惡水**的瘴癘，經人們的墾植之後，現已成爲山明水秀的好地方了。

【義近】窮山險水／不毛之地／窮鄉僻壤。

【義反】山青水秀／山明水秀／魚米之鄉。

窮凶極惡 ㄑㄩㄥˊ ㄒㄩㄥ ㄐㄧˊ ㄜˋ

【釋義】窮、極：均爲「極端」之意。

【出處】漢書・王莽傳贊：「滔天虐民，窮凶極惡，毒流諸夏，亂延蠻貊。」

【用法】形容一個人凶惡到了極點。

【例句】你看他那**窮凶極惡**的樣子，好像恨不得把人吃掉！

【義近】窮凶極暴／凶神惡煞。

【義反】大慈大悲／慈眉善目／心善面慈。

窮年累世 ㄑㄩㄥˊ ㄋㄧㄢˊ ㄌㄟˇ ㄕˋ

【釋義】窮年：一年又一年。累世：歷代。

【出處】荀子・榮辱：「然而窮年累世，不知不足，是人之情也。」

【用法】指時間持續長久。

【例句】今日科學的進步，是無數學者**窮年累世**研究的成果所匯集而來的。

【義近】窮年累月／天長日久／日久年深／代遠年湮。

【義反】一朝一夕／轉瞬之間／眨眼之間／一盞茶時／撚指之間。

窮形盡相 ㄑㄩㄥˊ ㄒㄧㄥˊ ㄐㄧㄣˋ ㄒㄧㄤˋ

【釋義】窮：盡。形、相：形狀，形象。

【出處】陸機・文賦：「雖離方而遯圓，期窮形而盡相。」

【用法】形容摹擬逼眞。有時也形容人怪樣百出。

【例句】他這幅山水畫雖然是仿效別人之作，却也**窮形盡相**，讓人難辨眞僞。

【義近】窮形盡致／維妙維肖。

窮兵黷武 ㄑㄩㄥˊ ㄅㄧㄥ ㄉㄨˊ ㄨˇ

【釋義】窮兵：用盡全部兵力。黷武：濫用武力，任意發動戰爭。黷：輕率。

【出處】陳壽・三國志・吳志・陸抗傳：「而聽諸將徇名，窮兵黷武，動費萬計，士卒彫瘁。」

【用法】形容好戰不止。

【例句】自古以來，**窮兵黷武**的國家或君王終沒好下場。

【義近】窮兵極武／好戰嗜殺。

【義反】偃武修文／化干戈為玉帛／解甲釋兵／歸馬放牛。

窮則思變 ㄑㄩㄥˊ ㄗㄜˊ ㄙ ㄅㄧㄢˋ

【釋義】窮：意為盡頭，貧乏，窮苦。

【出處】周易・擊辭下：「窮則變，變則通。」資治通鑑・唐紀：「凡人之情，窮則思變。」

【用法】本指事物到了盡頭便會發生變化，現指在窮困艱難時，設法改變現狀。

【例句】**窮則思變**，任何人到了貧困時自會想辦法的，你也不必過分為他操心。

【義近】窮極則變／窮極思變。

【義反】一成不變／生死有命，富貴在天／聽天由命。

窮途末路 ㄑㄩㄥˊ ㄊㄨˊ ㄇㄛˋ ㄌㄨˋ

【釋義】窮途：絕路。末路：路的盡頭。

【出處】文康・兒女英雄傳五回：「你如今是窮途末路，舉目無依。」

【用法】指處於極為困窘之地，已到無路可走的地步。

【例句】他生意失敗傾家蕩產又背了一身債，已到了**窮途末路**的地步，我們應適時伸出援手，助他逃過一劫。

【義近】道盡途窮／走投無路／山窮水盡／日暮途窮／坐困愁城。

【義反】前程萬里／天無絕人之路／柳暗花明／前途坦蕩。

窮寇勿追 ㄑㄩㄥˊ ㄎㄡˋ ㄨˋ ㄓㄨㄟ

【釋義】窮寇：被逼迫得無路可走的敵寇。勿追：又作「莫追」，不要追逼。

【出處】後漢書・皇甫嵩傳：「嵩進兵擊之，（董）卓曰：『不可。兵法：窮寇勿追』」

【用法】用以警告不要去追逼無路可走的敵人，以免敵人情急反撲，造成自己的損失。

【例句】自古道：**窮寇勿追**。姑且放他們一條生路，以免狗急跳牆，做出對我們更不利的事來。

【義近】窮寇勿迫。

【義反】打落水狗／追亡逐北。

窮奢極欲 ㄑㄩㄥˊ ㄕㄜ ㄐㄧˊ ㄩˋ

【釋義】窮、極：極端。奢：奢侈。欲：欲望。

【出處】漢書・谷永傳：「窮奢極欲，湛湎荒淫。」

【用法】形容人在生活上極盡奢侈，貪欲到了極點。

【例句】有的人一有了錢，便**窮奢極欲**，縱情享受，一點上進心也沒有了。

【義近】窮奢極侈／驕奢淫逸／縱情揮霍。

【義反】節衣縮食／克勤克儉／勤儉度日。

窮極無聊 ㄑㄩㄥˊ ㄐㄧˊ ㄨˊ ㄌㄧㄠˊ

【釋義】窮極：極端。窮：盡，極。無聊：精神空虛，無所寄託。

【出處】王逸・九思逢尤：「心煩憒兮意無聊，嚴載駕兮出戲遊。」

【用法】形容精神空虛，極端無聊。

【例句】這位仁兄只因失業，在**窮極無聊**之下，竟然異想天開，幹起「千面人」的勾當，結果被逮，判了重刑。

【義近】百無聊賴。

【義反】孜孜不倦。

窮鄉僻壤 ㄑㄩㄥˊ ㄒㄧㄤ ㄆㄧˋ ㄖㄤˇ

【釋義】窮鄉：邊遠地區。僻壤：偏僻之地。

【出處】吳敬梓・儒林外史九回

：「窮鄉僻壤，有這樣讀書君子，却被守錢奴如此凌虐。」
【用法】指荒遠偏僻的地方。
【例句】昔日的**窮鄉僻壤**，現已是新興大城，眞的是滄海桑田，變化神速。
【義近】窮山邊陲／不毛之地。
【義反】通都大邑／天府之國。

窮愁潦倒（ㄑㄩㄥˊ ㄔㄡˊ ㄌㄠˇ ㄉㄠˇ）
【釋義】窮愁：窮困而憂傷。潦倒：蹉跎失意。
【出處】曾樸・孽海花三五回：「我從此認得笑庵，不是飯顆山頭、窮愁潦倒的詩人。」
【用法】形容境遇貧困，極不得志，心情頹喪。
【例句】他是個**窮愁潦倒**的讀書人，但很有才幹，拉拔他一下，他日後定會很有作爲。
【義近】窮困潦倒／窮途潦倒／窮途末路。
【義反】志得意滿／飛黃騰達／前程萬里。

窮達有命（ㄑㄩㄥˊ ㄉㄚˊ ㄧㄡˇ ㄇㄧㄥˋ）
【釋義】窮達：困厄與顯達。窮：困頓不得志。
【出處】班彪・王命論：「窮達有命，吉凶由人。」
【用法】說明窮困和顯達都是由命運決定的，對富貴榮華應看開一些。
【例句】汲汲營營，庸庸碌碌過了大半輩子，才明白**窮達有命**，不可強求啊！
【義近】生死有命／富貴在天。
【義反】吉凶由人／事在人爲。

窮當益堅（ㄑㄩㄥˊ ㄉㄤ ㄧˋ ㄐㄧㄢ）
【釋義】窮：窮困，不得志。益堅：更加堅定。
【出處】後漢書・馬援傳：「轉遊隴漢間，常謂賓客曰：『丈夫爲志，窮當益堅，老當益壯。』」
【用法】說明處境愈窮困，志節愈應堅定，愈應奮發圖強。
【例句】有志之士一定能**窮當益堅**，與逆境搏鬥，奮發向上，去爭取勝利。
【義近】窮且益堅／人窮志不窮。
【義反】人窮志短／自怨自艾／徒呼奈何。

窮猿奔林（ㄑㄩㄥˊ ㄩㄢˊ ㄅㄣ ㄌㄧㄣˊ）
【釋義】窮猿：遭受到危難的猿猴。窮：困厄。
【出處】劉義慶・世說新語・言語：「（李充）答曰：『北門之歎，久已上聞；窮猿奔林，豈暇擇木。』」
【用法】比喻人窮困急覓棲身之地，無暇選擇優劣好壞。
【例句】**窮猿奔林**，我失業太久，兒女嗷嗷待哺，有工作就不錯了，那還有選擇餘地！
【義近】飢不擇食／寒不擇衣／慌不擇路。

竊竊私語（ㄑㄧㄝˋ ㄑㄧㄝˋ ㄙ ㄩˇ）
【釋義】竊竊：形容聲音細微。
【出處】歸有光・宣節婦墓碣：「其後三年，父母謀嫁之。節婦見其家竊竊私語……。」
【用法】形容背地裏小聲說話。
【例句】他們躲在角落裏**竊竊私語**，好像是在商量什麼事。
【義近】切切細語／喃喃細語／交頭接耳。
【義反】大聲疾呼／高聲急語／明言明語。

竊竊私議（ㄑㄧㄝˋ ㄑㄧㄝˋ ㄙ ㄧˋ）
【釋義】私議：私下議論。
【出處】吳沃堯・痛史一三回：「宗、胡兩人正在竊竊私議。」
【用法】形容人偷偷地或背地裏小聲議論。
【例句】他在臺上演講，臺下的人却三五成羣地**竊竊私議**著他的風流韻事。
【義近】低聲私議／悄悄論議。
【義反】當眾議論／公開談論。

立部

立身揚名（ㄌㄧˋ ㄕㄣ ㄧㄤˊ ㄇㄧㄥˊ）

【釋義】建立功業，美名顯揚於世。
【出處】孝經・開宗明義章：「立身行道，揚名於後世。」
【用法】意謂修養自己的學業品德，以求顯達於世。
【例句】歷史上人才備出，而眞正能夠**立身揚名**，千年不衰者卻不多。
【義近】飛聲勝實／蜚英騰茂／名實俱佳。
【義反】惡名昭彰／聲名狼藉／聲聞過情。

立身處世（ㄌㄧˋ ㄕㄣ ㄔㄨˇ ㄕˋ）

【釋義】立身：做人。處世：指在社會上活動，與人往來。
【用法】指自身的品學修養，以及在社會上與人交往的種種活動。
【例句】生活在紛繁複雜的社會裏，**立身處世**的本領是非具備不可，否則便難以生存。
【義近】立身行事／爲人處世。
【義反】閉門不出／兩耳不聞窗外事。

立談之間（ㄌㄧˋ ㄊㄢˊ ㄓ ㄐㄧㄢ）

【釋義】站立談話的時間。
【出處】南史・王僧孺傳：「古人或開一說而致卿相，立談間而降白璧。」
【用法】比喻很短暫的時間。
【例句】時間過得眞快，似乎**立談之間**，昨日的小女孩今天已亭亭玉立了。
【義近】俛仰之間／一盞茶時／終食之間／彈指之間／剎那之間。
【義反】長年累月／時遠年湮／天長地久／漫長歲月。

立地書廚（ㄌㄧˋ ㄉㄧˋ ㄕㄨ ㄔㄨˊ）

【釋義】豎立在地上的書櫃，裏面裝滿了書籍。
【出處】宋史・吳時傳：「時敏於爲文，未嘗屬稿，落筆已就，兩學目之曰：『立地書廚。』」
【用法】比喻學問淵博。
【例句】他上知天文，下知地理，且文筆極好，眞可算是**立地書廚**。
【義近】滿腹經綸／學問淵博／廣見博聞／博古通今／學富五車／才高八斗。
【義反】腹笥甚窘／學識淺薄／井底之蛙／孤陋寡聞／胸無點墨／不學無術。

立身無負（ㄌㄧˋ ㄕㄣ ㄨˊ ㄈㄨˋ）

【釋義】生活在社會上，無愧於人。
【出處】清・張爾岐・辨志：「業未大光，立身無負者，一國一鄉之人也。」
【用法】用以形容人之行事光明坦蕩。
【例句】只要依照正義與公理，操持堅定，自可以**立身無負**，不憂不懼。
【義近】不愧不怍／心安理得／問心無愧／內省不疚／安然無愧／俯仰無愧／衾影無愧。
【義反】愧惶無地／無地自容／愧怍無地／俛首包羞。

立竿見影（ㄌㄧˋ ㄍㄢ ㄐㄧㄢˋ ㄧㄥˇ）

【釋義】竹竿立在日光下，馬上可以見到影子。
【出處】魏伯陽・參同契中：「立竿見影，呼谷傳響。」
【用法】比喻收效迅速，做一件事能立刻見到功效。
【例句】這一重罰有**立竿見影**的效果，畢竟人都有怕罰的心理。
【義近】其應若響／如響而應／收效神速／馬到成功。

【義反】久無成效／冰凍三尺，非一日之寒。

立錐之地（ㄌㄧˋ ㄓㄨㄟ ㄓ ㄉㄧˋ）

【釋義】插立錐子尖的地面。

【出處】莊子・盜跖：「堯舜有天下，子孫無置錐之地。」司馬遷・史記・留侯世家：「滅六國之後，使無立錐之地。」

【用法】形容地方極小，難於容身。

【例句】在我窮困潦倒的歲月裏，我常常這樣想：天下如此之大，難道就沒有我**立錐之地**嗎？

【義近】立足之地／容身之地／安家之所／片瓦寸土。

【義反】遼闊天地／無際草原／廣闊天地。

竭智盡忠（ㄐㄧㄝˊ ㄓˋ ㄐㄧㄣˋ ㄓㄨㄥ）

【釋義】竭盡自己的智慧和忠誠之心。

【出處】楚辭・卜居：「屈原既放，三年不得復見，竭智盡忠。」

【用法】指毫無保留地獻出自己的才華，表現出無限的忠誠。

【例句】為國**竭智盡忠**，貢獻了自己的一切，不料却遭奸人構陷，含恨以終。

【義近】竭忠盡智／竭力盡忠／竭智盡力。

【義反】不忠不誠／不仁不義／三心二意。

竭盡全力（ㄐㄧㄝˊ ㄐㄧㄣˋ ㄑㄩㄢˊ ㄌㄧˋ）

【釋義】竭盡：用盡。

【出處】禮記・祭儀：「竭力從事，以報其親，不敢弗盡也。」

【用法】指用盡全部力量。

【例句】我們一定要**竭盡全力**支持國家重大建設，以利經濟發展。

【義近】不遺餘力／全力以赴／盡心盡力。

【義反】敷衍了事／好逸惡勞／留有餘力。

竭澤而漁（ㄐㄧㄝˊ ㄗㄜˊ ㄦˊ ㄩˊ）

【釋義】竭澤：排盡池水、湖水。漁：捕魚。

【出處】呂氏春秋・義賞：「竭澤而漁，豈不獲得，而明年無魚。」

【用法】比喻做事太絕，不留餘地；也用以說明只顧眼前利益，不作長遠打算。

【例句】對於地球的資源應取用有節，若一味地**竭澤而漁**，則害人害己，遺禍子孫。

【義近】焚林而獵／殺雞取卵／不留餘地。

【義反】網開三面。

竹部

竹馬之好（ㄓㄨˊ ㄇㄚˇ ㄓ ㄏㄠˋ）

【釋義】竹馬：兒時遊戲當馬騎的竹竿。指幼時同騎竹馬遊戲的好友。

【出處】劉義慶・世說新語・方正：「諸葛靚與武帝有舊，……帝曰：『卿故復憶竹馬之好不？』」

【用法】形容以眞情相交往的朋友。

【例句】我與他是**竹馬之好**，雖然時空差距甚大，我們之間的感情依舊。

【義近】爾汝之交／管鮑之交／總角之交。

【義反】市道之交／烏集之交。

笑比河清（ㄒㄧㄠˋ ㄅㄧˇ ㄏㄜˊ ㄑㄧㄥ）

【釋義】黃河水泥沙混濁，古有

千年一清之說，比喻不易遇到的事。

【出處】宋史・包拯傳：「立朝剛毅，貴戚宦官，爲之斂手，聞者皆憚之，人以包拯笑比黃河清。」

【用法】指一個人態度極嚴肅，難見笑容。

【例句】他一向態度嚴肅，**笑比河清**，所以同事都不敢隨便和他開玩笑。

【義近】望之儼然／態度嚴肅／道貌岸然。

【義反】平易近人／和熙親切／煦煦如也。

笑容可掬 ㄒㄧㄠˋ ㄖㄨㄥˊ ㄎㄜˇ ㄐㄩ

【釋義】容：臉面。掬：捧取。

【出處】羅貫中・三國演義九五回：「果見孔明坐於城樓之上，笑容可掬，焚香操琴。」

【用法】形容滿面笑容的樣子。

【例句】這位空中小姐，無論對哪位乘客，都是**笑容可掬**，十分的和藹親切。

【義近】眉開眼笑／笑逐顏開／喜形於色。

【義反】滿面愁容／淚流滿面／悲不自勝。

笑逐顏開 ㄒㄧㄠˋ ㄓㄨˊ ㄧㄢˊ ㄎㄞ

【釋義】逐：隨著。顏：面孔。

【出處】京本通俗小說・西山一窟鬼：「教授聽得說罷，喜從天降，笑逐顏開道：……。」

【用法】形容喜見於色，滿臉高興。

【例句】人逢喜事精神爽，他最近找到了一位如意的女友，所以一見熟人就**笑逐顏開**。

【義近】喜笑顏開／笑容可掬／喜形於色。

【義反】愁眉苦臉／愁眉不展／愁眉鎖眼。

笑裏藏刀 ㄒㄧㄠˋ ㄌㄧˇ ㄘㄤˊ ㄉㄠ

【釋義】笑臉後面藏著刀。

【出處】關漢卿・單刀會一折：「那時間相看的是好，他可便喜孜孜笑裏藏刀。」

【用法】比喻人外貌和善，內心狠毒陰險。

【例句】他是個**笑裏藏刀**的人，你千萬別得罪他，否則會讓你吃不了兜著走。

【義近】口蜜腹劍／笑面夜叉／綿裏藏針。

【義反】心口如一／貌善心慈。

笨鳥先飛 ㄅㄣˋ ㄋㄧㄠˇ ㄒㄧㄢ ㄈㄟ

【釋義】笨鳥：愚笨的鳥。一作「笨雀先飛」。

【出處】關漢卿・陳母教子一折：「我似那靈禽在後，你這等坌（笨）鳥先飛。」

【用法】用以指才力不如人而趕先一步。多用作自謙之詞。

【例句】對不起，你們個個身強力壯，我跑不過你們，只好**笨鳥先飛**，先走一步了。

【義近】駑馬十駕／跛鼈千里。

【義反】靈禽後飛／甘居人後。

等量齊觀 ㄉㄥˇ ㄌㄧㄤˋ ㄑㄧˊ ㄍㄨㄢ

【釋義】等：同等。量：估計，衡量。齊：一齊，同樣。

【用法】指對有差別的事物同等看待。

【例句】眞正的民主與專制統治者標榜的假民主，有本質的不同，決不能**等量齊觀**。

【義近】同日而語／相提並論／一視同仁／一概而論。

【義反】厚此薄彼／按質論價／另眼相看／青眼相加。

等閒視之 ㄉㄥˇ ㄒㄧㄢˊ ㄕˋ ㄓ

【釋義】等閒：尋常，平常。之：它。

【出處】羅貫中・三國演義九五回：「今令汝接應街亭……汝勿以等閒視之，失吾大事。」

【用法】把它看成平常的事，不予重視。

【例句】如何教育青少年健全發

展，這是一個十分重要的問題，決不能**等閒視之**。

【義近】滿不在乎／一笑置之／漠然視之。

【義反】非同小可／非同等閒。

答非所問 ㄉㄚˊ ㄈㄟ ㄙㄨㄛˇ ㄨㄣˋ

【釋義】回答的不是所問的內容。又作「所答非所問」。

【出處】曹雪芹・紅樓夢八五回：「襲人見他所答非所問，便微微的笑著問：『到底是什麼事？』」

【用法】形容人有意避開或未能正確了解別人所提問題，而做出的文不對題的回答。

【例句】你究竟是怎麼回事，今天老是**答非所問**，是不是有什麼心事？

【義近】文不對題／驢脣不對馬嘴／顧左右而言他。

【義反】對答如流／切合題旨。

筋疲力盡 ㄐㄧㄣ ㄆㄧˊ ㄌㄧˋ ㄐㄧㄣˋ

【釋義】筋：筋骨。盡：完。又作「精疲力盡」。

【出處】韓愈・論淮西事宜狀：「雖時侵掠，小有所得，力盡筋疲，不償其費。」

【用法】形容非常疲勞，力氣已經用盡。

【例句】他跑完全程馬拉松，已經**筋疲力盡**了，只好由人扶著走回休息室休息。

【義近】精疲力竭／力困筋乏／少氣無力。

【義反】精神抖擻／生機勃勃／生龍活虎。

筆大如椽 ㄅㄧˇ ㄉㄚˋ ㄖㄨˊ ㄔㄨㄢˊ

【釋義】椽：房屋上架屋瓦的圓木。指手中握著像屋椽那樣的粗筆。

【出處】晉書・王珣傳：「珣夢人以大筆如椽與之，既覺，語人曰：『此當有大手筆事。』」

【用法】形容文才過人，可作宏篇鉅製的文章。

【例句】此人學識過人，**筆大如椽**，著書無數，且本本都是曠世逸作。

【義近】才高八斗／才華蓋世／天才橫逸。

【義反】飯囊衣架／酒囊飯袋。

筆走龍蛇 ㄅㄧˇ ㄗㄡˇ ㄌㄨㄥˊ ㄕㄜˊ

【釋義】運筆寫字像龍蛇一樣靈活。

【出處】晉書・王羲之傳：「論者稱其筆勢，矯若驚龍。」笑笑生・金瓶梅三一回：「聞公博學廣記，筆走龍蛇，眞才子也。」

【用法】用以稱讚書法家運筆靈活有力。

【例句】他學習書法三十餘年，其**筆走龍蛇**的神技，讓每一位親眼目睹的都嘆爲觀止。

【義近】龍飛鳳舞。

【義反】春蚓秋蛇。

筆耕墨耘 ㄅㄧˇ ㄍㄥ ㄇㄛˋ ㄩㄣˊ

【釋義】文人用筆墨寫字，像農夫用耒耜耕耘一樣。

【出處】後漢書・班超傳：「安能久事筆耕乎？」蒲松齡・聊齋志異：「門庭之淒寂，則會淡如僧；筆墨之耕耘，則蕭條似鉢。」

【用法】比喻人以寫作爲生。

【例句】他一生從事**筆耕墨耘**，著作等身，對文壇的貢獻頗豐。

【義近】筆耕硯田／筆墨耕耘／筆耕墨耒／心織筆耕／煮字療飢／傭書自資。

筆翰如流 ㄅㄧˇ ㄏㄢˋ ㄖㄨˊ ㄌㄧㄡˊ

【釋義】翰：古人以羽翰爲筆，故凡用筆寫的，都叫做翰。指用筆像流水一樣快。

【出處】晉書・陶侃傳：「千緒萬端，罔有遺漏；遠近書疏，莫不手答，筆翰如流，未嘗塗滯。」

【用法】形容下筆快捷，不假思索便揮筆立就。

【例句】曹植才高八斗，**筆翰如流**，更有七步成詩之才。

【義近】走筆疾書／倚馬成文／援筆立就／意到筆隨。

【義反】嘔心瀝血／搜索枯腸。

節外生枝 ㄐㄧㄝˊ ㄨㄞˋ ㄕㄥ ㄓ

【釋義】在竹節以外生出枝杈。節：植物主幹上旁生枝條的地方。

【出處】楊顯之・瀟湘雨二折：「兀的是閒言語，甚意思，他怎肯道節外生枝？」

【用法】比喻問題旁出，事外復生事端，原有問題之外又出現新問題之意。

【例句】這件事已基本上得到解決，諒必不會**節外生枝**吧。

【義近】橫生枝節／別生枝節／節上生枝。

【義反】一帆風順。

節衣縮食 ㄐㄧㄝˊ ㄧ ㄙㄨㄛ ㄕˊ

【釋義】意謂省吃省穿。節、縮：節省。又作「縮衣節食」。

【出處】陸游・秋荻歌：「我願鄰曲謹蓋藏，縮衣節食勤耕桑。」

【用法】形容省吃儉用，非常節儉樸素。

【例句】自從丈夫死後，她就**節衣縮食**地將四個兒女帶大，現在總算苦盡甘來。

【義近】節食縮衣／省吃儉用。

【義反】鋪張浪費／花天酒地／窮奢極侈。

節哀順變 ㄐㄧㄝˊ ㄞ ㄕㄨㄣˋ ㄅㄧㄢˋ

【釋義】節制悲哀，順應變故。

【出處】禮記・檀弓下：「喪禮，哀戚之至也，節哀，順變也。」

【用法】常用作弔唁喪家的安慰之詞。

【例句】人死不能復生，既然伯母已經去世，仁兄還是**節哀順變**的好。

管中窺豹 ㄍㄨㄢˇ ㄓㄨㄥ ㄎㄨㄟ ㄅㄠˋ

【釋義】從竹管中看豹。管：竹管。窺：從孔隙中看。

【出處】劉義慶・世說新語・方正：「此郎亦管中窺豹，時見一斑。」

【用法】比喻看到的只是局部而不是整體，也比喻用所看到的局部而推測到全貌。

【例句】以本國的立場來看世界局勢就如**管中窺豹**，缺乏整體的客觀性。

【義近】以管窺天／一孔之見／坐井觀天／以蠡測海／井中視星／牖中窺日。

【義反】明察秋毫／毫末必辨／洞見癥結／洞燭幽微。

管窺蠡測 ㄍㄨㄢˇ ㄎㄨㄟ ㄌㄧˊ ㄘㄜˋ

【釋義】從竹管裏看天，用瓢測量大海。蠡：用瓠做的瓢。

【出處】漢書・東方朔傳：「以筦(管)窺天，以蠡測海。」

【用法】比喻所見甚小，對事物的觀察和了解都受到局限。

【例句】這篇評論時世的文章，只是作者**管窺蠡測**之見，不足採信。

【義近】管中窺豹／管窺蛙見／甕天之見／以錐指地。

【義反】洞若觀火／高瞻遠矚／目光遠大／深謀遠慮。

箕山之志 ㄐㄧ ㄕㄢ ㄓ ㄓˋ

【釋義】箕山，在今河南省登封縣東南。昔許由隱居於此。

【出處】曹丕・與吳質書：「偉長獨懷文抱質，恬淡寡欲，有箕山之志。」

【用法】指隱居的心願。

【例句】他生性淡泊名利，早有**箕山之志**，若非爲養家活口，也不會出仕爲官。

【義近】妻梅子鶴／濠濮間想／盥耳山棲／曳尾塗中。

【義反】豪情萬丈／壯志凌雲／

鴻鵠之志／青雲之志。

箕踞而遨 ㄐㄧ ㄐㄩˋ ㄦˊ ㄠˊ

【釋義】指蹲坐著四面看看。箕踞：兩腿彎曲而坐如箕。

【出處】柳宗元・始得西山宴遊記：「攀援而登，箕踞而遨。」

【用法】形容四面八方觀看。

【例句】登上高山之顛，**箕踞而遨**，羣山萬壑盡數眼底，眞是美不勝收。

【義近】遊目四顧／極目四望／騁目四望。

箭在弦上 ㄐㄧㄢˋ ㄗㄞˋ ㄒㄧㄢˊ ㄕㄤˋ

【釋義】箭已安放在弦上。常與「勢在必發」或「不得不發」連用。

【出處】陳琳・爲袁紹檄豫州，李善注引魏志：「琳謝罪曰：『矢在弦上，不可不發。』」

【用法】比喻爲形勢所迫，不得不採取某種行動。

【例句】現在已是**箭在弦上**，還有什麼可研究的，趕快行動，決不能再遲疑了！

【義近】如箭在弦／一觸即發。

【義反】引而不發。

篳路藍縷 ㄅㄧˋ ㄌㄨˋ ㄌㄢˊ ㄌㄩˇ

【釋義】駕著柴車，穿著破舊衣裳去開闢山林。篳路：用荊棘編的車；亦稱柴車。路：古代車之通名。藍縷：即襤褸，破舊衣服。

【出處】左傳・宣公一二年：「篳路藍縷，以啓山林。」

【用法】形容創業的艱難。

【例句】人類文明的發展，皆賴無數先民**篳路藍縷**，辛勤耕耘而來。

【義近】披荊斬棘／敝衣柴車／大輅椎輪／胼手胝足／披星戴月／櫛風沐雨／霑體塗足。

【義反】坐享其成／茶來伸手，飯來張口／飽衣暖食／養尊處優。

簡明扼要 ㄐㄧㄢˇ ㄇㄧㄥˊ ㄜˋ ㄧㄠˋ

【釋義】簡明：簡要明了。扼要：抓住要點。

【出處】洪邁・容齋隨筆・解釋經旨：「解釋經旨，貴於簡明。」新唐書・高崇文傳：「扼二川之要。」

【用法】指說話、寫文章要抓住要點，簡單明瞭。

【例句】我們無論是說話還是寫文章，都要**簡明扼要**，把握重點。

【義近】簡要不煩／言簡意賅／要言不煩／短小精悍。

【義反】拖泥帶水／繁冗蕪雜／連篇累牘／三紙無驢。

簞食壺漿 ㄉㄢ ㄙˋ ㄏㄨˊ ㄐㄧㄤ

【釋義】簞食：用竹器裝飯。簞：古代盛飯的圓形竹器。漿：湯水。

【出處】孟子・梁惠王下：「簞食壺漿，以迎王師。」

【用法】形容人民歡迎和慰勞兵士的情景。

【例句】國軍每到一處，當地百姓皆**簞食壺漿**，迎於道旁，酬謝兵士保國衛民的辛勞。

【義近】壺漿盈路／壺漿犒師。

【義反】無人犒勞／怨聲載道。

簞食瓢飲 ㄉㄢ ㄙˋ ㄆㄧㄠˊ ㄧㄣˇ

【釋義】一竹筐飯，一瓢湯水。簞：盛飯的圓形竹器。瓢：裝水器具，剖瓠瓜而爲之。

【出處】論語・雍也：「一簞食，一瓢飲，在陋巷，人不堪其憂，回也不改其樂。」

【用法】形容貧寒之士生活清苦。

【例句】他雖過著**簞食瓢飲**的日子，但卻壯志凌雲，有朝一日定會青雲直上的。

【義近】簞食陋巷／簞食瓢漿／豆飯藜羹／飯糗茹草。

【義反】錦衣玉食／日食萬錢／食前方丈／炊金饌玉／肉山脯林。

米部

米珠薪桂（ㄇㄧˇ ㄓㄨ ㄒㄧㄣ ㄍㄨㄟˋ）

【釋義】米貴得像珍珠，柴貴得像桂木。珠：珍珠。薪：柴火。

【出處】戰國策・楚策三：「楚國之食貴於玉，薪貴於桂。」錢子正・有弟久不見詩：「有弟久不見，米珠薪桂秋。」

【用法】形容物價昂貴。

【例句】抗戰時期**米珠薪桂**，物價有時一天連漲幾次，人民很難得到溫飽。

【義近】米貴如珠／食玉炊桂。

【義反】價廉物美／物價低廉。

粉身碎骨（ㄈㄣˇ ㄕㄣ ㄙㄨㄟˋ ㄍㄨˇ）

【釋義】全身粉碎而死。一作「粉骨碎身」。

【出處】顏眞卿・馮翊太守上表謝：「誓當粉身碎骨，少酬萬一。」

【用法】多用以比喻爲了某種事不惜犧牲生命。

【例句】爲了達成你交代的任務，我就是**粉身碎骨**，也在所不惜。

【義近】殺身成仁／肝腦塗地／碎首裂身。

【義反】苟且偷生／貪生怕死／明哲保身。

粉粧玉琢（ㄈㄣˇ ㄓㄨㄤ ㄩˋ ㄓㄨㄛˊ）

【釋義】像用白粉粧飾、白玉雕琢的一樣。

【出處】曹雪芹・紅樓夢一回：「士隱見女兒越發生得粉粧玉琢，乖覺可愛，便伸手接來，把在懷中。」

【用法】多用以形容人皮膚白嫩，面目清秀。也用以形容雪景之美。

【例句】①這小孩幾年不見，越發粉粧玉琢，可愛極了。②我國北方一到冬天，便會罩上一層厚厚的雪，萬里江山變成了粉粧玉琢的世界。

【義近】粉粧玉砌／粉雕玉琢。

【義反】青面獠牙／暴眼赤腮。

粉飾太平（ㄈㄣˇ ㄕˋ ㄊㄞˋ ㄆㄧㄥˊ）

【釋義】粉飾：塗飾表面，掩蓋眞相。太平：指社會平安無事。

【出處】王楙・燕翼貽謀錄二：「咸平景德以後，粉飾太平，服用寖侈。」

【用法】說明把本來黑暗混亂的社會，想方設法裝飾成太平景象。

【例句】朝中佞臣爲了討皇上歡心，遂**粉飾太平**，結果問題越來越多，積重難返。

【義近】虛飾繁榮／文飾太平。

【義反】太平盛世／河清海宴／繁榮昌盛。

粉墨登場（ㄈㄣˇ ㄇㄛˋ ㄉㄥ ㄔㄤˇ）

【釋義】指化妝後登上舞臺演戲。粉、墨：化妝品，這裏指化妝。

【出處】梁紹壬・兩般秋雨庵隨筆卷五：「粉墨登場，所費不貲……殊乏恬適之趣。」

【用法】比喻壞人登上政治舞臺。也比喻在生活中扮演某種角色而立足於大千世界中的人。

【例句】她息影已久，日前應好友力邀**粉墨登場**客串一角，其風采依然不減當年。

【義近】粉墨登台／優孟衣冠／袍笏登場。

粗心大意（ㄘㄨ ㄒㄧㄣ ㄉㄚˋ ㄧˋ）

【釋義】粗心：不細心。大意：疏忽，不謹愼。

【出處】朱子語類・學四：「去盡皮方見肉，去盡肉方見骨，終骨方見髓，使粗心大意不得。」
【用法】指做事馬虎，不細心。
【例句】由於他**粗心大意**，將火車時刻表看錯了，結果沒趕上回家的末班車。
【義近】粗枝大葉／粗心浮氣／徙宅忘妻／心不在焉／掉以輕心。
【義反】小心謹慎／小心翼翼／謹小慎微。

粗枝大葉（ㄘㄨ ㄓ ㄉㄚˋ ㄧㄝˋ）

【釋義】粗大的枝葉，比喻文章寫得簡略不具體。
【出處】朱子語類卷七八：「書序不是孔安國做，漢文粗枝大葉，今書序細膩，只似六朝時人文字。」
【用法】今形容人做事不細緻，不周密，草率而爲。
【例句】你做事總是**粗枝大葉**的，如不檢討改進，今後將會出大問題。
【義近】馬馬虎虎／草草了事／粗心大意／鹵莽滅裂。
【義反】精益求精／一絲不苟／細針密縷。

粗茶淡飯（ㄘㄨ ㄔㄚˊ ㄉㄢˋ ㄈㄢˋ）

【釋義】指粗糙簡單的飯食。粗：不精，劣的。淡：味薄。
【出處】楊萬里・得小兒壽俊家書詩：「粗茶淡飯終殘年。」
【用法】形容生活儉樸，飲食簡單。
【例句】平日**粗茶淡飯**慣了，今日面對山珍海味的美食，眞不知如何下箸。
【義近】家常便飯。
【義反】山珍海味／珍饈美饌／龍肝鳳髓。

粗製濫造（ㄘㄨ ㄓˋ ㄌㄢˋ ㄗㄠˋ）

【釋義】濫：不加選擇，不加節制。
【用法】多用以形容製作馬虎潦草，只求數量，不顧品質。有時也指爲文或工作不認眞細緻。
【例句】商品務必要講究品質，**粗製濫造**的東西若賣不出去，損失更慘重。
【義近】貪多求快／潦草塞責／草率從事。
【義反】精雕細琢／一絲不苟／精益求精／水磨工夫。

精力過人（ㄐㄧㄥ ㄌㄧˋ ㄍㄨㄛˋ ㄖㄣˊ）

【釋義】精力：精神和體力。
【出處】漢書・匡衡傳：「父世農夫，至衡好學，家貧，庸作以供資用，尤精力過絕人。」
【用法】形容人精力充沛，超過一般人。
【例句】他**精力過人**且很勤奮，除在兩處工作外，晚上還孜孜不倦地刻苦攻讀。
【義近】精力旺盛／精力充沛。
【義反】精疲力盡／無精打彩。

精打細算（ㄐㄧㄥ ㄉㄚˇ ㄒㄧˋ ㄙㄨㄢˋ）

【釋義】精細地計算籌畫。打：規畫，打算。
【用法】多用以形容在國計民生或家庭計畫、個人生活安排等方面，厲行節約，不使浪費。
【例句】他太太治家有方，善於**精打細算**，所以他收入雖不多，卻生活得很好。
【義近】增收節支／開源節流／勤儉持家。
【義反】鋪張浪費／大手大腳／揮霍浪費。

精明強幹（ㄐㄧㄥ ㄇㄧㄥˊ ㄑㄧㄤˊ ㄍㄢˋ）

【釋義】精明：精細明察。
【出處】文康・兒女英雄傳一三回：「況且隨帶的那些司員，又都是些精明強幹……的能員。」
【用法】形容人機靈聰明，辦事能力強。
【例句】在他手下工作的人員，個個**精明強幹**，辦事效率很高。
【義近】精警幹練／精明老練／

精明能幹。

【義反】 碌碌無能／尸位素餐／庸庸碌碌。

精金良玉 ㄐㄧㄥ ㄐㄧㄣ ㄌㄧㄤˊ ㄩˋ

【釋義】 精金：精煉之金屬。良玉：美好之玉。

【出處】 程頤・程明道先生行狀：「純粹如精金，溫潤如良玉。」

【用法】 比喻人品純潔或物品精良。

【例句】 張先生**精金良玉**、高風亮潔的高尚人品，極少有人能與之相比。

【義近】 精金美玉。

【義反】 樗櫟庸材。

精神抖擻 ㄐㄧㄥ ㄕㄣˊ ㄉㄡˇ ㄙㄡˇ

【釋義】 抖擻：奮起，振作。

【出處】 尙仲賢・單鞭奪槊二折：「你道是精神抖擻，又道是機謀通透。」

【用法】 形容人精神振奮，精力充沛。

【例句】 雙方隊員**精神抖擻**地上陣，一場龍爭虎鬥的球賽即將開始。

【義近】 精神煥發／朝氣蓬勃／鬥志昂揚。

【義反】 無精打彩／萎靡不振／暮氣沉沉。

精神恍惚 ㄐㄧㄥ ㄕㄣˊ ㄏㄨㄤˇ ㄏㄨ

【釋義】 恍惚：也寫作恍忽、慌忽等，此爲神志不清之意。

【出處】 魏書・爾朱榮傳：「榮亦精神恍惚，不自支持。」

【用法】 形容人神思不定或神志不清。

【例句】 這個年輕人大概吸了毒品，一整天都**精神恍惚**，語無倫次的。

【義近】 心神不定／神思恍惚。

【義反】 神志清醒／心明神定。

精神煥發 ㄐㄧㄥ ㄕㄣˊ ㄏㄨㄢˋ ㄈㄚ

【釋義】 煥發：光彩四射貌。

【出處】 蒲松齡・聊齋志異・蓮香：「生覺丹田大熱，精神煥發。」

【用法】 形容人精神飽滿，心情歡快。

【例句】 工作之餘，適當的休閒和運動是保持**精神煥發**的不二法門。

【義近】 神采奕奕／精神振奮／精神抖擻／豐神異彩。

【義反】 沒精打彩／精神萎靡／垂頭喪氣／精神恍惚。

精益求精 ㄐㄧㄥ ㄧˋ ㄑㄧㄡˊ ㄐㄧㄥ

【釋義】 精：好，完美。益：更加。

【出處】 論語・學而：「詩云：如切如磋，如琢如磨。」朱熹注：「治之已精，而益求其精也。」

【用法】 形容好上求好，美上求美，力求精善而不止息。

【例句】 老教授那種一絲不苟、**精益求精**的治學精神，值得大家學習。

【義近】 切磋琢磨／刮垢磨光。

【義反】 得過且過／敷衍應付／粗製濫造。

精誠所至 ㄐㄧㄥ ㄔㄥˊ ㄙㄨㄛˇ ㄓˋ

【釋義】 精誠：眞誠，眞心誠意。至：到。常與「金石爲開」連用。

【出處】 莊子・漁父：「眞者，精誠之至也，不精不誠，不能動人。」後漢書・廣陵思王荆傳：「精誠所加，金石爲開。」

【用法】 指待人處事十分眞誠。

【例句】 **精誠所至**，金石爲開，這個犯罪邊緣的學生，在老師愛心開導之下，終於改過自新，奮發求學了。

【義近】 精誠所加／至誠一片。

【義反】 虛心假意／欺蒙哄騙。

精衛塡海 ㄐㄧㄥ ㄨㄟˋ ㄊㄧㄢˊ ㄏㄞˇ

【釋義】 精衛：鳥名。塡海：銜木石以塡海。

【出處】山海經・北山經：「發鳩之山，其上多柘木，有鳥焉，其狀如烏，文首白喙赤足，名曰精衛。其鳴自詨，是炎帝之少女，名曰女娃。女娃遊於東海，溺而不返，故爲精衛，常銜西山之木石，以堙於東海。」

【用法】用以形容人之不畏艱難，堅定不移地從事某種工作，終能獲致效果。

【例句】世界上許多浩大的工程都是工程人員本著**精衛填海**的精神共同完成的。

【義近】水滴石穿／心堅石穿／南山可移／愚公移山／移山填海／磨杵作針。

糟糠之妻（ㄗㄠ ㄎㄤ ㄓ ㄑㄧ）

【釋義】糟糠：酒糟米糠等極爲粗劣的食物，此用以泛指貧困生活。

【出處】後漢書・宋弘傳：「弘曰：『臣聞貧賤之知不可忘，糟糠之妻不下堂。』」

【用法】指同艱苦共患難的妻子，也用以謙稱自己的妻子。

【例句】那位成功的企業家說他之所以會有今天，是**糟糠之妻**的全力支持所致。

【義近】患難夫妻／生死夫妻。

【義反】柴米夫妻／露水夫妻。

糟糠不厭（ㄗㄠ ㄎㄤ ㄅㄨˋ ㄧㄢˋ）

【釋義】糟糠：酒糟和米糠。厭：同「饜」，飽足。

【出處】司馬遷・史記・伯夷列傳：「仲尼獨薦顏淵爲好學。然回也屢空，糟糠不厭，而卒蚤夭。」

【用法】形容人十分貧困，連最粗劣的食品也吃不飽。

【例句】顏回因爲**糟糠不厭**而英年早逝，實是中國儒家的一大損失。

【義近】食不果腹／飢寒交迫。

【義反】日食萬錢／錦衣玉食／炊金饌玉。

糸部

約法三章（ㄩㄝ ㄈㄚˇ ㄙㄢ ㄓㄤ）

【釋義】約定法律三條。約：協商，議定。章：條目。

【出處】司馬遷・史紀・高祖本紀：「與父老約法三章耳：殺人者死，傷人者及盜者抵罪。」

【用法】今用以泛稱訂立簡明的條約，使人共同遵守。

【例句】既然我們已**約法三章**，一切就應依法行事，怎可出爾反爾，蠻橫不講理呢？

【義近】依法行事。

【義反】違法亂紀。

約定俗成（ㄩㄝ ㄉㄧㄥˋ ㄙㄨˊ ㄔㄥˊ）

【釋義】約定：共同議定。俗成：根據習俗自然而然地形成。

【出處】荀子・正名：「名無固宜，約之以命。約定俗成謂之宜，異於約則謂之不宜。」

【用法】指事物的名稱或風俗習慣等，爲人們長期遵守運用而確定形成。

【例句】我國的一些節日以及節日的活動內容，都是千百年來**約定俗成**的，並沒有誰作出明文規定。

【義近】相沿成習。

【義反】明文規定。

紅男綠女（ㄏㄨㄥˊ ㄋㄢˊ ㄌㄩˋ ㄋㄩˇ）

【釋義】指男男女女所穿的服裝的鮮艷顏色。

【出處】舒位・修簫譜傳奇・擁髻：「紅男綠女，到今朝野草荒田。」

【用法】指盛服出遊的男女，也泛指衣著華麗的男女人羣。

【例句】大地回春，公園裏處處是**紅男綠女**在嬉遊玩樂，一片欣欣向榮的景象。

紅粉知己（ㄏㄨㄥˊ ㄈㄣˇ ㄓ ㄐㄧˇ）

【釋義】紅粉：婦女化粧用的胭脂與白粉，此用以指婦女。

【用法】指稱男子的異性知心朋友。

【例句】男人若能得一**紅粉知己**爲妻，那才眞是人間美事。

【義近】異性知己。

紅絲繫足（ㄏㄨㄥˊ ㄙ ㄒㄧˋ ㄗㄨˊ）

【釋義】紅絲：紅色的絲繩。繫足：把腳拴住。一作「赤繩繫足」。

【出處】續幽怪錄・定婚店：「因問囊中赤繩子，云此以繫夫妻之足，雖仇家異域，繩一繫之，終不可易。」

【出處】用以指男女締結姻緣。

【例句】雖說**紅絲繫足**乃天註定，但是好壞却全由男女雙方去經營。

【義近】千里姻緣一線牽／紅絲暗繫。

【義反】咫尺無緣。

紅顏薄命（ㄏㄨㄥˊ ㄧㄢˊ ㄅㄛˊ ㄇㄧㄥˋ）

【釋義】紅顏：指漂亮女子。薄命：命運不好。

【出處】元・無名氏・鴛鴦被三折：「總則我紅顏薄命，眞心兒待嫁劉彥明，偶然間却遇張舜卿。」

【用法】常用以稱美貌女子早死或所嫁之人不善。

【例句】這眞是**紅顏薄命**，一個如花似玉的女子，竟嫁給一個窮凶極惡的賭徒。

【義近】紅顏無命／佳人薄命／桃花薄命。

紈袴子弟（ㄨㄢˊ ㄎㄨˋ ㄗˇ ㄉㄧˋ）

【釋義】紈袴：細絹製成的褲，爲古時貴戚子弟之服。

【出處】宋史・魯宗道傳：「館閣育天下英才，豈紈袴子弟得以恩澤處耶？」

【用法】泛指富貴人家的子弟，含有鄙薄意。

【例句】那個**紈袴子弟**是標準的繡花枕頭，外表衣著光鮮，腦子裏裝的全是廢物。

【義近】花花公子／膏粱子弟／富家浪子／五陵少年。

【義反】繩樞之子／貧窮之士。

紛至沓來（ㄈㄣ ㄓˋ ㄊㄚˋ ㄌㄞˊ）

【釋義】紛：眾多而雜亂。沓：多次重複。

【出處】樓鑰・洪文安公小隱集序：「禪位之詔，登極之赦，尊號改元等文，皆出公手，紛至沓來。」

【用法】形容接二連三地到來，事情多而頻繁。

【例句】最近不如意的事**紛至沓來**，弄得我暈頭轉向，窮於應付。

【義近】接踵而至／絡繹不絕／接二連三。

【義反】絕無僅有／唯此一事。

紛紛擾擾（ㄈㄣ ㄈㄣ ㄖㄠˇ ㄖㄠˇ）

【釋義】紛紛：雜亂的樣子。擾擾：紛亂的樣子。

【出處】宋玉・神女賦：「精神怳（恍）忽，若有所喜，紛紛擾擾，未知何意。」

【用法】形容雜亂、混亂，或社會動亂不安。

【例句】①街上今天特別喧鬧，到處都是人，**紛紛擾擾**，令人心煩極了！②近幾年來，東歐各國大亂，**紛紛擾擾**，炮火連天，老百姓連基本的溫飽都成了問題。

【義近】混亂不堪／動盪不安。

【義反】有條不紊／天下太平。

紙上談兵（ㄓˇ ㄕㄤˋ ㄊㄢˊ ㄅㄧㄥ）

【釋義】在紙上談論作戰用兵的事。

【出處】司馬遷・史記・廉頗藺相如列傳：「趙括自少時學兵法談兵事，却不知通變，為秦將白起所敗。」

【用法】 指稱空談而不切實際。

【例句】 這些大官天天開會，完全是**紙上談兵**，也不見開出什麼結果來。

【義近】 說嘴郎中／坐而論道／空發議論／空口白話。

【義反】 坐言起行。

紙醉金迷 ㄓˇ ㄗㄨㄟˋ ㄐㄧㄣ ㄇㄧˊ

【釋義】 金迷：金子的色彩奪目迷人。也作「金迷紙醉」。

【出處】 陶穀・清異錄・居室：「此室暫憩，令人紙醉金迷。」

【用法】 比喻驕奢豪華的享樂生活。

【例句】 他仗著先祖的遺產甚豐，天天過著**紙醉金迷**的日子，結果不出幾年，家財用盡，就淪為乞丐，貧病以終。

【義近】 醉生夢死／花天酒地／燈紅酒綠。

【義反】 粗茶淡飯／布衣麻裳／節衣縮食。

紋絲不動 ㄨㄣˊ ㄙ ㄅㄨˋ ㄉㄨㄥˋ

【釋義】 一點兒也不動。一作「文風不動」。紋、絲：均為些微之意。

【出處】 曹雪芹・紅樓夢二九回：「偏生那玉堅硬非常，摔了一下，竟文風不動。」

【用法】 形容絲毫沒有改變或完好無損。

【例句】 真奇怪，這棟房子在地震中竟然能**紋絲不動**，真該好好研究其中的奧祕。

【義近】 紋風不動／安然無恙／穩如泰山。

【義反】 搖搖晃晃／搖搖欲墜。

素昧平生 ㄙㄨˋ ㄇㄟˋ ㄆㄧㄥˊ ㄕㄥ

【釋義】 一向不了解。素：平素，向來。昧：不明白。平生：往常。

【出處】 曉瑩・羅湖野錄卷二：「況吾與之素昧平生。」

【用法】 指彼此從來不認識，毫無了解。

【例句】 我與你**素昧平生**，這次在旅途中承蒙照顧，實在感謝之至。

【義近】 素不相識／素未謀面／素不識荊。

【義反】 心腹之交／刎頸之交／莫逆之交／同堂故友。

索然無味 ㄙㄨㄛˇ ㄖㄢˊ ㄨˊ ㄨㄟˋ

【釋義】 索然：完盡、沒興致的樣子。一作「索然寡味」。

【出處】 錢玄同・隨感錄四十：「我們引來當典故用，不是膚泛不切，就索然寡味。」

【用法】 說明毫無興致和意味。

【例句】 這電視劇開頭幾集看起來還有點意思，往後就**索然無味**了。

【義近】 枯燥無味／意興闌珊／興味索然。

【義反】 津津有味／情趣橫生／興味無窮。

累卵之危 ㄌㄟˇ ㄌㄨㄢˇ ㄓ ㄨㄟˊ

【釋義】 累卵：蛋上堆蛋。累：堆積。又作「壘卵之危」。

【出處】 後漢書・陳寔傳：「若欲徒萬乘以自安，將有累卵之危，峥嵘之險也。」

【用法】 比喻危險到了極點。

【例句】 你現在的處境有如**累卵之危**，若不趕快懸崖勒馬，勢必要家破人亡。

【義近】 危如累卵／千鈞一髮／危在旦夕。

【義反】 穩如磐石／安如泰山／穩如泰山。

細水長流 ㄒㄧˋ ㄕㄨㄟˇ ㄔㄤˊ ㄌㄧㄡˊ

【釋義】 意謂細小的水，長期涓涓而流，從不斷絕。

【出處】 翟灝・通俗編・地理：「汝等常勤精進，譬如小水常流，則能穿石。」

【用法】 比喻節約使用財物，使經常不缺用；也比喻一點一滴不間斷地做某事。

【例句】①家庭開支要有計畫，**細水長流**，才能過好日子。②感情要靠**細水長流**的付出，才能眞摯深刻。

【義近】細水常流／源源不斷。

細枝末節 ㄒㄧˋ ㄓ ㄇㄛˋ ㄐㄧㄝˊ

【釋義】細枝：細小的樹枝。末節：末，小。一作「細微末節」。

【出處】禮記・樂記：「以升降爲禮者，禮之末節也。」

【用法】比喻事情或問題的細小而無關緊要的部分。

【例句】我勸你省點精力，用不著爲這些**細枝末節**的事傷腦筋。

【義近】微不足道／些微小事／雞毛蒜皮。

【義反】犖犖大端／茲事體大。

終身大事 ㄓㄨㄥ ㄕㄣ ㄉㄚˋ ㄕˋ

【釋義】關係一生的大事。終身：一輩子，一生。

【出處】曹雪芹・紅樓夢五四回：「只見了一個淸俊男人，不管是親是友，想起他的終身大事來……。」

【用法】多用以指男女婚姻。

【例句】**終身大事**，一半隨緣，一半卻得要由自己去努力爭取。

【義近】婚姻大事／男婚女嫁。

終南捷徑 ㄓㄨㄥ ㄋㄢˊ ㄐㄧㄝˊ ㄐㄧㄥˋ

【釋義】終南：山名，在今陝西省西安市西南。捷徑：近路。

【出處】新唐書・盧藏用傳載：藏用舉進士，居終南山，尋被召入仕，累居要職。司馬承禎曰：此「仕宦之捷徑耳。」

【用法】原比喻謀求官職或名利的捷徑，今泛指達到目的的最方便途徑。

【例句】研究學問、從事創作，都需要穩紮穩打的下苦功夫，在這方面並沒有什麼**終南捷徑**。

【義近】方便之門。

【義反】陽關大道。

結草銜環 ㄐㄧㄝˊ ㄘㄠˇ ㄒㄧㄢˊ ㄏㄨㄢˊ

【釋義】爲兩個報恩故事。結草：糾結野草，絆人的腳。銜環：又作「啣環」，用嘴叼著玉環。

【出處】故事見左傳・宣公一五年及續齊諧記。李行道・灰闌記一折：「小人結草銜環，此恩必當重報。」

【用法】表示感恩戴德，至死不忘。

【例句】老先生的再造之恩，晚生誓當**結草銜環**以報。

【義近】生死以報／知恩必報／恩有重報。

【義反】忘恩負義／恩將仇報／以怨報德。

結髮夫妻 ㄐㄧㄝˊ ㄈㄚˇ ㄈㄨ ㄑㄧ

【釋義】結髮：束髮，此指男女成婚梳結頭髮

【出處】蘇武・詩四首：「結髮爲夫妻，恩愛兩不疑。」

【用法】指年輕時結合的原配夫妻。

【例句】這對**結髮夫妻**，恩恩愛愛地過了六十多年，眞令人羨慕。

【義近】原配夫妻／正式夫妻／頭婚夫妻。

【義反】露水夫妻／苟合同居／二婚夫妻。

結黨營私 ㄐㄧㄝˊ ㄉㄤˇ ㄧㄥˊ ㄙ

【釋義】黨：此指在私人利害關係的基礎上而結成的集團。營私：經營私利。

【出處】李汝珍・鏡花緣七回：「今名登黃榜，將來出仕，恐不免結黨營私。」

【用法】指不正派的人勾結成一夥，以謀求私利。

【例句】這些小人另組一黨，嘴巴喊著愛國愛民，私底下還不是因爲利益所趨，**結黨營**

私。

【義近】朋比為奸／小人比而不周。

【義反】君子不黨／君子周而不比。

絕代佳人 ㄐㄩㄝˊ ㄉㄞˋ ㄐㄧㄚ ㄖㄣˊ

【釋義】絕代：冠出當代。佳人：美女。

【出處】漢書・孝武李夫人傳：「北方有佳人，絕世而獨立。」杜甫・佳人：「絕代有佳人，幽居在空谷。」

【用法】形容女子美麗到了極點，當代再沒有第二個可與之相比。

【例句】你娶到這麼一個**絕代佳人**為妻，該心滿意足了吧？

【義近】當代西施／絕代紅顏。

【義反】無鹽醜女。

絕處逢生 ㄐㄩㄝˊ ㄔㄨˇ ㄈㄥˊ ㄕㄥ

【釋義】已經到了絕境，又有了生路。絕處：死路，毫無出路的境地。

【出處】凌濛初・二刻拍案驚奇：「誰想絕處逢生，遇著這等好人。」

【用法】比喻在絕望的處境下又碰到了生路。

【例句】在我窮途末路之時，你及時伸出援手，讓我**絕處逢生**，此恩此德，沒齒難忘。

【義近】九死一生／死裏逃生／天無絕人之路。

【義反】窮途末路／日暮途窮／走投無路／山窮水盡。

絕無僅有 ㄐㄩㄝˊ ㄨˊ ㄐㄧㄣˇ ㄧㄡˇ

【釋義】只有一個，再無別個。

【出處】蘇軾・上神宗皇帝書：「改過不吝，從善如流，此堯舜禹湯之所勉強而力行，秦漢以來之所絕無而僅有。」

【用法】形容非常少有，僅得一見而已。

【例句】這樣大的鑽石，在這個世界上是**絕無僅有**的。

【義近】獨一無二／舉世無雙／絕世無雙。

【義反】無獨有偶／屢見不鮮／司空見慣。

絞盡腦汁 ㄐㄧㄠˇ ㄐㄧㄣˋ ㄋㄠˇ ㄓ

【釋義】絞盡：擠盡，用盡。腦汁：猶言腦子或腦筋。

【用法】形容費盡腦筋，想盡了一切辦法。

【例句】總經理為了把公司辦得興旺發達，常常**絞盡腦汁**，苦思冥想。

【義近】費盡心機／挖空心思／殫精竭慮。

【義反】無所用心／清靜無為。

絡繹不絕 ㄌㄨㄛˋ ㄧˋ ㄅㄨˋ ㄐㄩㄝˊ

【釋義】絡繹：往來不絕，接連不斷。絕：斷。

【出處】後漢書・東海恭王彊傳：「數遣使者太醫令丞方伎道術，絡繹不絕。」

【用法】形容行人車馬來來往往，接連不斷。

【例句】這條街位居要衝，從早到晚行人、車輛**絡繹不絕**。

【義近】川流不息／源源不斷／紛至沓來。

【義反】稀稀落落／斷斷續續／三三兩兩。

絲恩髮怨 ㄙ ㄣ ㄈㄚˇ ㄩㄢˋ

【釋義】絲、髮：極言其細微。

【出處】資治通鑑・唐太和九年：「是時李訓、鄭注連逐三相，威震天下，於是平生絲恩髮怨，無不報者。」

【用法】形容細微的恩怨。

【例句】為人應心胸寬闊，時時把**絲恩髮怨**放在心上，那是很難和別人相處的。

【義近】微恩細怨／睚眦之怨。

絲絲入扣 ㄙ ㄙ ㄖㄨˋ ㄎㄡˋ

【釋義】織布時每條經線都要從扣齒間通過。扣：通「筘」，織布機上的機件。

【出處】趙翼・甌北詩話：「而

體物之工，抒詞之雅，絲絲入扣，幾無一字虛設。」
【用法】比喻寫文章、藝術表演、處理事情等，能一環扣一環，很有條理。
【例句】這篇文章段與段、句與句之間，邏輯性極強，眞可謂**絲絲入扣**。
【義近】環環緊扣／環環相扣。
【義反】鬆散無序／前後脫節／漫無條理。

絜絜叨叨 ㄒㄩ ㄒㄩ ㄉㄠ ㄉㄠ

【釋義】絜絜：絜聒，嘮叨不休。叨叨：話多而囉嗦。
【出處】元・無名氏・貨郎旦二折：「你聽他絜絜叨叨到幾時也。」
【用法】形容說話囉囉嗦嗦，極不乾脆。
【例句】你看他那**絜絜叨叨**的樣子，簡直像個老太婆，那還有男子漢的氣概！
【義近】嘮嘮叨叨／喋喋不休／絜聒不休。
【義反】寡言少語／沉默寡言／言簡意賅。

經久不息 ㄐㄧㄥ ㄐㄧㄡˇ ㄅㄨˋ ㄒㄧ

【釋義】經久：長久。息：止，停止。
【出處】陳壽・三國志・魏志・鄭渾傳：「終有魚稻經久之利，此豐民之本也。」經法國次：「天地無私，四時不息。」
【用法】多用以指掌聲和歡呼聲長時間停息不下來。
【例句】這位世界級的聲樂家才一結束演唱，臺下便響起熱烈掌聲，**經久不息**。
【義近】連續不斷／連緜不絕。
【義反】嘎然而止。

經天緯地 ㄐㄧㄥ ㄊㄧㄢ ㄨㄟˇ ㄉㄧˋ

【釋義】經、緯：南北爲經，東西爲緯；喻治理。
【出處】左丘明・國語・周語下：「經之以天，緯之以地，經緯不爽，文之象也。」
【用法】本指以天地爲法度，今用以指有傑出的治理天下的才能。
【例句】國父具有**經天緯地**之才，可惜逝世太早。
【義近】經營天下／撥亂反正／扭轉乾坤。
【義反】才薄能鮮／無德少才。

網開三面 ㄨㄤˇ ㄎㄞ ㄙㄢ ㄇㄧㄢˋ

【釋義】把捕捉禽獸的網打開三面。
【出處】語出史記・殷本紀。李世民・班師詔：「王者之師曰義，是以網開三面。」
【用法】原指寬容仁慈，今用以比喻法令之寬大。
【例句】對於犯了罪的人，還是應該**網開三面**，給他們一個自新的機會。
【義近】寬大爲懷／從寬發落／手下留情。
【義反】嚴懲不貸／從嚴懲處／偶語棄市／搖手觸禁／深文周內。

綱舉目張 ㄍㄤ ㄐㄩˇ ㄇㄨˋ ㄓㄤ

【釋義】綱：網上的繩，比喻事理的重要部分。目：網眼，比喻事理的細小部分。
【出處】鄭玄・詩譜序：「舉一綱而萬目張。」
【用法】比喻抓住事理的要領即可帶動全部。也比喻文章條理分明。
【例句】不論事情怎樣紛繁複雜，只要抓住了關鍵，便可收到**綱舉目張**的效果。
【義近】提綱挈領／綱挈目張。
【義反】千頭萬緒／經緯萬端／百緒繁生／盤根錯節。

綽約多姿 ㄔㄨㄛˋ ㄩㄝ ㄉㄨㄛ ㄗ

【釋義】綽約：也寫作「淖約」，柔美的樣子。
【出處】莊子・逍遙遊：「綽約若處子。」蔣防・霍小玉傳：「綽約多姿，談笑甚媚。」

【用法】形容女子姿態優美。
【例句】這位芭蕾舞蹈家，不僅舞技純熟，而且**綽約多姿**，丰采迷人。
【義近】嫋嫋婷婷／婀娜嫵媚／楚楚動人。
【義反】怪模怪樣／妖裏妖氣。

綽綽有餘

【釋義】綽綽：寬裕。
【出處】孟子・公孫丑下：「我無官守，我無言責也，則吾進退，豈不綽綽然有餘裕哉！」
【用法】形容非常寬裕，多指財力物力等足以應付所需而有多餘。
【例句】憑他的能力，做好這件事可說是**綽綽有餘**，用不著花多少力氣的。
【義近】綽有餘裕／綽有餘力。
【義反】捉襟見肘／寅支卯糧／入不敷出／綆短汲深。

綠林好漢

【釋義】綠林：古山名，在今湖北大洪山一帶，西漢末爲強人出沒之所。
【出處】文康・兒女英雄傳二一回：「收了無數的綠林好漢，查拿海寇。」
【用法】泛指聚集山林反抗貪官汚吏的武裝力量，或搶劫財物爲害民眾的盜匪。
【例句】羅賓漢是中古時代劫富濟貧的**綠林好漢**，是孩子們心目中的英雄。
【義近】江洋大盜／草莽英雄。
【義反】江湖俠士／平民百姓。

綠肥紅瘦

【釋義】綠肥：指草木綠葉茂盛。紅瘦：指草木的花凋殘。
【出處】李清照・如夢令・春晚詞：「試問捲簾人，却道海棠依舊。知否？知否？應是綠肥紅瘦。」
【用法】形容暮春時節花稀而葉盛的景象。
【例句】這個地方四季分明，各有景致可賞，如果暮春時節，便是一片**綠肥紅瘦**。
【義近】葉茂花殘。
【義反】花盛葉細。

綿裏藏針

【釋義】綿絮中藏著針。綿：字又寫作「緜」，綿絮。
【出處】蒲松齡・醒世姻緣傳一五回：「當日說知心：綿裏藏針，險過遠水與遙岑。」
【用法】比喻人外表親和而內心險惡。
【例句】他倆都是**綿裏藏針**的小人，別看他們稱兄道弟，好像很要好的樣子，等遇到有利害衝突時，便會原形畢露的。
【義近】笑裏藏刀／笑面虎／口蜜腹劍。
【義反】表裏如一／心口如一／面善心善。

綿薄之力

【釋義】綿薄：薄弱。又作「綿力薄材」。
【出處】漢書・嚴助傳・淮南王安上書：「且越人緜（綿）力薄材，不能陸戰，又無車騎弓弩之用。」
【用法】形容才力薄弱。多用作謙詞。
【例句】我雖談不上有什麼本事，但對你的事我一定會竭盡**綿薄之力**。
【義近】微薄之力。
【義反】神通廣大。

緩不濟急

【釋義】緩：緩慢。濟：救濟。
【出處】文康・兒女英雄傳：「正愁緩不濟急，恰好有……托門生帶來一萬兩銀子。」
【用法】說明事態緊急，若救援措施遲緩，則於事無補。
【例句】他提出了幾個辦法，但

都**緩不濟急**，最後還是太太向娘家求援，才度過難關。

【義近】遠水救不了近火／急驚風遇上慢郎中。

【義反】立竿見影／吹糠見米。

緩兵之計（ㄏㄨㄢˇ ㄅㄧㄥ ㄓ ㄐㄧˋ）

【釋義】延緩對方進攻的計策。緩：延緩。

【出處】羅貫中・三國演義九九回：「孔明用緩兵之計，暫退漢中，都督何故懷疑，不早追之。」

【用法】指拖延時間，使對方失去進攻的有利時機，然後自己再設法應付的一種策略。

【例句】敵人向我們求和，看來只是**緩兵之計**，我們千萬不能上當，應乘勝追擊。

【義近】拖延之策／懈敵之計。

【義反】兵貴神速／速戰速決。

緣木求魚（ㄩㄢˊ ㄇㄨˋ ㄑㄧㄡˊ ㄩˊ）

【釋義】爬到樹上去找魚。緣木：爬樹。

【出處】孟子・梁惠王上：「以若所為，求若所欲，猶緣木而求魚也。」

【用法】比喻方向或辦法不對頭，不可能達到目的。

【例句】你想發財致富，卻又天天待在家裏睡大覺，這和**緣木求魚**有何區別？

【義近】竹籃打水／水中撈月／以冰致蠅／炊沙作飯／畫脂鏤冰／磨甎成鏡／鏤塵吹影。

【義反】探囊取物／甕中捉鱉。

繁文縟節（ㄈㄢˊ ㄨㄣˊ ㄖㄨˋ ㄐㄧㄝˊ）

【釋義】文：指禮節、儀式。縟：繁多。又作「繁文縟禮」。

【出處】元稹・王永太常博士：「謁清官，朝太廟，繁文縟禮，予心懵然。」

【用法】指煩瑣而不合實際的儀式禮節，也比喻瑣碎多餘的手續。

【例句】古代宮廷裏**繁文縟節**之多，恐怕不是一般升斗小民可以想像的。

【義近】虛文縟節／繁禮多儀。

【義反】刪繁就簡／省繁從簡。

繁榮昌盛（ㄈㄢˊ ㄖㄨㄥˊ ㄔㄤ ㄕㄥˋ）

【釋義】繁榮：原指草木枝葉花朵茂盛，現引申為事業的蓬勃發展。昌盛：昌明興盛。

【用法】形容國家、民族或事業生氣勃勃，興旺發達。

【例句】臺灣已經被建設成一個**繁榮昌盛**、民生富裕、民主自由的地區。

【義近】繁榮富強／興旺發達／欣欣向榮。

【義反】百業蕭條／每下愈況／死氣沉沉。

總而言之（ㄗㄨㄥˇ ㄦˊ ㄧㄢˊ ㄓ）

【釋義】總：概括。言：說。

【出處】漢書・貨殖傳：「商相與語財利於市井。」顏師古注：「市，交易之處；井，井汲之所，故總而言之也。」

【用法】表示概括起來說、合起來說、總之等意。

【例句】**總而言之**，你的問題不是不聰明，而是太懶散，太依賴別人的幫忙。

【義近】一言以蔽之／合而言之。

【義反】推而廣之／分而言之。

縱橫交錯（ㄗㄨㄥˋ ㄏㄥˊ ㄐㄧㄠ ㄘㄨㄛˋ）

【釋義】橫一條豎一條的互相交叉。

【出處】呂祖謙・東萊博議卷一：「陪洙泗之席者入耳皆德音，縱橫交錯。」

【用法】形容事物或情況極其複雜。

【例句】江南水鄉的溝渠**縱橫交錯**，形成一個十分便利有效的灌溉系統。

【義近】犬牙交錯／錯綜複雜／盤根錯節。

【義反】一目了然／簡單明了／主次分明。

縱橫捭闔（ㄗㄨㄥ ㄏㄥˊ ㄅㄞˇ ㄏㄜˊ）

【釋義】縱橫：合縱和連橫的簡稱。捭闔：指戰國時謀士游說使用的手段。捭：分開。闔：關閉。

【出處】李文叔・書戰國策後：「戰國策所載，大抵皆縱橫、捭闔、譎誑、相輕、傾奪之說也。」

【用法】今用以指在政治或外交上，運用手段進行分化或拉攏。

【例句】過去在外交舞臺上常常應用的**縱橫捭闔**的策略，現已漸被淘汰了。

【義近】分化拉攏。

【義反】友好相商。

縱橫馳騁（ㄗㄨㄥ ㄏㄥˊ ㄔˊ ㄔㄥˇ）

【釋義】縱：南北方向。橫：東西方向。馳騁：騎馬奔馳。

【出處】杜甫・戲爲六絕句：「庾信文章老更成，凌雲健筆意縱橫。」楚辭・離騷：「乘騏驥以馳騁兮。」

【用法】意指不受阻擋地往來奔馳；形容轉戰各地，所向無敵。亦可用來形容思路的奔放。

【例句】這位漫畫家常常可以**縱橫馳騁**於他所想像的世界中，故其作品超凡絕俗，很受大眾的歡迎。

【義近】天馬行空／神思萬里。

【義反】搜索枯腸／思路呆滯。

繩之以法（ㄕㄥˊ ㄓ ㄧˇ ㄈㄚˇ）

【釋義】即「以法繩之」。繩：木工用的墨線，爲校正曲直的工具，引申爲制裁。

【出處】後漢書・馮衍傳：「以文帝之明，而魏尙之忠，繩之以法則爲罪，施之以德則爲功。」

【用法】指用法律或法令制裁犯罪的人。

【例句】對於爲非作歹之徒，必須**繩之以法**，才能維護社會的正常秩序。

【義近】逮捕歸案／依法制裁。

【義反】逍遙法外／網漏呑舟。

繪聲繪色（ㄏㄨㄟˋ ㄕㄥ ㄏㄨㄟˋ ㄙㄜˋ）

【釋義】把人物的聲音、神色都描繪出來了。又作「繪聲繪影」。

【出處】蕭山湘靈子・軒亭冤題詞：「繪聲繪影樣翻新，描寫秋娘事事眞。」

【用法】形容描寫或敍述生動逼眞。

【例句】他把上次撞到鬼的故事**繪聲繪色**地講給大家聽，嚇得在座女性花容失色。

【義近】繪影繪聲／栩栩如生／有聲有色／躍然紙上／活靈活現／唯妙唯肖。

【義反】平淡無奇／味同嚼蠟／枯燥乏味。

繼往開來（ㄐㄧˋ ㄨㄤˇ ㄎㄞ ㄌㄞˊ）

【釋義】往：過去。來：未來。

【出處】王守仁・傳習錄：「文公精神氣魄大，是他早年合下，便要繼往開來。」

【用法】指繼承前人的事業，開闢未來的道路。

【例句】青年人肩負著國家和民族的期許，要有**繼往開來**的遠大志向。

【義近】承先啓後／承上啓下。

【義反】後繼無人。

缶部

罄竹難書 ㄑㄧㄥˋ ㄓㄨˊ ㄋㄢˊ ㄕㄨ

【釋義】砍盡竹林做竹簡也難寫完。罄：盡，完。竹：竹簡，古時書寫文字的竹片。書：寫。
【出處】舊唐書・李密傳：「罄南山之竹，書罪未窮；決東海之波，流惡難盡。」
【用法】形容罪行多得寫不完。
【例句】日軍在八年抗戰中所犯下的罪行眞是**罄竹難書**。
【義近】握髮難數／罪惡多端。

网部

置之不理 ㄓˋ ㄓ ㄅㄨˋ ㄌㄧˇ

【釋義】置：放置。理：理睬，過問。
【出處】明・焦竑：「頃年垂八十……不啻韓子所言者，業一切置之不理矣。」
【用法】指放在一邊，不理睬。
【例句】貪官汙吏只關心自己的利益，對百姓的死活則**置之不理**。
【義近】置若罔聞／漠然置之／置之不顧／不聞不問。
【義反】三復斯言／關懷備至。

置之不顧 ㄓˋ ㄓ ㄅㄨˋ ㄍㄨˋ

【釋義】顧：照管，關心。
【出處】李寶嘉・文明小史四四回：「如果聽其自然，置之不顧，各家只好把學生領回去。」
【用法】指放在那裏不管。
【例句】教育當局對於老師的切身利益不能**置之不顧**，而應時刻考慮照顧。
【義近】漠然置之／不聞不問／置若罔聞。
【義反】關懷備至／銘記於心。

置之死地 ㄓˋ ㄓ ㄙˇ ㄉㄧˋ

【釋義】把人推向絕路。死地：指絕路。
【出處】費唐臣・貶黃州：「置之死地，亦何難哉！」
【用法】形容心狠手辣有意使人處於無法生存下去的境地。
【例句】你和他有那麼深的仇恨，非得**置之死地**不可嗎？
【義近】除而後快。
【義反】救死扶傷／適可而止／助人爲樂。

置之死地而後生 ㄓˋ ㄓ ㄙˇ ㄉㄧˋ ㄦˊ ㄏㄡˋ ㄕㄥ

【釋義】兵法中指把兵士置於極危險的境地，使之殊死戰鬥，以取得勝利，求得生存。
【出處】孫子・九地篇：「投之亡地然後存，陷之死地然後生。」
【用法】比喻做事斷絕退路，以示下定決心去奪取勝利。
【例句】他對好吃懶做的兒子實在忍無可忍，於是採用**置之死地而後生**的辦法，宣布不再給他一分錢，要他自食其力。

置之度外 ㄓˋ ㄓ ㄉㄨˋ ㄨㄞˋ

【釋義】把它放在考慮之外。度：思慮，考慮。
【出處】南齊書・竟陵王子良傳：「自青德啓運，款關受職，置之度外，不足絓言。」
【用法】指不放在心上。
【例句】一個把生死都已**置之度外**的人，是無所畏懼的。
【義近】付之度外／不以爲意／置之腦後。
【義反】耿耿於懷／中心藏之／

無時忘懷。

置身事外

【釋義】把自己放在事端之外。身：自身，自己。
【出處】文康・兒女英雄傳二二回：「你我且置身事外，袖手旁觀。」
【用法】表示對事情不聞不問，漠不關心。
【例句】對於黨派之間無意義的爭論，我們最好是**置身事外**，不要去理會它！
【義近】超然物外／置之度外。
【義反】身臨其境／置身事端。

置若罔聞

【釋義】放在一邊，好像沒有聽到似的。置：放。罔：無。
【出處】曹雪芹・紅樓夢一六回：「寧榮兩處上下內外人等，莫不歡天喜地，獨有寶玉置若罔聞。」
【用法】形容對事情或別人所說的話毫不關心，不予理睬。
【例句】你對別人提出的意見**置若罔聞**，怎能集思廣益把學校辦好呢？
【義近】置之不理／置之不問／不予理睬。
【義反】言聽計從／銘記在心。

罪大惡極

【釋義】極：極點，無可復加。
【出處】歐陽修・縱囚論：「刑人於死者，乃罪大惡極。」
【用法】指罪惡之大已到極點。
【例句】對於**罪大惡極**的歹徒，必須依法嚴懲，才足以服民心。
【義近】罪惡滔天／罪莫大焉／罪孽深重。
【義近】勞苦功高／名標青史／功德無量。

罪不容誅

【釋義】處死也不足以抵補他的罪過。誅：處死。
【出處】漢書・王莽傳：「興兵動眾，欲危宗廟，惡不忍聞，罪不容誅。」
【用法】形容罪大惡極，死有餘辜。
【例句】明代宦官魏忠賢殘害忠良，妄殺無辜，實在是**罪不容誅**。
【義近】罪在不赦／罪該萬死／死有餘辜／惡積禍盈／人神共憤／罄竹難書。
【義反】迷途不遠／不咎之失。

罪加一等

【釋義】等：等級。
【出處】彭養鷗・黑籍冤魂五回：「我們來拿你，倒來吃你的煙，本官知道，辦起來罪加一等。」
【用法】指在量刑定罪時，對罪犯加重處罰。
【例句】你害人不淺，又隱瞞事實，如今再不說出實情，**罪加一等**。
【義近】罪上加罪。
【義反】酌量減刑。

罪有應得

【釋義】犯了罪得到應有的懲罰。罪：罪過。應得：應該得到的。
【出處】李汝珍・鏡花緣六回：「小仙身獲重譴，今被參謫，固罪所應得。」
【用法】形容罰當其罪。
【例句】這夥流氓搗亂社會秩序，如今受到法律的制裁，可謂**罪有應得**。
【義近】罪有攸歸／咎由自取。
【義反】情有可原／罰不當罪。

罪惡昭著

【釋義】昭著：明顯。又作「罪惡昭彰」。
【出處】羅貫中・三國演義四回：「汝罪惡盈天。」南齊書・高帝紀上：「驗往揆今，若斯昭著。」
【用法】形容其罪惡非常明顯，

人所共見。

【例句】對那些**罪惡昭著**的分子，理應依法懲處，否則便難以平民怨。

【義近】罪惡昭然。

罪該萬死

【釋義】其罪惡應處死一萬次。

【出處】施耐庵・水滸傳：「孫安納頭便拜道『孫某抗拒大兵，罪該萬死。』」

【用法】極言其罪惡之大。常用以自責或請別人寬恕。

【例句】這個喪心病狂的歹徒，犯下無數殺人案件，早就**罪該萬死**了，還讓他逍遙法外這麼多年。

【義近】罪當萬死／罪不容誅／死有餘辜。

【義反】罪不當死／不咎之失。

罪魁禍首

【釋義】魁、首：頭目，爲首的。

【出處】鄭若康・玉玦記・索命：「雖是虔婆殺我，娟奴是禍首罪魁。」

【用法】指作惡犯罪的頭子。

【例句】名與利是人類社會中一切罪惡的**罪魁禍首**。

【義近】元凶巨惡／元惡大奸／始作甬者。

【義反】脅從分子。

罰不當罪

【釋義】懲罰與所犯的罪行不相當。當：相當，相稱。

【出處】荀子・正論：「夫德不稱位，能不稱官，賞不當功，罰不當罪，不祥莫大焉。」

【用法】多用以指懲罰過重。

【例句】他確實有過錯，但**罰不當罪**，五年徒刑似乎太重了一些。

【義近】罰不當誅／懲罰失當。

【義反】罪有應得／罪罰相當。

羅雀掘鼠

【釋義】張網捕捉麻雀，掘洞捕捉老鼠。羅：用作動詞，張網。

【出處】新唐書・張巡傳：「至是食盡……至羅雀掘鼠，煮鎧弩以食。」

【用法】比喻在極端匱乏中盡力籌集物質，以度過難關。

【例句】非洲災荒地區，糧食罄盡，即使**羅雀掘鼠**也難求得生存。

【義近】東挪西湊／煮弩充飢／以草爲糧／挖根裹腹。

【義反】吃用不盡／物阜民豐／炊金饌玉。

羊部

羊毛出在羊身上

【釋義】羊毛是從羊身上剪下來的。出：來自。

【出處】清・西周生・醒世姻緣傳一回：「媒人打夾帳，家人落背弓，陪堂講謝禮，那羊毛出在羊身上，做了八百銀子。」

【用法】比喻所獲之利，其實是出在自己身上。

【例句】有些百貨公司舉辦抽獎活動來吸引顧客，但是**羊毛出在羊身上**，那獎金還是來自於顧客的荷包。

羊肉不曾吃，空惹一身羶

【釋義】羊肉不曾吃到，却先沾

一身羶味。空：枉自，白白地。

【出處】吳敬梓・儒林外史五二回：「我就是羊肉不曾吃，空惹一身羶，倒不如不幹這把刀兒了。」

【用法】比喻還未曾受益，却先惹來閒言閒語。

【例句】本以爲投資這家公司可以獲得暴利，不料連本錢都收不回來，還遭到親友的譏諷指責，眞是**羊肉不曾吃，空惹一身羶**。

【義近】偷雞不著蝕把米。

【義反】名利雙收。

羊腸鳥道 ㄧㄤˊ ㄔㄤˊ ㄋㄧㄠˇ ㄉㄠˋ

【釋義】羊腸：形容道路彎曲而狹窄。鳥道：形容道路狹險，只有飛鳥能過。

【出處】唐玄宗・早登太行山中言志詩：「火龍明鳥道，鐵騎繞羊腸。」

【用法】形容狹險曲折的山路。

【例句】那個山村非常的偏僻，只有一條**羊腸鳥道**與外界相通。

【義近】羊腸小道／羊腸小徑。

【義反】陽關大道／康莊大道。

羊質虎皮 ㄧㄤˊ ㄓˋ ㄏㄨˇ ㄆㄧˊ

【釋義】羊披上了虎皮，但怯弱的本性並沒有改變。質：本質，本性。比喻虛有其表。

【出處】揚雄・法言・吾子：「羊質虎皮，見草而說（悅），見豺而戰，忘其皮之虎矣。」

【用法】形容貌似強大，實則爲怯懦脆弱的人或集團。

【例句】別看他氣勢洶洶，其實是**羊質虎皮**，虛弱得不堪一擊。

【義近】鳳毛雞膽／外強中乾／色厲內荏。

【義反】名副其實／金相玉質。

美中不足 ㄇㄟˇ ㄓㄨㄥ ㄅㄨˋ ㄗㄨˊ

【釋義】不足：不夠。

【出處】曹雪芹・紅樓夢五回：「歎人間，美中不足今方信，縱然是齊眉舉案，到底意難平。」

【用法】指人或事物雖好，但還有不夠的地方。

【例句】此人美是甚美，可惜**美中不足**的是她的心眼太小，好妒善疑。

【義近】白璧微瑕／小有疵瑕。

【義反】白璧無瑕／完美無缺／十全十美／盡善盡美。

美不勝收 ㄇㄟˇ ㄅㄨˋ ㄕㄥ ㄕㄡ

【釋義】勝：盡。收：接受。

【出處】錢泳・履園叢話・藝能：「惟魚之物，美不勝收。北地以黃河鯉爲佳，江南以螺螄青爲佳。」

【用法】形容美好的東西很多，一時看不過來。

【例句】初春時節，杭州西湖的景致眞是**美不勝收**，慕名而至的遊人絡繹不絕。

【義近】琳瑯滿目／應接不暇／眼花撩亂。

美如冠玉 ㄇㄟˇ ㄖㄨˊ ㄍㄨㄢˋ ㄩˋ

【釋義】冠玉：古代裝飾在帽上的玉。

【出處】司馬遷・史記・陳丞相世家：「絳侯灌嬰等咸讒陳平曰：『平雖美丈夫，如冠玉耳，其中未必有也。』」

【用法】今多用以稱譽美男子。

【例句】那位男影星唇紅齒白，**美如冠玉**，風度翩翩，不知迷死多少純情少女。

【義近】擲果潘郎／儀表堂堂／城北徐公／朗目舒眉／傅粉何郎／白面書生／貌似潘安。

【義反】貌不出眾／其醜無比／粗俗不堪。

羚羊掛角 ㄌㄧㄥˊ ㄧㄤˊ ㄍㄨㄚˋ ㄐㄧㄠˇ

【釋義】羚羊：似羊而大，細角。傳說羚羊夜宿，掛角於樹上，腳不著地，獵者無跡可尋，可防獵人殺害。
【出處】陸佃・埤雅・釋獸：「羚羊……夜則懸角木上以防患，語曰『羚羊掛角』，此之謂也。」
【用法】常用以比喻詩文的意境高超玄妙，不落痕跡。
【例句】他的詩作寫得如**羚羊掛角**，透徹玲瓏，毫無雕琢痕跡。
【義近】無跡可尋／天衣無縫。
【義反】時露破綻／拖泥帶水。

羝羊觸藩 ㄉㄧˊ ㄧㄤˊ ㄔㄨˋ ㄈㄢˊ

【釋義】公羊角鉤在籬笆上。羝羊：公羊。藩：籬笆。
【出處】周易・大壯：「羝羊觸藩，不能退，不能遂。」
【用法】比喻處境窘迫，進退兩難。
【例句】他現在的處境已如**羝羊觸藩**，相當狼狽，很需要我們的援助。
【義近】進退兩難／進退維谷／前龍後虎。
【義反】可進可退／進退自如／前後無礙。

義不容辭 ㄧˋ ㄅㄨˋ ㄖㄨㄥˊ ㄘˊ

【釋義】義：道義。容：允許。辭：推托，拒絕。
【出處】馮夢龍・醒世恆言卷一七：「張孝基道：『承姑丈高誼，小婿義不容辭。』」
【用法】表示對正義之事或自己應盡的職責，在道義上不允許推辭。
【例句】支援災區同胞，是我們**義不容辭**的責任。
【義近】責無旁貸／當仁不讓／不容辭讓。
【義反】躊躇不前／推三阻四／婉言謝絕。

義正辭嚴 ㄧˋ ㄓㄥˋ ㄘˊ ㄧㄢˊ

【釋義】理由正當充足，措辭嚴正有力。義：道理。一作「辭嚴義正」。
【出處】趙弼・繁邑古祠對：「辭嚴義正，吾何敢贅片言以文哉！」
【用法】常用以表明立場或對不義之事進行申辯時，持論合乎義理，言詞嚴肅有力。
【例句】這篇文章駁斥對方的謬論確實稱得上**義正辭嚴**，但似乎氣魄還有些不夠。
【義近】理直氣壯／滔滔陳辭。
【義反】理屈詞窮／張口結舌。

義形於色 ㄧˋ ㄒㄧㄥˊ ㄩˊ ㄙㄜˋ

【釋義】義：正義。形：表現。色：臉容表情。
【出處】公羊傳・桓公二年：「孔父正色而立於朝，則人莫敢過而致難於其君者。孔父可謂義形於色矣。」
【用法】形容仗義持正的神情流露在臉上。
【例句】他爲人正直敢言，遇有什麼不平之事就**義形於色**，所以雖贏得朋友的推崇，也樹立了不少敵人。
【義近】義現乎辭／憤發於辭。
【義反】不動聲色／無動於衷。

義無反顧 ㄧˋ ㄨˊ ㄈㄢˇ ㄍㄨˋ

【釋義】義：道義。反顧：回頭看。又作「義不反顧」。
【出處】司馬相如・喻巴蜀檄：「觸白刃，冒流失；議（義）不反顧，計不旋踵。」
【用法】說明在道義上只有勇往直前，不能猶豫回顧。
【例句】我們身受國家大恩，遇到敵人侵略，自然**義無反顧**，以死圖報。
【義近】勇往直前／一往無前／奮勇向前。
【義反】瞻前顧後／畏縮不前／貪生怕死。

義憤填膺 ㄧˋ ㄈㄣˋ ㄊㄧㄢˊ ㄧㄥ

【釋義】義憤：對違反正義的事情所產生的憤怒。填膺：充滿了胸膛。膺：胸。
【出處】舊唐書・文宗本紀下：「上曰：『我每思貞觀、開元之時，觀今日之事，往往憤氣填膺耳。』」
【用法】指滿腔義憤。
【例句】對於法院的判決不公，被害者家屬都**義憤填膺**，立誓抗爭到底。
【義近】悲憤填膺／義憤滿腔。
【義反】無動於衷。

義薄雲天 ㄧˋ ㄅㄛˊ ㄩㄣˊ ㄊㄧㄢ

【釋義】正義之氣直上高空。義：正義。薄：迫近。雲天：指高空。
【出處】宋書・謝靈運傳論：「高義薄雲天。」
【用法】形容一個人重視道義，為道義而奮鬥的精神非常崇高。
【例句】古代英雄豪傑個個**義薄雲天**，雖已大江東去浪淘盡，但其精神却活生生地印在人們心中。
【義近】義重如山／氣壯山河。
【義反】無情無義。

羣威羣膽 ㄑㄩㄣˊ ㄨㄟ ㄑㄩㄣˊ ㄉㄢˇ

【釋義】威：威力，力量。膽：膽識。
【用法】形容羣體團結一致、英勇戰鬥時，所表現出來的力量和勇敢精神。
【例句】我軍出動兵力，與當地民眾緊密配合，**羣威羣膽**，迅速地剷除了搶匪的據點。
【義近】羣策羣力。
【義反】匹夫之勇。

羣起而攻之 ㄑㄩㄣˊ ㄑㄧˇ ㄦˊ ㄍㄨㄥ ㄓ

【釋義】羣：眾人，大家。攻：攻擊，反對。又作「羣起攻之」、「羣起而攻」。
【出處】吳沃堯・糊塗世界卷一一：「務要探聽明白，羣起攻之。」
【用法】指眾人都起來攻擊、反對。
【例句】他的話音剛落，人們便對他的荒謬主張**羣起而攻之**。
【義近】鳴鼓而攻之／眾口交攻／眾矢之的。
【義反】傾城而迎之／眾星捧月／眾星拱北。

羣策羣力 ㄑㄩㄣˊ ㄘㄜˋ ㄑㄩㄣˊ ㄌㄧˋ

【釋義】羣：眾人。策：計策，主意。
【出處】揚雄・法言・重黎：「漢屈羣策，羣策屈羣力。」注：「屈，盡也。」
【用法】指集合眾人的力量和智慧。
【例句】只要我們**羣策羣力**，就一定能度過當前的難關，走向康莊大道。
【義近】同心協力／齊心協力／集思廣益。
【義反】獨斷專行／單打獨鬥／單槍匹馬。

羣龍無首 ㄑㄩㄣˊ ㄌㄨㄥˊ ㄨˊ ㄕㄡˇ

【釋義】一羣龍沒有領頭。首：領頭的。
【出處】周易・乾卦：「用九，見羣龍無首，吉。」
【用法】說明做事沒有領頭的，無從統一行動。
【例句】這個組織**羣龍無首**，組成分子各行其是，很難有發展的可能。
【義近】一盤散沙／烏合之眾。
【義反】眾星拱月／團結一致。

羣魔亂舞 ㄑㄩㄣˊ ㄇㄛˊ ㄌㄨㄢˋ ㄨˇ

【釋義】成羣的魔鬼亂蹦亂跳。舞：喻其為非作歹。
【用法】形容一羣壞人聚合在一起肆意橫行，或在政治舞臺上猖狂活動。
【例句】現在有些國家和地區**羣魔亂舞**，使得百姓們生活困苦不堪。
【義近】豺狼當道。
【義反】弊絕風清／政簡刑清／海晏河清。

羽部

羽毛未豐（ㄩˇ ㄇㄠˊ ㄨㄟˋ ㄈㄥ）

【釋義】小鳥的羽毛還未長滿。

【出處】戰國策・秦策一：「秦王曰：『寡人聞之，羽毛不豐滿者不可以高飛。』」

【用法】比喻尚未成熟或力量不夠充實。

【例句】這小子**羽毛未豐**就頤指氣使的，將來等他翅膀長硬了，還會把你放在眼裏嗎？

【義近】少不更事／初生之犢／乳臭未乾。

【義反】羽翼豐滿／羽翼已成。

習以爲常（ㄒㄧˊ ㄧˇ ㄨㄟˊ ㄔㄤˊ）

【釋義】習：習慣。以爲：而成爲。

【出處】魏書・太武王傳：「將相多尚公主，王侯亦娶后族，故無妾媵，習以爲常。」

【用法】指無論什麼，只要習慣了，便覺得很平常。

【例句】對於她這種翻來覆去的毛病，我早**習以爲常**，不以爲怪了。

【義近】習慣成自然／司空見慣／見怪不怪。

【義反】少見多怪。

習焉不察（ㄒㄧˊ ㄧㄢ ㄅㄨˋ ㄔㄚˊ）

【釋義】焉：代詞「之」，泛指一切事情。察：察看，明白。

【出處】孟子・盡心上：「行之而不著焉，習矣而不察焉，終身由之，而不知其道者，眾也。」

【用法】指對於某種事情習慣了，反而察不出其中的問題。

【例句】許多陳規陋習的缺點本是顯而易見的，但代代相傳，久而久之便**習焉不察**了。

【義近】習而不察／習以爲常。

【義反】見微知著／穴處知雨。

習慣成自然（ㄒㄧˊ ㄍㄨㄢˋ ㄔㄥˊ ㄗˋ ㄖㄢˊ）

【釋義】成自然：變成自然的事。一作「習慣如自然」。

【出處】漢書・賈誼傳：「少成若天性，習貫（慣）如自然。」

【用法】指事情或行爲一經習慣，便以爲理應如此，毫無不適之感。

【例句】不要忽略了小孩子的壞毛病，要知道**習慣成自然**，等大了，便難以糾正了。

【義近】習以爲常／司空見慣／見怪不怪。

【義反】少見多怪。

翩翩君子（ㄆㄧㄢ ㄆㄧㄢ ㄐㄩㄣ ㄗˇ）

【釋義】翩翩：本用以形容鳥兒飛行輕快，後引申形容人的瀟灑舉止。

【出處】司馬遷・史記・平原君列傳：「平原君，翩翩濁世之佳公子也。」

【用法】形容人風度飄逸優美，文質彬彬。

【例句】風度飄逸優美的**翩翩君子**，是許多少女們心目中的白馬王子。

【義近】文質彬彬／風度翩翩／英俊瀟灑。

【義反】粗鄙小人／鄉愚村夫／市井粗人。

翹足而待（ㄑㄧㄠˊ ㄗㄨˊ ㄦˊ ㄉㄞˋ）

【釋義】一舉足的短時間內即可到來。翹足：一提腳後跟。待：等待。

【出處】司馬遷・史記・商君傳：「秦王一旦捐賓客而不立朝，秦國之所以收君者，豈其微哉？亡可翹足而待。」

【用法】形容在極短的時間內即可實現。

【例句】捷運的通車是**翹足而待**的事情，我們就平心靜氣地等吧！

【義近】指日可待／翹足可期。

【義反】日久無望／遙遙無期／

永無指望。

翻山越嶺 ㄈㄢ ㄕㄢ ㄩㄝˋ ㄌㄧㄥˇ

【釋義】爬過一座座山嶺。越：過。又作「爬山越嶺」。
【出處】李汝珍・鏡花緣六四回：「意欲趕些針線，可以多賣幾文錢，省得你爬山越嶺，又去砍柴。」
【用法】形容旅途或野外工作辛苦。
【例句】古時交通不發達，從一地到另一地往往得**翻山越嶺**，所以許多人一輩子都沒有離開過他所住的村莊。
【義近】跋山涉水／長途跋涉／航海梯山／登山陟嶺。
【義反】深居簡出／信馬由韁。

翻天覆地 ㄈㄢ ㄊㄧㄢ ㄈㄨˋ ㄉㄧˋ

【釋義】天地都翻倒過來了。翻：反轉。覆：轉向。
【出處】劉商・胡笳十八拍：「天翻地覆誰得知，如今正南看北斗。」
【用法】形容因巨大的變化而產生劇烈的震撼、壯盛的聲勢。多指社會制度和目前的狀況。
【例句】中國近百年來產生了**翻天覆地**、史無前例的大變革。
【義近】地覆天翻／驚天動地／撼天搖地／掀天斡地／震天駭地。
【義反】依然如故／一如既往。

翻江倒海 ㄈㄢ ㄐㄧㄤ ㄉㄠˇ ㄏㄞˇ

【釋義】使江海翻騰。又作「翻江攪海」。
【出處】元・無名氏・梧桐葉二折：「翻江攪海驚濤怒，搖脫秋林木。」
【用法】形容力量強大，或聲勢非常壯大。
【例句】滿清末年，因清廷喪權辱國，革命怒潮如**翻江倒海**般湧起，人民紛紛響應。
【義近】排山倒海／山倒江翻／江翻海沸／怒濤排壑／攪海翻江。
【義反】風平浪靜。

翻來覆去 ㄈㄢ ㄌㄞˊ ㄈㄨˋ ㄑㄩˋ

【釋義】覆：翻，又作「復」，重複。
【出處】朱子全書・性理五：「橫說也如此，豎說也如此，翻來覆去說也如此。」
【用法】形容說話多次重覆，囉囉嗦嗦。也形容睡不著覺，來回翻轉身體。
【例句】①你**翻來覆去**所說的，不就是這麼幾句嗎？有沒有別的新內容？②她在床上**翻來覆去**，一點睡意也沒有。
【義近】顛三倒四／輾轉反側／輾轉不寐。
【義反】言簡意賅／要言不煩／簡明扼要／倒頭便睡。

翻雲覆雨 ㄈㄢ ㄩㄣˊ ㄈㄨˋ ㄩˇ

【釋義】翻過手來是雲，覆過手來是雨。又作「翻手為雲，覆手為雨」。
【出處】杜甫・貧交行詩：「翻手作雲覆手雨，紛紛輕薄何須數！」
【用法】形容人反覆無常或慣於施弄手段。有時也用來比喻人事易變或男女行房之事。
【例句】①他在商場上常常言行不一，**翻雲覆雨**的，故少有人願意和他來往。②**翻雲覆雨**的情愛固然美麗，亦短暫虛幻得如鏡花水月。
【義近】一手遮天／巫山雲雨／雲情雨意。
【義反】始終如一／堅貞不渝。

翻然悔悟 ㄈㄢ ㄖㄢˊ ㄏㄨㄟˇ ㄨˋ

【釋義】翻然：形容轉變得快。翻，又作「幡」。悔悟：悔恨醒悟。
【出處】韓愈・與陳給事書：「今則釋然悟，翻然悔曰：『其邈也，乃所以怒其來之不繼也。』」
【用法】形容在行動或思想上皆

徹底悔改醒悟。

【例句】受到恩師的愛心感化，那位不良少年**翻然悔悟**，一舉考上理想大學。

【義近】翻然改進／翻然改圖／迷途知返／痛改前非。

【義反】執迷不悟／至死不悟／死不改悔／冥頑不靈。

翻箱倒櫃 ㄈㄢ ㄒㄧㄤ ㄉㄠˇ ㄍㄨㄟˋ

【釋義】把箱子都翻倒過來。又作「翻箱倒篋」。篋：竹箱子。

【出處】吳沃堯・二十年目睹之怪現狀四回：「船上買辦又仗著洋人勢力，便來翻箱倒篋的搜了一遍。」

【用法】形容徹底翻檢、搜查。

【例句】強盜闖進屋裏，把人綑綁後，便**翻箱倒櫃**地搜尋財物，洗劫一空後才離去。

【義近】傾筐倒篋／翻罈倒罐。

【義反】原封不動／一瞟而過。

耀武揚威 ㄧㄠˋ ㄨˇ ㄧㄤˊ ㄨㄟ

【釋義】耀：炫耀。揚：顯揚。指炫耀武力，顯示威風。

【出處】元・無名氏・宋太祖龍虎風雲會三折：「有那等，霸王業，抗王師，耀武揚威盡滅亡。」

【用法】形容自視權勢或武力的強大，遂加以張揚顯示以壓住對方。多用於描寫軍人或一些有權有勢的人，貶義較多。

【例句】那個小官在地方上**耀武揚威**，但在大官面前卻唯唯諾諾。

【義近】橫行霸道／飛揚跋扈／作威作福／趾高氣昂／威風八面／不可一世。

【義反】依禮而行／謙卑自牧。

老部

老大無成 ㄌㄠˇ ㄉㄚˋ ㄨˊ ㄔㄥˊ

【釋義】老大：年老歲數大。成：成就，功績。

【出處】李綠園・歧路燈三十回：「到如此老大無成，甚負老先生期望之意。」

【用法】說明年老而無所成就，含有慨嘆語氣，有時也作客氣話。

【例句】李老先生年輕時就愛好畫畫，但由於多方面的原因，到現在仍沒有畫出一幅爲人肯定的畫，所以常常歎息自己**老大無成**。

【義近】一事無成／馬齒徒增／白首空歸。

【義反】大器晚成／功隨日增／少年有成／功成名遂。

老大徒傷悲 ㄌㄠˇ ㄉㄚˋ ㄊㄨˊ ㄕㄤ ㄅㄟ

【釋義】老大：年老歲數大。徒：空，枉自。

【出處】古樂府・長歌行：「少壯不努力，老大徒傷悲。」

【用法】說明少壯不及時不努力，等到年事已長，力不從心，只有悔恨悲傷。多用作勉勵語。

【例句】年輕人應把握時間，成就一番事業，否則以後便會有**老大徒傷悲**的歎息。

【義近】老大無成空自嗟／白髮青衫淚滿襟。

【義反】老驥伏櫪，志在千里／烈士暮年，壯心不已。

老牛拉破車 ㄌㄠˇ ㄋㄧㄡˊ ㄌㄚ ㄆㄛˋ ㄔㄜ

【釋義】老牛拉著破車，速度很慢。

【用法】形容條件太差或做事效率太低。

【例句】做事一定要雷厲風行，

那種**老牛拉破車**的作風，是很難做出成績來的。

【義近】慢條斯理／疲疲踏踏／有氣無力／敝車羸馬。

【義反】香車寶馬／突飛猛進／快馬加鞭。

老牛舐犢 ㄌㄠˇ ㄋㄧㄡˊ ㄕˋ ㄉㄨˊ

【釋義】老牛用舌頭舔小牛。舐：舔。犢：小牛。

【出處】後漢書・揚彪傳：「後子脩為曹操所殺。操見彪問曰：『公何瘦之甚？』對曰：『愧無日磾先見之明，猶懷老牛舐犢之愛。』」

【用法】比喻年老的父母愛憐子女。

【例句】王老太太噙著眼淚，像**老牛舐犢**般的撫摩著失散多年的兒子。

老生常談 ㄌㄠˇ ㄕㄥ ㄔㄤˊ ㄊㄢˊ

【釋義】老書生平常之談。老生：舊指年老的書生。常談：經常談及的事理。

【出處】陳壽・三國志・魏志・管輅傳：「（鄧）颺曰：『此老生之常譚（談）。』」

【用法】比喻人們聽慣了的沒有新意的言論。也作謙詞用。

【例句】我說這四件事，雖然像是**老生常談**，但恐怕大多數人都不曾這樣做。（梁啓超・學問之趣味）

【義近】陳詞濫調／老調重彈／舊調重彈／老生常譚／陳腔濫調。

【義反】眞知灼見／聞所未聞。

老成持重 ㄌㄠˇ ㄔㄥˊ ㄔˊ ㄓㄨㄥˋ

【釋義】老成：老練成熟。持重：辦事謹慎。

【出處】詩經・大雅・蕩：「雖無老成人，尚有典刑。」魏善伯・留侯論：「而老成持重，坐靡歲月。」

【用法】形容人閱歷豐富，辦事老練成熟，謹慎穩重。多用於人物評價，有稱道意味。

【例句】他為人**老成持重**，大家對他都很敬重。

【義近】老成練達／老於世故／老成見到。

【義反】少不更事／乳臭未乾／血氣方剛。

老奸巨猾 ㄌㄠˇ ㄐㄧㄢ ㄐㄩˋ ㄏㄨㄚˊ

【釋義】老：有經驗，老練。奸：奸詐。巨：大，引申為非常。猾：狡猾。

【出處】宋史・食貨志上：「老奸巨猾，匿身州縣，舞法擾民，蓋甚前日。」

【用法】形容世故深而手段極其奸詐狡滑的人，貶義。

【例句】他是個飽經世故、**老奸巨猾**的人，與他共事，你務必要謹慎小心。

【義近】詭計多端／姦人之雄／神姦巨蠹。

【義反】年高德劭／德高望重／面慈心善／正人君子／狷介之士。

老於世故 ㄌㄠˇ ㄩˊ ㄕˋ ㄍㄨˋ

【釋義】老：深，有經驗。世故：處世的經驗。

【出處】韓愈・石鼓歌：「大廈深檐與蓋覆，經歷久遠期無他。中朝大夫老於事，詎肯感激徒媕婀。」

【用法】形容熟悉社會人情，富有處世經驗。多用於人物品評。

【例句】他是一個**老於世故**的人，不論在什麼場合，都能自如地應付。

【義近】老成持重／飽經世故／面面俱倒／八面玲瓏。

【義反】初生之犢／涉世未深／乳臭未乾／少不更事。

老虎頭上拍蒼蠅 ㄌㄠˇ ㄏㄨˇ ㄊㄡˊ ㄕㄤˋ ㄆㄞ ㄘㄤ ㄧㄥˊ

【釋義】拍：一作「撲」，打。

【出處】吳敬梓・儒林外史六回：「今日為他得罪嚴老大，老虎頭上拍蒼蠅怎的，落得做好好先生。」

【用法】比喻冒失、冒險。

【例句】他是個殺人不眨眼的魔王，你和他作對，簡直就像是在**老虎頭上拍蒼蠅**。

【義近】太歲頭上動土／餓狗口裏奪脆骨／與虎謀皮／老虎口裏拔牙。

【義反】成竹在胸／勝算在握。

老氣橫秋 ㄌㄠˇ ㄑㄧˋ ㄏㄥˊ ㄑㄧㄡ

【釋義】老氣：老年人的意氣。橫秋：充滿於秋季的天空。橫：縱橫雜亂，引申爲充滿之意。

【出處】孔稚珪・北山移文：「風情張日，霜氣橫秋。」杜甫・送韋十六評事：「子雖軀幹小，老氣橫九州。」

【用法】形容老練而自負的神氣，也用以形容暮氣沉沉、缺乏朝氣。含貶義。

【例句】你看他**老氣橫秋**的樣子，彷彿別人的言行都一無可取，眞是令人不敢恭維。

【義近】倚老賣老／暮氣沉沉／老練自負。

【義反】朝氣蓬勃／童心未泯／生氣勃勃／生龍活虎／謙卑自牧。

老馬識途 ㄌㄠˇ ㄇㄚˇ ㄕˋ ㄊㄨˊ

【釋義】老馬認識路途。老：原來的，舊有的。

【出處】韓非子・說林載：桓公伐孤竹，迷惑失道。管仲曰：「老馬之智可用也。」乃放老馬而隨之，遂得道。

【用法】比喻有經驗的人對事情比較熟悉。

【例句】我們這一羣人中，只有小張來過此地，所謂「**老馬識途**」，他自然義不容辭地權充我們的嚮導了。

【義近】老馬之智。

【義反】迷途羔羊／人地生疏。

老弱殘兵 ㄌㄠˇ ㄖㄨㄛˋ ㄘㄢˊ ㄅㄧㄥ

【釋義】指年老體衰，喪失作戰能力的士兵。

【出處】羅貫中・三國演義三二回：「城中無糧，可發老弱殘兵並婦人出降。」

【用法】泛指年老體弱的人。

【例句】由於連年饑荒，加上戰爭不斷，這個城市只剩下**老弱殘兵**，景況淒涼。

【義近】老弱殘疾。

【義反】虎賁之士／梟猛之士。

老當益壯 ㄌㄠˇ ㄉㄤ ㄧˋ ㄓㄨㄤˋ

【釋義】當：應該。益：更加。壯：豪壯，壯烈。

【出處】後漢書・馬援傳：「丈夫爲志，窮當益堅，老當益壯。」

【用法】表示年紀雖老而志氣更爲旺盛壯烈。常用於稱頌老年人。

【例句】我見到王將軍時，他已有七十歲，但卻精神矍鑠，聲音洪亮，那**老當益壯**的風采，讓我留下了極爲深刻的印象。

【義近】人老心不老／老驥伏櫪，志在千里／烈士暮年，壯心不已。

【義反】未老先衰／少年暮氣／少無大志／老邁無能／尸居餘氣。

老嫗能解 ㄌㄠˇ ㄩˋ ㄋㄥˊ ㄐㄧㄝˇ

【釋義】老太婆都能明白。嫗：老婦人。解：明白，理解。

【出處】彭乘・墨客揮犀：「白樂天每作詩，令一老嫗解之。問曰：『解否？』嫗曰解則錄之，不解則又復易之。」

【用法】形容詩文通俗易懂。

【例句】白居易的作品，特別是新樂府詩，通俗易懂，**老嫗能解**。

【義近】婦孺能解／雅俗共賞／淺顯易讀。

【義反】隱晦曲折／曲高和寡／陽春白雪。

老態龍鍾（ㄌㄠˇ ㄊㄞˋ ㄌㄨㄥˊ ㄓㄨㄥ）

【釋義】龍鍾：行動不靈便的樣子。
【出處】陸游・聽雨詩：「老態龍鍾疾未平，更堪俗事敗幽情！」
【用法】形容年老體衰，行動不靈活。
【例句】他已年近古稀，加之近來身體不好，更顯得**老態龍鍾**了。
【義近】拱肩縮背／步履維艱／頭童齒豁／齒危髮禿／蓬頭歷齒。
【義反】年富力強／健步如飛／春秋鼎盛／老而彌堅／生氣勃勃。

老謀深算（ㄌㄠˇ ㄇㄡˊ ㄕㄣ ㄙㄨㄢˋ）

【釋義】周密的籌畫，深遠的打算。
【出處】國語・晉語一：「既無老謀，又無壯事，何以事君？」後漢書・郭禹傳：「深慮遠圖。」
【用法】形容精明老練，謀慮周詳。用在深思熟慮時爲褒義；用在善於算計時爲貶義。
【例句】他這人**老謀深算**，你想佔他的便宜，是絕對不可能的。
【義近】足智多謀／深謀遠慮／老奸巨猾。
【義反】鼠目寸光／胸無城府／目光短淺。

老驥伏櫪（ㄌㄠˇ ㄐㄧˋ ㄈㄨˊ ㄌㄧˋ）

【釋義】伏在馬槽上吃草的老馬。驥：千里馬。櫪：馬槽。
【出處】曹操・步出夏門行詩：「老驥伏櫪，志在千里；烈士暮年，壯心不已。」
【用法】比喻年老而有壯志。
【例句】劉工程師雖已年過古稀，但仍常以「**老驥伏櫪**，志在千里」來勉勵自己，繼續發揮所長以服務人羣。
【義近】老馬嘶風／虎老雄心在／老當益壯／壯心未已／人老心不老。
【義反】尸居餘氣／日薄西山。

老蠶作繭（ㄌㄠˇ ㄘㄢˊ ㄗㄨㄛˋ ㄐㄧㄢˇ）

【釋義】老了的蠶仍要將最後的一點絲吐完。
【出處】蘇軾・石芝詩：「老蠶作繭何時脫，夢想至人空激烈。」
【用法】比喻人年老仍勉力辛勞，至死方休。
【例句】他是勤勞慣了的，所以儘管晚年不愁衣食，却仍如**老蠶作繭**那樣，繼續從事他力所能及的工作。
【義近】鞠躬盡瘁，死而後已／老而彌堅。
【義反】含飴弄孫／安享晚年。

而部

耐人尋味（ㄋㄞˋ ㄖㄣˊ ㄒㄩㄣˊ ㄨㄟˋ）

【釋義】耐：經得起。尋味：仔細體味。
【出處】劉義慶・世說新語・文學：「標新理於二家之表，立異義於眾賢之外，皆是諸名賢尋味之所不得。」
【用法】說明意味深長，值得人仔細體會琢磨。
【例句】這篇文章雖然短小，但涵義深刻，頗**耐人尋味**。
【義近】意味深長／津津有味／餘味無窮。
【義反】索然寡味／枯燥無味／味同嚼蠟／淡然無味。

耳部

耳不忍聞 (ㄦˇ ㄅㄨˋ ㄖㄣˇ ㄨㄣˊ)

【釋義】耳朵不忍聽下去。

【出處】康有爲・大同書・乙部：「當無人不惻動其心，哀衿涕泗，目不忍視，耳不忍聞矣。」

【用法】形容殘酷、悽慘的景象。

【例句】抗戰時期日軍屠殺我國同胞的殘酷史實，令人目不忍睹、**耳不忍聞**。

【義近】目不忍視／不忍目睹／慘不忍聞／慘不忍睹／慘絕人寰。

【義反】目視心悅／耳聞心怡／心曠神怡／賞心悅目。

耳目一新 (ㄦˇ ㄇㄨˋ ㄧˋ ㄒㄧㄣ)

【釋義】所見所聞都是新的。一：全，都。新：新鮮。

【出處】吳沃堯・二十年目睹之怪現狀一六回：「雖不是什麼心曠神怡的事情，也可以算得耳目一新的了。」

【用法】形容情況改變後，所見所聞跟以前完全不同，使人感到新鮮。

【例句】今天晚上的演出確實不同凡響，給人**耳目一新**的感覺。

【義近】面目一新／煥然一新／萬象更新。

【義反】陳詞濫調／依然如故／老調重彈／了無新意。

耳根清靜 (ㄦˇ ㄍㄣ ㄑㄧㄥ ㄐㄧㄥˋ)

【釋義】耳根：耳朵眼。清靜：佛教用語，指遠離人世間的煩惱。

【出處】李文蔚・燕青博魚一折：「我出的這門來，燕順也離了家中，可也耳根清靜。」

【用法】今用以指無人在耳邊絮聒。

【例句】喜歡搬弄是非的小李離職後，大家都覺得**耳根清靜**，輕鬆無比。

【義近】六根清淨／心地清淨／一無煩惱。

【義反】心煩意亂／絮絮叨叨／耳邊聒噪。

耳提面命 (ㄦˇ ㄊㄧˊ ㄇㄧㄢˋ ㄇㄧㄥˋ)

【釋義】提著耳朵叮囑，當面指點教導。

【出處】詩經・大雅・抑：「匪面命之，言提其耳。」疏：「我又非但對面命語之，我又親提撕其耳，庶其志而不忘。」

【用法】形容教導熱心懇切。

【例句】學習要自動自發，否則光靠師長成天在旁**耳提面命**，也無濟於事。

【義近】諄諄教誨／三復斯言／千叮萬囑／提撕其耳／口講指畫。

【義反】聽其自然／不教而誅／苛責謾罵／痛毀極詆。

耳聞目睹 (ㄦˇ ㄨㄣˊ ㄇㄨˋ ㄉㄨˇ)

【釋義】耳朵聽到，眼睛看到。

【出處】劉向・說苑：「夫耳聞之，不如目見之。」秦簡夫・東堂老：「老夫耳聞眼睹，非止一端。」

【用法】說明親耳聽見，親眼看見的事實，確鑿無疑。

【例句】這次赴南美洲探險，**耳聞目睹**了許多新奇的事，眞是不虛此行。

【義近】親身經歷／親眼所見／親耳所聞／身歷其境。

【義反】道聽塗說／轉相傳述／口耳相傳／以訛傳訛。

耳聞不如目見 (ㄦˇ ㄨㄣˊ ㄅㄨˋ ㄖㄨˊ ㄇㄨˋ ㄐㄧㄢˋ)

【釋義】聽到的不如看見的。

【出處】劉向・說苑・政理：「夫耳聞之不如目見之，目見之不如足踐之，足踐之不如手辨之。」

【用法】強調眼見比耳聞更爲眞

實確切。

【例句】**耳聞不如目見**，你只是聽說歐洲怎樣，而我是親歷其境，所以比你體會的要深刻些。

【義近】百聞不如一見／耳聽是虛，眼見是實／眼見爲憑／耳聞不如親見。

【義反】道聽塗說／耳食之言。

耳熟能詳 ㄦˇ ㄕㄨˊ ㄋㄥˊ ㄒㄧㄤˊ

【釋義】耳熟：聽熟了，聽多了。詳：說明，細說。

【出處】歐陽修·瀧岡阡表：「其平居教他子弟，常用此語，吾耳熟焉，故能詳也。」

【用法】指聽得多了，能夠說得很清楚，很詳細，或用以形容爲人所熟知。

【例句】這件事我聽他說過多遍了，**耳熟能詳**，現在我能一字不漏地複述出來。

【義近】知之甚稔／眾所周知／家喻戶曉。

【義反】罕爲人知／莫知其詳／全然不知。

耳聰目明 ㄦˇ ㄘㄨㄥ ㄇㄨˋ ㄇㄧㄥˊ

【釋義】耳聰：聽覺靈敏。目明：視覺敏銳。

【出處】周易·鼎：「耳目聰明。」朱子語類卷三五：「譬如人人服藥，……服之既久，則耳聰目明。」

【用法】形容聽覺和視覺都機靈敏捷，有誇讚的意思。

【例句】徐老太太雖已年近九十，卻仍然身子硬朗，**耳聰目明**。

【義近】眼觀四面，耳聽八方／聰明伶俐。

【義反】兩眼昏花／蒙昧無知。

耳濡目染 ㄦˇ ㄖㄨˊ ㄇㄨˋ ㄖㄢˇ

【釋義】濡：浸潤，沾濕。染：沾染，感染。

【出處】朱熹·與汪尚書書：「耳濡目染，以陷溺其良心而不自知。」

【用法】形容經常聽到看到，無形中受到影響。多指好的影響，其時間較長。

【例句】這孩子的父母都是聲樂家，從小**耳濡目染**，所以她的音樂造詣頗高。

【義近】耳聞目睹／潛移默化／日日陶冶。

【義反】依然故我／冥頑不化。

耳邊風 ㄦˇ ㄅㄧㄢ ㄈㄥ

【釋義】如風從耳邊過去。

【出處】杜荀鶴·贈題兜率寺閑上人院：「百歲有涯頭上雪，萬般無染耳邊風。」

【用法】指不經意、不重視，根本不把別人的話放在心上。

【例句】你這次吃虧上當眞是活該！誰叫你把我的話全當作**耳邊風**呢？

【義近】左耳進右耳出／風吹馬耳／秋風過耳／馬耳東風。

【義反】洗耳恭聽／言聽計從／銘記在心／拳拳服膺／永矢弗諼。

耳鬢廝磨 ㄦˇ ㄅㄧㄣˋ ㄙ ㄇㄛˊ

【釋義】兩人之耳與鬢髮互相接觸。鬢：面頰兩旁的頭髮。廝：互相。

【出處】曹雪芹·紅樓夢七二回：「咱們從小兒耳鬢廝磨，你不曾拿我當外人待，我也不敢怠慢了你。」

【用法】比喻親密，多指男女之間依戀相愛的情景。

【例句】每至夜暮低垂時，公園內常可見到儷影雙雙，**耳鬢廝磨**，情話綿綿的景象。

【義近】形影不離／如膠似漆／秤不離鉈／形影相隨。

【義反】形孤影單／貌合神離／同床異夢／勢同水火。

耿耿忠心 ㄍㄥˇ ㄍㄥˇ ㄓㄨㄥ ㄒㄧㄣ

【釋義】耿耿：誠信的樣子。

【出處】黃宗羲·感舊詩：「塞江才把一書開，耿耿忠心不易灰。」

【用法】形容爲人極爲忠誠，多用於下對上者。
【例句】古代的家僕對於自家主人都是**耿耿忠心**，任勞任怨的。
【義近】赤膽忠心／忠肝義膽／心虔志誠／忠貞不二。
【義反】忘恩負義／心懷叵測／虛情假意／心懷異志。

耿耿於懷（ㄍㄥˇ ㄍㄥˇ ㄩˊ ㄏㄨㄞˊ）

【釋義】耿耿：形容內心不安，有心事。
【出處】袁枚·小倉山房尺牘：「所耿耿於懷者，枚年屆八旬，……不免有望美人兮天一方之歎。」
【用法】指有心事掛在心上，不能忘懷。
【例句】男子漢大丈夫，心胸應該寬闊一些，區區小事，何必**耿耿於懷**呢？
【義近】念念不忘／耿耿於心／牽腸掛肚。
【義反】無介於懷／置之腦後／一無牽掛／置之度外。

聊以自慰（ㄌㄧㄠˊ ㄧˇ ㄗˋ ㄨㄟˋ）

【釋義】聊：姑且，暫且。自慰：自我寬慰、安慰。
【出處】張衡·鴻賦序：「慨然其多緒，乃爲之賦，聊以自慰。」
【用法】形容一個人在迫不得已或無可奈何的情況下，姑且自己寬慰自己。
【例句】他一人隻身在國外求學，每回思鄉情切時，便捧起家人照片，算算歸期，**聊以自慰**。
【義近】聊以自遣／畫餅充飢／推雁爲羹。

聊以卒歲（ㄌㄧㄠˊ ㄧˇ ㄗㄨˊ ㄙㄨㄟˋ）

【釋義】聊：姑且，勉強。卒：完畢，終結。
【出處】左傳·襄公二一年：「優哉游哉，聊以卒歲。」
【用法】說明勉強地過完了這一年。多形容生活的艱難。
【例句】爲了養家活口，我日夜兼差才能**聊以卒歲**，那能奢望出國觀光。
【義近】聊以度日／聊以爲生。
【義反】富有餘裕／年年有餘。

聊勝於無（ㄌㄧㄠˊ ㄕㄥˋ ㄩˊ ㄨˊ）

【釋義】聊：權且，姑且。
【出處】陶淵明·和劉柴桑詩：「弱女雖非男，慰情聊勝無。」
【用法】說明總比沒有好一些。常作爲解嘲或告慰語。
【例句】這幾文稿費雖說微不足道，但畢竟**聊勝於無**，還是收下吧！
【義近】有勝於無／聊以充數。
【義反】一無所有。

聊復爾耳（ㄌㄧㄠˊ ㄈㄨˋ ㄦˇ ㄦˇ）

【釋義】聊：姑且。爾：如此。指姑且還是如此吧！
【出處】劉義慶·世說新語·任誕：「（阮）仲容以竿挂大布犢鼻幝於中庭。人或怪之，答曰：『未能免俗，聊復爾耳。』」
【用法】表示姑且如此，有迫不得已的意思。
【例句】他才智過人，可惜無處發揮，只好**聊復爾耳**，在一間小公司當職員混口飯吃。
【義近】姑且如此／暫且如此。
【義反】不甘示弱。

聚沙成塔（ㄐㄩˋ ㄕㄚ ㄔㄥˊ ㄊㄚˇ）

【釋義】把細沙聚成寶塔。也作「積沙成塔」。原指兒童玩耍而見其佛性。
【出處】法華經·方便品：「乃至童子戲，聚沙爲佛塔，如是諸人等，皆已成佛道。」
【用法】形容集合少數便能成爲多數，產生更大的力量。
【例句】如果平常注意節約，日子久了便會**聚沙成塔**，積水成淵，也能小有一筆儲蓄。
【義近】積土成山／集腋成裘／

聚川成海／聚少成多／積水成淵。

【義反】一盤散沙。

聚蚊成雷（ㄐㄩˋ ㄨㄣˊ ㄔㄥˊ ㄌㄟˊ）

【釋義】把許多蚊子聚在一起，其聲音會像打雷一樣嚇人。

【出處】漢書・中山靖王傳：「夫眾呴漂山，聚蚊成雷。」

【用法】比喻眾口鑠金，謠言的可怕。

【例句】謠言止於智者，人人都應明白**聚蚊成雷**的後果，防止謠言的散播。

【義近】一里撓椎／眾口鑠金／曾參殺人／三人成虎／市虎杯弓。

聚訟紛紜（ㄐㄩˋ ㄙㄨㄥˋ ㄈㄣ ㄩㄣˊ）

【釋義】聚訟：眾口爭辯。紛紜：多而雜亂。也作「聚訟紛然」。

【出處】張元濟・水經注跋：「聚訟紛紜，幾為士林一大疑案。」

【用法】形容意見分歧很大，是非無從決定。

【例句】對這部電視劇各方有不同的看法，**聚訟紛紜**，好壞難判。

【義近】眾說紛紜／議論紛紛／爭長論短／人言籍籍。

【義反】眾口一辭／異口同聲／千部一腔／千腔一調。

聚精會神（ㄐㄩˋ ㄐㄧㄥ ㄏㄨㄟˋ ㄕㄣˊ）

【釋義】集中全部精神。聚：聚集。會：集中。

【出處】王褒・聖主得賢臣頌：「聚精會神，相得益章（彰）。」

【用法】今多用以形容專心致志，精神高度集中。

【例句】圖書館裏非常安靜，學生們都**聚精會神**地讀書準備聯考。

【義近】全神貫注／專心致志／目不轉睛。

【義反】心不在焉／心猿意馬／神不守舍。

聞所未聞（ㄨㄣˊ ㄙㄨㄛˇ ㄨㄟˋ ㄨㄣˊ）

【釋義】聽到從來沒有聽到過的事。未：沒有。又作「聞所不聞」。

【出處】司馬遷・史記・酈生陸賈：「列傳：「越中無足與語，至生來，令我日聞所不聞。」

【用法】形容事物新奇罕見。

【例句】你今天所談的這些，都是我**聞所未聞**的，使我增長了不少知識。

【義近】前所未聞／見所未見。

【義反】不足為奇／習以為常／司空見慣。

聞風而動（ㄨㄣˊ ㄈㄥ ㄦˊ ㄉㄨㄥˋ）

【釋義】風：風聲，指消息。又作「聞風而起」。

【出處】陳亮・祭趙尉母夫人文：「登堂莫及，聞風而起。」

【用法】形容動作迅速，一聽到消息便立即行動。

【例句】做生意就是要**聞風而動**，否則便會坐失大好的賺錢機會。

【義近】聞風而起／聞風而至。

【義反】無動於衷／雷打不動。

聞風喪膽（ㄨㄣˊ ㄈㄥ ㄙㄤˋ ㄉㄢˇ）

【釋義】一聽到風聲就嚇得失去了勇氣。喪膽：嚇破了膽。

【出處】李商隱・為李貽孫上李相公德裕啓：「亙絕漠以消魂，委窮沙而喪膽。」

【用法】形容恐懼到了極點。

【例句】這支訓練精良的掃黑小組，打擊犯罪成效卓著，令歹徒們**聞風喪膽**。

【義近】談虎色變／望風而逃／聞風而逃。

【義反】臨危不懼／無所畏懼／鎮靜自若／面不改色。

聞過則喜（ㄨㄣˊ ㄍㄨㄛˋ ㄗㄜˊ ㄒㄧˇ）

【釋義】聽到別人指出自己的錯

誤就感到高興。過：過錯。則：就。

【出處】韓愈・答馮宿書：「然子路聞其過則喜，禹聞昌言則下車拜。」

【用法】形容人能虛心接受意見，從善如流。

【例句】他為人很不錯，對己嚴，待人寬，**聞過則喜**，從善如流。

【義近】見賢思齊／見不賢而內自省／虛懷若谷。

【義反】諱疾忌醫／文過飾非／拒諫飾非／聞過則怒。

聞雞起舞 ㄨㄣˊ ㄐㄧ ㄑㄧˇ ㄨˇ

【釋義】聽到雞叫就起床舞劍練武。

【出處】晉書・祖逖傳：「中夜聞荒雞鳴，蹴（謝）琨覺曰：『此非惡聲也。』」

【用法】比喻志士奮發自勵之情。

【例句】讀書做事若有**聞雞起舞**的精神，則前途將會不可限量。

【義近】奮發圖強／自強不息。

【義反】朽木不雕／宰予晝寢。

聳人聽聞 ㄙㄨㄥˇ ㄖㄣˊ ㄊㄧㄥ ㄨㄣˊ

【釋義】聳：驚動。聽聞：所聽到的。

【出處】方苞・讀大誥：「蓋紂之罪，可列數以聳人聽。」

【用法】指誇大或捏造事實，使人聽了感到驚異或震動，以達到嚇人或激人的目的。

【例句】一些報章雜誌為了推廣銷路，不時刊登一些**聳人聽聞**的消息，以吸引讀者。

【義近】駭人聽聞／危言聳聽／聳動視聽。

【義反】平淡無奇／實言實說。

聳入雲霄 ㄙㄨㄥˇ ㄖㄨˋ ㄩㄣˊ ㄒㄧㄠ

【釋義】聳：高而直立。雲霄：極高的天空。

【用法】形容山或建築物等很高，進入了雲端。

【例句】①從浙江杭州的錢塘江邊望去，六和塔巍然屹立，**聳入雲霄**。②聯合國大廈高**聳入雲霄**。

【義近】高聳雲天／高聳入雲。

【義反】低同地平。

聲名狼藉 ㄕㄥ ㄇㄧㄥˊ ㄌㄤˊ ㄐㄧˊ

【釋義】聲名：聲望、名譽。狼藉：相傳狼羣睡醒後，會將睡過的草堆踏亂，以湮滅痕跡。指聲名像狼窩裏的草堆一樣亂。

【出處】司馬遷・史記・蒙恬列傳：「以是藉於諸侯。」司馬貞・索隱：「惡聲狼藉，佈於諸國。」

【用法】形容名聲敗壞到了極點。可用於個人或團體，含貶義。

【例句】他為官期間，貪汙納賄，侵佔公款，弄得**聲名狼藉**，最後才被人硬逼下台。

【義近】身敗名裂／臭名遠揚／臭名昭著／聲名掃地。

【義反】聞名遐邇／名揚四海／名滿天下。

聲色犬馬 ㄕㄥ ㄙㄜˋ ㄑㄩㄢˇ ㄇㄚˇ

【釋義】聲色：指歌舞和美色。犬馬：指養狗和騎馬，以及其他玩好之物。

【出處】隋書・齊王楊暕傳：「暕頗驕姿，暱近小人，所行多不法……求聲色狗馬。」

【用法】形容一個人生活非常糜爛，只知一味地尋歡作樂。貶義。

【例句】這傢伙終日追逐著**聲色犬馬**，全不顧妻小的生活。

【義近】尋歡作樂／荒淫無道／燈紅酒綠／紙醉金迷／聲色貨利。

【義反】兢兢業業／旰食宵衣／埋頭苦幹／盡瘁國事／憂國憂民。

聲色俱厲 ㄕㄥ ㄙㄜˋ ㄐㄩˋ ㄌㄧˋ

【釋義】聲色：說話的聲音和臉色。俱：都。厲：嚴厲。

【出處】晉書・明帝紀：「聲色俱厲，必欲使有言。」
【用法】形容責備人時言詞語調、臉部表情都很嚴厲。
【例句】孩子是犯了什麼滔天大罪，會讓你這麼**聲色俱厲**地責罵。
【義近】正言厲色／疾言厲色。
【義反】和顏悅色／言語溫和。

聲東擊西 ㄕㄥ ㄉㄨㄥ ㄐㄧˊ ㄒㄧ

【釋義】表面聲揚去攻打東邊，實際上却是去攻打西邊。聲：揚言，宣稱。
【出處】杜佑・通典・兵六：「聲言擊東，其實擊西。」
【用法】原指軍事上設計造成對方錯覺，而突襲其所不備之處。今泛指以一實一虛的方法轉移對方的注意。
【例句】警方採用**聲東擊西**的方法破了毒販的大本營，眞是大快人心。
【義近】指東打西。
【義反】直搗黃龍。

聲情並茂 ㄕㄥ ㄑㄧㄥˊ ㄅㄧㄥˋ ㄇㄠˋ

【釋義】聲色感情都很美好。並：都。茂：盛，此指美好。
【出處】珠泉居士・續板橋雜記：「聲情並茂，不亞梨園能手。」
【用法】形容唱腔優美，感情動人。
【例句】她眞不愧爲平劇名演員，所演各劇無不**聲情並茂**，博得觀眾的喝采。
【義近】哀感頑豔／曲盡其妙／動人心弦。
【義反】索然無味／不忍卒聽。

聲淚俱下 ㄕㄥ ㄌㄟˋ ㄐㄩˋ ㄒㄧㄚˋ

【釋義】邊訴說邊哭泣。俱：都，同時。
【出處】晉書・王廙傳附王彬：「音辭慷慨，聲淚俱下。」
【用法】形容極端悲慟或悲憤。
【例句】她在法庭上**聲淚俱下**地陳述自己含冤受屈的經過情況。
【義近】痛哭流涕／泣不成聲／淚如雨下／哭天抹淚。
【義反】喜笑顏開／眉開眼笑／手舞足蹈／歡天喜地。

聲勢浩大 ㄕㄥ ㄕˋ ㄏㄠˋ ㄉㄚˋ

【釋義】聲勢：聲威和氣勢。浩：廣大。
【出處】施耐庵・水滸傳六三回：「如今宋江領兵圍城，聲勢浩大，不可抵敵。」
【用法】形容聲威和氣勢非常盛大。
【例句】**聲勢浩大**的遊行隊伍，高喊著抗日救國的口號，從北平的大街上走過。
【義近】大張旗鼓／浩浩蕩蕩／萬馬奔騰。
【義反】消聲匿跡／冷冷清清／三三兩兩。

聲嘶力竭 ㄕㄥ ㄙ ㄌㄧˋ ㄐㄧㄝˊ

【釋義】意謂嗓子啞，氣力用盡。嘶：聲音沙啞。竭：盡。
【出處】北史・高允傳：「聲嘶股戰，不能一言。」
【用法】形容使盡全力大聲呼喊或哭叫。多用於宣傳、求救、爭吵等場合。
【例句】爲了爭取更多選票，許多候選人**聲嘶力竭**地到處拜票。
【義近】聲啞力盡／力盡聲嘶／大聲疾呼。
【義反】無聲無息／鴉雀無聲／聲如洪鐘。

聽人穿鼻 ㄊㄧㄥ ㄖㄣˊ ㄔㄨㄢ ㄅㄧˊ

【釋義】聽：聽憑，任憑。穿鼻：指把牛馬的鼻子穿起，用繮繩控制。
【出處】南史・張弘策傳：「才非杜石，聽人穿鼻。」
【用法】譏刺人沒有主見，任人支配。貶義。
【例句】這人沒有一點男子氣概，無論是在家中還是在外面，都**聽人穿鼻**，唯唯諾諾。

【義近】任人擺佈。
【義反】獨持己見／性格倔強。

聽天由命 ㄊㄧㄥ ㄊㄧㄢ ㄧㄡˊ ㄇㄧㄥˋ

【釋義】任憑天意和命運。聽、由：均為「任憑」意。又作「聽天任命」。
【出處】孔鮒・孔叢子卷七：「聽天任命，慎厥所修。」
【用法】比喻任憑事態發展，不作主觀努力，或主觀上無能為力。貶義。
【例句】無論什麼事，都應盡最大的努力去做，決不能**聽天由命**而喪失鬥志。
【義近】生死有命，富貴在天／長短有命／順天應命／成事在天。
【義反】人定勝天／事在人為／成事在人。

聽其自然 ㄊㄧㄥ ㄑㄧˊ ㄗˋ ㄖㄢˊ

【釋義】聽：聽憑，任憑。聽任它自然發展，而不過問。
【出處】論語・里仁・君子之於天下也章，朱熹注：「佛老是聽其自然。」
【用法】形容對於人事採取不干預的態度。
【例句】對孩子的教育不能採**聽其自然**的態度，否則壞習慣一旦養成便難以糾正了。
【義近】聽之任之／任其自然／放任自流／任其自便。
【義反】因勢利導／循循善誘。

聿部

肆無忌憚 ㄙˋ ㄨˊ ㄐㄧˋ ㄉㄢˋ

【釋義】肆：放肆。忌憚：顧忌和懼怕。
【出處】禮記・中庸：「小人之中庸也，小人而無忌憚也。」朱熹注：「小人不知有此，則肆欲妄行而無所忌憚也。」
【用法】形容人行為放肆，毫無顧忌害怕之心。
【例句】清末腐敗的政局，使得外國人**肆無忌憚**地在中國土地上胡搞，實乃奇恥大辱。
【義近】為所欲為／毫無所懼／無法無天／橫行無忌／肆行無忌。
【義反】謹言慎行／安分守己／循規蹈矩／謹小慎微。

肅然起敬 ㄙㄨˋ ㄖㄢˊ ㄑㄧˇ ㄐㄧㄥˋ

【釋義】肅然：恭敬的樣子。起敬：產生尊敬的心情。
【出處】劉義慶・世說新語・箴規：「執經登坐，諷誦朗暢，詞色甚苦。高足之徒，皆肅然增敬。」
【用法】形容對於人、事物的行為舉止產生嚴肅敬仰的感情。多用於稱頌有德之人。
【例句】站在廣州黃花崗七十二烈士紀念碑前，想起革命先烈的英雄事跡，不禁令人**肅然起敬**。
【義近】竦然起敬／敬仰之至。
【義反】嗤之以鼻／不屑一顧／深惡痛絕。

肉部

肝腦塗地

【釋義】肝腦流了一地。又作「肝腸塗地」。塗地：流在地上。

【出處】司馬遷・史記・劉敬列傳：「大戰七十，小戰四十，使天下之民肝腦塗地，父子暴骨中野，不可勝數。」

【用法】形容慘死。也用以形容竭盡忠誠，任何犧牲都在所不惜。

【例句】①南斯拉夫內戰，使無辜民眾**肝腦塗地**。②今得相隨，大稱平生之願，即令**肝腦塗地**，也無遺憾。

【義近】粉身碎骨／頸血濺敵／赴湯蹈火。

【義反】貪生怕死。

肝腸寸斷

【釋義】肝腸一寸寸斷裂。

【出處】戰國策・燕策三：「魯要且死，子腸亦且寸斷。」古樂府・隴頭歌辭：「遙望秦川，肝腸斷絕。」

【用法】形容傷心、悲痛到了極點。多用於親喪、離別等不順遂的事上。

【例句】他生前對我寵愛有加，從沒有說過一句重話，現在突然離我而去，怎不教我**肝腸寸斷**呢？

【義近】肝腸斷裂／萬箭穿心／心如刀割。

【義反】欣喜若狂／心花怒放／大喜過望。

肝膽相照

【釋義】肝膽：喻眞心誠意。相照：互相照見。

【出處】文天祥・與陳察院文龍書：「所恃知己，肝膽相照，臨書不憚傾倒。」

【用法】比喻朋友間眞誠相待。多用於稱讚朋友或團體之間的情誼。

【例句】他待人坦誠，從不作假，所以有許多**肝膽相照**的至交。

【義近】坦誠相待／披肝瀝膽／推誠相與／推心置腹。

【義反】各懷鬼胎／鉤心鬥角／爾虞我詐／虛情假義。

肥馬輕裘

【釋義】肥馬：肥壯的馬。輕裘：輕暖的皮毛衣。

【出處】論語・雍也：「（公西）赤之適齊也，乘肥馬，衣輕裘。」白居易・閒適詩：「肥馬輕裘還粗有。」

【用法】指服御華麗，生活豪奢，排場闊綽。

【例句】像他這樣舞場進、酒館出，**肥馬輕裘**，揮金如土的，再多的家產也不夠他花。

【義近】貂裘駿馬／輕裘緩帶／鮮衣怒馬／衣輕乘肥／寶馬香車／乘堅策肥。

【義反】皂衣駑馬／敝車羸馬／粗衣糲食／輕車簡從。

肥頭大耳

【釋義】肥胖的頭顱，碩大的耳朵。

【出處】李寶嘉・官場現形記二二回：「看上去有七八歲光景，倒生的肥頭大耳。」

【用法】說明人的相貌有福氣，也形容人臃腫的形態。

【例句】①這孩子生來**肥頭大耳**的，是個福相，將來必有出息。②他長得**肥頭大耳**，一身贅肉，臃腫不堪，走路都很困難。

【義近】方頭大耳／肥頭肥腦。

【義反】尖嘴猴腮／鳩形鵠面。

肺腑之言

【釋義】意謂出自內心的眞話。肺腑：比喻內心。

【出處】鄭德輝・㑳梅香二折：「小生別無所告，只索將這肺腑之言，實訴於小娘子。」
【用法】形容言語眞誠。多用在向人傾吐眞話或勸人向善。
【例句】我這番**肺腑之言**，希望你能認眞聽取，銘記於心。
【義近】心腹之言／由衷之言／逆耳忠言。
【義反】言不由衷／違心之論。

胡言亂語 ㄏㄨˊ ㄧㄢˊ ㄌㄨㄢˋ ㄩˇ

【釋義】意即瞎說瞎話，信口亂說。
【出處】張鳴善・水子不識時：「胡言亂語成時用，大綱來都是烘。」
【用法】指沒有根據、不符事實的瞎說，或指說胡話。多用於指責、警告、揭發人。
【例句】你再這樣**胡言亂語**的，我決不饒你！
【義近】信口雌黃／妄言妄語／胡說八道／信口開河。
【義反】言之鑿鑿／言之有據／言之有理。

胡作非爲 ㄏㄨˊ ㄗㄨㄛˋ ㄈㄟ ㄨㄟˊ

【釋義】非爲：幹壞事。非：不合理的，不對的。
【出處】文康・兒女英雄傳二二四回：「你我既然要成全這個女孩兒，豈有由她胡作非爲……。」
【用法】指無視社會道德和國家法紀，毫無顧忌地幹壞事。用來斥責或控訴不守法度的人。
【例句】你還是個學生，就敢在學校裏**胡作非爲**，將來什麼事做不出來？
【義近】爲所欲爲／爲非作歹／無法無天／作威作福／膽大妄爲。
【義反】循規蹈矩／安分守紀／奉公守法／不越雷池／依禮而行。

胡思亂想 ㄏㄨˊ ㄙ ㄌㄨㄢˋ ㄒㄧㄤˇ

【釋義】胡：隨意亂來。
【出處】朱子語類一一三：「操存只是教你收斂，教那心莫胡思亂想，幾曾捉定有一個物事在那裏？」
【用法】指不切實際，毫無根據地瞎想。常用於不切實際的企求或多餘的擔心。
【例句】你不要再**胡思亂想**了，成功不會平白無故地降臨在你身上的。
【義近】想入非非／癡心妄想。
【義反】清心寡欲／思不出位。

胡說八道 ㄏㄨˊ ㄕㄨㄛ ㄅㄚ ㄉㄠˋ

【釋義】又作「胡說白道」、「胡說亂道」。意爲胡亂瞎說。
【出處】吳承恩・西遊記六八回：「你……就這等胡說亂道，會甚麼懸絲診脈！」
【用法】形容亂說亂扯，或不符事實，毫無道理的瞎說。用於指責、警告等。
【例句】你這完全是**胡說八道**，沒有人會相信你的。
【義近】妄口巴舌／胡言亂語／信口胡謅／信口開河。
【義反】言之鑿鑿／言必有據。

背井離鄉 ㄅㄟˋ ㄐㄧㄥˇ ㄌㄧˊ ㄒㄧㄤ

【釋義】背、離：離開。井、鄉：家鄉。井：古代八家爲一井，引申爲舊居。也作「離鄉背井」。
【出處】馬致遠・漢宮秋三折：「假若俺高皇差你個梅香背井離鄉，臥雪眠霜。」
【用法】指遠離家鄉到外地。多用於迫於無奈的情況下。
【例句】許多大陸偷渡客爲了尋求更好的未來，因而**背井離鄉**，過著不見天日的生活。
【義近】離鄉輕家／去國離鄉／遠走他鄉。
【義反】安土重遷／安家落戶／落葉歸根。

背水一戰（ㄅㄟˋ ㄕㄨㄟˇ ㄧˊ ㄓㄢˋ）

【釋義】背水：背面著水，表示沒有退路。

【出處】司馬遷・史記・淮陰侯列傳：「（韓）信乃使萬人先行，出，背水陳（陣）……軍皆殊死戰，不可敗。」

【用法】比喻與敵人（或對方）決一死戰，用於困難危急或決心堅定的情況中。

【例句】看來，事到如今，已無其他的選擇，只有**背水一戰**了。

【義近】破釜沉舟／背水結陣／背城一戰／背城借一。

【義反】臨陣脫逃／退避三舍／無意決戰／無心戀戰。

背本趨末（ㄅㄟˋ ㄅㄣˇ ㄑㄩ ㄇㄛˋ）

【釋義】背本：背離根本。趨末：追求末枝末節。

【出處】漢書・食貨志上：「時民近戰國，皆背本趨末。」

【用法】形容背離基本的、重要的部分，反而去追求細微末節。

【例句】我看你是昏頭了，為了幾文錢竟可置生命於不顧，這種**背本趨末**的事，我才不幹哩！

【義近】本末倒置／買履信度／捨本逐末／輕重倒置。

背信棄義（ㄅㄟˋ ㄒㄧㄣˋ ㄑㄧˋ ㄧˋ）

【釋義】背信：違背信用。義：道義。一作「棄信忘義」。

【出處】李延壽・北史・周本紀：「背惠怒鄰，棄信忘義。」

【用法】指人違背諾言，不守信用，不講道義。多用於批評、斥責個人或團體。

【例句】這種**背信棄義**的人，豬狗不如，你還想和他們打交道！

【義近】言而無信／忘恩負義／輕諾寡信／辜恩負義。

【義反】堅守不渝／信守不渝／一諾千金。

背城借一（ㄅㄟˋ ㄔㄥˊ ㄐㄧㄝˋ ㄧ）

【釋義】在城下再憑藉一次戰役來決勝負。借：憑藉。

【出處】左傳・成公二年：「請收合餘燼，背城借一。」注：「欲於城下復借一戰。」

【用法】說明在毫無辦法的環境下，作最後的決戰。形容堅定的決心。

【例句】在此危急存亡之秋，城中所有軍民皆有**背城借一**的決心，誓死護城。

【義近】背水一戰／破釜沉舟／決一死戰。

【義反】臨陣脫逃／退避三舍。

背道而馳（ㄅㄟˋ ㄉㄠˋ ㄦˊ ㄔˊ）

【釋義】朝著相反的方向跑。道：道路，方向。馳：快跑。

【出處】柳宗元・楊評事文集後序：「其餘各探一隅，相與背馳於道者，其去彌遠。」

【用法】比喻兩者方向或目標完全相反。

【例句】迫於現實環境的影響，許多的想法和做法根本就**背道而馳**，難以實踐真正的理想。

【義近】南轅北轍／分道揚鑣。

【義反】齊頭並進／並行不悖／並駕齊驅／殊途同歸。

胼手胝足（ㄆㄧㄢˊ ㄕㄡˇ ㄓ ㄗㄨˊ）

【釋義】手掌和腳底因長期摩擦而長起厚繭，在手是胼，在腳是胝。

【出處】荀子・子道：「手足胼胝，以養其親。」區大相・贈憲府王公治水歌：「胼手胝足不言瘁，烈風淫雨有時休。」

【用法】形容辛勤勞苦。

【例句】這點土地是父母親幾十年**胼手胝足**掙來的，我再窮也不會出售。

【義近】手足重繭／奚膚皸足／篳路藍縷／面目黧黑。

【義反】游手好閒／四體不勤／

養尊處優／好逸惡勞。

脆而不堅 ㄘㄨㄟˋ ㄦˊ ㄅㄨˋ ㄐㄧㄢ

【釋義】鬆脆而不堅實。脆：易斷易碎。

【用法】形容徒有其表而無其實，好看而不中用。

【例句】這根玉簪碧綠晶瑩，非常好看，可惜**脆而不堅**，一掉到地上就斷了。

【義近】繡花枕頭／華而不實／銀樣蠟槍頭／外強中乾。

胸無宿物 ㄒㄩㄥ ㄨˊ ㄙㄨˋ ㄨˋ

【釋義】心中不會積存任何東西。宿物：隔夜之物。

【出處】南朝宋・世說新語・賞譽下：「簡交目庾赤玉省率治除。謝仁祖云：『庾赤玉胸中無宿物。』」

【用法】形容人胸懷坦蕩，沒有成見。多用於稱頌人。

【例句】我這表弟爲人最豪爽，**胸無宿物**，你與他交往，大可放心。

【義近】胸無成見／坦蕩直率／胸無城府。

【義反】心懷鬼胎／心存不軌／心機莫測。

胸無城府 ㄒㄩㄥ ㄨˊ ㄔㄥˊ ㄈㄨˇ

【釋義】城府：城市與官府，比喻待人處事的心機。

【出處】清・昭槤・嘯亭續錄卷五：「勿庵貌豐偉，胸無城府，待下最寬。」

【用法】比喻人心地坦白，無所隱晦，待人接物極爲眞誠。多用於稱頌人。

【例句】王先生**胸無城府**，光風霽月，純眞如孩提，實屬難得。

【義近】胸無宿物／光明磊落／襟懷坦白。

【義反】居心叵測／心懷叵測／居心不良。

胸無點墨 ㄒㄩㄥ ㄨˊ ㄉㄧㄢˇ ㄇㄛˋ

【釋義】肚子裏沒有一點墨水。

【出處】清・褚人獲・隋唐演義一七回：「惠及是他最小的兒子，倚著門蔭……。目不識丁，胸無點墨。」

【用法】比喻人沒有眞才實學。

【例句】他西裝革履，好像很有學問的樣子，實則**胸無點墨**，大草包一個。

【義近】目不識丁／不識之無／腹笥甚窘／不學無術。

【義反】博學多才／學貫古今／滿腹經綸／學富五車。

胸有成竹 ㄒㄩㄥ ㄧㄡˇ ㄔㄥˊ ㄓㄨˊ

【釋義】畫竹之前，已有竹形在胸。

【出處】宋・蘇軾・篔簹谷偃竹記：「畫竹，必先得成竹於胸中。」

【用法】比喻行事之前，已有一定的看法和打算。

【例句】看他**胸有成竹**的樣子，好像一定能把大獎贏回來。

【義近】成竹在胸／心中有數。

【義反】猶豫不決／舉棋不定。

能工巧匠 ㄋㄥˊ ㄍㄨㄥ ㄑㄧㄠˇ ㄐㄧㄤˋ

【釋義】能、巧：均爲手靈心巧之意。

【出處】許仲琳・封神演義三回：「能工巧匠費經營，老君爐裏煉成兵……定邦定國正乾坤。」

【用法】指技術高明的工匠。

【例句】他眞是一位**能工巧匠**，竟可雕出這些精緻逼眞、神態各異的神像。

【義近】能人巧匠／良工巧匠。

【義反】飯囊衣架／酒囊飯袋。

能言善辯 ㄋㄥˊ ㄧㄢˊ ㄕㄢˋ ㄅㄧㄢˋ

【釋義】善：擅長。辯：辯論，爭辯。一作「能言巧辯」。

【出處】元・無名氏・氣英布一折：「若得能言巧辯之士，

說他歸降，縱項王馳還，我有韓信拒之於前。」

【用法】形容腦子靈敏，反應很快，善於抓住對方弱點進行辯論。

【例句】王先生的**能言善辯**，在我們這裏是出了名的。

【義近】舌粲蓮花／能言善道／伶牙俐齒。

【義反】笨嘴拙舌／結結巴巴。

能者多勞

【釋義】能者：能幹的人。勞：勞苦，勞累。原意是說有才幹的人做的事多。

【出處】莊子．列禦寇：「巧者勞而知者憂，無能者無所求，飽食而遨遊。」

【用法】說明能幹的人多辛苦。多用以恭維、稱讚別人。

【例句】**能者多勞**，這樁事你就用不著推了，只有你可以擔此重責大任啊！

能近取譬

【釋義】能夠就近以自身來打比方。

【出處】論語．雍也：「能近取譬，可謂仁之方也矣。」

【用法】說明能將心比心，為他人著想。

【例句】待人處事，最好是**能近取譬**，多為他人著想，則世界的紛爭便可減少許多。

【義近】將心比心／設身處地／推己及人。

能屈能伸

【釋義】能彎曲也能伸直。屈：彎曲。

【出處】邵雍．代書寄前洛陽簿陸剛叔秘校詩：「知行知止唯賢者，能屈能伸是丈夫。」

【用法】指人在失意時能忍耐，在得志時能施展抱負。

【例句】大丈夫**能屈能伸**，何必為了一時的挫折而垂頭喪氣呢？

【義近】能伸能縮／能進能退／可行可藏。

能將手下無弱兵

【釋義】能幹的將領手下，沒有軟弱的士兵。

【出處】俞樾．七俠五義一〇〇回：「信道能將手下無弱兵。」

【用法】說明在能人教育培養之下的人，當無庸才。

【例句】**能將手下無弱兵**，有其父必有其子，他父親是世界象棋冠軍，他的象棋水準自然非一般人所能及。

【義近】強將手下無弱兵／虎父無犬子／名師出高徒。

脅肩諂笑

【釋義】聳起肩膀，裝出笑臉。脅肩：聳肩。

【出處】孟子．滕文公下：「曾子曰：『脅肩諂笑，病于夏畦。』」

【用法】形容阿諛諂媚，拍馬奉承的醜態。

【例句】你看他在總經理面前那副**脅肩諂笑**的醜態，實在令人作嘔。

【義近】阿諛奉承／曲意逢迎／逢迎拍馬。

【義反】剛正不阿／守正不阿／不卑不亢。

脣亡齒寒

【釋義】嘴脣沒有了，牙齒就會感到寒冷。亡：失去。

【出處】左傳．僖公五年：「虢亡，虞必從之。……諺所謂『輔車相依，脣亡齒寒』者，其虞、虢之謂也。」

【用法】比喻雙方關係極為密切，禍福與共，休戚相關。

【例句】這兩家公司有著**脣亡齒寒**的關係，若這家公司倒閉了，那家也會跟著倒閉。

【義近】輔車相依／脣齒相依／巢毀卵破／覆巢之下無完卵

。

【義反】相互傾軋／了不相干／渺不相涉／風馬不接／風馬牛不相及。

脣槍舌劍 ㄔㄨㄣˊ ㄑㄧㄤ ㄕㄜˊ ㄐㄧㄢˋ

【釋義】嘴脣如槍，舌頭似劍。

【出處】高文秀・澠池會一折：「憑著我脣槍舌劍定江山，見如今河清海晏，黎庶寬安。」

【用法】形容辯論激烈，各不相讓，或形容人能說會道，言辭鋒利。

【例句】黨團之間的鬥爭實在太厲害了，每次開會都免不了一番**脣槍舌劍**的爭論。

【義近】針鋒相對／舌劍脣槍／辯才無礙。

【義反】拙口結舌／張口結舌。

脣齒相依 ㄔㄨㄣˊ ㄔˇ ㄒㄧㄤ ㄧ

【釋義】嘴脣和牙齒相互依存。

【出處】陳壽・三國志・魏志・鮑勛傳：「王師屢征而未有所克者，蓋以吳、蜀脣齒相依……有難拔之勢故也。」

【用法】形容關係密切，利害與共。用於國家、地區之間，或人、事物之間。

【例句】台灣地區人民是生命共同體，**脣齒相依**，理應團結合作，一致對外。

【義近】脣亡齒寒／相依爲命／巢毀卵破。

【義反】漠不相關。

脫口而出 ㄊㄨㄛ ㄎㄡˇ ㄦˊ ㄔㄨ

【釋義】一張嘴就說了出來。脫口：話離開口。

【出處】李寶嘉・文明小史八回：「大約一部之中，至少亦有一半看熟在肚裏，不然怎麼能夠脫口而出呢？」

【用法】形容不加思索，隨口說出；有時也形容才思敏捷，能對答如流。

【例句】他唐詩宋詞背得滾瓜爛熟，不管考他那一首，他皆能不經思索就**脫口而出**。

【義近】倒背如流／滾瓜爛熟／纚纚如貫珠。

【義反】吞吞吐吐／顛三倒四。

脫胎換骨 ㄊㄨㄛ ㄊㄞ ㄏㄨㄢˋ ㄍㄨˇ

【釋義】道家用語。道教認爲經過修煉，可脫去凡胎換聖胎，脫去俗骨換仙骨。

【出處】盧象昇・答陸筠修方伯：「此佛既未能脫胎換骨，尚在人世間，……其苦可名狀乎？」

【用法】比喻有錯誤者徹底變化，重新做人。也比喻師法前人作品，推陳出新。

【例句】①這孩子經過兩年的調教，居然**脫胎換骨**，變成另一個人了。②這兩首情詩寫得很風趣，是從南朝樂府中的情歌**脫胎換骨**而來。

【義近】洗心革面／改邪歸正／幡然悔悟。

【義反】執迷不悟／頑固不化／冥頑不靈。

脫穎而出 ㄊㄨㄛ ㄧㄥˇ ㄦˊ ㄔㄨ

【釋義】整個椎子尖穿出布袋來。穎：指椎尖。又作「穎脫而出」。

【出處】司馬遷・史記・平原君虞卿列傳：「使（毛）遂蚤得處囊中，乃穎脫而出，非特其末見而已。」

【用法】比喻才能或本領全部顯露出來。或比喻有才能的人終究會爲人所知。

【例句】他在許多強勁對手中**脫穎而出**，顯示其實力的確不弱。

【義近】鋒芒畢露／嶄露頭角／頭角崢嶸。

【義反】不露鋒芒／不見圭角／沒沒無聞／不見經傳。

腳踏兩條船 ㄐㄧㄠˇ ㄊㄚˋ ㄌㄧㄤˇ ㄊㄧㄠˊ ㄔㄨㄢˊ

【釋義】一個人的腳踏在兩條船上。

【出處】李卓吾・藏書：「世間

道學，好騎兩頭馬，喜踹兩腳船。」

【用法】比喻搖擺不定，拿不定主意。形容想從對立的兩方撈取好處或有意討好兩方。

【例句】待人接物應誠信專一，**腳踏兩條船**的結果，可能會全盤皆失。

【義近】牆頭草兩面倒。

【義反】堅定不移／矢志不移／忠貞不二。

腳踏實地（ㄐㄧㄠˇ ㄊㄚˋ ㄕˊ ㄉㄧˋ）

【釋義】雙腳實實在在地踏在地上。

【出處】續傳燈錄五：「僧云：『學人還有安身立命處也無？』師曰：『腳踏實地。』」

【用法】用以比喻做事穩健切實，決不冒險僥倖。

【例句】我們做事不可誇大其談，華而不實，而應**腳踏實地**。

【義近】穩紮穩打／一步一腳印／足履實地。

【義反】好大喜功／好高騖遠／弄虛作假／急功近利。

腹心之疾（ㄈㄨˋ ㄒㄧㄣ ㄓ ㄐㄧˊ）

【釋義】腹心：內心，喻要害。疾：病，喻禍患。

【出處】左丘明・國語・吳語：「越之在吳，猶人之有腹心之疾也。」

【用法】比喻危害極大的禍患。

【例句】他是個口蜜腹劍的僞君子，你把他安插在你身邊，實屬**腹心之疾**。

【義近】心腹之患／心腹大患。

腹背受敵（ㄈㄨˋ ㄅㄟˋ ㄕㄡˋ ㄉㄧˊ）

【釋義】腹背：喻前後。

【出處】魏書・崔浩傳：「（劉）裕西入函谷，則進退路窮，腹背受敵。」

【用法】指前後都受到敵方的攻擊。

【例句】守城的將領在**腹背受敵**的情況下，決定背水一戰，殺出一條血路來。

【義近】四面楚歌／危機四伏／前堵後進／前後夾擊／四面受敵。

【義反】勢如破竹／衝鋒陷陣／所向披靡／橫掃千軍。

腦滿腸肥（ㄋㄠˇ ㄇㄢˇ ㄔㄤˊ ㄈㄟˊ）

【釋義】指身體養得肥胖。腦滿：肥頭大耳。腸肥：體胖腹大。又作「腸肥腦滿」。

【出處】北齊書・琅玡王儼傳：「琅玡王年少，腸肥腦滿，輕爲舉措。」

【用法】形容人大腹便便的肥胖體態。有時用於譏諷人只耽於享樂而無所用心。

【例句】他一副**腦滿腸肥**，呆頭呆腦的樣子，很難令人相信竟有一妻如花似玉。

【義近】大腹便便／肥頭肥腦。

【義反】面黃肌瘦／骨瘦如柴／形銷骨立。

腰纏萬貫（ㄧㄠ ㄔㄢˊ ㄨㄢˋ ㄍㄨㄢˋ）

【釋義】腰纏：指隨身攜帶。萬貫：泛指很多錢。貫：古代的錢用繩穿上，一千個爲一貫。

【出處】商藝小說：「有客相從，各言所志……其一人曰：『願腰纏十萬貫，騎鶴上揚州。』」

【用法】形容十分富有。

【例句】今非昔比，他現在**腰纏萬貫**，衣錦還鄉，哪裏還記得我們這些窮哥兒們。

【義近】堆金積玉／家財萬貫／金玉滿堂。

【義反】一貧如洗／身無分文／一文莫名。

膏粱子弟（ㄍㄠ ㄌㄧㄤˊ ㄗˇ ㄉㄧˋ）

【釋義】膏粱：肥肉和細糧。

【出處】資治通鑑・齊明帝建武三年：「未審上古以來，張官列位，爲膏粱子弟乎？爲致治乎？」

【用法】指飽食終日，無所事事的富貴人家子弟。貶義。

【例句】許多富貴人家的**膏粱子弟**不知上進，只知尋歡作樂，醉生夢死終其一生。

【義近】公子王孫／紈袴子弟／五陵少年。

【義反】繩樞之子／貧寒子弟／藜藿子弟。

膠柱鼓瑟 ㄐㄧㄠ ㄓㄨˋ ㄍㄨˇ ㄙㄜˋ

【釋義】將柱用膠黏住固定，然後彈瑟。柱：瑟上調弦音的短木，可自由移動以調音之高低。鼓：彈。

【出處】司馬遷・史記・廉頗藺相如列傳：「藺相如曰：『王以名使括，若膠柱而鼓瑟耳。』」

【用法】比喻墨守成規，拘泥固執而不知變通。

【例句】像他這樣**膠柱鼓瑟**，不通情理的人，我看再也找不出第二個了！

【義近】守株待兔／刻舟求劍／鄭人買履。

【義反】隨機應變／見機行事／見風使舵。

膽大包天 ㄉㄢˇ ㄉㄚˋ ㄅㄠ ㄊㄧㄢ

【釋義】膽子大得可以涵蓋天。包：涵蓋。

【出處】周紫芝・竹坡詩話：「想君吟咏揮毫日，四顧無人膽似天。」

【用法】形容人膽子極大，無所畏懼。

【例句】他嗜賭如命，這次輸急了，竟然**膽大包天**，在光天化日之下搶人錢包。

【義近】膽大如斗／一身是膽／渾身是膽。

【義反】膽小如鼠／膽小怕事。

膽大心細 ㄉㄢˇ ㄉㄚˋ ㄒㄧㄣ ㄒㄧˋ

【釋義】又作「膽大心小」。小：指精細。

【出處】舊唐書・孫思邈傳：「膽欲大而心欲小，智欲圓而行欲方。」

【用法】形容人有勇有謀，勇於任事而又縝密謹慎。

【例句】他是個**膽大心細**的人，你有什麼事儘管放心交給他去辦就行了。

【義近】有膽有識／智勇雙全。

【義反】有勇無謀／勇而無謀。

膽大妄爲 ㄉㄢˇ ㄉㄚˋ ㄨㄤˋ ㄨㄟˊ

【釋義】妄爲：亂做，胡行。

【出處】清・吳沃堯・痛史二回：「如此膽大妄爲，還了得嗎？」

【用法】指毫無顧忌胡作非爲。

【例句】國際上有許多**膽大妄爲**的販毒集團，根本就無視於軍警的存在，依然猖狂地進行走私毒品的勾當。

【義近】胡作非爲／恣意妄爲／橫行無忌／肆無忌憚。

【義反】循規蹈矩／安分守己／奉公守法。

膽小如鼠 ㄉㄢˇ ㄒㄧㄠˇ ㄖㄨˊ ㄕㄨˇ

【釋義】膽子小得像老鼠一樣。

【出處】魏書・景穆十二王傳：「言同百舌，膽若鼷鼠。」曾樸・孽海花二四回：「就怕海軍提督膽小如鼠，到弄得畫虎不成反類狗耳！」

【用法】形容非常膽小。

【例句】別看他個子高大，却**膽小如鼠**，一有風吹草動便嚇得面無血色。

【義近】膽小怕事／畏影怕踪。

【義反】膽大包天／渾身是膽。

膽戰心驚 ㄉㄢˇ ㄓㄢˋ ㄒㄧㄣ ㄐㄧㄥ

【釋義】膽戰：恐懼而顫慄。戰：發抖。

【出處】敦煌變文集・維摩詰經講經文：「聞說便膽戰心驚，豈得交吾曹爲使。」

【用法】形容十分恐懼的樣子。

【例句】九彎十八拐公路險象環生，有時揚起的冥紙便令人

膽戰心驚，在此處開車一定得小心一點。

【義近】膽戰心寒／提心弔膽／心驚肉跳。

【義反】鎮定自若／無所畏懼。

膾炙人口（ㄎㄨㄞˋ ㄓˋ ㄖㄣˊ ㄎㄡˇ）

【釋義】肉的味道鮮美，使人愛吃。膾：切細的肉。炙：烤熟的肉。

【出處】王定保・唐摭言十：「李濤，長沙人也，篇詠甚著……皆膾炙人口。」

【用法】比喻詩文或事物優美，受到人們的稱讚和傳頌。

【例句】李白和杜甫的詩作**膾炙人口**，流傳至今依然受到人們的喜愛。

【義近】口碑載道／家喻戶曉／家至人說。

【義反】平庸乏味／索然無味／味如嚼蠟／乏善可陳。

臣部

臣心如水（ㄔㄣˊ ㄒㄧㄣ ㄖㄨˊ ㄕㄨㄟˇ）

【釋義】心地純潔如水。臣：臣下，舊時官員用以自稱。

【出處】漢書・鄭崇傳：「上責崇曰：『君門如市人，何以欲禁切主上？』崇對曰：『臣門如市，臣心如水。』」

【用法】比喻廉潔奉公，清白如水。

【例句】別人怎樣說，我自然管不著，至於我自己，可以用**臣心如水**四字來表白。

【義近】冰心玉壺／冰壺秋月／俯仰無愧／不愧不怍。

臣門如市（ㄔㄣˊ ㄇㄣˊ ㄖㄨˊ ㄕˋ）

【釋義】臣：臣下，舊時官員用以自稱。市：集市。

【出處】漢書・鄭崇傳：「上責崇曰：『君門如市人，何以欲禁切主上？』崇對曰：『臣門如市，臣心如水。』」

【用法】形容官員之家門庭若市，賓客甚多。

【例句】過去他家門可羅雀，自從他當上局長後，現在已是**臣門如市**了。

【義近】門庭若市／車馬盈門／冠蓋雲集／戶限爲穿。

【義反】門庭冷落／門可羅雀／門無蹄轍。

臥榻鼾睡（ㄨㄛˋ ㄊㄚˋ ㄏㄢ ㄕㄨㄟˋ）

【釋義】爲「臥榻之側豈容他人鼾睡」之縮語。鼾睡：睡得香甜，發出鼾聲。

【出處】續通鑑長編・宋太祖紀：「江南亦有何罪，但天下一家，臥榻之側，豈容他人鼾睡乎？」

【用法】說明屬於自己分內之物，不容許他人涉足佔有。

【例句】這一帶是我的地盤，他竟來此擺地攤，**臥榻鼾睡**，非把他趕走不可。

【義反】利益均沾／有福同享。

臥薪嘗膽（ㄨㄛˋ ㄒㄧㄣ ㄔㄤˊ ㄉㄢˇ）

【釋義】身睡在柴草上，口嘗著苦膽。

【出處】司馬遷・史記・越王句踐世家：句踐爲吳國所敗，被俘，後遣歸，「置膽於坐，坐臥即仰膽，飲食亦嘗膽。」蘇軾・擬孫權答曹操書：「僕受遣以來，臥薪嘗膽。」

【用法】比喻立志圖強或決心報仇雪恨。

【例句】以色列人嘗盡亡國之苦，所以人民普遍有**臥薪嘗膽**的精神，矢志復國。

【義近】生聚教訓／奮發圖強／勵精圖治。

【義反】醉生夢死／苟且偷生。

臨危不懼（ㄌㄧㄣˊ ㄨㄟˊ ㄅㄨˋ ㄐㄩˋ）

【釋義】臨：碰到，遭遇。懼：

害怕。

【出處】陸贄・李澄贈司空制：「臨危不懼，見義必危。」

【用法】形容遇到危難的時候，一點也不害怕。

【例句】他很有膽略，遇事沉著，**臨危不懼**，這是他能成功的重要原因。

【義近】無所畏懼／臨危蹈難／臨危致命。

【義反】臨事而懼／貪生怕死／臨危無措。

臨危授命（ㄌㄧㄣˊ ㄨㄟˊ ㄕㄡˋ ㄇㄧㄥˋ）

【釋義】臨危：面臨危難。授命：獻出生命。

【出處】論語・憲問：「今之成人者，何必然？見利思義，見危授命，久要不忘平生之言，亦可以為成人矣。」

【用法】表示不畏生死，勇於赴義。

【例句】抗戰爆發，有志之士**臨危授命**，紛紛奔赴前線，與敵浴血奮戰。

【義近】臨難赴義／勇赴國難。

【義反】臨陣脫逃／貪生怕死。

臨時抱佛腳（ㄌㄧㄣˊ ㄕˊ ㄅㄠˋ ㄈㄛˊ ㄐㄧㄠˇ）

【釋義】臨時：到事情發生之時。抱佛腳：意謂求佛保佑。

【出處】陳壽・三國志・吳志・呂蒙傳：「臨時施宜。」孟郊・讀經：「垂老抱佛腳，教妻讀黃經。」

【用法】指事先不做準備，及至臨時才設法張羅。

【例句】你平時不燒香，現在有事才**臨時抱佛腳**，這種做法我很不以為然。

【義近】臨陣磨槍／臨渴掘井／江心補漏／見兔顧犬。

【義反】有備無患／礪兵以待／未雨綢繆。

臨陣磨槍（ㄌㄧㄣˊ ㄓㄣˋ ㄇㄛˊ ㄑㄧㄤ）

【釋義】到了快要上陣打仗時才磨刀擦槍。臨：到。槍：指長矛一類武器。

【出處】曹雪芹・紅樓夢七十回：「臨陣磨槍也不中用！有這會子著急，天天寫寫念念，有多少完不了的？」

【用法】比喻事到臨頭，才做準備。

【例句】讀書要靠平時努力，不要**臨陣磨槍**，到考試前才用功。

【義近】臨渴掘井／臨時抱佛腳／臨難鑄兵／江心補漏／見兔顧犬。

【義反】有備無患／常備不懈／曲突徙薪／未雨綢繆。

臨渴掘井（ㄌㄧㄣˊ ㄎㄜˇ ㄐㄩㄝˊ ㄐㄧㄥˇ）

【釋義】到了口渴時，才去挖井。臨：到。

【出處】素問・四氣調神大論：「夫病已成而後藥之，亂已成而後治之，譬猶渴而穿井，鬬而鑄錐，不亦晚乎。」

【用法】比喻事到臨頭才想辦法，已無濟於事。

【例句】乾旱期到來之前就應做好防範準備，不要**臨渴掘井**，一旦造成損失，就難以彌補了。

【義近】江心補漏／鬬而鑄錐／臨陣磨槍／臨時抱佛腳。

【義反】防患未然／曲突徙薪／未雨綢繆／有備無患。

臨淵羨魚（ㄌㄧㄣˊ ㄩㄢ ㄒㄧㄢˋ ㄩˊ）

【釋義】站在水邊看見魚就想捉來吃，卻無行動。淵：深水潭。羨：羨慕，想得到。

【出處】漢書・董仲舒傳：「古人有言曰：『臨淵羨魚，不如退而結網。』」

【用法】比喻凡事徒有良好的願望，而不知採取行動去努力爭取。

【例句】你與其**臨淵羨魚**，看著別人成大功，不如下定決心，也好好開創一番事業。

【義近】憑空妄想／臨淵之羨，指雁為羹。

【義反】腳踏實地／退而結網。

臨機應變 ㄌㄧㄣˊ ㄐㄧ ㄧㄥˋ ㄅㄧㄢˋ

【釋義】臨機：掌握時機。應變：應付突然發生的情況。
【出處】宋史・蕭資傳：「資性和厚，臨機應變，輯穆將士，總攝細務。」
【用法】指憑藉機智應付變化莫測之事。
【例句】這個人非常機智聰明，遇事都能**臨機應變**，從不慌亂。
【義近】隨機應變／見機而作／見風使舵。
【義反】驚慌失措／六神無主。

自部

自力更生 ㄗˋ ㄌㄧˋ ㄍㄥ ㄕㄥ

【釋義】自力：勉力，盡自己的力量。更生：再次獲得生命，比喻重新興旺起來。
【出處】後漢書・和熹鄧皇后紀：「自力上原陵。」司馬遷・史記・主父偃傳：「逢明天子，人人自以爲更生。」
【用法】指不依賴外力，靠自己的力量重新振作起來，把事情辦好。
【例句】年輕人當**自力更生**，不要有依賴先人庇蔭的想法。
【義近】自食其力／白手成家／自立自強。
【義反】傍人門戶／倚人成事／依草附木／傍人籬壁／俯仰由人。

自以爲是 ㄗˋ ㄧˇ ㄨㄟˊ ㄕˋ

【釋義】總以爲自己是對的。以爲：認爲。是：對的。
【出處】孟子・盡心下：「自以爲是，而不可入堯舜之道，故曰德之賊也。」
【用法】形容人主觀，不虛心。指作風、態度，用於批評、貶義。
【例句】他一向**自以爲是**，你再怎麼苦口婆心勸導，也是無濟於事。
【義近】剛愎自用／我行我素／自以爲然／自視甚高／自矜自是／師心自用。
【義反】虛懷若谷／捨己從人／謙卑自牧／虛懷樂取。

自生自滅 ㄗˋ ㄕㄥ ㄗˋ ㄇㄧㄝˋ

【釋義】自然地發生、生長，又自然地消滅或死亡。
【出處】白居易・山中五絕句嶺上雲詩：「自生自滅成何事，能逐東風作雨無。」
【用法】形容任其自然發展，無人過問。
【例句】對於日漸增多的流動攤販，政府不應任其**自生自滅**，宜設立專責部門加以妥善管理。
【義近】任其自然／聽之任之／置之不理／漠不關心。
【義反】循循善誘／因勢利導。

自由自在 ㄗˋ ㄧㄡˊ ㄗˋ ㄗㄞˋ

【釋義】自由：能按己意行動，不受限制。自在：任意，舒適。
【出處】道源・景德傳燈錄卷二十：「問：『牛頭未見四祖時如何？』師曰：『自由自在。』曰：『見後如何？』師曰：『自由自在』。」
【用法】形容毫無拘束，安閒舒適。
【例句】人生最大的幸福，莫過於**自由自在**地生活，否則便失去了人生的樂趣。

【義近】無拘無束／安閒自在／逍遙自在／悠遊自得。
【義反】檻猿籠鳥／俯仰由人／身不由己。

自出機杼

【釋義】機杼：織布機的梭子，用以持緯紡織。
【出處】魏書・祖瑩傳：「瑩以文學見重，常語人云：『文章須自出機杼，成一家風骨，何能共人同生活也。』」
【用法】比喻詩文的立意構思能自出心裁，獨創新意。多用於稱讚詩、文、書、畫等創作方面。
【例句】曹雪芹**自出機杼**，創作了世界名著《紅樓夢》。
【義近】別具匠心／自出胸臆／獨樹一幟／另闢蹊徑／別出心裁／別開生面。
【義反】依樣畫葫蘆／照貓畫虎／如法砲製／襲人故智／人云亦云。

自吹自擂

【釋義】吹：吹喇叭。擂：打鼓。
【用法】形容自我吹噓。
【例句】無論何時何地，碰到困難挫折不氣餒，有了成績不**自吹自擂**，這才是正確的態度。
【義近】自賣自誇／伐善施勞／矜功自伐，予智自雄／露才揚己。
【義反】不伐己長／深藏若虛／謙默自持／卑以自牧。

自告奮勇

【釋義】告：表明。奮勇：鼓起勇氣。
【出處】李寶嘉・官場現形記五三回：「因爲上頭提倡游學，所以他自告奮勇，情願……叫兒子出洋。」
【用法】說明主動要求擔任某項艱巨的任務。
【例句】那位老人家行動不便，又提著沈重的行李，他立刻**自告奮勇**地前去幫忙。
【義近】挺身而出／毛遂自薦／請自隗始。
【義反】輾轉推託／婉言謝絕／推三阻四／畏縮不前。

自私自利

【釋義】私心很重，只知爲個人利益打算。
【出處】朱子語類五五：「墨氏見世間人自私自利，不能及人，故欲兼天下之人人而盡愛之。」
【用法】形容私心太重，爲了有利於自己，不惜損害他人。用於批評、斥責他人。
【例句】這個人最**自私自利**，爲了滿足自己的欲望，竟可置別人的死活於不顧。
【義近】徇私廢公／損公肥私／損人利己。
【義反】大公無私／公而忘私／克己奉公／捨己爲人。

自作自受

【釋義】自做錯事，自己承受不良後果。受：承受
【出處】道源・景德傳燈錄卷一五：「諸人變現千般，終是汝生解自擔帶將來，自作自受，遮裏無可與汝。」
【用法】說明自己作惡，自受惡果，有責怪、埋怨的意思。
【例句】他不聽人勸，吃喝嫖賭無所不爲，導致今天落魄潦倒，眞是**自作自受**。
【義近】咎由自取／自食其果／自討苦吃／自取其咎。
【義反】善有善報。

自投羅網

【釋義】自己投入羅網裏去。投：進入。羅：捕鳥的網。網：用以捕魚。
【出處】曹植・野田黃雀行：「不見籬間雀，見鷂自投羅。」
【用法】比喻自己投入絕境送死

，或自上其當。用於別人有活該的意思，用於自己在否定句中。

【例句】人家佈下圈套在等著他，他卻像個無頭蒼蠅，跑去**自投羅網**，怪得了誰呢？

【義近】自掘墳墓／飛蛾撲火／自取滅亡。

【義反】全身遠害／敬而遠之。

自我解嘲 ㄗˋ ㄨㄛˇ ㄐㄧㄝˇ ㄔㄠˊ

【釋義】嘲：嘲笑。

【出處】漢書・揚雄傳下：「時雄方草太玄，有以自守，泊如也。或嘲雄以玄尚白，而雄解之，號曰解嘲。」

【用法】說明自己受到別人嘲笑時，設法辯解並加以掩飾。貶義。

【例句】在研討會上，當他的論點受到眾人的譏笑時，他便**自我解嘲**地說：「誰也不見得比誰高明。」

自我陶醉 ㄗˋ ㄨㄛˇ ㄊㄠˊ ㄗㄨㄟˋ

【釋義】陶醉：滿意地沉浸在某種情緒或境界中。

【出處】崔曙・九日登望仙臺：「且欲近尋彭澤宰，陶然共醉菊花杯。」

【用法】形容盲目地自我欣賞。

【例句】如果一個人在事業上稍有點成就，便**自我陶醉**，那就必然會停滯不前。

【義近】孤芳自賞／自鳴得意／顧盼自雄。

【義反】自慚形穢／自慚鳩拙／自暴自棄／妄自菲薄。

自知之明 ㄗˋ ㄓ ㄓ ㄇㄧㄥˊ

【釋義】自知：自己了解自己。明：看清事物的能力。

【出處】老子三三章：「知人者智，自知者明。」

【用法】指了解自己，對自己有正確的認知。

【例句】他畢竟是個有**自知之明**的人，所以求職失敗後，沒有怨天尤人，反而更努力地充實自己。

【義近】自知輕重。

【義反】自不量力／自命不凡／目不見睫／自高自大／闇於自見／昧於審己。

自命不凡 ㄗˋ ㄇㄧㄥˋ ㄅㄨˋ ㄈㄢˊ

【釋義】自命：自己認為。不凡：不平常。

【出處】蒲松齡・聊齋志異・楊大洪：「天洪楊先生漣，微時為楚名儒，自命不凡。」

【用法】指自以為不平凡，比別人高明。

【例句】**自命不凡**的人，往往根柢淺薄，一知半解，其言其行顯得十分荒唐可笑。

【義近】自負不淺／自視甚高／自視不凡／不可一世／自鳴得意。

【義反】自知輕重／自慚形穢／自暴自棄／妄自菲薄。

自取滅亡 ㄗˋ ㄑㄩˇ ㄇㄧㄝˋ ㄨㄤˊ

【釋義】意謂自己找死。

【出處】陰符經下：「沉水入火，自取滅亡。」

【用法】指將自己引上絕路或自己採取導致滅亡的措施。

【例句】他已誤入歧途，仍不知悔改，最後將**自取滅亡**。

【義近】自取其咎／自食惡果／自掘墳墓／自投羅網／飛蛾撲火。

【義反】自求多福／全身遠害。

自食其力 ㄗˋ ㄕˊ ㄑㄧˊ ㄌㄧˋ

【釋義】憑自己的勞力來養活自己。

【出處】漢書・食貨志：「今毆（驅）民而歸之農，皆著於本，使天下各食其力。」

【用法】說明依靠自己的力量以謀求生存，既不抱幻想，也不仰賴他人。多用於個人生活方面，褒義。

【例句】美國的教育方式是讓孩子們學會**自食其力**，獨立自主。
【義近】自力更生／自給自足／自立自強。
【義反】坐享其成／不勞而獲／坐收漁利／傍人籬壁。

自食其言（ㄗˋ ㄕˊ ㄑㄧˊ ㄧㄢˊ）

【釋義】自己把說出來的話吞下去了。食：吞，吃。其：他的。
【出處】尚書・湯誓：「爾無不信，朕不食言。」
【用法】指說了話不算數，不守信用。
【例句】要做一個負責的人，就是應該說話算話，決不能**自食其言**。
【義近】食言而肥／言而無信。
【義反】一諾千金／言必行，行必果／一言既出，駟馬難追／言而有信。

自食其果（ㄗˋ ㄕˊ ㄑㄧˊ ㄍㄨㄛˇ）

【釋義】自己吞下自己所造成的惡果。果：後果，指惡果。
【用法】指自己做了壞事，自己受到損害或懲罰。
【例句】他嗜賭如命，家中財物輸得精光，弄得妻離子散，**自食其果**。
【義近】自作自受／自取其咎／自食惡果／惡有惡報／罪有應得。
【義反】自珍自重／善有善報。

自拔來歸（ㄗˋ ㄅㄚˊ ㄌㄞˊ ㄍㄨㄟ）

【釋義】自拔：自己主動脫離惡劣的環境。來歸：歸向正道。歸：歸順、投降。
【出處】新唐書・李勣傳：「俄爲竇建德所陷，質其父，使復守黎陽，三年，自拔來歸。」
【用法】說明棄暗投明，歸向正義。
【例句】滿清末年，清兵見革命軍聲勢浩大，深得民眾擁護，**自拔來歸**者日益增多。
【義近】棄暗投明／改邪歸正。
【義反】執迷不悟。

自相矛盾（ㄗˋ ㄒㄧㄤ ㄇㄠˊ ㄉㄨㄣˋ）

【釋義】矛：長矛，古代進攻用的武器。盾：盾牌，古代防禦用的武器。爲一寓言故事，見韓非子・難一。
【出處】劉知幾・史通・雜說上：「觀孟堅(班固)紀、志所言，前後自相矛盾者矣。」
【用法】比喻言行不一或互相牴觸。
【例句】他剛說他最近發了一筆大財，等到別人找他借錢時，又說窮得身無分文，簡直是**自相矛盾**。
【義近】自相牴牾／漏洞百出／前後矛盾。
【義反】表裏如一／言行一致／無懈可擊。

自相殘殺（ㄗˋ ㄒㄧㄤ ㄘㄢˊ ㄕㄚ）

【釋義】自己人互相殺害。殘：傷害。
【出處】孟子・離婁上：「國必自伐，而後人伐之。」晉書・石李龍載記下：「八人自相殘害。」
【用法】說明內部不團結，互相爲爭權奪利而攻伐。
【例句】在我國歷史上，爲了爭奪皇位，父子兄弟**自相殘殺**的事屢見不鮮。
【義近】同室操戈／兄弟鬩牆／煮豆燃萁。
【義反】同仇敵愾／團結禦侮／同舟共濟。

自怨自艾（ㄗˋ ㄩㄢˋ ㄗˋ ㄧˋ）

【釋義】自怨：悔恨自己的錯誤。自艾：改正自己的錯誤。艾：通「刈」，割草，喻糾正。
【出處】孟子・萬章上：「太甲

悔過，自怨自艾，於桐處仁遷義。」

【用法】原指懊悔自己的錯誤並加以改正，現在僅指悔恨自己的錯誤，無改正的意思。

【例句】犯了錯誤改正就好，用不著老是**自怨自艾**。

【義近】自嗟自歎／悔恨交加／自譴自責。

【義反】怨天尤人／委過他人。

自討苦吃 ㄗˋ ㄊㄠˇ ㄎㄨˇ ㄔ

【釋義】自己找苦受。討：找，求。

【出處】張岱・陶庵夢憶・朱云崍女戲：「殷殷防護，日夜爲勞，是無知老賤自討苦吃者也。」

【用法】比喻自己找來麻煩或煩惱，也用以形容因自己思慮不周或處理不當而導致不良後果。可用於他人或自己，含有責備後悔的意思。

【例句】我熱心地幫助他，他不但不領情，反而怪我多事，看來我眞是**自討苦吃**。

【義近】自尋煩惱／自詒伊戚／作繭自縛／自作自受。

【義反】全身遠害。

自高自大 ㄗˋ ㄍㄠ ㄗˋ ㄉㄚˋ

【釋義】自覺形象高大。

【出處】顏之推・顏氏家訓・勉學：「見人讀數十卷書，便自高大，凌忽長者，輕慢同列。」

【用法】形容人驕傲狂妄，自以爲了不起。

【例句】他一向認爲**自高自大**的心態將使人窒礙不前，所以他爲人處事十分謙虛謹愼。

【義近】妄自尊大／夜郎自大／自命不凡／驕傲自滿。

【義反】妄自菲薄／謙卑自牧／自暴自棄／自慚形穢／自輕自賤。

自掘墳墓 ㄗˋ ㄐㄩㄝˊ ㄈㄣˊ ㄇㄨˋ

【釋義】自己給自己挖掘墳墓。掘：挖、刨。

【出處】陳壽・三國志・蜀書・先主傳・裴松之注引葛洪・神仙傳：「又作畫一大人，拙地埋之，便逕去。」

【用法】比喻自己的所作所爲，正在斷送自己的前途，爲自己的失敗或滅亡預作準備。

【例句】爲政者若倒行逆施，忽視民意，無異是**自掘墳墓**，自取滅亡。

【義近】自尋死路／自取滅亡。

【義反】全身遠害／自求多福。

自得其樂 ㄗˋ ㄉㄜˊ ㄑㄧˊ ㄌㄜˋ

【釋義】得：得到，體會到。其樂：其中的樂趣。

【出處】朱子全書一七：「如曾點浴沂風雩，自得其樂。」

【用法】說明自己能從中得到樂趣。形容主觀上的滿足，不受外界影響。

【例句】他的工作在別人看來是很枯燥的，但他不僅沒有這樣的感覺，反而**自得其樂**。

【義近】悠然自得／怡然自得／樂在其中。

【義反】自尋煩惱／作繭自縛／自詒伊戚。

自作主張 ㄗˋ ㄗㄨㄛˋ ㄓㄨˇ ㄓㄤ

【釋義】擅自按自己的意見行事。又作「自作主意」。

【出處】元・無名氏・謝金吾三折：「但那楊景是一個郡馬，怎好就是這等自作主張，將他只一刀哈喇了。」

【用法】多指不經上級或別人同意，就擅自處置。

【例句】這股票是我倆合夥買的，你怎能不經我同意，就**自作主張**抛售出去了呢？

【義近】獨斷專行／自行其是／我行我素。

【義反】先意承旨／奉旨行事／唯命是從。

自強不息 ㄗˋ ㄑㄧㄤˊ ㄅㄨˋ ㄒㄧ

【釋義】意謂不斷努力。自強：

自己努力圖強。息：停息。

【出處】周易・乾卦：「天行健，君子以自強不息。」

【用法】形容人自覺向上，努力進取，永不鬆懈。多爲勉勵、鞭策用語。

【例句】春秋時越王句踐臥薪嘗膽，**自強不息**，終於轉弱爲強，一舉打敗了吳王夫差。

【義近】奮發向上／夙夜匪懈／力爭上游／聞雞起舞／發憤圖強／孜孜矻矻。

【義反】得過且過／游手好閒／甘居下游／畏難苟安／自暴自棄。

自給自足 ㄗˋ ㄐㄧˇ ㄗˋ ㄗㄨˊ

【釋義】自己所生產的，足夠自己所需要的。給：供給，供應。

【出處】陳壽・三國志・吳志・步騭傳：「種瓜自給。」列子・黃帝：「不施不惠，而物自足。」

【用法】指依靠自己的生產滿足自己的需要。

【例句】中國固有的**自給自足**經濟形態，支持了滿清政府的閉關自守政策，也造成了滿清政府的昏聵無能。

【義近】家給戶足／自食其力。

【義反】入不敷出／捉襟見肘／寅吃卯糧。

自欺欺人 ㄗˋ ㄑㄧ ㄑㄧ ㄖㄣˊ

【釋義】欺騙自己也欺騙別人。

【出處】朱子語類・大學五：「因說自欺欺人曰：欺人亦是自欺，此又是自欺之甚者。」

【用法】指爲人狡猾，用自己不相信的話去騙人，既欺人，也自欺。

【例句】有些國家高喊裁軍，銷毀核子武器，暗地裏却忙著擴充軍備，簡直是**自欺欺人**。

【義近】掩耳盜鈴／掩目捕雀。

【義反】至誠無昧。

自愧不如 ㄗˋ ㄎㄨㄟˋ ㄅㄨˋ ㄖㄨˊ

【釋義】自覺慚愧不如別人。

【出處】戰國策・齊策一：「明日齊公來，孰視之，自以爲不如。」

【用法】指人能客觀地評估自己，不自以爲是或自以爲強。

【例句】她雖一向以歌喉好而自負，但剛剛聽到新來的歌手演唱後，就馬上有**自愧不如**的感覺。

【義近】自慚形穢／自歎不如／自慚鳩拙／相形見絀。

【義反】自命不凡／自鳴得意／自以爲是／自高自大。

自圓其說 ㄗˋ ㄩㄢˊ ㄑㄧˊ ㄕㄨㄛ

【釋義】圓：圓滿，周全。其說：他的說法。

【出處】李寶嘉・官場現形記五五回：「自圓其說道：『職道的話原是一時愚昧之談，作不得準的。』」

【用法】指說話的人能使自己的論點站得住腳，沒有漏洞。

【例句】他那番話乍聽之下似乎能**自圓其說**，但仔細推敲，就可以發現漏洞百出。

【義近】自找台階。

【義反】自相矛盾／破綻百出／自相牴牾。

自慚形穢 ㄗˋ ㄘㄢˊ ㄒㄧㄥˊ ㄏㄨㄟˋ

【釋義】慚：慚愧。形穢：模樣醜陋。穢：骯髒。

【出處】劉義慶・世說新語・容止：「珠玉在側，覺我形穢。」蒲松齡・聊齋志異・褚遂良：「某自慚形穢。」

【用法】原用以指自己因容貌風度不如別人而感到慚愧，今多泛指自愧不如別人。自卑用語。

【例句】他因爲遭受挫折而**自慚形穢**，做事踟躕不前，我們應當多鼓勵他，使他恢復信心。

【義近】自覺形穢／自愧不如／

自感汗顏／相形見絀。

【義反】妄自尊大／自命不凡／唯我獨尊／唯我至上。

自鳴得意（ㄗˋ ㄇㄧㄥˊ ㄉㄜˊ ㄧˋ）

【釋義】鳴：表示，以為。

【出處】沈德符・萬歷野獲篇卷二五：「揮策四顧，如辛幼安之歌千古江山，自鳴得意。」

【用法】表示自以為了不起，很得意。多用於言談，貶義。

【例句】發表篇小說有什麼稀奇的！看他那**自鳴得意**的樣子，實在令人好笑。

【義近】沾沾自喜／自命不凡／得意洋洋／躊躇滿志／揚揚自得。

【義反】怏怏不樂／自怨自艾／灰心喪氣／自愧不如。

自暴自棄（ㄗˋ ㄅㄠˋ ㄗˋ ㄑㄧˋ）

【釋義】暴：糟蹋，損害。棄：拋棄，鄙棄。

【出處】孟子・離婁上：「自暴者，不可與有言也；自棄者，不可與有為也。」

【用法】由於某種原因，思想上、行動上自己輕視自己，甘於落後或墮落，不求進取。貶義。

【例句】她是個聰明善良的女子，只因為得不到家庭的溫暖，才變得**自暴自棄**。

【義近】妄自菲薄／自輕自賤／甘居下游／自甘墮落。

【義反】自高自大／奮發有為／力爭上游／迎頭趕上／妄自尊大／自強不息。

自顧不暇（ㄗˋ ㄍㄨˋ ㄅㄨˋ ㄒㄧㄚˊ）

【釋義】自顧：自己顧自己。不暇：沒有時間，忙不過來。暇：空閒。

【出處】馮夢龍・東周列國志五回：「州吁自顧不暇，安能害我乎？」

【用法】說明只顧自己還來不及，更沒有力量照顧他人了。

【例句】很抱歉，我最近實在是忙得**自顧不暇**，你託付的事只有過幾天再說吧。

【義近】自身難保／自救不暇。

【義反】捨己為人／先人後己。

臭名遠揚（ㄔㄡˋ ㄇㄧㄥˊ ㄩㄢˇ ㄧㄤˊ）

【釋義】臭名：壞名聲。揚：飛揚、傳播。

【用法】形容令人厭惡的壞名聲傳播得很遠。

【例句】袁世凱當了還不到兩個月的皇帝，便弄得**臭名遠播**，一命嗚呼了。

【義近】臭名昭著／臭名昭彰／臭名遠播／遺臭萬年。

【義反】名滿天下／揚名四海／遐邇聞名／名垂千古。

臭味相投（ㄒㄧㄡˋ ㄨㄟˋ ㄒㄧㄤ ㄊㄡˊ）

【釋義】臭：原指氣味，現為惡臭之意。投：投合。

【出處】馮夢龍・醒世恆言・薛錄事魚服征仙：「這二位官人，為官也都清正，因此臭味相投。」

【用法】原指雙方性格愛好相同，合得來。今多指惡人或作風不正者，結合在一起。

【例句】這兩個人**臭味相投**，幾乎天天膩在一起，到了形影不離的地步。

【義近】氣味相投／沆瀣一氣／同惡相求。

【義反】格格不入／方枘圓鑿／水火不容／薰蕕異器／同牀異夢。

臼部

與人方便，自己方便（ㄩˇ ㄖㄣˊ ㄈㄤ ㄅㄧㄢˋ，ㄗˋ ㄐㄧˇ ㄈㄤ ㄅㄧㄢˋ）

【釋義】與：給。人：別人。

【出處】施惠・幽閨記・皇華悲遇：「自古道：與人方便，自己方便。」

【用法】說明樂於助人者亦得人助。

【例句】俗話說：**與人方便，自己方便**，又用不著你費什麼力氣，不過一句話而已，你就答應了吧。

【義近】助人實助己／善有善報。

【義反】損人利己／惡有惡報。

與人爲善（ㄩˇ ㄖㄣˊ ㄨㄟˊ ㄕㄢˋ）

【釋義】贊助別人做好事。與：贊助。

【出處】孟子・公孫丑上：「取諸人以爲善，是與人爲善者也，故君子莫大乎與人爲善。」

【用法】今用以指善意地幫助別人。

【例句】他一向喜歡**與人爲善**，故有急難時，大家都主動地向他伸出援手。

【義近】成人之美／助人爲樂／爲善最樂。

【義反】袖手旁觀／漠不關心／吝於助人／膜外概置。

與日俱增（ㄩˇ ㄖˋ ㄐㄩˋ ㄗㄥ）

【釋義】隨著時間一同增長。日：時日，時間。俱：一起。

【用法】形容不斷地增加或增長很快。

【例句】環境的污染程度**與日俱增**，各國政府皆應設法解決這刻不容緩的大問題。

【義近】日甚一日／有增無減／有加無已／日增月益。

【義反】日削月朘／每下愈況。

與世浮沉（ㄩˇ ㄕˋ ㄈㄨˊ ㄔㄣˊ）

【釋義】世：世俗，世人。浮沉：上下浮動。

【出處】司馬遷・史記・游俠列傳：「豈若卑倫儕俗，與世浮沉，而取榮名哉。」

【用法】形容隨俗應付，沒有己見或不願堅持己見。

【例句】他做事向來都是**與世浮沉**，根本沒有什麼主見。

【義近】與世偃仰／隨俗浮沉／隨波逐流。

【義反】不隨流俗／不同流俗／獨行其是。

與世無爭（ㄩˇ ㄕˋ ㄨˊ ㄓㄥ）

【釋義】與世人毫無爭執。

【出處】文康・兒女英雄傳一回：「卻倒過得親親熱熱，安安靜靜，與人無患，與世無爭了。」

【用法】形容人已看破紅塵，不與人爭，恬靜自處，安然度日了。

【例句】他早已把名利看透，**與世無爭**，退休後便回鄉與兒孫們住在一起。

【義近】與人無爭／看破紅塵／富貴浮雲。

【義反】鉤心鬥角／追名逐利／明爭暗鬥。

與民同樂（ㄩˇ ㄇㄧㄣˊ ㄊㄨㄥˊ ㄌㄜˋ）

【釋義】與百姓一同娛樂。

【出處】孟子・梁惠王下：「此無他，與民同樂也。」

【用法】今用以指在上位者能與部屬民眾一同歡樂。

【例句】一個好的領導者，不僅要想到**與民同樂**，還要有眞正爲民服務的精神。

【義近】與民同慶。

【義反】作威作福／高高在上。

與虎謀皮（ㄩˇ ㄏㄨˇ ㄇㄡˊ ㄆㄧˊ）

【釋義】同老虎商量，要牠身上的皮。謀：商量。又作「與狐謀皮」。
【出處】太平御覽・符子：「欲為千金之裘，而與狐謀其皮……狐相率逃於重丘之下。」
【用法】比喻所商量的事若危害對方的切身利益，則決無成就。
【例句】要專制統治者放棄他們的特權利益，這無異於**與虎謀皮**。
【義近】緣木求魚。
【義反】輕而易舉／反掌折枝。

與眾不同 ㄩˇ ㄓㄨㄥˋ ㄅㄨˋ ㄊㄨㄥˊ

【釋義】眾：眾人，常人。又作「比眾不同」。
【出處】王充・論衡・骨相：「故富貴之家，役使奴僮，育養牛馬，必有與眾不同者矣。」
【用法】形容獨樹一幟，跟常人不一樣。
【例句】常小姐的穿著打扮**與眾不同**，喜愛標新立異。
【義近】出類拔萃／鶴立雞羣／不同凡響／超羣絕倫。
【義反】不足為奇／平平凡凡／不過爾爾。

興味索然 ㄒㄧㄥˋ ㄨㄟˋ ㄙㄨㄛˇ ㄖㄢˊ

【釋義】興味：興致，趣味。索然：毫無興趣的樣子。
【出處】李中・思九江舊居詩：「門前煙水似瀟湘，放曠優遊興味長。」舊五代史・郭崇韜傳：「牙門索然。」
【用法】形容一點興趣也沒有。
【例句】這篇文章內容空洞，語言枯燥，讀起來**興味索然**。
【義近】索然無味／興致索然／興致全無。
【義反】津津有味／興致盎然／欲罷不能。

興風作浪 ㄒㄧㄥ ㄈㄥ ㄗㄨㄛˋ ㄌㄤˋ

【釋義】意即掀起風浪。作：興起。
【出處】明・無名氏・二郎神鎖齊天大聖二折：「聞知此妖魔有昇霄入地之變化，興風作浪之雄威。」
【用法】比喻藉機生事，挑起是非。
【例句】他們現在已經吵得不可開交了，你還在此**興風作浪**，是唯恐天下不亂嗎？
【義近】掀風鼓浪／興妖作怪／興波作浪／橫生枝節。
【義反】息事寧人／排難解紛／安分守己。

興高采烈 ㄒㄧㄥˋ ㄍㄠ ㄘㄞˇ ㄌㄧㄝˋ

【釋義】興：興致。采：精神。烈：強烈，旺盛。
【出處】劉勰・文心雕龍・體性：「叔夜（嵇康字）儁俠，故興高而采烈。」
【用法】本指文章旨趣高超，富於辭采。今多指興致高昂，情緒熱烈。
【例句】從球場回來的路上，大家**興高采烈**地談論著球隊獲勝的情況。
【義近】興致勃勃／歡天喜地／歡欣鼓舞／手舞足蹈。
【義反】悶悶不樂／鬱鬱寡歡／意興闌珊／長吁短歎／興味索然。

興致勃勃 ㄒㄧㄥˋ ㄓˋ ㄅㄛˊ ㄅㄛˊ

【釋義】興致：情趣。勃勃：精神旺盛的樣子。
【出處】李汝珍・鏡花緣五六回：「誰知他還是興致勃勃……又進去考了一場。」
【用法】形容人興趣很高，興頭很足。
【例句】全家人都**興致勃勃**地聽他講述從大陸探親回來的家鄉見聞。
【義近】興致盎然／津津有味。
【義反】興味闌珊／意興闌珊／意興索然。

興師動眾 ㄒㄧㄥ ㄕ ㄉㄨㄥˋ ㄓㄨㄥˋ

【釋義】興：發動。師：軍隊。眾：指大隊人馬。
【出處】吳子・勵士：「夫發號

布令，而人樂聞；興師動眾，而人樂戰，交兵接刃，而人樂死。」

【用法】原指大規模士兵，現多指動用很多人力。

【例句】這件事只要三、五個人去就可以了，不必這麼**興師動眾**，會把事情搞砸的。

【義近】勞師動眾／小題大作。

【義反】偃旗息鼓。

興師問罪（ㄒㄧㄥ ㄕ ㄨㄣˋ ㄗㄨㄟˋ）

【釋義】興師：出動大規模的軍隊。問罪：聲討其罪。

【出處】沈括・夢溪筆談：「元昊乃改元，……自稱大夏。朝廷興師問罪。」

【用法】原指發兵聲討有罪之人，今則指率眾責問或羣起質問。

【例句】這件事錯不在我，你們却來向我**興師問罪**，也未免太不公平了吧！

【義近】興兵伐罪／問罪秦中／弔民伐罪／聲罪致討。

【義反】握手言和。

興滅繼絕（ㄒㄧㄥ ㄇㄧㄝˋ ㄐㄧˋ ㄐㄩㄝˊ）

【釋義】使滅亡的國家再復興，斷絕的世族再接續。興、繼：均用作動詞。

【出處】論語・堯曰：「興滅國，繼絕世，舉逸民。」司馬遷・史記・三王世家：「尊賢顯功，興滅繼絕。」

【用法】原指復興衰敗滅亡之諸侯國和世族，今泛指使滅亡的事物重新興起。

【例句】對於自己民族的文化，每個人都有**興滅繼絕**的重責大任。

【義近】興亡繼絕／扶衰救亡／救亡圖存。

舉一反三（ㄐㄩˇ ㄧ ㄈㄢˇ ㄙㄢ）

【釋義】舉一例能推知其他。反：類推。

【出處】論語・述而：「舉一隅，不以三隅反，則不復也。」劉知幾・史通斷限：「舉一反三，豈宜若是。」

【用法】比喻一個人善於思考和推理，能從一件事類推而知道其他許多事情。

【例句】這學生很聰明，善於掌握重點，**舉一反三**，所以學業成績很好。

【義近】告往知來／觸類旁通／聞一知十／融會貫通／舉隅反三。

【義反】笨頭笨腦／似懂非懂／不知變通。

舉不勝舉（ㄐㄩˇ ㄅㄨˋ ㄕㄥ ㄐㄩˇ）

【釋義】舉：稱引，提出，舉例。勝：盡。

【用法】形容數量很多，舉例也舉不完。

【例句】他的一生是戰鬥的一生，其英雄事跡與戰功成千上萬，**舉不勝舉**。

【義近】數不勝數／不勝枚舉／不一而足／多如牛毛。

【義反】寥寥無幾／屈指可數／寥若晨星。

舉止風流（ㄐㄩˇ ㄓˇ ㄈㄥ ㄌㄧㄡˊ）

【釋義】舉止：猶舉動，指言談行動。風流：此指儀表、風度。

【出處】魏書・賀狄干傳：「舉止風流，有似儒者。」

【用法】形容人的言談舉止瀟灑有風度。

【例句】他年輕而富於才華，加上**舉止風流**，善於交際，所以在公司裏頗受女士青睞。

【義近】風度翩翩／風流倜儻／溫文儒雅。

【義反】土裏土氣／呆頭呆腦／舉止輕浮。

舉世無雙（ㄐㄩˇ ㄕˋ ㄨˊ ㄕㄨㄤ）

【釋義】全世界找不到第二個。舉：整、全。

【出處】郭勛・英烈傳七十回：「歷年積久何曾老，舉世無雙英漫誇。」

【用法】說明極其珍貴稀有，世上無可與之比擬。
【例句】這位女雜技演員的演技，已到爐火純青，**舉世無雙**的地步。
【義近】蓋世無雙／獨一無二／無與倫比／並世無兩。
【義反】無獨有偶。

舉世聞名 ㄐㄩˇ ㄕˋ ㄨㄣˊ ㄇㄧㄥˊ

【釋義】舉世：全世界。聞名：著名，著稱。
【出處】顏之推·顏氏家訓·雜藝：「王逸少風流才士，蕭散名人，舉世唯知其書，翻以能自蔽也。」
【用法】形容非常著名，全世界都知道。
【例句】中國的象牙雕刻、絲綢綾羅等許多產品，**舉世聞名**，暢銷世界各地。
【義近】聞名遐邇／名揚中外／蜚聲國際／譽滿全球。
【義反】沒沒無聞／無聲無臭／名不出村。

舉世矚目 ㄐㄩˇ ㄕˋ ㄓㄨˇ ㄇㄨˋ

【釋義】全世界都注視著。矚目：同「屬目」，注視。
【出處】宋書·張暢傳：「舉哀畢，改服著黃韋袴，出射堂簡人，音儀容止，眾皆矚目。」
【用法】形容某一事件受到世人的普遍關注。
【例句】我國經濟近四十年來的飛速發展奇蹟，成了**舉世矚目**的焦點。
【義近】世人關注／世人側目。
【義反】無足輕重。

舉目無親 ㄐㄩˇ ㄇㄨˋ ㄨˊ ㄑㄧㄣ

【釋義】擡起眼睛看不到一個親人。舉：擡。
【出處】蘇軾·與康公操都官書：「鄉人至此者絕少，舉目無親故。」
【用法】多用以形容人身處異鄉、人地生疏，無親無友。
【例句】他從大陸偷渡到了美國，**舉目無親**，一年多來，工作不順遂，生活無著，只好自首接受遣返。
【義近】飄零他鄉／流落異鄉／無依無靠／孤苦伶仃／無親無故／煢煢孑立。
【義反】高朋滿座／六親相助／三親六眷／骨肉團聚。

舉足輕重 ㄐㄩˇ ㄗㄨˊ ㄑㄧㄥ ㄓㄨㄥˋ

【釋義】一舉足就影響兩邊的分量輕重。舉足：擡腳。
【出處】後漢書·竇融傳：「蜀漢相攻，權在將軍，舉足左右，便有輕重。」
【用法】比喻所處地位重要，一舉一動都關係到全局。
【例句】在野黨這次得的選票不少，在組建新政府的過程中有**舉足輕重**的地位。
【義近】一柱擎天／旋乾轉坤。
【義反】微不足道／無足輕重／無關大局。

舉案齊眉 ㄐㄩˇ ㄢˋ ㄑㄧˊ ㄇㄟˊ

【釋義】把托盤舉得和眉毛齊高。案：盛食品的有腳托盤。
【出處】後漢書·梁鴻傳：「每歸，妻爲具食，不敢於鴻前仰視，舉案齊眉。」
【用法】原指妻子對丈夫的尊敬，現多用以形容夫妻相敬有禮。
【例句】他們夫妻**舉案齊眉**，恩恩愛愛的過了二十多年，眞是令人羨慕。
【義近】琴瑟和鳴／相敬如賓／鴻案相莊／魚水和諧。
【義反】分釵破鏡／永斷葛藤。

舉直錯枉 ㄐㄩˇ ㄓˊ ㄘㄨㄛˋ ㄨㄤˇ

【釋義】舉用正直而罷黜邪曲的人。
【出處】論語·爲政：「舉直錯諸枉，則民服。」
【用法】形容居上位者能舉用賢能，捨棄小人，可用此語。

【例句】 由於主管**舉直錯枉**，整個公司建立了良好的風氣。

【義近】 惟才是用／玉尺量才／選賢與能／優劣得所／量材錄用／舉善荐賢／知人善任／因任授官。

【義反】 大材小用／任人唯親／賣官鬻爵。

舉棋不定 ㄐㄩˇ ㄑㄧˊ ㄅㄨˋ ㄉㄧㄥˋ

【釋義】 拿起棋子不知下哪一著才好。舉：古作「與」。

【出處】 左傳・襄公二五年：「弈者舉棋不定，不勝其耦。」

【用法】 比喻做事猶豫不決，拿不定主意。

【例句】 性格果斷的人，即使遇到再麻煩的事，也不會**舉棋不定**，左右爲難。

【義近】 遲疑不決／優柔寡斷／游移不定／猶豫不決。

【義反】 當機立斷／堅決果斷／慎謀能斷。

舊病復發 ㄐㄧㄡˋ ㄅㄧㄥˋ ㄈㄨˋ ㄈㄚ

【釋義】 老病又發了。舊病：老毛病。復：又。

【出處】 晉書・郭舒傳：「平子以卿病狂，故掐鼻灸眉頭，舊病復發邪？」

【用法】 指老毛病又發作了。也比喻原有的錯誤或壞習氣又重新衍生。

【例句】 他今天**舊病復發**，調戲婦女，被人狠狠揍了一頓。

【義近】 故態復萌／故技重施／舊念復萌。

【義反】 棄舊圖新／棄惡向善／病根痊癒。

舊瓶新酒 ㄐㄧㄡˋ ㄆㄧㄥˊ ㄒㄧㄣ ㄐㄧㄡˇ

【釋義】 在舊瓶子裏裝入新釀的酒。又作「舊瓶裝新酒」。

【用法】 比喻用舊的形式表現新的內容。（多指文藝）

【例句】 在平劇界有人試用**舊瓶新酒**的方式，以故有的唱腔和形式來表演當前的現實生活。

【義近】 舊曲新詞。

舊恨新愁 ㄐㄧㄡˋ ㄏㄣˋ ㄒㄧㄣ ㄔㄡˊ

【釋義】 原有的遺憾，新增的愁苦。恨：遺恨。

【出處】 王實甫・西廂記四本折：「斜月殘燈，半明不滅。舊恨新愁，連綿鬱結。」

【用法】 指不愉快的事接連發生，聚合在一起。形容積累的愁怨很多。

【例句】 她剛才與丈夫吵架後，**舊恨新愁**一起湧上心頭，不覺傷心得大哭起來。

【義近】 今愁古恨／舊愁新恨。

舌部

舌敝脣焦 ㄕㄜˊ ㄅㄧˋ ㄔㄨㄣˊ ㄐㄧㄠ

【釋義】 說話說得舌頭都破了，嘴脣都乾了。敝：破損。焦：乾。

【出處】 戰國策・秦策一：「舌敝耳聾，不見成功。」司馬遷・史記・仲尼弟子列傳：「痛入於骨髓，日夜焦脣乾舌。」

【用法】 形容費盡脣舌，不厭其煩地勸說教導。

【例句】 她年紀輕輕的，卻要嫁給一個年老富商，大家勸得**舌敝脣焦**，還是阻擋不了。

【義近】 脣焦口燥／口燥喉乾／費盡口舌。

【義反】 一言不發。

舍己芸人 ㄕㄜˇ ㄐㄧˇ ㄩㄣˊ ㄖㄣˊ

【釋義】謂捨棄自己的田地不顧，而幫別人的田地芸草。
【出處】孟子・盡心：「人病舍其田而芸人之田；所求於人者重，而自任者輕。」
【用法】用以形容不自修而責求於人。
【例句】君子躬自厚而薄責於人，小人**舍己芸人**，是以成就迥異。
【義近】待己也廉，責人也詳。
【義反】躬自厚而薄責於人／嚴以律己，寬以待人。

舍己爲人 ㄕㄜˇ ㄐㄧˇ ㄨㄟˋ ㄖㄣˊ

【釋義】舍：放棄。爲：幫助。
【出處】論語・先進：「吾與點也。」朱熹注：「曾點之學……初無舍己爲人之意。」
【用法】形容人品德高尚，捨棄自己的利益而去幫助別人。
【例句】他能**舍己爲人**，經常利用休息時間，爲其他同學補習功課。
【義近】舍己救人／舍生救人／爲人忘己。
【義反】損人利己／損公肥私／虧人益己。

舍己從人 ㄕㄜˇ ㄐㄧˇ ㄘㄨㄥˊ ㄖㄣˊ

【釋義】舍：放棄。從：依從，服從。
【出處】尚書・大禹謨：「稽於眾，舍己從人。」疏：「考於眾言，觀其是非。舍己之非，從人之是。」
【用法】形容人能放棄己見，服從公論。
【例句】在意見不一致時，應虛心聽取別人的意見，若自己有錯，則應**舍己從人**，不能固執己見。
【義近】舍非從是／從善如流。
【義反】固執己見／頑固自守。

舍本逐末 ㄕㄜˇ ㄅㄣˇ ㄓㄨˊ ㄇㄛˋ

【釋義】拋棄根本的、主要的，追求枝節的、次要的。本：根本。逐：追求。末：枝節。
【出處】賈思勰・齊民要術序：「舍本逐末，賢者所非。」
【用法】比喻輕重主次顛倒，不去抓根本，卻在枝節問題上下功夫。
【例句】如果寫文章只追求形式而不注重內容，那是**舍本逐末**的愚蠢做法。
【義近】舍本事末／背本趨末／買櫝還珠／本末倒置。

舍生忘死 ㄕㄜˇ ㄕㄥ ㄨㄤˋ ㄙˇ

【釋義】意即不把個人的生死放在心上。
【出處】周文質・鬥鵪鶉自悞：「想爵羣高，性命危，一個個舍生忘死，爭宣競敕。」
【用法】多用以形容人爲了某種事業，置生死於度外。
【例句】滿清末年，革命黨人爲了推翻專制政府，**舍生忘死**，前仆後繼。
【義近】奮不顧身／視死如歸。
【義反】苟且偷生／貪生怕死／苟全性命。

舍生取義 ㄕㄜˇ ㄕㄥ ㄑㄩˇ ㄧˋ

【釋義】舍生：犧牲生命。取義：求取正義。
【出處】孟子・告子上：「生亦我所欲也，義亦我所欲也，二者不可得兼，舍生而取義者也。」
【用法】稱揚人輕生重義，爲了正義而不惜犧牲。
【例句】無數先烈爲了國家民族利益而**舍生取義**的崇高道德，永遠值得我們學習。
【義近】殺身成仁／舍身爲國／殉義忘生／爲國捐軀。
【義反】貪生舍義／賣國求榮／苟且偷生／貪生怕死。

舍我其誰（ㄕㄜˇ ㄨㄛˇ ㄑㄧˊ ㄕㄨㄟˊ）

【釋義】意謂除我之外，沒有誰能擔此大任。

【出處】孟子・公孫丑下：「如欲平治天下，當今之世，舍我其誰也？」

【用法】表示其人自視甚高，自任極重。有時也用以表示自告奮勇承擔任務。

【例句】老實說，要做這種冒險的事，**舍我其誰**，你們這些畏事怕死的人行嗎？

【義近】責無旁貸／非我莫屬。

舍近謀遠（ㄕㄜˇ ㄐㄧㄣˋ ㄇㄡˊ ㄩㄢˇ）

【釋義】舍近：忽略切近的。謀遠：謀求高遠的。

【出處】後漢書・臧宮傳：「舍近謀遠者，勞而無功；舍遠謀近者，逸而有終。」

【用法】說明所求不切合實際，顯得迂拙。

【例句】你攻讀漢學，不去大陸、日本，而去美國，這實在是**舍近謀遠**的笨拙之舉。

【義近】舍近求遠／舍親謀疏。

舍舊謀新（ㄕㄜˇ ㄐㄧㄡˋ ㄇㄡˊ ㄒㄧㄣ）

【釋義】意謂放棄舊的，一心一意去謀求新的。

【出處】左傳・僖公二八年：「楚師背酅而舍，晉侯患之。聽輿之誦曰：『原田每每，舍其舊而新是謀。』」

【用法】指放棄舊的一套，另謀新法以求發展。

【例句】你既然對教書毫無興趣，那就及早**舍舊謀新**，另尋職業。

【義近】除舊布新／棄舊圖新。

【義反】故步自封／食古不化／抱殘守缺。

舛部

舞文弄法（ㄨˇ ㄨㄣˊ ㄋㄨㄥˋ ㄈㄚˇ）

【釋義】戲弄法令條文。舞、弄：玩弄。文、法：法令條文。

【出處】司馬遷・史記・貨殖列傳：「吏士舞文弄法，刻章僞書，不避刀鋸之誅者，沒於賂遺也。」

【用法】指利用法令條文爲奸作弊。

【例句】他身爲法官，卻常常**舞文弄法**，最後終爲法律所制裁。

【義近】舞文玩法／枉法循私。

【義反】執法如山／奉公守法。

舞文弄墨（ㄨˇ ㄨㄣˊ ㄋㄨㄥˋ ㄇㄛˋ）

【釋義】舞、弄：玩弄，耍弄。文、墨：指文筆。

【出處】隋書・王充傳：「明習法令，而舞弄文墨，高下其心。」

【用法】今多用以指玩弄文字技巧，有時也指以文詞歪曲事實。

【例句】①寫作要嚴肅認眞，不能**舞文弄墨**，盡寫浮豔文章。②他這人吃飽了沒事幹，盡搞些**舞文弄墨**的事害人。

【義近】咬文嚼字／吟風弄月／雕章琢句。

【義反】鋪錦列繡／揚葩振藻／錯彩鏤金。

艮部

良辰美景

【釋義】良辰：美好的時光。美景：優美的風景。
【出處】謝靈運・擬魏太子鄴中集詩序：「天下良辰美景，賞心樂事，四者難並。」
【用法】形容時光美好，景色宜人。
【例句】又到了春暖花開的時節，想要旅遊就趁早，千萬別辜負了這**良辰美景**。
【義近】春暖花開／花好月圓／春花秋月／花朝月夕／月滿花香。
【義反】滿目荊榛／花殘月缺。

良知良能

【釋義】指人天賦的道德觀念和能力。良：善。
【出處】孟子・盡心上：「人之所不學而能者，其良能也；所不慮而知者，其良知也。」
【用法】今多用以表示人已具備的知識水準和實際能力。
【例句】每個人都發揮自己的**良知良能**，社會將更加和諧進步。

良金美玉

【釋義】像金、玉一樣的美好。良：美好。
【出處】新唐書・王勃傳：「李嶠、崔融、薛稷、宋之問之文，如良金美玉，無施不可。」
【用法】比喻文章的盡善盡美，也用以比喻美好的事物。
【例句】李白、杜甫的詩歌，首首佳作，眞可以說是**良金美玉**。
【義近】良金璞玉／白璧無瑕／金相玉質。
【義反】糞土泥沙／破銅爛鐵。

良師益友

【釋義】良：好。益：有益，有幫助。
【出處】彭養鷗・黑籍冤魂二十回：「雖然有那良師益友，苦心婆心的規勸，却總是耳邊風。」
【用法】使人得到教益和幫助的好老師和好朋友。用於對人的評價，有稱頌之意。
【例句】有讀者來信說，這本辭典是他生活中的**良師益友**。
【義近】良朋益友／嚴師諍友。
【義反】酒肉朋友／狐羣狗黨。

良莠不齊

【釋義】良：善良，比喻好的。莠：狗尾草，一種混和禾苗中的野草，樣子很像穀子，比喻壞的。
【出處】詩經・小雅・大田：「不稂不莠。」文康・兒女英雄傳四十回：「無如眾生賢愚不等，也就如五谷良莠不齊。」
【用法】指一羣人中有好的強的，也有壞的或差的。用於人或事物。
【例句】人總是有好有壞，有強有弱，**良莠不齊**是正常現象，怎能用同一尺度去衡量人呢？
【義近】參差不齊／蘭艾難分／魚龍混雜／牛驥同皁／清濁同流。
【義反】整齊畫一。

良賈深藏若虛

【釋義】良賈：好的商人。賈：坐商，此泛指商人。深藏若虛：深藏不露，好像很空虛的樣子。
【出處】司馬遷・史記・老莊申韓列傳：「老子曰：『吾聞之，良賈深藏若虛，君子盛德容貌若愚。』」
【用法】比喻賢者深藏其才華，不炫耀於外。

【例句】**良賈深藏若虛**，一個眞正有才華的賢人，是決不會自吹自擂，到處炫耀的。

【義近】賢者藏才／大智若愚／大巧若拙／深藏不露。

【義反】露才揚己／鋒芒畢露／英華外發。

良藥苦口 ㄌㄧㄤˊ ㄧㄠˋ ㄎㄨˇ ㄎㄡˇ

【釋義】好的藥味苦難飲。

【出處】孔子家語・六本：「孔子曰：『良藥苦口而利於病，忠言逆耳而利於行。』」

【用法】比喻忠告的言語雖難聽，却大有益處。用於規勸他人。

【例句】我這番話雖然尖銳了些，但**良藥苦口**，對你是有幫助的，望認眞思考。

【義近】忠言逆耳。

艱苦奮鬥 ㄐㄧㄢ ㄎㄨˇ ㄈㄣˋ ㄉㄡˋ

【釋義】艱苦：艱難困苦。奮鬥：盡力戰鬥，奮勇鬥爭。

【出處】宋史・吳璘傳・附吳挺：「金人捨騎，操短兵奮鬥。」

【用法】形容不怕艱難困苦，奮發向前，堅持理想。

【例句】臺灣經過全體人民幾十年的**艱苦奮鬥**，才有今天的繁榮昌盛。

【義近】奮發圖強／勵精圖治／辛勤努力。

【義反】苟且度日／飽食終日／得過且過。

艱難竭蹶 ㄐㄧㄢ ㄋㄢˊ ㄐㄧㄝˊ ㄐㄩㄝˊ

【釋義】艱難：艱苦困難。竭蹶：力盡顚仆，此指資財缺乏。

【出處】詩經・小雅・白華：「天步艱難，之子不猶。」荀子・儒效：「故近者歌謳而樂之，遠者竭蹶而趨之。」

【用法】形容收入少，生活非常艱難困苦。

【例句】他在**艱難竭蹶**之中，決心奮發圖強，擺脫貧困的命運。

【義近】飢寒交迫／饔飧不繼／惡衣惡食。

【義反】錦衣玉食／飽食暖衣／豐衣足食。

艱難險阻 ㄐㄧㄢ ㄋㄢˊ ㄒㄧㄢˇ ㄗㄨˇ

【釋義】險阻：險惡和阻礙。

【出處】左傳・僖公二八年：「晉侯在外，十九年矣，而果得晉國，險阻艱難，備嘗之矣。」

【用法】指前進道路上的困難、危險和阻礙。

【例句】任何一種創新的工作，在前進中一定會有**艱難險阻**，但要有毅力，肯動腦筋想辦法，總是可以克服的。

【義近】千迴百折／荊棘蹇途／荊天棘地。

【義反】一帆風順／暢通無阻。

色部

色衰愛弛 ㄙㄜˋ ㄕㄨㄞ ㄞˋ ㄕˇ

【釋義】色衰：美貌衰減。愛弛：寵愛減弱。弛：減弱。

【出處】司馬遷・史記・呂不韋傳：「以色事人者，色衰而愛弛。」

【用法】指女子因容顏衰減而失寵。

【例句】古代宮廷裏，有多少女子因**色衰愛弛**而被冷落，眞是可憐。

【義近】色衰見棄／秋扇見捐／打落冷宮。

【義反】寵愛有加。

色厲內荏 ㄙㄜˋ ㄌㄧˋ ㄋㄟˋ ㄖㄣˇ

【釋義】色：神色。厲：猛烈，凶猛。荏：軟弱。

【出處】論語・陽貨：「色厲而

內荏，譬諸小人，其猶穿窬之盜也與！」

【用法】形容外表強硬，內心軟弱；貌似強硬，實則怯懦。多用於人、團體、國家，有揭發、輕視的意思。

【例句】你不要看他氣勢洶洶的樣子，其實，他**色厲內荏**，沒有什麼好怕的！

【義近】外強中乾／虎皮羊質／魚質龍文／橐蒙虎皮。

【義反】外柔內剛／外圓內方。

艸部

芒刺在背（ㄇㄤˊ ㄘˋ ㄗㄞˋ ㄅㄟˋ）

【釋義】像有芒和刺扎在背上一樣。芒：穀類種子殼上的細刺。

【出處】漢書・霍光傳：「宣帝始立，謁見高廟，大將軍（霍）光從驂乘，上內憚之，若有芒刺在背。」

【用法】比喻惶恐不安。

【例句】他只要和師長在一起，就顯得非常拘謹，如**芒刺在背**，坐立不安。

【義近】如坐針氈／坐立不安。

【義反】泰然自若／行若無事／氣定神閒。

芸芸眾生（ㄩㄣˊ ㄩㄣˊ ㄓㄨㄥˋ ㄕㄥ）

【釋義】佛教指一切有生命的東西。芸芸：眾多的樣子。眾生：泛指有生命者。

【出處】老子一六章：「夫物芸芸，各復歸其根。」秋瑾・光復軍起義檄稿：「芸芸眾生，孰不愛生。」

【用法】多用以指平凡大眾

【例句】在**芸芸眾生**中，要找一個真心相繫的伴侶，豈是容易的事。

【義近】一切眾生／茫茫人海。

花天酒地（ㄏㄨㄚ ㄊㄧㄢ ㄐㄧㄡˇ ㄉㄧˋ）

【釋義】花天、酒地：皆指聲色逸樂場所。花：比喻美女，也指妓女。

【出處】李寶嘉・官場現形記二七回：「到京之後，又復花天酒地，任意招搖。」

【用法】多用以形容吃喝玩樂的奢侈糜爛生活。

【例句】他成天和狐羣狗黨聚集在一起，**花天酒地**鬼混，怎麼會有長進？

【義近】醉生夢死／燈紅酒綠／紙醉金迷／縱情聲色／聲色犬馬／窮奢極欲。

【義反】克勤克儉／奮發圖強／布衣蔬食／節衣縮食。

花好月圓（ㄏㄨㄚ ㄏㄠˇ ㄩㄝˋ ㄩㄢˊ）

【釋義】意謂花正開，月正圓。

【出處】晁端禮・行香子別恨詞：「莫思身外，且鬪尊前，願花長好，人長健，月長圓。」

【用法】常用作祝人生活幸福，婚姻美滿之詞。

【例句】今天來參加王先生的婚禮，特祝你們夫妻恩愛，**花好月圓**。

【義近】鸞鳳和鳴／鴛鴦雙飛。

【義反】花殘月缺／勞燕分飛／琴瑟不調。

花有重開日，人無再少年（ㄏㄨㄚ ㄧㄡˇ ㄔㄨㄥˊ ㄎㄞ ㄖˋ，ㄖㄣˊ ㄨˊ ㄗㄞˋ ㄕㄠˋ ㄋㄧㄢˊ）

【釋義】花兒凋謝後還有再開之時，而人老了卻不可能返老還童。

【出處】岳伯川・鐵拐李：「花有重開日，人無再少年，休道黃金貴，安樂最値錢。」

【用法】說明青春寶貴，不可等閒虛度。

【例句】**花有重開日，人無再少年**，我們應把握青春年華奮發圖強，努力上進。

【義近】花無百日紅，人無百日好。

花言巧語（ㄏㄨㄚ ㄧㄢˊ ㄑㄧㄠˇ ㄩˇ）

【釋義】花言：鋪張不實之言。巧語：討好人的巧妙言語。

【出處】朱子語類論語三：「據某所見，巧言即今所謂花言巧語，如今世舉子弄筆端，做文字者便是。」

【用法】指騙人的虛假而動聽的話。

【例句】他最擅長以**花言巧語**騙取女孩子的愛情，你可要千萬小心啊！

【義近】甜言蜜語／虛情假意／巧言如簧／糖舌蜜口。

【義反】逆耳忠言／笨嘴拙舌／言訥詞直／拙口鈍腮／由衷之言。

花花太歲（ㄏㄨㄚ ㄏㄨㄚ ㄊㄞˋ ㄙㄨㄟˋ）

【釋義】花花：此有華而不實之意。太歲：木星，所經行的方向爲凶方。

【出處】關漢卿・望江亭二折：「花花太歲爲第一，浪子喪門世無對，街下下民聞我怕，只我是勢力竝行楊衙內。」

【用法】指橫行霸道的紈袴子弟。

【例句】你父親雖然有權有勢，但決不會容許你像古代**花花太歲**那樣胡作非爲！

【義近】花花公子／紈袴子弟。

【義反】貧寒子弟／窮巷之士。

花花世界（ㄏㄨㄚ ㄏㄨㄚ ㄕˋ ㄐㄧㄝˋ）

【釋義】花花：此有繁華鬧熱之意。

【出處】華嚴經：「一花一世界，一葉一如來。」李汝珍・鏡花緣四回：「眞正錦繡乾坤，花花世界。」

【用法】指繁華世界或尋歡作樂的場所。

【例句】他與我自小在一起長大，感情十分融洽，誰知他到了臺北這個**花花世界**後，就變了！

【義近】錦繡乾坤／大千世界／三街六巷。

【義反】世外桃源。

花枝招展（ㄏㄨㄚ ㄓ ㄓㄠ ㄓㄢˇ）

【釋義】招展：形容迎風擺動的樣子。

【出處】笑笑生・金瓶梅四五回：「銀兒連忙花枝招颭（展），繡帶飄飄，插燭也是與李瓶兒磕了四個頭。」

【用法】本形容花兒美麗，也用以形容婦女打扮得十分艷麗。「招展」二字，特用來形容走路姿態。

【例句】她打扮得**花枝招展**，到處招蜂惹蝶，大概不是什麼正經女人。

【義近】巧扮濃抹／粉粧玉琢／花紅柳綠／珠圍翠繞／濃裝豔抹。

【義反】荊釵布裙／衣著樸素。

花紅柳綠（ㄏㄨㄚ ㄏㄨㄥˊ ㄌㄧㄡˇ ㄌㄩˋ）

【釋義】像花一樣的紅，像柳一樣的綠。

【出處】承班・生查子：「花紅柳綠間晴空。」

【用法】指明媚的春色，也用以形容色彩鮮艷紛繁。

【例句】①一到春天，公園裏**花紅柳綠**，像一幅畫一樣。②大街上到處**花紅柳綠**，顯得既熱鬧又美觀。

【義近】花團錦簇／花光柳影／萬紫千紅。

【義反】花殘葉落／枯枝敗葉／衰敗凋零／草木黃落／秋意蕭條。

花前月下 ㄏㄨㄚ ㄑㄧㄢˊ ㄩㄝˋ ㄒㄧㄚˋ

【釋義】在鮮花之前，在月光之下。

【出處】許碏・醉吟詩：「閬苑花前是醉鄉。」李白・清平調：「若非羣玉山頭見，會向瑤臺月下逢。」

【用法】指男女談情說愛的場所。

【例句】人生匆匆，苦日良多，能擁有**花前月下**的美麗片刻，也足以成爲永恒的回憶。

花容月貌 ㄏㄨㄚ ㄖㄨㄥˊ ㄩㄝˋ ㄇㄠˋ

【釋義】如鮮花一般的容色，像媚月一樣的面貌。

【出處】吳承恩・西遊記六二回：「那公主花容月貌，有二十分人才。」

【用法】形容女子貌美。

【例句】這個**花容月貌**的女子，有著一顆菩薩心腸，大概是天上仙女下凡來。

【義近】仙姿玉貌／閉月羞花／沉魚落雁／艷如桃李。

【義反】貌似無鹽／其貌不揚／嫫母倭傀。

花朝月夕 ㄏㄨㄚ ㄓㄠ ㄩㄝˋ ㄒㄧˋ

【釋義】有花的早晨，有月的夜晚。

【出處】舊唐書・羅弘信傳附羅威：「每花朝月夕，與賓佐賦詠，甚有情致。」

【用法】比喻良辰美景。形容美好的時光和景物，又特指農曆二月十五日（花朝）及八月十五日（月夕）。

【例句】人生**花朝月夕**的時刻不多，若不及時把握行樂，錯過就難尋了。

【義近】花晨月夜／花好月圓／春花秋月／良辰美景。

【義反】黑天暗地／花殘月缺／蔓草寒煙。

花裏胡哨 ㄏㄨㄚ ㄌㄧˇ ㄏㄨˊ ㄕㄠˋ

【釋義】又作「花狸狐哨」、「花麗狐哨」、「花藜胡哨」。

【出處】吳承恩・西遊記一二回：「我家是清涼瓦屋，不像這個害黃病的房子，花狸狐哨的門扇。」

【用法】形容色彩鮮艷雜亂不協調，也比喻講究浮華、不務實際。貶義。

【例句】她經常穿得**花裏胡哨**的，自以爲很美，其實是俗不可耐。

【義近】花團錦簇／色彩繽紛／濃粧豔抹。

【義反】樸素無華／色調單一。

花團錦簇 ㄏㄨㄚ ㄊㄨㄢˊ ㄐㄧㄣˇ ㄘㄨˋ

【釋義】錦：有彩色花紋的絲織品。簇：聚集成團。

【出處】吳敬梓・儒林外史三回：「自古道：『人逢喜事精神爽。』那七篇文字，做的花團錦簇一樣。」

【用法】形容色彩繽紛、鮮艷華麗的景象。

【例句】那一大片海棠，到三四月間，形成一片花海，眞是**花團錦簇**，美不勝收。

【義近】繁花似錦／萬紫千紅／姹紫嫣紅。

【義反】百花凋零／樸素無華／綠肥紅瘦。

芙蓉出水 ㄈㄨˊ ㄖㄨㄥˊ ㄔㄨ ㄕㄨㄟˇ

【釋義】芙蓉：荷花的別名。

【出處】鍾嶸・詩品・中：「謝（靈運）詩如芙蓉出水，顏（延之）詩如錯采鏤金。」

【用法】比喻清新秀麗。形容文章不凡或美女清新脫俗。

【例句】①他這篇文章確實寫得好，有如**芙蓉出水**，玲瓏清新。②張小姐長得有如**芙蓉出水**，十分秀麗可愛。

【義近】桃李吐芳／牡丹顯豔。

芙蓉如面 ㄈㄨˊ ㄖㄨㄥˊ ㄖㄨˊ ㄇㄧㄢˋ

【釋義】意即面如芙蓉。芙蓉：荷花。

【出處】白居易・長恨歌：「芙

蓉如面柳如眉，對此如何不淚垂。」

【用法】形容女子面容嬌豔美麗。

【例句】那位扮演楊貴妃的演員，的確是**芙蓉如面**，美麗極了。

【義近】豔如桃李／面容如玉／仙姿玉貌。

【義反】其貌不揚／貌似無鹽。

苟且偷生 ㄍㄡˇ ㄑㄧㄝˇ ㄊㄡ ㄕㄥ

【釋義】苟且：得過且過。偷生：馬虎活著。

【出處】漢書・宣帝紀：「上下相安，莫有苟且之意也。」杜甫・石壕吏詩：「存在且偷生，死者長已矣。」

【用法】形容馬虎度日。勉強存活，意志消沉，不思進取，用於渾噩或忍辱活命的人。貶義。

【例句】你未來的日子還長得很，不能再這樣**苟且偷生**，應立即振作精神，奮發向上。

【義近】得過且過／苟延殘喘／因循苟且／苟且偷安。

【義反】銳意進取／勵精圖治／奮發圖強。

苟且偷安 ㄍㄡˇ ㄑㄧㄝˇ ㄊㄡ ㄢ

【釋義】苟且：得過且過。偷安：只顧目前的安逸，不顧將來。又作「偷安苟取」。

【出處】朱熹・乞蠲減星子縣稅錢第二狀：「其幸存者，亦皆苟且偷安，不爲子孫長久之慮。」

【用法】指不圖振作，只求眼前的安寧。用於個人或政權。貶義。

【例句】我們決不能**苟且偷安**，一定要自強不息，實現統一祖國的大業。

【義近】得過且過／苟安旦夕／苟且度日／玩歲愒日。

【義反】日進月長／奮發向上／自強不息。

苟全性命 ㄍㄡˇ ㄑㄩㄢˊ ㄒㄧㄥˋ ㄇㄧㄥˋ

【釋義】姑且保全性命。

【出處】諸葛亮・前出師表：「臣本布衣，躬耕於南陽，苟全性命於亂世，不求聞達於諸侯。」

【用法】說明生活於亂世保全性命之不易。

【例句】在政局動盪的國家裏，一般民眾能**苟全性命**就算是大幸特幸了。

【義近】苟延殘喘／苟延日月。

【義反】不苟倖生／臨難不苟。

苟合取容 ㄍㄡˇ ㄏㄜˊ ㄑㄩˇ ㄖㄨㄥˊ

【釋義】苟合：隨便附和。取容：求得容身。

【出處】司馬遷・報任少卿書：「四者無一遂，苟合取容，無所短長之效，可見於此矣。」

【用法】形容苟且迎合時勢以求容身，不想或無法有所作爲。用於個人或國家。貶義。

【例句】在專制政府的統治下，有志之士也只能**苟合取容**，根本無法施展自己的才華。

【義近】阿世苟合／阿黨相容／與世浮沉。

【義反】剛正不阿／鷙鳥不羣。

苟延殘喘 ㄍㄡˇ ㄧㄢˊ ㄘㄢˊ ㄔㄨㄢˇ

【釋義】苟延：勉強延續。殘喘：臨死前的喘息。

【出處】俞琰・席上腐談：「愚少也多病，羸不勝衣，所以苟延殘喘而至今不死，亦參同契之力也。」

【用法】用於人表示暫時勉強維持生存，用於組織、軍隊、政權時，比喻勉強維持即將崩潰的殘局。貶義。

【例句】這幾個歹徒已被警察緊緊包圍，却仍不肯投降，還在**苟延殘喘**的作絕望掙扎。

【義近】垂死掙扎／苟延日月／苟且偷生。

【義反】不苟幸生／臨難不苟／

不苟倖生。

苛政猛於虎

【釋義】苛政：繁碎、殘酷的政令。一說「政」通「徵」，指繁重的雜稅及勞役。於：介詞，比。

【出處】禮記・檀弓下：「夫子曰：『小子識之，苛政猛於虎也。』」

【用法】比喻暴政苛稅比老虎還凶猛，使百姓痛苦不堪。

【例句】所有執政的人，都應牢記**苛政猛於虎**這句話，以免爲政不仁。

【義近】橫征暴斂／苛捐雜稅／洪水猛獸／賦斂之毒甚於蛇。

【義反】輕徭薄賦／仁者無敵。

苛捐雜稅

【釋義】苛：苛刻。雜：繁雜。

【用法】指專制政府統治下巧立名目，向百姓收取苛刻繁重的捐稅。

【例句】滿淸末年，老百姓實在無法承受名目繁多的**苛捐雜稅**，只好鋌而走險。

【義近】橫征暴斂／急征重斂。

【義反】輕徭薄賦／免征賦稅。

苦口婆心

【釋義】苦口：不辭辛苦地反覆勸說。婆心：老婆婆的心腸，指善意。

【出處】文康・兒女英雄傳一六回：「這等人若不得個賢父兄，良師友，苦口婆心的成全他……。」

【用法】形容善意而誠懇地再三勸說。

【例句】老師這樣**苦口婆心**地勸導你，你應該趕快醒悟，好好認眞學習才對。

【義近】語重心長／耳提面命／懇切叮嚀。

苦心孤詣

【釋義】苦心：費盡心思。孤詣：別人所達不到的，即獨到。詣：到。

【出處】翁方綱・格調論・下：「今且勿以意匠之獨運者言之，且勿以苦心孤詣戛戛獨造者言之……。」

【用法】指用心深苦，終獲得了獨有的成就。用於研究、創作，有稱頌之意。用於爲某事費心機時則含貶義。

【例句】他一直**苦心孤詣**研究最新式飛機，力求在國防方面做出貢獻。

【義近】煞費苦心／孤詣苦心。

【義反】無所用心／馬虎從事。

苦心經營

【釋義】苦心：用心勞苦。經營：泛指籌畫、組織、管理。

【出處】梁啓超・新中國未來記四回：「專制政體不除，任憑你君相恁地苦心經營，民力是斷不能發達的。」

【用法】形容用盡心思去作籌畫安排。

【例句】王老先生**苦心經營**的這個公司，竟被他那不長進的兒子毀於一旦。

【義近】慘淡經營。

【義反】聽之任之。

苦中作樂

【釋義】苦：困苦。作樂：尋求快樂。

【出處】陳造・同陳宰黃簿遊靈山詩：「宰云：『吾輩可謂忙裏偷閒，苦中作樂』。」

【用法】用以形容人在困苦中強自歡娛。

【例句】你以爲他在這裏和你們說笑便眞的沒事，其實他是在**苦中作樂**，他的公司營運發生困難，快破產了。

【義近】忙裏偷閒。

【義反】坐困愁城。

苦雨淒風（ㄎㄨˇ ㄩˇ ㄑㄧ ㄈㄥ）

【釋義】苦雨：久下成災的雨。淒風：淒寒之風。

【出處】左傳·昭公四年：「春無淒風，秋無苦雨。」

【用法】指引起人傷感苦惱的風雨。

【例句】在這**苦雨淒風**的夜晚，想起自己孤苦無依的身世，不免倍增傷感，淚如泉湧。

【義近】風雨淒淒／風淒雨慘／霪雨霏霏。

【義反】春風細雨／和風細雨／暖風微雨。

苦海無邊，回頭是岸（ㄎㄨˇ ㄏㄞˇ ㄨˊ ㄅㄧㄢ，ㄏㄨㄟˊ ㄊㄡˊ ㄕˋ ㄢˋ）

【釋義】苦難有如大海無邊無際，只要回頭皈依佛法便是樂園。苦海：指人世。岸：彼岸，指樂園。

【出處】楞嚴經四：「引諸沉冥，出於苦海。」朱子語類卷五九：「適見道人題壁云：『苦海無邊，回頭是岸。』」

【用法】多用以勸人改過自新、棄惡從善。

【例句】俗語說：**苦海無邊，回頭是岸**。你不要再往錯誤的道路上走了，趕快懸崖勒馬吧！

【義近】迷途知返／改過自新／棄惡從善／放下屠刀，立地成佛。

【義反】執迷不悟／至死不悟／不知悔改／怙惡不悛。

苦盡甘來（ㄎㄨˇ ㄐㄧㄣˋ ㄍㄢ ㄌㄞˊ）

【釋義】苦、甘：比喻困難和幸福。甘：甜，美好。

【出處】鄭德輝·王粲登樓二折：「今日見荆王呵，便是我苦盡甘來。」

【用法】艱難的日子過完，美好的日子來到了。

【例句】台灣人民經過幾十年的艱苦努力，終於**苦盡甘來**，可以過富足美滿的日子了。

【義近】否極泰來／時來運轉／否終則泰。

【義反】樂極生悲／福過災生。

若有似無（ㄖㄨㄛˋ ㄧㄡˇ ㄙˋ ㄨˊ）

【釋義】好像有，又好像沒有。

【用法】形容模糊不清或難以捉摸。

【例句】這件事情又沒有拿到眞憑實據，根本是**若有似無**，你何必就信以爲眞呢？

【義近】若存若亡／若隱若現／隱隱約約／霧裏看花。

【義反】黑白分明／一清二楚／歷歷可見／清晰可辨。

若有所失（ㄖㄨㄛˋ ㄧㄡˇ ㄙㄨㄛˇ ㄕ）

【釋義】好像丟了什麼似的。

【出處】劉義慶·世說新語·德行篇·劉孝標注：「悵然若有所失。」

【用法】形容心神不定的樣子，也形容心中感到空虛或心情惆悵。

【例句】他最近不知怎麼了，老是一副**若有所失**的樣子，會不會是和女友分手了？

【義近】茫然若失／悵然若失／惘然若失。

【義反】若無其事／神閒氣定／談笑自若。

若即若離（ㄖㄨㄛˋ ㄐㄧˊ ㄖㄨㄛˋ ㄌㄧˊ）

【釋義】好像接近，又好像不接近。即：湊近。

【出處】文康·兒女英雄傳二八回：「這邊兩個新人在新房裏乍來乍去，如蛺蝶穿花，若即若離，似蜻蜓點水。」

【用法】形容對人保持一定的距離，既不熱烈親近，也不冷淡疏遠。也可形容事物。

【例句】他倆的關係就這樣**若即若離**地維持了一段時間，最後終於分手了。

【義近】不即不離／時近時遠／時冷時熱。

【義反】形影不離／如膠似漆。

若明若暗 ㄖㄨㄛˋ ㄇㄧㄥˊ ㄖㄨㄛˋ ㄢˋ

【釋義】好像明亮，又好像昏暗。
【用法】形容對情況的了解或對問題的認識不清楚，也形容態度曖昧不明。
【例句】他只是人頭董事長，對公司實際情況的了解根本就**若明若暗**。
【義近】若隱若現／旋蟄旋動／眞僞莫辨。
【義反】一目了然／旗幟鮮明／毫髮可辨／一清二楚。

若要人不知，除非己莫爲 ㄖㄨㄛˋ ㄧㄠˋ ㄖㄣˊ ㄅㄨˋ ㄓ ㄔㄨˊ ㄈㄟ ㄐㄧˇ ㄇㄛˋ ㄨㄟˊ

【釋義】要想人家不知道，除非自己不去做。若：如果。莫：不。爲：做。
【出處】馮夢龍・醒世恆言・勘皮靴單證二郎神：「却不道是，若要人不知，除非己莫爲。」
【用法】比喻做了壞事或昧良心的事，終究要敗露。
【例句】常言道：**若要人不知，除非己莫爲**。這種醜事要瞞過他人，可能嗎？
【義近】欲人勿知，莫若勿爲／欲人勿聞，莫若勿言／紙包不住火／莫有不透風的牆。

若無其事 ㄖㄨㄛˋ ㄨˊ ㄑㄧˊ ㄕˋ

【釋義】像沒有那回事一樣。又作「如無其事」。
【出處】晚清文學叢鈔・雪巖外傳：「雪巖若無其事，說不妨事。」
【用法】形容人遇事沉著鎭定，不動聲色；或對事毫不在意，根本不把它放在心上。
【例句】我被他氣得半死，而他自己却**若無其事**地在旁喝茶嗑瓜子。
【義近】泰然自若／行若無事／滿不在乎／談笑自若。
【義反】驚慌失措／煞有介事／心慌意亂／坐立不安。

若隱若現 ㄖㄨㄛˋ ㄧㄣˇ ㄖㄨㄛˋ ㄒㄧㄢˋ

【釋義】隱：隱蔽，不明顯。現：顯現，明顯。
【出處】唐太宗・大唐三藏聖教序：「無滅無生，歷千劫而不古；若隱若現，運百福而長今。」
【用法】形容若有若無看不眞切，或說明事態發展不明朗。
【例句】從黃山頂上遠遠望去，周圍的大小山峰在雲霧中**若隱若現**。
【義近】似有若無／若明若暗／隱隱約約。
【義反】毫髮可見／一清二楚／一目了然／原形畢露／如影歷歷。

英姿颯爽 ㄧㄥ ㄗ ㄙㄚˋ ㄕㄨㄤˇ

【釋義】英姿：英俊的風姿。颯爽：豪邁，矯健，很有精神。
【出處】杜甫・丹青引贈曹將軍霸：「褒公、鄂公毛髮動，英姿颯爽來酣戰。」
【用法】形容英俊威武、精神煥發的樣子。用於青少年。
【例句】那些女警察正邁著整齊的步伐，**英姿颯爽**地走向射擊場。
【義近】英姿煥發／英姿勃勃／氣宇軒昂。
【義反】萎靡不振／懶精無神／老態龍鍾／形容枯槁。

英雄氣短 ㄧㄥ ㄒㄩㄥˊ ㄑㄧˋ ㄉㄨㄢˇ

【釋義】氣短：指豪壯之氣受挫或消失。一作「英雄志短」。
【出處】文康・兒女英雄傳一回：「所以一開口便道是某某英雄志短，兒女情長。」
【用法】形容雄心豪氣爲柔情所摧損消失。
【例句】眞想不到王將軍昔日馳騁沙場，英氣勃發，今日竟**英雄氣短**，栽倒在風月場上。
【義近】英氣耗盡／英雄難過美人關。
【義反】揮刀斷情絲／豪氣干雲

。

英雄無用武之地（ㄧㄥ ㄒㄩㄥˊ ㄨˊ ㄩㄥˋ ㄨˇ ㄓ ㄉㄧˋ）

【釋義】用武之地：指施展才能的地方。

【出處】資治通鑑・漢紀・建安一三年：「英雄無用武之地，故豫州遁逃至此。將軍量力而處之。」

【用法】比喻有才能却沒有地方或機會施展。

【例句】他留學歸來，却在一家小公司當個小職員，眞是**英雄無用武之地**。

【義近】蛟龍失水／鳳凰在笯／龍困淺灘／懷才不遇。

【義反】英雄得志／大展長才／大顯身手。

苗而不秀（ㄇㄧㄠˊ ㄦˊ ㄅㄨˋ ㄒㄧㄡˋ）

【釋義】秀：出穗揚花。指莊稼出了苗而沒有抽穗揚花。

【出處】論語・子罕：「苗而不秀者，有矣夫！秀而不實者，有矣夫！」

【用法】比喻人未成長而早夭，也比喻人有好的資質却沒有成就。

【例句】他從小便被認爲是天才兒童，可惜**苗而不秀**，他因自負而沒有認眞向學，長大後其成就並不出色。

【義近】秀而不實／有名無實／徒有虛名。

【義反】秀外慧中／名實相副／名不虛傳。

茂林修竹（ㄇㄠˋ ㄌㄧㄣˊ ㄒㄧㄡ ㄓㄨˊ）

【釋義】茂密的森林，長長的綠竹。修：長。

【出處】王羲之・蘭亭集序：「此地有崇山峻嶺，茂林修竹，又有清流激湍，映帶左右。」

【用法】形容樹木綠竹茂盛，環境優美。

【例句】森林公園裏，到處都是**茂林修竹**，空氣特別新鮮，置身其間，常會有心曠神怡之感。

【義近】綠林蒼柏／林木茂盛／蒼松翠柏。

【義反】枯藤老樹／枯木朽株／枯木寒林。

茅塞頓開（ㄇㄠˊ ㄙㄜˋ ㄉㄨㄣˋ ㄎㄞ）

【釋義】茅塞：知識不足，思想不明，好像心裏被茅草堵塞一樣。頓：立刻，一下子。一作「頓開茅塞」。

【出處】孟子・盡心下：「今茅塞子之心矣。」吳承恩・西遊記六四回：「我腹無才，得三分之教，茅塞頓開。」

【用法】形容思路豁然大開，立刻理解、領悟了。

【例句】你這番話使我**茅塞頓開**，過去的憂愁似乎一下子全沒了。

【義近】如夢初醒／豁然開朗／豁然貫通／恍然大悟。

【義反】百思不解／莫名其妙／大惑不解／如坐雲霧。

草木皆兵（ㄘㄠˇ ㄇㄨˋ ㄐㄧㄝ ㄅㄧㄥ）

【釋義】把草木都當成敵兵。

【出處】晉書・苻堅載記：「北望八公山上草木，皆類人形。」曾樸・孽海花二五回：「大有風聲鶴唳，草木皆兵之感。」

【用法】形容心懷恐懼，疑神疑鬼。多用於戰爭，常與「風聲鶴唳」連用。

【例句】吃了虧小心一點就是，何苦要這樣驚疑不定，**草木皆兵**呢！

【義近】風聲鶴唳／杯弓蛇影。

【義反】安然自若／處變不驚／處之泰然／神閑氣定。

草行露宿（ㄘㄠˇ ㄒㄧㄥˊ ㄌㄨˋ ㄙㄨˋ）

【釋義】草行：在草野中行走。露宿：在露野裏歇宿。

【出處】晉書・謝玄傳：「皆以爲王師已至，草行露宿，重以飢凍，死者十七八。」

【用法】形容在野外艱苦跋涉，不顧一切地工作。
【例句】地質探勘人員，爲了達成尋找礦藏的任務，經常跋山涉水，**草行露宿**。
【義近】披星戴月／櫛風沐雨／風餐露宿。
【義反】飽食終日／養尊處優。

草長鶯飛（ㄘㄠˇ ㄔㄤˊ ㄧㄥ ㄈㄟ）

【釋義】意謂花草繁茂，羣鶯飛舞。鶯：黃鸝鳥。
【出處】丘遲・與陳伯之書：「暮春三月，江南草長，雜花生樹，羣鶯亂飛。」
【用法】形容江南春天三月的美麗景色。也泛指春天萬物復甦，萬象更新的繁榮景色。
【例句】春天三月的江南，花香鳥語，**草長鶯飛**，那宜人的美麗景色，實令人神往。
【義近】花香鳥語／鶯歌燕舞／春暖花開。
【義反】花殘月缺／秋風落葉。

草草了事（ㄘㄠˇ ㄘㄠˇ ㄌㄧㄠˇ ㄕˋ）

【釋義】草草：形容馬虎、草率。了事：將事了結。又作「草草完事」。
【出處】張居正・答山東巡撫何來山：「務爲一了百當，若但草草了事，可惜此時，徒爲虛文耳。」
【用法】指做事馬虎苟且，草率了結。貶義。
【例句】無論做什麼事都要認眞負責，若只圖快，**草草了事**，最終吃虧的還是自己。
【義近】敷衍了事／草率從事／敷衍塞責。
【義反】精益求精／一絲不苟／精雕細刻。

草菅人命（ㄘㄠˇ ㄐㄧㄢ ㄖㄣˊ ㄇㄧㄥˋ）

【釋義】把人命看得像野草一樣輕賤。菅：一種野草。
【出處】漢書・賈誼傳：「其視殺人，若艾(刈)草菅然。」
【用法】形容當政者殘酷橫暴，任意殺戮。貶義。
【例句】在專制社會裏，**草菅人命**的事屢見不鮮。
【義近】魚肉鄉民／率獸食人／殘民以逞／生殺予奪／荼毒生靈。
【義反】爲民請命／爲民除害／視民如子／視民如傷／悲天憫人／愛民如子。

荊天棘地（ㄐㄧㄥ ㄊㄧㄢ ㄐㄧˊ ㄉㄧˋ）

【釋義】天地間荊棘叢生。荊棘：帶刺的灌木。
【出處】黃小配・二十載繁華夢三六回：「周庸裕這時在上海正如荊天棘地……這樣如何逃得出。」
【用法】比喻處境艱險，使人行動不得。
【例句】滿清末年，革命黨人不顧**荊天棘地**的險惡環境，積極開展革命工作，表現出了大無畏的精神。
【義近】荊棘滿途／千難萬險／艱難險阻／前途多艱／遍地荊棘。
【義反】海闊天空／任情馳騁／暢通無阻／康莊大道。

荊釵布裙（ㄐㄧㄥ ㄔㄞ ㄅㄨˋ ㄑㄩㄣˊ）

【釋義】以荊枝當髮釵，用粗布製衣裙。釵：婦女頭上的飾物。
【出處】皇甫謐・列女傳載：後漢梁鴻之妻孟光「常荊釵布裙，每進食，舉案齊眉。」
【用法】形容女子衣著儉樸，不尚奢華。也用以指貧家婦女的裝束。
【例句】那位姑娘雖然是**荊釵布裙**裝束，卻照樣顯得美麗動人。
【義近】衣不重彩／衣不完采／素衣淡裳／椎髻布衣。
【義反】玉冠華服／羅綺珠翠／廣袖高髻／珠圍翠繞／濃妝艷裹。

茹苦含辛 ㄖㄨˊ ㄎㄨˇ ㄏㄢˊ ㄒㄧㄣ

【釋義】茹：吃。

【出處】蘇軾・中和勝相院記：「無所不至，茹苦含辛，更百千萬億生而後成。」

【用法】比喻忍受各種各樣的辛苦；用於撫育子女、創業或學習上。

【例句】父母**茹苦含辛**地將我們養大成人，爲人子女者怎能忘卻這份恩德。

【義近】千辛萬苦。

【義反】輕而易舉。

茹毛飲血 ㄖㄨˊ ㄇㄠˊ ㄧㄣˇ ㄒㄧㄝˇ

【釋義】連毛帶血地吃著禽獸。茹：吃。指不經烹飪，生食禽獸。

【出處】禮記・禮運：「未有火化，食草木之實、鳥獸之肉，飲其血，茹其毛。」

【用法】形容困苦艱難的環境，用於人或物。

【例句】生長在進步的現代社會中，眞令人難以想像古人**茹毛飲血**的生活。

【義近】生呑活剝。

荒唐謬悠 ㄏㄨㄤ ㄊㄤˊ ㄇㄧㄡˋ ㄧㄡ

【釋義】荒唐：廣大而無邊際。謬悠：虛空悠遠。

【出處】莊子・天下：「以謬悠之說，荒唐之言，無端崖之辭，時恣縱而不儻，不以觭見之也。」

【用法】指稱內容浮誇不實際、乖謬。

【例句】目前的電視劇常有**荒唐謬悠**的劇情出現，對觀眾將有不良的影響。

【義近】怪誕不經／荒誕不經／荒謬絕倫。

【義反】天經地義／合情合理。

荒淫無度 ㄏㄨㄤ ㄧㄣˊ ㄨˊ ㄉㄨˋ

【釋義】荒淫：荒廢事務，貪戀酒色。今多指迷於女色。

【出處】漢書・楊惲傳：「是日也，拂衣而喜，奮褎低卬，頓足起舞，誠荒淫無度，不知其不可也。」

【用法】形容迷於酒色，放蕩淫亂，毫無節制。貶義。

【例句】歷史上有許多**荒淫無度**的君主，大都慘遭亡國之命運，爲政者應引以爲戒。

【義近】沉湎酒色／昏亂荒遺。

【義反】勵精圖治／奮發圖強。

荒誕不經 ㄏㄨㄤ ㄉㄢˋ ㄅㄨˋ ㄐㄧㄥ

【釋義】荒誕：荒唐離奇。經：正常。

【出處】王楙・野客叢書卷五：「相如上林賦……固無荒誕不經之說，後世學者，往往讀之不通。」

【用法】形容荒唐虛妄，不合情理。多用於言論、文章方面。貶義。

【例句】說地球以外還有比人類更進化的生物存在，看來並非**荒誕不經**之言。

【義近】怪誕不經／荒誕無稽／奇談怪論／不經之談。

【義反】入情入理／合情合理／正言正理。

荒誕無稽 ㄏㄨㄤ ㄉㄢˋ ㄨˊ ㄐㄧ

【釋義】荒誕：荒唐不可信。無稽：沒有根據。稽：查考。

【出處】嶺南羽衣女士・東歐女豪傑三回：「這些荒誕無稽的謬說，哪裏還能立足呢？」

【用法】說明十分荒唐，不可憑信。貶義。

【例句】電視公司爲了賺錢，不惜拍一些**荒誕無稽**的電視劇來取悅觀眾。

【義近】荒謬絕倫／荒誕不經／怪誕無稽。

【義反】信而有徵。

荒謬絕倫 ㄏㄨㄤ ㄇㄧㄡˋ ㄐㄩㄝˊ ㄌㄨㄣˊ

【釋義】荒謬：非常不合情理。絕倫：沒有可以類比的。

【出處】清・無名氏・掃迷帚二

回：「其說荒謬絕倫，更可付諸一笑。」

【用法】指荒唐錯誤到了無可復加的地步。用於言論、行爲。貶義。

【例句】翻開報紙的社會版，常可發現一些**荒謬絕倫**的新聞，眞令人慨歎世風日下，人心不古。

【義近】大謬不然／荒誕無稽／荒誕不經。

【義反】天經地義／理所當然／入情入理。

茶餘飯後（ㄔㄚˊ ㄩˊ ㄈㄢˋ ㄏㄡˋ）

【釋義】飲茶的餘暇，吃飯以後的空閒。

【用法】泛指閒暇休息的時間。

【例句】看小說、電視並不能單純看作是**茶餘飯後**的消遣，還可以從中學到知識、受到啓迪。

【義近】茶餘酒後。

荷花雖好，也要綠葉扶持（ㄏㄜˊ ㄏㄨㄚ ㄙㄨㄟ ㄏㄠˇ，ㄧㄝˇ ㄧㄠˋ ㄌㄩˋ ㄧㄝˋ ㄈㄨˊ ㄔˊ）

【釋義】也作「牡丹花兒雖好，還要綠葉扶持」。

【出處】蘭陵笑笑生・金瓶梅詞話：「常言：『牡丹花兒雖好，還要綠葉扶持。』」

【用法】比喻無論怎樣聰明能幹的人，也得需要有人幫助與支持。

【例句】**荷花雖好，也要綠葉扶持**，這話很有道理，人總是需要他人援助支持的。

【義近】一節籬笆三個樁／一條好漢三個幫。

荷槍實彈（ㄏㄜˋ ㄑㄧㄤ ㄕˊ ㄉㄢˋ）

【釋義】背著槍枝，裝上子彈。荷：背著。一作「持槍實彈」。

【用法】形容全副武裝，準備戰鬥。用於警方、軍方或一組織團體。

【例句】面對**荷槍實彈**的武警，這些手無寸鐵的示威羣眾仍舊毫無畏懼地向既定的目標前進。

【義近】嚴陣以待／全副武裝。

【義反】手無寸鐵／赤手空拳。

莫名其妙（ㄇㄛˋ ㄇㄧㄥˊ ㄑㄧˊ ㄇㄧㄠˋ）

【釋義】說不出其中的奧妙。名：說出。

【出處】吳沃堯・二十年目睹之怪現狀四八回：「大家看見，莫名其妙，只得把他退回去。」

【用法】指事情稀奇古怪，說不出個道理來。有時用以指某些奇妙的事，或諷刺事情的荒唐。

【例句】她突然二話不說，跪在地上拚命祈禱，大家都感到**莫名其妙**，不知她這舉動是爲什麼。

【義近】大惑不解／摸門不著／莫可名狀。

【義反】恍然大悟／瞭如指掌。

莫此爲甚（ㄇㄛˋ ㄘˇ ㄨㄟˊ ㄕㄣˋ）

【釋義】莫：沒有。甚：極，超過。

【出處】陳琳・檄吳將校部曲文：「賊義殘仁，莫此爲甚。」

【用法】沒有比這個更嚴重更厲害的了。多指不良傾向或形勢嚴重。

【例句】這傢伙爲了另尋新歡，竟犯下殺妻滅子，**莫此爲甚**的罪大惡行，眞是禽獸也不如。

【義近】無以復加／唯此爲甚。

莫逆之交（ㄇㄛˋ ㄋㄧˋ ㄓ ㄐㄧㄠ）

【釋義】莫逆：沒有牴觸，指彼此思想感情完全一致。交：交往，指朋友。

【出處】北史・司馬膺之傳：「膺之所與游集，盡一時名流，與刑子才、王景等爲莫逆之交。」

【用法】指情投意合，彼此毫無疑忌的朋友。
【例句】我與他是**莫逆之交**，誰也無法破壞我們之間的眞誠友誼。
【義近】管鮑之交／刎頸之交／患難之交／羊左之交。
【義反】點頭之交／一面之交／酒肉朋友／狐朋狗友。

莫衷一是 ㄇㄛˋ ㄓㄨㄥ ㄧˊ ㄕˋ

【釋義】不能決定哪個是對的。莫衷：不能做出適中的決斷。衷：折中。是：對的，正確的。
【出處】吳沃堯・痛史三回：「議論紛紛，莫衷一是。」
【用法】形容意見分歧，難有定論。用於說法、主張。
【例句】究竟如何擺脫目前的困境，扭虧爲盈，大家意見紛紛，**莫衷一是**。
【義近】眾說紛紜／無所適從／各執一詞。
【義反】意見一致／所見略同／當機立斷。

莫測高深 ㄇㄛˋ ㄘㄜˋ ㄍㄠ ㄕㄣ

【釋義】沒有辦法測量有多高、多深。莫：無。又作「高深莫測」。
【出處】左思・吳都賦：「莫測其深。」李寶嘉・文明小史二四回：「姬公看了，莫測高深。」
【用法】形容某人的用心或行事深密，無法理解。有時用於諷人故弄玄虛。
【例句】我看他是故弄玄虛，好使人**莫測高深**。
【義近】莫測深淺／深不可測／神乎其神／不可思議。
【義反】一目瞭然／一覽無餘。

莫須有 ㄇㄛˋ ㄒㄩ ㄧㄡˇ

【釋義】意謂也許有，不定之詞。
【出處】李心傳・建炎以來繫年要錄・紹興十一年：「世宗佛然曰：『相公，莫須有三字何以服天下乎？』」
【用法】指憑空羅致罪名或以不實之詞誣陷他人。
【例句】一代奸臣秦檜以**莫須有**的罪名害死岳飛，成爲後人唾棄的歷史罪人。
【義近】欲加之罪，何患無辭。
【義反】眞贓實犯／對簿公堂。

荼毒生靈 ㄊㄨˊ ㄉㄨˊ ㄕㄥ ㄌㄧㄥˊ

【釋義】荼毒：殘害。生靈：指百姓。
【出處】李華・弔古戰場文：「荼毒生靈，萬里朱殷。」
【用法】指殘酷地毒害人民。
【例句】自古以來，許多貪官汚吏視人民如草芥，**荼毒生靈**，爲所欲爲，眞是到達了人神共憤的地步。
【義近】草菅人命／殘民以逞／魚肉百姓。
【義反】解民倒懸／救民水火／民胞物與／視民如傷。

萍水相逢 ㄆㄧㄥˊ ㄕㄨㄟˇ ㄒㄧㄤ ㄈㄥˊ

【釋義】浮萍在水裏偶然相遇。萍：爲一種隨水漂浮、聚散不定的草本植物。
【出處】王勃・滕王閣序：「關山難越，誰悲失路之人；萍水相逢，盡是他鄉之客。」
【用法】比喻素不相識的人偶然相遇。
【例句】你我雖是**萍水相逢**，却有似曾相識的感覺，可能前生便認識了。
【義近】邂逅相遇／不期而遇／萍水相值。
【義反】青梅竹馬。

萍蹤浪跡 ㄆㄧㄥˊ ㄗㄨㄥ ㄌㄤˋ ㄐㄧ

【釋義】像漂泊的浮萍行踪不定。蹤：也寫作「踪」。
【出處】湯顯祖・牡丹亭・鬧殤：「恨匆匆，萍踪浪影，風剪了玉芙蓉。」施耐庵・水滸傳六回：「萍蹤浪跡入東京。」

【用法】比喻人行踪不定，到處漂泊。

【例句】他在國外**萍蹤浪跡**了好多年，現欲返鄉安定下來，無奈卻人事全非了。

【義近】萍飄蓬轉／浪萍風梗／飄蓬斷梗。

【義反】安身立命／遊必有方／安家落戶。

菩薩心腸 ㄆㄨˊ ㄙㄚˋ ㄒㄧㄣ ㄔㄤˊ

【釋義】菩薩：梵語，泛稱求佛果的人。

【出處】西湖佳話・放生善蹟：「吾弟以恩報讎，實是菩薩心腸。」

【用法】形容人心地善良，以慈愛爲本。

【例句】她有一副**菩薩心腸**，從來不說人壞話，只知揚人之善，成人之美。

【義反】狼心狗肺。

華而不實 ㄏㄨㄚˊ ㄦˊ ㄅㄨˋ ㄕˊ

【釋義】光開花不結果。華：古「花」字，開花。

【出處】國語・晉語五：「陽子（處父）華而不實，主言而無謀，是以難及其身。」

【用法】比喻人有名無實，言過其實。也指文辭浮華而無內容。

【例句】①他這樣**華而不實**，誰敢把重要的任務交給他！②這類**華而不實**的文章，一概不予發表。

【義近】虛有其表／秀而不實／繡花枕頭。

【義反】表裏一致／秀外慧中／眞才實學。

萬人空巷 ㄨㄢˋ ㄖㄣˊ ㄎㄨㄥ ㄒㄧㄤˋ

【釋義】空巷：指大街小巷的人全部走空。

【出處】蘇軾・八月十七日復登望海樓……之四：「賴有明朝看潮在，萬人空巷鬥新妝。」

【用法】形容羣眾參與某種活動的盛況。或形容新奇的事物哄動一時，羣情激動的情景。

【例句】國慶日當天，幾乎**萬人空巷**，大家都爭相參加各種慶祝活動。

【義近】人山人海／盛況空前／觀者如堵／萬頭鑽動／人潮洶湧。

【義反】人煙罕至／門可羅雀／杳無人跡／寂無行旅。

萬夫不當 ㄨㄢˋ ㄈㄨ ㄅㄨˋ ㄉㄤ

【釋義】一萬個人也抵擋不住。當：抵擋。

【出處】元・無名氏・連環計二折：「他權勢重大，況兼呂布有萬夫不當之勇。」

【用法】形容勇猛已極，無人可以抵擋。

【例句】項羽雖有**萬夫不當**之勇，可惜不能知人善任，有勇無謀，結果敗給了劉邦。

【義近】勇冠三軍／天下無敵／叱咤風雲。

【義反】殘兵敗將／碌碌懦夫／畏畏縮縮。

萬不失一 ㄨㄢˋ ㄅㄨˋ ㄕ ㄧ

【釋義】一萬次中不會有一次失誤。

【出處】司馬遷・史記・淮陰侯列傳：「貴賤在於骨法，憂喜在於容色，成敗在於決斷，以此參之，萬不失一。」

【用法】形容辦事極有把握，也形容射技高超。

【例句】這人辦事極爲謹慎穩妥，可謂**萬不失一**，你放心把任務交給他好了。

【義近】十拿九穩／百不失一／百發百中／百戰百勝／萬無一失。

【義反】常敗將軍／百不得一／百不中一／成事不足，敗事有餘。

萬不得已（ㄨㄢˋ ㄅㄨˋ ㄉㄜˊ ㄧˇ）

【釋義】已：止。
【出處】焦竑・玉堂叢語：「汝父欲保全身家，萬不得已，始借我以免禍耳。」
【用法】指實在沒有辦法，不得不如此。用於個人或團體。
【例句】我所以宣布公司倒閉，實在是**萬不得已**，請諸位務必諒解。
【義近】迫不得已／無可奈何／萬般無奈。
【義反】計出萬全／算無遺策。

萬古長青（ㄨㄢˋ ㄍㄨˇ ㄔㄤˊ ㄑㄧㄥ）

【釋義】千秋萬代都像松柏一樣永遠蒼翠。萬古：萬年，永久。青：綠色。一作「萬古長春」。
【出處】元・無名氏・謝金吾四折：「論功增封食邑，共皇家萬古長春。」
【用法】多比喻崇高的精神或深厚的友誼永遠不會消失。
【例句】哲人雖仙逝，但其精神卻**萬古長青**，永遠深植在世世代代的子孫心中。
【義近】萬古長新／萬古流芳。
【義反】曇花一現／瞬息即逝。

萬古流芳（ㄨㄢˋ ㄍㄨˇ ㄌㄧㄡˊ ㄈㄤ）

【釋義】流：流傳。芳：香，此指美名。
【出處】元・無名氏・延安府四折：「見如今千載名揚，萬古流芳。」
【用法】指好名聲永遠流傳。
【例句】革命先烈為革命獻出了寶貴的生命，他們的名聲將**萬古流芳**，永遠為後人所景仰。
【義近】千載流芳／流芳百世／永垂不朽。
【義反】遺臭萬年／千古罪人。

萬世師表（ㄨㄢˋ ㄕˋ ㄕ ㄅㄧㄠˇ）

【釋義】萬世：萬代，極言其久遠。師表：表率。
【出處】葛洪・神仙傳：「老子豈非乾坤所定，萬世之師表哉！」
【用法】指在道德學問上永遠值得學習的榜樣。
【例句】孔子德業高深，學而不厭，誨人不倦，故被尊為**萬世師表**。
【義近】一代宗匠／萬世宗師。

萬死不辭（ㄨㄢˋ ㄙˇ ㄅㄨˋ ㄘˊ）

【釋義】即使是死一萬次也不推辭。
【出處】羅貫中・三國演義八回：「貂蟬曰：『適問賤妾曾言，但有使令，萬死不辭。』」
【用法】極言其願意拚死效勞。
【例句】保衛國家和人民的安全是軍人**萬死不辭**的天職。
【義近】義不容辭／當仁不讓。
【義反】推三阻四／畏首畏尾／裹足不前。

萬死猶輕（ㄨㄢˋ ㄙˇ ㄧㄡˊ ㄑㄧㄥ）

【釋義】處死一萬次也嫌懲罰太輕。猶：還。
【出處】韓愈・潮州刺史謝上表：「臣……上表陳佛骨事，言涉不敬，正名定罪，萬死猶輕。」
【用法】極言罪惡之大。多用以自責。
【例句】（趙）雲喘息而言曰：「趙雲之罪，**萬死猶輕**！」（羅貫中・三國演義）
【義近】罪該萬死／死有餘辜。
【義反】功蓋萬世／功勳蓋世。

萬全之策（ㄨㄢˋ ㄑㄩㄢˊ ㄓ ㄘㄜˋ）

【釋義】策：計謀，辦法。
【出處】陳壽・三國志・魏志・劉表傳：「曹公必重德，將軍長享福祚，垂之後嗣，此萬全之策也。」
【用法】形容計謀、辦法極其周到妥貼。用於計策、戰爭等方面。

【例句】諸位所獻之計甚好，但均非**萬全之策**，此事因關係重大，容後再進一步商量。

【義近】萬無一失／計出萬全／算無遺策。

【義反】權宜之計。

萬里長征（ㄨㄢˋ ㄌㄧˇ ㄔㄤˊ ㄓㄥ）

【釋義】征：遠行。

【出處】王昌齡・出塞詩：「秦時明月漢時關，萬里長征人未還。」

【用法】形容非常遠的路程，也比喻偉大事業的艱鉅性。

【例句】①這對老夫妻退休後，爲了飽覽祖國山河，決心騎自行車進行**萬里長征**。②辜汪會談，在統一祖國的偉大事業中，不過是**萬里長征**的一小步。

【義近】萬里遠征／長途跋涉。

【義反】一箭之遙／咫尺之間。

萬里長城（ㄨㄢˋ ㄌㄧˇ ㄔㄤˊ ㄔㄥˊ）

【釋義】原指我國北部的長城。也作「長城萬里」。

【出處】南史・檀道濟傳：「道濟見收，憤怒氣盛……乃脫幘投地曰：『乃壞汝萬里長城。』」

【用法】比喻守衛疆土的將領或軍隊。或比喻難以越過的屏障。

【例句】海、陸、空三軍是保障我們不受侵犯的**萬里長城**。

【義近】銅牆鐵壁／金城湯池。

萬劫不復（ㄨㄢˋ ㄐㄧㄝˊ ㄅㄨˋ ㄈㄨˋ）

【釋義】萬劫：萬世。佛家認爲世界一成一毀爲一劫。

【出處】梵網經・菩薩戒序：「一失人身，萬劫不復。」

【用法】指永遠不能恢復。用於個人行爲、組織政策等。

【例句】你若再執迷不悟下去，一旦鑄成大錯，那就眞是**萬劫不復**了。

【義近】萬劫沉淪／無可挽回。

【義反】死裏逃生／九死一生。

萬事大吉（ㄨㄢˋ ㄕˋ ㄉㄚˋ ㄐㄧˊ）

【釋義】大吉：很吉利。

【出處】續傳燈錄一一：「拈拄杖曰：『歲朝把筆，萬事大吉，急急如律令。』」

【用法】指什麼事都很圓滿、順利。常作爲歲初祝頌之語。

【例句】新的一年即將來臨，祝諸君**萬事大吉**。

【義近】萬事如意／萬事亨通。

【義反】一波三折／困難重重／禍不單行。

萬事亨通（ㄨㄢˋ ㄕˋ ㄏㄥ ㄊㄨㄥ）

【釋義】亨：順利。通：通暢。

【出處】李綠園・歧路燈六五回：「那孔方兄運出萬事亨通的本領，先治了關格之症。」

【用法】形容一切事情都很順利暢達。

【例句】他近幾年的運氣很不錯，遇事都順順當當的，可算是**萬事亨通**了。

【義近】萬事如意／一帆風順／萬事大吉。

【義反】節外生枝／動輒得咎／平地起風波／屋漏逢雨。

萬事俱休（ㄨㄢˋ ㄕˋ ㄐㄩˋ ㄒㄧㄡ）

【釋義】俱：皆，全。休：停止，完了。

【出處】關漢卿・救風塵二折：「我到那裏，三言兩句，肯寫休書，萬事俱休。」

【用法】說明一切事都完結了。

【例句】他要是肯答應我的要求，好說好散，**萬事俱休**，否則我決不饒他！

【義近】一了百了。

【義反】絕處逢生。

萬事俱備，只欠東風（ㄨㄢˋ ㄕˋ ㄐㄩˋ ㄅㄟˋ ㄓˇ ㄑㄧㄢˋ ㄉㄨㄥ ㄈㄥ）

【釋義】俱：都，全。欠：缺。東風：在此比喻條件。

【出處】羅貫中・三國演義四九回：「欲破曹公，宜用火攻；萬事俱備，只欠東風。」
【用法】比喻什麼都已準備好了，只差最後一個重要條件。
【例句】**萬事俱備，只欠東風**。就等妳點頭，我們就可以開始拍戲了。

萬家燈火 ㄨㄢˋ ㄐㄧㄚ ㄉㄥ ㄏㄨㄛˇ

【釋義】指家家戶戶都燃起了燈燭。又作「燈火萬家」。
【出處】白居易・江樓夕望招客：「燈火萬家城四畔，星河一道水中央。」
【用法】指千家萬戶上燈的時候，也形容城鎮燈火輝煌的景象。
【例句】在空中飛行了十個多鐘頭，一下飛機，見到**萬家燈火**便有重回人間的親切感。
【義近】燈火輝煌／燈火通明。
【義反】一片漆黑。

萬馬奔騰 ㄨㄢˋ ㄇㄚˇ ㄅㄣ ㄊㄥˊ

【釋義】像無數匹馬奔騰跳躍。
【出處】淩濛初・初刻拍案驚奇卷二二：「須臾之間，天昏地黑，風雨大作。……空中如萬馬奔騰。」
【用法】形容浩大的聲勢或熱烈的場面。用於風雨、波濤、思想、聲音等。
【例句】那江水**萬馬奔騰**，流到這裏突然變成千萬個漩渦，使人感到特別的驚險奇特。
【義近】洶湧澎湃／聲勢浩大／浩浩蕩蕩。
【義反】萬馬齊喑／死氣沉沉／無聲無息。

萬馬齊喑 ㄨㄢˋ ㄇㄚˇ ㄑㄧˊ ㄧㄣ

【釋義】羣馬沉寂無聲。喑：啞。
【出處】龔自珍・己亥雜詩：「九州生氣恃風雷，萬馬齊喑究可哀。」
【用法】比喻死氣沉沉、令人窒息的局面。常用以喻人們沉默不言，一片死寂的樣子。
【例句】大陸在十年文革期間，**萬馬齊喑**，氣氛沉悶，人們既不敢言，也不敢怒。
【義近】死氣沉沉／死水一潭。
【義反】萬馬奔騰／百家爭鳴／暢所欲言。

萬衆一心 ㄨㄢˋ ㄓㄨㄥˋ ㄧˋ ㄒㄧㄣ

【釋義】千萬人一條心。又作「萬人一心」。
【出處】後漢書・朱雋傳：「萬人一心，猶不可當，況十萬乎？」
【用法】形容衆人精誠團結，齊心協力。
【例句】只要我們**萬衆一心**，就沒有做不到、辦不成的事。
【義近】衆志成城／團結一致／同心協力／同心同德。
【義反】離心離德／四分五裂／一盤散沙／同牀異夢。

萬貫家財 ㄨㄢˋ ㄍㄨㄢˋ ㄐㄧㄚ ㄘㄞˊ

【釋義】家中有上萬貫的財富。萬：極言其多，非實數。貫：古時銅錢用繩穿，一千銅錢爲一貫。
【出處】關漢卿・望江亭一折：「牛璘有萬貫家財，在趙江梅家作贅。」
【用法】形容極其富有。
【例句】古代**萬貫家財**就算大財主，今天擁有上億財富的人家，還算不上財主哩！
【義近】萬貫家私／腰纏萬貫／富埒王侯／金玉滿堂／富埒陶朱。
【義反】身無分文／一文不名／債臺高築／身無長物／囊空如洗。

萬紫千紅 ㄨㄢˋ ㄗˇ ㄑㄧㄢ ㄏㄨㄥˊ

【釋義】萬、千：泛言其多。紫、紅：代表各種色彩。
【出處】朱熹・春日詩：「等閒

識得東風面，萬紫千紅總是春。」

【用法】形容百花齊放，春色豔麗。也比喻事物豐富多彩或景象繁榮。

【例句】①每到春天，公園裏百花盛開，**萬紫千紅**。②每到節日，大街小巷都張燈結彩，呈現出**萬紫千紅**的繁榮景象。

【義近】百花齊放／姹紫嫣紅／花紅柳綠／花團錦簇。

【義反】百花凋殘／枯藤老樹。

萬無一失（ㄨㄢˋ ㄨˊ ㄧ ㄕ）

【釋義】又作「百無一失」。萬：極言其多。失：失誤，差錯。

【出處】白樸・牆頭馬上一折：「年當弱冠，未曾娶妻，不親酒色，如今差他出去公幹，萬無一失。」

【用法】形容很有把握，絕對不會出差錯。

【例句】為使飛行**萬無一失**，機械師對飛機的每個機件都作了詳細的檢查。

【義近】算無遺策／穩操勝券／十拿九穩。

【義反】瞎子摸象／漏洞百出。

萬象更新（ㄨㄢˋ ㄒㄧㄤˋ ㄍㄥ ㄒㄧㄣ）

【釋義】萬象：宇宙間的一切景象。更：改變，更換。又作「萬物更新」。

【出處】曹雪芹・紅樓夢七四回：「如今正是清明時節，萬物更新，正該鼓舞另立起來才好。」

【用法】原形容春回大地的初春景色，現形容事物、景象改換了樣子，出現了一番新氣象，顯得生氣勃勃。

【例句】國家建設事業蓬勃發展，到處都呈現出**萬象更新**的興旺景象。

【義近】煥然一新／面目一新。

【義反】一成不變／始終如一。

萬壽無疆（ㄨㄢˋ ㄕㄡˋ ㄨˊ ㄐㄧㄤ）

【釋義】萬壽：萬年長壽。疆：界限，止境。

【出處】詩經・小雅・南山有臺：「樂只君子，萬壽無疆。」

【用法】祝頌別人永遠健康長壽。多用作祝頌皇帝之詞。

【例句】無論臣民們怎樣高喊**萬壽無疆**，可是古代那麼多皇帝卻沒有幾個長壽的！

【義近】長生不老／長命不衰／無疆之壽／壽比南山／天保九如。

【義反】天不假年／行將就木。

萬頭攢動（ㄨㄢˋ ㄊㄡˊ ㄘㄨㄢˊ ㄉㄨㄥˋ）

【釋義】萬頭：極言人頭之多。攢：聚攏。

【出處】李寶嘉・二十年目睹之怪現狀四三回：「時候雖早，那看榜的人，卻也萬頭攢動。」

【用法】形容許多人紛紛聚攏在一起，爭著看熱鬧或看某人某事。

【例句】工地秀場上，人們為了爭相觀看明星表演，呈現出**萬頭攢動**的熱鬧場面。

【義近】觀者如堵／觀者如山。

【義反】觀者寥寥。

萬籟俱寂（ㄨㄢˋ ㄌㄞˋ ㄐㄩˋ ㄐㄧˋ）

【釋義】萬籟：自然界萬物所發出的種種聲響。籟：古代的一種簫，用以泛指聲音。

【出處】常建・題破山寺後禪院詩：「萬籟此俱寂，但餘鐘磬音。」

【用法】形容周圍環境非常安靜，沒有一點聲響。多用於自然環境。

【例句】在**萬籟俱寂**的深夜裏，大街上只有清潔工人在辛勤地工作著。

【義近】萬籟無聲／鴉雀無聲／寂靜無聲／闃無人聲／靜肅無譁。

【義反】人聲鼎沸／沸反盈天／

市聲鼎沸／車馬喧囂。

萬變不離其宗 ㄨㄢˋ ㄅㄧㄢˋ ㄅㄨˋ ㄌㄧˊ ㄑㄧˊ ㄗㄨㄥ

【釋義】萬變：極言其變化之多。宗：宗旨，目的。

【出處】老子四章：「道，淵兮似萬物之宗。」

【用法】說明儘管形式上變化多端，但其本質或目的不變。

【例句】他們公司一會兒大減價，一會兒買一送一，花樣繁多，但**萬變不離其宗**，都是為了賺錢。

【義近】宗旨如一。

【義反】離經叛道／變離其宗。

葉公好龍 ㄕㄜˋ ㄍㄨㄥ ㄏㄠˋ ㄌㄨㄥˊ

【釋義】一個姓葉的人喜愛龍。好：愛好，喜愛。

【出處】劉向・新序・雜事五：「葉公子高好龍……於是天龍聞而下之窺頭於牖，施尾於堂。葉公見之，棄而還走，失其魂魄，五色無主。是葉公非好龍也，好夫似龍而非龍者也。」

【用法】比喻口頭上說愛好某事物，實際上並不是真愛。形容人虛浮無實，或說話似是而非。

【例句】總經理天天要大家提意見，等到真的有人提了意見，卻又板起面孔訓人，這與**葉公好龍**有什麼區別！

【義近】心口不一／說說而已／言過其實／浮慕無實。

【義反】言行一致。

葉落歸根 ㄧㄝˋ ㄌㄨㄛˋ ㄍㄨㄟ ㄍㄣ

【釋義】樹葉從樹根生發出來，凋落後最終還是回到樹根。

【出處】道源・景德傳燈錄五：「師曰：『葉落歸根，來時無日。』」

【用法】比喻人或事總有一定的歸宿，不能忘其本源。多指作客他鄉的人最終要回到本鄉。

【例句】**葉落歸根**，這位老華僑在國外居住了幾十年，最近還是和老伴一起回故鄉了。

【義近】回歸故土／廉頗思趙／胡馬依北風／狐死首丘／反本歸宗／溯本歸原。

【義反】背井離鄉／四海為家／天下為家／老死他鄉／漂泊異鄉／數典忘祖。

落井下石 ㄌㄨㄛˋ ㄐㄧㄥˇ ㄒㄧㄚˋ ㄕˊ

【釋義】看見別人已經掉到井裏，還往下扔石頭。

【出處】韓愈・柳子厚墓誌銘：「落陷穽，不一引手救，反擠之，又下石焉者，皆是也。」

【用法】比喻乘人之危，加以打擊陷害。

【例句】這幫狐朋狗友，平時稱兄道弟，可是一旦誰倒了楣，大家就**落井下石**。

【義近】乘人之危／趁火打劫。

【義反】濟困扶危／雪中送炭。

落拓不羈 ㄌㄨㄛˋ ㄊㄨㄛˋ ㄅㄨˋ ㄐㄧ

【釋義】落拓：行為放任，不拘禮節。羈：馬籠頭，比喻束縛。

【出處】石點頭六回：「倚才狂放，落拓不羈。」

【用法】形容人行為豪放，不受拘束。

【例句】他這個人就像他父親一樣，**落拓不羈**，我行我素。

【義近】放浪形骸／放達不羈／任達不拘。

【義反】性格拘謹／謹小慎微／遵禮守教。

落花有意，流水無情 ㄌㄨㄛˋ ㄏㄨㄚ ㄧㄡˇ ㄧˋ，ㄌㄧㄡˊ ㄕㄨㄟˇ ㄨˊ ㄑㄧㄥˊ

【釋義】落花、流水：用以比喻雙方。

【出處】普濟・五燈會元・士珪禪師：「落花有意隨流水，流水無情戀落花。」

【用法】常用以比喻男女愛情發生波折，一方有意，一方無情。

【例句】他一再向她表示好感，然而**落花有意，流水無情**，她始終沒有任何回應。

【義近】一廂情願。

【義反】兩廂情願／兩情相悅。

落花流水 ㄌㄨㄛˋ ㄏㄨㄚ ㄌㄧㄡˊ ㄕㄨㄟˇ

【釋義】落下的花隨流水漂去。

【出處】李後主・浪淘沙：「落花流水春去也，天上人間。」

【用法】原形容暮春的殘敗景色，現多比喻零落殘敗或狼狽不堪的樣子。

【例句】我軍英勇善戰，把敵人打得**落花流水**。

【義近】七零八落／潰不成軍／一敗塗地。

【義反】百花盛開／凱旋班師／節節勝利。

落荒而走 ㄌㄨㄛˋ ㄏㄨㄤ ㄦˊ ㄗㄡˇ

【釋義】落荒：離開大路，走向荒野。走：跑。又作「落荒而逃」。

【出處】元・無名氏・馬陵道：「你自慢慢的從大路上行，我便落荒而走。」

【用法】形容吃了敗仗而慌張逃跑。也用以比喻狼狽逃竄。

【例句】這幫土匪在大軍猛烈的炮火攻擊下，只得**落荒而走**，不知去向。

【義近】逃之夭夭／抱頭鼠竄／狼奔豕突。

【義反】得勝回朝／凱旋而歸／勝利班師。

落落大方 ㄌㄨㄛˋ ㄌㄨㄛˋ ㄉㄚˋ ㄈㄤ

【釋義】落落：坦率，開朗。大方：不拘謹。

【出處】柳宗元・柳常侍行狀：「終身坦蕩，而細故不入，其達生知足，落落如此。」石玉琨・三俠五義六九回：「杜雍卻不推辭，將通身換了，更覺落落大方。」

【用法】形容人性格開朗，言談舉止自然大方。

【例句】她**落落大方**地伸出手來，跟我們一一握手，然後請我們就坐。

【義近】雍容大方／自然大方。

【義反】扭扭捏捏／縮手縮腳／畏畏縮縮。

落落寡合 ㄌㄨㄛˋ ㄌㄨㄛˋ ㄍㄨㄚˇ ㄏㄜˊ

【釋義】落落：不隨和的樣子，或解為孤獨的樣子。寡：少。又作「落落難合」。

【出處】後漢書・耿弇傳：「將軍前在南陽，建此大策，常以為落落難合；有志者事竟成也。」

【用法】原指見解高超不被一般人理解，今多形容不願與人苟合。

【例句】他個性既然是這樣遺世絕俗，其為人自然是**落落寡合**。

【義近】曲高和寡／我行我素／踽踽涼涼。

【義反】下里巴人／隨和合羣／善與人交。

蓋世無雙 ㄍㄞˋ ㄕˋ ㄨˊ ㄕㄨㄤ

【釋義】蓋世：超過當代所有的人。蓋：超蓋，壓倒。

【出處】司馬遷・史記・項羽本紀：「力拔山兮氣蓋世。」錢彩・說岳全傳九回：「那岳飛人間少有，蓋世無雙。」

【用法】用以形容才能、技藝、學識等為當代第一，無人可比。

【例句】梅蘭芳先生的平劇表演技藝，真可說是**蓋世無雙**。

【義近】獨一無二／天下無雙／舉世無敵。

【義反】無獨有偶／比比皆是。

蓋棺論定 ㄍㄞˋ ㄍㄨㄢ ㄌㄨㄣˋ ㄉㄧㄥˋ

【釋義】蓋棺：蓋上棺材蓋，指人死後。論定：也作「定論」，定下結論。

【出處】李曾柏・可齋續藁後卷十：「蓋棺公論定，不泯是人心。」趙翼・甌北詩鈔・

七言律六：「蓋棺論定無翻案，當軸權移有轉輪。」

【用法】 指人的一生是非功過，只有在其死後才有公平的結論。

【例句】 他生前做過錯事，但也做了不少好事，**蓋棺論定**，他應當是功大於過。

蒙昧無知（ㄇㄥˊ ㄇㄟˋ ㄨˊ ㄓ）

【釋義】 蒙昧：昏昧，愚昧。

【出處】 陸機・弔魏武帝文：「迄在茲而蒙昧，慮噤閉而無端。」

【用法】 形容人愚昧糊塗，不明事理。

【例句】 他既是一個**蒙昧無知**的人，你又何必和他計較呢！

【義近】 愚妄無知／愚昧無知／糊里糊塗。

【義反】 知書達理／深明事理／心明眼亮／通情達理。

蒲柳之姿（ㄆㄨˊ ㄌㄧㄡˇ ㄓ ㄗ）

【釋義】 蒲柳：蒲和柳，二者均早落葉，所以用來比喻人的早衰。

【出處】 劉義慶・世說新語・言語：「蒲柳之姿，望秋而落；松柏之質，經霜彌茂。」

【用法】 比喻人的體質衰弱。

【例句】 王小姐雖說是**蒲柳之姿**，醫藥不斷，但就像林黛玉一樣，仍有其美麗動人處。

【義近】 弱不禁風／弱不勝衣／身單體弱。

【義反】 松柏之姿／身強力壯。

蒸蒸日上（ㄓㄥ ㄓㄥ ㄖˋ ㄕㄤˋ）

【釋義】 蒸蒸：熱氣上升或萬物興盛的樣子。

【出處】 李寶嘉・官場現形記五二回：「你世兄又是桀桀大才，調度有方，還怕不蒸蒸日上嗎？」

【用法】 比喻日益興旺發達。

【例句】 在大家齊心協力下，我們的事業必將**蒸蒸日上**。

【義近】 欣欣向榮／日新月異／如日方升。

【義反】 每下愈況／江河日下。

蓬戶甕牖（ㄆㄥˊ ㄏㄨˋ ㄨㄥˋ ㄧㄡˇ）

【釋義】 蓬戶：用蓬草編的門。甕牖：用破陶器作的窗。牖：窗。

【出處】 禮記・儒行：「篳門圭窬，蓬戶甕牖。」

【用法】 指窮戶人家的簡陋房屋，用以形容窮困。

【例句】 劉老先生幾十年來**蓬戶甕牖**，粗茶淡飯，却一直樂天知命，安於貧素。

【義近】 荊室蓬戶／蓬門篳戶／土牆茅室／室如懸磬／瓦灶繩牀／環堵蕭然。

【義反】 朱門繡戶／朱甍碧瓦／深宅大院／畫棟雕梁／瓊樓玉宇／峻宇彫牆。

蓬生麻中，不扶自直（ㄆㄥˊ ㄕㄥ ㄇㄚˊ ㄓㄨㄥ ㄅㄨˋ ㄈㄨˊ ㄗˋ ㄓˊ）

【釋義】 蓬草生長在麻中，用不著扶持，會自然地順著挺直的麻向上生長。

【出處】 荀子・勸學：「蓬生麻中，不扶而直；白沙在涅，與之俱黑。」

【用法】 比喻環境的好壞，必會影響個人人格的發展。

【例句】 **蓬生麻中，不扶自直**，替孩子選擇良好的學習環境是父母的責任。

【義近】 蓬賴麻直／近朱者赤，近墨者黑／染蒼則蒼，染黃則黃／白沙在涅，與之俱黑。

【義反】 涅而不緇／出汚泥而不染／歹竹出好筍。

蓬門篳戶（ㄆㄥˊ ㄇㄣˊ ㄅㄧˋ ㄏㄨˋ）

【釋義】 用蓬草荊條等編製的門。篳：竹子、荊條之類。門、戶：雙扇門曰門，單扇門曰戶。

【出處】于謙・村社桃花詩：「野水縈紆石徑斜，篳門蓬戶兩三家。」

【用法】形容居室簡陋，家境貧寒。

【例句】他雖出自**蓬門篳戶**，可是卻一身傲骨，令人敬佩。

【義近】蓬戶甕牖／蓬門柴戶／茅椽柴門。

【義反】朱門繡戶／瓊樓玉宇／雕梁畫棟。

蓬蓬勃勃 ㄆㄥˊ ㄆㄥˊ ㄅㄛˊ ㄅㄛˊ

【釋義】蓬蓬、勃勃：均用以形容興盛。勃勃，又寫作「孛孛」。

【出處】漢書・文帝紀：「有長星出于東方。」注引後漢文穎曰：「其光四出蓬蓬孛孛也。」

【用法】多用以形容興旺發達的景象。

【例句】臺灣地區隨著經濟的快速發展，到處呈現出一片**蓬蓬勃勃**的景象。

【義近】欣欣向榮／蒸蒸日上／生機盎然。

【義反】槁木死灰／江河日下／死氣沉沉。

蓬頭垢面 ㄆㄥˊ ㄊㄡˊ ㄍㄡˋ ㄇㄧㄢˋ

【釋義】蓬頭：頭髮散亂如蓬草。垢面：面孔骯髒。垢：污穢不潔。

【出處】魏書・封軌傳：「君子整其衣冠，尊其瞻視，何必蓬頭垢面，然後爲賢。」

【用法】形容人不事修飾。

【例句】你又不是沒有錢，何苦要**蓬頭垢面**的，難道是想以此來顯示自己的豪放不羈？

【義近】不修邊幅／邋里邋遢／首如飛蓬／滿腮苔蘚。

【義反】衣冠整潔／衣冠楚楚／油光可鑑／容光煥發。

蓬蓽生輝 ㄆㄥˊ ㄅㄧˋ ㄕㄥ ㄏㄨㄟ

【釋義】蓬蓽：即蓬門蓽戶。生輝：增生光輝。又作「蓬蓽增輝」。蓽通「篳」。

【出處】王之道・和富公權宗丞詩：「門外傳來一軸詩，爛然蓬蓽增光輝。」

【用法】意謂使寒家增生光輝，多用作感謝別人過訪或贈送字畫等禮品的客套語。

【例句】您的光臨，頓使**蓬蓽生輝**，令我倍感榮幸之至。

【義近】蓬屋增光／寒舍增輝。

蔚爲大觀 ㄨㄟˋ ㄨㄟˊ ㄉㄚˋ ㄍㄨㄢ

【釋義】蔚：草木茂盛。大觀：盛大的景象。

【出處】范仲淹・岳陽樓記：「朝暉夕陰，氣象萬千，此則岳陽樓之大觀也。」

【用法】形容事物美好繁多，給人一種盛大的印象。

【例句】本屆國際博覽會所陳列的商品琳瑯滿目，**蔚爲大觀**。

【義近】盛大壯觀／蔚爲奇觀。

蔚然成風 ㄨㄟˋ ㄖㄢˊ ㄔㄥˊ ㄈㄥ

【釋義】蔚然：草木茂盛的樣子，引申爲薈萃、聚集。風：風氣。

【用法】形容某件事逐漸發展，廣泛流行，形成一種風氣。

【例句】時下一般青年人先成就一番事業，然後再結婚成家，業已**蔚然成風**。

【義近】蔚成風氣／靡然成風。

【義反】一哄而散。

蕩然無存 ㄉㄤˋ ㄖㄢˊ ㄨˊ ㄘㄨㄣˊ

【釋義】蕩然：形容毀壞、廢壞。又作「蕩然一空」。

【出處】宋史・楊偕傳：「且州之四面屬羌，遭賊驅脅，蕩然一空，止存孤壘。」

【用法】形容被破壞得一無所有。

【例句】這場颱風，把臨近海邊的一個村莊「洗劫」得**蕩然無存**。

【義近】一掃而光／靡有孑遺。

【義反】安然無恙／原封不動。

蕭規曹隨（ㄒㄧㄠ ㄍㄨㄟ ㄘㄠˊ ㄙㄨㄟˊ）

【釋義】蕭規：指漢初相國蕭何所製定的律令制度。曹隨：指曹參繼爲相國後一切遵循「蕭規」。

【出處】漢書・揚雄傳：「夫蕭規曹隨，留侯（張良）畫策，陳平出奇，功若泰山，響若阺隤。」

【用法】指一切按前人成規辦事。

【例句】執政者只知**蕭規曹隨**，不從社會發展變化的實際出發，制定新的政策，那必然會處處碰壁，毫無成就。

【義近】陳陳相因／墨守成規／率由舊章／蹈常襲故。

【義反】鼎新革故／廢舊立新／改弦更張／推陳出新。

藏之名山，傳之其人（ㄘㄤˊ ㄓ ㄇㄧㄥˊ ㄕㄢ ㄔㄨㄢˊ ㄓ ㄑㄧˊ ㄖㄣˊ）

【釋義】藏之名山：又作「藏諸名山」，意謂把它藏在名山裏。

【出處】司馬遷・報任少卿書：「僕誠以著此書，藏諸名山，傳之其人。」

【用法】指把有價值的著作藏在名山深處，留傳給後代。

【例句】這是一部純學術著作，找了幾家出版社都不肯出版，看來只好**藏之名山，傳之其人**。

藏垢納汚（ㄘㄤˊ ㄍㄡˋ ㄋㄚˋ ㄨ）

【釋義】垢、汚：骯髒之物。又作「藏汚納垢」。

【出處】左傳・宣公一五年：「川澤納汙，山藪藏疾，瑾瑜匿瑕，國君含垢，天之道也。」全祖望・移詰寧守魏某帖子：「蓋監生者，固藏垢納汚之一途也。」

【用法】指包容壞人壞事。

【例句】台北的華西街原是個**藏垢納汚**的地方，犯罪事件層出不窮。

【義近】含垢納汚／包藏禍心／藏疾匿瑕。

【義反】發奸擿伏／激濁揚清。

藏龍臥虎（ㄘㄤˊ ㄌㄨㄥˊ ㄨㄛˋ ㄏㄨˇ）

【釋義】隱藏著的龍，睡臥著的虎。龍、虎：比喻不平凡的人物。

【出處】庾信・同會河陽公新造山地聊得寓目詩：「暗石疑藏虎，盤根似臥龍。」

【用法】指隱藏著未被發現的人才，也指隱藏不露的人才。

【例句】你們公司人才濟濟，眞可算得上是**藏龍臥虎**之地。

【義近】潛龍伏虎。

藏頭露尾（ㄘㄤˊ ㄊㄡˊ ㄌㄨˋ ㄨㄟˇ）

【釋義】藏住了頭，却露出了尾巴。

【出處】楊顯之・桃花女二折：「不爭我藏頭露尾，可甚的知恩報恩。」

【用法】形容人說話做事躲躲閃閃，不光明正大，多有隱藏。

【例句】這人行動鬼鬼祟祟，說話**藏頭露尾**的，好像有什麼不可告人的秘密。

【義近】遮遮掩掩／東鱗西爪。

【義反】原形畢露／和盤托出／露出馬腳。

藏器待時（ㄘㄤˊ ㄑㄧˋ ㄉㄞˋ ㄕˊ）

【釋義】藏：隱藏。器：器具，引申爲才能。

【出處】周易・繫辭下：「君子藏器於身，待時而動。」

【用法】比喻身懷才能，以等待施展的時機。

【例句】他**藏器待時**已久，却苦無識才者任用，恐將含恨以終了。

【義近】韜光養晦／披褐懷玉／待價而沽。

【義反】露才揚己／脫穎而出／嶄露頭角。

藍田玉生（ㄌㄢˊ ㄊㄧㄢˊ ㄩˋ ㄕㄥ）

【釋義】藍田：山谷，在今陝西

省藍田縣東，產美玉。
【出處】陳壽・三國志・吳志・諸葛恪傳注・引江表傳：「恪少有才名……（孫）權見而奇之，謂（其父）瑾曰：『藍田玉生，眞不虛也。』」
【用法】稱譽名門出賢子弟，或父親生了好兒子。
【例句】王先生！恭喜幸得貴子，眞是**藍田玉生**啊！
【義近】將門虎子／虎父虎子。
【義反】虎父犬子。

藕斷絲連（ㄡˇ ㄉㄨㄢˋ ㄙ ㄌㄧㄢˊ）
【釋義】藕已折斷，但還有許多絲連接著未斷開。
【出處】孟郊・去婦詩：「妾心藕中絲，是斷猶牽連。」
【用法】比喻表面上斷了關係，實際上仍有牽連。
【例句】他倆雖然離了婚，但實際上還是**藕斷絲連**，互有往來的。
【義近】意惹情牽／絲連線牽。
【義反】一刀兩斷／恩盡義絕。

虍部

虎入羊羣（ㄏㄨˇ ㄖㄨˋ ㄧㄤˊ ㄑㄩㄣˊ）
【釋義】老虎撲進羊羣裏來了。
【出處】吳承恩・西遊記三一回：「一路打將去，好似虎入羊羣，鷹來雞柵。」
【用法】比喻聲勢威猛，爲所欲爲，無人敢抵擋。
【例句】這幫持槍歹徒，衝進手無寸鐵的人羣中，便以**虎入羊羣**之勢，肆意行凶搶劫。
【義近】倚強凌弱／橫衝直闖／橫行無忌／如入無人之境。
【義反】羊入虎穴／任人宰割。

虎口餘生（ㄏㄨˇ ㄎㄡˇ ㄩˊ ㄕㄥ）
【釋義】餘生：指倖存的生命。一作「虎口殘生」。
【出處】元・無名氏・硃砂擔一折：「我如今在虎口逃生，急騰騰再不消停。」
【用法】比喻經受極大危險，卻能僥倖地保存生命。多用於戰亂、災禍或重大事故。
【例句】老實說，我在**虎口餘生**之後，早就看破紅塵，對名利地位已毫無興趣了。
【義近】劫後餘生／死裏逃生／九死一生／虎口逃生。
【義反】在劫難逃／死於非命／粉身碎骨／斷脰決腹。

虎穴龍潭（ㄏㄨˇ ㄒㄩㄝˋ ㄌㄨㄥˊ ㄊㄢˊ）
【釋義】虎所居的洞穴，龍所處的深潭。
【出處】施耐庵・水滸傳四十回：「感謝眾位豪傑不避凶險，來虎穴龍潭，力救殘生。」
【用法】比喻極凶險的地方。
【例句】怕什麼！不管那是怎樣的地方，哪怕是**虎穴龍潭**，我也要去把大哥救出來！
【義近】虎窟龍潭／刀山火海／萬丈深淵。
【義反】一馬平川／康莊大道。

虎虎有生氣（ㄏㄨˇ ㄏㄨˇ ㄧㄡˇ ㄕㄥ ㄑㄧˋ）
【釋義】一作「虎虎生氣」。虎虎：形容威武勇猛。生氣：指意氣風發。
【用法】形容人威武雄壯、生動活潑的精神狀態。
【例句】年輕人**虎虎有生氣**，和他們在一起，我們這些老年人似乎也變得年輕了。
【義近】生氣勃勃／朝氣蓬勃／生龍活虎。
【義反】暮氣沉沉／死氣沉沉／有氣無力／尸居餘氣。

虎背熊腰（ㄏㄨˇ ㄅㄟˋ ㄒㄩㄥˊ ㄧㄠ）
【釋義】像老虎之背、像熊之腰那樣強壯結實。
【出處】元・無名氏・飛刀對箭二折：「這廝到是一條好漢……哦，是虎背熊腰。」
【用法】形容人身體魁梧健壯。多用於讚美青年男子。
【例句】這些足球隊員都長得很

結實，個個**虎背熊腰**，踢起球來有如猛虎下山，氣勢非凡。

【義近】虎體熊腰／虎頸燕頷／魁梧奇偉／身強體壯／銅筋鐵骨。

【義反】嬌小玲瓏／沉腰潘鬢／弱不禁風／骨瘦如柴。

虎視眈眈 ㄏㄨˇ ㄕˋ ㄉㄢ ㄉㄢ

【釋義】像老虎要撲食那樣惡狠狠地注視著。眈眈：注視的樣子。

【出處】周易・頤卦：「虎視眈眈，其欲逐逐，无咎。」

【用法】比喻貪婪地注視著想要攫取的對象或物品。

【例句】老先生命若游絲，所有的親友都對他的龐大遺產**虎視眈眈**，沒有幾個是眞正關心他的死活的。

【義近】虎視鷹瞵／鷹瞵鶚視／鴟視狼顧／鷹視狼步。

【義反】脈脈注視／含情睨視／佛眼相看／菩薩低眉。

虎落平陽被犬欺 ㄏㄨˇ ㄌㄨㄛˋ ㄆㄧㄥˊ ㄧㄤˊ ㄅㄟˋ ㄑㄩㄢˇ ㄑㄧ

【釋義】平陽：本爲地名，今山西、浙江皆有平陽縣。此則泛指平原地帶。

【用法】以老虎離山失去依恃爲狗所欺，比喻有權勢之人一旦失勢爲常人所欺。

【例句】他當初身爲一縣之長，威風凜凜，現在因犯法免職，便處於**虎落平陽被犬欺**的可悲境地了。

【義近】龍困淺水遭蝦戲／牆倒眾人推。

【義反】惺惺惜惺惺／好漢惜好漢／患難見知音。

虎瘦雄心在 ㄏㄨˇ ㄕㄡˋ ㄒㄩㄥˊ ㄒㄧㄣ ㄗㄞˋ

【釋義】雄心：指具有遠大理想和抱負的壯志。

【出處】元・無名氏・小尉遲二折：「我老則老，殺場上有些氣概，豈不聞虎瘦雄心在。」

【用法】比喻人窮有志氣，也比喻人老而壯志不減。

【例句】笑話，你就不曾聽說**虎瘦雄心在**這句成語嗎？我人雖窮，也決不會低聲下氣去求人！

【義近】人窮志不窮／人貧志氣存／烈士暮年，壯心不已／老驥伏櫪，志在千里。

【義反】人窮志亦窮／人窮志短／人老萬事休。

虎飽鴟咽 ㄏㄨˇ ㄅㄠˇ ㄔ ㄧㄢˋ

【釋義】像老虎那樣殘暴，像鴟鳥那樣貪得無厭。

【出處】桓寬・鹽鐵論・褒賢：「當世囂囂，非患儒之雞廉，患在位者之虎飽鴿（鴟）咽。」

【用法】比喻貪官汙吏之凶狠無饜。

【例句】在專制社會裏，貪官汙吏**虎飽鴟咽**地敲詐人民，根本不顧人民死活。

【義近】貪得無厭／求索無饜／敲骨吸髓。

【義反】大公無私／勤政愛民／廉潔奉公。

虎踞龍盤 ㄏㄨˇ ㄐㄩˋ ㄌㄨㄥˊ ㄆㄢˊ

【釋義】像老虎蹲著，如龍盤著。踞：蹲。盤：又寫作「蟠」，回旋環繞。

【出處】庾信・哀江南賦：「昔之虎踞龍盤，加以黃旗紫氣，莫不隨狐兔而窟穴，與風塵而殄瘁。」

【用法】形容地勢雄壯險要。常指帝都，也特指南京。

【例句】南京背負鍾山，面臨大江，形勢險要，自古被稱爲**虎踞龍盤**之地。

【義近】龍蟠虎踞／表裏山河。

【義反】一馬平川。

虎頭虎腦 ㄏㄨˇ ㄊㄡˊ ㄏㄨˇ ㄋㄠˇ

【釋義】虎頭：舊時相家以爲貴相，今指相貌端莊有氣派。

【出處】東觀漢記・班超：「相

者曰：生燕頷虎頭，飛而食肉，此萬里侯相也。」

【用法】今多用以指少年兒童健壯而憨厚的樣子。

【例句】好小子！長得**虎頭虎腦**的，多結實，長大一定有出息。

【義近】相貌堂堂。

【義反】獐頭鼠目／尖嘴猴腮／相貌單薄。

虎頭蛇尾（ㄏㄨˇ ㄊㄡˊ ㄕㄜˊ ㄨㄟˇ）

【釋義】老虎的頭部很大，蛇的尾部很細。

【出處】康敬之・李逵負荊二折：「轉背言詞說是非，這廝敢狗行狼心，虎頭蛇尾！」

【用法】比喻開始時聲勢很大，後來勁頭很小；也比喻做事有始無終。也可指文章收尾不好。

【例句】他這人有很多優點，但有一個嚴重的毛病，就是做事往往**虎頭蛇尾**。

【義近】有頭無尾／有始無終／雷聲大雨點小。

【義反】有頭有尾／有始有終／貫徹始終／始終如一。

虎嘯風生（ㄏㄨˇ ㄒㄧㄠˋ ㄈㄥ ㄕㄥ）

【釋義】老虎一聲怒吼，風起寒生。嘯：長聲鳴叫。

【出處】北史・張定和傳論：「虎嘯風生，龍騰雲起，英雄奮發，亦各因時。」

【用法】比喻豪傑因時而起，奮發有爲。

【例句】滿清末年，革命黨人**虎嘯風生**，追隨 國父致力於國民革命，終於推翻滿清政府，建立了中華民國。

【義近】風起雲湧／風虎雲龍／龍騰虎躍／龍吟雲萃。

【義反】息交絕遊／韜聲匿跡。

處之泰然（ㄔㄨˇ ㄓ ㄊㄞˋ ㄖㄢˊ）

【釋義】處在困難之中也能安然自得，毫不介意。

【出處】朱熹・四書章句集注・論語・雍也篇・賢哉回也注：「顏子之貧如此，而處之泰然，不以害其樂。」

【用法】形容應付緊急狀況或困難時，心情安定，態度從容。或形容適應力強。

【例句】這種緊急狀況他不是第一次碰上，所以他可以**處之泰然**，平穩的處理一切。

【義近】從容不迫／處之有素／安之若素。

【義反】驚惶失措／措手不及。

處心積慮（ㄔㄨˇ ㄒㄧㄣ ㄐㄧ ㄌㄩˋ）

【釋義】處心：存心，居心。積慮：思慮了很久。

【出處】穀梁傳・隱公元年：「何甚乎鄭伯？甚鄭伯之處心積慮成於殺也。」

【用法】說明蓄意已久，早就有某種打算。

【例句】老大時時刻刻想把老二那份財產拿到手，**處心積慮**地暗算他。

【義近】費盡心機／挖空心思／絞盡腦汁。

【義反】無所用心。

虛左以待（ㄒㄩ ㄗㄨㄛˇ ㄧˇ ㄉㄞˋ）

【釋義】虛：空。左：左位，古時以左爲尊。

【出處】司馬遷・史記・魏公子列傳：「公子從車騎，虛左，自迎夷門侯生。」

【用法】指空出尊位以待賢者。也指留著上首坐位等候客人，以示尊敬。

【例句】承蒙光臨，我早就久仰大名，**虛左以待**了。

【義近】虛位以待／招賢納士／禮賢下士。

【義反】拒之門外／輕賢慢士。

虛有其表（ㄒㄩ ㄧㄡˇ ㄑㄧˊ ㄅㄧㄠˇ）

【釋義】虛有：空有。表：表面，外貌。

【出處】鄭處誨・明皇雜錄：「（蕭）嵩既退，上擲其草於地，曰：『虛有其表耳！』」

【用法】形容人只有華麗的外表而無實際的內質。
【例句】別看他長得清清秀秀的，舉止也很斯文，其實根本胸無點墨，**虛有其表**而已。
【義近】虎皮羊質／華而不實。
【義反】名副其實／表裏如一。

虛情假意 ㄒㄩ ㄑㄧㄥˊ ㄐㄧㄚˇ ㄧˋ

【釋義】虛假的情意。
【出處】吳承恩・西遊記三三回：「那怪巧語花言，虛情假意道。」
【用法】形容人虛偽做作，不以誠心相待。
【例句】今天這一切使我明白了，過去他待我那麼好，完全是**虛情假意**。
【義近】惺惺作態／裝模作樣／假仁假義。
【義反】眞心實意／誠心誠意。

虛張聲勢 ㄒㄩ ㄓㄤ ㄕㄥ ㄕˋ

【釋義】虛：虛假。張：聲張，張揚。聲勢：聲威氣勢。
【出處】韓愈・論淮西事宜狀：「人情必有救助之意，然皆闇弱，自保無暇，虛張聲勢，則必有之。」
【用法】指假裝出強大的氣勢，藉以嚇唬對方。
【例句】你不要看對方張牙舞爪的樣子，其實他們是**虛張聲勢**，根本不堪一擊。
【義近】裝腔作勢。
【義反】不動聲色。

虛無縹緲 ㄒㄩ ㄨˊ ㄆㄧㄠ ㄇㄧㄠˇ

【釋義】虛無：虛幻不實。縹緲：隱隱約約、若有若無的樣子。
【出處】白居易・長恨歌：「忽聞海上有仙山，山在虛無縹緲間。」
【用法】形容虛幻渺茫，不可捉摸。
【例句】所謂海枯石爛、天長地久的愛情，常常是人們心中**虛無縹緲**的幻想。
【義近】空中樓閣／鏡花水月／海市蜃樓。
【義反】言之有物／言之鑿鑿。

虛與委蛇 ㄒㄩ ㄩˇ ㄨㄟ ㄧˊ

【釋義】虛：不眞實，假意。與：跟，同。委蛇：敷衍。
【出處】莊子・應帝王：「鄉吾示之以未始出吾宗，吾與之虛而委蛇，不知其誰何。」
【用法】指對人虛情假意，敷衍應酬。
【例句】蔣幹到東吳勸說周瑜投降曹操，周瑜**虛與委蛇**，反教蔣幹中了他借刀殺人之計。
【義近】言不由衷／虛情假意／虛應故事。
【義反】開誠布公／赤誠相見／坦誠相見。

虛應故事 ㄒㄩ ㄧㄥˋ ㄍㄨˋ ㄕˋ

【釋義】虛：不眞實，假意。應：應付。故事：舊的成例。
【出處】馮夢龍・醒世恆言・一文錢小隙造奇冤：「到底老人家，只好虛應故事。」
【用法】指做事按照往例敷衍應付，走走過場。
【例句】你去找他辦事，他只會**虛應故事**而已，決不會替你認眞辦的。
【義近】敷衍塞責／得過且過。
【義反】一絲不苟。

虛懷若谷 ㄒㄩ ㄏㄨㄞˊ ㄖㄨㄛˋ ㄍㄨˇ

【釋義】虛懷：謙虛的胸懷。若谷：像山谷。
【出處】老子：「尙德若谷。」沈約・齊故安陸昭王碑文：「虛懷博約，幽關洞開。」
【用法】形容人十分謙虛，其胸懷像山谷一樣深廣，能容納各種不同的意見。
【例句】國父爲人誠懇熱情，**虛懷若谷**，使每個見過他的人都深受感動。
【義近】謙沖自牧／卑以下人／卑以自牧／大盈若沖／謙卑爲懷。

【義反】妄自尊大／夜郎自大／拒諫飾非／目空一切。

號令如山 ㄏㄠˋ ㄌㄧㄥˋ ㄖㄨˊ ㄕㄢ

【釋義】如山：像山一樣的巋然不動。號令：召喚，命令，發布命令。

【出處】宋史・岳飛傳：「賊黨黃佐曰：『岳節使號令如山，若與之敵，萬無生理，不如往降。』」

【用法】形容命令之不可更易、動搖。

【例句】在軍隊中講求的是團隊精神，長官的**號令如山**，任何人都不可有異議。

【義近】軍令如山。

【義反】朝令夕改。

號咷大哭 ㄏㄠˊ ㄊㄠˊ ㄉㄚˋ ㄎㄨ

【釋義】號咷：也作「嚎啕」，大哭之聲。

【出處】周易・同人：「同人，先號咷而後笑。」曹雪芹・紅樓夢一一七回：「襲人、紫鵑聽了這話，不禁嚎啕大哭起來。」

【用法】形容人放聲大哭。

【例句】她一聽到兒子遇難的噩耗，便**號咷大哭**起來。

【義近】號啕痛哭／呼天搶地。

【義反】哄堂大笑／破涕為笑／拊掌大笑。

虫部

蚍蜉撼樹 ㄆㄧˊ ㄈㄨˊ ㄏㄢˋ ㄕㄨˋ

【釋義】蚍蜉：一種大螞蟻。撼：搖動。又作「蚍蜉撼大樹」。

【出處】韓愈・調張籍詩：「蚍蜉撼大樹，可笑不自量。」

【用法】比喻自不量力。

【例句】社會風氣已如此，你企圖寫幾篇文章便要扭轉它，根本是**蚍蜉撼樹**，起不了作用的。

【義近】螳臂當車／不自量力／與天競高／與日爭輝／夸父逐日。

【義反】量力而行／自知之明／安分守己。

蛛絲馬跡 ㄓㄨ ㄙ ㄇㄚˇ ㄐㄧ

【釋義】意謂從掛著的蜘蛛絲可以找到蜘蛛的所在，從馬蹄的印跡可以查出馬的去向。

【出處】王家賁・別雅序：「而實則蛛絲馬跡，原原本本，具在古書。」

【用法】比喻事情有隱約可尋的線索和痕跡。

【例句】警察根據現場的一些**蛛絲馬跡**，進行分析追蹤，終於抓到了搶劫銀行的罪犯。

【義近】一鱗半爪／蛛絲鼠跡。

【義反】不落痕跡。

蛙鳴蟬噪 ㄨㄚ ㄇㄧㄥˊ ㄔㄢˊ ㄗㄠˋ

【釋義】青蛙亂鳴，蟬兒亂叫。蟬：類似知了而個兒較大的昆蟲。：噪：蟲、鳥鳴叫。

【出處】蘇軾・出都來陳所乘船上有題：「蛙鳴青草泊，蟬噪垂楊浦。」

【用法】形容噪音喧囂，擾人不安。有時也用以比喻拙劣的談話。

【例句】①在現代都市叢林裏，能夠聽到**蛙鳴蟬噪**倒成了一種享受。②他的報告又長又臭，有如**蛙鳴蟬噪**，眞是煩死人了！

【義近】蠅鳴蚓唱／驢鳴犬吠。

【義反】寂靜無聲／萬籟俱寂。

蛟龍得水（ㄐㄧㄠ ㄌㄨㄥˊ ㄉㄜˊ ㄕㄨㄟˇ）

【釋義】蛟龍：傳說中的一種無角的龍，傳說此龍得水，能興雲作雨，飛騰升天。

【出處】管子・形勢：「蛟龍得水，而神可立也。」

【用法】比喻人有施展才能的機會。多指英雄得志。

【例句】他調到國防科研部門，有如**蛟龍得水**，可以大展其才了。

【義近】鳶飛戾天／春風得意。

【義反】蛟龍失水／涸轍之魚／龍困淺灘。

蜂擁而至（ㄈㄥ ㄩㄥ ㄦˊ ㄓˋ）

【釋義】像蜜蜂一般的擁至。

【出處】淸・李汝珍・鏡花緣二六回：「個個頭戴浩然巾，手執器械，蜂擁而至。」

【用法】形容一羣人一下子擠到某個地方。

【例句】這家商場所有的貨物從今天起減價三天，所以今天一開門，顧客便**蜂擁而至**。

【義反】一哄而散／如鳥獸散。

蜻蜓點水（ㄑㄧㄥ ㄊㄧㄥˊ ㄉㄧㄢˇ ㄕㄨㄟˇ）

【釋義】蜻蜓飛行水面，尾部觸水即起。

【出處】晏殊・漁家傲：「嫩綠堪裁紅欲綻，蜻蜓點水魚遊畔。」

【用法】比喻治學不深入，淺嘗輒止。也比喻做事輕浮應付，不深入仔細。

【例句】**蜻蜓點水**式的工作態度，既了解不到實際情況，也解決不了實際問題。

【義近】淺嘗輒止／浮光掠影／走馬觀花。

【義反】拔樹尋根／追本溯源／實事求是。

蝦兵蟹將（ㄒㄧㄚ ㄅㄧㄥ ㄒㄧㄝˋ ㄐㄧㄤˋ）

【釋義】古代神怪小說裏海龍王手下的兵將。蝦、蟹：均爲「身披堅甲，頭戴利箝」的小動物。

【出處】吳承恩・西遊記三回：「東海敖廣即忙起身，與龍子龍孫，蝦兵蟹將出宮迎道……。」

【用法】比喻供惡勢力驅使的爪牙、走卒。

【例句】平劇《打漁殺家》裏，漁霸家的教師爺被蕭恩打倒在地，他手下的**蝦兵蟹將**見勢不妙，一哄而散。

【義近】嘍囉幫凶／爪牙走卒。

【義反】天兵天將／神兵神將。

融會貫通（ㄖㄨㄥˊ ㄏㄨㄟˋ ㄍㄨㄢˋ ㄊㄨㄥ）

【釋義】研究學問，能將各種義理融合貫串起來。

【出處】宋史・道學傳：「於是上自帝王傳心之奧，下至初學入德之門，融會貫通，無復餘蘊。」

【用法】用以形容能將多種義理融化會合成一種學問。

【例句】做學問最重要的是能**融會貫通**，千萬不可死記。

【義近】心領神會／窺得竅門／讀書得間。

【義反】囫圇吞棗。

螳螂捕蟬（ㄊㄤˊ ㄌㄤˊ ㄅㄨˇ ㄔㄢˊ）

【釋義】螳螂捕捉蟬。又作「螳螂捕蟬，黃雀在後」。

【出處】莊子・山木：「覩一蟬，方得美蔭而忘其身；螳螂執翳而搏之，見得而忘其形；異鵲從而利之，見利而忘其眞。」趙曄・吳越春秋：「螳螂捕蟬，志在有利，不知黃雀在後啄之。」

【用法】比喻目光短淺，只想到算計別人，沒想到有人在算計自己。

【例句】他這個人一心只想暗算別人，沒想到這次竟**螳螂捕**

蟬，被人在背後暗算了。

【義近】見得忘形。

【義反】瞻前顧後。

螳臂當車 ㄊㄤˊ ㄅㄧˋ ㄉㄤ ㄐㄩ

【釋義】螳臂：螳螂的前腿。當車：阻擋車輪前進。

【出處】莊子・人間世：「汝不知夫螳螂乎，怒其臂以當車轍，不知其不勝任也。」

【用法】今多用以譏刺人自不量力。

【例句】東歐各地的民主運動洶湧澎湃，專制主義者妄想**螳臂當車**，自然要落得粉身碎骨的下場。

【義近】蚍蜉撼樹／以卵擊石／自不量力。

【義反】泰山壓卵／量力而行。

蟾宮折桂 ㄔㄢˊ ㄍㄨㄥ ㄓㄜˊ ㄍㄨㄟˋ

【釋義】折取月宮的桂花。蟾宮：月宮，傳說月中有蟾（癩蝦蟆），故名。

【出處】鄭德輝・王粲登樓二折：「寒窗書劍十年苦，指望蟾宮折桂枝。」

【用法】舊指科舉應試得中，今也泛指應試較高級的考試而得中。

【例句】彼時黛玉在窗下對鏡理裝，聽寶玉說上學去，因笑道：「好！這一去，可是要**蟾宮折桂**了！」（曹雪芹・紅樓夢九回）

【義近】金榜題名／青雲直上／雁塔題名。

【義反】榜上無名／名落孫山／暴腮龍門。

蠅頭微利 ㄧㄥˊ ㄊㄡˊ ㄨㄟˊ ㄌㄧˋ

【釋義】蠅頭：蒼蠅頭，喻微小。微利：小利。

【出處】蘇軾・滿庭芳詞：「蝸角虛名，蠅頭微利，算來著甚千忙。」

【用法】形容極其微小的利潤或好處。

【例句】人生在世，何必要為**蠅頭微利**而奔波煩擾，還是快快活活的過日子吧！

【義近】蠅頭小利／毫末之利／錐刀之利。

【義反】利市三倍／一本萬利。

蠅營狗苟 ㄧㄥˊ ㄧㄥˊ ㄍㄡˇ ㄍㄡˇ

【釋義】像蒼蠅樣的飛來飛去到處鑽營，像狗樣的苟且偷生不講節操。

【出處】韓愈・送窮文：「朝悔其行，暮已復然，蠅營狗苟，驅去復還。」

【用法】比喻為追名逐利而不顧廉恥。多用於人的言行舉止方面。

【例句】逢迎拍馬，本是**蠅營狗苟**之輩的一慣伎倆，你又何必為此大動肝火呢？

【義近】沽名釣譽／卑躬屈膝／搖尾乞憐／如蟻附羶／寡廉鮮恥。

【義反】傲視名利／高亢不屈／守節不移／懷瑾握瑜。

蠢蠢欲動 ㄔㄨㄣˇ ㄔㄨㄣˇ ㄩˋ ㄉㄨㄥˋ

【釋義】蠢蠢：蟲類拱著爬動的樣子。欲：將要。又作「蠢蠢而動」。

【出處】劉敬叔・異苑：「掘得一黑物，無有首尾，形如數百斛舡，長數十丈，蠢蠢而動。」

【用法】形容敵方、歹徒將有所行動，準備搗亂破壞。

【例句】根據情報，敵人亡我之心未死，現又**蠢蠢欲動**，應下令三軍處於戰備狀態。

【義近】蠢蠢思動。

【義反】隱伏未動／龜縮不動。

蠱惑人心 ㄍㄨˇ ㄏㄨㄛˋ ㄖㄣˊ ㄒㄧㄣ

【釋義】蠱惑：迷惑。蠱：傳說中的毒蟲。

【出處】劉勰・滅惑論：「而濫求租稅，糜費產業，蠱惑士女。」

【用法】比喻製造輿論或散布謠

言來迷惑、欺騙羣眾。

【例句】你在人心惶惶的時候又散布這種**蠱惑人心**的言論，是唯恐天下不亂嗎？

【義近】妖言惑眾／亂人耳目。

【義反】信而有徵／讜言正論／言之鑿鑿。

蠻不講理（ㄇㄢˊ ㄅㄨˋ ㄐㄧㄤˇ ㄌㄧˇ）

【釋義】蠻橫而不講道理。蠻：蠻橫，野蠻。

【用法】形容人態度粗暴惡劣，遇事橫蠻逞強，根本不講道理。

【例句】你犯了錯還如此**蠻不講理**，不然我們到警察局解決好了。

【義近】蠻橫無理／撒潑放刁／強詞奪理。

【義反】以理服人／理直氣壯。

血部

血口噴人（ㄒㄧㄝˇ ㄎㄡˇ ㄆㄣ ㄖㄣˊ）

【釋義】噴：辱罵，誣蔑，攻擊。一作「含血噴人」。

【出處】僧曉瑩・羅湖野錄：「含血噀人，先污其口。」李綠園・歧路燈六四回：「只要你的良心，休血口噴人。」

【用法】比喻用惡毒的話誣蔑或辱罵別人。

【例句】這件事不是我做的，你不要**血口噴人**，胡說八道。

【義近】含沙射影／惡語傷人／造謠中傷／出言不遜。

血肉相連（ㄒㄧㄝˇ ㄖㄡˋ ㄒㄧㄤ ㄌㄧㄢˊ）

【釋義】像血和肉一樣互相緊密地連在一起。

【用法】比喻關係非常密切，不可分離。

【例句】臺灣與大陸在各方面都有著**血肉相連**的關係，應該互相提攜，和平共處。

【義近】情同手足／情同骨肉／脣齒相依。

【義反】風馬牛不相及／渺不相涉／涇渭分明／毫無瓜葛。

血雨腥風（ㄒㄧㄝˇ ㄩˇ ㄒㄧㄥ ㄈㄥ）

【釋義】雨點帶著鮮血，風裏夾著腥味。

【出處】韓愈・叉魚招張功曹詩：「血浪凝猶沸，腥風遠更飄。」

【用法】形容瘋狂殺戮的凶險氣氛或環境，也形容戰鬥的慘烈。

【例句】日軍攻佔南京後，實行大屠殺，全城人民都生活在**血雨腥風**的恐怖氣氛之中。

【義近】尸橫遍野／血流漂杵／流血伏尸／血浪腥風。

【義反】不擒二毛／兵不血刃。

血流漂杵（ㄒㄩㄝˋ ㄌㄧㄡˊ ㄆㄧㄠ ㄔㄨˇ）

【釋義】血流成河，連棒槌也漂起來了。杵：舂米的短木棰。

【出處】尚書・武成：「前徒倒戈，攻于後以北，血流漂杵。」

【用法】形容殺人之多。

【例句】戰國時代常有大規模的戰爭發生，有時戰況慘烈，死傷無數，**血流漂杵**。

【義近】血流成渠／血流成河／殺人如麻／尸橫遍野／流血浮尸。

【義反】兵不血刃／滴血未見／未損一兵／未傷一將。

血氣方剛（ㄒㄩㄝˋ ㄑㄧˋ ㄈㄤ ㄍㄤ）

【釋義】血氣：指精力。方：正。剛：旺盛，強勁。

【出處】論語・季氏：「及其壯也，血氣方剛，戒之在鬭。」

【用法】形容年輕人精力正旺盛，容易衝動。

【例句】 青少年處於**血氣方剛**的時期，師長們應多加教育和引導，以免他們在外惹事生非。
【義近】 年輕氣盛／血氣之勇。
【義反】 少年老成／老成持重。

行部

行尸走肉 ㄒㄧㄥˊ ㄕ ㄗㄡˇ ㄖㄡˋ

【釋義】 行尸：會走動的屍體。尸：同「屍」。走肉：會走動而沒有靈魂的肉體。
【出處】 王嘉・拾遺記・後漢：「夫人好學，雖死若存；不學者雖存，謂之行尸走肉耳。」
【用法】 比喻人碌碌無為、渾渾噩噩，雖具形體卻毫無生活意義。
【例句】 這些人正經事不做，一天到晚只知吃喝玩樂，宛如一羣**行尸走肉**。
【義近】 酒囊飯袋／飯囊衣架。
【義反】 雖死猶生／自強不息。

行之有效 ㄒㄧㄥˊ ㄓ ㄧㄡˇ ㄒㄧㄠˋ

【釋義】 實行起來有成效。行：推行，實施。之：代詞，指措施、辦法。
【用法】 指某種方法或措施已經實行過，證明很有效用。
【例句】 針灸療法在中國已有千餘年歷史，**行之有效**，現在西方醫學界也開始重視。
【義近】 卓有成效／立竿見影。
【義反】 徒勞無功／無濟於事。

行不由徑 ㄒㄧㄥˊ ㄅㄨˋ ㄧㄡˊ ㄐㄧㄥˋ

【釋義】 走路不抄捷徑小道。徑：小道，引申為邪路。
【出處】 論語・雍也：「有澹臺滅明者，行不由徑；非公事，未嘗至於偃之室也。」
【用法】 比喻行動光明正大。
【例句】 他為人一向**行不由徑**，是個值得信賴的人。
【義近】 行不踰方／行不苟且／道而不徑／光明正大／堂堂正正／直道而行。
【義反】 投機取巧。

行色匆匆 ㄒㄧㄥˊ ㄙㄜˋ ㄘㄨㄥ ㄘㄨㄥ

【釋義】 行色：出行的神態。匆匆：急遽的樣子。
【出處】 莊子・盜跖：「今者闕然數日不見，車馬有行色，得微往見跖邪？」司馬遷・史記・龜策傳：「悤悤疾疾。」
【用法】 多用以形容有急事在身，旅途匆忙的情景。
【例句】 為了趕回家料理母親的喪事，他一路上**行色匆匆**，只希望能儘快到家。
【義近】 馬不停蹄／日夜兼程。
【義反】 從容不迫／不慌不忙／慢條斯理。

行百里者半九十 ㄒㄧㄥˊ ㄅㄞˇ ㄌㄧˇ ㄓㄜˇ ㄅㄢˋ ㄐㄧㄡˇ ㄕˊ

【釋義】 行百里路，走了九十里才算是一半。
【出處】 戰國策・秦策五：「詩云：『行百里者半於九十。』此言末路之難。」

【用法】比喻做事愈接近完成愈困難。
【例句】**行百里者半九十**，無論做什麼事越往後越困難，所以務必要有恒心和毅力。

行成於思 ㄒㄧㄥˊ ㄔㄥˊ ㄩˊ ㄙ

【釋義】意謂做事情成功是由於多思考。行：行事，做事。思：思考。
【出處】韓愈・進學解：「招諸生立館下，誨之曰：『業精於勤，荒於嬉；行成於思，毀於隨。』」
【用法】說明做事情要多思考，多分析。
【例句】韓愈說**行成於思**，現代的事情比古代要複雜得多，更要多思，才有可能取得成功。
【義近】三思而行／慮而後能得。
【義反】行毀於隨／率爾從事。

行行出狀元 ㄏㄤˊ ㄏㄤˊ ㄔㄨ ㄓㄨㄤˋ ㄩㄢˊ

【釋義】行行：每一個行業。狀元：科舉時代稱廷試第一名者。
【用法】說明各行各業都大有作爲，只要用心從事便可成爲特出的人才。多作勉勵語。
【例句】現在已是**行行出狀元**的時代，那種「萬般皆下品，唯有讀書高」的觀點，應該拋往九霄雲外了。

行若無事 ㄒㄧㄥˊ ㄖㄨㄛˋ ㄨˊ ㄕˋ

【釋義】像沒有這麼一回事。行：行動。若：好像。
【出處】孟子・離婁下：「禹之行水也，行其所無事也。」
【用法】指人在緊急關頭，態度鎮靜，毫不慌亂。有時也形容不聞不問，滿不在乎。
【例句】他父親得了絕症，他竟**行若無事**，照樣尋歡作樂，眞是禽獸不如。
【義近】若無其事／泰然處之／漠不關心／不聞不問／滿不在乎。
【義反】驚慌失措／倉皇失措／坐立不安／如坐針氈。

行若狗彘 ㄒㄧㄥˊ ㄖㄨㄛˋ ㄍㄡˇ ㄓˋ

【釋義】行：行爲。若：好像。彘：豬。
【出處】賈誼・新書二：「故此一豫讓也，反君事讎，行若狗彘，已而折節致忠，行出乎烈士，人主使然也。」
【用法】指人的行爲卑鄙無恥，像豬狗一樣。
【例句】他是個表裏不一的人，說起話來滿口仁義道德，做起事來則**行若狗彘**。
【義近】行同狗彘／行同梟獍／衣冠禽獸／行同盜娼。
【義反】行則思義／循規蹈矩／腳踏繩墨。

行將就木 ㄒㄧㄥˊ ㄐㄧㄤ ㄐㄧㄡˋ ㄇㄨˋ

【釋義】快要進棺材了。行將：即將，就要。就木：進入棺材。
【出處】左傳・僖公二三年：「(季隗)對曰：『我二十五年矣，又如是而嫁，則就木焉。』」吳沃堯・痛史二五回：「老夫行將就木。」
【用法】指人壽命已經不長。
【例句】我已年近八十，**行將就木**，希望能在有生之年多爲社會貢獻心力。
【義近】命在旦夕／半截入土／風中殘燭／風燭殘年／日薄西山。
【義反】來日方長／如日方中／旭日東升／老當益壯。

行雲流水 ㄒㄧㄥˊ ㄩㄣˊ ㄌㄧㄡˊ ㄕㄨㄟˇ

【釋義】像飄浮著的雲，如流動著的水。
【出處】蘇軾・與謝民師推官書

：「大約如行雲流水，初無定質，但常行於所當行，止於所不可不止。」

【用法】比喻純任自然，毫無拘束。多用以形容文章、藝術等。

【例句】他創造出來的作品，有如**行雲流水**，具有渾然天成的美感。

【義近】揮灑自如／筆翰如流／鋒發韻流／酣暢自如／一瀉千里。

【義反】佶屈聱牙／鉤章棘句。

街談巷議（ㄐㄧㄝ ㄊㄢˊ ㄒㄧㄤˋ ㄧˋ）

【釋義】議：議論。

【出處】張衡・西京賦：「街談巷議，彈射臧否。」

【用法】指大街小巷裏人們的談論。引申爲毫無依據的傳聞。

【例句】這類**街談巷議**聽聽就罷了，大可不必信以爲眞。

【義近】街談巷語／道聽塗說／說短道長。

【義反】讜言正論／金言玉語／至理名言。

街頭巷尾（ㄐㄧㄝ ㄊㄡˊ ㄒㄧㄤˋ ㄨㄟˇ）

【釋義】又作「巷尾街頭」、「街頭市尾」。意即街市之間。

【出處】普濟・五燈會元卷三十：「曰：『如何是學人轉身處。』師曰：『街頭巷尾』。」

【用法】泛指大街小巷。

【例句】這些做生意的人，爲了推銷商品，竟把流動售貨車開到**街頭巷尾**叫賣。

【義近】大街小巷／三街六市。

衝口而出（ㄔㄨㄥ ㄎㄡˇ ㄦˊ ㄔㄨ）

【釋義】話一下子就從嘴裏說出來。

【出處】蘇軾・跋歐陽公書：「此數十紙皆文忠公（歐陽修）衝口而出，縱手而成，初不加意者也。」

【用法】形容說話不加思索，隨口而出。

【例句】他是一個大老粗，說話向來都是**衝口而出**，你根本用不著爲他的話生氣。

【義近】口無擇言／信口開河。

【義反】慮周行果／謹言愼行。

衝鋒陷陣（ㄔㄨㄥ ㄈㄥ ㄒㄧㄢˋ ㄓㄣˋ）

【釋義】衝鋒：衝擊敵人陣地。陷：攻破。

【出處】北齊書・崔暹傳：「高祖握暹手而勞之，曰：『……衝鋒陷陣，大有其人，當官正色，今始見之。』」

【用法】多用以歌頌戰士能勇敢作戰，也形容人在工作中能一馬當先，披荊斬棘。

【例句】只要一遇到困難，他都能挺身而出，**衝鋒陷陣**，毫無所懼。

【義近】一馬當先／勇往直前／無所畏懼。

【義反】望風而逃／臨陣脫逃／畏首畏尾／貪生怕死。

衣部

衣不解帶（ㄧ ㄅㄨˋ ㄐㄧㄝˇ ㄉㄞˋ）

【釋義】顧不得解開衣帶睡覺、休息。

【出處】晉書・殷仲堪傳：「父病積年，仲堪衣不解帶。」

【用法】形容勤苦侍奉別人或過度辛苦。

【例句】她在丈夫病重期間，一直**衣不解帶**地守護在病牀前，一步也沒離開。

【義近】日夜操勞。

衣衫襤褸（ㄧ ㄕㄢ ㄌㄢˊ ㄌㄩˇ）

【釋義】襤褸：破爛。

【出處】吳承恩・西遊記四四回：「雖是天色和暖，那些人卻也衣衫襤褸，看此像十分窘迫。」

【用法】形容衣服破爛不堪。

【例句】那個**衣衫襤褸**的流浪漢以地下道爲家，每天都睡在那裏。
【義近】衣不蔽體／破衣爛衫／鶉衣百結。
【義反】西裝革履／衣冠楚楚／衣裝齊楚。

衣冠楚楚（ㄧ ㄍㄨㄢ ㄔㄨˇ ㄔㄨˇ）

【釋義】冠：帽子。楚楚：鮮明整潔的樣子。
【出處】元．無名氏．凍蘇秦四折：「想當初風塵落落誰憐憫，到今日衣冠楚楚爭親近。」
【用法】形容衣帽穿戴得很整齊，很漂亮。有時含有詼諧、諷刺的意味。
【例句】別看他**衣冠楚楚**，彬彬有禮的樣子，其實他是個心狠手辣的小人。
【義近】衣冠華麗／西裝筆挺／西裝革履／衣著光鮮／峨冠博帶。
【義反】衣冠不整／衣破冠敝／布衣敝裳／衣衫襤褸／不修邊幅。

衣冠禽獸（ㄧ ㄍㄨㄢ ㄑㄧㄣˊ ㄕㄡˋ）

【釋義】穿衣戴帽的禽獸。天上飛的曰禽，地下走的曰獸。
【出處】凌濛初．二刻拍案驚奇卷四：「不但衣冠中禽獸，乃禽獸中豺狼。」
【用法】指品德極壞，行爲像禽獸一樣卑劣的人。
【例句】這幾個都是壞事做盡、六親不認的**衣冠禽獸**。
【義近】衣冠梟獍／衣冠敗類／馬牛襟裾／人面獸心。
【義反】正人君子／有德之士／仁人志士。

衣冠掃地（ㄧ ㄍㄨㄢ ㄙㄠˇ ㄉㄧˋ）

【釋義】衣冠：士大夫的穿戴，用以指士大夫、官紳，或文明禮教。掃地：比喻破壞無餘。
【出處】舊五代史．薛廷珪等傳：「史臣曰：『自唐祚橫流，衣冠掃地，苟無端士，孰恢素風。』」
【用法】指士大夫不顧名節，喪盡廉恥。
【例句】五代時期，士大夫尚且不顧廉恥，**衣冠掃地**，社會風俗怎能淳美？
【義近】斯文掃地／廉恥喪盡／恬不知恥／寡廉鮮耻。
【義反】砥礪名節／公正廉潔／冰清玉潔。

衣食父母（ㄧ ㄕˊ ㄈㄨˋ ㄇㄨˇ）

【釋義】指供給衣食的人。父母：比喻其恩德之重。
【出處】關漢卿．竇娥冤三折：「你不知道，但來告狀的，就是我衣食父母。」
【用法】通常泛指生活所依賴的對象。
【例句】對做生意的人來說，顧客就是**衣食父母**，所以服務態度務必要好。

衣莫若新，人莫若故（ㄧ ㄇㄛˋ ㄖㄨㄛˋ ㄒㄧㄣ，ㄖㄣˊ ㄇㄛˋ ㄖㄨㄛˋ ㄍㄨˋ）

【釋義】意謂衣服以新的好，人則以舊的好。莫若：不如。故：舊，指故友舊交。
【出處】晏子春秋．雜上：「景公與晏子立於曲潢之上，晏子稱曰：『衣莫若新，人莫若故。』」
【用法】說明故友舊交之可貴，應予以珍惜重視。
【例句】**衣莫若新，人莫若故**，老朋友之間應友好相待，千萬不要爲一些小事而翻臉。
【義近】新交不如故舊。
【義反】喜新厭舊／重新輕舊。

衣褐懷寶（ㄧˋ ㄏㄜˊ ㄏㄨㄞˊ ㄅㄠˇ）

【釋義】外穿布衣，內藏珍寶。衣：用作動詞，穿。褐：粗毛或粗麻織的短衣，泛指貧苦人的衣服。
【出處】司馬遷．史記．滑稽列傳．褚少孫補：「東郭先生久待詔公車，貧困飢寒，衣敝，履不完。……此所謂衣褐懷寶者也。」

【用法】比喻有才能的貧士聲名未顯。

【例句】他是個**衣褐懷寶**的人才，現在雖然寄人籬下，沒沒無聞，將來一定會聲名顯赫，成就一番事業。

【義近】懷才不遇／草內藏珠。

【義反】脫穎而出／青雲直上／步步高升／飛黃騰達。

衣錦夜行（一ˋ ㄐㄧㄣˇ ㄧㄝˋ ㄒㄧㄥˊ）

【釋義】夜間穿著錦繡的衣服出行。衣：用作動詞，穿。錦：有彩色花紋的絲織品。一作「衣繡夜行」。

【出處】漢書・項籍傳：「富貴不歸故鄉，如衣錦夜行。」

【用法】比喻榮顯而未為眾人所知。

【例句】他在美國獲得博士學位後，特地回國請了好幾桌酒席，以示慶賀，唯恐**衣錦夜行**。

【義反】衣錦晝遊／衣繡晝行／衣錦榮歸。

衣錦還鄉（一ˋ ㄐㄧㄣˇ ㄏㄨㄢˊ ㄒㄧㄤ）

【釋義】穿著錦繡的衣服榮歸故鄉。

【出處】南史・劉遴之傳：「卿母年德並高，故令卿衣錦還鄉，盡榮養之理。」

【用法】形容得志回歸，炫耀於鄉里。

【例句】**衣錦還鄉**雖是人生得意事，卻畢竟不能作為有志之士的崇高理想。

【義近】衣錦榮歸／錦衣還鄉／衣錦之榮／光宗耀祖。

【義反】無顏見江東父老／愧對鄉親／辱祖羞宗。

表壯不如裏壯（ㄅㄧㄠˇ ㄓㄨㄤˋ ㄅㄨˋ ㄖㄨˊ ㄌㄧˇ ㄓㄨㄤˋ）

【釋義】表：外，此指丈夫。裏：內，此指妻子。

【出處】羅貫中・風雲會三折：「常言道表壯不如裏壯，妻賢夫免災殃。」

【用法】形容妻子善持家，可為內助。

【例句】俗話說：**表壯不如裏壯**。我若不是家有賢妻，怎能安下心來從事研究工作，取得今天這樣的成就呢？

表裏山河（ㄅㄧㄠˇ ㄌㄧˇ ㄕㄢ ㄏㄜˊ）

【釋義】意即外河而內山。表：外。裏：內。

【出處】左傳・僖公二八年：「戰而捷，必得諸侯；若其不捷，表裏山河，必無害也。」

【用法】形容地勢險要，有山河為屏障，可自守無虞。

【例句】陝西的潼關**表裏山河**，地勢極為險要，歷來為兵家必爭之地。

【義近】出入襟帶／天塹之險／地勢形便／崤函之固。

【義反】一馬平川／坦蕩無阻／一無屏障。

表裏如一（ㄅㄧㄠˇ ㄌㄧˇ ㄖㄨˊ ㄧ）

【釋義】一作「表裏一致」，指外表與內心一個樣。

【出處】朱子語類・大學三：「誠意只是表裏如一，若外面白，裏面黑，便非誠意。」

【用法】形容人言行一致，誠實篤厚，信用可靠。

【例句】他向來都是說話算話，**表裏如一**，言行一致。

【義近】言行一致／心口如一／秀外慧中。

【義反】言行不一／表裏不一／口是心非／行濁言清。

袞袞諸公（ㄍㄨㄣˇ ㄍㄨㄣˇ ㄓㄨ ㄍㄨㄥ）

【釋義】袞袞：相繼不絕。諸公：眾公卿。

【出處】杜甫・醉時歌：「諸公袞袞登臺省，廣文先生官獨冷。」

【用法】舊指眾多的官僚，今用以指稱有勢位、握政權之當局。

【例句】教育是千秋萬世的大事業，盼教育界**袞袞諸公**務必要有長遠的計畫，好好經營它。

【義近】三公九卿／當權勢要／當政要人／達官顯宦。

【義反】在野之士／布衣之士／平頭百姓／芸芸衆生。

被山帶河

【釋義】意謂緊靠著山，圍繞著河。被：通「披」，披著。帶：衣帶。

【出處】戰國策・楚策一：「秦地半天下，兵敵四國，被山帶河，四塞以爲固。」

【用法】形容地區或城市所處地勢險要。

【例句】南京緊靠鍾山，又有長江經流其間，是個**被山帶河**、地勢險要的城市。

【義近】被山帶渭／表裏山河／外山內河。

【義反】一馬平川／一無屏障／沃野千里。

被髮左衽

【釋義】披著頭髮，衣襟向左邊掩。被：通「披」。衽：衣襟。

【出處】論語・憲問：「微管仲，吾其被髮左衽矣。」

【用法】原指古代東方某些少數民族的服裝，也用來指被異族統治。

【例句】日軍入侵中國，我們若不奮起反抗，趕走侵略者，則我中華民族都要**被髮左衽**了。

【義近】被髮文身／祝髮文身。

被褐懷玉

【釋義】穿著粗布衣，懷著美玉。被：通「披」，穿著。褐：粗毛或粗麻織的短衣。

【出處】老子七十章：「知我者希，則我者貴，是以聖人被褐懷玉。」

【用法】比喻人有美德而深藏不露，也比喻貧寒而懷有眞才實學的人。

【例句】這次去大陸參加學術討論會，深感那裏**被褐懷玉**的學者甚多。

【義近】深藏若虛／懷才不露／懷才不遇。

【義反】鋒芒畢露。

袖手旁觀

【釋義】縮手袖中，在旁觀看。

【出處】蘇軾・朝辭赴定州論事狀：「弈棋者，勝負之形雖國工有所不盡，而袖手旁觀者常盡之。」

【用法】指置身事外，不加過問，不予幫助。

【例句】請放心！你的事就是我的事，我決不會**袖手旁觀**的。

【義近】作壁上觀／冷眼旁觀／坐視不救。

【義反】見義勇爲／打抱不平／拔刀相助。

裝神弄鬼

【釋義】裝、弄：均爲裝扮意。

【出處】古杭才人・宦門子弟錯立身一二：「折莫大裝神弄鬼，折莫特調當撲旗。」

【用法】指裝鬼神騙人，也比喻故意搗亂。

【例句】你少在我們面前**裝神弄鬼**的，誰不知道你的底細！

【義近】故弄玄虛。

【義反】一本正經／光明正大。

裝腔作勢

【釋義】故意裝出一種腔調，作出一種姿態。勢：姿態。

【出處】悞薦・鬱輪袍一二：「窮秀才裝腔作勢，賢王子隆禮邀賓。」

【用法】形容人故意做作，拿腔拿調，以引人注意或唬人。

【例句】你這樣**裝腔作勢**，除了令人噁心之外，還能有什麼作用？

【義近】矯揉造作／拿班作勢／故作姿態。

【義反】純眞自然／天眞爛漫。

裝模作樣 ㄓㄨㄤ ㄇㄛˊ ㄗㄨㄛˋ ㄧㄤˋ

【釋義】模、樣：均爲姿態意。

【出處】參相・荊釵記：「裝模作樣，惱吾氣滿胸膛。」

【用法】指故意做出種種姿態。

【例句】你要想說什麼就趕快說吧，何必要這樣**裝模作樣**的呢？

【義近】裝腔作勢／喬模喬樣／矯揉造作／惺惺作態。

【義反】坦誠相對。

裝聾作啞 ㄓㄨㄤ ㄌㄨㄥˊ ㄗㄨㄛˋ ㄧㄚˇ

【釋義】假裝聾啞。

【出處】馬致遠・青衫淚四折：「可怎生裝聾作啞？」

【用法】指故意不理睬，只當不知道。

【例句】你別以爲他什麼都不知道，其實他是**裝聾作啞**，這事他可是心知肚明得很。

【義近】裝瘋賣傻／裝聾作癡。

【義反】心知肚明。

裏應外合 ㄌㄧˇ ㄧㄥˋ ㄨㄞˋ ㄏㄜˊ

【釋義】應：接應。合：融合。

【出處】施耐庵・水滸傳五九回：「華州城郭廣闊，濠溝深遠，急切難打，只除非裏應外合，方可取得。」

【用法】指外面進攻和裏面接應相配合。

【例句】要想打倒那個獨裁者，單靠外力不行，必須採取**裏應外合**的辦法。

【義近】裏勾外連／內外勾結／裏外夾攻。

【義反】單打獨鬥／孤軍深入／坐困圍城。

裒多益寡 ㄆㄡˊ ㄉㄨㄛ ㄧˋ ㄍㄨㄚˇ

【釋義】裒：減少。益：增加，增多。

【出處】周易・謙卦：「君子以裒多益寡，稱物平施。」

【用法】說明削減有餘以補不足。也比喻取人之長，以補己之短。

【例句】採取適當措施**裒多益寡**，以免貧富懸殊過大，這是符合三民主義精神的作法。

【義近】損餘補虧／取富濟貧／取長補短／損有餘，補不足。

【義反】錦上添花／截短續長。

裹足不前 ㄍㄨㄛˇ ㄗㄨˊ ㄅㄨˋ ㄑㄧㄢˊ

【釋義】裹足：腳好像被包纏著。裹：包，纏束。

【出處】李斯・諫逐客書：「使天下之士退而不敢西向，裹足不入秦。」羅貫中・三國演義一六回：「聞而自疑，將裹足不前。」

【用法】形容有所顧慮或畏懼而停止前進。

【例句】這人太沒出息，一遇到困難就**裹足不前**。

【義近】停滯不前／畏縮不前／躊躇不前。

【義反】勇往直前／奮勇向前／一往無前。

襟懷坦白 ㄐㄧㄣ ㄏㄨㄞˊ ㄊㄢˇ ㄅㄞˊ

【釋義】襟懷：胸懷。坦白：開朗，沒有隱瞞。

【出處】白居易・冬至夜詩：「老去襟懷常濩落，病來鬚鬢轉蒼浪。」

【用法】形容心地純潔，光明正大。

【例句】他爲人**襟懷坦白**，從不說假話，更不會去做傷天害理的事。

【義近】光明磊落／胸懷坦蕩／心懷坦然／胸無城府。

【義反】心懷叵測／居心不良／居心叵測／城府甚深。

襾部

要言不煩

【釋義】要：簡要。煩：煩瑣。

【出處】陳壽・三國志・魏志・管輅傳・注引管輅別傳：「晏含笑而讚之：『可謂要言不煩也。』」

【用法】指說話行文簡明扼要。

【例句】古代許多好文章都寫得**要言不煩**，令人百讀不厭。

【義近】言簡意賅／簡明扼要。

【義反】絮絮叨叨／拖泥帶水／連篇累牘／長篇大論。

覆水難收

【釋義】倒在地上的水再也收不回來。覆：傾倒。

【出處】世傳姜太公妻馬氏，不堪其貧而去，及太公既貴，再來，太公取一壺水傾於地，令妻收之。乃語之曰：「若言離更合，覆水定難收。」後漢書・何進傳：「國家之事，亦何容易？覆水不可收。宜深思之。」

【用法】原多比喻夫婦離異之難復合。今多用以比喻事已成定局，無法挽回。

【例句】雖說是**覆水難收**，難道我這件事就眞的沒有挽回的餘地了嗎？

【義近】木已成舟／生米煮成熟飯／悔之晚矣／無可挽回。

【義反】尙可回旋／可容商議／尙有餘地。

覆車之鑑

【釋義】前人翻車的教訓可以引爲借鑑。覆：翻。鑑：銅鏡子，引申爲鑒戒、教訓。又作「覆車之戒」。

【出處】漢書・賈誼傳：「前車覆，後車誡。」

【用法】比喻將遭受挫折或失敗的事作爲教訓。

【例句】學習歷史就是讓我們從史實中去了解**覆車之鑑**，以避免犯下同樣的錯誤。

【義近】前車可鑑／前事之鑑／前事不忘，後事之師。

【義反】重蹈覆轍／一錯再錯。

覆盆之冤

【釋義】覆盆：翻過來扣著的盆，比喻黑暗。

【出處】葛洪・抱朴子・辨問：「豈可以聖人所不爲，便云天下無仙，是責三光不照覆盆之內也。」

【用法】比喻無法申訴的冤屈。

【例句】當年大陸文化革命期間，許多知識分子遭受**覆盆之冤**，輕者入獄，重者慘死，眞是一場大浩劫。

【義近】不白之冤／冤沉海底／沉冤莫白。

【義反】沉冤昭雪／沉冤得雪。

覆巢之下無完卵

【釋義】在傾覆的鳥巢裏不會有完好的鳥蛋。覆巢：傾覆的鳥窩。完：完好。

【出處】劉義慶・世說新語・言語：「孔融被收……融謂使者曰：『冀罪止於身，二兒可得全不？』兒徐進曰：『大人，豈見覆巢之下，復有完卵乎？』」

【用法】比喻滅門之災無人可倖免，或比喻整體覆滅局部亦不能倖存。

【例句】**覆巢之下無完卵**，等這些敗類把國家搞垮了，我們誰都沒有好結果，所以應該起來制止他們的胡作非爲。

【義近】脣亡齒寒／皮之不存，毛將焉附。

【義反】死裏逃生／終得倖存。

見部

見仁見智 ㄐㄧㄢˋ ㄖㄣˊ ㄐㄧㄢˋ ㄓˋ

【釋義】即仁者見仁，智者見智。一作「見智見仁」。

【出處】周易・繫辭上：「仁者見之謂之仁，知（智）者見之謂之知（智）。」

【用法】表示對事物的看法，隨各人的經歷、愛好、觀察角度的不同而不同。

【例句】一部文學作品，有人說好，也有人不以爲然，反正**見仁見智**，並沒有什麼好奇怪的。

【義反】不謀而合。

見多識廣 ㄐㄧㄢˋ ㄉㄨㄛ ㄕˋ ㄍㄨㄤˇ

【釋義】見的多，知道的就廣。識：知道。

【出處】古今小說・蔣興哥重會珍珠衫：「還是大家寶眷，見多識廣，比男子漢眼力到勝十倍。」

【用法】形容閱歷深，學識經驗就豐富。

【例句】你不要將他的話當耳邊風，他**見多識廣**，對事情的看法絕對不比你差。

【義近】博聞多見／博古通今／博學多聞／殫見洽聞。

【義反】坐井觀天／鄉閭之見／才疏學淺／孤陋寡聞。

見死不救 ㄐㄧㄢˋ ㄙˇ ㄅㄨˊ ㄐㄧㄡˋ

【釋義】看見人快要死了也不去救助。

【出處】關漢卿・救風塵二折：「你做的個見死不救，可不羞殺桃園中殺白馬，宰烏牛。」

【用法】說明人品格低下，見別人有急難大禍也不救助。

【例句】大家朋友一場，現在他有急難，你怎能無動於衷，**見死不救**呢？

【義近】坐視不救／溺不援手／袖手旁觀／冷眼旁觀／作壁上觀。

【義反】拔刀相助／舍己爲人／救死扶傷。

見危授命 ㄐㄧㄢˋ ㄨㄟˊ ㄕㄡˋ ㄇㄧㄥˋ

【釋義】授命：獻出生命。

【出處】論語・憲問：「今之成人者，何必然？見利思義，見危授命，久要不忘平生之言，亦可以爲成人矣！」

【用法】說明在危難關頭，不惜犧牲生命。

【例句】國難當頭，無數愛國志士**見危授命**，勇敢地承擔救亡圖存的大任。

【義近】挺身而出／爲國捐軀／以命相許／赴湯蹈火／成仁取義。

【義反】貪生怕死／袖手旁觀／漠不關心／坐視不救。

見利忘義 ㄐㄧㄢˋ ㄌㄧˋ ㄨㄤˋ ㄧˋ

【釋義】意謂只圖一己之利，而不顧道義。

【出處】東觀漢紀・高后紀：「當孝文時，天下以酈寄爲賣友。夫賣友者，謂見利而忘義也。」

【用法】指斥人見到有利可圖就不顧道義。利乃指錢財、物質方面的利益，用於對人物鄙視、斥責。貶義。

【例句】詐欺犯往往以錢財做誘餌，使貪財者**見利忘義**，而上其圈套。

【義近】利令智昏／見財起意／見錢眼開／利欲薰心／財迷心竅。

【義反】見利思義／輕財重義／臨財不苟。

見利思義 ㄐㄧㄢˋ ㄌㄧˋ ㄙ ㄧˋ

【釋義】看見利益便想想該得不該得，看是否合乎道義。

【出處】論語・憲問：「今之成人者，何必然？見利思義，見危授命，久要不忘平生之言，亦可以爲成人矣！」

【用法】說明人不求苟得，見到好處，首先要考慮於道義上合不合理。

【例句】一個品德高尚的人，必然會**見利思義**，若是不義之財，他是決不會要的。

【義近】臨財不苟／輕財重義。

【義反】見利忘義／見錢眼開／臨財苟得／利令智昏／利欲薰心／財迷心竅。

見怪不怪 ㄐㄧㄢˋ ㄍㄨㄞˋ ㄅㄨˋ ㄍㄨㄞˋ

【釋義】看見怪異的事物，並不以爲怪。

【出處】續傳燈錄一八：「藹召大眾曰：見怪不怪，其怪自壞。」

【用法】指遇到怪異現象而不受驚擾。

【例句】**見怪不怪**，他那古怪的性格我早已領教過了，所以並不以爲奇。

【義近】習以爲常／屢見不鮮／不以爲奇。

【義反】大驚小怪／少見多怪。

見所未見 ㄐㄧㄢˋ ㄙㄨㄛˇ ㄨㄟˋ ㄐㄧㄢˋ

【釋義】見到了從未見過的事物。一作「見所不見」。

【出處】揚雄・法言・淵騫：「七十子之於仲尼也，日聞所不聞，見所不見。」

【用法】形容所見之物十分稀罕少有。

【例句】這是一樁很奇特的事，是我有生以來**見所未見**、聞所未聞的。

【義近】世所罕有／聞所未聞／前所未有。

【義反】司空見慣／屢見不鮮／習以爲常。

見兔顧犬 ㄐㄧㄢˋ ㄊㄨˋ ㄍㄨˋ ㄑㄩㄢˇ

【釋義】見到兔子而喚狗。

【出處】戰國策・楚策四：「臣聞鄙語曰：見兔而顧犬，未爲晚也；亡羊而補牢，未爲遲也。」

【用法】比喻及時設法補救。

【例句】錯過了時機，確實值得惋惜，但古人說得好：「**見兔顧犬**，未爲晚也。」你還是趕緊採取緊急補救措施。

【義近】見兔喚犬／亡羊補牢。

【義反】聽之任之／江心補漏。

見風使舵 ㄐㄧㄢˋ ㄈㄥ ㄕˇ ㄉㄨㄛˋ

【釋義】看風向轉動舵柄。一作「隨風轉舵」、「看風使舵」等。

【出處】施耐庵・水滸傳九八回：「眼見得城池也不濟事了，各人自思隨風轉舵。」

【用法】比喻看勢頭或看別人眼色行事。

【例句】他這種人最會**見風使舵**，很吃得開，什麼好處都有他的份。

【義近】看風轉篷／見機行事／隨機應變／八面玲瓏。

【義反】表裏如一／說一不二／至死不變。

見財起意 ㄐㄧㄢˋ ㄘㄞˊ ㄑㄧˇ ㄧˋ

【釋義】起意：指產生貪財的惡念。

【出處】元・無名氏・朱砂擔四折：「剛道個一聲兒惡人回避，早激的惡狠狠鬧是非，那裏也見財起意。」

【用法】指見到別人的錢財後，突然產生歹毒念頭。

【例句】一個人若是利慾薰心，**見財起意**，就很容易因此得禍。

【義近】利令智昏／利欲薰心／財迷心竅／見錢眼紅。

【義反】臨財不苟／見利思義。

見神見鬼 ㄐㄧㄢˋ ㄕㄣˊ ㄐㄧㄢˋ ㄍㄨㄟˇ

【釋義】看見本不存在的神鬼。

【出處】續傳燈錄三十：「及造門，典牛獨指師曰：『甚處見神見鬼來？』」施耐庵・

水滸傳三九回：「那廝見神見鬼。」
【用法】形容多疑，無中生有。
【例句】退休之後他整天**見神見鬼**的，懷疑別人要圖謀他的退休金。
【義近】疑神疑鬼／無中生有／疑心生暗鬼。
【義反】自信不疑。

見異思遷 ㄐㄧㄢˋ ㄧˋ ㄙ ㄑㄧㄢ

【釋義】看到另一個事物就想改變原來的主意。異：不同的。遷：改變。
【出處】左丘明・國語・齊語：「少而習焉，其心安焉，不見異物而遷焉。」
【用法】形容人毫無定見，意志不堅，容易受影響而改變原來的主意。
【例句】行行出狀元，要是**見異思遷**，老想換工作，反而會一事無成。
【義近】棄舊圖新／喜新厭舊／這山望著那山高／得隴望蜀／心猿意馬／朝三暮四。
【義反】矢志不移／堅定不移／一心一意。

見景生情 ㄐㄧㄢˋ ㄐㄧㄥˇ ㄕㄥ ㄑㄧㄥˊ

【釋義】看到景物而生感觸之情。一作「觸景生情」。
【出處】宮大用・嚴子陵垂釣七里灘：「不由我見景生情，睹物傷懷。」
【用法】說明因眼前景物的觸動，而引起某種聯想或感慨。
【例句】他一看到太太的遺物，便**見景生情**，懷念起她生前的柔情。
【義近】睹物思人／睹物傷懷／見鞍思馬／撫今追昔。
【義反】無動於衷／情同木石／冷酷無情。

見幾而作 ㄐㄧㄢˋ ㄐㄧ ㄦˊ ㄗㄨㄛˋ

【釋義】看到事物細微的前兆就行動。幾：細微，苗頭。作：興起。一作「見機而作」。
【出處】周易・繫辭下：「知幾其神乎？幾者，動之微，吉之先見者也。君子見幾而作，不俟終日。」
【用法】說明一發現事物的徵兆，就立即奮起行動。
【例句】遇事都應把握時機，**見機而作**，千萬不可疏忽大意，以免錯過良機。
【義近】見機而行／聞風而動／隨機應變。
【義反】坐失良機／守株待兔。

見善則遷 ㄐㄧㄢˋ ㄕㄢˋ ㄗㄜˊ ㄑㄧㄢ

【釋義】看到善人善事就嚮往。遷：移，遷徙慕尚。
【出處】周易・益卦：「風雷益，君子以見善則遷，有過則改。」
【用法】稱讚人一心向善，力求使自己完美。
【例句】他之所以能成爲一個人人稱讚的人，最重要的原因就在他能**見善則遷**，逐步改善自己。
【義近】見賢思齊／從善如流。
【義反】知過不改。

見義勇爲 ㄐㄧㄢˋ ㄧˋ ㄩㄥˇ ㄨㄟˊ

【釋義】義：正義。爲：做。
【出處】論語・爲政：「見義不爲，無勇也。」宋史・歐陽修傳：「天資剛勁，見義勇爲，雖機阱在前，觸發之，不顧。」
【用法】稱讚人見到合乎正義的事，就勇敢地去做。
【例句】他奮不顧身地跳進水裏，把一個快溺死的孩子救起來，這種**見義勇爲**的精神，實在令人欽佩。
【義近】急公好義／拔刀相助／義不容辭。
【義反】袖手旁觀／見死不救／各人自掃門前雪，莫管他人瓦上霜。

見微知著 ㄐㄧㄢˋ ㄨㄟ ㄓ ㄓㄨˋ

【釋義】微：隱約，微小的跡象

。著：明顯。

【出處】意林・范子：「計然者，葵丘濮上人，姓辛，名文子。……少而明學陰陽，見微而知著。」

【用法】說明從事物的細微跡兆，即可認識到它的實質和發展趨勢。

【例句】他善於觀察和分析問題，往往能**見微知著**，因此在工作中很少出差錯。

【義近】一葉知秋／落葉知秋／即近知遠。

【義反】習焉不察。

見賢思齊 ㄐㄧㄢˋ ㄒㄧㄢˊ ㄙ ㄑㄧˊ

【釋義】賢：指有才德的人。齊：看齊。

【出處】論語・里仁：「子曰：『見賢思齊焉，見不賢而內自省也。』」

【用法】指見到賢人就應該向他看齊。多用作勉勵語。

【例句】一個人若有**見賢思齊**的精神，就一定能日有所進，月有所長。

【義近】見善則遷／見德思同／從善如流。

【義反】知過不改／妒賢害能／同流合汚。

見機行事 ㄐㄧㄢˋ ㄐㄧ ㄒㄧㄥˊ ㄕˋ

【釋義】機：時機，機會。行：做，辦。一作「相機行事」。

【出處】錢彩・說岳全傳五六回：「元帥發令著曹寧出營，吩咐道：『須要見機行事。』」

【用法】視實際情況靈活辦事。多用於囑咐語。

【例句】你這次去美國談生意，任務艱巨，望能獨當一面，**見機行事**。

【義近】見機而行／隨機應變／通權達變。

【義反】因循守舊／墨守成規／膠柱鼓瑟／不知變通／守株待兔。

見錢眼開 ㄐㄧㄢˋ ㄑㄧㄢˊ ㄧㄢˇ ㄎㄞ

【釋義】看見錢財，眼睛睜得特別大。

【出處】孔尚任・桃花扇一七齣：「令堂回家，不要見錢眼開。」

【用法】說人極爲貪財。

【例句】他是個**見錢眼開**的人，不足以託付談判大任，一旦利欲薰心，便會失去公正。

【義近】視錢如命／見財起意。

【義反】輕財重義／臨財不苟。

視死如歸 ㄕˋ ㄙˇ ㄖㄨˊ ㄍㄨㄟ

【釋義】把死看得像回家一樣平常。視：看待。歸：回家。

【出處】管子・小匡：「平原廣牧，車不結轍，士不旋踵，鼓之而三軍之士視死如歸。」

【用法】形容爲了正義事業，不怕犧牲生命。

【例句】面對敵人的逼迫，他**視死如歸**，充分表現了忠貞不渝的英雄氣概。

【義近】寧死不屈／萬死不辭／舍生忘死。

【義反】貪生怕死／偷生懼死／戀生惡死。

視而不見 ㄕˋ ㄦˊ ㄅㄨˋ ㄐㄧㄢˋ

【釋義】睜著眼睛看著，卻什麼也沒有看見。常與「聽而不聞」連用。

【出處】禮記・大學：「心不在焉，視而不見，聽而不聞，食而不知其味。」

【用法】表示不關心，不注意，不重視。也指不理睬，看見了當做沒看見。

【例句】孩子一天到晚在外遊蕩，不愛讀書，你怎麼總是**視而不見**，聽而不聞呢？

【義近】視若無睹／視有若無／心不在焉／漠不關心。

視同路人 ㄕˋ ㄊㄨㄥˊ ㄌㄨˋ ㄖㄣˊ

【釋義】看做路上遇到的陌生人。

【出處】孟子・離婁下：「君之視臣如犬馬，則臣視君如國人。」注：「國人，猶言路人。」

【用法】指對親人或熟人非常疏遠，態度極爲冷淡。

【例句】不管怎麼說，他是你的親哥哥，即使是眞的對你不好，你也不能**視同路人**呀！

【義近】視如生人／視同草芥。

【義反】視若親人／視如上賓。

視如敝屣（ㄕˋ ㄖㄨˊ ㄅㄧˋ ㄒㄧˇ）

【釋義】看得像破爛鞋子一樣。敝屣：破鞋。

【出處】孟子・盡心上：「舜視棄天下，猶棄敝蹝（屣）也。」

【用法】比喻非常輕視。

【例句】他隱居山林已有數年，早將功名利祿**視如敝屣**，拿這些引他出仕恐不可能。

【義近】視如草芥／視如糞土。

【義反】視如拱璧／視若珍寶。

視爲畏途（ㄕˋ ㄨㄟˊ ㄨㄟˋ ㄊㄨˊ）

【釋義】看成是可怕而危險的道路。

【出處】秋瑾・彈詞精衛石第一回：「產難，婦人視爲畏途，生死只爭一刻。」

【用法】比喻把某事情看成很困難、可怕，望而生畏。

【例句】要獲取博士學位確實比較困難，但也無須**視爲畏途**，只要狠下功夫還是可以得到的。

【義近】望而生畏／望而卻步。

【義反】奮不顧身／勇往直前。

親如骨肉（ㄑㄧㄣ ㄖㄨˊ ㄍㄨˇ ㄖㄡˋ）

【釋義】骨肉：喻至親，如父母、子女等。

【出處】墨子・尚賢下：「豈以爲骨肉之親，無故富貴，面目美好者哉？」

【用法】形容關係十分親密，如同一家人。

【例句】我們之間**親如骨肉**的感情，是誰也破壞不了的。

【義近】親如手足／情同骨肉／情同手足。

【義反】勢如水火／誓不兩立／如寇如仇。

親密無間（ㄑㄧㄣ ㄇㄧˋ ㄨˊ ㄐㄧㄢˋ）

【釋義】間：縫隙。又作「親暱無間」。

【出處】漢書・蕭望之傳贊：「蕭望之歷位將相，借師傅之恩，可謂親昵亡(無)間。」

【用法】形容非常親密，沒有任何隔閡。

【例句】她們倆**親密無間**的感情，簡直像親姐妹一樣。

【義近】親如手足／親如骨肉／情同手足。

【義反】視如寇仇／視如路人／渺不相涉。

親痛仇快（ㄑㄧㄣ ㄊㄨㄥˋ ㄔㄡˊ ㄎㄨㄞˋ）

【釋義】親近的人感到痛心，敵對者感到痛快。親：指自己人。仇：指敵人。

【出處】朱浮・與彭寵書：「凡舉事無爲親厚者所痛，而爲見仇者所快。」

【用法】指某種行爲只有利於敵人，而不利於自己。

【例句】既然我們是生命共同體，就一定要團結友愛，千萬不要做出那種**親痛仇快**的事來。

【義近】親者痛仇者快／利敵損己／長敵人志氣，滅自己威風。

【義反】仇者痛親者快／益己損敵。

觀者如堵（ㄍㄨㄢ ㄓㄜˇ ㄖㄨˊ ㄉㄨˇ）

【釋義】觀者：看的人。堵：牆壁。

【出處】禮記・射義：「孔子射於矍相之圃，蓋觀者如堵牆。」

【用法】形容觀看的人多而擁擠，竟至形成了一道人牆。

【例句】有個人要跳樓自殺，警察正在採取措施制止，一時之間大街上**觀者如堵**。

【義近】觀者如山／萬頭攢動／觀者如市。

【義反】觀者寥寥／三三兩兩。

觀望不前（ㄍㄨㄢ ㄨㄤˋ ㄅㄨˋ ㄑㄧㄢˊ）

【釋義】觀望：流連徘徊。前：用作動詞，走上前。

【出處】司馬遷・史記・魏公子列傳：「魏王恐，使人止晉鄙，留軍壁鄴，名為救趙，實持兩端以觀望。」

【用法】指不敢貿然採取行動，姑且觀望等待，見機行事。

【例句】大陸政策不太穩定，常常朝令夕改，所以一些商人**觀望不前**，不敢貿然投資。

【義近】猶豫不前／遲疑徘徊／首鼠兩端／躊躇不決／瞻前顧後。

【義反】毫不猶豫／堅決果斷／當機立斷。

角部

解民倒懸（ㄐㄧㄝˇ ㄇㄧㄣˊ ㄉㄠˋ ㄒㄩㄢˊ）

【釋義】解：解救。倒懸：人被倒掛著。

【出處】孟子・公孫丑上：「民之悅之，猶解倒懸也。」

【用法】比喻救民於極端困苦危難之中。

【例句】國父領導國民革命，推翻滿清政府，**解民倒懸**，故深得民眾的擁護愛戴。

【義近】救民水火／救焚拯溺／救苦救難。

【義反】禍國殃民／魚肉百姓／草菅人命。

解甲歸田（ㄐㄧㄝˇ ㄐㄧㄚˇ ㄍㄨㄟ ㄊㄧㄢˊ）

【釋義】解：脫下。甲：古代將士打仗時穿的護身衣。歸田：回歸田園。

【出處】吳子・料敵：「眾勞懼，倦而未食，解甲而息。」夏敬渠・野叟曝言一一八回：「欲解組歸田而意不得。」

【用法】指將士解除軍職，回鄉種田或居住。

【例句】他曾是身經百戰的將官，現已**解甲歸田**，安享晚年了。

【義近】解甲歸農／賣劍買牛／告老還家。

【義反】投筆從戎／磨刀上陣／馳騁沙場／戎馬倥傯／南征北討。

解衣推食（ㄐㄧㄝˇ ㄧ ㄊㄨㄟ ㄕˊ）

【釋義】把穿著的衣服脫下給人穿，把正在吃的食物讓給人吃。推：讓。

【出處】司馬遷・史記・淮陰侯列傳：「漢王授我上將軍印，予我數萬眾，解衣衣我，推食食我。」

【用法】形容在人窮困時施恩濟助，熱情關懷。

【例句】承蒙您**解衣推食**，使我得有今日，此恩此德，沒齒不忘。

【義近】施恩濟助／雪中送炭。

【義反】不聞不問／落井下石／幸災樂禍／錦上添花。

解鈴還須繫鈴人（ㄐㄧㄝˇ ㄌㄧㄥˊ ㄏㄞˊ ㄒㄩ ㄒㄧˋ ㄌㄧㄥˊ ㄖㄣˊ）

【釋義】本佛教禪宗語，意謂老虎脖子上的鈴是誰繫上去的，誰才能把它解下來。

【出處】語出瞿汝稷・指月錄卷二三。曹雪芹・紅樓夢九十回：「心病終須心藥治，解鈴還是繫鈴人。」

【用法】比喻誰惹出來的問題，仍由誰去解決。

【例句】**解鈴還須繫鈴人**，你把你太太氣成這樣，還是得要你去勸慰才行。

【義近】心病還須心藥醫。

【義反】挑撥離間／惹是生非。

觥籌交錯（ㄍㄨㄥ ㄔㄡˊ ㄐㄧㄠ ㄘㄨㄛˋ）

【釋義】觥：古時酒器。籌：飲酒時用以行令的籌碼。交錯：互相錯雜。
【出處】歐陽修・醉翁亭記：「觥籌交錯，起坐而諠譁者，眾賓懽也。」
【用法】形容聚宴歡飲的情景。
【例句】今天晚宴上，來賓們**觥籌交錯**，說笑暢飲，可說是辦得十分成功的宴會。
【義近】歡聚痛飲。
【義反】獨酌獨飲。

觸目皆是（ㄔㄨˋ ㄇㄨˋ ㄐㄧㄝ ㄕˋ）

【釋義】眼睛所看到的地方，到處都是。觸目：目光所及。
【出處】朱敬則・五等論：「故魏太祖曰：『若使無孤，天下幾人稱帝……！』明竊號議者觸目皆是。」
【用法】形容很多。
【例句】一進入非洲災區，那些被飢餓和疾病折磨得骨瘦如柴的孩子，**觸目皆是**。
【義近】比比皆是／俯拾即是／處處可見／遍地皆是。
【義反】屈指可數／寥寥無幾／寥若晨星。

觸目驚心（ㄔㄨˋ ㄇㄨˋ ㄐㄧㄥ ㄒㄧㄣ）

【釋義】觸目：眼睛接觸。驚：震驚。又作「怵目驚心」、「觸目動心」。
【出處】梁書・太祖張皇后傳：「興言永往，觸目動心。」
【用法】形容情況嚴重，眼睛一看到就引起內心震動。
【例句】一個又一個令人**觸目驚心**的鏡頭，充分揭露了日軍殘忍無恥的罪行。
【義近】驚心動魄／觸目神傷／觸目傷懷。
【義反】司空見慣／熟視無睹／無動於衷。

觸景生情（ㄔㄨˋ ㄐㄧㄥˇ ㄕㄥ ㄑㄧㄥˊ）

【釋義】觸：觸及，看見。景：景物。
【出處】趙翼・甌北詩話卷四：「元、白尙坦易，多觸景生情，因事起意。」
【用法】指看到眼前景物而產生某種感情。
【例句】面對那詩情畫意的廬山，古往今來的詩人作家，**觸景生情**，寫下了許多清新優美的詩文。
【義近】顧景生懷／即景生情／觸景興歎／見景生情／觸景傷情。
【義反】無動於衷／痲木不仁。

觸類旁通（ㄔㄨˋ ㄌㄟˋ ㄆㄤˊ ㄊㄨㄥ）

【釋義】觸類：接觸到某一類事物。旁通：互相貫通，廣爲知曉。
【出處】周易・繫辭上：「引而申之，觸類而長之。」章學誠・文史通義・詩話：「觸類旁通，啓發實多。」
【用法】指掌握了某一事物的知識或規律，從而類推了解到同類的其他事物。
【例句】做學問光靠死記硬背是不行的，最重要的是理解，並能舉一反三，**觸類旁通**，才能獲得多方面的知識。
【義近】舉一反三／融會貫通／聞一知十。
【義反】食古不化／刻舟求劍。

言　部

言人人殊（ㄧㄢˊ ㄖㄣˊ ㄖㄣˊ ㄕㄨ）

【釋義】各人所說不同。殊：不同。
【出處】漢書・曹參傳：「齊故諸儒以百數，言人人殊，參未知所定。」
【用法】多用於眾人意見各異，聽者難以適從。
【例句】關於修建高速公路的問題，當地民眾**言人人殊**，意見分歧。
【義近】一人一詞／眾說紛紜／各執一詞。
【義反】眾口一詞／如出一口／萬口一談／異口同聲。

言之成理（ㄧㄢˊ ㄓ ㄔㄥˊ ㄌㄧˇ）

【釋義】話說得有道理。之：指所論所說之事。
【出處】荀子・非十二子：「然而其持之有故，其言之成理，足以欺惑愚眾。」
【用法】說明所論能成文理，自圓其說。
【例句】這篇論文雖論據不夠充分，結構也比較鬆散，但從總體看，所論還是持之有故，**言之成理**的。
【義近】持之有故／言之有理。
【義反】強詞奪理／夸誕不經／無稽之言。

言之有物（ㄧㄢˊ ㄓ ㄧㄡˇ ㄨˋ）

【釋義】之：指所論所說的事情。物：內容。
【出處】周易・家人：「君子以言有物而行有恆。」
【用法】指文章或言論的內容充實具體，有根有據。
【例句】寫文章最重要的是要**言之有物**，切忌空話連篇。
【義近】言必有中／鞭辟入裏。
【義反】游談無根／謬悠之言／蛙鳴蟬噪／滿紙空言。

言之鑿鑿（ㄧㄢˊ ㄓ ㄗㄠˋ ㄗㄠˋ）

【釋義】鑿鑿：確實。
【出處】蒲松齡・聊齋志異・段氏：「言之鑿鑿，確可信據。」
【用法】形容持論確實，有事實可爲依據。
【例句】此事張先生**言之鑿鑿**，還有什麼可以懷疑的呢？
【義近】言之有據。
【義反】鑿空之論／無稽之談／信口雌黃／憑空杜撰／架捏虛詞。

言方行圓（ㄧㄢˊ ㄈㄤ ㄒㄧㄥˊ ㄩㄢˊ）

【釋義】言、行：言論行爲。方、圓：比喻兩者相反，對不起來。
【出處】王符・潛夫論・交際：「嗚呼哀哉，凡今之人，言方行圓，口正心邪，行與言謬，心與口違。」
【用法】形容人心口不一，言行異致。
【例句】社會上有許多人說的是一套，做的是另一套，像這樣**言方行圓**，怎能教人相信呢？
【義近】言行不一／口是心非／言行相謬／心口不一。
【義反】言行一致／心口如一／言行相合／心口相符。

言不及義（ㄧㄢˊ ㄅㄨˋ ㄐㄧˊ ㄧˋ）

【釋義】話沒有說到義理上。及：涉及，到。義：道理，正經事。
【出處】論語・衛靈公：「羣居終日，言不及義，好行小慧，難矣哉！」
【用法】指話沒有說到正理正事上，或指淨說些無聊話，沒有一句正經的。
【例句】他在這裏滔滔不絕的說了半天，卻**言不及義**，眞是莫名其妙！
【義近】胡言亂語／妄言妄語／胡說八道／信口開河。

【義反】讜言正論。

言不由衷

【釋義】話不是從心眼裏說出來的。由：從。衷：一作「中」，內心。

【出處】左傳・隱公三年：「信不由中，質無益也。」宋史何鑄傳：「言不由中而首尾鄉（向）背。」

【用法】形容心口不一致，口裏說的與心裏想的相違背。

【例句】他很少與人交談，即使交談，也不過是**言不由衷**的客套話而已。

【義近】口是心非／心口不一／心口相違。

【義反】心口如一／由衷之言／肺腑之言。

言不盡意

【釋義】言語未能表達全部意思。盡：全。

【出處】周易・繫辭上：「書不盡言，言不盡意，然則聖人之意其不見乎？」

【用法】多作書信結尾客套語，表示情意未盡。

【例句】信就寫到這裏吧，**言不盡意**，盼常來信，以免懸念。

【義近】紙短情長／書不盡意／文不盡意。

【義反】情盡乎詞／心手相應／情溢於詞／淋漓盡致／言過其實。

言外之意

【釋義】有這個意思，但沒有明說。

【出處】葉夢得・石林詩話：「七言難於氣象雄渾，句中有力而纖餘，不失言外之意。」

【用法】指話裏沒有明白說出來，但能使人覺察到的意思。

【例句】他來我這裏說了半天，**言外之意**，無非是要我爲他兒子安排一個好工作。

【義近】弦外之音／弦外有音／意在言外／話中有話。

【義反】意在言中／實話實說／直言不諱／直言無隱。

言出法隨

【釋義】言：這裏指法令或命令。法：法律。隨：跟隨，指照辦。

【用法】指法令一經公布就嚴格執行，如有違犯就依法處置。多用於文告中。

【例句】政府一貫獎善罰惡，**言出法隨**，特頒此令，以示知照，勿謂言之不預。

【義近】執法如山／言出如山／令出如山。

【義反】朝令夕改／反覆無常。

言必信，行必果

【釋義】信：守信用。果：成事實。

【出處】論語・子路：「言必信，行必果，硜硜然，小人哉！」

【用法】今多表示說話一定要守信用，做事一定要辦到。

【例句】我們說話做事，都要像古人所說的那樣：**言必信，行必果**，決不能說話不守信用，做事有始無終。

【義近】言信行果／言行一致。

【義反】言而無信／自食其言。

言必有中

【釋義】中：中肯，對得上。

【出處】論語・先進：「魯人爲長府。閔子騫曰：『仍舊貫，如之何，何必改作？』子曰：『夫人不言，言必有中。』」

【用法】指出言得當，能說到重點上。

【例句】他能根據實際情況進行分析，因而**言必有中**，提出的意見往往切實可行。

【義近】言而當法／一語中的／一針見血。

【義反】離題萬里／言不及義／三紙無驢／不知所云／不著

邊際。

言而有信（ㄧㄢˊ ㄦˊ ㄧㄡˇ ㄒㄧㄣˋ）

【釋義】言：說話，有時亦引申為辦事。信：信用。
【出處】論語・學而：「事父母，能竭其力；事君能致其身；與朋友交，言而有信。」
【用法】指稱人說話誠實守信，不爽言失約。
【例句】他是一個**言而有信**的人，你盡可放心，他不會騙你的。
【義近】一言為定／一諾千金／一言九鼎。
【義反】言而無信／自食其言／行不顧言／出爾反爾。

言而無信（ㄧㄢˊ ㄦˊ ㄨˊ ㄒㄧㄣˋ）

【釋義】無：同「毋」，不。信：信用。
【出處】穀梁傳・僖公二二年：「言之所以為言者，信也。言而不信，何以為言？」
【用法】指稱人說話不講信用。
【例句】他一向**言而無信**，因此大家都不願與他交往。
【義近】自食其言／食言而肥／行不顧言／輕諾寡信。
【義反】言而有信／一言既出，駟馬難追／一言為定／一諾千金。

言多必失（ㄧㄢˊ ㄉㄨㄛ ㄅㄧˋ ㄕ）

【釋義】話說得太多，容易產生差錯。
【出處】朱用純・治家格言：「居家戒爭訟，訟則終凶；處世戒多言，言多必失。」
【用法】勸戒人說話要謹慎，以免招來禍患。
【例句】他太愛講話了，結果**言多必失**，得罪上司，被炒了魷魚。
【義近】多言賈禍／言多生亂／多言多敗／禍從口出／多言數窮／惟口起羞。
【義反】言慎多福／言少免災／謹言慎行。

言行一致（ㄧㄢˊ ㄒㄧㄥˊ ㄧˊ ㄓˋ）

【釋義】說的和做的一個樣。
【用法】指稱人品德良好，說話行事都很可靠。
【例句】他這個人很可靠，向來都是**言行一致**，怎麼說就怎麼做。
【義近】言行相符／表裏如一／表裏一致／坐言起行。
【義反】言行不符／表裏不一／言行不一／言行相詭／言清行濁／言行相悖。

言近旨遠（ㄧㄢˊ ㄐㄧㄣˋ ㄓˇ ㄩㄢˇ）

【釋義】言近：言語淺近。旨：旨意，意見。亦作「言近指遠」。
【出處】孟子・盡心下：「言近而指遠者，善言也。」李汝珍・鏡花緣一八回：「言近旨遠，文簡義明。」
【用法】說明語言雖淺近，而意旨卻深遠。
【例句】張老先生的這番話，**言近旨遠**，值得在座的各位深思。
【義近】言約旨遠／言簡意賅／言簡意深／深入淺出。
【義反】空話連篇／不知所云／不著邊際／泛泛而談／皮相之談。

言者無罪，聞者足戒（ㄧㄢˊ ㄓㄜˇ ㄨˊ ㄗㄨㄟˋ，ㄨㄣˊ ㄓㄜˇ ㄗㄨˊ ㄐㄧㄝˋ）

【釋義】言者：說說的人。聞者：聽話的人。足：值得。戒：警戒。
【出處】毛詩・序：「上以風化下，下以風刺上，主文而譎諫，言之者無罪，聞之者足以戒，故曰風。」
【用法】指提意見的人只要出於善意，即使不正確，也無罪；聽取意見的人，即使沒有錯，也應引以為戒。
【例句】我們對待別人所提意見的正確態度，應該是**言者無罪，聞者足戒**，有則改之，無則引以為戒。

【義近】言者無罪，聞過則喜。
【義反】言者諄諄，聽者藐藐。

言為心聲（ㄧㄢˊ ㄨㄟˊ ㄒㄧㄣ ㄕㄥ）

【釋義】為：是。
【出處】揚雄・法言・問神：「故言，心聲也。書，心畫也。聲畫形，君子小人見矣。」
【用法】說明言語是表達心意的聲音，透過一個人的言語可以知道他的思想感情。
【例句】**言為心聲**，這句話一點也不假，從他的言談舉止中，可以知道他是一位愛國愛鄉的人。
【義近】書為心畫。

言笑自若（ㄧㄢˊ ㄒㄧㄠˋ ㄗˋ ㄖㄨㄛˋ）

【釋義】自若：猶自如，像原來的樣子，沒有什麼變化。
【出處】陳壽・三國志・蜀志・關羽傳：「割炙引酒，言笑自若。」歐陽修・瀧岡阡表：「其後修貶夷陵，太夫人言笑自若。」
【用法】形容臨事鎮定，如同平常樣的談笑自得。
【例句】儘管他被人誣陷，遭受冤屈，仍然**言笑自若**，毫不在乎。
【義近】談笑自如／泰然自若／陽陽如常。
【義反】手足無措／心慌意亂／面紅耳赤。

言過其實（ㄧㄢˊ ㄍㄨㄛˋ ㄑㄧˊ ㄕˊ）

【釋義】說話超過實際情況。
【出處】陳壽・三國志・蜀志・馬良傳：「先主臨薨謂亮曰：『馬謖言過其實，不可大用，君其察之！』」
【用法】說明言語誇張，不符合實際。
【例句】他的確頗有見地，但如果說他是個大哲學家，那就未免**言過其實**了。
【義近】誇大其詞／過甚其詞／溢美之詞。
【義反】恰如其分／愜當之論／持平之論。

言猶在耳（ㄧㄢˊ ㄧㄡˊ ㄗㄞˋ ㄦˇ）

【釋義】說過的話似乎還在耳邊響。猶：還。
【出處】左傳・文公七年：「穆嬴日抱太子以啼於朝曰：『今君雖終，言猶在耳，而棄之，若何？』」
【用法】形容說過的話還記得很清楚。
【例句】我母親雖已去世十年，但她生前對我的諄諄教導，仍然**言猶在耳**。
【義近】記憶猶新。
【義反】置諸腦後／如風過耳。

言傳身教（ㄧㄢˊ ㄔㄨㄢˊ ㄕㄣ ㄐㄧㄠˋ）

【釋義】言傳：用言語教人。身教：親身示範。一作「言教身傳」。
【出處】莊子・天道：「意之所隨者，不可以言傳也。」後漢書・第五倫傳：「以身教而從，以言教者訟。」
【用法】既用言語教導，又用行動示範。
【例句】王老師為人正直，學識淵博，受過他**言傳身教**的學生中，有許多傑出人才。
【義近】以身作則／為人師表／現身說法。
【義反】己不正而正人／枉己正人。

言語妙天下（ㄧㄢˊ ㄩˇ ㄇㄧㄠˋ ㄊㄧㄢ ㄒㄧㄚˋ）

【釋義】意謂言語精妙，冠於天下。
【出處】漢書・賈捐之傳：「君房（捐之字）下筆，言語妙天下，使君房為尚書令，勝五鹿充宗遠甚。」
【用法】形容人的言語精妙到了極點。
【例句】我國文學史上的大作家，無一不是**言語妙天下**的大師。
【義近】語妙天下／言語冠絕當世／語不驚人誓不休。

【義反】贅語廢言／言語膚淺／言詞不當／廢話連篇。

言寡尤，行寡悔

【釋義】言語的錯誤少，行動的懊惱少。寡：少。尤：過錯。

【出處】論語・為政：「子曰『多聞闕疑，慎言其餘，則寡尤；多見闕殆，慎行其餘，則寡悔。言寡尤，行寡悔，祿在其中矣。』」

【用法】告誡人言行要謹慎，以免發生錯誤後悔。

【例句】要真正做到**言寡尤，行寡悔**，就必須遇事三思而行，說其當說，行其所當行。

【義近】謹言慎行／三思而行。

【義反】妄言妄行／輕舉妄動。

言歸正傳

【釋義】歸：回到。正傳：指本題。

【出處】文康・兒女英雄傳十回：「話休絮煩，言歸正傳。」

【用法】說明把話題轉回到正題上來。

【例句】好了，我們現在閒話少說，**言歸正傳**，開始討論實際的問題吧。

【義近】書歸正傳／轉入正題。

【義反】東拉西扯／拉三扯四。

言歸於好

【釋義】言：古漢語助詞。歸於：回到。好：和好。

【出處】左傳・僖公九年：「凡我同盟之人，既盟之後，言歸於好。」

【用法】指彼此重新和好。

【例句】小夫妻倆吵嘴是常有的事，現在他們不是又誤會全消，**言歸於好**了嗎？

【義近】重歸於好／重修舊好／重拾舊歡／握手言歡。

【義反】分道揚鑣。

言簡意賅

【釋義】語言簡練而意思完備。賅：也作「該」，完備。

【出處】王韜・淞隱漫錄・消夏灣：「余初來語言文字亦不相通，承其指授，由漸精曉，深嘆古人言簡而意賅，為不可及也。」

【用法】形容說話、寫文章簡明扼要。

【例句】您的這番話，真可以說是**言簡意賅**，要言不煩。

【義近】言簡意深／要言不煩／言簡理深／言近旨遠。

【義反】泛泛而談／拖泥帶水／連篇累牘／長篇大論。

言聽計從

【釋義】說的話都聽從，出的主意都採納。從：聽從，引申為採納。

【出處】魏書・崔浩傳：「（崔浩）政事籌策，時莫之二，……值世祖經營之日，言聽計從，寧廓區夏。」

【用法】表示對人極為信任。

【例句】王先生在太太面前，一向是**言聽計從**的。

【義近】百依百順／言從計納／唯命是聽／唯命是從／言聽諫行。

【義反】言不入耳／一意孤行／師心自用／如風過耳／馬耳東風／我行我素／聽而不聞／置若罔聞。

計上心來

【釋義】心中忽然出現了美妙計策。

【出處】曹雪芹・紅樓夢二五回：「因一沉思，計上心來。」

【用法】形容人腦袋靈活，能隨時想出計策應付事態。

【例句】她是個很有能力的女子，往往可以眉頭一皺，**計上心來**，優裕自如地處理各種事情。

【義近】忽出妙計／靈機一動。

【義反】計無所出／計窮力竭／一籌莫展／無計可施／束手無策。

計日可待 ㄐㄧˋ ㄖˋ ㄎㄜˇ ㄉㄞˋ

【釋義】計：計算。計算日子，有所期待。

【出處】諸葛亮・出師表：「願陛下親之信之，則漢室之隆，可計日而待也。」

【用法】喻不久即可獲得成功，或預期的結果將很快應驗。

【例句】憑他過人的耐力，堅持向學的精神，相信他的成功是**計日可待**的。

【義近】計日而待／指日可待／指顧間事／翹足以待。

【義反】遙遙無期／俟河之清／終成泡影。

計功受賞 ㄐㄧˋ ㄍㄨㄥ ㄕㄡˋ ㄕㄤˇ

【釋義】計：計量。功：功勞，功績。

【出處】淮南子・人間訓：「是故忠臣事君也，計功而受賞，不為苟得。」

【用法】表示要根據功勞的大小，來確定其受賞的輕重。

【例句】這一巨大的工程完成後，公司一定**計功受賞**，決不食言。

【義近】論功行賞。

【義反】無功受祿／賞罰不明。

計出萬全 ㄐㄧˋ ㄔㄨ ㄨㄢˋ ㄑㄩㄢˊ

【釋義】萬全：非常安全周到。

【出處】劉鶚・老殘遊記一六回：「不過這種事情，其勢已迫，不能計出萬全的。」

【用法】形容計策謀畫極為周密穩當。

【例句】生意場上變幻莫測，往往自認為是**計出萬全**的，結果卻出乎意料，大蝕其本。

【義近】萬全之策／算無遺策／萬無一失。

【義反】權宜之計／無計可施／漏洞百出。

計無所出 ㄐㄧˋ ㄨˊ ㄙㄨㄛˇ ㄔㄨ

【釋義】意謂想不出計謀。

【出處】陳壽・三國志・吳志・注引會稽典錄載：魏騰「以迕意見譴，將殺之，士大夫憂恐，計無所出。」

【用法】形容毫無辦法，無計可施。

【例句】車子在半路上拋錨了，眾人**計無所出**，只好徒步回家。

【義近】無計可施／束手無策／一籌莫展。

【義反】計上心來／奇計百出／詭計多端／足智多謀。

計窮力竭 ㄐㄧˋ ㄑㄩㄥˊ ㄌㄧˋ ㄐㄧㄝˊ

【釋義】窮、竭：盡。

【出處】周楫・西湖二集：「（方）國珍計窮力竭，甚是惶恐，乃遣子明善奉表乞降。」

【用法】形容計謀和力量都已用盡。

【例句】人在**計窮力竭**的時候，往往會狗急跳牆，做出違背常理的事來。

【義近】智窮力竭／機關算盡／智盡能索／無計可施／束手無策／半籌莫展／錦囊計空。

【義反】智有餘裕／奇計百出／應付裕如／詭計多端／足智多謀。

記憶猶新 ㄐㄧˋ ㄧˋ ㄧㄡˊ ㄒㄧㄣ

【釋義】記憶：記住，對舊事的印象。猶：還。

【出處】關尹子・五鑑：「昔游再到，記憶宛然。」

【用法】指對往事印象很深，就好像剛發生的一樣。

【例句】四十年前我離開家鄉的悲慘情景，至今仍然**記憶猶新**。

【義近】如影歷歷／憬然赴目／歷歷在目。

【義反】不復記憶。

討價還價 ㄊㄠˇ ㄐㄧㄚˋ ㄏㄨㄢˊ ㄐㄧㄚˋ

【釋義】意謂買賣雙方就物價的高低反覆爭議。討：索求。

【出處】古今小說・蔣興哥重會珍珠衫：「三巧兒問了他討價還價，便道：『眞個虧你些兒。』」
【用法】本指做生意時講價錢，現常用以比喻雙方談判時反覆爭議，或接受任務時講條件。
【例句】身爲公務員，接受任務是不應該**討價還價**的。
【義近】斤斤計較／論斤較兩／錙銖必較／漫天要價，就地還錢。
【義反】說一不二／言無二價。

訓練有素 ㄒㄩㄣˋ ㄌㄧㄢˋ ㄧㄡˇ ㄙㄨˋ

【釋義】訓練：指教練兵士，今泛指培訓鍛練。素：平時，素來。
【出處】趙翼・廿二史札記卷三四：「顯亦爲當時名將，所至有功，故知訓練有素。」
【用法】指平時一直有嚴格的訓練。
【例句】從這次演習可以看出，我們的軍隊裝備精良、**訓練有素**。

設身處地 ㄕㄜˋ ㄕㄣ ㄔㄨˇ ㄉㄧˋ

【釋義】設想自己處在他人所處的境地。設：設想。身：自身。
【出處】禮記・中庸：「體羣臣也。」朱熹注：「體謂設以身處其地而察以心也。」
【用法】說明客觀地替別人想一想。
【例句】一個有正義感的人，遇到爲難的事，總會**設身處地**爲別人著想。
【義近】將心比心／易地而處／身臨其境／推己及人。
【義反】主觀武斷／唯我是慮。

詞不達意 ㄘˊ ㄅㄨˋ ㄉㄚˊ ㄧˋ

【釋義】達：表達。又作「辭不達意」。
【出處】吳沃堯・二十年目睹之怪現狀三十回：「還要中西文字兼通的才行，不然，必有個詞不達意的毛病。」
【用法】指用詞造句不能充分確切地表達意思。
【例句】初學寫作的人，自然會有**詞不達意**的毛病。
【義近】辭不逮意／難抒胸臆。
【義反】情盡乎辭／心手相應／意到筆隨／情文並茂／辭達意暢。

評頭品足 ㄆㄧㄥˊ ㄊㄡˊ ㄆㄧㄣˇ ㄗㄨˊ

【釋義】原指評論婦女的容貌。品：評論。
【出處】黃小配・大馬扁四回：「那全副精神又注在各妓……評頭品足，少不免要亂哦幾句話出來了。」
【用法】今泛指對人對事多方挑剔。
【例句】她沒事就愛對人**評頭品足**，街頭巷尾的人無不怕她的刻薄言詞，敬而遠之。
【義近】品頭論足／說長道短／說三道四。

誠心誠意 ㄔㄥˊ ㄒㄧㄣ ㄔㄥˊ ㄧˋ

【釋義】眞誠的心意。
【出處】西遊記九十回：「正是：無慮無憂來佛界，誠心誠意上雷音。」
【用法】形容十分眞摯誠懇，沒有絲毫虛僞。
【例句】你**誠心誠意**對待別人，別人也會眞心實意對待你。
【義近】眞心誠意／誠心正意／開誠佈公。
【義反】假心假意／虛情假意／虛假待人／陽奉陰違。

誠惶誠恐 ㄔㄥˊ ㄏㄨㄤˊ ㄔㄥˊ ㄎㄨㄥˇ

【釋義】誠：實在，的確。惶：恐懼。
【出處】後漢書・杜詩傳：「奉職無效，久竊祿位，令功臣懷慍，誠惶誠恐。」
【用法】多用以形容惶恐不安。
【例句】面臨明天的總決賽，她實在是**誠惶誠恐**，一整天都坐立不安的樣子。

【義近】惴惴不安／戰戰兢兢／惶惶不可終日。

【義反】泰然處之／泰然自若／安之若素。

詭計多端（ㄍㄨㄟˇ ㄐㄧˋ ㄉㄨㄛ ㄉㄨㄢ）

【釋義】詭：狡詐。端：項目。

【出處】羅貫中・三國演義一一七回：「(姜)維詭計多端，詐取雍州。」

【用法】形容人陰險狡詐，壞主意很多。

【例句】這人**詭計多端**，生相又凶惡，所以大家見了他都躲開。

【義近】詭計莫測／譎詐多端／詭變難料。

【義反】忠厚老實／光明磊落。

話不投機（ㄏㄨㄚˋ ㄅㄨˋ ㄊㄡˊ ㄐㄧ）

【釋義】投機：指意見相合。

【出處】王子一・誤入桃源三折：「吃緊的理不服人，言不諳典，話不投機。」

【用法】指彼此心意不同，話根本說不到一塊。

【例句】算了！我倆既然**話不投機**，就不要再談下去了。

【義近】言語不合／話不相投／格格不入。

【義反】酒逢知己／言語相投／一拍即合。

詩情畫意（ㄕ ㄑㄧㄥˊ ㄏㄨㄚˋ ㄧˋ）

【釋義】意謂有詩和畫的情景意境。

【用法】形容景色有詩畫的意境，也形容文藝作品情景交融、優美動人。

【例句】在月色溶溶、柳絲拂拂的池塘旁邊，傾聽一支優美動聽的小夜曲時，情不自禁地激起一種洋溢著**詩情畫意**的恬靜而又近於陶醉的感情。(峻青・海娘娘)

【義近】詩中有畫／畫中有詩。

誅求無已（ㄓㄨ ㄑㄧㄡˊ ㄨˊ ㄧˇ）

【釋義】誅求：徵索，勒索。無已：不止。

【出處】董仲舒・春秋繁露・王道：「誅求無已，天下空虛。」

【用法】形容敲榨勒索，沒完沒了。

【例句】滿清政府的各級官吏**誅求無已**，苛捐雜稅多如牛毛，使老百姓無法生活。

【義近】誅求無時／誅求無度／求索無厭。

【義反】一無所取／一介不取／秋毫無犯。

說一不二（ㄕㄨㄛ ㄧ ㄅㄨˋ ㄦˋ）

【釋義】意謂說什麼就是什麼。

【出處】文康・兒女英雄傳四十回：「到了在他娘子跟前，卻是從來說一不二。」

【用法】形容說話算數，決不變更。有時也形容辦事痛快、乾脆。

【例句】他很講信用，向來都是**說一不二**的，你儘管放心好了。

【義近】說話算話／乘駟之言。

【義反】出爾反爾／言而無信／食言而肥。

說三道四（ㄕㄨㄛ ㄙㄢ ㄉㄠˋ ㄙˋ）

【釋義】意謂搬弄是非。

【出處】翟灝・通俗編・言笑：「女論語：『莫學他人不知朝暮，走徧鄉邨說三道四。』」

【用法】今多用以形容隨便談論別人。有時也表示接受任務時不乾脆。

【例句】那傢伙最喜歡**說三道四**，到處搬弄是非。

【義近】說長道短／說東道西／張長李短／弄嘴掉舌／張家長李家短。

【義反】沉默寡言／寡言少語／謹言慎行。

說長道短（ㄕㄨㄛ ㄔㄤˊ ㄉㄠˋ ㄉㄨㄢˇ）

【釋義】又作「說短論長」，指隨意評論。長：優點。短：缺點。

【出處】崔瑗・座右銘：「無道人之短，無說己之長。」元・無名氏・神奴兒一折：「他倒說長道短的。」

【用法】比喻喜歡議論別人的是非優劣。

【例句】我現在是自顧不暇，哪還有時間和你一起**說長道短**去管別人的是非呢？

【義近】說三道四／評頭品足／數短論長／張長李短。

【義反】不論長短／閉口藏舌／不道黑白。

說時遲，那時快（ㄕㄨㄛ ㄕˊ ㄔˊ，ㄋㄚˋ ㄕˊ ㄎㄨㄞˋ）

【釋義】為章回小說或講故事時常用的套語，意謂迅速敏捷。

【出處】施耐庵・水滸傳九一回：「說時遲，那時快，魯智深、李逵早已搶入城來。」

【用法】形容敏捷、迅速的動作。

【例句】**說時遲，那時快**，他見一條餓狼向他撲來，便一個箭步閃開，舉起獵槍射擊。

【義近】迅雷不及掩耳。

【義反】慢條斯理／慢騰騰。

語妙天下（ㄩˇ ㄇㄧㄠˋ ㄊㄧㄢ ㄒㄧㄚˋ）

【釋義】言語精妙，天下無人可比。

【出處】漢書・賈捐之傳：「君房（賈捐之）下筆，言語妙天下。」

【用法】極言其善於言談，言語精妙。

【例句】他真不愧為出色的外交家，辯論起來滔滔不絕，**語妙天下**。

【義近】語驚四座／言語妙絕。

【義反】語不驚人／廢話連篇。

語重心長（ㄩˇ ㄓㄨㄥˋ ㄒㄧㄣ ㄔㄤˊ）

【釋義】重：鄭重，有分量。心：心意。

【出處】洛日生・海國英雄記・回唐：「嘆別離苦況，轉忘了母親的語重心長。」

【用法】意指話語懇切，情意深長。

【例句】老一輩的過來人都會**語重心長**教誨年輕人切莫辜負青春歲月。

【義近】苦口婆心／諄諄告誡／耳提面命。

【義反】冷嘲熱諷／冷言冷語／冷語冰人。

語焉不詳（ㄩˇ ㄧㄢ ㄅㄨˋ ㄒㄧㄤˊ）

【釋義】語：說話。焉：此為代詞「之」。

【出處】韓愈・原道：「擇焉而不精，語焉而不詳。」

【用法】指對某事雖然已經提到，但欠周詳。

【例句】這件事他在來信中雖已提及，但**語焉不詳**，請你再詳說一下。

【義近】言之不詳／含糊其辭。

【義反】言語周詳／巨細靡遺。

語無倫次（ㄩˇ ㄨˊ ㄌㄨㄣˊ ㄘˋ）

【釋義】倫次：條理，次序。

【出處】蘇軾・僧惠誠游吳中代書一二：「信筆書紙，語無倫次，又當尚有漏落者，方醉不能詳也。」

【用法】指說話、為文顛三倒四，沒有條理。

【例句】這篇文章寫得文不對題、**語無倫次**，看得真是倒盡胃口。

【義近】胡言亂語／不知所云／顛三倒四／紊亂不堪。

【義反】頭頭是道／井井有條／井然有序／有條不紊。

誨人不倦（ㄏㄨㄟˋ ㄖㄣˊ ㄅㄨˋ ㄐㄩㄢˋ）

【釋義】誨：教導。倦：厭倦。

【出處】論語・述而：「學而不厭，誨人不倦，何有於我哉？」
【用法】指教導人特別耐心，從不厭倦。
【例句】每個老師都應有孔夫子那種學而不厭，**誨人不倦**的精神。
【義近】不厭其煩／反覆教誨／苦口婆心／諄諄善誘。

誨淫誨盜 ㄏㄨㄟˋ ㄧㄣˊ ㄏㄨㄟˋ ㄉㄠˋ

【釋義】誨：誘導。原指女人打扮妖艷，等於引誘別人來調戲；財物不保管好，等於招引別人來偷盜。
【出處】周易・繫辭上：「慢藏誨盜，冶容誨淫。」
【用法】今用以指引誘人犯奸淫盜竊之罪。
【例句】對於那些**誨淫誨盜**的書刊和電影電視，必須嚴加查禁。
【義近】誘人為非／教唆淫盜。
【義反】導人為善／誨人以道／循循善誘。

認賊作父 ㄖㄣˋ ㄗㄟˊ ㄗㄨㄛˋ ㄈㄨˋ

【釋義】把仇人認作父親。賊：仇敵，敵人。又作「認敵作父」。
【用法】比喻甘心賣身求榮，投靠敵人或壞人。
【例句】那些漢奸**認賊作父**，甘心為日軍賣命，殘害自己的同胞，簡直是豬狗不如的東西。
【義近】認敵為友／賣身投靠／賣身求榮。
【義反】敵我分明／嫉惡如仇／不共戴天／誓不兩立。

認賊為子 ㄖㄣˋ ㄗㄟˊ ㄨㄟˊ ㄗˇ

【釋義】佛教禪宗語，比喻以妄見為真覺。
【出處】楞嚴經一：「惑汝真性，由汝無始，至於今生，認賊為子，失汝元常，故受輪轉。」
【用法】今用以泛指顛倒是非，混淆黑白。
【例句】這種**認賊為子**的人，那還有什麼是非曲直可言！
【義近】人妖顛倒／指鹿為馬／指鐵為金。
【義反】是非分明／涇渭分明／是則是，非則非。

誤人子弟 ㄨˋ ㄖㄣˊ ㄗˇ ㄉㄧˋ

【釋義】誤：耽誤。子弟：泛指後輩。
【出處】趙翼・答友：「誤人子弟由輕獎。」
【用法】常用以指不稱職的教師耽誤了人家的孩子。
【例句】他口齒不清，腦筋不靈光，還擔任國文教職，根本是**誤人子弟**。
【義近】枉為人師／貽誤子弟。
【義反】作育英才。

誤入歧途 ㄨˋ ㄖㄨˋ ㄑㄧˊ ㄊㄨˊ

【釋義】誤：迷惑。歧途：岔路，此指錯誤的道路。
【出處】荀子・正論：「是特姦人之誤於亂說，以欺愚者。」
【用法】說明因迷惑而走上了錯誤的道路。
【例句】在五光十色的花花世界裏，青少年稍一不慎便很容易**誤入歧途**。
【義近】誤入險途／誤入迷途／誤陷泥淖。
【義反】迷途知返／浪子回頭／自拔來歸。

誓不兩立 ㄕˋ ㄅㄨˋ ㄌㄧㄤˇ ㄌㄧˋ

【釋義】發誓不與對方並存。兩立：指雙方並存於天地間。
【出處】羅貫中・三國演義四四回：「孤與老賊，誓不兩立！卿言當伐，甚合孤意。」
【用法】表示矛盾、仇恨很深，無法調和。
【例句】他倆竟會鬧到**誓不兩立**的地步，這是誰都萬萬沒有想到的。
【義近】不共戴天／你死我活／

勢如水火。

【義反】並存共處／相與友好／和平相處。

誓死不二 ㄕˋ ㄙˇ ㄅㄨˋ ㄦˋ

【釋義】發誓至死也不變心。不二：沒有二心。

【出處】詩經・鄘風・柏舟：「之死矢（誓）靡它，母也天只，不諒人只！」

【用法】形容堅定專一。

【例句】對愛情堅貞，**誓死不二**的人，在現代社會中似乎越來越難尋了。

【義近】矢志不渝／死生不二／之死靡他。

【義反】反覆無常／朝秦暮楚／三心二意。

論功行賞 ㄌㄨㄣˋ ㄍㄨㄥ ㄒㄧㄥˊ ㄕㄤˇ

【釋義】論功：評論功勞。行賞：施行獎賞。

【出處】三國志・吳志・顧譚傳：「時論功行賞，以為駐敵之功大，退敵之功小。」

【用法】指評定功勳，給予相應的獎賞。

【例句】古時初登基的帝王，總是要對一起打天下的臣子們**論功行賞**一番。

【義近】論功定賞／論功行封／依功行賞／計功受賞。

【義反】卸磨殺驢／兔死狗烹／過河拆橋。

調兵遣將 ㄉㄧㄠˋ ㄅㄧㄥ ㄑㄧㄢˇ ㄐㄧㄤˋ

【釋義】意即調動和派遣兵將。

【出處】施耐庵・水滸傳六七回：「寫書教太師知道，早早調兵遣將，剿除賊寇報仇。」

【用法】原指調動軍隊派遣將領。現泛指調動和安排人力。

【例句】為了及時完成這項工程，總經理徹夜**調兵遣將**，把所有的人力物力集中在此任務上，務求盡善盡美。

【義近】發兵調將／運籌帷幄。

【義反】按兵不動／坐觀成敗。

調虎離山 ㄉㄧㄠˋ ㄏㄨˇ ㄌㄧˊ ㄕㄢ

【釋義】意謂設法使老虎離開山頭。調：調動。

【出處】羅貫中・西遊記五三回：「我是個調虎離山計，哄你出來爭戰。」

【用法】比喻用計使對方離開原來所憑藉的有利地勢，以便乘機行事。

【例句】要想消滅這幫土匪，最好是採用**調虎離山**之計，以免誤傷老百姓。

【義近】引蛇出洞／誘敵深入。

【義反】放虎歸山／縱敵歸營。

諂上欺下 ㄔㄢˇ ㄕㄤˋ ㄑㄧ ㄒㄧㄚˋ

【釋義】諂：奉承，獻媚。欺：欺壓。又作「諂上驕下」。

【出處】李綠園・歧路燈五一回：「凡是這一號鄉紳，一定是諂上驕下，剝下奉上的。」

【用法】形容討好巴結上司，欺騙壓榨下屬。

【例句】他能升上去，全靠他有一套**諂上欺下**的本事，說到才能，根本一無可取。

【義近】奉上瞞下。

【義反】剝下奉上／敲下悅上。

請自隗始 ㄑㄧㄥˇ ㄗˋ ㄨㄟˇ ㄕˇ

【釋義】請從我郭隗開始。自：從。隗：郭隗，戰國時燕國的賢士。又作「先從隗始」。

【出處】戰國策・燕策一：「郭隗曰：『王必欲致士，先從隗始。況賢於隗者，豈遠千里哉。』」

【用法】多用以比喻自告奮勇，推薦自己。

【例句】古人有句話叫**請自隗始**，總經理既然要招攬和重用人才，那就從我開始吧！

【義近】毛遂自薦／自告奮勇／捨我其誰。

【義反】婉言謝絕／力辭不就／善為我辭。

請君入甕 ㄑㄧㄥˇ ㄐㄩㄣ ㄖㄨˋ ㄨㄥˋ

【釋義】請您進入甕中去吧。甕：大陶器，口小腹大。

【出處】典出新唐書・周興傳。又曹雪芹・紅樓夢六二回：「寶琴笑道：『請君入甕。』」

【用法】說明以其人之道，還治其人之身。

【例句】小王說今天玩「繞口令」，誰錯了誰鑽桌子，不一會他就說錯了，於是大家笑著喊「**請君入甕**」。

【義近】自作自受／作法自斃／以其人之道，還治其人之身。

談古論今 ㄊㄢˊ ㄍㄨˇ ㄌㄨㄣˋ ㄐㄧㄣ

【釋義】談論古往今來之事，又作「談今論古」。

【出處】羅貫中・西遊記一九回：「却說三藏與那諸老談今論古，一夜無眠。」

【用法】泛指聊天，縱情地談說古往今來之事。

【例句】他們幾個老朋友只要聚在一起，便**談古論今**的說個沒完。

【義近】講古說今／評古品今／談天說地／縱論古今。

談言微中 ㄊㄢˊ ㄧㄢˊ ㄨㄟˊ ㄓㄨㄥˋ

【釋義】微中：精微奧妙而又切中要害。

【出處】司馬遷・史記・滑稽列傳：「談言微中，亦可以解紛。」

【用法】形容言談精微而切中事理。

【例句】此人**談言微中**，做事乾淨俐落，是個不錯的合作對象。

【義近】言必有中／鞭辟入裏。

【義反】信口開河／不著邊際。

談何容易 ㄊㄢˊ ㄏㄜˊ ㄖㄨㄥˊ ㄧˋ

【釋義】意謂談說論議並不是容易的事。

【出處】漢書・東方朔傳：「（非有）先生曰：『於戲！可乎哉？可乎哉？談何容易！』」

【用法】本指人臣進諫之難，今泛指說起來容易做起來難。

【例句】人不自私，天誅地滅，要大眾不顧一己的利益而以大局為重**談何容易**。

【義近】困難重重／難於上青天／實非易事。

【義反】輕而易舉／易如反掌／手到擒來。

談虎色變 ㄊㄢˊ ㄏㄨˇ ㄙㄜˋ ㄅㄧㄢˋ

【釋義】被虎咬傷過的人一聽到虎就臉色大變。

【出處】二程語錄一一：「向親見一人曾為虎所傷。言及虎，神色便變。」

【用法】比喻談及可怕之事即畏懼變色。

【例句】她自從玩股票輸了一大筆錢後，每每有人提及股票，她都**談虎色變**似的叫人閉嘴。

【義近】一朝被蛇咬，十年怕草繩／心有餘悸／聞風喪膽。

【義反】明知山有虎，偏向虎山行／無所畏懼／泰然自若。

談笑自若 ㄊㄢˊ ㄒㄧㄠˋ ㄗˋ ㄖㄨㄛˋ

【釋義】自若：自如，不變常態。又作「言笑自若」。

【出處】俞樾・七俠五義五四回：「他明知展爺已到，故意的談笑自若。」

【用法】指能平靜地對待所發生的情況，說說笑笑，不改常態。

【例句】別看他一副**談笑自若**的樣子，其實最近才剛被解僱，他只是在苦中作樂啊！

【義近】意氣自如／神色自如／說笑如常。

【義反】驚恐萬狀／神色慌張／一反常態。

談笑風生（ㄊㄢˊ ㄒㄧㄠˋ ㄈㄥ ㄕㄥ）

【釋義】意謂有說有笑，興致很高。風生：風趣洋溢。
【出處】辛棄疾・念奴嬌贈夏成玉：「遐想後日娥眉，兩山橫黛，談笑風生頰。」
【用法】形容人很健談，說話動聽。
【例句】他口才很好，又有人緣，不管在那裏都**談笑風生**，頗受歡迎。
【義近】議論風生／談笑自若／妙語如珠。
【義反】語不驚人／默默無言／言語乏味。

諸如此類（ㄓㄨ ㄖㄨˊ ㄘˇ ㄌㄟˋ）

【釋義】許多與此相類似的東西。諸：眾多。
【出處】晉書・劉頌傳：「諸如此類，亦不得已已。」
【用法】常用作概括、總結之詞。
【例句】**諸如此類**的事情甚多，在此不一一列舉，望各位千萬注意，不要受騙上當。
【義近】不一而足／不乏其例。
【義反】僅此而已／捨此無他。

諸惡莫作（ㄓㄨ ㄜˋ ㄇㄛˋ ㄗㄨㄛˋ）

【釋義】各種惡事都不要去做。諸：眾多。莫：不。
【出處】大般涅槃經・梵行品：「諸惡莫作，諸善奉行，自淨其意，是諸佛教。」
【用法】用以勸人行善積福，不可為非作歹。
【例句】為人只要**諸惡莫作**，便可問心無愧，生活得踏實舒坦。

諄諄告誡（ㄓㄨㄣ ㄓㄨㄣ ㄍㄠˋ ㄐㄧㄝˋ）

【釋義】諄諄：教導不倦的樣子。告誡：勸告。又作「諄諄告戒」。
【出處】費袞・梁溪漫志：「命諸子子婦皆坐，置酒，諄諄告戒。」
【用法】形容懇切不倦的進行教導、規勸。
【例句】父親生前的**諄諄告誡**，直到今天仍在我們的耳邊迴響。
【義近】諄諄教誨／語重心長／苦口婆心／耳提面命。
【義反】冷嘲熱諷／冷言冷語。

謀定後動（ㄇㄡˊ ㄉㄧㄥˋ ㄏㄡˋ ㄉㄨㄥˋ）

【釋義】謀：謀畫，計畫。定：確定，穩當。
【出處】新唐書・李光弼傳：「光弼用兵，謀定而後戰。」
【用法】指遇事不要魯莽，務必要考慮周到、謀畫穩妥之後再採取行動。
【例句】凡事要**謀定後動**，決不可憑一時的衝動亂來，以免造成不必要的損失。
【義近】三思而行／深謀遠慮／計出萬全。
【義反】魯莽行事／輕舉妄動。

謀事在人，成事在天（ㄇㄡˊ ㄕˋ ㄗㄞˋ ㄖㄣˊ ㄔㄥˊ ㄕˋ ㄗㄞˋ ㄊㄧㄢ）

【釋義】謀事：營求某種事情。成事：使事情成功。
【出處】羅貫中・三國演義一〇三回：「孔明嘆曰：『謀事在人，成事在天』，不可強也。」
【用法】說明謀求把事情做好在於人為，而能否成功則在於天意。意在強調不可勉強。
【例句】這倒也不然：「**謀事在人，成事在天**。」咱們謀到了，靠菩薩的保佑，有些機會，也未可知。（曹雪芹・紅樓夢）
【義近】事由天定／富貴在天／謀畫在人，成敗由天。
【義反】人定勝天／人眾勝天。

謀財害命（ㄇㄡˊ ㄘㄞˊ ㄏㄞˋ ㄇㄧㄥˋ）

【釋義】謀：圖謀。又作「圖財害命」。
【出處】吳承恩・西遊記一一回

：「脫皮露骨，折臂斷筋，也只爲謀財害命。」

【用法】指人心狠手辣，爲了謀取錢財，不惜害人性命。

【例句】眞不敢相信這麼一個纖弱女子，竟是**謀財害命**的元兇，眞是人不可貌相啊！

【義近】殺人越貨／劫財殺人。

【義反】見利思義／一介不取。

諱疾忌醫 ㄏㄨㄟˋ ㄐㄧˊ ㄐㄧˋ ㄧ

【釋義】不肯說自己有病，怕去治療。諱：隱藏不言。忌：怕，畏懼。又作「護疾忌醫」。

【出處】周子・通書・過：「今人有過，不喜人規，如護疾而忌醫，寧滅其身而無悟也，噫！」

【用法】比喻隱瞞自己的缺點過失，不願接受別人的規勸幫助。

【例句】有了過失，千萬不要**諱疾忌醫**，應虛心聽取別人的規勸，並予以改正。

【義近】文過飾非／拒諫飾非／掩過飾非。

【義反】聞過則喜／知過必改／退思補過。

諱莫如深 ㄏㄨㄟˋ ㄇㄛˋ ㄖㄨˊ ㄕㄣ

【釋義】隱瞞得沒有比這更深的了。莫：沒有。

【出處】穀梁傳・莊公三二年：「諱莫如深，深則隱，苟有所見，莫如深也。」

【用法】指將事情隱瞞得很嚴，力求不使人知道。

【例句】她對自己幾十年前的醜事**諱莫如深**，凡有所知的都想方設法殺人滅口。

【義近】祕而不宣／絕口不談／守口如瓶。

【義反】直言不諱／直言無隱／和盤托出。

謙恭下士 ㄑㄧㄢ ㄍㄨㄥ ㄒㄧㄚˋ ㄕˋ

【釋義】謙恭：謙遜，恭敬。下士：降低身分以禮對待讀書人。又作「謙遜下士」。

【出處】漢書・韋玄成傳：「少好學，修父業，尤謙遜下士。」

【用法】指待人謙遜有禮，能尊重比自己地位低的人或有才學的人。

【例句】他雖貴爲院長，但能**謙恭下士**，一點也沒有官僚的架子。

【義近】禮賢下士／推賢下士／尊賢愛才。

【義反】嫉能害賢／嫉賢妒能／嫉賢害能。

謙虛謹慎 ㄑㄧㄢ ㄒㄩ ㄐㄧㄣˇ ㄕㄣˋ

【釋義】謙虛：不自滿，謙遜自抑。謹愼：細心愼重。

【出處】後漢書・明德馬皇后紀：「太后誠存謙虛。」漢書・霍光傳：「小心謹愼，未嘗有過。」

【用法】指待人虛心，做事愼重不浮躁。

【例句】這個年輕人，才華橫溢，更重要的是做人**謙虛謹愼**，眞是難得。

【義近】不驕不躁／不矜不伐。

【義反】驕傲自大／盛氣凌人／夜郎自大。

謙謙君子 ㄑㄧㄢ ㄑㄧㄢ ㄐㄩㄣ ㄗˇ

【釋義】謙謙：謙遜的樣子。

【出處】周易・謙卦：「謙謙君子，卑以自牧也。」

【用法】指待人謙遜而又嚴於律己的人。

【例句】他是個不卑不亢的**謙謙君子**，待人有禮，行事合宜，和他說話有如沐春風的感覺。

【義近】正人君子／翩翩君子。

【義反】區區小人／無恥小人／斗筲鼠輩。

謹小愼微 ㄐㄧㄣˇ ㄒㄧㄠˇ ㄕㄣˋ ㄨㄟ

【釋義】謹、愼：小心，愼重。微：小。又作「敬小愼微」。

【出處】惲敬・卓忠毅公遺稿書

後：「其生平無不謹小慎微，事事得其所處。」

【用法】原指一舉一動都十分小心，今多用以形容辦事過於謹慎而縮手縮腳。

【例句】做事謹慎固然重要，但過分的**謹小慎微**就會妨礙行事的時機了。

【義近】小心翼翼／如臨深淵／如履薄冰／臨淵履薄。

【義反】輕舉妄動／恣意妄爲／膽大妄爲／魯莽滅裂。

謹言慎行 ㄐㄧㄣˇ ㄧㄢˊ ㄕㄣˋ ㄒㄧㄥˊ

【釋義】謹：小心。慎：慎重。

【出處】禮記・緇衣：「故言必慮其所終，而行必稽其所敝，則民謹於言而慎於行。」

【用法】形容人言語行動都很小心謹慎。

【例句】他是個**謹言慎行**的人，從不信口開河，也不草率行事。

【義近】謹小慎微／小心謹慎。

【義反】言行魯莽／任性而爲／放蕩不覆。

謬種流傳 ㄇㄧㄡˋ ㄓㄨㄥˇ ㄌㄧㄡˊ ㄔㄨㄢˊ

【釋義】謬種：又作「繆種」，荒謬、錯誤的種子。

【出處】宋史・選舉志：「所取之士既不精，數年之後復俾之主文，是非顛倒逾甚，時謂之繆種流傳。」

【用法】今泛指荒謬的東西一代代傳下去。

【例句】誨淫誨盜的書刊必須禁止，否則，**謬種流傳**，會給社會帶來嚴重危害。

【義近】以訛傳訛／謬誤相傳。

【義反】名傳千古／流芳百世。

譁衆取寵 ㄏㄨㄚˊ ㄓㄨㄥˋ ㄑㄩˇ ㄔㄨㄥˇ

【釋義】譁衆：使衆人興奮激動。譁：喧鬧。寵：喜愛。

【出處】漢書・藝文志：「苟以譁衆取寵，後進循之，是以五經乖析，儒學寖衰。」

【用法】指用言論或行動迎合大衆，以取得人們的喜悅和稱讚。

【例句】這種人就是憑那三寸不爛之舌**譁衆取寵**，何嘗能做幾件像樣的事情來。

【義近】招搖過市／夸夸其談／驚世駭俗／矯俗干名。

【義反】腳踏實地／實事求是。

識時務者爲俊傑 ㄕˋ ㄕˊ ㄨˋ ㄓㄜˇ ㄨㄟˊ ㄐㄩㄣˋ ㄐㄧㄝˊ

【釋義】時務：形勢發展的趨勢。俊傑：英雄豪傑。

【出處】陳壽・三國志・蜀志・諸葛亮傳・注引襄陽記：「識時務者，在乎俊傑。」

【用法】說明只有能夠認清形勢發展趨勢的人，才是俊傑。多用以勸人歸附依從。

【例句】**識時務者爲俊傑**，你不要再固執了，還是按總經理的意思去辦吧！

【義近】識時達務／通曉時務。

【義反】不識時務／不明形勢／不知權變。

議論紛紛 ㄧˋ ㄌㄨㄣˋ ㄈㄣ ㄈㄣ

【釋義】紛紛：多而雜亂的樣子。又作「紛紛議論」。

【出處】羅貫中・三國演義四三回：「時武將或有要戰的，文官都是要降的，議論紛紛不一。」

【用法】形容許多人七嘴八舌談論的情景。

【例句】昨晚他家又傳出打鬧的聲音，街坊鄰居今晨起來皆**議論紛紛**，大概那嗜賭的先生又回來打老婆要錢了。

【義近】衆說紛紜／七嘴八舌／人言籍籍／沸沸揚揚。

【義反】衆口一詞／如出一口／異口同聲／絕口不談。

讀書破萬卷 ㄉㄨˊ ㄕㄨ ㄆㄛˋ ㄨㄢˋ ㄐㄩㄢˋ

【釋義】萬卷：極言其書本之多。卷：指書本或篇章。

【出處】杜甫・奉贈韋左丞丈二十二韻：「讀書破萬卷，下筆如有神。」

【用法】形容讀書很多，學識淵博。

【例句】一個人如能下功夫，**讀書破萬卷**，那必然可成為一個很有學問的人。

【義近】學富五車／滿腹經綸／學識淵博。

【義反】胸無點墨／不學無術／初識之無。

變化多端 ㄅㄧㄢˋ ㄏㄨㄚˋ ㄉㄨㄛ ㄉㄨㄢ

【釋義】多端：指樣子、花樣很多。端：頭緒。

【出處】吳承恩・西遊記七回：「他變化多端，虧老君拋金鋼琢打中，二郎方得拿住。」

【用法】形容變化很多。

【例句】這人神通廣大，**變化多端**，你可不是他的對手，何必自討苦吃呢！

【義近】變化萬端／變化無常／變幻莫測。

【義反】一成不變／依然如故。

變化無常 ㄅㄧㄢˋ ㄏㄨㄚˋ ㄨˊ ㄔㄤˊ

【釋義】無常：沒有常態、規律。常：法則，規律。又作「變幻無常」。

【出處】莊子・天下：「芴(忽)漠無形，變化無常。」

【用法】指事物經常變化，沒有規律性可言。

【例句】人世的**變化無常**，沒有永遠的春風得意，當然也不可能會永遠失敗落拓。

【義近】千變萬化／白雲蒼狗。

【義反】變幻有則／偶爾一變／風雲可測。

變幻莫測 ㄅㄧㄢˋ ㄏㄨㄢˋ ㄇㄛˋ ㄘㄜˋ

【釋義】變幻：經常地不規則地變化。莫測：不能預料。

【出處】許仲琳・封神演義四四回：「吾紅水陣內奪壬癸之精，藏天乙之妙，變幻莫測。」

【用法】指事物變化迅速而多樣，難以捉摸。

【例句】政治局勢儘管**變幻莫測**，但只要認眞分析研究，還是有某些規律可尋的。

【義近】變幻無常／雲譎波詭。

【義反】一成不變／一牢永定。

變本加厲 ㄅㄧㄢˋ ㄅㄣˇ ㄐㄧㄚ ㄌㄧˋ

【釋義】本：事物的原樣。加厲：更甚，更加厲害。

【出處】蕭統・文選序：「蓋踵其事而增華，變其本而加厲。」

【用法】指人或事物變得比原來更加嚴重。（多指缺點、錯誤等）

【例句】他不但不改正錯誤，反而**變本加厲**，與竊盜集團來往更密，逐步走向不歸路。

【義近】日甚一日／有增無減。

【義反】日益好轉。

變生肘腋 ㄅㄧㄢˋ ㄕㄥ ㄓㄡˇ ㄧㄝˋ

【釋義】肘腋：胳膊肘與肐肢窩，喻密切接近。

【出處】陳壽・三國志・蜀志・法正傳：「北畏曹公之強，東憚孫權之逼，近則懼孫夫人生變於肘腋之下。」

【用法】說明事變發生於極近之處。

【例句】歷史上許許多多的戰亂都是**變生肘腋**，人家說內賊難防，就是這個道理。

【義近】禍起蕭牆／兄弟鬩牆。

讚不絕口 ㄗㄢˋ ㄅㄨˋ ㄐㄩㄝˊ ㄎㄡˇ

【釋義】讚：稱讚。絕：停止。

【出處】馮夢龍・警世通言卷二七：「宇勢飛舞，魏生讚不絕口。」

【用法】形容人不住口地稱讚。

【例句】凡是去過大陸黃山、廬山等名山旅遊的人，對那裏的秀麗景色都**讚不絕口**。

【義近】交口稱譽／譽不絕口／稱不容舌。

【義反】交口責罵／罵不絕口。

谷部

豁然貫通（ㄏㄨㄛˋ ㄖㄢˊ ㄍㄨㄢˋ ㄊㄨㄥ）

【釋義】豁然：開通的樣子。貫：貫穿。通：通暢明白。

【出處】朱熹・大學章句：「至于用力之久，而一旦豁然貫通焉。」

【用法】形容人一下子透徹明白或完全領悟了某個道理。

【例句】這個道理多少天來我都沒有想清楚，經他一啓發，便**豁然貫通**了。

【義近】恍然大悟／豁然而諭／頓開茅塞。

【義反】百思不解／大惑不解。

豁然開朗（ㄏㄨㄛˋ ㄖㄢˊ ㄎㄞ ㄌㄤˇ）

【釋義】豁然：開闊明亮的樣子。開朗：地方開闊，光線明亮。

【出處】陶淵明・桃花源記：「初極狹，才通人。復行數十步，豁然開朗。」

【用法】形容由狹窄昏暗一下子變爲開闊明亮。也形容心境忽然變爲開闊暢朗或突然明白了某個道理。

【例句】小船划行了一千多米，轉個彎，便**豁然開朗**，使人有「山窮水盡疑無路，柳暗花明又一村」的感覺。

【義近】豁然貫通／頓開茅塞／豁然大悟。

【義反】幽暗不明／心境抑鬱／百思不解／大惑不解。

豁達大度（ㄏㄨㄛˋ ㄉㄚˊ ㄉㄚˋ ㄉㄨˋ）

【釋義】豁達：性格開朗。大度：氣量大。

【出處】潘岳・西征賦：「觀夫漢高之興也，非徒聰明神武，豁達大度而已也。」

【用法】形容人胸懷曠達，爲人豪爽，度量寬宏。

【例句】他爲人**豁達大度**，待人如己，因而有不少才能之士對他忠心不貳。

【義近】寬宏大量／寬以待人／胸襟開闊／豪放曠達。

【義反】偏狹小器／鼠肚雞腸／斗筲器量。

豆部

豆剖瓜分（ㄉㄡˋ ㄆㄡˇ ㄍㄨㄚ ㄈㄣ）

【釋義】像豆被剖開，像瓜被分開。剖：分割。

【出處】晉書・地理志上・總敍：「平王東遷，星離豆剖，當塗馭寓，瓜分鼎立。」

【用法】形容國土分裂，支離破碎。

【例句】辛亥革命勝利後，袁世凱倒行逆施，各地軍閥乘機割據，廣大國土**豆剖瓜分**。

【義近】四分五裂／分崩離析／支離破碎。

【義反】金甌無缺／河山一統／天下一統。

豆蔻年華（ㄉㄡˋ ㄎㄡˋ ㄋㄧㄢˊ ㄏㄨㄚˊ）

【釋義】豆蔻：植物名，多年生常綠草木，初夏開淡黃色花，種子有香氣。年華：年歲，時光。

【出處】杜牧・贈別詩：「娉娉裊裊十三餘，豆蔻梢頭二月初。」

【用法】比喻未嫁少女，言其少而美。

【例句】她正值**豆蔻年華**，生氣勃勃，對未來充滿了憧憬。

【義近】二八佳人／妙齡少女／桃李年華／二八年華／碧玉年華。

【義反】人老珠黃／徐娘半老／妖韶女老／美人遲暮。

豐功偉績 ㄈㄥ ㄍㄨㄥ ㄨㄟˇ ㄐㄧ

【釋義】豐：盛大。又作「豐功偉業」、「豐功偉烈」。

【出處】朱希顏・題金總管……長江萬里圖詩：「豐功偉績想餘風，霸略雄圖見遺趾。」

【用法】用以指偉大的功勞。

【例句】前人締造許多**豐功偉績**，後人享用不盡，我們應懂得飲水思源。

【義近】勞苦功高／豐功盛烈／丘山之功／不世之功。

【義反】尺寸之功／涓埃之功／毛髮之功／除草之功。

豐衣足食 ㄈㄥ ㄧ ㄗㄨˊ ㄕˊ

【釋義】豐：豐富，富有。足：夠，滿。

【出處】齊己・病中勉送小師往清涼山禮大聖詩：「豐衣足食處莫住，聖迹靈踪好遍尋。」

【用法】指衣食充足，生活富裕。

【例句】在**豐衣足食**的同時，我們更該貢獻一己之力，回饋社會，幫助需要我們幫助的人。

【義近】綽有餘裕／家給人足／鐘鳴鼎食／鮮衣美食／錦衣玉食。

【義反】啼飢號寒／飢寒交迫／饔飧不繼／鶉衣百結／簞瓢屢空／短褐不完／囊空如洗／三旬九食。

豕部

豕突狼奔 ㄕˇ ㄊㄨˊ ㄌㄤˊ ㄅㄣ

【釋義】像豬一樣亂竄，像狼一樣奔跑。豕：豬。突：猛衝。

【出處】歸莊・擊筑餘音・重調：「有幾個狼奔豕突的燕和趙，和幾個狗屠驢販的奴和盜。」

【用法】比喻壞人到處亂闖，肆意破壞；也比喻敵人倉皇逃跑。

【例句】那羣烏合之眾受到官兵圍勦後，一時**豕突狼奔**，潰不成軍。

【義近】橫衝直闖／抱頭鼠竄／獸奔鳥散／魚潰鳥散。

【義反】鎮靜自若／穩紮穩打／巍然不動。

豪放不羈 ㄏㄠˊ ㄈㄤˋ ㄅㄨˋ ㄐㄧ

【釋義】羈：馬籠頭，引申為拘束，束縛。又作「豪邁不羈」。

【出處】清史稿・文苑傳・侯方域：「（方域）性豪邁不羈，為文有奇氣。」

【用法】形容人性情狂放，不受拘束。

【例句】李白生性**豪放不羈**，是個天才型的詩人，在詩史中是獨一無二的奇才。

【義近】豪放曠達／倜儻不羈／曠達不拘。

【義反】束手束腳／縮手縮腳／謹小慎微。

豪門貴宅 ㄏㄠˊ ㄇㄣˊ ㄍㄨㄟˋ ㄓㄞˊ

【釋義】豪門：富豪的門庭，指權貴之家。宅：宅院，指人家戶。

【出處】王實甫・西廂記二本三折：「先生揀豪門貴宅之女

，別爲之求。」

【用法】比喻有權有勢的富貴人家。

【例句】人皆生而平等，就算是出身**豪門貴宅**，也沒有看不起人的權利。

【義近】豪門巨室／富貴之家／權要門第。

【義反】小康之家／茅茨土階／貧寒陋室。

豸部

豺狼當道（ㄔㄞˊ ㄌㄤˊ ㄉㄤ ㄉㄠˋ）

【釋義】豺狼：貪殘的獸類，喻凶惡之人。當道：在道路之中，喻掌權。

【出處】陳壽・三國志・魏志・杜襲傳：「方今豺狼當道，而狐狸是先，人將謂殿下避強攻弱。」

【用法】比喻奸邪之人當權執政。

【例句】在**豺狼當道**的國家裏，賢人隱居，苦得是平民百姓，只有任人宰割的分了。

【義近】豺狼橫行／惡人當道／奸邪當朝。

【義反】賢人當朝／賢人執政／明君掌政。

貌合神離（ㄇㄠˋ ㄏㄜˊ ㄕㄣˊ ㄌㄧˊ）

【釋義】貌合：外表相合。神離：又作「心離」，內心不一致。

【出處】黃石公・素書遵義：「貌合心離者孤，親讒遠忠者亡。」

【用法】指人與人之間外表雖然親密，而實際却各自內懷二心。

【例句】這對夫妻表面上親熱恩愛，其實早就**貌合神離**，只差沒離婚了。

【義近】貌合行離／同牀異夢／離心離德／貌是心非。

【義反】同心同德／情投意合／志同道合／心心相印。

貓鼠同眠（ㄇㄠ ㄕㄨˇ ㄊㄨㄥˊ ㄇㄧㄢˊ）

【釋義】貓同老鼠睡。

【出處】新唐書・五行志：「洛州貓鼠同處。鼠隱伏，象盜竊，貓職捕囓，而反與鼠同。」

【用法】本比喻廢棄職守，縱容奸人。今用以指上下朋比爲奸，彼此容忍隱瞞。

【例句】若是上下和睦，叫我與他們**貓鼠同眠**嗎？（曹雪芹・紅樓夢九九回）

【義近】朋比爲奸／同流合污。

【義反】潔身自好／束身自愛。

貝部

負屈含冤 ㄈㄨˋ ㄑㄩ ㄏㄢˊ ㄩㄢ

【釋義】負屈：遭受委屈。又作「負屈銜冤」或「含冤負屈」。

【出處】武漢臣・生金閣四折：「說無休，訴不盡的含冤負屈情。」

【用法】形容蒙受冤枉和委屈。

【例句】大陸在文化大革命期間，不知有多少人**負屈含冤**而死！

【義近】懷冤抱屈／銜恨蒙冤／銜冤抱恨。

【義反】伸雪冤屈／沉冤昭雪。

負重致遠 ㄈㄨˋ ㄓㄨㄥˋ ㄓˋ ㄩㄢˇ

【釋義】擔負重擔去到遠地。

【出處】劉義慶・世說新語・品藻載：龐統至吳評顧劭曰：「顧子可謂駑牛能負重致遠也。」

【用法】比喻能肩負重大責任。

【例句】此人能**負重致遠**，你可放心把這項艱巨任務交給他去辦。

【義近】引重致遠／負重涉遠／任重道遠。

【義反】推三阻四／臨難却步／力不勝任／打退堂鼓／拈輕怕重。

負荊請罪 ㄈㄨˋ ㄐㄧㄥ ㄑㄧㄥˇ ㄗㄨㄟˋ

【釋義】背著荊條請求別人責罰。荊：荊條，打人之物。

【出處】司馬遷・史記・廉頗藺相如列傳：「廉頗聞之，肉袒負荊，因賓客至藺相如門謝罪。」

【用法】表示向人認錯謝罪。

【例句】王經理，昨天我喝醉了，多有冒犯，今天特來**負荊請罪**，望多包涵。

【義近】負荊謝罪／肉袒負荊／肉袒牽羊。

【義反】興師問罪／登門問罪／西鄰責言。

負嵎頑抗 ㄈㄨˋ ㄩˊ ㄨㄢˊ ㄎㄤˋ

【釋義】負：仗恃，憑藉。嵎：山灣，引申指險要的地方。

【出處】孟子・盡心下：「野有眾逐虎，虎負嵎，莫之敢攖。」

【用法】指依仗險要的地勢，頑固抵抗。多用以形容敵軍、暴徒的垂死掙扎。

【例句】這羣強盜雖已被警方重重包圍，却仍**負嵎頑抗**，作垂死的掙扎。

【義近】負險固守／困獸猶鬥／負固頑抗。

【義反】束手就擒／棄械投降／引頸就戮。

負薪救火 ㄈㄨˋ ㄒㄧㄣ ㄐㄧㄡˋ ㄏㄨㄛˇ

【釋義】負：背。薪：柴木。

【出處】韓非子・有度：「其國亂弱矣，又皆釋國法而私其外，則是負薪而救火也，亂弱甚矣。」

【用法】說明想消滅災害，因不得法反而使災害擴大。

【例句】裏面已經吵得不可開交了，你還進去幫著吵，這不是**負薪救火**嗎？還說要去勸架。

【義近】抱薪救火／以火救火／揚湯止沸／火上加油。

【義反】釜底抽薪／徙薪止沸。

責有攸歸 ㄗㄜˊ ㄧㄡˇ ㄧㄡ ㄍㄨㄟ

【釋義】意謂是誰的責任就該誰承擔。攸：所。歸：歸屬。

【用法】指分內責任不容推托逃避，應勇於面對、承擔。

【例句】**責有攸歸**，社會風氣會如此敗壞，社會、學校和家庭都該負一些責任。

【義近】責無旁貸／義不容辭／匹夫有責。

【義反】推卸責任／推三阻四。

責無旁貸 ㄗㄜˊ ㄨˊ ㄆㄤˊ ㄉㄞˋ

【釋義】責：責任。貸：推卸，推讓給別人。
【出處】文康・兒女英雄傳十回：「講到護送，除了自己一身之外，責無旁貸者再無一人。」
【用法】表示勇於負責，自己應盡的責任決不推卸。
【例句】教育和保護兒童是社會上每個人**責無旁貸**的任務。
【義近】責有攸歸／義不容辭／當仁不讓。
【義反】推三阻四／極力推卸。

貪小失大 ㄊㄢ ㄒㄧㄠˇ ㄕ ㄉㄚˋ

【釋義】貪圖小利而失大利。
【出處】呂氏春秋・權勳：「燕人逐北入國，相與爭金於美唐甚多。此貪於小利以失大利者也。」
【用法】形容眼光短淺，因小失大。
【例句】他為了錢財竟和親友反目，弄得晚景淒涼，這種**貪小失大**的做人態度實在是不足取。
【義近】明珠彈雀／欲益反損／惜指失掌／貪金失國／貪食傷身／貪財致命／揀芝麻丟西瓜。
【義反】吃小虧佔大便宜／棄車保帥／捨小求大／捨財保命。

貪天之功 ㄊㄢ ㄊㄧㄢ ㄓ ㄍㄨㄥ

【釋義】貪圖上天的功績。
【出處】左傳・僖公二四年：「竊人之財，猶謂之盜，況貪天之功，以為己力乎？」
【用法】形容抹殺別人的辛勤勞動，把功勞全歸於自己。
【例句】成果是大家共同努力而來的，你怎能**貪天之功**，硬說是自己獨立完成的呢？
【義近】竊人之功／貪人之力。
【義反】功成不居／歸功他人／推人之功／得天之功。

貪夫殉財 ㄊㄢ ㄈㄨ ㄒㄩㄣˋ ㄘㄞˊ

【釋義】殉財：為財而死。殉：為某事而犧牲性命。
【出處】賈誼・鵩鳥賦：「貪夫殉財兮，烈士殉名。夸者死權兮，品庶每生。」
【用法】指貪財者不知滿足，為求取財物而喪生。
【例句】**貪夫殉財**，許多人會走上犯罪的不歸路，全都是錢財作祟。
【義近】人為財死，鳥為食亡／求財忘身／見利忘命。
【義反】安貧樂道／見財不貪／見利思義。

貪得無厭 ㄊㄢ ㄉㄜˊ ㄨˊ ㄧㄢˋ

【釋義】厭：通「饜」，滿足。
【出處】左傳・昭公二八年：「貪婪無厭，忿類無期。」
【用法】形容貪心永遠沒有滿足的時候。
【例句】你的資產數以億計了，怎還如此**貪得無厭**？
【義近】欲壑難填／得寸進尺／得隴望蜀／貪心不足。
【義反】一枝自足／偃鼠飲河／知足無求／知止知足／一介不取。

貪賄無藝 ㄊㄢ ㄏㄨㄟˋ ㄨˊ ㄧˋ

【釋義】賄：財物。藝：限度，法度。
【出處】左丘明・國語・晉語八：「及桓子，驕泰奢侈，貪欲無藝，略則行志，假貸居賄，宜及於難。」
【用法】形容貪求財物沒有止境。多指政府官員無限制地搜括民財。
【例句】公共建設常因一些官員的**貪賄無藝**而偷工減料、粗糙不堪，甚至危及人民生命安全。
【義近】貪婪無厭／巴蛇吞象／欲壑難填。
【義反】饜腹易盈／徵斂有度／一介不取。

貪贓枉法（ㄊㄢ ㄗㄤ ㄨㄤˇ ㄈㄚˇ）

【釋義】贓：盜贓或貪污得來的財物。枉：歪曲，破壞。一作「貪贓壞法」。

【出處】元・無名氏・陳州糶米二折：「誰想到那兩個到的陳州，貪贓壞法飲酒非爲。」

【用法】指貪污受賄，違犯法紀。

【例句】社會上**貪贓枉法**的事件層出不窮，問題的根源乃在於道德教育不彰。

【義近】貪墨不法／受賕枉法／貪贓敗度。

【義反】廉潔奉公／清廉自守／洗手奉職。

貧病交迫（ㄆㄧㄣˊ ㄅㄧㄥˋ ㄐㄧㄠ ㄆㄛˋ）

【釋義】交：一齊，同時。迫：逼迫。

【用法】形容貧窮和疾病一齊壓在身上，難以度日。

【例句】那個孤苦無依的老人，在**貧病交迫**下去世，而遠在美國飛黃騰達的子女們，卻在一個月之後才由警局通知認屍。

【義近】飢寒交迫／貧病交加。

【義反】飽食暖衣／身強體健。

貧無立錐（ㄆㄧㄣˊ ㄨˊ ㄌㄧˋ ㄓㄨㄟ）

【釋義】錐：錐子。又作「貧無立錐之地」。

【出處】漢書・食貨志：「富者田連阡陌，貧者亡（無）立錐之地。」

【用法】形容貧窮到了極點，連插錐子的地方也沒有。

【例句】我現在還有什麼？穿的在身上，吃的在口裏，眞的是**貧無立錐**之地了。

【義近】無置錐之地／無立足之地／無容身之地／一貧如洗。

【義反】家有恆產／家財萬貫／富甲一方。

貧賤之交（ㄆㄧㄣˊ ㄐㄧㄢˋ ㄓ ㄐㄧㄠ）

【釋義】貧：貧窮。賤：地位低下。交：交情，指朋友。

【出處】後漢書・宋弘傳：「弘曰：『臣聞貧賤之交不可忘，糟糠之妻不下堂。』」

【用法】指窮困微賤時結交的好友。

【例句】他今天雖已大富大貴，卻仍不忘**貧賤之交**，時時伸出援手幫助朋友，眞心赤忱令人感動。

【義近】患難之交／生死之交／刎頸之交。

【義反】酒肉朋友／狐朋狗友。

貧賤不能移（ㄆㄧㄣˊ ㄐㄧㄢˋ ㄅㄨˋ ㄋㄥˊ ㄧˊ）

【釋義】一作「貧賤不移」。移：改變。

【出處】孟子・滕文公下：「富貴不能淫，貧賤不能移，威武不能屈，此之謂大丈夫。」

【用法】指決不會因爲身處窮困和地位低賤而改變自己的志向。

【例句】他因有**貧賤不能移**的心志，所以能成就大事業。

【義近】富貴不能淫／威武不能屈／矢志不渝。

【義反】卑躬以求貴／屈膝以求富／有奶便是娘。

貧賤驕人（ㄆㄧㄣˊ ㄐㄧㄢˋ ㄐㄧㄠ ㄖㄣˊ）

【釋義】意謂以自己的貧賤爲驕傲，對權貴者持蔑視態度。

【出處】司馬遷・史記・魏世家：「子擊因問曰：『富貴者驕人乎？且貧賤者驕人乎？』子方曰：『亦貧賤者驕人耳！』」

【用法】說明身雖貧困，卻不屈身於富貴之人。

【例句】此人雖窮，卻有一股**貧賤驕人**的傲氣，從不逢迎拍馬於達官顯貴。

【義近】人窮志不窮／貧傲王侯。

【義反】富貴驕人／權勢驕人。

貧嘴賤舌 ㄆㄧㄣˊ ㄗㄨㄟˇ ㄐㄧㄢˋ ㄕㄜˊ

【釋義】貧：絮煩。賤：低廉，輕賤。
【出處】曹雪芹・紅樓夢二五回：「你們都不是好人！再不跟著好人學，只跟著鳳丫頭學的貧嘴賤舌的。」
【用法】指說話輕薄、話多而刻薄。
【例句】這個傢伙成天**貧嘴賤舌**地搬弄是非，引起不少無謂的風波，眞令人討厭。
【義近】貧嘴薄舌／輕嘴薄舌／貧嘴惡舌。
【義反】言語溫和／寡言少語／言中意肯。

貨眞價實 ㄏㄨㄛˋ ㄓㄣ ㄐㄧㄚˋ ㄕˊ

【釋義】貨物眞，價錢實在。
【出處】文康・兒女英雄傳一七回：「這喜怒哀樂四個字，是貨眞價實的生意，斷假不來。」
【用法】比喻眞實可靠，毫無虛假。
【例句】這家超市賣的商品**貨眞價實**，所以生意一直很興旺，連鎖店越開越多。
【義近】價廉物美。
【義反】弄虛作假／掛羊頭賣狗肉。

買空賣空 ㄇㄞˇ ㄎㄨㄥ ㄇㄞˋ ㄎㄨㄥ

【釋義】買賣雙方都沒有貨款進出，只就進出之間的差價結算盈虧。
【出處】宣宗聖訓：「奸商開設太和字號，邀羣結夥，買空賣空，縣擬價値……。」
【用法】指商業中的投機活動。也比喻有的人根本空無所有，進行招搖撞騙。
【例句】不肯堅持勞動紀律，而只掛著作家的招牌，**買空賣空**，個個的前途當然也就不堪設想。（老舍・論才子）
【義近】投機倒把／招搖撞騙。
【義反】貨眞價實／實力雄厚。

買櫝還珠 ㄇㄞˇ ㄉㄨˊ ㄏㄨㄢˊ ㄓㄨ

【釋義】櫝：木匣子。
【出處】韓非子・外儲說左上：「楚人有賣其珠於鄭者，……鄭人買其櫝而還其珠。」
【用法】比喻沒有眼力，取捨不當。
【例句】不善讀書者，昧菁英而矜糟粕。**買櫝還珠**，雖多奚益？改用白話，決無此病。（裘遷梁・論白話爲維新之本）
【義近】捨本逐末／揀芝麻丟西瓜。
【義反】取精用宏／伯樂相馬。

貴人多忘 ㄍㄨㄟˋ ㄖㄣˊ ㄉㄨㄛ ㄨㄤˋ

【釋義】貴人：居高位的人。多忘：指容易忘記。
【出處】王定保・唐摭言卷二：「君之此恩，頂上相戴，儻也貴人多忘，國士難期。」
【用法】今多用以形容人善忘。往往含有諷刺的意味。
【例句】眞是**貴人多忘**，這件事我昨天明明已向局長呈報過了，可是他卻硬說沒有。
【義近】貴人善忘／貴人多忘事。
【義反】記憶猶新／銘記在心。

貽笑大方 ㄧˊ ㄒㄧㄠˋ ㄉㄚˋ ㄈㄤ

【釋義】貽笑：見笑，留笑。貽：遺留。大方：大方之家，指有某種專長的人。一作「見笑大方」。
【出處】莊子・秋水：「吾長見笑於大方之家。」李汝珍・鏡花緣五二回：「誠恐貽笑大方，所以不敢冒昧進謁。」
【用法】指讓內行人笑話。常用以表自謙。
【例句】要我把一些雕蟲小技搬出來在各位面前獻醜，恐會**貽笑大方**，還是免了吧！
【義近】貽笑後人。
【義反】垂範後人。

費盡心機 ㄈㄟˋ ㄐㄧㄣˋ ㄒㄧㄣ ㄐㄧ

【釋義】心機：心計，心思。又作「費盡心計」、「費盡心思」等。

【出處】戴復古・論詩絕句：「有時忽得驚人句，費盡心機做不成。」

【用法】形容煞費苦心，想方設法算計。

【例句】我們經理正經事不認眞辦，却在玩女人的問題上**費盡心機**，眞是差勁。

【義近】煞費苦心／絞盡腦汁／挖空心思。

【義反】無所用心／胸無城府。

賊頭賊腦 ㄗㄟˊ ㄊㄡˊ ㄗㄟˊ ㄋㄠˇ

【釋義】又作「賊頭鼠腦」、「賊頭鬼腦」。

【出處】吳承恩・西遊記二五回：「賊頭鼠腦，臭短臊長，沒好氣的胡嚷。」

【用法】形容人舉動鬼鬼祟祟，爲人不正派或形容人長相氣質不正派。

【例句】這人**賊頭賊腦**的在這裏東張西望，肯定不是什麼好東西。

【義近】鬼頭鬼腦／鬼鬼祟祟／賊眉賊眼／獐頭鼠目。

【義反】堂堂正正／光明正大／相貌堂堂。

賄賂公行 ㄏㄨㄟˋ ㄌㄨˋ ㄍㄨㄥ ㄒㄧㄥˊ

【釋義】賄賂：私贈禮物以請托於人。

【出處】晉書・前趙載記・劉聰朝廷內外，無復綱紀，可謏日進，賄賂公行。」

【用法】形容貪官汚吏公開受人財物的醜惡行爲。

【例句】一個**賄賂公行**的政治機構，怎麼可能眞正爲大眾做事呢？

【義近】貨賄公行／貪汚受賄。

【義反】弊絕風淸／宿弊一淸／廉潔成風。

賓至如歸 ㄅㄧㄣ ㄓˋ ㄖㄨˊ ㄍㄨㄟ

【釋義】客人來訪，就像回到自己家裏一樣。賓：客人。歸：回，此指回家。

【出處】左傳・襄公三一年：「賓至如歸，無寧菑患，不畏寇盜，而亦不患燥濕。」

【用法】形容待客熱情周到，使客人感到親切。

【例句】由於女主人殷勤誠懇，熱情大方，大家都有**賓至如歸**之感。

【義近】親如家人／熱情誠懇。

【義反】冷若冰霜／橫眉冷眼。

賞一勸百 ㄕㄤˇ ㄧ ㄑㄩㄢˋ ㄅㄞˇ

【釋義】賞：獎賞。勸：勉勵。百：泛言其多，非實數。

【出處】王通・立命：「賞一以勸百，罰一以懲眾。」

【用法】說明獎賞的重要，獎賞一人可以勉勵許多人。

【例句】超產獎勵的合同兌現以後，工人的幹勁大增，眞正達到了**賞一勸百**的效果。

【義近】獎一勉百／爵一勵百。

【義反】懲一儆百／罰一懲百／殺雞儆猴／殺一儆百。

賞心悅目 ㄕㄤˇ ㄒㄧㄣ ㄩㄝˋ ㄇㄨˋ

【釋義】賞心：心情歡暢。悅目：看了舒服。

【出處】吳沃堯・二十年目睹之怪現狀一九回：「果然湖光山色，令人賞心悅目。」

【用法】形容景物美好，使人看了心情愉快。

【例句】在灑滿金色陽光的午後，與好友相聚於露天咖啡座喝下午茶聊天，實在是件**賞心悅目**的享受。

【義近】心曠神怡／愉心悅目／動心娛目。

【義反】觸目驚心／傷心慘目。

賞心樂事 ㄕㄤˇ ㄒㄧㄣ ㄌㄜˋ ㄕˋ

【釋義】賞心：歡暢的心情。樂

事：愉快的事。
【出處】謝靈運・擬魏太子鄴中詩序：「天下良辰、美景、賞心、樂事，四者難幷。」
【用法】指心情歡悅，如意稱快之事。
【例句】人生道上，雖說痛苦煩憂很多，但其中也不乏許多**賞心樂事**。
【義近】良辰美景／稱心如意／春江花朝。
【義反】倒楣之事／屋漏逢雨。

賞不當功（ㄕㄤˇ ㄅㄨˋ ㄉㄤˋ ㄍㄨㄥ）

【釋義】獎賞與其功勞不相當。當：相當。
【出處】荀子・正論：「夫德不稱位，能不稱官，賞不當功，罰不當罪，不祥莫大焉。」
【用法】說明獎賞不當，有害無益。
【例句】這次公司頒發的獎金，沒有**賞不當功**的，所以大家心悅誠服。
【義近】無功受祿／功不當爵。
【義反】計功行賞／論功行賞／賞當其功／功爵相當。

賞罰嚴明（ㄕㄤˇ ㄈㄚˊ ㄧㄢˊ ㄇㄧㄥˊ）

【釋義】嚴明：嚴正分明。
【出處】王符・潛夫論・實貢：「賞罰嚴明，治之材也。」
【用法】說明獎賞和懲罰很嚴格，一絲不苟。
【例句】要想把公司管理好，使人口服心服，就必須**賞罰嚴明**。
【義近】賞功罰罪／賞善罰惡／獎勤罰懶／賞罰分明。
【義反】賞罰不公／賞罰不明／賞罰無章。

賠了夫人又折兵（ㄆㄟˊ ˙ㄌㄜ ㄈㄨ ㄖㄣˊ ㄧㄡˋ ㄓㄜˊ ㄅㄧㄥ）

【釋義】意謂損失了夫人，又折損了兵將。賠、折：均爲「折損」之意。
【出處】羅貫中・三國演義五五回：「周瑜急急下得船時，岸上軍士大叫曰：『周郎妙計安天下，賠了夫人又折兵。』」
【用法】比喻遭受雙重損失。
【例句】他將女兒嫁給這位青年才俊，同時又升他做經理，沒想到過不了多久，這個年輕人竟捲走公司巨款和祕書私奔。他眞是**賠了夫人又折兵**，只得焦頭爛額的收拾殘局。
【義近】偷雞不成蝕把米。

賣官鬻爵（ㄇㄞˋ ㄍㄨㄢ ㄩˋ ㄐㄩㄝˊ）

【釋義】鬻：賣。爵：爵位。
【出處】李百藥・贊道賦：「直言正諫，以忠信而獲罪；賣官鬻爵，以貨賄而見親。」
【用法】指出賣官職、爵位以斂取錢財。
【例句】這羣貪官汙吏**賣官鬻爵**，行迹可惡，早該入獄，卻任他們爲所欲爲了好幾年。
【義近】貪贓枉法／賣官受賄。
【義反】居官清廉／廉潔奉公。

賣兒鬻女（ㄇㄞˋ ㄦˊ ㄩˋ ㄋㄩˇ）

【釋義】賣掉兒女。鬻：賣。又作「鬻兒賣女」。
【出處】李寶嘉・官場現形記四七回：「破家蕩產，鬻兒賣女，時有所聞。」
【用法】形容專制統治下的民眾被逼得走投無路的悲慘情景。也指民眾遇到天災人禍時的慘景。
【例句】連年天災人禍，百姓難以維生，只得**賣兒鬻女**，而地方官吏卻粉飾太平，置百姓的生死於不顧，實在可惡。
【義近】賣兒賣女／質妻鬻子。

賣國求榮（ㄇㄞˋ ㄍㄨㄛˊ ㄑㄧㄡˊ ㄖㄨㄥˊ）

【釋義】賣國：爲了私利而叛賣國家。又作「賣國求利」。
【出處】洪邁・容齋續筆卷六：朱溫「薄其爲人，以其爲唐鴟梟，賣國求利，勸循致仕。」

【用法】指為謀求榮華富貴而出賣祖國利益。
【例句】他的祖父**賣國求榮**，鄉里之人難以容他，所以他只好出外求發展，能否歸回故里就難說了。
【義近】投敵求榮／媚外求榮／靦顏事敵。
【義反】盡忠報國／捨身救國／毀家紓難。

賣劍買牛 ㄇㄞˋ ㄐㄧㄢˋ ㄇㄞˇ ㄋㄧㄡˊ

【釋義】賣去刀劍，買來耕牛。
【出處】漢書・龔遂傳：「民有持刀劍者，使賣劍買牛，賣刀買犢。」
【用法】比喻解業歸農，多指棄武就農。
【例句】他前半輩子馳騁沙場，如今打算**賣劍買牛**，回鄉安居樂業了。
【義近】賣刀買犢／解甲歸田／賣刀買牛。
【義反】賣牛買劍／棄文就武／投筆從戎。

賢妻良母 ㄒㄧㄢˊ ㄑㄧ ㄌㄧㄤˊ ㄇㄨˇ

【釋義】賢慧的妻子，善良的母親。
【出處】陶淵明・告子儼等疏：「余嘗感孺仲賢妻之言，敗絮自擁。」
【用法】稱美能相夫教子的賢良婦女。
【例句】這個女孩蕙質蘭心，善解人意，將來一定是個**賢妻良母**。
【義近】賢母良妻／賢內助／賢德夫人。
【義反】河東獅吼／母夜叉／淫娃蕩婦。

質疑問難 ㄓˊ ㄧˊ ㄨㄣˋ ㄋㄢˋ

【釋義】質疑：心中有疑問而向他人請教。質：問。問難：請教疑難。又作「質疑問事」。
【出處】漢書・陳遵傳：「竦居貧，無賓客，時時好事者從之質疑問事，論道經書而已。」
【用法】指就疑難問題求教於人或彼此切磋討論。
【例句】**質疑問難**，是讀書做學問的重要途徑與方法。
【義近】執經問難／移樽就教／虛心請益／不恥下問。
【義反】羞於問人／恥於下問。

赤部

赤口毒舌 ㄔˋ ㄎㄡˇ ㄉㄨˊ ㄕㄜˊ

【釋義】用狠毒的語言罵人。赤口：讒言，口舌是非。
【出處】盧仝・月蝕詩：「烏為居停主人不覺察，貪向何人家，行赤口毒舌。」
【用法】形容人凶狠、歹毒、潑辣。
【例句】他生性苛刻，與人吵架時更是**赤口毒舌**，毫不客氣。
【義近】惡言惡語／惡語傷人／尖嘴薄舌。
【義反】好言好語／溫言細語／甜嘴蜜舌。

赤子之心 ㄔˋ ㄗˇ ㄓ ㄒㄧㄣ

【釋義】赤子：初生的嬰兒。
【出處】孟子・離婁下：「大人者，不失其赤子之心者也。」

【用法】 形容人心地純潔善良、純正無僞。
【例句】 他最可貴的，是有一顆**赤子之心**，從不騙人害人、吹牛說謊。
【義近】 一片至誠／純正之心／純眞無邪。
【義反】 狼心狗肺／蛇蠍心腸／居心叵測／用心歹毒。

赤心報國（ㄔˋ ㄒㄧㄣ ㄅㄠˋ ㄍㄨㄛˊ）

【釋義】 赤心：眞誠的心。報國：報效祖國。
【出處】 劉長卿・疲兵篇：「赤心報國無片賞，白首還家有幾人？」
【用法】 形容人竭盡忠心，爲國效勞。
【例句】 岳飛小時侯，他母親就諄諄教導他要**赤心報國**，這是他能成爲著名民族英雄的重要原因之一。
【義近】 忠心報國／赤膽忠心／忠肝義膽／忠貞不貳。
【義反】 賣國求榮／貪生怕死／叛國投敵。

赤手空拳（ㄔˋ ㄕㄡˇ ㄎㄨㄥ ㄑㄩㄢˊ）

【釋義】 赤手：即徒手，空手。赤：空淨無物。
【出處】 白樸・董秀英花月東牆記・楔子：「我如今赤手空拳百事無，父喪家貧不似初，囊篋不如初。」
【用法】 形容手裏沒有任何武器或工具，也比喻空無所有，毫無憑藉。
【例句】 ①我們老闆當初是**赤手空拳**，飄洋過海來到這裏創業的。②他武功高強，**赤手空拳**地擊敗十幾個惡漢。
【義近】 隻手空拳／手無寸鐵／一無所有／身無長物／白手起家。
【義反】 披堅執銳／荷槍實彈／家底豐厚。

赤地千里（ㄔˋ ㄉㄧˋ ㄑㄧㄢ ㄌㄧˇ）

【釋義】 赤地：空地，不生五穀之地。赤：空、光。千里：極言面積之大、範圍之廣。
【出處】 漢書・夏侯勝傳：「百姓流離，物故者半，蝗蟲大起，赤地數千里。」
【用法】 形容旱蟲災害嚴重，廣大土地寸草不生；也形容戰亂所造成的荒涼景象。
【例句】 非洲一些地區，旱災極其嚴重，**赤地千里**，災民無數。
【義近】 寸草不生／一片荒涼／旱魃爲虐／哀鴻遍野。
【義反】 五谷豐登／沃野千里／風調雨順。

赤條精光（ㄔˋ ㄊㄧㄠˊ ㄐㄧㄥ ㄍㄨㄤ）

【釋義】 赤：光著，露著。條：一條身子。精光：一無所有。
【出處】 曹雪芹・紅樓夢八十回：「他赤條精光，趕著秋菱踢打。」
【用法】 指稱全身裸露，一絲不掛。
【例句】 小河裏有幾個脫得**赤條精光**的牧童在戲水，嬉笑聲此起彼落。
【義近】 赤身露體／赤身裸體／一絲不掛。
【義反】 衣裝齊整／西裝革履／衣冠楚楚／穿綢著緞。

赤貧如洗（ㄔˋ ㄆㄧㄣˊ ㄖㄨˊ ㄒㄧˇ）

【釋義】 赤：空淨無物。如洗：好像大水洗過的樣子。
【出處】 南史・臨汝侯坦之傳：「（黃文濟）檢（坦之從兄翼宗）家赤貧，惟有質錢帖子數百。」
【用法】 說明極其貧窮，家空物盡。
【例句】 他從政多年，但極爲清廉，到告老回鄉後，竟然**赤貧如洗**。
【義近】 家徒四壁／一貧如洗／一無所有。
【義反】 富可敵國／富埒王侯／家道殷富／家財萬貫。

赤膊上陣（ㄔˋ ㄅㄛˊ ㄕㄤˋ ㄓㄣˋ）

【釋義】光著上身上陣。赤：光，露。

【出處】羅貫中・三國演義五九回：「許褚性起，飛回陣中，卸下盔甲，渾身筋突，赤體提刀翻身上馬……。」

【用法】比喻不顧一切地上陣衝打，含有急迫的意味。

【例句】王太太與鄰居發生口角，她先生一回來也不問清青紅皂白，**赤膊上陣**幫著大吵大鬧。

【義近】奮不顧身／披髮纓冠／勇往直前。

【義反】披堅執銳／逡巡遁逃。

赤膽忠心（ㄔˋ ㄉㄢˇ ㄓㄨㄥ ㄒㄧㄣ）

【釋義】一作「忠心赤膽」。赤：赤誠，忠誠。

【出處】許仲琳・封神演義五二回：「臣空有赤膽忠心，無能回其萬一。」

【用法】形容非常忠誠。

【例句】文天祥的一片**赤膽忠心**，令後世人深爲感動。

【義近】忠心耿耿／忠肝義膽。

【義反】狼子野心／心懷異志。

赤繩繫足（ㄔˋ ㄕㄥˊ ㄒㄧˋ ㄗㄨˊ）

【釋義】用紅色的繩子把男女雙方的腳繫上。

【出處】續幽怪錄・定婚店：「……因問囊中赤繩子，（月下老人）答曰：『此以繫夫妻之足，雖仇家異域，此繩一繫之，終不可易。』」

【用法】比喻結夫婦之緣。

【例句】他倆相隔千里，能結爲伉儷，只好說是月下老人**赤繩繫足**的結果。

【義近】秦晉之好／二姓之好／緣定三生。

【義反】棒打鴛鴦／勞燕分飛。

赫赫之功（ㄏㄜˋ ㄏㄜˋ ㄓ ㄍㄨㄥ）

【釋義】赫赫：顯耀盛大狀。

【出處】荀子・勸學：「無惛惛之事者，無赫赫之功。」

【用法】形容人功勞卓越顯著。

【例句】將軍一生爲國爲民辛勞奔波，建立了許多**赫赫之功**，死後以國禮葬之，也是理所當然。

【義近】豐功偉業／不世之功／汗馬功勞。

【義反】一無建樹／無所建樹／尺寸之功。

赫赫有名（ㄏㄜˋ ㄏㄜˋ ㄧㄡˇ ㄇㄧㄥˊ）

【釋義】赫赫：盛大而顯著的樣子。名：名聲，名氣。

【出處】名教中人・好逑傳三回：「歷官兵部侍郎，爲人任氣敢爲，倒也赫赫有名。」

【用法】形容人名氣很大。

【例句】胡適之先生是中國近代一位**赫赫有名**的大學者。

【義近】大名鼎鼎／舉世聞名／名聞遐邇／名標青史。

【義反】沒沒無聞／無名之輩／無聲無臭／名不出村。

走部

走投無路（ㄗㄡˇ ㄊㄡˊ ㄨˊ ㄌㄨˋ）

【釋義】沒有路可投奔。投：投奔。

【出處】楊顯之・瀟湘雨三折：「淋的我走投無路，知他這沙門島是何鄷都？」

【用法】比喻處境極端困窘，找不到任何出路。

【例句】正當我**走投無路**之時，幸賴你慷慨解囊，幫我度過危機。

【義近】窮途末路／山窮水盡／日暮途窮／道盡途窮。

【義反】柳暗花明／絕處逢生。

走南闖北（ㄗㄡˇ ㄋㄢˊ ㄔㄨㄤˇ ㄅㄟˇ）

【釋義】意謂往來於南方北方。

【出處】俞樾・七俠五義九二回：「那知小俠指東打西，躥南躍北。」

【用法】形容人往來各方，所到之處甚多，所見甚廣。

【例句】他曾經**走南闖北**，什麼世面沒見過，你怎能同他相比呢？

【義近】漂泊四方／浪迹天涯／四海爲家／浪蕩江湖。

【義反】井底之蛙／行不出鄉／步不出村／足不出戶。

走馬上任（ㄗㄡˇ ㄇㄚˇ ㄕㄤˋ ㄖㄣˋ）

【釋義】原指官吏上任就職。走馬：驅馬疾馳。走：跑。任：任所。又作「走馬赴任」。

【出處】孫光憲・北夢瑣言卷四：「先以陳公走馬赴任，乃樹一魁妖，共翼佐之。」

【用法】比喻接受、擔任一項新的職務或工作任務。

【例句】李先生最後由臺北調往高雄擔任要職，他一接到委任書，便**走馬上任**去了。

【義近】新官上任／下車伊始／宣誓就職。

【義反】告老還鄉／辭官歸里／退歸林下／削職爲民／撤職查辦。

走馬看花（ㄗㄡˇ ㄇㄚˇ ㄎㄢˋ ㄏㄨㄚ）

【釋義】騎在奔跑的馬背上賞花。一作「走馬觀花」。

【出處】孟郊・登科後詩：「春風得意馬蹄疾，一日看盡長安花。」楊萬里・和同年李子四通判：「走馬看花拂綠楊，曲江同賞牡丹香。」

【用法】今用以形容大略地觀察一下，未深入了解。

【例句】我雖去美洲大陸旅遊觀光了幾次，但每次都只是**走馬看花**，並未作深入了解。

【義近】浮光掠影／蜻蜓點水／跑馬觀花。

【義反】明察暗訪／觀察入微／燭照數計。

走筆疾書（ㄗㄡˇ ㄅㄧˇ ㄐㄧˊ ㄕㄨ）

【釋義】走筆：運筆書寫。疾：敏捷。

【出處】白居易・北窗三友詩：「興酣不疊紙，走筆操狂詞。」

【用法】形容文思敏捷，運筆快速。

【例句】張太太不僅是位賢妻良母，同時也是一位才女，能**走筆疾書**，頃刻千言。

【義近】揮灑自如／意到筆隨／一揮而就／援筆立就。

【義反】文思枯竭／文思滯塞／搜索枯腸。

赴湯蹈火（ㄈㄨˋ ㄊㄤ ㄉㄠˋ ㄏㄨㄛˇ）

【釋義】敢於走向沸水，踩著烈火。湯：滾水。蹈：踩。

【出處】嵇康・與山巨源絕交書：「長而見羈，則狂顧頓纓，赴湯蹈火。」

【用法】比喻不畏危難，不避艱險。

【例句】只要國家民族需要，即使要我**赴湯蹈火**，粉身碎骨，也在所不辭。

【義近】不避水火／奮不顧身／上刀山下火海／出生入死。

【義反】畏縮不前／貪生怕死／偷生惜死。

起死人而肉白骨（ㄑㄧˇ ㄙˇ ㄖㄣˊ ㄦˊ ㄖㄡˋ ㄅㄞˊ ㄍㄨˇ）

【釋義】把死人救活，讓枯骨上再長出肉來。起、肉：均用作動詞。

【出處】左丘明・國語・吳語：「君王之於越也，繄起死人而肉白骨也。」

【用法】比喻重回生機，亦可用在恩德之至厚。

【例句】聽說那位醫生的醫術高超，所開的藥帖帖都有**起死人而肉白骨**的功效，故有許多病人遠來求醫。

【義近】生死人肉白骨／起死回生／恩重如山。

起死回生（ㄑㄧˇ ㄙˇ ㄏㄨㄟˊ ㄕㄥ）

【釋義】把快要死的人救活。死：用作動詞。

【出處】元・無名氏・博望燒屯一折：「論醫起死回生，論卜知凶定吉。」
【用法】形容醫術高明，比喻將已經沒有希望的事物挽救過來。
【例句】他已病入膏肓了，任憑醫師的醫技再高明，恐怕也無法**起死回生**。
【義近】起死肉骨／妙手回春／手到病除／救亡圖存／挽狂瀾於既倒。
【義反】見死不救／回天乏術／一命嗚呼／回天無力。

起承轉合（ㄑㄧˇ ㄔㄥˊ ㄓㄨㄢˇ ㄏㄜˊ）

【釋義】爲古時寫作詩文的程序、章法。起：開頭。承：接上文加以申述。轉：轉折。合：結束全文。
【出處】元・范梈・詩法：「作詩有四法：起要平直，承要春容，轉要變化，合要淵永。」
【用法】泛指文章的作法。有時也用來說明文章呆板、公式化。
【例句】古人作詩文都要講究**起承轉合**，我們今天雖然不必死守這種規矩，但謀篇布局還是要講究的。
【義近】章法結構／布局謀篇。
【義反】章法紊亂／毫無章法。

趁火打劫（ㄔㄣˋ ㄏㄨㄛˇ ㄉㄚˇ ㄐㄧㄝˊ）

【釋義】趁人家失火一片混亂時去搶東西。打劫：搶劫。一作「趁哄打劫」。
【出處】吳承恩・西遊記一六回：「正是財動人心，他也不救火，他也不叫水，拿著那架裟，趁鬨打劫。」
【用法】比喻趁別人危急或困難的時候去撈一把。
【例句】人家有危難，你不但不去幫助，反而**趁火打劫**，還算是個人嗎？
【義近】趁人之危／混水摸魚。
【義反】雪中送炭／濟困扶危／急人之難。

趁熱打鐵（ㄔㄣˋ ㄖㄜˋ ㄉㄚˇ ㄊㄧㄝˇ）

【釋義】趁鐵燒紅的時候趕緊錘打。熱：指高溫發熱之時。
【用法】比喻趁有利的時機或利用有利的條件，抓緊去辦。
【例句】修建工廠的方案已定，現在應該**趁熱打鐵**，採取具體措施，馬上動工。
【義近】把握時機／乘時乘勢／因勢利導／一鼓作氣／一氣呵成。
【義反】坐失良機／失之交臂／拖拖沓沓／延誤時機／因循坐誤。

超凡入聖（ㄔㄠ ㄈㄢˊ ㄖㄨˋ ㄕㄥˋ）

【釋義】超越平常，進入聖域。凡：平凡，凡人。
【出處】朱子語類・學二：「而今緊要，且看聖人是如何，……就此理會得透，自可超凡入聖。」
【用法】用途較多，舊指超脫凡世入道成仙。後多用以指人的品德修養、學問造詣已達到極高的境界。有時也指超脫現實。
【例句】這個人太缺乏自知之明，總自以爲**超凡入聖**，高人一等，眞是可笑！
【義近】超軼絕塵／超羣絕倫／超塵拔俗／登峰造極。
【義反】凡夫俗子／平庸之輩／碌碌無爲。

超然物外（ㄔㄠ ㄖㄢˊ ㄨˋ ㄨㄞˋ）

【釋義】超脫於世事之外。超然：離世脫俗的樣子。物：世事，世俗生活。
【出處】葉夢得・石林詩話：「淵明正以脫略世故，超然物外爲適，顧區區在位者，何足概其心哉？」
【用法】形容人胸襟澹泊，能曠達自處，與世無爭。
【例句】陶淵明不爲五斗米折腰，回歸田園，**超然物外**，是位值得敬佩的大詩人。

【義近】超然象外／與世無爭。
【義反】畫地自限／蠅營狗苟／追名逐利／明爭暗鬥。

超羣絕倫

【釋義】超羣：超出眾人。絕倫：同輩中沒有可比擬的。絕：沒有。倫：同輩。一作「絕倫逸羣」。
【出處】三國志・蜀志・關羽傳：「當與翼德並驅爭光，猶未及髯之絕倫逸羣也。」
【用法】多用以形容人有非凡的智慧、品德和才能。
【例句】李白、杜甫是我國古代詩歌史上兩位**超羣絕倫**的偉大詩人。
【義近】超凡入聖／超塵拔俗／超類絕倫／超世逸羣。
【義反】平平庸庸／碌碌無能。

超塵拔俗

【釋義】原爲佛教用語，指佛教徒功夫深，已超出塵世。塵、俗：佛教指塵世、人間。拔：高出。
【出處】孔稚珪・北山移文：「夫以耿介拔俗之標，瀟灑出塵之想。」
【用法】形容一個人不同凡響，其才德遠遠超過平常人。
【例句】漢代的王昭君主動去和親，爲朝廷排難解憂，是位**超塵拔俗**的女子。
【義近】超羣拔類／出類拔萃／超塵出眾。
【義反】庸庸碌碌／泛泛之輩／平庸之輩。

越俎代庖

【釋義】越：逾越。俎：古代祭祀時盛牛羊祭品的器具。庖：廚師。
【出處】莊子・逍遙遊：「庖人雖不治庖，尸祝不越樽俎而代之也。」
【用法】比喻超出自己職務範圍去處理別人所管的事。
【例句】教師要引導學生去分析問題、解決問題，只要學生自己能做得到的事，就不要**越俎代庖**。
【義近】牝雞司晨／逾權行事／逾越權限／逾越本分。
【義反】思不出位／不在其位，不謀其政。

趕盡殺絕

【釋義】殺絕：殺得精光，不留一人。絕：盡。又作「斬盡殺絕」。
【出處】許仲琳・封神演義三三回：「匹夫趕盡殺絕，但不知你可有造化受其功祿。」
【用法】形容手段狠毒，必欲徹底毀滅對方而後已。
【例句】他只不過一時得罪了你，你就這樣**趕盡殺絕**，不給人留餘地，未免也太過分了吧！
【義近】誅盡殺絕／斬草除根／不留活口。
【義反】網開一面／預留餘地／好生之德。

趨之若鶩

【釋義】像鴨子一樣成羣跑過去。趨：奔赴，歸赴。鶩：鴨子。
【出處】明史・蕭如薰傳：「如薰亦能詩，士趨之若鶩，賓客常滿。」
【用法】形容很多人爭著趕去。
【例句】聽說做生意能賺錢，大陸的知識分子便**趨之若鶩**，紛紛改行經商了。
【義近】競相奔赴／如蠅逐臭。
【義反】無意趨附／無動於衷。

趨炎附勢

【釋義】趨：奔向。炎：炎熱，比喻有權勢的人。附：依附，歸附。
【出處】陳善・捫虱新話：「蓋趨炎附勢，自古然矣。」
【用法】形容勢利小人奉承和依附有權勢的人。
【例句】他是個**趨炎附勢**的小人

，誰發達就拍誰的馬屁，在窮人與富人之前是完全不同的兩張嘴臉。

【義近】如蟻附羶／攀龍附鳳／趨權奉勢／趨赴權貴。

【義反】剛正不阿／中立不倚／鐵骨錚錚。

足部

足智多謀（ㄗㄨˊ ㄓˋ ㄉㄨㄛ ㄇㄡˊ）

【釋義】才識豐富，謀略高人一等。

【出處】關漢卿・單刀會三折：「那魯子敬是個足智多謀的人，他又兵多將廣，人強馬壯。」

【用法】稱讚人富有智慧，善於謀畫。

【例句】《三國演義》中，諸葛亮是個**足智多謀**的人物。

【義近】老謀深算／詭計多端。

【義反】一籌莫展／計無所出。

趾高氣揚（ㄓˇ ㄍㄠ ㄑㄧˋ ㄧㄤˊ）

【釋義】走路時腳抬得很高，神氣十足。趾：腳趾，代指腳。揚：飛揚。

【出處】孔尚任・桃花扇・設朝：「舊黃扉，新丞相，喜一旦趾高氣揚，廿四考中書模樣。」

【用法】形容人驕傲自大，得意忘形的樣子。

【例句】老實說，我看到某些外國人在大陸**趾高氣揚**的樣子，心裏就感到很不舒服。

【義近】耀武揚威／不可一世／目中無人。

【義反】垂頭喪氣／縮頭縮腦／低聲下氣。

跋山涉水（ㄅㄚˊ ㄕㄢ ㄕㄜˋ ㄕㄨㄟˇ）

【釋義】跋山：翻山越嶺。涉水：蹚水過河。

【出處】左傳・襄公二八年：「跋涉山川，蒙犯霜露。」

【用法】形容走遠路的艱辛。

【例句】地質勘探隊員，爲尋找地下資源，**跋山涉水**，不畏艱辛，值得敬佩。

【義近】翻山越嶺／長途跋涉／航海梯山。

【義反】安坐家中／坐享清福／悠遊林園。

跋前躓後（ㄅㄚˊ ㄑㄧㄢˊ ㄓˋ ㄏㄡˋ）

【釋義】跋：踩，踐踏。躓：跌倒。

【出處】韓愈・進學解：「然而公不見信於人，私不見助於友，跋前躓後，動輒得咎。」

【用法】比喻進退兩難，左右不是。

【例句】他個人的興趣是文學，但他的父母卻期望他學醫，令他**跋前躓後**，不知如何是好？

【義近】進退維谷／趑趄不前／左右爲難。

【義反】進退自由／邁步向前／左右逢源。

路見不平，拔刀相助（ㄌㄨˋ ㄐㄧㄢˋ ㄅㄨˋ ㄆㄧㄥˊ，ㄅㄚˊ ㄉㄠ ㄒㄧㄤ ㄓㄨˋ）

【釋義】路上遇到不平之事，拔出刀來幫助被欺侮者。亦簡作「拔刀相助」。

【出處】張國賓・合汗衫四折：

「道我是個路見不平，拔刀相助。」

【用法】形容見義勇為的俠義氣概。

【例句】他很有俠義精神，常常**路見不平，拔刀相助**，故得罪不少人。

【義近】見義勇為／打抱不平／伸張正義。

【義反】袖手旁觀／坐視不救／見死不救。

路遙知馬力，日久見人心

【釋義】遙：遠。馬力：馬的力氣。又作「路遙知馬力，事久見人心」。

【出處】元・無名氏・爭報恩一折：「可不道路遙知馬力，日久見人心。」

【用法】說明須經過長期的實際考驗，始能識別人心地的善惡好歹。

【例句】**路遙知馬力，日久見人心**，從前他拿你當老大，現在你落難了，根本就不把你放在眼裏，眞是人心難測！

【義近】歲寒知松柏／疾風知勁草／板蕩識忠臣。

【義反】白頭如新，傾蓋如故／一見傾心／一見如故。

跳梁小醜

【釋義】跳梁：即「跳踉」，跳來跳去，形容搗亂的樣子。小醜：小人之類。

【出處】莊子・逍遙遊：「子獨不見狸狌乎？……東西跳梁，不辟高下。」左丘明・國語・周語上：「況系小醜乎？」

【用法】形容上竄下跳，到處搗亂的小人或壞人。

【例句】這個**跳梁小醜**，靠著阿諛奉承升官發財，但終有一天會跌得一無所有。

【義近】么么小醜／阿諛小人。

【義反】正人君子／有德之士。

跼蹐不安

【釋義】跼：曲身，彎腰。蹐：小步走路。

【出處】馮夢龍・東周列國志一二回：「祭足亦覺跼蹐不安，每每稱疾不朝。」

【用法】形容行動小心戒懼，心中很不安穩。

【例句】他被人檢舉受賄後，坐也不是，站也不是，**跼蹐不安**，深怕事態嚴重，難以收拾。

【義近】惴惴不安／忐忑不安。

【義反】神閒氣定／心安理得。

踔厲風發

【釋義】踔：躍起。厲：奮起。風發：如風之迅猛，喻奮發。原指議論凌厲振奮。

【出處】韓愈・柳子厚墓志銘：「議論證據今古，出入精史百子，踔厲風發，率常屈其座人。」

【用法】今多用以形容人精神振奮，意氣昂揚。

【例句】這幾個青年人很有事業心，**踔厲風發**，一往無前，不達目的，決不罷休。

【義近】蹈厲奮發／鬥志昂揚／踔厲駿發。

【義反】萎靡不振／瘟神倒氣／懶精無神。

踧踖不安

【釋義】踧踖：局促不安貌。

【出處】後漢書・東平憲王蒼傳：「每會見，踧踖無所措置。」

【用法】形容人膽怯或遇到尷尬之事而手足無措的樣子。

【例句】你見了人應大方一點，用不著這樣**踧踖不安**，像個鄉巴佬似的。

【義近】靦腆心慌／局促不安。

【義反】舉止從容／儀態大方。

踏破鐵鞋無覓處

【釋義】覓：尋找。又作「踏破芒鞋無覓處」，常與「得來全不費工夫」連用。

【出處】夏之鼎・絕句：「踏破鐵鞋無覓處，得來全不費工夫。」

【用法】比喻花很大氣力到處尋找，顯得非常艱辛。也用以說明有心求之而不得。

【例句】這部《孤本元明雜劇》繕本，尋覓了多年均未找到，不料這次在北平的舊書攤上買到了，眞是**踏破鐵鞋無覓處**，得來全不費工夫。

【義近】走遍天涯無尋處／上窮碧落下黃泉。

【義反】得來全不費工夫。

踵事增華

【釋義】踵：腳跟，引申爲繼承。華：光彩。

【出處】蕭統・文選序：「蓋踵其事而增華，變其本而加厲。」

【用法】指繼承前人之所爲，而使它更加完善美好。

【例句】王教授的這本說文解字詳注，就許愼、段玉裁等人對漢字的解釋**踵事增華**，很有見解。

【義近】發揚光大。

【義反】墨守成規。

踽踽獨行

【釋義】踽踽：孤獨的樣子。獨行：獨自行走。

【出處】詩經・唐風・杕杜：「獨行踽踽，豈無他人，不如我同父。」傳：「踽踽，無所親也。」

【用法】形容孤獨無親，或獨自行走。

【例句】①他個性孤僻，又不喜交友，寧願在人生道路上踽踽獨行。②這幾天晚飯以後，他總會到學校的操場上**踽踽獨行**，好像有什麼心事似的。

【義近】形單影隻／孑然一身／獨自漫步。

【義反】三親六眷／三朋四友／三五成羣／結隊而行／雙雙而行。

蹈常習故

【釋義】蹈：踩，引申爲遵循。常：普通的，平常的。習：又作「襲」，沿襲。故：舊的。

【出處】蘇軾・伊尹論：「後之君子，蹈常而習故，惴惴焉懼不免於天下。」

【用法】形容人思想陳舊，一切按照常規，沿用舊法。

【例句】社會在飛速發展，因而我們應隨時調整政策和策略，決不可**蹈常習故**，使自己陷於被動的地位。

【義近】墨守成規／蹈襲故轍／蕭規曹隨／抱殘守缺。

【義反】大膽創新／推陳出新／革故鼎新。

躍然紙上

【釋義】活躍地呈現在紙上。躍然：活躍的樣子。

【出處】薛雪・一瓢詩話三三：「如此體會，則詩神詩旨，躍然紙上。」

【用法】形容刻畫、描繪得非常逼眞生動。

【例句】這篇描寫兒童生活的小說，情節曲折，刻畫生動，幾個天眞爛漫的少年形象**躍然紙上**。

【義近】栩栩如生／活靈活現／呼之欲出。

【義反】枯燥無味／平淡乏味／毫無生氣。

躍躍欲試

【釋義】躍躍：迫切想要動作的樣子。欲：要。

【出處】李寶嘉・官場現形記三五回：「一席話說得唐二亂子心痒難抓，躍躍欲試。」

【用法】形容心情急切想要試一試。

【例句】這位老先生大概是出於愛美心切，一聽說何首烏能根治白髮，竟也**躍躍欲試**。

【義近】摩拳擦掌。

【義反】無動於衷。

躊躇滿志（ㄔㄡˊ ㄔㄨˊ ㄇㄢˇ ㄓˋ）

【釋義】躊躇：從容自得的樣子。滿：滿足。志：心意。

【出處】莊子・養生主：「提刀而立，爲之四顧，爲之躊躇滿志。」

【用法】形容人因謀事成功而心滿意足，從容自得的樣子。

【例句】他夜以繼日地撰寫這部著作，脫稿後不免**躊躇滿志**，而且深感輕鬆愉快。

【義近】志得意滿／自鳴得意／揚揚得意／心滿意足。

【義反】灰心喪氣／垂頭喪氣／心灰意冷。

身部

身心交病（ㄕㄣ ㄒㄧㄣ ㄐㄧㄠ ㄅㄧㄥˋ）

【釋義】身體和精神都疲倦了。交：一齊。病：疲憊。

【用法】指人身心疲憊不堪，有時也用以指身體有病、精神苦悶。

【例句】幾十年來，我一直爲生活而奔波，早已**身心交病**，現在兒女都已長大成人，應該退休養老了。

【義近】心力交瘁／身勞心瘁／身心疲憊。

【義反】心寬體胖／身閑心適／身心俱泰。

身不由己（ㄕㄣ ㄅㄨˋ ㄧㄡˊ ㄐㄧˇ）

【釋義】身體不由自己作主。由：聽從，順從。一作「身不由主」。

【出處】宋・無名氏・張協狀元：「張協本意無心娶你，在窮途身自不由己。」

【用法】形容不由自主。

【例句】不是我硬逼著你還清這筆債，實在是受老闆差遣，**身不由己**。

【義近】不由自主／俯仰由人。

【義反】自行作主／自行其是／獨立自主。

身在江湖，心存魏闕（ㄕㄣ ㄗㄞˋ ㄐㄧㄤ ㄏㄨˊ，ㄒㄧㄣ ㄘㄨㄣˊ ㄨㄟˋ ㄑㄩㄝˋ）

【釋義】江湖：江河湖海，此泛指民間。魏闕：宮門外的闕門，懸布法令之處，用以代稱朝廷。

【出處】莊子・讓王：「身在江海之上，心居乎魏闕之下，奈何？」

【用法】說明人雖在草莽，而心卻在朝廷，時刻關心著國家大事。

【例句】杜甫是位**身在江湖，心存魏闕**的偉大詩人，他雖離開了朝廷，卻無時不憂國憂民。

【義近】處江湖之遠則憂其君／憂以天下。

身先士卒（ㄕㄣ ㄒㄧㄢ ㄕˋ ㄗㄨˊ）

【釋義】身：親身。先：走在前面。士、卒：古代在戰車上的兵叫士，步兵叫卒。

【出處】陳壽・三國志・吳志・孫輔傳：「（孫）策西襲廬江太守劉勳，輔隨從，身先士卒，有功。」

【用法】指作戰時將領衝在士兵之前，今多用以比喻當好帶頭人，做事走在前頭。

【例句】李工程師爲了按時完成施工任務，他在工地總是**身先士卒**，親自加班操作。

【義近】一馬當先／率先垂範／躬先表率／以身作則。

【義反】畏縮不前／臨陣脫逃。

身首異處（ㄕㄣ ㄕㄡˇ ㄧˋ ㄔㄨˋ）

【釋義】身與頭分置兩地。異處

：不同的地方。

【出處】後漢書・陳蕃傳：「使身首分裂，異門而出，所不恨也。」

【用法】形容慘遭殺身之禍。

【例句】他自以爲權高勢眾，便結黨營私爲所欲爲，結果落得個**身首異處**。

【義近】身首異地／身首分離。

【義反】壽終正寢／安享天年。

身敗名裂 ㄕㄣ ㄅㄞˋ ㄇㄧㄥˊ ㄌㄧㄝˋ

【釋義】身：身分，地位。敗：敗壞，毀壞。裂：破裂，破損。

【出處】杜甫・戲爲六絕句：「爾曹身與名俱裂，不廢江河萬古流。」

【用法】指做壞事而遭到徹底失敗，地位喪失，名譽掃地。

【例句】他作爲政府要員，竟然一而再、再而三地貪贓枉法，自然要**身敗名裂**了。

【義近】聲名狼藉／辱身敗名／名譽掃地。

【義反】流芳百世／功成名就／名揚天下。

身經百戰 ㄕㄣ ㄐㄧㄥ ㄅㄞˇ ㄓㄢˋ

【釋義】親身經歷過許多戰鬥。百：泛言其多，非實數。

【出處】郎士元・塞下曲：「寶刀塞上兒，身經百戰曾百勝。」

【用法】常用以說明久經磨練，經驗豐富。

【例句】民意代表都不愧是**身經百戰**的說客，講起話來極有分寸，既能充分表達己意，又能不刺激任何人。

【義近】南征北戰／走南闖北。

【義反】初出茅蘆。

身輕言微 ㄕㄣ ㄑㄧㄥ ㄧㄢˊ ㄨㄟˊ

【釋義】身輕：身分卑下。言微：言論主張不爲人所重視。

【出處】後漢書・孟嘗傳：「臣前後七表，言故合浦太守孟嘗，而身輕言微，終不蒙察。」

【用法】說明由於人身卑位輕，即令所言所論正確，也不被重視、聽取。

【例句】像我們這樣**身輕言微**的人，最好什麼也不要說，否則誰聽你的！

【義近】人微言輕／官微權輕。

【義反】人貴言重／一言九鼎。

身臨其境 ㄕㄣ ㄌㄧㄣˊ ㄑㄧˊ ㄐㄧㄥˋ

【釋義】身：親身。臨：到。其：那，那個。境：境地，地方。

【出處】石玉琨・三俠五義六五回：「及至身臨其境，只落得『原來如此』四個大字。」

【用法】指親身到了那個境地，或感覺到了那個境地。

【例句】他這篇小說寫得具體生動，讓讀者讀來如同**身臨其境**。

【義近】如臨其境／置身其中。

【義反】未臨其境／無動於衷／一無所感。

身體力行 ㄕㄣ ㄊㄧˇ ㄌㄧˋ ㄒㄧㄥˊ

【釋義】身：親身。體：體驗。力：努力。

【出處】淮南子・氾論訓：「故聖人以身體之。」章懋・答東陽徐子仁書：「但不能身體力行，則雖有所見，亦無所用。」

【用法】指親身體驗，努力實行。

【例句】身教重於言教，做父母的要求孩子怎樣，首先自己就要**身體力行**。

【義近】以身作則。

【義反】紙上談兵。

車部

車水馬龍 ㄔㄜ ㄕㄨㄟˇ ㄇㄚˇ ㄌㄨㄥˊ

【釋義】意即車如流水，馬如遊龍。
【出處】後漢書・明德馬皇后紀：「前過濯龍門上，見外家問起居者，車如流水，馬如遊龍。」
【用法】形容車馬眾多，來往不絕，非常熱鬧。
【例句】臺北市的大街上，**車水馬龍**，繁華熱鬧，是個不夜城。
【義近】熙來攘往／絡繹不絕／川流不息。
【義反】門庭冷落車馬稀／門可羅雀。

車馬喧闐 ㄔㄜ ㄇㄚˇ ㄒㄩㄢ ㄊㄧㄢˊ

【釋義】意謂車與馬的聲音吵擾。喧闐：鬨鬧聲。
【出處】蘇軾・賜御書詩：「歸來車馬已喧闐，爭看銀鉤墨色鮮。」
【用法】形容街道熱鬧的情景。
【例句】臺北東區一帶，**車馬喧闐**，比其他各區顯得更加繁華。
【義近】車水馬龍／人聲鼎沸／摩肩接踵。
【義反】車馬冷落／寂靜無聲／荒涼蕭條／人戶稀疏。

車載斗量 ㄔㄜ ㄗㄞˋ ㄉㄡˇ ㄌㄧㄤˊ

【釋義】多得可用車運載，可用斗計量。
【出處】陳壽・三國志・吳志・吳主傳・注引吳書：「（趙）咨曰：『聰明特達者八九十人，如臣之比，車載斗量，不可勝數。』」
【用法】形容數量很多，不足爲奇。
【例句】像他這樣的人才，**車載斗量**，有什麼值得驕傲的？
【義近】多如牛毛／恆河沙數／比比皆是／汗牛充棟。
【義反】鳳毛麟角／世所罕有／僅此一人／無與倫比。

軍法從事 ㄐㄩㄣ ㄈㄚˇ ㄘㄨㄥˊ ㄕˋ

【釋義】軍法：治軍的法律。從事：辦事，處理。
【出處】陳壽・三國志・魏志・曹爽傳・司馬懿奏：「……不得逗留以稽車駕；敢有稽留，便以軍法從事。」
【用法】指按軍法治罪。
【例句】我軍紀律嚴明，所到之處，秋毫無犯，如有違者，**軍法從事**。
【義近】軍法發落／軍法步勒。

軒然大波 ㄒㄩㄢ ㄖㄢˊ ㄉㄚˋ ㄅㄛ

【釋義】高高湧起的巨大濤浪。軒然：高高的樣子。
【出處】韓愈・岳陽樓別竇司直詩：「軒然大波起，宇宙隘而妨。」
【用法】比喻大的糾紛或亂子。
【例句】眞沒想到這麼一點小事，竟然會引起這樣一場**軒然大波**。
【義近】驚濤駭浪／滔天巨浪。
【義反】風平浪靜／波瀾不驚。

軟硬兼施 ㄖㄨㄢˇ ㄧㄥˋ ㄐㄧㄢ ㄕ

【釋義】兼：同時涉及或具有幾個方面。施：施展，用。
【用法】軟的手段和硬的手段都用上了。
【例句】這個小孩眞難纏，每次吃飯都要大人**軟硬兼施**，才吃得完一碗飯。
【義近】威逼利誘／文武兼使。

載舟覆舟 ㄗㄞˋ ㄓㄡ ㄈㄨˋ ㄓㄡ

【釋義】水能浮運船隻，也能使船隻沉沒。載：承托。覆：覆滅，沉沒。
【出處】孔子家語・五儀解：「君者，舟也；庶人者，水也。水所以載舟，水所以覆舟。」

【用法】比喻人心能決定朝廷、國家的興衰存亡。

【例句】一個國家或地區的當政者，要想取得政績，就必須懂得**載舟覆舟**的道理，充分順應人心，獲得民眾的擁護。

【義近】水能載舟，亦能覆舟／奔車朽索。

載歌載舞 ㄗㄞˋ ㄍㄜ ㄗㄞˋ ㄨˇ

【釋義】一邊唱歌，一邊跳舞。又歌又舞。載：語助詞，則、乃。

【用法】形容眾人盡情歡樂的鬧熱情景。

【例句】豐年祭上，山地同胞**載歌載舞**的狂歡，慶祝一年來辛勤工作的大豐收。

【義近】手舞足蹈。

輕而易舉 ㄑㄧㄥ ㄦˊ ㄧˋ ㄐㄩˇ

【釋義】舉：向上托。

【出處】孟子・梁惠王上：「然則一羽之不舉，爲不用力焉。」朱熹注：「一羽，至輕易舉也。」

【用法】形容事情容易做，不費氣力。

【例句】他當過二十年的會計，算你這筆小帳可說是**輕而易舉**，你還有什麼不放心的？

【義近】易如反掌／唾手可得／舉手之勞。

【義反】難如登天／得之不易／九牛二虎之力。

輕車熟路 ㄑㄧㄥ ㄔㄜ ㄕㄨˊ ㄌㄨˋ

【釋義】趕著裝載很輕的車子走熟悉的路。

【出處】韓愈・送石處士序：「若駟馬駕輕車就熟路，而王良造父爲之先後也。」

【用法】比喻對事情熟悉，做起來很容易。

【例句】他本來就是學醫的，現在退役從醫，正是**輕車熟路**，再好不過了。

【義近】駕輕就熟／熟路輕車／重操舊業／游刃有餘。

【義反】獨闢新徑／重車新路／去故就新／力有未殆。

輕於鴻毛 ㄑㄧㄥ ㄩˊ ㄏㄨㄥˊ ㄇㄠˊ

【釋義】比大雁的羽毛還要輕。於：比。鴻：大雁。

【出處】司馬遷・報任少卿書：「人固有一死，或重於泰山，或輕於鴻毛。」

【用法】形容輕微不足惜，毫無價值可言。

【例句】他爲了賺錢把命都丟了，實在是**輕於鴻毛**。

【義近】微不足道／一文不值。

【義反】重於泰山／重若丘山。

輕重倒置 ㄑㄧㄥ ㄓㄨㄥˋ ㄉㄠˋ ㄓˋ

【釋義】置：放，擺。

【出處】明史・孫磐傳：「夫女誣母僅擬杖，哲等無罪反加以徒，輕重倒置如此。」

【用法】指把輕重、主次的位置放顛倒了。

【例句】無論做什麼事都要善於掌握重點，否則**輕重倒置**，那是絕對辦不好事情的。

【義近】本末倒置／主次不分／捨本逐末。

【義反】重本輕末／主次分明／先重後輕。

輕財好施 ㄑㄧㄥ ㄘㄞˊ ㄏㄠˋ ㄕ

【釋義】輕財：把財錢看得很輕。好施：喜歡施捨，指愛接濟別人。

【出處】李白・上安州裴長史書：「有落魄公子，悉皆濟之，此則是白之輕財好施也。」

【用法】指人慷慨好義，不以錢財爲意。

【例句】他官高祿厚，爲人古道熱腸又**輕財好施**，頗受地方人士的敬重。

【義近】仗義疏財／廣施博濟／慷慨解囊。

【義反】小器吝嗇／一毛不拔／視錢如命。

輕描淡寫（ㄑㄧㄥ ㄇㄧㄠˊ ㄉㄢˋ ㄒㄧㄝˇ）

【釋義】指繪畫時用淺淡的顏色輕輕地著筆。

【出處】文康・兒女英雄傳一七回：「不想這位尹先生是話不說，單單的輕描淡寫的。」

【用法】今多用以指說話或寫文章時把重要問題輕輕帶過。有時也指做事回避要害。

【例句】對於這樣重要的問題要向大家如實說明，決不能**輕描淡寫**一筆帶過。

【義近】不痛不癢／蜻蜓點水／避重就輕。

【義反】濃墨重彩／詳詳細細／入木三分／刻畫入微。

輕歌曼舞（ㄑㄧㄥ ㄍㄜ ㄇㄢˋ ㄨˇ）

【釋義】輕：輕快。曼：柔和，柔美。又作「清歌曼舞」。

【出處】楊萬里・謝建州茶使吳德送東坡新集：「黃金白璧明月珠，清歌曼舞傾城姝。」

【用法】形容歌聲輕快，舞姿柔美。

【例句】每逢佳節，高山族青年總會在屋外場地上**輕歌曼舞**，直到深夜。

【義近】清歌妙舞。

【義反】急管繁弦／喑啞狂舞。

輕諾寡信（ㄑㄧㄥ ㄋㄨㄛˋ ㄍㄨㄚˇ ㄒㄧㄣˋ）

【釋義】諾：答應。寡：少。信：信用。

【出處】老子六三章：「夫輕諾必寡信，多易必多難。」

【用法】指輕易應允別人卻不守信用。

【例句】你放心好了，他不是那種**輕諾寡信**的人，既然答應了你，就一定能辦到。

【義近】言而無信／信口開河／食言而肥／出爾反爾。

【義反】一諾千金／言必有信／說一不二／重然諾。

輕舉妄動（ㄑㄧㄥ ㄐㄩˇ ㄨㄤˋ ㄉㄨㄥˋ）

【釋義】輕：輕率，不慎重。妄：胡亂，任意。

【出處】李心傳・建炎以來繫年要錄卷三七：「固不可輕舉妄動，重貽朝廷之憂。」

【用法】指不經慎重考慮，便輕率採取行動。

【例句】此事關係重大，不可**輕舉妄動**，須徹底查明情況後，再採取行動。

【義近】恣意妄爲／魯莽從事／輕率妄爲／魯莽滅裂。

【義反】三思而行／謹小慎微／深思熟慮／謹言慎行。

輕薄少年（ㄑㄧㄥ ㄅㄛˊ ㄕㄠˋ ㄋㄧㄢˊ）

【釋義】輕薄：放蕩。少年：青年。

【出處】漢書・尹賞傳：「雜舉長安中輕薄少年惡子，無市籍商販作務，……得數百人。」

【用法】指輕浮放蕩的青年。

【例句】這羣**輕薄少年**，整天在街上逛來逛去的，若不嚴加管教，必將危害社會治安。

【義近】輕薄浪子／無賴惡少／花花公子。

【義反】有爲青年／莘莘學子／翩翩公子。

輾轉反側（ㄓㄢˇ ㄓㄨㄢˇ ㄈㄢˇ ㄘㄜˋ）

【釋義】輾轉：翻來覆去。反側：反覆。

【出處】詩經・周南・關雎：「求之不得，寤寐思服。悠哉悠哉，輾轉反側。」

【用法】形容有事在心，翻來覆去睡不著。

【例句】丈夫深夜未歸，她擔心出了什麼事，在床上**輾轉反側**睡不著覺。

【義近】輾轉不寐／轉側不安／輾轉伏枕／翻來覆去。

【義反】酣然入夢／鼾聲如雷／高枕安眠。

轉危爲安 ㄓㄨㄢˇ ㄨㄟˊ ㄨㄟˊ ㄢ

【釋義】由危險轉爲平安。

【出處】劉向・戰國策序：「出奇策異者，轉危爲安，運亡爲存，亦可喜，亦可觀。」

【用法】形容病情或局勢由危險轉爲平安。

【例句】經醫生們近四個小時的搶救，終於使這個病人**轉危爲安**。

【義近】化險爲夷／轉禍爲福／逢凶化吉／起死回生。

【義反】福過災生／樂極生悲。

轉敗爲勝 ㄓㄨㄢˇ ㄅㄞˋ ㄨㄟˊ ㄕㄥˋ

【釋義】轉敗：使失敗轉變。又作「反敗爲勝」。

【出處】羅貫中・三國演義一六回：「將軍在匆忙之中，……反敗爲勝，雖古之名將，何以加茲！」

【用法】形容由失敗轉爲勝利。

【例句】失敗了不要緊，最重要的是不能就此心灰意懶，而應克服困境，**轉敗爲勝**，才不失人生的意義。

【義近】反敗爲勝。

【義反】一蹶不振。

轉彎抹角 ㄓㄨㄢˇ ㄨㄢ ㄇㄛˇ ㄐㄧㄠˇ

【釋義】沿著彎彎曲曲的路走。轉彎：拐彎。抹角：緊挨著犄角兒繞過。又作「拐彎抹角」。

【出處】吳昌齡・東坡夢一折：「轉彎抹角，此間就是溪河楊柳邊。」

【用法】比喻說話做事繞彎子，不直截了當。

【例句】他這個人說話做事都喜歡**轉彎抹角**，和他共事談話挺辛苦的。

【義近】隱晦曲折／拐彎抹角／迂迴曲折。

【義反】直截了當／開門見山／心直口快／直言不諱／直言無隱。

轍亂旗靡 ㄔㄜˋ ㄌㄨㄢˋ ㄑㄧˊ ㄇㄧˇ

【釋義】車轍措亂，旗幟倒地。轍：車輪輾地的軌跡。靡：倒下。

【出處】左傳・莊公十年：「夫大國難測也，懼有伏焉。吾視其轍亂，望其旗靡，故逐之。」

【用法】形容軍隊潰敗散亂的情景。

【例句】經過幾個小時的激戰，敵軍終於**轍亂旗靡**，逃之夭夭。

【義近】丟盔棄甲／潰不成軍／棄甲曳兵／望風披靡。

【義反】旗開得勝／揮師挺進／捷報頻傳／追亡逐北。

轟轟烈烈 ㄏㄨㄥ ㄏㄨㄥ ㄌㄧㄝˋ ㄌㄧㄝˋ

【釋義】轟轟：象聲詞。烈烈：火焰熾盛的樣子。又作「烈烈轟轟」。

【出處】文天祥・沁園春題張許雙廟詞：「人生翕歘云亡，好烈烈轟轟做一場。」

【用法】形容聲勢浩大或事業興旺。

【例句】我們要趁著年輕力壯時，**轟轟烈烈**幹一番事業。

【義近】雷厲風行／如火如荼／大張旗鼓。

【義反】衰殘蕭條／悄無聲息。

辵部

迅雷不及掩耳（ㄒㄩㄣˋ ㄌㄟˊ ㄅㄨˋ ㄐㄧˊ ㄧㄢˇ ㄦˇ）

【釋義】迅雷：急猛的炸雷。一作「疾雷不及掩耳。」疾：速。

【出處】晉書・石勒載記上：「候賊列守未定，出其不意，直衝（段）末坯帳，……所謂迅雷不及掩耳。」

【用法】比喻事起突然，不及防備。用以形容使敵人或對手措手不及的戰略。

【例句】這些盜賊雖是烏合之眾，却也不好對付，最好能採取**迅雷不及掩耳**的措施，給以出其不意的打擊。

【義近】出其不意／突如其來／猝不及防。

迎刃而解（ㄧㄥˊ ㄖㄣˋ ㄦˊ ㄐㄧㄝˇ）

【釋義】刃：刀口。解：分開。

【出處】晉書・杜預傳：「今兵威已振，勢如破竹，數節之後，皆迎刃而解。」

【用法】比喻事情容易解決，也比喻主要問題解決了，其他問題就好辦理。

【例句】只要想辦法弄到一筆錢，其他問題都可**迎刃而解**。

【義近】一了百了／刀過竹解／一解百解／探囊取物／唾手可得／手到擒來／囊中取物。

【義反】萬事俱備，只欠東風／百思難解。

迎頭趕上（ㄧㄥˊ ㄊㄡˊ ㄍㄢˇ ㄕㄤˋ）

【釋義】加緊追過最前面的。迎頭：迎上前去。

【用法】表示不甘居人後，決心急起直追，以求趕上、超過。常用以鼓勵他人或自勵。

【例句】他因病休學，為了**迎頭趕上**落後的課業，日夜不休地苦讀，令父母十分心疼。

【義近】急起直追／力爭先進／力爭上游。

【義反】望洋興歎／得過且過／甘居人後。

近水樓臺（ㄐㄧㄣˋ ㄕㄨㄟˇ ㄌㄡˊ ㄊㄞˊ）

【釋義】為「近水樓臺先得月」之省，意謂靠近水邊的樓臺先得到月光。

【出處】俞文豹・清夜錄：「范文正公鎮錢塘，兵官皆被薦，獨巡檢蘇麟不見錄，乃獻詩云：『近水樓臺先得月，向陽花木易為春。』」

【用法】比喻由於接近某些人或事，而優先得到某種好處。

【例句】他為了追女友，把家搬到女友家附近，這樣**近水樓臺**，追起來就方便多了。

【義近】得天獨厚／捷足先登／向陽花木。

近在咫尺（ㄐㄧㄣˋ ㄗㄞˋ ㄓˇ ㄔˇ）

【釋義】咫：古代長度單位，周朝時以八寸為「咫」，合今市尺六寸二分二釐。

【出處】蘇軾・杭州謝上表：「凜然威光，近在咫尺。」

【用法】形容距離極近。

【例句】你我兩家**近在咫尺**，今後做了親家，來往是很方便的。

【義近】近在眉睫／近在眼前／一街之隔／一箭之遙。

【義反】遠在天邊／天涯海角／天南海北。

近朱者赤，近墨者黑（ㄐㄧㄣˋ ㄓㄨ ㄓㄜˇ ㄔˋ，ㄐㄧㄣˋ ㄇㄛˋ ㄓㄜˇ ㄏㄟ）

【釋義】靠近朱砂的變紅，靠近黑墨的變黑。朱：朱砂，紅色。

【出處】傅玄・太子少傅箴：「故近朱者赤，近墨者黑；聲和則響清，形正則影直。」

【用法】比喻環境對人影響極大

，可以移易其性情。

【例句】**近朱者赤，近墨者黑**，我們千萬不能讓孩子跟那些不三不四的人交往，以免受到不良影響。

【義近】性相近，習相遠／潛移默化／入蒼則蒼，入黃則黃。

【義反】出淤泥而不染／磨而不磷，涅而不緇。

近悅遠來（ㄐㄧㄣˋ ㄩㄝˋ ㄩㄢˇ ㄌㄞˊ）

【釋義】意謂近居之民，因政治清明而歡悅，遠居之民聞風而來附。

【出處】論語・子路：「葉公問政，子曰：『近者說（悅），遠者來。』」

【用法】指政治清明。

【例句】王縣長居官清廉，把這個縣治理得民風淳樸，道不拾遺，**近悅遠來**。

【義近】政通人和／眾望所歸／遠近稱頌。

【義反】怨聲載道／萬民唾棄。

近鄉情怯（ㄐㄧㄣˋ ㄒㄧㄤ ㄑㄧㄥˊ ㄑㄧㄝˋ）

【釋義】接近家鄉，心情反而有畏怯之感。

【出處】李頻・渡漢江詩：「嶺外音書絕，經冬復立春；近鄉情更怯，不敢問來人。」

【用法】形容回鄉者矛盾而複雜的心情，日夜思念家鄉，及至接近家鄉却又膽怯起來。

【例句】近四十年來，日夜夢想回故鄉省親，然而當夢想即將成眞時，却又有**近鄉情怯**之感。

迥然不同（ㄐㄩㄥˇ ㄖㄢˊ ㄅㄨˋ ㄊㄨㄥˊ）

【釋義】迥然：形容相差很遠。迥：遠。

【出處】張戒・歲寒堂詩話：「文章古今迥然不同。」

【用法】表示差別極大，很明顯的不一樣。

【例句】他們兩人一起採訪，所採訪的對象、內容一樣，但寫出來的稿子卻**迥然不同**。

【義近】判然有別／截然不同／判若天淵／天壤之別。

【義反】如出一轍／毫無二致／一模一樣。

迫不得已（ㄆㄛˋ ㄅㄨˋ ㄉㄜˊ ㄧˇ）

【釋義】迫：逼迫。已：止，停止。

【出處】漢書・王莽傳：「迫不得已然後受詔。」

【用法】指出於逼迫，不得不如此。

【例句】我之所以出外打工，實在是**迫不得已**，誰願意遠離妻兒哩！

【義近】無可奈何／百般無奈／萬不得已。

【義反】自覺自願／心甘情願／甘之如飴。

迫不及待（ㄆㄛˋ ㄅㄨˋ ㄐㄧˊ ㄉㄞˋ）

【釋義】急迫得不能再等待。迫：緊迫，緊急。

【出處】王夫之・讀通鑑論：「顧處此迫不及待之勢，許不許兩言而判。」

【用法】形容心情十分急切。

【例句】她是那樣**迫不及待**地想向丈夫一吐自己的苦衷。

【義近】急不可待／火燒眉毛／迫在眉睫／急如星火。

【義反】從容不迫／待時而動。

迫在眉睫（ㄆㄛˋ ㄗㄞˋ ㄇㄟˊ ㄐㄧㄝˊ）

【釋義】迫：接近。眉睫：眉毛和眼睫毛，指眼前。

【出處】列子・仲尼：「雖遠在八荒之外，近在眉睫之內，來干我者，我必知之。」

【用法】比喻事情已到眼前，非常緊迫。

【例句】老頭子！兒子的婚期已**迫在眉睫**，你怎麼一點也不著急呢？

【義近】燃眉之急／迫在眼前／急如星火／火燒眉毛。

【義反】遠在天外／不慌不忙。

述而不作
ㄕㄨˋ ㄦˊ ㄅㄨˋ ㄗㄨㄛˋ

【釋義】闡述而不創作。述：傳述，傳承。作：創新。

【出處】論語・述而：「子曰：『述而不作，信而好古，竊比於我老彭。』」

【用法】說明只是傳述成說，而不自立新義。

【例句】季教授講課確實講得很好，但他總是謙稱自己是**述而不作**，因而很受學生的敬重。

【義近】述古解古／信而好古。

【義反】自立新義。

逆水行舟
ㄋㄧˋ ㄕㄨㄟˇ ㄒㄧㄥˊ ㄓㄡ

【釋義】迎著水流行船。逆：迎。常與「不進則退」連用。

【用法】比喻不努力前進就會後退，也比喻工作不順利。

【例句】學習有如**逆水行舟**，不進則退，這雖是老生常談，但仍應銘記於心。

【義近】不進則退／力爭上游。

【義反】順流而下／順水推舟。

逆耳之言
ㄋㄧˋ ㄦˇ ㄓ ㄧㄢˊ

【釋義】逆耳：刺耳，不順耳。

【出處】晉書・王沈傳：「逆耳之言，不求而自至。」

【用法】指忠心耿直的勸諫、有益之言。

【例句】要把公司辦好，就得多方面聽取意見，尤其要耐心傾聽**逆耳之言**。

【義近】逆耳忠言／苦口良藥／刺耳益言。

【義反】順耳之言／甜言蜜語／花言巧語。

逆來順受
ㄋㄧˋ ㄌㄞˊ ㄕㄨㄣˋ ㄕㄡˋ

【釋義】逆：不順。

【出處】高則誠・琵琶記：「事當逆來順受。」

【用法】形容人對外來的欺負、逼迫或粗暴的待遇採取順從忍受的態度。

【例句】你不能老這樣**逆來順受**，一味地遷就你先生！

【義近】委曲求全／一再忍讓／唾面自乾／犯而不校。

【義反】針鋒相對／寸步不讓／以眼還眼／以牙還牙／錙銖必較。

迷途知反
ㄇㄧˊ ㄊㄨˊ ㄓ ㄈㄢˇ

【釋義】迷了路再回頭走正路。迷途：迷失了道路。反：同「返」，回。

【出處】丘遲・與陳伯之書：「夫迷途知反，往哲是與！」

【用法】比喻發覺自己有了過失而能知道改正。

【例句】對於**迷途知反**的人，社會大眾應伸出溫暖的手接納他們，給他們自新的機會。

【義近】浪子回頭／改過自新／懸崖勒馬／知過能改。

【義反】死不悔改／知過不改／執迷不悟／迷不知反。

追亡逐北
ㄓㄨㄟ ㄨㄤˊ ㄓㄨˊ ㄅㄟˇ

【釋義】追、逐：追趕。亡：逃亡。北：敗，指失敗者。

【出處】史記・田單列傳：「燕軍擾亂奔走，齊人追亡逐北，所過城邑皆畔（叛）燕而歸田單。」

【用法】說明追擊敗逃之敵。

【例句】趁敵軍抱頭鼠竄時，我軍應**追亡逐北**，把其勢力徹底消滅，以免後患無窮。

【義近】追奔逐北／窮追猛打。

【義反】網開三面／窮寇勿追。

追本窮源
ㄓㄨㄟ ㄅㄣˇ ㄑㄩㄥˊ ㄩㄢˊ

【釋義】追：追究。本：根本。窮：盡，追究到底。源：源頭。

【用法】說明對事物發生的根源一定要弄清楚。

【例句】學習最可貴的是要有**追本窮源**的精神，若滿足於一知半解，便不能深入鑽研，突破前人的研究成果。
【義近】追本溯源／刨根問底／窮源竟委／探本究源。
【義反】淺嘗輒止／不求甚解／一知半解。

退有後言 ㄊㄨㄟˋ ㄧㄡˇ ㄏㄡˋ ㄧㄢˊ

【釋義】退下來之後又有異議。
【出處】尚書・益稷：「予違汝弼，汝無面從，退有後言。」
【用法】說明當面順從，背後有異議。
【例句】你怎麼能這樣呢？會議中一再表示同意，卻又**退有後言**，到底用心何在？
【義近】面從後言／首肯心違／口是心非。
【義反】前後一致／表裏一致／心口如一。

退避三舍 ㄊㄨㄟˋ ㄅㄧˋ ㄙㄢ ㄕㄜˋ

【釋義】後退九十里。舍：三十里。
【出處】左傳・僖公二三年：「晉楚治兵，遇於中原，其辟（避）君三舍。」
【用法】表示對人讓步或回避，不與相爭。
【例句】面對這樣火爆的場面，我只好**退避三舍**，待大夥氣消了再提出我的看法。
【義近】知雄守雌。
【義反】當仁不讓／周旋到底。

連綿不斷 ㄌㄧㄢˊ ㄇㄧㄢˊ ㄅㄨˋ ㄉㄨㄢˋ

【釋義】連綿：接連不斷。
【出處】謝靈運・過始寧墅詩：「巖峭嶺稠疊，洲縈渚連綿。」
【用法】形容連續不斷。
【例句】這帶景色非常特別，**連綿不斷**的秀山麗水交錯，令人有進入桃花源的感受。
【義近】綿綿不絕／源源不斷／接二連三。
【義反】斷斷續續／青黃不接。

連篇累牘 ㄌㄧㄢˊ ㄆㄧㄢ ㄌㄟˇ ㄉㄨˊ

【釋義】連篇：一篇接著一篇。累：積累，重重疊疊。牘：古代寫字用的木片。
【出處】隋書・李諤傳：「連篇累牘，不出月露之形；積案盈箱，唯是風雲之狀。」
【用法】形容文詞累贅，篇幅冗長。
【例句】他所發表的文章**連篇累牘**，看似篇篇大道理，其實是廢話一堆。
【義近】長篇大論／洋洋萬言／冗詞贅句。
【義反】言簡意賅／三言兩語／片語隻字。

逐臭之夫 ㄓㄨˊ ㄔㄡˋ ㄓ ㄈㄨ

【釋義】逐臭：追逐臭味。
【出處】呂氏春秋・遇合：「人有大臭者，……自苦而居海上。海上人有說（悅）其臭者，晝夜隨之而弗能去。」
【用法】比喻嗜好之怪癖。
【例句】這位小姐有狐臭的毛病，別人見了避之猶恐不及，而小李卻說這味道不錯，尾隨著向她求愛，真是個地地道道的**逐臭之夫**。
【義近】臭味相投。

逐鹿中原 ㄓㄨˊ ㄌㄨˋ ㄓㄨㄥ ㄩㄢˊ

【釋義】逐鹿：爭奪天下。逐：追逐。鹿：指代政權。中原：指中國中部的黃河流域。
【出處】司馬遷・史記・淮陰侯列傳：「秦失其鹿，天下共逐之，於是高材疾足者先得焉。」
【用法】比喻國家分裂動亂之時，羣雄並起，競爭天下。
【例句】漢代末年，豪傑蜂起，**逐鹿中原**，歷時十多年，最後形成三國鼎立的局面。
【義近】羣雄逐鹿／豪傑爭權。

逢人說項 ㄈㄥˊ ㄖㄣˊ ㄕㄨㄛ ㄒㄧㄤˋ

【釋義】碰到人就說項斯好。項：項斯，唐代人。一作「為人說項」。

【出處】楊敬之・贈項斯詩：「平生不解藏人善，到處逢人說項斯。」

【用法】表示到處讚揚別人或替人說情。

【例句】你這樣**逢人說項**，使我很尷尬，我哪有什麼超人的本領啊！

【義近】善為說辭／極意捧場／一力吹噓。

【義反】洗垢求瘢／抵瑕蹈隙／自吹自擂。

逢山開路 ㄈㄥˊ ㄕㄢ ㄎㄞ ㄌㄨˋ

【釋義】碰到了山就開出道路前進。指在旅途中克服重重困難。

【出處】紀君祥・趙氏孤兒・楔子：「傍邊轉過一個壯士，……逢山開路，救出趙盾去了。」

【用法】今用以指衝破前進中的障礙。

【例句】他是我們公司的一員猛將，善能**逢山開路**，遇水搭橋。

【義近】逢山開道／遇水搭橋。

【義反】知難而退／畏首畏尾。

逢凶化吉 ㄈㄥˊ ㄒㄩㄥ ㄏㄨㄚˋ ㄐㄧˊ

【釋義】碰到了凶運却又轉化為吉運。

【出處】施耐庵・水滸傳四二回：「豪傑交遊滿天下，逢凶化吉天生成。」

【用法】指遇到凶險、危難，却能轉變為吉祥、順利。

【例句】他眞是吉人天相，幾次遇到災禍皆能**逢凶化吉**，可能是福報所致吧！

【義近】化險為夷／遇難呈祥／轉危為安。

【義反】福過災生／樂極生悲／甘去苦來。

逢場作戲 ㄈㄥˊ ㄔㄤˇ ㄗㄨㄛˋ ㄒㄧˋ

【釋義】指藝人遇到適當的場所就表演技巧。逢：碰到。場：場合。

【出處】道源・景德傳燈錄・道一禪師：「竿木隨身，逢場作戲。」

【用法】比喻隨事應景，偶一為之。也比喻不把事情當眞，玩玩而已。

【例句】①我下象棋不過是**逢場作戲**，並沒有特別愛好。②你這殺千刀的！我還以為你是眞心實意地愛我，原來也不過是**逢場作戲**。

【義近】逢場作樂／偶一為之。

【義反】一本正經。

造言生事 ㄗㄠˋ ㄧㄢˊ ㄕㄥ ㄕˋ

【釋義】造言：指造謠。

【出處】孟子・萬章上：「好事者為之也。」朱熹注：「好事，謂喜造言生事之人。」

【用法】指製造謠言，挑起事端。

【例句】你這樣**造言生事**，東家長西家短的胡說，有一天大家會找你算帳的！

【義近】造謠生事／造謠惑眾／蠱惑人心。

【義反】息事寧人／隱惡揚善。

造謠中傷 ㄗㄠˋ ㄧㄠˊ ㄓㄨㄥ ㄕㄤ

【釋義】中傷：誣陷別人。

【出處】漢書・翟方進傳：「峻文深詆，中傷者尤多。」

【用法】指製造謠言，傷害別人。

【例句】心中無冷病，哪怕吃西瓜！你儘管**造謠中傷**吧，我毫無所謂。

【義近】蜚短流長／惡語中傷／造謠誹謗。

【義反】逢人說項／一力吹噓／隱惡揚善。

通力合作 ㄊㄨㄥ ㄌㄧˋ ㄏㄜˊ ㄗㄨㄛˋ

【釋義】通力：全力，共同出力。原意謂不分田界，共同耕作經營。

【出處】論語・顏淵：「盍徹乎？」朱熹注：「一夫受田百畝，而與同溝共井之人通力合作，計畝均收。」

【用法】今用以指稱團結，形容大家不分彼此，共同出力來做。

【例句】只要公司的全體人員**通力合作**，我們一定就可以轉敗爲勝，扭虧爲盈。

【義近】同心協力／戮力同心／團結一致。

【義反】各行其是／各自爲謀／一盤散沙。

通宵達旦 ㄊㄨㄥ ㄒㄧㄠ ㄉㄚˊ ㄉㄢˋ

【釋義】通宵：整夜。通：整。達旦：到達天亮。

【出處】馮夢龍・醒世恆言・獨孤生歸途鬧夢：「獅蠻社火，鼓樂笙簫，通宵達旦。」

【用法】指整整一個夜晚，也指日夜不停地工作。

【例句】他爲了及時完成寫作任務，最近幾天幾乎都是**通宵達旦**地工作。

【義近】徹夜不眠／不寐達旦／夜以繼日。

【義反】一朝一夕／一時半刻。

通情達理 ㄊㄨㄥ ㄑㄧㄥˊ ㄉㄚˊ ㄌㄧˇ

【釋義】通、達：對事理認識得透徹明瞭。

【出處】李綠園・歧路燈八五回：「只因民間有萬不通情達理者，遂爾家有殊俗。」

【用法】用以指說話、做事很講情理。

【例句】他太太是個**通情達理**的賢妻良母，哪會像你們所說的忤逆公婆！

【義近】知情達理／入情達理／合情合理。

【義反】不近情理／不通人情／不講情理。

通權達變 ㄊㄨㄥ ㄑㄩㄢˊ ㄉㄚˊ ㄅㄧㄢˋ

【釋義】通、達：通曉、明白。權、變：權宜和變化。

【出處】文康・兒女英雄傳二八回：「只好通權達變，放在手下備用罷！」

【用法】指做事能適應客觀情況的變化，隨機應變，不死守常規。

【例句】男子漢大丈夫，理應**通權達變**，建不世之功，何苦如此不識時務，死板守舊！

【義近】隨機應變／通時達變／見機行事。

【義反】墨守成規／守株待兔／固執守舊。

逍遙自在 ㄒㄧㄠ ㄧㄠˊ ㄗˋ ㄗㄞˋ

【釋義】自在：安閒得意。

【出處】普濟・五燈會元・卷一八：「四十二臘，逍遙自在，逢人則喜，見佛不拜。」

【用法】形容無拘無束，自由自在。

【例句】他退休之後，無憂無慮，**逍遙自在**，眞舒服！

【義近】安閒自得／自由自在／悠然自得／悠哉游哉。

【義反】身不由己／俯仰由人／仰人鼻息／寄人籬下。

逍遙法外 ㄒㄧㄠ ㄧㄠˊ ㄈㄚˇ ㄨㄞˋ

【釋義】逍遙：安閒自在，不受拘束。法外：法網之外。

【用法】指犯法的人沒有受到法律制裁，仍然自由自在。

【例句】這流氓不知糟蹋了多少女子，早就應當嚴厲懲處，但直到現在仍**逍遙法外**。

【義近】漏網之魚／逃之夭夭。

【義反】天網恢恢／繩之以法。

進退兩難 ㄐㄧㄣˋ ㄊㄨㄟˋ ㄌㄧㄤˇ ㄋㄢˊ

【釋義】既不能前進，又不能後退。

【出處】羅貫中・三國演義六三回：「既主公在涪關進退兩難之際，亮不得不去。」

【用法】形容處境十分困難。

【例句】公司目前正處在裁員及增資**進退兩難**的窘況下，董事們意見又不合，員工都急得如熱鍋上的螞蟻。

【義近】進退維谷／跋前躓後／騎虎難下。

【義反】進退自如／前後無阻／左右皆宜。

進退維谷（ㄐㄧㄣˋ ㄊㄨㄟˋ ㄨㄟˊ ㄍㄨˇ）

【釋義】維：語助詞。谷：山溝，喻困境。

【出處】詩經・大雅・桑柔：「人亦有言，進退維谷。」

【用法】形容處境艱險，前進後退都困難。

【例句】前有大河擋路，後有追兵襲擊，**進退維谷**，只有和敵人拚到底了。

【義近】前狼後虎／進退失據／進退兩難。

【義反】前後通暢／左右逢源／進退自如。

逼上梁山（ㄅㄧ ㄕㄤˋ ㄌㄧㄤˊ ㄕㄢ）

【釋義】梁山：梁山泊，在今山東省梁山縣南，是宋江一夥人造反的根據地。

【出處】《水滸傳》中寫宋江、林沖等人爲官府所逼，而上梁山造反的故事。

【用法】比喻被迫起來造反或迫不得已而採取某種行動。

【例句】在政治腐敗，貪官汚吏當道的時候，許多人被**逼上梁山**，做起盜匪，其實也是迫於無奈。

【義近】鋌而走險／官逼民反／揭竿而起。

達官顯宦（ㄉㄚˊ ㄍㄨㄢ ㄒㄧㄢˇ ㄏㄨㄢˋ）

【釋義】達：顯赫。宦：官吏。也作「達官顯吏」。

【出處】禮記・檀弓下：「公之喪，諸達官之長杖。」

【用法】古代用以指顯赫的大官僚。今用以貶稱那些高高在上的掌權者。

【例句】古代那些高高在上的**達官顯宦**，沒有幾個是眞正替國家和老百姓著想辦事的。

【義近】達官貴人／王公大人／高官顯宦。

【義反】布衣黔首／平民百姓／鄉愚村夫／市井小民。

道不同不相爲謀（ㄉㄠˋ ㄅㄨˋ ㄊㄨㄥˊ ㄅㄨˋ ㄒㄧㄤ ㄨㄟˊ ㄇㄡˊ）

【釋義】道：道路，此指觀點、信仰等。謀：謀畫，商量。

【出處】論語・衛靈公：「道不同，不相爲謀。」

【用法】說明觀點、主張不同，根本不可能在一起商量、共事。

【例句】**道不同不相爲謀**，他的思想太守舊，一開口就是今不如昔，我和他是怎樣也談不來的。

【義近】格格不入／方枘圓鑿。

【義反】志同道合／情投意合。

道不拾遺（ㄉㄠˋ ㄅㄨˋ ㄕˊ ㄧˊ）

【釋義】東西丟在路上沒人去拾取而佔爲己有。遺：丟失之物。也作「路不拾遺」。

【出處】韓非子・外儲說左上：「國無盜賊，道不拾遺。」

【用法】原指社會政治清平，今多指社會風氣和道德良好。

【例句】**道不拾遺**是大同社會的理想，在現實社會中難以達到。

【義近】夜不閉戶／弊絕風清／盜賊匿跡。

【義反】攔路搶劫／破門而入／偷盜不絕。

道高一尺，魔高一丈（ㄉㄠˋ ㄍㄠ ㄧˋ ㄔˇ，ㄇㄛˊ ㄍㄠ ㄧˊ ㄓㄤˋ）

【釋義】爲佛家告誡修行者，要警惕外界誘惑的一種說法。道指正氣，魔指邪氣。

【出處】吳承恩・西遊記：「道高一尺魔高一丈，性亂情昏錯認家。」

【用法】比喻正義的力量加強了，而邪惡的力量也隨之而更強，邪惡壓倒了正義。

【例句】國際販毒集團活動非常猖獗，雖然各國政府都加強防範了，但**道高一尺，魔高**

一丈，目前還是無法完全消滅這類犯罪行爲。

【義近】西風壓倒東風。

【義反】魔高一尺，道高一丈。

道路以目（ㄉㄠˋ ㄌㄨˋ ㄧˇ ㄇㄨˋ）

【釋義】熟人在路上相遇，只能以眼睛相互示意。

【出處】左丘明・國語・周語上：「王怒，得衛巫，使監謗者，以告，則殺之。國人莫敢言，道路以目。」

【用法】形容統治者極端暴虐無道，使百姓敢怒而不敢言。

【例句】獨裁者統治的國家，百姓**道路以目**，人人自危，誰也不會眞心誠意爲國貢獻。

【義近】敢怒不敢言／苛政猛於虎。

【義反】廣開言路／仁政愛民。

道貌岸然（ㄉㄠˋ ㄇㄠˋ ㄢˋ ㄖㄢˊ）

【釋義】道貌：嚴肅的外貌。岸然：高傲的樣子。

【出處】蒲松齡・聊齋志異・成仙：「又八九年，成忽自至，黃巾氅服，道貌岸然。」

【用法】形容人面貌莊嚴，神態高傲。含有諷刺意味。

【例句】他表面上**道貌岸然**，一副君子之風的樣子，事實上，他是道地的風流色鬼。

【義近】道貌凜然／一本正經。

【義反】面無威嚴／嬉皮笑臉。

道聽塗說（ㄉㄠˋ ㄊㄧㄥ ㄊㄨˊ ㄕㄨㄛ）

【釋義】在路上聽到的話未經證實，又在路上傳播。塗：同「途」。

【出處】論語・陽貨：「道聽而塗說，德之棄也。」

【用法】指沒有根據的傳聞。

【例句】我剛剛說的這消息非常可靠，並不是**道聽塗說**，請你務必認眞對待。

【義近】街談巷語／齊東野語／耳食之誤／無稽之言。

【義反】目擊耳聞／耳聞目睹／言之鑿鑿／鑿鑿有據。

遍體鱗傷（ㄅㄧㄢˋ ㄊㄧˇ ㄌㄧㄣˊ ㄕㄤ）

【釋義】遍體：全身。鱗傷：傷痕如魚鱗一樣密列。

【出處】吳沃堯・痛史六回：「打的遍體鱗傷，實在走不動了。」

【用法】形容全身受傷，傷勢很重。

【例句】她自幼便被人收爲童養媳，常因細故而被準婆婆打得**遍體鱗傷**，長大後又要嫁給那個不成材的丈夫，眞是命運多蹇。

【義近】皮開肉綻／體無完膚／千瘡百孔。

【義反】安然無恙／通體完好／身無傷痕。

運斤成風（ㄩㄣˋ ㄐㄧㄣ ㄔㄥˊ ㄈㄥ）

【釋義】揮動斧頭，呼呼生風。運：揮動。斤：斧頭。

【出處】莊子・徐无鬼：「匠石運斤成風，聽而斲之，盡堊而鼻不傷。」

【用法】形容技藝熟練入神。

【例句】他的雕刻技藝已經到了**運斤成風**的程度，無論雕刻什麼都能悠然自如地進行。

【義近】鬼斧神工／神乎其技／庖丁解牛。

【義反】技止此耳／黔驢之技。

運用之妙，存乎一心（ㄩㄣˋ ㄩㄥˋ ㄓ ㄇㄧㄠˋ ㄘㄨㄣˊ ㄏㄨ ㄧˋ ㄒㄧㄣ）

【釋義】妙：巧妙，指靈活性。存乎：在於。

【出處】宋史・岳飛傳：「陣而後戰，兵法之常，運用之妙，存乎一心。」

【用法】本指高超的指揮作戰藝術。今泛指如何巧妙靈活的運用，全在於善於思考。

【例句】辦事固然要遵守原則，但**運用之妙，存乎一心**，如何依據原則具體辦理，則取決於是否善於思考。

運用自如 ㄩㄣˋ ㄩㄥˋ ㄗˋ ㄖㄨˊ

【釋義】自如：不拘束，活動不受阻礙。
【出處】袁宏・三國名臣序贊：「運用無方，動攝羣會。」劉向・說苑・雜言：「改服而入，蓋自如也。」
【用法】形容運用得非常熟練自然。
【例句】學習外語，只有在聽、說、讀、寫各方面，配合實際，不斷練習，才能**運用自如**。
【義近】得心應手／高下任心／心手相應。
【義反】手不從心／口不應心／手忙腳亂。

運籌帷幄 ㄩㄣˋ ㄔㄡˊ ㄨㄟˊ ㄨㄛˋ

【釋義】運籌：籌謀策畫。帷幄：古時軍中帳幕。
【出處】漢書・高帝紀下：「夫運籌帷幄之中，決勝千里之外，吾不如子房。」
【用法】原指擬訂作戰策略，今泛指善於策畫、指揮。
【例句】公司多虧有總經理的**運籌帷幄**，才得以安渡難關，故公司上下都很敬重他。
【義近】運籌決策／決勝千里。
【義反】一籌莫展／半籌莫納／馳騁疆場。

過目不忘 ㄍㄨㄛˋ ㄇㄨˋ ㄅㄨˋ ㄨㄤˋ

【釋義】一經閱覽即長記不忘。
【出處】晉書・苻融載記：「融聰辯明慧，下筆成章，……耳聞則誦，過目不忘。」
【用法】形容記憶力極強。
【例句】胡先生之所以能有今天這樣的成就，與他**過目不忘**的驚人記憶力有著密切的關係。
【義近】過目成誦／目即成誦。
【義反】過目即忘／隨讀隨忘。

過目成誦 ㄍㄨㄛˋ ㄇㄨˋ ㄔㄥˊ ㄙㄨㄥˋ

【釋義】看過一遍即能背誦。
【出處】宋史・劉恕傳：「恕少穎悟，過目即成誦。」
【用法】形容聰明過人，記憶力極強。
【例句】你說你會**過目成誦**，難道我就不能一目十行了？（曹雪芹・紅樓夢二三回）
【義近】過目不忘／一目十行。
【義反】天性愚鈍／讀後忘前／今讀明忘。

過河拆橋 ㄍㄨㄛˋ ㄏㄜˊ ㄔㄞ ㄑㄧㄠˊ

【釋義】過了河就把橋拆撤不要了。一作「過橋拆橋」。
【出處】元史・徹里帖木兒傳：「治書侍御史普化誚（許）有壬曰：『參政可謂過河拆橋者矣。』」
【用法】比喻事成之前藉助於人，事成以後即置之不理。
【例句】像他這種**過河拆橋**，忘恩負義的東西，早就該丟進海裏餵鯊魚。
【義近】過橋抽板／卸磨殺驢／兔死狗烹。
【義反】綈袍戀戀／知恩報恩／銜環結草／投桃報李。

過來人 ㄍㄨㄛˋ ㄌㄞˊ ㄖㄣˊ

【釋義】指對某件事曾經歷過的人。
【出處】平山堂話本・梅嶺失妻記：「要知山下事，請問過來人。這事我也曾經來。」
【用法】形容於某事有所經歷，有切身體驗的人。
【例句】他在這件事上是**過來人**，你去請他給你指點指點，我實在幫不上你的忙。
【義近】久經沙場／老於世故／親歷身行。
【義反】涉世未深／少不更事。

過甚其詞 ㄍㄨㄛˋ ㄕㄣˋ ㄑㄧˊ ㄘˊ

【釋義】過甚：過分。詞：言詞

，話。又作「過甚其辭」。

【用法】說話過分誇張，不符合實際情況。

【例句】你今天的演講完全符合實際情況，沒有**過甚其詞**的毛病。

【義近】誇大其詞／言過其實／夸夸其談。

【義反】實事求是／言副其實／言可復也。

過眼雲煙 ㄍㄨㄛˋ ㄧㄢˇ ㄩㄣˊ ㄧㄢ

【釋義】從眼前飄過的雲煙。雲煙：雲霧和煙氣。一作「雲煙過眼」、「過眼煙雲」。

【出處】洪亮吉・北江詩話六：「蓋勝地園林，亦如名人書畫，過眼雲煙，未有百年不易主者。」

【用法】比喻身外之物無需掛懷。也比喻很快就消失的事物。

【例句】名利地位、榮華富貴，到頭來不過是**過眼雲煙**，大可不必太計較。

【義近】身外之物／空中浮雲／曇花一現／過耳之風。

過從甚密 ㄍㄨㄛˋ ㄘㄨㄥˊ ㄕㄣˋ ㄇㄧˋ

【釋義】過從：互相往來。甚密：很密切。

【出處】黃庭堅・次韻德孺五丈新居病起詩：「稍喜過從近，扶筇不駕車。」

【用法】形容彼此往來頻繁。

【例句】你倆一向**過從甚密**，你怎能說對他的所作所爲一無了解呢？

【義近】你來我往／來往密切／來往不斷。

【義反】不相聞問／泛泛之交／老死不相往來。

過猶不及 ㄍㄨㄛˋ ㄧㄡˊ ㄅㄨˋ ㄐㄧˊ

【釋義】過：過頭。猶：如，同。不及：不夠，沒有達到。

【出處】論語・先進：「子曰：『過猶不及』。」

【用法】說明事情做得過頭，就跟做得不夠一樣，都不適合。強調做事要恰如其分。

【例句】**過猶不及**，你有時白天黑夜苦讀不息，有時幾天不拿書本，這都不是正確的方式。

【義近】不左就右／不前就後。

【義反】恰如其分／恰到好處。

遐邇聞名 ㄒㄧㄚˊ ㄦˇ ㄨㄣˊ ㄇㄧㄥˊ

【釋義】遐：遠。邇：近。又作「名聞遐邇」。

【出處】魏書・崔浩傳：「奚斤辯捷智謀，名聞遐邇。」

【用法】形容名聲很大，遠近都知道。

【例句】江西景德鎮的瓷器質地優良，工藝精美，一向**遐邇聞名**。

【義近】名滿天下／名震中外／舉世聞名。

【義反】沒沒無聞／名不見經傳／無人知曉。

遠水不救近火 ㄩㄢˇ ㄕㄨㄟˇ ㄅㄨˋ ㄐㄧㄡˋ ㄐㄧㄣˋ ㄏㄨㄛˇ

【釋義】遠處的水救不了近處的火。不救：不能救，救不了。

【出處】韓非子・說林上：「失火而取水於海，海水雖多，火必不滅矣，遠水不救近火也。」

【用法】比喻緩不濟急。

【例句】正在澆灌稻田時抽水機壞了，城裏雖有修理站，但**遠水不救近火**，還是自己動手來修理吧。

【義近】遠水難救近火／遠水不解近渴／緩不濟急。

遠交近攻 ㄩㄢˇ ㄐㄧㄠ ㄐㄧㄣˋ ㄍㄨㄥ

【釋義】與距離遠的國家交好，而進攻近鄰的國家。

【出處】戰國策・秦策三：「王不如遠交而近攻，得寸則王之寸，得尺亦王之尺也。」

【用法】本爲戰國時秦國採用的一種外交策略，今也用以指待人處世的一種手段。

【例句】秦國採用**遠交近攻**的策略，利用東方六國的矛盾，各個擊破，統一全國。

【義反】近交遠攻。

遠走高飛（ㄩㄢˇ ㄗㄡˇ ㄍㄠ ㄈㄟ）

【釋義】像野獸那樣遠遠跑掉，像鳥兒那樣高高飛走。走：跑。又作「高飛遠走」。

【出處】後漢書・卓茂傳：「汝獨不欲修之，寧能高飛遠走，不在人間邪？」

【用法】比喻人跑到很遠的地方去。多指擺脫困境去找出路，有時也含有「逃避」之意。

【例句】他負債累累，早已關門閉戶，**遠走高飛**，你到哪裏去找他？

【義近】高蹈遠舉／高舉遠引／遠走他鄉。

【義反】足不出戶／身不離村／寸步不離。

遠見卓識（ㄩㄢˇ ㄐㄧㄢˋ ㄓㄨㄛˊ ㄕˋ）

【釋義】卓：卓越，高超。識：見識，見解。又作「高見遠識」。

【出處】羅貫中・三國演義四八回：「元眞如此高見遠識，諒此有何難哉！」

【用法】指有遠大的眼光和高明的見解。

【例句】國政掌握在一批具有**遠見卓識**的人手裏，我們就有太平盛世可享了。

【義近】高識遠見／眞知灼見／精誠高見。

【義反】見識短淺／管窺之見／狹隘之見。

遠親不如近鄰（ㄩㄢˇ ㄑㄧㄣ ㄅㄨˋ ㄖㄨˊ ㄐㄧㄣˋ ㄌㄧㄣˊ）

【釋義】遠方的親戚不如近處的鄰居。

【出處】秦簡夫・東堂老四折：「豈不聞道遠親呵不如近鄰，我可便說的話言忠信。」

【用法】比喻遠親不能救急，而近鄰則隨時可以依恃。常用以說明近鄰之可貴。

【例句】俗說話：**遠親不如近鄰**，何苦爲了一點小事同鄰居鬧翻呢？

適可而止（ㄕˋ ㄎㄜˇ ㄦˊ ㄓˇ）

【釋義】到了適當的程度就停止。適：正始，恰好。

【出處】論語・鄉黨：「不多食」。朱熹注：「適可而止，無貪心也。」

【用法】說明凡事要有分寸，不可過分。

【例句】你先生傷害了你，你採取報復行爲倒也無可厚非，但要**適可而止**。

【義近】恰如其分／恰到好處／不偏不倚。

【義反】過猶不及／得隴望蜀／貪心不足。

適得其反（ㄕˋ ㄉㄜˊ ㄑㄧˊ ㄈㄢˇ）

【釋義】正好得到相反的結果。適：恰好，正好。

【用法】表示事情的發展剛好與自己所想的相反。

【例句】婚姻只能由女兒自己作主，她不願意，你強行逼迫只會**適得其反**。

【義近】事與願違／不如人願／欲益反損。

【義反】如願以償／天從人願／稱心如意。

遲疑不決（ㄔˊ ㄧˊ ㄅㄨˋ ㄐㄩㄝˊ）

【釋義】遲疑：猶豫。

【出處】朱子語類卷五十：「此吝字說得來又廣，只是戒人遲疑不決的意思。」

【用法】形容拿不定主意。

【例句】究竟是與前夫復婚，還是與現在的新識結婚，她一直**遲疑不決**。

【義近】舉棋不定／游移不定／

猶豫不決。

【義反】毅然決然／當機立斷／堅決果斷。

遺老遺少（ㄧˊ ㄌㄠˇ ㄧˊ ㄕㄠˋ）

【釋義】遺老：前朝的舊臣。遺少：留戀以往時代的年輕人。

【出處】晉書・徐廣傳：「君爲宋朝佐命，吾乃晉室遺老。」

【用法】指改朝換代後仍然效忠前朝，或思想陳腐頑固守舊的老人和年輕人。

【例句】民國初年，許多**遺老遺少**仍然穿著清式服裝，梳著長辮，與時代格格不入。

【義近】前代舊臣。

遺臭萬年（ㄧˊ ㄔㄡˋ ㄨㄢˋ ㄋㄧㄢˊ）

【釋義】留下萬年的臭名。遺：留下。臭：壞名聲。又作「遺臭萬載」。

【出處】劉義慶・世說新語・尤悔：「（桓溫）既而屈起坐曰：『既不能流芳後世，亦不足復遺臭萬載邪！』」

【用法】指惡名永傳後世，爲世人所唾罵。

【例句】做人還是要對得起良心，不要做出**遺臭萬年**的事來，讓子孫蒙羞。

【義近】臭名昭著／萬古羞名。

【義反】流芳後世／萬古流芳／名垂青史。

還其本來面目（ㄏㄨㄢˊ ㄑㄧˊ ㄅㄣˇ ㄌㄞˊ ㄇㄧㄢˋ ㄇㄨˋ）

【釋義】返回他原來的模樣。

【出處】道源・景德傳燈錄：「莫思善，莫思惡，還我明上座本來面目。」

【用法】說明讓某人的真正面目顯露出來。多用於貶義。

【例句】這人說自己是某部要員，到處招搖撞騙，昨天警方把他抓去，**還其本來面目**。

【義近】原形畢露／露出狐狸尾巴。

【義反】不識廬山真面目。

避世絕俗（ㄅㄧˋ ㄕˋ ㄐㄩㄝˊ ㄙㄨˊ）

【釋義】避世：躲避現實。絕俗：脫離世俗。又作「避世離俗」。

【出處】王充・論衡・定賢：「以避世離俗，清身潔行爲賢乎？是則委國去位之類也。」

【用法】指躲避現實，斷絕與人來往的處世態度。

【例句】香港一位名演員，不知出於什麼原因，竟然**避世絕俗**而遁入佛門。

【義近】超塵絕俗／隱居山林／遁入空門。

【義反】追名逐利／營求富貴／蠅營狗苟。

避重就輕（ㄅㄧˋ ㄓㄨㄥˋ ㄐㄧㄡˋ ㄑㄧㄥ）

【釋義】就：湊近，趨往。

【出處】唐六典・工部尚書：「皆取材力強壯，技能工巧者，不得隱巧補拙，避重就輕。」

【用法】指回避艱難繁重的任務，而揀選輕的來承擔。也指回避要害而只談無關緊要的事。

【例句】①他這人很沒有擔當，做起事來總是**避重就輕**。②一說到他和太太離婚的事，他就顧左右而言他，不然就**避重就輕**。

【義近】避難就易／拈輕怕重／畏難圖易。

【義反】敢挑重擔／知難而止／避輕就重／任勞任怨。

避實就虛（ㄅㄧˋ ㄕˊ ㄐㄧㄡˋ ㄒㄩ）

【釋義】實：實作，堅實部分。虛：空虛，虛弱部分。

【出處】淮南子・要略訓：「避實就虛，若驅羣羊，此所以言兵也。」

【用法】指避開敵人的主力，找敵人的弱點進攻。也比喻言論或處事回避要害。

【例句】在敵眾我寡的情況下，最好採取**避實就虛**的策略，逐步削弱敵人的實力。

【義近】避實擊虛／避實攻虛／捨實求虛／避重就輕／隔靴搔癢。

【義反】搔著癢處／一語破的／一針見血。

邂逅相遇（ㄒㄧㄝˋ ㄍㄡˋ ㄒㄧㄤ ㄩˋ）

【釋義】邂逅：指不期而遇。

【出處】詩經・鄭風・野有蔓草：「邂逅相遇，適我願兮。」

【用法】表示偶然相逢。

【例句】我和我太太一年前在飛機上**邂逅相遇**，一年後就結爲夫妻，眞是有緣千里來相會。

【義近】萍水相逢／不期而遇。

邑部

邪魔外道（ㄒㄧㄝˊ ㄇㄛˊ ㄨㄞˋ ㄉㄠˋ）

【釋義】佛書以妄見爲邪魔，佛教以外的教派爲外道。一作「邪門外道」。

【出處】藥師經下：「又信世間邪魔外道，妖孽之師，妄說禍福，便生恐動，心不自正。」

【用法】今用以指雜書邪說、不正派的人或妖魔鬼怪。

【例句】正經的書他看不進去，**邪魔外道**的書卻看得津津有味。

【義近】異端邪說／旁門左道／天魔外道／歪門邪道。

【義反】三墳五典／八索九丘／六藝經傳／正人君子。

邯鄲學步（ㄏㄢˊ ㄉㄢ ㄒㄩㄝˊ ㄅㄨˋ）

【釋義】到邯鄲學習人家走路的優美姿態。邯鄲：戰國時趙國的都城。

【出處】莊子・秋水：「且子獨不聞夫壽陵餘子之學行於邯鄲與？未得國能，又失其故行矣，直匍匐而歸耳。」

【用法】比喻仿效別人不成，反喪失原有的本領。也比喻照搬別人的一套，出乖露醜。

【例句】每個人都有自己的特色，在追求流行的同時也應保有自己，以免**邯鄲學步**，弄得自己滑稽可笑。

【義近】東施效顰／壽陵失步／生搬硬套。

【義反】不失故常／靈活運用。

郎才女貌（ㄌㄤˊ ㄘㄞˊ ㄋㄩˇ ㄇㄠˋ）

【釋義】郎：年輕男子。貌：指容貌美麗。

【出處】王實甫・西廂記一本二折：「郎才女貌合相配。」

【用法】指理想的配偶對象。

【例句】蔡先生和胡小姐原是青梅竹馬，而且**郎才女貌**，結爲夫妻實是再好不過之事。

【義近】才子佳人／天生一對。

【義反】彩鳳隨鴉／蒹葭倚玉／鮮花插在牛糞上。

郢書燕說（ㄧㄥˇ ㄕㄨ ㄧㄢ ㄕㄨㄛ）

【釋義】郢：楚國都城。燕：北方國名。說：解說。

【出處】韓非子・外儲說左上載：郢人給燕相國作書，誤寫「舉燭」二字，燕相國則說：「舉燭者，尚明也。」

【用法】比喻穿鑿附會，曲解原意。

【例句】世人常常不明眞理，以至**郢書燕說**，歪曲眞相，這是很可悲的現象。

【義近】牽強附會／望文生義／緣文作解／穿鑿附會。

【義反】實事求是／探求原義／據義爲說。

鄭重其事 ㄓㄥˋ ㄓㄨㄥˋ ㄑㄧˊ ㄕˋ

【釋義】 鄭重：嚴肅認真。
【出處】 曹雪芹・紅樓夢四回：「所以鄭重其事，必得三日後方進門。」
【用法】 形容於事抱認真態度，決不馬虎苟且。
【例句】 她在男女關係上一向很嚴肅，希望你也**鄭重其事**，千萬不能逢場作戲啊！
【義近】 一本正經／正兒八經／嚴肅認真。
【義反】 馬而虎之／應付了事／虛應故事。

鄭衛之音 ㄓㄥˋ ㄨㄟˋ ㄓ ㄧㄣ

【釋義】 春秋戰國時期鄭國和衛國的音樂。
【出處】 禮記・樂記：「鄭衛之音，亂世之音也。」
【用法】 多用以指淫蕩的樂歌，有時也指淫蕩的文學作品。
【例句】 酒樓茶館常靠**鄭衛之音**來招攬生意，很容易敗壞良風美俗，有關部門應重視督導這些商店。
【義近】 靡靡之音／亂世之音／亡國之音／濮上之音。
【義反】 羽聲慷慨／韶虞雅樂／悲壯之樂／高昂之歌／雅頌之聲。

酉部

酒肉朋友 ㄐㄧㄡˇ ㄖㄡˋ ㄆㄥˊ ㄧㄡˇ

【釋義】 在一起喝酒吃肉的朋友。
【出處】 關漢卿・單刀會二折：「關雲長是我酒肉朋友，我交他兩隻手送與你那荊州來。」
【用法】 指在一起吃喝玩樂、不務正業、並無深交的朋友。
【例句】 和**酒肉朋友**在一起吃吃喝喝倒還可以，但真遇到事情時，這些朋友便一哄而散，有的甚至落井下石。
【義近】 狐朋狗友／狐羣狗黨／利益之交。
【義反】 莫逆之交／刎頸之交／患難知己。

酒色財氣 ㄐㄧㄡˇ ㄙㄜˋ ㄘㄞˊ ㄑㄧˋ

【釋義】 嗜酒，好色，貪財，逞氣。
【出處】 王喆・西江月・四害詞：「堪歎酒色財氣，塵寰彼此長迷。」
【用法】 泛指最容易致禍害人的惡習。
【例句】 年輕人應時刻提高警覺，千萬不要染上**酒色財氣**四種惡習，斷送自己的前程。
【義近】 聲色犬馬／吃喝嫖賭。
【義反】 詩書禮樂。

酒酣耳熱 ㄐㄧㄡˇ ㄏㄢ ㄦˇ ㄖㄜˋ

【釋義】 酣：喝酒喝得正酣暢。耳熱：耳根發熱。
【出處】 曹丕・與吳質書：「每至觴酌流行，絲竹並奏，酒酣耳熱，仰而賦詩。」
【用法】 形容酒興正濃之情狀。
【例句】 每逢假日，與三五知己聚集一處，於**酒酣耳熱**之後盡情高歌，乃人生一大樂事。
【義近】 酒醉飯飽／酒興正濃。
【義反】 酩酊大醉。

酒囊飯袋 ㄐㄧㄡˇ ㄋㄤˊ ㄈㄢˋ ㄉㄞˋ

【釋義】像盛酒裝飯的袋子一樣。囊：袋。

【出處】陶岳・荆湘近事：「馬氏奢僭，諸院王子，僕從烜赫，文武之道，未嘗留意，時謂之酒囊飯袋。」

【用法】比喻只會吃喝不會做事的無用之輩。

【例句】他是個**酒囊飯袋**，成天只知吃喝玩樂，什麼本領也沒有，什麼事也做不成。

【義近】行尸走肉／衣架飯囊／草包飯桶／尸位素餐。

【義反】精明能幹／多才多藝／滿腹經綸／滿腹文章。

酩酊大醉 ㄇㄧㄥˇ ㄉㄧㄥˇ ㄉㄚˋ ㄗㄨㄟˋ

【釋義】酩酊：醉得迷迷糊糊的樣子。

【出處】施耐庵・水滸傳四三回：「不到兩個時辰，把李逵灌得酩酊大醉，立腳不住。」

【用法】形容酒喝得過多，醉得十分厲害。

【例句】昨天晚上，他喝得**酩酊大醉**，踉踉蹌蹌地回到家中，倒在床上就呼呼大睡了。

【義近】醉眼朦朧／爛醉如泥。

【義反】酒酣耳熱／三分酒意。

酸甜苦辣 ㄙㄨㄢ ㄊㄧㄢˊ ㄎㄨˇ ㄌㄚˋ

【釋義】本爲食品的四種味道，常用以比喻人生的憂愁、美滿、苦難和刺激。

【出處】李綠園・歧路燈四九回：「圖掙幾文錢，那酸甜苦辣也就講說不起。」

【用法】泛指各種人情事態的滋味。

【例句】你還年輕，涉世未深，人世間的**酸甜苦辣**你還沒有嚐遍哩！

【義近】五味俱全／人情冷暖／世態炎涼。

醉生夢死 ㄗㄨㄟˋ ㄕㄥ ㄇㄥˋ ㄙˇ

【釋義】像喝醉酒和做夢那樣昏昏沉沉過日子。

【出處】濂洛關閩書・君子：「雖高才明智，膠於見聞，醉生夢死，不自覺也。」

【用法】形容人生活頹廢，如醉如夢。

【例句】人都應該有上進心，不能**醉生夢死**，渾渾噩噩地虛度年華。

【義近】紙醉金迷／花天酒地／渾渾噩噩。

【義反】朝氣蓬勃／生氣勃勃／奮發圖強。

醉翁之意不在酒 ㄗㄨㄟˋ ㄨㄥ ㄓ ㄧˋ ㄅㄨˋ ㄗㄞˋ ㄐㄧㄡˇ

【釋義】醉翁的意趣並不在於喝酒。翁：老頭。又簡作「醉翁之意」。

【出處】歐陽修・醉翁亭記：「醉翁之意不在酒，在乎山水之間也。」

【用法】比喻本意不在此而在別的方面。

【例句】**醉翁之意不在酒**，他對你這樣殷勤孝敬，恐怕是想打你女兒的主意吧？

【義近】項莊舞劍，意在沛公／別有心意／別有用心／另有居心。

醇酒婦人 ㄔㄨㄣˊ ㄐㄧㄡˇ ㄈㄨˋ ㄖㄣˊ

【釋義】美酒和美女。醇酒：味道濃烈的酒。

【出處】司馬遷・史記・魏公子列傳：「公子……飲醇酒，多近婦女。日夜爲樂飲者四歲，竟病酒而卒。」

【用法】形容沉湎於酒色之中。

【例句】有的人把**醇酒婦人**當作「溫柔鄉」，成天吃喝玩樂，結果葬送了自己的大好前程。

【義近】美酒佳人／好酒貪色／花天酒地。

【義反】滴酒不沾／不戀女色／自強不息。

醍醐灌頂 (ㄊㄧˊ ㄏㄨˊ ㄍㄨㄢˋ ㄉㄧㄥˇ)

【釋義】醍醐：從牛乳中提煉出來的酪酥。灌頂：澆在頭頂上。

【出處】顧況・行路難詩：「豈知灌頂有醍醐，能使清涼頭不熱。」

【用法】本爲佛教語，比喻灌輸智慧使人徹底醒悟。今多用以比喻從別人話中受到很大啓發。

【例句】你的這番話，對我來說的確有如**醍醐灌頂**，令我受益良多。

【義近】如飲醍醐／甘露灑心／頓開茅塞。

【義反】執迷不悟／死不開竅／愚不可啓。

醜態百出 (ㄔㄡˇ ㄊㄞˋ ㄅㄞˇ ㄔㄨ)

【釋義】醜態：醜惡的樣子。百：泛言其多。

【出處】李汝珍・鏡花緣六六回：「不過因明日就要發榜，得失心未免過重，以致弄得忽哭忽笑，醜態百出。」

【用法】指各種醜惡的樣子全都表現出來。

【例句】名利富貴不過是身外之物，何必要爲此到處求人，弄得**醜態百出**哩！

【義近】醜態畢露／出盡洋相。

釆部

采薪之憂 (ㄘㄞˇ ㄒㄧㄣ ㄓ ㄧㄡ)

【釋義】有病不能采薪。采薪：打柴。

【出處】孟子・公孫丑下：「有采薪之憂，不能造朝。」朱熹・四書集注：「采薪之憂，言病不能采薪，謙辭也。」

【用法】自稱有病的婉辭。

【例句】人老病出頭，近年來**采薪之憂**不斷，精神欠佳，無法在工作上衝刺了。

【義近】負薪之疾／犬馬之疾／河魚之疾。

【義反】健步如飛／生龍活虎。

里部

重生父母 (ㄔㄨㄥˊ ㄕㄥ ㄈㄨˋ ㄇㄨˇ)

【釋義】重生：再一次獲得生命。重：再、又。

【出處】楊顯之・酷寒亭・楔子：「你是我重生父母，再生爹娘。」

【用法】指救命恩人。

【例句】我這次大難不死，全虧你把我救上岸來，你眞是我的**重生父母**。

【義近】再生父母／再造爹娘。

重見天日 (ㄔㄨㄥˊ ㄐㄧㄢˋ ㄊㄧㄢ ㄖˋ)

【釋義】重新看到了天和太陽。重：再。天日：在此比喻光明。

【出處】羅貫中・三國演義二八回：「倉乃一粗莽之夫，失身爲盜，今遇將軍，如重見天日。」

【用法】比喻擺脫黑暗，重見光明。

【例句】國父領導革命黨人一舉推翻了滿清政府，使國人得以**重見天日**。

【義近】重睹青天／再見白日／重見光明。

【義反】又入狼窩／重陷地獄／不見天日。

重足而立，側目而視
ㄔㄨㄥˊ ㄗㄨˊ ㄦˊ ㄌㄧˋ　ㄘㄜˋ ㄇㄨˋ ㄦˊ ㄕˋ

【釋義】意謂不敢邁步走路，不敢正眼看人。重足：腳靠著腳。側目：斜著眼睛看。又作「重足側目」。

【出處】司馬遷・史記・汲鄭列傳：「必湯也，令天下重足而立，側目而視矣！」

【用法】形容非常害怕或又怕又憤恨。

【例句】大陸在「四人幫」橫行期間，逼得許多人**重足而立，側目而視**。

【義近】脅肩累步／敢怒而不敢言／道路以目。

【義反】昂首闊步／知無不言，言無不盡／放言無忌。

重賞之下，必有勇夫
ㄓㄨㄥˋ ㄕㄤˇ ㄓ ㄒㄧㄚˋ　ㄅㄧˋ ㄧㄡˇ ㄩㄥˇ ㄈㄨ

【釋義】重賞：指懸賞高，代價出得大。

【出處】三略・上略：「香餌之下，必有死魚；重賞之下，必有勇夫。」

【用法】說明只要代價出得高，必有前來響應效力的人。

【例句】這種工作確實又髒又累，但**重賞之下，必有勇夫**，只要你肯多花錢，難道還愁找不到人幹嗎？

【義近】重賞甘餌，自有來人／香餌之下，必有死魚／重賞之下，必有死夫。

重整旗鼓
ㄔㄨㄥˊ ㄓㄥˇ ㄑㄧˊ ㄍㄨˇ

【釋義】重：再。旗鼓：古代作戰時以搖旗擊鼓指揮進軍。

【用法】比喻在失敗之後，重新組織力量，準備再幹。

【例句】臺北足球隊在比賽失利後，決心**重整旗鼓**，加強訓練，準備下次再戰。

【義近】東山再起／捲土重來。

【義反】一蹶不振／偃旗息鼓／就此罷休。

重蹈覆轍
ㄔㄨㄥˊ ㄉㄠˋ ㄈㄨˋ ㄔㄜˋ

【釋義】又走上翻過車的老路。蹈：踩，踏上。覆：翻。轍：車輪輾的印子。

【出處】後漢書・竇武傳：「今不慮前事之失，復循覆車之軌。」

【用法】比喻沒有吸取失敗的教訓，重犯過去的錯誤。

【例句】你這次務必要從失敗中吸取教訓，千萬不能**重蹈覆轍**！

【義近】復蹈前車／覆車繼軌／重走敗路。

【義反】前車可鑑／改弦更張／改道易轍。

野心勃勃
ㄧㄝˇ ㄒㄧㄣ ㄅㄛˊ ㄅㄛˊ

【釋義】野心：對領土、權利、名利等非分的狂妄欲望。勃勃：旺盛的樣子。

【出處】陳天華・獅子吼一回：「這一位大帝野心勃勃，就想把世界各國盡歸他的宇下。」

【用法】形容野心非常大。

【例句】袁世凱**野心勃勃**，妄想復辟帝制，結果遭到全國人民反對，又氣又急，一命嗚呼。

【義近】狼子野心／雄心勃勃。

【義反】胸無大志／安分守己。

野火燒不盡
ㄧㄝˇ ㄏㄨㄛˇ ㄕㄠ ㄅㄨˋ ㄐㄧㄣˋ

【釋義】野火：焚燒原野宿草之火。

【出處】白居易・賦得古原草送別詩：「離離原上草，一歲一枯榮，野火燒不盡，春風吹又生。」

【用法】多用以比喻新生的、革命的力量不會被壓抑下去，更不可能消滅光。
【例句】滿清政府對革命黨人採取屠殺政策，但**野火燒不盡**，春風吹又生，到了適當時機，革命事業又蓬勃發展起來了。
【義近】殺不盡，斬不絕／春風吹又生。
【義反】趕盡殺絕／斬草除根。

野無遺賢 ㄧㄝˇ ㄨˊ ㄧˊ ㄒㄧㄢˊ

【釋義】野：指民間，與「朝」相對。遺賢：遺漏未用的賢才。
【出處】尚書・大禹謨：「嘉言罔攸伏，野無遺賢，萬邦咸寧。」
【用法】指政治清明，賢能之人都能受到重用以發揮才能。
【例句】我國現在實行民主政治，眞正做到了人盡其才，**野無遺賢**。
【義近】優劣得所／人盡其才。
【義反】野有遺賢／草裏藏珠／明珠暗投。

量入爲出 ㄌㄧㄤˋ ㄖㄨˋ ㄨㄟˊ ㄔㄨ

【釋義】量：估計，衡量。
【出處】禮記・王制：「以三十年之通，制國用，量入以爲出。」
【用法】指根據收入計畫支出。
【例句】**量入爲出**，既是治家的根本，也是治國的原則。
【義近】精打細算／開源節流。
【義反】量出制入／寅吃卯糧／捉襟見肘。

量力而行 ㄌㄧㄤˋ ㄌㄧˋ ㄦˊ ㄒㄧㄥˊ

【釋義】量：估量，審度。行：做，辦事。又作「量力而爲」。
【出處】左傳・昭公一五年：「力能則進，否則退，量力而行。」
【用法】指估計自己力量的大小去做事，不要勉強。
【例句】無論做什麼事情，都要**量力而行**，否則吃虧的還是自己。
【義近】力所能及／度德量力／適量而爲。
【義反】自不量力／好高騖遠／蚍蜉撼樹。

量才錄用 ㄌㄧㄤˋ ㄘㄞˊ ㄌㄨˋ ㄩㄥˋ

【釋義】量：衡量。錄用：錄取使用。
【出處】舊五代史・周書・世宗紀：「親的子孫，並量才錄用，傷夷殘廢者，別賜救接。」
【用法】指按照不同的才能安排適當的職務或工作。
【例句】用人應**量才錄用**，讓工作與人的能力密切配合，達到最好的工作效率。
【義近】人盡其才／量才稱職／量能授官。
【義反】大材小用／小材大用／長材短用。

量體裁衣 ㄌㄧㄤˋ ㄊㄧˇ ㄘㄞˊ ㄧ

【釋義】按照身材裁剪衣服。量：計量。
【出處】南齊書・張融傳：「今送一通故衣，意謂雖故乃勝新也。是吾所著，已全裁剪稱卿之體。」
【用法】比喻要從實際出發，按照實際情況辦事。
【例句】無論做什麼，都應該**量體裁衣**，不能不顧客觀條件。
【義近】因人制宜／因地制宜／因事制宜。
【義反】削足適履。

金　部

金戈鐵馬（ㄐㄧㄣ ㄍㄜ ㄊㄧㄝˇ ㄇㄚˇ）

【釋義】金戈：金屬製的戈。鐵馬：披有鐵甲的戰馬。

【出處】新五代史・李襲吉傳・李克用與朱溫書：「金戈鐵馬，蹂踐於明時。」

【用法】用以指戰爭，也形容戰士持槍馳馬的雄姿。

【例句】他自幼生活在**金戈鐵馬**之中，長大後對軍隊仍有一種特別親切的感情。

【義近】氣吞萬里／披堅執銳／英姿颯爽。

金玉良言（ㄐㄧㄣ ㄩˋ ㄌㄧㄤˊ ㄧㄢˊ）

【釋義】像黃金和美玉一樣美好而珍貴的話。良：好。

【出處】馮夢龍・醒世恆言卷三十：「恩相金玉良言，某當終身佩銘。」

【用法】比喻可貴而有價值的勸告、不可多得的忠言。

【例句】老哥教導我的話，句句是**金玉良言**，小弟一定銘記於心，終身不忘。

【義近】由衷之言／金石良言／逆耳忠言／肺腑之言。

【義反】花言巧語／欺人之談／冷言冷語／風言風語。

金玉其外，敗絮其中（ㄐㄧㄣ ㄩˋ ㄑㄧˊ ㄨㄞˋ，ㄅㄞˋ ㄒㄩˋ ㄑㄧˊ ㄓㄨㄥ）

【釋義】金玉：比喻華美。敗絮：爛棉花。

【出處】劉基・賣柑者言：「……又何往而不金玉其外，敗絮其中也哉？」

【用法】比喻外表很華美，而裏面卻一團糟。亦即虛有其表而無其實，名實不副。

【例句】他那副樣子好像很有學問，誰知是**金玉其外，敗絮其中**，一開口就露出馬腳。

【義近】中看不中用／華而不實／銀樣蠟槍頭／繡花枕頭。

【義反】名實相副／弸中彪外。

金枝玉葉（ㄐㄧㄣ ㄓ ㄩˋ ㄧㄝˋ）

【釋義】金的枝，玉的葉，形容花木枝葉美好。

【出處】崔豹・古今注・輿服：「黃帝……與蚩尤戰於涿鹿之野，常有五色雲聲，金枝玉葉，止於帝上，有花葩之象。王建・宮中調笑詞：「蝴蝶，蝴蝶，飛上金枝玉葉。」

【用法】用作皇族子孫的貴稱，今多用以比喻身分尊貴。

【例句】她是達官貴人的小姐，**金枝玉葉**，你配得上她嗎？

【義近】瓊枝玉葉／千金小姐／千金之子／千金之軀。

【義反】朽枝爛葉／貧賤之子／微賤之軀。

金科玉律（ㄐㄧㄣ ㄎㄜ ㄩˋ ㄌㄩˋ）

【釋義】金、玉：比喻珍貴。科：指法律條文。律：法律，規則。

【出處】尺牘新鈔一二：「惟以秦漢爲師，非以秦漢爲金科玉律也。」

【用法】原指完美重要的法令，今泛指完美不可移易的章程、規則或被奉爲圭臬的言語。

【例句】你不要太高傲了，難道你的話是**金科玉律**，誰都非遵奉不可嗎？

【義近】清規戒律／金科玉條。

金城湯池（ㄐㄧㄣ ㄔㄥˊ ㄊㄤ ㄔˊ）

【釋義】金城：銅鐵打造的城牆。湯池：內有沸水的護城河。湯：沸水。

【出處】漢書・蒯通傳：「必將嬰城固守，皆爲金城湯池，不可攻也。」

【用法】比喻堅固無比、防守嚴密的城邑或工事。

【例句】像我們這樣精良的軍隊，即使是**金城湯池**，也可以一鼓作氣把它攻下來。

【義近】固若金湯／銅牆鐵壁。

金屋藏嬌 ㄐㄧㄣ ㄨ ㄘㄤˊ ㄐㄧㄠ

【釋義】金屋：華貴富麗的房屋。嬌：阿嬌。一作「金屋貯嬌」。

【出處】班固・漢武故事：「（漢武帝）帝笑對曰：『若得阿嬌，當以金屋貯之。』」

【用法】指建造華屋讓所愛女子居住；也指男子另有所愛，並與之同居。

【例句】王先生老來風流，年過半百，還**金屋藏嬌**，把太太氣個半死。

金童玉女 ㄐㄧㄣ ㄊㄨㄥˊ ㄩˋ ㄋㄩˇ

【釋義】道家稱供仙人役使的童男童女。

【出處】徐彥伯・幸白鹿觀應制：「金童擎紫藥，玉女獻青蓮。」

【用法】今多用以指非常匹配的一對年輕、清純的男女。

【例句】那兩位是我們單位的**金童玉女**，出雙入對，羨煞多少人。

【義近】一對璧人。

【義反】黃髮垂髫。

金榜題名 ㄐㄧㄣ ㄅㄤˇ ㄊㄧˊ ㄇㄧㄥˊ

【釋義】金榜：科舉制度中最高一級考試公布的黃榜。題名：寫上了名字。

【出處】王定保・唐摭言：「金榜題名墨上新，今年依舊去年春。」

【用法】指科舉得中，今也借指考中入選。

【例句】十年寒窗苦讀無人知，一朝**金榜題名**天下聞，這是從前讀書人的辛酸與榮耀。

【義近】蟾宮折桂／魚躍龍門／雁塔題名／連登黃甲／長安登科／長安及第／披宮錦袍。

【義反】榜上無名／名落孫山／暴腮龍門／龍門點額。

金碧輝煌 ㄐㄧㄣ ㄅㄧˋ ㄏㄨㄟ ㄏㄨㄤˊ

【釋義】金：金黃色。碧：翠綠色。輝煌：彩色照人眼目。

【出處】羅貫中・西遊記四回：「絳紗衣，星辰燦爛；芙蓉冠，金碧輝煌。」

【用法】形容陳設或建築物華麗，光彩奪目。

【例句】那座佛寺沐浴著朝陽，更顯得**金碧輝煌**。

【義近】光輝燦爛／富麗堂皇／金翠輝煌／光彩奪目。

【義反】黯然失色／黯淡無光。

金甌無缺 ㄐㄧㄣ ㄡ ㄨˊ ㄑㄩㄝ

【釋義】甌：深盌茶杯，小盆之具，專作俎豆之用，此處黃金之甌，比喻國土。

【出處】南史・朱异傳：「武帝言：『我國家猶若金甌，無一傷缺。』」

【用法】比喻領土完整。

【例句】儘管鄰國對我領土虎視眈眈，但由於我們有強大的國防，故現在依然**金甌無缺**。

【義近】江山一統／天下太平。

【義反】半壁江山／殘山剩水。

金聲玉振 ㄐㄧㄣ ㄕㄥ ㄩˋ ㄓㄣˋ

【釋義】作樂先撞鐘，以發眾聲；樂將止，擊磬以收眾音。金：指鐘。玉：指磬。聲：發聲。振：收韻。

【出處】孟子・萬章下：「集大成也者，金聲而玉振之也。金聲也者，始條理也；玉振之也者，終條理也。」

【用法】比喻人知識淵博，才華出眾，聲名洋溢廣布。

【例句】胡適先生在文化研究領域，成績卓著，**金聲玉振**。

【義近】龍躍鳳鳴／聖智兼備／揚名四海／聲名遠播。

【義反】才疏學淺／不學無術／胸無點墨／陋劣堪嗤。

金蟬脫殼

【釋義】蟬蛹變爲成蟲時要脫去一層殼。

【出處】馬致遠・三度任風子四折：「天也我幾時能勾金蟬脫殼，可不道家有老敬老，有小敬小。」

【用法】比喻用計脫身，使人不能及時發覺。

【例句】那傢伙死皮賴臉向我借錢，我朋友終於使用**金蟬脫殼**之計，幫我把他甩掉了。

【義近】溜之大吉／逃之夭夭／一走了之。

【義反】作繭自縛／作法自斃／吐絲自縛。

金蘭之友

【釋義】金：金屬，喻堅固。蘭：蘭花，喻芳香。

【出處】劉峻・廣絕交論：「自昔把臂之英，金蘭之友，曾無羊舌下泣之仁，寧慕郈成分宅之德。」

【用法】指交情十分要好的朋友，也指結拜兄弟。

【例句】他倆是**金蘭之友**，一時間不講話，不過是賭氣，你何必要插進去說三道四呢？

【義近】契若金蘭／金石之交／金蘭契友／莫逆之交。

【義反】酒肉朋友／狐朋狗友／點頭之交／一面之交。

釜底抽薪

【釋義】抽掉鍋底下的柴薪。釜：鍋子。

【出處】兪汝楫・禮部志稿四九：「諺云：揚湯止沸，不如釜底抽薪。」

【用法】比喻應當從根本上解決問題。

【例句】你要想挽救你的兒子，就得採用**釜底抽薪**的辦法，不許他再與那些不三不四的人來往。

【義近】抽薪止沸／斬草除根／趕盡殺絕／拔本塞源。

【義反】揚湯止沸／抱薪救火／火上澆油。

釜底游魚

【釋義】在鍋子裏游動的魚。釜：鍋子。一作「魚游釜中」、「釜中之魚」。

【出處】後漢書・張綱傳：「若魚游釜中，喘息須臾間耳。」

【用法】比喻身處絕境，有時也用以說明事物即將滅亡。

【例句】這幫海盜，已被我海軍重重包圍，成了**釜底游魚**，或降或死，別無他途。

【義近】燕巢危幕／涸轍之鮒／甕中之鼈。

【義反】漏網之魚／死裏逃生／絕處逢生。

針鋒相對

【釋義】針尖對針尖。針鋒：針尖。

【出處】文康・兒女英雄傳九回：「這十三妹本是個玲瓏剔透的人，他那聰明正合張全風針鋒相對。」

【用法】比喻尖銳對立，也說明針對對方的論點、方法進行反擊。

【例句】他們大概是世仇，對任何事皆**針鋒相對**，從未和平一致，善言善語相待過。

【義近】針鋒對麥芒／以眼還眼，以牙還牙／以其人之道，還治其人之身。

【義反】犯而不校／逆來順受／唾面自乾／一再忍讓。

鉗口結舌

【釋義】鉗口：夾住口，閉口。結舌：不敢說話。

【出處】王符・潛夫論・賢難：「此智士所以鉗口結舌，括囊共默而已者也。」

【用法】指閉口不言。

【例句】在專制政府的統治下，人們都**鉗口結舌**，社會氣氛使人窒息。

【義近】三緘其口／噤若寒蟬／

金舌蔽口。

【義反】暢所欲言／滔滔不絕／侃侃而談。

鉤心鬥角 ㄍㄡ ㄒㄧㄣ ㄉㄡˋ ㄐㄧㄠˇ

【釋義】原指宮殿建築的結構交錯精緻。心：中心。鬥：結合。角：檐角。

【出處】杜牧・阿房宮賦：「廊腰縵迴？簷牙高啄。各抱地勢，鉤心鬥角。」

【用法】現比喻各用心機，明爭暗鬥，互相傾軋。

【例句】這幫人為了爭權奪利，總是**鉤心鬥角**，討厭極了。

【義近】爾虞我詐／明槍暗箭／明爭暗鬥。

【義反】披肝瀝膽／開誠布公／同心協力／肝膽相照。

銘心鏤骨 ㄇㄧㄥˊ ㄒㄧㄣ ㄌㄡˋ ㄍㄨˇ

【釋義】銘心：銘記在心，不忘記。鏤骨：銘刻於骨，永不遺忘。又作「刻骨銘心」。

【出處】李白・上安州李長史書：「深荷王公之德，銘刻心骨。」柳宗元・謝除柳州刺史表：「銘心鏤骨，無報上天。」

【用法】形容牢記於心，永不遺忘。

【例句】人一生中，若無**銘心鏤骨**的愛情，實在有枉此生。

【義近】銘肌鏤骨／銘諸肺腑／銘諸五內。

【義反】置之腦後／拋往九霄雲外／轉身即忘。

銀樣鑞槍頭 ㄧㄣˊ ㄧㄤˋ ㄌㄚˋ ㄑㄧㄤ ㄊㄡˊ

【釋義】外表像銀子一樣晃眼，而實際是錫鑞製的槍頭。鑞：也作「蠟」。

【出處】王實甫・西廂記四本二折：「我棄了部署不收，你元來苗而不秀。呸！你是個銀樣鑞槍頭。」

【用法】用以比喻虛有其表，中看不中用。

【例句】你不要看他個兒高大魁梧，實際不過是**銀樣鑞槍頭**，體質虛弱得很。

【義近】繡花枕頭／華而不實。

【義反】表裏如一／名實相副。

銅牆鐵壁 ㄊㄨㄥˊ ㄑㄧㄤˊ ㄊㄧㄝˇ ㄅㄧˋ

【釋義】銅鐵一樣的牆壁。

【出處】元・無名氏・謝金吾・楔子：「隨他銅牆鐵壁，也不怕不拆倒了他的。」

【用法】形容防禦工事十分堅固，不可摧毀。也比喻眾志成城、堅不可摧的力量。

【例句】我國邊防線上所駐紮的精銳部隊，有如一道**銅牆鐵壁**，任何敵人都無法逾越。

【義近】金城湯池／眾志成城／堅不可摧。

【義反】不堪一擊／一摧即垮／土崩瓦解。

銳不可當 ㄖㄨㄟˋ ㄅㄨˋ ㄎㄜˇ ㄉㄤ

【釋義】銳：銳利，比喻銳氣。當：抵擋。

【出處】後漢書・吳漢傳：「其鋒不可當。」凌濛初・初刻拍案驚奇：「侯元領了千餘人……，銳不可當。」

【用法】形容勇往直前的氣勢，不可阻擋。

【例句】這隻訓練精良的球隊有**銳不可當**的實力，很有奪魁的希望。

【義近】勢不可當／所向無敵。

【義反】望風披靡／聞風喪膽。

鋌而走險 ㄊㄧㄥˇ ㄦˊ ㄗㄡˇ ㄒㄧㄢˇ

【釋義】鋌：快走的樣子。走險：向險處跑去。

【出處】左傳・文公十七年：「小國之事大國也，德則其人也，不德則其鹿也，鋌而走險，急何能擇。」

【用法】指為環境所迫而做出冒險或越軌之事。

【例句】在連年饑荒，衣食無著下，許多老百姓為了活命，不得不**鋌而走險**，當起強盜，故社會秩序大亂。

【義近】逼上梁山／狗急跳牆。
【義反】安守貧困／安分守己／安貧樂道。

鋒芒畢露（ㄈㄥ ㄇㄤˊ ㄅㄧˋ ㄌㄨˋ）

【釋義】鋒芒：刀劍的刃口和尖端，比喻人的銳氣和才華。畢：盡，完全。
【出處】後漢書・袁紹傳：「（公孫）瓚亦梟夷，故使鋒芒挫縮，厥圖不果。」
【用法】形容人的銳氣和才華全部都顯露出來。多指人好表現自己。
【例句】他年紀輕輕就**鋒芒畢露**，故養成驕傲自大的個性。
【義近】嶄露頭角／英華外發／頭角崢嶸／脫穎而出。
【義反】大智若愚／不露圭角／晦迹韜光。

鋤強扶弱（ㄔㄨˊ ㄑㄧㄤˊ ㄈㄨˊ ㄖㄨㄛˋ）

【釋義】鏟除強暴，扶助弱者。
【出處】曾冏・六代論：「誅鋤宗室。」漢書・嚴延年傳：「其治務在摧折豪強，扶助貧弱。」
【用法】讚美人的俠義行爲。
【例句】魯智深**鋤強扶弱**，三拳打死鎭關西，救出了金老父女。
【義近】除暴安良／鋤奸扶忠／路見不平，拔刀相助。
【義反】倚強欺弱／助桀爲虐／見死不救。

鋪張揚厲（ㄆㄨ ㄓㄤ ㄧㄤˊ ㄌㄧˋ）

【釋義】鋪張：鋪陳渲染。揚厲：宣揚擴大。
【出處】韓愈・潮州刺史謝上表：「鋪張對天之閎休，揚厲無前之偉迹。」
【用法】形容過分鋪張和講究排場。也形容做文章大肆渲染。
【例句】爲了節省財力、物力，辦事應該力求節儉，千萬不可**鋪張揚厲**。
【義近】鋪張浪費／揮霍無度／窮奢極侈。
【義反】勤儉節約／節衣縮食。

銷聲匿迹（ㄒㄧㄠ ㄕㄥ ㄋㄧˋ ㄐㄧ）

【釋義】銷聲：不公開講話。銷：去掉。匿迹：不露行踪。匿：隱藏。又作「銷聲斂迹」。
【出處】孫光憲・北窗瑣言卷一一：「銷聲斂迹，唯恐人知。」
【用法】指隱藏起來或不公開露面。
【例句】目前販毒集團雖已**銷聲匿迹**，但我們仍要時刻提防，不能讓他們再危害社會。
【義近】無影無踪／聲銷迹滅／匿影藏形。
【義反】拋頭露面／出頭露面／時隱時現。

錦上添花（ㄐㄧㄣˇ ㄕㄤˋ ㄊㄧㄢ ㄏㄨㄚ）

【釋義】在美麗的錦上繡上花。錦：有彩色花紋的絲織品。
【出處】黃庭堅・了了庵頌：「又要涪翁作頌，且圖錦上添花。」
【用法】比喻美上加美，好上加好。
【例句】他已經夠有錢了，這次又得了頭獎，眞是**錦上添花**，老天爺也太不公平了！
【義近】爲虎添翼。
【義反】雪上加霜／投井下石。

錦心繡口（ㄐㄧㄣˇ ㄒㄧㄣ ㄒㄧㄡˋ ㄎㄡˇ）

【釋義】錦、繡：均爲精美艷麗的絲織品，常用以比喻美好的事物。心、口：指文思與辭藻。
【出處】柳宗元・乞巧文：「駢四儷六，錦心繡口。宮沉羽振，笙簧觸手。」
【用法】形容構思精巧，措詞華麗。
【例句】她的文章雖然吟風弄月的居多，但是篇篇**錦心繡口**，措詞華麗，其文學修養並不差。
【義近】字字珠璣／詞情典贍／

鋪錦列繡／銜華佩實。

【義反】文辭粗俗／語言鄙陋／驢鳴狗吠／蛙噪蟬鳴。

錦衣玉食（ㄐㄧㄣˇ ㄧ ㄩˋ ㄕˊ）

【釋義】錦衣：華麗的衣服。玉食：珍貴的食品。

【出處】魏書・常景傳：「夫如是故綺閣金門，可安其宅；錦衣玉食，可頤其形。」

【用法】形容衣食精美，生活奢侈豪華。貶義。

【例句】那位富家千金平日**錦衣玉食**慣了，居然會下嫁給那窮小子，眞是不可思議。

【義近】鮮衣美食／豐衣足食／食前方丈／日食萬前。

【義反】粗茶淡飯／布衣疏食／糲食粗餐／惡衣惡食。

錦繡河山（ㄐㄧㄣˇ ㄒㄧㄡˋ ㄏㄜˊ ㄕㄢ）

【釋義】錦繡：織綵爲文曰「錦」，刺綵爲文曰「繡」。用以喻美好。河山：國土。

【出處】劉唐卿・降桑椹一折：「俺漢國乃建都之地，錦繡山河。」

【用法】形容祖國山河像錦繡那樣美麗。

【例句】祖國的一片**錦繡河山**，是所有遊子朝思暮想欲歸的地方。

【義近】大好河山／錦繡乾坤／江山如畫。

【義反】山河破碎／殘山剩水。

錦繡前程（ㄐㄧㄣˇ ㄒㄧㄡˋ ㄑㄧㄢˊ ㄔㄥˊ）

【釋義】錦繡：精緻華麗的絲織品，喻美好。前程：前途。又作「錦片前程」。

【出處】賈仲明・對玉梳四折：「想著咱錦片前程，十分恩愛。」

【用法】比喻前途光輝燦爛，無限美好。

【例句】在今天這樣空前民主的時代中，青年只要肯勤奮刻苦，都一定會有**錦繡前程**。

【義近】前程似錦／前程萬里／鵬程萬里。

【義反】前途渺茫／窮途末路／日暮途窮。

錦囊妙計（ㄐㄧㄣˇ ㄋㄤˊ ㄇㄧㄠˋ ㄐㄧˋ）

【釋義】錦囊裏裝的神機妙算。錦囊：用錦做成的袋子。

【出處】李白・潁陽別元丹之淮陽：「我有錦囊訣，可以持吾身。」羅貫中・三國演義五四回：「汝保主公入吳，當領此三個錦囊，囊中有三條妙計，依次而行。」

【用法】比喻能及時解救危難的好計策。

【例句】各位儘管放心，這條**錦囊妙計**一定會使你們轉危爲安，化險爲夷。

【義近】神機妙算／囊中奇計／奇策妙計。

【義反】一籌莫展／計無所出／無計可施。

錢可通神（ㄑㄧㄢˊ ㄎㄜˇ ㄊㄨㄥ ㄕㄣˊ）

【釋義】金錢可以買通鬼神。

【出處】張固・幽閑鼓吹：「錢至十萬，可通神矣，無不可回之事，吾懼及禍，不得不止。」

【用法】形容金錢萬能，可買通一切。

【例句】林冲嘆口氣道：「**錢可通神**，此語不差。端的有這般的苦處！」（施耐庵・水滸傳九回）

【義近】錢可使鬼／有錢買得鬼推磨／金錢萬能。

錯落有致（ㄘㄨㄛˋ ㄌㄨㄛˋ ㄧㄡˇ ㄓˋ）

【釋義】錯落：參差交錯。有致：有情趣。致：別致。

【出處】班固・西都賦：「隨侯明月，錯落其間。」

【用法】形容事物交錯繽紛，別具一格。

【例句】一座座精巧的別墅，**錯**

落有致地分布在山腳下，整個布局顯得既新鮮又別致。

【義近】交錯有致／參差交錯／縱橫交錯。

【義反】千篇一律／整齊畫一／井然有序。

錯綜複雜（ㄘㄨㄛˋ ㄗㄨㄥ ㄈㄨˋ ㄗㄚˊ）

【釋義】錯綜：縱橫交叉。

【出處】周易．繫辭上：「參伍以變，錯綜其數。」

【用法】形容頭緒繁多，情況複雜。

【例句】這樁殺人案非常曲折離奇，**錯綜複雜**，但經過各方面的配合追查，終於弄清了眞相。

【義近】錯綜變化／千頭萬緒／盤根錯節。

【義反】簡單明瞭／線索單一／一目了然。

錙銖必較（ㄗ ㄓㄨ ㄅㄧˋ ㄐㄧㄠˋ）

【釋義】錙、銖：均爲古代極小的重量單位，六銖爲一錙，四錙爲一兩。較：計較。

【出處】凌濛初．二刻拍案驚奇卷三一：「就是族中支派，不論親疏，但與他財利交關，錙銖必較。」

【用法】多形容人吝嗇，一小點錢財也要計較。也比喻氣量狹小，很小的事也要計較。

【例句】他爲富不仁，而且對事對人皆**錙銖必較**，故晚景甚爲淒涼，連親生子女都不願理他。

【義近】斤斤計較／一毛不拔／心胸狹窄／鐵公雞。

【義反】慷慨解囊／仗義疏財／寬宏大量。

鍥而不捨（ㄑㄧㄝˋ ㄦˊ ㄅㄨˋ ㄕㄜˇ）

【釋義】一直雕刻下去不放手。鍥：雕刻。捨：古字作「舍」，停止。

【出處】荀子．勸學：「鍥而舍之，朽木不折；鍥而不舍，金石可鏤。」

【用法】比喻辦事有恆心、有毅力，能堅持不懈。

【例句】幾十年來，他**鍥而不捨**，堅持從事學術研究，終於成爲一位著名的學者。

【義近】堅持不懈／持之以恆／駑馬十駕。

【義反】半途而廢／一暴十寒／淺嘗輒止。

鐘鳴鼎食（ㄓㄨㄥ ㄇㄧㄥˊ ㄉㄧㄥˇ ㄕˊ）

【釋義】列鼎而食，食時擊鐘爲號。鐘：古樂器。鼎：古代三足兩耳的鍋。

【出處】王勃．滕王閣詩序：「閭閻撲地，鐘鳴鼎食之家。」

【用法】用以形容富貴之家或官宦之家的豪華生活。

【例句】誰知這樣**鐘鳴鼎食**的人家兒，如今養的子孫竟一代不如一代了。（曹雪芹．紅樓夢二回）

【義近】擊鐘鼎食／鳴鐘列鼎／錦衣玉食。

【義反】簞食瓢飲／粗茶淡飯／朝齏暮鹽。

鐵石心腸（ㄊㄧㄝˇ ㄕˊ ㄒㄧㄣ ㄔㄤˊ）

【釋義】像鐵和石一樣堅硬的心腸。

【出處】張鎡．尋梅詩：「要知愁結吹香晚，鐵石心腸欠我詩。」

【用法】比喻人心硬，不爲感情所動。

【例句】他眞是**鐵石心腸**，無論你怎樣動之以情、曉之以理，都不能感化說服他。

【義近】鐵腸石心／心如鐵石／冷血動物。

【義反】菩薩心腸／心慈腸軟／易爲情動。

鐵杵磨針（ㄊㄧㄝˇ ㄔㄨˇ ㄇㄛˊ ㄓㄣ）

【釋義】杵：舂米或捶衣用的棒。又作「鐵杵磨成針」、「磨杵成針」。

【出處】傳說李白少讀書，未成棄去。道逢一老媼，方磨鐵杵，白問之，曰欲作針。白感其意，因還卒業。鄭之珍・目連救母傳奇：「只在自家警省，好似鐵杵磨針，心堅杵有磨針日。」

【用法】比喻只要有毅力，肯下功夫，事情就一定能成功。多用以勉勵人刻苦進取。

【例句】只要功夫下得深，**鐵杵磨針**，你人聰明又肯動腦筋，將來一定可以實現你的宿願，成為一名科學家。

【義近】滴水穿石／有志竟成／心專石穿／介然成路。

【義反】淺嘗輒止／半途而廢／功虧一簣／一曝十寒。

鐵面無私 ㄊㄧㄝˇ ㄇㄧㄢˋ ㄨˊ ㄙ

【釋義】鐵面：比喻剛直，不講情面。

【出處】曹雪芹・紅樓夢一六回：「都是鐵面無私的，不比你們陽間瞻前顧意，有許多的觀礙處。」

【用法】形容人公正嚴明，不畏權勢，不徇私情。

【例句】他的確是位好法官，辦案**鐵面無私**，誰來說情都不通融。

【義近】大公無私／公正嚴明／廉正無私。

【義反】徇情枉法／徇私舞弊／貪贓枉法。

鐵案如山 ㄊㄧㄝˇ ㄢˋ ㄖㄨˊ ㄕㄢ

【釋義】鐵案：證據確鑿，不能推翻的定案。案，犯罪的記錄或結論。

【出處】孟稱舜・鄭節度殘唐再創：「一任你口瀾舌翻……道不的鐵案如山。」

【用法】指罪證確鑿，定的案像山那樣不能推翻。

【例句】他所說的這些可謂**鐵案如山**，誰能駁得倒！

【義近】鐵證如山／白紙黑字。

【義反】莫須有／屈打成招。

鐵樹開花 ㄊㄧㄝˇ ㄕㄨˋ ㄎㄞ ㄏㄨㄚ

【釋義】鐵樹：鐵製之樹，根本不可能開花。一說即蘇鐵樹，常綠喬木，好多年才開一次花。

【出處】碧巖錄四十則四：「垂示休去歇去，鐵樹開花。」

【用法】比喻事情決不能成功。

【例句】你趁早收起癩蝦蟆想吃天鵝肉的想法吧，你要是能娶到那位電影明星為妻，那才真是**鐵樹開花**。

【義近】枯樹生花／烏鴉白頭／羝羊生子。

【義反】甕中捉鱉／手到擒來。

鐵證如山 ㄊㄧㄝˇ ㄓㄥˋ ㄖㄨˊ ㄕㄢ

【釋義】鐵證：確鑿的證據。

【用法】形容證據確鑿，像山一樣不能動搖，無法推翻。

【例句】被告律師想盡辦法要幫他脫罪，但**鐵證如山**，恐怕難有回天之力。

【義近】鐵案如山／證據確鑿／真贓實犯。

【義反】查無實據／栽贓陷害／羅織編造。

鑄成大錯 ㄓㄨˋ ㄔㄥˊ ㄉㄚˋ ㄘㄨㄛˋ

【釋義】鑄：鑄造。錯：錯刀，我國古代錢幣名，借指錯誤。

【出處】蘇軾・贈錢道人詩：「不知幾州鐵，鑄此一大錯。」

【用法】形容造成嚴重錯誤。

【例句】你再這樣一意孤行下去，只怕要**鑄成大錯**，後悔也來不及了。

【義近】鑄此大錯。

【義反】不世之功／無咎無譽。

鑽牛角尖 ㄗㄨㄢ ㄋㄧㄡˊ ㄐㄧㄠˇ ㄐㄧㄢ

【釋義】鑽：此為推究事理之意。牛角尖：牛角的尖端，又硬又窄。

【用法】比喻人不通情理，思想固執，好在毫無意義的問題上作文章，徒為無益之舉。

【例句】她個性內向，愛**鑽牛角尖**，你若不喜歡她，就千萬不要去招惹她，以免造成不必要的困擾。
【義近】走死胡同。
【義反】胸襟開闊／通情達理。

鑼鼓喧天（ㄌㄨㄛˊ ㄍㄨˇ ㄒㄩㄢ ㄊㄧㄢ）
【釋義】喧天：響聲震天。喧：喧鬧。
【出處】尚仲賢・單鞭奪槊四折：「早來到北邙前面，猛聽的鑼鼓喧天。」
【用法】形容喜慶的歡鬧景象，或形容聲勢震人。
【例句】昨晚這附近有個廟會，整夜**鑼鼓喧天**的，吵得我徹夜難眠。
【義近】敲鑼打鼓／歡聲震天／鼓樂喧天。
【義反】鴉雀無聲／萬籟俱寂／悄無聲息。

鑿空立論（ㄗㄠˊ ㄎㄨㄥ ㄌㄧˋ ㄌㄨㄣˋ）
【釋義】憑空立論。鑿空：缺乏根據，牽強附會。
【出處】朱子語類・學五：「固不可鑿空立論，然讀書有疑有所見，自不容不立論。」
【用法】指缺乏根據，強自爲說。
【例句】一般人總愛**鑿空立論**，散播無根據的事情，造成謬論邪說滿天飛。
【義近】穿鑿附會／牽強附會／郢書燕說。
【義反】鑿鑿有據／有理有據。

鑿壁偷光（ㄗㄠˊ ㄅㄧˋ ㄊㄡ ㄍㄨㄤ）
【釋義】鑿穿牆壁，借鄰居的燈光苦讀。
【出處】葛洪・西京雜記：「匡衡勤學而無燭……乃穿壁引其（鄰居）光，以書映光而讀之。」
【用法】形容勤學苦讀。
【例句】古人**鑿壁偷光**的苦讀故事，在今天對我們仍有深遠的啓發和教育意義。
【義近】囊螢映雪／懸梁刺股。
【義反】心不在焉／鴻鵠將至。

鑿鑿有據（ㄗㄠˊ ㄗㄠˊ ㄧㄡˇ ㄐㄩˋ）
【釋義】鑿鑿：確實。據：依據，根據。
【出處】桃花扇・辭院：「小弟之言**鑿鑿有據**。」名教中人・好逑傳：「因訪問合郡人役，眾口一詞。鑿鑿有據，只得據實申詳。」
【用法】指確實可靠，可以作爲根據。
【例句】經過反覆調查核實，張先生所反映的問題**鑿鑿有據**，我們將及時處理。
【義近】鑿鑿可據／確鑿無疑／有憑有據／確鑿不移。
【義反】鑿空立論／捕風捉影／無根無據／耳食之談／齊東野語。

長部

長江後浪推前浪（ㄔㄤˊ ㄐㄧㄤ ㄏㄡˋ ㄌㄤˋ ㄊㄨㄟ ㄑㄧㄢˊ ㄌㄤˋ）
【釋義】長江後面的波浪推動著前面的波浪，滾滾東流。
【出處】劉斧・青瑣高議前集・孫氏記：「我聞古人之詩曰：『長江後浪推前浪，浮世新人換舊人。』」
【用法】說明世界生息不已，如江水之前後相接。
【例句】**長江後浪推前浪**，這是自然法則，任何再成功的人也有被取代的一日。
【義近】一代新人換舊人／沉舟側畔千帆過。
【義反】一代不如一代／每下愈況。

長吁短歎（ㄔㄤˊ ㄒㄩ ㄉㄨㄢˇ ㄊㄢˋ）
【釋義】長一聲短一聲地歎氣不

止。吁：歎息。

【出處】王實甫・西廂記・張君瑞鬧道場：「睡不著如翻掌，少可有一萬聲長吁短歎。」

【用法】形容發愁的神情。

【例句】太太生病、孩子上學，處處要錢用，而自己又剛好被炒了魷魚，弄得他在家裏整天**長吁短歎**。

【義近】唉聲歎氣／喟然歎息。

【義反】眉飛色舞／說說笑笑／有說有笑／歡天喜地。

長此以往 ㄔㄤˊ ㄘˇ ㄧˇ ㄨㄤˇ

【釋義】長期這樣下去。長：長久。此：這樣。往：去。

【用法】說明於事應設法及早解決，不能採取疏散懶惰的態度一拖再拖。

【例句】你這病已到了非看醫生不可的地步，若再拖延，**長此以往**，恐怕就不好醫了。

【義近】久而久之／長年累月。

【義反】一朝一夕／一時半刻／剎那之間。

長治久安 ㄔㄤˊ ㄓˋ ㄐㄧㄡˇ ㄢ

【釋義】國家長期太平，民眾長期安樂。治：太平。

【出處】漢書・賈誼傳・上疏陳政事：「建久安之勢，成長治之業，以承祖廟。」

【用法】說明當政者要從根本上治理國家，使國家長期繁榮昌盛。用於希望、祝頌、讚美等。

【例句】要想政治**長治久安**，人民安居樂業，爲政者必須有遠大的眼光，仁愛的胸懷。

【義近】承平盛世／海晏河清／天下太平。

【義反】兵馬倥傯／戰禍連年／民生凋敝／滿目瘡痍。

長袖善舞 ㄔㄤˊ ㄒㄧㄡˋ ㄕㄢˋ ㄨˇ

【釋義】袖子長好跳舞。指舞者可利用長袖表現出各種美妙的姿態。

【出處】韓非子・五蠹：「鄙諺曰：『長袖善舞，多錢善賈。』此言多資之易爲工也。」

【用法】比喻做事有憑藉，則容易有成績、顯功效。後常用以形容善於社交應付的人。

【例句】①古人說得好：多錢善賈，**長袖善舞**，做生意本錢越多越好，可以大展宏圖賺大錢。②他靠那**長袖善舞**的本領，馳騁商場二十餘年。

【義近】多錢善賈／多資易工。

【義反】無本經營／無米之炊／本小利薄／剛毅木訥。

長途跋涉 ㄔㄤˊ ㄊㄨˊ ㄅㄚˊ ㄕㄜˋ

【釋義】跋涉：翻山和渡水。

【出處】錢彩・說岳全傳六六回：「妾身身犯國法，理所當然，怎敢勞賢姐長途跋涉？決難從命。」

【用法】形容走路的艱辛。

【例句】爲了尋找失散已久的親人，他**長途跋涉**走了許多地方，最後皇天不負苦心人，終於讓他找到了。

【義近】攀山越嶺／梯山航海。

【義反】朝發夕至／漫步坦途。

長歌當哭 ㄔㄤˊ ㄍㄜ ㄉㄤˋ ㄎㄨ

【釋義】以長聲歌詠當作痛哭。當：當作。

【出處】曹雪芹・紅樓夢八七回：「感懷觸緒，聊賦四章。匪曰無故呻吟，亦長歌當哭之意耳。」

【用法】指以長聲歌詠或撰寫詩文當作痛哭，來抒發心中的悲憤。

【例句】屈原一生懷才不遇，以詞賦抒發自己的悲憤，**長歌當哭**，令人讀來深受感動。

長篇大論 ㄔㄤˊ ㄆㄧㄢ ㄉㄚˋ ㄌㄨㄣˋ

【釋義】指長篇的文章或發言。

【出處】曹雪芹・紅樓夢七九回：「長篇大論，不知說的是什麼。」

【用法】指內容繁瑣、詞句重複的長篇發言或文章。多含貶義。

【例句】寫文章或說話都要簡明扼要，不要**長篇大論**，空話連篇。

【義近】洋洋灑灑／連篇累牘／洋洋萬言／虛論高議。

【義反】言簡意賅／三言兩語／要言不煩。

長篇累牘（ㄔㄤˊ ㄆㄧㄢ ㄌㄟˇ ㄉㄨˊ）

【釋義】累：堆積，重疊。牘：木簡，古代書寫工具，此指文章。

【出處】吳敬梓・儒林外史五一回：「祈太爺道：『本府親自看過，長篇累牘，後面還有你的名姓圖書。』」

【用法】指文章篇幅長，內容空洞，不切實際。多含貶義。有時亦指詳細闡述。

【例句】他這份**長篇累牘**的論文，翻來覆去，說的都是同一個舊論，根本搬不上檯面。

【義近】連篇累牘／長篇大論／廢話連篇／拖泥帶水。

【義反】簡明扼要／短小精悍／言簡意賅／要言不煩。

長慮顧後（ㄔㄤˊ ㄌㄩˋ ㄍㄨˋ ㄏㄡˋ）

【釋義】慮：思考。顧：回頭看。

【出處】荀子・榮辱：「彼固天下之大慮也，將為天下生民之屬，長慮顧後而保萬世也。」

【用法】說明為人處事要從長遠考慮問題。

【例句】這件事關係重大，千萬不能輕率處理，要**長慮顧後**，三思而行。

【義近】思前想後／慮前顧後／瞻前顧後／從長計議。

【義反】人無遠慮，必有近憂／得過且過／今朝有酒今朝醉／顧前不顧後。

長驅直入（ㄔㄤˊ ㄑㄩ ㄓˊ ㄖㄨˋ）

【釋義】長驅：不停地策馬快跑。驅：快跑。直入：一直往前。一作「長驅徑入。」

【出處】曹操・勞徐晃令：「吾用兵三十餘年，及所聞古之善於兵者，未有長驅徑入敵圍者也。」

【用法】形容部隊以不可阻擋之勢快速前進，進攻順利。

【例句】我軍**長驅直入**賊巢，把一羣無法無天的盜賊打得落花流水，大快人心。

【義近】勢如破竹／銳不可擋／摧枯拉朽／所向披靡／直搗黃龍。

【義反】節節敗退／豕突狼奔。

門部

門戶之見（ㄇㄣˊ ㄏㄨˋ ㄓ ㄐㄧㄢˋ）

【釋義】門戶：比喻宗派、流派。見：成見。

【出處】錢大昕・宋儒議論之偏：「朱文公意尊洛學，故於蘇氏門人有意貶抑，此門戶之見。」

【用法】比喻因派別不同而產生的成見，或所持的偏見。用於學術、藝術方面。

【例句】他這篇論文寫得很好，觀點新穎，你為何要因**門戶之見**而予以否定呢？

【義近】一孔之見／一家之說。

【義反】公論公議／就事論事／持平之論。

門不停賓（ㄇㄣˊ ㄅㄨˋ ㄊㄧㄥˊ ㄅㄧㄣ）

【釋義】不讓賓客在門前停留。

【出處】顏之推・顏氏家訓・風操：「門不停賓，古所貴也。」
【用法】表示賓至即納，熱情待客。
【例句】他雖身居高位，卻虛心納下，從善如流，其**門不停賓**的作風贏得眾人的愛戴。
【義近】虛懷迎納／廣結良緣。
【義反】拒之門外／拒人於千里之外／傲然不納。

門可羅雀 ㄇㄣˊ ㄎㄜˇ ㄌㄨㄛˊ ㄑㄩㄝˋ

【釋義】大門前面可以張起網來捕雀。羅：網，作動詞用。
【出處】司馬遷・史記・汲鄭傳贊：「翟公為廷尉，賓客闐門；及廢，門外可設雀羅。」梁書・到溉傳：「性又不好交游，……及臥疾家園，門可羅雀。」
【用法】形容門庭十分冷落，來客絕少。用於失意、窮困的時候。
【例句】別看他家今日**門可羅雀**，過去的繁華景象決不是你所能想像得到的。
【義近】門無蹄轍／門庭冷落／門前冷落／柴門蕭條。
【義反】車馬盈門／門庭若市／賓客闐門／戶限為穿／賓客如雲／臣門如市／賓客盈門／門庭喧囂。

門外漢 ㄇㄣˊ ㄨㄞˋ ㄏㄢˋ

【釋義】在行門外的男子。
【出處】普濟・五燈會元卷六：「師曰：『若不到此田地，如何有這個消息！』庵曰：『是門外漢耳。』」
【用法】指外行的人。常用作謙詞。
【例句】在文學創作上，我是十足的**門外漢**，剛剛所提的意見僅供參考。
【義近】尚未入門／一竅不通／半路出家／略識之無。
【義反】輕車熟路／登堂入室／科班出身。

門庭若市 ㄇㄣˊ ㄊㄧㄥˊ ㄖㄨㄛˋ ㄕˋ

【釋義】門前和院子裏人很多，像市場一樣。庭：院子。市：集市。
【出處】戰國策・齊策一：「令初下，羣臣進諫，門庭若市。」
【用法】形容來的人很多，非常熱鬧。多指富貴得意之時，也用以形容生意興隆，顧客很多。
【例句】自從他升了部長後，**門庭若市**，但恐怕還是趨炎附勢者多。
【義近】門庭喧囂／戶限為穿／霧合雲集／絡繹不絕。
【義反】門可羅雀／門庭冷落／冷冷清清。

門當戶對 ㄇㄣˊ ㄉㄤ ㄏㄨˋ ㄉㄨㄟˋ

【釋義】門：雙扇門。戶：單扇門。二者皆用以指家庭的門第等級。當、對：相當，合適。
【出處】敦煌變文集卷六：「彼此赤身相奉侍，門當戶對恰相當。」
【用法】指通婚雙方門第相當，適宜匹配。
【例句】劉先生和席小姐不僅郎才女貌，也是**門當戶對**，結為夫妻是最恰當不過的了。
【義近】秦晉之匹／門第相當／檀郎謝女。
【義反】門不當戶不對／門第懸殊／齊大非耦。

閃爍其辭 ㄕㄢˇ ㄕㄨㄛˋ ㄑㄧˊ ㄘˊ

【釋義】閃爍：光一閃一閃的樣子，比喻說話躲躲閃閃。辭：一作「詞」。
【出處】陸游・出塞曲：「鈴聲南來金閃爍，赦書已報經沙漠。」
【用法】形容說話吞吞吐吐，不肯透露真相或迴避重點。
【例句】你老是這樣**閃爍其辭**，使人摸頭不著腦，究竟是怎麼回事？

【義近】支吾其辭／含糊其辭／模稜兩可。

【義反】是則是非則非／毫不含糊／斬釘截鐵／直言無隱／直言不諱。

閉月羞花（ㄅㄧˋ ㄩㄝˋ ㄒㄧㄡ ㄏㄨㄚ）

【釋義】閉月：明月藏匿不出去。羞花：花自慚不如。

【出處】古杭才人・宦門子弟錯立身：「看了這婦人，……有沉魚落雁之容，閉月羞花之貌。」

【用法】形容女子貌美已極。

【例句】王小姐眞的有**閉月羞花**之貌，怪不得那些登徒子見了便垂涎三尺！

【義近】沉魚落雁／月羞花慚／傾城傾國。

【義反】粗俗醜陋／其醜無比／貌似無塩／其貌不揚。

閉目塞聽（ㄅㄧˋ ㄇㄨˋ ㄙㄜˋ ㄊㄧㄥ）

【釋義】閉上眼睛不看，塞住耳朵不聽。一作「閉明塞聰」。

【出處】王充・論衡・自紀：「閉明塞聰，愛精自保。」

【用法】形容與外界隔絕，脫離實際。

【例句】像他這樣一天到晚待在家裏，**閉目塞聽**，外面即使是發生了天大的事也不會知道。

【義近】不聞不問／不看不聽／置身事外／與世隔絕／不問世事。

【義反】耳聞目睹／目擊耳聞／參與其事／廣開言路。

閉門造車（ㄅㄧˋ ㄇㄣˊ ㄗㄠˋ ㄔㄜ）

【釋義】關起門來造車子。

【出處】朱熹・中庸或問卷三：「古語所謂閉門造車，出門合轍，蓋言其法之同也。」

【用法】比喻脫離實際，只憑主觀想像辦事。

【例句】做事不從實際出發，**閉門造車**，一定會出問題。

【義近】向壁虛造／主觀妄爲／盲目行事。

【義反】實地考察／集思廣益。

閉門思過（ㄅㄧˋ ㄇㄣˊ ㄙ ㄍㄨㄛˋ）

【釋義】關起門想自己的過錯。

【出處】徐鉉・亞元舍人詩：「閉門思過謝來客，知恩省分寬離憂。」

【用法】表示有過失自作反省。

【例句】不管怎麼說，他能**閉門思過**，勇於承擔責任，這就很不錯了。

【義近】閉門思愆／面壁思過／反躬自責。

【義反】責怪他人／委過他人／不知自省。

閉塞眼睛捉麻雀（ㄅㄧˋ ㄙㄜˋ ㄧㄢˇ ㄐㄧㄥ ㄓㄨㄛ ㄇㄚˊ ㄑㄩㄝˋ）

【釋義】又作「掩目捕雀」。均謂把眼睛蒙住去捉雀。

【出處】魏書・陳琳傳：「諺有『掩目捕雀』，夫微物尚不可欺以得志，況國之大事……乎？」

【用法】比喻盲目地去幹某事，也比喻自己欺騙自己。

【例句】你這樣**閉塞眼睛捉麻雀**，一件事也別想做成。

【義近】瞎子摸魚／掩目捕雀。

【義反】胸有成竹／心中有數。

閉關自守（ㄅㄧˋ ㄍㄨㄢ ㄗˋ ㄕㄡˇ）

【釋義】關閉關口，不和外人來往。關：關口，門戶。

【出處】新編五代史平話・周史卷上：「閉關自守，又何憂乎？」

【用法】今多比喻因循保守，不願接觸外界事物。

【例句】滿清末年的當政者，總想**閉關自守**，但時代不同了，外國人終究還是撞開了中國的大門。

【義近】閉關鎖國。

【義反】門戶開放。

開天闢地 ㄎㄞ ㄊㄧㄢ ㄆㄧˋ ㄉㄧˋ

【釋義】神話認爲盤古氏開天闢地，是人類歷史的開始。闢：開。
【出處】隨書・音樂志中：「開天闢地，峻岳夷海。」
【用法】常用以比喻開創某種事業，或某單位某事業開創以來。
【例句】公司自**開天闢地**以來都是他一手經營的，所以他對公司感情特別深厚，怎忍心出讓呢？
【義近】有史以來／混沌初開。
【義反】史前時代／混沌未鑿。

開宗明義 ㄎㄞ ㄗㄨㄥ ㄇㄧㄥˊ ㄧˋ

【釋義】開：闡發。宗：宗旨。明：說明。義：意思。
【出處】爲孝經第一章標題，說明全書的宗旨和意義。
【用法】指說話、寫文章一開始就點明主旨。
【例句】會議一開始，主持人就**開宗明義**地說明了會議的目的和所要討論的問題。
【義近】直截了當／開門見山／直言不諱／單刀直入。
【義反】隱晦曲折／轉彎抹角／隱約其詞／閃爍其詞。

開卷有益 ㄎㄞ ㄐㄩㄢˋ ㄧㄡˇ ㄧˋ

【釋義】打開書本閱讀，便會有好處。
【出處】王闢之・澠水燕談錄・文儒：「(宋太宗)嘗曰：開卷有益，朕不以爲勞也。」
【用法】強調讀書的重要，鼓勵人多讀書。
【例句】古人說**開卷有益**，這話一點也不假，讀書總比不讀書好。
【義近】開卷有得／讀書破萬卷，下筆如有神。
【義反】讀書無用／自古秀才多寒酸。

開門見山 ㄎㄞ ㄇㄣˊ ㄐㄧㄢˋ ㄕㄢ

【釋義】一推開門就見到了山。
【出處】嚴羽・滄浪詩話・詩評：「太白發句，謂之開門見山。」
【用法】比喻說話或寫文章直截了當談本題，不轉彎抹角。
【例句】你有什麼話就**開門見山**說吧，何必要轉彎抹角弄得人心癢癢的。
【義近】開宗明義／單刀直入。
【義反】繞來繞去／囉囉嗦嗦。

開門揖盜 ㄎㄞ ㄇㄣˊ ㄧ ㄉㄠˋ

【釋義】打開門請強盜進來。揖：作揖，拱手行禮。
【出處】陳壽・三國志・吳志・吳主傳：「乃欲哀親戚，顧禮制，是猶開門而揖盜，未可以爲仁也。」
【用法】比喻引進壞人，招來禍患。
【例句】她是個壞透了的女人，你如果請她做女傭，那無異於**開門揖盜**。
【義近】引狼入室／引賊過門。
【義反】關門拒狼／閉門拒虎。

開源節流 ㄎㄞ ㄩㄢˊ ㄐㄧㄝˊ ㄌㄧㄡˊ

【釋義】開闢源泉，節制水流。
【出處】荀子・富國：「故明主必謹養其和，節其流，開其源，而時斟酌焉。」
【用法】指開闢財源，節省開支。
【例句】在家庭收支中應該經常注意**開源節流**，才能使財用充足。
【義近】強本節用／興利節用／增收節支。
【義反】鋪張浪費／任意揮霍／坐吃山空。

開誠布公 ㄎㄞ ㄔㄥˊ ㄅㄨˋ ㄍㄨㄥ

【釋義】開誠：敞開誠心。布：顯示。一作「推誠布公」。
【出處】陳壽・三國志・蜀志・諸葛亮傳：「諸葛亮之爲相

國也，……開誠心，布公道。」

【用法】形容人待人處事能推誠相見，坦白無私。

【例句】夫妻之間要有**開誠布公**的談話，才能維繫美滿的婚姻。

【義近】以誠相見／推心置腹／開誠相見。

【義反】假意敷衍／明爭暗鬥／蒙騙欺詐／兩面三刀／笑裏藏刀／口蜜腹劍。

開誠相見

ㄎㄞ ㄔㄥˊ ㄒㄧㄤ ㄐㄧㄢˋ

【釋義】開誠：敞開胸懷，顯示誠意。

【出處】後漢書・馬援傳：「開心見誠，無所隱伏。」

【用法】指對人坦白直率，真誠相見。

【例句】兩家公司老闆**開誠相見**，共商公司合作的事宜及交換彼此的意見。

【義近】開心見誠／坦懷相待／開誠布公。

【義反】爾虞我詐／鉤心鬥角／虛情假意。

開懷暢飲

ㄎㄞ ㄏㄨㄞˊ ㄔㄤˋ ㄧㄣˇ

【釋義】開懷：敞開胸懷，意謂不考慮其它。暢飲：痛快地飲酒。

【出處】馮夢龍・警世通言・呂大郎還金完骨肉：「當日開懷暢飲，至晚而散。」

【用法】表示心情舒暢，盡情歡飲。

【例句】老朋友今日得以相見，是幸事，也是樂事，務必**開懷暢飲**，不醉不歸。

【義近】盡情酣飲／一醉方休。

【義反】聊飲半杯／滴酒不沾／淺斟低酌。

間不容息

ㄐㄧㄢ ㄅㄨˋ ㄖㄨㄥˊ ㄒㄧˊ

【釋義】時間急迫，不容片刻停息。

【出處】淮南子・原道訓：「時之反側，間不容息。先之則太過，後之則不逮。」

【用法】比喻事情很緊迫，時間很短促。

【例句】這件事已是**間不容息**，到底做或不做，你快拿定主意。

【義近】急如星火／不容喘息／間不容瞬／刻不容緩。

【義反】毋庸匆忙／來日方長。

間不容髮

ㄐㄧㄢ ㄅㄨˋ ㄖㄨㄥˊ ㄈㄚˇ

【釋義】兩物之間的空隙容不下一根頭髮。間：空隙，距離。

【出處】枚乘・上書諫吳王：「繫絕於天，不可復結；墜入深淵，難以復出。其出不出，間不容髮。」

【用法】比喻事態萬分危急。

【例句】在此**間不容髮**的時刻裏，你還有閒情逸致說笑，難道不知事情的後果嗎？

【義近】千鈞一髮／刻不容緩／火燒眉睫。

【義反】安如泰山／容後辦理／無需著急。

閒言閒語

ㄒㄧㄢˊ ㄧㄢˊ ㄒㄧㄢˊ ㄩˇ

【釋義】不當人面講的私言私語。閒言、閒語：二者意同，私語。

【出處】司馬遷・史記・信陵君列傳：「公子再拜，因問，侯生乃屏人閒語。」

【用法】指在別人背後所作的議論。

【例句】有的人吃飽了沒事幹，一味地道人長短，你要是在意那些**閒言閒語**，會有嘔不完的氣哩！

【義近】說長道短／說三道四／說白道綠／蜚短流長。

閒情逸致

ㄒㄧㄢˊ ㄑㄧㄥˊ ㄧˋ ㄓˋ

【釋義】閒適的心情，安逸的情趣。致：情趣。一作「閒情逸志」。

【出處】李汝珍・鏡花緣一百回：「我勉強作了一部舊唐書，那裏還有閒情逸志弄這筆墨！」

【用法】形容無事物之累的輕鬆超脫心境。

【例句】我現在從早忙到晚，吃飯都來不及了，哪還有**閒情逸致**去逛公園賞花展！

【義近】閒情雅致／悠哉游哉。

【義反】心煩意亂／心煩氣燥。

閒雲野鶴

【釋義】隨風飄來飄去的雲，自由自在的山野白鶴。

【出處】全唐詩話・僧貫休：「閒雲孤鶴，何天而不可飛。」一張居正・與棘卿劉小魯言止栰山勝事：「與閒雲野鶴，倘徉於烟霞水石間。」

【用法】比喻超然脫俗，來去自由，無所羈絆。

【例句】陶淵明不甘爲五斗米折腰，毅然告別官場，回歸田園，過著**閒雲野鶴**的生活。

【義近】閒雲孤鶴／悠然自得。

【義反】池中游魚／籠中飛鳥。

阜部

防不勝防

【釋義】防：提防，防備。勝：盡。

【出處】吳沃堯・二十年目睹之怪現狀二七回：「這種小人，眞是防不勝防。」

【用法】說明需要防備的過多，簡直無法防備。

【例句】這幾個籃球隊員配合得好，球路多變，使對方**防不勝防**。

【義近】窮於應付／不勝其防。

【義反】應付自如／兵來將敵，水來土堰／固若金湯。

防民之口，甚於防川

【釋義】堵住人民的嘴，比堵住決堤的河水還困難。防：堵。甚：超過。

【出處】左丘明・國語・周語上：「邵公曰：『是障之也。防民之口，甚於防川。川壅而潰，傷人必多；民亦如之。』」

【用法】當政者避免民怨比防止河水決堤更重要。作爲警惕當權者之詞。

【例句】**防民之口，甚於防川**。歷史上那些不讓民眾講話的當權者，最終都沒有好下場。

【義近】拒不納諫／拒諫飾非。

【義反】廣開言路／從諫如流／懸賞納諫。

防患於未然

【釋義】患：災禍。未然：未成爲事實。然：如此，這樣。一作「防患未然」。

【出處】漢書・外戚傳下：「事不當固執，防患於未然。」

【用法】指在災害或事故發生以前就採取預防措施。

【例句】家家戶戶都應主動加強防火措施，以**防患於未然**。

【義近】未雨綢繆／曲突徙薪。

【義反】痲痹大意／江心補漏。

防微杜漸

【釋義】微：微小，指事物的苗頭。杜：堵塞。漸：事物的開端或發展。

【出處】宋書・吳喜傳：「且欲防微杜漸，憂在未萌，不欲方幅露其罪惡，明當嚴詔切之，令自爲其所。」

【用法】指於事物出現不良跡象之初，即加以制限，不使擴大發展。

【例句】孩子在家裏犯了小錯，確實是小事，但如果不**防微杜漸**，加強教育，將來就會鑄成大過。

【義近】杜漸防萌。

【義反】養癰遺患。

阮囊羞澀

【釋義】阮：晉人阮孚。囊：錢袋。羞澀：難爲情。

【出處】陰時夫・韻府羣玉一錢囊：「阮孚持一皂囊遊會稽。客問囊中何物，曰：『但有一錢看囊，恐其羞澀。』」

【用法】形容錢財窘乏。

【例句】不接濟你並非我吝嗇，實在是目前**阮囊羞澀**，尚請見諒。

【義近】囊空羞澀／囊空如洗／身無分文。

【義反】家財萬貫／堆金積玉／腰纏萬貫。

阿諛逢迎

【釋義】阿諛：奉承諂媚。逢迎：迎合別人的心意。

【出處】朱熹・近思錄卷八：「用之與否，在君而已，不可阿諛逢迎，求其比己也。」

【用法】形容人吹牛拍馬，討好奉承。

【例句】你不要看徐先生那道貌岸然的樣子，其實在上司面前最會**阿諛逢迎**。

【義近】阿諛奉承／阿諛曲從／阿諛取容／如脂如韋／趨炎附勢。

【義反】剛正不阿／上交不諂／不卑不亢。

阿彌陀佛

【釋義】佛家語。佛教淨土宗以其爲西方「極樂世界」的教主。阿彌陀：梵語譯音，意爲「無量」。

【出處】張國賓・合汗衫四折：「阿彌陀佛，這個是誰？」

【用法】本爲信佛人口頭誦念的佛號，今用作感歎用語，含有「萬幸」、「謝天謝地」之意。

【例句】**阿彌陀佛**，終於結束了在大陸半個月的旅遊生活，回到了臺北安樂的家。

【義近】善哉善哉／謝天謝地。

【義反】冤哉枉哉／糟糕之極。

附庸風雅

【釋義】附庸：附屬於諸侯的小國，此爲依附意。風雅：詩經中的風詩雅詩，此爲風流儒雅意。

【出處】李寶嘉・官場現形記四二回：「歡喜便宜，暗中上當；附庸風雅，忙裏偷閒。」

【用法】譏笑庸俗之輩追隨文雅，或裝成文雅而有風度的樣子。

【例句】那麼一個粗俗不堪的傢伙竟也矯揉造作，**附庸風雅**，眞令人笑掉大牙！

【義近】攀附風雅。

附驥攀鴻

【釋義】附、攀：二者均爲依附意。驥：駿馬。鴻：鴻鵠，天鵝。

【出處】王褒・四子講德論：「夫蚊蝱終日經營，不能越階序，附驥尾則涉千里，攀鴻翮則翔四海。」

【用法】比喻依附他人而成名。多用作謙詞。

【例句】我今天能小有名氣，全在**附驥攀鴻**，得力於在座各位的栽培携扶。

【義近】攀附驥尾／攀龍附鳳／攀高附貴。

【義反】安貧樂道／安貧守賤／恬然自處。

降格以求

【釋義】格：標準，條件。

【出處】皎然・詩式：「凡此盡是詩家妙手，假使曹劉降格來作律詩，二子並驅，未知孰勝。」

【用法】表示降低標準去尋找。

【例句】看來現在很難找到適合的人選，迫不得已，只好**降格以求**了。

【義近】降格相求／退而求其次／棄瑕錄用／河裏無魚蝦也貴。

【義反】寧缺勿濫。

降龍伏虎

【釋義】原爲佛教故事，指用佛

法降伏龍虎。

【出處】馬致遠・黃粱夢一折：「出家人長生不老，煉藥修眞，降龍伏虎，到大來悠哉也呵。」

【用法】今比喻法力高大或力量強大。

【例句】這個人看去似乎有**降龍伏虎**之力，作爲你的貼身保鏢的確很稱職。

【義近】神通廣大／三頭六臂／法力無邊。

除惡務盡（ㄔㄨˊ ㄜˋ ㄨˋ ㄐㄧㄣˋ）

【釋義】惡：指邪惡之人或事。務：必須，力求。

【出處】尚書・泰誓下：「樹德務滋，除惡務本。」左傳・哀公元年：「去疾莫如盡。」

【用法】說明除掉邪惡務必要乾淨、徹底。

【例句】**除惡務盡**，對貪汚行賄的人和事一定要徹底鏟除，決不能手軟。

【義近】斬草除根／掃地以盡／窮追猛打。

【義反】放虎歸山／養癰遺患／心慈手軟。

除舊布新（ㄔㄨˊ ㄐㄧㄡˋ ㄅㄨˋ ㄒㄧㄣ）

【釋義】淸除舊的，安排新的。布：安排。

【出處】左傳・昭公一七年：「彗，所以除舊布新也。」

【用法】表示除去舊法，而以新的取而代之。

【例句】新陳代謝，**除舊布新**，這是事物發展的必然規律，誰也阻擋不了。

【義近】去故就新／革故鼎新／推陳出新。

【義反】陳陳相因／因循守舊／抱殘守缺。

陳陳相因（ㄔㄣˊ ㄔㄣˊ ㄒㄧㄤ ㄧㄣ）

【釋義】陳：舊的。因：沿襲，積壓。原指陳糧上壓陳糧。

【出處】司馬遷・史記・平準書：「太倉之粟，陳陳相因，充溢露積於外，至腐敗不可食。」

【用法】比喻依照老一套，毫無改變創新。

【例句】**陳陳相因**，依樣畫葫蘆，一點創新也沒有，這樣的文藝作品是沒有生命的。

【義近】因循守舊／墨守成規／蕭規曹隨。

【義反】推陳出新／除舊布新／革故鼎新。

陳詞濫調（ㄔㄣˊ ㄘˊ ㄌㄢˋ ㄉㄧㄠˋ）

【釋義】陳：陳腐，陳舊。濫：浮泛，空泛不切實際。

【用法】指人們聽厭了的陳舊的言詞，不切合實際的論調。

【例句】①寶玉所提的對額，和他那反對**陳詞濫調**的藝術見解，賈政聽了不得不心服。（王朝聞・論鳳姐）②他那套**陳詞濫調**，誰願意聽！

【義近】老生常談／官樣文章／陳腔濫調。

【義反】自出機杼／驚人之語／奇文瑰句。

陰陽怪氣（ㄧㄣ ㄧㄤˊ ㄍㄨㄞˋ ㄑㄧˋ）

【釋義】陰陽：此指表和裏，隱和顯。

【出處】大戴禮・文王官人：「考其陰陽以觀其誠，覈其微言以觀其信。」

【用法】形容人怪里怪氣，時陰時陽，令人難以捉摸。

【例句】這兩口子一個樣，**陰陽怪氣**的，誰要同他們合伙辦事，誰就會倒八輩子的楣！

【義近】古里古怪／怪里怪氣／難以捉摸。

【義反】性情開朗／光明磊落／心地坦白。

陰謀詭計（ㄧㄣ ㄇㄡˊ ㄍㄨㄟˇ ㄐㄧˋ）

【釋義】陰謀：暗中計謀。詭計：狡詐的計策。

【出處】傳習錄上：「所以要知得許多陰謀詭計，純是一片功利的心……。」

【用法】指暗中策畫的狡詐計謀。
【例句】只要我們本身的力量強大，敵人的任何**陰謀詭計**都不會得逞。
【義近】鬼蜮伎倆／暗中計算。
【義反】明人不作暗事／光明正大／明裏來明裏去。

陽奉陰違（ㄧㄤˊ ㄈㄥˋ ㄧㄣ ㄨㄟˊ）

【釋義】陽奉：明裏表示奉行。陰違：暗裏違背。
【出處】范景文・革大戶行召募疏：「如有日與胥徒比而陽奉陰違、名去實存者，斷以白簡隨其後。」
【用法】形容表面順從，暗中違反；當面一套，背後一套。
【例句】那種口是心非、**陽奉陰違**的人，最好不要和他們交往。
【義近】口是心非／兩面三刀／言行不一。
【義反】心口如一／表裏如一／言行一致。

陽春白雪（ㄧㄤˊ ㄔㄨㄣ ㄅㄞˊ ㄒㄩㄝˇ）

【釋義】春秋戰國時期楚國的一種高雅歌曲。常與「下里巴人」對舉。
【出處】戰國楚・宋玉・對楚王問：「其始曰下里巴人，國中屬而和者數千人……其爲陽春白雪，國中屬而和者數十人。」
【用法】今多泛指高深的文學藝術作品。
【例句】文藝要在普及的基礎上提高，因爲廣大讀者既需要「下里巴人」，也需要**陽春白雪**。
【義近】曲高和寡／華麗典雅。
【義反】下里巴人／雅俗共賞。

陽關大道（ㄧㄤˊ ㄍㄨㄢ ㄉㄚˋ ㄉㄠˋ）

【釋義】指經過陽關往古西域的大道。陽關：古關名，在今甘肅敦煌縣西南。
【出處】王維・送劉司直赴安西詩：「絕域陽關道，胡沙與塞塵。」
【用法】今泛指寬闊的交通大道。也比喻光明的道路。
【例句】從此以後，你走你的**陽關大道**，我走我的獨木橋，就此分手吧！
【義近】康莊大道／周道如砥。
【義反】羊腸小道／羊腸鳥徑。

隔岸觀火（ㄍㄜˊ ㄢˋ ㄍㄨㄢ ㄏㄨㄛˇ）

【釋義】站在河這邊觀看對岸失火。
【用法】比喻對別人的危難不去救助，採取在旁邊看熱鬧的態度。也比喻事不干己而不關心。
【例句】你們是鄰居，他家出了事理應多加幫助，怎能採取**隔岸觀火**的態度呢？
【義近】作壁上觀／袖手旁觀／坐視不救。
【義反】見義勇爲／拔刀相助／排難解紛。

隔靴搔癢（ㄍㄜˊ ㄒㄩㄝ ㄙㄠ ㄧㄤˇ）

【釋義】隔著靴子抓癢。搔：抓。靴：長筒鞋。
【出處】阮閱・詩話總龜：「詩不著題，如隔靴搔癢。」
【用法】比喻做事沒有掌握關鍵，解決不了問題。也比喻說話或寫文章不中肯貼切。
【例句】這篇文章洋洋萬言，沒有抓住要點，只是**隔靴搔癢**罷了。
【義近】隔鞋搔癢／腳癢搔背／徒勞無益。
【義反】搔著癢處／一針見血／一語破的。

隔牆有耳（ㄍㄜˊ ㄑㄧㄤˊ ㄧㄡˇ ㄦˇ）

【釋義】意謂隔著牆有人貼耳偷聽。
【出處】管子・君臣下：「牆有耳，伏寇在側。牆有耳者，微謀外泄之謂也。」
【用法】比喻雖然很祕密，但仍

有可能會洩露出去。常用以警戒人說話小心。

【例句】**隔牆有耳**，說話還是小心點的好。

【義近】窗外有耳／沒有不透風的牆／屬垣有耳。

【義反】滴水不漏／天機不可洩露／風雨不透。

隨心所欲 ㄙㄨㄟˊ ㄒㄧㄣ ㄙㄨㄛˇ ㄩˋ

【釋義】隨：隨意，聽任。欲：想要，希望。

【出處】論語・為政：「七十而從心所欲，不踰矩。」曹雪芹・紅樓夢九回：「寶玉……一味的隨心所欲。」

【用法】表示放任性情，隨著自己的意思，想幹什麼就幹什麼。

【例句】做家長的要嚴格管教孩子，不能讓他們**隨心所欲**，否則長大了會變壞的。

【義近】為所欲為／任性而行。

【義反】謹言慎行／規行矩步。

隨俗為變 ㄙㄨㄟˊ ㄙㄨˊ ㄨㄟˊ ㄅㄧㄢˋ

【釋義】俗：風俗，世俗。為變：作改變。

【出處】司馬遷・史記・扁鵲列傳：「聞秦人愛小兒，即為小兒醫，隨俗為變。」

【用法】指隨著世情的不同而改變自己的作為。

【例句】到了一個新的地方應該**隨俗為變**，才能與當地民眾打成一片。

【義近】入鄉隨俗／隨俗浮沉／與世浮沉／趁波逐浪／與世偃仰。

【義反】我行我素／特立獨行／中流砥柱。

隨波逐流 ㄙㄨㄟˊ ㄅㄛ ㄓㄨˊ ㄌㄧㄡˊ

【釋義】跟著波浪起伏，隨著流水漂蕩。逐：追逐，追趕。

【出處】孫奕・履齋示兒編・鄉原：「所謂鄉原，即推原人之情意，隨波逐流，佞偽馳騁，苟合求媚於世。」

【用法】比喻毫無主見，易受外界左右，跟著別人走。

【例句】他雖然平素待人隨和，卻決不**隨波逐流**，遇事總是是非分明。

【義近】與世浮沉／趁波逐浪／與世偃仰。

【義反】特立獨行／中流砥柱／自有主見。

隨風轉舵 ㄙㄨㄟˊ ㄈㄥ ㄓㄨㄢˇ ㄉㄨㄛˋ

【釋義】順著風向轉動舵。隨：順。舵：安置在船尾，用以控制行船方向。又作「隨風倒舵」。

【出處】陸游・醉歌：「相風使帆第一籌，隨風倒舵更何憂。」

【用法】比喻隨著情勢的變化而隨時改變自己的處世態度或立場。貶義。

【例句】他為人靈活，很善於**隨風轉舵**，故能立足政界，步步高升。

【義近】見風使舵／看風轉舵／隨機應變。

【義反】特立獨行／自有定見／守正不阿。

隨遇而安 ㄙㄨㄟˊ ㄩˋ ㄦˊ ㄢ

【釋義】隨：順應。遇：境遇。

【出處】呂頤浩・與姚廷輝書：「衣食之分，各有厚薄，隨所遇而安可也。」

【用法】指一個人能順應環境，在任何境遇中都能自安。

【例句】他為人達觀，生活儉樸，無論處於何種環境中都能**隨遇而安**。

【義近】隨寓而安／安之若素／安於現狀。

【義反】見異思遷／得隴望蜀。

隨機應變 ㄙㄨㄟˊ ㄐㄧ ㄧㄥˋ ㄅㄧㄢˋ

【釋義】順應情況，應付變化。機：時機，情況。

【出處】舊唐書・郭孝恪傳：「請固武牢，屯軍氾水，隨機應變，則易為克殄。」
【用法】指隨著情況的變化，靈活機動地採取措施應付。
【例句】不拘泥，不古板，**隨機應變**，是商場上取勝的必要條件。
【義近】見機行事／相時而動／見風使舵。
【義反】墨守成規／膠柱鼓瑟／一成不變。

隨聲附和 ㄙㄨㄟˊ ㄕㄥ ㄈㄨˋ ㄏㄜˋ

【釋義】隨：追隨。附和：跟著別人說。
【出處】許仲琳・封神演義一一回：「崇侯虎不過隨聲附和，實非本心。」
【用法】指自己沒有主見，別人怎麼說就跟著怎麼做。
【例句】他對每一個問題都要作認眞反覆的思考，從不人云亦云，**隨聲附和**。
【義近】人云亦云／鸚鵡學舌／應聲蟲。
【義反】自行其是／堅持己見／獨樹一幟。

隱姓埋名 ㄧㄣˇ ㄒㄧㄥˋ ㄇㄞˊ ㄇㄧㄥˊ

【釋義】隱瞞自己的眞實姓名。
【出處】王子一・誤入桃源一折：「因此上不事王侯，不求聞達，隱姓埋名，做莊稼，學耕種。」
【用法】指隱匿自己的行蹤，不讓別人知道。
【例句】他被人陷害，只好**隱姓埋名**，居於邊遠的鄉村，與親友斷絕來往。
【義近】改名換姓／深藏不露。
【義反】行不改名，坐不更姓／公開露面／露才揚己。

隱約其詞 ㄧㄣˇ ㄩㄝ ㄑㄧˊ ㄘˊ

【釋義】隱約：依稀不明的樣子。詞：又作「辭」，指言詞、文詞。
【出處】平步青・霞外攟屑卷四：「無功為親者諱，故隱約其辭不盡也。」
【用法】形容含糊其詞，不敢直說。
【例句】老實說，你來的用意我早就明白了，你何必還要**隱約其詞**呢，就直說了吧。
【義近】含糊其辭／閃爍其辭／支吾其辭。
【義反】直言不諱／直截了當／單刀直入／開門見山。

隱晦曲折 ㄧㄣˇ ㄏㄨㄟˋ ㄑㄩ ㄓㄜˊ

【釋義】隱晦：不清楚，不明顯。曲折：轉彎抹角。
【用法】指寫文章或說話時用隱約約、轉彎抹角的方式來表達某種思想。
【例句】諸位在討論這個問題時，務必要直陳己見，把話說明白，萬萬不可**隱晦曲折**，以免有失結論的公平性。
【義近】轉彎抹角／隱約其詞。
【義反】開門見山／直言不諱／單刀直入／開宗明義。

隱惡揚善 ㄧㄣˇ ㄜˋ ㄧㄤˊ ㄕㄢˋ

【釋義】隱藏別人的過失，宣揚別人的善行。
【出處】禮記・中庸：「舜好問而好察邇言，隱惡而揚善。」
【用法】形容人對人寬厚有涵養，能隱匿其惡，褒揚其善。
【例句】我們凡事應寬宏大度，做一個襟懷坦白，**隱惡揚善**的人。
【義近】遏惡揚善／掩惡揚善／棄短揚長。
【義反】揚惡隱善／吹毛求疵／棄長揚短。

隹部

雀屏中選

【釋義】雀屏：是說畫孔雀於屏間，使射二箭，能射中孔雀二眼的人，便將女兒嫁他。

【出處】新唐書・太穆竇皇后傳：「唐竇皇后父毅……畫二孔雀屏間，請婚者……使射二矢，陰約中目則許之……高祖最後射，中各一目，遂歸帝。」

【用法】賀人被選爲女婿之辭。

【例句】在眾多追求者中，他能**雀屏中選**成爲部長的女婿，其才能相貌自然不凡。

【義近】乘龍新吉／嘉耦日配。

雄心壯志

【釋義】雄心：求勝之心，與「壯志」意相似。

【出處】宋・歐陽修・蘇才翁輓詩二首：「柳岸無柩送歸船，雄心壯志兩崢嶸。」

【用法】形容人有遠大的理想和宏偉的抱負。

【例句】他雖有**雄心壯志**，卻懶散不堪，恐也一事無成。

【義近】豪情壯志／胸懷大志／壯志滿懷。

【義反】胸無大志／得過且過／做一天和尚撞一天鐘／心灰意懶／灰心喪氣。

雄材大略

【釋義】雄：特出，傑出。略：謀略。

【出處】漢書・武帝紀贊：「如武帝之雄材大略，不改文景之恭儉以濟斯民，雖詩書所稱，何有加焉。」

【用法】形容人有非凡的才能和謀略。

【例句】別看他年紀雖輕，却很有**雄材大略**，一向就受長官賞識重用。

【義近】胸中自有雄兵百萬／足智多謀。

【義反】庸碌無能／勇而無謀。

雅俗共賞

【釋義】雅俗：高雅之士和流俗之人。

【出處】孫人儒・東郭記・綿駒：「聞得有綿駒善歌，雅俗共賞。」

【用法】多形容藝術，尤其是文學作品通俗生動，能爲各種人所接受欣賞。

【例句】《三國演義》是部**雅俗共賞**的優秀歷史小說。

【義近】老少皆宜。

【義反】陽春白雪／下里巴人

集思廣益

【釋義】思：想法，意見。益：好處。

【出處】諸葛亮・教興軍師長史參軍掾屬：「夫參署者，集眾思，廣忠益也。」

【用法】指集中眾人的智慧，廣泛吸收有益的意見。

【例句】在現代社會中，閉門造車是不可能了，要得到好的成果非得靠大家**集思廣益**不可。

【義近】羣策羣力／三個臭皮匠，賽過諸葛亮／羣言多益。

【義反】固執己見／一意孤行／獨斷專行／剛愎自用／師心自用。

集腋成裘

【釋義】把狐狸腋下的皮聚集起來縫成皮衣。腋：狐腋下的一小塊皮。裘：皮袍。

【出處】愼到・愼子・知忠：「狐白之裘，蓋非一狐之腋也。」蒲松齡・聊齋志異・自志：「集腋成裘。」

【用法】比喻積少成多，或說明集眾力以成一事。

【例句】**集腋成裘**，每月儲蓄一點，用不了多久就可累積一筆可觀的數字。

【義近】積土成山／積少成多／聚沙成塔／眾志成城。
【義反】功虧一簣／廢於一旦／獨木難支。

雍容大方 ㄩㄥ ㄖㄨㄥˊ ㄉㄚˋ ㄈㄤ

【釋義】文雅大方，從容不迫。
【出處】漢書・薛宣傳：「宣為人好威儀，進止雍容，甚可觀也。」
【用法】形容態度從容，舉止大方。
【例句】你太太**雍容大方**的言談舉止，給人留下極為深刻的印象。
【義近】落落大方／從容不迫／高雅大方／瀟灑自然。
【義反】扭扭捏捏／急急躁躁／搔首弄姿／矯揉造作。

雍容閒雅 ㄩㄥ ㄖㄨㄥˊ ㄒㄧㄢˊ ㄧㄚˇ

【釋義】雍容：溫和貌。閒雅：文雅。也作「雍容爾雅」。
【出處】司馬遷・史記・司馬相如傳：「相如之臨邛，從車騎，雍容閒雅甚都。」
【用法】形容人儀容溫和，文雅而有禮貌。
【例句】他的談吐舉止**雍容閒雅**，很有學者的風度。
【義近】溫文爾雅／溫文儒雅／文質彬彬。
【義反】刁鑽蠻橫／粗俗不堪／粗野凶橫。

雕章琢句 ㄉㄧㄠ ㄓㄤ ㄓㄨㄛˊ ㄐㄩˋ

【釋義】仔細雕琢章節和語句。雕：雕刻。琢：琢磨。
【出處】趙翼・甌北詩話：「詩之不可及處，在乎神識超邁，飄然而來，忽然而去，不屬於雕章琢句。」
【用法】形容刻意求工，對文章的詞語字句著意修飾。
【例句】寫文章最重要的是要有新意，也要講究篇章結構，但不應一味地**雕章琢句**。
【義近】踵事增華／雕章鏤句／字斟句酌。
【義反】粗製濫造／隨意直書／信手拈來／信筆揮灑。

雕蟲小技 ㄉㄧㄠ ㄔㄨㄥˊ ㄒㄧㄠˇ ㄐㄧˋ

【釋義】雕：雕刻。蟲：指鳥蟲書，我國古代篆字的一種，筆畫形狀像蟲鳥。
【出處】揚雄・法言・吾子：「或問：『吾子少而好賦？』曰：『然。童子彫蟲篆刻。』俄而曰：『壯夫不為也。』」北史・李渾傳：「嘗謂魏收曰：『雕蟲小技，我不如卿。』」
【用法】比喻小技或微不足道的技能。多就文字技巧而言。也用作自謙之詞。
【例句】這種**雕蟲小技**，你也敢拿出來炫耀，且還自以為了不起，別笑死人了。
【義近】詞賦末藝／雕蟲篆刻／鼯鼠之技。
【義反】國典朝章／奇才異能／天下絕技。

雜亂無章 ㄗㄚˊ ㄌㄨㄢˋ ㄨˊ ㄓㄤ

【釋義】章：章法、條理。
【出處】韓愈・送孟東野序：「其為言也，雜亂而無章。」
【用法】形容事物或文章雜亂而無條理。
【例句】這樣**雜亂無章**的房間，真難想像會是她住的地方。
【義近】亂七八糟／顛來倒去／橫三豎四。
【義反】井然有序／井井有條／有條有理。

雞犬不留 ㄐㄧ ㄑㄩㄢˇ ㄅㄨˋ ㄌㄧㄡˊ

【釋義】連雞狗也不留下。
【出處】吳沃堯・痛史六回：「探馬報說沿江上下全是元兵，常州城內雞犬不留。」
【用法】形容斬盡殺絕，多用以指殺戮暴行。
【例句】海盜常趁漁民熟睡時闖入漁村，燒殺擄掠，**雞犬不留**。

【義近】寸草不留／斬盡殺絕。

【義反】雞犬不驚／秋毫無犯。

雞犬不寧 ㄐㄧ ㄑㄩㄢˇ ㄅㄨˋ ㄋㄧㄥˊ

【釋義】連雞狗也不得安寧。

【出處】柳宗元・捕蛇者說：「譁然而駭者，雖雞狗不得寧焉。」

【用法】形容騷擾得十分厲害。

【例句】他一而再、再而三的在外闖禍，搞得全家**雞犬不寧**，一個好好的家眼看就要破碎了。

【義近】雞飛狗跳／人心惶惶。

【義反】雞犬不驚／清吉太平。

雞毛蒜皮 ㄐㄧ ㄇㄠˊ ㄙㄨㄢˋ ㄆㄧˊ

【釋義】雞身上的毛，蒜上的皮，均為微不足道之物。

【用法】比喻無關緊要的輕微瑣碎的事情或無價值可言的東西。

【例句】這些**雞毛蒜皮**的小事，你就自己處理就好了，何必要再三請示呢？

【義近】雞零狗碎／無足輕重／無關緊要。

【義反】至關重要／舉足輕重／事關重大。

雞皮鶴髮 ㄐㄧ ㄆㄧˊ ㄏㄜˋ ㄈㄚˇ

【釋義】皮膚皺如雞皮，頭髮白如鶴羽。

【出處】計有功・唐詩紀事二九：「刻木牽絲作老翁，雞皮鶴髮與眞同。」

【用法】形容老年人髮膚的衰老情態。

【例句】張教授年過八十，雖已**雞皮鶴髮**，但頭腦清醒，精神矍爍。

【義近】雞膚鶴髮／皓首童顏／龍眉皓首／蓬頭歷齒。

【義反】脣紅齒白／髮黑膚潤。

雞飛狗走 ㄐㄧ ㄈㄟ ㄍㄡˇ ㄗㄡˇ

【釋義】雞狗亂飛亂跳。走：跑。又作「雞飛狗跳」。

【出處】吳沃堯・痛史一三回：「我們歇宿的那一家客寓，已經是鬧得雞飛狗走，鬼哭神號。」

【用法】形容氣氛恐怖，人們驚慌不安的混亂景象。

【例句】戰爭即將爆發，城市中一片**雞飛狗走**的緊張氣氛，人民也無心工作了。

【義近】雞犬不寧／兵荒馬亂／人心惶惶。

【義反】雞犬不驚／國泰民安／人心安定。

雞鳴狗盜 ㄐㄧ ㄇㄧㄥˊ ㄍㄡˇ ㄉㄠˋ

【釋義】學雞叫哄人，裝狗進行偷盜。

【出處】語出司馬遷・史記・孟嘗君列傳。漢書・游俠傳：「皆藉王公之勢，競為游俠，雞鳴狗盜，無不賓禮。」

【用法】指卑微不足道的本領或具有這種本領的人。

【例句】這點**雞鳴狗盜**的本事也敢在黑道大哥面前炫耀，眞是太沒有自知之明了。

【義近】鼠竊狗偷／雕蟲小技。

【義反】安邦定國／蓋世英雄。

雙宿雙飛 ㄕㄨㄤ ㄙㄨˋ ㄕㄨㄤ ㄈㄟ

【釋義】指鳥成雙成對的歇宿和飛行。

【出處】元好問・鴛鴦扇頭詩：「雙宿雙飛有百自繇，人間無物比風流。」

【用法】比喻男女同處，形影不離。

【例句】他倆恩恩愛愛，幾十年來都是**雙宿雙飛**，羨煞天下怨偶。指情侶，不適用於夫妻。

【義近】並蒂之蓮／連理之枝／比翼雙飛。

【義反】同牀異夢／琴瑟不調。

雙管齊下 ㄕㄨㄤ ㄍㄨㄢˇ ㄑㄧˊ ㄒㄧㄚˋ

【釋義】管：指筆管，毛筆。齊下：同時落筆。

【出處】張彥遠・歷代名畫記：

「一（張璪）能握雙筆，一時齊下，一為生枝……，一為枯幹……。」

【用法】比喻做一件事從兩個方面同時進行，或兩種方法同時使用。

【例句】要提前完成這項工程得採取**雙管齊下**的方式，一方面要增加工人，另方面要從技術上進行革新。

【義近】齊頭並進／左右開弓。

【義反】一先一後／先後有予。

離心離德 ㄌㄧˊ ㄒㄧㄣ ㄌㄧˊ ㄉㄜˊ

【釋義】思想不統一，信念也不一致。心：思想。德：信念。

【出處】尚書・泰誓中：「受有億兆夷人，離心離德。」

【用法】形容人心不一，不能團結一致。

【例句】任何一個團體，如果大家**離心離德**，達不成共識，那就什麼事情都難以辦成。

【義近】貌合神離／同牀異夢／各懷鬼胎。

【義反】同心同德／一心一德／同心協力。

離鄉背井 ㄌㄧˊ ㄒㄧㄤ ㄅㄟˋ ㄐㄧㄥˇ

【釋義】鄉、井：指家鄉。背：離開。

【出處】王實甫・西廂記二本四折：「可憐刺骨懸梁志，險作離鄉背井魂。」

【用法】指離開家鄉到外地。

【例句】許多人**離鄉背井**，遠渡重洋，客居異鄉，實乃情非得已。

【義近】顛沛流離／作客他鄉／流離失所。

【義反】安居故里／安土重遷／葉落歸根。

離羣索居 ㄌㄧˊ ㄑㄩㄣˊ ㄙㄨㄛˇ ㄐㄩ

【釋義】索：孤單，單獨。

【出處】禮記・檀弓上：「吾離羣而索居，亦已久矣。」

【用法】指離開集體或羣眾，過孤獨的生活。

【例句】他深感城市嘈雜紛爭不斷，便打算**離羣索居**，到鄉野間去過不問世事的生活。

【義反】聚首一堂／親朋滿座。

離經叛道 ㄌㄧˊ ㄐㄧㄥ ㄆㄢˋ ㄉㄠˋ

【釋義】離、叛：背離，不遵守。經、道：儒家的經典和教旨。

【出處】費唐臣・蘇子瞻風雪貶黃州二折：「且本官志大言浮，離經叛道。」

【用法】指違背正統的言論和行動。

【例句】她作風大膽開放，一般衛道人士難以接受，指責她**離經叛道**，敗壞風俗。

【義近】不主故常。

【義反】不越雷池／循規蹈矩。

離題萬里 ㄌㄧˊ ㄊㄧˊ ㄨㄢˋ ㄌㄧˇ

【釋義】題：指說話或文章的中心。萬里：極言甚遠。常與「下筆千言」連用。

【用法】形容寫文章或說話同要講的主題距離很遠，毫不相關。

【例句】我們寫文章務必要緊緊扣住中心，決不能下筆千言，**離題萬里**。

【義近】文不對題／離弦走板／荒腔走板／三紙無驢。

【義反】文不離題／腔不離調／切中題旨。

難兄難弟 ㄋㄢˊ ㄒㄩㄥ ㄋㄢˊ ㄉㄧˋ

【釋義】原指兩人難分優劣高下。兄、弟：比喻優劣、高下。此時「難」讀ㄋㄢˊ。

【出處】劉義慶・世說新語・德行：「元方難為兄，季方難為弟。」舊唐書・穆寧傳贊：「薛氏三門，難兄難弟。」

【用法】今多用以指共患難或處於困境的朋友，或比喻兩者情況差不多。難讀ㄋㄢˋ。

【例句】他們倆是**難兄難弟**，感情非常的好，你得罪其中一個，另外那位也會找你算帳的。

【義近】患難與共／患難之交／不分軒輊／不相上下。

【義反】酒肉朋友／狐朋狗友／大相徑庭／判若雲泥。

難乎爲繼

【釋義】乎：介詞「於」。繼：繼續，接下去。又作「難以爲繼」。

【用法】表示或因無人，或因有人卻又無力承擔，而難以繼續下去。

【例句】大陸十年文革，耽誤了一代人受教育和接受新知的機會，因此現在有些科學領域深感人才**難乎爲繼**。

【義近】後繼無人／後繼無力／人力缺乏。

【義反】後繼有人／後繼有力／傳承不絕。

難言之隱

【釋義】隱：隱情，藏在內心深處的事。

【出處】錢謙益・跋留庵：「錢氏少爲黨魁，晚托禪悅，生平頗多壹鬱難言之隱。」

【用法】指難以說出或不願說出的事情、原因。

【例句】這女人無論如何不肯說出她要離婚的理由，看來是有**難言之隱**。

【義近】難於啓齒／難對人言／諱莫如深。

【義反】無有隱衷／無不可言／毋庸諱言。

難能可貴

【釋義】難能：難以做到。可貴：值得寶貴。

【出處】蘇軾・荀卿論：「此三者，皆天下之所謂難能而可貴者也。」

【用法】指難做的事居然能做到，很可寶貴。

【例句】這次畫展中，有些作品竟然出於八、九歲孩童之手，眞是太**難能可貴**了。

【義近】非比尋常／非同小可。

【義反】不足爲奇／平淡無奇。

難解難分

【釋義】解、分：分解開。又作「難分難解」。

【出處】吳承恩・西遊記二二回：「原來那怪與八戒正戰到好處，難解難分。」

【用法】指雙方對抗很厲害，相持不下，難以分開。有時也形容雙方關係十分密切，分不開。

【例句】①舞臺上兩員武將殺得**難解難分**，觀眾都被他們的精采表演吸引住了。②這對冤家要麼吵架，幾天不說話，要麼好得如膠似漆，**難解難分**。

【義近】相持不下／勢均力敵／難捨難分／依依不捨／如膠似漆。

【義反】力量懸殊／相差懸殊／動如參商／忍痛割愛／絕裾而去。

雨部

雪上加霜

【釋義】在雪上面加上一層霜。

【出處】元・無名氏・誶范叔二折：「淚雹子，腮邊落；血冬凌，滿脊梁；凍剝剝，雪上加霜。」

【用法】比喻接連遭受災難，使本已困窘的處境更爲困窘。

【例句】這個地區才剛受過颱風肆虐，現又發生大地震，眞是**雪上加霜**，太不幸了。

【義近】屋漏逢雨／禍不單行／夏旱秋澇／火上加油。

【義反】雙喜臨門／喜上加喜。

雪中送炭

【釋義】在雪天給人送炭取暖。

【出處】范成大・大雪送炭與芥隱詩：「不是雪中須送炭，

聊裝風景要詩來。」

【用法】比喻濟人之急。

【例句】社會的富足並不代表道德的提昇，大多數人皆知錦上添花，卻不知**雪中送炭**才是富足社會最缺乏的善意。

【義近】急人之難／雨中送傘／寒中送衣。

【義反】錦上添花／雪上加霜／落井下石。

雲蒸霞蔚（ㄩㄣˊ ㄓㄥ ㄒㄧㄚˊ ㄨㄟˋ）

【釋義】蒸：興起，上升。蔚：聚集。一作「雲興霞蔚」。

【出處】劉義慶・世說新語・言語：「千巖競秀，萬壑爭流，草木蒙籠其上，若雲興霞蔚。」

【用法】形容景物絢爛美麗。有時也比喻人才之盛。

【例句】輪船已到巫山，只見陽光垂照下來，濃霧滾湧上去，**雲蒸霞蔚**，頗為壯觀。

【義近】景物絢麗／雲蔚霞起／氣象萬千。

【義反】日月無光／彤雲密佈／煙雨濛濛。

雲譎波詭（ㄩㄣˊ ㄐㄩㄝˊ ㄅㄛ ㄍㄨㄟˇ）

【釋義】好像雲彩和水波那樣，千態萬狀，不可捉摸。譎、詭：怪異，變化。

【出處】揚雄・甘泉賦：「於是大廈雲譎波詭，摧嗺而成觀。」

【用法】形容局勢變幻莫測。

【例句】在**雲譎波詭**的國際形勢中，我們務必要莊敬自強，處變不驚。

【義近】風雲莫測／變幻莫測／風雲變幻。

【義反】風平浪靜／風恬浪靜／平安無事／風平浪息／天下太平。

雷厲風行（ㄌㄟˊ ㄌㄧˋ ㄈㄥ ㄒㄧㄥˊ）

【釋義】像雷那樣猛烈，像風那樣快。厲：猛烈。

【出處】曾鞏・亳州謝到任表：「運獨斷之明，則天清水止，昭不殺之武，則雷厲風行。」

【用法】形容辦事聲勢猛烈，行動迅速。多用以指推行法令之徹底而積極。

【例句】霹靂小組**雷厲風行**的作風，令歹徒們聞之喪膽。

【義近】大刀闊斧／大張旗鼓／令行禁止／雷厲風飛。

【義反】拖拖拉拉／慢慢騰騰／拖泥帶水／推三阻四／雷大雨小。

雷霆萬鈞（ㄌㄟˊ ㄊㄧㄥˊ ㄨㄢˋ ㄐㄩㄣ）

【釋義】霆：暴雷，霹雷。鈞：古代重量單位，一鈞合三十斤。

【出處】賈山・至言：「雷霆之所擊，無不摧折者；萬鈞之所壓，無不糜滅者。」

【用法】形容威力極大，無法阻擋。

【例句】國父所領導的辛亥革命，以**雷霆萬鈞**之勢，一舉攻克了武漢三鎮。

【義近】泰山壓頂／排山倒海／氣勢磅礡／翻天覆地／拔山蓋世。

【義反】縛雞之力／強弩之末／虛張聲勢／蚍蜉之力。

雷聲大，雨點小（ㄌㄟˊ ㄕㄥ ㄉㄚˋ，ㄩˇ ㄉㄧㄢˇ ㄒㄧㄠˇ）

【釋義】打雷的聲音很大，而下的雨卻很小。

【出處】笑笑生・金瓶梅二十回：「頭裏那等雷聲大、雨點小，打哩亂哩，及到其間，也不怎麼的。」

【用法】比喻聲勢大，實際行動小。

【例句】我們的總經理做起事來向來**雷聲大，雨點小**，我看這次也不會例外。

【義近】虛張聲勢／雷大雨小／光打雷，不下雨／虎頭蛇尾／天橋把式。

【義反】雷厲風行／大張旗鼓／大刀闊斧。

零丁孤苦（ㄌㄧㄥˊ ㄉㄧㄥ ㄍㄨ ㄎㄨˇ）

【釋義】零丁：孤單的樣子。又作「孤苦零丁」。
【出處】李密・陳情表：「臣少多疾病，九歲不行，零丁孤苦，至於成立。」
【用法】形容孤獨困苦，無依無靠。
【例句】他自幼失去父母，又無兄弟姊妹，**零丁孤苦**，孑然一身。
【義近】形影相弔／孤身隻影／孑然一身／舉目無親／形單影隻／孤危託落／煢煢獨立／無依無靠／煢孑無依。
【義反】兒孫滿堂／高朋滿座／勢豪族繁／人多勢眾／三親六眷／人丁興旺。

零零碎碎（ㄌㄧㄥˊ ㄌㄧㄥˊ ㄙㄨㄟˋ ㄙㄨㄟˋ）

【釋義】意即零碎不整。
【出處】朱子語類・尚書二：「這個若理會不通，又去理會甚麼零零碎碎。」
【用法】形容瑣細、零星，不全面、沒系統。
【例句】你做事不能這樣**零零碎碎**的，要有個計畫，做全面、系統的安排才好。
【義近】零零星星／零敲碎打／時斷時續／斷斷續續。
【義反】一鼓作氣／一氣呵成。

震天動地（ㄓㄣˋ ㄊㄧㄢ ㄉㄨㄥˋ ㄉㄧˋ）

【釋義】震動了天地。
【出處】酈道元・水經注・河水：「河流激盪濤湧波襄雷淬電洩，震天動地。」
【用法】形容聲勢浩大或聲音巨大，使人震驚。
【例句】登山隊員剛入山，便聽見剛剛攀越而過的峭壁間，發出一聲**震天動地**的巨響，原來是一塊巖石崩塌而下。
【義近】震天駭地／驚天動地／撼天搖地。
【義反】無聲無息。

震耳欲聾（ㄓㄣˋ ㄦˇ ㄩˋ ㄌㄨㄥˊ）

【釋義】耳朵都快震聾了。欲：快要。
【用法】形容聲音非常巨大而響亮。
【例句】一聲**震耳欲聾**的巨響過後，只見前面的山頭被炸藥炸開了一個缺口。
【義近】震天動地／震天驚雷／響徹雲霄。
【義反】靜寂無聲／悄無聲息／鴉雀無聲。

震撼人心（ㄓㄣˋ ㄏㄢˋ ㄖㄣˊ ㄒㄧㄣ）

【釋義】對人心有很大的震動。震：震動。撼：搖動。
【用法】形容某件事或某種藝術有很大的魅力，對人內心震動很大。
【例句】她那聲情並茂的歌唱和精湛的舞蹈表演，具有**震撼人心**的藝術魅力。
【義近】感人至深／感人肺腑／扣人心弦。
【義反】平淡無奇／無動人處。

震聾發聵（ㄓㄣˋ ㄌㄨㄥˊ ㄈㄚ ㄍㄨㄟˋ）

【釋義】使聾子震動，使瞎子張目。聵：眼疾，此指眼瞎。
【用法】比喻大聲疾呼，使人驚醒警覺。多指精深卓越的見解具有巨大作用。
【例句】在這一切向錢看的時代裏，王先生所作的《國人之神聖使命》一書，確實具有**震聾發聵**的作用。
【義近】醒人鐸木／亂世警鐘／震撼人心／暮鼓晨鐘。

霧裏看花（ㄨˋ ㄌㄧˇ ㄎㄢˋ ㄏㄨㄚ）

【釋義】在霧中看花，模模糊糊的看不清楚。又作「霧中看花」。
【出處】杜甫・小寒食舟中作：「春水船如天上坐，老年花似霧中看。」
【用法】比喻老眼昏花，也用以

說明對事物看不清楚。

【例句】離戲臺太遠，加上又有近視，看那些演員表演，簡直像**霧裏看花**一樣。

【義近】隔霧看花／若明若暗。

【義反】洞若觀火／一清二楚。

露才揚己（ㄌㄨˋ ㄘㄞˊ ㄧㄤˊ ㄐㄧˇ）

【釋義】露才：顯露才能。揚己：炫耀自己。

【出處】班固・離騷序：「今若屈原，露才揚己，競乎危國羣小之間，以離讒賊。」

【用法】批評人好出風頭，有才能而不知收斂。

【例句】這個人特別愛**露才揚己**，看來今後也成不了什麼大器。

【義近】鋒芒畢露／英華外發／嶄露頭角。

【義反】韜光養晦／深藏不露／深藏若虛／虛懷若谷。

露水夫妻（ㄌㄨˋ ㄕㄨㄟˇ ㄈㄨ ㄑㄧ）

【釋義】露水：見日易乾，故用以比喻短暫。

【出處】笑笑生・金瓶梅一二回：「我的哥哥，這一家都是誰疼你的，都是露水夫妻，再醮貨兒。」

【用法】指暫時結合的非正式或不能公開的夫妻關係。

【例句】他倆在飛機上相識，一拍即合，很快便做了**露水夫妻**。

【義近】桑中之約／逢場作戲。

【義反】結髮夫妻／花燭夫妻。

露出馬腳（ㄌㄡˋ ㄔㄨ ㄇㄚˇ ㄐㄧㄠˇ）

【釋義】意謂把馬腳露出來了。又作「露馬腳」。

【出處】元・無名氏・陳州糶米三折：「這老兒不好惹，動不動就先斬後聞，這一來則怕我們露出馬腳來了。」

【用法】比喻露出了眞相。

【例句】你們這樣胡作非爲，自以爲人不知鬼不覺，遲早有一天會**露出馬腳**來的。

【義近】原形畢露／東窗事發／露出狐狸尾巴。

【義反】不露形迹／不露眞相／隱而不露／瞞天過海。

靈丹妙藥（ㄌㄧㄥˊ ㄉㄢ ㄇㄧㄠˋ ㄧㄠˋ）

【釋義】能醫治百病的藥。靈丹：靈驗的藥。丹：一種中醫成藥。又作「靈丹聖藥」。

【出處】元・無名氏・玩江亭二折：「靈丹妙藥都不用，吃的是生薑辣蒜大憊葱。」

【用法】比喻某種能解決一切問題的有效方法。

【例句】世界上的事物是紛繁複雜的，不可能有解決一切問題的**靈丹妙藥**，所以我們遇事都應多動腦筋，想出具體的解決辦法。

【義近】靈丹聖藥／萬應靈丹／萬全之策。

靈機一動（ㄌㄧㄥˊ ㄐㄧ ㄧˊ ㄉㄨㄥˋ）

【釋義】靈機：靈巧的心思。

【出處】文康・兒女英雄傳四回：「俄延了半晌，忽然靈機一動，心中悟將過來。」

【用法】形容人機靈敏捷，突然想出了解決難題的方法。

【例句】大家正在一籌莫展的時候，他**靈機一動**，想出了解救那個被綁架孩童的辦法。

【義近】眉頭一皺，計上心來／急中生智／情急智生／靈光乍現。

【義反】一籌莫展／束手無策。

青部

青天白日 ㄑㄧㄥ ㄊㄧㄢ ㄅㄞˊ ㄖˋ

【釋義】青天：晴朗的天空；也喻稱清官。白日：明亮的太陽；也指白天。

【出處】李白・上留田行詩：「田氏倉卒骨肉分，青天白日摧紫荊。」

【用法】指晴朗的天空，或比喻清明、明白，有鮮明、公開的意思。

【例句】①今天天氣眞好，**青天白日**，萬里無雲。②諸葛亮「爲漢復讐之志，如**青天白日**，人人得而知之。」（朱熹・答魏元履書）

【義近】晴空萬里／大天白日／光天化日／朗朗乾坤／光明正大。

【義反】烏雲密布／深更半夜／天昏地暗／鬼鬼祟祟。

青出於藍 ㄑㄧㄥ ㄔㄨ ㄩˊ ㄌㄢˊ

【釋義】又作「青出於藍而勝於藍」，意謂靛青色從蓼藍中提煉出來，卻比蓼藍的顏色更深。藍：蓼藍。

【出處】荀子・勸學：「青，取之於藍，而青於藍。冰，水爲之，而寒於水。」

【用法】比喻弟子超過老師或後人超過前人。多爲勉勵語。

【例句】**青出於藍**而勝於藍，不到二十年，他的成就已經超過了老師。

【義近】後來居上／青勝於藍／冰寒於水／後生可畏／後起之秀。

【義反】每下愈況／江河日下／後繼無人／狗尾續貂。

青面獠牙 ㄑㄧㄥ ㄇㄧㄢˋ ㄌㄧㄠˊ ㄧㄚˊ

【釋義】原形容兇神惡鬼的面貌。青面：藍色的臉。獠牙：露在嘴外面的長牙。

【出處】石玉琨・三俠五義二回：「猛然紅光一閃，而落下一個怪物來，頭生雙角，青面紅髮，巨口獠牙。」

【用法】形容人的面貌極其兇惡可憎。

【例句】我的天！他是馬戲團裏的丑角，長得**青面獠牙**，只不過有幾文錢，你就想嫁給他？

【義近】巨口獠牙／獐頭鼠目／面如鬼蜮／面目猙獰／面目可憎。

【義反】眉清目秀／俊美端莊／唇紅齒白／貌似潘安。

青紅皂白 ㄑㄧㄥ ㄏㄨㄥˊ ㄗㄠˋ ㄅㄞˊ

【釋義】皂：黑色。

【出處】古今雜劇・梁山七虎鬧銅臺三折：「也不管他青紅皂白，左右！……把他枷著送在牢中再做計較。」

【用法】比喻事情的是非曲直、情由始末。多與「不問、不分、不管」連用。

【例句】他這樣不分**青紅皂白**來我家打人，我一定要追究到底，決不會善罷甘休！

【義近】清渾皂白／來龍去脈／是非曲直／緣由始末／眞假虛實。

【義反】撲朔迷離／混沌未開／模模糊糊。

青眼相看 ㄑㄧㄥ ㄧㄢˇ ㄒㄧㄤ ㄎㄢˋ

【釋義】意謂正眼相看。眼睛青色，其旁白色。正視則見青處，邪視則見白處。

【出處】晉書・阮籍傳：「阮籍不拘禮教，能爲青白眼，見禮俗之士，以白眼對之……康聞之，乃齎酒挾琴造焉，籍大悅，乃見青眼。」

【用法】表示對人重視。

【例句】他爲人高傲，很看不起人，但對幾位才德兼優的學生，則一直**青眼相看**。

【義近】正眼視之／另眼相看／備加青睞。

【義反】白眼相加／冷眼視之／

不屑一顧。

青梅竹馬 ㄑㄧㄥ ㄇㄟˊ ㄓㄨˊ ㄇㄚˇ

【釋義】青梅：青色梅子，爲小兒女所玩弄。竹馬：以竹桿當馬，爲小兒女所騎。
【出處】李白・長干行：「郎騎竹馬來，遶牀弄青梅，同居長干里，兩小無嫌猜。」
【用法】指小兒女嬉戲天眞爛漫的情狀。後用於指小時結識的伴侶。
【例句】他倆**青梅竹馬**自小一塊兒長大，現結爲夫妻，感情自然更加深厚。
【義近】兩小無猜／竹馬之好／總角之交。
【義反】舊怨宿敵／白頭如新。

青雲直上 ㄑㄧㄥ ㄩㄣˊ ㄓˊ ㄕㄤˋ

【釋義】青雲：青天，高空，意指高位。直上：直線上升。
【出處】司馬遷・史記・范雎蔡澤列傳：「不意君能自致於青雲之上。」孔稚珪・北山移文：「干青雲而直上。」
【用法】以向高空飛騰直上，比喻仕途得意，連登高位。常帶有諷刺意謂。
【例句】他從政以來，一直春風得意，**青雲直上**，現在已經當上副部長了。
【義近】飛黃騰達／平步青雲／步步高升／一日九遷／青雲萬里／扶搖直上。
【義反】一落千丈／仕途坎坷／官場失意／連遭斥謫／每下愈況。

青黃不接 ㄑㄧㄥ ㄏㄨㄤˊ ㄅㄨˋ ㄐㄧㄝ

【釋義】舊糧已經吃完，新糧尚未接上。青：指田裏的青苗。黃：指黃熟的莊稼。
【出處】歐陽修・言青苗第二劄子：「若夏料錢於春中俵散，猶是青黃不相接之時。」
【用法】比喻人才或物力一時缺乏，前後連接不上。
【例句】現在老百姓的生活物資正處於**青黃不接**之時，需要貸糧貸款。
【義近】財力匱乏／人才斷層／後繼無人／等米下鍋。
【義反】財力充裕／後繼有人／游有餘裕／源源不絕。

青錢萬選 ㄑㄧㄥ ㄑㄧㄢˊ ㄨㄢˋ ㄒㄩㄢˇ

【釋義】青錢：青銅錢。萬選：多次挑選。
【出處】新唐書・張薦傳：「（張）鷟文辭猶青銅錢，萬選萬中，時號鷟青錢學士。」
【用法】比喻文才超眾，如青銅錢萬選萬中。
【例句】下官曾應過制科，**青錢萬選**，莫說三個題目，就是三百個，我何懼哉！（馮夢龍・醒世恆言・蘇小妹三難新郎）
【義近】七步詩才／才高八斗／學富五車／大才槃槃。
【義反】江郎才盡／才疏學淺／腹笥空空／不學無術。

非部

非分之想 ㄈㄟ ㄈㄣˋ ㄓ ㄒㄧㄤˇ

【釋義】非分：不是自己分內的，不該自己得到的。
【用法】說明人想入非非，總妄想不勞而獲或以不正當手段而獲取好處。
【例句】爲人應該本分踏實，該自己得的就得，不該自己得的就不要有**非分之想**。
【義近】非分之念／癡心妄想／想入非非／癩蛤蟆想吃天鵝肉／貪多務得。
【義反】思不出位／安分守己／心若止水／不忮不求。

非同小可 ㄈㄟ ㄊㄨㄥˊ ㄒㄧㄠˇ ㄎㄜˇ

【釋義】不同於尋常的小事。小可：微小，輕微。
【出處】白樸・牆頭馬上一折：

「慚愧！這一場喜事，非同小可，只等的天晚，卻來赴約也。」

【用法】說明事關重大，不可輕視，且含驚詫意。

【例句】此事**非同小可**，待我仔細斟酌之後，再作處理。

【義近】事關重大／舉足輕重／非同等閒／非同兒戲。

【義反】無關大體／無關緊要／小事一樁／雞毛蒜皮。

非我族類 ㄈㄟ ㄨㄛˇ ㄗㄨˊ ㄌㄟˋ

【釋義】族類：指同族，同類。

【出處】左傳・成公四年：「史佚之志有之，曰：『非我族類，其心必異。』楚雖大，非吾族也。」

【用法】說明與我不是同族同類，多用以強調民族意識。

【例句】外國人無論怎樣好怎樣強，畢竟**非我族類**，何必要過分擡高他們，而貶低自己的同胞呢？

【義近】非我同種／非我同胞／異類外族。

【義反】同宗共祖／骨肉同胞／同一血緣。

非常之事 ㄈㄟ ㄔㄤˊ ㄓ ㄕˋ

【釋義】非常：不同尋常。

【出處】司馬相如・喻巴蜀父老檄：「蓋世必有非常之人，然後有非常之事。」

【用法】指世間重要的不尋常事業。

【例句】革命事業是**非常之事**，需要拋頭顱灑熱血，若沒有一批勇於為國為民犧牲的人，是決不可能完成的。

【義近】非常之舉／宏圖大業／壯烈之事／非常壯舉。

【義反】平凡之事／尋常之舉／區區小事。

非異人任 ㄈㄟ ㄧˋ ㄖㄣˊ ㄖㄣˋ

【釋義】不是別人的責任。異人：他人。任：責任。

【出處】左傳・襄公二年：「楚君以鄭故，親集矢於其目，非異人任，寡人也。」

【用法】今用以表示責任在於自己，與他人無關。

【例句】這次商場上的失敗，**非異人任**，是我錯誤的判斷所造成的。

【義近】當仁不讓／責無旁貸。

【義反】推卸其責／委過他人。

非愚則誣 ㄈㄟ ㄩˊ ㄗㄜˊ ㄨ

【釋義】若不是愚昧就是誣罔。誣：誣罔，以不實之辭欺騙人。

【出處】莊子・秋水：「然且語而不舍，非愚則誣也。」

【用法】說明某種說法、學說等根本站不住腳，決無可以成立的道理。

【例句】那個邪門歪道的教義**非愚則誣**，可是卻有不少人奉為圭臬。

非親非故 ㄈㄟ ㄑㄧㄣ ㄈㄟ ㄍㄨˋ

【釋義】既不是親戚也不是老朋友。故：舊友，老朋友。

【出處】馬戴・寄賈島詩：「佩玉與鏘金，非親亦非故。」

【用法】指彼此之間根本談不上有任何親友關係。形容毫不相關，用於人與人之間。

【例句】你我**非親非故**，怎麼硬要和我攀上關係，讓我做你的經濟擔保人呢？

【義近】非兄非弟／非親非眷／非故非友／素昧平生。

【義反】骨肉之親／故友舊交／疏親遠戚／沾親帶故／通家之好。

非驢非馬 ㄈㄟ ㄌㄩˊ ㄈㄟ ㄇㄚˇ

【釋義】既不像驢也不像馬。指驢、馬交配生的騾。

【出處】漢書・龜茲傳：「外國胡人皆曰：『驢非驢，馬非馬，若龜茲王，所謂騾也。

」

【用法】比喻不倫不類，什麼也不像。

【例句】有的人寫文章愛搬弄外國語法，弄得句子**非驢非馬**，似通不通的。

【義近】不倫不類／不三不四。

【義反】入木三分／維妙維肖。

靡不有初，鮮克有終（ㄇㄧˇ ㄅㄨˋ ㄧㄡˇ ㄔㄨ，ㄒㄧㄢˇ ㄎㄜˋ ㄧㄡˇ ㄓㄨㄥ）

【釋義】事情都有開頭，卻很少能到終了。靡：無。鮮：少。克：能。

【出處】詩經‧大雅‧蕩：「疾威上帝，其命多辟。天生烝民，其命匪諶。靡不有初，鮮克有終。」

【用法】告誡人們做事要有始有終、善始善終。

【例句】古人說：**靡不有初，鮮克有終**，你現在能勇敢地承擔這一任務，很好，希望能堅持到底。

【義近】虎頭蛇尾／有始無終／有頭無尾／半途而廢。

【義反】善始善終／有始有終／有頭有尾／貫徹始終。

靡靡之音（ㄇㄧˇ ㄇㄧˇ ㄓ ㄧㄣ）

【釋義】靡靡：柔弱，萎靡不振。也作「靡靡之樂」。

【出處】司馬遷‧史記‧殷本紀：「（紂）使師涓作新淫聲，北里之舞，靡靡之樂。」

【用法】稱頹廢淫蕩的樂曲。貶義。

【例句】社會上普遍流行的通俗歌曲，老一輩的人聽不慣，說是**靡靡之音**。

【義近】亡國之音／鄭衛之音／濮上之音／色情樂歌／淫詞豔曲。

【義反】悲壯之樂／高昂之歌／陽春白雪／雅頌之聲／純美之音。

面部

面不改色（ㄇㄧㄢˋ ㄅㄨˋ ㄍㄞˇ ㄙㄜˋ）

【釋義】又作「面不更色」。改、更：均為變的意思。

【出處】秦簡夫‧趙禮讓肥二折：「今朝拿住這廝，面不改色。」

【用法】形容臨危鎮靜自若，毫無所懼。

【例句】她受到歹徒襲擊，能**面不改色**地以平日所學的功夫制服對方。

【義近】泰然自若／神色自如／神色不驚。

【義反】揪然變色／面紅耳赤／面無人色／大驚失色。

面目一新（ㄇㄧㄢˋ ㄇㄨˋ ㄧ ㄒㄧㄣ）

【釋義】面目：面貌。一新：全部變成了新的。一：全、整個。

【用法】指樣子完全改變，有了嶄新的面貌。含正面意義。

【例句】想不到出國不過十多年，現在家鄉已**面目一新**，變化真大真快啊！

【義近】煥然一新／氣象一新／面目全新。

【義反】依然如故／一如既往／一成不變。

面目可憎（ㄇㄧㄢˋ ㄇㄨˋ ㄎㄜˇ ㄗㄥ）

【釋義】可憎：令人憎惡。

【出處】韓愈‧送窮文：「凡所以使吾面目可憎，語言無味者，皆子之志也。」

【用法】形容面貌醜惡，令人厭惡。

【例句】我見了他不僅沒有好感，反覺得**面目可憎**，怎能談情說愛呢？

【義近】怪模怪樣／面如鬼蜮／面目奇醜／面目猙獰／猙獰可畏。

【義反】面如冠玉／眉清目秀／

美如冠玉。

面目全非 ㄇㄧㄢˋ ㄇㄨˋ ㄑㄩㄢˊ ㄈㄟ

【釋義】樣子跟以前完全不同。

【出處】蒲松齡・聊齋志異・陸判：「舉首則面目全非，又駭極。夫人引鏡自照，錯愕不能自解。」

【用法】形容變化很大。用於作品、環境等。含負面意義。

【例句】蘭嶼本是個世外桃源，經過所謂的規畫開發，反而弄得**面目全非**，令人哭笑不得。

【義近】滿目瘡痍／千瘡百孔。

【義反】本來面目／一成不變／依然如故。

面如土色 ㄇㄧㄢˋ ㄖㄨˊ ㄊㄨˇ ㄙㄜˋ

【釋義】臉色變得灰黃。土色：灰黃色。

【出處】敦煌變文集・捉季布變文：「歸到壁前看季布，面如土色結眉頻。」

【用法】形容受到極大的驚嚇、意外或生氣的神色。

【例句】這幾個小流氓被警察一聲槍響，頓時嚇得**面如土色**，渾身發抖。

【義近】面如死灰／面如槁木／面無人色／大驚失色／愀然變色。

【義反】面不改色／泰然自若／神色自如。

面如冠玉 ㄇㄧㄢˋ ㄖㄨˊ ㄍㄨㄢ ㄩˋ

【釋義】面貌就像裝飾在帽子上的美玉。

【出處】南史・鮑泉傳：「面如冠玉，還疑木偶；鬚似蝟毛，徒勞繞喙。」

【用法】原指虛有其表，後用以形容貌美的青年男子。

【例句】小屠長得**面如冠玉**，可惜身材略矮了一點，要不就可算是臺北市的頭號美男子了。

【義近】美如冠玉／傅粉何郎／城北徐公／貌似潘安。

【義反】醜如八戒／其醜無比／面目可憎。

面有菜色 ㄇㄧㄢˋ ㄧㄡˇ ㄘㄞˋ ㄙㄜˋ

【釋義】菜色：飢餓的臉色。一作「面有饑色」。

【出處】韓非子・外儲說左下：「冬羔裘，夏葛衣，面有饑色。」漢書・元帝紀：「歲比災害，民有菜色。」

【用法】形容饑民常以野菜充飢，營養不良，面色青黃。多用於自然災害或戰亂場合。

【例句】我們從電視上看到非洲災區的百姓，枯瘦如柴，**面有菜色**，實在太可憐了。

【義近】面黃肌瘦／面有饑色／面色青黃。

【義反】紅光滿面／容光煥發。

面有難色 ㄇㄧㄢˋ ㄧㄡˇ ㄋㄢˊ ㄙㄜˋ

【釋義】難色：爲難的神色。

【出處】李寶嘉・官場現形記二五回：「賈大少爺因爲奎官之事，面有難色，尚未回答得出。」

【用法】表示人對某事感到爲難時所顯露出的情態。

【例句】小王想向張太太借點錢，見她**面有難色**，也就不再說什麼了。

【義近】面有難態。

【義反】欣然同意／樂意效勞。

面折廷爭 ㄇㄧㄢˋ ㄓㄜˊ ㄊㄧㄥˊ ㄓㄥ

【釋義】面折：當面批評、指責。廷爭：在朝廷上爭辯。

【出處】司馬遷・史記・呂太后本紀：「於今面折廷爭，臣不如君；夫全社稷，定劉氏之後，君亦不如臣。」

【用法】形容敢於犯顏直諫。

【例句】王先生敢在總經理那邊**面折廷爭**的精神，確實難能可貴，爲公司減少了許多不必要的損失。

【義近】直言進諫／犯顏直諫／直言極諫。

【義反】敢怒不敢言／明哲保身

／三緘其口。

面紅耳赤 ㄇㄧㄢˋ ㄏㄨㄥˊ ㄦˇ ㄔˋ

【釋義】赤：紅。又作「臉紅耳赤」。

【出處】淩濛初・初刻拍案驚奇卷三：「那少年的方約有二十斤重，東山用盡平生之力，面紅耳赤……。」

【用法】形容因激動、羞慚或過分用力而臉色漲紅的樣子。多用於高燒、羞愧、生氣、酒醉等場合。

【例句】①你們何必爲了一點小事而爭得**面紅耳赤**，大動肝火。②既然要醫治不孕症，怎能一提起房中事就**面紅耳赤**呢？

【義近】面紅耳熱／臉紅心跳。

【義反】面不改色／臉不紅心不跳／恬不知恥／嬉皮笑臉。

面面相覷 ㄇㄧㄢˋ ㄇㄧㄢˋ ㄒㄧㄤ ㄑㄩˋ

【釋義】你看我，我看你，不知如何是好。面面：面對著面。覷：看。

【出處】續傳燈錄・海鵬禪師：「僧問：如何是大疑底人？師回：畢鉢巖中面面相覷。」

【用法】形容緊張驚懼、束手無策之狀。多指突然發生，出乎意料之外的事。

【例句】總經理在會議上，突然宣布公司倒閉，大家**面面相覷**，都愣住了。

【義近】面面相視／大眼瞪小眼／目瞪口呆／相顧失色。

【義反】鎮靜自若／泰然處之／心定神閒。

面面俱到 ㄇㄧㄢˋ ㄇㄧㄢˋ ㄐㄩˋ ㄉㄠˋ

【釋義】面面：各個方面。俱：都。一作「面面俱全」。

【出處】李寶嘉・官場現形記五五回：「但是據你剛才所說，究竟不能夠面面俱到，總得斟酌一個兩全的法子才好。」

【用法】形容各方面都照顧到，沒有遺漏疏忽。有時也指說話、行文重點不突出，一般化。

【例句】①此人能力很強，辦起事來總是**面面俱到**，大家都很滿意。②作爲公司的年終總結，應當突出一兩個主要問題，不要**面面俱到**。

【義近】包羅萬象／無所不包／八面玲瓏／八面見光。

【義反】顧此失彼／挂一漏萬／說東忘西／左支右絀。

面授機宜 ㄇㄧㄢˋ ㄕㄡˋ ㄐㄧ ㄧˊ

【釋義】機宜：機密事項、計謀，隨機應變的方法。

【出處】李寶嘉・官場現形記一八回：「請了拉達過來，面授機宜，如此如此，這般這般的吩咐了一番。」

【用法】表示當面授予妙計，交代機密之事。

【例句】董事長把我們喊去**面授機宜**，以免我們到大陸後出現許多不必要的問題。

面從後言 ㄇㄧㄢˋ ㄘㄨㄥˊ ㄏㄡˋ ㄧㄢˊ

【釋義】當面阿諛順從，背後則有誹謗之言。

【出處】尚書・益稷：「汝無面從，退有後言。」

【用法】形容人耍兩面派手法，當面唯唯諾諾，背後又對抗搗鬼。

【例句】他對上司一向**面從後言**，最近終於露出馬腳，所以被革職了。

【義近】表裏不一／首肯心違／陽奉陰違／口是心非。

【義反】表裏一致／前後一致／心口如一。

面黃肌瘦 ㄇㄧㄢˋ ㄏㄨㄤˊ ㄐㄧ ㄕㄡˋ

【釋義】臉色發黃，肌肉消瘦。

【出處】楊梓・霍光鬼諫一折：「覷著他狠似豺狼，蠢似豬羊，眼欺縮腮模樣，面黃肌瘦形相。」

【用法】形容身體消瘦有病的樣

子。

【例句】你生活這樣沒有規律，怪不得**面黃肌瘦**的！

【義近】枯瘦如柴／面有菜色／面有病容。

【義反】紅光滿面／容光煥發／身強力壯。

面無人色 ㄇㄧㄢˋ ㄨˊ ㄖㄣˊ ㄙㄜˋ

【釋義】臉上沒有正常的血色。人色：指血色。

【出處】司馬遷・史記・李將軍列傳：「會日暮，吏士皆無人色。」

【用法】形容極度驚懼或憔悴虛弱。

【例句】馬戲團的老虎突然大吼一聲，好像要從表演場地奔騰而出似的，嚇得觀眾**面無人色**。

【義近】面如土色／面如死灰／面無血色／大驚失色。

【義反】面不改色／神色自如／鎮定如恆／泰然自若。

革部

革故鼎新 ㄍㄜˊ ㄍㄨˋ ㄉㄧㄥˇ ㄒㄧㄣ

【釋義】革：革除。故：舊。鼎：立。

【出處】周易・序卦・革物者莫若鼎。注：「革，去故也；鼎，取新也。」施耐庵・水滸傳八〇回：「毋犯雷霆，當效革故鼎新之意。」

【用法】用以表示除舊從新、破舊立新。多用以指施政有所變革。

【例句】近幾年來，政府不斷**革故鼎新**，使社會經濟、政治等都出現更為可喜的變化。

【義近】革舊從新／破舊立新／推陳出新。

【義反】抱殘守缺／率由舊章／因循守舊。

鞠躬盡瘁 ㄐㄩˊ ㄍㄨㄥ ㄐㄧㄣˋ ㄘㄨㄟˋ

【釋義】鞠躬：彎曲身體，表示恭敬、謹慎。盡瘁：竭盡勞苦。瘁：辛勞。

【出處】諸葛亮・後出師表：「臣鞠躬盡力，死而後已。」

【用法】比喻盡心盡力，不辭勞苦地貢獻自己的一切。常用以稱頌人，與「死而後已」連用。

【例句】王教授為國家的教育事業**鞠躬盡瘁**，作出了重大的貢獻。

【義近】竭忠盡智／摩頂放踵／殫精竭慮／死而後已。

【義反】敷衍塞責／畏勞怕苦／聊以塞責。

鞭長莫及 ㄅㄧㄢ ㄔㄤˊ ㄇㄛˋ ㄐㄧˊ

【釋義】鞭子雖長，但不能打到馬肚子，因為那不是鞭所能及的地方。莫：不。及：夠得上。

【出處】左傳・宣公一五年：「古人有言曰：『雖鞭之長，不及馬腹。』」

【用法】比喻有心卻做不到，多指相距遙遠，力量達不到，無法影響。

【例句】我與他是最要好的朋友，他有困難我理應相助，但實在是**鞭長莫及**，力不從心啊！

【義近】愛莫能助／力不從心／力所不及／心有餘力不足。

【義反】力所能及／舉手可得／力有餘裕／手到擒來。

鞭辟入裏 ㄅㄧㄢ ㄆㄧˋ ㄖㄨˋ ㄌㄧˇ

【釋義】辟：透徹。裏：裏頭。又作「鞭辟近裡」。

【出處】論語・衛靈公：「子張書諸紳。」程顥注：「學只要鞭辟近裏，著己而已。」

【用法】形容分析透徹，深中要害，也形容學習領會深刻，都表程度之深。

【例句】胡適先生的論文，對社

會的剖析眞是**鞭辟入裏**。

【義近】入木三分／切中肯綮／一針見血。

【義反】輕描淡寫／隔靴搔癢／淺露浮泛。

韋　部

韋編三絕 ㄨㄟˊ ㄅㄧㄢ ㄙㄢ ㄐㄩㄝˊ

【釋義】韋：熟牛皮。古時以竹爲簡，以韋貫穿成書，故稱韋編。指人用功讀書，以致裝書的牛皮繩多次斷掉。

【出處】司馬遷・史記・孔子世家：「孔子晚而喜易，序、彖、繫、象、說卦、文言，讀易，韋編三絕。」

【用法】用以形容勤學用功的深入。

【例句】他讀書至勤，甚至到了**韋編三絕**的地步，所以他享有「學術泰斗」的美譽，絕非浪得虛名。

【義近】牛角掛書／引錐刺骨／刺骨懸梁／穿壁引光／囊螢映雪。

【義反】玩歲愒時／末學膚受／曠廢隳惰。

韜光養晦 ㄊㄠ ㄍㄨㄤ ㄧㄤˇ ㄏㄨㄟˋ

【釋義】韜光：藏匿光彩。韜：掩藏。養晦：意謂退隱待時。養：隱。

【出處】孔融・離合作郡姓名字詩：「玟琁隱曜，美玉韜光。」宋史・邢恕傳：「使韜晦以待用。」

【用法】指懷才不露，隱居待時。

【例句】在動亂不已的政局裏，有志之士只好**韜光養晦**，不問世事。

【義近】深藏不露／養晦待時／全身葆眞／被褐懷玉／善刀而藏／遵時養晦。

【義反】鋒芒畢露／露才揚己／英華外發／嶄露頭角。

韜聲匿跡 ㄊㄠ ㄕㄥ ㄋㄧˋ ㄐㄧ

【釋義】意謂隱匿自己的行蹤。韜：隱藏。匿：隱。

【出處】孔稚珪・北山移文・投簪逸海岸・善注：「投簪卷帶，韜聲匿跡。」

【用法】指人退隱自匿，不爲人所見聞。

【例句】自從他在官場上被人誣陷而革職後，便**韜聲匿跡**，不知其下落。

【義近】隱姓埋名／遁跡深山／退歸林下／消聲匿跡。

【義反】揚姓顯名／身居高位／追名逐利／露才揚己。

音部

音容宛在（ㄧㄣ ㄖㄨㄥˊ ㄨㄢˇ ㄗㄞˋ）

【釋義】聲音、容貌彷彿就在眼前。宛：彷如。

【出處】李翱・祭吏部韓侍郎文：「遺使奠單，百酸攪腸，音容宛在，曷日而忘？」

【用法】形容對人印象深、交往密切，難以忘卻。多用於悼念已逝去的人。

【例句】祖父雖逝世多年，但每次看到他的遺照，便有一種**音容宛在**的強烈感受。

【義近】音容如在／如影歷歷。

響遏行雲（ㄒㄧㄤˇ ㄜˋ ㄒㄧㄥˊ ㄩㄣˊ）

【釋義】遏：阻止。行雲：飄動的雲。

【出處】列子・湯問：「(秦青)撫節悲歌，聲振林木，響遏行雲。」

【用法】形容歌曲美妙而嘹亮，其聲音能遏止行雲。

【例句】別看這位聲樂家個子不高，他那天生的嗓音唱起歌來可是**響遏行雲**。

【義近】高唱入雲／響徹雲霄／聲振林木／聲動梁塵／穿雲裂石。

【義反】聲如蚊鳴／低聲細氣／嘔啞嘲哳。

響徹雲霄（ㄒㄧㄤˇ ㄔㄜˋ ㄩㄣˊ ㄒㄧㄠ）

【釋義】徹：透過。雲霄：指高空。又作「響徹雲際」。

【出處】古今小說・閒雲庵阮三償冤債：「忽聽得街上樂聲縹緲，響徹雲際。」

【用法】形容聲音高亢響亮，激蕩天宇。

【例句】廣場上的歡呼聲和口號聲**響徹雲霄**，節慶的氣氛濃厚。

【義近】穿雲裂石／響遏行雲。

【義反】萬籟俱寂／無聲無息。

頁部

頂天立地（ㄉㄧㄥˇ ㄊㄧㄢ ㄌㄧˋ ㄉㄧˋ）

【釋義】頭頂天，腳立地。一作「立地頂天」。

【出處】元・無名氏・凍蘇秦三折：「男子漢頂天立地，幾曾受這般恥辱來。」

【用法】形容人氣宇軒昂，氣概豪邁。有時也形容為人光明磊落。

【例句】他是個**頂天立地**的男子漢，決不會幹這種下三濫的無恥勾當。

【義近】氣宇軒昂／光明磊落／超羣絕倫／堂堂正正。

【義反】猥猥瑣瑣／陰陽怪氣／碌碌無能。

頂禮膜拜（ㄉㄧㄥˇ ㄌㄧˇ ㄇㄛˊ ㄅㄞˋ）

【釋義】佛教最尊敬的禮節。頂禮：跪下兩手按地，頭頂碰著佛的腳。膜拜：跪在地上舉兩手虔誠地行禮。

【出處】吳沃堯・痛史二十回：「一時哄動了吉州百姓，扶老攜幼，都來頂禮膜拜。」

【用法】原是佛教的最高禮節。今多用以比喻對人崇拜到了極點。

【例句】每年都有許多善男信女到泰國向四面佛**頂禮膜拜**。

【義近】五體投地／焚香禮拜／敬若神明。

【義反】敬而遠之／白眼視之／嗤之以鼻／不屑一顧。

項莊舞劍，意在沛公（ㄒㄧㄤˋ ㄓㄨㄤ ㄨˇ ㄐㄧㄢˋ，ㄧˋ ㄗㄞˋ ㄆㄟˋ ㄍㄨㄥ）

【釋義】項莊：項羽手下的武士。沛公：劉邦。

【出處】司馬遷・史記・項羽本紀：「今者項莊拔劍舞，其意常在沛公也。」

【用法】用以說明表面上是這樣，而實際意思卻是那樣。

【例句】他當眾稱讚小王如何如

何好，其實這是**項莊舞劍**，**意在沛公**，目的在於貶低李先生。

【義近】醉翁之意不在酒／別有用心／藉此圖彼。

【義反】襟懷坦然。

順天應人 ㄕㄨㄣˋ ㄊㄧㄢ ㄧㄥˋ ㄖㄣˊ

【釋義】上順天命，下應人心。

【出處】易經・革卦：「湯武革命，順乎天而應乎人。」

【用法】表示做事情能順應自然趨勢，符合民眾的願望，便可成功。

【例句】國父所領導的革命，完全是**順天應人**，故無論清政府怎樣扼殺，終會成功。

【義近】順乎民心／順時趨勢。

【義反】背天違民／違時逆勢。

順水推舟 ㄕㄨㄣˋ ㄕㄨㄟˇ ㄊㄨㄟ ㄓㄡ

【釋義】順著流水行船。舟：船。也作「順水行舟」、「順水推船」。

【出處】康敬之・李逵負荊三折：「你休得順水推舟，偏不許我過河拆橋。」

【用法】比喻看形勢行事，既合時機，又不費力。有時指處理問題無主見，隨聲附和，含貶義。

【例句】賈雨村見薛蟠是榮國府的親戚，便想**順水推舟**，做個人情，將那人命案了結（曹雪芹・紅樓夢）。

【義近】因風吹火／因利乘便／因勢利導。

【義反】逆水行舟／逆天背理／逆風撐船。

順手牽羊 ㄕㄨㄣˋ ㄕㄡˇ ㄑㄧㄢ ㄧㄤˊ

【釋義】順手牽走人家的羊。

【出處】關漢卿・單鞭奪槊二折：「被我把右手帶住他馬……順手牽羊一般拈了他來了。」

【用法】比喻順便竊走別人的財物。也比喻順便行事，不費力氣。貶義。

【例句】我的單車擺在門口，轉眼之間就被人**順手牽羊**騎走了。

順我者昌 ㄕㄨㄣˋ ㄨㄛˇ ㄓㄜˇ ㄔㄤ

【釋義】順著我的就使他昌盛。順：順從。常與「逆我者亡」連用。

【出處】司馬遷・史記・太史公自序：「順之者昌，逆之者不死則亡。」

【用法】比喻專制統治者橫行霸道，蠻不講理。

【例句】世界已步入民主時代，那種**順我者昌**，逆我者亡的恐怖政治已被淘汰了。

【義近】順我者生／順之者成。

【義反】逆我者亡／逆之者敗。

順理成章 ㄕㄨㄣˋ ㄌㄧˇ ㄔㄥˊ ㄓㄤ

【釋義】理：條理。章：篇章。

【出處】朱子全書・論語：「文者，順理而成章之謂。」

【用法】說明寫作順著條理，自然能構成篇章。也比喻辦事有條不紊，合情合理。

【例句】他倆由認識到談戀愛，由戀愛到結婚，這完全是**順理成章**的事，你再不滿意也不能從中作梗呀！

【義近】水到渠成／瓜熟蒂落／理所當然。

【義反】雜亂無章／揠苗助長／逆天悖理。

頓開茅塞 ㄉㄨㄣˋ ㄎㄞ ㄇㄠˊ ㄙㄜˋ

【釋義】頓：忽然，一下子。茅塞：為茅草所阻塞。又作「茅塞頓開」。

【出處】羅貫中・三國演義三八回：「先生之言，頓開茅塞，使備如撥雲霧而睹青天。」

【用法】比喻經人指點，一下子明白了。

【例句】你這一句話提醒了我，使我**頓開茅塞**。

【義近】豁然開朗／恍然大悟／撥雲見日／豁然貫通。

【義反】百思不解／執迷不悟／

始終不明。

頤指氣使（ㄧˊ ㄓˇ ㄑㄧˋ ㄕˇ）

【釋義】意謂不說話而用面部表情來示意。頤指：用腮幫子指使人。氣使：用神氣支使人。

【出處】舊唐書・楊國忠傳：「自公卿以下，皆頤指氣使，無不讋憚。」

【用法】形容以傲慢的態度支使別人。

【例句】她平時對人**頤指氣使**慣了，要她聽你的指揮，恐怕不太可能。

【義近】目指氣使／發號施令／倨傲鮮腆。

【義反】俯心相就／降心相從／謙沖自牧／卑以下人／俯首聽命／低聲下氣。

頭角崢嶸（ㄊㄡˊ ㄐㄧㄠˇ ㄓㄥ ㄖㄨㄥˊ）

【釋義】頭角：頭頂左右突出處。常用以比喻青少年的氣概或才華。崢嶸：高峻，喻超越尋常。

【出處】韓愈・柳子厚墓誌銘：「時雖少年，已自成人，能取進士第，嶄然見頭角。」

【用法】比喻年少而才氣出眾。

【例句】張先生年輕時就已**頭角崢嶸**，現在有這樣高的成就，可謂理所當然。

【義近】嶄露頭角／脫穎而出／才氣橫溢／頭角嶄然／英華外發。

【義反】吳下阿蒙／酒囊飯袋／飯囊衣架／腹負將軍。

頭重腳輕（ㄊㄡˊ ㄓㄨㄥˋ ㄐㄧㄠˇ ㄑㄧㄥ）

【釋義】頭腦沉重，腳下軟弱。

【出處】施耐庵・水滸傳一二二回：「用得力猛，頭重腳輕，翻筋斗倒撞下溪裏去，却起不來。」

【用法】多用以形容站立不穩或基礎不牢固。

【例句】他突然感到**頭重腳輕**，一頭栽了下去，便再也爬不起來，腦溢血死了。

【義近】頭昏眼花／頭重尾輕。

【義反】根深柢固／根深葉茂。

頭破血流（ㄊㄡˊ ㄆㄛˋ ㄒㄧㄝˇ ㄌㄧㄡˊ）

【釋義】頭被打破，血流滿面。

【出處】吳承恩・西遊記四四回：「照道士臉上一刮，可憐就打得頭破血流身倒地，皮開頸折腦漿傾。」

【用法】多用以比喻慘敗或遭受嚴重挫折。也用以形容傷勢嚴重。

【例句】①年輕人創業，若未事先謹慎規畫，到最後沒有不落得**頭破血流**的。②他被人打得**頭破血流**，得趕快送往醫院急救。

【義近】焦頭爛額／鼻青臉腫／體無完膚。

【義反】鬚髮未損／毫髮無傷。

頭童齒豁（ㄊㄡˊ ㄊㄨㄥˊ ㄔˇ ㄏㄨㄛ）

【釋義】頭禿齒落。童：頭髮禿頂。齒豁：牙齒掉光。也作「齒豁頭童」。

【出處】韓愈・進學解：「頭童齒豁，竟死何裨？」

【用法】形容人已經衰老，齒髮脫落。

【例句】他年紀才剛過半百，就已**頭童齒豁**，實在衰老得太快了。

【義近】頹然老矣／耳聾眼花／老態龍鍾／牛山濯濯／蒼顏皓首。

【義反】年老身健／耳聰目明／松柏之姿／年富力強／春秋鼎盛。

頭痛醫頭（ㄊㄡˊ ㄊㄨㄥˋ ㄧ ㄊㄡˊ）

【釋義】又作「頭痛灸頭」。常與「腳痛醫腳」連用。

【出處】朱子語類・訓門人：「頭痛灸頭，腳痛灸腳，病在這上，只治這上便了。」

【用法】比喻被動應付，對問題不做根本徹底的解決。

【例句】你這樣**頭痛醫頭**，腳痛

醫腳，怎麼也不能從根本上解決問題！
【義近】腳痛醫腳／鋸箭療法。
【義反】擒賊先擒王／拔本塞源。

頭暈目眩 ㄊㄡˊ ㄩㄣˋ ㄇㄨˋ ㄒㄩㄢˋ

【釋義】暈：旋轉。眩：眼花。又作「頭眩目昏」。
【出處】袁宏道・錦帆集・尺牘：「連日頭眩目昏，嘔血數斗，恐遂不能起，未免以墓文累大筆也。」
【用法】形容人頭昏眼花，只覺得天旋地轉。或遇事氣壞了的現象。
【例句】在大太陽底下站了兩個多鐘頭，只覺得**頭暈目眩**，就快昏倒了。
【義近】頭昏眼暈／頭眩眼黑／眼冒金星／頭昏眼花。
【義反】神清目明／身強力壯／神清氣爽／神志清醒。

頭頭是道 ㄊㄡˊ ㄊㄡˊ ㄕˋ ㄉㄠˋ

【釋義】道：道路，道理。指條條都是走得通的道理。
【出處】嚴羽・滄浪詩話・詩法：「及其透徹，則七縱八橫，信手拈來，頭頭是道矣。」
【用法】形容說話、爲文、做事很有條理。
【例句】別看他還是個十二、三歲的孩子，可是說起話來卻**頭頭是道**，不輸給大人。
【義近】有條有理／井然有序／井井有條。
【義反】顛三倒四／語無倫次／雜亂無章。

額手稱慶 ㄜˊ ㄕㄡˇ ㄔㄥ ㄑㄧㄥˋ

【釋義】額手：把手放在額前。
【出處】宋史・司馬光傳：「衛士望見，皆以手加額。」馮夢龍・東周列國志三七回：「國人無不額手稱慶。」
【用法】今多用以表示慶幸、慶賀。
【例句】不恤民生疾苦的專制政府垮臺以後，民眾無不歡欣鼓舞，**額手稱慶**。
【義近】以手加額／大快人心／拍手稱快／彈冠相慶。
【義反】疾首蹙額／愁眉苦臉／拊掌痛哭／銜哀致誠。

顛三倒四 ㄉㄧㄢ ㄙㄢ ㄉㄠˇ ㄙˋ

【釋義】把三弄成四，把四說成三。三、四：泛指次序。
【出處】許仲琳・封神演義四四回：「一日拜三次，連拜了三四日，就把子牙拜的顛三倒四，坐臥不安。」
【用法】指人精神錯亂、思路不清，也形容人做事混亂而無次序。
【例句】他這人的思維有些錯亂，說起話來**顛三倒四**，不知所云。
【義近】七顛八倒／顛倒錯亂／語無倫次／翻來覆去。
【義反】井然有序／有條有理／條理分明。

顛沛流離 ㄉㄧㄢ ㄆㄟˋ ㄌㄧㄡˊ ㄌㄧˊ

【釋義】顛沛：指遭受挫折，生活窮困。流離：到處流浪。又作「流離顛沛」。
【出處】歸有光・顧隱君傳：「雖流離顛沛之際，孜孜以濟人爲務。」
【用法】形容人民迫於戰亂災荒而不得不輾轉流離的慘狀。
【例句】民國初年，連年不斷的軍閥混戰，使人民受盡了**顛沛流離**之苦。
【義近】流離轉徙／流離失所／離鄉背井／蕩析離居／斷梗飄蓬／萍浮南北。
【義反】安居樂業／安居故園／安家守土／安土重遷。

顛倒黑白 ㄉㄧㄢ ㄉㄠˇ ㄏㄟ ㄅㄞˊ

【釋義】把黑的說成白的，把白的說成黑的。
【出處】屈原・九章・懷沙：「

變白以為黑兮，倒上以為下。」王國維・人間詞話：「可謂顛倒黑白矣。」

【用法】比喻故意歪曲事實，混淆是非。

【例句】這傢伙做盡壞事，卻還惡人先告狀，竭盡其**顛倒黑白**、信口雌黃之能事。

【義近】顛倒是非／指鹿為馬／混淆黑白／信口雌黃。

【義反】是非分明／涇渭分明／黑白分明。

顛撲不破 ㄉㄧㄢ ㄆㄨ ㄅㄨˋ ㄆㄛˋ

【釋義】無論怎樣摔打都不會破。顛：跌。撲：拍打。

【出處】朱子語類・性理二：「伊川性即理也，橫渠心統性情二句，顛撲不破。」

【用法】比喻言論或學說正確，永遠不會被推翻。大多用於道理、學說、法則、事例等方面。

【例句】中華民族曾經創造人類奇蹟，是一個偉大而勤勞的民族，這是一個**顛撲不破**的結論。

【義近】牢不可破／完美無缺／無懈可擊／堅不可摧。

【義反】不堪一擊／漏洞百出／不攻自破／一觸即潰。

顧小失大 ㄍㄨˋ ㄒㄧㄠˇ ㄕ ㄉㄚˋ

【釋義】顧及小的而失掉大的。

【出處】焦延壽・易林・賁之蒙：「顧小失大，福逃牆外。」

【用法】指人眼光短淺，迷惑於小利而有損於長遠利益。

【例句】你這人怎麼老是**顧小失大**，為了幾文錢，竟如此捨身拚命！

【義近】目光短淺／見小忘大／貪小失大／隋珠彈雀／揀芝麻丟西瓜。

【義反】目光遠大／深謀遠慮／棄小圖大／放長線釣大魚。

顧此失彼 ㄍㄨˋ ㄘˇ ㄕ ㄅㄧˇ

【釋義】顧了這個，顧不了那個。

【出處】馮夢龍・東周列國志七十六回：「大王率大軍直搗郢都，彼迅雷不及掩耳，顧此失彼。」

【用法】形容忙亂，不能兩者兼顧。或因能力不足，問題多變、難以兼顧。

【例句】我軍採兩面夾擊的策略，使敵人**顧此失彼**，疲於奔命，狼狽不堪。

【義近】葫蘆按倒瓢起來／顧得了三，顧不了四／二者不可得兼／左支右絀。

【義反】面面俱到／遠近兼顧／八面玲瓏／兩全齊美／一舉兩得。

顧名思義 ㄍㄨˋ ㄇㄧㄥˊ ㄙ ㄧˋ

【釋義】顧：看。義：意義，涵義。

【出處】陳壽・三國志・魏志・王昶傳：「故以玄默冲虛為名，欲使汝曹顧名思義，不敢違越。」

【用法】看到名稱就可以想到它的涵義。多用於形容名實相符的事物。

【例句】基礎科學，**顧名思義**，是科學技術的基礎。

【義近】見名知義／顧名見義／緣文生義／由辭達意。

【義反】言不及義／辭不達義。

顧盼自雄 ㄍㄨˋ ㄆㄢˋ ㄗˋ ㄒㄩㄥˊ

【釋義】顧盼：向兩旁或周圍看來看去。自雄：自以為了不起。

【出處】嵇康・贈秀才入軍詩：「凌厲中原，顧盼生姿。」紀昀・閱微草堂筆記・姑妄聽之：「恃其強悍，顧盼自雄，視鄉黨如無物。」

【用法】形容得意忘形，鄙視羣倫之狀。

【例句】看來這年輕人今後也不會多有出息，因為他稍有成就便**顧盼自雄**，以為高人一等。

【義近】自鳴得意／神氣活現／趾高氣揚／自命不凡／目指

氣使／旁若無人。

【義反】謙抑下人／謙虛謹慎／不驕不躁／大盈若沖／虛懷若谷。

顧影自憐（ㄍㄨˋ ㄧㄥˇ ㄗˋ ㄌㄧㄢˊ）

【釋義】回頭看看自己的影子，不覺憐惜（或欣賞）起來。憐：憐惜，愛。

【出處】陸機・赴洛道中作：「佇立望故鄉，顧影淒自憐。」

【用法】原形容孤獨，現含有自我欣賞之意。

【例句】女兒已經慢慢長大了，瞧她面對鏡子**顧影自憐**的模樣，不禁令人又悲又喜。

【義近】孤芳自賞／山雞舞鏡／顧影促步。

【義反】自慚形穢／自輕自賤／自暴自棄／自視欿然／妄自菲薄。

顯而易見（ㄒㄧㄢˇ ㄦˊ ㄧˋ ㄐㄧㄢˋ）

【釋義】明顯而容易看出來。顯：明顯，明明白白。

【出處】蘇洵・嘉祐集・上皇帝書：「而其近而易行，淺而易見者，謹條爲十通。」

【用法】形容事情明擺著，無任何含糊處，一下子就能看清楚、弄明白。

【例句】**顯而易見**，這件事出差錯，責任不在我方，而在於對方的不負責任。

【義近】昭然若揭／彰明昭著／有目共睹／一目了然。

【義反】若明若暗／不明不白／隱晦曲折／莫測高深。

顯親揚名（ㄒㄧㄢˇ ㄑㄧㄣ ㄧㄤˊ ㄇㄧㄥˊ）

【釋義】顯：顯耀。親：父母。揚：傳揚，遠揚。

【出處】孝經・開宗明義：「立身行道，揚名於後世，以顯父母，孝之終也。」

【用法】指出人頭地，使祖宗、父母顯耀，自己得以揚名於世。也用以形容只爲家人和個人名利奮鬥者。

【例句】在古代許多人爲了**顯親揚名**而刻苦攻讀，步入仕途，創建出赫赫功勳。

【義近】光宗耀祖／榮親顯名／顯祖榮宗。

【義反】沒沒無聞／隱姓埋名／辱門敗戶。

風部

風平浪靜（ㄈㄥ ㄆㄧㄥˊ ㄌㄤˋ ㄐㄧㄥˋ）

【釋義】意即平靜沒有風浪。

【出處】楊萬里・泊光口詩：「風平浪靜不生紋，水面渾如鏡面新。」

【用法】比喻平靜無事。

【例句】臺灣雖說繁榮昌盛，但也並不是**風平浪靜**的，社會秩序等方面都還有問題。

【義近】風微浪隱／風恬浪靜／平安無事／天下太平／風平波息。

【義反】驚濤駭浪／狂風巨浪／盜賊橫行／戰火紛飛／大風大浪／天翻地覆／風雲變幻／風雲變色／雲譎波詭。

風行一時（ㄈㄥ ㄒㄧㄥˊ ㄧˊ ㄕˊ）

【釋義】風行：像刮風一樣流行

。一時：一個時期。

【出處】曾樸・孽海花三回：「只怕唐兒印行的不息齋稿，雖然風行一時……。」

【用法】形容事物（或思想）在一個時期內非常流行。

【例句】武打片曾**風行一時**，現在已不那麼爲人所矚目了。

【義近】風靡一時／一時風尚。

【義反】不合時宜／古調不彈。

風行草偃 ㄈㄥ ㄒㄧㄥˊ ㄘㄠˇ ㄧㄢˇ

【釋義】行：吹。偃：倒下。

【出處】論語・顏淵：「君子之德風，小人之德草，草上之風必偃。」陳壽・三國志・吳志・張紘傳・注引吳書：「平定三郡，風行草偃，加以忠敬款誠，乃心王室。」

【用法】比喻在上位者以德教化民眾。

【例句】爲政者如能身爲表率，自然能**風行草偃**，民眾也會跟著爲善施仁了。

【義近】風行草靡／草應風偃／上行下效／以德化民／化民成俗。

【義反】殘民以逞／齊之以刑／董之以刑。

風言風語 ㄈㄥ ㄧㄢˊ ㄈㄥ ㄩˇ

【釋義】也作「風語風言」。

【出處】元・無名氏・度柳翠一折：「我那裏聽你那風言風語。」

【用法】指無根據的傳聞或惡意中傷的話，也指私下議論或暗中散布某種流言。貶義。

【例句】她大概是聽信了那些**風言風語**，所以一看見我就躲得遠遠的。

【義近】流言蜚語／華言風語／風影之言／蜚短流長／閒言閒語。

【義反】實言實語／眞言眞語／正言正語／肺腑之言／忠正之言／忠言讜論。

風吹雨打 ㄈㄥ ㄔㄨㄟ ㄩˇ ㄉㄚˇ

【釋義】指花木遭受風雨摧殘。

【出處】陸希聲・李徑詩：「一徑穠芳萬蕊攢，風吹雨打未摧殘。」

【用法】比喻惡勢力對弱小者的迫害，也比喻嚴峻的考驗。

【例句】在人的一生中，難免會有曲折起伏，只有那些經得起**風吹雨打**的人，才能得到最後的勝利。

【義近】雨打風吹／風吹浪打／風吹雨淋。

【義反】風拂雨潤／風平浪靜／風和日麗。

風吹浪打 ㄈㄥ ㄔㄨㄟ ㄌㄤˋ ㄉㄚˇ

【釋義】被風猛吹，被浪猛擊。

【出處】洪昇・長生殿・埋玉：「可憐一對鴛鴦，風吹浪打，直恁的遭強霸。」

【用法】比喻險惡的遭遇，或受到嚴峻的考驗。

【例句】沒有經歷過**風吹浪打**的過程，又怎能了解風平浪靜的可貴。

【義近】風吹雨打／風雨交加。

【義反】風平浪靜／風和日麗。

風吹草動 ㄈㄥ ㄔㄨㄟ ㄘㄠˇ ㄉㄨㄥˋ

【釋義】風稍一吹，草就擺動。

【出處】敦煌變文集・伍子胥變文：「偷蹤竊道，飲氣吞聲，風吹草動，即便藏形。」

【用法】比喻微小的動盪或變動。

【例句】他自從受到那次打擊後，便有如驚弓之鳥，稍有**風吹草動**，就驚恐萬分。

【義近】風聲鶴唳／草木皆兵。

【義反】悄無聲息／風平浪靜。

風花雪月 ㄈㄥ ㄏㄨㄚ ㄒㄩㄝˇ ㄩㄝˋ

【釋義】泛指四季的景色。

【出處】邵雍・伊川擊壤集序：「雖死生榮辱，轉戰于前，曾未入于胸中，則何異四時風花雪月一過乎眼也。」

【用法】今多用以比喻浮華空泛，無關國計民生的詩文，也用以比喻男女風情。

【例句】①近二、三十年來，**風花雪月**之作氾濫於文壇，已多到令人生厭的地步。②世間男女相處在一起，時間長了，自然會發生一些**風花雪月**的事來。

【義近】吟風弄月／男歡女愛。

【義反】歌功頌德／女貞男潔。

風雨同舟 ㄈㄥ ㄩˇ ㄊㄨㄥˊ ㄓㄡ

【釋義】在狂風暴雨中同乘在一條船上，一起與風雨搏鬥。

【出處】孫子・九地：「夫吳人與越人相惡也，當其同舟而濟，遇風，其相救也，如左右手。」

【用法】比喻患難與共。用於人與人之間。

【例句】這兩位在抗日戰爭時曾**風雨同舟**的摯友，想不到今年又在高雄相會了。

【義近】同舟共濟／和衷共濟／休戚與共／同心協力。

【義反】同牀異夢／鉤心鬥角／過河拆橋／爾虞我詐／明槍暗箭／明爭暗鬥。

風雨如晦 ㄈㄥ ㄩˇ ㄖㄨˊ ㄏㄨㄟˋ

【釋義】刮風下雨，天色暗得像黑夜一樣。晦：夜晚。

【出處】詩經・鄭風・風雨：「風雨如晦，雞鳴不已。」

【用法】形容天色昏暗，比喻政治黑暗、社會不安。

【例句】①這天氣好怪，一刮風下雨就黑成這樣，怪不得古人說**風雨如晦**。②世界上有些國家和地區動亂不已，在**風雨如晦**的環境中，人民飽受災難。

【義近】昏天黑地／暗無天日／風雨飄搖。

【義反】風和日麗／風清月朗／雲開霧散／重見天日／天下太平／海晏河清。

風雨無阻 ㄈㄥ ㄩˇ ㄨˊ ㄗㄨˇ

【釋義】刮風下雨也阻擋不住。

【出處】馮夢龍・醒世恆言・黃秀才徼靈玉馬墜：「黃秀才從陸路短船，風雨無阻，所以趕著了。」

【用法】指事情不受風雨的影響，一定如期進行。用於會議、工作等。

【例句】這位郵差非常敬業，十多年來都**風雨無阻**地把郵件送上門。

【義近】雷打不動／說一不二。

【義反】朝令夕改／朝三暮四。

風雨飄搖 ㄈㄥ ㄩˇ ㄆㄧㄠ ㄧㄠˊ

【釋義】原指樹上的鳥窩在風雨中搖晃。飄搖：動盪不定。

【出處】詩經・豳風・鴟鴞：「風雨所漂（飄）搖，予維音嘵嘵。」

【用法】比喻局勢動盪不安，很不穩定。用於時局、政權、地位等。

【例句】袁世凱篡奪政權後，軍閥混戰，西方列強虎視眈眈，中國處在**風雨飄搖**之中。

【義近】動盪不安／搖搖欲墜／杌隉不安／國無寧日。

【義反】安如磐石／穩如泰山／國泰民安／四海昇平。

風和日麗 ㄈㄥ ㄏㄜˊ ㄖˋ ㄌㄧˋ

【釋義】風和：指春風和暖。日麗：陽光燦爛。

【出處】吳沃堯・痛史一九回：「是日風和日麗，眾多官員都來祭奠。」

【用法】形容春天天氣美好宜人。

【例句】每到春天我總要挑個**風和日麗**的日子，與家人一起郊遊，玩個痛快。

【義近】春風和煦／春暖花開／風和日暖／風恬日暖。

【義反】風雨交加／凄風苦雨／疾風暴雨／風吹雨打／暴風驟雨。

風流人物 ㄈㄥ ㄌㄧㄡˊ ㄖㄣˊ ㄨˋ

【釋義】風流：英俊，傑出。

【出處】陳叔達・答王績書：「至若梁魏周齊之間，耳目耆舊所棲，風流人物，名實可知。」

【用法】指對一個時代有影響、有貢獻的人物。有時也指舉止瀟灑而行爲輕薄的人。

【例句】三國時代湧現出一批**風流人物**，他們在政治、軍事上的鬥智故事，至今仍廣爲流傳。

【義近】一代俊傑／風流才子／一代英豪。

【義反】一代梟雄／輕薄少年／流氓地痞。

風流倜儻 ㄈㄥ ㄌㄧㄡˊ ㄊㄧˋ ㄊㄤˇ

【釋義】風流：有才華，有風度。倜儻：超逸不拘的樣子。

【出處】凌濛初・初刻拍案驚奇卷五：「那盧生生得偉貌長髯，風流倜儻。」

【用法】形容男子風度灑脫，豪邁不羈。

【例句】王先生性格豪放，**風流倜儻**，才華橫溢，故深得李小姐的鍾愛。

【義近】風度翩翩／風流逸宕／風流瀟灑／風流蘊藉。

【義反】縮頭縮腦／土裏土氣／拘謹不安／不修邊幅。

風流雲散 ㄈㄥ ㄌㄧㄡˊ ㄩㄣˊ ㄙㄢˋ

【釋義】像風流動，如雲飄散。

【出處】王粲・贈蔡子篤詩：「悠悠世路，亂離多阻……風流雲散，一別如雨。」

【用法】多用以比喻本來常相聚的人飄零離散。

【例句】近年來，親朋好友爲了各自的目標，大都**風流雲散**了，眞不知何時才能重逢。

【義近】星離雲散／煙消雲散／天各一方／四離五散。

【義反】聚首一堂／日見夕會／朝夕相處／歡聚一堂。

風流罪過 ㄈㄥ ㄌㄧㄡˊ ㄗㄨㄟˋ ㄍㄨㄛˋ

【釋義】風流：風韻，風情。也泛指放蕩的男女關係。

【出處】黃庭堅・滿庭芳詞：「又須得，樽前席上成雙，些子風流罪過，都說與，明月空牀。」

【用法】指風情方面的過失，有時也指因風雅之事而招致過錯。

【例句】王先生這次遭革職，並無其他原因，全在於他勾引經理千金所犯的**風流罪過**。

【義近】風流韻事／情場風波。

風馬牛不相及 ㄈㄥ ㄇㄚˇ ㄋㄧㄡˊ ㄅㄨˋ ㄒㄧㄤ ㄐㄧˊ

【釋義】風：指雌雄相誘。及：靠近，碰到。馬牛不同類，彼此不會相誘而靠近。

【出處】左傳・僖公四年：「君處北海，寡人處南海，唯是風馬牛不相及也。」

【用法】比喻兩者之間毫無關係，彼此毫不相干。

【例句】這件事和他根本**風馬牛不相及**，你去找他幹什麼？

【義近】風馬不接／了不相涉／井水不犯河水／毫無瓜葛／牛馬其風／毫不相干。

【義反】休戚相關／息息相關／密不可分。

風起雲湧 ㄈㄥ ㄑㄧˇ ㄩㄣˊ ㄩㄥˇ

【釋義】大風刮起，浮雲如潮湧。湧：升起，冒出。

【出處】蘇軾・後赤壁賦：「山鳴谷應，風起雲湧。」

【用法】比喻新生事物不斷湧現，聲勢很盛。

【例句】近幾年來，許多共產國家的民主運動**風起雲湧**，勢不可當。

【義近】風起雲蒸／風起水湧／方興未艾／蒸蒸日上。

【義反】風止雲散／煙消雲散／江河日下／風恬浪靜。

風清月朗 ㄈㄥ ㄑㄧㄥ ㄩㄝˋ ㄌㄤˇ

【釋義】清：涼爽。朗：明亮。
【出處】段成式・酉陽雜俎續集：「時春季夜間，風清月朗，不睡，獨處一院。」
【用法】形容夜晚優美怡人的景色。
【例句】在這**風清月朗**的夜晚，與好友緩斟慢飲，促膝談心，眞有說不出的愉悅。
【義近】風恬月白／風清月皎。
【義反】風狂雨驟／風狂月暗。

風清弊絕 ㄈㄥ ㄑㄧㄥ ㄅㄧˋ ㄐㄩㄝˊ

【釋義】風：風氣。清：乾淨。弊：指貪污舞弊等。絕：絕迹。
【出處】周敦頤・拙賦：「天下拙，刑政徹，上安下順，風清弊絕。」
【用法】形容政治清明，社會風氣良好，各種弊端都消失了。
【例句】在民主國家裏，一切依法行事，較能產生**風清弊絕**的廉能政府。
【義近】風清政廉／政清弊絕。
【義反】徇私舞弊／貪贓枉法。

風捲殘雲 ㄈㄥ ㄐㄩㄢˇ ㄘㄢˊ ㄩㄣˊ

【釋義】大風把殘雲捲走。
【出處】戎昱・霽雪詩：「風捲殘雲暮雪晴，紅烟洗盡柳條輕。」
【用法】比喻一下子把殘存的東西一掃而光，也比喻貪吃，吃得很快。
【例句】抗戰最後階段，我軍以**風捲殘雲**之勢消滅了殘存在淪陷區的日軍。
【義近】狂風掃秋葉／橫掃千軍／秋風掃落葉／一掃而空／狼吞虎嚥。

風華正茂 ㄈㄥ ㄏㄨㄚˊ ㄓㄥˋ ㄇㄠˋ

【釋義】風：風采。華：才華。茂：旺盛。
【出處】南史・謝晦傳：「時謝混風華爲江左第一。」
【用法】形容人年輕有爲，正當青春煥發、風采動人和才華橫溢之時。
【例句】他現在處於**風華正茂**的得意時期，五子登科，萬事順當，人生得意之境也不過如此啊！
【義近】頭角崢嶸／才華橫溢／冠絕羣倫／鶴立雞羣。
【義反】老朽無能／行將就木／風燭殘年。

風雲際會 ㄈㄥ ㄩㄣˊ ㄐㄧˋ ㄏㄨㄟˋ

【釋義】風雲：指難以遇到的好日月、好機會。際會：遭遇，遇合。
【出處】耶律楚材・次雲卿見贈詩：「風雲際會千年少，天地恩私四海均。」
【用法】比喻遇到了好時運，也用以比喻各方人才聚集。
【例句】①他這幾年可算是**風雲際會**，在仕途上得意非凡。②只見眾神都到，合會一天，那其間**風雲際會**，甘雨滂沱。（吳承恩・西遊記八七回）
【義近】風雲之會／風雲際遇／風雲會合／群英畢集。
【義反】時乖運蹇／生不逢時。

風雲變幻 ㄈㄥ ㄩㄣˊ ㄅㄧㄢˋ ㄏㄨㄢˋ

【釋義】像風雲那樣變化莫測。風雲：比喻變化動盪的局勢。變幻：變化不定。
【出處】駱賓王・爲徐敬業討武曌檄：「嗚咽則山岳崩頹，叱咤則風雲變色。」
【用法】比喻時局變化迅速，動向難以預料。
【例句】辛亥革命後，軍閥混戰，國內局勢**風雲變幻**，社會動盪不安。
【義近】風雲突變／風雲變色／變幻莫測。
【義反】風雲無變／一成不變／風平浪靜。

風馳電掣

【釋義】像刮風閃電那樣迅速。馳：奔跑。掣：拉，扯。

【出處】六韜・龍韜・王翼：「論兵革，風馳電掣，不知所由。」

【用法】形容速度極快。用於交通工具或人的行動舉止。

【例句】日本的高速火車，有如**風馳電掣**般地在軌道上疾速奔馳。

【義近】電照風行／風激電駭／星馳電征／追風逐電。

【義反】老牛拖車／蝸行牛步／鵝行鴨步／慢條斯理。

風塵僕僕

【釋義】風塵：冒著風塵，指在旅途上所受的辛苦。僕僕：勞累的樣子。

【出處】吳沃堯・痛史八回：「三人揀了一家客店住下，一路上風塵僕僕，到了此時，不免早些歇息。」

【用法】形容奔波忙碌，旅途勞累。

【例句】他出差至西歐各國將近兩個月，今天才**風塵僕僕**地趕回臺北。

【義近】鞍馬勞頓／櫛風沐雨／日炙風吹／風餐露宿／披星戴月。

【義反】養尊處優／安享清福／逍遙自在／偃息在牀。

風調雨順

【釋義】風雨及時適宜。調：調和，均勻。順：和協。

【出處】舊唐書・禮儀制一・引六韜：「武王伐紂，雪深丈餘……既而克殷，風調雨順。」

【用法】形容風雨適合農時。也比喻天下太平。

【例句】今年**風調雨順**，看來又是個豐收年。

【義近】風雨適時／時和年豐／五風十雨。

【義反】五穀不登／凶年惡歲／兵荒馬亂／荒時暴月／苦雨終風／旱魃爲虐／旱澇不均。

風樹興悲

【釋義】又作「風木哀思」。

【出處】韓詩・外傳：「樹欲靜而風不止，子欲養而親不待。」

【用法】用以形容親亡而孝子自歎未盡孝養之道。

【例句】及長，能致菽水之養，而父親則溘然長逝，至今每值佳節，仍不免**風樹興悲**。

【義近】詩廢蓼莪／風木哀思／風木孝思／皋魚之泣。

【義反】膝下承歡／天倫之樂／闔家團聚。

風餐露宿

【釋義】在風裏吃飯，在露天裏睡覺。

【出處】蘇軾・游山呈通判承議寫寄參寥詩：「遇勝即倘佯，風餐兼露宿。」

【用法】形容旅途或野外工作，冒著風露的困苦情形。

【例句】地質勘探隊員爲尋找礦苗，長年翻山越嶺，**風餐露宿**，工作十分辛苦。

【義近】餐風宿雨／餐風飲露／餐風沐雨／披星戴月／櫛風沐雨／風塵樸樸。

【義反】養尊處優／飽食終日／乘車御蓋／逍遙自在。

風燭殘年

【釋義】風燭：風中蠟燭，飄搖易滅。殘年：殘餘的歲月，指晚年。

【出處】王羲之・題衞夫人筆陣圖後：「時年五十有三，或恐風燭奄及，聊遺教于子孫耳。」

【用法】比喻衰老的晚年，餘日不多。只用於老年。

【例句】王教授筆耕了一生，現在雖已是**風燭殘年**，仍然手不停筆，實在令人敬佩。

【義近】風中之燭／風中殘燭／行將就木／日薄西山／垂暮之年。

【義反】如日當中／風華正茂／富於春秋／年富力強／春秋鼎盛。

風聲鶴唳 ㄈㄥ ㄕㄥ ㄏㄜˋ ㄌㄧˋ

【釋義】風吹物的響聲和鶴的鳴叫聲。唳：鳥叫。常與「草木皆兵」連用。

【出處】晉書・謝玄傳：「（苻堅）餘眾棄甲宵遁，聞風聲鶴唳，皆以爲王師已至。」

【用法】形容驚謊疑懼到了極點。用於十分危急的情況中，有時也形容自相驚擾。

【例句】那幾個在逃的囚犯，不免**風聲鶴唳**，只要一見有人看他們，便趕忙躲藏起來。

【義近】杯弓蛇影／草木皆兵／疑神疑鬼／膽戰心驚。

【義反】心安神定／氣定神閒／神色自若。

風韻猶存 ㄈㄥ ㄩㄣˋ ㄧㄡˊ ㄘㄨㄣˊ

【釋義】風韻：風度，韻致。猶存：還存，仍在。

【出處】晉書・王凝之妻謝氏傳：「道韞風韻高邁，敍致清雅。」

【用法】用以讚美風采姿色不減當年。

【例句】王太太雖已年近半百，可是**風韻猶存**，保養得實在太好了。

【義近】風姿依然／風韻不衰／猶具姿色／徐娘半老。

【義反】未老先衰／年老色衰／人老珠黃。

風鬟雨鬢 ㄈㄥ ㄏㄨㄢˊ ㄩˇ ㄅㄧㄣˋ

【釋義】鬟：女子髮髻。鬢：鬢髮。

【出處】李朝威・柳毅傳：「昨下第，間驅涇水右涘，見大王愛女牧羊於野，風鬟雨鬢，所不忍視。」

【用法】形容婦女髮髻散亂。

【例句】那位漂亮的李太太和丈夫吵架後，**風鬟雨鬢**，淚眼汪汪的，別有一番嬌美的情態哩。

【義近】雲鬟霧鬢／花冠不整／雲髻半偏。

飛部

飛砂走石 ㄈㄟ ㄕㄚ ㄗㄡˇ ㄕˊ

【釋義】沙土飛揚，石子滾動。砂：同「沙」。走：跑。

【出處】干寶・搜神記：「乃有神飛沙走石，雷電霹靂。」

【用法】形容風力迅猛。

【例句】每年一到秋天，我國西北地區便經常刮起大風，**飛砂走石**，撼天震地。

【義近】飛砂轉石／飛砂走礫／大風飛揚。

飛針走線 ㄈㄟ ㄓㄣ ㄗㄡˇ ㄒㄧㄢˋ

【釋義】走：跑。針好像在飛，線好像在跑。

【出處】施耐庵・水滸傳四一回：「這人姓侯名健，祖居洪都人氏。做得第一裁縫，端的是飛針走線。」

【用法】形容針線縫紉敏捷，技術熟練。

【例句】這女子不僅年輕漂亮，更奇的是還能**飛針走線**，做得一手好針線活。

【義近】針線飛梭／心靈手巧／女紅嫻熟。

【義反】粗枝大葉／笨手笨腳／拈不得針，拿不得線。

飛黃騰達 ㄈㄟ ㄏㄨㄤˊ ㄊㄥˊ ㄉㄚˊ

【釋義】神馬飛馳。飛黃：神馬名。騰達：即「騰踏」，騰空飛去。

【出處】韓愈・符讀書城南詩：「飛黃騰踏去，不能顧蟾蜍。」

【用法】比喻人驟然得志，官位升遷得很快，多含諷刺意味。

【例句】過去他只是一名小職員時，還會拿我們當朋友，現在**飛黃騰達**了，看到我們時，連點個頭都不屑了。

【義近】青雲直上／平步青雲／一日九遷／扶搖直上／飛黃騰踏。

【義反】一落千丈／時乖運蹇／仕途坎坷／老死牖下／下喬入幽／曝鰓龍門。

飛短流長 ㄈㄟ ㄉㄨㄢˇ ㄌㄧㄡˊ ㄔㄤˊ

【釋義】飛、流：均為散佈、流傳之意。短、長：指是非、好壞等。

【出處】蒲松齡・聊齋志異・封三娘：「妾來當須祕密，造言生事者，飛短流長，所不堪受。」

【用法】指說長道短、造謠中傷。

【例句】心中無冷病，哪怕吃西瓜，我才不怕他們**飛短流長**哩！

【義近】造遙生事／流言蜚語／說長論短／數黑論黃／閒言閒語。

【義反】肺腑之言／讜言正論。

飛揚跋扈 ㄈㄟ ㄧㄤˊ ㄅㄚˊ ㄏㄨˋ

【釋義】飛揚：任性放縱。跋扈：蠻橫。

【出處】北史・齊高祖紀：「（侯）景專制河南十四年矣，常有飛揚跋扈志，顧我能養，豈為汝駕御也。」

【用法】形容驕橫恣肆，蠻不講理。

【例句】他這樣**飛揚跋扈**，自以為了不得，我敢肯定他將來決無好下場。

【義近】專橫跋扈／無法無天／橫行霸道／桀驁不馴。

【義反】循規蹈矩／遵法守紀／謙遜有禮／唯命是從／卑躬屈膝。

飛蛾赴火 ㄈㄟ ㄜˊ ㄈㄨˋ ㄏㄨㄛˇ

【釋義】像蛾子撲火一樣。赴：投奔。一作「飛蛾投火」、「飛蛾撲火」等。

【出處】梁書・到溉傳：「（高祖）因賜溉連珠曰：『……如飛蛾之赴火，豈焚身之可吝。」

【用法】比喻自找死路，自取滅亡。

【例句】青少年染上吸毒的惡習，無疑是**飛蛾赴火**，自取滅亡。

【義近】自投羅網／自取滅亡／自尋死路／作繭自縛。

【義反】全身遠害。

飛簷走壁 ㄈㄟ ㄧㄢˊ ㄗㄡˇ ㄅㄧˋ

【釋義】在屋簷上飛越，在牆壁上奔跑。走：奔跑。

【出處】施耐庵・水滸傳八四回：「却說時遷，他是個飛簷走壁的人，跳牆越城，如登平地。」

【用法】形容身體輕捷，行動迅疾，武藝高強。

【例句】馬戲團中的每一位演員，都有**飛簷走壁**、空中翻滾的本領。

【義近】跳牆越城／竄房越脊／爬牆攀梁／飛簷走脊／身手輕捷／身手俐落。

【義反】步履蹣跚／舉步維艱。

食部

食不甘味（ㄕˊ ㄅㄨˋ ㄍㄢ ㄨㄟˋ）

【釋義】甘：味道甜美。
【出處】戰國策・齊策五：「秦王恐之，寢不安席，食不甘味。」
【用法】形容憂慮不安，飲食無味。
【例句】這幾天爲了兒子打傷人的事，弄得我坐立不安，**食不甘味**。
【義近】臥不安席／寢食難安／如坐針氈／憂心如焚／憂心忡忡／食不知味。
【義反】飽食終日／津津有味／無憂無慮／高枕無憂。

食不厭精（ㄕˊ ㄅㄨˋ ㄧㄢˋ ㄐㄧㄥ）

【釋義】厭：同「饜」，滿足。精：精細。
【出處】論語・鄉黨：「食不厭精，膾不厭細。」
【用法】說明食品不嫌其精美，越精美越好。
【例句】**食不厭精**，可說是人之常情，經濟條件好了，誰不想吃得精美一些。
【義近】膾不厭細／食不厭美。
【義反】食不求甘／食不重味。

食玉炊桂（ㄕˊ ㄩˋ ㄔㄨㄟ ㄍㄨㄟˋ）

【釋義】糧食如珠玉一樣昂貴，燒柴像桂木一樣的貴重。
【出處】戰國策・楚策三：「楚國之食貴於玉，薪貴於桂……今令臣食玉炊桂，因鬼見帝。」
【用法】比喻物價昂貴。
【例句】聽說香港近幾年物價猛漲，以至於收入少的人家有**食玉炊桂**的感歎。
【義近】水貴如油／米貴如珠／米珠薪桂。
【義反】物美價廉。

食古不化（ㄕˊ ㄍㄨˇ ㄅㄨˋ ㄏㄨㄚˋ）

【釋義】意謂學古人讀古書而不會善加運用，如食物之不能消化。
【出處】陳撰・玉几山房畫外錄：「定欲爲古人而食古不化，畫虎不成、刻舟求劍之類也。」
【用法】諷喻人死讀古書，不能靈活運用。
【例句】你這人一天到晚鑽故紙堆，古書倒讀了不少，卻不見有什麼成就，像這樣**食古不化**也太無意思了。
【義近】食而不化／囫圇吞棗／生吞活剝。
【義反】古爲今用／推陳出新／學古知今／融會貫通。

食肉寢皮（ㄕˊ ㄖㄡˋ ㄑㄧㄣˇ ㄆㄧˊ）

【釋義】恨不能割他的肉吃，剝他的皮做褥墊。
【出處】左傳・襄公二一年：「然二子（殖綽、郭最）者，譬於禽獸，臣食其肉而寢處其皮矣。」
【用法】形容有深仇大恨，痛恨已極。用於國仇家恨，如外敵、奸佞、叛逆等。
【例句】對那些殺人放火的強盜、淫人妻女的色狼，不但該殺，還當**食肉寢皮**。
【義近】恨之入骨／怨入骨髓／咬牙切齒／不共戴天／焚骨揚灰。
【義反】無冤無仇／相親相愛。

食言而肥（ㄕˊ ㄧㄢˊ ㄦˊ ㄈㄟˊ）

【釋義】食言：把話吃下去，比喻說話不算數。肥：肥胖。
【出處】左傳・哀公二五年：「孟武伯惡郭重曰：『何肥也？』公曰：『是食言多矣，能無肥乎！』」
【用法】譏刺人言而無信，只圖自己佔便宜，根本不履行諾言。
【例句】你們千萬不要上他的當

，他是個**食言而肥**、騙人成性的流氓。
【義近】自食其言／輕諾寡信／言而無信。
【義反】言而有信／一諾千金／一言九鼎／言必有信。

飢不擇食

【釋義】餓急了，不管什麼都吃。擇：選擇，挑揀。
【出處】普濟・五燈會元・丹霞天然禪師：「又一日，訪龐居士，……師乃曰：『居士在否？』士曰：『飢不擇食。』」
【用法】比喻需要急迫時，顧不得細加考慮和挑選。
【例句】①他已餓得狼吞虎嚥，**飢不擇食**了。②他已失業半年，家裏等著米下鍋，所以現在是**飢不擇食**，什麼工作都願意做。
【義近】慌不擇路／寒不擇衣／狼吞虎嚥。
【義反】挑肥揀瘦／精挑細選／擇善而從。

飢者易為食

【釋義】飢者：飢餓的人。易為食：容易為食物所滿足，能填飽肚皮即可。
【出處】孟子・公孫丑上：「飢者易為食，渴者易為飲。」
【用法】形容人在困難的時候較容易滿足，並感謝別人的恩德。
【例句】**飢者易為食**，現在大陸一些地區遭受水災，只要送些物資去救濟，他們便會感激不盡。
【義近】渴者易為飲。

飢寒交迫

【釋義】衣食無著，又寒又冷。交：一齊，同時。迫：逼迫。
【出處】王讜・唐語林卷一：「上謂曰：『汝何為作賊？』對曰：『飢寒交迫，所以為盜。』」
【用法】形容生活貧困。
【例句】古代的農民眞可憐，終年辛勤耕作，日曬雨淋，却仍時常**飢寒交迫**。
【義近】啼飢號寒／流離困頓／飢寒交切。
【義反】豐衣足食／安和樂利。

飢餐渴飲

【釋義】餓則吃飯，渴則飲水。
【出處】馮夢龍・警世通言卷八：「四更以後，各帶著隨身金銀物件出門，離不得飢餐渴飲，夜住曉行。」
【用法】形容旅途艱苦，飲食無定時。
【例句】為了實現步行環島的心願，他一路**飢餐渴飲**、曉行夜宿，最後終於達成目標。
【義近】餐風飲露／風餐露宿／餐風宿雨。
【義反】養尊處優／飽食終日。

飲水思源

【釋義】喝水時要想到水的來源。
【出處】袁枚・小倉山房尺牘八十一首：「然今日之…飲水思源，皆夫子之所賜也。」
【用法】喻不忘本。
【例句】**飲水思源**，我們今天能過這樣美好的生活，全是先人血汗累積而來的。
【義近】飲水知源／落實知樹／慎終追遠／無念爾祖。
【義反】數典忘祖／得魚忘筌／忘恩負義／過河拆橋。

飲泣吞聲

【釋義】眼淚只能往肚裏流，不敢哭出聲來。飲泣：讓眼淚往肚裏咽。吞聲：把哭聲忍住。
【出處】司馬遷・報任少卿書：「沫血飲泣。」江淹・恨賦：「莫不飲恨而吞聲。」
【用法】形容忍受痛苦，不敢公

開表露。

【例句】大陸許多人一想起十年文革期間**飲泣吞聲**過的日子，仍然心有餘悸。

【義近】含垢忍辱／忍氣吞聲。

【義反】揚眉吐氣／意氣洋洋。

飲鴆止渴（ㄧㄣˇ ㄓㄣˋ ㄓˇ ㄎㄜˇ）

【釋義】喝毒酒解渴。鴆：傳說中的毒鳥，用其羽毛泡的酒有劇毒。

【出處】後漢書・霍諝傳：「譬猶療飢於附子，止渴於鴆毒，未入腸胃，已絕咽喉，豈可為哉！」

【用法】比喻只知用有害的辦法來解決眼前的困難，而不顧致命後果。

【例句】你老是靠大量的止痛藥來止痛，而不去看醫生，無異於**飲鴆止渴**。

【義近】挖肉補瘡／抱薪救火／漏脯充飢。

【義反】對症下藥。

飽食終日（ㄅㄠˇ ㄕˊ ㄓㄨㄥ ㄖˋ）

【釋義】終日：整天。常與「無所用心」連用。

【出處】論語・陽貨：「飽食終日，無所用心，難矣哉！」

【用法】說明整天只知吃喝得飽飽的，無所事事。

【例句】這些公子哥兒**飽食終日**，無所用心，根本是社會上的一批廢物！

【義近】遊手好閒／無所事事／無所用心。

【義反】廢寢忘食／宵衣旰食／夙興夜寐。

飽食暖衣（ㄅㄠˇ ㄕˊ ㄋㄨㄢˇ ㄧ）

【釋義】吃得飽飽的，穿得暖暖的。

【出處】孟子・滕文公上：「飽食煖（暖）衣，逸居而無教，則近於禽獸。」

【用法】形容衣食充足，生活安樂。

【例句】一個人在**飽食暖衣**之後，應該進一步奮發圖強，成就一番事業。

【義近】豐衣足食／無虞匱乏／衣食無缺。

【義反】缺衣少食／一貧如洗／啼飢號寒。

飽經風霜（ㄅㄠˇ ㄐㄧㄥ ㄈㄥ ㄕㄨㄤ）

【釋義】飽：充分地。風霜：比喻艱難困苦。

【出處】西遊記六四回：「不雜囂塵終冷淡，飽經風霜自風流。」

【用法】形容經歷過長期艱難困苦生活的磨鍊。

【例句】這位老人幾十年來**飽經風霜**，直到近幾年生活才慢慢好轉，可惜身體已大不如前了。

【義近】艱辛備嘗／歷盡艱辛／飽經滄桑。

【義反】養尊處優／未經世故／人事不知。

養生送死（ㄧㄤˇ ㄕㄥ ㄙㄨㄥˋ ㄙˇ）

【釋義】養生：生前奉養父母。送死：為父母料理喪事。

【出處】禮記・禮運：「禮義也哉……所以養生送死，事鬼神之大端也。」

【用法】指子女對父母生前的供養與死後的殯葬。

【例句】**養生送死**，是子女對父母應盡的義務與職責，決無推卸之理。

【義近】養老送終。

養兒防老，積穀防饑（ㄧㄤˇ ㄦˊ ㄈㄤˊ ㄌㄠˇ，ㄐㄧ ㄍㄨˇ ㄈㄤˊ ㄐㄧ）

【釋義】養育兒女是防備老了有人供養，積蓄穀物是防備有了災荒不受饑餓。

【出處】陳元靚・事林廣記九下：「養兒防老，積穀防饑。」

【用法】說明平日應有所積儲以防不時之需。

【例句】俗話說：「**養兒防老，積穀防饑**。」現在有了錢應該為未來作些打算才好！

【義近】未雨綢繆／有備無患。

養虎遺患

【釋義】留著老虎不除掉，就會成為後患。遺：又作「貽」，留。患：災禍。

【出處】司馬遷・史記・項羽本紀：「此天亡楚之時也，不如因其機而遂取之，今釋弗擊，此所謂養虎自遺患也。」

【用法】說明縱容敵人、惡人，會給自己留下後患。

【例句】對這種作惡多端的人，決不能手下留情，否則**養虎遺患**，後悔就來不及了。

【義近】養虎留患／養癰遺患／縱虎歸山。

【義反】杜絕後患／除惡務盡／斬草除根。

養軍千日，用在一時

【釋義】意謂長期培養軍隊，目的就在於一時急用。

【出處】馬致遠・漢宮秋：「我養軍千日，用軍一時，空有滿朝文武，那個與我退的番兵？」

【用法】本指長期培養軍隊，在於一時禦敵應急之用。今也泛指平日培訓人員是為一時所需。

【例句】**養軍千日，用在一時**，平日看他在公司像個閒人似的，今天他為公司簽下了一筆大生意，再也沒人敢說他吃閒飯了。

【義近】養兵千日，用在一朝。

【義反】平時不燒香，臨時抱佛腳。

養尊處優

【釋義】養：調養，生活。尊：尊貴。優：優裕。

【出處】蘇洵・上韓樞密書：「天子者養尊而處優，樹恩而收名，與天下為喜樂者也。」

【用法】形容人處於尊貴地位，過著優裕生活。

【例句】他勞累奔波了幾十年，現在家境富裕了，過幾年**養尊處優**的生活有何不可。

【義近】飽食終日／無所用心。

【義反】飽經風霜／含辛茹苦。

養精蓄銳

【釋義】精：精神，銳氣。

【出處】羅貫中・三國演義三四回：「且待半年，養精蓄銳，劉表、孫權可一鼓而下也。」

【用法】用以表示保養精神，積蓄銳氣，以待奮發有為。

【例句】隊員們在**養精蓄銳**一陣子後，又雄心勃勃地馳騁於比賽場中，立誓非贏回冠軍不可。

【義近】休養生息／生聚教訓／秣馬厲兵。

【義反】勞民傷財／窮兵黷武。

養癰遺患

【釋義】生了毒瘡不醫治，終成大患。癰：毒瘡。

【出處】馮衍・與婦弟任武達書：「養癰長疽，自生禍殃。」

【用法】比喻姑息誤事，終成禍患。

【例句】除惡不盡，**養癰遺患**，小心種下難以彌補的惡果。

【義近】養虎遺患／姑息養奸／縱虎歸山。

【義反】除惡務盡／斬草除根。

餘味無窮

【釋義】味：味道，此指意味。無窮：無盡頭，無極限。

【出處】尚書・畢命：「建無窮之基，亦有無窮之聞。」

【用法】形容談話、詩文或歌曲耐人回味。

【例句】這首歌頌黃河的長詩寫得有氣勢而不生硬，描繪生動且**餘味無窮**。

【義近】耐人尋味／回味無窮／意味深長／津津有味／饒有風味。

【義反】枯燥無味／索然寡味／

味同嚼蠟／興味淡然／索然無味。

餘音繞梁（ㄩˊ ㄧㄣ ㄖㄠˋ ㄌㄧㄤˊ）

【釋義】餘音：指音樂奏完或歌唱完以後好像還留在耳邊的聲音。梁：屋梁。

【出處】列子・湯問：「昔韓娥東之齊，匱糧，過雍門，鬻歌假食。既去，而餘音繞梁欐，三日不絕。」

【用法】形容歌聲優美，歌罷其聲音仍久久回旋於耳際，給人留下難忘的印象。

【例句】她歌唱得優美動人，眞是**餘音繞梁**，令人難忘。

【義近】餘音裊裊／餘音繚繞／百轉千回。

【義反】嘔啞嘲哳／擊甕叩缶／犬吠雞鳴。

餘勇可賈（ㄩˊ ㄩㄥˇ ㄎㄜˇ ㄍㄨˇ）

【釋義】餘勇：剩下的勇力。餘：多餘。賈：賣。

【出處】左傳・成公二年：「欲勇者賈餘勇。」杜預注：「賈，賣也。言己勇有餘，欲賣之。」

【用法】表示還有力量沒用完。

【例句】這位籃球隊員體質特別好，打了兩場球下來，竟還**餘勇可賈**。

【義近】精力充沛／勇力有餘。

【義反】筋疲力盡／心餘力絀。

餓虎撲羊（ㄜˋ ㄏㄨˇ ㄆㄨ ㄧㄤˊ）

【釋義】又作「餓虎吞羊」。吞：吃。

【出處】清平山堂話本・五戒禪師私紅蓮記：「一個初侵女色，由(猶)如餓虎吞羊。」

【用法】形容動作迅猛而貪婪。

【例句】這個色鬼，在鄉下僻靜處見了一位女子，便如**餓虎撲羊**般的衝了上去。

【義近】泰山壓頂／猛虎擒羊。

饞涎欲滴（ㄔㄢˊ ㄒㄧㄢˊ ㄩˋ ㄉㄧ）

【釋義】饞得口水都要流下來了。涎：口水。欲：將要。

【出處】皮日休・魯望昨以五百言見詒……詩：「將來示時人，猰貐垂饞涎。」

【用法】形容貪食或貪得的強烈欲望。用於對美食或美色的渴求。

【例句】①他餓極了，見了吃的便**饞涎欲滴**。②他是個老色鬼，見到稍有姿色的女子便**饞涎欲滴**。

【義近】垂涎三尺／垂涎欲滴／口角流涎。

【義反】索然無味／食不知味／無動於衷。

首部

首如飛蓬（ㄕㄡˇ ㄖㄨˊ ㄈㄟ ㄆㄥˊ）

【釋義】頭上的亂髮似飛散的蓬草。蓬：一種野生植物，枯後常在近根處折斷，遇風飛旋。

【出處】詩經・衛風・伯兮：「自伯之東，首如飛蓬。豈無膏沐，誰適爲容。」

【用法】多用以形容因心情不佳，無意梳妝打扮。

【例句】失去了她心愛的丈夫後，那女子心如死灰，整天足不出戶，**首如飛蓬**，似乎無意再活下去了。

【義近】髮如雞窩／披頭散髮／蓬首垢面。

【義反】容光煥發／英姿煥發／神采飛揚。

首屈一指 ㄕㄡˇ ㄑㄩ ㄧˋ ㄓˇ

【釋義】扳著指頭計數，首先彎下大拇指表示第一。首：首先。屈：彎。
【出處】顏光敏・顏氏家藏尺牘卷二：「每論詩輒爲首屈一指。」
【用法】比喻居於首位，即名列第一，引申爲最好的。可用於人、事、物，但範圍要指明。
【例句】瑞士的手錶至今在世界上仍是**首屈一指**，無人可企及。
【義近】無出其右／名列前茅／秀出班行／無以過之／無與倫比／數一數二／冠絕羣倫／一時之冠／超羣絕倫。
【義反】倒數第一／屈居最末／敬陪末座。

首善之區 ㄕㄡˇ ㄕㄢˋ ㄓ ㄑㄩ

【釋義】首善：最好的，猶模範。區：地區，地方。
【出處】漢書・儒林傳序・太常孔臧等議：「故教化之行也，建首善自京師始，繇內及外。」
【用法】本用以稱京師，後也用以泛稱人文薈萃，熱鬧繁華的地區。
【例句】台北是中華民國的**首善之區**，各方面都領先於其他城市。
【義近】京畿重鎮／通都大邑。
【義反】窮鄉僻壤／邊陲之地。

首當其衝 ㄕㄡˇ ㄉㄤ ㄑㄧˊ ㄔㄨㄥ

【釋義】首：首先，最早。衝：衝要之地，交通要道。
【出處】漢書・五行志下：「鄭當其衝，不能修德。」
【用法】比喻最先受到攻擊或遭受災難。
【例句】台灣地區每至夏天便有許多颱風，而東部更常**首當其衝**，受害最嚴重。

首鼠兩端 ㄕㄡˇ ㄕㄨˇ ㄌㄧㄤˇ ㄉㄨㄢ

【釋義】首鼠：遲疑不定，躊躇不決。兩端：兩頭。
【出處】司馬遷・史記・魏其武安侯列傳：「（武安）召韓御史大夫載，怒曰：『與長孺共一老禿翁，何爲首鼠兩端。』」
【用法】形容在兩者之間猶豫不決或動搖不定。
【例句】該怎樣就怎樣，何必老這樣**首鼠兩端**，自尋煩惱？
【義近】搔首蜘躕／狐疑不決／舉棋不定／躊躇觀望／逡巡不前／委決不下／鰓鰓過慮／畏首畏尾／騎牆觀望。
【義反】快刀斬亂麻／毅然決然／當機立斷。

馬部

馬不停蹄 ㄇㄚˇ ㄅㄨˋ ㄊㄧㄥˊ ㄊㄧˊ

【釋義】馬不停地往前走。蹄：牲畜的腳。
【出處】王實甫・麗堂春二折：「贏的他急難措手，打的他馬不停蹄。」
【用法】比喻不停地連續前進，全無休息。
【例句】事務很重，只有**馬不停蹄**地拚趕一陣子，才有可能如期完成。
【義近】快馬加鞭／飛馬揚鞭／乘奔御風。
【義反】慢條斯理／走走停停。

馬到成功 ㄇㄚˇ ㄉㄠˋ ㄔㄥˊ ㄍㄨㄥ

【釋義】戰馬所至，立即成功。
【出處】鄭廷玉・楚昭公一折：「教場中點就四十萬雄兵，

……管取馬到成功，奏凱回來也。」
【用法】比喻或祝賀迅速取勝，也形容事情一開始就獲得成功。
【例句】此事並不難辦，不是我吹牛，讓我去辦，保證**馬到成功**。
【義近】旗開得勝／出手得盧／手到擒來。
【義反】出師不利／一敗塗地／一觸即潰／望風披靡。

馬首是瞻 ㄇㄚˇ ㄕㄡˇ ㄕˋ ㄓㄢ

【釋義】即「瞻馬首」，看著馬頭的方向決定進退。
【出處】左傳．襄公一四年：「荀偃令曰：『雞鳴而駕，塞井夷灶，唯余馬首是瞻。』」
【用法】比喻聽人指揮，或樂於追隨別人。
【例句】他在鄉里中德高望眾，許多族人都以他**馬首是瞻**，將他的訓誡奉爲圭臬。
【義近】唯命是從／唯命是聽。
【義反】各行其是。

馬革裹屍 ㄇㄚˇ ㄍㄜˊ ㄍㄨㄛˇ ㄕ

【釋義】用馬皮把屍體裹起來。革：皮革。
【出處】後漢書．馬援傳：「男兒要當死於邊野，以馬革裹屍還葬耳，何能臥牀上在兒女子手中邪？」
【用法】表示戰死沙場，形容將士大無畏的英雄氣概。
【例句】男兒立志在沙場，即便是**馬革裹屍**，也無悔無怨。
【義近】以身許國／效死疆場／捐軀報國。
【義反】貪生怕死／臨陣脫逃／俛首係頸／覥顏借命／忍辱苟活。

馬馬虎虎 ㄇㄚˇ ㄇㄚˇ ㄏㄨˇ ㄏㄨˇ

【釋義】意謂處理事情態度草率馬虎。
【出處】曾樸．孽海花六回：「馬馬虎虎逼著朝廷簽定，人不知鬼不覺，依然把越南暗送。」
【用法】形容做事不認眞，粗枝大葉；也形容勉強合格，說得過去。
【例句】做事**馬馬虎虎**，不負責任的人是很難成功的。
【義近】粗枝大葉／敷衍了事／草率從事／虛應故事／敷衍塞責／大而化之。
【義反】一絲不苟／鄭重其事／精益求精／丁一確二。

馬齒徒增 ㄇㄚˇ ㄔˇ ㄊㄨˊ ㄗㄥ

【釋義】馬的牙齒隨著年齡而增長。徒：白白地，徒自。
【出處】穀梁傳．僖公二年：「荀息牽馬操璧而前曰：『璧則猶是也，而馬齒加長矣。』」
【用法】比喻虛度年華，毫無成就。
【例句】年輕人應把握時光及時努力，以免年長時有**馬齒徒增**的悲嘆。
【義近】虛度年華／蹉跎歲月／虛擲時月／老大無成。
【義反】功與日增／功成名就／日就月將／英年有爲／日起有功。

馳名中外 ㄔˊ ㄇㄧㄥˊ ㄓㄨㄥ ㄨㄞˋ

【釋義】馳名：名聲遠揚。馳：遠揚。
【出處】孔叢子．陳士義：「貲擬王公，馳名天下。」
【用法】形容美名傳揚國內外。
【例句】貴州的茅臺酒一打開便醇香撲鼻，怪不得**馳名中外**。
【義近】名揚四海／名滿天下／名聞遐邇。
【義反】藉藉無名／沒沒無聞。

駕輕就熟 ㄐㄧㄚˋ ㄑㄧㄥ ㄐㄧㄡˋ ㄕㄨˊ

【釋義】駕著輕車走熟路。就：走上。
【出處】韓愈．送石處士序：「若駟馬駕輕車，就熟路，而王良、造父爲之先後也。」

【用法】比喻對某事有經驗，熟悉情況，做起來容易。
【例句】他本是師範大學畢業的，也曾教過書，現在回到教育界重操舊業，可說是**駕輕就熟**。
【義近】輕車熟路／得心應手。
【義反】初出茅廬／初試啼聲。

駑馬十駕 ㄋㄨˊ ㄇㄚˇ ㄕˊ ㄐㄧㄚˋ

【釋義】劣馬拉車跑十天也能到達目的地。駑馬：劣等馬。駕：馬拉車跑一天的路程。
【出處】荀子・勸學：「騏驥一躍，不能十步；駑馬十駕，功在不舍。」
【用法】比喻能力雖差，若持之以恆，照樣會有所成就。
【例句】古人說：**駑馬十駕**，這話的確不假，王先生天資平常，但他刻苦攻讀，數十年如一日，現在不是成了名教授嗎？
【義近】鍥而不捨／跛鼈千里。
【義反】一曝十寒／半途而廢。

駟不及舌 ㄙˋ ㄅㄨˋ ㄐㄧˊ ㄕㄜˊ

【釋義】駟：即駟馬，同拉一輛車的四匹馬。舌：指說出的話。
【出處】論語・顏淵：「子貢曰：『惜乎！夫子之說君子也，駟不及舌。』」
【用法】說明出言務必要慎重，說話要算話。
【例句】古人說**駟不及舌**。你是堂堂正正的男子漢，說話可得要算數啊！
【義近】一言既出，駟馬難追／一諾千金／一言九鼎。
【義反】言而無信／食言而肥／輕諾寡信。

駭人聽聞 ㄏㄞˋ ㄖㄣˊ ㄊㄧㄥ ㄨㄣˊ

【釋義】駭：驚嚇，震驚。
【出處】孟元老・東京夢華錄・東角樓街巷：「每一交易，動即千萬，駭人聞見。」
【用法】說明事情超越常理，使人聽了感到震驚。
【例句】昨天晚上大街裏發生了一件**駭人聽聞**的殺人分屍案。
【義近】駭人視聽／聳人聽聞／危言聳聽。
【義反】不足爲奇／司空見慣／習以爲常。

騎虎難下 ㄑㄧˊ ㄏㄨˇ ㄋㄢˊ ㄒㄧㄚˋ

【釋義】騎上老虎就難下來。
【出處】隋書・獨孤皇后傳：「后使人謂高祖曰：『大事已然，騎虎之勢不得下，勉之。』」
【用法】比喻做事遇到困難，但迫於形勢又不能終止，形成進退兩難的局面。
【例句】這件事搞到這種地步倒有些**騎虎難下**了，索性順勢而下，車到山前自有路吧！
【義近】羝羊觸藩／跋前躓後／左右兩難／進退維谷。
【義反】左右逢源／進退有據／全身而退／來去自如。

騰雲駕霧 ㄊㄥˊ ㄩㄣˊ ㄐㄧㄚˋ ㄨˋ

【釋義】升上雲端，駕起雲霧，在空中飛行。騰：上升，騰空。
【出處】尚仲賢・柳毅傳書二折：「俺涇河龍呼的風，喚的雨，騰的雲，駕的霧。」
【用法】形容有如神仙般的迅速奔馳和超人能力，也用以形容暈頭轉向、輕飄不穩。
【例句】①八仙過海中的神仙，個個都能**騰雲駕霧**。②她最近病得有些恍惚，總感到整個人有如**騰雲駕霧**般飄了起來。
【義近】風馳電掣／逐日追風／憑虛御風／暈頭轉向。
【義反】蝸行牛步／老牛破車／腳踏實地。

驕兵必敗 ㄐㄧㄠ ㄅㄧㄥ ㄅㄧˋ ㄅㄞˋ

【釋義】驕兵：驕傲自負的軍隊。
【出處】漢書・魏相傳：「恃國

家之大，矜民人之眾，欲見威於敵者，謂之驕兵。兵驕者滅。」

【用法】指恃強輕敵的軍隊必定打敗仗。也用以警惕人太過自信必遭失敗。

【例句】古人說得好：**驕兵必敗**，你最好謙虛一點，多聽聽別人的意見，否則你在事業上就很可能一敗塗地。

【義近】驕傲必敗。

【義反】哀兵必勝。

驕奢淫逸 ㄐㄧㄠ ㄕㄜ ㄧㄣˊ ㄧˋ

【釋義】驕奢：驕縱奢侈。淫逸：又作「淫佚」，放蕩。

【出處】左傳・隱公三年：「驕奢淫佚，所自邪也。」

【用法】原指驕縱、奢侈、淫亂、放蕩四種惡習，今用以形容生活糜爛，荒淫無度。

【例句】封建社會，貴族過著**驕奢淫逸**的生活，而平民則忍飢挨餓，衣不蔽體。

【義近】窮奢極侈／花天酒地／揮霍無度。

【義反】艱苦樸素／勤儉度日／克勤克儉。

驕傲自滿 ㄐㄧㄠ ㄠˋ ㄗˋ ㄇㄢˇ

【釋義】驕傲：自命不凡。自滿：自我滿足。

【出處】王明清・揮麈後錄卷八：「（徐師川）既登宥密，頗驕傲自滿。」

【用法】自以爲了不起，滿足於已取得的成績。

【例句】如果在事業上稍有成就就**驕傲自滿**，那必然會停滯不前，甚或倒退。

【義近】自命不凡／居功自傲／夜郎自大。

【義反】謙虛謹慎／不矜不伐。

驚弓之鳥 ㄐㄧㄥ ㄍㄨㄥ ㄓ ㄋㄧㄠˇ

【釋義】曾被箭射傷，一聽到弓聲就害怕的鳥。

【出處】晉書・王鑒傳：「黷武之眾易動，驚弓之鳥難安。」

【用法】比喻受過驚嚇，略有動靜就害怕的人。

【例句】他自從上次歷劫歸來後，就如**驚弓之鳥**，遇事也不敢貿然而行了。

【義近】心有餘悸／驚魂未定／談虎色變／疑神疑鬼。

【義反】初生之犢／鎮定自若／泰然自處。

驚心動魄 ㄐㄧㄥ ㄒㄧㄣ ㄉㄨㄥˋ ㄆㄛˋ

【釋義】令人心驚，使人魂魄震動。

【出處】鍾嶸・詩品卷上：「文溫以麗，意悲而遠，驚心動魄，可謂一字千金。」

【用法】原形容作品文辭動人，使人感受深，震動大。今形容使人十分驚嚇、緊張。

【例句】這部描寫二次世界大戰的影片，有不少**驚心動魄**的場面。

【義近】震撼人心／膽戰心驚／毛骨悚然。

【義反】不足爲奇／神閒氣定／無動於衷。

驚天動地 ㄐㄧㄥ ㄊㄧㄢ ㄉㄨㄥˋ ㄉㄧˋ

【釋義】驚：驚動，震動。動：震撼，搖動。也作「動地驚天」。

【出處】白居易・李白墓詩：「可憐荒壠窮泉骨，曾有驚天動地文。」

【用法】形容聲勢極爲巨大，也形容聲音大、變化劇烈。

【例句】①這吼聲**驚天動地**，氣壯山河。②辛亥革命以來，中國發生了**驚天動地**的大變化。

【義近】震天撼地／撼天動地／驚神泣鬼／感天動地。

【義反】微不足道／寂天寞地／無聲無息。

驚天地，泣鬼神 ㄐㄧㄥ ㄊㄧㄢ ㄉㄧˋ ㄑㄧˋ ㄍㄨㄟˇ ㄕㄣˊ

【釋義】使天地震驚，使鬼神落淚。也作「動天地，泣鬼神」。

【出處】汪琬・烈婦周氏墓表：「然則匹婦雖微，及其精誠所激，往往動天地，泣鬼神。」
【用法】形容事蹟的壯烈感人，也形容詩文極爲動人。
【例句】國父認爲黃花崗烈士的壯烈犧牲，直可**驚天地，泣鬼神**，與武昌革命之役並壽。
【義近】感天動地／可歌可泣。
【義反】司空見慣／平淡無奇。

驚恐萬狀 ㄐㄧㄥ ㄎㄨㄥˇ ㄨㄢˋ ㄓㄨㄤˋ

【釋義】驚恐：驚慌恐懼。萬狀：各種樣子，表示驚恐的程度極深。
【出處】漢書・成帝紀：「京師無故訛言大水至，吏民驚恐，奔走乘城。」
【用法】形容極爲害怕，顯露出各種驚恐的樣子來。
【例句】槍聲一響，不管天上飛的或地上走的，都**驚恐萬狀**地向四面八方逃竄。
【義近】驚慌萬狀／聞風喪膽／驚慌失措。
【義反】泰然自若／處之泰然／不動聲色。

驚慌失措 ㄐㄧㄥ ㄏㄨㄤ ㄕ ㄘㄨㄛˋ

【釋義】失措：舉動失去常態。又作「驚惶失措」。
【出處】北齊書・元暉業傳：「孝友臨刑，驚惶失措，暉業神色自若。」
【用法】形容驚慌失態，不知如何是好。
【例句】我們要是遇到了危險情況，應該沉著應付，千萬不要**驚慌失措**。
【義近】張皇失措／手足無措／方寸大亂。
【義反】若無其事／泰然處之／心穩神定。

驚魂甫定 ㄐㄧㄥ ㄏㄨㄣˊ ㄈㄨˇ ㄉㄧㄥˋ

【釋義】受驚的心情才安定下來。魂：魂魄，人的心神。甫：開始，初。
【出處】駱賓王・疇昔篇：「驚魂聞葉落，危魄逐輪埋。」
【用法】形容受到大的驚嚇後，心神開始安定下來。
【例句】她被流氓追趕，一路衝回家中，**驚魂甫定**，便向家人詳說原由，報警備案。
【義近】心神初安／神魂始定。
【義反】驚恐萬分／驚惶失措。

驚濤駭浪 ㄐㄧㄥ ㄊㄠ ㄏㄞˋ ㄌㄤˋ

【釋義】使人驚嚇的大波大浪。濤：大波浪。駭：吃驚，害怕。
【出處】陸游・長風沙詩：「江水六月無津涯，驚濤駭浪高吹花。」
【用法】比喻險惡的環境或遭遇。
【例句】四十年來，臺灣歷經不少**驚濤駭浪**，而生活在此的人民都堅強地走過來了。
【義近】驚風駭浪／狂風惡浪／大風大浪。
【義反】風平浪靜／波瀾不驚／水波不興。

驢脣不對馬嘴 ㄌㄩˊ ㄔㄨㄣˊ ㄅㄨˋ ㄉㄨㄟˋ ㄇㄚˇ ㄗㄨㄟˇ

【釋義】又作「驢脣馬嘴」、「牛頭不對馬嘴」等。
【出處】道源・景德傳燈錄・文偃禪師：「到處馳騁，驢脣馬嘴。」蒲松齡・醒世姻緣一八回：「一帖藥吃下去，不特驢脣對不著馬嘴，且是無益而反害之。」
【用法】比喻答非所問，或比喻對問題的認識、所發表的見解與事實出入很大。
【例句】你聽清楚我所提的問題沒有？怎麼盡是一些**驢脣不對馬嘴**的回答呢？
【義近】答非所問／文不對題／風馬牛不相及。
【義反】就問作答／扣題爲文／絲絲入扣／就事論事。

骨部

骨肉至親 ㄍㄨˇ ㄖㄡˋ ㄓˋ ㄑㄧㄣ

【釋義】至：最。又作「骨肉之親」。
【出處】魏書・邢巒傳：「況淵藻是蕭衍兄子，骨肉至親，若其逃亡，當然死罪。」
【用法】指最親近的親屬。
【例句】你們是**骨肉至親**，爲了一點家產竟至動刀弄斧，不怕讓別人看笑話嗎？
【義近】骨肉相連／血肉之親／骨肉之愛。
【義反】疏遠之親／葭莩之親／遠房疏親。

骨肉相連 ㄍㄨˇ ㄖㄡˋ ㄒㄧㄤ ㄌㄧㄢˊ

【釋義】像骨頭和肉一樣相連接著。
【出處】管子・輕重：「功臣之家兄弟相戚，骨肉相親，國無飢民。」
【用法】比喻關係非常密切，不可分離。
【例句】臺灣同胞和大陸同胞有著**骨肉相連**的關係，任何人也無法否認此一事實。
【義近】骨肉之親／血肉相連。
【義反】毫無瓜葛。

骨肉離散 ㄍㄨˇ ㄖㄡˋ ㄌㄧˊ ㄙㄢˋ

【釋義】骨肉：指親屬。離散：離別分散。
【出處】詩經・唐風・杕杜小序：「君不能親其宗族，骨肉離散，獨居而無兄弟，將爲沃（國）所併耳。」
【用法】比喻家人分別離散，不能相聚。用於戰亂或不可抗拒的天災。
【例句】抗日戰爭爆發後，造成許多家庭**骨肉離散**，甚至永遠天人永隔的悲劇。
【義近】家破人亡／妻離子散。
【義反】骨肉團圓／闔家團聚。

骨軟筋酥 ㄍㄨˇ ㄖㄨㄢˇ ㄐㄧㄣ ㄙㄨ

【釋義】意謂筋骨鬆軟，全身無力。
【出處】曹雪芹・紅樓夢一一〇回：「這些家人聽了這話，越發嚇得骨軟筋酥，連跑也跑不動了。」
【用法】形容驚嚇的情狀。有時也用以形容好色之徒見了女色難以自持的神態。
【例句】①她一聽說兒子在外面殺了人，頓時嚇得**骨軟筋酥**，癱倒在地。②他見了仰慕已久的電影明星王小姐，就全身**骨軟筋酥**，色涎直淌。
【義近】骨軟筋麻／全身癱軟／骨騰肉飛。
【義反】鋼筋鐵骨／神穩心定／若無其事／無動於衷／坐懷不亂。

骨瘦如柴 ㄍㄨˇ ㄕㄡˋ ㄖㄨˊ ㄔㄞˊ

【釋義】又作「骨瘦如豺」。豺：身體細瘦的動物。
【出處】埤雅・釋獸・豺：「瘦如豺。豺，柴也。」敦煌變文集・維摩詰經講經文：「舊日神情威似虎，今來體骨瘦如柴。」
【用法】形容極其瘦弱。
【例句】老人禁不起一病，我母親患病還不到一星期，便**骨瘦如柴**了。
【義近】枯瘦如柴／形銷骨立／瘦骨嶙峋／雞骨支牀。
【義反】大腹便便／腦滿腸肥／肥頭大耳。

骨鯁之臣 ㄍㄨˇ ㄍㄥˇ ㄓ ㄔㄣˊ

【釋義】骨鯁：喻正直，也作「骨骾」、「骨梗」。
【出處】司馬遷・史記・陳丞相世家：「彼項王骨鯁之臣，亞父、鍾離昧、龍且、周殷之屬，不過數人耳。」
【用法】比喻能犯顏進諫的正直之臣，今也比喻敢於直言的正直人士。

【例句】在國家政局動盪不安之時，更需要**骨鯁之臣**的正義之聲、忠膽赤誠。
【義近】忠貞之士／正直之臣／法家拂士。
【義反】巧言奸臣／令色賊子／讒佞之臣。

骨鯁在喉（ㄍㄨˇ ㄍㄥˇ ㄗㄞˋ ㄏㄡˊ）

【釋義】魚骨頭卡在喉嚨口。鯁：被魚骨卡住。
【出處】袁枚・小倉山房尺牘：「……聞不慊心事，如骨鯁在喉，必吐之而後快。」
【用法】比喻心裏有話沒說出來，非常難受。
【例句】劉先生性格直爽，有話憋在肚子裏，總覺得**骨鯁在喉**，不吐不快。
【義近】食骨在喉／塊壘在胸。
【義反】心無窒礙／一吐爲快。

體大思精（ㄊㄧˇ ㄉㄚˋ ㄙ ㄐㄧㄥ）

【釋義】規模宏大，思慮精密。體：此指規模。
【出處】范曄・後漢書序：「自古體大而思精，未有此也，恐他人不能盡之，多貴古賤今，所以稱情狂言耳。」
【用法】形容學說、道理極爲精確深廣。
【例句】國父遺著**體大思精**，直至今天仍值得我們深入鑽研，並加以實行。
【義近】博大精深／鴻篇巨製。
【義反】體微識淺／捃拾幫湊。

體貼入微（ㄊㄧˇ ㄊㄧㄝ ㄖㄨˋ ㄨㄟˊ）

【釋義】體貼：體察別人的疾苦而給以關照。入微：達到極仔細的地步。
【出處】吳沃堯・二十年目睹之怪現狀三八回：「我笑道：『這可謂體貼入微了。』」
【用法】表示對別人關照得極爲細緻周到。
【例句】他在公司是指揮全局的主管，在家却是一位**體貼入微**的先生，他太太眞有福氣。
【義近】關懷備至／無微不至。
【義反】視若無睹／漠不關心。

體無完膚（ㄊㄧˇ ㄨˊ ㄨㄢˊ ㄈㄨ）

【釋義】身上已沒有完好的皮膚。完：完好，完整。
【出處】資治通鑑・後唐紀・莊宗同光三年：「帝怒，獄吏搒掠，體無完膚。」
【用法】形容人遍體傷痕，也比喻論點被人徹底駁倒。
【例句】①他被兩個流氓打得**體無完膚**，不醒人事。②他的荒謬論點被學者駁得**體無完膚**。
【義近】皮開肉綻／遍體鱗傷／傷痕累累／焦頭爛額。
【義反】完好無損／安然無恙。

高部

高才疾足（ㄍㄠ ㄘㄞˊ ㄐㄧˊ ㄗㄨˊ）

【釋義】謂深具才華，辦事效率好。
【出處】史記・淮陰侯傳：「秦失其鹿，天下共逐之，於是高才疾足者先得焉。」
【用法】用以稱讚人處理事務能力夠，不但快而且又好。
【例句】陳主任**高才疾足**，深爲上司所倚重，故常畀予重任。
【義近】高才捷足／高才健足／才思敏捷。
【義反】樗櫟庸才。

高山仰止（ㄍㄠ ㄕㄢ ㄧㄤˇ ㄓˇ）

【釋義】崇高如山之品德，令人欽佩。
【出處】詩・小雅・車舝：「高

山仰止，景行行止。」

【用法】多用來稱頌人道德崇高，使人仰慕。

【例句】孫先生的學問道德，可謂「**高山仰止**，景行行止」。千百年後，先生的人格修養，還是人類想望的境界。

【義近】高山景行／山斗之望／仰之彌高／鑽之彌堅／景行行止。

【義反】卑鄙下流／人格卑劣／不屑一顧／一無可取。

高山流水（ㄍㄠ ㄕㄢ ㄌㄧㄡˊ ㄕㄨㄟˇ）

【釋義】意謂其音樂之聲，有如高山流水。

【出處】列子・湯問：「伯牙善鼓琴，鍾子期善聽。伯牙鼓琴，志在高山……志在流水……鍾子期必得之。」

【用法】用以比喻知己或知音。也比喻樂曲高妙。

【例句】①古人說：千金易得，知己難求。**高山流水**，得遇知音，於願足矣！②如此**高山流水**之曲，令人耳目一新，終身難忘。

高不可攀（ㄍㄠ ㄅㄨˋ ㄎㄜˇ ㄆㄢ）

【釋義】高得手也攀不到。攀：抓住高處的東西向上去。

【出處】李汝珍・鏡花緣九回：「此樹高不可攀，何能摘他？」

【用法】形容難以達到，也形容人高高在上難以交往。

【例句】①尖端科技也並非**高不可攀**，只要努力不懈，照樣可以獲得。②他現在已當大官了，一副**高不可攀**的德性，哪可能記得你。

【義近】高不可登／高不可及／高高在上。

【義反】平易近人／和藹可親／紆尊降貴。

高足弟子（ㄍㄠ ㄗㄨˊ ㄉㄧˋ ㄗˇ）

【釋義】意即高才弟子。弟子：門生。

【出處】劉義慶・世說新語・文學：「鄭玄在馬融門下，三年不得相見，高足弟子傳授而已。」

【用法】指品學兼優的門弟子。

【例句】這位研究生是劉教授的**高足弟子**，將來在學術上一定能有一番成就。

【義近】得意門生／高業弟子。

【義反】庸碌之徒／朽木弟子。

高官厚祿（ㄍㄠ ㄍㄨㄢ ㄏㄡˋ ㄌㄨˋ）

【釋義】祿：俸祿，即今之薪資。

【出處】孔叢子・公儀：「令徒以高官厚祿，釣餌君子，無信用之意。」

【用法】指官位高，俸祿優厚。含有諷刺意味。

【例句】這些人可說是毫無良知，只要給他們**高官厚祿**，什麼卑鄙無恥的事都做得出來。

【義近】高位厚祿／高爵重祿／尊官豐祿。

【義反】窮猿奔林／人微權輕／官卑俸微。

高枕無憂（ㄍㄠ ㄓㄣˇ ㄨˊ ㄧㄡ）

【釋義】把枕頭墊得高高的睡大覺，以爲沒有什麼可以擔心的事。憂：憂慮，發愁。

【出處】舊五代史・高季興傳：「且遊獵旬日不迴，中外之情其何以堪，吾高枕無憂矣。」

【用法】形容安然而臥，無所顧慮；比喻毫無警惕，盲目樂觀。

【例句】不要以爲目前安居樂業便可**高枕無憂**了，人無遠慮，必有近憂，我們要時時提高警覺啊！

【義近】高枕而臥／無憂無慮／高枕爲樂。

【義反】忐忑不安／憂心忡忡。

高朋滿座（ㄍㄠ ㄆㄥˊ ㄇㄢˇ ㄗㄨㄛˋ）

【釋義】高貴的賓朋好友坐滿席位。高：高貴，尊貴。

【出處】王勃・滕王閣序：「十

旬休暇，勝友如雲；千里逢迎，高朋滿座。」

【用法】形容賓客滿堂，朋友眾多。

【例句】王先生自從當上局長後，家中經常**高朋滿座**。

【義近】勝友如雲／賓朋滿堂／薈萃一堂／賓客盈門。

【義反】坐無車公／門可羅雀／青蠅弔客／門前冷落。

高風亮節　ㄍㄠ ㄈㄥ ㄌㄧㄤˋ ㄐㄧㄝˊ

【釋義】高卓的風範，堅貞的節操。一作「高風峻節」。

【出處】胡仔・苕溪漁隱叢話：「余謂淵明高風峻節，固已無愧於四皓。」

【用法】用以形容人品德高尚，節操不凡。

【例句】國父南北和談後，自動卸去總統職務，**高風亮節**，海內同欽。

【義近】高風偉節／清風亮節／高節清風／高山仰止。

【義反】寡廉鮮恥／卑鄙下流／厚顏無恥／斯文掃地。

高屋建瓴　ㄍㄠ ㄨ ㄐㄧㄢˋ ㄌㄧㄥˊ

【釋義】建：通「瀽」，倒水。瓴：仰瓦，瓦溝。

【出處】司馬遷・史記・高祖本紀：「（秦中）地勢便利，其以下兵於諸侯，譬猶居高屋之上建瓴水也。」

【用法】比喻居高臨下，勢不可擋。也比喻形勢有利。

【例句】我軍已佔領兩座山頭，掌握了優勢，欲克敵致勝，必如**高屋建瓴**一般。

【義近】勢如破竹／居高臨下／坂上走丸／勢不可擋。

【義反】腹背受敵／三面臨敵／節節敗退。

高高在上　ㄍㄠ ㄍㄠ ㄗㄞˋ ㄕㄤˋ

【釋義】意謂所處的位置極高。

【出處】詩經・周頌・敬之：「天維顯思，命不易哉。無曰高高在上，陟降厥土，日監在茲。」

【用法】今多形容當權者置身於民眾之上，不深入體察民心的官僚作風。

【例句】當政者應深入民間，了解民間疾苦，決不可**高高在上**，置民眾死活於不顧。

【義近】唯我獨尊／高不可攀／高不可及。

【義反】明察下情／俯首下民／平易近人／紆尊降貴。

高視闊步　ㄍㄠ ㄕˋ ㄎㄨㄛˋ ㄅㄨˋ

【釋義】高視：眼睛向上看。闊步：邁大步走路。

【出處】隋書・盧思道傳：「向之求官買職，晚謁晨趨……俄而抵掌揚眉，高視闊步。」

【用法】用以形容神氣傲慢或氣概不凡。

【例句】看他那一副**高視闊步**的樣子，想必日後定有一番作爲。

【義近】器宇軒昂／昂首闊步／龍驤虎步／鷹視狼步。

【義反】畏葸不前／畏畏縮縮／低聲下氣／畏首畏尾／縮頭縮腦。

高臥東山　ㄍㄠ ㄨㄛˋ ㄉㄨㄥ ㄕㄢ

【釋義】謂隱居不仕也。

【出處】晉書・謝安傳：「卿屢違朝旨，高臥東山，諸人相與言，安石不肯出，將如蒼生何？今蒼生亦將如卿何？」

【用法】隱士隱居不當官時可用此語。

【例句】他生性恬淡好古，絕意仕進，過著**高臥東山**的逍遙生活。

【義近】高臥松雲／枕石漱流／嘯傲山林／孤山尋梅／巖居穴處。

【義反】狗苟蠅營／追名逐利／汲汲營營／棲棲遑遑／忙忙碌碌。

高談闊步　ㄍㄠ ㄊㄢˊ ㄎㄨㄛˋ ㄅㄨˋ

【釋義】高談：大談，隨意談論

。闊步：邁大步走路。一作「闊步高談」。

【出處】三國志·魏文帝紀·注引魏書·太宗論：「欲使曩時累息之民，得闊步高談，無危懼之心。」

【用法】說明言行自由，不受約束。

【例句】讓民眾隨時隨地都可**高談闊步**，這是民主政治所必須遵守的基本原則之一。

【義近】自由自在／身心自由／言行自由。

【義反】偶語棄市／搖手觸禁。

高談闊論 ㄍㄠ ㄊㄢˊ ㄎㄨㄛˋ ㄌㄨㄣˋ

【釋義】大聲地發表議論。高：大。闊：廣闊。

【出處】董解元·西廂記：「高談闊論曉今古，一個是一方長老，一個是一代名儒，俗談沒半句。」

【用法】多指不著邊際地大發議論，也形容談論暢快，毫無拘束。

【例句】①這幾個年輕人只要聚在一起，便飲酒遣興，**高談闊論**，旁若無人。②現在需要的不是**高談闊論**，而是腳踏實地的行動。

【義近】議論風發／侃侃而談／放言高論／夸夸其談。

【義反】緘默無言／三緘其口。

高擡貴手 ㄍㄠ ㄊㄞˊ ㄍㄨㄟˋ ㄕㄡˇ

【釋義】高擡：高高地擡起。貴手：尊稱對方的手。

【出處】施耐庵·水滸傳二回：「不想誤觸犯了官人，望乞恕罪，高擡貴手。」

【用法】指請人寬恕或通融。

【例句】小兒年幼無知，冒犯了師長，還望老師**高擡貴手**，原諒他一次。

【義近】手下留情／網開一面／吞舟是漏／法外施恩。

【義反】法不徇私／執法不阿。

高瞻遠矚 ㄍㄠ ㄓㄢ ㄩㄢˇ ㄓㄨˇ

【釋義】高瞻：站在高處往前看。遠矚：向遠方注視。

【出處】夏敬渠·野叟曝言二回：「一路高瞻遠矚，要領略湖山真景。」

【用法】今用以比喻眼光遠大，見識深遠。

【例句】智者**高瞻遠矚**，洞察世變，故能決天下之大疑，去天下之大惑。

【義近】見識深遠／高見遠視／見多識廣／目光如炬。

【義反】鼠目寸光／目光如豆／井中視星／目不見睫。

髟部

髮指眥裂 ㄈㄚˇ ㄓˇ ㄗˋ ㄌㄧㄝˋ

【釋義】髮指：頭髮豎起。眥裂：眼眶裂開。

【出處】史記·項羽本紀：「（樊噲）瞋目視項王，頭髮上指，目眥盡裂。」

【用法】形容憤怒到了極點。

【例句】這個喪心病狂的歹徒做出令人**髮指眥裂**的事，他本人卻仍毫無悔意。

【義近】怒不可遏／怒髮衝冠。

【義反】心平氣和／平心靜氣。

髮短心長 ㄈㄚˇ ㄉㄨㄢˇ ㄒㄧㄣ ㄔㄤˊ

【釋義】髮短：頭髮短少，指人已年老。心長：思慮深長。又作「心長髮短」。

【出處】左傳·昭公三年：「彼其髮短而心長，其或寢處我矣。」

【用法】比喻年老而智謀深。

【例句】你父親雖已年過八旬，但仍很有遠見，可謂**髮短心長**，你應該多聽他老人家的教誨才好。

鬥部

鬥志昂揚（ㄉㄡˋ ㄓˋ ㄤˊ ㄧㄤˊ）

【釋義】鬥志：戰鬥的意思。昂揚：情緒高漲。

【出處】左傳・桓公一一年：「鄖有虞心而恃其城，莫有鬥志。」

【用法】指人的戰鬥意志旺盛。

【例句】王先生幾十年來一直**鬥志昂揚**，所以才能有今天這樣的成就。

【義近】意氣風發／意氣昂揚／精神振奮。

【義反】萎靡不振／有氣無力／尸居餘氣。

鬥雞走狗（ㄉㄡˋ ㄐㄧ ㄗㄡˇ ㄍㄡˇ）

【釋義】使公雞相鬥，使狗賽跑。走：跑。又作「鬥雞走犬」。

【出處】戰國策・齊策一：「臨淄甚富而實，其民無不吹竽鼓瑟，擊筑彈琴，鬥雞走犬。」

【用法】形容不務正業，游手好閒之輩的無聊遊戲。

【例句】這個浪蕩子倚仗父兄有錢，不愁吃穿，便以**鬥雞走狗**，吃喝玩樂混日子。

【義近】飛鷹走狗／游手好閒／不務正業。

【義反】日以繼夜／焚膏繼晷／奮發圖強。

鬯部

鬱鬱蔥蔥（ㄩˋ ㄩˋ ㄘㄨㄥ ㄘㄨㄥ）

【釋義】鬱鬱：草木繁密的樣子。蔥蔥：草木茂盛的樣子。

【出處】王充・論衡・吉驗：「王莽時，謁者蘇伯阿能望氣。……伯阿對曰：『見其鬱鬱蔥蔥耳。』」

【用法】形容草木蒼翠茂盛，也形容氣象旺盛美好。

【例句】走進森林，到處是**鬱鬱蔥蔥**的景象，令人心曠神宜。

【義近】鬱乎蒼蒼／離離蔚蔚。

【義反】牛山濯濯／蕭瑟凋零。

鬱鬱寡歡（ㄩˋ ㄩˋ ㄍㄨㄚˇ ㄏㄨㄢ）

【釋義】鬱鬱：憂愁苦悶的樣子。寡：少。

【出處】屈原・九章・抽思：「

心鬱鬱之憂思兮，獨永嘆乎增傷。」

【用法】形容憂愁神傷、悶悶不樂。

【例句】他最近因爲做生意連連失利，變得**鬱鬱寡歡**，很少和人講話。

【義近】悶悶不樂／坐困愁城。

【義反】神清氣爽／笑逐顏開。

鬼部

鬼使神差 ㄍㄨㄟˇ ㄕˇ ㄕㄣˊ ㄔㄞ

【釋義】好像有鬼神在支使著一樣。使：驅使。差：派遣。

【出處】鄭廷玉・金鳳釵三折：「這一場鬼使神差，替別人濕肉伴乾柴，沒人情官棒方難捱。」

【用法】形容不由自主，不自覺地做了原先沒想到要做的事。

【例句】眞好像有**鬼使神差**似的，這麼一個精明人，今天竟被騙走了一筆巨款！

【義近】鬼迷心竅。

鬼斧神工 ㄍㄨㄟˇ ㄈㄨˇ ㄕㄣˊ ㄍㄨㄥ

【釋義】工：工巧，精緻。又作「神工鬼斧」。

【出處】袁枚・隨園詩話卷六：「神工鬼斧，愈出愈奇。」

【用法】形容藝術技巧高超，不是人力所能達到的。

【例句】柬埔寨吳哥寺的建築全部用巨大的石塊砌成，中間沒有任何的黏合物，眞是**鬼斧神工**，人間奇蹟。

【義近】神施鬼設／巧奪天工／天造地設／鏤月裁雲。

【義反】畫虎類犬／粗製濫造。

鬼哭神號 ㄍㄨㄟˇ ㄎㄨ ㄕㄣˊ ㄏㄠˊ

【釋義】大哭大叫。號：哭叫。

【出處】施耐庵・水滸傳八九回：「……殺得星移斗轉，日月無光，鬼哭神號，人兵繚亂。」

【用法】形容哭聲淒厲，悲慘恐怖的景象。

【例句】龍捲風把整個村莊全毀了，死傷無數，一片**鬼哭神號**，慘不忍睹的慘景。

【義近】神嚎鬼哭／鬼哭狼嚎／鬼哭神愁。

【義反】歡天喜地／鶯歌燕舞／笑逐顏開。

鬼鬼祟祟 ㄍㄨㄟˇ ㄍㄨㄟˇ ㄙㄨㄟˋ ㄙㄨㄟˋ

【釋義】祟：鬼怪，神鬼暗中害人。

【出處】曹雪芹・紅樓夢二四回：「便是你們的鬼鬼祟祟，幹的那事兒瞞不過我去。」

【用法】指行動偷偷摸摸，不光明正大。

【例句】你看他倆**鬼鬼祟祟**的樣子，一定又是在打什麼壞主意。

【義近】偷偷摸摸／暗中搗鬼／鬼頭鬼腦。

【義反】光明正大／光明磊落／堂堂正正。

鬼話連篇 ㄍㄨㄟˇ ㄏㄨㄚˋ ㄌㄧㄢˊ ㄆㄧㄢ

【釋義】鬼話：胡說，誑話。連篇：言其多。

【出處】明・吳炳・療妬羹・假醋：「三分鬼話他明說，一謎癡腸我獨行。」

【用法】批評人胡說八道，言多

而不實。

【例句】你別在這裏**鬼話連篇**，難道我們都是蠢蛋，會相信你嗎？

【義近】信口雌黃／胡說八道／誑言亂語／廢話連篇。

【義反】實言實語／正言正語／言必有中／句句屬實。

鬼蜮伎倆（ㄍㄨㄟˇ ㄩˋ ㄐㄧˋ ㄌㄧㄤˇ）

【釋義】鬼蜮：指陰險害人的人。蜮：傳說一種能含沙射人影，使人發病的動物。伎倆：花招，手段。

【出處】詩經・小雅・何人斯：「爲鬼爲蜮，則不可得。」

【用法】比喻陰險毒辣、暗中傷人的卑劣手段。

【例句】他爲了置對方於死地，什麼**鬼蜮伎倆**都敢使出來，眞不是東西！

【義近】鬼魅伎倆／卑劣手段。

【義反】明火執仗／明言正搶。

鬼頭鬼腦（ㄍㄨㄟˇ ㄊㄡˊ ㄍㄨㄟˇ ㄋㄠˇ）

【釋義】原意謂傻頭傻腦，今多指暗弄機謀。

【出處】凌濛初・二刻拍案驚奇・賈廉訪……攝江巡：「巢氏有兄弟巢六郎，是一個鬼頭鬼腦的人。」

【用法】多形容人狡猾陰險，不光明正大。有時也形容人心思機靈。

【例句】①這傢伙在我們住房周圍**鬼頭鬼腦**的東張西望，說不定是個賊。②這小孩眞是聰明，不管什麼困難的事，他都能**鬼頭鬼腦**的想出辦法來解決。

【義近】賊頭賊腦／偷偷摸摸／鬼鬼祟祟。

【義反】光明正大／堂堂正正／正正當當。

魂不守舍（ㄏㄨㄣˊ ㄅㄨˋ ㄕㄡˇ ㄕㄜˋ）

【釋義】靈魂不在身上了。舍：住宅，此指人的軀體。又作「魂不守宅」。

【出處】陳壽・三國志・魏志・管輅傳・注引輅別傳：「魂不守宅，血不華色，精爽煙浮，容若槁木。」

【用法】形容神志昏亂不清或精神不集中。

【例句】他自從太太去世後，便天天精神恍惚、**魂不守舍**的，連說話都顛三倒四了。

【義近】失魂落魄／心神恍惚／心不在焉。

【義反】神志清醒／心安神定／心神專注。

魂不附體（ㄏㄨㄣˊ ㄅㄨˋ ㄈㄨˋ ㄊㄧˇ）

【釋義】靈魂沒有依附在身體上了。附：依附。

【出處】京本通俗小說・西山一窟鬼：「兩個立在墓堆子上，唬得兩個魂不附體。」

【用法】形容受到極大的驚嚇而恐懼萬分，有時也形容受到極大的誘惑而不能自主。

【例句】在一聲巨響下，小女孩被嚇得**魂不附體**，一句話也說不出來。

【義近】魂飛天外／六神無主／失魂落魄。

【義反】毫不在乎／神情安然／毫無所懼／穩如磐石。

魂飛魄散（ㄏㄨㄣˊ ㄈㄟ ㄆㄛˋ ㄙㄢˋ）

【釋義】魂魄離開人體飛散了。魂、魄：均指附在人體內的精神靈氣。

【出處】關漢卿・蝴蝶夢二折：「驚的我魂飛魄散，走得我力盡筋舒。」

【用法】形容驚恐萬分，極端害怕。

【例句】小李摔倒了一個盜賊，其他幾個見狀嚇得**魂飛魄散**，一溜煙的四處逃開了。

【義近】魂不附體／心驚膽戰／心驚肉跳。

【義反】泰然自若／鎭定自如／若無其事。

魑魅魍魎（ㄔ ㄇㄟˋ ㄨㄤˇ ㄌㄧㄤˇ）

【釋義】魑魅：傳說中的山神、鬼怪。魍魎：水神。又作「魑魅罔兩」。

【出處】左傳・宣公三年：「魑魅罔兩，莫能逢之。」張衡・西京賦：「螭魅魍魎，莫能逢旃。」

【用法】指形形色色的惡人。

【例句】這羣**魑魅魍魎**，長期以來在這一帶興風作浪，行凶作惡，現在一一落網，眞是大快人心。

【義近】妖魔鬼怪／牛鬼蛇神。

【義反】菩薩神仙／英雄豪傑。

魚部

魚目混珠（ㄩˊ ㄇㄨˋ ㄏㄨㄣˋ ㄓㄨ）

【釋義】拿魚眼睛同珍珠雜在一起。混：混雜其中，冒充。

【出處】魏伯陽・參同契上篇：「魚目豈爲珠，蓬蒿不成檟。」

【用法】比喻用假的冒充眞的。

【例句】他精於鑑定古代書畫法帖，你在他面前休想**魚目混珠**，要什麼花樣。

【義近】魚目混珍／魚目似珠／以假亂眞／濫竽充數。

【義反】貨眞價實／黑白分明。

魚貫而入（ㄩˊ ㄍㄨㄢˋ ㄦˊ ㄖㄨˋ）

【釋義】像游魚一樣一個接著一個進來。貫：成串，連貫。一作「魚貫而進」。

【出處】李寶嘉・官場現形記四四回：「叫著名字，依著齒序，魚貫而入。」

【用法】形容一個接著一個有次序地進入。

【例句】這些犯人由法警押著，**魚貫而入**，在法庭中接受審訊和宣判。

【義近】魚貫而行／魚貫而前／魚貫成次。

【義反】一擁而上／一哄四散／魚貫而出。

魚龍混雜（ㄩˊ ㄌㄨㄥˊ ㄏㄨㄣˋ ㄗㄚˊ）

【釋義】混雜：混和間雜在一起。

【出處】羅隱・西塞山詩：「波闊魚龍應混雜，壁危猿狖正姦頑。」

【用法】比喻良莠不一的人混雜在一起。

【例句】越是**魚龍混雜**的地方，就越有值得觀察的人、事、物。

【義近】牛驥同皁／泥沙俱下／良莠混雜／龍蛇雜處。

【義反】涇渭分明／黑白分明／優劣分明。

魯魚亥豕（ㄌㄨˇ ㄩˊ ㄏㄞˋ ㄕˇ）

【釋義】魯和魚、亥和豕因字形相近而易訛誤。

【出處】語出呂氏春秋・察傳。章學誠・校讎通義一：「因取歷朝著錄，略其魚魯亥豕之細，……。」

【用法】指因文字形近而傳寫訛誤。

【例句】有些出版商刊印古書極不負責，**魯魚亥豕**的情形隨處可見。

【義近】魯魚帝虎／烏焉亥豕／三豕涉河。

鰥寡孤獨（ㄍㄨㄢ ㄍㄨㄚˇ ㄍㄨ ㄉㄨˊ）

【釋義】鰥：年老無妻。寡：年老無夫。孤：年幼無父。獨：年老無子。

【出處】漢書・黃霸傳：「鰥寡孤獨有死無以葬者，鄉部書言，霸具爲區處。」

【用法】指無依無靠的老弱者。

【例句】**鰥寡孤獨**和殘障人士，應該得到社會上每個人的關心和幫助。

【義近】孤苦伶仃／舉目無親／孤兒寡母。

【義反】兒女成行／兒孫滿堂。

鱗次櫛比（ㄌㄧㄣˊ ㄘˋ ㄐㄧㄝˊ ㄅㄧˋ）

【釋義】像魚鱗、梳子齒一般密密麻麻排列著。次：順序。櫛：梳子。比：排列。

【出處】陳貞慧・秋園雜佩・蘭：「每歲正二月之交，自長橋以至大街，鱗次櫛比，春光皆馥也。」

【用法】形容排列得既整齊又緊密。

【例句】台北敦化南路兩旁的高樓大廈，**鱗次櫛比**，氣勢雄偉，整齊美觀。

【義近】魚鱗馬鹵／鱗次相比／星羅棋布／攢蹙累積。

【義反】稀疏錯落／雜亂無章。

鳥　部

鳥語花香（ㄋㄧㄠˇ ㄩˇ ㄏㄨㄚ ㄒㄧㄤ）

【釋義】鳥叫得好聽，花開得噴香。鳥語：鳥叫著像說話似的。一作「花香鳥語」。

【出處】李汝珍・鏡花緣九八回：「雲霧漸淡，日色微明，四面也有人煙來往，各處花香鳥語，頗可盤桓。」

【用法】形容春天明媚的景象。

【例句】有人說：**鳥語花香**，草長鶯飛，都是大自然賦予人類的最美麗禮物。

【義近】鶯歌燕舞／草長鶯飛／花香撲鼻／春光明媚。

鳥盡弓藏（ㄋㄧㄠˇ ㄐㄧㄣˋ ㄍㄨㄥ ㄘㄤˊ）

【釋義】鳥沒有了，弓也就收藏起來不用了。

【出處】司馬遷・史記・越王句踐世家：「飛鳥盡，良弓藏；狡兔死，走狗烹。」

【用法】比喻事情成功以後，把曾經出過力的人一腳踢開或者乾脆置之於死地。

【例句】歷史上眞正講道義的人不多，若爲了名利而不懂急流勇退，則可能招來**鳥盡弓藏**的下場。

【義近】兔死狗烹／過河拆橋／卸磨殺驢／得魚忘筌。

【義反】論功行賞／故舊不遺／分茅列士。

鳳毛麟角（ㄈㄥˋ ㄇㄠˊ ㄌㄧㄣˊ ㄐㄧㄠˇ）

【釋義】鳳凰的毛羽，麒麟的頭角。

【出處】何良俊・四友齋叢說・文：「康海之文，天下慕向之如鳳毛麟角，後刻一集出，殊不愜人意。」

【用法】比喻珍貴而罕見的人或物。

【例句】像他這樣的數學家，在世界上算是**鳳毛麟角**，不可多得的天才。

【義近】世所罕有／寥寥可數／寥若辰星／吉光片羽。

【義反】車載斗量／多如牛毛／恆河沙數／成千上萬。

鳳凰于飛（ㄈㄥˋ ㄏㄨㄤˊ ㄩˊ ㄈㄟ）

【釋義】鳳凰：鳥名，雄的爲「鳳」，雌的爲「凰」。于飛：即「飛」，于爲助詞。

【出處】詩經・大雅・卷阿：「鳳凰于飛，翽翽其羽。」

【用法】比喻夫妻和諧，相親相愛。常用以祝人婚姻美滿。

【例句】在張先生和李小姐的婚宴上，大家頻頻舉杯，祝福他們**鳳凰于飛**，愛河永浴。

【義近】夫唱婦隨／比翼連理／相敬如賓／舉案齊眉／鴻案相莊／鸞鳳和鳴。

【義反】勞燕分飛／分釵破鏡／琴瑟不調／別鳳離鸞。

鴉雀無聲 (ㄧㄚ ㄑㄩㄝˋ ㄨˊ ㄕㄥ)

【釋義】連烏鴉麻雀的叫聲也聽不到。又作「烏鵲無聲」。
【出處】曹雪芹・紅樓夢三十回：「寶玉背著手，到一處，一處鴉雀無聲。」
【用法】形容非常寂靜，一點聲響也沒有。
【例句】在熱烈的掌聲之後，突然變得**鴉雀無聲**，所有的人都屏氣凝神等著好戲上演。
【義近】闃無人聲／靜肅無譁／萬籟俱寂／悄然無聲。
【義反】市聲鼎沸／沸反盈天／鑼鼓喧天／轟然雷動。

鴻鵠之志 (ㄏㄨㄥˊ ㄏㄨˊ ㄓ ㄓˋ)

【釋義】鴻鵠：天鵝，鳴聲宏亮，飛翔甚高。
【出處】呂氏春秋・士容：「夫驥驁之氣，鴻鵠之志，有諭乎人心者誠也。」
【用法】比喻遠大的志向。
【例句】大丈夫應有**鴻鵠之志**，並爲此奮鬥不懈，才算不負此生。
【義近】雄心壯志／胸懷大志／千里之志。
【義反】胸無大志／苟且度日／得過且過。

鴻篇巨製 (ㄏㄨㄥˊ ㄆㄧㄢ ㄐㄩˋ ㄓˋ)

【釋義】鴻大的篇章，巨大的著作。鴻：大。製：著作。
【出處】皮錫瑞・經學歷史・經學復盛時代：「今鴻篇鉅製，照耀寰區。」
【用法】指規模宏大、篇幅很長的著作。
【例句】像《資治通鑑》、《永樂大典》之類的**鴻篇巨製**，流傳下來的不多。
【義近】長篇巨著／曠世鴻文。
【義反】精悍小品／諷刺短篇。

鵲橋相會 (ㄑㄩㄝˋ ㄑㄧㄠˊ ㄒㄧㄤ ㄏㄨㄟˋ)

【釋義】鵲橋：神話傳說，每年七月七日夜，牛郎、織女相會，羣鵲銜接爲橋，以渡銀河。
【出處】李洞・贈龐鍊師詩：「若能攜手隨仙令，皎皎銀河渡鵲橋。」
【用法】比喻夫妻、情人久別重逢。
【例句】由於工作的緣故，小夫妻總是聚少離多，一有**鵲橋相會**的日子就格外的珍惜。
【義近】銀河相會。
【義反】長相廝守。

鶉衣百結 (ㄔㄨㄣˊ ㄧ ㄅㄞˇ ㄐㄧㄝˊ)

【釋義】鶉衣：鵪鶉鳥的羽毛短而有花斑，像許多補丁，喻破舊衣裳。百結：補丁連補丁。
【出處】趙蕃・大雪詩：「鶉衣百結不蔽膝，戀戀誰憐范叔貧。」
【用法】形容衣服破爛不堪。
【例句】在非洲，常可見到街道上擠滿了衣不蔽體、**鶉衣百結**的人羣。
【義近】衣衫襤褸／衣不蔽體／破衣爛衫。
【義反】衣冠楚楚／衣裝齊楚／西裝革履。

鵬程萬里 (ㄆㄥˊ ㄔㄥˊ ㄨㄢˋ ㄌㄧˇ)

【釋義】鵬：傳說中的大鳥。程：前程。萬里：極言其遠。
【出處】語出莊子・逍遙遊。唐彥謙・留別詩之一：「鵬程三萬里，別酒一千鍾。」
【用法】比喻前程遠大。多用作祝福之詞。
【例句】祝你**鵬程萬里**，將來發達時可別忘了我們這羣患難弟兄。
【義近】前程萬里／前途無量／前程似錦。
【義反】走投無路／窮途末路／日暮途窮。

鶴立雞羣 (ㄏㄜˋ ㄌㄧˋ ㄐㄧ ㄑㄩㄣˊ)

【釋義】鶴站在雞羣中間。鶴：

俗稱仙鶴，頸腿細長，比雞高得多。

【出處】晉書・嵇紹傳：「或謂王戎曰：『昨於稠人中始見嵇紹，昂昂然如野鶴之在雞羣。』」

【用法】比喻一個人的儀表或才能在周圍一羣人中顯得很突出。

【例句】他年紀輕，長得帥，天資又聰明，在同輩中可算是**鶴立雞羣**了。

【義近】卓爾不羣／超羣絕倫／飛軒絕跡／出類拔萃。

【義反】吳下阿蒙／酒囊飯袋／腹負將軍／凡夫俗子。

鶴髮童顏 ㄏㄜˋ ㄈㄚˇ ㄊㄨㄥˊ ㄧㄢˊ

【釋義】鶴髮：仙鶴那樣白的頭髮。童顏：臉色像兒童那樣紅潤。

【出處】元好問・念奴嬌：「幕天席地，瑞腦香濃歌沸。白紵衣輕，鶴髮童顏照座明。」

【用法】形容老年人氣色好，身體健康。

【例句】李教授年近七旬，却**鶴髮童顏**，一點也沒有衰老之象，眞是保養有方。

【義近】松身鶴骨／返老還童／老當益壯。

【義反】老態龍鍾／未老先衰／雞皮鶴髮／頭童齒豁。

鶯歌燕舞 ㄧㄥ ㄍㄜ ㄧㄢˋ ㄨˇ

【釋義】歌：指鳴叫婉轉。舞：指飛得輕捷。又作「鶯吟燕舞」。

【出處】姜夔・杏花天影詞：「金陵路，鶯吟燕舞，算潮水知人最苦。」

【用法】形容春光美好，鶯啼婉轉如歌，燕飛輕捷如舞。有時也用以比喻社會形勢好。

【例句】春天的郊野，小溪潺潺的流水聲，野花漫山遍野，到處**鶯歌燕舞**，實令人賞心悅目。

【義近】燕語鶯聲。

【義反】鴉聲慘慘。

鷸蚌相爭，漁人得利 ㄩˋ ㄅㄤˋ ㄒㄧㄤ ㄓㄥ ㄩˊ ㄖㄣˊ ㄉㄜˊ ㄌㄧˋ

【釋義】鷸：一種長嘴的水鳥。漁人：捕魚的人，也作「漁翁」。

【出處】典出戰國策・燕策二。古今小說・滕大尹鬼斷家私：「這正叫做『鷸蚌相持，漁人得利。』」

【用法】比喻雙方爭執不下，兩敗俱傷，而使第三者得利。

【例句】戰國時代，東方六國互相爭戰，結果是**鷸蚌相爭**，漁人得利，逐一被秦國攻破而吞併。

【義近】羊頂角，狼得食／坐收漁利／螳螂捕蟬，黃雀在後。

鸚鵡學舌 ㄧㄥ ㄨˇ ㄒㄩㄝˊ ㄕㄜˊ

【釋義】鸚鵡：一種能模仿人說話聲音的鳥。

【出處】道源・景德傳燈錄・慧海和尚：「如鸚鵡學人語話，自語不得，爲無智慧故。」

【用法】比喻人家怎麼說自己也跟著怎麼說，不肯獨立思考，沒有自己的見解。

【例句】你爲什麼要附和他這種平庸的見解，做這種**鸚鵡學舌**的蠢事呢？

【義近】人云亦云／拾人牙慧／拾人涕唾。

【義反】別出心裁／另闢蹊徑／自出胸臆／推陳出新。

鸞翔鳳集 ㄌㄨㄢˊ ㄒㄧㄤˊ ㄈㄥˋ ㄐㄧˊ

【釋義】鸞鳳都飛來止息。鸞：鳳凰一類的鳥。翔：飛。集：鳥棲息樹上。

【出處】傅咸・申懷賦：「鸞翔鳳集，羽儀上京。」

【用法】比喻賢才聚集。

【例句】在政治清明的民主時代，**鸞翔鳳集**，各施才智，大展宏圖。

【義近】羣龍聚首／英俊畢集／人才濟濟。

【義反】羣魔齊舞／雀飛鴉集／

庸才滿朝。

鸞鳳和鳴　ㄌㄨㄢˊ ㄈㄥˋ ㄏㄜˊ ㄇㄧㄥˊ

【釋義】鸞鳳：喻夫婦。和鳴：共鳴，你叫我鳴。

【出處】語本左傳・莊公二二年。白樸・梧桐雨一折：「夜同寢，晝同行，恰似鸞鳳和鳴。」

【用法】比喻夫妻和諧恩愛。常用以祝賀新婚。

【例句】你倆今日結爲夫妻，我們衷心祝福二位**鸞鳳和鳴**，白頭偕老。

【義近】琴瑟調和／夫唱婦隨／比翼雙飛。

【義反】琴瑟不調／夫妻反目／鸞孤鳳隻。

鹵部

鹵莽滅裂　ㄌㄨˇ ㄇㄤˇ ㄇㄧㄝˋ ㄌㄧㄝˋ

【釋義】鹵莽：即魯莽，冒失。滅裂：輕率。

【出處】莊子・則陽：「君爲政焉勿鹵莽，治民焉勿滅裂。」

【用法】形容人做事考慮不精細，魯莽從事，草率苟且。

【例句】像你這樣**鹵莽滅裂**的，眞是成事不足，敗事有餘。

【義近】魯莽從事／盲目而行／行事草率。

【義反】謹言愼行／三思而行／見可而進。

鹿部

鹿死誰手　ㄌㄨˋ ㄙˇ ㄕㄟˊ ㄕㄡˇ

【釋義】鹿：動物名，比喻政權，也比喻追逐爭奪的對象。

【出處】晉書・石勒載記下：「脫遇光武，當並驅于中原，未知鹿死誰手。」

【用法】原比喻政權不知會落在誰的手裏，現也泛指在競賽中，不知誰會取得最後的勝利。

【例句】這兩個球隊的實力不相上下，看來這次的冠軍究竟會**鹿死誰手**，尙難預料。

【義近】勝負難料／難定雌雄。

【義反】勝負早定。

麥部

麥穗兩歧　ㄇㄞˋ ㄙㄨㄟˋ ㄌㄧㄤˇ ㄑㄧˊ

【釋義】意謂一麥雙穗，古人視爲祥瑞、吉兆。一作「麥秀兩歧」。歧：分岔。

【出處】後漢書・張堪傳：「百姓歌曰：桑無附枝，麥穗兩岐（歧），張君爲政，樂不可支。」

【用法】表示五穀豐登，年成好。

【例句】**麥穗兩歧**，這是風調雨順、人壽年豐的好兆頭。

【義近】麥秀兩歧／瑞雪兆豐。

麻部

麻木不仁 ㄇㄚˊ ㄇㄨˋ ㄅㄨˋ ㄖㄣˊ

【釋義】肢體麻痹，失去知覺。麻木：麻痹。不仁：喪失知覺。

【出處】薛己・醫案總論：「一日皮死麻木不仁，二日肉死針刺不痛。」

【用法】比喻對外界事物反應遲鈍或漠不關心。

【例句】她是你的親妹妹，現在遭災受難，你怎能如此**麻木不仁**、不聞不問呢？

【義近】漠不關心／不聞不問／無動於衷。

【義反】關懷備至／噓寒問暖／切膚之痛。

麻雀雖小，五臟俱全 ㄇㄚˊ ㄑㄩㄝˋ ㄙㄨㄟ ㄒㄧㄠˇ ㄨˇ ㄗㄤˋ ㄐㄩˋ ㄑㄩㄢˊ

【釋義】五臟：中醫學上名詞，指心、肝、脾、肺、腎。俱：都。「五臟」也作「肝臟」。

【用法】比喻某事物的體積或規模雖小，而所應有的一切均完備無缺。

【例句】這個不到十坪的套房，舉凡該有的設備，一樣也不缺，眞是**麻雀雖小，五臟俱全**！

【義近】一應俱全／應有盡有。

黃部

黃口孺子 ㄏㄨㄤˊ ㄎㄡˇ ㄖㄨˊ ㄗˇ

【釋義】黃口：雛鳥的嘴爲黃色，借指兒童。孺子：小孩。一作「黃口小兒」。

【出處】許仲琳・封神演義八四回：「似你這等黃口孺子，定然不認得，吾是西歧大將南宮適。」

【用法】多以譏稱人幼稚無知。

【例句】這純屬**黃口孺子**之見，哪能當作一回事。

【義近】黃口稚子／乳臭小兒／無知小子。

【義反】老謀深算／熟諳世故／老於世故。

黃花晚節 ㄏㄨㄤˊ ㄏㄨㄚ ㄨㄢˇ ㄐㄧㄝˊ

【釋義】黃花：指菊花。晚節：指菊花傲霜而開。

【出處】韓琦・九日水閣詩：「莫嫌老圃秋容淡，且看黃花晚節香。」

【用法】比喻人老而彌堅。

【例句】王老先生雖已年老力衰，仍筆耕不輟，說要堅持**黃花晚節**，爲社會多做貢獻。

【義近】老當益壯／老驥伏櫪。

【義反】暮氣沉沉。

黃袍加身 ㄏㄨㄤˊ ㄆㄠˊ ㄐㄧㄚ ㄕㄣ

【釋義】黃袍：皇帝的袍服。

【出處】宋史・石守信傳：「人孰不欲富貴，一旦有以黃袍加汝之身，雖欲不爲，其可得乎。」

【用法】指受擁戴而爲天子。也比喻被委任某種職務。

【例句】季局長最近又要**黃袍加身**了，他家裏正忙著準備慶祝哩。

【義近】登祚踐位／龍袍著身。

【義反】杯酒釋權／解職卸任。

黃粱一夢

【釋義】黃粱還未煮熟，一場好夢已醒。黃粱：小米。

【出處】典出唐・沈既濟・枕中記。范子安・竹葉舟一折：「點化黃粱一夢，遂成仙道。」

【用法】比喻榮華富貴終歸虛幻，也比喻欲望破滅。

【例句】人生就如**黃粱一夢**，即使高官厚祿，夢醒後也是一無所有。

【義近】一枕黃粱／南柯一夢／邯鄲美夢／過眼雲煙。

黃道吉日

【釋義】黃道：古人認爲太陽繞地而行，黃道就是想像中的太陽繞地的軌道。

【出處】元・無名氏・連環計四折：「今日是黃道吉日，滿朝眾公卿都在銀門臺，敦請太師入朝受禪。」

【用法】指宜於行事的好日子。

【例句】宜早不宜遲，後天是**黃道吉日**，我們就決定那天去公證結婚。

【義近】吉日良辰／良辰吉日／吉星高照。

【義反】太歲凶日／帚星當空。

黃鐘毀棄

【釋義】黃鐘：又作「黃鍾」，古樂十二律之一，聲調最洪大響亮。此指樂器。

【出處】楚辭・屈原・卜居：「黃鐘毀棄，瓦釜雷鳴；讒人高張，賢士無名。」

【用法】比喻賢才得不到任用。

【例句】在帝王統治下，**黃鐘毀棄**，瓦釜雷鳴是難以避免的事。

【義近】浮雲蔽日／雅樂棄置／賢士無名。

【義反】瓦釜雷鳴／讒人高張／小人得志。

黑部

黑白不分

【釋義】又作「不分黑白」、「不分皂白」。

【出處】漢書・楚元王傳：「今賢不肖混淆，黑白不分，邪正雜糅，忠讒並進。」

【用法】比喻不分好壞，不辨是非。

【例句】她因爲上了一個男人的當，就說所有的男人都不是好東西，這樣**黑白不分**，是沒有道理的。

【義近】賢愚不分／以偏概全。

【義反】黑白分明／是非分明／涇渭分明。

黑白分明

【釋義】黑的白的一清二楚。

【出處】董仲舒・春秋繁露・保位權：「黑白分明，然後民知所去就。」

【用法】比喻是非界限很清楚，處事很公正。

【例句】經過議會上一番激烈的辯論，誰是誰非，已經**黑白分明**了。

【義近】涇渭分明／一清二楚／彰明昭著。

【義反】黑白不分／皂白不分／是非顛倒／混淆是非。

黑雲壓城城欲摧

【釋義】黑雲壓在城上，城好像要垮了。欲：將要。摧：毀壞。

【出處】李賀・雁門太守行：「黑雲壓城城欲摧，甲光向日金鱗開。」

【用法】比喻邪惡勢力一時囂張所造成的緊張局面。

【例句】在那**黑雲壓城城欲摧**的情勢下，他那顆忠貞之心堅如金石，仍然爲革命到處奔走。

【義近】山雨欲來風滿樓。

墨守成規（ㄇㄛˋ ㄕㄡˇ ㄔㄥˊ ㄍㄨㄟ）

【釋義】墨守：原指墨翟善於守城，今指固執保守。成規：現成的規則、方法。

【出處】黃宗羲・錢退山詩文序：「如鍾嶸之詩品，辨體明宗，固未嘗墨守一家以爲準也。」

【用法】形容固執己見而不知變通，死板地按老規矩辦事。

【例句】他在學術上從不**墨守成規**，經常能提出一些新見解，引起大家的重視。

【義近】因循守舊／抱殘守缺／一成不變／故步自封。

【義反】推陳出新／不主故常／不法常可。

墨迹未乾（ㄇㄛˋ ㄐㄧ ㄨㄟˋ ㄍㄢ）

【釋義】寫的字的墨汁還沒有乾。墨迹：字迹。

【出處】古今小說・楊思溫燕山逢故人：「墨迹未乾，題筆人何在？」

【用法】常用以譴責對方剛作出聲明或剛達成協議，很快就背信食言。

【例句】現在那些內戰不息的國家，常常是停戰協議的**墨迹未乾**，而炮火又再升起。

【義近】口血未乾／言猶在耳／墨瀋未乾。

【義反】一言九鼎／信守諾言／堅守盟約／季布一諾。

黔驢技窮（ㄑㄧㄢˊ ㄌㄩˊ ㄐㄧˋ ㄑㄩㄥˊ）

【釋義】黔：地名，今貴州省。窮：盡。又作「黔驢之技」。

【出處】柳宗元・黔之驢載：有人載一驢至黔，虎見其龐然大物而懼之，後見其無特殊本領，曰：「技止此耳。」

【用法】比喻技能拙劣，本領有限，僅有的一點本領已經用完。

【例句】看來他抓耳撓腮，已到了**黔驢技窮**的地步，你就讓他一著，給他留點面子吧！

【義近】鼯鼠技窮／技止此耳。

【義反】餘勇可賈／神通廣大。

默不作聲（ㄇㄛˋ ㄅㄨˋ ㄗㄨㄛˋ ㄕㄥ）

【釋義】默：沉默，不說話。又作「默默不語」。

【出處】石玉琨・三俠五義：「他見郭安默默不語，如有所思，便知必有心事。」

【用法】形容保持沉默，不說話、不出聲。

【例句】她最近幾天總是無精打采的，遇事**默不作聲**，好像有什麼心事似的。

【義近】默默無言／沉默寡言／寡言少語。

【義反】喋喋不休／夸夸其談／口若懸河。

黨同伐異（ㄉㄤˇ ㄊㄨㄥˊ ㄈㄚˊ ㄧˋ）

【釋義】黨同：跟自己意見相同的人結成一夥。伐異：打擊跟自己意見不同的人。

【出處】後漢書・黨錮傳序：「至有石渠分爭之論，黨同伐異之說，守文之徒，盛於時矣。」

【用法】比喻存門戶之見，結黨營私，排斥、打擊不同觀點的人。

【例句】這些**黨同伐異**的人，根本不可能做出於國於民有利的事情。

【義近】誅除異己／鳴伐異己。

【義反】無偏無黨／周而不比。

黯然失色（ㄢˋ ㄖㄢˊ ㄕ ㄙㄜˋ）

【釋義】黯然：心情沮喪或暗淡的樣子。黯：深黑色。失色：失去原有的色澤與光彩。

【出處】司馬遷・史記・孔子世家：「丘得其爲人，黯然而黑。」莊子・天地：「子貢卑陬失色。」

【用法】原形容心情沮喪而無精打采的樣子。今多形容相形之下暗淡無光。

【例句】這幅山水畫太精彩了，

展覽館中所有同類題材的繪畫跟它一比較，無不顯得**黯然失色**。

【義近】暗淡無光／相形見絀／黯然神傷。

【義反】神采飛揚／意氣洋溢／光彩奪目／光彩照人。

黯然銷魂 ㄢˋ ㄖㄢˊ ㄒㄧㄠ ㄏㄨㄣˊ

【釋義】黯然：心神不安或情緒沮喪的樣子。銷魂：丟掉了靈魂。銷：失。

【出處】江淹・別賦：「黯然銷魂者，唯別而已矣。」

【用法】形容人因極度悲傷或憂愁，而導致情緒低落、心神恍惚不寧的樣子。

【例句】他最近因爲失戀而**黯然銷魂**，我們應該好好去安慰安慰他。

【義近】腸斷魂銷／黯然神傷。

【義反】興高采烈／精神抖擻。

鼎部

鼎足之勢 ㄉㄧㄥˇ ㄗㄨˊ ㄓ ㄕˋ

【釋義】像鼎三足分立的形勢。鼎：古代煮東西用的器皿，多爲銅製，下面有三條腿。

【出處】史記・淮陰侯列傳：「三分天下，鼎足而居。」

【用法】比喻三方並立的局勢。

【例句】三國時期，魏、蜀、吳各據一方，形成**鼎足之勢**。

【義近】鼎足而立／三家鼎立／鼎足三分。

【義反】一統天下／江山一統／金甌無缺。

鼠部

鼠目寸光 ㄕㄨˇ ㄇㄨˋ ㄘㄨㄣˋ ㄍㄨㄤ

【釋義】老鼠的眼光僅一寸遠。

【出處】元好問・送奉先從軍詩：「虎頭食肉無不可，鼠目求官空自忙。」

【用法】比喻人眼光短淺，沒有遠見。

【例句】這種人**鼠目寸光**，胸無大志，怎能與他們商量大事呢？

【義近】目光如鼠／目光短淺／目光如豆。

【義反】高瞻遠矚／目光深遠／深謀遠慮。

鼠竊狗盜 ㄕㄨˇ ㄑㄧㄝˋ ㄍㄡˇ ㄉㄠˋ

【釋義】像老鼠樣的小量竊取，像狗鑽洞樣的偷盜。

【出處】司馬遷・史記・劉敬叔孫通列傳：「此特羣盜鼠竊狗盜耳，何足置之齒牙間。」

【用法】比喻小竊小盜。

【例句】這個靠吹牛拍馬爬上去的傢伙，表面上裝作正人君子樣，卻難掩其**鼠竊狗盜**的原始面目。

【義近】梁上君子／鼠竊狗偷／穿窬之盜／雞鳴狗盜。

【義反】正人君子。

鼻部

鼻息如雷（ㄅㄧˊ ㄒㄧˊ ㄖㄨˊ ㄌㄟˊ）

【釋義】鼻息：鼻腔呼吸時的氣息，此指鼾聲。
【出處】韓愈・石鼎聯句詩序：「道士倚牆睡，鼻息如雷鳴。」
【用法】形容鼾聲大。
【例句】他喝得爛醉之後，便橫躺在牀上，不一會就**鼻息如雷**，進入夢鄉了。
【義近】鼾聲如雷。

齊部

齊心協力（ㄑㄧˊ ㄒㄧㄣ ㄒㄧㄝˊ ㄌㄧˋ）

【釋義】協力：合力。協：合作。
【出處】吳沃堯・二十年目睹之怪現狀二二回：「要上下齊心協力的認眞辦起事來。」
【用法】指大家一致努力。
【例句】這項工程任務艱巨，時間緊迫，需要靠大家**齊心協力**，才可以如期完成。
【義近】同心合力／戮力同心／齊心戮力。
【義反】離心離德／一盤散沙。

齊東野語（ㄑㄧˊ ㄉㄨㄥ ㄧㄝˇ ㄩˇ）

【釋義】齊東：戰國時齊國的東部。野語：指田野鄉下人的話。
【出處】孟子・萬章上：「此非君子之言，齊東野人之語也。」
【用法】今泛指俚俗傳說，不可實信的言語。
【例句】在較落後的鄉村中，人民普遍沒受過教育，**齊東野語**常成爲他們深信不疑的事實。
【義近】道聽塗說／街談巷議／無稽之談。
【義反】至理名言／讜言正論。

齎志而歿（ㄐㄧ ㄓˋ ㄦˊ ㄇㄛˋ）

【釋義】齎：懷者。歿：死亡。
【出處】江淹・恨賦：「齎志沒地，長懷無已。」許仲琳・封神演義九六回：「豈意陽運告終，齎志而歿。」
【用法】指懷著沒有實現的抱負而與世長辭。
【例句】歷史上有不少英雄人物因生不逢時，**齎志而歿**，實在可惜。不然歷史可能會因爲他們而改寫。
【義近】死不瞑目／含恨而死。
【義反】了無遺憾／死而無憾。

齒部

齒白脣紅（ㄔˇ ㄅㄞˊ ㄔㄨㄣˊ ㄏㄨㄥˊ）

【釋義】牙齒潔白，嘴脣紅潤。又作「脣紅齒白」。
【出處】馮夢龍・古今小說・李公子救蛇獲稱心：「眉清目秀，齒白脣紅，飄飄然有凌雲之氣。」
【用法】形容人容貌俊美。
【例句】他們家眞會養孩子，不管是男是女，全都長得**齒白脣紅**，人見人愛。
【義近】明眸皓齒／眉清目秀。
【義反】呲牙咧嘴／口眼歪斜。

齒如瓠犀（ㄔˇ ㄖㄨˊ ㄏㄨˋ ㄒㄧ）

【釋義】瓠犀：瓠瓜的籽。因其又白又長，且排列整齊，故用以形容牙齒。
【出處】詩經・衛風・碩人：「

齒如瓠犀，螓首蛾眉，巧笑倩兮，美目盼兮。」

【用法】形容牙齒潔白，整齊美觀。

【例句】賴小姐亭亭玉立，目如秋水，**齒如瓠犀**，的確是個標緻的美女。

【義近】齒若編貝／齒如齊貝。

【義反】稀牙露齒／缺牙漏齒。

龍 部

龍生九子（ㄌㄨㄥˊ ㄕㄥ ㄐㄧㄡˇ ㄗˇ）

【釋義】傳說一龍生下九條小龍，其形狀和性格各不相同。

【出處】李東陽・懷麓堂集：「龍生九子不成龍，各有所好。」

【用法】比喻同胞兄弟的品德和性情等各不相同。

【例句】眞是**龍生九子**，各異其趣，你看鍾家六弟兄，雖是同母所生，但爲人處世、性情愛好等簡直是天差地別。

【義近】一龍九種。

【義反】如出一轍／一模一樣。

龍行虎步（ㄌㄨㄥˊ ㄒㄧㄥˊ ㄏㄨˇ ㄅㄨˋ）

【釋義】像龍行走，像虎邁步，喻人行動矯健，氣概非凡。

【出處】宋書・武帝紀上：「劉裕龍行虎步，視瞻不凡，恐必不爲人下。」

【用法】多用以形容帝王或其他英雄人物的威武儀態。

【例句】此人**龍行虎步**，氣宇不凡，想必非簡單人物。

【義近】龍驤虎步／氣宇非凡／威風凜凜。

【義反】蛇行犬步／猥瑣不堪／低聲下氣。

龍吟虎嘯（ㄌㄨㄥˊ ㄧㄣˊ ㄏㄨˇ ㄒㄧㄠˋ）

【釋義】像龍樣的鳴吟，像虎樣的吼叫。吟：鳴叫聲。嘯：獸吼叫聲。

【出處】易經・乾卦・文言：「雲從龍，風從虎。」孔穎達疏：「龍吟則景雲出，……虎嘯則谷風生。」

【用法】形容吟嘯聲音高亮。也形容人得志。

【例句】過去他在商場上也曾**龍吟虎嘯**過好一陣子，如今竟能安於平淡，眞不容易。

龍爭虎鬥（ㄌㄨㄥˊ ㄓㄥ ㄏㄨˇ ㄉㄡˋ）

【釋義】如兩龍相爭，兩虎相鬥。也作「虎鬥龍爭」。

【出處】鄭德輝・王粲登樓四折：「收拾了龍爭虎鬥心。」

【用法】形容雙方鬥爭或爭奪很激烈。

【例句】這一場**龍爭虎鬥**的球賽千萬不可錯過，所有的明星球員都將披掛上陣，一定精彩得不得了。

【義近】龍戰虎爭／你爭我奪／鉤心鬥角。

【義反】偃旗息鼓／善罷甘休／握手言和。

龍飛鳳舞（ㄌㄨㄥˊ ㄈㄟ ㄈㄥˋ ㄨˇ）

【釋義】如龍飛騰，像鳳起舞。又作「鳳舞龍飛」。

【出處】蘇軾・表忠觀碑：「天目之山，苕水出焉。龍飛鳳舞，萃於臨安。」

【用法】原形容氣勢奔放而雄偉

的山勢，今形容草書寫筆勢有力、靈活舒展。有時也用以斥人字跡潦草。

【例句】①這個橫幅草書寫得眞是**龍飛鳳舞**。②這種**龍飛鳳舞**的字實在難認，我看退稿算了。

【義近】字走龍蛇／龍蛇飛舞／游雲驚龍。

龍蛇混雜（ㄌㄨㄥˊ ㄕㄜˊ ㄏㄨㄣˋ ㄗㄚˊ）

【釋義】龍與蛇混雜在一起。又作「龍蛇雜處」。

【出處】佛印語錄：「凡聖同居，龍蛇混雜。」

【用法】比喻各種各樣的人物混雜同處。

【例句】這個公司**龍蛇混雜**，好壞不分，混下去也無出頭的日子，我決定另謀他職。

【義近】賢愚混雜／牛驥同皁／凡聖同處／魚龍混雜。

【義反】物以類聚／人以羣分／志異道分。

龍頭蛇尾（ㄌㄨㄥˊ ㄊㄡˊ ㄕㄜˊ ㄨㄟˇ）

【釋義】龍的頭大，蛇的尾細。

【出處】道源・景德傳燈錄・景通禪師：「僧提起坐具，師云：龍頭蛇尾。」

【用法】比喻事物始盛終衰，或有始無終。

【例句】他做事常**龍頭蛇尾**，你等著替他收拾爛攤子吧！

【義近】虎頭蛇尾／有頭無尾／始盛終衰。

【義反】有始有終／有頭有尾／始終如一。

龍潭虎穴（ㄌㄨㄥˊ ㄊㄢˊ ㄏㄨˇ ㄒㄩㄝˋ）

【釋義】指龍虎藏身之處。潭：深水坑。穴：地洞。也作「虎穴龍潭」。

【出處】施君美・幽閨記・逆旅蕭條：「龍潭虎穴愁難數，更染病耽疾羈旅。」

【用法】比喻極險惡的地方。

【例句】笑話！別說只是深山老林，就算是**龍潭虎穴**，我也敢去！

【義近】龍潭虎窟／虎穴鯨波／刀山火海。

【義反】大街小巷／太平村落／安樂之鄉。

龍蟠虎踞（ㄌㄨㄥˊ ㄆㄢˊ ㄏㄨˇ ㄐㄩˋ）

【釋義】如龍曲伏，如虎蹲踞。

【出處】宋・李昉・太平御覽卷一五六・引晉張勃吳錄：「秣陵地形，鍾山龍蟠，石城虎踞，此帝王之宅。」

【用法】多形容地勢雄壯險要，也比喻豪傑之士睥睨世態之狀。

【例句】秦嶺地勢如**龍蟠虎踞**，自古乃兵家常爭之地。

【義近】山河襟帶／被山帶河／表裏山河／龍盤虎踞。

龍騰虎躍（ㄌㄨㄥˊ ㄊㄥˊ ㄏㄨˇ ㄩㄝˋ）

【釋義】如龍在飛騰，像虎在跳躍。

【出處】馬存・贈蓋邦式序：「龍騰虎躍，千兵萬馬，大弓長戟，交集而齊呼。」

【用法】形容生氣勃勃，非常活躍。

【例句】你正當**龍騰虎躍**的黃金歲月，怎可爲了一點挫折就心灰意懶呢？

【義近】生龍活虎／朝氣蓬勃／生氣勃勃。

【義反】死氣沉沉／尸居餘氣／老態龍鍾。

龍鍾老態（ㄌㄨㄥˊ ㄓㄨㄥ ㄌㄠˇ ㄊㄞˋ）

【釋義】謂老年人衰憊的樣子。

【出處】宋・陸游・聽雨：「老態龍鍾疾未平，更堪俗事敗幽情。」

【用法】用以形容年老體衰的老人。

【例句】他年紀輕輕，卻因長年力戰病魔，而顯得一副**龍鍾老態**。

【義近】七老八老／牛山濯濯／牛山童童／蒼顏皓首。

【義反】 年富力強／春秋正當／春秋鼎盛。

龍驤虎步（ㄌㄨㄥˊ ㄒㄧㄤ ㄏㄨˇ ㄅㄨˋ）

【釋義】 龍：此指高頭大馬。驤：馬昂首疾行。

【出處】 陳壽・三國志・魏志・陳琳傳：「琳諫進曰：『今將軍總皇威，握兵要，龍驤虎步，高下在心。』」

【用法】 形容人昂首闊步，氣勢威武。

【例句】 這位青年人身材魁梧，**龍驤虎步**，看來決非等閒之輩。

【義近】 龍行虎步／氣宇軒昂。

【義反】 猥瑣不堪／畏畏縮縮。

龍驤虎視（ㄌㄨㄥˊ ㄒㄧㄤ ㄏㄨˇ ㄕˋ）

【釋義】 如龍馬樣的昂首疾行，像老虎樣的瞪視。

【出處】 潘勗・冊魏公九錫文：「君龍驤虎視，旁眺八維。揜討逆節，折衝四海。」

【用法】 形容人志氣高遠，顧盼自雄。

【例句】 三國時代，歷史上出現了一批**龍驤虎視**的人物，彼此角逐爭雄。

【義近】 大鵬展翅／鴻鵠衝天。

【義反】 蓬間飛雀／處堂燕雀。

字首注音索引

ㄈㄤ
方……四三五
ㄈㄤˊ
防……八一五
ㄈㄤˋ
放……四一五
ㄈㄥ
封……二九五
烽……五三七
蜂……七二四
豐……七五九
鋒……八〇四
風……八四三
ㄈㄥˊ
逢……七八六
ㄈㄥˋ
奉……二六一
鳳……八六九
ㄈㄨ
夫……二六〇
敷……四二〇
ㄈㄨˊ
扶……三八三
拂……三九三
桴……四六八
浮……五一六
福……六二〇
芙……六九九
ㄈㄨˇ
俯……一〇八
拊……三九四
撫……四一〇
釜……八〇三
ㄈㄨˋ
付……八八
傅……一一四
婦……二七七
富……二九〇
腹……六七七
覆……七三四
負……七六一
赴……七七〇
附……八一六

ㄉ

ㄉㄚˊ
答……六三七
達……七八八
ㄉㄚˇ
打……三八二
ㄉㄚˋ
大……二四三
ㄉㄜˊ
得……三三一
德……三三六
ㄉㄞ
呆……二〇三
ㄉㄞˋ
待……三二八
ㄉㄠ
刀……一四三
ㄉㄠˋ
倒……一〇七
盜……五九八
蹈……七七五
道……七八八
ㄉㄡˋ
豆……七五八
鬥……八六五
ㄉㄢ
單……二二三
擔……四一一
殫……四八七
簞……六三九
ㄉㄢˇ
膽……六七八
ㄉㄢˋ
彈……三三五
淡……五二一
ㄉㄤ
當……五八三
ㄉㄤˇ
黨……八七五
ㄉㄤˋ
蕩……七一七
ㄉㄥ
燈……五五〇
登……五八九
ㄉㄥˇ
等……六三六
ㄉㄧ
低……一〇三
滴……五三一
羝……六五六
ㄉㄧˋ
地……二二七
ㄉㄧㄝˊ
喋……二一三
ㄉㄧㄠ
刁……一四三
雕……八三三
ㄉㄧㄠˋ
弔……三三〇
掉……四〇三
調……七五三
ㄉㄧㄡ
丟……六四
ㄉㄧㄢ
掂……四〇三
顛……八四〇
ㄉㄧㄥ
丁……三
ㄉㄧㄥˇ
頂……八三七
鼎……八七六
ㄉㄨˊ
獨……五六六
讀……七五六
ㄉㄨˋ
妒……二七三
杜……四五八
ㄉㄨㄛ
多……二三九
ㄉㄨㄛˋ
咄……二〇三
ㄉㄨㄟ
堆……二三四
ㄉㄨㄟˋ
對……二九七
ㄉㄨㄢˇ
短……六一三
ㄉㄨㄢˋ
斷……四二四
ㄉㄨㄣˋ
頓……八三八
ㄉㄨㄥ
冬……一三六
東……四六一
ㄉㄨㄥˋ
動……一五八
棟……四七〇
洞……五一〇

ㄊ

ㄊㄚ
他……八九
ㄊㄚˋ
踏……七七五
ㄊㄜˋ
特……五五九
ㄊㄞˋ
太……二五九
泰……五一〇
ㄊㄠ
滔……五二六
韜……八三六
ㄊㄠˊ
桃……四六六
ㄊㄠˇ
討……七四七
ㄊㄡ
偷……一一三
ㄊㄡˊ
投……三八四
頭……八三九
ㄊㄢ
貪……七六二
ㄊㄢˊ

兢……一二四
涇……五一九
精……六四一
經……六四八
荊……七〇五
驚……八五八

ㄐㄧㄥˇ

井……七六

ㄐㄧㄥˋ

敬……四一八

ㄐㄩ

居……三〇三

ㄐㄩˊ

跼……七七四
鞠……八三五

ㄐㄩˇ

舉……六九〇
踽……七七五

ㄐㄩˋ

具……一三
拒……三八七
據……四一二
聚……六六六

ㄐㄩㄝˊ

決……五〇三
絕……六四七

ㄐㄩㄢ

捐……四〇〇
涓……五一九

ㄐㄩㄢˇ

捲……四〇二

ㄐㄩㄢˋ

倦……一二

ㄐㄩㄣ

軍……七七八

ㄐㄩㄥˇ

炯……五三五
迥……七八三

ㄑ

ㄑㄧ

七……三二
妻……二七五
欺……四七八
漆……五三三

ㄑㄧˊ

其……一三三
奇……二六二
崎……三〇八
旗……四二六
期……四五五
棋……四七〇
騎……八五七
齊……八七七

ㄑㄧˇ

杞……四五八
起……七七〇

ㄑㄧˋ

器……二一七
契……二六三
棄……四六九
氣……四九四
泣……五〇七

ㄑㄧㄚˋ

恰……三五七

ㄑㄧㄝ

切……一四

ㄑㄧㄝˋ

切……一四
竊……六三三
鍥……八〇六

ㄑㄧㄠ

敲……四一九

ㄑㄧㄠˊ

喬……二一四
翹……六五八

ㄑㄧㄠˇ

巧……三一〇

ㄑㄧㄡ

秋……六二三

ㄑㄧㄡˊ

求……五〇〇

ㄑㄧㄢ

千……一六五
牽……五五九
謙……七五五

ㄑㄧㄢˊ

前……一五〇
潛……五三三
鉗……八〇三
錢……八〇五
黔……八七五

ㄑㄧㄢˇ

淺……五二三

ㄑㄧㄢˋ

倩……一一〇

ㄑㄧㄣ

欽……四七八
親……七三九

ㄑㄧㄣˊ

擒……四一一
琴……五七二
秦……六二四

ㄑㄧㄣˋ

沁……五〇三

ㄑㄧㄤˊ

強……三三三

ㄑㄧㄤˇ

強……三三三
搶……四〇九

ㄑㄧㄥ

傾……一一五
清……五二一
蜻……七二四
輕……七七九
青……八二九

ㄑㄧㄥˊ

情……三六一
晴……四三八

ㄑㄧㄥˇ

請……七五二

ㄑㄧㄥˋ

罄……六五二

ㄑㄩ

屈……三〇四
曲……四四二
趨……七七二

ㄑㄩˇ

取……一八二
曲……四四二

ㄑㄩˋ

去……一七九
漆……五三三

ㄑㄩㄝˋ

卻……一一七
雀……八二二
鵲……八七〇

ㄑㄩㄢˊ

全……一二六
拳……三九四
權……四七六

ㄑㄩㄢˇ

犬……五六〇

ㄑㄩㄣˊ

羣……六五七

ㄑㄩㄥˊ

煢……五四七
瓊……五七四
窮……六三一

ㄒ

ㄒㄧ

嘻……二一六
熙……五四九
稀……六二五

ㄒㄧˊ

席……三一三
息……三五五
惜……三六二
習……六五八

ㄒㄧˇ

喜……二一〇
洗……五一三

ㄒㄧˋ

夕……二三八
細……六四五

ㄒㄧㄚ

蝦……七二四

ㄒㄧㄚˊ

狹……五六五
瑕……五七三
遐……七九一

ㄒㄧㄚˋ

下……三八

ㄕ

ㄕ
失……二六〇
尸……三〇三
師……三一三
詩……七四九

ㄕˊ
十……一六三
實……二九二
拾……三九四
時……四三七
石……六一四
食……八五〇

ㄕˇ
史……一八八
始……二七五
豕……七五九

ㄕˋ
世……六三
事……七一
勢……一六〇
嗜……二一五
噬……二一七
士……二三七
恃……三五五
拭……三九七
是……四三六
視……七三八
誓……七五一
識……七五六
適……七九二

ㄕㄚ
殺……四八七

ㄕㄚˋ
歃……四七八
煞……五四八

ㄕㄜˊ
舌……六九二

ㄕㄜˇ
舍……六九三

ㄕㄜˋ
涉……五一五
葉……七一四
設……七四八

ㄕㄠ
少……三〇〇
稍……六三五

ㄕㄠˇ
少……三〇一

ㄕㄠˋ
少……三〇〇

ㄕㄡˇ
守……二八二
手……三八〇
首……八五四

ㄕㄡˋ
受……一八三
壽……二三七
授……四〇五
瘦……五八八

ㄕㄢ
刪……一四五
姍……二七六
山……三〇五
潸……五三三
煽……五四八

ㄕㄢˇ
閃……八二一

ㄕㄢˋ
善……二〇九
擅……四二一

ㄕㄣ
伸……一〇三
深……五一九
身……七七六

ㄕㄣˊ
神……六一七

ㄕㄣˇ
審……二九三

ㄕㄣˋ
甚……五七六

ㄕㄤ
傷……一一五

ㄕㄤˇ
賞……七六五

ㄕㄤˋ
上……三七

ㄕㄥ
勝……一五九
升……一七一
生……五七七
聲……六六八

ㄕㄥˊ
繩……六五一

ㄕㄥˇ
省……六〇三

ㄕㄥˋ
勝……一五九
盛……五九七

ㄕㄨ
書……四四三
殊……四八六
疏……五八五

ㄕㄨˊ
熟……五四九

ㄕㄨˇ
數……四一九
鼠……八七六

ㄕㄨˋ
束……四五七
樹……四七三
述……七八四

ㄕㄨㄛ
說……七四九

ㄕㄨㄛˋ
數……四一九
碩……六一六

ㄕㄨㄞˋ
率……五六八

ㄕㄨㄟˇ
水……四九六

ㄕㄨㄣˇ
吮……二〇一

ㄕㄨㄣˋ
瞬……六一二
順……八三八

ㄕㄨㄤ
雙……八三三

ㄕㄨㄤˇ
爽……五五五

ㄖ

ㄖˋ
日……四二八

ㄖㄜˇ
惹……三六四

ㄖㄜˋ
熱……五四九

ㄖㄡˊ
柔……四六五

ㄖㄢˊ
燃……五五一

ㄖㄣˊ
人……七八
仁……八六

ㄖㄣˇ
忍……三四五

ㄖㄣˋ
任……九七
認……七五一

ㄖㄨˊ
如……二六四
茹……七〇六

ㄖㄨˇ
乳……六九

ㄖㄨˋ
入……一二四

ㄖㄨㄛˋ
弱……三三三
若……七〇二

ㄖㄨㄟˋ
枘……四六一
瑞……五七三
銳……八〇三

ㄖㄨㄢˇ
軟……七七八
阮……八一五

ㄖㄨㄥˊ
容……二八九

素……六四五
肅……六七〇
ㄙㄨㄛˇ
所……三七九
索……六四五
ㄙㄨㄟˊ
隨……八一九
ㄙㄨㄢ
酸……七九六
ㄙㄨㄣˇ
損……四〇九
ㄙㄨㄥ
松……四六一
ㄙㄨㄥˇ
聳……六六八

ㄜ

ㄜ
婀……二七八
阿……八一六
ㄜˊ
峨……三〇七
額……八四〇
ㄜˋ
啞……二〇八
惡……三六〇
餓……八五四

ㄞ

ㄞ
唉……二〇七
挨……三九九
ㄞˋ
愛……三六七

ㄠ

ㄠˊ
嗷……二一五
ㄠˋ
傲……一一四

ㄡ

ㄡˇ
偶……一一三
嘔……二一五
藕……七一九

ㄢ

ㄢ
安……二八三
ㄢˋ
按……三九五
暗……四三九
黯……八七五

ㄣ

ㄣ
恩……三五四

ㄤ

ㄤˊ
昂……四三三

ㄦ

ㄦˊ
兒……一三三
ㄦˇ
爾……五五五
耳……六六四
ㄦˋ
二……七三

一

一
一……二
依……一〇四
衣……七二九
一ˊ
一……一
儀……一一六
怡……三五三
疑……五八五
移……六二四
貽……七六四
遺……七九三
頤……八三九
一ˇ
以……九〇
倚……一一〇
一ˋ
一……一
亦……七八
悒……三五八
意……三六六
抑……三八六
易……四三三
毅……四八九
溢……五二八
異……五八一
義……六五六
衣……七三〇
議……七五六
一ㄚ
鴉……八七〇
一ㄚˇ
啞……二〇七
雅……八二二
一ㄚˋ
揠……四〇七
一ㄝˇ
野……七九八
一ㄝˋ
夜……二四一
業……四七一
葉……七一四
一ㄠ
妖……二七三
腰……六七七
一ㄠˊ
搖……四〇八
一ㄠˇ
咬……二〇六
杳……四六〇
一ㄠˋ
耀……六六〇
要……七三四
一ㄡ
優……一一七
悠……三五九
憂……三七一
一ㄡˊ
油……五〇八
游……五二四
猶……五六六
由……五八〇
一ㄡˇ
有……四四四
一ㄢ
奄……二六三
煙……五四八
一ㄢˊ
嚴……二一七
延……三一八
言……七四三
一ㄢˇ
偃……一一三
掩……四〇三
眼……六〇八
一ㄢˋ
燕……五五〇
一ㄣ
喑……二一四
因……二三〇
殷……四八七
湮……五二五
陰……八一七
音……八三七
一ㄣˊ
吟……二〇一
夤……二四三
寅……二八九
銀……八〇三
一ㄣˇ
引……三二〇
隱……八二〇
飲……八五一

ㄧㄤˊ
揚……四〇六
洋……五一一
羊……六五四
陽……八一八

ㄧㄤˇ
仰……九六
養……八五三

ㄧㄤˋ
怏……三五三

ㄧㄥ
應……三七三
英……七〇三
鶯……八七一
鸚……八七一

ㄧㄥˊ
營……五一一
盈……五九七
蠅……七三五
迎……七八二

ㄧㄥˇ
郢……七九四

ㄧㄥˋ
應……三七三

ㄨ

ㄨ
嗚……二四
烏……五三六

ㄨˊ
吳……二〇一
無……五三七

ㄨˇ
五……七四
忤……三四七
舞……六九四

ㄨˋ
勿……一六一
物……五五七
誤……七五一
霧……八二七

ㄨㄚ
挖……三九六
蛙……七一三

ㄨㄚˇ
瓦……五七五

ㄨㄛˇ
我……三七

ㄨㄛˋ
握……四〇七
臥……六七九

ㄨㄞˋ
外……二三九

ㄨㄟ
威……二七六

ㄨㄟˊ
危……一七六
微……三三五
惟……三六三
爲……五五三
韋……八三六

ㄨㄟˇ
唯……二〇八
委……二七四
娓……二七七
尾……三〇三

ㄨㄟˋ
位……一〇三
味……二〇三
未……四五五
爲……五五三
畏……五八〇
蔚……七一七

ㄨㄢˊ
完……二八六
玩……五六九
紈……六四四

ㄨㄢˋ
玩……五七〇
萬……七〇九

ㄨㄣ
溫……五二五

ㄨㄣˊ
文……四二〇
紋……六四五
聞……六六七

ㄨㄣˇ
刎……一四五
穩……六二七

ㄨㄣˋ
問……二〇八
文……四二一

ㄨㄤˊ
亡……七六

ㄨㄤˇ
往……三一八
枉……四五九
網……六四八

ㄨㄤˋ
妄……二七三
忘……三四五
望……四五一

ㄨㄥˋ
甕……五七五

ㄩ

ㄩˊ
予……七〇
于……七三
愚……三六四
漁……五二九
餘……八五三
魚……八六八

ㄩˇ
羽……六五八
與……六八八
語……七五〇

ㄩˋ
慾……三七一
欲……四七七
玉……五六九
鬱……八六五
鷸……八七一

ㄩㄝ
約……六四三

ㄩㄝˋ
月……四四四
越……七七二
躍……七七五

ㄩㄢ
冤……一三五

ㄩㄢˊ
原……一七八
源……五二八
緣……六五〇

ㄩㄢˇ
遠……七九一

ㄩㄢˋ
怨……三五一

ㄩㄣˊ
芸……六九七
雲……八二六

ㄩㄣˇ
允……一一七

ㄩㄣˋ
運……七八九

ㄩㄥ
庸……三一七
雍……八二三

ㄩㄥˇ
勇……一五八
永……四九九

條目齊全

本辭典收錄成語五千一百七十四條，除一般習用之四字成語外，兼收中、小學教科書及報章雜誌常出現之俗語、定型通用之詞組。

切合實用

所有條目均標注國語注音，並編輯設計釋義、出處、用法、例句、義近、義反六項體例；前三項有助於成語的理解，後三項則爲成語的活用。

查檢方便

除傳統「部首索引」外，另列有「條目索引」與「字首注音索引」，其中尤以「注音索引」爲本辭典之特色，可免除部首檢字數算筆劃的繁瑣。